westermann

# Mensch & Politik

## Sekundarstufe II

Erarbeitet von

Uta Dalljo
Felix Kollender
Albrecht Simon
Dr. Veit Straßner

# Mensch & Politik
## Sekundarstufe II

Erarbeitet von Uta Dalljo
Felix Kollender
Albrecht Simon
Dr. Veit Straßner

mit Beiträgen von Andrea Bailer, Klaus Barheier, Prof. Dr. Joachim Detjen, Kathleen Galander, Florian Grosch, Dr. Dietrich Heither, Christine Henne, Karin Herzig, Pierre Oliver Kabisch, Egbert Klöckner, Kathrin Krämer, Stefan Lahme, Bernd-H. Meichelböck, Stefan Menzel, Karl-Heinz Meyer, Kevin Pallagi, Christian Raps, Marko Rosploch, Christina Schatz, Beate Schulz-Bode, Ulrike Simon, Tim Sonnenwald, Christian Störzer



Druck A²/Jahr 2023
Alle Drucke der Serie A sind im Unterricht parallel verwendbar.

Redaktion: Dr. Shida Kiani
Umschlaggestaltung: LIO Design, Braunschweig
Layout: Typo Concept GmbH, Hannover
Druck und Bindung: Westermann Druck GmbH, Georg-Westermann-Allee 66, 38104 Braunschweig

ISBN 978-3-14-**118380**-1

# Inhaltsverzeichnis

## 2. Politische Willensbildung im Zeitalter der Digitalisierung 98



## 3. Sozialer Wandel in der pluralistischen Gesellschaft der Bundesrepublik Deutschland 144

## Liebe Schülerinnen und Schüler,

MENSCH & POLITIK SII ist Ihr Lern- und Arbeitsbuch für das Fach Gemeinschaftskunde/Rechtserziehung/Wirtschaft in der Oberstufe. Es bietet Ihnen zuverlässige Informationen, vermittelt Grundwissen und hilft Ihnen dabei, Zusammenhänge zu verstehen und die geforderten Kompetenzen auf dem Weg zum Abitur zu erwerben. Um Ihnen die Arbeit mit dem Buch zu erleichtern, möchten wir Sie auf einige Besonderheiten hinweisen:

- Der Band gliedert sich in **fünf große Hauptkapitel,** die den fünf Lernbereichen des sächsischen Lehrplans für die gymnasiale Oberstufe (Grundkurs) entsprechen.
- Jedes Hauptkapitel beginnt mit einer **Auftaktdoppelseite.** Auf ihr wird durch Fotografien, Karikaturen und Zitate ein anschaulicher Einstieg in zentrale Themen und Probleme ermöglicht. Hier können Sie auch erste Eindrücke und Vorwissen zum Thema einbringen.
- Die einzelnen **Teilkapitel** sind ebenfalls nach dem **Doppel- bzw. Vierseitenprinzip** aufgebaut. Die Doppelseiten dienen zur Orientierung innerhalb eines Themengebietes und können als unterrichtspraktische Abschnitte genutzt werden.
- Die grün hervorgehobenen fünf **Wahlbereiche** sind wie die anderen Teilkapitel aufgebaut.
- Umfassende **Materialseiten** mit fundierten Grundlagentexten, ausgewählten Fallbeispielen und vielfältigen statistischen und bildlichen Materialien sollen Sie zusammen mit den **Aufgabenstellungen** zu kontroversen Auseinandersetzungen anregen und beim selbstständigen Arbeiten unterstützen.
- Besonders anspruchsvolle Aufgaben sind mit dunkeltürkisen Aufgabenkästen gekennzeichnet. Hierzu finden Sie **Hilfestellungen** im Anhang ab S. 358.
- In den Aufgabenstellungen wird zudem der Umgang mit den abiturrelevanten Operatoren gefestigt. Dafür können Sie auch den **Operatorentrainer** im Anhang ab S. 366 nutzen. Er enthält eine Übersicht über alle Operatoren und Anforderungsbereiche und erläutert Ihnen anhand von Beispielen, welcher Operator welche Anforderung an Sie stellt.
- Am Rand erhalten Sie wichtige **Informationen** zu Personen und Begriffen.
  **Verweise auf das Glossar** zeigen Ihnen, welche Begriffe Sie dort nachschlagen können.
  **Querverweise** verdeutlichen thematische Zusammenhänge und verweisen auf hilfreiche Methoden zur Bearbeitung der Aufgabenstellungen.
- Ebenfalls am Rand finden Sie zahlreiche **Webcodes und QR-Codes,** unter denen Sie kurze Erklärfilme, nützliche Internetlinks oder weiterführende Podcasts abrufen können. Geben Sie dazu einfach den Webcode unter *www.westermann.de/webcode* in das Suchfeld ein oder scannen Sie den QR-Code.
- Zu einzelnen Themen stehen Ihnen noch weitere **Erklärfilme** zur Verfügung. Geben Sie dazu auf *www.westermann.de/mensch-und-politik-118380* den Onlineschlüssel ein, den Sie auf der hinteren Umschlaginnenseite Ihres Buches finden.
- Auf den dunkelrot hervorgehobenen Methodenseiten erwerben Sie praktischen Einblick in zahlreiche fachspezifische und übergreifende **Methoden**, die jeweils im konkreten thematischen Kontext vorgestellt und eingeübt werden.
- Die jedes Kapitel abschließenden Seiten **Wissen kompakt** fassen das Wichtigste zusammen und helfen Ihnen beim Wiederholen für Leistungskontrollen. Sie können und sollen dabei allerdings nicht die Arbeit mit den vorangegangenen Materialseiten ersetzen.
- Der Anhang enthält neben dem **Operatorentrainer** auf Basis der EPA-Operatoren ein ausführliches **Glossar** mit Begriffserklärungen sowie ein detailliertes **Stichwortverzeichnis**.

Wir hoffen, dass dieser Band Ihr Interesse an Politik, Wirtschaft und Gesellschaft bestärken und Sie gut bei der Arbeit im Fach Gemeinschaftskunde unterstützen wird. Für Rückmeldungen und Kritik sind wir sehr dankbar. Richten Sie diese bitte an die Westermanngruppe in Braunschweig.

Das Autorenteam und die Redaktion

WAHLBEREICH

M1

1

2

3

INFO

INTERNET

**WES-118380-121**
Film: Einfach erklärt: Globalisierung

F

METHODE

WISSEN KOMPAKT

# 1.

¡Vivo se lo llevaron!
¡Con VIDA lo queremos!
Nos faltan 43! Dónde están
CÉSAR MANUEL GONZÁLEZ HERNÁNDEZ
¡VIVOS LOS QUEREMOS!
SAUL BRUNO GARCIA

# Internationale Politik in der globalisierten Welt

Zeichnung: Oliver Schopf

*„Der Krieg ist eine bloße Fortsetzung der Politik mit anderen Mitteln.“*

Carl von Clausewitz (1780–1831), preußischer General, in: Ders., Vom Kriege, 1. Buch, 19. Aufl., hrsg. v. Werner Hahlweg. Bonn: Dümmler, 1980, S. 210

*„Pax optima rerum [...]: pax una triumphis innumeris potior“*
*(„Friede ist das höchste Gut. Ein Frieden(-sschluss) ist besser als unzählige Triumphe.“)*

Tiberius Catius Asconius Silius Italicus (25–100 n. Chr.), römischer Politiker und Dichter, in: Ders., Caji Silii Italici Punica, Bd. 2, London: R. Faulder, 1792, S. 49

*„Wirklicher Friede bedeutet auch wirtschaftliche Entwicklung und soziale Gerechtigkeit, bedeutet Schutz der Umwelt, bedeutet Demokratie, Vielfalt und Würde und vieles, vieles mehr.“*

Kofi Annan (1938–2018), 1997–2006 UN-Generalsekretär, zitiert nach: Zitate zur Demokratie und politischer Teilhabe, Berlin: Berlin Institut für Partizipation, https://www.bipar.de/zitate/ (Zugriff: 02.02.2022)

**linke Seite:** Skulptur des Künstlers Carl F. Reuterswärd vor dem UNO-Hauptquartier, New York

Universität in Kabul, Afghanistan, nach einem Anschlag am 3. November 2020

Bei einer Menschenrechtsdemonstration in Mexiko fordern die Teilnehmer die Aufklärung des Schicksals von 43 „verschwundenen“ Studenten.

# 1.1 Grundlagen des internationalen Systems

## Das internationale System im Wandel: Bipolarität – Multipolarität – neue Hegemonie?

**INFO**

**Bipolar** beschreibt die Struktur eines Systems, das durch zwei dominante Schwerpunkte geprägt ist. **Multipolar** hingegen ist ein System, wenn es mehrere Schwerpunkte hat. Von einer **Hegemonie** spricht man, wenn ein Schwerpunkt über den oder die anderen dominiert.

**GLOSSAR**

**Kalter Krieg**

**Der Kalte Krieg prägte seit dem Ende der 1940er-Jahre das bipolare internationale System: Mit den USA und der UdSSR standen sich zwei Blöcke gegenüber, die im Sinne eines „Gleichgewichts des Schreckens" versuchten, die militärische und somit politische Vorherrschaft zu erringen. Nach dem Fall der Berliner Mauer am 9. November 1989 schien es, als hätten sich die westlich-liberalen, demokratischen und kapitalistischen Vorstellungen durchgesetzt; die USA erschienen als Hegemonialmacht. Doch es entwickelte sich eine multipolare Ordnung, die mit einer geopolitischen Unübersichtlichkeit einherging. Das internationale System ist im Wandel.**

### M 1 Das internationale System in Karikaturen

Zeichnung: Nel

Zeichnung: Leslie Gilbert Illingworth

Zeichnung: Oliver Schopf
(Text: Welches Jahrhundert haben wir??)

Zeichnung: Kostas Koufogiorgos

Zeichnung: Oliver Schopf

Zeichnung: Klaus Stuttmann

## M2 Europa zwischen China, den USA und Russland

Wie wird die internationale Ordnung in ein paar Jahren aussehen? Wird der Konflikt zwischen den USA und China alle Staatenbeziehungen prägen wie einst der Wettstreit zwischen den USA und der Sowjetunion? [...] Oder werden andere Staaten – Indien, Russland, die Europäische Union – ebenfalls großen Einfluss auf die internationale Ordnung haben und ein multipolares Gleichmaß bilden können? Mit Sicherheit lassen sich viele dieser Fragen heute nicht beantworten. Gewiss aber ist, dass das Ergebnis dieser Entwicklung wesentlich mit darüber entscheiden wird, wie groß Wohlstand und Sicherheit in Deutschland sein werden. Deshalb wird ja gerade so heftig darüber diskutiert, wie einzelne Staaten ihre Interessen am besten in diese zukünftige Ordnung einbringen können.

Präsident Donald Trump gibt für die USA auf die internationalen Verwerfungen eine klare Antwort: „America first“. Das will er auch gegen Widerstand durchsetzen, indem er den Abstand auf militärischem und wirtschaftlichem Gebiet zu den nächstmächtigen Staaten ausbaut. Je stärker die USA sind, desto weniger müssen sie auf andere Rücksicht nehmen, lautet sein Credo.

Das sieht der chinesische Präsident genauso, dessen Programm zwar „Made in China 2025“ heißt, aber eigentlich auch meint: „China first“. Präsident Xi verfolgt das Ziel, den militärischen Abstand zu den USA deutlich zu verringern und die USA wirtschaftlich und technologisch zu überholen. China will nicht weiterhin besondere Rücksicht auf andere, insbesondere die USA, nehmen müssen, sondern möchte, dass die anderen Staaten chinesische Interessen beachten.

Russlands Präsident Wladimir Putin, dem keine Wirtschaftskraft wie in China und den USA zur Verfügung steht, sondern der sich vor allem auf das russische Militär stützen muss, sieht es für die russischen Ansprüche überhaupt nicht anders. „Russia first“ soll dafür sorgen, dass Russland in internationalen Krisen nicht übergangen werden kann. In seiner Nachbarschaft soll es keinen Einfluss anderer Staaten geben. Die russische Interessenlage soll zudem den anderen Großmächten nicht gleichgültig sein dürfen, Russland soll überall mitreden können und gehört werden.

„Europe first“ [...] hat sich hingegen nicht durchgesetzt; die Europäer überlegen noch, wie sie auf die Neugestaltung der internationalen Ordnung reagieren wollen. [...] Wenn Europa nicht zwischen Ost und West zerrieben werden will, muss es dafür sorgen, dass seine Interessen Gehör finden und beachtet werden. Das leistet in der internationalen Ordnung aber weder ein anderer Staat noch eine internationale Organisation für die Europäer. Doch zerrissen, wie sich die EU gerade darstellt, kann sie das aus eigener Kraft nicht bewerkstelligen.

*Thomas Jäger, Wie Europa zwischen „China first“, „America first“ und „Russia first“ zerrieben wird, in: Focus online, 05.05.2021, https://www.focus.de/politik/experten/jaeger/internationale-veraenderungen-zwischen-china-first-america-first-und-russia-first-muss-europa-um-seinen-platz-kaempfen_id_10918979.html (Zugriff: 15.02.2022)*

Zeichnung: Oliver Schopf

**1** **a)** Analysieren Sie die Karikaturen (M1).
**b)** Ordnen Sie die darin angesprochenen Themen in eine zeitliche Abfolge ein.

**2** Stellen Sie Vermutungen über die Entwicklung des internationalen Systems an (M1). Verwenden Sie hierbei auch die Begriffe in der Randspalte.

**3** Arbeiten Sie die zentralen Aussagen des Textes heraus (M2).

**4** Erörtern Sie, wie sich Europa in der aktuellen weltpolitischen Lage verhalten sollte (M2).

**5** Analysieren Sie die Karikatur vor dem Hintergrund des Textes (M2).

# Staatliche Akteure im internationalen System

Militärparade zum 70. Gründungstag der VR China am 1. Oktober 2019

Einkaufsstraße in Hongkong

**INFO**

**Neue Seidenstraße**
Mit der „Neuen Seidenstraße“ möchte China ein neues Handelsnetzwerk zwischen Asien, Afrika und Europa schaffen. Finanziert durch Kredite der chinesischen Staatsbanken und von chinesischen Unternehmen gebaut sollen in vielen Ländern Straßen, Häfen und Zuglinien entstehen. Durch diese Infrastrukturprojekte möchte China seinen globalen Einfluss ausweiten und die eigene Wirtschaft fördern.

**QUERVERWEIS**

**Ökonomie und Geopolitik – China und die Neue Seidenstraße,** S. 260 f.

## M 1 Chinas Rolle in der Welt

Nach Ansicht [...] [des Bonner Politologen Gu Xuewu] lassen sich [...] Kernelemente von Chinas Vorstellung ausmachen: „China wünscht sich eine Weltordnung, die machtpolitisch multipolar, methodisch multilateral und ideologisch pluralistisch ist.“ [...]
Multipolar ist eine Welt, die von mehreren Machtzentren dominiert wird; etwa den USA, China, Europa, Russland und vielleicht Indien. Multilateral ist eine Welt, in der kein Staat die weltweite Agenda bestimmt, sondern die Agenda zwischen den Machtzentren immer wieder neu ausgehandelt wird. Ideologisch pluralistisch soll heißen, dass es nicht nur eine weltweit akzeptierte Form der Regierung – etwa die liberale Demokratie –, sondern verschiedene Regierungsformen gibt. [...]
Der Multilateralismus wird in China seit 2018 mit dem Schlagwort „Schicksalsgemeinschaft der Welt“ verknüpft [...]. [Der ehemalige deutsche Botschafter in Peking, Volker Stanzel] [...] weist allerdings darauf hin, dass das [...] ein unbestimmter Gemeinplatz bleibt. [...] Es müsste inhaltlich gefüllt werden, etwa mit einer Forderung nach einer Stärkung des internationalen Rechts oder internationaler Institutionen. Davon hält China [...] wenig und gleicht darin den USA, wie auch Gu feststellt: „Beide akzeptieren das internationale Recht, wenn es zu den eigenen Interessen passt, und lehnen es ab, wenn es ihren Interessen entgegensteht.“
Die Auseinandersetzung um eine ideologisch pluralistische Welt, in der das autoritäre Regime Chinas als gleichwertige Alternative zur liberalen Demokratie angesehen würde, ist seit Jahren im Gange. China will sein Image aufbessern. Konfuzius-Institute verbreiten seine Sprache und Kultur. Chinesische Investoren kaufen ganze Medienunternehmen in Afrika auf und prägen die Wahrnehmung Chinas mithilfe der sozialen Medien. [...] „In Afrika hat dieses Narrativ Erfolg. Je stärker ein afrikanischer Staat mit China wirtschaftlich verbunden ist, desto erfolgreicher ist China“, sagt Stanzel. In Deutschland und anderen Industrienationen habe sich das Image [...] aber verschlechtert. Insbesondere die Inhaftierung und Umerziehung von Hunderttausenden Uiguren [...] und die massive Einschränkung der Freiheit Hongkonger Bürger habe in Europa und den USA das Misstrauen gegenüber China vertieft.
Auch das Projekt „Neue Seidenstraße“ [...], anfänglich als weltgrößtes Infrastrukturprojekt bewundert, wird inzwischen vielfach kritisch betrachtet. Insbesondere wirtschaftlich schwächere Länder begeben sich in eine massive Abhängigkeit von China. [...]
Gu [...] glaubt nicht, dass China die globale Führungsrolle für sich beansprucht. [...] „Wer führen will, muss in der Lage sein, allgemeine Güter kostenlos zur Verfügung zu stellen und einen gewissen missionarischen Eifer haben, um bestimmte Vorstellungen global durchzusetzen zu wollen.“ Das habe China nicht. [...] Aber selbst wenn China nicht den Status eines globalen Hegemons anstrebt, gibt es in Peking zweifellos die Vorstellung, dass China zumindest in Asien eine Vormachtstellung gebührt. [...] Die entscheidende Frage lautet [...], ob der Aufstieg Chinas und die damit einhergehenden Verschiebungen in der Weltordnung zwangsläufig zu einem Krieg führen müssen. [...]
Ming Xia von der City University of New York sagte [...]: „Ich glaube nicht an eine Koexistenz von China und dem Westen, wenn China das eigene System beibehält.“ Ein Ausweg wäre es, letztlich einen philosophisch-weltanschaulichen Konflikt anzuerkennen, sagt [...] Gu. Zwar sei China politisch gesehen ein westlicher Staat und die Partei halte am Konzept des Nationalstaats und Nationalismus fest, aber im Kern stünden sich eine individualistische und eine kollektivistische Weltanschauung gegenüber. Im Westen soll der Einzelne vor dem Zugriff des Staates geschützt werden, deswegen stehen die Menschenrechte im Zentrum. In China dagegen soll der Einzelne seinen Beitrag für die Gesellschaft leisten, hier könnte man von Menschenpflichten sprechen.

*Rodion Ebbighausen, Chinas Weltordnung für das 21. Jahrhundert, in: Deutsche Welle, Bonn, 29.07.2020, https://www.dw.com/de/chinas-weltordnung-f%C3%BCr-das-21-jahrhundert/a-54351316 (Zugriff: 15.02.2022)*

## M2 Das neue Selbstbewusstsein Russlands

Je offener sich Russland auf der weltpolitischen Bühne zum globalisierten Kapitalismus bekennt, desto höher stehen daheim die eigentlichen, die russischen Werte im Kurs. [...] In den Hallen der großen Moskauer Flughäfen propagieren Riesenbildschirme westliche Produkte. Gleichzeitig strotzen die zahlreich ausliegenden kostenlosen russischen Zeitschriften nur so von patriotischem Gedankengut. „Es ist an der Zeit zu sammeln", [...] gemeint ist, Ossetien, Abchasien und die Krim wieder heim ins Reich zu holen. [...]

Je mehr sich Russlands Großmachtstatus auf die Rolle eines Energieexporteurs reduziert, desto stärker kehren Nationalismus und damit auch alte Feindbilder zurück. An erster Stelle stehen die USA, die selbst von den politischen Eliten für die [...] Revolutionen in Georgien, der Ukraine und Kirgistan, den Anrainern des sowjetischen Imperiums, verantwortlich gemacht werden. Auch Slogans wie [...] „Russland für die Russen", die immer häufiger zu vernehmen sind, kommen durchaus nicht nur von den wie Pilze aus dem Boden schießenden nationalistischen Parteien und Gruppierungen. [...] [Es gibt auch regierungsnahe Gruppen.] Sie verfolgen nationale, wenn nicht sogar nationalistische Ziele. [...] Dort wird Russland als „zentraler militärisch-strategischer Raum des eurasischen Kontinents" definiert, dessen Souveränität gegen die USA und den internationalen Terrorismus zu verteidigen ist.

Diese Haltung spiegelt auch Putins [...] Rede an die Nation wider. „Je stärker unsere Armee ist", heißt es da, „desto geringer werden die Versuche sein, auf uns Druck auszuüben." Die USA sei eine „Festung", der gegenüber Russland sein militärisches und ökonomisches Potenzial verstärken müsse. Putin gilt mittlerweile als Garant für das Wiedererstarken Russlands. Der russische Präsident ist allgegenwärtig [...]. Keine Nachrichtensendung, ohne dass Putin drei- oder viermal auftritt [...]. Putin tritt als Landesvater auf, der die Zügel in der Hand und damit Russland [...] in Ordnung hält. Zumindest in Moskau ist der ungeheure wirtschaftliche Aufschwung unübersehbar. Der Bauboom hat in keiner westlichen Metropole seinesgleichen. [...] Cafés und Restaurants eröffnen überall und werden vor allem von jüngeren, ausnehmend gut gekleideten Menschen besucht. [...] Der wirtschaftliche Aufschwung geht Hand in Hand mit einer überall präsenten Korruption, der sich auch der Durchschnittsbürger nicht entziehen kann: kein Studienplatz an der Universität, keine medizinische Versorgung und vor allem keine Befreiung vom Militärdienst ohne Zahlung von Schmiergeld. [...]

Ein allgemeiner Zynismus hat sich der russischen Gesellschaft bemächtigt, die keinerlei Alternativen zum bestehenden System erkennen kann oder will. Andererseits reagieren selbst die gemäßigten Kreise der Intelligenzia verletzt auf die Abwendung des Westens von Russland. Westliche Kritik an Russlands mangelndem Liberalismus verstärkt die staatsbezogenen und xenophoben Tendenzen. Das von den Medien kolportierte Bild vom Westen, der einzig an billigem russischem Gas und anderen Rohstoffen interessiert ist, ruft in Russen das Gefühl des Verlusts der Souveränität des eigenen Landes hervor und verstärkt somit den vom Staat geförderten Nationalismus. [...] Der Verlust des Imperiums, den weite Kreise der Bevölkerung mit Bitterkeit empfinden, macht es den Propagandisten eines ethnischen Nationalismus und hiermit verbundener spezifisch russischer Wertvorstellungen äußerst leicht.

Zeichnung: Carlos Latuff

*Jutta Scherrer, Russland den Russen, in: Cicero online, Berlin, o. E., https://www.cicero.de/weltbühne/russland-den-russen/37429 (Zugriff: 15.02.2022)*

Gaspipeline in Russland

Russische Atomrakete

**INFO**

**Intelligenzia**
russische Bezeichnung für die Schicht der Gebildeten und Intellektuellen

**xenophob**
fremdenfeindlich

Posieren vor dem dienstältesten Flugzeugträger der US Navy USS Midway

Särge gefallener US-Soldaten in Kabul, 29. August 2021

## M3 Die Neuorientierung der US-Außenpolitik

In den zurückliegenden zehn Jahren ging die 9/11-Ära langsam zu Ende. [...] Im Wahlkampf 2020 sind Schlagworte wie „Terrorismus", „al-Qaida" und „Islamischer Staat" (IS) kaum gefallen. [...] Die USA sehen sich heute mit den Nachwirkungen der 9/11-Ära konfrontiert, da diese Ära letztlich eine Niederlage war. Amerika hat seine Kriege nicht gewonnen [...] und ist nach wie vor im Begriff, sich aus diesen bewaffneten Konflikten zurückzuziehen. [...]

Die durch den 11. September eingeläutete Ära war von Widersprüchen geprägt. Es kam zu einer enormen Ausweitung der Staatsmacht im Bereich Militär, Polizei und in Bezug auf seine nachrichtendienstlichen Möglichkeiten. Doch gleichzeitig brachte sie dem Staat eine ungeheure Schwächung ein. Die Handlungsfähigkeit der Regierung, Infrastruktur aufzubauen oder das Wohl der Bevölkerung zu fördern, wurde ausgehöhlt. [...]

Nach dem 11. September gerieten sämtliche außenpolitische Themen gegenüber der Terrorbekämpfung ins Hintertreffen. [...] Obwohl die Last der 9/11-Kriege von den US-Soldaten und ihren Familien allein geschultert wurde, zahlten doch alle Amerikaner:innen auf andere Art und Weise einen Preis. Sie opferten [...] bürgerliche Freiheiten und Grundrechte, sie hießen das Abhören ohne Gerichtsbeschluss gut und ließen in ihrem Namen schreckliche Foltermethoden wie das Waterboarding zu. [...]

Beim Ausbruch der Covid-19-Pandemie Anfang 2020 suchte man den amerikanischen Staat vergeblich. Nicht nur die Inkompetenz und Nachlässigkeit von Donald Trump waren daran schuld, sondern auch ein Jahrzehnt der Austerität sowie die vorausgegangenen jahrzehntelangen Anstrengungen der politischen Rechten, dem Staat die finanziellen Mittel zu streichen. Dadurch war die amerikanische Regierung außerstande, auf die Krise angemessen zu reagieren. [...]

Die 9/11-Ära wurde mit dem Bemühen zugebracht, in unzureichend definierten und nicht zu gewinnenden Kriegen den Sieg zu erringen. [...] Abgelenkt durch den Terrorismus und den Nahen Osten versäumte es die US-Außenpolitik unterdessen, auf andere wichtige Entwicklungen einzugehen, wie zum Beispiel die Erstarkung antidemokratischer Bewegungen in der ganzen Welt, diverse Migrationskrisen und Russlands Einsatz heimtückischer Waffen bei politischer Einflussnahme. [...]

Heute wird nur noch in wenigen Washingtoner Thinktank-Panels über Terrorismusbekämpfung diskutiert. Washington konzentriert sich nun auf [...] Technologie und den geopolitischen Wettbewerb mit China. [...]

Es ist unwahrscheinlich, dass es zu einem bewaffneten Konflikt kommt, weil sich beide Seiten der für alle Beteiligten verheerenden Folgen bewusst sind. Wir haben es deshalb mit einer Situation zu tun, in der die Großmächte mit den meisten, wenn nicht mit allen Mitteln der Staatskunst außer eben dem Krieg miteinander konkurrieren.

Dieser Wettbewerb auf wirtschaftlicher, politischer und geheimdienstlicher Ebene hat zwar Ähnlichkeiten mit der Rivalität zwischen den USA und der Sowjetunion, doch die Strategien und Ziele sind gänzlich andere. Die Fokussierung auf China wird die Aufmerksamkeit erneut auf eine nationale Erneuerung lenken. [...] Doch der Wettbewerb mit einer alternativen Regierungsform und einer alternativen Gesellschaftsordnung könnte in den USA erneut das Bewusstsein einer gemeinsamen nationalen Zwecksetzung wecken. [...]

Sowohl in der Innen- als auch in der Außenpolitik braucht es in dieser neuen Ära eine klarere Vorstellung davon, welche Prioritäten für die USA wirklich an erster Stelle stehen. In gewisser Weise wird und kann die amerikanische Außenpolitik deshalb nicht mehr so stark auf den Nahen Osten ausgerichtet sein wie in den vergangenen 20 Jahren und schon gar nicht in demselben hohen Maß an militärischem Engagement.

*Max Bergmann/James Lamond, Das Ende der 9/11-Ära. Zur Zukunft der US-amerikanischen Außenpolitik, in: Aus Politik und Zeitgeschichte 28-29/2021, Bonn: Bundeszentrale für politische Bildung, 09.07.2021, https://www.bpb.de/shop/zeitschriften/apuz/nine-eleven-2021/336158/das-ende-der-9-11-aera/ (Zugriff: 15.02.2022)*

**INFO**

**Austerität**
strenge Sparpolitik mit ausgeprägter Haushaltsdisziplin

## M4 Die EU im Gefüge der Großmächte

Welche Rolle die Europäische Union auf der internationalen Bühne und als globaler Akteur spielen kann, hängt von vielen Faktoren ab – auch von solchen, die die EU nicht beeinflussen kann: In den Zeiten der Bipolarität und des Ost-West-Konfliktes (bis 1990) waren die Spielräume der (West-)Europäer in der Außen-, Sicherheits- und Verteidigungspolitik sehr eng gesteckt. [...] Heute, in Zeiten der „Multipolarität" und einer von vielen befürchteten Großmächtekonkurrenz zwischen den USA und China, steht die EU vor neuen Fragen und Herausforderungen: Wie kann Europa einen größeren Beitrag leisten für Frieden, Wohlstand und Stabilität in einer Welt, die aus den Fugen zu geraten scheint? Wie kann Europa mehr tun für die eigene Sicherheit, in enger Zusammenarbeit mit den USA und anderen Partnern? Wie positioniert sich die EU gegenüber China – in Abgrenzung zu den USA oder im Einklang mit der US-Politik, die in China einen geopolitischen Rivalen sieht? Welche Rolle kommt Russland zu in der europäischen Friedensordnung? [...] Was heißt Sicherheit in Zeiten von Desinformationskampagnen [...], angesichts von „hybriden" Bedrohungen, der Gefahr von Attacken auf die Computer kritischer Infrastruktursysteme, beispielsweise durch das Einschleusen von Schadsoftware in Rechner der Energie- und Wasserversorgung, von Krankenhäusern, Verkehrsleitsystemen oder Regierungsbehörden? [...] Das sind ganz neue Sicherheitsbedrohungen, gegen die keine Nuklearwaffen oder Flugzeugträger helfen. [...]
Aber auch die alte Frage nach der Autonomie der Europäer ist wieder aktuell: Unter dem Stichwort der „strategischen Autonomie" wird in Brüssel und den europäischen Hauptstädten seit einigen Jahren diskutiert, ob die EU auf dem Gebiet der klassischen Sicherheitspolitik eine größere Eigenständigkeit entwickeln kann und muss. Zu Zeiten der Trump-Administration und der vom damaligen US-Präsidenten geschürten Unsicherheit über die Verlässlichkeit des militärischen Schutzes für Europa hatte diese Debatte neuen Schwung bekommen. [...] Solche Ideen und neue Leitbilder wie das von der „Europäischen Verteidigungsunion" werden in Regierungskreisen und Expertenrunden diskutiert.
[...] Die EU ist als globaler Akteur keine klassische Supermacht wie die USA und sie hat auch nicht den Anspruch und die militärischen Ressourcen, als solche aufzutreten. Vor allem beim Einsatz von klassischer „hard power" kann und will sie nicht konkurrieren mit „normalen" Supermächten, die wie die USA, Russland oder China über ein enormes Rüstungspotenzial [...] verfügen.
Auf anderen Feldern, etwa in der Entwicklungspolitik oder als Wirtschaftsmacht, befindet sich die Europäische Union in der gleichen Gewichtsklasse: Die EU steht für 16 Prozent des Welthandels, China für 17 und die USA für elf Prozent. Vor allem der Europäische Binnenmarkt ist ein Pfund, mit dem die EU als globaler Akteur wuchern kann; hier besitzt die Europäische Union eine beträchtliche „soft power". [...] Ulrich Fichtner hat [...] die „sanfte Macht" der EU so beschrieben: „Einen Global Player wie das heutige Europa hat es in dieser Form in der Weltgeschichte noch nicht gegeben. Indem die EU Schritt für Schritt die Angelegenheiten ihres Binnenmarktes regelt, formuliert sie nebenbei weltweit wirksame Standards." Die Rechtsprofessorin Anu Bradford hat [...] diesen „Brüssel-Effekt" illustriert: „EU-Gesetze bestimmen, wie in Indonesien Holz geschlagen wird, wie die Brasilianer Honig produzieren, welche Pestizide Kakaobauern in Kamerun einsetzen und welches Gerät in chinesischen Milchfabriken zum Einsatz kommt." Da der Zugang zum Europäischen Binnenmarkt für andere Staaten und ihre Unternehmen sehr attraktiv ist, kann die EU durch hohe Standards, etwa im Bereich der Produktsicherheit bei Kinderspielzeug, ihre wirtschaftliche Macht ausspielen – wer die strengen Vorgaben nicht einhält, bekommt keinen Zugang zum größten Binnenmarkt der Welt.

*Martin Große Hüttmann, Die EU als globaler Akteur, Stuttgart: Landeszentrale für politische Bildung Baden-Württemberg, https://www.europaimunterricht.de/aussen-sicherheits-verteidigungspolitik-europa#c68023 (Zugriff: 15.02.2022)*

**1** Erarbeiten Sie S. 12–15 (M1–M4) in Form einer Expertenrunde.

Ausbildung malischer Rekruten im Rahmen der European Union Training Mission (EUTM)

Containerterminal in Hamburg

**INFO**

**hybrid**
aus Verschiedenem zusammengesetzt bzw. unterschiedlichen Ursprungs

**GLOSSAR**

**Europäischer Binnenmarkt**

**Europäische Union (EU)**

**QUERVERWEIS**

**Methode: Expertenrunde,** S. 16

# Expertenrunde

Die Expertenrunde (auch bekannt unter der Bezeichnung „Gruppenpuzzle“) ist eine Methode, mit der Sie sich arbeitsteilig umfangreiche Texte erschließen können. Das Vorgehen gliedert sich in unterschiedliche Phasen:

**1. Stammgruppenphase:**

- Bilden Sie mehrere Gruppen, die jeweils dasselbe Material bearbeiten. Dies geschieht zunächst in Einzelarbeit.
- Im nächsten Schritt klären Sie mögliche Probleme oder offene Fragen gemeinsam in der Gruppe.
- Im Anschluss verständigt sich jede Gruppe auf die zentralen Inhalte, die für die Mitschülerinnen und Mitschüler von Bedeutung sind. Legen Sie fest, worüber und in welcher Form Ihre Mitschülerinnen und Mitschüler in der nächsten Phase informiert werden sollen. Hierbei gilt es zu bedenken, dass die anderen den Text nicht kennen und unter Umständen weitere Informationen, Beispiele etc. brauchen, um die Inhalte verstehen zu können.

**2. Expertengruppenphase:**

- Die Stammgruppen lösen sich auf. Es entstehen neue Gruppen, in denen sich jeweils eine Expertin oder ein Experte für jedes zuvor in den Stammgruppen erarbeitete Teilthema findet.
- Innerhalb der Expertengruppen informieren Sie sich zunächst gegenseitig oberflächlich über die Themen, die in den einzelnen Stammgruppen bearbeitet wurden, und verständigen sich dann darauf, in welcher Reihenfolge die Ergebnisse sinnvollerweise vorgestellt werden.
- Im Anschluss daran beginnt die strukturierte gegenseitige Präsentation der Ergebnisse. Es ist sinnvoll, dass sich jedes Mitglied der Expertengruppe Notizen zu den zentralen Inhalten und Erkenntnissen macht. Unklarheiten sollten durch Rückfragen direkt geklärt werden. Das Ziel dieses Vorgehen ist es, dass jede und jeder im Anschluss an diese Phase über die zentralen Informationen verfügt und die Zusammenhänge verstanden hat.

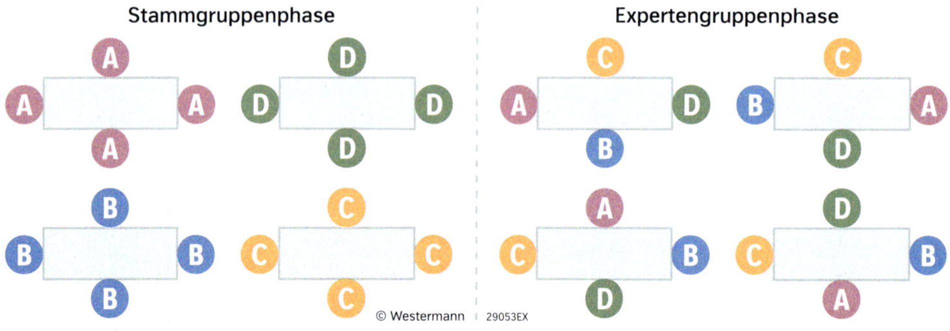


**Stichwort: Verantwortung**

Bei dieser und ähnlichen Methoden spielt die Verantwortung für den Lernprozess eine große Rolle: Sie übernehmen Verantwortung für Ihren eigenen Lernprozess und auch für den Ihrer Mitschülerinnen und Mitschüler.

Von Ihrem Engagement und Ihrer Gewissenhaftigkeit hängt es ab, ob Sie die Sachverhalte, die Sie in Ihrer Stammgruppe erarbeitet haben, auch richtig weitergeben. Es hängt von Ihnen ab, ob die anderen das, was Sie präsentieren, auch verstehen.

Zugleich haben Sie Verantwortung für Ihren eigenen Lernerfolg: Wenn Sie etwa der Meinung sind, dass Ihre Mitschülerinnen und Mitschüler Zusammenhänge unvollständig, unverständlich oder zu oberflächlich referieren, so liegt es an Ihnen, die entsprechende Qualität und Ernsthaftigkeit einzufordern. Das ist nicht immer einfach und auch nicht immer angenehm, ist aber ein wichtiger Bestandteil des Lernprozesses – nicht nur auf der Ebene des Lerngegenstandes, sondern auch auf der Ebene Ihrer eigenen Entwicklung und der Ihrer Mitschülerinnen und Mitschüler.

# Das internationale System – eine Staatenwelt?

## M 1 Weitere Akteure der internationalen Beziehungen

**Internationale Organisationen:** Die Anzahl der Internationalen Organisationen ist in den vergangenen 60 Jahren deutlich angestiegen [...]. Das wichtigste zwischenstaatliche Forum sind heute die Vereinten Nationen und ihre [...] Sonderorganisationen und Programme. [...] Eine wichtige Rolle in den globalen Finanz- und Währungsbeziehungen spielen der Internationale Währungsfonds und die Weltbank [...]. Große Bedeutung für den globalen Handel besitzt zudem die Zusammenarbeit der Staaten im Rahmen der Welthandelsorganisation (WTO). Für die Gestaltung einer „Fairen Globalisierung“ ist zudem die [...] Internationale Arbeitsorganisation (ILO) von Bedeutung. Ihr Ziel ist es, die Arbeits- und Lebensbedingungen der Menschen in der ganzen Welt zu verbessern, insbesondere durch das Setzen von Mindeststandards für die Arbeitswelt.

**Regionale internationale Organisationen:** Parallel zu den Bemühungen auf internationaler Ebene setzten nach dem Zweiten Weltkrieg auch in Europa die Bemühungen ein, vor allem in wirtschaftlichen Fragen stärker miteinander zu kooperieren. Heute stellt die Europäische Union eine einmalige Form einer supranationalen Organisation dar, die weit über die zwischenstaatliche Kooperation im Rahmen einer internationalen Organisation hinausgeht. So vertritt z. B. die EU die Interessen aller EU-Mitgliedstaaten in Handelsfragen, also auch im Rahmen der Welthandelsorganisation. Auch in anderen Regionen arbeiten die Staaten mittlerweile in meist wirtschaftlich ausgerichteten Organisationen zusammen, wie z. B. der ASEAN in Asien, Mercosur in Südamerika und der Afrikanischen Union. Diesen Akteuren wird gerade für die Lösung regionaler Herausforderungen und Konflikte eine große Bedeutung beigemessen.

**Internationale Gerichtsbarkeit:** Der Internationale Gerichtshof (IGH) ist das Hauptrechtsprechungsorgan der Vereinten Nationen. Die Mitgliedstaaten können ihn anrufen, um Streitigkeiten zwischen ihnen entscheiden zu lassen (z. B. den Verlauf einer Grenze). Große Fortschritte hat es seit den 90er-Jahren in der Internationalen Strafgerichtsbarkeit gegeben. [...]. Seit 2002 ist zudem das Statut über die Errichtung eines Internationalen Strafgerichtshofes in Kraft. [...] [Er ist] ein ständiges Gericht, das für Völkermord, Verbrechen gegen die Menschlichkeit, Kriegsverbrechen und das Verbrechen der Aggression zuständig ist.

**Multinationale Unternehmen:** Durch den gestiegenen internationalen Handel mit Waren und Dienstleistungen [...] hat sich in den vergangenen Jahrzehnten auch die Zahl und Bedeutung multinationaler Unternehmen [...] drastisch erhöht. Sie wickeln einen großen Teil des Welthandels ab und werden damit zu wichtigen Akteuren für die Gestaltung der Globalisierung. [...]

**Globale Zivilgesellschaft:** Nicht nur Staaten vernetzen sich, sondern in steigendem Maße kooperieren auch Menschen über Grenzen hinweg. Wichtigster Ausdruck dieser Kooperation ist die Gründung international tätiger Nichtregierungsorganisationen, deren Zahl in den vergangenen Jahrzehnten stark angestiegen ist. Sehr erfolgreiche Beispiele sind die Menschenrechtsorganisation Amnesty International und Transparency International, die sich die Bekämpfung von Korruption auf die Fahne geschrieben hat. Mittlerweile vernetzen sich die NGOs auch untereinander stärker, um gemeinsame Ziele zu erreichen.

*Akteure, in: teamGLOBAL, Bonn: Bundeszentrale für politische Bildung, 27.06.2012, https://www.bpb.de/veranstaltungen/netzwerke/teamglobal/67459/akteure (Zugriff: 05.11.2021)*

**QUERVERWEIS**

**Zu den weiteren Akteuren siehe auch:** S. 74–77 (UNO), S. 15 (EU), S. 40 f. (IStGH), S. 37 f. (NGOs).

**1** Diskutieren Sie die Rolle des Nationalstaates in den internationalen Beziehungen (M1).

# Wie ist das internationale System strukturiert?

**Die internationale Staatenwelt hat zunächst keine Ordnung. Vielmehr ergeben sich „Ordnungen" aus den realen Mächteverhältnissen und aus dem Handeln der Akteure. Modelle helfen hier, die Unübersichtlichkeit zu ordnen.**

**INFO**

**Sicherheitsdilemma**
In der Staatenwelt herrscht Anarchie. Das heißt, dass es keine übergeordnete Instanz gibt. Jeder Staat verfolgt seine eigenen Interessen und ist bei seinem Schutz auf sich selbst angewiesen. Das Sicherheitsdilemma besteht darin, dass Rüstungsmaßnahmen eines Staates vom anderen als Bedrohung empfunden und mit weiterer Aufrüstung beantwortet werden. Wenn keine Abrüstungsvereinbarungen getroffen werden, führt das Sicherheitsdilemma zu einer Spirale des Wettrüstens.

## M1 Weltordnungsmodelle

**Anarchie der Staatenwelt:** Sicherheitsdilemma bestimmt das Handeln der Staaten, es kommt zu Machtkämpfen und (vorübergehenden Zweck-)Bündnissen.

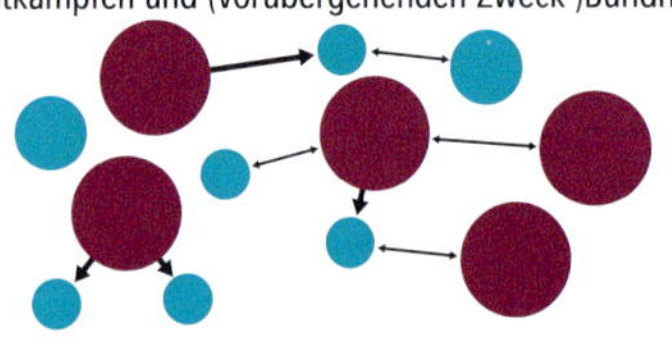

**Hegemoniale Ordnung:** Ein Staat hat die Vormachtstellung inne und kann die anderen Staaten dominieren.

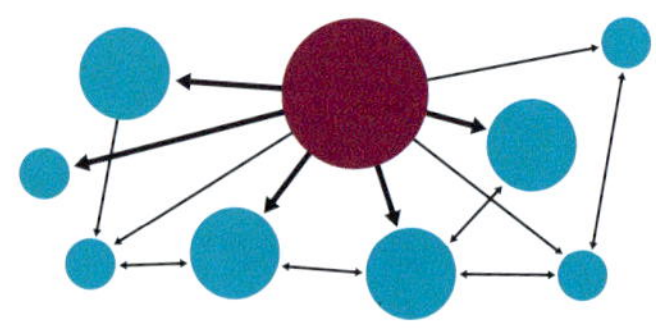

**Global Governance:** Die Staaten koordinieren und kontrollieren sich wechselseitig, indem sie Verträge miteinander schließen und/oder internationale Organisationen bilden, die aber nur beschränkte Durchsetzungskraft haben, da teilweise (Zwangs-) Mittel zur Durchsetzung der Abkommen fehlen.

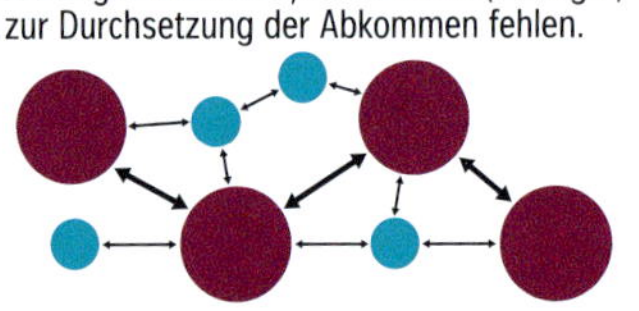

**Ordnung durch Weltregierung:** Alle Staaten übertragen ihre Souveränität an eine überstaatliche Instanz. Diese Instanz wird demokratisch kontrolliert und kann Entscheidungen auch durchsetzen.

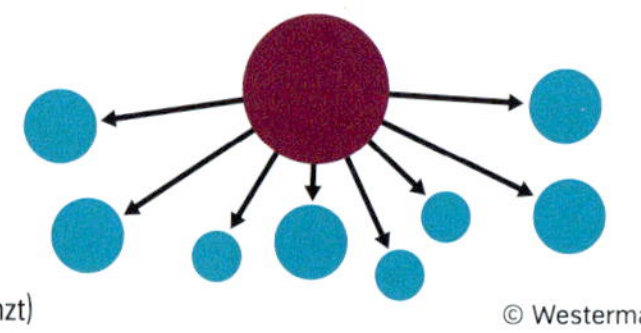

Quelle: Ingomar Hauchler/Dirk Messner/Franz Nuscheler (Hrsg.), Globale Trends 2000. Fakten, Analysen, Prognosen, Frankfurt a. M.: Fischer Taschenbuch, 1999, S. 381 (verändert = Texte ergänzt)



## M2 Unilateral – bilateral – multilateral

Von Unilateralismus bzw. einem unilateralen Vorgehen spricht man, wenn ein Akteur im Alleingang handelt. Bilateral hingegen ist ein Handeln, das zwei Akteure miteinander abstimmen und koordinieren. Wenn mehrere Akteure ihr Vorgehen miteinander abstimmen oder sogar gemeinschaftlich handeln, wird dies als multilaterales Vorgehen bzw. Multilateralismus bezeichnet.

*Autorentext*

**1** Charakterisieren Sie die vier Weltordnungsmodelle (M1). Verwenden Sie hierzu auch die Begriffe aus M2.

**2** **a)** Ordnen Sie den aktuellen Zustand des internationalen Systems einem Modell zu (M1).
**b)** Begründen Sie Ihre Zuordnung.

**3** **a)** Alle Modelle gehen davon aus, dass ausschließlich Nationalstaaten auf internationaler Ebene handeln. Überprüfen Sie diese Annahme.
**b)** Entwerfen Sie ein erweitertes Modell, das der aktuellen Realität eher entspricht.

# Mit sozialwissenschaftlichen Theorien arbeiten

### Was sind Theorien?

Der Begriff „Theorie“ wird häufig als Gegenbegriff zu „Praxis“ verwendet. Während Praxis das aktive Tätigsein und die praktische Auseinandersetzung mit der Wirklichkeit beschreibt, meint „Theorie“ die beobachtende und analysierende Auseinandersetzung mit derselben.
Theorien zielen darauf ab, durch Abstraktion, Verallgemeinerung und Strukturierung Erkenntnisse über die Wirklichkeit (bzw. in der Regel über einen klar umschriebenen Teil der Wirklichkeit) zu gewinnen. Mithilfe von Theorien soll – losgelöst vom Konkreten – das Wesentliche erkannt werden. Theorien haben u. a. die Funktion, Phänomene ordnend zu erfassen (Ordnungsfunktion), Zusammenhänge zu erklären (Explikationsfunktion), daraus eventuell Vorhersagen abzuleiten (prognostische Funktion) und den Blick für mögliche Zusammenhänge zu schärfen (heuristische Funktion).

**QUERVERWEIS**

Wie Theorien arbeiten auch Modelle mit Verallgemeinerungen, um die Realität anschaulich zu machen. Siehe hierzu **Methode: Arbeit mit wissenschaftlichen Modellen,** S. 148 f.

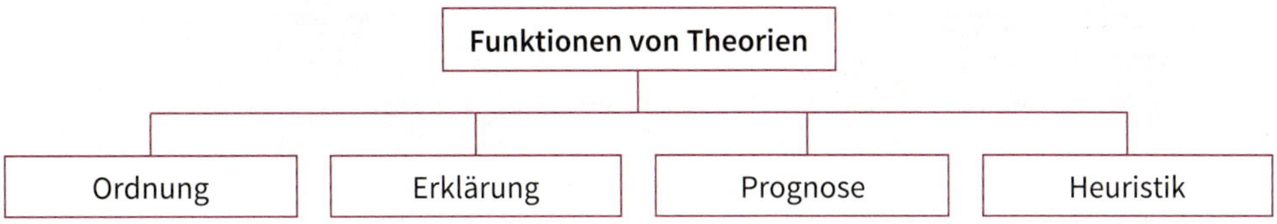


### Man kann Theorien unterscheiden in:

- **Deskriptive (beschreibende) Theorien:** Ein Ausschnitt der Wirklichkeit soll mithilfe abstrakter Konzepte systematisch erschlossen und geordnet werden.
- **Kausalanalytische (erklärende) Theorien:** Diese Theorien gehen über das genaue Beschreiben der Wirklichkeit hinaus. Sie wollen Ursache-Wirkungs-Zusammenhänge herstellen. Es geht also auch darum zu erklären, warum Dinge so sind, wie sie sind, und wie sie geworden sind. Das Erkennen von Kausalzusammenhängen wiederum ist die Voraussetzung dafür, Prognosen für künftige Entwicklungen abzugeben.
- **Normative (bewertende) Theorien:** Während deskriptive Theorien bestimmen möchten, was ist, zielen normative Theorien darauf ab, zu begründen, was sein soll. Ihr Ausgangspunkt ist eine „bessere Welt“, ein wünschenswerter (da moralisch guter oder richtiger) Zustand, der in der Wirklichkeit nicht vorliegt, aber erreicht werden soll. Aufbauend auf deskriptiven und kausalanalytischen Aussagen werden Strukturen, Prozesse und Entscheidung daran gemessen, ob und wie sie geeignet sind, den wünschenswerten Zustand zu erreichen.

### Kritischer Umgang mit Theorien:

Theorien werden üblicherweise daran gemessen, wie gut sie geeignet sind, die Wirklichkeit zu erfassen, zu erklären oder zu bewerten. Jede Theorie hat nämlich ihre „blinden Flecken“. Um den Wert von Theorien bewerten zu können, ist es zunächst wichtig zu erkennen, ob es sich um eine deskriptive, eine kausalanalytische oder eine normative Theorie handelt. Abhängig davon ergeben sich eine Reihe von Fragen, die man an eine Theorie stellen kann:

- **Deskriptive Theorien:** Sind die Begriffe und Konzepte passend, mit denen bestimmte Phänomene zusammengefasst oder beschrieben werden sollen? Haben die gewählten Kategorien Auswirkungen auf das Ergebnis? So macht etwa die ausschließliche Verwendung des Begriffes „Mensch“ (statt „Frau“ und „Mann“) die Feststellung geschlechterspezifischer Unterschiede unmöglich.
- **Kausalanalytische Theorien:** Stimmen die Ausgangsbeobachtungen (→ deskriptive Theorie)? Sind die vermuteten Wirkzusammenhänge überzeugend? Gibt es mögliche weitere Zusammenhänge oder alternative Erklärungsmuster? …
- **Normative Theorien:** Sind die zugrundeliegenden deskriptiven und kausalanalytischen Annahmen stimmig? Von welchen (impliziten oder expliziten) Wertvorstellungen geht die Theorie aus? Sind diese Werte allgemein akzeptiert (oder akzeptierbar) oder stehen sie in Konflikt zu anderen Werten? …

# Welche Theorie erklärt die internationalen Beziehungen am besten?

**Theorien helfen, komplizierte Zusammenhänge nachvollziehbar zu machen, indem sie Erklärungsansätze anbieten und Wirkzusammenhänge aufzeigen. In diesem Sinne sind sie nicht nur ein wichtiges Analyseinstrument. Aus ihnen lassen sich auch Handlungsstrategien ableiten. Sie haben also in den internationalen Beziehungen eine hohe praktische Relevanz.**

INFO

**Hans J. Morgenthau** (1904–1980) veröffentlichte 1948 sein Werk „Politics Among Nations", einen der Gründungstexte des Realismus.

**Kenneth N. Waltz** (*1924) gilt als einer der Hauptvertreter des Neorealismus.

GLOSSAR

**Hegemonie**
**Macht**

## M 1 Der Realismus

Der Realismus ist die skeptischste Theorie der internationalen Politik, was die Möglichkeiten angeht, die Auswirkungen der internationalen Anarchie einzudämmen und Frieden und Zusammenarbeit zwischen den Staaten dauerhaft herzustellen. Der Realismus wurde nach dem Zweiten Weltkrieg zur Leittheorie internationaler Politik und behielt diese Stellung zumindest bis in die 1970er-Jahre. [...]

Für den Realismus sind die Staaten die einzig relevanten Akteure der internationalen Politik. Staaten werden als einheitliche, zweckrationale und egoistische Akteure konzipiert, d. h., sie können wie Personen behandelt werden, die versuchen, für sich selbst einen möglichst hohen Nutzen zu erzielen. Die internationale Anarchie und die von ihr erzeugte fundamentale Unsicherheit zwingen die Staaten dazu, sich in erster Linie um ihr Überleben und ihre Sicherheit zu kümmern. Dazu brauchen sie Macht, vor allem militärische oder militärisch nutzbare Machtressourcen, die sie einsetzen können, um mögliche Angriffe anderer Staaten abzuschrecken oder abzuwehren. Macht ist allerdings immer relativ. Sie bemisst sich danach, wie hoch die Machtressourcen der anderen Staaten im Vergleich zu den eigenen sind. Staaten müssen also danach streben, mindestens so mächtig zu sein wie die Staaten, mit denen sie es zu tun haben. Daraus resultiert eine immerwährende Machtkonkurrenz zwischen den Staaten. [...]

Wenn Staat A nur deshalb aufrüstet, um sich gegen eine eventuelle militärische Bedrohung zu schützen, kann Staat B nicht ausschließen, dass es sich um die Vorbereitung eines Angriffs handelt, und rüstet seinerseits auf, was Staat A wiederum zu Gegenmaßnahmen veranlasst, usw. So entstehen aus Misstrauen selbst unter defensiven Staaten Rüstungswettläufe und Kriege, weil kein Staat das eigene Überleben riskiert und deshalb vom Worst Case ausgeht, dass alle anderen Staaten offensive Absichten hegen. Das gleiche Misstrauen sorgt generell dafür, dass Staaten sich auf internationale Kooperation nur zögerlich einlassen. Sie fürchten sich davor, ihre Unabhängigkeit zu verlieren, betrogen zu werden und weniger von der Zusammenarbeit zu profitieren als ihre Kooperationspartner.

Das „Machtgleichgewicht" sorgt hingegen dafür, dass offensive Staaten daran scheitern, eine dauerhafte Vorrangstellung zu erringen. [...] Da es höchst unwahrscheinlich ist, dass ein Staat sich auf Dauer gegen den Rest der Welt behaupten kann, bleibt die internationale Anarchie mit ihrer Machtkonkurrenz bestehen. Wie scharf die internationale Machtkonkurrenz ist, hängt aus realistischer Sicht von zwei strukturellen Bedingungen ab: von der internationalen Machtverteilung und der (militärischen) Technologie. Für die Machtverteilung gilt: *Je höher die Machtkonzentration im internationalen System ist, desto wahrscheinlicher sind Frieden und Kooperation.* Ist ein Staat der Hegemon, verfügt also über höhere Machtressourcen als die übrigen Staaten zusammen, so kann er für Ruhe und Ordnung sorgen: Aggressoren in die Schranken weisen, Regeln setzen und Regelverletzer bestrafen. Allerdings ist Hegemonie aufgrund des Gleichgewichtsmechanismus immer nur ein vorübergehender Zustand. In multipolaren Systemen mit mehreren Großmächten sind die Machtverhältnisse instabil und unübersichtlich. Es kommt zu häufigen Bündniswechseln und Kriegen. Bipolare Systeme mit nur zwei Großmächten nehmen eine Mittelposition ein.

*Frank Schimmelfennig, Internationale Politik, in: Hans-Joachim Lauth/Christian Wagner (Hrsg.), Politikwissenschaft. Eine Einführung, 7., überarb. Aufl., Paderborn: Schöningh, 2009, S. 135–161, hier S. 140–142*

## M2 Der Institutionalismus

Der Institutionalismus unterscheidet sich vom Realismus im Wesentlichen dadurch, dass aus seiner Sicht Interdependenz und Regime die Wirkungen der internationalen Anarchie wirksam eindämmen. Sie überwinden die Anarchie zwar nicht, „zivilisieren" sie aber doch so weit, dass stabiler Frieden und stabile Kooperation auch ohne Hegemonie möglich werden. [...]

Nach institutionalistischer Auffassung ist das internationale System durch zunehmende Interdependenz gekennzeichnet. Das heißt, Staaten können zentralen Funktionen ohne die Zusammenarbeit mit anderen Staaten gar nicht, in hohem Maße unzureichend oder nur zu extrem hohen Kosten erfüllen. Das gilt etwa bei der Energieversorgung oder dem Klimaschutz auch für Großmächte. Interdependenz schafft somit einen hohen Bedarf an internationaler Kooperation. Damit dieser Bedarf befriedigt werden kann, müssen die Staaten aber sicher sein können, dass Kooperation ihre Sicherheit nicht einschränkt und dass sie von ihren Kooperationspartnern nicht betrogen und übervorteilt werden.

Dabei hilft, dass sich der Wert militärischer Macht und damit auch die Unsicherheit im internationalen System deutlich verringert haben. Auf der einen Seite schwindet der Nutzen überlegener Machtressourcen. Das liegt zum einen an der nuklearen Abschreckung. Großmächte, die über eine gesicherte nukleare Zweitschlagfähigkeit verfügen, lassen sich mit überlegenen Machtressourcen ohnehin nicht wirksam militärisch erpressen. Aber auch in den Partisanen- oder Guerillakriegen, die gegenwärtig die Regel sind, lässt sich die drückende technologische, ökonomische und militärische Überlegenheit der Großmächte oft nicht in dauerhafte militärische Siege ummünzen.

Darüber hinaus schwindet die Zweckmäßigkeit militärischer Mittel generell. Atomwaffen sind zur Abschreckung oder Vernichtung eines Gegners, nicht aber zur begrenzten Kriegführung und zur Durchsetzung spezifischer politischer Ziele geeignet. Aber auch konventionelle militärische Mittel taugen nicht dazu, um in vielen der aktuellen Problemlagen internationaler Politik (Umwelt- und Klimaschutz, Regulierung der Weltmärkte) eigene Interessen durchzusetzen. In der Konsequenz müssen die Staaten und zumal die Großmächte sich nicht mehr permanent um ihre Sicherheit sorgen und einen militärischen Machtvorsprung anderer Staaten fürchten. Sie können sich somit ohne großes Risiko auf gewinnbringende internationale Kooperation einlassen.

Es bleibt jedoch das Problem, von den Kooperationspartnern betrogen und ausgenutzt zu werden. Hier helfen internationale Regime – das sind zwischenstaatliche Regelwerke für einen spezifischen Problembereich internationaler Politik [...]. Internationale Regime legen Regeln für die internationale Kooperation fest, überwachen die Regeleinhaltung der Regimeteilnehmer und sanktionieren regelverletzendes Verhalten. Dadurch ermöglichen sie es den beteiligten Staaten, verlässliche Informationen über das Verhalten ihrer Kooperationspartner zu erlangen und unkooperatives Verhalten zu entdecken und zu bestrafen. So schaffen internationale Regime das für die internationale Zusammenarbeit nötige Vertrauen.

*Zusammen bilden Interdependenz und Regime (auch in Abwesenheit von staatlicher oder hegemonialer Regeldurchsetzung) somit ein stabiles Fundament für Frieden und effiziente internationale Kooperation.* Während Interdependenz einen wachsenden Bedarf an Zusammenarbeit und einen abnehmenden Nutzen militärischer Macht hervorbringt, sorgt die Vertrauensbildung durch internationale Regime dafür, dass die Zusammenarbeit auch tatsächlich zustande kommt.

*Frank Schimmelfennig, Internationale Politik (siehe M1), hier S. 142 f.*

**INFO**

Die Werke von **Robert O. Keohane** (*1941) und **Joseph S. Nye** (*1937) gelten als Standardwerke des Institutionalismus.

INFO

**James Rosenau** (1924–2011) gilt als einer der Hauptvertreter des Transnationalismus in den internationalen Beziehungen.

**Reziprozität** Gegenseitigkeit, Wechselbezüglichkeit

## M3 Der Transnationalismus

Wie der Institutionalismus sieht auch der Transnationalismus Möglichkeiten, der Unsicherheit und Ineffizienz der internationalen Anarchie zu entkommen und stabilen Frieden und dauerhafte internationale Kooperation zu gewährleisten. Im Unterschied zum Institutionalismus setzt er dabei jedoch nicht auf zwischenstaatliche Verhandlungen und Institutionen, sondern auf transnationale Netzwerke unterhalb der Ebene der Regierungen. Der Transnationalismus vollzieht dabei eine radikale Abkehr vom staatszentrischen Modell des Realismus und des Institutionalismus. An die Stelle einheitlich handelnder Staaten tritt eine Vielfalt öffentlicher, privater und zivilgesellschaftlicher Akteure. [...]

Diese Vielfalt von Akteuren ist deshalb für die internationale Politik relevant, weil die Staaten nicht nur untereinander abhängig sind, sondern in zunehmendem Maße auch nicht staatlicher Akteure bedürfen, um ihre Ziele effektiv zu verfolgen. Während öffentliche Akteure nach wie vor über die legitime Autorität verfügen, verbindliche Regeln zu setzen und durchzusetzen, verfügen private Akteure über Eigentumsrechte und finanzielle Ressourcen und zivilgesellschaftliche Akteure [...] über Informationen sowie fachliche und moralische Autorität. In vielen Bereichen internationaler Kooperation sind Staaten auf diese Ressourcen nicht staatlicher Akteure angewiesen. Zu diesem Zweck bilden sich transnationale Netzwerke, in denen die Ressourcen mehrerer Akteure zusammengebracht und getauscht werden.

Transnationale Netzwerke entfalten zahlreiche friedens- und kooperationsförderliche Wirkungen. Erstens entwickeln sich durch intensive Verflechtung zwischen Gesellschaften mit kompatiblen Werten „pluralistische Sicherheitsgemeinschaften“ [...], in denen die Möglichkeit eines Krieges aus dem Erwartungshorizont der Akteure verschwindet. Zweitens akkumuliert sich in Netzwerken „soziales Kapital“. Die Netzwerkteilnehmer bauen wechselseitig Verständnis und Vertrauen auf, schaffen Transparenz und entwickeln Normen verallgemeinerter Reziprozität oder Kooperationsbereitschaft. *Je dichter die transnationalen Netzwerke sind, desto größer sind die Chancen [...] der Bildung zwischengesellschaftlichen Vertrauens.* Diese sind Voraussetzungen für Frieden und Kooperation. [...]

[Transnationale Netzwerke] stellen Expertenwissen über internationale Probleme und Möglichkeiten zu deren Lösung bereit, unterstützen die Staaten bei internationalen Konferenzen, helfen bei der Umsetzung internationaler Vereinbarungen und liefern Informationen über Regelverstöße. Zugespitzt gesagt, bedarf es dort, wo dichte zwischengesellschaftliche Verflechtung existiert, weder hegemonialer noch institutioneller Überwachung und Sanktionen, um Frieden und Kooperation zu sichern.

*Frank Schimmelfennig, Internationale Politik (siehe M1), hier S. 144 f.*

## M4 Der Liberalismus

GLOSSAR

**Demokratie**
**Liberalismus**

Während bisher Strukturen des internationalen Systems (Machtverteilung, Interdependenz, Institutionen und Netzwerke) die größte Rolle für die Erklärung internationaler Politik spielten, sind es im Liberalismus innerstaatliche Strukturen. [...] Wie der Transnationalismus nimmt auch der Liberalismus Abschied von der Annahme, dass die Akteure der internationalen Politik einheitlich handelnde Staaten sind. Vielmehr ist das außenpolitische Handeln der Staaten in unterschiedlichen Handlungskontexten und Problembereichen von einer Vielzahl und Vielfalt innerstaatlicher und gesellschaftlicher Akteure mit unterschiedlichen Zielen und unterschiedlicher Durchsetzungsfähigkeit geprägt. Der Staat ist dabei nicht mehr als das außenpolitische Handlungsorgan der Gesellschaft.

Zu den relevanten innerstaatlichen Strukturen gehören die Staats- und Gesellschaftsordnung sowie Strukturen der Interessenvermittlung und Entscheidungsfindung. Sie bestimmen, welche unter den vielfältigen, teilweise konkurrierenden außenpolitischen Ziele sich als staatliche Ziele durchsetzen kön-

nen. Außerdem haben Staaten die Tendenz, grundlegende innerstaatliche Verhaltensroutinen und Verfahrensweisen („Politikstile") [...] auch in der Außenpolitik zu befolgen. *Wenn Staaten aufeinandertreffen, deren interne Strukturen verlässlich nicht militärische außenpolitische Ziele und/oder einen gewaltfreien Politikstil hervorbringen, entsteht Frieden. Internationale Kooperation wird dadurch erleichtert, dass Staaten interagieren, deren interne Strukturen verlässlich regelgeleitete, kooperative Politikstile erzeugen.*
Von besonderer Bedeutung für den Liberalismus ist dabei die Differenz zwischen demokratischen und nicht demokratischen Staaten – vor allem die bereits auf Immanuel Kants Schrift „Zum Ewigen Frieden" (1795) zurückgehende Hypothese vom „demokratischen Frieden" [...]. In demokratischen Staaten kann die Gesellschaft durch Wahlen und andere Einflusskanäle größeren Einfluss auf die Außenpolitik nehmen als in nicht demokratischen Staaten. Die Politik in demokratischen Verfassungsstaaten beruht außerdem auf der friedlichen, regelgeleiteten Bearbeitung von Konflikten und der Aushandlung von Kompromissen. [...] Entsprechend tendieren Demokratien auch nach außen zu friedlichem, regelgeleitetem und multilateral abgestimmtem Verhalten, während undemokratische Staaten eine Tendenz zu Gewaltanwendung, Unilateralismus und Regelverletzungen aufweisen.
[...] Wenn im internationalen System Demokratien interagieren, nehmen sie sich gegenseitig als friedlich, transparent, kompromissbereit und regeltreu wahr. Gegenüber Nicht-Demokratien hegen Demokratien hingegen Misstrauen [...]. Die liberale Demokratie ist der Generalschlüssel zur Überwindung der internationalen Unsicherheit und Ineffizienz. Für den Liberalismus setzt die Bekämpfung der fundamentalen Probleme der internationalen Anarchie daher im Inneren der Staaten an.

*Frank Schimmelfennig, Internationale Politik (siehe M1), hier S. 145 f.*

**INFO**

**Immanuel Kant**
(1724–1804) Philosoph; sein Werk „Kritik der reinen Vernunft" (1781) markiert den Beginn der Aufklärung. In seiner Schrift „Zum ewigen Frieden" bestimmte er als Bedingungen für den Frieden die innere republikanische (demokratische) Verfasstheit aller Staaten, ihren Zusammenschluss in einem Völkerbund sowie ein gegenseitiges Besuchsrecht der Völker der Erde.

## M5 Der Konstruktivismus

Der Konstruktivismus nimmt zu den bisher behandelten Theorien der internationalen Politik zwei zentrale Gegenpositionen ein. Zum einen behauptet er, dass nicht materielle Strukturen wie Machtverteilung, Technologie oder Interdependenz, sondern ideelle Strukturen für die internationale Politik von primärer Bedeutung sind. Zum anderen behauptet er, entgegen der bisher vertretenen Annahme zweckrationalen Handelns, dass die Akteure im Rahmen der ideellen Strukturen des internationalen Systems „angemessen" handeln [...].
Die Akteure orientieren sich an den gemeinsamen Werten, befolgen die gemeinsamen Normen und verhalten sich freundschaftlich und solidarisch zueinander. [...] In internationalen Gemeinschaften lassen sich [...] auf der Basis von ideellem Konsens, angemessenem Verhalten und starkem Vertrauen in die Friedfertigkeit und die Kooperationsbereitschaft aller Gemeinschaftsmitglieder die Anarchieprobleme der Unsicherheit und Ineffizienz prinzipiell überwinden. Außerhalb von und zwischen gegnerischen internationalen Gemeinschaften hingegen regieren Wertekonflikte und negative kollektive Identitäten. Kontroverse Ideen, unvereinbare Werte, umstrittene Normen und negative kollektive Identitäten tendieren zu einer Kultur der Feindschaft, in der die gegensätzlichen Ziele und das Misstrauen gegenüber der Friedlichkeit und Kooperationsbereitschaft der anderen Akteure akzentuiert werden. So steigern sich die Anarchieprobleme von der Unsicherheit zur Feindschaft und von der Ineffizienz zur reinen Konkurrenz.
*Je größer also die Übereinstimmung der Ideen von internationalen Akteuren und je stärker damit Gemeinschaft zwischen ihnen ist, desto höher ist die Wahrscheinlichkeit von Frieden und internationaler Kooperation.*

*Frank Schimmelfennig, Internationale Politik (siehe M1), hier S. 147 f.*

**INFO**

**Alexander Wendts**
(*1958) Werk „Social Theory of International Politics" (1999) ist maßgeblich für die konstruktivistische Theorie der internationalen Beziehungen.

**1** Vergleichen Sie die skizzierten theoretischen Ansätze in Form einer Tabelle (M1–M5).
**2** Arbeiten Sie den Zusammenhang zwischen theoriegeleiteter Weltwahrnehmung und praktischer Politik heraus.

**QUERVERWEIS**

**Methode: Mit sozialwissenschaftlichen Theorien arbeiten,** S. 19

# Fallbeispiel 1: Die chinesisch-afrikanischen Beziehungen

**Afrika gilt im Westen oft als der Krisenkontinent, den es durch entwicklungspolitische Maßnahmen zu unterstützen gilt. Die Volksrepublik China verfolgt eine andere Strategie. Die westlichen Staaten sehen die Entwicklung mit Argwohn und vermuten, dass China mit wirtschaftlichen Mitteln seinen Einflussbereich auf Afrika ausdehnen möchte.**

## M 1 Impressionen chinesisch-afrikanischer Beziehungen

① Von chinesischen Firmen gebaute Straßenbahn in der äthiopischen Hauptstadt Addis Abeba

② Besucher auf der China Trade Week in Nairobi, Kenia

③ Sitz der Baufirma China Star Construction in der Sonderhandelszone von Ruandas Hauptstadt Kigali

④ Kenias Präsident Uhuru Kenyatta mit Chinas Staatspräsidenten Xi Jinping in Peking

## M 2 Chinas Afrika-Strategie

Der Handel zwischen China und Afrika boomt. Und es sind keineswegs nur Chinesen, die nach Afrika kommen und mit ihrem vielen Geld die Flächen für Landwirtschaft aufkaufen, Minen bauen, den ganzen Kontinent mit Straßen und Schienen versehen und neue Häfen errichten, damit sie die Rohstoffe und andere Bodenschätze in ihr Heimatland verschiffen können. Der Handel läuft wechselseitig. Einige Tausend Kleinhändler aus Afrika halten sich allein im Guangzhouer Stadtteil Xiaobei auf und schachern auf den Kleider- und Elektromärkten um niedrige Preise. Ihre genaue Zahl kennt niemand. Denn die meisten leben gar nicht dauerhaft in Guangzhou, sondern reisen [...] ein, kaufen ein und reisen wieder ab – und das mehrfach im Jahr.

China ist bereits seit 2009 Afrikas größter Handelspartner. Während Europäer und Amerikaner den Kontinent vor allem mit Hunger, Elend und Flüchtlingen verbinden, sehen die Chinesen in Afrika einen gigantischen Handelspartner und Absatzmarkt. Insgesamt hat sich das Handelsvolumen nach Angaben aus Peking im vergangenen Jahrzehnt mehr als verzehnfacht und lag im vergangenen Jahr bei über 300 Milliarden Dollar. Die afrikanischen Länder beliefern China mit Eisenerz, Kupfer, Mineralien, Kohle und Erdöl. Angola etwa ist Chinas drittgrößter Erdöllieferant. Die Chinesen wiederum exportieren vor allem Maschinen, Elektronik und andere Konsumgüter nach Afrika. Vor allem aber ist China inzwischen ein kräftiger

Investor in Afrika. Nach Angaben der internationalen Beratungsfirma Ernst & Young in London haben die Chinesen seit 2005 mehr als 66 Milliarden Dollar auf dem Kontinent investiert und über 130.000 Jobs geschaffen. Ganz vorne bei diesen Investitionen ist der chinesische Staat. 80 Prozent der Investitionen kommen von chinesischen Staatsunternehmen. Allein auf dem jüngsten Gipfel „Neue Seidenstraße" [...] hat die chinesische Führung angekündigt, ein dichtes Netz aus neuen Häfen, Eisenbahnlinien, Straßen und Industrieparks zu bauen, das China mit Afrika, Asien und Europa verbinden soll. Die afrikanischen Staaten sollen besonders viel davon abbekommen.

Die Industriestaaten in Europa und den USA schauen mit Argwohn auf diese boomende Handelsachse Afrika – Fernost. Deren Unternehmen trauen sie nicht so recht. Auch Nichtregierungsorganisationen werfen den Chinesen vor, sie seien nur an den Bodenschätzen interessiert, nicht aber an Umweltschutz, Menschenrechten oder einer wirklichen Entwicklung des Kontinents. Der angolanische Ökonom José Cerqueira hatte diesem Bild indes bereits vor einigen Jahren widersprochen. „Für die westliche Entwicklungshilfe sollen wir Ohren haben, aber keinen Mund", so Cerqueira. Mit den chinesischen Geschäftsleuten hingegen werde knallhart verhandelt – das jedoch auf Augenhöhe. Und tatsächlich lässt sich auch statistisch belegen, dass es China keineswegs nur um die Ausbeutung der Rohstoffe geht. Äthiopien etwa, ein Land mit über hundert Millionen Einwohnern, hat den Chinesen gar nicht so viel an Bodenschätzen zu bieten – ist derzeit aber der größte Empfänger chinesischer Gelder.

Peking hat der Hauptstadt Adis Abeba nicht nur das Hochhaus für den Hauptsitz der Afrikanischen Union gespendet, sondern auch mehr als zwölf Milliarden Dollar in den Bau von Dämmen, Schienen, Straßen und sogar Fabriken gesteckt. „Das ist mehr als doppelt so viel, wie China in den ölreichen Sudan oder den mineralreichen Kongo investiert hat", schreiben Wissenschaftler der John-Hopkins-Universität in Washington. Tatsächlich würden die USA einen weitaus größeren Anteil ihrer Gesamtinvestitionen in Afrika in den Abbau von Rohstoffen investieren, nämlich 66 Prozent. Der Investitionsanteil der Chinesen in den afrikanischen Bergbau liege lediglich bei 28 Prozent. [...] Einer Studie des Pew-Instituts zufolge begrüßen 70 Prozent der Afrikaner das Engagement der Chinesen. [...]

Chinas Engagement in Afrika beschäftigt nun auch die Bundesregierung. Der Westen müsse seine Wirtschaftsbeziehungen mit Afrika auf eine völlig neue Grundlage stellen, forderte unlängst Entwicklungsminister Gerd Müller (CSU). Seine neue Strategie: Er will in der Afrikapolitik künftig mit China zusammenarbeiten. Einen Anfang hat es schon gegeben. Bei seinem Besuch Anfang Mai in Peking eröffnete Müller zusammen mit seinem chinesischen Partner ein neues „Zentrum für nachhaltige Entwicklung", das explizit Projekte in Afrika fördern soll. China sei zwar der größte Investor von Infrastruktur auf dem afrikanischen Kontinent, sagte Müller. Um jedoch auch Ausbildungs- und Arbeitsplätze für Afrikaner zu sichern, wolle er deutsches Wissen in der Berufsbildung und der Umwelt- und Energietechnik zur Verfügung stellen.

*Felix Lee, Chinas neuer Kontinent, in: Die Zeit online, 28.06.2017, https://www.zeit.de/wirtschaft/2017-06/china-handel-investition-entwicklungshilfe/komplettansicht (Zugriff: 15.02.2022)*

Zeichnung: Orlando Eisenmann

Die Seiten 24–25 sowie die Seiten 26–27 können arbeitsteilig bearbeitet werden: Erarbeiten Sie jeweils zu zweit eine der beiden Doppelseiten. Schließen Sie sich dann mit einem Paar zusammen, das die andere Doppelseite erarbeitet hat, tauschen Sie sich aus und diskutieren Sie über die (Einordnung der) chinesische(-n) Außenpolitik.

1 Charakterisieren Sie die chinesisch-afrikanischen Beziehungen auf der Basis von M1.

2 Vergleichen Sie die Ergebnisse aus M1 mit der Karikatur oben rechts.

3 Beschreiben Sie die Afrika-Strategie Chinas (M1 und M2).

4 Bewerten Sie die Außenpolitik Chinas.

5 Diskutieren Sie die Erklärungskraft der Ihnen bekannten Theorien internationaler Beziehungen hinsichtlich der chinesisch-afrikanischen Beziehungen (M2).

6 Vergleichen Sie Ihre Einschätzungen mit der Einschätzung der anderen Gruppe.

**QUERVERWEIS**

**Welche Theorie erklärt die internationalen Beziehungen am besten?,** S. 20–23

# Fallbeispiel 2: China – die neue Hegemonialmacht?

**Als Handelsmacht spielt China seit Jahrzehnten eine zentrale Rolle. Viele Produkte, die in aller Welt verkauft werden, werden in China preisgünstig produziert.**
**Die Volksrepublik baut allerdings auch ihr militärisches Potenzial massiv aus. In den vergangenen drei Jahrzehnten hat China seine Militär- und Rüstungsausgaben um fast 800 Prozent erhöht. Die westlichen Staaten fürchten, dass China im ostasiatischen Raum sein wirtschaftliches und militärisches Übergewicht in einer Art nutzen könnte, die die globalen Koordinaten verschiebt.**

## M 1 China – ein militärisches Schwergewicht

Chinesische Kampfhubschrauber

Parade der chinesischen Volksbefreiungsarmee anlässlich des 100. Jahrestags der Gründung der Kommunistischen Partei Chinas (2021)

Chinesischer Xian H-6-Bomber nahe des taiwanesischen Luftraums (2020)

Chinas Staats- und Parteiführung hat ein klares Ziel: Bis 2049 soll die Volksrepublik ein „Militär der Weltklasse" haben. Was genau darunter zu verstehen ist, sagt China nicht, aber seit Jahren steckt die Führung sehr viel Geld in die Modernisierung der Volksbefreiungsarmee. Chinas Rüstungsausgaben sind nach den USA die zweithöchsten der Welt. [...]
War Chinas Armee vor zwei Jahrzehnten noch ziemlich rückständig, so hat die Volksrepublik nach Angaben des Pentagon mittlerweile in einigen Bereichen mit den USA gleichgezogen oder sie sogar überholt. Zunehmend wird demnach auch in China die zivile Industrie- und Technologieentwicklung mit der Rüstungsindustrie verwoben. [...]
Im jüngsten Jahresbericht des US-Verteidigungsministeriums zu China heißt es, mit rund 350 Kriegsschiffen und U-Booten habe die Volksrepublik jetzt zahlenmäßig die größte Marine der Welt. Mit etwa 2.000 Kampfflugzeugen steht China weltweit auf Platz drei der größten Luftstreitkräfte. Auch bei landgestützten konventionellen Raketen mit einer Reichweite bis 5.500 Kilometer hat China aufgeholt – zumal Peking anders als Moskau und Washington in keinen der großen Abrüstungsverträge eingebunden ist.
Seine Atomwaffen hat China in den letzten Jahren modernisiert und die Zahl der Atomsprengköpfe aufgestockt. Nach neuen Schätzungen des Stockholmer Friedensforschungsinstituts SIPRI hat die Volksrepublik rund 350 Atomsprengköpfe – damit aber immer noch deutlich weniger als die großen Atommächte USA und Russland. [...]
Mit Sorge beobachten Chinas Nachbarn das zunehmend aggressive Auftreten der Volksrepublik im asiatisch-pazifischen Raum. Im Südchinesischen Meer ignoriert China seit Jahren das Urteil eines internationalen Schiedsgerichts, erhebt weiter Anspruch auf fast das gesamte Meeresgebiet und hat unbewohnte Atolle und Inseln aufgeschüttet und zu Militärbasen ausgebaut.
Auch gegenüber Taiwan schlägt Peking einen zunehmend aggressiven Ton an – und droht immer wieder, die demokratisch regierte Inselrepublik notfalls mit Gewalt in die Volksrepublik einzugliedern. China provoziert unter anderem mit Militärübungen in Taiwans Umfeld; chinesische Kampfflugzeuge dringen zudem immer wieder in Taiwans Luftraumüberwachungszone vor. [...]
Auch außerhalb Asiens baut China seine Fähigkeiten zur militärischen Machtprojektion stetig aus – etwa um Handelsrouten abzusichern. Bislang hat China aber nur einen ausländischen Militärstützpunkt: in Djibouti am Horn von Afrika. Von Peking finanzierte und kontrollierte Häfen entlang der maritimen Seidenstraße, etwa in Sri Lanka, könnten allerdings nach Einschätzung von Experten nicht nur für die Handelsschifffahrt, sondern auch militärisch genutzt werden.
Selbst im Weltall macht sich Chinas neue Stärke bemerkbar. Das ambitionierte Raumfahrtprogramm der Volksrepublik ist dem Militär unterstellt. Das Weltall sei, heißt es bei der Volksbefreiungsarmee, „eine kritische Domäne im internationalen strategischen Wettbewerb".

*Ruth Kirchner, Ambitionen – im Meer, in Afrika, im All, in: Tagesschau.de, Hamburg: NDR, 14.06.2021, https://www.tagesschau.de/ausland/asien/china-marine-aufruestung-101.html (Zugriff: 15.02.2022)*

## M2 China – Herausforderung für die westlichen Demokratien

China ist eine Chance. Und eine Gefahr. Zwei Zahlen lassen [...] aufhorchen. Peking plant, trotz Corona, mit sechs Prozent Wachstum. Und mit einer noch höheren Steigerung des Militäretats: 6,8 Prozent. Das Wachstum und die Chancen, davon zu profitieren, haben Europa und Exportchampion Deutschland seit Jahrzehnten fasziniert. Dass hiesige Medien sich ebenso für Chinas Rüstung interessieren, ist neu. Für Europa ist Pekings Militär keine direkte Bedrohung, wohl aber für die asiatischen Nachbarn. Das wird nun mit wachsender Sorge wahrgenommen. Die Gründe dafür liegen vor allem in Peking. Ökonomisch ist China nun so stark wie die EU und die USA. Es nimmt immer weniger Rücksicht auf internationale Regeln, Verträge und die Interessen anderer. Peking weitet Hoheitsansprüche aus, droht Taiwan, schreddert die Demokratie in Hongkong, unterdrückt Tibeter und Uiguren. China ist der größte Klimasünder, tut aber wenig, um das zu ändern, und vertröstet mit der vagen Ankündigung, 2060 klimaneutral zu werden.

Da spitzen sich mehrere Konflikte zu. Experten warnen inzwischen regelmäßig vor einem neuen Kalten Krieg, manche gar vor einem heißen Krieg. [...] Die Demokratien in Asien – Japan, Australien, Neuseeland, Südkorea und Indien, das China militärisch unterlegen ist wie kürzlich ein Konflikt im Himalaja zeigte – fürchten, dass Peking mit der Zeit eine „Pax Sinica" erzwingen möchte. Friedlich und kooperativ bleibt China nur, wenn die Nachbarn sich seinen Regeln beugen und keine Kritik üben, sei es an der Coronapolitik oder dem Umgang mit Dissidenten. Sonst antwortet Peking mit Sanktionen, politischem und militärischem Druck. Meinungsfreiheit und Menschenrechte würden dann in Asien nur noch eingeschränkt gelten. Ihre Hoffnungen richten Chinas Nachbarn auf Europa. [...] China, so die Analyse der Demokratien dort, verfolgt unter Präsident Xi imperialistische Ziele, riskiert aber keinen Krieg, weil der das Wachstum gefährdet, das die Partei braucht, um sich die Gefolgschaft der Bevölkerung zu sichern. Sie erwarten eine gemeinsame Strategie Europas und der USA zur Eindämmung Chinas durch politischen Druck und militärische Präsenz.

Peking kalkuliere Kosten und Nutzen seines Handelns. Könnte es das demokratische Gegenmodell in Taiwan durch Annexion eliminieren, ohne Krieg zu riskieren, würde Peking das wohl tun. Solange die USA Taiwan schützen, bleibt das ein Fernziel. [...] Dreierlei können die EU und Deutschland für den Frieden in Asien tun. Erstens ein Bündnis mit den Demokratien dort schließen. Zweitens eine gemeinsame Chinastrategie mit den USA ausarbeiten; die Wende von Trump zu Joe Biden macht's möglich. Drittens eine KSZA aufbauen: eine Konferenz für Sicherheit und Zusammenarbeit in Asien nach dem Vorbild der KSZE. Die sicherte im Systemkonflikt mit der Sowjetunion Frieden und Freiheit in Westeuropa durch Gewaltverzicht, Abrüstung, vertrauensbildende Maßnahmen inklusive roter Telefone und Einblick ins Militär. China verdient Einbeziehung und Respekt, nicht aber Toleranz für imperiale Hegemonieansprüche.

*Christoph von Marschall, Europa muss auf Chinas Rüstungsoffensive reagieren, in: Der Tagesspiegel online, 05.03.2021, https://www.tagesspiegel.de/politik/neuer-kalter-krieg-europa-muss-auf-chinas-ruestungsoffensive-reagieren/26978828.html (Zugriff: 15.02.2022)*

**INFO**

**„Pax Sinica"**
„Chinesischer Frieden"; dieser Begriff lehnt sich an die antike „Pax Romana" an, jenen Frieden, den das Römische Reich durch weitreichende Unterwerfungen garantierte.

**KSZE**
Die KSZE (Konferenz für Frieden und Zusammenarbeit in Europa) war während des Kalten Krieges ein Forum des Austauschs und gegenseitiger Beratungen zwischen Ost und West.

Die Seiten 24–25 sowie die Seiten 26–27 können arbeitsteilig bearbeitet werden: Erarbeiten Sie jeweils zu zweit eine der beiden Doppelseiten. Schließen Sie sich dann mit einem Paar zusammen, das die andere Doppelseite erarbeitet hat, tauschen Sie sich aus und diskutieren Sie über die (Einordnung der) chinesische(-n) Außenpolitik.

1 Charakterisieren Sie die chinesische Außenpolitik, indem Sie die zentralen Inhalte der Texte (M1 und M2) zusammenfassen

2 Bewerten Sie die Außenpolitik Chinas.

3 Diskutieren Sie die Erklärungskraft der Ihnen bekannten Theorien internationaler Beziehungen hinsichtlich der Außenpolitik Chinas (M1 und M2).

4 Vergleichen Sie Ihre Einschätzungen mit der Einschätzung der anderen Gruppe.

**QUERVERWEIS**

**Welche Theorie erklärt die internationalen Beziehungen am besten?,** S. 20–23

# 1.2 Globale Strukturen und Herausforderungen

## Was ist Globalisierung?

**GLOSSAR**
Globalisierung

### M1 Impressionen der Globalisierung

(1)

Frachthafen von Long Beach/Californien

(2)

Flüchtlinge auf dem Mittelmeer

(3)

Straßenzug in einem ägyptischen Dorf

(4)

EU-Afrika-Gipfel in Abidjan/Elfenbeinküste (2017)

(5)

Fridays-for-Future-Demonstration in Valparaíso/Chile

(6)

Weltjugendtag der katholischen Kirche in Panama (2019)

(7)

Textilarbeiterinnen in der Shandong-Provinz/China

(8)

Börse in Doha, Katar

## M2 Was ist Globalisierung?

INTERNET

WES-118380-121
Film: Einfach erklärt: Globalisierung

[Globalisierung ist die] Bezeichnung für die zunehmende Entstehung weltweiter Märkte für Waren, Kapital und Dienstleistungen sowie die damit verbundene internationale Verflechtung der Volkswirtschaften.
Der Globalisierungsprozess der Märkte wird vor allem durch neue Technologien im Kommunikations-, Informations- und Transportwesen sowie neu entwickelte Organisationsformen der betrieblichen Produktionsprozesse vorangetrieben. Weltweite Datennetze, Satellitenkommunikation, computergestützte Logistik und hoch entwickelte Verkehrsmittel lösen Arbeit und Produktion, Produkte und Dienstleistungen von den nationalen Standorten und ermöglichen es den Unternehmen, die für sie günstigsten Produktions- bzw. Lieferstandorte auszuwählen und ihre Aktivitäten weltweit zu koordinieren. In immer stärkerem Maße werden dadurch Angebot und Nachfrage aus der ganzen Welt zusammengefasst und die Preisbildung vereinheitlicht.
Hauptakteure der Globalisierung sind multinationale Unternehmen, die [...] zunehmend Charakter und Formen des internationalen Handels bestimmen. Auf den Finanzmärkten schließen sich weltweit nicht nur die Börsen verschiedener Standorte aus unterschiedlichen Ländern zusammen, sondern auch der weltweite Handel mit Wertpapieren hat in den vergangenen Jahren enorm zugenommen.

*Globalisierung, in: Das Lexikon der Wirtschaft, Bonn: Bundeszentrale für politische Bildung, 2016, https://www.bpb.de/nachschlagen/lexika/lexikon-der-wirtschaft/19533/globalisierung (Zugriff: 15.02.2022)*

## M3 Dimensionen der Globalisierung

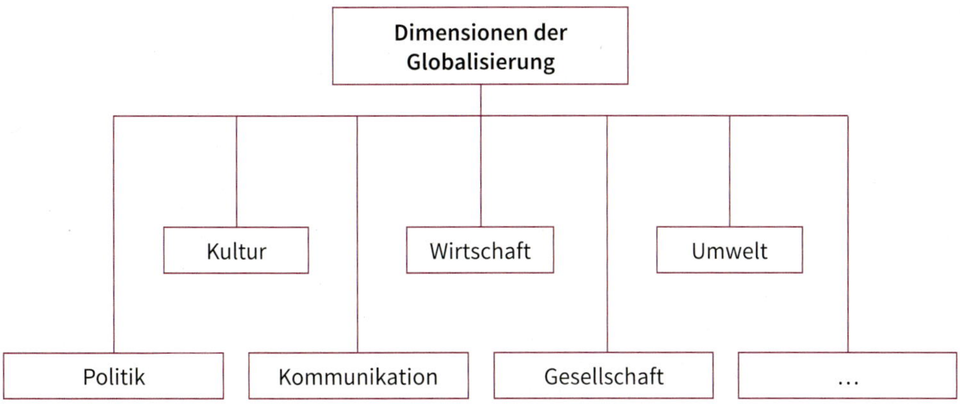


**1** **a)** Analysieren Sie die Fotos in M1 und begründen Sie, weshalb es sich hierbei um „Impressionen der Globalisierung" handelt.
**b)** Finden Sie weitere Motive, die als „Impressionen der Globalisierung" gelten könnten, und begründen Sie Ihre Auswahl.

**2** Fassen Sie in eigenen Worten zusammen, was „Globalisierung" ist (M2).

**3** Diskutieren Sie vor dem Hintergrund von M1, ob die Definition von Globalisierung in M2 ausreichend ist.

**4** Ordnen Sie die Fotos in M1 den in M3 genannten Dimensionen zu.

**5** Entwickeln Sie auf der Grundlage von M1 bis M3 eine eigene Definition jenes Prozesses, der als „Globalisierung" bezeichnet wird.

# Globalisierung – (mehr) Wohlstand für alle?

## M1 Die Globalisierung fördert den globalen Wohlstand

Globalisierung prägt unser alltägliches Leben: Wir essen Avocados aus Mexiko, kaufen Smartphones aus China oder schauen TV-Serien aus den USA. [...] Doch welche Auswirkungen hat die Globalisierung auf unser Portemonnaie? Konkret: Verbessert die Globalisierung unseren Wohlstand? Die Antwort heißt klar: Ja! [...] Sowohl die Öffnung der Handelsströme als auch die Liberalisierung der Finanzströme haben das Wirtschaftswachstum bedeutend beschleunigt. Die grundlegende Wirkungsweise der Globalisierung ist [...] eindeutig: Sie steigert den Handel zwischen den Nationen, vergrößert die Märkte und erhöht die Konkurrenz zwischen den Unternehmen. [...] Die Marktöffnung [...] fördert das wirtschaftliche Wachstum und führt zu einer Erhöhung des Wohlstands.
Die Wirkungsweise der Globalisierung zeigt sich eindrücklich an der gemessenen Wirtschaftsleistung: Das reale Welt-BIP hat sich seit 1950 versechsfacht. [...] Der Handel kommt auch den Konsumenten unmittelbar zugute. Die Preise sind dank des internationalen Wettbewerbs tiefer, und sie können aus einer größeren Vielfalt von qualitativ hochwertigen Produkten auswählen. [...]
In der ökonomischen Theorie konvergieren offene Volkswirtschaften zu einem einheitlichen Einkommensniveau. Dies bedeutet, dass arme Länder deutlich schneller wachsen als reiche – sofern sie offene Märkte haben. [...] Ein Blick auf die Zahlen bestätigt diese Theorie augenfällig: Die Globalisierung hat weltweit zu einem höheren Lebensstandard beigetragen. Insbesondere das Einkommen der ärmsten Bevölkerung ist gewachsen [...].
In den letzten drei Jahrzehnten hat sich auch die Einkommensverteilung eindrücklich zum Positiven verändert. [...] In den Schwellenländern lebt [...] eine globale Mittelschicht. [...] Die Globalisierung hat die Welt gleicher gemacht: Die Kommunikation wurde billiger, der Verkehr schneller und die Schwellen- und Entwicklungsländer haben die Lücke zu den Industrieländern erheblich verkleinert. [...]
Ein Blick auf die Ungleichheit innerhalb von Ländern und Regionen zeigt allerdings ein weniger einheitliches Bild. [...] Die Tatsache, dass in einem Land wie China die Ungleichheit bei starkem Wachstum zunimmt, ist nicht ungewöhnlich und deckt sich mit der Erfahrung europäischer Länder im 19. und 20. Jahrhundert. Der Anstieg der Ungleichheit in China ist darauf zurückzuführen, dass Städte rasant reicher werden, während die Landregionen nicht in gleichem Maße mithalten können. Es ist aber keineswegs so, dass arme Leute in China nicht vom Aufstieg des Landes profitieren würden; die Entwicklung läuft dort einfach langsamer. Dieser Mechanismus gilt für viele Schwellen- und Entwicklungsländer ebenso wie für etliche aufstrebende europäische Länder und ist an sich nicht problematisch. [...]
Die Globalisierung bringt viele Gewinner hervor. Trotzdem gibt es einige Verlierer – vor allem Niedrigqualifizierte in Industrieländern, in denen kein sozialer Ausgleich vorhanden ist. Wer seinen Job verliert, weil dieser in China billiger erledigt werden kann, findet zwar in der Regel wieder eine neue Stelle, oft sogar in einer Branche mit besseren Löhnen. Doch der Strukturwandel braucht Zeit. Es sind nicht dieselben Jobs, die neu entstehen, und sie entstehen nicht sofort.

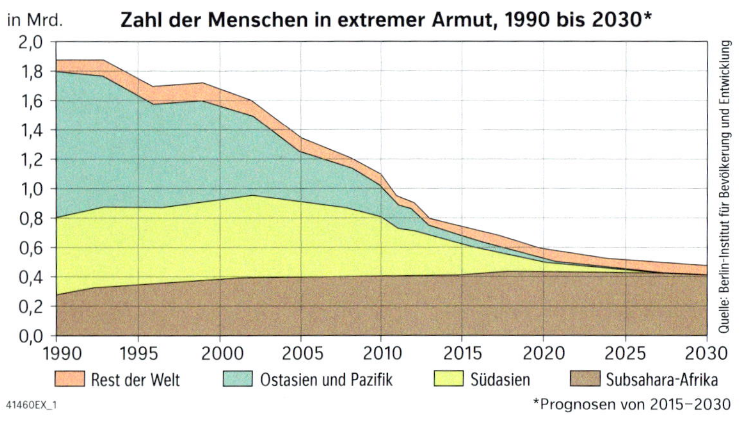


*Wohlstand. Der unterschätzte Wert der Globalisierung, Zürich u. a.: economiesuisse Verband der Schweizer Unternehmen, 2018, S. 10–16, https://www.economiesuisse.ch/sites/default/files/publications/ECO_Globalisierung_210x297_180806%20DE%20web%20low.pdf (Zugriff: 15.02.2022)*

## M2 Globalisierung – Wohlstand weniger auf Kosten vieler

Machen wir uns nichts vor. Hinter dem Wohlstand der „hochentwickelten" [...] Gesellschaften verbirgt sich ein peinliches Geheimnis: Wir haben ihn [...] gewaltsam abgepresst – von anderen, denen wir ebensolchen Wohlstand wirkungsvoll vorenthalten. Ob es nun Platinminen in Südafrika sind, Textilfabriken in Südostasien oder die Plantagenwirtschaft in Lateinamerika: Es ist immer dasselbe. Anderswo sterben die Leute, damit hier so gelebt werden kann, wie es seit Menschengedenken getan wird.

Das wohlstandskapitalistische Modell wirtschaftlicher Wertschöpfung [...] fußt wesentlich auf der hemmungslosen Ausbeutung von Arbeit und Natur in anderen Weltregionen. In Weltregionen, die damit zugleich die ökologischen und sozialen Kosten der hiesigen Produktions- und Konsumweise zu tragen haben. Die hierzulande herrschenden Lebensverhältnisse sind nur möglich geworden und lassen sich nur aufrechterhalten, weil Bevölkerungsmehrheiten in den „unterentwickelten" Gesellschaften des globalen Kapitalismus unter uns unvorstellbaren Bedingungen arbeiten und leben. [...]

Global gesehen [...] wird das, was uns als sozial allenfalls akzeptabel, angemessen und erträglich erscheint, durch gesellschaftliche Verhältnisse andernorts ermöglicht, die uns selbst als absolut inakzeptabel, unangemessen und unerträglich gelten würden. Und zwar zu Recht – weil sie genau dies nämlich sind. Im Weltmaßstab betrachtet vollzieht sich unser Gesellschaftsleben zudem auf einem stofflichen und energetischen Verbrauchsniveau, das nicht nur nicht „nachhaltig" ist, sondern als [...] wahnsinnig gelten muss. Ein Niveau, das sich wiederum nur deswegen halten lässt, weil sich der Umweltverbrauch vieler Milliarden Menschen auf dieser Welt weit unterhalb des hiesigen bewegt.

Machen wir uns also nichts vor: Unser Leben geht auf Kosten anderer. Aber genau das tun wir: Wir machen uns etwas vor. Wir wissen zwar, was läuft. Aber wir wollen es eigentlich gar nicht wissen. [...] Es sind selbstverständlich die großen, weltweit operierenden Konzerne und Kapitaleigner mit ihrer ökonomischen Macht und ihrem politischen Einfluss, die das globale Geschäft mit der Ausbeutung von Arbeit und Natur organisieren und einen geradezu obszönen Profit daraus ziehen. [...] Zu Recht stehen sie daher im Fokus der öffentlichen Kritik, zu Recht zeigen kapitalismuskritische und globalisierungspolitische Aktivistinnen und Aktivisten genau auf sie, wenn es darum geht, Ross und Reiter zu benennen. [...] Amazon und Exxon, Monsanto und Rio Tinto [...] und wie sie sonst noch alle heißen mögen [...]. Ihr falsches Spiel kann nur aufgehen, weil so viele dabei mitspielen. [...] Wir glauben gerne, dass der Strom aus der Steckdose kommt oder jedenfalls das E-Mobil „emissionsfrei" fährt. [...] Wir glauben gerne an das Gute im globalen Kapitalismus, an grüne Lügen und bunte Hochglanzbroschüren. Wir wollen gar nicht wissen, was dahintersteckt.

Zeichnung: Stan Eales

*Stephan Lessenich, Externalisierung: Worum es geht. Für eine Politik gegen das Nicht-Wissen-Wollen, in: medico international e. V., Frankfurt a. M., 24.04.2018, https://www.medico.de/worum-es-geht-17046 (Zugriff: 15.02.2022)*

**INFO**

**Stephan Lessenich** (*1965) ist Professor für Soziologie an der Ludwig-Maximilians-Universität München. Sein Buch „Neben uns die Sintflut. Die Externalisierungsgesellschaft und ihr Preis" wurde breit diskutiert. Dort entwirft er das Bild einer „Externalisierungsgesellschaft", die die Kosten für den eigenen Wohlstand „externalisiert", also auslagert, und somit auf Kosten anderer lebt.

**GLOSSAR**

**Kapitalismus**
**Nachhaltigkeit**

**1** **a)** „Die Flut hebt alle Boote" – so lautet eine Redensart, die in Politik und Wirtschaft gerne verwendet wird. Erläutern Sie diese Redensart vor dem Hintergrund von M1.
**b)** Diskutieren Sie, ob diese Redensart auf den Prozess der Globalisierung zutrifft (M1).

**2** Erläutern Sie, weshalb die Globalisierung den allgemeinen Wohlstand steigert (M1).

**3** Fassen Sie die zentralen Aussagen Stephan Lessenichs in eigenen Worten zusammen (M2).

**4** Charakterisieren Sie die beiden Texte (M1 und M2).

# Global Governance – globales Regieren jenseits oder mit dem Nationalstaat?

GLOSSAR

Global Governance

**Es wurde deutlich: Das internationale System besteht nicht mehr nur aus Nationalstaaten. Eine Reihe anderer Akteure spielen eine bedeutende Rolle in den internationalen Beziehungen und nur mit ihnen lassen sich globale Probleme sinnvoll bearbeiten. Es stellen sich somit mehrere Fragen: Welche Bedeutung kommt den Nationalstaaten dann überhaupt noch zu? Wie können globale Probleme überhaupt bearbeitet werden? Welche (neuen) Formen der Kooperation sind erforderlich?**

## M1 Weltprobleme

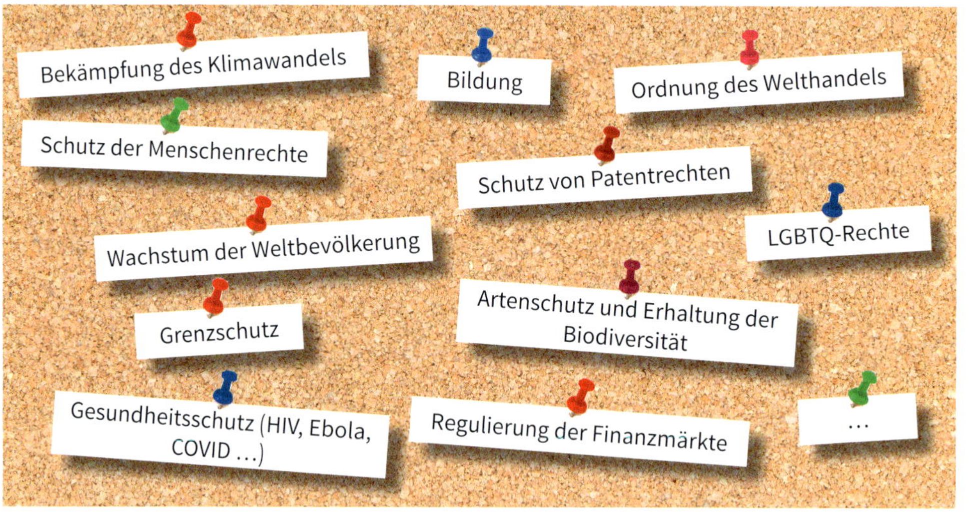


## M2 Global Governance als Weltordnungspolitik

Das internationale System besteht gegenwärtig aus weniger als 200 Staaten […]. Dazu kommen […] rund 26.000 internationale Verträge, 5.200 Regierungsorganisationen, über 15.000 Nichtregierungsorganisationen und etwa 40.000 transnationale Konzerne. […] Die Verdichtung globaler Verflechtungen in den Bereichen Wirtschaft, Kultur, Ökologie, aber auch Technologie, Kommunikation, Verkehr, Migration u. a. m. hat gleichwohl zu abnehmender Steuerungsfähigkeit des einzelnen Staates geführt. […]
Einen erheblichen Teil des gegenwärtigen Weltordnungsdiskurses macht die Frage aus, ob über zwischenstaatliche Politik hinaus verbindliche Regelungen geschaffen werden können und müssen, die die in zahlreichen Politikfeldern erodierende nationale Souveränität im globalen Interesse relativieren und gleichzeitig die Fähigkeit zur Steuerung grenzüberschreitender Probleme zurückgewinnen. In einer kleiner werdenden Welt existiert ein Bedarf an Leistungen, die traditionell durch den Staat erbracht worden sind und heute nicht mehr durch diesen übernommen werden können.
Wie dieser Bedarf gedeckt werden könnte, wird in der Politikwissenschaft kontrovers diskutiert. Vertreter der realistischen Schule […] sehen insofern keinen Handlungsbedarf, als […] der Nationalstaat […] zentrale Instanz in der internationalen Politik bleibt. Vertreter der liberalen Schule […] bewerten diesen Befund anders. […] Internationale Beziehungen

stellen sich für sie als Spinnwebmodell dar, in welchem der Staat als ein (wichtiger) Akteur unter vielen verstanden wird, der aber nicht mehr in der Lage ist, das Geschehen auf seinem Territorium isoliert zu bestimmen. Da aber gleichwohl hoher Regelungsbedarf für grenzüberschreitende Probleme gesehen wird, wird nach alternativen Steuerungsmodellen in der globalisierten Welt gesucht.
Ein Versuch zur Bewältigung der globalen Herausforderungen wird unter dem Schlagwort Global Governance diskutiert, [...] definiert [...] als die Gesamtheit der zahlreichen Wege, auf denen Individuen sowie öffentliche und private Institutionen ihre gemeinsamen Angelegenheiten regeln. Der Begriff umfasst sowohl formale Institutionen und mit Durchsetzungsmacht versehene Herrschaftssysteme als auch informelle Regelungen. Das Konzept hat seitdem zahlreiche Wissenschaftler zu Definitionsversuchen und einer inhaltlichen Ausarbeitung angeregt, deren erste Gemeinsamkeit ist, dass sie sich bewusst von der [...] Vorstellung einer Art Weltregierung abgrenzen.
Somit meint Global Governance, verstanden im Sinne [...] als „Weltordnungspolitik":

- erstens die Neudefinition staatlicher Souveränität, mit der die Basisprinzipien des Souveränitätskonzeptes (Unverletzbarkeit der Grenzen, Verbot der Einmischung in „innere" Angelegenheiten, alleinige Verfügungsgewalt des Staates über gesellschaftliche Verhältnisse) infrage gestellt werden,
- zweitens die Verdichtung und Verrechtlichung der internationalen Beziehungen durch internationale Organisationen und Regime, die als institutionalisierte Formen des norm- und regelgeleiteten Verhaltens bei der politischen Bearbeitung von Konflikten in unterschiedlichen Sachbereichen verstanden werden und die auf gemeinsamen Prinzipien, Normen, Regeln und Entscheidungsverfahren aufbauen, sowie
- drittens die Fokussierung auf die Erweiterung des Kreises der Akteure über die Staaten und klassischen internationalen Organisationen hinaus und die Entwicklung eines neuen Politikstils.

Im Mittelpunkt globaler Strategiekonzepte stehen das System der Vereinten Nationen, andere internationale Organisationen wie etwa die Welthandelsorganisation (WTO), internationale Regime wie etwa das zur Nichtverbreitung von Atomwaffen oder das Klimaschutzregime, regionale Zusammenschlüsse wie etwa die Europäische Union, die als Kerne einer solchen Entwicklung wirken könnten, aber auch verschiedene globale Netzwerke. Die tragenden Akteure solcher globalen Netzwerke sind transnationale Akteure/Nichtregierungsorganisationen der sog. internationalen Zivilgesellschaft. [...] Zunehmend rückt dabei auch die Kooperation mit Unternehmen der Privatwirtschaft in das Blickfeld. Ob jedoch eine grundlegende Machttransformation (power shift) von der Staatenwelt zu einer transnational vernetzten Zivilgesellschaft feststellbar ist, muss mit einigen Fragezeichen versehen werden.

*Johannes Varwick, Globalisierung, in: Wichard Woyke/Johannes Varwick (Hrsg.), Handwörterbuch Internationale Politik, 13. Aufl., Bonn: Bundeszentrale für politische Bildung, 2016, S. 147-157, hier S. 154-156*

**INFO**

**Regime**
Als Regime bezeichnet man in den internationalen Beziehungen Regel- und Normsysteme sowie Verfahren zur Entscheidungsfindung, die von den Akteuren akzeptiert werden, um Probleme in bestimmten Politikfeldern dauerhaft zu regeln. Siehe auch S. 21, M2, Z. 62–76.

**1** Prüfen Sie, bei welchen Problemen aus M1 es sich um globale Herausforderungen handelt.

**2** **a)** Begründen Sie, welche Akteure in die Bearbeitung dieser Probleme eingebunden sein sollten (M3, siehe auch S. 17, M1).
**b)** Erörtern Sie vor diesem Hintergrund die Frage, ob der Nationalstaat in den internationalen Beziehungen noch eine Rolle spielt.

**3** Beschreiben Sie das Konzept Global Governance (M2 und S. 34, M3).

**4** Erläutern Sie das Konzept Global Governance anhand eines der in M1 genannten Themenfelder, indem Sie konkretisieren, welche Akteure, Normen und Handlungsebenen hier eine Rolle spielen.

**5** Diskutieren Sie die These, dass Global Governance ein Regieren jenseits des Nationalstaates ermöglicht.

## M3 Bausteine der Global-Governance-Architektur

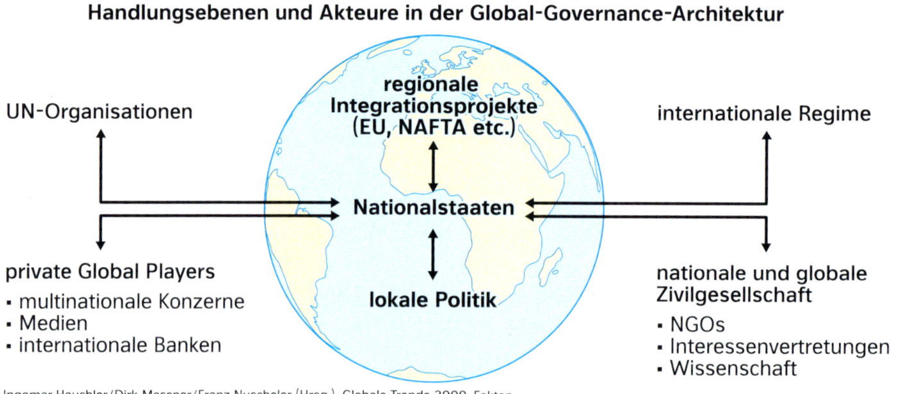


Quelle: Ingomar Hauchler/Dirk Messner/Franz Nuscheler (Hrsg.), Globale Trends 2000. Fakten, Analysen, Prognosen, Frankfurt a. M.: Fischer Taschenbuch, 1999, S. 388 (verändert)



**Erstens:** Global Governance heißt nicht Global Government, also Weltregierung oder Weltstaat. Ein solcher ist weder eine realistische noch eine erstrebenswerte Option, weil eine bürokratische Superbehörde kaum demokratische Legitimation gewinnen könnte und weit entfernt von den zu lösenden Problemen wäre. [...]
**Zweitens:** Global Governance beruht auf verschiedenen Formen und Ebenen der internationalen Koordination, Kooperation und kollektiven Entscheidungsfindung. Internationale Organisationen übernehmen diese Koordinierungsfunktion und tragen zur Herausbildung globaler Sichtweisen bei. Regime übersetzen den Willen zur Kooperation in verbindliche Regelwerke. In solchen Regimen verpflichten sich die Staaten durch vertragliche Vereinbarungen zur Bearbeitung von gemeinsamen Problemen. [...]
**Drittens:** Der Zwang zur Kooperation verlangt Souveränitätsverzichte [...]. Auch die Großmächte müssen sich, um sich als kooperationsfähig zu erweisen, mit „geteilten Souveränitäten" abfinden [...].
**Viertens:** Global Governance muss auf [...] regionalen Kooperationskernen aufbauen und sie als organisatorischen Unterbau nutzen, weil das Subsidiaritätsprinzip auch im globalen Kontext sinnvoll bleibt.
**Fünftens:** Global Governance ist kein Projekt, an dem nur Regierungen oder internationale Organisationen als Instrumente der Staatenwelt beteiligt sind. [Es geht um das] Zusammenwirken von staatlichen und nicht staatlichen Akteuren von der lokalen bis zur globalen Ebene. [...]
**Sechstens:** Die Nichtregierungsorganisationen (NGOs) gehören längst zur Dramaturgie von Weltkonferenzen und verschafften sich durch die Sachkunde und medienwirksame Kampagnen in einzelnen „weichen" Politikbereichen (wie der Umwelt-, Menschenrechts- und Entwicklungspolitik) eine konsultative und korrektive Funktion. Regierungen binden sie in Konsultationsmechanismen ein, um ihre Expertise anzuzapfen und ihr Protestpotenzial zu neutralisieren. Ihr Druckpotenzial entsteht durch hohe gesellschaftliche Akzeptanz [...]. Ihre internationale Vernetzung ermöglicht es ihnen, die Rolle von „Globalisierungswächtern" zu spielen. [...]
**[Siebtens:]** Die Nationalstaaten verlieren zwar in vielen Politikbereichen im Gefolge ihrer Einbindung in Interdependenzstrukturen an autonomen Handlungsspielräumen, aber sie bleiben die Hauptakteure der internationalen Politik, die weiterhin allein autoritative Entscheidungen treffen können. Sie bilden deshalb auch die tragenden Stützpfeiler der Global-Governance-Architektur. [...] Das Gerede vom „Ende des Nationalstaates" ist substanzlos, solange die „Weltkultur der Nationalstaaten" nicht von einem Weltstaat überwölbt wird.

*Franz Nuscheler, Global Governance, in: Mir A. Ferdowski (Hrsg.), Sicherheit und Frieden zu Beginn des 21. Jahrhunderts. Konzeptionen – Akteure – Regionen, München: Bayerische Landeszentrale für politische Bildungsarbeit, 2002, S. 87 ff.*

**GLOSSAR**
**Subsidiaritätsprinzip**

# Fallanalyse: Schutz der Menschenrechte – ein Beispiel erfolgreicher Global Governance?

**Welche Rechte ein Mensch aufgrund seines Menschseins hat und welche Konsequenzen sich daraus für das staatliche Handeln und seine Grenzen ergeben, war schon lange Gegenstand rechts- und staatsphilosophischer Überlegungen. Seit der zweiten Hälfte des 20. Jahrhunderts aber ist – vor allem unter dem Eindruck des Schreckens zweier Weltkriege – eine zunehmende Institutionalisierung und Verrechtlichung des internationalen Menschenrechtsschutzes festzustellen: Die internationale Gemeinschaft verständigte sich auf grundlegende Menschenrechtsnormen und schuf Institutionen, die mit der Überwachung dieser Normen betraut wurden. Auf unterschiedlichsten Ebenen wird seither der Schutz der Menschenrechte gefördert.**

## M 1 Menschenrechtsschutz – eine globale Herausforderung

Als mit dem Ende des Zweiten Weltkrieges das Ausmaß der nationalsozialistischen Vernichtungspolitik in allen Details bekannt wurde, zog die Staatengemeinschaft daraus die Konsequenz, dass fundamentale Rechte von Individuen im internationalen Recht verankert werden mussten. [...] Bürger sollten sich gegenüber der jeweiligen Regierung darauf berufen und ihre Rechte nötigenfalls einklagen können. Diese Erkenntnis mündete in die Gründungscharta der Vereinten Nationen (UN) 1945 und die Allgemeine Erklärung der Menschenrechte 1948 sowie 1966 in die Verabschiedung eines Zivilpaktes und eines Sozialpaktes.

Damit wurde der Schutz der Menschenrechte global verrechtlicht: Präzise Regelungen wurden verbindlich festgeschrieben und Verfahren geschaffen, durch die sich Individuen gegen die Verletzung ihrer bürgerlichen und sozialen Rechte wehren konnten. Besonders bemerkenswert ist dabei, dass Staaten [...] bewusst eine Einschränkung in ihrer Souveränität akzeptierten. [...] Bürger haben nun die Möglichkeit, [...] Beschwerde einzulegen, wenn ihre Rechte durch ihren Staat verletzt wurden. [...]

Doch schnell wurde klar: Das Unterzeichnen von Konventionen und Verpflichtungserklärungen reicht nicht aus, um Menschenrechte durchzusetzen. Denn trotz [...] präziser und völkerrechtlich bindender Verträge werden weiterhin Menschenrechte durch Staaten verletzt. [...] Zu ihrem Schutz braucht es Regelungen jenseits nationaler Grenzen, eben globale Regulierungsformen, die auf staatliche Souveränität keine Rücksicht nehmen.

Um den Menschenrechtsschutz effektiv voranzutreiben, stehen der Staatengemeinschaft verschiedene Instrumente zur Verfügung. So wurden im Rahmen der Vereinten Nationen Institutionen geschaffen, die die Einhaltung der völkerrechtlichen Verträge überwachen sollen. [...]

Zivilgesellschaftliche Akteure bilden eine wichtige Schnittstelle zwischen diesen internationalen Institutionen und den Menschen, deren Rechte verletzt wurden. Menschenrechtsorganisationen wie zum Beispiel Amnesty International oder Human Rights Watch sind oftmals die einzige Anlaufstelle für Betroffene. Sie prangern die jeweiligen Täter öffentlich an und bringen Menschenrechtsverletzungen auf die Agenda der internationalen Institutionen. Indem sie Rechtsverletzungen dokumentieren, liefern sie die Grundlage für Verfahren, mithilfe derer Staaten und Individuen zur Verantwortung gezogen werden können.

Global Governance im Bereich der Menschenrechte zeichnet sich also durch ein Zusammenspiel zivilgesellschaftlicher, staatlicher und internationaler Akteure aus und ist unerlässlich für einen effektiven Menschenrechtsschutz.

*Gisela Hirschmann, Menschenrechte, in: Informationen zur politischen Bildung, Bonn: Bundeszentrale für politische Bildung, Heft 325/2015, S. 50–55, hier S. 50 f.*

**GLOSSAR**

**Menschenrechte**

**Vereinte Nationen**

**INTERNET**

**WES-118380-122**
Aktuelle Kampagnen auf der Homepage von Amnesty International

## M2 Grundlegende Menschenrechtsabkommen der UN

| **Grundlegende Menschrechtsabkommen der Vereinten Nationen** | **verabschiedet/in Kraft** |
|---|---|
| Konvention über die Verhütung und Bestrafung des Völkermordes | 1948/1951 |
| Internationaler Pakt über wirtschaftliche, soziale und kulturelle Rechte | 1966/1976 |
| Internationaler Pakt über bürgerliche und politische Rechte | 1966/1976 |
| Internationales Übereinkommen zur Beseitigung jeder Form von Rassendiskriminierung | 1966/1969 |
| Konvention über die Nichtanwendbarkeit von Verjährungsvorschriften auf Kriegsverbrechen und Verbrechen gegen die Menschlichkeit | 1968/1970 |
| Übereinkommen zur Beseitigung jeder Form von Diskriminierung der Frau | 1979/1981 |
| Übereinkommen gegen Folter und andere grausame, unmenschliche oder erniedrigende Behandlung oder Strafe | 1984/1987 |
| Übereinkommen über die Rechte des Kindes | 1989/1990 |
| Internationales Übereinkommen zum Schutz von Wanderarbeitern und ihren Familien | 1990/2003 |
| Übereinkommen über die Rechte von Menschen mit Behinderung | 2006/2008 |
| Internationales Übereinkommen zum Schutz aller Menschen vor gewaltsamem Verschwinden | 2006/2010 |

*Eigene Darstellung auf Basis von United Nations Treaty Collection, https://treaties.un.org/ (Zugriff: 15.02.2022)*

## M3 Endet der Schutz der Menschenrechte an der Landesgrenze?

Im Kern des Menschenrechtskonzepts steht die Menschenwürde als eine jedem Menschen qua Menschsein gegebene und unantastbare Eigenschaft, auf die sich die Rechte von BürgerInnen in Gesellschaften begründen. Primärer Adressat der den Menschenrechten entwachsenden Verboten und Verpflichtungen ist der Staat als diejenige Institution, die dafür verantwortlich ist, Ordnung und soziale Gerechtigkeit herzustellen und aufrechtzuerhalten [...].
In dem Verständnis von Staaten als Rechtsadressaten und Individuen als Rechtsträgern [...] ist das [...] Spannungsverhältnis zwischen staatlicher Souveränität und Menschenrechten per se angelegt. Schon die Vorstellung, staatliche Handlungsspielräume durch individuelle Rechte zu begrenzen, stellt einen Angriff auf das Herrschaftsmonopol des Staates dar. [...] Zunächst waren Menschenrechte [...] auch bei den Vereinten Nationen nachrangig gegenüber anderen Zielen: Das bei der Gründung der Organisation verankerte Gebot der Nichteinmischung in die inneren Angelegenheiten [...] war zwar primär als Souveränitätsbekundung intendiert, erwies sich aber jahrzehntelang als Hemmnis für den internationalen Menschenrechtsschutz.
Auch das Dilemma, die Menschheit durch das Prinzip der territorialen Integrität und Souveränität vor Krieg schützen zu wollen und dieses Prinzip zugleich zum Schutz der Menschenrechte aufweichen zu müssen, wurde – wenig überraschend – von Staatenvertretern zugunsten staatlicher Souveränität aufgelöst.

*Tanja Brühl/Elvira Rosert, Die UNO und Global Governance, Wiesbaden: Springer VS, 2014, S. 212*

## M4 Ausgewählte Akteure des Menschenrechtsschutzes

**a) Institutionen der Vereinten Nationen**

Mit Ausnahme der vorgesehenen Menschenrechtskommission wurde in der Charta nicht genauer festgelegt, wie die UN ihrem Menschenrechtsauftrag nachkommen sollen, weshalb sich die Institutionen, Praktiken und Prozeduren der Menschenrechtsarbeit erst im Laufe der Zeit herausbildeten [...].
Das UN-Menschenrechtssystem besteht aus drei Säulen:

- dem Menschenrechtsrat [...], der vorwiegend in der Entwicklung von Menschenrechtsstandards tätig ist [...];
- dem Hochkommissar/der Hochkommissarin für Menschenrechte und seinem/ihrem Büro [...] – dieses Amt gibt die allgemeinen Richtlinien für die Menschenrechtspolitik der Vereinten Nationen vor;
- und den Vertragsorganen, welche den Menschenrechtsverträgen zugeordnet sind und in dieser Funktion die Umsetzung und Einhaltung der Konventionen durch die Vertragsparteien überprüfen.

Zusätzlich bildet sich seit mehr als 15 Jahren die internationale Strafgerichtsbarkeit als vierte Säule heraus, in deren Zuständigkeit (in der Regel während kriegerischer Konflikte begangene) Menschenrechtsverletzungen groben Ausmaßes fallen.

*Tanja Brühl/Elvira Rosert, Die UNO und Global Governance, Wiesbaden: Springer VS, S. 215*

**b) Nichtregierungsorganisationen (NGOs)**
Nichtregierungsorganisationen – kurz „NGOs“ – spielen eine wichtige Rolle bei der Durchsetzung der Menschenrechte: Sie übernehmen konkrete Projekt- und Lobbyarbeit „vor Ort“, beschaffen Informationen über Menschenrechtsverletzungen und überwachen die Einhaltung menschenrechtlicher Normen.
NGOs wie Amnesty International oder Human Rights Watch machen auf Einzelschicksale von Personen aufmerksam, die Opfer von Folterungen geworden sind oder denen die Hinrichtung droht. Außerdem leisten sie wertvolle konzeptionelle Beiträge zur internationalen Menschenrechtsdebatte. [...] Eine große Zahl von Nichtregierungsorganisationen registriert sich anlässlich großer Menschenrechtskonferenzen der Vereinten Nationen wie [...] der jährlichen Tagungen des VN-Menschenrechtsrats. [...]
Daneben spielen vor allem auf internationaler Ebene Kommissionen, Menschenrechtsinstitute und Menschenrechtsverteidiger eine wichtige Rolle beim Menschenrechtsschutz.
Menschenrechtsinstitute sind ein wichtiges zivilgesellschaftliches Instrument im System des nationalen Menschenrechtsschutzes. Sie sollen die vorhandenen staatlichen und nicht staatlichen Institutionen ergänzen und vernetzen. [...]
Nationale Kommissionen arbeiten zurückliegende Menschenrechtsverletzungen auf. Ob in zivilgesellschaftlicher, staatlicher oder gemischter Zusammensetzung leisten sie für die Bewältigung von Lasten der Vergangenheit und für die Versöhnung von verfeindeten Bevölkerungsgruppen oft wichtige Beiträge. Das Engagement dieser [Kommissionen] hat in vielen Fällen – Guatemala, Mexiko, Südafrika – dazu geführt, dass verdecktes Unrecht der Vergangenheit aufgeklärt, Strafverfolgungen eingeleitet und damit eine wichtige Grundlage für die gesellschaftliche Aussöhnung gelegt wurde, auch wenn die Ermittlungen der Kommissionen meist nicht unmittelbar gerichtsverwertbaren Charakter haben. [...]
Menschenrechtsverteidiger und ihr Schutz verdienen schließlich besondere Beachtung: Sie werden häufig wegen ihres Engagements für Menschenrechte in ihren Staaten behindert, benachteiligt, verfolgt und manchmal getötet. Diese Menschenrechtsverteidiger – Rechts- und Staatsanwälte sowie Richter, Gewerkschafter, Wissenschaftler, Publizisten, Angehörige von Kirchen oder anderen Religionsgemeinschaften – spielen für die Überwachung der Menschenrechtslage und die Mahnung zur Einhaltung der Menschenrechte in ihren Staaten eine oft herausragende Rolle. Aus diesem Grund sind sie häufig staatlichen Repressionen ausgesetzt, die von ungerechtfertigten Verhaftungen über Entzug der Berufszulassung bis hin zu physischem Druck, im Extremfall mit Todesfolge, reichen können.

*Nichtregierungsorganisationen (NGOs), Berlin: Bundesministerium der Justiz und für Verbraucherschutz, 05.11.2015, https://www.bmjv.de/DE/Themen/Menschenrechte/Menschenrechtswaechter/NGO/NGO_node.html (Zugriff: 15.02.2022)*

UNITED NATIONS HUMAN RIGHTS
OFFICE OF THE HIGH COMMISSIONER

AMNESTY INTERNATIONAL

HUMAN RIGHTS WATCH

RSF REPORTER OHNE GRENZEN

**GLOSSAR**
**Nichtregierungsorganisationen**

1. Beschreiben Sie, wer Träger von Menschenrechten ist und wer sie schützen muss (M1).
2. Recherchieren Sie Inhalte und Bedeutung der UN-Menschenrechtsabkommen in M2.
3. Erläutern Sie den Grundkonflikt zwischen staatlicher Souveränität und territorialer Integrität einerseits und Menschenrechten andererseits (M3).
4. Diskutieren Sie die Rolle der Nationalstaaten in Menschenrechtsfragen (M4).

## M5 Wie arbeiten Menschenrechtsorganisationen?

Wirkkräftigen Menschenrechtsorganisationen und -netzwerken kommt eine große Bedeutung beim Schutz der Menschenrechte zu.

- Sie dokumentieren Menschenrechtsverletzungen.
- Sie führen öffentliche Proteste und Kampagnen durch.
- Sie prägen ganz maßgeblich den weltweiten Menschenrechtsdiskurs, fördern die Organisations- und Handlungsfähigkeit und damit das Empowerment der Betroffenen.
- Sie nehmen Einfluss auf menschenrechtlich bedeutsame Entscheidungen der Staaten oder internationaler Organisationen.
- Sie erstellen Parallelberichte und unterstützen Klagen und Beschwerden vor nationalen und internationalen Gerichten und Ausschüssen.
- Sie fordern den Schutz von Menschenrechtsverteidigerinnen und -verteidigern sowie Hilfe für Betroffene und Hinterbliebene ein oder leisten diese selbst.

Alle diese Maßnahmen zeigen große und kleine Wirkungen, die oft nicht unmittelbar und eindeutig zu erkennen sind. Alle Menschenrechtsorganisationen berufen sich in ihrer Arbeit auf grundlegende und für jeden Menschen geltende Rechte. Ihr Ziel ist es, in Anlehnung an die Allgemeine Erklärung der Menschenrechte die Öffentlichkeit über Missstände aufmerksam zu machen. Die Erklärung der Menschenrechte wird von nahezu allen Staaten der Erde akzeptiert und ist in vielen einzelnen Verfassungen sowie in zahlreichen Abkommen rechtlich verbindlich geregelt. Das bietet die Grundlage dafür, Verstöße gegen Menschenrechte überhaupt ahnden zu können.

*Menschenrechtsorganisationen, Stuttgart: Landeszentrale für politische Bildung Baden-Württemberg, Dez. 2020, https://www.lpb-bw.de/index.php?id=organisationen (Zugriff: 15.02.2022)*

**INFO**

**Empowerment**
Maßnahmen, die dazu beitragen, dass Akteure bestimmte Aufgaben selbst übernehmen können, Stärkung der Eigenständigkeit und Selbstwirksamkeit

## M6 NGOs – ein Dorn im Auge der Regierenden

[Menschenrechtsorganisationen müssen] beim Menschenrechtsschutz oft wesentlich weniger politische Rücksichten nehmen [...] als UN-Organisationen oder einzelstaatliche Initiativen. Neben so namhaften und weltweit tätigen NGOs wie Amnesty International oder Human Rights Watch gibt es heute auch zahlreiche kleinere und regional begrenzte Organisationen, die selbst in sehr repressiven Staaten aktiv werden. Dies ist sicher auch ein Verdienst der von der UNO so nachdrücklich propagierten Menschenrechtsidee.
Allein im deutschsprachigen Raum haben etwa 150 Organisationen den Schutz der Menschenrechte ausdrücklich zum Ziel ihrer Arbeit erklärt. Während die weltweit vertretenen meist eine große Bandbreite abdecken, haben kleinere Initiativen oft nur bestimmte Menschenrechte, Regionen oder Zielgruppen vor Augen. [...]
Im Allgemeinen versuchen NGOs, [...] Aufmerksamkeit zu erzeugen und durch öffentlichen Druck auf die Urheber von Menschenrechtsverletzungen auszuüben. Nicht weniger wichtig erscheint ihnen aber auch die direkte Unterstützung von Opfern, sei es durch Rechtshilfe oder materielle Leistungen im Sinne einer sozialen Fürsorge. Dabei setzen die NGOs vor allem auch auf moderne Technologie und Kommunikationsstrukturen. [...]
Auf diese Weise vermögen die NGOs, Menschenrechtsverletzungen aus einer Dunkelzone des Schweigens an das Licht der Weltöffentlichkeit zu befördern, die auf diplomatischen Wegen über die Staaten niemals entschleiert würden. Selbstverständlich können die NGOs solche Fälle auch mit einer ganz anderen Deutlichkeit zur Sprache bringen und damit unter Umständen wesentlich rascher Hilfe leisten. Schließlich gilt für nicht staatliche Organisationen auch das völkerrechtliche Interventionsverbot nicht. Das alles führt dazu, dass die NGOs manchen Regierungen ein Dorn im Auge sind.

*Axel Herrmann, Menschenrechte in einer globalisierten Welt, in: Informationen zur politischen Bildung, Bonn: Bundeszentrale für politische Bildung, Heft 297/2007, S. 60 f.*

## M 7 Menschenrechtsschutz: eine Erfolgsgeschichte?

**a)** Eigentlich möchte man ja verzweifeln. Es gibt keine Exekutive, die Menschenrechte so schützt, wie sie geschützt gehörten; es gibt keine staatliche oder überstaatliche Gewalt, die sie konsequent verteidigt. Aber andererseits stellt man fest, dass sie trotzdem Autorität haben, dass eine Akzeptanz für die Menschenrechte gewachsen ist, die man sich so vor 60 Jahren nicht hätte vorstellen können. [...] [Menschenrechte] werden in Serie verletzt. Aber: Sie sind der Maßstab, an dem Regierungen gemessen werden, ob sie nun die Menschenrechte im Munde führen oder nicht. Und diesen Maßstab haben nicht nur NGOs wie Amnesty in der Hand, dieser Maßstab liegt mittlerweile auch auf dem Tisch von Richtern, die das Verhalten von Regierungschefs, von Ministern und Militärs daran messen – freilich immer nur dann, wenn deren Regime zusammengebrochen ist. Denken Sie an die Gründung des Weltstrafgerichtshofs in Den Haag [...]. Sicher: Strafe kommt immer zu spät. Aber solche Strafen können vielleicht abschreckend wirken und also vorbeugende Kraft haben. Bisher war es so: Wenn einer einen Menschen ermordet hat, kam er ins Gefängnis. Wenn einer Tausende von Menschen ermordete, wurden ihm die Türen zu den internationalen Konferenzsälen geöffnet. Einen solchen verrückten Automatismus gibt es jetzt nicht mehr.

*„Ein Mord ist ein Mord – ob in Ruanda oder hier", Interview von Oliver Gehrs mit Heribert Prantl, in: fluter, Bonn: Bundeszentrale für politische Bildung, Nr. 29/2008, S. 5 f.*

**INFO**

**Heribert Prantl** (*1953) ist Publizist und ehemaliger Ressortchef der Süddeutschen Zeitung. Er ist promovierter Jurist und war vor seiner journalistischen Karriere u. a. als Richter tätig.

**b)** Die Papierform der Menschenrechte ist vorzüglich. [...] Die Realität ist eine Schande. Jeder Jahresbericht vom Amnesty International liest sich wie eine Todesanzeige für die Menschenrechte: Vergewaltigung, Mord, Rechtlosigkeit und erschlagene Freiheit auf Hunderten von Seiten. [...] Um die Menschenrechte steht es so schlecht wie lange nicht – und mit der Vorbildrolle der USA ist es schon lange vorbei. Die Menschenrechte sind Opfer geworden, erst im „Kampf gegen den Terror"; dann wurden sie Opfer der Tiraden von Donald Trump. [...] Rechtsstaatlichkeit, Grundrechtsbewusstsein, die Achtung von Minderheiten und der Respekt für Andersdenkende sind nicht vom Himmel gefallen und dann für immer da. Das alles muss man lernen, immer und immer wieder. Dafür muss man streiten, immer und immer wieder. Man muss die Erklärung der Menschenrechte als Mahnung und als Auftrag lesen.

*Heribert Prantl, Das unerhörte SOS: Von der Gebrechlichkeit der Menschenrechte, in: Frings. Das MISEREOR-Magazin, 2/2018, S. 31*

**c)** Da es bislang weder eine Weltregierung noch eine Weltpolizei oder ein Weltgericht gibt, können internationale Regeln nicht in gleicher Weise wie im Nationalstaat durchgesetzt werden. Daher warnen Skeptiker vor utopischen Erwartungen an das Völkerrecht. Zwar existieren viele internationale Gesetze formal auf dem Papier, sind aber in der Praxis aufgrund fehlender Sanktionsmechanismen nicht immer durchsetzbar. [...] Es gibt jedoch „weiche" Sanktionsmechanismen. Staaten und gesellschaftliche Akteure können Rechtsbrüche öffentlich an den Pranger stellen. Durch die öffentliche Ächtung von Menschenrechtsverletzungen kann beispielsweise ein so starker politischer Druck auf Regierungen ausgeübt werden, dass diese ihr regelwidriges Verhalten korrigieren. Da Recht grundsätzlich eine hohe Legitimität genießt und oft als moralische Instanz gilt, möchte kein Staat offen als Völkerrechtsverletzer tituliert werden.

*Tanja Abendschein-Angerstein, Internationale Verrechtlichung, in: Informationen zur politischen Bildung, Bonn: Bundeszentrale für politische Bildung, Heft 325/2015, S. 10–16, hier S. 14*

**1** Erläutern Sie, weshalb NGOs eine herausragende Rolle im Menschenrechtsschutz einnehmen (M5 und M6).

**2** Beurteilen Sie, ob der internationale Menschenrechtsschutz als Beispiel erfolgreicher Global Governance gelten kann (M7).

# Der Internationale Strafgerichtshof in Den Haag

**GLOSSAR**

Internationaler Strafgerichtshof (IStGH)

## M 1 Internationaler Strafgerichtshof: ein einzigartiges Gericht

Der Internationale Strafgerichtshof (IStGH) ist eine supranationale, also den Staaten übergeordnete, juristische Instanz, die im globalen Menschenrechtssystem einzigartig ist. Das Gericht ermittelt gegen Regierungsangehörige, die schwerste Menschenrechtsverletzungen begangen haben und aufgrund von nationalen Immunitätsregelungen [...] oft nicht anders belangt werden können.

An der Entstehung des Gerichtes waren supranationale NGOs maßgeblich beteiligt. Nach Berichten über Massaker im ehemaligen Jugoslawien 1993 und in Ruanda 1994 hatte eine Koalition von Menschenrechtsorganisationen den Druck auf die internationale Gemeinschaft erhöht, der Straflosigkeit für derartige Verbrechen ein Ende zu setzen. In der Folge wurde 2002 das Rom-Statut verabschiedet, das erstmals die individuelle Verantwortung über die nationale Souveränität stellte und den IStGH ins Leben rief [...].

Er ermittelt gegen Kriegsverbrechen, Völkermord und Verbrechen gegen die Menschlichkeit und Angriffskriege immer dann, wenn nationale Instanzen nicht willens oder nicht fähig sind, ihrer Verantwortung gerecht zu werden. Der IStGH wird vom UN-Sicherheitsrat mit Ermittlungen beauftragt. Er wird aber auch auf eigene Initiative aktiv, wenn ein begründeter Verdacht besteht, oder er ermittelt auf Initiative eines Vertragsstaates hin. [...]

Einflussreiche Staaten wie China, Russland und die USA wehrten sich von Anfang an gegen eine unabhängige Gerichtsbarkeit außerhalb ihrer nationalen Verfassungen und haben deshalb das Rom-Statut nicht ratifiziert. Aufgrund seiner supranationalen Stellung ist der IStGH also eine umstrittene, politisierte Institution. Dabei ist er insbesondere bei der Durchsetzung von Haftbefehlen auf die Kooperationsbereitschaft von Staaten angewiesen. [...]

Der IStGH stützt sich in seiner Arbeit stark auf die Aktivitäten von NGOs. Laut Rom-Statut kann der Chefankläger diese um Hintergrundinformationen bitten [...], in Ausnahmefällen sogar um personelle Unterstützung [...]. NGOs betätigen sich außerdem oft als Mittler zwischen dem IStGH und Individuen, deren Rechte verletzt wurden, und nehmen so eine Rolle als Anwälte der Betroffenen ein.

*Gisela Hirschmann, Menschenrechte, in: Informationen zur politischen Bildung, Bonn: Bundeszentrale für politische Bildung, Heft 325/2015, S. 50–55, hier S. 54 f.*

## M2 Internationaler Strafgerichtshof: eine gemischte Bilanz

[Die] weitreichende Möglichkeit [...], Verbrechen weltweit zu ahnden, bringt zahlreiche praktische Hürden mit sich, insbesondere mit Blick auf die Prozessführung. Sprachbarrieren, die umfangreiche Dolmetscherarbeit erfordern, der erschwerte Zugang zu Beweisen und die teilweise instabile Sicherheitslage in den Ländern, in denen Ermittlungen durchgeführt werden, tragen zur Langwierigkeit der Prozesse bei [...]. Da das Gericht über keine eigene Vollzugs- und Ermittlungsbehörde verfügt, ist es zudem auf die Kooperation der involvierten Staaten angewiesen. Fälle wie die Festnahme von Mitarbeitenden des Gerichts in Libyen 2012 oder die von den USA 2020 verhängten Sanktionen gegen die damalige Chefanklägerin des Weltstrafgerichts und [...] Mitarbeiter zeigen, dass eine solche Kooperation alles andere als selbstverständlich ist.

Unzureichende Kooperation mit dem internationalen Strafgerichtshof und der Vorrang politischer Interessen [...] spiegeln sich auch darin wider, dass Großmächte wie die USA, China und Russland das Römer Statut gar nicht erst anerkannt haben. Der vermeintlich politische Einschlag des Gerichts ist der häufigste Kritikpunkt, mit dem der IStGH konfrontiert wird. Mit dem Vorwurf, ein parteiisches Gericht zu sein, das eine kolonialistische Siegerjustiz verkörpere und sich lediglich gegen afrikanische Staaten richte, erreichte die Krise um die Legitimität des Gerichtshofs 2016 ihren Höhepunkt. [...].

Trotz der Tatsache, dass mittlerweile zahlreiche Ermittlungen auch in anderen Regionen der Welt laufen, blockieren mangelnde Kooperationsbereitschaft und politische Allianzen eine effektive, globale Strafverfolgung durch den IStGH. Ermittlungen gegen amerikanische Staatsangehörige für in Afghanistan begangene Verbrechen werden spätestens zum Zeitpunkt der Festnahmen scheitern, da die USA nicht nur die Auslieferung von Staatsangehörigen an das Gericht verweigert, sondern sich darüber hinaus vorbehält, im Falle einer Verfolgung durch den Gerichtshof Staatsangehörige mit militärischen Mitteln zu befreien. [...] Russland und China machten mehrfach von ihrem Vetorecht im Sicherheitsrat Gebrauch, um entsprechende Resolutionen zur Untersuchung von Menschenrechtsverletzungen in Syrien durch den IStGH zu verhindern.

Zum politischen Einfluss, dem der IStGH ausgesetzt ist, kommen rechtliche Grenzen, die die Effektivität des Gerichtshofs beschränken. Erstens ist das Römer Statut ein internationaler Vertrag, der jederzeit gekündigt werden kann. [...] Zweitens kann der Gerichtshof nur die Verbrechen ahnden, die nach Inkrafttreten des Römer Statuts begangen wurden. Die Ahndung von länger zurückliegenden [...] Verbrechen ist somit per se ausgeschlossen. Drittens wird der Gerichtshof nur dann tätig, wenn ein Land selbst keine Strafverfolgung durchführt oder dazu nicht in der Lage ist. [...]

Zwar scheint die Bilanz nach 20 Jahren IStGH vorwiegend ernüchternd, doch das Gericht hat sich in vieler Hinsicht entwickelt und ist heute eine einflussreiche Referenz im Bereich der internationalen Strafgerichtsbarkeit. So [...] werden zunehmend aktuelle globale Herausforderungen wie die dramatischen Folgen des Klimawandels oder die andauernde Straflosigkeit internationaler Konzerne an den IStGH herangetragen. Erst kürzlich wurde der brasilianische Präsident Jair Bolsonaro für die Abholzung des Amazonas wegen Verbrechen gegen die Menschlichkeit vor dem Weltstrafgericht angezeigt. [...]

Der Gerichtshof und das Römer Statut könnten – wenn die internationale Staatengemeinschaft denn wolle – durchaus die Straflosigkeit für schwerste internationale Verbrechen bekämpfen und zu mehr Gerechtigkeit beitragen.

*Rebecca Fleming, 20 Jahre Internationaler Strafgerichtshof, Berlin: Deutsche Gesellschaft für die Vereinten Nationen e.V., 15.12.2021, https://frieden-sichern.dgvn.de/meldung/20-jahre-internationaler-strafgerichtshof/ (Zugriff: 15.02.2022)*

**1** Beschreiben Sie die Aufgaben des IStGH sowie die Rolle, die den NGOs zukommt (M1).

**2** Arbeiten Sie heraus, welchen Herausforderungen sich der IStGH stellen muss und mit welchen Beschränkungen er zu kämpfen hat (M1 und M2).

**3** Bewerten Sie die Rolle des IStGH (M1 und M2).

# 1.3 Globale Lösungen für globale Herausforderungen

## Der Kampf gegen Armut als globale Herausforderung

GLOSSAR
Armut

**Globale Probleme zeichnen sich nicht nur dadurch aus, dass die Menschheit als ganze herausfordern. Sie sind komplex und interdependent, das heißt auf vielfältige Weise miteinander verknüpft. Der Klimawandel etwa hat Auswirkungen auf die wirtschaftliche Entwicklung, Wanderungsbewegungen, Kriege und Konflikte und die Lebenschancen von Menschen. Jedes dieser genannten Probleme wiederum steht in einer Wechselwirkung mit anderen Problemen. Das macht die Lösung dieser Probleme so dringend, aber auch so kompliziert.**

INFO

Unter **absoluter Armut** leiden Menschen, deren physisches Überleben in Gefahr ist. Üblicherweise wird hier die 1,90-US-Dollar-Grenze herangezogen. Unter **relativer Armut** leiden Menschen, deren Einkommen weniger als 50 Prozent des mittleren Einkommens der Bewohner ihres Landes beträgt.

### M1 Was bedeutet Armut?

**a) Die formale Definition der Weltbank**

Als absolute Armut ist dabei ein Zustand definiert, in dem sich ein Mensch die Befriedigung seiner wirtschaftlichen und sozialen Grundbedürfnisse nicht leisten kann. Relative Armut beschreibt Armut im Verhältnis zum jeweiligen gesellschaftlichen Umfeld eines Menschen. [...] Vielen Menschen gelingt es, ihre Lebensumstände aus eigener Kraft so zu verbessern, dass sie sich aus der Armut befreien können. Lediglich ein Viertel bis ein Drittel der von Armut betroffenen Menschen sind Schätzungen zufolge chronisch – also zeit ihres Lebens – arm. [...] Bei der Messung von Armut haben sich verschiedene Ansätze durchgesetzt. Nach der Definition der Weltbank sind Menschen extrem arm, wenn sie weniger als 1,90 US-Dollar pro Tag zur Verfügung haben. Bei diesem Ansatz wird die Kaufkraft des US-Dollars in lokale Kaufkraft umgerechnet. Das heißt, dass extrem arme Menschen nicht in der Lage sind, sich täglich die Menge an Gütern zu kaufen, die in den USA 1,90 US-Dollar kosten würden. Die 1,90-Dollar-Grenze wird als finanzielles Minimum angesehen, das eine Person zum Überleben braucht.

**b) Voices of the Poor – die Sicht der Betroffenen**

Wie Arme selbst den Zustand von Armut erleben, hat die Weltbank-Studie Voices of the Poor in umfassender Weise dokumentiert. Armut als Gegenteil von gutem Leben oder Wohlbefinden wird von den Armen beschrieben als Mangel an materiellen Dingen (insbesondere Lebensmittel), aber auch Mangel an Arbeit, Geld, Wohnung und Kleidung. Dazu kommt das Leben in einer ungesunden, verschmutzten, gefährlichen und häufig von Gewalt geprägten Umgebung. Die Wahrnehmung von Machtlosigkeit und der fehlenden Möglichkeit, die eigenen Interessen zu artikulieren, sind ebenso Elemente von Armut wie tägliche existenzielle Sorgen oder die Angst vor der Zukunft.

*a) Armut, in: Lexikon der Entwicklungspolitik Berlin: Bundesministerium für wirtschaftliche Zusammenarbeit und Entwicklung, https://www.bmz.de/de/service/lexikon/armut-14038 (Zugriff: 15.02.2022)*
*b) Walter Eberlei, Armut als globale Herausforderung, in: Ernst-Ulrich Huster/Jürgen Boeckh/Hildegard Mogge-Grotjahn (Hrsg.), Handbuch Armut und Soziale Ausgrenzung, Wiesbaden: Springer VS, 2008, S. 589–604, hier S. 590*

### M2 Weltweite Verteilung von Reichtum und Armut

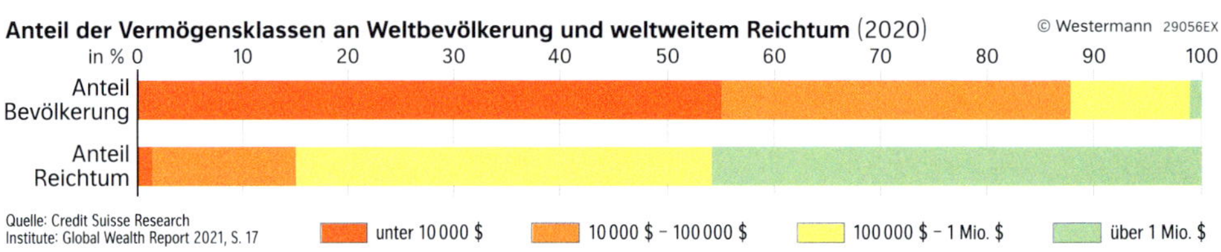

## M3 Hunger und Unterernährung

Alle dreizehn Sekunden stirbt ein Kind unter fünf Jahren an den Folgen von Hunger. Bis zu 811 Millionen Menschen hungern, über zwei Milliarden leiden an Mangelernährung. Dabei gibt es genug Nahrung, Wissen und Mittel für alle. Mehr noch: Alle Menschen haben ein Recht auf Nahrung. [...]

**Was ist Hunger?**

[...] Akuter Hunger bezeichnet Unterernährung über einen abgrenzbaren Zeitraum. Es ist die extremste Form von Hunger und tritt häufig in Zusammenhang mit Krisen auf. [...]

Chronischer Hunger bezeichnet einen Zustand dauerhafter Unterernährung. [...] Er tritt meist in Zusammenhang mit Armut auf. Chronisch Hungernde haben zu wenig Geld für eine gesunde Ernährung, für sauberes Wasser oder eine Gesundheitsversorgung.

Verborgener Hunger [...] ist eine Form des chronischen Hungers. Aufgrund von Essensmangel und einseitiger Ernährung fehlen wichtige Nährstoffe [...]. Die Folgen von verborgenem Hunger sind auf den ersten Blick nicht unbedingt sichtbar, langfristig führt der Nährstoffmangel aber zu schweren Krankheiten. [...]

**Was sind die Folgen von Hunger?**

[...] Unterernährung ist nicht nur eine Folge von Armut, sie verursacht auch Armut, indem sie von Generation zu Generation weitergegeben wird – ein Teufelskreis. Sind schon die werdenden Mütter unterernährt, können ihre Kinder sich während der Schwangerschaft nicht richtig entwickeln und kommen häufig zu früh und/oder untergewichtig zur Welt. Leidet ein Kind bereits im Mutterleib unter Mangelernährung, hat es kaum Chancen, seinen Entwicklungsrückstand wieder aufzuholen. Es hat häufig ein geschwächtes Immunsystem und ist somit anfälliger für Infektionskrankheiten. Die körperliche und geistige Entwicklung des Kindes ist eingeschränkt, es kann sich schlechter konzentrieren und erbringt schlechtere Schulleistungen. Außerdem ist ein mangelernährtes Kind auch anfälliger für chronische Krankheiten im Erwachsenenalter. Beides führt tendenziell zu einer reduzierten körperlichen und geistigen Leistungsfähigkeit als erwachsener Mensch. Dadurch sinken die Verdienstchancen, das Armutsrisiko steigt, der teuflische Kreislauf des Hungers setzt sich fort.

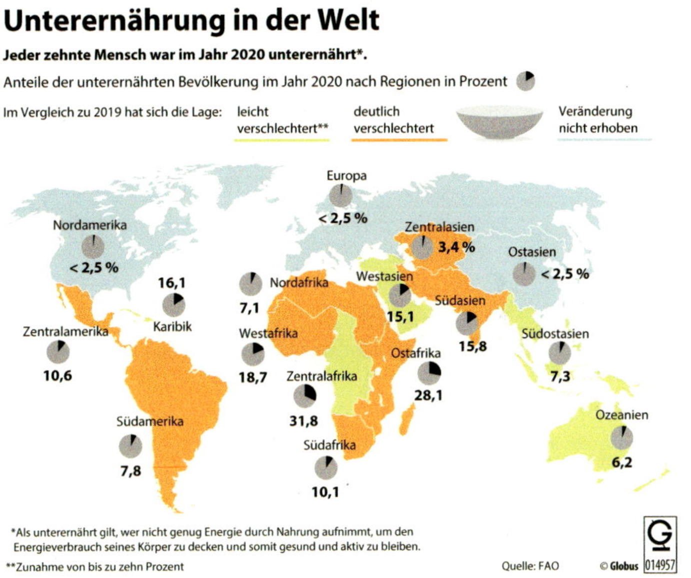


*Hunger: Verbreitung, Ursachen & Folgen, Bonn: Deutsche Welthungerhilfe e. V., https://www.welthungerhilfe.de/hunger/ (Zugriff: 15.02.2022)*

1. Beschreiben Sie die Unterschiede zwischen der Armuts-Definition der Weltbank und der subjektiven Beschreibung der Betroffenen (M1).
2. Analysieren Sie die Grafik M2.
3. Stellen Sie den Zusammenhang von Armut und Unterernährung dar (M3).
4. Diskutieren Sie die These, dass Hunger und Unterernährung in erster Linie ein Ernährungsproblem seien.

# Armutsursachen

## M1 Ursachen der Armut: Erklärungsansätze im Wandel

Kolonialzeit: Weiße lassen sich von den Einheimischen auf Sänften tragen.

Patrice Lumumba (1925–1961) war zentraler Akteur der kongolesischen Unabhängigkeitsbewegung und von Juni bis September 1960 erster frei gewählter Premierminister des Kongos; er wurde von der Armee unter Oberst Joseph Mobutu und mit Unterstützung der CIA aus dem Amt geputscht und im Januar 1961 ermordet.

Seit fünf Jahrzehnten gibt es eine [...] internationale Debatte über die Ursachen von Armut. In den 1950er- und 1960er-Jahren dominierte dabei zunächst die Annahme, die „Unterentwicklung" [...] und die damit verbundene Massenarmut sei auf eine historisch rückständige Entwicklungsstufe zurückzuführen, in der traditionelle wirtschaftliche und politische Systeme in der Aufgabe versagten, die wachsenden Bevölkerungen mit notwendigen Gütern zu versorgen.

Die Modernisierungstheorie empfahl entsprechend den Technologie- und Kapitaltransfer von Nord nach Süd, um so Entwicklungsprozesse im Süden anzustoßen, deren Erfolg über kurz oder lang auch die Armut beseitigen könnten.

Seit den 1960er-Jahren – nicht zuletzt ausgelöst durch die Dekolonisierung und die wachsende Bedeutung der Entwicklungsländer in den Vereinten Nationen [...] – verschob sich die Diskussionslage. [...] Die Dependenztheorie verwies auf die Ausbeutung der Entwicklungsländer durch die Industrieländer

Auf der Währungs- und Finanzkonferenz vom 1. bis 22.7.1944 in Bretton Woods/New Hampshire wurde das heutige Weltwirtschaftssystem begründet und die Gründung der Weltbank und des IWF (siehe Glossar) beschlossen.

und die „Entwicklung von Unterentwicklung" durch Kolonisierung und das [...] ungerechte Weltwirtschaftssystem, deren Handels- und Finanzsysteme und -mechanismen die Entwicklungsländer massiv benachteiligten. In den Vereinten Nationen forderten die Entwicklungsländer eine „neue Weltwirtschaftsordnung" [...].

In den 1980er-Jahren schwang das Pendel zurück. Fehlende interne ökonomische Reformen, ineffiziente Staatsunternehmen, eine hohe Verschuldung von Regierungen, die mangelhafte Integration in den Weltmarkt – diese und andere reale Phänomene wurden von den Verfechtern einer neoliberalen Marktlogik als Kernprobleme der Entwicklungsländer identifiziert. Die Industrieländer [...] nutzten ihren Einfluss auf die Weltbank und den Internationalen Währungsfonds, um über diese multilateralen Organisationen sogenannte Strukturanpassungsprogramme der Entwicklungsländer zu erzwingen. Diese zeigten allerdings insbesondere in den ärmsten Ländern wenig wirtschaftlichen Erfolg und verschärften die Armut vielfach.

Seit den 1990er-Jahren [...] differenzierte sich das Bild wieder. Seither wird eher von einem

Geflecht von Faktoren ausgegangen, die sowohl in den Ländern des Südens selber als auch in der Politik der Industrieländer oder dem internationalen Umfeld ganz allgemein zu identifizieren sind und deren Beeinflussung zur Ausweitung oder auch Bekämpfung von Armut beiträgt [...].

Am Beispiel des ärmsten Kontinents soll dies weiter erläutert werden. Es wurde schon darauf hingewiesen, dass sich die Armutssituation in Afrika insgesamt kaum verbessert. Allerdings gibt es innerhalb des Kontinents signifikante Unterschiede zwischen verschiedenen Ländern, Erfolge hier, Rückschritte dort. Diese unterschiedlichen Entwicklungen können dadurch erklärt werden, dass neben den im globalen oder internationalen Umfeld verorteten (exogenen) Ursachen für Armutsentwicklungen vor allem auch die internen (endogenen) Ursachen der Armut erhebliche Auswirkungen zeigen:

Zu letzteren zählen in einigen Ländern die Schwäche oder das vollständige Versagen einer staatlichen Wirtschafts- und Sozialpolitik, die Vernachlässigung der Landwirtschaft, Kriege und Konflikte, die Ausbreitung von HIV/Aids, die Bevölkerungsentwicklung, ungleiche Geschlechterbeziehungen, ungünstige klimatische oder andere ökologische Faktoren und nicht zuletzt neopatrimoniale Herrschaftssysteme, die durch Personalismus, Klientelismus und Missbrauch von Staatsressourcen gekennzeichnet sind. [...]

Zweifellos war aber das internationale Umfeld für die meisten Länder Subsahara-Afrikas in den vergangenen Dekaden äußerst unvorteilhaft und hat so die Bekämpfung von Armut erheblich erschwert oder gar zur weiteren Ausbreitung von Armut beigetragen. Die hohe Verschuldung Subsahara-Afrikas, [...] die den Ländern über zwanzig Jahre dringend notwendige Ressourcen entzog, ist zu nennen; ebenso die erwähnte verfehlte Politik der verordneten Strukturanpassung, die bis heute soziale Auswirkungen zeigt. Der Protektionismus der Industrieländer und die Subventionierung z. B. der europäischen Agrarprodukte haben der afrikanischen Landwirtschaft schwer geschadet und die Armut im ländlichen Bereich verstärkt. Die Folgen der Kolonialgeschichte wie auch die militärische und wirtschaftliche Unterstützung korrupter und diktatorischer politischer Regime zu Zeiten des Kalten Krieges haben ihre Spuren im Armutsprofil hinterlassen.

*Walter Eberlei, Armut als globale Herausforderung, in: Ernst-Ulrich Huster/Jürgen Boeckh/Hildegard Mogge-Grotjahn (Hrsg.), Handbuch Armut und Soziale Ausgrenzung, Wiesbaden: Springer VS, 2008, S. 589–604, hier S. 593–595*

**INFO**

**Neopatrimonialismus**
Herrschaftsform, die sich aus Elementen traditionaler (autoritärer) und legal-rationaler Herrschaft nach Max Weber (S. 302, M1) zusammensetzt

**Klientelismus**
informelles Abhängigkeits- bzw. Machtverhältnis zwischen höher- und niedrigergestellten Personen (Patron und Klient)

## M2 Teufelskreis der Armut

**Der Kreislauf der Armut**

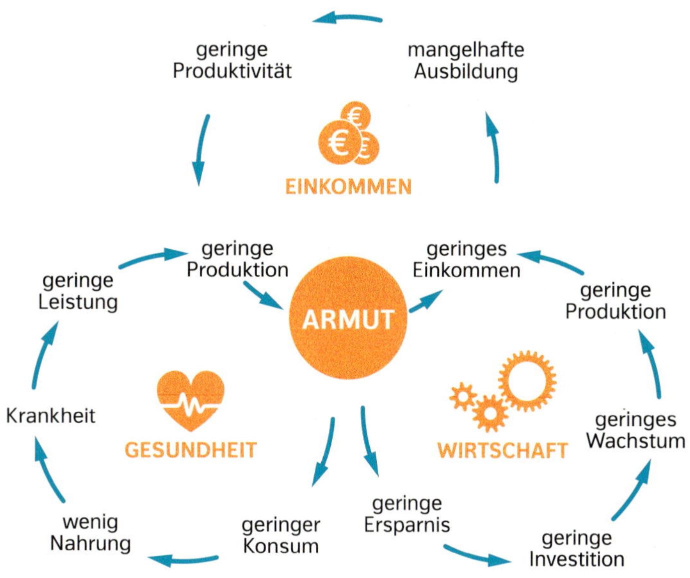


Quelle: Aktion Deutschland Hilft e. V., Bonn, 2018 (verändert)



**1** a) Arbeiten Sie aus M1 die unterschiedlichen Ansätze zur Erklärung von Armut heraus.
b) Erläutern Sie, welche Strategien der Armutsbekämpfung sich daraus ergeben.

**2** Legen Sie anhand des „Teufelskreises der Armut" (M2) dar, wie gesellschaftliche und individuelle Ursachen der Armut ineinandergreifen.

**3** Entwickeln Sie Vorschläge für mögliche Ansatzpunkte und Strategien zur Durchbrechung des Teufelskreises der Armut (M2).

# Armut – ein globales Gerechtigkeitsproblem

## M1 Globale Armut als Menschenrechtsverletzung

**INFO**

**Median**
statistischer Mittelwert, der – anders als das arithmetische Mittel (Durchschnitt) – die exakte Mitte der Spannweite der Extremwerte darstellt, d. h., genau die Hälfte aller Werte liegt darüber, die Hälfte darunter

Laut [...] Daten der Weltbank beträgt das globale Medianeinkommen im Durchschnitt [so viel] [...], dass ein Mensch mit diesem Medianeinkommen pro Tag so viel konsumieren konnte, [...] wie man [...] für 3,09 Euro in Deutschland kaufen kann. Man kann also sagen, dass Menschen, die auf diesem Niveau leben, wirklich sehr arm sind. [...] [Zudem] hat die ärmere Hälfte der Menschheit gar nicht dieses Medianeinkommen, sondern im Schnitt nur etwa 46 % dieses Betrags. [...]

Es liegt auf der Hand, dass solch minimale Einkommen zu schweren Entbehrungen und hoher Anfälligkeit führen. Laut offiziellen Statistiken leiden etwa 868 Millionen Menschen unter chronischem Hunger und Unterernährung, 884 Millionen haben keinen Zugang zu sauberem Trinkwasser, 2,5 Milliarden müssen auf moderne Sanitäreinrichtungen verzichten, und fast zwei Milliarden haben keinen Zugang zu lebenswichtigen Medikamenten. Über eine Milliarde hat keine zulängliche Unterkunft, 1,6 Milliarden leben ohne Elektrizität, 796 Millionen Erwachsene sind Analphabeten, und 215 Millionen Kinder leisten Kinderarbeit.

Noch schockierender ist die Anzahl der Menschen, die an den Folgen der Armut sterben. Laut Weltgesundheitsorganisation sind rund ein Drittel aller menschlichen Todesfälle, 18 Millionen pro Jahr, auf Krankheiten wie Diarrhöe, Tuberkulose, Schwangerschaftkomplikationen und Atemwegsinfektionen zurückzuführen – alle leicht vermeidbar durch Zugang zu sauberem Trinkwasser, modernere Sanitäranlagen, bessere Ernährung, [...] Impfstoffe und andere Medikamente. All diese Krankheiten kommen unter Wohlhabenden nicht vor.

Und noch einmal: Darauf ist rund ein Drittel aller Todesfälle zurückzuführen. Hochgerechnet bedeutet dies: In den 22 Jahren seit dem Ende des Kalten Krieges sind etwa 400 Millionen Menschen infolge von Armut gestorben. Das ist doppelt so viel wie durch staatliche Gewalt, wie Kriege, Konzentrationslager, Gulags oder Genozide, im gesamten 20. Jahrhundert.

*Thomas Pogge, Globale Armut als institutionelle Menschenrechtsverletzung, in: Neue Gesellschaft/Frankfurter Hefte 12/2012, S. 26–31, hier S. 26*

## M2 Peter Singer: Wir sind zum Teilen verpflichtet!

**INFO**

**Peter Singer**
(*1946) ist ein australischer Philosoph und Ethiker. Er ist Vertreter des Utilitarismus, einer Strömung ethischen Argumentierens, die den Nutzen, den eine Entscheidung für möglichst viele Menschen bringt, ins Zentrum stellt.

Wenn es in unserer Macht steht, etwas Schreckliches zu verhindern, ohne dass dabei etwas von vergleichbarer moralischer Bedeutung geopfert wird, dann sollten wir es tun. Dieses Prinzip scheint unumstritten zu sein. [...]

Wenn [...] das [...] Prinzip richtig [ist] [...], dann haben wir eine Verpflichtung, denen zu helfen, die in absoluter Armut leben, eine Pflicht, welche ebenso stark ist wie die, ein ertrinkendes Kind aus einem Teich zu retten. Nicht zu helfen wäre unrecht, ganz gleich, ob dies für sich genommen mit einer Tötung gleichbedeutend wäre oder nicht. Helfen ist nicht, wie man üblicherweise denkt, eine wohltätige Handlung, die zu tun lobenswert ist, die zu unterlassen aber nicht unrecht ist; es ist etwas, das jeder tun soll. [...]

Unser Reichtum bedeutet, dass wir Einkommen haben, über die wir verfügen können, ohne den lebensnotwendigen Bedarf aufzugeben, und dass wir diese Einkommen dazu verwenden können, äußerste Armut zu verringern. Wie viel genau aufzugeben wir uns für verpflichtet halten, wird davon abhängen, was wir angesichts der Armut, die wir verhüten könnten, als vergleichbar moralisch bedeutsam betrachten, etwa modische Kleider, teure Restaurantbesuche, eine raffinierte Stereoanlage, Ferienreisen nach Übersee, einen Luxuswagen [...] usw.

Für Utilitaristen kann kaum etwas davon so bedeutsam sein wie die Verringerung äußerster Armut; und wer kein Utilitarist ist, muss, wenn er das Prinzip der Universalisierbarkeit unterschreibt, auf jeden Fall akzeptieren, dass zumindest einige dieser Dinge eine weit geringere moralische Bedeutung haben als die absolute Armut, die mit dem Geld, das diese kosten, verhütet werden könnte.

*Peter Singer, Praktische Ethik, 3., revid. u. erw. Aufl., Stuttgart: Reclam 2013, S. 355 f., 359 f.*

## M3 Thomas Pogge: Armut ist systematisches Unrecht

[Die weltweite Armut] [...] ist ein Gerechtigkeitsproblem, weil die Regeln, nach denen unsere globalen Institutionen, zum Beispiel die Weltwirtschaft, [...] die Politik und andere Subsysteme funktionieren, ungerecht sind. Diese Regeln haben einen erheblichen [...] Einfluss auf die Zuteilung von Lebenschancen in der Welt. Ein Handelsabkommen zum Beispiel, das Märkte öffnet oder sperrt, macht die einen reich und stürzt andere in Armut. Diese Regeln, die auf supranationaler Ebene von Regierungen ausgehandelt werden, dienen natürlicherweise mehr den Interessen der Reichen als den Interessen der Armen. [...]
Mächtige Parteien wie zum Beispiel große Konzerne haben mehr Einfluss auf die wichtigsten Regierungen, sie sind informiert, sie bestimmen die Verhandlungen. Arme Menschen, zwei Drittel der Weltbevölkerung, können das nicht. So entsteht eine immer größere globale Ungleichheit. [...]
In Europa gibt es relativ gut funktionierende Demokratien, da haben das letzte Wort immer noch die wahlberechtigten Bürger. Die haben nicht nur das Recht und die Möglichkeit, die Politik zu bestimmen, sondern auch die Verantwortung, das zu tun. [...]
Wenn Deutschland Verträge unterzeichnet, die vorhersehbarerweise die Armut in Afrika verschlimmern, kann man nachher nicht sagen, na ja, es war die Regierung. Die Regierung ja, aber eine Regierung, die von uns beauftragt und ermächtigt wurde. Wir haben damit die Verarmung Afrikas akzeptiert und befördert. Da sehe ich die Verantwortung. [...]
Wir müssen darauf bestehen, dass Wirtschafts-, Handels- oder Finanzverträge so gestaltet sind, dass sie – als Minimalforderung – die Armut im Ausland nicht verschärfen. [...]
Die afrikanischen Länder sind sehr reich an Rohstoffen, und wir haben einen unendlichen Bedarf. Wenn das bedeutet, dass wir einem Diktator Geld geben müssen, nehmen wir das in Kauf, obwohl wir wissen, dass er im Grunde nicht der rechtmäßige Eigentümer ist. Wir suchen uns dann irgendeine beruhigende Geschichte.
Das sehen wir in Nigeria zum Beispiel, dem „erfolgreichsten" Land Afrikas, wir sehen, dass nicht legitimierte Regierungen an der Macht sind, dass die Wahlen ein Witz sind, dass Gewalt herrscht, die von uns finanziert ist. Wir liefern auch noch die Waffen. Einiges von dem Geld für die Rohstoffe kriegen wir so wieder zurück. „So ist Nigeria nun mal", sagen wir uns.

*„Wer nichts tut, ist mitverantwortlich". Interview von Cathren Müller mit Thomas Pogge, in: Wiener Zeitung, 13.08.2011*

**INFO**

**Thomas Pogge** (* 1953) ist ein deutscher Philosoph und seit 2008 Professor of Philosophy and International Affairs und Direktor des Global Justice Program an der Yale University.

**1** Erläutern Sie die Überschrift von M1 und nehmen Sie dazu Stellung.

**2** Erörtern Sie, ob die Befunde aus M1 als Schicksal hingenommen werden müssen oder ob sich daraus – und wenn ja welche – ethische Pflichten für die Menschen in den Industrieländern ergeben.

**3** **a)** Arbeiten Sie die Kernthesen Singers (M2) und Pogges (M3) heraus.
**b)** Vergleichen Sie die Kernthesen miteinander.

**4** Nehmen Sie zu den Folgerungen und Forderungen in M2 und M3 Stellung.

# Die Sustainable Development Goals – eine (erreichbare) Utopie?

**INFO**

**Was ist nachhaltige Entwicklung?**
Nachhaltig ist eine Entwicklung, wenn alle Menschen weltweit die gleichen Entwicklungschancen haben, die Bedürfnisse der aktuellen Generation nicht zulasten künftiger Generationen befriedigt werden. Gerade die Interessen nachfolgender Generationen werden in die Entwicklungspläne mit einbezogen.

**INTERNET**

**WES-118380-131**
Film: Einfach erklärt: Nachhaltigkeit

**GLOSSAR**

**Nachhaltigkeit**

## M 1 Sustainable Development Goals – Ziele einer nachhaltigen Entwicklung

Die 17 globalen Ziele für nachhaltige Entwicklung der Agenda 2030, die Sustainable Development Goals (SDGs), richten sich an alle: die Regierungen weltweit, aber auch die Zivilgesellschaft, die Privatwirtschaft und die Wissenschaft. Im Jahr 2015 hat die Weltgemeinschaft die Agenda 2030 verabschiedet. Die Agenda ist ein Fahrplan für die Zukunft. Mit der Agenda 2030 will die Weltgemeinschaft weltweit ein menschenwürdiges Leben ermöglichen und dabei gleichsam die natürlichen Lebensgrundlagen dauerhaft bewahren. Dies umfasst ökonomische, ökologische und soziale Aspekte. Alle Staaten sind aufgefordert, ihr Tun und Handeln danach auszurichten. [...]

Mit 17 globalen Zielen deckt die Agenda 2030 eine Vielzahl von Themen ab. Handlungsfelder sind beispielsweise der verstärkte Einsatz für Frieden und Rechtsstaatlichkeit, die Bekämpfung von Korruption, aber auch Bildung für alle oder der Schutz unseres Klimas und unserer Ressourcen. Und kein Mensch soll mehr unter Hunger leiden müssen. [...]

Mit der Deutschen Nachhaltigkeitsstrategie von Anfang 2017 hat die Bundesregierung konkret dargelegt, wie diese globalen Nachhaltigkeitsziele in Deutschland umgesetzt werden sollen. Dafür wurden 63 konkrete Ziele beschlossen. [...] [F]ür eine nachhaltige Entwicklung müssen alle zusammenwirken. Institutionelle Akteure sind beispielsweise die Länder, der Nachhaltigkeitsrat, die regionalen Netzstellen für Nachhaltigkeit, die Wissenschaftsplattform Nachhaltigkeit 2030 und die Wirtschaft. Sie nützt jedem von uns. Und jeder Einzelne kann einen Beitrag dazu leisten, dass wir unsere gesteckten Ziele erreichen.

*Nachhaltigkeitsziele verständlich erklärt, Berlin: Presse- und Informationsamt der Bundesregierung, https://www.bundesregierung.de/breg-de/themen/nachhaltigkeitspolitik/nachhaltigkeitsziele-verstaendlich-erklaert-232174 (Zugriff: 15.02.2022)*

1 Charakterisieren Sie das Verständnis der UN von nachhaltiger Entwicklung (M1).
2 Begründen Sie, welche SDGs Ihrer Meinung nach besonders wichtig sind (M1).
3 Arbeiten Sie aus M2 die Einschätzung der Autorin hinsichtlich der Erfolgschancen der SDGs heraus.
4 Nehmen Sie Stellung zu der Aussage, dass es sich bei den SDGs um eine ambitionierte Utopie handle.

## M2 Träumereien, die die Welt verändern

Armut und Hunger werden abgeschafft, Diskriminierung gibt es nicht mehr, Schulen und eine gute Gesundheitsversorgung stehen sämtlichen Bürgern offen, und die Staaten unternehmen alles, um ungleiche Lebensverhältnisse zu bekämpfen. Umwelt und Klima werden geschützt, die Wirtschaft wird dennoch angekurbelt. Die Gesellschaften üben sich im friedlichen Zusammenleben und jeder Bürger hat Zugang zur Justiz. 17 globale Ziele mit 169 Unterzielen sind es insgesamt; schon in 15 Jahren sollen sie erreicht sein. Ehrgeiziger – und umfassender – geht es kaum.

Die bisherigen Millenniumsentwicklungsziele (MDGs) der UN, die vom Jahr 2000 bis 2015 galten, hatten sich zwar auch schon mit Ökologie und Gleichberechtigung beschäftigt. Ihr Schwerpunkt aber lag eindeutig auf der Bekämpfung von Armut und Hunger, auf einer besseren Bildung und Gesundheit für alle. Und sie gelten als Erfolg, weil sie in wichtigen Teilen erreicht wurden: Die Zahl der extrem Armen hat sich, seit die UN-Agenda verkündet wurde, halbiert [...]. Die Kindersterblichkeit ging stark zurück, und die Zahl der Kinder, die wenigstens eine Grundschule besuchen, nahm zu. Doch während es im Kampf gegen die Armut Fortschritte gab, litt die Umwelt schwer – das war gewissermaßen der Preis des Fortschritts. [...]

Im Juni 2013 beschlossen die Vereinten Nationen deshalb auf ihrem Erdgipfel in Rio, dass Nachhaltigkeitsziele an die Stelle der MDGs treten sollen. Die neuen Sustainable Development Goals (SDGs) sollen jetzt eine wirtschaftlich, sozial und ökologisch nachhaltige Entwicklung vereinen. Dass Umweltschutz und Soziales so viel Gewicht erhalten, ist neu. Das eigentlich Bahnbrechende an den neuen Zielen ist aber: Sie sollen nicht mehr nur für die Entwicklungsländer gelten, sondern sie verpflichten auch die Industrienationen zum Handeln – auch bei sich zu Hause. Etwa wenn anständige Arbeitsplätze für alle geschaffen werden müssen, wie in Ziel Nummer 8 vereinbart; wenn es im Kampf gegen die Ungleichheit darum geht, Höchstverdiener im Inland stärker zu besteuern und Migration zwischen einzelnen Ländern zu erleichtern, wie Ziel Nummer 10 verlangt; in der Bildung, wenn es um Chancengleichheit für alle geht; wenn ein nachhaltiger Konsum verlangt wird oder wenn Ziel Nummer 13 schnelles Handeln zum Schutz des Klimas fordert. [...]

Die große Frage ist, wie sehr das die Politik [...] beeinflusst. Denn ob Staaten und Privatwirtschaft ausreichend Geld geben, wird mit über den Erfolg der 17 Ziele entscheiden. Und hinter dem Finanziellen steckt noch ein viel größerer Knackpunkt: Werden die Regierungen ihre Entwicklungsziele wirklich mit so viel Engagement verfolgen, wie sie es in der jetzt beschlossenen Liste versprechen? Denn die Umsetzung ist freiwillig. Jedem Staat bleibt selbst überlassen, was er tun will, um seine Ziele zu erreichen – in der Praxis heißt das: welche er priorisiert, ob er überhaupt etwas tut und welche er vernachlässigt.

Kritiker werfen den Vereinten Nationen deshalb Beliebigkeit vor [...] – 169 Prioritäten zu haben ist in Wahrheit dasselbe, wie gar keine zu haben. [...] Andere finden die 169 Teilziele zu schwammig formuliert und die Indikatoren willkürlich. „Die Armut überall in all ihren Formen zu beenden", sagt etwa der Philosoph Thomas Pogge, „das könnte gar nicht schöner und ehrgeiziger formuliert sein. Aber wie kann man dann in den Unterzielen als Armutsgrenze wieder die alten 1,25 Dollar pro Tag zugrunde legen? 1,25 Dollar zum Leben, für Essen, Trinken, Wohnung, Heizung, Gesundheit: Das ist absurd." [...] Viel Aufwand also um nichts?

Dagegen spricht der Erfolg der alten Millenniumsziele. Auch sie wurden anfangs als überambitioniert und unrealistisch kritisiert. Doch weltweit mobilisierten sie die Bürger. Prominente, Nichtregierungsorganisationen, Stiftungen und Regierungen setzten sich für sie ein. [...] Ähnlich könnten auch die neuen Entwicklungsziele funktionieren. [...] Jede Regierung, die sich danach untätig zurücklehnt, muss mit öffentlicher Kritik rechnen. [....] Letztlich wird der Erfolg der SDGs deshalb auch davon abhängen, wie sehr die Bürger ihre Regierungen in die Pflicht nehmen und den politischen Druck auf die Mächtigen aufrechterhalten können.

*Alexandra Endres, Träumerei, die die Welt verändert, in: Die Zeit online, 03.08.2015, https://www.zeit.de/wirtschaft/2015-08/un-entwicklungsziele-nachhaltigkeit-vereinte-nationen? (Zugriff: 15.02.2022)*

**INFO**

**Millenniumsentwicklungsziele**
(Millennium Development Goals, MDGs)
Im Jahr 2000 verständigten sich 189 Nationen auf acht Entwicklungsziele, die bis 2015 erreicht sein sollten. Dazu gehörten u. a. die Halbierung der Zahl der Menschen, die unter extremer Armut und Hunger leiden, die Ermöglichung der Grundschulbildung für Kinder oder die Bekämpfung von HIV, Malaria und anderen Infektionskrankheiten.

F

Erklärfilm zu den Millenniumszielen und den Sustainable Development Goals

## M3 Globale Trends – die Sustainable Development Goals auf dem Prüfstand

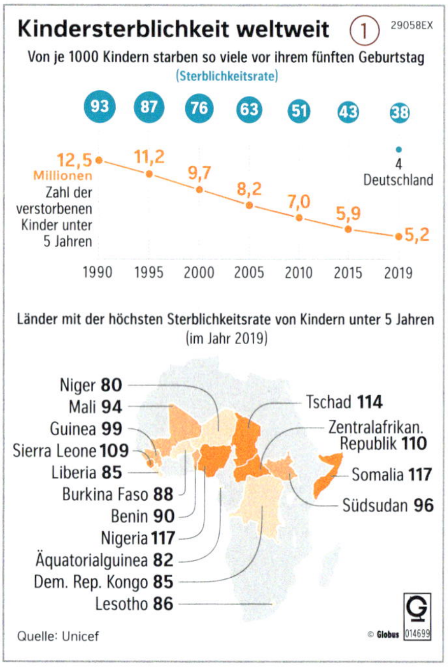


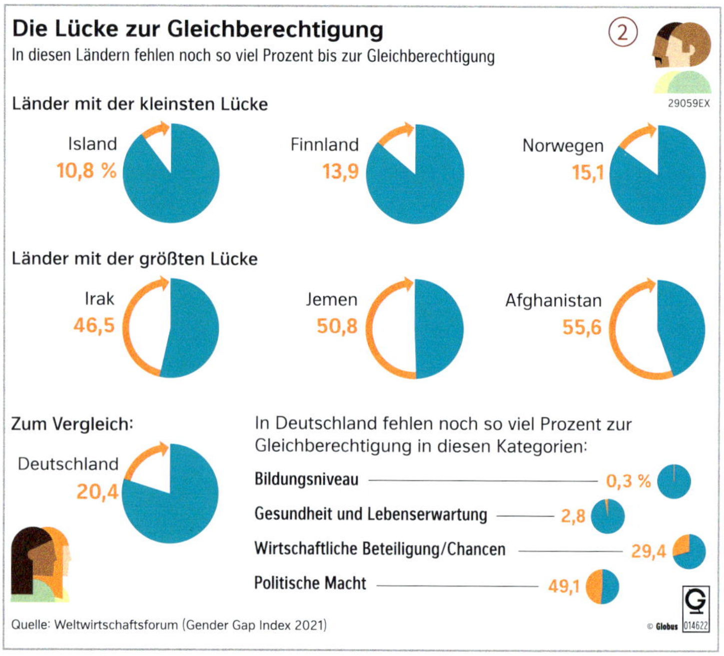


### Ungleiche Lebensbedingungen ③

29060EX

| | Zugang zu sauberem Trinkwasser (in % der Bevölkerung) | Zugang zu sanitärer Grundversorgung (in % der Bevölkerung) | Besuch weiterführender Schulen (in % der entsprechenden Altersgruppe) | Kindersterblichkeit unter 5 Jahren (je 1000 Geburten) | Gesundheitsausgaben (pro Kopf in US-Dollar**) |
|---|---|---|---|---|---|
| Länder mit niedrigem und mittlerem Einkommen* | 88 % | 68 % | 63 % | 41 | 608 $ |
| Afrika südlich der Sahara | 61 | 31 | 36 | 76 | 361 |
| Ostasien und Pazfik | 92 | 82 | 78 | 15 | 778 |
| Südasien | 92 | 59 | 61 | 40 | 249 |
| Naher Osten und Nordafrika | 93 | 89 | 71 | 24 | 948 |
| Europa und Zentralasien | 96 | 94 | 88 | 12 | 1108 |
| Lateinamerika und Karibik | 96 | 86 | 77 | 17 | 1207 |
| *zum Vergleich:* Länder mit hohem Einkommen | 100 | 99 | 91 | 5 | 5972 |

Stand 2019 oder jüngster verfügbarer;
*aufgeführte Regionen jeweils ohne Länder mit hohem Einkommen; **in Kaufkraftparität

Quelle: Weltbank (2021) © Globus 014706

**Zahl der unterernährten Menschen weltweit 2010–2019** (in Millionen) ④

| Region | 2010 | 2015 | 2016 | 2017 | 2018 | 2019* | 2030* |
|---|---|---|---|---|---|---|---|
| Afrika | 196,1 | 216,9 | 224,9 | 231,7 | 236,8 | 250,3 | 433,2 |
| Asien | 423,8 | 388,8 | 381,7 | 369,7 | 385,3 | 381,1 | 329,2 |
| Lateinamerika und Karibik | 39,6 | 38,8 | 42,4 | 43,5 | 46,6 | 47,7 | 66,9 |
| Ozeanien | 2 | 2,2 | 2,4 | 2,4 | 2,4 | 2,4 | 3,4 |
| Nordamerika und Europa | ** | ** | ** | ** | ** | ** | ** |
| Welt | 668,2 | 653,3 | 657,6 | 653,2 | 678,1 | 687,8 | 841,4 |

Quelle: FAO, IFAD, UNICEF, WFP und WHO (2020), S. 11; nach: Global Policy Forum: Agenda 2030: Wo steht die Welt? 5 Jahre SDGs – eine Zwischenbilanz, Bonn 2020, S. 58
* Prognosen, für 2030 ohne Berücksichtigung der Auswirkungen der COVID-19-Pandemie; ** nicht berichtet, da die Prävalenz weniger als 2,5 Prozent beträgt

29061EX


**Geschätzter Anteil erneuerbarer Energien am globalen Endenergieverbrauch 2017** (in Prozent) ⑤

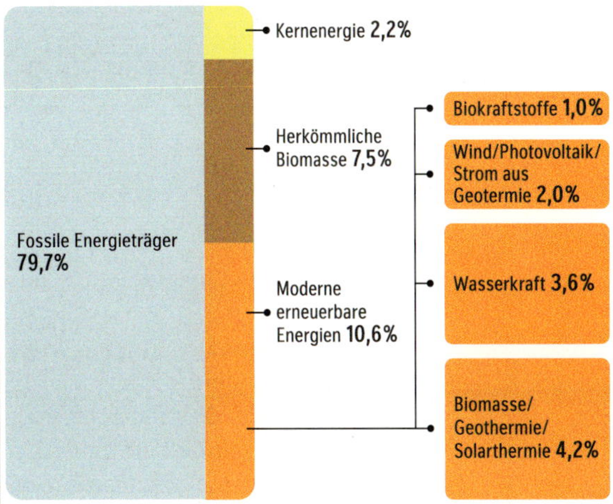


Quelle: REN21 (2019), S. 31; nach: Global Policy Forum: Agenda 2030: Wo steht die Welt? 5 Jahre SDGs – eine Zwischenbilanz, Bonn 2020, S. 104

29062EX


**Anteil der Armen an der arbeitenden Bevölkerung nach Regionen 2019** (in Prozent) ⑥

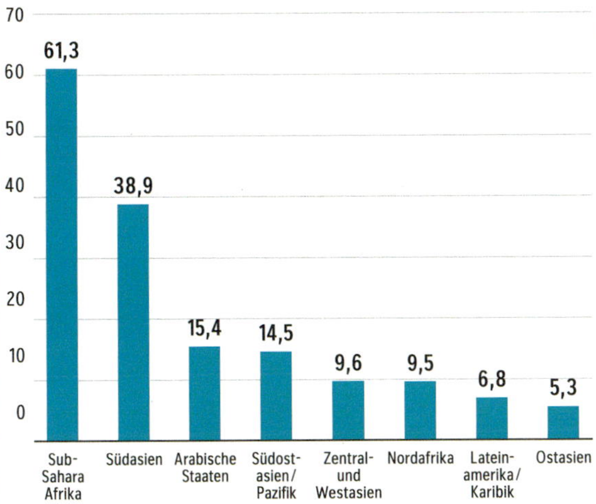


Quelle: ILO (2020); nach: Global Policy Forum: Agenda 2030: Wo steht die Welt? 5 Jahre SDGs – eine Zwischenbilanz, Bonn 2020, S. 111

29063EX


**Die Top-10 Waffenexportländer der Welt 2012–2019** (in Trend-Indicator Value (TIV) in Millionen*) ⑦

| Land | 2012 | 2013 | 2014 | 2015 | 2016 | 2017 | 2018 | 2019 | 2012–2019 |
|---|---|---|---|---|---|---|---|---|---|
| USA | 9.074 | 7.508 | 9.608 | 9.963 | 9.855 | 12.050 | 10.414 | 10.752 | 79.223 |
| Russland | 8.261 | 7.986 | 5.527 | 5.990 | 6.841 | 6.015 | 6.506 | 4.718 | 51.843 |
| Frankreich | 1.010 | 1.468 | 1.627 | 1.995 | 2.041 | 2.367 | 1.773 | 3.368 | 15.649 |
| China | 1.540 | 2.080 | 1.226 | 1.799 | 2.372 | 1.346 | 1.140 | 1.423 | 12.927 |
| Deutschland | 747 | 779 | 1.788 | 1.766 | 2.514 | 1.982 | 1.071 | 1.185 | 11.832 |
| Großbritannien | 929 | 1.608 | 1.651 | 1.179 | 1.376 | 1.225 | 699 | 972 | 9.639 |
| Spanien | 546 | 728 | 1.050 | 1.163 | 471 | 820 | 1.025 | 1.061 | 6.863 |
| Israel | 455 | 420 | 393 | 720 | 1.392 | 1.195 | 655 | 369 | 5.598 |
| Italien | 747 | 862 | 671 | 676 | 618 | 793 | 555 | 491 | 5.414 |
| Niederlande | 858 | 374 | 631 | 461 | 471 | 1.048 | 438 | 285 | 4.567 |

Quelle: www.sipri.org/databases/armstransfers; nach: Global Policy Forum: Agenda 2030: Wo steht die Welt? 5 Jahre SDGs – eine Zwischenbilanz, Bonn 2020, S. 188
* Für die Definition des von SIPRI entwickelten Maßes TIV siehe www.sipri.org/databases/armstransfers/sources-and-methods/#TIV-tables

29064EX


**1** Ordnen Sie die Grafiken und Statistiken (M3) dem jeweiligen SDG (M1) zu.

**2** Analysieren Sie die Abbildungen und überprüfen Sie vor diesem Hintergrund die Einschätzung der Autorin von M2.

**3** Überprüfen Sie die Fortschritte bei der Umsetzung eines SDG Ihrer Wahl (M1) auf der Basis selbst recherchierter aktueller Materialien.

# Eine Ausstellung gestalten

Sich Wissen angeeignet zu haben ist eine Sache. Wissen so aufzubereiten, dass es auch andere mit Interesse aufnehmen, hingegen ist eine andere Herausforderung. Ausstellungen sind Orte, an denen sich Interessierte über bestimmte Themen informieren können, die eigens zu diesem Zweck aufbereitet wurden. Sie eigenen sich, um komplexe Zusammenhänge in anschaulicher Weise zu präsentieren. Gute Ausstellungen zeichnen sich nicht nur dadurch aus, dass sie inhaltlich anspruchsvoll sind, sondern auch dadurch, dass ihr Konzept durchdacht und die Aufbereitung ansprechend ist.

## Schritte zum Gestalten einer Ausstellung

### 1. Finden eines geeigneten Themas

So banal es klingen mag, aber das Finden eines geeigneten Themas ist ein erster und wichtiger Schritt bei der Gestaltung einer Ausstellung. Das Thema muss mehrere Kriterien erfüllen: Es muss interessant sein und Sie motivieren. Es muss gehaltvoll genug sein, um eine Ausstellung inhaltlich zu füllen, muss aber zugleich so eingrenzbar sein, dass Sie es bewältigen können.
Am Beispiel globaler Probleme lässt sich die Herausforderung gut erkennen: Zur Auswahl stehen eine Reihe von Themen wie etwa Armut, Klimawandel, Ressourcenknappheit, Flucht und Migration, globale Gesundheitsfragen und Pandemien, Kriege und Konflikte, Terrorismus, organisierte Kriminalität und Drogenhandel etc. Jedes dieser Probleme ist für sich gesehen schon sehr komplex. Bedenkt man aber, dass diese Einzelprobleme oftmals miteinander verwoben sind, steigt die Komplexität weiter.
Eine erste Grundentscheidung könnte deshalb etwa sein, ob Sie eines dieser Themen herausgreifen und bearbeiten oder ob Sie den Schwerpunkt etwa auf die Interdependenz dieser Probleme, also ihre Verflochtenheit, legen. Beides ist möglich und beides ist spannend. Die Grundentscheidung hat jedoch Folgen für die Themenauswahl, die Schwerpunktsetzung und die Aufbereitung.

### 2. Erste inhaltliche Annäherungen

Nachdem sich die Projektgruppe auf ein Thema geeinigt hat, beginnt die erste Auseinandersetzung mit dem Thema. Hierbei geht es weniger darum, das Themenfeld möglichst detailliert zu erschließen. Die Funktion dieses Schrittes ist es, sich einen Überblick über relevante Aspekte und Zusammenhänge zu verschaffen. Ein solches Überblickswissen ist wichtig, um die folgenden Planungsschritte erfolgreich zu bewältigen. Als Medien kommen hier Überblicksartikel, aber auch Reportagen aus Funk und Fernsehen etc. infrage.

### 3. Schwerpunktsetzung und Konzeption des „Drehbuches“

Nachdem sich alle Mitglieder der Projektgruppe mit dem Thema vertraut gemacht haben, geht es darum, den oder die Schwerpunkte der Ausstellung festzulegen. Hierbei gilt es auch zu bedenken, an welche Zielgruppe sich die Ausstellung richtet: Eine Ausstellung für die Unterstufe unterscheidet sich im Inhalt und in der Darstellung gewiss von einer Darstellung, die sich an Eltern oder Besucher eines Projekttags an der Schule richtet.
In dieser Phase ist die Planung schon wesentlich konkreter als in der ersten Phase der Themenfindung. Es geht darum festzulegen, welche Schwerpunkte in der Ausstellung thematisiert werden sollen. Diese sollen nicht unverbunden nebeneinanderstehen. Vielmehr hat jede Ausstellung ein „Drehbuch“, also einen inhaltlichen roten Faden, der sich an der Reihenfolge orientiert, in der die Besuchenden später die Ausstellung durchlaufen. Die einzelnen Stationen müssen in einem sinnvollen inhaltlichen Zusammenhang stehen und idealerweise einen Spannungsbogen erzeugen: Zu Beginn der Ausstellung wird das Problem oder die zentrale Fragestellung der Ausstellung präsentiert. Es folgen einzelne Stationen, die die relevanten Inhalte liefern, und am Ende der Ausstellung finden sich Lösungsansätze, Antworten auf die eingangs aufgeworfene Problemfrage oder auch offene Fragen und weitere Probleme.

**4. Inhaltliche Erarbeitung der einzelnen Aspekte**
Nachdem das Drehbuch der Ausstellung steht, beginnt die vertiefte Auseinandersetzung mit den Teilaspekten. Hier ist es sinnvoll, die einzelnen Bestandteile der Ausstellung aufzuteilen und arbeitsteilig zu bearbeiten. Zugleich ist es wichtig, miteinander im Austausch zu bleiben. Am Ende soll nicht das einzelne Plakat gut sein, sondern die ganze Ausstellung.

**5. Mediale Aufbereitung der einzelnen Aspekte**
Wurden die zentralen Inhalte erarbeitet, stellt sich die Frage, wie diese in geeigneter und ansprechender Form in der Ausstellung präsentiert werden sollen. Üblicherweise bestehen Ausstellungen aus Text- und Bildtafeln. Denkbar sind auch ansprechend gestaltete Plakate, konkrete Ausstellungsobjekte, die mit Erläuterungstexten versehen werden, aber auch multimediale und interaktive Stationen mit Videoclips, Hörbeiträgen, Computeranimationen etc. Achten Sie auf ein angemessenes Verhältnis von Abbildungen, Gegenständen und erklärenden Texten. Hier ist es sinnvoll, einerseits für eine gewisse Abwechslung zu sorgen, andererseits aber stets zu bedenken, dass die Medien nur einen vermittelnden Charakter haben und nicht im Zentrum der Ausstellung stehen.

**6. Aufbau der Ausstellung**
Wenn die einzelnen Komponenten der Ausstellung aufbereitet sind, kann die Ausstellung konkret aufgebaut werden. Hierzu wird ein geeigneter Platz oder Raum benötigt. Ebenso braucht man Stellwände, Tische, Wände, an denen Plakate befestigt werden, etc.
Prüfen Sie die Ausstellung kritisch: Ist die Reihenfolge der Stationen stimmig? Gibt es Brüche oder Doppelungen? Kann man alle Elemente gut sehen bzw. lesen? Ist ausreichend Platz, sodass sich die Ausstellungsbesucherinnen und -besucher nicht gegenseitig behindern? …

**7. Ausstellungseröffnung**
Überlegen Sie, in welchem Rahmen Sie die Ausstellung eröffnen möchten. Es bietet sich an, den Eröffnungsgästen durch eine kurze inhaltliche Einführung die Ausstellung schmackhaft zu machen und sie auf die Besonderheiten der Ausstellung hinzuweisen.
Es kann auch sinnvoll sein, ein breiteres Publikum außerhalb der Schulgemeinschaft zur Ausstellungseröffnung einzuladen. Ebenso kann es sinnvoll sein, die lokale Presse über die Ausstellungseröffnung zu informieren. In jedem Fall sollte eine geeignete Berichterstattung für die Schulöffentlichkeit erfolgen, etwa durch einen Beitrag in der Schulzeitung oder auf der Schulhomepage.

**8. Inhaltliche und methodische Reflexion**
Am Ende eines solchen Projektes steht stets eine kritische Reflexion. Hierbei geht es einerseits um inhaltliche Aspekte: Was habe ich gelernt? Welche Aspekte fand ich besonders interessant? Was hat mich nachdenklich gestimmt? Welche Themen würde ich gerne vertiefen? …
Zugleich sollte es um methodische Fragen gehen: Was hat gut geklappt? Wo gab es Probleme? Wie sind Sie mit diesen Problemen umgegangen? Was würden Sie beim nächsten Mal anders machen? …

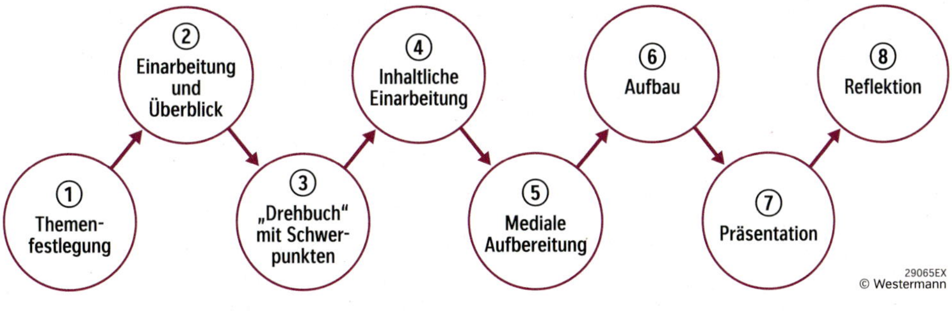


**1** Gestalten Sie eine Ausstellung zu einem von Ihnen gewählten globalen Problem.

# 1.4 Außen- und Sicherheitspolitik

## Was ist Sicherheit?

**In Sicherheit zu leben, ist ein hohes Gut, das von vielen als selbstverständlich angenommen wird. Man erwartet vom Staat, dass er seinen Bürgerinnen und Bürgern ein sicheres Leben ermöglicht. Dass Sicherheit aber alles andere als naturgegeben ist, zeigt schon ein erster Blick in andere Weltregionen. Traditionell wurden Außen- und Sicherheitspolitik in einem Atemzug genannt, da sich Sicherheit primär auf Landesverteidigung und die Sicherung des Friedens bezog. Eine genauere Betrachtung zeigt allerdings die Komplexität des Politikfeldes „Sicherheit".**

### M1 Risiko und Sicherheit

### M2 Was bedroht meine Sicherheit?

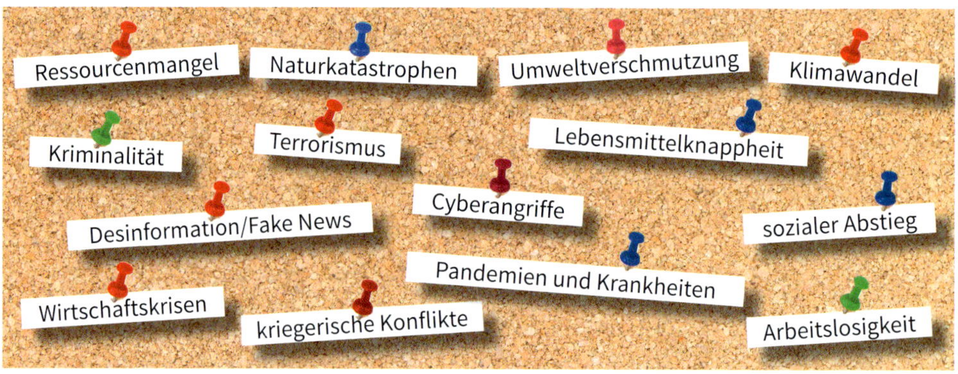


1 Beantworten Sie spontan für sich folgende Frage: Was für ein Typ sind Sie? Was überwiegt bei Ihnen im Alltag – Sicherheitsbedürfnis oder Risikobereitschaft (M1)?

2 Führen Sie eine Pyramidendiskussion zum Begriff „Sicherheit" durch.

3 Erstellen Sie ein persönliches Ranking der Faktoren, die Ihre Sicherheit bedrohen (M2).

4 Versetzen Sie sich in die Generation Ihrer Eltern und Großeltern und erstellen Sie ebenfalls ein Ranking (M2). Legen Sie dar, welche Veränderungen Sie feststellen können.

# Eine Pyramidendiskussion durchführen

Eine Methode, mit der man unterschiedliche Positionen und Sichtweisen zunächst erkennen und darüber in den Austausch treten kann, ist die Pyramidendiskussion. Mit ihr kann man Gemeinsamkeiten und Unterschiede der verschiedenen Sichtweisen herausarbeiten. Sie ist geeignet, um unterschiedliche Positionen zusammenzuführen oder aber auch um den Facettenreichtum eines Themas greifbar zu machen. Eine Pyramidendiskussion hat mehrere Phasen.

**1. Phase: Einzelarbeit**

In der ersten Phase macht sich jeder Teilnehmende einzeln Gedanken über die Fragestellung, um die es geht. Ziel dieser Phase ist, möglichst viele relevante Aspekte zusammenzutragen und so eine möglichst umfassende Antwort auf die Frage zu formulieren.

**2. Phase: Partnerarbeit**

Im zweiten Schritt finden sich jeweils zwei Personen zusammen und stellen sich gegenseitig ihre Gedanken und Ergebnisse aus der ersten Phase vor. Sie tauschen sich darüber aus und diskutieren diese. Danach versuchen sie, eine gemeinsame Antwort auf die Fragestellung zu formulieren.

**3. Phase: Gruppenarbeit**

In dieser Phase tauschen sich zwei Paare in gleicher Weise über ihre Überlegungen und Ergebnisse aus der vorangegangenen Phase aus. Auch sie versuchen, auf der Basis ihres Austauschs eine gemeinsame Antwort auf die Frage zu formulieren.

**4. Phase: Plenarphase**

In dieser letzten Phase stellen die Gruppen aus der Phase 3 wiederum ihre Ergebnisse vor, vergleichen diese mit denen der anderen Gruppen und erarbeiten eine gemeinsame Definition.

**5. Phase: Abschluss- und Methodenreflexion**

Am Ende nimmt sich jeder Teilnehmende noch einmal seinen ursprünglichen Antwortversuch vor und vergleicht ihn mit der Version, die von der Gruppe am Ende erarbeitet wurde. Welche Aspekte wurden bei der ersten Version nicht berücksichtigt? Worin lag der Ertrag im Austausch mit den anderen? Gab es Punkte, die besonders strittig waren? Worauf konnte man sich zügig einigen? Fand im Verlauf der Pyramidendiskussion eine inhaltliche Weitung statt oder lief der Prozess darauf hinaus, sich immer mehr auf das Wesentliche zu verständigen? …

**Methode „Pyramidendiskussion“**

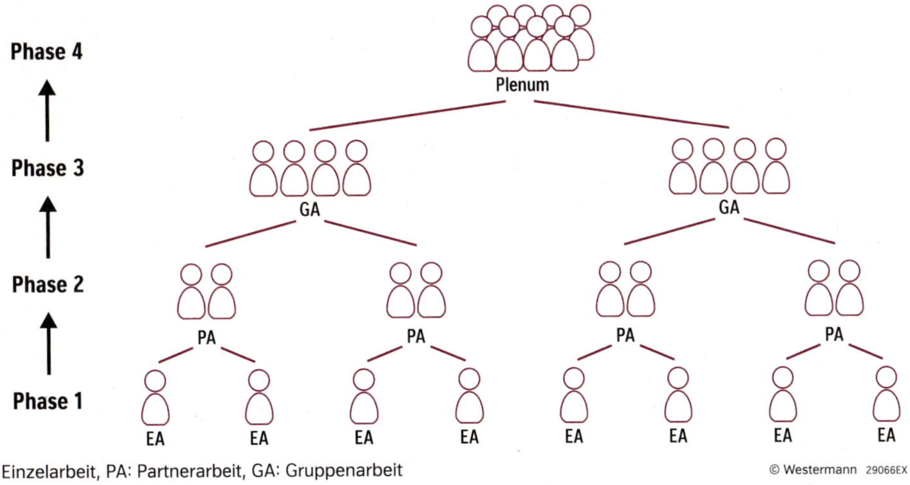


EA: Einzelarbeit, PA: Partnerarbeit, GA: Gruppenarbeit

# Sicherheitskonzepte und Sicherheitspolitik im Wandel

**Dass unsere Sicherheit etwa durch die Gefahr des globalen Terrorismus bedroht wird, wird kaum jemand in Abrede stellen. Diese Überzeugung ist jedoch eher neu. Vor Jahrzehnten waren die Menschen überzeugt, dass ihre Sicherheit etwa durch einen möglichen Atomkrieg gefährdet sei. Die Sicherheitsgefahren wandeln sich ebenso wie die Vorstellungen von Sicherheit. Das wiederum hat Auswirkungen darauf, wie Staaten versuchen, durch Sicherheitspolitik ihre Bürger vor Sicherheitsgefahren zu beschützen.**

## M 1 Der Wandel des Sicherheitskonzeptes

Sicherheit bedeutet im ursprünglichen Wortsinn einen Zustand frei von Sorge [...]. Von der Entstehung der ersten Nationalstaaten in der Mitte des 16. Jahrhunderts bis zum Ende des Zweiten Weltkriegs wurde die Wahrung bzw. Wiederherstellung von Sicherheit allgemein als wichtigste Aufgabe des Staates begriffen. Der Staat sollte die äußere Souveränität wahren und jegliche Bedrohungen von außen, insbesondere militärische Bedrohungen von anderen Staaten, abwehren. Dieses Verständnis hat sich über die letzten Jahrzehnte hinweg fundamental gewandelt. [...]

Es gibt unzählige Beispiele in der Geschichte, in denen das Streben nach „Sicherheit" dazu diente, Angriffe und Kriege, die Eroberung von Kolonien und die Unterdrückung von Völkern zu rechtfertigen. Dieses enge Verständnis von Sicherheit – Souveränität und Schutz des Staates gegen andere Staaten – wurde grundlegend mit dem Eintritt der Menschheit in das atomare Zeitalter infrage gestellt. Wenn als Zweiter stirbt, wer als Erster schießt, ist eine Zusammenarbeit der Staaten unabdingbar. Diese Erkenntnis hat zum Bewusstwerden beigetragen, dass Sicherheit weder nur ein militärisches Thema ist, noch ein Privileg von Staaten sein darf. Auch andere globale, nicht militärische Bedrohungen der Existenz rückten stärker ins öffentliche Blickfeld. Neben die Staaten traten andere, einflussreiche Akteure (z. B. NATO, UNO-Sicherheitsrat). [...]

In den 1970er- und 1980er-Jahren wurden „Globale Risiken" wie der Klimawandel, Ressourcenknappheit, Unterentwicklung und moderne Pandemien plötzlich als Bedrohungen für die Sicherheit von Staaten und Völkern eingestuft. Zugleich wurde gewarnt, diese könnten darüber hinaus bewaffnete Konflikte auslösen, zum Beispiel als Ergebnis von Ressourcenkonflikten.

*Uli Jäger, Frieden und Sicherheit, in: Bundeszentrale für politische Bildung (Hrsg.), Themenblätter im Unterricht, Nr. 101, Bonn, 2013, S. 3*

## M 2 Neue Entwicklungen im Sicherheitsdenken

**QUERVERWEIS**
**Responsibility to protect,** S. 78 f.

Die Frage nach dem Was, Wieviel und Wozu der staatlichen Sicherheitsanstrengungen wird begleitet von einem deutlichen Wandel des Sicherheitsbegriffes spätestens mit Beginn des 21. Jh.s. [...] Es gehört inzwischen zum politikwissenschaftlichen Allgemeingut, dass sich der Sicherheitsbegriff in mindestens vierfacher Hinsicht gewandelt hat:

Erstens führen ökonomische Verflechtung, militärtechnischer Fortschritt und allgemeiner Wertewandel dazu, dass die klassische, auf souveräne Selbstbestimmung und nationalstaatliches Territorium bezogene Definition von Sicherheit durch einen räumlich und inhaltlich sehr viel weiter gefassten Begriff abgelöst wird. Dabei lassen sich zwei Diskussionsstränge unterscheiden. Zum einen geht es nicht mehr nur um die Sicherheit von Staaten, sondern auch um den Schutz von Individuen, Gruppen und Gesellschaften [...], maßgeblich unter den Begriffen „menschliche Sicherheit" und „Schutzverantwortung" (responsibility to protect oder kurz R2P). Und zum anderen ist der Ort, von dem Gefahren für Bürger und

Staat ausgehen, schwerer zu bestimmen – was den Sicherheitsbegriff zunehmend entterritorialisiert [...]. In der Folge verliert auch die bisher scharfe Trennung zwischen innerer und äußerer Sicherheit an Gewicht. Wer kann etwa im konkreten Fall schon sagen, ob ein Terroranschlag, Aktivitäten organisierter Kriminalität oder eine Cyberattacke von innen oder von außen verursacht sind?

Zweitens wird die klassische Definition von Sicherheit als rein defensivem Schutz vor äußerer Bedrohung relativiert. Das negative, auf Reaktion gerichtete Sicherheitsverständnis wird damit durch ein positives komplettiert, bei dem über die Formulierung gemeinsamer Sicherheitsinteressen Mechanismen geschaffen werden, die konfliktträchtige Bedingungen aktiv abbauen und damit präventiv zu friedlicheren internationalen Beziehungen führen sollen.

Drittens wird Sicherheit nicht mehr vordringlich und nahezu eindimensional als militärische Aufgabe wahrgenommen. Vielmehr geht man heute von einem sicherheitspolitischen Gesamtkonzept aus, bei dem sich Außen-, Verteidigungs-, Wirtschafts-, Finanz-, Umwelt-, Entwicklungs- und Innenpolitik wechselseitig ergänzen und optimieren. Dieser Aspekt wird zusätzlich verstärkt durch die fortschreitende Globalisierung aller Lebensbereiche, die zu einem deutlich komplexeren Gefüge internationaler Beziehungen beiträgt und bisher entfernte Risiken aller Art sozusagen unmittelbar vor unsere Haustür bringt oder uns anderweitig bewusst macht. Je offener und vernetzter unsere Gesellschaft, desto verwundbarer droht sie dabei zu werden.

Viertens haben geopolitisch motivierte Auseinandersetzungen relativ an Bedeutung verloren. Nicht mehr nur zwischenstaatliche Kriege, sondern in zunehmendem Maße innerstaatliche [...] Konflikte mit grenzüberschreitendem Potenzial sind eine primäre Quelle für Risiken und Bedrohungen aller Art. Die Ebene der Gewaltanwendung hat sich zudem mit Blick auf den zunehmenden Einfluss nicht staatlicher Akteure verschoben und erweitert – was unter anderem auch dazu führt, dass die bisher anerkannten Regeln der Kriegsführung und Konfliktbewältigung nicht mehr oder nur noch bedingt greifen.

*Kersten Lahl/Johannes Varwick, Sicherheitspolitik verstehen. Handlungsfelder, Kontroversen und Lösungsansätze, Frankfurt a. M.: Wochenschau Verlag, 2019, S. 14–16*

## M3 Sicherheitspolitik im Wandel

| **klassische Sicherheitspolitik** | **Sicherheitspolitik auf der Basis eines erweiterten Sicherheitsbegriffs** | **Sicherheitspolitik mit dem Ziel „menschliche Sicherheit"** |
|---|---|---|
| **Ziel:** Schutz des Staates vor Gefahren, die von anderen Staaten ausgehen | **Ziel:** Schutz des Staates vor (nicht) militärischen Gefahren unterschiedlicher Herkunft | **Ziel:** Schutz des Individuums vor Gefahren unterschiedlichster Art |
| **Gefahr:** militärische Aggression | **Gefahr:** (militärische) Gewalt unterschiedlicher Herkunft | **Gefahr:** Beschneidung der individuellen Entwicklungsmöglichkeiten durch politische, militärische, ökologische, soziale, ökologische Faktoren etc. |
| **Handlungsebene:** Staaten | **Handlungsebene:** Staaten | **Handlungsebene:** Staaten, NGOs, Individuen, (transnationale) gesellschaftliche Akteure etc. |
| **Instrumente:** militärische Macht zur Abschreckung, Verteidigung und ggf. zum Angriff | **Instrumente:** zwischenstaatliche Kooperation im Bereich der Diplomatie, zivilen Konfliktbearbeitung, Entwicklungszusammenarbeit, Förderung polizeilicher und militärischer Sicherheit etc. | **Instrumente:** Strategien zur Sicherung der Menschenrechte, Konfliktbearbeitung, nachhaltigen Entwicklung, Friedenssicherung etc. |

*Autorentext*

**1** Legen Sie auf der Basis von M1 bis M3 dar, wie sich der Sicherheitsbegriff in den vergangenen Jahrzehnten gewandelt hat.

**2** Zeigen Sie auf, dass dieser Wandel im Sicherheitskonzept konkrete Folgen für die Sicherheitspolitik hat.

# Die Sicherheitspolitik der Bundesrepublik Deutschland

## M1 Top Ten der Sicherheitsbedrohungen im Jahr 2021

**Top Ten der Globalen Risiken ...**

... nach Eintrittswahrscheinlichkeit

| 1. | 2. | 3. | 4. | 5. |
|---|---|---|---|---|
| Extreme Wettereignisse | Scheitern der Anpassung an den Klimawandel | Von Menschen verursachter Umweltschaden | Infektions-krankheiten | Verlust biologischer Vielfalt |
| **6.** | **7.** | **8.** | **9.** | **10.** |
| Konzentration digitaler Macht | Digitale Ungleichheit | Zwischenstaatliche Krisen | Versagen der Cybersicherheit | Krisen der Lebensgrundlage |

... nach Auswirkungen

| 1. | 2. | 3. | 4. | 5. |
|---|---|---|---|---|
| Infektions-krankheiten | Scheitern der Anpassung an den Klimawandel | Massenver-nichtungswaffen | Verlust biologischer Vielfalt | Rohstoffkrise |
| **6.** | **7.** | **8.** | **9.** | **10.** |
| Von Menschen verursachter Umweltschaden | Krisen der Lebensgrundlage | Extreme Wetterereignisse | Schuldenkrise | Zusammenbruch der IT-Infrastruktur |

wirtschaftlich ökologisch geopolitisch gesellschaftlich technologisch

Quelle: World Economic Forum Global Risks Report 2021, Genf: Weltwirtschaftsforum, 2021



## M2 Kurz-, mittel- und langfristige Risiken

Der „Globale Risiko Report“, den das Weltwirtschaftsforum (WEF) seit 2004 pünktlich zum großen Treffen von Politik und Wirtschaft in Davos veröffentlicht, versteht sich als eine Art Risiko-Seismograf. Das Ziel: mehr oder weniger erkennbare Probleme frühzeitig sichtbar machen – damit planbares und koordiniertes Handeln Schlimmeres mildern oder vielleicht sogar verhindern kann. Erarbeitet wird der Bericht unter Federführung der in Genf ansässigen internationalen Organisation, mit Unterstützung der strategischen Partner, akademischen Berater und mehr als 650 Führungskräfte, die dem Netzwerk des WEF angehören.

2006 warnten die Verfasser erstmals vor den alarmierenden Gefahren einer Pandemie, die sich durch die wachsenden globalen Reisetätigkeiten und fehlende Warnsysteme weltweit verbreiten könne. Doch [...] blieben die Warnungen weitgehend ungehört. 15 Jahre später steht die Welt vor den katastrophalen Auswirkungen einer globalen Pandemie und den damit verbundenen unmittelbaren Risiken. [...]

Als unmittelbare Auswirkungen der Pandemie in den nächsten zwei Jahren listet der Bericht die weltweite Sorge um Lebensunterhalt, Angst vor wirtschaftlichem Stillstand und damit auch um den eigenen Arbeitsplatz. [...]

Aufgrund der wachsenden Ungleichheit droht weltweit eine verschärfte Spaltung der Gesellschaften, auch aufgrund wachsender Falschinformationen und der damit verbundenen Polarisierungen. Und – diesem globalen Problem widmet der Bericht besondere Aufmerksamkeit – wir sehen das Heranwachsen einer desillusionierten, perspektivlosen jungen Generation. Sie erleidet nach der Finanzkrise bereits die zweite globale Krise innerhalb eines Jahrzehnts. [...] Die drohende Perspektivlosigkeit

**INFO**

**Weltwirtschaftsforum** (World Economic Forum, WEF) 1971 von dem deutschen Ökonomen Klaus Schwab gegründete private Stiftung mit derzeit über 1.000 global agierenden Mitgliedsunternehmen; auf den jährlich vom WEF in Davos (Schweiz) organisierten Treffen diskutieren führende Vertreter/-innen von Wirtschaft, Politik, Wissenschaft, Medien und unterschiedlichen Organisationen über aktuelle globale Probleme.

der jungen Generation angesichts dieser ökonomischen und [gesellschaftlichen] Herausforderungen, ungleicher Bildungschancen sowie die damit verbundenen mentalen und gesundheitlichen Probleme werden weltweit vernachlässigt. Mit hohen Risiken für die Zukunft.
Mittelfristig bewertet der Report vor allem wirtschaftliche und technologische Folgen als globale Risiken[: d]ie wachsende wirtschaftliche Bedrohung durch das Platzen von Spekulationsblasen, Schuldenkrisen und instabile Preise, aber auch das Zusammenbrechen von IT-Infrastrukturen, aber auch zunehmende Konflikte zwischen Staaten und eine Schwächung der internationalen Zusammenarbeit.
Langfristig aber bleibt das größte Risiko die Untätigkeit beim Klimawandel, zumal die globale Zusammenarbeit in diesem Bereich eher abnimmt. Eine Immunität aber gegen Klimawandel, den Verlust von Biodiversität und die Zerstörung natürlicher Ressourcen gibt es nicht, so der Bericht.

*Susanne Biedenkopf, WEF: Pandemie bedroht Perspektive der Jugend, in: ZDFheute, Mainz: ZDF, 19.01.2021, https://www.zdf.de/nachrichten/wirtschaft/corona-weltwirtschaftsforum-global-risk-report-jugend-100.html (Zugriff: 15.02.2022)*

## M3 Deutsche Sicherheitspolitik für eine Welt im Wandel

Deutschland verfolgt eine werteorientierte Außen- und Sicherheitspolitik. Das heißt, die Bundesregierung setzt sich mit ihren außen- und sicherheitspolitischen Instrumenten für die Grundsätze der freiheitlich-demokratischen Grundordnung und die Grundsätze des Völkerrechts ein. [...]
Die Bundesregierung engagiert sich aktiv, Krisen und Konflikte zu verhindern, die die Sicherheit Deutschlands und seiner Verbündeten gefährden. Deutsche Sicherheitsinteressen ergeben sich daneben aus der Einbindung in die multinationalen Strukturen der Vereinten Nationen, der NATO und der Europäischen Union. Aber auch wirtschaftliche Verflechtungen und die Ressourcenabhängigkeit als Hochtechnologiestandort und Exportnation werden berücksichtigt.
[...] Daher sind Frieden und Sicherheit keine isolierten Themenfelder. Politische, diplomatische, wirtschaftliche, polizeiliche, humanitäre und soziale Maßnahmen sind neben militärischen Optionen unabdingbar für einen vernetzten Ansatz zur Verhinderung und Lösung einer Krise. [...]
Die Bundesrepublik ist heute einer der größten Geber humanitärer Hilfe weltweit und ein Vorreiter in der zivilen Krisenprävention, bei Mediation und Stabilisierung. Außerdem beteiligt sich unser Land mit Zivilpersonal, [...] Polizisten sowie [...] Soldaten an vielen UN-Friedensmissionen. [...]
Abrüstung, Rüstungskontrolle und die Nichtverbreitung von Waffen nehmen einen herausgehobenen Stellenwert in der deutschen Außen- und Sicherheitspolitik ein. Deutschland tritt engagiert mit seinen Partnern in den Vereinten Nationen, in der EU und der NATO für die Stärkung bestehender internationaler Verträge und Vereinbarungen und für deren Weiterentwicklung ein.
Die Bundesregierung arbeitet nicht nur in den Bereichen Sicherheits- und Verteidigungspolitik eng mit ihren internationalen Partnern zusammen. Ihr Handeln ist multilateral geprägt. [...] Denn in einer immer enger vernetzten Welt können die Staaten ihre Interessen nur wirksam durchsetzen, wenn sie ihre Außen- und Außenwirtschaftspolitiken bündeln.

*Deutsche Sicherheitspolitik für eine Welt im Wandel, Berlin: Presse- und Informationsamt der Bundesregierung, 14.02.2020, https://www.bundesregierung.de/breg-de/suche/sicherheit-und-verteidigung-1721142 (Zugriff: 15.02.2022)*

1 Analysieren Sie das Schaubild M1.
2 Fassen Sie zusammen, worin laut dem „Globalen Risiko Report" die kurz-, mittel- und langfristigen Risiken für die globale Sicherheit liegen (M2).
3 Beurteilen Sie vor dem Hintergrund von M2 die sicherheitspolitische Strategie der Bundesregierung (M3).

# Die politische Rolle Deutschlands in der Welt

## M1 Welche Rolle soll Deutschland in der Welt spielen?

Zeichnung: Kostas Koufogiorgos

**INFO**

**Frank Walter Steinmeier** (*1957) ist seit 2017 Bundespräsident. Zuvor war er u. a. Außenminister der Bundesrepublik. Aus dieser Zeit stammt der nebenstehende Text.

Deutschland wird geschätzt dafür, wie es sich weltweit für die friedliche Beilegung von Konflikten, für Rechtsstaatlichkeit und ein nachhaltiges Wirtschaftsmodell einsetzt. Gleichzeitig zeigt […] [sich], dass unsere Partner eine aktivere deutsche Außenpolitik erwarten. […] Am Ende obliegt es den Deutschen selbst, die schwierigen Fragen zu beantworten: Wo liegen unsere Interessen? Wie weit reicht unsere Verantwortung? Was ist, kurz gesagt, die „DNA" der deutschen Außenpolitik?
Die Grundkoordinaten der deutschen Außenpolitik – engste Partnerschaft mit Frankreich innerhalb eines geeinten Europas und ein starkes transatlantisches Bündnis für Sicherheit und wirtschaftliche Verflechtung – haben sich bewährt und bleiben weiterhin der feste Rahmen unserer Politik. Darüber hinaus aber müssen wir uns künftig drei zentralen Aufgaben stärker zuwenden: dem Krisenmanagement, der sich dynamisch wandelnden internationalen Ordnung und unserer Rolle innerhalb Europas. Zunächst einmal müssen wir feststellen, dass die Krise kein Ausnahmefall der Globalisierung ist, sondern vielmehr ihre dauernde Begleiterscheinung. […] In unserer globalisierten Welt wächst die Sehnsucht […] nach klaren Antworten und einer Identität in überschaubaren, möglichst scharf konturierten, zeitlos gültigen Zusammenhängen. Wenn diese Identitäten die Gestalt des Nationalismus oder religiös oder ethnisch definierter Extremismen annehmen, ist die Folge oft genug brutale, hemmungslose Gewalt – sei es durch Terrorismus oder Bürgerkrieg.
Im Umgang mit Krisen muss deutsche Außenpolitik ihren Blick verstärkt auf Prävention, Ausgleich und Mediation richten, um zu verhindern, dass uns am Ende nur noch die Schadensbegrenzung bleibt. […] Dafür müssen wir unsere Instrumente schärfen und neue Werkzeuge entwickeln, von Frühwarnsystemen bis hin zu verbesserten Mechanismen internationaler Zusammenarbeit. Wir werden prüfen, wie wir den Vereinten Nationen substanzieller bei der Friedenssicherung und beim Friedensaufbau helfen können. Dafür müssen wir uns mit der gebotenen Zurückhaltung und Sorgfalt auch der schwierigen Frage stellen, ob und wann zur Absicherung politischer Lösungen auch der Einsatz militärischer Mittel erforderlich sein kann. […] Aber Außenpolitik darf nicht nur auf Krisen schauen. Sie muss auch das Langfristige im Blick halten. […] Wir müssen zum Beispiel intensiv darüber nachdenken, wie wir wertvolle öffentliche Güter schützen können: den Cyberraum, die Meere, den Weltraum. Die zentrale Herausforderung deutscher Außenpolitik ist die Entwicklung einer vorausschauenden Außenpolitik, die in Ordnung, in internationale Institutionen und in eine kluge Stärkung des Völkerrechts investiert. Und nicht zuletzt blicken wir auf Europa: Die europäische Integration bleibt das Fundament der deutschen Außenpolitik.

*Frank-Walter Steinmeier, Dies sind Deutschlands neue Aufgaben, in: Die Welt online, 25.02.2015, https://www.welt.de/debatte/kommentare/article137829526/Dies-sind-Deutschlands-neue-Aufgaben.html (Zugriff: 15.02.2022)*

**1** Analysieren Sie die Karikatur in M1.
**2** Beschreiben Sie die grundlegenden Ziele und Aufgaben deutscher Außenpolitik (M1).
**3** Diskutieren Sie auf der Basis von M1 und M2, wie die Bundesrepublik ihre außenpolitische Rolle definieren sollte.

## M2 Außenpolitische Perspektiven kontrovers

**a) Wolfgang Ischinger: Engagement ist gefragt!**

Wir können uns nicht als eine große Schweiz definieren, die sich sozusagen hinterm Berg verbirgt, und die große Weltpolitik findet woanders statt. Die Weltpolitik hat die Tendenz, zu uns zu kommen, wie wir am Syrienkonflikt gesehen haben, mit Hunderttausenden von Flüchtlingen, die nicht nur in Deutschland die politische Landschaft verändert haben. Die Krisen kommen zu uns, wenn wir uns ihrer nicht annehmen.

Wir haben in Deutschland ein ganz grundsätzliches Problem noch nicht überwunden. Wir haben uns nach der Wiedervereinigung eingeredet, dass jetzt ein paradiesischer Zustand eintritt. Unser Staatsziel schien erreicht. Das war die Überwindung der Teilung, so stand es auch im Grundgesetz. Wir glaubten, dass wir fortan – diesen Satz kennt ja jeder in Deutschland – nur noch von Freunden umgeben sein würden. Jetzt entdecken wir allmählich, dass das so nicht stimmt. Wir haben zwar neun Nachbarn, und das sind auch alles Freunde. Aber wenn diese Freunde sich in ihrer Nachbarschaft umschauen, sehen sie Terror, Migrationsdruck, Konflikte und auch Krieg, wenn man an die Ukraine oder Syrien denkt. [...]

Wir befanden uns in einem Halbschlaf des Gefühls, dass jetzt eigentlich alles gut sei. Die Frage der Außenpolitik, der Verteidigung, des Schutzes nicht nur unserer eigenen Grenzen, sondern der unserer Bündnispartner, diese Frage haben wir vernachlässigt. Da besteht Nachholbedarf. [...] Nachdem wir die Wiedervereinigung erreicht haben, muss deutsche Politik nun dem vereinten Europa dienen. Das steht so gleich zu Anfang im Grundgesetz: dem Frieden in einem vereinigten Europa dienen. Das heißt, wir müssen unsere Kraft und unsere Fähigkeiten, unsere Möglichkeiten und unseren Wohlstand der Entwicklung, Festigung und Weiterentwicklung der Handlungsfähigkeit der Europäischen Union widmen.

*„Wir sind nicht die Schweiz", Interview von Claudia Detsch mit Wolfgang Ischinger, in: ipg-journal, Berlin: Friedrich-Ebert-Stiftung e. V., 09.01.2020, https://www.ipg-journal.de/interviews/artikel/wir-sind-nicht-die-schweiz-3981/ (Zugriff: 15.02.2022)*

**INFO**

**Wolfgang Ischinger** (*1946) war Diplomat und leitete von 2008 bis 2022 die Münchener Sicherheitskonferenz.

**GLOSSAR**

**Grundgesetz (GG)**

**b) Marius Müller-Hennig: Zurückhaltung ist geraten!**

Das internationale System verändert sich und deutsche Außen- und Sicherheitspolitik muss dem Rechnung tragen. Die Erwartung allerdings, man müsse nun endlich auch militärisch viel aktiver werden, ist brandgefährlich. [...] Angesichts der Lage der Welt kann man diese Emotionen menschlich nachvollziehen. Sie sind aber ein schlechter Ratgeber für vorausschauende und verantwortungsvolle Außen- und Sicherheitspolitik. [...]

Tatsächlich nimmt bei jedem neuen Konflikt und bei jeder neuen Krise der Druck gefühlt zu, sich doch diesmal (endlich) auch militärisch zu engagieren. Gerade in unübersichtlichen Zeiten ist militärischer Aktivismus aber riskant und oftmals wenig zielführend. [...]

Dass viele der militärischen Interventionen der vergangenen Jahre rechtlich und moralisch zweifelhaft und noch dazu selten nachhaltig von Erfolg gekrönt waren – nicht der Kommentierung wert. [...] Doch trotz solcher mehr als ernüchternder Erfahrungen mit militärischen Interventionen hat der Druck, sich endlich auch stärker militärisch zu engagieren, sogar noch zugenommen. Dabei ist eine verlässliche deutsche Zurückhaltung mit militärischem Engagement eine Stärke und keine Schwäche. Eine strategisch kühle und kluge (und normativ zu Recht skrupelbehaftete) Politik sollte diese aus gutem Grund fortführen. Man darf sie nicht leichtfertig aufs Spiel setzen. All dies ist kein Plädoyer gegen ein internationales Engagement [...]. Gerade im Rahmen UN-geführter Missionen spricht sogar viel für ein solches Engagement, wenn es die erforderliche breite internationale Unterstützung auch jenseits des Westens erfährt und es eine realistische Aussicht gibt, mit diesem Engagement nachhaltig zu Frieden und Stabilität beizutragen. Der Einsatz von Militär darf aber nicht zur Standardantwort einer aktivistischen Sicherheitspolitik werden.

*Marius Müller-Hennig, Ein Hoch auf militärische Skrupel, in: ipg-journal, Berlin: Friedrich-Ebert-Stiftung e. V., 30.10.2019, https://www.ipg-journal.de/rubriken/aussen-und-sicherheitspolitik/artikel/ein-hoch-auf-militaerische-skrupel-3842/ (Zugriff: 15.02.2022)*

**INFO**

**Marius Müller-Hennig** ist Experte für Globale Friedens- und Sicherheitspolitik bei der Friedrich-Ebert-Stiftung (FES) Berlin.

# Soll die Bundeswehr verstärkt international eingesetzt werden?

## M1 Die Bundeswehr im internationalen Einsatz

**Die Bundeswehr im internationalen Einsatz**

Aktuell sind rund **2900 deutsche Soldaten** im Ausland eingesetzt.

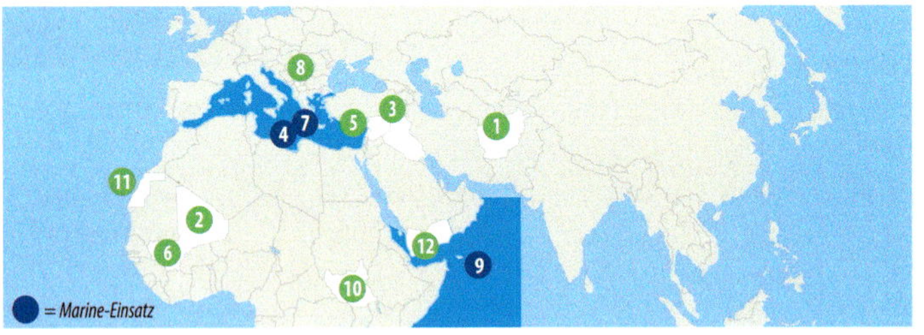


| | Region | Name | Truppenstärke | Obergrenze | Auftrag (u. a.) |
|---|---|---|---|---|---|
| 1 | Afghanistan | Resolute Support | 1023 | 1300 | Ausbildungsunterstützung |
| 2 | Mali | Minusma | 941 | 1100 | UN-Beratungs- u. Ausbildungsmission |
| 3 | Syrien/Irak | Anti-IS-Einsatz | 220 | 500 | Luftaufklärung u. -betankung, Ausbildung |
| 4 | Mittelmeer | EUNAVFOR MED Irini | 198 | 300 | u.a. Umsetzung des Waffenembargos |
| 5 | Libanon | UNIFIL | 135 | 300 | UN-Friedensmission, Seeraumüberwachung |
| 6 | Mali | EUTM Mali | 103 | 350 | EU-Ausbildungs- u. Beratungsmission |
| 7 | Mittelmeer | Sea Guardian | 84 | 650 | Nato-Patrouillen, Seeraumüberwachung |
| 8 | Kosovo | KFOR | 64 | 400 | Überwachung der Entmilitarisierung |
| 9 | Horn von Afrika | Atalanta | 28 | 400 | EU-Einsatz gegen Piraten |
| 10 | Südsudan | UNMISS | 11 | 50 | UN-Mission, Schutz der Zivilbevölkerung |
| 11 | Westsahara | MINURSO | 3 | 4 | UN-Mission, Überwachung d. Waffenstillstands |
| 12 | Jemen | UNMHA | 1 | 5 | UN-Beobachtermission |

Quelle: Bundeswehr Stand 6. April 2021 dpa•100425

In seiner Entscheidung vom Juli 1994 legte das Bundesverfassungsgericht fest, dass sich die Bundesrepublik nach Art. 24 GG Systemen kollektiver Sicherheit anschließen und in deren Rahmen militärische Einsätze außerhalb der eigenen Landes- und Bündnisgrenzen („out of area") übernehmen kann. Es ist also zwingend für einen solchen Einsatz, dass er in multilateraler Abstimmung und mit dem Mandat der UN oder der NATO stattfinden muss.

Im Oktober 2021 befanden sich rund 2.250 Bundeswehrsoldaten im Auslandseinsatz – gut die Hälfte von ihnen im Rahmen des MINUSMA-Einsatzes in Mali, die übrigen in elf weiteren Einsätzen. Die Kosten dafür schlugen mit etwa einer Milliarde Euro (2018) zu Buche. Doch nicht nur die finanziellen Kosten sind hoch: Seit Beginn der 1990er-Jahre war die Bundeswehr an mehr als 50 Out-of-area-Einsätzen beteiligt; 115 Soldatinnen und Soldaten kamen dabei ums Leben, die meisten in Afghanistan.

*Autorentext*

## M2 Soll der Wehretat erhöht werden?

**INFO**

**Hans-Peter Bartels** (*1961) ist SPD-Politiker und war von 2015 bis 2020 Wehrbeauftragter des Deutschen Bundestages.

### Hans-Peter Bartels: Ja, die Bundeswehr muss funktionieren

Bereits in meinem ersten Jahresbericht als Wehrbeauftragter Anfang 2016 habe ich darauf hingewiesen, dass es ein weiteres Kaputtsparen nicht länger geben darf. [...] Die Bundeswehr muss aktuell eine große Anzahl an Auslandseinsätzen mit der kleinsten Armee bestreiten, die wir je hatten. Darüber hinaus sehen wir seit der Krim-Annexion wieder eine Bedrohung für unsere Bündnispartner im Osten Europas. Der deutsche Beitrag zur kollektiven Verteidigung ist ernst gemeint. Unsere Bundeswehr braucht eine Vollausstattung – personell wie materiell. [...] Mini-Etatsteigerungen, wie sie der derzeitige Haushaltsentwurf vorsieht, reichen nicht aus. [...] Für die Aktion „Lücken schließen" in der heutigen Bundeswehr könnten etwa 1,5 Prozent ausreichend sein – aber bitte nicht im Jahr 2024!

### Christine Buchholz: Nein, das macht die Welt nicht besser

In den vergangenen Jahren haben CDU/CSU und SPD gemeinsam alles getan, um den Eindruck zu erwecken, die Bundeswehr sei kaputtgeschrumpft worden. Das ist ein Mythos. Der deutsche Militärhaushalt ist über Jahre aufgestockt worden, von umgerechnet 24 Milliarden Euro im Jahr 1999 auf rund 37 Milliarden Euro. Im März [2017] hat die Große Koalition eine Steigerung um über acht Milliarden bis 2021 beschlossen. Das ist der größte Militärhaushalt seit dem Zweiten Weltkrieg.

Doch das reicht Verteidigungsministerin Ursula von der Leyen nicht. Sie peilt weiter das Ziel an, zwei Prozent des Bruttoinlandsprodukts in die Streitkräfte zu stecken. Dies würde eine Steigerung auf gut 70 Milliarden Euro bedeuten. Für diesen Kurs gibt es einen Grund. Er ist verbunden mit dem Ziel, Deutschland in immer mehr internationale Einsätze zu bringen und zugleich in Osteuropa im Konflikt mit Russland eine Führungsrolle einzunehmen. Dafür wird die Bundeswehr massiv aufgerüstet. [...] Die zusätzlichen Mittel für den deutschen Militärhaushalt heizen einen eskalierenden internationalen Rüstungswettlauf an. Dies macht Deutschland und die Welt nicht sicherer, sondern gefährdet den Frieden.

*Christine Buchholz/Hans-Peter Bartels, Den Wehretat erhöhen?, in: Publik Forum 7/2017, S. 8, Oberursel: Publik-Forum Verlagsgesellschaft mbH, https://www.publik-forum.de/Politik-Gesellschaft/den-wehretat-erhoehen (Zugriff: 15.02.2022)*

## M3 Der Afghanistan-Einsatz: erste Bilanzversuche

**a)** Bundespräsident Steinmeier hat eine gemischte Bilanz des Afghanistan-Einsatzes der Bundeswehr gezogen. Zwar habe man das militärische Ziel erreicht, die zu besiegen, die vor 20 Jahren aus Afghanistan heraus Terror über unsere Verbündeten gebracht hätten, sagte Steinmeier [...] in Berlin. Aber das Ziel, in Afghanistan stabile staatliche Strukturen aufzubauen, sei nicht erreicht worden. Zwanzig Jahre nach dem Terror des 11. September und zwei Monate nach dem Fall von Kabul stellten viele Menschen Fragen nach dem Sinn dieses Einsatzes, auch an Regierung und Parlament. Ausdrücklich würdigte Steinmeier die Leistungen der insgesamt mehr als 150.000 in Afghanistan eingesetzten Soldaten. Er gedachte der 59 Getöteten und der vielen Verletzten. Viele kämpften heute noch mit dem, was sie bei ihrem Einsatz erlebt hätten, sagte der Bundespräsident.

**b)** Die Ziele der internationalen Militärmission wurden verfehlt. War der ganze Einsatz umsonst? Steht alles wieder auf null, wenn die Taliban von Kabul aus wieder das Land beherrschen? So einfach ist es nicht. Die Afghanen haben sich verändert, sie haben [...] neue Freiheiten kennengelernt, die viele nicht aufgeben wollen. Das gilt ganz besonders für Frauen und Mädchen, die Schulen besucht haben, die eine echte Berufswahl treffen können und sich ein Stück weit von Unterdrückung befreien konnten. All dies werden auch die Taliban-Eiferer nicht mit einem Federstrich zunichtemachen können. Dennoch: Es droht eine Tragödie, wenn sie es mit Terror und Gewalt dennoch versuchen sollten.

**c)** Zwanzig Jahre lang waren die Bundeswehr und deutsche Entwicklungshelfer in Afghanistan im Einsatz, verschiedene Bundesministerien gaben dafür insgesamt mehr als 17,3 Milliarden Euro aus. Einer Antwort der Bundesregierung auf eine Kleine Anfrage der FDP zufolge machte den größten Posten dabei das Militär aus. [...] Auch beim BND entstanden Ausgaben für den Einsatz. Allerdings legt die Bundesregierung diese nicht offen, weil sie als geheim eingestuft werden. [...] In diesem Zusammenhang soll auch nicht bekannt werden, welche Infrastruktur, die mit deutschem Geld aufgebaut wurde, inzwischen von Taliban genutzt wird.

*a) Steinmeier zieht gemischte Bilanz, in: Deutschlandfunk, Köln: Deutschlandradio, 13.10.2021, https://www.deutschlandfunk.de/afghanistan-einsatz-der-bundeswehr-steinmeier-zieht.2932.de.html?drn:news_id=1311355,*
*b) Simon Kaminski, Die niederschmetternde Bilanz des Afghanistan-Einsatzes, in: Augsburger Allgemeine online, 11.08.2021, https://www.augsburger-allgemeine.de/politik/Kommentar-Die-niederschmetternde-Bilanz-des-Afghanistan-Einsatzes-id60304531.html,*
*c ) Einsatz kostete mehr als 17 Mrd. Euro, in: Tagesschau.de, Hamburg: NDR, 05.10.2021, https://www.tagesschau.de/ausland/afghanistan/afghanistan-einsatz-107.html (alle Zugriffe: 09.11.2021)*

**1** **a)** Recherchieren Sie arbeitsteilig die Auslandseinsätze der Bundeswehr (Grafik in M1).
**b)** Erläutern Sie deren Hintergründe.

**2** Arbeiten Sie heraus, wie sich das Selbstverständnis der Bundeswehr von der Verteidigungsarmee zur Einsatzarmee verändert hat (M1).

**3** Führen Sie eine Pro-Kontra-Debatte zu der Frage, ob der Wehretat weiter erhöht werden sollte (M2).

**4** Bewerten Sie nach jetzigem Stand den Bundeswehreinsatz in Afghanistan. Beachten Sie dabei die Debatte, die nach dem Abzug der Truppen im September 2021 begann.

**INFO**

**Christine Buchholz** (*1971) war von 2009 bis 2021 Abgeordnete der Partei Die Linke im Bundestag, dabei u. a. verteidigungspolitische Sprecherin ihrer Fraktion und Mitglied im Verteidigungsausschuss.

**INTERNET**

**WES-118380-141**
Aktuelle Einsätze der Bundeswehr

**QUERVERWEIS**

**Methode: Pro-und-Kontra-Debatte „reloaded": Jugend debattiert,** S. 264 f.

# #WERBEN – die Nachwuchskampagnen der Bundeswehr

**Seit der Aussetzung der allgemeinen Wehrpflicht im Jahr 2011 fehlt der Bundeswehr Personal. Sie reagiert mit an Jugendliche gerichteten Kampagnen, Serien auf Youtube, Social-Media-Aktivitäten, Klassenausflügen zur nächsten Kaserne oder Plakataktionen. Doch diese Art der Nachwuchsrekrutierung ist nicht unumstritten.**

## M1 Die Personalstärke der Bundeswehr seit 1955

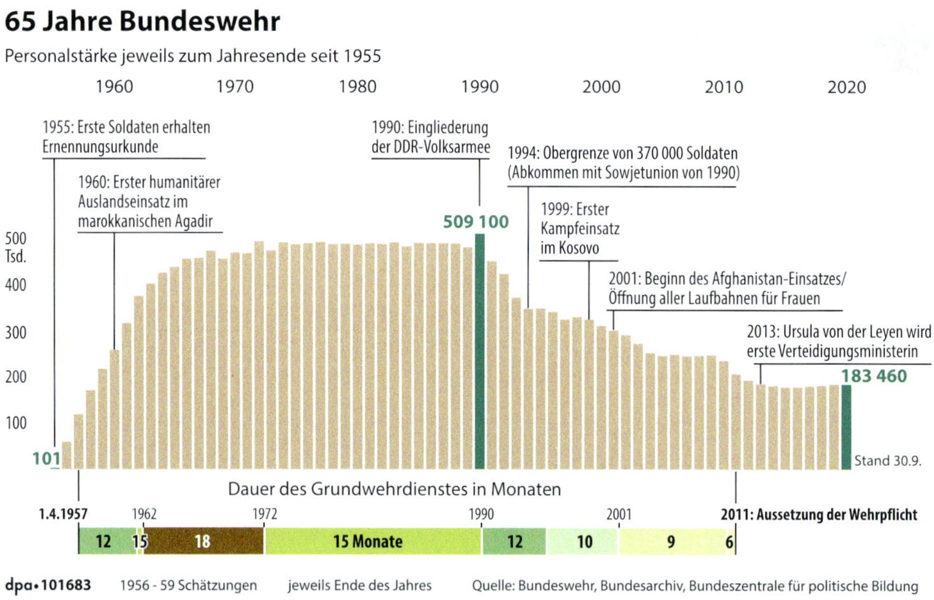


## M2 Beispiele für Kampagnen der Bundeswehr

Personalisierte Werbung der Bundeswehr, bei der die Adressaten mit dem Vornamen angesprochen werden

Werbekampagne für Nachwuchskräfte bei der Luftwaffe mit dem #Eurofighter-Piloten Deniz

Plakat für eine neue Serie auf dem Youtube-Kanal der Bundeswehr

## M3 Kampagnen in der Kriitk

Eine Soldatin kniet auf dem Waldboden, ihre Uniform verschmilzt farblich mit dem Grün dahinter. [...] Der Mund ist offen, ein Sturmgewehr G36 im Anschlag. Unter dem sauberen Gesicht steht groß: „#KÄMPFEN". Und dann: „Folge deiner Berufung." Die Bundeswehr ist wieder auf Rekrutenfang.

Auch mit anderen Motiven und Schlagworten will sie den Nachwuchs ködern: Eine blonde Marinesoldatin hat das Hashtag „#FÜHREN" verpasst gekriegt. „#RETTEN", „#SICHERN", „#FLIEGEN" sowie „#OFFICE", „#TECH" und „#IT" stehen auf anderen. [...]

In früheren Kampagnen hat die Bundeswehr aggressiver um Nachwuchs geworben, mit markigen Sprüchen. „Wir kämpfen auch dafür, dass du gegen uns sein kannst" stand da im November 2015 auf Plakatflächen. Bei der Computerspielmesse Gamescom [...] wollte die Karriereabteilung der Bundeswehr die Sprache der Gamer imitieren: „Multiplayer at its best" prangte neben Soldatenköpfen. Bei einem Multiplayer-Game [...] können mehrere gleichzeitig zocken, während das öffentliche Bild des Soldaten eher dem eines Egoshooters entspricht. Für die Werbung musste die Bundeswehr viel Kritik einstecken. [...]

[Bei der aktuellen Kampagne ist die] Motivwahl [...] höchst symbolisch: Auf den Wiesen und in den Wäldern sprießt üppiges Grün – die Fauna sieht gewohnt heimisch aus. Doch die aktuellen Einsätze der Bundeswehr führen die Soldaten nach Libyen, Syrien, in den Irak, in den Libanon, nach Jordanien, Afghanistan oder Mali – also an Orte mit wenig üppigem Grün. Außerdem fehlen die Gegner. Auf den Bildern sind die Soldaten nur mit sich selbst beschäftigt. Damit nimmt die Bundeswehr die Bilder aus dem realen Kontext: Es gilt nicht, junge Menschen für einen wirklichen Einsatz anzulocken, sondern fürs vermeintlich unblutige Abenteuer. Das Kriegsspiel wird quasi als Lifestyle inszeniert.

Die Kampagne richtet sich an junge Menschen, die sich für einen Beruf oder – um die Plakate zu zitieren – für eine „Berufung" entscheiden müssen. [...] Schüler, junge Menschen [...], die noch nie einen Krieg erleben mussten, die in weitgehend stabilen Gesellschaftsverhältnissen geboren wurden, denen vielleicht schlicht auch etwas langweilig ist. [...]. Dass der Dienst an der Waffe aber kein Abenteuerurlaub ist, zeigt die Statistik der Todesfälle bei der Bundeswehr: Von 2000 bis einschließlich 2017 sind 417 Soldaten infolge der Ausübung ihres Dienstes gestorben. Im selben Zeitraum haben sich 502 Soldaten selbst getötet.

Welche inneren Bilder aus dem Krieg entstehen, haben [...] Maler des 20. Jahrhunderts wie Otto Dix im Triptychon „Der Krieg" gezeigt: Dort ist der Krieg eine entstellende, entrückende, zerfetzende, zerstörende, ziellose Walze, die vor Welt und Mensch nicht haltmacht – und kein Abenteuerurlaub. Wer das nicht glaubt, kann ja noch einmal die Großeltern fragen.

*Geraldine Oetken/RND, #kämpfen und #führen: Bundeswehr will mit neuer Plakat-Kampagne Millenials abgreifen, in: Märkische Allgemeine Zeitung online, 12.09.2018, https://www.maz-online.de/Nachrichten/Kultur/kaempfen-und-fuehren-neue-Plakat-Kampagne-der-Bundeswehr (Zugriff: 15.02.2022)*

**1** Analysieren sie die Grafik (M1) und erklären Sie, welche Konsequenzen sich aus dem Befund für die Bundeswehr ergeben.

**2** Analysieren Sie die Werbeelemente in M2 hinsichtlich ihrer Gestaltung, (impliziter und expliziter) Botschaft, möglichen Zielgruppe etc.

**3** Überprüfen Sie die in M3 geübte Kritik an den Werbeelementen in M2.

**4** Analysieren Sie kritisch eine Folge einer Serie Ihrer Wahl auf „Bundeswehr Exclusive", dem Serienkanal der Bundeswehr bei Youtube.

**5** Karriereberater der Bundeswehr sollen nicht in den Schulunterricht eingeladen werden. Diskutieren Sie diese Regelung.

QUERVERWEIS

**Methode: Bildanalyse,** S. 89

# Friedensarbeit als Sicherheitspolitik?

## M1 Was ist Ziviler Friedensdienst (ZFD)?

Zeichnung: Kostas Koufogiorgos

Die Idee der zivilen Konfliktbearbeitung erhielt in Deutschland erst spät Einzug in die öffentliche Debatte und staatliche Politik. [...] Als ein Ergebnis des Suchprozesses entstand Ende der 1990er-Jahre der Zivile Friedensdienst (ZFD). [...] Aktuell arbeiten rund 300 internationale ZFD-Fachkräfte mit 400 Partnerorganisationen in 42 Ländern.
Das Ziel ist, lokale Akteure in Konfliktregionen in ihrem Engagement für Frieden und Menschenrechte zu unterstützen, um so die Eskalation von Gewalt zu verhindern bzw. zu stoppen, Hilfe bei der Konfliktnachsorge zu leisten und zur Friedensförderung beizutragen.
Der Zivile Friedensdienst ist ein zivilgesellschaftlich-staatliches Gemeinschaftswerk zwischen den beteiligten Organisationen und der Bundesregierung und wird gemeinsam verantwortet. [...] Finanziert wird das ZFD-Programm zum Großteil durch das Bundesministerium für wirtschaftliche Zusammenarbeit und Entwicklung (BMZ). 2018 waren es 45 Mio. €. [...] Für 2019 hat der Bundestag eine Erhöhung der Ausgaben für den ZFD [...] auf 55 Mio. € beschlossen. [...] Zugleich liegt das Budget für zivilgesellschaftliche Maßnahmen der Konfliktbearbeitung weiterhin deutlich unter dem, was für militärisches Eingreifen ausgegeben wird. Der Verteidigungsetat für 2019 insgesamt beträgt [...] fast das 1.000-fache des ZFD-Budgets.

*Daniela Pastoors, Der Zivile Friedensdienst als Beispiel ziviler Konfliktbearbeitung, in: Bundeszentrale für politische Bildung (Hrsg.), Dossier: Innerstaatliche Konflikte, Bonn, 02.05.2019, https://www.bpb.de/internationales/weltweit/innerstaatliche-konflikte/290360/ziviler-friedensdienst (Zugriff: 15.02.2022)*

## M2 Beispiel: Ziviler Friedensdienst in Mali

In Mali kommt es seit Jahrzehnten zu gewaltsamen Aufständen. 2012 stürzte das Land in eine schwere Krise. Auch nach dem Friedensabkommen von 2015 behindern Armut, Ungerechtigkeit und gesellschaftliche Spannungen eine positive Entwicklung. Die Gewaltbereitschaft unter den Jugendlichen ist hoch. Zur Radikalisierung fehlt oft nicht viel. [...]
Der Zivile Friedensdienst und seine Partnerorganisationen bildeten 40 malische Expertinnen und Experten in ziviler Konfliktbearbeitung aus. Viele davon trugen während der Krise dazu bei, dass Konflikte nicht weiter eskalierten. Ein Jugendverband verhinderte beispielsweise den Lynchmord an einem ehemaligen Rebellen. Nach einer ZFD-Fortbildung in Friedensjournalismus gründete sich der malische Verband „Journalisten für Frieden und Gewaltfreiheit". [...] Augustin Cissé, vom ZFD-Partner ORFED: „Mit nur einem Viertel der Militärausgaben könnte man das ganze Potenzial der Zivilgesellschaft mobilisieren. Eine kleine Gruppe Jugendlicher in einem Stadtviertel kann mehr zum Frieden beitragen als 1.000 Soldaten."

*Mali: voller Risse – voller Hoffnung, Bonn: Aktionsgemeinschaft Dienst für den Frieden e. V., o. E., https://lokale-friedensarbeit.de/sites/default/files/anhang/pressemeldung-ziviler-friedensdienst-un-weltfriedenstag-deutsche-friedenspolitik-staerken-3453.pdf (Zugriff: 15.02.2022)*

1 Beschreiben Sie das Grundanliegen des ZFD (M1).
2 Analysieren Sie die Karikatur vor dem Hintergrund von M1.
3 Beurteilen Sie die Aussage von Augustin Cissé in M2 (Zeile 20–24).

# Expertenbefragung

Gespräche mit Politikern oder Expertinnen zu bestimmten Themen sind eine hervorragende Gelegenheit, um Informationen aus erster Hand zu erlangen. Das Spektrum ist breit: Abgeordnete können über den parlamentarischen Alltag berichten, Bankenvertreter über die Abläufe an der Börse, Journalistinnen über das Innenleben des Medienbetriebs, Jugendoffiziere über aktuelle sicherheitspolitische Fragen oder aber etwa Vertreterinnen der Initiative „Schulfrei für die Bundeswehr" über das Thema Nachwuchsrekrutierung der Bundeswehr an Schulen.
Ob ein solches Gespräch tatsächlich fruchtbar und ertragreich ist, hängt von einer Reihe von Faktoren ab, wie etwa der Vorbereitung, der Lenkung und Gestaltung des konkreten Gespräches, der Sicherung der wichtigsten Ergebnisse oder auch der späteren Auswertung.

**1. Vorbereitung**

- Informieren Sie sich über die Person und über die Institution, für die sie tätig ist. Informieren Sie sich auch darüber, weshalb diese konkrete Person als Expertin bzw. Experte gilt.
- Bereiten Sie sich inhaltlich auf das Gespräch vor. Klären Sie intern und auch mit der Expertin bzw. dem Experten die Schwerpunkte des Gesprächs.
- Formulieren Sie konkrete Fragen, die Sie an die Expertin bzw. den Experten richten wollen. Unterscheiden Sie dabei zwischen Sachfragen, also Fragen, die auf Wissen und Fakten abzielen („Können Sie uns erklären / nennen / ...?"), und Bewertungsfragen („Wie ist Ihre Meinung zu ...? Wie schätzen Sie ... ein?"). Bei diesen Bewertungsfragen geht es um die Meinung der Expertin bzw. des Experten, um ihre bzw. seine Überzeugungen und Sichtweisen. Achten Sie bei der Formulierung der Fragen darauf, dass diese inhaltlich und sprachlich klar sind. Es bietet sich an, offene Fragen zu stellen, also Fragen, die keine Antwortmöglichkeiten vorgeben bzw. die nicht mit Ja oder Nein beantwortet werden können. So geben Sie Ihrem Gegenüber die Möglichkeit, seine Antworten zu entfalten. Elegant ist es, nicht direkt mit der Frage zu beginnen, sondern auf das, was zuvor gesagt wurde, Bezug zu nehmen und die Frage so inhaltlich einzuleiten.
- Klären Sie im Vorfeld, wer die Moderation des Gesprächs übernehmen wird. Das kann die Lehrkraft, aber durchaus auch eine Schülerin oder ein Schüler sein.

**2. Durchführung**

„Wer fragt, der führt"– so lautet eine Grundregel in der Gesprächsführung: Durch Fragen können Sie das Gespräch in die Richtung lenken, die Sie interessiert. Gerade deshalb ist es wichtig, bereits im Vorfeld Fragen formuliert zu haben. Üblicherweise beginnt man mit allgemeinen Fragen zur Person und zu ihrem Arbeitsalltag und geht dann zu konkreten inhaltlichen bzw. politischen Fragen über. Teilen Sie sich ihre vorformulierten Fragen also so ein, dass sie zum jeweiligen Thema passen.
Achten Sie im Gespräch darauf, dass Sie auf ihre Sachfragen auch tatsächlich Sachinformationen (und keine Meinungen bzw. Einschätzungen) erhalten und umgekehrt. Wenn Sie mit einer Antwort nicht zufrieden sind oder sie nicht ganz nachvollziehen können, dann zögern Sie nicht, noch einmal nachzuhaken. Besonders spannend ist es, wenn Sie Gespräche mit mehreren Expertinnen und Experten führen können, die bei Bewertungsfragen möglicherweise zu unterschiedlichen Einschätzungen kommen.

**3. Auswertung**

Nach der Verabschiedung der Expertin bzw. des Experten sollte eine gemeinsame Reflexion des Gesprächs erfolgen. Mögliche Fragen können hierbei sein:

- Welche zentralen Informationen haben wir erhalten? Was haben wir Neues erfahren?
- Was war besonders spannend? Was besonders überraschend?
- Wurden die Erwartungen an das Gespräch erfüllt?
- Welche Fragen blieben offen? Welche neuen Fragen haben sich ergeben?
- Wie wirkte die Gesprächspartnerin bzw. der Gesprächspartner auf uns? Welche Auswirkungen hatte dies auf die Art, wie wir ihre bzw. seine Aussagen bewerten?
- Was würden wir bei künftigen Expertengesprächen anders machen?

# Kann die NATO noch Frieden und Sicherheit garantieren?

## M1 Säbelrasseln auf dem Baltikum

Zeichnung: Heiko Sakurai

**GLOSSAR**

**NATO (North Atlantic Treaty Organization)**

**INFO**

**Exklave**
Hierbei handelt es sich um einen räumlich isolierten Teil eines Staatsgebiets, der nur über fremdes Gebiet zu erreichen ist. Beispiele sind Alaska oder das Gebiet um Kaliningrad, das zu Russland gehört.

Seit 2012, als Wladimir Putin wieder zum Präsidenten gewählt wurde, droht die russische Regierung den Nachbarländern und den Staaten der NATO. Russland veranstaltet regelmäßig Manöver an der Grenze der baltischen Staaten und Polens. 2014 hat die russische Armee unter dem Vorwand von Militärübungen an seiner Westgrenze Soldaten und Panzer in die Ukraine geschickt und die Krim annektiert. Seither provozieren russische Kampfflugzeuge immer wieder einen Zwischenfall, indem sie NATO-Territorium überfliegen. Im Baltikum geschieht es besonders häufig, auch weil es der kürzeste Weg zwischen Russland und der Exklave Kaliningrad ist. [...]

Die NATO ihrerseits hat um Kaliningrad multinationale Kampfgruppen positioniert: in den drei baltischen Ländern und in Polen jeweils rund 1.000 Soldaten. In Litauen wird die Gruppe von der Bundeswehr geleitet. Eine große Mehrheit der Bevölkerung begrüßt die Präsenz der NATO-Soldaten.

Der litauische Verteidigungsminister Raimundas Karoblis warnt: Die in Kaliningrad stationierten Raketen bedrohten nicht nur das Baltikum. „Sie können auch Deutschland und den Süden von Schweden erreichen." Nicht nur die von Putin vorgestellten neuen Raketen seien gefährlich, Litauen werde auch von konventionellen Streitkräften bedroht. „Russland hat mehr als 100.000 Soldaten an der Grenze zu Estland und Lettland stationiert. Russland hat seine Erste Garde-Panzer-Armee reaktiviert, sie ist stark und gen Westen ausgerichtet. Es geht um uns."

Russland testet derzeit, wie weit es gehen kann, ohne eine Reaktion der NATO und EU zu provozieren. Die baltischen Staaten befürchten, dass Russland zum Beispiel die Grenzen verschieben könnte. Für die NATO wäre das der Bündnisfall. Die große Frage ist jedoch: Riskiert das Bündnis einen Dritten Weltkrieg für ein paar Quadratkilometer irgendwo im Baltikum? Es geht um Glaubwürdigkeit und Konsequenz. [...]

Justin Bronk, der Sicherheitsexperte aus London, meint, die NATO habe nach dem Ende des Kalten Krieges zu stark abgerüstet. Russland sei zwar nicht so stark, wie es vorgibt; ernst nehmen müsse der Westen das Militär trotzdem. „Meiner Ansicht nach will Russland in der Lage sein, einen Krieg anzudrohen, um Zugeständnisse zu erzielen. Russland weiß sehr wohl, dass es sich eine militärische Auseinandersetzung mit der NATO nicht leisten kann. Das ist das Letzte, was die Russen wollen. Sie wollen den Tisch der Mächtigen nicht abbrennen, sie wollen mit dran sitzen, gleichberechtigt mit den Amerikanern." [...]

Die Angst der Balten vor Russland hält Bronk dennoch für berechtigt. „Russland hält es für sein legitimes Recht, die Angelegenheiten in ihrer Nachbarschaft zu kontrollieren. Was für uns indiskutabel ist, denn unter den Nachbarstaaten sind NATO-Mitglieder."

*Gesine Dornblüth, Kriegsszenarien und kleiner Grenzverkehr, in: Deutschlandfunk, Köln: Deutschlandradio, 10.05.2018, https://www.deutschlandfunk.de/russland-und-das-baltikum-kriegsszenarien-und-kleiner-100.html (Zugriff: 02.02.2022)*

## M2 Artikel 5 des Nordatlantikvertrags vom 4. April 1949

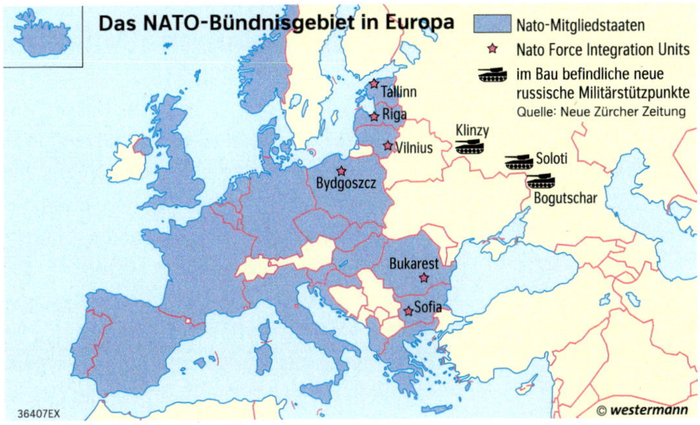


Die Parteien vereinbaren, dass ein bewaffneter Angriff gegen eine oder mehrere von ihnen in Europa oder Nordamerika als ein Angriff gegen sie alle angesehen werden wird; sie vereinbaren daher, dass im Falle eines solchen bewaffneten Angriffs jede von ihnen in Ausübung des in Artikel 51 der Satzung der Vereinten Nationen anerkannten Rechts der individuellen oder kollektiven Selbstverteidigung der Partei oder den Parteien, die angegriffen werden, Beistand leistet, indem jede von ihnen unverzüglich für sich und im Zusammenwirken mit den anderen Parteien die Maßnahmen, einschließlich der Anwendung von Waffengewalt, trifft, die sie für erforderlich erachtet, um die Sicherheit des nordatlantischen Gebiets wiederherzustellen und zu erhalten.
Von jedem bewaffneten Angriff und allen daraufhin getroffenen Gegenmaßnahmen ist unverzüglich dem Sicherheitsrat Mitteilung zu machen. Die Maßnahmen sind einzustellen, sobald der Sicherheitsrat diejenigen Schritte unternommen hat, die notwendig sind, um den internationalen Frieden und die internationale Sicherheit wiederherzustellen und zu erhalten.

**INTERNET**

**WES-118380-142**
Der Nordatlantikvertrag im Internet

**WES-118380-143**
Film: Einfach erklärt: Die NATO

## M3 Wann tritt der Bündnisfall ein?

Der wichtigste Aspekt findet Ausdruck in Artikel 5, wonach der bewaffnete Angriff auf ein NATO-Mitglied den Bündnisfall auslöst, also alle NATO-Mitglieder zur individuellen und kollektiven Selbstverteidigung ermächtigt werden. Geografisch beschränkt Artikel 6 den Bündnisfall auf bewaffnete Angriffe auf alliiertes Territorium oder alliierte Truppen im nordatlantischen Raum, das heißt in Europa und Nordamerika „nördlich des Wendekreises des Krebses". Artikel 3 verpflichtet die Mitgliedstaaten, ihre (militärischen) Fähigkeiten zum Widerstand gegen solch einen Angriff weiterzuentwickeln.
Bemerkenswert ist, dass der Vertrag die genaue Ausgestaltung des Beistands im Bündnisfall offenlässt. Weil die USA auf ihre souveräne Entscheidungsgewalt über den Einsatz ihrer Streitkräfte bestanden, gibt es keinen militärischen Automatismus, [...] theoretisch ist der Beistandsverpflichtung auch mit einer diplomatischen Protestnote Genüge getan.

*Patrick Keller, NATO, in: Wichard Woyke/Johannes Varwick (Hrsg.), Handwörterbuch Internationale Politik, Bonn: Bundeszentrale für politische Bildung, 2016, S. 330 f.*

**1** Analysieren Sie die Karikatur und tauschen Sie in Kleingruppen ihr Vorwissen zu Aktivitäten, Zielen und Aufgaben der NATO aus (M1).

**2** Beschreiben Sie die sicherheitspolitische Situation der baltischen Staaten (M1).

**3** Stellen Sie dar, welche Reaktionen die baltischen Staaten im Falle eines russischen Einmarsches von ihren NATO-Partnern verlangen können (M2, M3).

**4** Anfang 2020 kämpften türkische Truppen zusammen mit islamistischen Rebellen in Syrien gegen syrische Regierungstruppen, die mit Russland und dem Iran verbündet sind. Bei einem Angriff wurden zahlreiche türkische Soldaten getötet. Der türkische Präsident Erdogan verlangte daraufhin Beistand der NATO. Überprüfen Sie, ob damit der Bündnisfall ausgelöst werden kann.

# Die NATO vor neuen Herausforderungen

## M1 Strategien und Aufgaben der NATO im Wandel

**INFO**

**Die NATO** (North Atlantic Treaty Organization) wurde 1949 gegründet. Gründungsmitglieder waren Belgien, Dänemark, Frankreich, Island, Italien, Kanada, Luxemburg, die Niederlande, Norwegen, Portugal, das Vereinigte Königreich und die Vereinigten Staaten.

**IFOR** (Implementation Force) war die Bezeichnung für den NATO-Einsatz in Bosnien und Herzegowina ab 1995. Bei der Militäroperation waren rund 57.000 Soldaten aus Kontingenten der Streitkräfte unterschiedlicher Länder, auch Deutschlands, im Einsatz.

Gegründet wurde der Nordatlantik-Pakt [...] im Jahr 1949 [...]. Als System kollektiver Verteidigung richtete sich das Bündnis gegen die Sowjetunion. [...] Spätestens mit dem Ende des Kalten Krieges – durch den Wegfall des Hauptgegners Sowjetunion und die Auflösung des Warschauer Paktes – verlor die Verteidigungsdimension des Bündnisses an Bedeutung. Die NATO vollzog eine Transformation von einem System kollektiver Verteidigung hin zu einem System kollektiver Sicherheit.

Systeme kollektiver Sicherheit wirken nicht nur nach außen, sondern auch nach innen und befrieden die Beziehungen der Mitglieder untereinander. Das zeigte sich auch schon vor 1989: So kann beispielsweise angenommen werden, dass die konfliktträchtige Beziehung zwischen der Türkei und Griechenland (beide Mitglieder seit 1952) durch die Mitgliedschaft in der NATO entschärft und deswegen mit politischen statt mit militärischen Mitteln ausgetragen wurde.

In den 1990er-Jahren wurde der Ansatz der kollektiven Sicherheit [...] zur Grundlage für die Osterweiterung der NATO. Durch den in Aussicht gestellten Beitritt bot die NATO den ehemaligen Staaten des Warschauer Paktes eine attraktive Perspektive, die die Entwicklung der jungen Demokratien im ost- und mitteleuropäischen Raum in Richtung liberaler Demokratiemodelle und einer politischen Stabilisierung förderte. [...]

Von 1990 bis 1999 [...] richtete die NATO in ihrem strategischen Konzept von 1991 den Fokus auch auf nicht traditionelle Sicherheitsbedrohungen und schuf so neue Aufgabenfelder für die Allianz. Als Ausdruck eines erweiterten Sicherheitsverständnisses und im Sinne einer nicht mehr nur bedrohungs-, sondern eher risikoorientierten und damit proaktiveren Sicherheitspolitik wurde das Aufgabenfeld der NATO auf Krisenprävention und Krisenmanagement ausgeweitet.

Mit der neuen strategischen Perspektive spielten nicht mehr nur unmittelbare bzw. territoriale Sicherheitsbedrohungen eine Rolle. Stattdessen rückten regionale und globale Entwicklungen und deren mittelbare Auswirkungen auf NATO-Mitgliedstaaten in den Mittelpunkt. Nicht traditionelle Sicherheitsbedrohungen wie innerstaatliche Konflikte (z. B. Bürgerkriege) und transnationale Phänomene wie Terrorismus oder die Unterbindung der Verbreitung von Massenvernichtungswaffen [...] standen nun auch auf der Agenda der NATO. [...]

Dieser strategische Perspektivwandel äußerte sich in den 1990er-Jahren insbesondere in den ersten Out-of-area-Einsätzen der NATO in Bosnien und Herzegowina [...] und im Kosovo [...]. Wie sehr die NATO der Logik des erweiterten Sicherheitsbegriffs als handlungsleitenden Maßstab verinnerlicht hatte, zeigte sich auch daran, dass die NATO-Luftangriffe zur Beendigung des Kosovokrieges trotz fehlendem Mandat des UN-Sicherheitsrates und damit ohne völkerrechtliche Grundlage durchgeführt wurden. Stattdessen wurde stark auf die moralische Legitimität verwiesen, da mit dem Einsatz die anhaltenden massiven Menschenrechtsverletzungen Serbiens im Kosovo beendet werden sollten.

Die 2000er-Jahre waren für die NATO und insbesondere auch für Deutschland sicherheitspolitisch eine große Herausforderung [...]. Die Streitkräfte der meisten Mitgliedstaaten waren strukturell noch auf Landes- und Bündnisverteidigung in Zentral- bzw. Osteuropa ausgerichtet. Globales Krisenmanagement erforderte jedoch eine Neukomposition der Streitkräfte, die mit großen Reformbemühungen und hohen finanziellen Belastungen einherging. [...]

Trotz diverser interner Auseinandersetzungen hat die NATO auch in den 2000er-Jahren nicht an Bedeutung verloren. Ganz im Gegenteil führte die NATO immer neue Operationen und Einsätze durch, an denen sich Deutschland – trotz fehlender unmittelbarer Bedrohung – beteiligte und so mit dem Bündnis solidarisch zeigte (z. B. bei Einsätzen in Mazedonien, am Horn von Afrika, in der Türkei oder im Mittelmeer). [...]

Diese Phase wurde im strategischen Konzept von 2010 fortgeschrieben. Mit diesem Konzept wurden die Entwicklungen in den 2000er-Jahren aufgegriffen und die im Zuge der Osterweiterung hinzugekommenen Mitgliedstaaten bei der Ausrichtung der NATO mit einbezogen. Die NATO betonte drei gleichrangige Aufgaben:

- kollektive Verteidigung nach Artikel 5 des Nordatlantikvertrages (Bündnisfall),
- politisches und militärisches Krisenmanagement und
- kooperative Sicherheit mit Drittstaaten.

Mit der völkerrechtswidrigen Annexion der Krim durch Russland im Frühjahr 2014 wurde erneut ein Wechsel der strategischen Ausrichtung der NATO erforderlich. [...] Russland ist bereit, in seiner Außenpolitik und zur Durchsetzung seiner geopolitischen Interessen auch auf militärisch-aggressive Mittel zurückzugreifen, bestehende völkerrechtliche Verträge und Abkommen zu missachten und somit die europäische Friedensordnung zu untergraben. Damit wurde seitens der NATO-Staaten im Sinne der Abschreckung eine stärkere Betonung der Territorialverteidigung in Europa notwendig [...]. Die zuvor abgebauten Fähigkeiten wurden wieder gebraucht und mussten dementsprechend neu aufgebaut oder modernisiert werden.

*Sven Morgen, Die NATO, in: Bundeszentrale für politische Bildung (Hrsg.), Dossier: Deutsche Verteidigungspolitik, Bonn, 05.07.2019, https://www.bpb.de/politik/grundfragen/deutsche-verteidigungspolitik/293297/nato (Zugriff: 02.02.2022)*

**INFO**

NATO OTAN
Kosovo Force
Pristina | Kosovo

**KFOR** (Kosovo Force) heißt der seit 1999 auf dem Westbalkan stattfindende NATO-Einsatz mit dem Ziel, einen sicheren Rahmen für den Aufbau einer Friedensordnung zu schaffen und zu erhalten sowie die öffentliche Sicherheit und Ordnung zu garantieren. Das deutsche Kontingent umfasst bis zu 400 Soldaten.

## M2 Aus einer Rede von Bundespräsident Steinmeier vor den baltischen Staatsoberhäuptern (2021)

Heute sind wir als Partner in der Europäischen Union so eng verflochten – wirtschaftlich und politisch – wie noch nie zuvor. [...] Ja, es stimmt: In Deutschland schauen wir instinktiv oft nach Westen. Jahrzehnte des Eisernen Vorhangs wirken auch nach Jahrzehnten noch nach. Und es bleibt richtig, dass die deutsch-französische Freundschaft für ein geeintes Europa konstitutiv ist. Aber: Gute Europapolitik kann nur gelingen, wenn mein Land eng mit allen Mitgliedstaaten zusammenarbeitet, im Süden und Norden, in der Mitte Europas und im Nordosten. [...] Ihre Länder gehören zum Herz Europas. Ihr Beitrag zur Zukunft Europas ist wertvoll und unverzichtbar. Das sehen wir doch gerade in Fragen der Außen- und Sicherheitspolitik. Gerade weil Ihre Länder an der EU-Außengrenze liegen, haben Sie unsere vollste Solidarität, wenn es darum geht, diese Grenze zu schützen [...].

Wie sehr wir die NATO als starkes Bündnis brauchen, das sehen wir täglich im Ostseeraum. Mich beunruhigt, dass die militärischen Spannungen an Ihren Grenzen, an den Grenzen der EU, wieder zunehmen. Kaum ein Tag vergeht, ohne dass russische Militärflugzeuge über der Ostsee aufsteigen; immer öfter verletzten Kampfjets dabei auch den Luftraum Ihrer Länder. Die Bedrohungslage und das Risiko von Zwischenfällen ist seit der völkerrechtswidrigen Annexion der Krim und des Donbass, seit dem Truppenaufmarsch an der Grenze der Ukraine so ernst wie seit Langem nicht.

Meine Botschaft heute ist: Sie sind in dieser Lage nicht allein. Wer die baltischen Staaten bedroht, der bedroht das gesamte NATO-Bündnis, der bedroht Deutschland. Deswegen führt die Bundeswehr einen NATO-Verband in Litauen, deswegen schützt die deutsche Luftwaffe, im Wechsel mit anderen NATO-Partnern, den Luftraum über der Ostsee. So zeigen wir klar und deutlich: Die territoriale Integrität und Unabhängigkeit der NATO-Staaten sind nicht verhandelbar!

*Staatsoberhäupter der baltischen Staaten zu Gast, Berlin: Bundespräsidialamt, 16.09.2021, https://www.bundespraesident.de/SharedDocs/Reden/DE/Frank-Walter-Steinmeier/Reden/2021/09/210916-Tischrede-Baltische-Staaten.html (Zugriff: 02.02.2022)*

**1** Stellen Sie den Wandel der Strategien und Aufgaben der NATO (M1) dar.

**2** Erläutern Sie, weshalb die Annexion der Krim 2014 ein Schlüsselereignis für die NATO war.

**3** Charakterisieren Sie das Verhältnis der Bundesrepublik Deutschland zu den baltischen Staaten (auch angesichts der Bedrohung durch Russland, siehe S. 68, M1) im Kontext einer multilateralen Außen- und Sicherheitspolitik (M2).

# Die NATO und der Ukraine-Krieg

**Im Februar 2022 wurde die europäische Friedensordnung, die über Jahrzehnte dafür gesorgt hatte, dass es im Herzen Europas nicht zu kriegerischen Auseinandersetzungen kam, durch den Angriffskrieg Russlands auf die Ukraine jäh erschüttert. In diesem Konflikt spielt die NATO eine Doppelrolle: Einerseits fühlt sich Russland nach eigener offizieller Darstellung durch die NATO bedroht. Andererseits aber kann die NATO auch einen wesentlichen Beitrag zur Eindämmung des Konfliktes und zur Beendigung des Krieges leisten.**

## M 1 Russland und die Ukraine: eine Chronologie

| | |
|---|---|
| **1991** | Die Sowjetunion zerfällt; in einem Referendum stimmen über 90 Prozent der Ukrainer für die Unabhängigkeit. |
| **1994** | Russland, USA und Großbritannien erkennen die Souveränität der Ukraine an. Im Gegenzug sollen auf ukrainischem Staatsgebiet keine Nuklearwaffen mehr existieren. |
| **2004** | Der westlich orientierte Wiktor Juschtschenko gewinnt die Präsidentschaftswahl gegen den prorussischen Wiktor Janukowitsch. |
| **2010** | Der russlandfreundliche Wiktor Janukowitsch wird Präsident der Ukraine. |
| **2013** | Janukowitsch entscheidet, das Assoziierungsabkommen mit der Europäischen Union nicht zu unterzeichnen. Es folgen über mehrere Wochen friedliche Proteste auf dem Maidan-Platz in Kiew gegen den Präsidenten und für eine Annäherung an die EU. Janukowitsch flieht im Februar 2014 nach Russland und wird für abgesetzt erklärt. Ihm folgt im Präsidentenamt der prowestliche Präsident Petro Poroschenko. |
| **2014** | Russland annektiert im März die Halbinsel Krim, die zur Ukraine gehört, und gliedert sie nach einem umstrittenen Referendum in das russische Staatsgebiet ein. Die USA und die EU verhängen wegen dieses völkerrechtswidrigen Vorgehens Wirtschaftssanktionen gegen Russland. Ebenso beginnt im März 2014 ein von Russland gesteuerter Krieg in der Ostukraine. Es entstehen die beiden Separatistengebiete Luhansk und Donezk, die von prorussischen Kräften gehalten werden, im November 2014 werden dort umstrittene Parlamentswahlen abgehalten. Im Dezember 2014 beschließt die NATO, ihre Truppenpräsenz an der Ostgrenze der Allianz zu verstärken und zu verstetigen. Eine schnelle Eingreiftruppe mit bis zu 40.000 Soldaten wird eingerichtet. |
| **2015** | Im sog. Minsker Abkommen wird den Separatistengebieten ein Sonderstatus zugebilligt, um so eine weitere Eskalation zu vermeiden. Die Ukraine soll ihre Grenze mit Russland kontrollieren. |
| **2017** | Das Parlament der Ukraine entscheidet, eine NATO-Mitgliedschaft anzustreben; das Assoziierungsabkommen zwischen EU und Ukraine tritt in Kraft. |
| **2019** | Russland beginnt, russische Pässe an Ukrainer in den Separatistengebieten zu vergeben. |
| **2021** | Russland verlegt Truppen in das Grenzgebiet zur Ostukraine und droht mit einem militärischen Eingreifen in diesen Gebieten, um bei Bedarf seine Staatsbürger im Ausland zu schützen. Ebenso fordert Russland Sicherheitsgarantien sowie einen Verzicht auf eine weitere Osterweiterung der NATO. |
| **2022** | Putin erkennt die Separatistengebiete in der Ostukraine als unabhängige Staaten an. Am 24. Februar 2022 beginnt Russland einen Angriffskrieg gegen die Ukraine, der ukrainische Präsident Wolodymyr Selenskyj ordnet die Mobilmachung an und ruft den Kriegszustand aus. |

Zeichnung: Tjeerd

*Autorentext nach: Krieg in der Ukraine/Chronologie des Konflikts zwischen Russland und der Ukraine, in: Deutschlandfunk, Köln: Deutschlandradio, 02.03.2022, https://www.deutschlandfunk.de/chronologie-zeitstrahl-ukraine-russland-konflikt-krieg-udssr-100.html (Zugriff: 08.03.2022) (verändert)*

## M2 Streitpunkt NATO-Osterweiterung

Inmitten erneuter Spannungen durch einen massiven russischen Truppenaufmarsch an der Ostgrenze der Ukraine präsentierte Russlands Präsident Wladimir Putin im Dezember 2021 [...] weitreichende Forderungen an die USA und die NATO nach verbindlichen Sicherheitsgarantien. Kurz danach veröffentlichte [...] Moskau Entwürfe für zwei Abkommen mit dem Ziel, eine weitere Öffnung der Atlantischen Allianz nach Osten sowie die Errichtung von US-Militärstützpunkten in früheren Sowjetrepubliken, die nicht der NATO angehören, zu verhindern. Auch müsse die NATO ihre Truppen auf die Positionen von 1997 zurückziehen und die USA müssten ihr Nukleararsenal aus Westeuropa entfernen. Die NATO und die USA [...] machten [deutlich], dass es in den großen Prinzipienfragen keinen Verhandlungsspielraum gibt. [...]

Für die NATO (und die EU) gilt: Jeder Staat ist frei, seine Bündnisse selbst zu wählen. Wer mit wem verbündet ist, liegt in der souveränen Entscheidung einzelner Staaten. Das ist die Grundbedingung der europäischen Sicherheitsordnung. Die russische Absicht: ein Ausdünnen der US-amerikanischen Präsenz in Europa und eine Neuaufteilung des Kontinents in Einflusszonen. Dies weist die Allianz strikt zurück.

Aus russischer Sicht liegt aber genau hier die Crux. Die europäische Sicherheitsordnung, wie sie sich seit 1992 herauskristallisiert und entwickelt hat, ist für den Kreml unter Putin nicht akzeptabel. Russland will [...] eine Pufferzone zwischen sich und dem Westen schaffen. Der Kreml ist nicht nur der Ansicht, dass die NATO-Erweiterung eine Bedrohung für Russland darstellt – sondern auch, dass sie im Widerspruch zu westlichen Zusicherungen steht, die Russland beziehungsweise der sowjetischen Führung 1990 im Zuge der deutschen Einheitsdiplomatie und nach dem Zusammenbruch der Sowjetunion 1991 gegeben wurden. Die NATO habe seit dem Kalten Krieg sein Land mit „fünf Erweiterungswellen“ ohne Rücksicht auf russische Sicherheitsinteressen „dreist betrogen“, behauptete Putin zuletzt im Dezember 2021. [...]

Der eigentliche Wendepunkt, der später dazu führte, dass sich die Beziehungen zwischen dem Kreml und dem Westen verschlechterten und jene Verschlechterung den „Krieg der Narrative“ heraufbeschwor, lag im Zerfall der Sowjetunion Ende 1991 und in der vorausgegangenen Auflösung des Warschauer Pakts. Denn mit dem Verschwinden des Sowjetimperiums veränderten sich die sicherheitspolitischen Parameter in Europa grundsätzlich. Es entstand ein Sicherheitsvakuum im sogenannten „Zwischeneuropa“ – den Ex-Satellitenstaaten und Ex-Sowjetrepubliken zwischen Ostsee und Schwarzem Meer.

Die Mitgliedstaaten der NATO

*Kristina Spohr, Die Geschichte der NATO-Osterweiterung, Hamburg: Dekoder-gGmbH, 10.02.2022, https://www.dekoder.org/de/gnose/nato-osterweiterung-debatte-versprechen (Zugriff: 08.03.2022)*

**INFO**

**Kristina Spohr** (*1973) lehrt Internationale Beziehungen an der Johns Hopkins University, Washington, sowie an der London School of Economics. Sie war als Wissenschaftlerin u. a. bei der NATO tätig.

**1** Schreiben Sie die Chronologie des russisch-ukrainischen Konfliktes fort (M1).
**2** Analysieren Sie die Karikatur vor dem Hintergrund von M1.
**3** Analysieren Sie die Karte in M2.
**4** **a)** Arbeiten Sie die Konflikte um die Erweiterung der NATO nach Osten heraus (M2).
**b)** Beurteilen Sie die Positionen der EU bzw. der NATO und Russlands (M2).
**5** Beurteilen Sie die Rolle der NATO bei der Entstehung sowie im Verlauf des Konfliktes.

# Die UNO – Bewahrer des Weltfriedens?

**INFO**

**Entstehung der UNO**
Bereits nach dem Ersten Weltkrieg versuchte man, eine internationale Organisation zur Sicherung des Friedens zu gründen. Der Ausbruch des Zweiten Weltkriegs erschwerte den Prozess und machte gleichzeitig deutlich, wie nötig er ist. 1945 unterzeichneten in San Francisco 50 Nationen die UN-Charta. Bis auf rund ein Dutzend Länder gehören heute alle Staaten der UN an.

**INTERNET**

**WES-118380-144**
Film: Einfach erklärt: Die UN und der Sicherheitsrat

## M1 Präambel der Charta der Vereinten Nationen (1945)

Wir, die Völker der Vereinten Nationen – fest entschlossen,

- künftige Geschlechter vor der Geißel des Krieges zu bewahren, die zweimal zu unseren Lebzeiten unsagbares Leid über die Menschheit gebracht hat,
- unseren Glauben an die Grundrechte des Menschen, an Würde und Wert der menschlichen Persönlichkeit, an die Gleichberechtigung von Mann und Frau sowie von allen Nationen, ob groß oder klein, erneut zu bekräftigen,
- Bedingungen zu schaffen, unter denen Gerechtigkeit und die Achtung vor den Verpflichtungen aus Verträgen und anderen Quellen des Völkerrechts gewahrt werden können,
- den sozialen Fortschritt und einen besseren Lebensstandard in größerer Freiheit zu fördern,

und für diese Zwecke

- Duldsamkeit zu üben und als gute Nachbarn in Frieden miteinander zu leben,
- unsere Kräfte zu vereinen, um den Weltfrieden und die internationale Sicherheit zu wahren,
- Grundsätze anzunehmen und Verfahren einzuführen, die gewährleisten, dass Waffengewalt nur noch im gemeinsamen Interesse angewendet wird, und
- internationale Einrichtungen in Anspruch zu nehmen, um den wirtschaftlichen und sozialen Fortschritt aller Völker zu fördern –

haben beschlossen, in unserem Bemühen um die Erreichung dieser Ziele zusammenzuwirken. Dementsprechend haben unsere Regierungen [...] diese Charta der Vereinten Nationen angenommen und errichten hiermit eine internationale Organisation, die den Namen „Vereinte Nationen" führen soll.

## M2 Die Struktur der UNO

Der **UN-Sicherheitsrat** [...] ist das mächtigste Gremium der Vereinten Nationen. Er trägt die Hauptverantwortung für die Wahrung des Weltfriedens und der internationalen Sicherheit. Während Beschlüsse anderer UN-Organe lediglich Empfehlungscharakter tragen, sind die Entscheidungen des Sicherheitsrates völkerrechtlich bindend. Er kann den Einsatz von Blauhelm-Friedenstruppen beschließen, Strafgerichtshöfe etablieren und Charta-Verstöße mit Zwangsmaßnahmen wie Sanktionen bis hin zur Anwendung militärischer Gewalt ahnden.

Der Rat besteht aus fünf mit Vetorecht ausgestatteten ständigen (China, Frankreich, Großbritannien, Russland, USA) und zehn nicht ständigen Mitgliedern. Für einen Beschluss sind mindestens neun Stimmen erforderlich und kein ständiges Mitglied darf dagegenstimmen. Jedes Jahr wird die Hälfte der zehn wechselnden Mitglieder für zwei Jahre neu gewählt. [...] Die Zusammensetzung des Rates widerspiegelt allerdings immer noch die Machtverteilung, die nach dem Zweiten Weltkrieg im Jahre 1945 herrschte. [...] Entwicklungsländer und vor allem die aufstrebenden Schwellenstaaten und Regionalmächte [sind] im entscheidenden Organ viel zu gering vertreten. Als [...] Relikt vergangener Zeiten wird von vielen auch das Vetorecht angesehen, mit dem

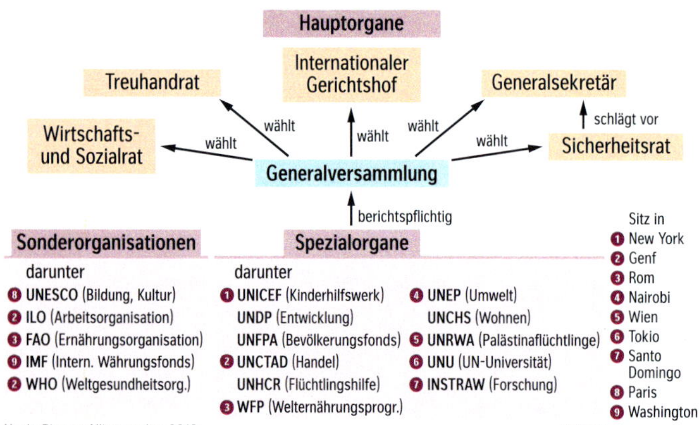


Nach: Picture Alliance, dpa 2218 29078EX

jedes der fünf ständigen Mitglieder einen nicht genehmen Beschluss torpedieren kann. Wiederholte Versuche, den Sicherheitsrat zu reformieren sowie seine Zusammensetzung und Arbeitsweise an die Realitäten der gegenwärtigen Welt anzupassen, blieben bisher jedoch erfolglos. Dennoch kann trotz aller Unzulänglichkeiten in einer Welt souveräner Staaten nur der Sicherheitsrat das Gewaltmonopol ausüben, denn alle UN-Mitglieder haben ihm die Hauptverantwortung für die Wahrung des Weltfriedens und der internationalen Sicherheit übertragen.

Der **Vollversammlung** [...] gehören alle 193 Mitgliedstaaten der Vereinten Nationen an und jeder Staat verfügt über eine Stimme. Beschlüsse zu wichtigen Fragen, etwa Frieden und Sicherheit, die Aufnahme neuer Mitglieder und Haushaltsfragen, bedürfen der Zweidrittelmehrheit. In allen anderen Angelegenheiten entscheidet die einfache Mehrheit. Resolutionen der Vollversammlung sind zwar politische Willensbekundungen und Empfehlungen, aber sie sind völkerrechtlich nicht bindend. Richtungsweisend verbindlich sind sie allerdings für die Arbeit des Generalsekretärs und das UN-Sekretariat.

Der höchste Verwaltungsbeamte der Organisation ist der **Generalsekretär**. [...] Der Generalsekretär wird auf Empfehlung des Sicherheitsrats von der Vollversammlung ernannt. [...] Als politische Einflussmöglichkeit kann der Generalsekretär die Aufmerksamkeit des Sicherheitsrats auf jede Angelegenheit lenken, die seiner Meinung nach die Wahrung des Weltfriedens und der internationalen Sicherheit gefährdet. Der Generalsekretär und die Sekretariatsmitarbeiter [...] verpflichten sich in ihrem Amtseid, weder von einer Regierung noch von einer anderen Autorität außerhalb der Organisation Weisungen einzuholen oder entgegenzunehmen.

*Wolfgang Kötter, Effektive Weltordnungsmacht oder an den Rand gedrängt?, Kassel: AG Friedensforschung, 2014, http://www.ag-friedensforschung.de/themen/UNO1/gv2014.html (Zugriff: 15.02.2022)*

**GLOSSAR**

**Vereinte Nationen**

**INFO**

**Finanzierung der UNO**

Die UNO wird durch verpflichtende und freiwillige Beiträge der Mitgliedstaaten finanziert. Immer wieder kommt es wegen schlechter Zahlungsmoral bzw. fehlender Bereitschaft, freiwillige Beiträge zu zahlen, zu Finanzengpässen.

## M3 Konfliktbearbeitung: Auszug aus der UN-Charta

**Art. 39:** Der Sicherheitsrat stellt fest, ob eine Bedrohung oder ein Bruch des Friedens oder eine Angriffshandlung vorliegt; er gibt Empfehlungen ab oder beschließt, welche Maßnahmen auf Grund der Artikel 41 und 42 zu treffen sind, um den Weltfrieden und die internationale Sicherheit zu wahren oder wiederherzustellen.

**Art. 41:** Der Sicherheitsrat kann beschließen, welche Maßnahmen – unter Ausschluss von Waffengewalt – zu ergreifen sind, um seinen Beschlüssen Wirksamkeit zu verleihen; er kann die Mitglieder der Vereinten Nationen auffordern, diese Maßnahmen durchzuführen. Sie können die vollständige oder teilweise Unterbrechung der Wirtschaftsbeziehungen, des Eisenbahn-, See- und Luftverkehrs [...] sowie sonstiger Verkehrsmöglichkeiten und den Abbruch der diplomatischen Beziehungen einschließen.

**Art. 42:** Ist der Sicherheitsrat der Auffassung, dass die in Artikel 41 vorgesehenen Maßnahmen unzulänglich sein würden oder sich als unzulänglich erwiesen haben, so kann er mit Luft-, See- oder Landstreitkräften die zur Wahrung oder Wiederherstellung des Weltfriedens und der internationalen Sicherheit erforderlichen Maßnahmen durchführen. [...]

**Art. 43:** Alle Mitglieder der Vereinten Nationen verpflichten sich, zur Wahrung des Weltfriedens und der internationalen Sicherheit dadurch beizutragen, dass sie [...] dem Sicherheitsrat auf sein Ersuchen Streitkräfte zur Verfügung stellen, Beistand leisten und Erleichterungen einschließlich des Durchmarschrechts gewähren, soweit dies zur Wahrung des Weltfriedens und der internationalen Sicherheit erforderlich ist. [...]

**1** In der Präambel ihrer Charta formulieren die Vereinten Nationen einen hohen Anspruch. Erläutern Sie diesen vor dem Hintergrund der Entstehung der UNO (M1).

**2** In der Struktur der UNO sind einige Probleme angelegt, die in der Praxis das Erreichen der UN-Ziele erschweren. Arbeiten Sie diese Probleme heraus und erläutern Sie ihre praktischen Konsequenzen (M2 und M3).

**INFO**

**Blauhelmsoldaten**

Die Bezeichnung geht auf die blauen Kopfbedeckungen (Helm, Barrett) der UN-Truppen zurück.

Bei einem Blauhelmeinsatz gelten folgende Prinzipien:

- Zustimmung der Konfliktparteien zum Einsatz,
- Neutralität und Gebundenheit an den Einsatzauftrag,
- Einsatz von Gewalt nur zur Selbstverteidigung. Eine Ausnahme stellen die robusten Peacekeeping-Einsätze dar, bei denen notfalls Waffengewalt angewendet wird.

# Die UN-Friedensmissionen

**Die 10 wichtigsten Truppensteller (nach entsandtem Personal)**

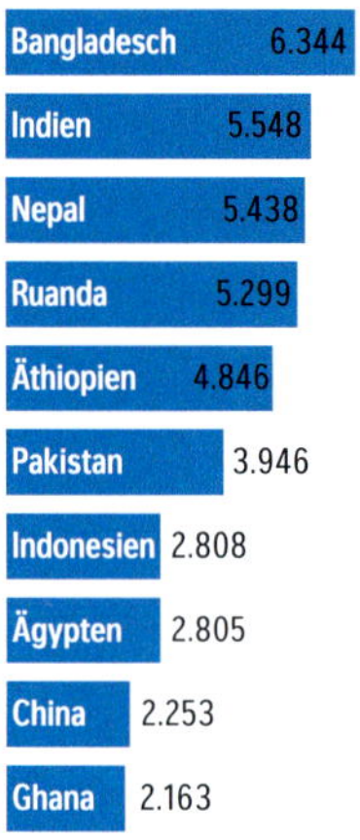


Deutschland: Rang 36 (558 Personen)
Quelle: United Nations Peecekeeping, Stand: 30.11.2021
© Westermann 29077EX

## M1 Blauhelmeinsätze weltweit

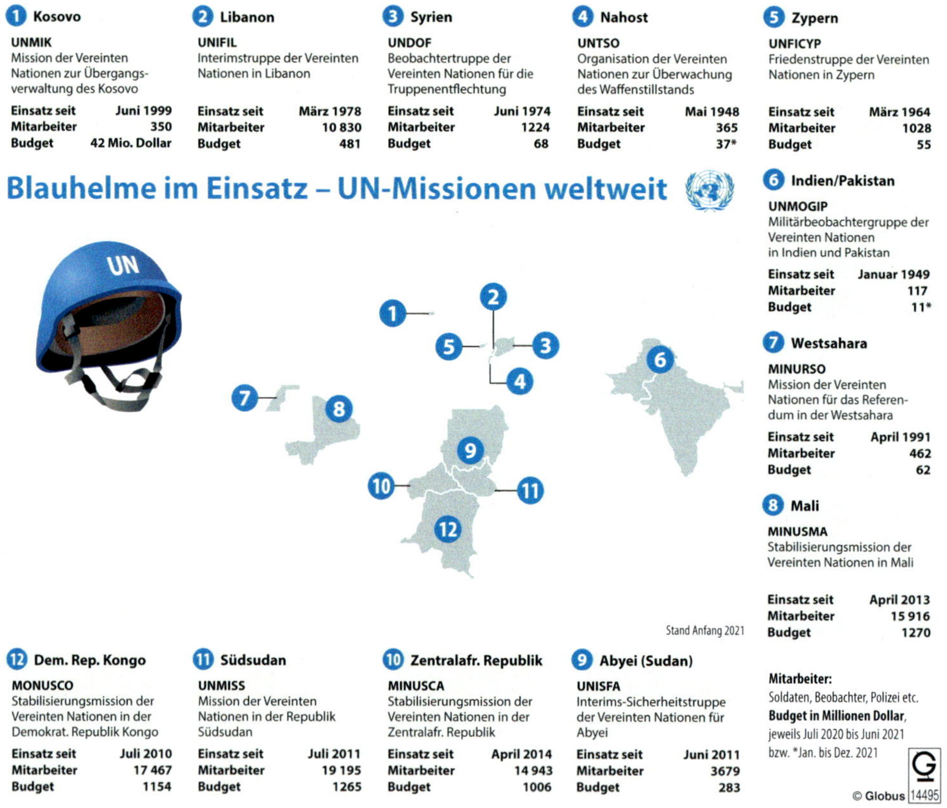


## M2 Arten von Blauhelmeinsätzen

**Friedenseinsätze/Peacekeeping:**
Der Begriff „Peacekeeping“ wurde zunächst für die Entsendung unbewaffneter Militärbeobachter oder leicht bewaffneter „Blauhelme“ zur Sicherung eines Waffenstillstandes oder Friedensabkommens verwendet. [...]

**Friedenskonsolidierung/Peacebuilding:**
Post-Konfliktgesellschaften sind stark rückfallgefährdet. [...] Peacebuilding muss nach Ende eines gewalttätigen Konflikts möglichst früh einsetzen. In modernen Friedenseinsätzen sind deshalb Maßnahmen zur Friedenssicherung (Peacekeeping) mit Elementen der Friedenskonsolidierung (Peacebuilding) verbunden. Dieser äußerst vielschichtige und langwierige Prozess verlangt neben einem koordinierten Handeln der internationalen Akteure die frühe Beteiligung lokaler Partner. [...]

**Friedensdurchsetzung/Peace Enforcement:**
Friedensdurchsetzung bedeutet die Anwendung von militärischen Zwangsmaßnahmen zur Wiederherstellung des Friedens auf der Grundlage einer Autorisierung durch den UN-Sicherheitsrat. [...] Zur Autorisierung muss der Sicherheitsrat zunächst eine Bedrohung oder einen Bruch des Weltfriedens feststellen [...]. Die Anwendung der militärischen Zwangsmaßnahmen verlangt nicht die Zustimmung der Hauptkonfliktparteien. Mit der Durchführung militärischer Zwangsmaßnahmen können andere internationale/regionale Organisationen oder Koalitionen von Mitgliedstaaten [...] beauftragt werden. [...]

**Robuste Friedenseinsätze/Robust Peacekeeping:** Der Einsatz unbewaffneter Militärbeobachter oder leicht bewaffneter Truppen stößt an seine Grenzen, wenn lokale Gewaltakteure ein Interesse an der Fortsetzung des Konfliktes haben. Dies zeigten in den 1990er-Jahren vor allem die Einsätze in Bosnien und Somalia. Der UN-Sicherheitsrat ging deshalb dazu über, Friedenseinsätze unter Verweis auf Kapitel VII der UN-Charta [...] ausdrücklich zur Anwendung von Gewalt zur Durchsetzung seines Mandats gegen Störenfriede [...] zu ermächtigen. Im Gegensatz zur Friedensdurchsetzung ist die Zustimmung der Hauptkonfliktparteien jedoch weiter eine Voraussetzung für ein solches „robustes" Mandat [...].

*Glossar Friedenseinsätze, Berliner Zentrum für Internationale Friedenseinsätze (ZIF) gGmbH, 2014, S. 16–40, https://www.zif-berlin.org/sites/zif-berlin.org/files/inline-files/ZIF_Glossar_0.pdf (Zugriff: 15.02.2022) (Reihenfolge verändert)*

## M3 Eine Bilanz der UN-Friedensbemühungen

Die Bilanz [...] fällt durchaus positiv aus – vor allem seit der Jahrtausendwende haben die Vereinten Nationen in der DR Kongo, in Sierra Leone, Liberia und auch in Haiti gezeigt, dass sie zur Durchführung auch schwieriger Einsätze in der Lage sind. Dennoch klingen das Scheitern der Somalia-Mission (1992–94) und die furchtbaren Fehlschläge von Ruanda (1994) und Srebrenica (1995) fort, wo unter den Augen der Blauhelme zahllose Menschen Völkermorden zum Opfer fielen. In deren Folge weigerten sich vor allem die westlichen Industriestaaten, ihre Soldaten weiterhin unter dem Schirm der Vereinten Nationen einzusetzen. Sie bevorzugen seither die Mandatierung eigener Missionen im Rahmen von NATO oder EU und führen diese in Afghanistan, Bosnien-Herzegowina oder im Kosovo auch in eigener Verantwortung und Finanzierung durch. [...]
Die in den [...] Missionen von NATO und EU gebundenen Kräfte und Fähigkeiten stehen den UN-Blauhelmen nicht zur Verfügung. Diese müssen mit deutlich schlechteren Voraussetzungen mindestens ebenso anspruchsvolle Aufgaben für Frieden und Stabilität bewältigen wie ihre Kameraden unter der NATO- oder EU-Flagge. [...]
Das umfassende Friedensverständnis der UNO geht über die Verhinderung von Krieg und Gewalt hinaus. Es schließt entwicklungspolitische Aufgaben ebenso ein wie Umwelt- und Klimaprobleme oder die weltweite Verbesserung der Menschenrechte. Tatsächlich befasst sich der weitaus größte Teil der unter dem Dach der UNO tätigen Spezialorgane und Sonderorganisationen [...] mit Fragen der nachhaltigen menschlichen Entwicklung. [...]
Zweifellos eröffnet die UNO ihren Mitgliedstaaten und Partnern vielfältige Möglichkeiten zu internationaler Zusammenarbeit und kollektivem Handeln. Zugleich jedoch ist die politische Praxis der Vereinten Nationen gerade in der Friedenssicherung häufig durch halbherzige Entscheidungen gekennzeichnet, die nach langwierigen Diskussionen zustande kommen und dann unzureichend ausgeführt werden. [...] Einerseits haben sich die Mitgliedstaaten der UNO auf der Grundlage des Prinzips souveräner Gleichheit angeschlossen, andererseits ist es der Zweck dieser Organisation, die souveränen Rechte der Staaten [...] zugunsten gemeinschaftlicher Interessen zu begrenzen bzw. zu kontrollieren. [...] Das Wechselspiel von machtvoller Interessendurchsetzung und Zwang zur Konsensfindung lässt sich im Sicherheitsrat gut beobachten: Dort kommen Entscheidungen zustande, wenn neun der 15 Mitglieder zustimmen – und keines der fünf ständigen Mitglieder mit „Nein" stimmt. [...] Insgesamt gesehen ist die UNO [...] so stark oder so schwach, wie es ihre Mitgliedstaaten wollen.

*Sven Bernhard Gareis, UNO – Stärken und Schwächen einer Weltorganisation, in: Informationen zur politischen Bildung, Nr. 326/2015, Bonn: Bundeszentrale für politische Bildung, 15.07.2015, https://www.bpb.de/izpb/209686/uno-staerken-und-schwaechen-einer-weltorganisation?p=all (Zugriff: 15.02.2022)*

**INFO**

**Spezialorgane und Sonderorganisationen der UNO**
Hierzu zählen etwa: das Entwicklungsprogramm (UNDP), das Umweltprogramm (UNEP), das Kinderhilfswerk (UNICEF) und die Organisation für industrielle Entwicklung (UNIDO). Siehe auch S. 74, Grafik in M2.

**1** Analysieren Sie die Darstellung zu den aktuellen Blauhelmeinsätzen (M1).
**2** Vergleichen Sie die unterschiedlichen Arten von UN-Friedensmissionen (M2).
**3** Bewerten Sie den Beitrag der UN-Missionen zur weltweiten Friedenssicherung (M3).

# Responsibility to protect

**INFO**

**Hintergründe**
Im Jahr 1994 eskalierte ein seit der Kolonialzeit bestehender Konflikt zwischen den beiden Volksgruppen der Hutu und Tutsi. Innerhalb weniger Monate wurden nahezu 1 Mio. Menschen getötet. Die UNO schenkte dem Konflikt zunächst keine große Aufmerksamkeit und entsandte eine Peacekeeping-Mission zur Überwachung des Friedensprozesses. Auf alarmierende Rückmeldungen des Kommandanten der Mission reagierte der Sicherheitsrat zunächst nicht mit einer Verstärkung der Truppe oder der Ausweitung des Mandats. Vielmehr verurteilte die UNO die Geschehnisse und forderte die Konfliktparteien auf, das Töten zu unterbinden. Als sich der Sicherheitsrat schließlich (und viel zu spät) entschloss, die UN-Präsenz auszuweiten, fanden sich kaum Mitgliedstaaten, die Truppen zur Verfügung stellen wollten.

**INFO**

**Shooting Dogs**
Spielfilm, GB/Dt., 2005, 115 Min., Regie: Michael Caton-Jones, Spielfilm über den Genozid in Ruanda

**Shake Hands with the Devil – The Journey of Roméo Dallaire**
Dokumentarfilm, Kanada, 2004, 90 Min., Regie: Peter Raymont, Dokumentation über den Genozid in Ruanda, bei dem die Person des Leiters der UN-Truppen im Zentrum steht

## M1 Die Völkergemeinschaft versagt in Ruanda (1994)

Das hätte niemals passieren dürfen: Ein Völkermord vor den Augen der Weltgemeinschaft! Selbst Babys, Kinder und Greise wurden massakriert. Milizen steckten Gotteshäuser in Brand, in denen Menschen Zuflucht suchten. In 100 Tagen ermordete das damalige ruandische Regime mit seinen Milizen über 800.000 Menschen. [...] Warum hat niemand auf frühe Warnungen reagiert? Bereits [...] drei Monate vor Beginn des Mordens hatte der Leiter der UN-Truppen [...] in Ruanda, Roméo Dallaire, eine Nachricht an seine Vorgesetzten in New York geschickt. Dallaire warnte [...], dass es detaillierte Pläne für Massaker gebe: Milizionäre in Teams von 40 Mann könnten innerhalb von 20 Minuten über 1.000 Menschen töten. Als das Morden in vollem Gang war, schickte Dallaire erneut verzweifelte Appelle an die UN: Sie sollten mehr Blauhelme schicken und mit einem robusten Mandat ausstatten, um die Menschen zu schützen. Stattdessen reduzierten die UN die Truppen zunächst sogar. Vermutlich aus Furcht, ein Desaster wie bei der gescheiterten Intervention in Somalia zu erleben, schauten sie weg und wollten das Grauen nicht wahrhaben. [...] Als Reaktion auf das Fiasko in Ruanda haben die Vereinten Nationen 2005 mit ihrer Initiative zur Schutzverantwortung (Responsibility to Protect/R2P) ein neues System entwickelt. Es verpflichtet Staaten, ihre eigene Bevölkerung vor schweren Menschenrechtsverletzungen, Völkermord und ethnischen Säuberungen zu schützen. Wenn ein Staat diese Schutzverantwortung nicht erfüllt, dann kann die internationale Gemeinschaft diese Verantwortung übernehmen und militärisch intervenieren.

*Andrea Schmidt, Kommentar: In Ruanda hat die Weltgemeinschaft versagt, Bonn: Deutsche Welle, 07.04.2014, https://www.dw.com/de/kommentar-in-ruanda-hat-die-weltgemeinschaft-versagt/a-17544452 (Zugriff: 15.02.2022)*

## M2 Was ist die Responsibility to Protect (R2P)?

Wie können Menschenleben geschützt werden, wenn ein Staat unfähig oder unwillens ist, dies zu tun? Wer trägt die Verantwortung für den Schutz von Zivilisten und wie ist dieser zu gewährleisten? Ab wann kann ein Eingriff von außen gerechtfertigt sein und wie ist dies mit der Staatensouveränität vereinbar? Diese Diskussionen mündeten in der Entwicklung des Konzeptes der „Responsibility to Protect" (R2P), zu Deutsch „Schutzverantwortung". [...] Das Ziel: Staatliche Souveränität und Menschenrechtsschutz sollten miteinander in Einklang gebracht und die Verantwortung der internationalen Gemeinschaft zur Verhinderung schwerster Menschenrechtsverletzungen festgeschrieben werden. [...] Die Schutzverantwortung beinhaltet folgende Prinzipien:

- Jeder Staat hat die Verantwortung, seine Bevölkerung vor Völkermord, Kriegsverbrechen, ethnischen Säuberungen und Verbrechen gegen die Menschlichkeit zu schützen.
- Die internationale Gemeinschaft hat die Aufgabe, Staaten bei der Wahrnehmung dieser Verantwortung zu unterstützen.
- Wenn ein Staat zum Schutz seiner Bevölkerung nicht fähig oder willens ist oder gar selbst Massenverbrechen verübt, geht die Schutzverantwortung auf die internationale Gemeinschaft über. Sie ist dann in der Pflicht, angemessene diplomatische, humanitäre oder andere friedliche Mittel zum Schutz von Zivilisten zu ergreifen. Erst wenn derartige Maßnahmen aussichtslos erscheinen, darf und muss die internationale Gemeinschaft bereit sein, auch Zwangsmaßnahmen zu ergreifen. Neben Sanktionen können hierzu auch durch den UN-Sicherheitsrat mandatierte Interventionen zum Schutz der Zivilbevölkerung zählen.

*Was ist die Schutzverantwortung bzw. die „Responsibility to Protect"?, Berlin: Genocide Alert e. V., https://www.genocide-alert.de/projekte/schutzverantwortung-responsibility-protect/ (Zugriff: 15.02.2022)*

## M3 Die Schutzverantwortung in der Diskussion

**Ramesh Thakur:** [...] Internationales Recht verbietet zwischenstaatliche Kriege – mit der einzigen legitimen Ausnahme der Verteidigung gegen einen bewaffneten Angriff. Heute aber wüten Kriege häufig innerhalb eines Landes. Manche Regierungen missbrauchen das Souveränitätsprinzip als Lizenz zu töten, andere sind zu schwach, die Bevölkerung vor Milizen zu schützen. Generell gilt, dass der Zusammenbruch oder der Missbrauch von Staatlichkeit zu Mord oder sogar Völkermord führt. In heutigen Bürgerkriegen sind bis zu 90 Prozent der Opfer Zivilisten. Massenhaft werden Menschen vertrieben und leiden unter Krankheiten. Wenn die UN ihr Mandat in puncto internationale Sicherheit wirklich ausüben wollen, müssen sie Zivilisten schützen. Sonst werden wir weiterhin Zeugen von Massenmorden werden.
Nach dem herkömmlichen Souveränitätsverständnis sieht das Völkerrecht nur Staaten als Träger von Rechten und Pflichten – egal, wie sie ihre Bürger behandeln. [...] Internationale Menschenrechtsnormen verbieten Gräueltaten, aber ermächtigen die internationale Gemeinschaft [nicht] dazu, von solchen Verbrechen bedrohte Zivilisten zu schützen. [...] Die UN sind die multilaterale Organisation, die bestimmt, wann militärische Gewalt legal ist. Das ist, wie erwähnt, im Fall der Selbstverteidigung so oder wenn ein Mandat des Sicherheitsrates vorliegt. R2P bedeutet, dass die UN militärische Gewalt gutheißen darf – und muss –, um Menschen zu schützen. [...]

**Mary Ellen O'Connell:** Statt R2P in diesem Sinne brauchen wir [...] „Verantwortung zum Frieden" [...]. Denn Frieden ist das größte Menschenrecht, von dem alle anderen abhängen. Aber er wird jetzt vom neuen Militarismus infrage gestellt. [...] Die UN haben eine Norm gegen die Eroberung anderer Staaten durchgesetzt [...] als Saddam Hussein 1991 in Kuwait einfiel. Die internationale Gemeinschaft wandte sich geschlossen gegen diesen Gewaltakt, eine weltweite Koalition befreite Kuwait. Damals [...] kam die Ansicht auf, Gewalt sei für verschiedene Zwecke nutzbar. Die Diskussion über „humanitäre Interventionen" war der erste Schritt. Dann wurde Serbien rechtswidrig wegen des Kosovo bombardiert. Die NATO schuf damit einen Präzedenzfall für den Irakkrieg im Jahr 2003. [...] In Wirklichkeit aber hat die Militärintervention im Irak mehr Schaden angerichtet, als sie geholfen hat. Dieser Krieg lässt sich nicht humanitär rechtfertigen. [...] Der Irakkrieg hat Milliarden [...] gekostet. Dennoch ist ein friedlicher, stabiler Irak in weiter Ferne. Ich glaube nicht, dass es jemals eine gut finanzierte, robuste Intervention, die die humanitäre Lage wirklich verbessert, geben wird. [...] Wir haben es hier also jetzt mit einem neuen Militarismus zu tun, den die R2P-Diskussion gefördert hat. Sie unterstützt die Idee, Krieg sei für eine gute Sache erlaubt – und mithin auch für andere gute Zwecke.

**Ramesh Thakur:** [...] In Ruanda zum Beispiel hätte 1994 ein robustes Mandat geholfen. Daher unterstütze ich R2P. Natürlich ist Prävention wichtiger als das Einschreiten im Katastrophenfall. Ja, wir brauchen langfristige friedliche Entwicklung und strukturellen Fortschritt, der Gesellschaften wohlhabender und stabiler macht. Aber das heißt nicht, dass wir jemals in einer Welt ohne Gewalt leben werden. [...] Bei R2P geht es darum, dafür multilaterale Regeln zu schaffen, damit sie seltener werden – aber dafür mit Legitimität effizient geführt. [...] R2P-Rhetorik kann tatsächlich von mächtigen Regierungen missbraucht werden. Aber das gilt für jedes Prinzip und heißt nicht, dass R2P falsch wäre.

*Ramesh Thakur/Mary Ellen O'Connell, Die R2P-Kontroverse, Bonn: ENGAGEMENT GLOBAL gGmbH, 22.02.2008, https://www.dandc.eu/de/article/pro-und-contra-responsibility-protect (Zugriff: 15.02.2022)*

**INFO**

**Ramesh Thakur** (*1948) war stellvertretender UN-Generalsekretär.

**Mary Ellen O'Connell** (*1958) ist Professorin für Internationales Recht und Konfliktforschung an der University of Notre Dame, USA.

**1** Legen Sie dar, warum der Genozid in Ruanda ein Umdenken in der Friedenssicherung zur Folge hatte (M1).

**2** Arbeiten Sie den Grundgedanken der R2P heraus und benennen Sie die dem Konzept innewohnenden Spannungen.

**3** Erörtern Sie Potenziale und Risiken der Responsibility to protect (M3).

# Konfliktanalyse

Wenn es in der Politik darum geht, Interessen durchzusetzen, und man davon ausgehen kann, dass die Beteiligten auch unterschiedliche Interessen haben, dann kann man sich Politik ohne Konflikte nicht vorstellen. Freilich gibt es hier Abstufungen: Die wenigsten politischen Konflikte werden gewaltsam ausgetragen. Vielmehr äußern sie sich in Spannungen, öffentlichen Kontroversen, diplomatischen Manövern, offenen oder verdeckten Machtkämpfen etc.
Politische Konflikte treten auf allen Ebenen (von der kommunalen Ebene bis zur Weltpolitik) und in allen Politikfeldern auf. Es lohnt sich also immer auch, politische Prozesse durch die „Konfliktbrille“ zu betrachten.
Die Konfliktanalyse bietet hierfür Untersuchungsraster, mit denen solche Auseinandersetzungen systematisch und strukturiert untersucht werden können.

Zwei mögliche Varianten werden hier vorgestellt:
a) die umfassende Analyse von Konflikten und
b) die Konflikt-Akteurs-Matrix.

Beide Varianten schließen sich nicht gegenseitig aus. Vielmehr können sie sich gegenseitig ergänzen. Es handelt sich auch nicht um „Kochrezepte“, die eins zu eins umgesetzt werden müssen. Da jeder Konflikt anders ist, muss man schauen, welche Variante oder auch welche Kombination von Aspekten sich am besten eignet, um den Konflikt zu verstehen.

### a) Die umfassende Analyse von Konflikten

Bei dieser Variante geht es vor allem darum, die richtigen Fragen an einen Konflikt zu stellen. Nicht alle der folgenden Schlüsselfragen bzw. -aspekte können auf jeden Konflikt angewendet werden. Sie müssen sie nach dem konkreten Fall auswählen oder bei Bedarf entsprechend anpassen. Zentrale Schlüsselfragen bzw. -aspekte sind:

**1. Konfliktgegenstand**

- Was ist der Kern des Konfliktes?
- Handelt es sich um einen Strukturkonflikt, Interessenkonflikt, Beziehungskonflikt?
- Auf welcher Ebene ist der Konflikt angesiedelt (individuelle Ebene, interpersonelle Ebene, innergesellschaftliche Ebene, internationale Ebene)?

**2. Interessenanalyse**

- Welche Positionen, Interessen und Bedürfnisse werden sichtbar?
- Wem könnte etwas am Ergebnis liegen?
- Wer könnte sich für den Ablauf interessieren?
- Wer könnte jeweils betroffen sein?
- Wessen Autorität könnte notwendig sein?
- Wessen Unterstützung ist entscheidend?

**3. Wie wird der Konflikt ausgetragen?**

- Ist der Konflikt „heiß“ (aktive Kämpfe) oder „kalt“ (keine direkte Konfrontation)?
- Welche Mittel werden angewendet?
- Wie stark ist der Konflikt eskaliert?
- Was müsste geschehen, damit der Konflikt weiter eskaliert?
- Wurde bereits Gewalt angewendet? Wenn ja, welche Folgen hatte diese?

**4. Die Konfliktparteien**
- Wer sind die Konfliktparteien?
- Sind sie gleich stark (symmetrische Konflikte) oder besteht ein großes Ungleichgewicht (asymmetrische Konflikte)?
- Wie sehen die Konfliktparteien den Gegner?
- Welche Unterstützung haben die Konfliktparteien?

**5. Konfliktgeschichte**
- Wann und wie ist der Konflikt entstanden?
- Welche Phasen hat der Konflikt durchlaufen?
- Geht es aktuell noch um die gleichen Streitfragen oder haben sich diese verändert?
- Wie wird die Konfliktgeschichte von den Konfliktparteien jeweils erzählt und interpretiert?

**6. Lösungen**
- Was wurde bislang unternommen, um Lösungen zu finden?
- Gibt es eine Einigung über mögliche Lösungsschritte?
- Was steht einer Lösung im Wege?
- Was verlieren die jeweiligen Konfliktparteien, wenn es den Konflikt nicht mehr gibt?
- Was gewinnen die jeweiligen Konfliktparteien, wenn es den Konflikt nicht mehr gibt?

*Veit Straßner, Konfliktanalyse, in: Sabine Achour u. a. (Hrsg.), Methodentraining für den Politikunterricht, Frankfurt a. M.: Wochenschau Verlag, 2020, S. 128–131, hier S. 131*

### b) Die Konflikt-Akteurs-Matrix
Diese Herangehensweise rückt die beteiligten Konfliktakteure ins Zentrum:
- Es geht zunächst darum, die an dem Konflikt beteiligten Parteien sowie weitere Akteure zu identifizieren, die bei dem Konflikt eine Rolle spielen – etwa Akteure oder Institutionen, die sich um eine Vermittlung bemühen, Akteure, die zwar nicht direkt am Konflikt beteiligt sind, aber unter den Folgen zu leiden haben oder von ihnen profitieren, etc.
- In einem zweiten Schritt werden die so ermittelten Akteure näher in den Blick genommen. Es bietet sich an zu untersuchen, welche Interessen die Akteure haben, wie einflussreich sie sind, mit wem sie kooperieren können, um gemeinsame Ziele zu erreichen, vor welcher Weltsicht oder welchem Wertehintergrund sie agieren etc. Diese Auflistung kann je nach Konflikt angepasst und erweitert werden.
- Die Ergebnisse können dann in einer Matrix, also einer Form von Tabelle, gegenübergestellt werden. So erhält man einen besseren Überblick über die Konfliktkonstellation und mögliche weitere Entwicklung.

**Die Konflikt-Akteurs-Matrix**

| Akteur | Interesse | Macht/ Machtressource | Ideologie/ Weltanschauung | Koalitionen | … |
|---|---|---|---|---|---|
| Akteur 1 | | | | | |
| Akteur 2 | | | | | |
| Akteur 3 | | | | | |
| … | | | | | |
| Akteur X | | | | | |

*Veit Straßner, Konfliktanalyse, in: Sabine Achour u. a. (Hrsg.), Methodentraining für den Politikunterricht, Frankfurt a. M.: Wochenschau Verlag, 2020, S. 128–131, hier S. 129*

# Der Nordkorea-Konflikt: eine Analyse

**Auch wenn Nordkorea in vielfacher Hinsicht eine untergeordnete Rolle spielt, gelingt es dem Regime in Pjöngjang immer wieder, die Welt in Atem zu halten. Das kleine Land strebt nach Atomwaffen und Langstreckenraketen und fordert so die Weltgemeinschaft und namentlich die USA heraus. Dieser seit Jahren schwelende Konflikt, in dem Sanktionsmaßnahmen nicht die gewünschten Erfolge zeigen, stand wiederholt kurz vor der militärischen Eskalation.**

## M1 Pressemeldungen aus dem Jahr 2021

INFO

**Kim Jong Un**
(*1984) Machthaber und Vorsitzender der Kommunistischen Partei Nordkoreas. Nach dem Tod seines Vaters im Jahr 2011 übernahm er dessen Aufgaben und ist seither der „oberste Führer der Partei, des Staates und der Armee".

**Kim Jong Un droht den USA mit Atomwaffen**

Mit Blick auf den Regierungswechsel in Washington hat Nordkoreas Machthaber Kim Jong Un dem künftigen US-Präsidenten Joe Biden Konfliktbereitschaft signalisiert: Die USA seien der „größte Feind" seines Landes [...].
Zugleich kündigte er eine Fortsetzung des nordkoreanischen Atom- und Raketenprogramms an. [...] Das Land habe inzwischen die Pläne für ein atombetriebenes U-Boot abgeschlossen, sagte er. Entwürfe für ein solches U-Boot befänden sich in der „abschließenden Überprüfungsphase". Eine solche Waffe würde das strategische Kräfteverhältnis verändern, da sie es Pjöngjang ermöglichen würde, heimlich Raketen in die Nähe der US-Küste zu transportieren und damit die Vorwarnzeit vor einem möglichen Angriff drastisch zu verkürzen.

*AFP, Kim sieht in den USA „größten Feind" Nordkoreas, 10.01.2021*

**Nordkorea führt weitere Raketentests durch**

Die selbst erklärte Atommacht Nordkorea hat eigenen Angaben zufolge bei ihrer Entwicklung strategisch wichtiger Raketen weitere Fortschritte erzielt. Am Wochenende habe die Akademie für Verteidigungswissenschaft erfolgreich zwei neuartige Marschflugkörper von „großer Reichweite" getestet [...].
Japan äußerte sich besorgt – auch deshalb, weil der mutmaßlich neue Typ von Marschflugkörpern japanisches Territorium erreichen könnte. [...].
China rief alle Seiten zur Zurückhaltung auf. Die Regierung sei davon überzeugt, dass die Probleme durch Konsultationen gelöst werden sollten, sagte ein Sprecher des Außenministeriums in Peking. [...]
Pjöngjang wirft vor allem den USA eine feindselige Politik vor. Wie schon einige Monate zuvor erfolgten auch die jüngsten Waffentests nach gemeinsamen Militärübungen der Streitkräfte der USA und Südkoreas.

*wgr/©dpa, Nordkorea: Erfolgreicher Test neuartiger Marschflugkörper, 13.09.2021*

**Kim räumt Nahrungsknappheit ein**

Kim Jong Un hat eine verschlechterte Nahrungsmittelversorgung in seinem Land eingeräumt. Die Landwirtschaft habe im vergangenen Jahr infolge eines Taifuns weniger Getreide produzieren können, sagte Kim [...]. Das Volk solle sich daher für Engpässe wappnen. [...]
Nordkorea ist nach mehreren Naturkatastrophen und aufgrund der eigenen Misswirtschaft seit vielen Jahren auf Nahrungsmittelhilfe von außen angewiesen. [...] Nordkorea ist wegen seines Atomwaffenprogramms strengen internationalen Sanktionen unterworfen, die die wirtschaftliche Entwicklung des Landes hemmen. Pjöngjang ignoriert bisher Appelle aus Washington und Seoul, die Atomgespräche wiederaufzunehmen. [...]
Hintergrund sind Differenzen über die von Nordkorea geforderten Lockerungen der von den USA initiierten Sanktionen im Gegenzug für Abrüstungsschritte Pjöngjangs.

*Kim räumt Nahrungsknappheit ein, in: Tagesschau.de, Hamburg: NDR, 16.06.2021, https://www.tagesschau.de/ausland/asien/nordkorea-lebensmittelversorgung-101.html (Zugriff: 15.02.2022)*

## M2 Der Nordkorea-Konflikt: eine komplexe Gemengelage

Die Krise um Nordkoreas Atom- und Massenvernichtungswaffenprogramm zählt [...] zu den gefährlichsten und komplexesten der Welt. Die Risiken einer militärischen Eskalation sind immens, angesichts der Involvierung von vier Atommächten ist der Einsatz von Kernwaffen nicht auszuschließen. Aber selbst unterhalb der Schwelle zur offenen Gewaltanwendung bleibt der Konflikt brisant. Nordkorea fordert die internationale Gemeinschaft offen und direkt heraus, indem es Beschlüsse des UN-Sicherheitsrats sowie andere globale Normen und Regeln ignoriert. Die Weiterverbreitung von Waffen und Waffentechnologie droht Instabilitäten in anderen Weltregionen zu verschärfen. Die Glaubwürdigkeit des nuklearen Nonproliferationsregimes steht infrage. [...]

Zwar steht im Zentrum des Konflikts die ungelöste Frage des Verhältnisses zwischen Nordkorea und den USA, fokussiert auf das Thema Atomwaffenbesitz. Pjöngjang sieht seine eigene Sicherheit dadurch gewährleistet, dass es die Vereinigten Staaten nuklear abschrecken kann. Washington ist hingegen nicht bereit, eine gegenseitige Verwundbarkeit zu akzeptieren, und droht mit militärischer Eskalation. Um diesen Gegensatz gruppieren sich jedoch andere Konfliktlagen, die durch gegenläufige Interessen Chinas, Japans, Nordkoreas, Russlands, Südkoreas und der USA gekennzeichnet sind. Die Anrainerstaaten verfolgen den Konflikt zwischen Pjöngjang und Washington nicht nur wegen der unmittelbaren Auswirkungen eines möglichen Kriegs, sondern auch im Hinblick auf ihre eigenen außen- und sicherheitspolitischen Interessen mit Sorge.

Chinas Großmachtambitionen werden durch ein nuklearisiertes Nordkorea herausgefordert und würden durch eine militärische Eskalation mit anschließender Wiedervereinigung unter südkoreanisch-amerikanischen Vorzeichen einen Rückschlag erleiden. Südkorea, das besonders exponiert ist und innerkoreanisch Aussöhnung und Entspannung anstrebt, versucht einen Dialog zwischen den USA und Nordkorea zu fördern, ohne gleichzeitig die Beziehungen zu anderen Parteien zu beschädigen. Russland ist zwar direkt in Ostasien präsent, sieht seine Politik im Nordkorea-Konflikt aber eher als abhängige Variable seiner Beziehungen zu den USA. Eine Vermittlerrolle strebt Moskau wohl nur unter bestimmten Umständen an. [...]

Für Deutschland und Europa ist eine friedliche Lösung des Konflikts – oder zumindest die Vermeidung einer militärischen Eskalation – von zentraler Bedeutung. [...] Neben den ökonomischen Implikationen einer militärischen Auseinandersetzung in einer der wirtschaftlich bedeutendsten Weltregionen würde ein militärischer Konflikt auch erhebliche sicherheitspolitische Verwerfungen mit sich bringen. Ostasien könnte dauerhaft zum Krisengebiet werden. Europas Allianzbeziehungen zu den USA wären tangiert, etwa wenn der NATO-Verteidigungsfall aktiviert wird. Europa und Deutschland sind in Ostasien keine Akteure, die unmittelbar auf das Konfliktgeschehen einwirken könnten. Europa hat aber Möglichkeiten, indirekt auf die am Konflikt beteiligten Mächte Einfluss zu nehmen. Es kann europäische Erfahrungen mit der Bewältigung von Konflikten einbringen, es kann durch politische, ökonomische und humanitäre Angebote positive Anreize geben. Es sollte die USA vor militärischen Antworten warnen und gegenüber China die Umsetzung der im UN-Sicherheitsrat vereinbarten Sanktionen anmahnen.

**INFO**

**Nukleares Nonproliferationsregime**
Das nukleare Nonproliferationsregime, auch Atomwaffensperrvertrag genannt, ist ein internationales Abkommen, das das Verbot der Verbreitung von Atomwaffen, die Verpflichtung zur nuklearen Abrüstung von Kernwaffen sowie das Recht auf die „friedliche Nutzung" der Kernenergie zum Gegenstand hat. Nahezu alle Staaten der Welt sind dem Abkommen beigetreten. Nordkorea erklärte 2003 seinen Austritt, der Mitgliedstatus ist seither ungeklärt.

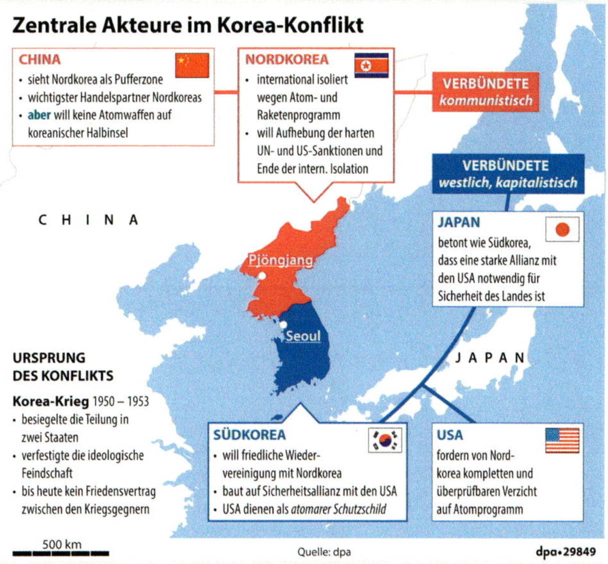


*Hanns Günther Hilpert/Oliver Meier, Problemstellung und Schlussfolgerungen, in: Dies. (Hrsg.), Facetten des Nordkorea-Konflikts. Akteure, Problemlagen und Europas Interessen, Berlin: Stiftung Wissenschaft und Politik (SWP), 2018, S. 5 f.*

Die Hwasong-14 ist als Interkontinentalrakete ein zentraler Baustein der nordkoreanischen Nuklearpolitik.

**INFO**

**IAEO**
Internationale Atomenergie-Organisation

**NVV**
Vertrag über die Nichtverbreitung von Kernwaffen (sog. Atomwaffensperrvertrag)

## M3 Die Entwicklung des Nordkorea-Konflikts

Die Krise zwischen Pjöngjang und Washington ist im Kern sicherheitspolitischer Natur: Nordkorea sieht seine Sicherheit durch die USA bedroht und glaubt, Angriffe auf die staatliche Souveränität nur nuklear abschrecken zu können. Die USA und deren Verbündete in der Region sind nicht bereit, Nordkorea eine solche Abschreckungsfähigkeit zuzugestehen. Der gegenwärtige Konflikt hat seine Ursache im Koreakrieg (1950–53). Dieser Konflikt zementierte die Teilung Koreas in ein mit den USA verbündetes Südkorea [...] und das mit der Sowjetunion verbündete, heute aber unabhängige Nordkorea. [...]

1992 ertappte die IAEO Nordkorea bei dem Versuch, die Abtrennung von Plutonium zu verheimlichen. Pjöngjang verweigerte Sonderinspektionen der Atombehörde und kündigte 1993 erstmals seinen Austritt aus dem NVV an. Die erste Nuklearkrise kulminierte 1994 in der nordkoreanischen Drohung, Plutonium aus abgebrannten Brennstäben abzutrennen. Der ehemalige US-Präsident Jimmy Carter entschärfte den Konflikt bei einem Besuch in Pjöngjang und bereitete damit den Abschluss des Rahmenabkommens von 1994 [...] vor. [...] Nordkorea verpflichtete sich zum Verzicht auf nukleare Rüstung und erhielt im Gegenzug Zusagen für die Lieferung von 500.000 Tonnen Heizöl jährlich und für den Bau von zwei Leichtwasserreaktoren [...]. In langfristiger Perspektive wollten beide Seiten sich gegenseitig diplomatisch anerkennen und einen Friedensvertrag schließen. Die IAEO verifizierte das „Einfrieren" des Nuklearprogramms.

Die zweite Nuklearkrise begann Anfang der 2000er-Jahre, nach der Wahl von George W. Bush zum US-Präsidenten. Er zählte Nordkorea zusammen mit dem Irak und dem Iran zu einer „Achse des Bösen" und konfrontierte das Land 2002 mit der Anschuldigung, es betreibe geheime Anlagen zur Urananreicherung. Nordkorea erklärte daraufhin erneut und letztmalig seinen Austritt aus dem NVV. Um den Konflikt zu entschärfen und friedlich zu lösen, trafen sich nebst Nordkorea und den USA die Länder Südkorea, China, Japan und Russland zu mehrjährigen Sechsparteiengesprächen [...]. Die gemeinsamen Erklärungen vom September 2005 und Februar 2007 sahen mit der Vereinbarung der nuklearen Abrüstung Nordkoreas im Austausch gegen Hilfslieferungen und Sicherheitsgarantien eine Beilegung des Konfliktes vor. [...]

[Nordkorea führte seine] Anstrengungen in der ballistischen und nuklearen Aufrüstung fort und erklärte im April 2009 in Reaktion auf die Verurteilung eines Raketentests durch den UN-Sicherheitsrat, es werde nicht mehr an den Sechsparteiengesprächen teilnehmen.

Bereits mit dem ersten nordkoreanischen Atomtest 2006 war der Konflikt in eine neue Phase eingetreten, in der die internationale Gemeinschaft weiter auf der umfassenden, irreversiblen und verifizierbaren nuklearen Abrüstung Nordkoreas bestand, sich die Aussichten für eine solche Lösung aber in dem Maße verschlechterten, wie das nordkoreanische Atomprogramm Fortschritte machte. Die Politik der „strategischen Geduld" von US-Präsident Barack Obama war faktisch das Eingeständnis, dass der internationalen Gemeinschaft die Mittel fehlten, um die gewünschte umfassende Abrüstung herbeizuführen.

Wir befinden uns gegenwärtig in der dritten nuklearen Krise [...]. Seitdem Kim Jong Un 2011 die Macht in Nordkorea übernommen hat, wurden die Atom- und Raketenprogramme beschleunigt. 2017 erprobte das Land erfolgreich drei Langstreckenraketen, die theoretisch US-amerikanisches Territorium treffen können. Auf dieser Basis verkündete Kim Jong Un in seiner Neujahrsansprache am 1. Januar 2018, sein Ziel sei erreicht, die USA nuklear abschrecken zu können. Die USA wollen eine solche nukleare Abschreckungskapazität nicht hinnehmen.

*Hanns Günther Hilpert/Oliver Meier, Interessen, Interdependenzen und ein gordischer Knoten, in: Dies. (Hrsg.), Facetten des Nordkorea-Konflikts (siehe M2), S. 7–11, hier S. 8–10*

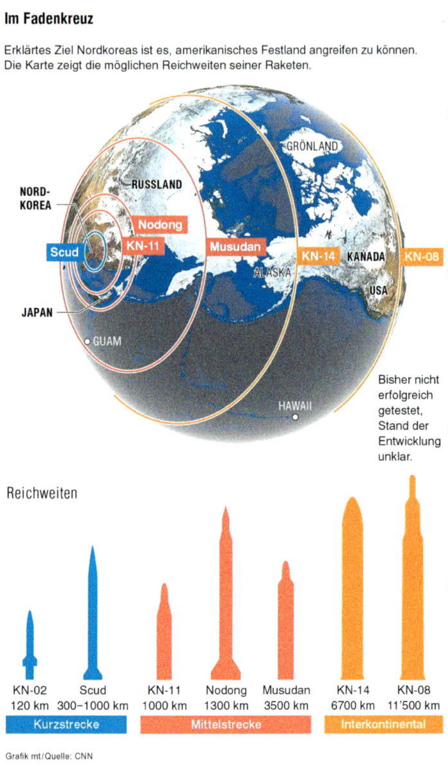

## M4 Die komplexe Motivationslage Nordkoreas

**Das Nuklearprogramm als Sicherheitsprojekt:** Wie für alle Nuklearmächte ist der Faktor Sicherheit, verstanden als Schutz vor militärischen Interventionen und Aufrechterhaltung staatlicher Souveränität und Regimestabilität, auch für Nordkorea wesentlich für das Streben nach eigener nuklearer Bewaffnung. [...] So sieht die Führung das Land in einem Zustand kontinuierlicher Bedrohung von außen, verbunden mit einem existenziellen und unablässigen antiimperialistischen Kampf. [...]
**Das Nuklearprogramm als Identitätsprojekt:** Die Tatsache, dass immaterielle Faktoren wie nationales Selbstbewusstsein, Prestige und Stolz [...] mehrfach angesprochen werden, [...] [zeigt], dass die atomare Bewaffnung für den nordkoreanischen Staat heute als zentrales Identitätsprojekt fungiert – auch wenn dessen Selbstwahrnehmung als „große und starke Nation" sich zunehmend von der Realität entfernt. [...]
**Das Nuklearprogramm als historisches Projekt:** Dem Nuklearprogramm wird im nordkoreanischen Diskurs eine herausragende historische Bedeutung beigemessen. Der Ursprung dieses Motivs liegt in der Erfahrung [...] des vollständigen Verlustes staatlicher Unabhängigkeit, Souveränität und koreanischer Identität durch die japanische Kolonialherrschaft in Korea (1910–1945). [...] Von dieser historischen Erfahrung wird eine direkte Linie zu den gegenwärtigen Auseinandersetzungen mit den USA um Nordkoreas Nuklearprogramm gezogen, die [...] über die Souveränität und Unabhängigkeit Nordkoreas entscheide. [...]
**Das Nuklearprogramm als Verhandlungsmasse:** In der Vergangenheit diente das Nuklearprogramm den Machthabern in Pjöngjang zudem als Möglichkeit, der internationalen Gemeinschaft Zugeständnisse abzuringen. Angewiesen auf externe Hilfe, hat Nordkorea wiederholt solche Hilfen mittels außenpolitischer Konfrontation und nuklearer Drohungen vom Ausland zu erpressen versucht.

*Eric J. Ballbach, Nordkorea: Zwischen Abwehrpolitik und Einflussstreben, in: Hanns Günther Hilpert/Oliver Meier (Hrsg.): Facetten des Nordkorea-Konflikts (siehe M2), S. 12–18, hier S. 15–17*

## M5 UN-Sanktionen gegen Nordkorea

Die Resolution 2270 [...] verpflichtet alle UN-Mitgliedstaaten, auf ihrem Territorium Ein- und Ausfuhren Nordkoreas zu kontrollieren. [...] [Sie] benennt unter anderem ein Importverbot für Kohle, Eisen, Gold, Titan und seltene Erden aus Nordkorea. Durch das Lieferverbot für Kerosin schneidet die Resolution das Land ferner vom Import von Flug- und Raketentreibstoff ab. Die [...] Maßnahmen umfassen zudem Reiseverbote und das Einfrieren des Vermögens [...] von Mitgliedern der nordkoreanischen Elite [...] [und] Organisationen wie etwa Handels- und Schifffahrtsgesellschaften, Banken oder die Entwicklungsgesellschaft für Luftfahrt. [...] Als Reaktion auf den Test einer Interkontinentalrakete am 4. Juli 2017 verabschiedete der Sicherheitsrat einstimmig die Resolution 2371, womit die Sanktionen [...] erheblich ausgeweitet wurden. Die [...] Resolution führt ein grundsätzliches Ausfuhrverbot für Kohle, Eisen, Eisenerz, Blei und Bleierz ein. Außerdem wird Nordkorea der Export von Fisch und Meeresfrüchten verboten. Damit könnten die Exporterlöse Nordkoreas um mindestens ein Drittel, also rund eine Milliarde US-Dollar, reduziert werden. [...] Nach dem Raketentest vom 29. August sowie dem sechsten Atombombentest am 3. September 2017 erließ der Sicherheitsrat [...] ein Exportverbot für nordkoreanische Textilien. [...] Die unternehmerische Zusammenarbeit mit Institutionen oder Individuen aus Nordkorea sowie der Ausbau bestehender Kooperationen werden nun vollständig untersagt.

*Eric J. Ballbach, Internationale Antworten auf Nordkoreas Atomprogramm, in: Zeitschrift für die Vereinten Nationen und ihre Sonderorganisationen, Heft 2/2018, Berlin: Deutsche Gesellschaft für die Vereinten Nationen e. V., 24.04.2018, S. 67–71, hier S. 68 f.*

**1** Führen Sie eine Analyse des Nordkorea-Konflikts durch.

**QUERVERWEIS**
**Methode: Konfliktanalyse,** S. 80 f.

# Digitale Medien in internationalen Konflikten

## Die Bedeutung von Berichterstattung in internationalen Konflikten

**Unsere Vorstellungen vom Krieg und von internationalen Konflikten sind in aller Regel medial vermittelt. Die Medien prägen unser Bild und beeinflussen unsere Wahrnehmung. Aber nicht nur die offiziellen Medien berichten über solche Konflikte. Auch die Konfliktparteien nutzen Medien, um sich selbst ins rechte Licht zu rücken bzw. den Gegner zu diskreditieren. Die digitalen Medien verstärken diesen Effekt und bieten neue Möglichkeiten. Oft wird die Berichterstattung somit zu einer weiteren Konfliktdimension. Eine kritische Auseinandersetzung mit Kriegsberichterstattung und Konfliktpropaganda hilft, die zugrunde liegenden Interessen und Strategien zu erkennen.**

### M1 Die Medien als Schauplatz des Krieges

Osama bin Laden verschickt Videos an Fernsehsender und seine Anhänger pflegen zahllose Websites. Schon vor [...] Jahren erklärte eine neue US-amerikanische Militärdoktrin die Eroberung der Informationshoheit zur höchsten Priorität im Kriegsfall. Wer heutzutage Gewalt ausübt, sei es der Befehlshaber von Truppen oder das Oberhaupt einer Terrororganisation, bemüht sich um die öffentliche Legitimation seines Handelns. Er wirbt um Unterstützung in den eigenen Reihen und sendet auch Botschaften an das gegnerische Lager. Damit ist ein neues Schlachtfeld eröffnet: Die Medien sind zu einem Schauplatz des Krieges geworden, auf dem die Kombattanten um die Vorherrschaft über die öffentliche Meinung ringen. Politische Akteure in Konflikten richten also ihr Handeln auch im Hinblick auf die Wirkung in den Massenmedien aus. [...]

Der moderne medialisierte Krieg hat sich seit der Mitte des neunzehnten Jahrhunderts entwickelt. Im Krimkrieg (1853–56) [...] traten erstmals Kriegsberichterstatter als eigener Akteurstypus auf. Seit den Weltkriegen des 20. Jahrhunderts hat sich [...] ein aufwendiger Apparat militärischer Propaganda entwickelt, der bestrebt ist, die Medien für seine Zwecke zu instrumentalisieren. Mit den beiden Golfkriegen 1991 und 2003 hat die Medialisierung der Kriege durch umfassende, global verfügbare Liveberichterstattung und durch die „Einbettung“ der Berichterstatter in Militärverbände neue Dimensionen erreicht. Die Medien sind dabei nicht nur eine neutrale Leinwand, auf die die Konfliktparteien ihre Bilder vom Krieg projizieren können. Die Medien sind selbst Akteure: Sie wählen Informationen und Themen zur Veröffentlichung aus. Sie deuten und kommentieren. Dabei können sie ein mehr oder minder großes Maß an redaktioneller Autonomie wahren. [...]

Welche Rolle spielen die Medien im Krieg? Sind sie bloß Mittel der offiziellen Kriegspropaganda oder verteidigen sie ihre Unabhängigkeit? Lassen sich die Konfliktparteien umgekehrt von den Medien beeinflussen? Kann Medienberichterstattung Kriege auslösen oder beenden?

*Michael Brüggemann/Hartmut Wessler, Medien im Krieg: Das Verhältnis von Medien und Politik im Zeitalter transnationaler Konfliktkommunikation, in: Frank Marcinkowski/Barbara Pfetsch (Hrsg.), Politik in der Mediendemokratie, Wiesbaden: Springer VS Verlag für Sozialwissenschaften, 2009, S. 635–657, hier S. 635 f.*

1 Tauschen Sie sich zu zweit darüber aus, was Ihr Bild und Ihre Wahrnehmung konkreter internationaler Konflikte beeinflusst.

2 Erläutern Sie die These des Textes M1, dass die Medien „zu einem Schauplatz des Krieges geworden“ (Z. 14) seien.

3 Diskutieren Sie die Fragen, die M1 am Ende aufwirft.

4 Problematisieren Sie den Anspruch, den Carsten Stormer an seine journalistische Tätigkeit hat (M2), vor dem Hintergrund von M3.

## M2 Interview mit dem Kriegsjournalisten Carsten Stormer

**taz:** *Herr Stormer, Sie haben nicht gerade den gewöhnlichsten Beruf. Sie sind als Journalist für Ihre Reportagen aus Krisen- und Kriegsgebieten bekannt. Was fasziniert Sie am Krieg?*

**Carsten Stormer:** Es fasziniert mich rein gar nichts am Krieg! Aber ich finde es sehr wichtig, nicht nur darüber zu berichten, wie viele Tote oder Explosionen es einem Tag gegeben hat, sondern dass man über einen langen Zeitraum vor Ort ist, die Leute und das Land kennenlernt. Es geht darum, dass man die Dinge einschätzen kann und ein Netzwerk vor Ort hat. [...]

*Wieso braucht es Kriegsreporter*innen?*

Was wäre schlimmer, als nichts über einen Konflikt zu erfahren? Syrien ist wieder ein gutes Beispiel. Es gab in den 1980er-Jahren schon mal von der Regierung den Versuch, einen Aufstand niederzuschlagen. Damals sind Zehntausende Menschen ums Leben gekommen und in Gefängnissen verschwunden. Darüber hat nie jemand etwas erfahren. Weil es keine Journalisten, keine sozialen Netzwerke und keine E-Mails gab. Es drang nichts nach außen. Im besten Fall können Journalisten Aufklärungsarbeit betreiben: zeigen, was vor Ort passiert, Verständnis übertragen und eine Brücke zu den Lesern, Zuschauern und Zuhörern bauen.

*Das ist das Ziel Ihrer Arbeit?*

Berichterstattung. Ich will zeigen, was vor Ort passiert. Ich finde, unsere Gesellschaft ist noch nicht so weit, wie wir glauben, dass sie es sein könnte oder sollte. Das möchte ich aufzeigen. Ich bin Journalist, ich zeige was ist. Und davon können sich die Leute hoffentlich ihr eigenes Bild machen. Ein Bild, das auf Fakten und Informationen beruht. [...]

Es müssen eigentlich viel mehr Journalisten vor Ort sein, recherchieren und zu den Brennpunkten reisen, um mit den Leuten zu reden und sie zu verstehen. Nur so kann man erfahren, was jemanden dazu treibt, mit seiner Familie auf ein leckes Schlauchboot zu gehen, um nach Europa zu kommen. Wenn hingegen Leute wie Trump, Erdogan oder rechte Burschenschaften [...] plötzlich das öffentliche Meinungsbild formen, dann wird Journalismus wieder interessant.

*„Ich zeige, was ist", Interview von Torben Becker mit Carsten Stormer, in: taz online, o. E., https://taz.de/Arbeitsalltag-Kriegsjournalismus/!166289/ (Zugriff: 15.02.2022)*

**INFO**

**Carsten Stormer** (*1973) ist Journalist. Seine Schwerpunkte liegen auf der Berichterstattung aus Krisen- und Kriegsgebieten.

## M3 Schwierigkeiten der Kriegsberichterstattung

Die [...] Schwäche der Medien in Kriegssituationen hat mindestens drei Ursachen:

**(1)** Der **Zugang zu Informationen** ist schwieriger als bei anderen Gegenständen der Berichterstattung. Journalisten können nicht immer auf den eigentlichen Kriegsschauplatz vordringen. Sie sind stark auf die offiziellen Informationsquellen der Kriegsparteien angewiesen. [...]

**(2)** Aufgrund der **Propaganda aller Konfliktparteien** ist der Zugang zu ausgewogener Information im Krieg ein noch größeres Problem, als er ohnehin schon ist. Alle Kriegsparteien sind in professionelle „Information-warfare"- und „Perception-management"-Aktivitäten verwickelt. [...] Dass Regierungen im Kriegsfall mit Propaganda besser durchkommen können als in Friedenszeiten, mag am allgemeinen „fog of war" liegen, der unübersichtlichen Konfliktsituation, in der Journalisten kaum in der Lage sind, Fakten von Lügen zu unterscheiden. [...]

**(3)** Wenn die eigene Nation im Krieg ist, wenn sie angegriffen wird oder eigene Soldaten entsendet, ergeben sich **„Rally-around-the-flag"-Effekte.** Die öffentliche Meinung tendiert dazu, die Regierungsposition zu stützen und Kritik als unpatriotisch zu tabuisieren.

*Michael Brüggemann/Hartmut Wessler, Medien im Krieg (siehe M1), hier S. 641 f.*

# Die Macht der Bilder

**Die Wahrnehmung von kriegerischen Auseinandersetzungen wird maßgeblich durch Bilder und Filmaufnahmen geprägt. Diese (bewegten) Bilder sprechen uns auf unterschiedlichen Ebenen an. Sie vermitteln Authentizität – und doch sind es nur Abbilder und Ausschnitte der Wirklichkeit, die eine Botschaft vermitteln und deshalb gezielt eingesetzt werden.**

## M1 Kriegsbilder – Kriegsszenen oder Inszenierungen?

Propagandabild des „Islamischen Staates“

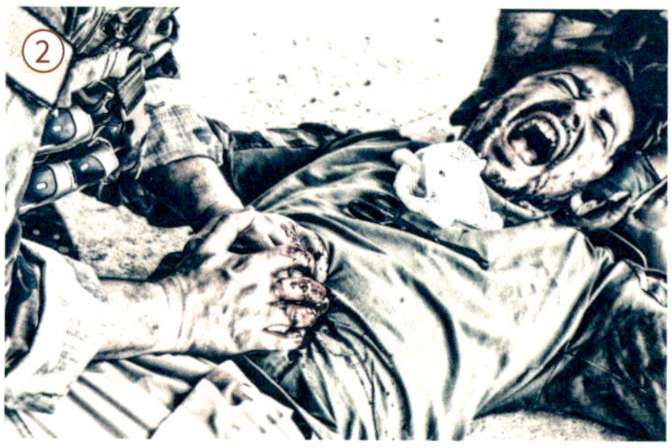


Verwundeter Soldat

Kampfdrohne im Einsatz aus der Sicht des Piloten

Damaskus (Syrien) nach einem Bombenangriff

## M2 Die visuelle Rüstungsspirale

Unsere Vorstellungen historischer Ereignisse im Allgemeinen und des Krieges im Besonderen beruhen vor allem auf Bildern [...]. Es sind Bilder, die die Realität des Krieges einfangen sollen, wie Bilder, die inszeniert sind und somit Fiktionen darstellen. Sie alle haben eines gemeinsam: Es sind mediale Produktionen, die sich zum Teil tief in unser Gedächtnis einbrennen und unsere Einstellungen zum und Verhaltensweisen gegenüber dem Krieg bestimmen. Die große Prägekraft der Bilder des Krieges und das Interesse an diesen hat die Bilder selbst zu Waffen werden lassen. Mit ihnen lassen sich Kriege begründen und Gesellschaften auf Kriege vorbereiten. [...]

Mit Bildern toter deutscher Soldaten hoffte die alliierte Propaganda des Ersten Weltkrieges, die Kampfmoral der Deutschen zu untergraben. [...] Bilder kriegerischer Gewalt sind heute gleichermaßen umkämpfte Waren wie globale propagandistische Waffen. Denken wir etwa an die Bilder getöteter amerikanischer Soldaten 1993 in Mogadischu, welche die US-Administration schließlich zum Rückzug aus Somalia veranlassten, weil das amerikanische Publikum diese Bilder nicht ertragen konnte. Zugleich sind die Bilder des Krieges, wie dies 9/11 und der [...] Irakkrieg anschaulich demonstrierten, zu eigenständigen Waffen in den Händen der Kontrahenten des asymmetrischen Krieges geworden. Erstmals bedienten sich Terroristen 2001 der Macht des globalen, in Echtzeit berichtenden Mediums Fernsehen bzw. nutzten das Internet, um ihren grausamen Hinrichtungsvideos zu weltweiter Aufmerksamkeit zu verhelfen und die militärisch überlegene Gegenseite unter Druck zu setzen. [...]

In den „neuen Kriegen“ kommunizieren die kriegsführenden Staaten heute über und mithilfe der globalen Medien und Bildagenturen. Im Krieg der schnellen elektronischen Bilder findet der Bilderkrieg nach dem Muster Schuss/Gegenschuss statt. Die sauberen Hightechbilder der Alliierten im Golfkrieg von 1991 aus der Aufsicht konterte das Regime in Bagdad zeitnah mit den schmutzigen Nahaufnahmen der bei den Angriffen ums Leben gekommenen Zivilisten. [...]

Mit den Bildern der verkohlten Leichen aus Falludscha und den Aufnahmen der folternden US-Soldaten von Abu Ghraib war die nächsthöhere Ebene im Bilderkrieg erreicht, die von den Enthauptungsvideos islamistischer Kommandos getoppt wurde.

Auf diese Weise ist in den letzten Jahren eine visuelle Rüstungsspirale entstanden, in der immer grausamere Bilder die Funktion haben, auf die Gewaltbilder der Gegenseite zu antworten. In den „neuen Kriegen“ ergänzt der mediale Krieg der Bilder heute den materiellen Krieg der Waffen. Die Folge ist eine visuelle Rüstungsspirale, deren Ende nicht in Sicht ist.

*Gerhard Paul, Kriegsbilder – Bilderkriege, in: Aus Politik und Zeitgeschichte 31/2009, Bonn: Bundeszentrale für politische Bildung, S. 39–46, hier S. 39–45*

## Methode: Bildanalyse

Bei der Analyse von Bildern empfiehlt es sich, in einem Dreischritt vorzugehen: (1) Genaue Bildbeschreibung, (2) Analyse des Bildes und (3) Deutung und Interpretation.

**1. Bildbeschreibung**
Hier geht es u. a. um folgende Aspekte: Was ist zu sehen? Wer ist abgebildet? Welche Perspektive nimmt der Fotograf ein? Welche Farbgebung ist vorherrschend? Was steht im Vordergrund, was bildet den Hintergrund? Was wissen wir über den Entstehungskontext/-ort/-zeitpunkt und den Urheber? Welchen Eindruck macht das Bild auf den Betrachter? Welche Gefühle werden ausgelöst, welche Assoziationen geweckt?

**2. Bildanalyse**
Abhängig vom konkreten Bild sollten u. a. folgende Aspekte berücksichtigt werden: Wie werden die abgebildeten Personen oder Gegenstände in Szene gesetzt? Gibt es eine symbolische Ebene jenseits der Ebene des Abgebildeten? Wie ist das Bild komponiert? Welche Effekte haben Perspektive, Bildausschnitt, Farbgebung, Kontraste etc.? An wen richtet sich dieses Bild?

**3. Deutung und Interpretation**
Leitfragen könnten z. B. sein: Zu welchem Zweck wurde das Foto aufgenommen? Was möchte der Fotograf erreichen? Jedes Bild ist eine Auswahl und eine gezielte Inszenierung: Was wird gezeigt, was wird bewusst ausgespart? Zu welchem Zweck setzt der Fotograf das Abgebildete in Szene? Wie ist das Bild in ethischer oder politischer Hinsicht zu beurteilen?

**1** Betrachten Sie die Bilder (M1) und tauschen Sie sich über deren Wirkung aus.
**2** Führen Sie eine Bildanalyse der Fotografien (M1) durch.
**3** Erläutern Sie die Funktion und das Potenzial von Bildern in der Krisenberichterstattung (M2).
**4** Erklären Sie das Konzept der „visuellen Rüstungsspirale“ (M2).

# Social Media im Nahostkonflikt

**Die sozialen Medien unterscheiden sich von den traditionellen dadurch, dass im Grunde jede Konfliktpartei und sogar jedes Individuum zum Sender werden kann. Somit wird der Zugang zur Meinungsbildung für alle geöffnet. Ähnlich wie die traditionellen Medien setzen Social Media auf Sichtbarmachung, Information, Meinungsbildung und Meinungshoheit.**

## M 1 Nahostkonflikt: der Krieg der Hashtags

Zeichnung: Peter Broelman

Im Krieg zwischen Israel und der Hamas spielen soziale Medien eine wichtige Rolle. Beide Seiten versuchen auf Twitter, TikTok, Instagram oder Facebook, die internationale öffentliche Meinung für sich zu gewinnen. Immer wieder lassen sich auch reale Zusammenstöße im Konflikt auf virale Internetvideos zurückführen. Mit den Hashtags #IsraelUnderAttack und #GazaUnderAttack bekunden [...] Nutzer sozialer Medien, insbesondere auf Twitter, weltweit ihre Sympathie mit einer der beiden Parteien im Nahostkonflikt. [...]

Die Geschichte dieser beiden Hashtags erzählt viel über den Verlauf dieses Informationskriegs. Im Sommer 2014 twitterte die damals 16-jährige palästinensische Schülerin Farah Baker unter #GazaUnderAttack von ihren Erfahrungen im Bombenkrieg. Sie erlebte ihn in ihrem Zuhause im Gazastreifen, als die israelische Armee diesen unter Beschuss nahm. Baker erreichte mit ihren emotionalen Liveberichten aus dem Krieg Millionen von Twitter-Nutzerinnen und -Nutzern weltweit und wurde damit zu einer prominenten, antizionistischen Aktivistin. [...]

Für den Social-Media-Strategen [...] Paul C. Strobel ist der Hashtag #IsraelUnderAttack als direkte Antwort auf #GazaUnderAttack zu verstehen: „Um zu zeigen, dass es Israel ist, das angegriffen wird. Dieser Hashtag verkörpert dieses Narrativ, das Israel ein Recht auf Selbstverteidigung hat." [...]

Der Datenjournalist Luca Hammer hat [...] sämtliche Tweets mit den beiden Hashtags zwischen 10. und 17. Mai [2021] analysiert, um die Entwicklung der digitalen Fronten nachzuvollziehen. Im aktuellen Konflikt stieg die Verwendung beider Hashtags sprunghaft am Abend des 11. Mai an. Zwischenzeitlich wurden international bis zu 70.000 Tweets pro Viertelstunde abgesetzt, die einen der beiden Hashtags enthielten. [...] Am Abend zuvor hatte die Hamas begonnen, Israel massiv mit Raketen zu beschießen. Die israelische Armee reagierte darauf mit dem nach eigenen Angaben stärksten Luftangriffen auf Ziele der Hamas seit 2014. Besonders pro-palästinensische Accounts rufen untereinander dazu auf, den Hashtag #GazaUnderAttack zu verwenden. [...] Im gesamten [...] Zeitraum wurde der Hashtag #GazaUnderAttack knapp 47.000 Mal in deutschsprachigen Tweets verwendet, das israelische Pendant nur rund 7.000 Mal. [...]

Der Kommunikationsexperte Strobel [...] sagt [...], der eklatante Unterschied in der Reichweite der beiden Hashtags liege auch in den Strategien beider Parteien: „Israel verlässt sich auf eine zentralistisch gesteuerte Social-Media-Strategie. Da gibt es wenige offizielle Staatsaccounts [...]. Das erlaubt es Israel natürlich, einerseits eine sehr klare und einheitliche Botschaft in die Welt zu transportieren. Andererseits fehlt dann Reichweite in der Fläche, weil das wenige Accounts sind." Die palästinensische Seite hingegen funktioniere [...] eher wie eine Graswurzelbewegung: „Sprich eine Kampagne, die sich auf Privatpersonen und ihre Social-Media-Accounts stützt, die zwar nicht reichweitenstark sein müssen, aber in der Masse den wenigen offiziellen Accounts der israelischen Seite überlegen sind. Hier überwiegen persönliche Einblicke und Leidensgeschichten." Zudem helfen der palästinensischen Seite einige große Influencer. So

**INTERNET**

**WES-118380-151**
Der Krieg um die Hashtags, ZAPP, 19.05.2021
NDR-Reportage über Social Media im Nahostkonflikt

**WES-118380-152**
Podcast: Einfach erklärt: Der Nahostkonflikt

postet das US-amerikanische Model Bella Hadid auf ihrem Instagram-Account seit Tagen ausschließlich zur „Befreiung Palästinas“ – und erreicht damit ganze 42 Millionen Follower.

*Nils Altland/Lea Eichhorn, Der Krieg um die Hashtags, in: ZAPP, Hamburg: NDR, 19.05.2021, https://www.ndr.de/fernsehen/sendungen/zapp/Der-Krieg-um-die-Hashtags,nahostkonflikt156.html (Zugriff: 15.02.2022)*

## M2 Social-Media-Aktivismus – vorschnelle Solidarität?

Die Eskalation in Gaza war keine zwölf Stunden alt, als ein Bekannter mich fragte, auf welcher Seite ich stehe. Auf der Israels? Oder der Palästinenser? Am Vorabend hatten Hamas-Kämpfer eine Rakete auf Jerusalem gefeuert, Israel flog Angriffe auf den Gazastreifen. In meinem Jerusalemer Zimmer ließ mich die Sorge vor einer Eskalation kaum schlafen. Als mich mein Bekannter am Morgen danach anrief und nach meiner Position fragte, hatte ich Angst und Hunger. Was ich nicht hatte, war eine glasklare Meinung zu dem Konflikt. Dafür hatte gefühlt das halbe Internet schon eine. [...]

Sobald ich Instagram oder Twitter öffne, sehe ich Menschen, die mir auf 280 Zeichen [...] einen der kompliziertesten Konflikte der Welt erklären. Sie scheinen ganz genau zu wissen, was Tausende Kilometer entfernt passiert und wer schuld daran ist. Manche nennen Israel einen „Terrorstaat“ und werfen ihm „Völkermord“ vor. Andere behaupten, Israel treffe keinerlei Schuld an der Eskalation und bezeichnen die Armee des jüdischen Staates als „die moralischste der Welt“. Dazwischen scheint es wenig zu geben.

Bei einigen Absendern habe ich Zweifel, ob sie sich vor vergangener Woche je mit dem Nahen Osten beschäftigt haben. Natürlich muss niemand in Israel oder Palästina gelebt oder einen Master in Nahoststudien haben, um sich zu äußern. Und vermutlich teilen viele Menschen die Inhalte mit besten Absichten: Sie wollen ihre Follower informieren und auf die Opfer des Konfliktes aufmerksam machen. Doch dieser Social-Media-Aktivismus hilft nicht, sondern macht die Lage nur schwieriger. Manches in den Posts und Tweets ist falsch oder grob verkürzt. Vieles lässt den Nahostkonflikt wirken wie einen Kampf zwischen Gut und Böse. Viele Twitter- und Instagram-Nutzer führen sich auf wie Fußballfans, sie unterstützen vorbehaltlos ein Team.

Aber Kriege und Konflikte sind selten schwarzweiß, so wie fast alles im Leben. Diese Komplexität auszuhalten und zu erklären ist mein Job als Journalistin. Doch meine Antworten sind sperriger und länger als die einfachen und prägnanten Meinungen in sozialen Medien. Journalismus braucht Zeit, weil ich erst recherchieren muss und jedes Wort abwäge. Bis mein Text erscheint, haben sich schon Tausende Menschen im Netz geäußert. Dabei ist dieser verdammte Konflikt komplizierter als ein viraler Social-Media-Post. [...]

Seit ich als Journalistin arbeite, weiß ich: [...] Aus der Ferne wirken viele Dinge simpel. Aber je länger man sich mit etwas beschäftigt und je interessierter man ist, etwas wirklich zu verstehen, desto schwieriger wird es, eindeutige Urteile zu fällen. [...] Jede Seite hat Argumente, die berechtigt sind. Wer echtes Interesse daran hat, irgendwann eine Lösung zu finden, sollte mehr zuhören und weniger behaupten. [...] Nur eines kann ich mit Gewissheit sagen: Die Komplexität der Welt passt selten in einen Tweet.

*Alexandra Rojkov, Was hier passiert, ist zu komplex für einen Tweet, in: DER SPIEGEL, 16.05.2021, https://www.spiegel.de/ausland/nahostkonflikt-was-hier-passiert-ist-zu-komplex-fuer-einen-tweet-kommentar-a-3d98dc14-ffb3-4478-8d65-bbe71f81fa4a (Zugriff: 15.02.2022)*

**INFO**

**Alexandra Rojkov** (*1988) ist Redakteurin im Auslandsressort des Spiegel. Zuvor war sie u. a. als Nahostkorrespondentin tätig.

**1** Geben Sie die zentralen Inhalte des Textes (M1) in eigenen Worten wieder.

**2** Analysieren Sie die Karikatur vor dem Hintergrund von M1.

**3** Bewerten Sie die Tatsache, dass Prominente durch ihre Social-Media-Kanäle zu Verstärkern von Tweets etc. werden (M1).

**4** Fassen Sie das in M2 benannte Problem in eigenen Worten zusammen.

**5** Nehmen Sie Stellung zur These: „Im Nahostkonflikt gilt es, Unrecht klar zu benennen und dagegen Position zu beziehen. Social Media bietet hierfür gute Voraussetzungen.“

# Bergkarabach – Social Media als zweite Frontlinie

**Im Kaukasus schwelt seit Jahrzehnten ein Konflikt in der Region Bergkarabach, bei dem es immer wieder zu kriegerischen Auseinandersetzungen kommt: Die Region gehört völkerrechtlich zum mehrheitlich muslimischen Aserbaidschan, wird aber überwiegend von christlichen Armeniern bewohnt und kontrolliert. Armenien erhebt auch den Anspruch auf dieses Gebiet. Die kriegerischen Auseinandersetzungen, die 2020 wieder aufflammten, werden von beiden Seiten auf den sozialen Medien propagandistisch begleitet.**

## M1 Bergkarabach: Propagandakrieg auf Social Media

Krieg medial zu inszenieren ist schon lange keine Hollywoodspezialität mehr. Die Konfliktparteien am Kaukasus, Armenien und Aserbaidschan, verstehen es, das aktuelle Kriegsgeschehen um die Region Bergkarabach in den sozialen Medien auszuschlachten.

Die Motive sind altbekannt: vorrückende eigene Truppen, leidende Zivilisten, die moralische Verkommenheit der Gegenseite. Im Stundentakt veröffentlichen offizielle Regierungskanäle und gut vernetzte Aktivistenseiten Videos, Infografiken oder verweisen auf aktuelle Presseberichte. [...]

Beiden Seiten ist bewusst: Dieser Konflikt verläuft fernab der Weltöffentlichkeit und seine Darstellung in den sozialen Medien ist zentral, um den Kampfeswillen der Bevölkerung hochzuhalten und internationale Unterstützung zu mobilisieren. [...]

„Ich kann keine zehn Minuten in Yerevan (Armeniens Hauptstadt, Anm. d. Red.) laufen, ohne aus irgendeinem Handy den markanten Adlerschrei zu hören, mit dem die Videos des armenischen Verteidigungsministeriums anfangen“, erzählt der kanadische Journalist Neil Hauer [...].

Robert Lee, Militärexperte und Doktorand am King's College in London, hat Ähnliches auch in Aserbaidschan beobachtet: „Man ging so weit, dass man Aufnahmen seiner Luftschläge auf Videowänden in der Hauptstadt Baku abgespielt hat.“ [...]

Grundsätzlich würden sich die Strategien der beiden Parteien nicht großartig unterscheiden, sagt Lee gegenüber ZDFheute. „Anfänglich war Aserbaidschan langsam, Social Media zu einem zentralen Bestandteil ihrer Militärkampagne zu machen, während Armenien von Anfang an aktiv war.“ Inzwischen nutzten aber Offizielle beider Seiten Plattformen von Facebook bis Twitter. „So können sie die weltweite Wahrnehmung des Konfliktes beeinflussen“, sagt Lee. [..]

Dabei habe Aserbaidschan einen technologischen Vorteil: „Viele ihrer Angriffe erfolgen mit Kampfdrohnen und die haben bessere Kameras als die armenische Seite“, betont Lee. Auf vielen der armenischen Videos könne man nicht klar erkennen, ob ein gegnerisches Fahrzeug oder eine Stellung nun getroffen wurde oder nicht. Schlechtes Bildmaterial, um daraus ein effektives Propagandavideo zu erstellen.

„Beide Seiten versuchen, Kriegsverbrechen und Verluste der Gegenseite zu belegen, und arbeiten dabei auch mit überhöhten Zahlen“, sagt Lee, der auf Twitter Hunderte Videos des Konflikts sammelt, archiviert und verifiziert. [...]

Für Aserbaidschan sei es besonders wichtig, dass die Botschaften der Videos bei der eigenen Bevölkerung ankommen, weil sie in den letzten Wochen weniger Territorium erobert hätten als geplant, so Lee. „Indem ihre Videos die Zerstörung von armenischem Equipment zeigen, demonstrieren sie, dass sie weiter aktiv sind.“ [...]

Die Verluste auf beiden Seiten seien hoch, aber noch denke niemand daran, den Kampf aufzugeben, sagt Hauer. [...] Er gehe nicht davon aus, dass eine der beiden Seiten ihre Propagandabotschaften demnächst ändern wird.

*Nils Metzger, Armenien, Aserbaidschan und der Bilder-Krieg, in: ZDF heute, Mainz: ZDF, 16.10.2020, https://www.zdf.de/nachrichten/politik/armenien-aserbaidschan-bergkarabach-krieg-propaganda-100.html (Zugriff: 15.02.2022)*

**INTERNET**

**WES-118380-153**
Link zu einem vom aserbaidschanischen Verteidigungsministerium produzierten Propaganda-Musikvideo mit dem TItel „Ataş“ auf YouTube

## M2 Kriegsmusik in den sozialen Medien

Kampfhubschrauber donnern durch den Himmel, während schwarzer Rauch von brennenden Reifen aufsteigt. Eine Sängerin tritt ein. Sie steht mit ihrer Band an der Frontlinie, gekleidet in Militärkleidung und Schutzhelm, hat knallrote Lippen und langes, frisiertes Haar. Während die Militärfahrzeuge im fröhlichen Takt feuern, wiederholt sie enthusiastisch einen melodischen Refrain: „Hasse, hasse den Feind. Mission zum Ziel. Respekt für unser Land!"
Dies ist ein Musikvideo, das von aserbaidschanischen Grenztruppen produziert wurde. Es ging viral [...], als im September dieses Jahres [2020] der offene Krieg in Bergkarabach ausbrach. [...] Die scheinbar seltsame Verherrlichung des Krieges und des militärischen Lebens veranlasste viele Kommentatoren zu dem Schluss, dass dieses Videogenre eine seltsame Erfindung Aserbaidschans sei, die dem Westen angeblich unbekannt sei. [...]
In der Realität sind Kriegsmusikvideos für die europäischen und amerikanischen Streitkräfte und Öffentlichkeiten nicht fremd. Dieses hybride Genre wurde in den frühen 2000er-Jahren von US-Soldaten während der Kämpfe in Afghanistan und im Irak populär gemacht. Viele unterlegten ihre mit Handys gefilmten, körnigen Aufnahmen vom Schlachtfeld mit schwerer Musik [...]. Diese Videos wurden dann weit verbreitet und so beliebt – und effektiv –, dass das US-Militär eigene Videos zu produzieren begann. Heute sind Kriegsmusikvideos zu einem globalen Phänomen geworden. Von Russland, der Türkei und dem Irak bis hin zu Kolumbien und den USA sind Regierungen, Milizenführer und Soldaten an der Produktion von Kriegsmusikvideos beteiligt. [...]
[Diese Videos können] nicht als bloße Propaganda abgetan werden [...]. Vielmehr sind sie Teil [...] bewaffneter Konflikte. Sie funktionieren als Kriegstechnologien mit tiefgreifenden Folgen für die Art und Weise, wie wir Kriege führen und kennen. Wie das? Kriegsmusikvideos dienen als Rekrutierungs-, Trainings- und Motivationsmittel. [...] [Sie wirken] auf die Sinne und Erwartungen der Soldaten ein, indem sie den Krieg visuell und akustisch auf unterschiedliche Weise einrahmen und kraftvoll bestimmte Emotionen wie Freude, Aufregung oder Stärke hervorrufen. Sie sind, kurz gesagt, eine Technologie, die Soldaten darauf vorbereitet, den Krieg zu ertragen, ähnlich wie körperliche Trainingsübungen, Nachtsichtgeräte oder Kriegsvideospiele.
Allerdings haben Kriegsmusikvideos auch ein beeindruckendes Publikum, das weit über das Militär hinausgeht. Sie werden von Zivilisten in den Heimatgemeinden der Soldaten oft angesehen und online geteilt. [...] Auf diese Weise helfen Kriegsmusikvideos dabei, unser Wissen über den Krieg zu produzieren. Sie erzählen effektiv den Krieg für uns, sagen uns, wer unsere Feinde sind und warum wir sie bekämpfen. [...] Musik und Ton spielen [...] in diesen Videos eine herausragende Rolle. Sie tragen dazu bei, [...] uns zu bestimmten Emotionen zu lenken. [...] Auf diese Weise überschreiten Kriegsmusikvideos die gewöhnlichen politischen oder normativen Grenzen und lassen den Krieg schmackhaft, schön oder aufregend erscheinen. [...]
In einer Zeit, in der der Krieg für die meisten Staaten des globalen Nordens immer mehr in die Ferne gerückt ist, tragen solche Videos auf subtile Weise zur unerträglichen Leichtigkeit des Krieges bei. Für uns als Zuschauer ist es daher umso wichtiger, die Politik solcher Videos zu verstehen und die gelebten Erfahrungen mit bewaffneten Konflikten zu untersuchen, die sie so effektiv verschleiern.

*Helle Malmvig, Bombing to the rythm of Drums: how music videos have become a technology of war, Kopenhagen: Danish Institute for International Studies, 27.10.2020, https://www.diis.dk/en/research/bombing-to-the-rythm-of-drums-how-music-videos-become-a-technology-of-war (Zugriff: 16.03.2022) (eigene Übersetzung)*

**INFO**

**Helle Malmvig** (*1972) ist Forscherin am Danish Institute for International Studies. Sie beschäftigt sich u. a. mit dem Mittleren und Nahen Osten sowie mit den unterschiedlichen Ästhetiken der Kriegsdarstellung.

**hybrid** aus Verschiedenem zusammengesetzt bzw. unterschiedlichen Ursprungs

**1** Legen Sie dar, wie und zu welchem Zweck die Kriegsparteien Social Media einsetzen (M1).

**2** Analysieren Sie das Video (Webcode/QR-Code) hinsichtlich der Machart und Wirkung.

**3** Arbeiten Sie heraus, welche Funktion die Autorin der Kriegsmusik zuschreibt (M2).

**4** Nehmen Sie Stellung zu der These: „Kriege werden heute nicht mehr auf dem Schlachtfeld, sondern in den sozialen Medien entschieden."

# Desinformation und hybride Kriegsführung

**Der freie Zugang zu Informationen, wie ihn die sozialen Medien bieten, trägt maßgeblich zur Herausbildung eines Meinungspluralismus bei. Die traditionellen Medien verlieren so ihre Quasi-Monopolstellung. Zugleich aber fallen so wichtige Filtermechanismen weg, überprüfen die klassischen Medien doch Meldungen auf ihren Wahrheitsgehalt hin und stellen somit eine gewisse Qualität der Meldungen sicher.**
**Mit den großen Chancen, die die sozialen Medien für die Meinungsbildung bieten, gehen auch Gefahren einher. Dadurch, dass prinzipiell jeder zum Sender und zum Empfänger von Informationen werden kann, werden dem missbräuchlichen Einsatz von Informationen Tür und Tor geöffnet. Strategische Desinformation ist zu einem wichtigen Instrument der Interessenpolitik geworden.**

## M 1 Was ist „hybride Kriegsführung"?

In modernen Konfliktszenarien setzen Angreifer auf eine Kombination aus klassischen Militäreinsätzen, wirtschaftlichem Druck, Computerangriffen bis hin zu Propaganda in den Medien und sozialen Netzwerken. Dieses Vorgehen wird auch als „hybride Taktik" oder „hybride Kriegsführung" bezeichnet. Ziel der Angreifer ist es, nicht nur Schaden anzurichten, sondern insbesondere Gesellschaften zu destabilisieren und die öffentliche Meinung zu beeinflussen. Offene pluralistische und demokratische Gesellschaften bieten hierfür viele Angriffsflächen und sind somit leicht verwundbar.

Zeichnung: Oliver Schopf

Das Besondere an der hybriden Kriegsführung ist die Verschleierungstaktik. Die Täter operieren entweder anonym oder bestreiten Beteiligungen an Vorfällen und Konflikten. Sie gehen dabei äußerst kreativ und koordiniert vor, ohne die Schwelle zu einem offiziellen Krieg zu überschreiten. Ebendies macht die Abwehr solcher Attacken so schwierig: Wenn es keinen eindeutigen Angriff oder Angreifer gibt, fällt die Gegenwehr schwer. Unberechenbarkeit wird zur Waffe. Sind wir noch im Frieden oder befinden wir uns schon im Krieg?
Aus diesem Grund ist der Cyberraum ein bevorzugter Operationsraum hybrider Akteure. Angriffe aus dem Internet sind leicht zu tarnen. Der Fokus von Cyberangriffen liegt meistens auf der Beeinflussung der öffentlichen Meinung: Von der gezielten Steuerung von Diskussionen in sozialen Netzwerken bis hin zur Manipulation von Informationen auf Nachrichtenportalen. Eben hier liegt auch der größte Unterschied zwischen der hybriden und der traditionellen Kriegsführung: Mithilfe des Internets und ganz besonders der sozialen Medien kann ein Aggressor so große Verwirrung stiften, wie es in dieser Form bisher nicht möglich war.

*Hybride Bedrohungen, Berlin: Bundesministerium der Verteidigung 2021, https://www.bmvg.de/de/themen/sicherheitspolitik/hybride-bedrohungen (Zugriff: 15.02.2022)*

## M2 Russische Auslandsmedien in der hybriden Kriegsführung

Die russischen Medien in Deutschland sind eine Waffe im von Russland geführten Informationskrieg. [...] In der Tat ist die Beeinflussung der öffentlichen Meinung im Ausland ein offizielles Ziel der Außenpolitik, das in der außenpolitischen Konzeption von 2016 klar benannt wird. Allerdings wird hier nicht von Desinformation gesprochen, sondern von einer „objektiven Wahrnehmung" Russlands in der Welt. Tatsächlich handelt es sich hier aber um Desinformation, denn die russischen Staatsmedien berichten tendenziös und arbeiten mit Falschdarstellungen [...].

Die Berichterstattung verfolgt das Ziel, Gegner der russischen Staatsführung zu schwächen und Fürsprecher medial zu unterstützen. Ganz oben auf der Liste der perzipierten Feinde rangieren Kanzlerin Merkel und die Bundesregierung. Auf der anderen Seite wird vor allem über Politikerinnen und Politiker der Parteien Alternative für Deutschland (AfD) und Die Linke positiv berichtet. Die russischen Medien wollen polarisieren, die vermeintlichen Gegner werden dementsprechend mit Attributen wie „kalte Krieger" und Falschdarstellungen diffamiert und diskreditiert. Dies geschieht vor dem Hintergrund, dass sich die Führung um Präsident Wladimir Putin in einem fortgesetzten Kalten Krieg mit dem Westen sieht. Die russischen Medien sind dabei allerdings nur ein Element der hybriden Kriegführung, weitere sind Cyberattacken und Wahlbeeinflussung. Damit will Russland gezielt Einfluss auf die Politik Deutschlands nehmen. [...]

Die russischen Staatsmedien verschärfen Konflikte und wollen die Gesellschaft spalten. Dies wurde besonders virulent währen der Coronakrise, die wegen der Flut an Desinformation auch „Infodemie" genannt wird. Aber das Coronavirus ist nur eine Krise, die genutzt wird, um die Gesellschaft zu polarisieren. Erst war es die Flüchtlingskrise, dann die EU und der Brexit und jetzt die Pandemie. Die Aussagen der russischen Staatsmedien sind zu diesen Krisen immer gleich: Es wird suggeriert, dass die deutsche Regierung und die EU die Krise nicht bewältigen können. Gleichzeitig wird regelmäßig ein Schreckensszenario entworfen: Der Kollaps des Systems stehe kurz bevor. Als Gegenpol dazu werden die russische Führung und insbesondere Präsident Putin als erfolgreiche Krisenmanager dem angeblichen Versagen im Westen als positives Beispiel gegenübergestellt. Diese für die russische Führung vorteilhafte Sichtweise wird in Deutschland als unabhängige Alternative zum Mainstream präsentiert. Die russischen Staatsmedien sind in Deutschland mit dem Auslandsfernsehen RT, der Videoagentur Ruptly, der Nachrichtenplattform Sputniknews sowie den Social-Media-Firmen Redfish und Maffick Media präsent. Besonders RT Deutsch und die Social-Media-Kanäle haben sich erfolgreich entwickelt und teils etablierte deutsche Onlinemedien bei den Nutzerzahlen übertroffen. Die russischen Staatsmedien sind sehr aktiv und kreativ, wenn es darum geht, neue Formate zu schaffen, um verschiedene Kreise der Gesellschaft zu erreichen. [...]

Leider sind sich viele Bürger des Problems nicht bewusst oder sind der Ansicht, dass die russische Desinformation für Deutschland kein Problem sei. Die Tatsache eines von Russland organisierten Informationskrieges scheint vielen zu absurd, um wahr zu sein.

*Information als Waffe, Interview mit Dr. Susanne Spahn, Potsdam: Friedrich-Naumann-Stiftung für die Freiheit, o. E., https://www.freiheit.org/de/information-als-waffe (Zugriff: 15.02.2022)*

**INFO**

**Susanne Spahn** befasst sich als Geschichts- und Politikwissenschaftlerin u. a. mit der Medienstrategie Russlands.

**GLOSSAR**

**Brexit**

**INFO**

**Russische Staatsmedien in der EU**
Als Teil der Sanktionen gegen Russland in Reaktion auf den Ukraine-Krieg beschloss die EU am 3. März 2022 ein Verbot der Verbreitung der Sender RT und Sputnik in der EU.

**1** Analysieren Sie die Karikatur vor dem Hintergrund von M1.

**2** Arbeiten Sie die Besonderheiten „hybrider Kriegsführung" heraus und grenzen Sie diese von anderen militärischen Strategien ab (M1).

**3** Charakterisieren Sie die russischen Desinformationsaktivitäten in Deutschland und der EU (M2).

**4** Entwerfen Sie eine Strategie, wie sich Demokratien gegen Desinformationskampagnen schützen und wehren können.

# Internationale Politik in der globalisierten Welt

## Das internationale System im Wandel

War das internationale System in der Zeit des Kalten Krieges noch durch die Mächtekonkurrenz der beiden Supermächte USA und UdSSR geprägt (**Bipolarität**), so schien sich mit dem Zusammenbruch des Warschauer Paktes eine **hegemoniale Ordnung** unter der Führung der USA herauszubilden. Im weiteren Verlauf vollzog sich aber eine Entwicklung hin zu einer **multipolaren Ordnung**: China baut neben seiner wirtschaftlichen Macht auch sein militärisches Potenzial aus; Russland entwickelte sich unter Putin zu einer Macht, die die westlichen Staaten, und hier vor allem die USA und die EU, herausfordert. Andere Regionalmächte wie etwa Indien erlangen immer mehr Bedeutung in den internationalen Beziehungen. In wirtschaftlicher Hinsicht (und mit Einschränkungen in politischer Perspektive) konnte die EU ihre Rolle in der Welt weiter ausbauen.

## Akteure internationaler Politik

**Nationalstaaten** sind nach wie vor zentrale Akteure in der internationalen Politik. Darüber hinaus spielen aber auch **internationale Organisationen**, wie etwa die Vereinten Nationen (UNO), die Welthandelsorganisation (WTO) oder die Internationale Arbeitsorganisation (ILO), eine zentrale Rolle. Eine zunehmende **Vernetzung fand auch auf regionaler Ebene** statt: Die EU als **supranationale Organisation**, an die die Mitgliedstaaten einen Teil ihrer Souveränitätsrechte abtreten, hat sicherlich den höchsten Grad an Integration erreicht. Aber auch in anderen Weltregionen gibt es regionale Zusammenschlüsse (ASEAN, MERCOSUR, Afrikanische Union etc.), die gerade für die Regelung von regionalen Konflikten (oder deren Prävention) von großer Bedeutung sind. Schließlich gibt es eine Vielzahl **nicht staatlicher Akteure**, die die internationalen Beziehungen prägen: multinationale Konzerne, Nichtregierungsorganisationen, global-zivilgesellschaftliche Akteure etc.

## Theorien internationaler Beziehungen

Die **Theorien der internationalen Beziehungen** bieten einen Analyserahmen für die internationale Politik: Sie identifizieren zentrale Akteure und formulieren Ursache-Wirkungs-Zusammenhänge. Sie helfen so zu verstehen, wie internationale Prozesse ablaufen. Zugleich bieten sie Einblicke in mögliche Weltwahrnehmungen der Akteure und machen dadurch deren Einschätzungen der Situation und ihre Vorstellungen über mögliche Handlungsoptionen nachvollziehbar. Die drei zentralen Theorieansätze sind der Realismus, der Institutionalismus und der Liberalismus.

Der **Realismus** sieht das Handeln von Staaten vornehmlich durch Eigennutz und Machtstreben bestimmt. Während der traditionelle Realismus dies in der Natur des Menschen begründet sieht (Thomas Hobbes: „Der Mensch ist des Menschen Wolf"), machen (Neo-)Realisten seit den 1960er-Jahren den ungeordnet-anarchischen Zustand des internationalen Systems für dieses Verhalten der Staaten verantwortlich. In dieser Situation existenzieller Unsicherheit, in der keine übergeordnete Instanz vermittelt, versuchen die Staaten jeweils, mehr Macht und damit Sicherheit zu erwerben. Dabei kann das sogenannte Sicherheitsdilemma jedoch einen „Teufelskreis" in Gang setzen: Rüstet ein Staat auf, um mehr Sicherheit zu erlangen, so fühlen sich die anderen Staaten dadurch umso mehr bedroht und rüsten ebenfalls auf. So kann das Streben aller nach Sicherheit im Gegenteil immer mehr Unsicherheit hervorbringen. Die Lösung dieses Problems liegt nach dem Realismus vor allem in einer Machtkonzentration im internationalen System. Ein Hegemon, der über entsprechende Druckmittel verfügt, könne für eine stabile internationale Ordnung sorgen. Dies gelte allerdings nur für eine bestimmte Zeit, bis durch die fortwährende Machtkonkurrenz der Staaten wiederum die Hegemonie zerstört wird bzw. ein neuer Hegemon aufsteigt. Letzten Endes ist das internationale System demnach dauerhaft Unsicherheit, Ineffizienz und Unfreiheit ausgesetzt.

Der **Institutionalismus** geht davon aus, dass der Mensch aufgrund seiner Vernunftbegabung in der Lage ist, durch vertrauensbildende Maßnahmen und gemeinsam ausgehandelte Regelungen die mit der Anarchie des Staatensystems verbundene Unsicherheit zu überwinden und so eine dauerhafte Friedensordnung zu schaffen. Aus diesem Grund schaffen die Staaten internationale Institutionen (z. B. UNO), aber auch gemeinsame Regelwerke (z. B. Völkerrecht). Die Kooperationsbereitschaft der Staaten steigt dabei mit ihrer wachsenden Interdependenz, also wechselseitigen

Abhängigkeit. Ein zunehmend ausgebautes System internationaler Institutionen verstärkt diese Tendenz und erhöht die Wahrscheinlichkeit von Frieden und Kooperation.
Auch der **Liberalismus** hält eine internationale Friedensordnung für erreichbar, und zwar unter der Bedingung, dass sich zunehmend Staaten mit demokratischer Verfassung etablieren. Diese Staaten seien im besonderen Maße zur internationalen Kooperation bereit, da sie auch in ihrem Innern ein hohes Maß an Frieden, Freiheit und Demokratie garantierten. Hinzu kommt, dass die steigenden wirtschaftlichen Verflechtungen der Staaten die gegenseitige Abhängigkeit erhöhen und so die Gefahr kriegerischer Auseinandersetzungen verringern.
Jeder dieser Theorieansätze hat seine Berechtigung – keiner ist in der Lage, die Dynamik der internationalen Beziehungen vollständig zu erklären. Vielmehr haben sie alle „blinde Flecken“ und können bestimmte Entwicklungen nicht gut erklären.

### Dimensionen der Globalisierung

Die **Globalisierung** ist ein Prozess der zunehmenden Entgrenzung und globalen Verflechtung. Sie umfasst eine Vielzahl von **Dimensionen**: politisch, wirtschaftlich, kommunikativ, ökologisch, kulturell, sozial etc. Es findet aber auch eine Entgrenzung von Problemen statt. Zu den globalen Problemen gehören etwa der Klimawandel, Ressourcenknappheit, Flucht und Migration, globale Gesundheitsfragen, Schutz der Menschenrechte, organisierte Kriminalität etc.

### Global Governance

Es wird deutlich, dass Nationalstaaten bei diesen globalen Herausforderungen an die Grenzen ihrer Problemlösungsfähigkeit gelangen. Hier sind Ansätze einer **Global Governance** gefragt: Nationalstaaten, internationale Organisationen, NGOs, zivilgesellschaftliche Akteure usw. entwerfen auf mehreren Handlungsebenen ein politikfeldbezogenes Geflecht aus Regelungen, Abläufen, Zuständigkeiten, um auf die globalen Probleme in angemessener Weise zu reagieren.

### Sicherheitskonzepte und -politik im Wandel

Ein zentrales Anliegen der Staaten war stets die Gewährleistung der **Sicherheit** ihrer Bürger und die Abwehr von Gefahren. Das Sicherheitskonzept unterliegt einem permanenten Wandel. Heute wird die Sicherheit nicht mehr nur durch kriegerische Gefahren bedroht. Vielmehr spielen auch Fragen des Klimawandels, der Cybersicherheit, des Schutzes der Infrastruktur etc. eine wichtige Rolle. **Sicherheitspolitik** ist deshalb nicht mehr (nur) klassische Verteidigungspolitik. Vielmehr geht es darum, Einschränkungen der individuellen Entwicklungsmöglichkeiten durch politische, militärische, ökologische, soziale, ökologische Faktoren etc. abzuwenden (**Konzept der „menschlichen Sicherheit“**). Aber auch die „klassische“ Sicherheitspolitik spielt noch eine wichtige Rolle.

### Sicherheits- und Außenpolitik der Bundesrepublik

Die Bundesrepublik beteiligt sich seit den 1990er-Jahren im Rahmen der **Systeme kollektiver Sicherheit** (z. B. UNO, NATO) an „Out-of-area“-Einsätzen wie etwa Blauhelm- oder NATO-Missionen. Zugleich bemüht sich die Bundesrepublik als **Zivilmacht**, in Konflikten als Vermittlerin aufzutreten. Sie scheint noch immer auf der Suche nach ihrer Rolle in der Welt, die bestimmt ist durch die historische Verantwortung, die sich aus der deutschen Geschichte ergibt, der aktuellen Verantwortung, die sich aus dem politischen Gewicht der Bundesrepublik ergibt, und den Erwartungen der internationalen Staatengemeinschaft, vor allem der Partner aus der EU und NATO.
Zentrale **normative Grundlagen deutscher Außenpolitik** sind im Grundgesetz verankert. Hierzu zählen insbesondere die Verpflichtung, „als gleichberechtigtes Glied in einem vereinten Europa dem Frieden und der Welt zu dienen“ (Präambel) und sich „zur Wahrung des Friedens in einem System gegenseitiger kollektiver Sicherheit einzuordnen“ (Art. 24 Abs. 2 GG). In der Praxis führte dies zu einem Primat multilateraler Kooperation und Einbindung. Im Zentrum stehen nach wie vor diplomatische Verhandlungen sowie nicht militärischer Druck (z. B. Sanktionen, Embargos) zur Lösung internationaler Konflikte. Parteiübergreifend haben sich die folgenden Leitlinien deutscher Außen- und Sicherheitspolitik entwickelt: Integration in die westliche Staatenwelt, Förderung der europäischen Integration und globale Durchsetzung der Menschenrechte und des Völkerrechts.

# 2.

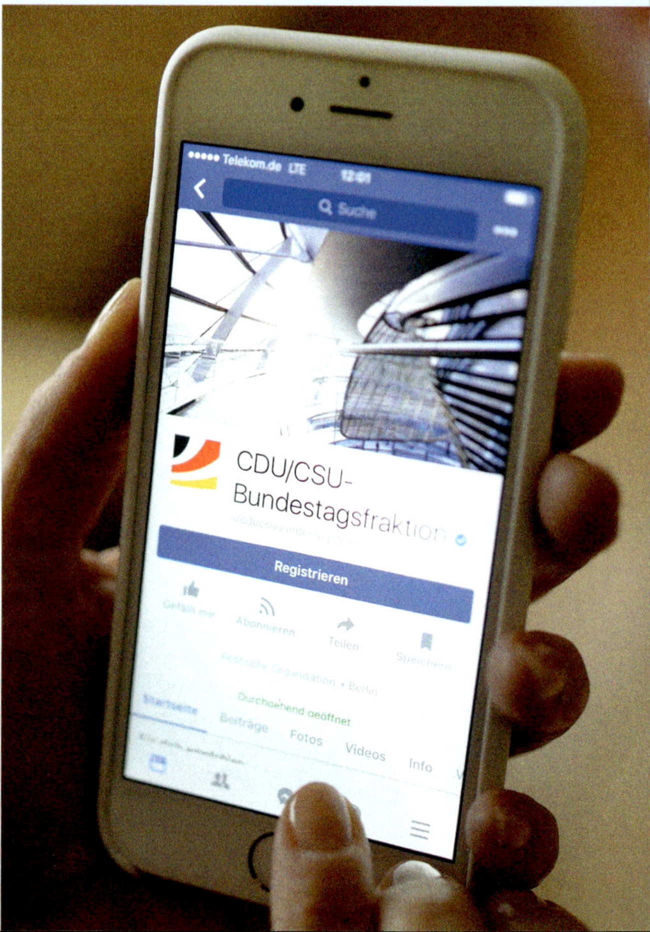
Telekom.de LTE 12:01
Suche
CDU/CSU-
Bundestagsfraktion
Registrieren
Teilen
Beiträge
Fotos
Videos
Info

# Politische Willensbildung im Zeitalter der Digitalisierung

Zeichnung: Paolo Calleri

*„Die Parteien wirken bei der politischen Willensbildung des Volkes mit. Ihre Gründung ist frei. Ihre innere Ordnung muß demokratischen Grundsätzen entsprechen.“*
Grundgesetz der Bundesrepublik Deutschland, Artikel 21

*„[E]rst kommt das Land, dann kommt die Partei.“*
Willy Brandt (1913–1992), SPD-Politiker, 1969–1974 Bundeskanzler, im Interview mit Paul Lersch und Klaus Wirtgen, „Erst das Land, dann die Partei“, in: Der Spiegel online, 23.02.1992, www.spiegel.de (Zugriff: 28.01.2022)

*„Zum Regieren brauche ich nur die ‚Bild‘-Zeitung und die Glotze.“*
Gerhard Schröder (*1944), SPD-Politiker, 1998–2005 Bundeskanzler, zitiert nach: www.zitate.eu, Bad Vöslau: zitate.at gmbh (Zugriff: 28.01.2022)

*„Die Presse muss die Freiheit haben, alles zu sagen, damit gewisse Leute nicht die Freiheit haben, alles zu tun.“*
Stewart Alsop (1914–1974), US-amerikanischer Journalist und Publizist, zitiert nach: Katja Mast, Es gibt keine Freiheit ohne Pressefreiheit, in: Frankfurter Rundschau online, 02.05.2021, www.fr.de (Zugriff: 28.01.2022)

**linke Seite:** Plakate zur Bundestagswahl 2021

Bundespressekonferenz am 7. Dezember 2021 nach der Unterzeichnung des Koalitionsvertrages von SPD, Grünen und FDP

Facebook-Seite der CDU/CSU-Bundestagsfraktion

# 2.1 Parteien in der repräsentativen Demokratie

## Wie kann ich politische Entscheidungen beeinflussen?

**GLOSSAR**
Demokratie
Politik

**In einer Demokratie soll die Bevölkerung die Richtung der Politik bestimmen. Da dies auf direktem Weg schwer möglich ist, sind Demokratien in der Regel „repräsentative Demokratien", in denen vom Volk gewählte Vertreter dafür Verantwortung tragen, dass der mutmaßliche politische Wille der Bevölkerung bestmöglich in praktische Politik umgesetzt wird. Die Herausforderung bleibt freilich, den Willen, den es umzusetzen gilt, zu erfassen.**

### M 1 Möglichkeiten politischer Einflussnahme

Bestechung von Amtsträgern

Engagement in einer Bürgerinitiative

Parteimitgliedschaft

Teilnahme an Demonstrationen

Boykott

Gespräche mit/Schreiben an Abgeordnete

Politische Gewalt/Terrorismus

Teilnahme an Protesten

Engagement in einem Interessenverband

Leserbriefe

Sabotage-Aktionen

Übernahme von Ämtern in Parteien bzw. Politik

Engagement in einer Bewegung

(Online-)Petitionen

Social-Media-Aktivismus

Wahlen

**GLOSSAR**
Legitimität

**Legitimitäts-Effizienz-Matrix**

| Legitimität / Effizienz | gering | mittel | hoch |
|---|---|---|---|
| gering | | | |
| mittel | | | |
| hoch | | | |

## M2 Was ist „politische Willensbildung"?

Politische Willensbildung [...] ist ein Prozess, bei dem die Meinungen und Wünsche vieler durch dazu beauftragte (z.B. Parteien) oder selbst ernannte Einrichtungen (z.B. Verband/Verbände, Initiativen) zum Ausdruck gebracht werden (z.B. mittels öffentlicher Äußerungen, Forderungen, Programmen etc. [...]) und von politischen Einrichtungen (Parteien, Parlamenten) ganz oder teilweise aufgenommen und mit anderen Interessen und Zielen zusammengefasst werden (Aggregationsfunktion), um schließlich zur politischen Entscheidung zu kommen.

*Politische Willensbildung, in: Klaus Schubert/Martina Klein, Das Politiklexikon, 7., aktual. u. erw. Aufl., Bonn: Dietz 2020, Lizenzausgabe, Bonn: Bundeszentrale für politische Bildung, https://www.bpb.de/nachschlagen/lexika/politiklexikon/18045/politische-willensbildung (Zugriff: 16.02.2022)*

## M3 Der „Wille des Volkes" – ein schwieriges Konzept

Niemand kann wissen, was der Wille von über 80 Millionen Einwohnern der Bundesrepublik Deutschland [...] ist. Der individuelle Wille von über 80 Millionen Einwohnern der Bundesrepublik Deutschland kann nicht aggregiert werden. [...] Wenn der Wille des Volkes aggregiert und erkannt werden könnte, benötigten wir keine demokratischen Entscheidungsverfahren. Und demokratische Entscheidungsverfahren sind keine wissenschaftlichen Erkenntnisverfahren zur Aggregation von Millionen individueller Präferenzen, sondern politische Legitimationsverfahren, also Verfahren zur Legitimation politischer Herrschaft, die auf begrenzte Zeit verliehen wird.
Wo sich das Wissen angemaßt wird, den Willen des Volkes aggregieren und erkennen zu können, wird sich in der Regel ein Alleinvertretungsanspruch zugestanden. Und es werden – sobald man an der Macht ist – demokratische Entscheidungsverfahren abgeschafft oder unterdrückt. [...] Das Problem vieler populistischer Parteien und Bewegungen [...], die seit der unbereinigten Finanzkrise von 2007/2008 wie Pilze aus dem Boden geschossen sind, besteht nicht darin, den etablierten Parteien und Bewegungen Konkurrenz zu machen. Das ist mehr als legitim [...].
Problematisch ist jedoch, dass sich viele dieser populistischen Parteien von links und rechts anmaßen, die wahren Interessen des Volkes erkannt zu haben und zu vertreten. In Anbetracht dieser wahren Interessen des Volkes, in Anbetracht des wahren Willens des Volkes, sei der politische Gegner ein Volksverräter, der ins Gefängnis gehöre. Mit diesem Furor soll aber nicht nur der politische Gegner moralisch diskreditiert werden. Dieser Furor lässt sich auch leicht zur Delegitimierung der politischen Institutionen und demokratischen Verfahren und zum Angriff auf „das System" steigern. Sachfragen werden in diesem Spiel dann mehr und mehr als Vehikel im Kampf gegen das Establishment und „das System" missbraucht. Kompromisse zur Lösung dieser Sachfragen rücken in weite Ferne.

*Norbert F. Tofall, Was ist der Wille des Volkes?, Köln: Flossbach von Storch AG, 25.01.2019, https://www.flossbachvon-storch-researchinstitute.com/de/kommentare/was-ist-der-wille-des-volkes/ (Zugriff: 16.02.2022)*

**1** **a)** Ergänzen Sie M1 um weitere Möglichkeiten der politischen Einflussnahme.
**b)** Ordnen Sie die Einflussmöglichkeiten in die Legitimitäts-Effizienz-Matrix (M1) ein.

**2** Diskutieren Sie Ihre Ergebnisse aus Aufgabe 1.

**3** Arbeiten Sie auf der Basis von M2 die besondere Rolle der Parteien im Willensbildungsprozess heraus.

**4** **a)** Formulieren Sie die Hauptaussage des Textes M3 in Form einer These.
**b)** Nehmen Sie zu dieser These begründet Stellung.

**5** Grenzen Sie den Prozess der politischen Willensbildung (M2) vom Konzept des „Volkswillens" (M3) ab.

# Welche Aufgaben haben Parteien und Verbände im politischen Prozess?

**GLOSSAR**
Grundgesetz (GG)
Partei
Verbände

## M 1 Die verfassungsrechtlich definierten Aufgaben der Parteien

**Grundgesetz, Art. 21**

(1) Die Parteien wirken bei der politischen Willensbildung des Volkes mit. Ihre Gründung ist frei. Ihre innere Ordnung muß demokratischen Grundsätzen entsprechen. Sie müssen über die Herkunft und Verwendung ihrer Mittel sowie über ihr Vermögen öffentlich Rechenschaft geben.
(2) Parteien, die nach ihren Zielen oder nach dem Verhalten ihrer Anhänger darauf ausgehen, die freiheitliche demokratische Grundordnung zu beeinträchtigen oder zu beseitigen oder den Bestand der Bundesrepublik Deutschland zu gefährden, sind verfassungswidrig.
(3) Parteien, die nach ihren Zielen oder dem Verhalten ihrer Anhänger darauf ausgerichtet sind, die freiheitliche demokratische Grundordnung zu beeinträchtigen oder zu beseitigen oder den Bestand der Bundesrepublik Deutschland zu gefährden, sind von staatlicher Finanzierung ausgeschlossen. Wird der Ausschluss festgestellt, so entfällt auch eine steuerliche Begünstigung dieser Parteien und von Zuwendungen an diese Parteien.
(4) Über die Frage der Verfassungswidrigkeit nach Absatz 2 sowie über den Ausschluss von staatlicher Finanzierung nach Absatz 3 entscheidet das Bundesverfassungsgericht.
(5) Das Nähere regeln Bundesgesetze.

**Parteiengesetz**
**§ 1 Verfassungsrechtliche Stellung und Aufgaben der Parteien**

(1) Die Parteien sind ein verfassungsrechtlich notwendiger Bestandteil der freiheitlichen demokratischen Grundordnung. Sie erfüllen mit ihrer freien, dauernden Mitwirkung an der politischen Willensbildung des Volkes eine ihnen nach dem Grundgesetz obliegende und von ihm verbürgte öffentliche Aufgabe.
(2) Die Parteien wirken an der Bildung des politischen Willens des Volkes auf allen Gebieten des öffentlichen Lebens mit, indem sie insbesondere auf die Gestaltung der öffentlichen Meinung Einfluß nehmen, die politische Bildung anregen und vertiefen, die aktive Teilnahme der Bürger am politischen Leben fördern, zur Übernahme öffentlicher Verantwortung befähigte Bürger heranbilden, sich durch Aufstellung von Bewerbern an den Wahlen in Bund, Ländern und Gemeinden beteiligen, auf die politische Entwicklung in Parlament und Regierung Einfluß nehmen, die von ihnen erarbeiteten politischen Ziele in den Prozeß der staatlichen Willensbildung einführen und für eine ständige lebendige Verbindung zwischen dem Volk und den Staatsorganen sorgen.
(3) Die Parteien legen ihre Ziele in politischen Programmen nieder. [...]

**§ 2 Begriff der Partei**

(1) Parteien sind Vereinigungen von Bürgern, die dauernd oder für längere Zeit für den Bereich des Bundes oder eines Landes auf die politische Willensbildung Einfluß nehmen und an der Vertretung des Volkes im Deutschen Bundestag oder einem Landtag mitwirken wollen, wenn sie nach dem Gesamtbild der tatsächlichen Verhältnisse, insbesondere nach Umfang und Festigkeit ihrer Organisation, nach der Zahl ihrer Mitglieder und nach ihrem Hervortreten in der Öffentlichkeit eine ausreichende Gewähr für die Ernsthaftigkeit dieser Zielsetzung bieten. Mitglieder einer Partei können nur natürliche Personen sein.
(2) Eine Vereinigung verliert ihre Rechtsstellung als Partei, wenn sie sechs Jahre lang weder an einer Bundestagswahl noch an einer Landtagswahl [...] teilgenommen hat. [...]
(3) Politische Vereinigungen sind nicht Parteien, wenn 1. ihre Mitglieder oder die Mitglieder ihres Vorstandes in der Mehrheit Ausländer sind oder 2. ihr Sitz oder ihre Geschäftsleitung sich außerhalb des Geltungsbereichs dieses Gesetzes befindet.

## M2 Interessenverbände: Pluralität im politischen Prozess

Interessenverbände existieren in nahezu allen Bereichen des gesellschaftlichen Lebens. Die über 5.000 Verbände und Vereine in der Bundesrepublik Deutschland fassen die unterschiedlichen Interessen ihrer Mitglieder zusammen, formulieren daraus konkrete Forderungen und versuchen, diese in den politischen Prozess einzubringen und dort durchzusetzen.

Die „Lobbyliste" des Bundestags, in der die Spitzenverbände mit bundespolitischen Interessen geführt werden, umfasst über 2.200 Verbände (Stand 11/2021). Ihren Tätigkeitsfeldern nach kann man sie in fünf Gruppen unterteilen:

1. Verbände aus dem Wirtschaftsleben und der Arbeitswelt;
2. Verbände im Sozialwesen;
3. Verbände aus dem Bereich Erholung und Freizeit;
4. Verbände aus dem Bereich Wissenschaft und Kultur;
5. Verbände mit gesellschaftspolitischen und ideellen Zielsetzungen.

Um ihre Ziele wirkungsvoll zu vertreten, richten sich Verbände an die Öffentlichkeit, sie wirken auf Parteien ein und versuchen, auf deren Programme Einfluss zu nehmen. In den Parlamenten werben sie bei Abgeordneten um Unterstützung und lassen ihr Fachwissen in den Entstehungsprozess von Gesetzen einfließen. Sie verhandeln mit Regierungsmitgliedern und bringen in der Ministerialbürokratie ihren Sachverstand ein. Durch ihre Beiträge und ihr Fachwissen tragen sie dazu bei, die Gefahr unvollständiger oder fehlerhafter Gesetze zu verringern. Ihre Mitwirkung im Gesetzgebungsprozess ist durch die Geschäftsordnungen der Bundesregierung und des Bundestags geregelt. Ebenso setzen sie sich auf europäischer Ebene für ihre Interessen ein.

Freilich lassen sich nicht alle Interessen gleich gut organisieren. Ebenso sind die Interessenverbände unterschiedlich einflussreich, sodass sich hieraus durchaus ein problematisches Ungleichgewicht für die Demokratie ergeben kann. Aus diesem Grund stehen Lobby- und Interessensgruppen immer wieder in der Kritik.

*Autorentext*

BDI Bundesverband der Deutschen Industrie e.V.

ver.di

AWO

ADAC

adfc Allgemeiner Deutscher Fahrrad-Club

BUND MUSEUMS DEUTSCHER MUSEUMS BUND

GREENPEACE

**GLOSSAR**

**Arbeitsgeberverbände**
**Gewerkschaften**

**INTERNET**

**WES-118380-211**
Lobbyregister des Deutschen Bundestags

## M3 Verbände und Parteien im Vergleich

*versuchen, Einfluss auf Regierung und auf Verwaltung zu nehmen*

*sind prinzipiell darauf ausgerichtet, Regierungsverantwortung zu übernehmen*

*sind in einzelnen Politikfeldern aktiv (z. B. Wirtschaft, Verkehr, Umwelt)*

*unterliegen hinsichtlich der inneren Struktur keinen Auflagen*

*beteiligen sich an Wahlen*

*sprechen eventuell Wahlempfehlungen aus*

*artikulieren Einzelinteressen und versuchen, diese im politischen Prozess durchzusetzen*

*decken alle politischen Bereiche ab*

*nehmen nicht an Wahlen teil*

*die inneren Strukturen müssen demokratischen Prinzipien folgen*

*integrieren unterschiedliche Interessen zu einer gesellschaftlichen Gesamtkonzeption*

*sind der Gesellschaft als Ganze verpflichtet*

*Autorentext*

**1** Das Parteiengesetz konkretisiert die im Grundgesetz festgeschriebenen Leitlinien des Verfassungsrechts. Arbeiten Sie die Kennzeichen politischer Parteien sowie deren Aufgaben heraus (M1).

**2** Legen Sie die Bedeutung von Verbänden für den politischen Prozess dar (M2).

**3** Grenzen Sie Verbände und Parteien voneinander ab, indem Sie die Aussagen aus M3 entsprechend zuordnen.

# Die deutsche Parteienlandschaft im Wandel

## M1 Die Entwicklung des deutschen Parteiensystems seit 1945

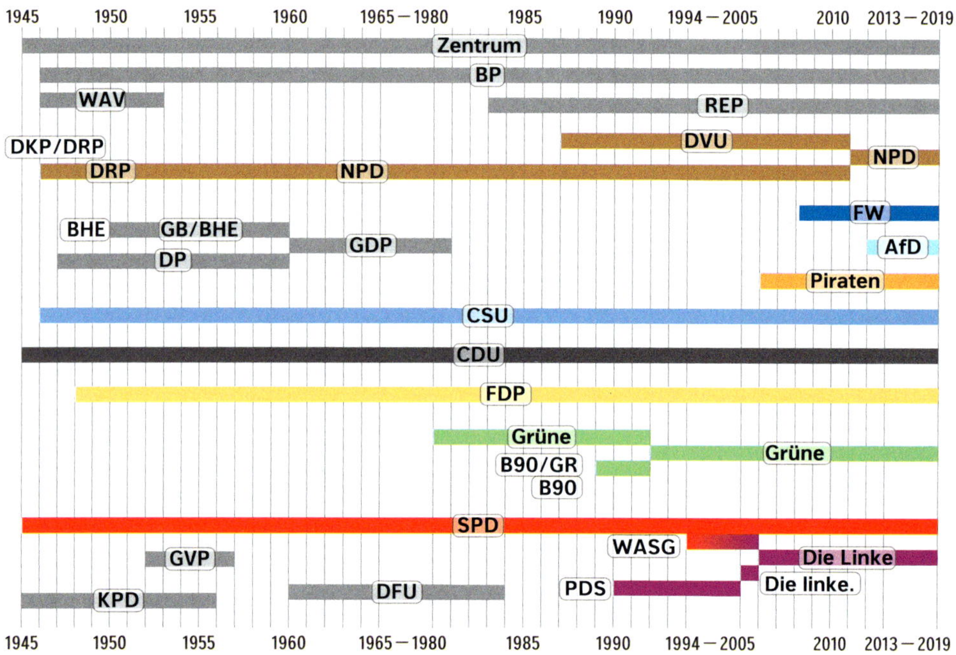


**B90**: Bündnis 90
**BP**: Bayernpartei
**BHE**: Block der Heimatvertriebenen und Entrechteten
**DFU**: Deutsche Friedens-Union
**DP**: Deutsche Partei
**DKP-DRP**: Deutsche Konservative Partei – Deutsche Rechtspartei
**DRP**: Deutsche Reichspartei
**DVU**: Deutsche Volksunion
**FW**: Freie Wähler
**GB/BHE**: Gesamtdeutscher Block/BHE
**GDP**: Gesamtdeutsche Partei
**GVP**: Gesamtdeutsche Volkspartei
**KPD**: Kommunistische Partei Deutschlands
**NPD**: Nationaldemokratische Partei Deutschlands
**PDS**: Partei des Demokratischen Sozialismus
**REP**: Die Republikaner
**WASG**: Wahlalternative Arbeit & soziale Gerechtigkeit
**WAV**: Wirtschaftliche Aufbauvereinigung
**Zentrum**: Deutsche Zentrumspartei

Quellen: Niedermayer, Oskar, 2013; Anhang: Daten und Fakten zu den Parteien und zum Parteiensystem, in: Niedermayer, Oskar (Hrsg.), 2013, Handbuch Parteienforschung, Wiesbaden, Springer VS. S. 909, Decker, Frank/Neu, Viola (Hrsg.), 2018, Handbuch der deutschen Parteien, 3. Aufl., Wiesbaden, Springer VS, sowie Ergänzung des Autors; nach: Bundeszentrale für politische Bildung, 2020, www.bpb.de

28859EX

## M2 Cleavage-Theorie: Warum bilden sich neue Parteien?

**Historisches Konfliktlinienmodell der Parteisysteme nach Lipset/Rokkan**

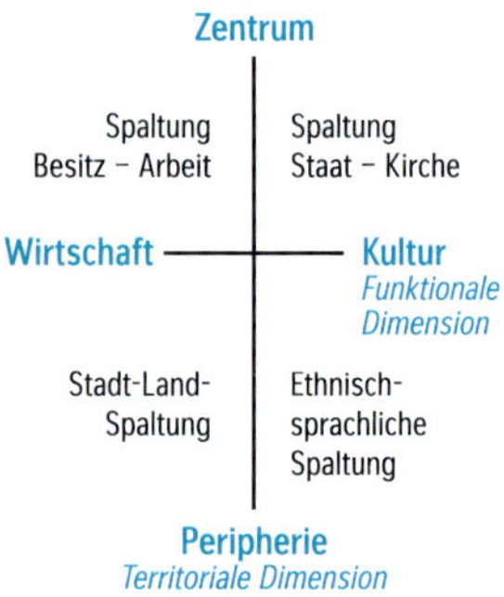


Quelle: Stein Rokkan, Eine Familie von Modellen für die vergleichende Geschichte Europas, in: Zeitschrift für Soziologie 2/1980, S. 121



Diese Theorie geht davon aus, dass in einer Gesellschaft bestimmte Konfliktlinien vorliegen, anhand derer sich politische Willensbildung vollzieht. Eine Konfliktlinie kennzeichnet dabei einen Interessen- oder Wertgegensatz (eine Kluft, englisch cleavage) zwischen gesellschaftlichen Gruppen. Ein solcher Gegensatz besteht z. B. im Hinblick auf die Kirchenbindung – hier gibt es sowohl Menschen, in deren Leben Religion eine große Rolle spielt, als auch solche, bei denen diese keine oder nur eine unbedeutende Stellung einnimmt. Die Cleavage-Theorie geht nun davon aus, dass diese Gegensätze oder Konflikte in der Gesellschaft dazu führen, dass sich Parteien bilden, die diese verschiedenen Interessen bedienen. Bevölkerungsgruppen, die von einem Konflikt betroffen sind, wählen dann in der Folge in aller Regel „ihre" Bündnispartei. Die Cleavage-Theorie kann also [...] aufzeigen, wie das Parteiensystem [...] historisch gewachsen ist, andererseits kann diese Theorie aber auch verwendet werden, um das Verhalten von Wählern zu erklären.

*MB 03.08 Wahlverhalten: Faktor Konfliktlinien, in: Forschen mit GrafStat: Bundestagswahl 2013, Bonn: Bundeszentrale für politische Bildung, 27.09.2012, https://www.bpb.de/lernen/grafstat/grafstat-bundestagswahl-2013/145168/mb-03-08-wahlverhalten-faktor-konfliktlinien (Zugriff: 07.12.2021)*

## M3 Das deutsche Parteiensystem im Wandel

Ab der Gründung der Bundesrepublik Deutschland wurde das deutsche Parteiensystem von den beiden Großparteien CDU/CSU und SPD dominiert.

In den Sechzigerjahren konsolidierte sich in Westdeutschland ein „Zweieinhalb-Parteiensystem" bestehend aus CDU/CSU, SPD und FDP. Dieses wurde weitgehend durch zwei Konfliktlinien geprägt: die sozial-ökonomische Dimension (SPD vs. CDU/CSU und FDP) und die Unterscheidung zwischen traditionell-religiöser sowie individuell-säkularer Wertorientierung (CDU/CSU vs. SPD und FDP). Sowohl SPD als auch die Union verstanden sich dabei als Volksparteien, waren also bestrebt, möglichst viele BürgerInnen mit ihren Programmen anzusprechen und in ihre Politik zu integrieren. Machtwechsel kamen in dieser Formation nur durch wechselnde Koalitionen mit der FDP zustande – ihr kam also eine Schlüsselrolle bei der Regierungsbildung zu.

In den Achtziger- und frühen Neunzigerjahren [...] bewirkten zwei Faktoren eine Veränderung der deutschen Parteienlandschaft: Die Gründung der Partei Bündnis 90/Die Grünen 1983 sowie die deutsche Wiedervereinigung im Jahr 1990. Durch den Einzug der Grünen in den Bundestag wurde die deutsche Parteienlandschaft in zwei politische Lager aufgeteilt: CDU/CSU und FDP auf der einen, SPD und Grüne auf der anderen Seite. Somit wurde das Zweieinhalb-Parteiensystem erweitert. Mit der Wiedervereinigung Deutschlands betrat außerdem die Partei Die Linke – damals noch als PDS – die gesamtdeutsche politische Bühne. [...]

Gerade in den letzten Jahren lässt sich eine immer stärkere Fragmentierung der deutschen Parteienlandschaft bei einer Asymmetrie zugunsten der Unionsparteien beobachten. [...] Die Bundestagswahl 2017 hat das deutsche Parteiensystem in quantitativer und in qualitativer Hinsicht mehrfach verändert. Mit dem Einzug der AfD als drittgrößte Fraktion und dem Wiedereinzug der FDP sind nun sechs Parteien im Bundestag vertreten. Das deutsche Parteiensystem vollzog damit einen eindeutigen Wandel hin zu einem pluralistischen System. [...] Durch die Erosion der Volksparteien CDU/CSU und SPD fällt es diesen zunehmend schwer, allein oder mit nur einer anderen, kleineren Partei eine Regierungsmehrheit zu bilden.

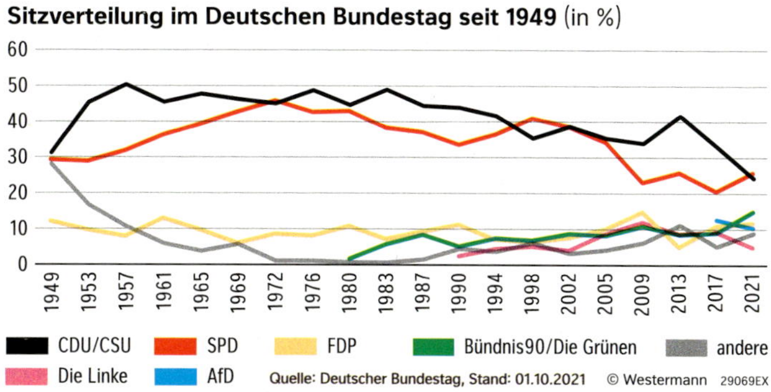


**GLOSSAR**

**Koalition**

*Verena Teuber, Entwicklung des Parteiensystems in der BRD, in: Politik-x.de, Berlin: HAUPTSTÄDTISCHE Verlags- & Beratungsgesellschaft HBVG mbH, 07.09.2021, https://polit-x.de/de/blog/86/07-09-2021-polit-x-hintergrund-entwicklung-des-parteiensystems-der-brd (Zugriff: 16.02.2022)*

**1** Bereiten Sie auf der Basis von M1 bis M3 einen Kurzvortrag über die Entwicklung des deutschen Parteiensystems vor.

**2** Erklären Sie mithilfe des Cleavage-Ansatzes (M2) die Entstehung der Partei Die Grünen sowie der AfD.

**3** Legen Sie dar, welche Erklärung der Cleavage-Ansatz für die massiven Stimmenverluste der Partei Die Linke bei der Bundestagswahl 2021 (von 9,2 % 2017 auf 4,9 % bei den Wahlen 2021) bietet.

# Parteien in Deutschland – vom Aussterben bedroht?

## M 1 Parteimitgliedschaft und Parteimitglieder

**a) Entwicklung der Mitgliederzahlen der deutschen Parteien**

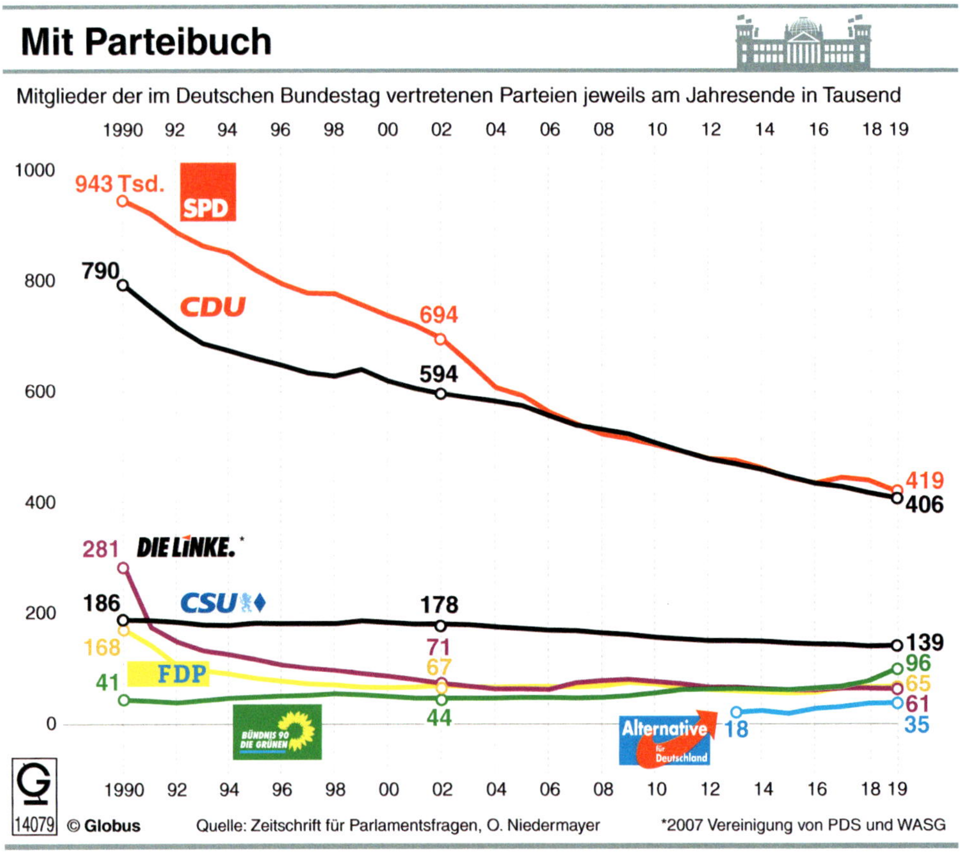


**b) Altersstruktur der Parteimitglieder (Stand Ende 2020)**

| | Anteil der Parteimitglieder bis 30 Jahre | Anteil der Parteimitglieder über 60 Jahre | Altersdurchschnitt der Parteimitglieder |
|---|---|---|---|
| **CDU** | 5,7 % | 52,3 % | 61 Jahre |
| **CSU** | 4,8 % | 50,2 % | 60 Jahre |
| **FDP** | 18,2 % | 31,9 % | 51 Jahre |
| **Grüne** | 18,2 % | 24,3 % | 48 Jahre |
| **Linke** | 20,1 % | 42,9 % | 54 Jahre |
| **SPD** | 8,8 % | 53,7 % | 61 Jahre |

Hinweis: Für die AfD liegen nur Daten für die 18- bis 35-Jährigen (12 %) und die Gruppe ab 65 Jahren (26 %) vor.

*Daten: Oskar Niedermayer, Parteimitgliedschaften im Jahre 2020, in: Zeitschrift für Parlamentsfragen, 52. Jg., Heft 2, 2021, S. 373–407, Tabelle 9, S. 390 ff.*

### c) Sozialprofil der Parteimitglieder

28864EX © Westermann

| | CDU | SPD | AfD* | FDP | Die Linke | Bündnis 90/ Die Grünen | CSU |
|---|---|---|---|---|---|---|---|
| **Geschlecht** | | | | | | | |
| Frauen | 27 | 33 | 18 | 22 | 36 | 41 | 21 |
| Männer | 73 | 67 | 82 | 78 | 64 | 59 | 79 |
| **Bildung** | | | | | | | |
| (Fach-)Hochschulabschluss | 43 | 41 | | 63 | 51 | 72 | 34 |
| (Fach-)Abitur | 15 | 13 | | 15 | 18 | 15 | 9 |
| Mittlere Reife | 22 | 22 | | 14 | 18 | 9 | 26 |
| Hauptschule/ohne Abschluss | 20 | 23 | | 8 | 13 | 4 | 31 |
| **berufliche Stellung (derzeit oder früher Erwerbstätige)** | | | | | | | |
| Angestellte | 7 | 16 | | 3 | 17 | 5 | 9 |
| Arbeiter | 33 | 29 | | 32 | 32 | 28 | 28 |
| Beamte/Angest. im Öffentl. Dienst | 30 | 44 | | 27 | 35 | 44 | 29 |
| Selbstständige | 25 | 7 | | 23 | 10 | 13 | 28 |
| Akad. freie Berufe/Freiberufler | 6 | 4 | | 15 | 6 | 9 | 6 |

*Für die AfD liegen nicht alle Daten vor.

Anteil an den Mitgliedern in Prozent; Stand: 2019 (Geschlecht); 2017 (Bildung, Beruf)

Quelle: Oskar Niedermayer, Parteimitglieder in Deutschland: Version 2020 (Geschlecht); Markus Klein et al., Die Sozialstruktur der deutschen Parteimitgliedschaften. Empirische Befunde der Deutschen Parteimitgliederstudien 1998, 2009 und 2017, in: Zeitschrift für Parlamentsfragen, 1/2019, S. 81-98 (Bildung, Beruf); nach: Bundeszentrale für politische Bildung, 2021, www.bpb.de

**INFO**

**Sozialprofil**
Beschreibung der Zusammensetzung einer Gruppe anhand von sozioökonomischen Faktoren wie Alter, Geschlecht, Bildungsstand, Einkommen etc.

## M2 Parteimitgliedschaft: sinnvoll für junge Menschen?

**Parteien machen, was sie wollen? Ihre Mitglieder haben mit dem Volk nichts mehr zu tun? Stimmt so nicht – denn (fast) jeder kann sich einer Partei anschließen. […] Fünf Gründe für die Mitgliedschaft:**

**Mitbestimmung:** Meckern hat noch nie viel gebracht. Sinnvoller ist es, sich einzumischen und mitzugestalten. Wird einem Herzensthema nicht genug Beachtung geschenkt, kann es sehr wirksam sein, in einer Partei selbst dafür zu kämpfen.

**Verantwortung übernehmen:** Es gibt viele Möglichkeiten, in einer Partei Verantwortung zu übernehmen: ob als aktives Mitglied, Schatzmeister oder Beisitzer im Vorstand. Außerdem ist eine Mitgliedschaft ein gutes Sprungbrett für öffentliche Ämter: Bürgermeister, Abgeordnete oder Bundeskanzler – fast alle haben ihre politische Arbeit in einer Partei begonnen.

**Demokratisches System unterstützen:** Im Grundgesetz steht, dass Parteien auf die politische Willensbildung des Volkes einwirken. Und der Wille des Volkes zeigt sich in demokratischen Wahlen. Um also den Wählern zu ihrem Willen zu verhelfen, müssen auch Parteien demokratisch organisiert sein. Damit das klappt, brauchen sie Mitglieder, die diskutieren, Ideen einbringen und sich zur Wahl stellen.

**Erfahrung sammeln:** Die Arbeit in Parteien kann extrem bereichern. Viele politische Prozesse sind nicht gerade einfach zu durchblicken. Da steigt man leichter durch, wenn man es selbst erlebt. Außerdem lernt man als Parteimitglied, wie eine sachliche Diskussion abläuft, wie und warum Kompromisse gefunden werden und was gute Arbeitsteilung heißt.

**Etwas Sinnvolles tun:** Es gibt viele Möglichkeiten, seine Freizeit zu gestalten. Sich parteipolitisch zu engagieren ist nicht nur gut für einen selbst, sondern für die ganze Gesellschaft. Und ganz nebenbei lernt man viele spannende Leute kennen.

*5 Gründe, in eine Partei einzutreten, in: #wtf?! wissen – thesen – fakten, Dresden: Sächsische Landeszentrale für politische Bildung, https://wtf.slpb.de/wtf/parteien-wahlversprecher/5-gruende-in-eine-partei-einzutreten/ (Zugriff: 16.02.2022)*

**1** Analysieren Sie die Abbildungen und die Tabelle in M1.

**2** Diskutieren Sie, ob die einzelnen Parteien ein bestimmtes Sozialprofil haben oder ob Parteimitglieder ein bestimmtes Sozialprofil aufweisen (M1 c).

**3** **a)** Diskutieren sie die Thesen in M2.
**b)** Nehmen Sie Stellung, ob eine Parteimitgliedschaft für Sie eine Option wäre.

# Digitalisierung – eine Chance für die Parteien?

**QUERVERWEIS**

**Wahlbereich: Digitale Medien im Wahlkampf,** S. 126–131

**INFO**

**intermediär**
dazwischenliegend, ein Zwischenglied bildend, vermittelnd (hier: zwischen Bevölkerung/Gesellschaft und Staat/politischem System)

## M 1 Social Media: Chance oder Risiko für die Parteien?

Parteien [...] haben als Partizipationsraum an Attraktivität verloren. [...] Angesichts dieser Herausforderungen suchen Parteien nach neuen Wegen, um die Verbindung zur gesellschaftlichen Basis zu erneuern und ihre Stellung als zentrale intermediäre Akteure zu erhalten.
Dem Internet wird dabei die Fähigkeit zugesprochen, der zunehmenden Entfremdung zwischen Parteien und Gesellschaft durch eine Demokratisierung innerparteilicher Willensbildungs- und Entscheidungsfindungsprozesse entgegenwirken zu können („Demokratisierungsthese"), denn es bietet alternative Möglichkeiten für soziale Interaktion, Kommunikation, Partizipation und Organisation. [...]
Diesen Potenzialen stehen aber auch neue Anforderungen gegenüber [...]. Gerade das Web 2.0 wird deshalb als Herausforderung für die etablierten Parteien betrachtet, weil dessen spezifische Charakteristika dem etablierten Muster der Politikvermittlung genauso wie der Top-down-Funktions- und Organisationslogik etablierter Parteien widersprechen. Deshalb steht der „Demokratisierungsthese" die These gegenüber, dass die Chancen des Web 2.0 durch die Politik bewusst nicht ausgenutzt werden, um nicht an Kontrolle und Macht zu verlieren. Die Nutzung der neuen Medien durch die Parteien sei deshalb als Symbolpolitik zu verstehen.

*Katharina Gerl, Politik 2.0, in: Frankfurter Hefte, Ausgabe 3/2017, 01.03.2017, https://www.frankfurter-hefte.de/artikel/politik-20-2330/ (Zugriff: 16.02.2022)*

## M 2 Social-Media-Strategien ausgewählter Parteien

Instagram, Twitter und Co. werden für die junge Wählergruppe immer wichtiger [...]. Die wachsende Bedeutung der Onlineplattformen bestätigen Medienexperten. Denn hier verbringen junge Menschen laut Martin Fuchs, der Parteien in Sachen Kommunikation berät, einen großen Teil ihrer Freizeit. Beim Scrollen durch ihre Feeds kämen sie in Kontakt mit politischen Inhalten. „Alle großen gesellschaftspolitischen Diskussionen, die zuletzt von jungen Menschen angestoßen wurden, kamen aus dem Netz." So hätten soziale Medien etwa bei Black Lives Matter und Fridays for Future eine zentrale Rolle gespielt. [...] Politikberater Martin Fuchs zieht daraus den Schluss, dass der Erfolg einer Social-Media-Kampagne mit Personalisierung zusammenhängt. „Dafür gibt es verschiedene Wege: Eine starke Dialogorientierung und ein Communitybuilding, bei dem die Follower respektiert und zu Akteuren gemacht werden", erklärt er. [...] Im Detail gehen die Parteien dabei unterschiedliche Wege.
Die FDP setzt auf Formate, die Nahbarkeit vermitteln sollen. „Die Community interessiert sich für die Arbeit hinter den Kulissen. Deswegen organisieren wir Takeovers, so kann ein Kandidat die Follower in seinen Alltag mitnehmen", sagt der Bundesvorsitzende der Jungen Liberalen, Jens Teutrine. [...] „Wir probieren neue Formate aus, zum Beispiel die Streaming-WG in Berlin, Kochen mit Direktkandidaten, Zocken mit Christian Lindner und Talkrunden mit Klimaaktivisten." Der Schlüssel zum Erfolg ist aus seiner Sicht, dass Politik Lebensrealitäten anerkennt und auf Social Media authentisch ist. „Ich bin selbst jung, wenn ich mich verstellen und auf Politikerschauspieler machen würde, wäre ich unauthentisch." [...]
Die Grüne Jugend Hamburg will junge Menschen vor allem über Instagram und Youtube erreichen, berichtet Emilia Fester [...]. [Sie] wolle kein Bild einer „geleckten Politikerin" abgeben. „Das ist nicht mein Stil, ich bin gerne authentisch. Ich stehe für die Inhalte, die ich online vertrete", sagt sie. Das bedeutet [...]: Fragen an die Community, Fotos aus dem Alltag und direkte politische Forderungen. Auf Youtube verbindet Fester Infotainment mit Wahlkampf [...]: „Ich möchte erklären, warum ich zu welchem Schluss komme. Mein Youtube-Kanal

bietet Erklärvideos, Fragen-Antwort-Videos und Informationen über mich.“ [...]
Die junge Kommunikationsexpertin der CDU, Theresa Hein, hat es sich zur Aufgabe gemacht, das Thema Social Media voranzubringen. [...] „Aktuell wird es noch ein bisschen als zu unwichtig betrachtet“, sagt Hein. Die Hauptwählerschaft sei „eben 60 plus“. [...] Derzeit arbeite die Partei vor allem mit Livetalkformaten auf Facebook und Instagram sowie mit Frage-Antwort-Videos. [...] So versuche die Partei, politische Entscheidungen „so transparent wie möglich“ zu machen.
Politik greifbarer machen: Das ist laut David Eckert, der im Büro des AfD-Bundestagsmitglieds Steffen Kotré arbeitet, auch das Ziel der Alternative für Deutschland. [...] Aus seiner Sicht sind Podcasts, Interviews und Liveübertragungen als Werbemittel vor allem für seine Partei wichtig: „Wir brauchen Medien dieser Art, um unsere Inhalte ungefiltert an die Wählerschaft heranzutragen.“ Facebook sei aktuell der wichtigste Kommunikationskanal der Partei. [...] Schon länger im Fokus der Partei ist der umstrittene Messengerdienst Telegram. Hier folgen der AfD [...] auf diversen Kanälen bereits mehr als 80.000 Menschen. 81 sogenannter Channels betreibe sie – die übrigen Parteien kämen zusammen auf 41. [...]
Von den Schattenseiten ihres Engagements berichten alle sechs Vertreterinnen und Vertreter der Parteien: Sie erleben häufig harte Kritik und teilweise sogar Morddrohungen. Vor allem jungen Frauen falle es durch ständige Kritik schwer, sich über Social Media zu einer Partei zu bekennen, sagt CDUlerin Hein. [...] Außer den Inhalten entscheidet auch der reflektierte Umgang der Nutzerinnen und Nutzer, ob junge Menschen von den Angeboten der Parteien auf Instagram und Co. profitieren. Jugendforscher Klaus Hurrelmann sieht eine Gefahr: „Viele bleiben nur noch bei einem Netzwerk hängen und schauen nicht nach links oder rechts.“ Im schlechtesten Fall landeten die Jugendlichen dann in Netzwerken, die nur ein enges Meinungsspektrum zuließen. „Denkbar ist auch, dass die Fähigkeit, etwas einzuschätzen, schwindet, weil viele einfach nur konsumieren und denken, dass es politisches Engagement sei, wenn sie einen Kommentar unter einen Post schreiben“, betont Hurrelmann.

*Jessica Orlowicz/Alisha Mendgen, Klicks, Likes, Follows: Parteien im Kampf um Aufmerksamkeit, in: RND.de, Hannover: RedaktionsNetzwerk Deutschland, 24.09.2021, https://www.rnd.de/politik/social-media-in-der-politik-wie-parteien-um-klicks-likes-und-follows-kaempfen-X54PVYQLYVFBZJUW6IALI6XM4U.html (Zugriff: 16.02.2022)*

## M3 Erfolgsfaktor Social Media?

**Social-Media-Reichweite der Parteien**

| Position | Partei | Follower (Gesamt*) | Parteimitglieder** | Quotient (Follower)/Mitglieder | Ergebnis Bundestagswahl 2021 (in %) |
|---|---|---|---|---|---|
| 1. | AfD | 781.000 | 34.751 | 22,47 | 10,3 |
| 2. | Die Partei | 83.400 | 50.000 *** | 16,68 | 1,0 |
| 3. | Die Linke | 671.000 | 60.862 | 11,02 | 4,9 |
| 4. | Die Grünen | 930.000 | 96.487 | 9,64 | 14,8 |
| 5. | FDP | 606.000 | 65.479 | 9,25 | 11,5 |
| 6. | CSU | 482.000 | 139.130 | 3,46 | 5,2 |
| 7. | CDU | 636.000 | 405.816 | 1,57 | 18,9 |
| 8. | SPD | 649.000 | 419.340 | 1,55 | 25,7 |

* Gesamtzahl der Kanäle Instagram, Facebook und Twitter, Stand 27.04.21; ** Daten bezogen von Statista; *** Angaben der Partei
Quelle: Die politischen Parteien im Online-Check, in: politik&kommunikation, 21.05.2021, https://www.politik-kommunikation.de/politik/die-politischen-parteien-im-online-check/; Wahlergebnisse: Bundeswahlleiter, 2022



1 Arbeiten Sie die unterschiedlichen Thesen heraus, die hinsichtlich des Potenzials vertreten werden, die Social Media für die Parteien bieten (M1).
2 Charakterisieren Sie die Social-Media-Strategien der unterschiedlichen Parteien (M2).
3 Überprüfen Sie selbst gewählte Angebote von Parteien auf Social Media daraufhin, wie sehr die Personen und/oder die Inhalte im Mittelpunkt stehen.
4 Analysieren Sie die Tabelle (M3).
5 Diskutieren Sie die Bedeutung von Social Media für die Zukunft der Parteien.

# Parteien alten Stils – ein Auslaufmodell?

GLOSSAR

Gesellschaft
Volkspartei

**Die Parteien „alten Stils", allen voran die sogenannten Volksparteien, scheinen sich in einer Krise zu befinden. Als Volksparteien bezeichnet man Parteien, die für alle Schichten, Generationen und Weltanschauungen offen sind und somit mit ihrem Programm und Personal große Teile der Gesellschaft erreichen. In den vergangenen Jahren aber verlieren diese Parteien Anhänger an kleinere Parteien, die oftmals ein spezifischeres Profil aufweisen, oder sie verlieren Unterstützung, da sich enttäuschte Wähler generell von der Politik abwenden. Es stellt sich also die Frage, wie wichtig die Volksparteien tatsächlich für die Demokratie sind.**

INFO

**Daniel Dettling** ist Jurist und Verwaltungswissenschaftler. Als Politikexperte berät er Parteien, Ministerien und Unternehmen.

## M 1 Die Volkspartei ist tot. Es lebe die Bewegungspartei!

„Dinosaurier der Demokratie" – so hat der frühere NRW-Ministerpräsident Jürgen Rüttgers schon vor 20 Jahren Volksparteien bezeichnet. [...] In einer Gesellschaft, die immer säkularer, individueller und moderner wird, schwindet die Bedeutung von ideologischen Großorganisationen wie Gewerkschaften, der Kirche oder eben: Parteien. [...]

Das alte Modell lässt sich als „politics of delivery" beschreiben: Politiker werden für ihre Versprechen gewählt und liefern nach der Wahl. Dieses Politikmuster hat so lange funktioniert, wie Wirtschaft und Sozialstaat wuchsen und die Bürgerinnen und Bürger keine weiteren Ansprüche an die Politik stellten. Der Idealtyp dieses Musters ist der Kurzzeitpolitiker, der auf Sicht regiert, auf Meinungsforscher hört und eine Politik der kleinen Schritte betreibt. Darüber, wohin diese führen könnten, lässt er seine Wähler lieber im Unklaren, weil er keine Vision von der Zukunft hat. [...] Zusammengehalten wird das Modell der Lieferdemokratie durch eine Vorstellung von der Gesellschaft als Summe von Minderheiten. Jede gesellschaftliche Gruppe hat dementsprechend bestimmte legitime Ansprüche und Anrechte.

International sind längst ein neues Modell und ein neuer Typ Politiker im Trend. Den Anfang machte der 46-jährige Justin Trudeau als neuer Premier in Kanada. Auf ihn folgten 2017 der neu gewählte französische Präsident Emmanuel Macron (40) und der [...] österreichische Bundeskanzler Sebastian Kurz (32). [...] Macron war der erste Politiker, der in Europa zeigte, wie Verdruss und Nationalismus, die im neuen Rechtspopulismus sichtbar werden, beizukommen ist. Nicht durch einen Wettbewerb an Ignoranz oder Überbietung, sondern durch Auseinandersetzung mit ihnen. Statt des alten Rechts-Links-Gegensatzes geht es in Zukunft um eine dreidimensionale Politik: Es geht nicht mehr um Freiheit oder Sicherheit, Staat oder Markt, Weltoffenheit oder Geschlossenheit. Gesellschaftliche Herausforderungen und Probleme werden in Zukunft nicht über Gegner, sondern über Lösungen definiert.

Drei Gebote sind für die politische Auseinandersetzung wichtiger denn je: Gelassenheit, Tonalität und Zuversicht. Politische Gelassenheit meint eine Abrüstung der ideologischen Anfeindungen, die heute die politischen Debatten beherrschen, und eine Haltung, sich nicht irremachen zu lassen. Nicht der Populismus ist gefährlich, sondern die Angst vor ihm. Die neue politische Tonalität ist eine moderate und moderierende. Es geht um eine Sprache der emotionalen Zuversicht bei gleichzeitiger Härte in der Sache.

Die Volksparteien haben nur als Bewegungsparteien eine Zukunft. „Bewegung" heißt: Sie wollen nicht nur mit ihren Mitgliedern, sondern mit möglichst vielen Bürgern Politik unternehmen und eine positive Vision von der Zukunft entwickeln. Davon sind sie im Moment jedoch sehr weit entfernt. Die Volksparteien altern schneller und sind homogener als der Rest der Bevölkerung. In einer zunehmend heterogenen und vielfältigen Gesellschaft müssen Zusammenhalt und Integration anders hergestellt werden als durch zwei große Parteien. Die Bürgerinnen und Bürger sind längst weiter und können sich bunte Bündnisse vorstellen. Nicht „Einheit in Vielfalt", sondern „Einheit durch Vielfalt" ist das Motto der Zukunft. Die Volkspartei ist tot. Es lebe die Bewegungspartei!

*Daniel Dettling, Die Volkspartei ist tot. Es lebe die Bewegungspartei, in: Daniel Dettling/Sophie Pornschlegel, Sind Volksparteien noch zeitgemäß?, in: Fluter, Bonn: Bundeszentrale für politische Bildung, 04.01.2019, https://www.fluter.de/zukunft-der-volksparteien-pro-contra (Zugriff: 16.02.2022)*

## M2 Wir brauchen Volksparteien für eine stabile Demokratie

Nur mit Bewegungs- und Netzwerkparteien, wie Daniel Dettling sie vorschlägt, wird es keine politische Willensbildung geben, die mehrheitsfähig ist. Ohne breit mobilisierende Organisationen werden die BürgerInnen nicht besser vertreten, als sie es bisher sind. Wir brauchen starke Volksparteien: Sie stabilisieren die Demokratie. Volksparteien sind in der Lage, politische Konflikte und Debatten innerhalb ihrer Strukturen zu kanalisieren. Sie haben die Möglichkeit, ihre zahlreichen Mitglieder bei einem Thema zu vereinen und starke innerparteiliche Bündnisse zu schaffen, noch bevor mit anderen Parteien darüber diskutiert wird. In einer zunehmend polarisierten Gesellschaft, in der politische Diskussionen schnell in moralische „Empörungs-battles" umkippen, sind Volksparteien der Schlüssel zu einer sachlichen Fachdebatte.

Sie sind traditionell gut mit der Zivilgesellschaft verbunden gewesen – so beispielsweise die SPD mit den Gewerkschaften. Das hat es ihnen in der Vergangenheit erlaubt, die Interessen und Bedürfnisse von verschiedenen Bevölkerungsgruppen politisch zu vertreten. Und dabei schaffen sie es, ganz unterschiedliche Menschen mit unterschiedlichen Interessen zusammenzubringen. Volksparteien sind keine „single issue parties", die nur für ein Thema stehen, sondern sind thematisch breit aufgestellt und haben in ihren Reihen zahlreiche ExpertInnen, die sich in ihren Themen gut auskennen. Diese fachliche Expertise aus den Volksparteien ist besonders wichtig, wenn es ums Regieren geht.

Außerdem verankern Volksparteien die Demokratie auf lokaler Ebene. Ohne die Infrastruktur von Volksparteien wäre die politische Teilhabe vieler Bevölkerungsgruppen nicht möglich. Denn sie tragen wesentlich dazu bei, dass auf lokaler, regionaler und nationaler Ebene eine konstruktive Debattenkultur herrschen kann.

Die Volksparteien verlieren momentan an Rückhalt. [...] Es sind Schwächen, die die Parteien aber selbst angehen können – und müssen! Volksparteien müssen es wieder schaffen, einen größeren Teil der Bevölkerung auch tatsächlich politisch zu repräsentieren, um sich weiterhin „Volkspartei" nennen zu können. Es braucht Strategien, um die WählerInnen, die sie an die kleineren Parteien verloren haben, zurückzugewinnen. Dafür könnten sie:

- ihre hierarchischen Strukturen aufbrechen,
- die Verbindungen zur organisierten Zivilgesellschaft wiederbeleben und neu aufstellen,
- das Personal deutlich jünger, weiblicher und dynamischer auswählen,
- digitale Mitmachangebote anbieten,
- Agenda-Setting und Zukunftsvisionen oben auf die To-do-Liste setzen – also Gesellschaftsentwürfe für alle Schichten und über regionale Differenzen hinweg. [...]

Ein Blick ins Ausland reicht, um zu sehen, was geschieht, wenn Parteireformen ausbleiben: In Frankreich wurden sowohl die Konservativen als auch die Sozialisten von neuen Parteien überholt. In Italien, Schweden oder den Niederlanden ringen die Volksparteien um ihre Existenz – insbesondere im sozialdemokratischen Spektrum. Wichtig ist, dass es nicht nur „kosmetische" Veränderungen gibt, sondern dass die WählerInnen diesen Wandel tatsächlich spüren. In der Geschichte mussten sich die Volksparteien immer wieder neu erfinden. Sie können es, wenn sie wollen. [...] Wenn diese Reformversuche ernst genommen und durchgesetzt werden, dann haben die Volksparteien einen wichtigen Beitrag für die Zukunft der Demokratie geleistet. Wenn nicht, dann werden sie weiter an Macht und Legitimität verlieren.

*Sophie Pornschlegel, Wir brauchen Volksparteien für eine stabile Demokratie, in: Sind Volksparteien noch zeitgemäß? (siehe M1)*

**INFO**

**Sophie Pornschlegel** ist Politikwissenschaftlerin und befasste sich u. a. am Progressiven Zentrum, einem Politik-Thinktank, mit Fragen der Zukunft der Demokratie.

**1** **a)** Arbeiten Sie die in den beiden Artikeln vertretenen Positionen (M1 und M2) heraus.
**b)** Stellen Sie die Argumente gegenüber.

**2** Benennen Sie Vorzüge, Schwächen sowie den möglichen Reformbedarf von Volksparteien (M1 und M2).

**3** Nehmen Sie Stellung zur Frage der bleibenden bzw. schwindenden Relevanz von Volksparteien.

# Die „Konsultative" – brauchen wir eine vierte Gewalt?

**Die Parteien galten als die Organisationen, die die Interessen der Bürger bündeln und in die Parlamente tragen, damit dort Gesetze im Sinne der Bürger beschlossen werden. Da das Vertrauen in Parteien und Legislative abzunehmen scheint, sehen viele die Notwendigkeit, andere Formen zu finden, mit denen Bürger in die Entscheidungsfindung eingebunden werden. In der aktuellen Debatte spielen Bürgerräte als „konsultative Gewalt" eine wichtige Rolle.**

INFO

**Claus Leggewie** (*1950) war Professor für Politikwissenschaft und einer der einflussreichsten Politologen.

**Patrizia Nanz** (*1965) ist Professorin für transformative Nachhaltigkeitswissenschaft an der Universität Potsdam. Seit 2021 ist sie Vizepräsidentin des Bundesamtes für die Sicherheit der nuklearen Entsorgung.

Zeichnung: Felix Mussil

## M1 Bürgerräte als Ergänzung der repräsentativen Demokratie

In Zeiten, in denen Antidemokraten vor und im Reichstag aggressiv die Legitimität von Parlament und Regierung infrage stellen [...], [braucht es] eine Stärkung der deliberativen Demokratie, das heißt: Es geht um den Austausch von Argumenten, Dialog und Perspektivenwechsel, die geduldige Einübung des Kompromisses, die mühsame Erzielung von Konsens durch zivilisierten Streit. Der Bundestag leistet das nur in seinen Sternstunden, wenn der Fraktionszwang aufgehoben wird und die Kraft des jeweils besseren individuellen Arguments zählt. Überlässt man die Aushandlung vernünftiger Gesetzgebung „im Namen des Volkes" Koalitionsausschüssen und Ministerialbürokratien, vertieft sich der Graben. Und bei Volksentscheiden [...] verzerren Demagogen und paranoide Stimmungslagen oft die sachliche Argumentation [...].

Zu erwägen ist also eine Art vierter Gewalt, eine Konsultative, die einer interessierten politischen Öffentlichkeit zwischen Exekutive, Legislative und Judikative eine ebenso kräftige wie reflexive Stimme verleiht. Sie unterstützt das Beteiligungsbedürfnis vieler Bürgerinnen und Bürger [...]. Die Konsultative, die kein imperatives Mandat hat, stellt weder eine Konkurrenz zum Parlament dar noch eine Zeitverschwendung für die Administration noch eine Alternative zum Rechtsweg. Ihr Ziel ist nicht mehr, aber auch nicht weniger als die Vertiefung und Untermauerung der Demokratie durch den Bürgerverstand, den man erfahrungsgemäß nicht als so laienhaft abtun kann, wie dies betriebsblinde Vertreter der drei etablierten Gewalten gelegentlich tun. [...]

Ihre Legitimation beziehen geloste Bürgerräte aus einer Repräsentativität, welche die übliche Zusammensetzung von Gemeinde-, Landes- und Bundesparlamenten übertreffen kann. Hier werden keine Experten [...] versammelt, durch die Losauswahl wird das Übergewicht der gebildeten, einkommensstarken, männlich-weißen Beteiligungskultur ausbalanciert. [W]ie die Schöffen bei Gericht sollen die Räte für ihre Arbeit am Gemeinwesen eine Aufwandsentschädigung erhalten.

Ein naheliegendes Thema ist der Klimaschutz. Nach den Protesten der Gelbwesten gegen die Ankündigung höherer Benzinpreise berief der französische Staatspräsident Emmanuel Macron eine „Convention citoyenne pour le climat" ein. 150 ausgeloste Bürgerinnen und Bürger aus dem ganzen Land erarbeiteten in insgesamt sieben langen Sitzungen alltagsnahe Lösungen in den fünf Bereichen Transport, Wohnen, Essen, Konsum sowie Produktion und Arbeit. Im Fokus war dabei immer auch soziale Gerechtigkeit. Die im Juni 2020 dem Parlament vorgelegten Empfehlungen beinhalten zum Beispiel, das Tempolimit auf Autobahnen von 130 auf 110 Stundenkilometer zu senken, Hausbesitzer zur Wärmedämmung zu verpflichten, den Bahnverkehr zu fördern, Inlandsflüge ab 2025 zu verbieten. Klimapolitische Vorhaben sollen durch eine Klimasteuer finanziert werden, gezahlt von Wohlhabenden. [...]

Bürgerräte scheuen nicht vor „heißen Themen" zurück. 2016 hatte das irische Parlament eine „Citizens' Assembly" initiiert, um Kernthemen des politischen Diskurses in einem neuen, konstruktiv-offenen Rahmen zu besprechen. Dabei ging es um für das katholische Land äußerst umstrittene Themen wie das Recht auf Abtreibung oder die gleichgeschlechtliche Ehe. Die 100 Teilnehmenden des Bürgerrats wurden möglichst repräsentativ ausgewählt: nach Geschlecht, Alter, Stadt-Land-Verteilung. Beide Empfehlungen des Bürgerrats wurden zuerst

vom Parlament übernommen und dann in Referenden angenommen. [...]
In Deutschland findet [...] ein vom Fachverband „Mehr Demokratie" organisierter Bürgerrat zum Thema „Die Rolle Deutschlands in der Welt" statt. Nach zehn Onlinesitzungen, auch mit Experten, werden die Empfehlungen [...] im Bundestag diskutiert werden.
Der Einwand, Experten hätten solche Vorschläge längst eingebracht, verkennt den Charakter der Demokratie. Der institutionalisierte Prozess für gemeinschaftliche Entscheidungsfindung geht weit über die Anforderungen einer repräsentativen Demokratie hinaus und ist eingebettet im gesellschaftlichen Leben mit weiteren Beteiligungsmöglichkeiten, etwa einem partizipativen Budget, das Bürgern und Bürgerinnen erlaubt, Initiativen wie zum Beispiel ein Reparaturcafé und genossenschaftliches Restaurant umzusetzen.
Der Bürgermeister Jo Spiegel, der im elsässischen Kingersheim seit 20 Jahren Bürgerräte abhält und fünfmal hintereinander mit großer Mehrheit wiedergewählt wurde, sah die Verantwortung seines Amtes vor allem darin, das Bürgerpotenzial zu aktivieren und den Konsultationsprozess zu animieren. [...] Gemeinschaftlich beschlossene Projekte sind lösungsorientierter und besser an den konkreten Kontext angepasst. Das ist das beste Gegengift gegen den Populismus: Wenn sich alle verantwortlich fühlen, gibt es nicht mehr „die da oben".

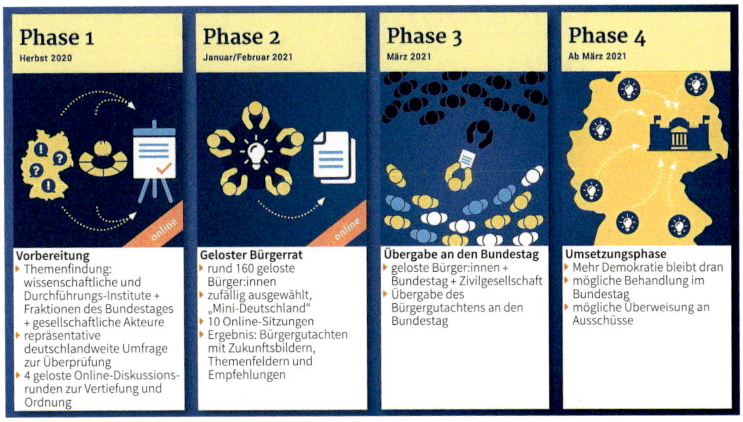


Zeitplan des Bürgerrates „Deutschlands Rolle in der Welt"

*Patrizia Nanz/Claus Leggewie, Ein Haus der Demokratie in Frankfurt am Main, in: Frankfurter Rundschau online, 01.12.2020, https://www.fr.de/kultur/gesellschaft/ein-haus-der-demokratie-in-frankfurt-am-main-90117685.html (Zugriff: 16.02.2022)*

**INTERNET**

BÜRGERRAT
Deutschlands Rolle in der Welt

**WES-118380-212**
Informationen zu Bürgerräten von Mehr Demokratie e. V.

## M2 Kritische Anfragen an das Konzept des Bürgerrates

Kritiker des Losverfahrens meinen, dass dieser Weg nicht mehr Demokratie bringt, sondern vielmehr eine große Gefahr für die Demokratie darstellt. Dies wird damit begründet, dass die Teilnehmenden der Bürgerräte nicht demokratisch ausgewählt wurden. Damit sei ein Kernmerkmal der Demokratie nicht erfüllt, nämlich dass die Staatsgewalt vom Volk ausgehen soll.
Zudem würden Bürgerräte keine Verantwortung für ihre Entscheidungen übernehmen und könnten daher nicht zur Rechenschaft gezogen werden, so wie es bei demokratisch gewählten Abgeordneten der Fall ist. [...] Auch in der Tatsache, dass eine öffentliche Diskussion mit den Teilnehmenden der Bürgerräte nicht stattfindet, sehen Kritiker ein undemokratisches Element, da zentrale Grundrechte wie Meinungs- und Medienfreiheit, Demonstrations- und Versammlungsfreiheit damit praktisch nicht möglich sind.
Im Ergebnis halten Kritiker des Losverfahrens die bestehenden Formen des Wahlrechts in der repräsentativen Demokratie für demokratischer, weil dieses [...] keine weiteren Voraussetzungen für eine Teilnahme hat. Niemand muss demzufolge auf das Los warten, denn jeder und jede könne für sich entscheiden, ob er wählen geht oder sich zur Wahl stellt.

*Bürgerräte, Potsdam: Brandenburgische Landeszentrale für politische Bildung, https://www.politische-bildung-brandenburg.de/lexikon/buergerraete (Zugriff: 16.02.2022)*

1 Analysieren Sie die Karikatur in M1.
2 Arbeiten Sie die zentralen Elemente des Konzeptes der Bürgerräte heraus (M1).
3 Erörtern Sie, inwiefern Bürgerräte und andere Instrumente der Bürgerbeteiligung eine sinnvolle Ergänzung zur Interessenvertretung durch Parteien und Abgeordnete sind.
4 Diskutieren Sie, ob Bürgerräte zu mehr oder zu weniger Demokratie führen (M1, M2).

**GLOSSAR**

Abgeordnete
Partei

# 2.2 Gesetzgebung – Übertragung des politischen Willens in Rechtsnormen

## Parteien und Verfassungsorgane Hand in Hand?

**INTERNET**

WES-118380-221
Film: Einfach erklärt: Deutsche Gesetzgebung

**GLOSSAR**

Klimawandel

**„Die Parteien wirken bei der politischen Willensbildung des Volkes mit." So sieht es Art. 21 GG vor. Sie tun dies u. a. dadurch, dass sie Programme formulieren, die dem Bürgerwillen entsprechen sollen. Mit diesen Programmen stellen sie sich zur Wahl und versuchen, ihre politischen Anliegen in Gesetze und somit in praktische Politik zu überführen. Die Parteien tun dies im Austausch mit den relevanten Verfassungsorganen: Parlament, Regierung und gegebenenfalls dem Verfassungsgericht.**
**Am Beispiel des Klimaschutzgesetzes kann man nachvollziehen, wie die gesellschaftlichen Forderungen nach mehr Klimaschutz über die Parteiprogramme Eingang in den Koalitionsvertrag und somit in das politische Programm der Bundesregierung fanden und schließlich in ein Gesetz mündeten. Dieses Gesetz bedarf allerdings – so das richtungsweisende Urteil des Verfassungsgerichtes – der Nachbesserung, um den Bedürfnissen der Bürgerinnen und Bürger – und vor allem der künftigen Generationen – gerecht zu werden.**

**INFO**

**Pariser Klimaabkommen**
Im Jahr 2015 einigten sich erstmalig 196 Staaten sowie die EU in einem völkerrechtlich bindenden Vertrag, den Klimawandel zu bremsen und seine Folgen abzufedern. Die Erderwärmung soll auf deutlich unter zwei Grad Celsius im Vergleich zur vorindustriellen Zeit beschränkt werden; das Ziel ist es, die Erwärmung auf 1,5 Grad Celsius zu begrenzen.

### M 1 Aus den Wahlprogrammen von Union und SPD (2017)

**a) CDU/CSU**

Klimaschutz und Schutz der natürlichen Lebensgrundlagen sind existenziell wichtig. Weltweit wachsen Bevölkerung und Wohlstand. Dadurch steigen der Verbrauch an Rohstoffen und der Ausstoß von $CO_2$. Wir müssen beweisen, dass intakte Umwelt, Wachstum und Wohlstand keine Gegensätze, sondern zwei Seiten derselben Medaille sind. Deshalb geht Europa beim Klimaschutz und Umweltschutz voran, deshalb stehen wir zum weltweiten Klimaabkommen von Paris. [...]
Wir halten an unseren bestehenden Energie- und Klimazielen fest und setzen sie Schritt für Schritt um. Dies gilt auch für den 2016 beschlossenen Klimaschutzplan. Wir lehnen dirigistische staatliche Eingriffe in diesem Bereich ab und setzen stattdessen auf marktwirtschaftliche Instrumente. Damit das Klima Zukunft hat. [...]
Notwendige Regelungen zum Umwelt- und Klimaschutz dürfen nicht zur Verlagerung von Arbeitsplätzen in Länder mit geringeren Umweltauflagen führen.

*CDU/CSU: Für ein Deutschland, in dem wir gut und gerne leben. Regierungsprogramm 2017–2021, Berlin 2017, S. 6, 69 und 10*

**b) SPD**

Für viele Menschen auf unserem Planeten hängen die Chancen auf ein Leben in Wohlstand und Frieden vom erfolgreichen Kampf gegen den Klimawandel ab. Klimaschutzpolitik ist daher immer auch Friedenspolitik und Ausdruck internationaler Solidarität. Die Vereinten Nationen haben sich 2015 auf dem Klimagipfel in Paris auf eine treibhausgasneutrale Weltwirtschaft verständigt. [...] In Deutschland wollen wir bis 2020 den Ausstoß von $CO_2$ im Vergleich zu 1990 um mindestens 40 Prozent senken, bis 2050 wollen wir weitestgehend Treibhausgasneutralität erreichen. [...]
Eine SPD-geführte Bundesregierung wird den Dialog mit den Unternehmen, den Gewerkschaften und den Beschäftigten in den betroffenen Sektoren führen. Denn wir wissen, dass sich soziale, ökonomische und ökologische Fragen nicht einzeln, sondern nur unter Berücksichtigung der wechselseitigen Abhängigkeiten erfolgreich beantworten lassen. [...]
Die Ergebnisse dieses Dialoges werden wir im Rahmen eines nationalen Klimaschutzgesetzes umsetzen.

*SPD: Zeit für mehr Gerechtigkeit. Unser Regierungsprogramm für Deutschland. SPD Wahlprogramm, Berlin, 2017, S. 61 f.*

## M2 Aus dem Koalitionsvertrag von Union und SPD (2018)

Wir bekennen uns zu den national, europäisch und im Rahmen des Pariser Klimaschutzabkommens vereinbarten Klimazielen 2020, 2030 und 2050 für alle Sektoren. Deutschland setzt sich gemäß dem Pariser Klimaschutzabkommen dafür ein, die Erderwärmung auf deutlich unter 2 Grad Celsius und möglichst auf 1,5 Grad Celsius zu begrenzen und spätestens in der zweiten Hälfte des Jahrhunderts weltweit weitgehende Treibhausgasneutralität zu erreichen. Wir setzen das Aktionsprogramm Klimaschutz 2020 und den Klimaschutzplan 2050 mit den für alle Sektoren vereinbarten Maßnahmenpaketen und Zielen vollständig um und werden Ergänzungen vornehmen, um die Handlungslücke zur Erreichung des Klimaziels 2020 so schnell wie möglich zu schließen. Das Minderungsziel 2030 wollen wir auf jeden Fall erreichen. Dies soll unter Beachtung des Zieldreiecks Versorgungssicherheit, Sauberkeit und Wirtschaftlichkeit sowie ohne Strukturbrüche und mithilfe einer deutlichen Steigerung des Ausbaus der erneuerbaren Energien und der Energieeffizienz realisiert werden. Wir stehen weiterhin für eine wissenschaftlich fundierte, technologieoffene und effiziente Klimapolitik.

*Ein neuer Aufbruch für Europa. Eine neue Dynamik für Deutschland. Ein neuer Zusammenhalt für unser Land. Koalitionsvertrag zwischen CDU, CSU und SPD. 19. Legislaturperiode, Berlin 2018, S. 142*

Olaf Scholz (SPD), Angela Merkel (CDU) und Horst Seehofer (CSU) bei der Unterzeichnung des Koalitionsvertrags der Großen Koalition (2018)

## M3 Entwurf für ein Klimaschutzgesetz

### a) Aus dem Referentenentwurf zum Klimaschutzgesetz

**§1 Zweck des Gesetzes**

Zweck dieses Gesetzes ist es, zum Schutz vor den Auswirkungen des weltweiten Klimawandels die Erfüllung der deutschen Klimaschutzziele sowie die Einhaltung der europäischen Zielvorgaben zu gewährleisten. Grundlage ist die Verpflichtung nach dem Übereinkommen von Paris aufgrund der Klimarahmenkonvention der Vereinten Nationen, den Anstieg der globalen Durchschnittstemperatur auf deutlich unter 2 Grad und möglichst auf 1,5 Grad gegenüber dem vorindustriellen Niveau zu begrenzen, um die Auswirkungen des weltweiten Klimawandels so gering wie möglich zu halten. Zur Vermeidung einer anthropogenen Störung des Klimasystems soll die Freisetzung von Treibhausgasen weitestgehend gemindert und bis zur Mitte des Jahrhunderts die Netto-Treibhausgasneutralität erreicht werden.

**INFO**

**anthropogen**
menschengemacht, durch den Menschen beeinflusst bzw. verursacht

### b) Hintergrund: Was ist ein Referentenentwurf?

Die überwiegende Mehrheit aller Gesetze wird von der Regierung initiiert. Das federführende Ministerium, in dessen fachliche Zuständigkeit ein neues Gesetzesvorhaben fällt, stimmt sich mit anderen Ministerien sowie den inhaltlich relevanten Interessengruppen ab. Das zuständige Fachreferat, also die Fachabteilung, erarbeitet dann einen Referentenentwurf. Dieser wird wiederum mit den anderen Ministerien und relevanten Gruppen abgestimmt, überarbeitet und schließlich dem Justizministerium zur juristischen Prüfung vorgelegt. Anschließend geht der Entwurf als Kabinettsvorlage an das Bundeskanzleramt und wird in der Kabinettssitzung diskutiert. Wird der Entwurf beschlossen, wird diese Regierungsvorlage dem Bundesrat zur Prüfung zugeleitet.

**GLOSSAR**

**Bundesrat**
**Bundesregierung**
**Interessengruppen**

*a) Referentenentwurf des Bundesministeriums für Umwelt, Naturschutz und nukleare Sicherheit zum Bundes-Klimaschutzgesetz (KSG), in: klimareporter°, Berlin: Klimawissen e. V., https://www.klimareporter.de/images/dokumente/2019/02/ksg.pdf (Zugriff: 16.02.2022); b) Autorentext*

1 Vergleichen Sie die klimapolitischen Positionen von CDU/CSU und SPD (M1).
2 Legen Sie dar, wie sich die klimapolitischen Positionen der Parteien im Koalitionsvertrag und im Referentenentwurf wiederfinden (M2 und M3 a).
3 Erläutern Sie die Bedeutung der Fachreferate bei der Erarbeitung von Gesetzen (M3 b).

**INTERNET**

**WES-118380-222**
Schema zum Gesetzgebungsverfahren

**INFO**

**Paralleleinbringung**
Initiiert die Bundesregierung ein Gesetz, muss es zunächst dem Bundesrat zur Stellungnahme zugeleitet werden (Art. 76 (2) GG). Dieser hat sechs Wochen Zeit für eine Stellungnahme. Um Gesetzgebungsprozesse zu beschleunigen, ist es nicht unüblich, dass die Regierungsfraktionen die Regierungsvorlage wortgleich übernehmen, zu ihrem eigenen Vorschlag machen und diesen in den Bundestag einbringen. Das nennt man „Paralleleinbringung". Somit kann der Bundestag mit der ersten Lesung und der Ausschussarbeit beginnen. Die Stellungnahmen des Bundesrates werden dann im weiteren Verlauf berücksichtigt. Am Ende wird jedoch nur einer der beiden parallelen Entwürfe verabschiedet.

## M4 Chronologie des Gesetzgebungsverfahrens (Auszüge)

| | |
|---|---|
| 11.02.2019 | Vorlage des Referentenentwurfs durch Bundesumweltministerin Svenja Schulze (SPD) |
| 09.10.2019 | Kabinettsbeschluss zum Gesetzentwurf<br>Im Anschluss: Die Regierungsfraktionen machen sich den Regierungsentwurf zu eigen und bringen ihn in den Bundestag ein (→ Paralleleinbringung). |
| 18.10.2019 | Vorlage des Gesetzentwurfs beim Bundesrat |
| 22.10.2019 | Erste Lesung im Bundestag; Überweisung des Gesetzentwurfs an den Umweltausschuss |
| 06.11.2019 | Öffentliche Ausschussanhörung zum Gesetzentwurf |
| 08.11.2019 | Stellungnahme des Bundesrates zum Gesetzentwurf |
| 15.11.2019 | Zweite und dritte Lesung im Bundestag; Verabschiedung des Gesetzes mit den Stimmen der CDU/CSU- sowie der SPD-Fraktion |
| 17.12.2019 | Veröffentlichung im Bundesgesetzblatt |

*Autorentext*

## M5 Inhalte des Klimaschutzgesetzes von 2019

Das neue Klimaschutzgesetz sieht vor, die Treibhausgasemissionen im Vergleich zum Jahr 1990 schrittweise zu mindern, dabei um mindestens 55 Prozent bis zum Zieljahr 2030. Langfristig verfolgt die Bundesregierung das Ziel der Treibhausgasneutralität bis 2050.

[...] Das Klimaschutzgesetz zeigt erstmals auf, wie viel $CO_2$ jeder Sektor noch ausstoßen darf. Die Bundesministerien sind verpflichtet, für die Einhaltung der jährlichen Emissionsziele in den einzelnen Sektoren zu sorgen – also in der Energiewirtschaft, der Industrie, im Gebäudebereich, im Verkehr, in der Land- und Forstwirtschaft sowie in der Abfallwirtschaft. Erfüllt ein Sektor seine gesetzlich vorgesehenen Ziele nicht, steuert die Bundesregierung umgehend nach. Das zuständige Ministerium muss innerhalb von drei Monaten ein Sofortprogramm vorlegen. Vor einem Beschluss der Bundesregierung über Maßnahmen zur Nachsteuerung prüft der Expertenrat die zugrunde liegenden Annahmen. Auf dieser Grundlage entscheidet die Bundesregierung, welche Maßnahmen sie ergreifen wird, um die Emissionsminderung in den Sektoren und damit das Klimaziel weiter zu erreichen. [...]

Die Bundesregierung setzt bei der Umsetzung des Gesetzes auf größtmögliche Transparenz und Erfolgskontrolle. Die genauen Emissionsdaten in den einzelnen Sektoren werden jährlich vom Umweltbundesamt ermittelt und im März des Folgejahres veröffentlicht.

Die Fortschritte werden dann durch einen unabhängigen Expertenrat begleitet. Er prüft und bewertet die jährlichen Emissionsdaten des Umweltbundesamtes und berichtet der Bundesregierung und dem Bundestag. Insgesamt umfasst der Expertenrat fünf Sachverständige, darunter zwei Klimawissenschaftler, einen Experten für soziale Fragen, einen Umwelt- und Nachhaltigkeitsexperten und einen Wirtschaftssachverständigen.

*$CO_2$-Ausstoß verbindlich senken, Berlin: Presse- und Informationsamt der Bundesregierung, 18.12.2019, https://www.bundesregierung.de/breg-de/themen/klimaschutz/kimaschutzgesetz-beschlossen-1679886 (Zugriff: 16.02.2022)*

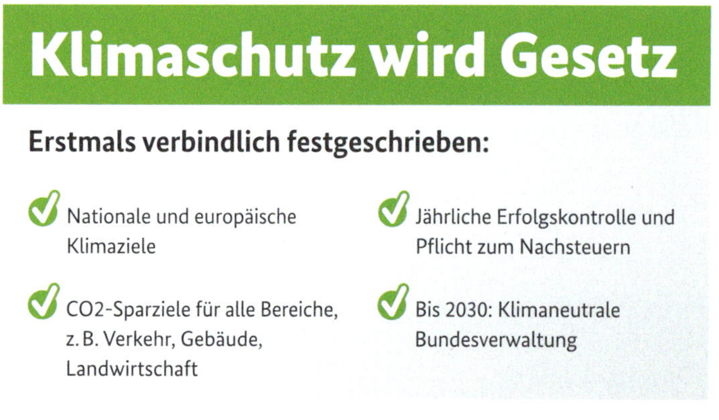

## M6 Kritik am Klimaschutzgesetz (2019)

**a)** „Die Bundesregierung hat mit ihrem Klimaschutzprogramm 2030 zur Umsetzung des Klimaschutzplans 2050 kein Programm für den Klimaschutz bis 2030 präsentiert. Weder die nationalen Klimaziele und erst recht nicht das Pariser Klimaabkommen können mit diesem Programm erreicht werden", sagte Antje von Broock, Sprecherin der Klima-Allianz Deutschland [...]. Gerade weil es die Bundesregierung in den letzten zehn Jahren nicht geschafft habe, die Emissionen relevant zu senken, sei jetzt eine deutliche Umkehr und eine schnelle Minderung der Emissionen nötig, sagte von Broock [...]. Die Sachverständige forderte, das Klimaschutzgesetz stark nachzubessern, die Klimaziele nach 2030 zu ergänzen und Treibhausgasneutralität als verbindliches Ziel festzulegen.

*Julia Dittmann, Umweltausschuss – Umfassende Kritik an Klimapaket und Klimaschutzgesetz, Berlin: Klima-Allianz Deutschland e. V., 06.11.2019, https://www.klima-allianz.de/presse/meldung/umweltausschuss-umfassende-kritik-an-klimapaket-und-klimaschutzgesetz (Zugriff: 16.02.2022)*

**INFO**

**Antje von Broock** (*1976) ist Geschäftsführerin für den Bereich Politik und Kommunikation beim Bund für Umwelt und Naturschutz Deutschland (BUND).

**b)** Das Klimaschutzgesetz wurde [...] kritisiert, weil es im Vergleich zu einem Entwurf aus dem Februar in einigen Punkten abgeschwächt worden ist. [...] Im finalen Entwurf des Klimaschutzgesetzes klingt [...] die Formulierung zum Klimaziel bis 2050 weicher als bisher: Treibhausneutralität soll bis zu diesem Jahr „verfolgt" werden, heißt es nun. Im Februar-Entwurf hatte man dieses Ziel noch „erreichen" wollen. [...]
Auch im nun abgesegneten Klimapaket sind noch nicht alle Maßnahmen komplett ausgearbeitet, mit denen Deutschland seine Treibhausemissionen senken will. So wird es zum Beispiel vorerst keine genauen Vorgaben enthalten, wie stark die Kfz-Steuer für Neuwagen mit hohem Spritverbrauch angehoben wird. [...] Tatsächlich aber fanden sich in einem früheren Entwurf des Klimapakets von Ende September noch konkrete Summen zur Anhebung der Kfz-Steuer. Zwei Euro pro Gramm $CO_2$ sollten ab 95 Gramm $CO_2$-Ausstoß pro Kilometer draufgeschlagen werden, ab 115 Gramm pro Kilometer sogar 3,50 Euro. Damit hätte sich die Kfz-Steuer eines heutigen VW Golfs auf 400 Euro verdoppelt. Im finalen Entwurf werden nun keine konkreten Zahlen mehr genannt. [...]
Die geplanten Ausbaumengen für die Windenergie an Land fallen im finalen Klimapaket ebenfalls geringer aus als zwischenzeitlich angepeilt. In einem früheren Entwurf hieß es noch, dass künftig jedes Jahr zusätzlich Windräder mit einer Kapazität von einem Gigawatt gebaut werden sollen, um bis 2030 eine installierte Leistung von 80 Gigawatt zu erreichen. Im finalen Entwurf des Klimapakets wird nun eine installierte Leistung von 67 bis 71 Gigawatt bis 2030 angepeilt.

*aev/ssu/gt/dpa, Klimapaket und Klimaschutzgesetz vom Bundeskabinett angenommen, in: Spiegel online, 09.10.2019, https://www.spiegel.de/politik/deutschland/klimapaket-und-klimaschutzgesetz-vom-bundeskabinett-angenommen-a-1290659.html (Zugriff: 07.12.2021); wgr/©dpa, Kabinett billigt Klimapaket, 09.10.2019*

1. Informieren Sie sich über den Ablauf eines Gesetzgebungsverfahrens (Webcode auf S. 116).
2. Ordnen Sie die einzelnen Schritte des Gesetzgebungsverfahrens den konkreten Daten zu (M4).
3. Erläutern Sie die parlamentarische Praxis der „Paralleleinbringung" (Info auf S. 116 und Art. 76 GG).
4. Legen Sie dar, wie die Regierungsfraktionen (CDU/CSU und SPD) ihre im Koalitionsvertrag (M2) festgeschriebenen Ziele umgesetzt haben (M5).
5. Arbeiten Sie die Kritikpunkte am Klimaschutzgesetz heraus (M6).

# „Recht auf Zukunft" – das Klimaschutzgesetz vor dem Bundesverfassungsgericht

## M 1 Die Klimaklage vor dem Bundesverfassungsgericht

**INFO**

**Sophie Backsen** (*1988) ist auf dem elterlichen Bauernhof auf der Nordseeinsel Pellworm aufgewachsen. Sie studiert Agrarwissenschaften in Kiel und war eine der neun Klägerinnen und Kläger, die die Bundesrepublik Deutschland wegen unzureichender Klimaschutzmaßnahmen verklagte.

Die Heimat von Sophie Backsen liegt rund einen Meter unter dem Meeresspiegel. Ihre Heimat, das ist ein alter Bauernhof auf der Nordseeinsel Pellworm. Dort lebt die 22-Jährige mit ihren Geschwistern und ihren Eltern. Die Familie betreibt Ackerbau, Rinderzucht und hält Schafe. Sophie Backsen will den Betrieb später vielleicht einmal übernehmen. Allerdings stehen schon jetzt bei Sturmfluten regelmäßig Teile der Insel unter Wasser. Und die Inselbewohner befürchten, dass der steigende Meeresspiegel dazu führen könnte, dass irgendwann die Deiche nicht mehr ausreichen. Backsen und ihre Geschwister haben sich deshalb mit anderen Jugendlichen und jungen Erwachsenen zusammengetan, um vor dem Bundesverfassungsgericht für mehr Klimaschutz zu streiten. Auch die anderen Klägerinnen und Kläger betreiben mit ihren Familien ökologische Bauernhöfe und nachhaltigen Tourismus auf Nordseeinseln, im Alten Land sowie in Brandenburg. Sie seien bereits heute spürbar vom Klimawandel betroffen, etwa von Extremwetterlagen und Hitzewellen, heißt es in ihrer Klageschrift. Sie fühlten sich „hilflos" dem „wirtschaftlichen und politischen ‚Weiter so' ausgesetzt" und seien unter „erheblichem Stress im Hinblick auf ihre eigene Zukunft".
Deshalb machen sie ein „Recht auf Zukunft" geltend. „Wir argumentieren mit Artikel 1 des Grundgesetzes", sagte ihre Anwältin Roda Verheyen. „Die Menschenwürde ist hier betroffen aus unserer Sicht, weil die Jugendlichen später nicht mehr über ihr Leben bestimmen können. Sie werden schlicht in einer Welt leben, die nicht mehr beherrschbar ist." [...]
Seit Ende 2019 gibt es ein Bundes-Klimaschutzgesetz, das sich ausdrücklich auf das Pariser Klimaabkommen bezieht. Darin verpflichten sich die Staaten, den Anstieg der globalen Durchschnittstemperatur auf deutlich unter 2 Grad und möglichst auf 1,5 Grad gegenüber dem vorindustriellen Niveau zu begrenzen. Dafür wird in dem Gesetz ein nationales Klimaschutzziel festgeschrieben: Bis 2030 sollen die Treibhausgasemissionen um mindestens 55 Prozent gesenkt werden – im Vergleich zum Jahr 1990. [...]
Den neun Jugendlichen ist das zu wenig. Sie wollen, dass das Bundesverfassungsgericht den Bundesgesetzgeber zu mehr verpflichtet. Und zwar ganz konkret dazu, per Gesetz dafür zu sorgen, dass Deutschlands Treibhausgasemissionen „so gering wie möglich gehalten werden" – soweit dies mit Blick auf andere Grundrechte verhältnismäßig ist. Sie argumentieren, schon das festgelegte nationale Klimaschutzziel sei unzureichend. Statt um 55 Prozent müsse Deutschland um circa 70 Prozent reduzieren, um seinen Beitrag zum Erreichen des 1,5-Grad-Ziels zu leisten. Das sei das „absolute Untermaß" und nicht etwa eine „extrem vorsorgende oder bestmögliche Reduktionsleistung". Außerdem könne mit den im Gesetz vorgesehenen Maßnahmen nicht einmal das Reduktionsziel von 55 Prozent erreicht werden.
Der deutsche Gesetzgeber habe ein „unschlüssiges, ungeeignetes und mit Schutzpflichten unvereinbares Gesetz" erlassen, das bis 2030 deutlich zu viele Treibhausgasemissionen in Deutschland zulasse und damit der Generation der Beschwerdeführer die Entscheidungsmöglichkeit über ihre eigene Zukunft nehme, heißt es in der Klageschrift.

*Claudia Kornmeier, Mehr Klimaschutz durch Karlsruhe?, in: Tagesschau.de, Hamburg: NDR, 29.04.2021, https://www.tagesschau.de/inland/innenpolitik/klimaklagen-103.html (Zugriff: 16.02.2022)*

Zeichnung: Gerhard Mester

## M2 Verfassungsgericht erklärt Klimaschutzgesetz für teilweise verfassungswidrig

Das deutsche Klimaschutzgesetz aus dem Jahr 2019 ist in Teilen nicht mit den Grundrechten vereinbar. Es fehlten ausreichende Vorgaben für die Minderung der Emissionen ab dem Jahr 2031, teilte das Bundesverfassungsgericht mit. [...]

Da in dem Gesetz lediglich bis zum Jahr 2030 Maßnahmen für eine Emissionsverringerung vorgesehen sind, würden die Gefahren des Klimawandels auf Zeiträume danach und damit zulasten der jüngeren Generation verschoben, so die Richter. Einen Anstieg der globalen Durchschnittstemperatur wie geplant auf deutlich unter 2 Grad und möglichst auf 1,5 Grad zu begrenzen, sei dann nur mit immer dringenderen und kurzfristigeren Maßnahmen machbar. Damit würden die zum Teil sehr jungen Beschwerdeführenden in ihren Freiheitsrechten verletzt. [...]

„Von diesen künftigen Emissionsminderungspflichten ist praktisch jegliche Freiheit potenziell betroffen, weil noch nahezu alle Bereiche menschlichen Lebens mit der Emission von Treibhausgasen verbunden und damit nach 2030 von drastischen Einschränkungen bedroht sind", heißt es in der Erklärung. Zur Wahrung grundrechtlich gesicherter Freiheit hätte der Gesetzgeber Vorkehrungen treffen müssen, „um diese hohen Lasten abzumildern". Von „Vorkehrungen zur Gewährleistung eines freiheitsschonenden Übergangs in die Klimaneutralität" ist die Rede. Daran fehle es bislang.

Die Richter verpflichteten den Gesetzgeber nun, bis Ende 2022 die Minderungsziele der Treibhausgasemissionen ab 2031 besser zu regeln. Die bis 2030 festgelegten Klimaschutzziele seien dagegen nicht zu beanstanden. [...]

Auch Sophie Backsen, eine 22-Jährige, die mit ihren Eltern auf der Nordseeinsel Pellworm auf einem Bauernhof lebt, freute sich über das Urteil. [...] „Die Entscheidung ist ein Riesenerfolg für uns junge Menschen. Es ist klar geworden, dass Teile des Klimaschutzgesetzes nicht mit unseren Grundrechten vereinbar sind. Und wirksamer Klimaschutz muss eben jetzt betrieben werden und umgesetzt werden und nicht erst in zehn Jahren, wenn es zu spät ist." [...]

Bei seiner Entscheidung bezieht sich das Gericht auf Artikel 20a des Grundgesetzes. Darin heißt es: „Der Staat schützt auch in Verantwortung für die künftigen Generationen die natürlichen Lebensgrundlagen und die Tiere im Rahmen der verfassungsmäßigen Ordnung durch die Gesetzgebung und nach Maßgabe von Gesetz und Recht durch die vollziehende Gewalt und die Rechtsprechung." Die Richter erklärten, es dürfe nicht einer Generation zugestanden werden, „unter vergleichsweise milder Reduktionslast große Teile des $CO_2$-Budgets zu verbrauchen, wenn damit zugleich den nachfolgenden Generationen eine radikale Reduktionslast überlassen und deren Leben umfassenden Freiheitseinbußen ausgesetzt würde". [...] Mit den natürlichen Lebensgrundlagen müsse sorgsam umgegangen werden. Und sie müssten der Nachwelt in einem Zustand hinterlassen werden, „dass nachfolgende Generationen diese nicht nur um den Preis radikaler eigener Enthaltsamkeit weiter bewahren könnten".

*Giggi Deppe, Klimaschutzgesetz in Teilen verfassungswidrig, in: Tagesschau.de, Hamburg: NDR, 29.04.2021, https://www.tagesschau.de/inland/klimaschutzgesetz-bundesverfassungsgericht-101.html (Zugriff: 16.02.2022)*

**GLOSSAR**

**Grundrechte**

**INTERNET**

**WES-118380-223**
Film: Einfach erklärt: Grundrechte

**WES-118380-224**
Das Grundgesetz im Internet

**1** Analysieren Sie die Karikatur in M1.

**2** Arbeiten Sie die Argumente der Klägerinnen und Kläger gegen das Klimaschutzgesetz heraus (M1).

**3** **a)** Legen Sie die Antwort des Bundesverfassungsgerichts auf die Klage gegen das Klimaschutzgesetz dar (M2).
**b)** Beurteilen Sie diese Entscheidung.

## M3 Eine Analyse des Verfassungsgerichtsurteils

Zeichnung: Heiko Sakurai

Erster Anknüpfungspunkt der Klagen war: Der Staat habe durch die geltenden Regeln seine „Schutzpflichten" aus dem Grundgesetz verletzt – also insgesamt zu wenig getan. Mit diesem Argument kommen die Kläger allerdings nicht durch. Zwar gebe es eine Schutzpflicht. Diese umfasse auch die Verpflichtung, Leben und Gesundheit der Bürgerinnen und Bürger vor den Gefahren des Klimawandels zu schützen. Auch das Eigentum der Menschen müsse der Staat schützen, etwa vor steigendem Meeresspiegel oder Dürren. Aber: Wie genau der Staat diese Schutzpflicht erfüllt, dabei habe der Gesetzgeber einen großen Spielraum. Das ist eine klassische Karlsruher Linie, um die Kompetenzen des Gesetzgebers nicht zu stark zu beschneiden. Dieser Spielraum sei hier nicht überschritten, denn das Gesamtkonzept sei nicht „offensichtlich ungeeignet". [...]

Was das Gericht aber massiv stört: Das Gesetz enthält keine Regelung über das Jahr 2030 hinaus. Das Gesetz verschiebe hohe Reduktionslasten also unumkehrbar auf Zeiträume nach 2030. Und genau da kommen die Grundrechte der jüngeren Generation [...] ins Spiel. Und zwar mit einem neuen Ansatz.

Denn normalerweise geht es in Karlsruhe darum, dass der Staat im Hier und Jetzt bestimmte Grundrechte verletzt. Neu ist heute: So wie das Gesetz gemacht ist, verletzt es die Freiheitsrechte einer gesamten, jüngeren Generation. Weil der Druck, nach 2030 Treibhausgase zu reduzieren, so groß sein wird, dass die Menschen in ihren Grundrechten massiv eingeschränkt sein würden. Also beim Arbeiten, Eigentumbewirtschaften, Reisen etc. Vor allem, wenn es bei den Tätigkeiten auch um den Ausstoß von $CO_2$ gehe.

Interessant ist, dass das Gericht hier sämtliche Freiheitsrechte einer jüngeren Generation in Gefahr sieht, nicht nur ganz bestimmte. Erforderlich sei, dass die Politik die Reduzierung „vorausschauend" über die Zeit verteile. [...] Rechtlich interessant ist, dass sich das Gericht in seiner Begründung ausdrücklich auf Artikel 20 a Grundgesetz beruft, der einen staatlichen Schutzauftrag enthält. Danach schützt der Staat auch in Verantwortung für künftige Generationen die natürlichen Lebensgrundlagen. Die heutige Entscheidung füllt diese Vorschrift mit Leben.

Für das Gericht folgt aus alldem: Das Gesamtkonzept des Klimaschutzgesetzes sei mit den Grundrechten nur dann vereinbar, wenn der Gesetzgeber schon jetzt – bis Ende 2022 – Regeln für die Zeit ab 2030 aufstellt. [...] Und man müsse auch Vorkehrungen dazu treffen, wie der massive Druck zur Treibgasreduzierung mit den Grundrechten der künftigen Generationen in Einklang zu bringen sei.

*Frank Bräutigam, Ein Signal für die junge Generation, in: Tagesschau.de, Hamburg: NDR, 29.04.2021, https://www.tagesschau.de/inland/klimaschutz-beschluss-analyse-101.html (Zugriff: 16.02.2022)*

## M4 Reaktionen auf das Urteil

„Für den Klimaschutz ist das erst mal ein Ausrufezeichen", sagte Bundesumweltministerin Svenja Schulze (SPD) nach Bekanntwerden des Urteils. Schulze kündigte an, Eckpunkte für ein weiterentwickeltes Klimaschutzgesetz im Sommer vorzulegen. Versäumnisse sah sie vor allem bei ihrem Koalitionspartner: Sie habe sich immer schon dafür eingesetzt, auf dem Weg hin zur Treibhausgasneutralität 2050 auch ein Zwischenziel für 2040 festzulegen. Das sei aber mit CDU und CSU „nicht machbar" gewesen. [...]

[Bundeswirtschaftsminister Peter] Altmaier [CDU] sagte, es sei in den vergangenen Jahren einiges angestoßen worden: „Manches kam spät, einiges vielleicht zu spät." Altmaier kündigte an, dass er in den nächsten Tagen über

Verschärfungen des Klimagesetzes in der Regierung reden wolle. [...]
CSU-Chef Markus Söder nannte das Urteil „wuchtig, aber richtig". [...] Die Reaktionen der Regierungsparteien fallen überraschend positiv aus – richtet sich das Urteil doch eindeutig gegen ihre Politik. Das Klimaschutzgesetz war ein Projekt der Großen Koalition.

*SZ/dpa/Reuters/kml/jsa, „Für den Klimaschutz ist das ein Ausrufezeichen", in: SZ online, 29.04.2021, https://www.sueddeutsche.de/politik/klimaschutzgesetz-reaktionen-1.5280199 (Zugriff: 16.02.2022)*

Fridays for Future Germany
@FridayForFuture

Es ist dein Gesetz, Peter.

Peter Altmaier @peteraltmaier · 29. Apr.
Das @BVerfG hat heute ein großes & bedeutendes Urteil erlassen. Es ist epochal für Klimaschutz & Rechte der jungen Menschen. Und sorgt for Planungssicherheit für die Wirtschaft.
Diesen Thread anzeigen

10:23 vorm. · 29. Apr. 2021 · Twitter Web App

## M5 Die Novellierung des Klimaschutzgesetzes (2021)

Gerade mal drei Monate ist es her, dass das Bundesverfassungsgericht entschied: Das bisherige Klimaschutzgesetz von 2019 muss nachgebessert werden, die Maßnahmen zur Emissionsreduktion ab 2031 seien unzureichend. Im Eiltempo wurde nachgebessert – und nun hat der Bundestag mit den Stimmen der Großen Koalition das verschärfte Klimaschutzgesetz beschlossen. [...]
Im neuen, verschärften Gesetz ist nun das nationale Ziel verankert, bis 2045 statt 2050 treibhausgasneutral zu werden. Auch das Emissionsziel bis 2030 wird hochgeschraubt. Deutschland soll nun bis dahin seine Treibhausgasemissionen im Vergleich zu 1990 um mindestens 65 Prozent senken. Das alte Klimagesetz sah ein Minus von mindestens 55 Prozent vor.
Umweltministerin Svenja Schulze zeigte sich nach der Abstimmung hochzufrieden: Das Gesetz bilde ein „starkes Fundament". Jetzt müsse der Ausbau der erneuerbaren Energien Vorrang bekommen und die Infrastruktur modernisiert werden. „Das Klimaschutzgesetz wird jetzt sicherstellen, dass wir die neuen, dass wir die deutlich höheren Ziele für 2030 und 2040 zuverlässig erreichen, bis hin eben zur Treibhausgasneutralität 2045", so die SPD-Politikerin.
Ganz anders als die Ministerin bewertet die Opposition das Gesetz. Den Grünen, der Linkspartei und der FDP geht das Gesetz – aus unterschiedlichen Gründen – nicht weit genug: Noch nie habe eine Bundesregierung beim Klimaschutz so viele Möglichkeiten gehabt, sagte der Grünen-Fraktionsvorsitzende Anton Hofreiter. Doch die Große Koalition habe diese „in einer Mischung aus Zaghaftigkeit und Überforderung" nicht genutzt. Die Linkspartei bemängelte unter anderem den fehlenden Willen zu einer klimafreundlichen Verkehrswende. Und die FDP forderte eine bessere Abstimmung mit den europäischen Partnern. Anders die größte Oppositionspartei AfD: Sie stellte in Abrede, dass es überhaupt einen $CO_2$-bedingten Klimawandel gibt. „Es gibt keinen Klimanotstand durch $CO_2$, jetzt nicht, morgen nicht und übermorgen auch nicht", sagte der AfD-Abgeordnete Karsten Hilse.

*Schärferes Klimaschutzgesetz passiert Bundestag, in: Tagesschau.de, Hamburg: NDR, 24.06.2021, https://www.tagesschau.de/inland/klimaschutzgesetz-109.html (Zugriff: 16.02.2022)*

**INFO**

**Novellierung**
Änderung oder Ergänzung eines bestehenden Gesetzes

**1** **a)** Arbeiten Sie die juristisch relevanten Aspekte des Urteils heraus (M3).
**b)** Diskutieren Sie die politische Bedeutung dieses Richterspruchs.

**2** Der Urteilsspruch wurde in den Medien als „schallende Ohrfeige" für Regierung und Parlament bezeichnet. Bewerten Sie diese Einschätzung (M4).

**3** Legen Sie dar, wie der Gesetzgeber auf die Vorgaben des Verfassungsgerichts reagierte (M5).

**4** Beurteilen Sie am Beispiel des Klimaschutzgesetzes das Zusammenwirken von Parteien und Verfassungsorganen beim Gesetzgebungsprozess.

# 2.3 Ringen um die Wählergunst – der Wahlkampf

## Wahlkampf im Wandel

### M1 Wahlkampf auf allen Kanälen

### M2 Wahlkampfkanäle der Parteien

Quelle: Frank Brettschneider, Manfred Güllner, Peter Matuschek, Wahlkampf-Kanäle der Parteien vor der Landtagswahl in Baden-Württemberg, 2021

**1** Charakterisieren Sie die in M1 dargestellten Medien des Wahlkampfes hinsichtlich ihrer Reichweite, Zielgruppe und Effizienz.

**2** **a)** Analysieren Sie M2.
**b)** Vergleichen Sie die Ergebnisse mit Ihren Einschätzungen bei Aufgabe 1.

**3** Arbeiten Sie heraus, welche strategischen Grundentscheidungen Wahlkampfteams treffen müssen (M3).

## M3 Strategische Fragen rund um den Wahlkampf

Im modernen Wahlkampf wird kaum etwas dem Zufall überlassen. [...] Systematisches Wahlkampfmanagement [...] soll die zwei wesentlichen Grundsteine für den Wahlerfolg legen:

- Die eigene Anhängerschaft muss mobilisiert werden. [...]
- Die parteipolitisch ungebundenen [...] Wähler müssen überzeugt werden. Verfügen sie über eine hohe formale Bildung und ein ausgeprägtes politisches Interesse, so gelingt dies mittels der im Wahlkampf dominanten Themen und der den Parteien bei diesen Themen zugeschriebenen Kompetenz. Die ungebundenen Wählerinnen und Wähler mit einer niedrigen formalen Bildung und einem geringen politischen Interesse werden hingegen eher durch Einzelthemen beeinflusst, die sie unmittelbar betreffen, oder durch Stimmungen direkt vor der Wahl. [...]

Für das Themenmanagement stehen drei Taktiken zur Verfügung:

- *Agenda-Setting:* Beim aktiven Setzen der politischen Tagesordnung wird versucht, jene Themen in der Medienberichterstattung und in der öffentlichen Diskussion zu lancieren oder sie dort zu halten, bei denen entweder die eigene Partei bzw. die eigene Kandidatin / der eigene Kandidat von der Bevölkerung als kompetent angesehen werden oder bei denen die Bevölkerung bei gegnerischen Parteien und [...] Kandidaten Defizite wahrnimmt.
- *Agenda-Cutting:* Es wird versucht, jene Themen aus der Medienberichterstattung und der öffentlichen Diskussion fernzuhalten [...], bei denen entweder die eigene Partei bzw. die eigene Kandidatin / der eigene Kandidat von der Bevölkerung nicht als kompetent angesehen werden oder bei denen die Bevölkerung gegnerischen Parteien und Kandidatinnen und Kandidaten mehr Kompetenz zuschreibt.
- *Agenda-Surfing:* Wenn man das in der öffentlichen Diskussion existierende Themen-Set nicht beeinflussen kann, wird versucht, dieses Themen-Set zum eigenen Vorteil zu nutzen.

[...] In den USA ist das *Negative Campaigning* relativ weit verbreitet. Es basiert auf dem Motto: Angriff ist die beste Verteidigung. Die Angriffe können sich gegen programmatische Positionen richten oder gegen persönliche Eigenschaften des politischen Gegenübers. Wenn die Angriffe auf die persönliche Integrität des politischen Gegners zielen, Aspekte seines Privatlebens thematisieren und „unter die Gürtellinie" gehen, spricht man auch von einer „Schlammschlacht". [...] Aber: *Negative Campaigning* ist eine Gratwanderung, denn die Angriffe können sich gegen die oder den Angreifenden selbst wenden. [...]

Auch sind die Wahlkampfinstrumente orchestriert, d. h. aufeinander abgestimmt einzusetzen. Zwei Fragen werden dabei immer wieder kontrovers diskutiert: 1) Welche Bedeutung haben Wahlplakate? 2) Was ist wichtiger: der Online- oder der Offlinewahlkampf? [...]

Wahlplakate verschlingen einen erheblichen Teil der Wahlkampfbudgets. In der Öffentlichkeit ist ihre Wirkung umstritten. Häufig ist daher [...] der Vorschlag zu hören, auf die Plakatierung ganz zu verzichten. Allerdings will keine Partei damit anfangen. Denn für Plakate sprechen gewichtige Gründe: Erstens werden Wahlplakate von vielen Menschen wahrgenommen. [...] Zweitens signalisieren Plakate durch ihre massive Präsenz im öffentlichen Raum auch politisch weniger interessierten Menschen, dass sich der Wahlkampf in seiner heißen Phase befindet. [...]

Die Bedeutung des Internets wächst von Wahlkampf zu Wahlkampf. Das Internet ist vor allem für Erst- und Jungwählerinnen und -wähler die bevorzugte Informationsquelle. Auch für Parteien ist das Internet ein günstiges und schnelles Informationsmedium. Damit können Parteien die Massenmedien umgehen und Wählerinnen und Wähler direkt ansprechen. Zudem erleichtert das Internet die interne Koordination. Das eigene Wahlkampfteam lässt sich mit seiner Hilfe perfekt vernetzen. Mobil und schnell sein, das ist das Erfolgsrezept.

*Frank Brettschneider, Wahlkampf: Funktionen, Instrumente und Wirkungen, in: Bürger&Staat, 3-2021, Stuttgart: Landeszentrale für politische Bildung Baden-Württemberg, S. 141–147, hier S. 142–146*

## Wahlkampfkommunikation analysieren

Im Wahlkampf versuchen die Parteien, auf unterschiedlichen Wegen ihre Anhängerschaft zu mobilisieren und Unentschlossene für sich zu gewinnen. Zu den bedeutendsten Mitteln zählen Wahlplakate, Wahlprogramme, Social-Media-Kampagnen und Wahlwerbespots. All diese Medien verfolgen dasselbe Ziel, haben aber je eigene Logiken und verschiedene Zielgruppen bzw. Funktionen.
Um die Wählerstimmen für sich zu gewinnen, versuchen die Parteien in der Wahlkampfkommunikation, den Wählerinnen und Wählern die Programmatik der Partei bzw. ihre Inhalte näherzubringen. Ebenso möchten sie die Kandidatinnen und Kandidaten nicht nur bekannt machen, sondern verdeutlichen, dass sie die geeigneten Personen für die anstehenden Herausforderungen sind. Dies wiederum setzt voraus, dass eine gewisse Grundstimmung über die aktuelle gesellschaftliche und politische Situation vermittelt wird. Ebenso kann sich die Stimmung auf jene bessere Zukunft beziehen, für die sich die Partei mit ihren Kandidatinnen und Kandidaten einsetzt.

Person/Programmatik

Person ↔ Stimmung

Diese drei Aspekte finden sich in jeder Wahlkampfstrategie, wobei sie in den unterschiedlichen Bestandteilen der Strategie (Plakate, Programm, Wahlwerbespots, Social Media etc.) unterschiedlich gewichtet werden. Bei der Analyse von Wahlkampfkommunikation ist es darum wichtig, das Gesamtkonzept zu betrachten und nicht nur die einzelnen Komponenten. Jenseits der konkreten Inhalte gilt es zu untersuchen, wo die jeweiligen Schwerpunkte liegen und wie Programm, Person und Stimmung miteinander verzahnt werden. Um sich einen Eindruck der Wahlkampfkommunikation einer Partei zu verschaffen, ist es also notwendig, zumindest die vier genannten Komponenten (Plakate, Programm, Wahlwerbespots, Social Media) zu analysieren und die Einzelergebnisse zu einem stimmigen Gesamtbild zusammenzuführen.

Alle Bilder dieser Doppelseite stammen aus dem Wahlkampf zur Bundestagswahl 2021.

Wahlplakat der FDP

### Wahlplakate analysieren

Plakate prägen im Wahlkampf das Straßenbild. Man nimmt sie oft im Vorbeigehen wahr. Es gehört zu den Eigenschaften des Mediums, dass nicht viel Platz zur Verfügung steht und es über visuelle Mittel wirkt. Textelemente können höchstens in Form einprägsamer Slogans eingesetzt werden.
Bei der Analyse von Wahlplakaten sollten Sie sich u. a. folgende Fragen stellen:

- Handelt es sich um ein Themenplakat oder ein Personenplakat?
- Wie ist das Plakat aufgeteilt? Was steht im Zentrum, was im Hintergrund?
- Welche Farben kommen zum Einsatz?
- Welche Botschaft soll vermittelt werden?
- Welche Schlagwörter bzw. Symbole werden eingesetzt?
- Wie wirken Bild und Text zusammen?
- Welche Stimmung will das Plakat vermitteln?
- Wie wirkt das Plakat (auf Sie)?

Wahlprogramm der Partei Die Linke

### Wahlprogramme auswerten

In den Wahlprogrammen schreiben die Parteien fest, wofür sie stehen und welche konkreten Schritte sie einleiten würden, wenn ihnen die Regierungsverantwortung übertragen wird. Solche Programme sind mehrere Dutzend Seiten lang. In der Regel erstellen Parteien aber auch Kurzfassungen, in denen sie die wichtigsten Eckpunkte ihrer Programmatik kompakt darstellen.
Bei der Analyse von Wahlprogrammen bietet sich folgendes Vorgehen an:
Verschaffen Sie sich mithilfe des Kurzprogramms einen Überblick über die Programmatik der Partei. Sie können dabei u. a. auf folgende Aspekte achten:

- Wie charakterisiert die Partei die gegenwärtige Situation?
- Welche bessere Zukunft stellt sie dieser Situation gegenüber?

- Welches Menschenbild liegt dem Programm zugrunde? Welche Vorstellung von Demokratie? Welche Grundwerte? Welches Familienbild? Welche Vorstellungen von Wirtschaft, Gesellschaft und Politik? …

Es bietet sich an, im Anschluss ein Themenfeld näher zu untersuchen, indem Sie die entsprechenden Passagen in der Langversion des Parteiprogramms analysieren. Wenn Sie im Kurs mehrere Parteien arbeitsteilig untersuchen, kann es sinnvoll sein, dass Sie sich mit Ihren Mitschülerinnen und Mitschülern auf ein Themenfeld verständigen (etwa Bildungspolitik, Klimaschutz etc.), sodass sie die konkreten Positionen der Parteien miteinander vergleichen können.

Wahlprogramm von Bündnis 90/ Die Grünen

## Wahlwerbespots analysieren

Das öffentlich-rechtliche Fernsehen ist verpflichtet, den Parteien im Vorfeld der Wahlen Sendezeiten für ihre Wahlwerbespots einzurichten. Zusätzlich verbreiten die Parteien ihre Wahlwerbespots über ihre Social-Media-Kanäle. Auch auf Videoplattformen sind sie gut zu finden.

Bei der Analyse solcher Spots können Sie sich an folgenden Leitfragen orientieren:

- Erster Eindruck: Wie wirkt der Clip auf Sie? Was erweckt Ihre Aufmerksamkeit? Wie lautet die zentrale Botschaft?
- Filmische Umsetzung: Welche Kameraführung und -einstellung wird verwendet? Wie sind die Schnitte? Wie passen Bild und Ton zusammen? Welche Wirkung hat die Musik im Hintergrund? Wie werden die Personen in Szene gesetzt?
- Inhalt: Welche Botschaften werden vermittelt? Auf welche Weise wird für die Kandidaten oder die Inhalte der Partei geworben? Wie werden Inhalte vermittelt (sprachlich, symbolisch)?
- Abschließende Bewertung: Erreicht der Spot seine Wirkung? Überzeugt er Sie ästhetisch und inhaltlich?

Screenshots aus Wahlwerbespots
links: Spot der CDU bei Youtube
rechts: Post der SPD bei Instagram

## Social-Media-Content analysieren

Social Media sind vielseitig und ständig im Wandel. Die Parteien versuchen, dieses Feld für ihre Wahlkampfkommunikation zu nutzen. Dort können sowohl Textbeiträge als auch Bilder oder Clips verbreitet werden. Die Besonderheit besteht hier auch darin, dass die User ihrerseits mit den Parteien in Kontakt treten können. Die Wahlkampfteams stecken viel Energie in das User-Management und den Dialog mit den Usern.

Bei der Analyse von Social-Media-Content können Sie sich an den oben genannten Leitfragen zu programmatischen Texten, Wahlplakaten und Spots orientieren. Beachten Sie bei der Analyse aber auch weitere Elemente, die auf den jeweiligen sozialen Medien genutzt werden, sowie das User-Management und die Aktivitäten in den Kommentarspalten.

**1** **a)** Analysieren Sie in einer Gruppenarbeit die Wahlkampfkommunikation einer Partei Ihrer Wahl (Wahlplakate, Parteiprogramm, Wahlwerbespots, Social-Media-Content). Beleuchten Sie hierbei auch, welche Funktion die einzelnen Wahlkampfmedien haben. Achten Sie darauf, wo die jeweiligen Schwerpunkte (Person, Programmatik, Stimmung) liegen und wie diese miteinander verknüpft werden.
**b)** Erstellen Sie dazu eine ansprechende Präsentation, in der Sie anhand von Beispielen charakteristische Merkmale der Wahlkampfstrategie aufzeigen.

QUERVERWEIS
**Methode: Eine selbsterklärende Präsentation erstellen,** S. 220 f.

# Digitale Medien im Wahlkampf

## Wahlkämpfe im digitalen Raum

### M1 Wahlkampf im Umbruch

Wahlkampfveranstaltungen, Haustürgespräche, Wahlplakate, Fernsehduelle oder Wahlwerbespots im Rundfunk – all diese Instrumente gehören zu den klassischen, analogen Formen des Wahlkampfs. Doch seit einigen Jahren nehmen die Parteien das Internet und hier insbesondere soziale Netzwerke vermehrt in den Blick, wenn es darum geht, Wählerinnen und Wähler zu erreichen. [...]
Grundsätzlich lassen sich der Offline- und der Onlinewahlkampf nicht voneinander trennen. Dank massenhaft erhobener Daten im Internet können Parteien beispielsweise herausfinden, in welchen Gemeinden oder Stadtteilen es noch viele unentschlossene Wählerinnen und Wähler gibt. Dort veranstalten sie gezielt Kundgebungen oder gehen von Haustür zu Haustür. Zugleich werden Wahlveranstaltungen live ins Netz gestreamt und erreichen so ein weitaus größeres Publikum. Analoger und digitaler Wahlkampf sind eng miteinander verzahnt, das eine ist ohne das andere nicht denkbar. Dennoch folgen soziale Netzwerke ihrer eigenen Kommunikationslogik, weshalb Wahlkampfstrateg:innen ihre Kampagnen und einzelne Formate jeweils daran anpassen müssen, um die potenzielle Wählerschaft optimal zu erreichen.
[...] [H]eute [ist es] schlichtweg unmöglich, online nicht aktiv zu sein. Um als Partei oder Kandidat:in innovativ und zeitgemäß zu wirken, dürfen Aktivitäten im Internet und insbesondere in den sozialen Medien nicht fehlen.

*Digitaler Wahlkampf, Stuttgart: Landeszentrale für politische Bildung Baden-Württemberg, Juni 2021, https://www.lpb-bw.de/wahlkampf-digital (Zugriff: 16.02.2022)*

### M2 Worüber sprechen Parteien im digitalen Wahlkampf?

Grundsätzlich lassen sich drei Typen von Netzinhalten unterscheiden:
**Kernthemen und zentrale politische Botschaften:** Herzstück des digitalen wie analogen Wahlkampfs ist die Platzierung zentraler politischer Botschaften. Dies geschieht digital beispielsweise über Instagram-Stories oder in Youtube-Videos, aber auch analog auf Plakaten oder in Rundfunk-Wahlwerbespots.
**Agenda-Setting und Agenda-Surfing:** [...] Politiker äußern sich immer häufiger — meist über ihren Twitter-Account — zu aktuellen Nachrichten und dem politischen Weltgeschehen. Durch massenhafte Verbreitung ihres Beitrags werden sie Teil des Nachrichtengeschehens und können so Journalist:innen als bisherige Gatekeeper (Begriff aus der Nachrichtenforschung, englisch für „Pförtner") des Nachrichtenstroms umgehen. Prominentes Beispiel hierfür ist der ehemalige US-Präsident Donald Trump, der mit seinen Tweets beinahe täglich Schlagzeilen machte. [...] Mit pointierten und zitierfähigen Tweets schaffen es Politikerinnen und Politiker aber auch direkt in die mediale Berichterstattung. Tageszeitungen, Onlinemagazine und Nachrichtensendungen veröffentlichen regelmäßig deren Tweets. Die Interaktion zwischen Politik und Journalismus wird in und durch soziale Netzwerke massiv gesteigert und lässt sich für den Wahlkampf entsprechend nutzen. Andererseits gibt es mittlerweile neue Gatekeeper in den sozialen Medien: Influencer auf Youtube etwa erzielen Reichweiten, von denen viele Politiker:innen nur träumen können. So ließen sich im Vorfeld der letzten Bundestagswahl [...] [Politiker:innen] von [...] jungen Internetstars interviewen. [...]
**Krisenkommunikative Inhalte:** Falschmeldungen verbreiten sich oft rasant schnell im Internet und lassen sich nur schwer wieder einfangen. Sie können daher das politische

Image eines Kandidierenden nachhaltig beschädigen. Daher ist es Aufgabe des Wahlkampfteams, Fake News möglichst rasch zu identifizieren und richtigzustellen. Auch die Kommentarspalten zu Beiträgen in sozialen Netzwerken müssen von Beschimpfungen und Äußerungen jenseits der Meinungsfreiheit, sogenannter Hate Speech, sauber gehalten werden, da die Beiträge ansonsten weniger geteilt werden.

*Digitaler Wahlkampf, Stuttgart: Landeszentrale für politische Bildung Baden-Württemberg (siehe M1)*

## M3 Parteien im Social-Media-Wahlkampf

Ein Maßstab für Erfolg in den sozialen Medien ist die Followerzahl. Betrachtet man die Hauptaccounts der Parteien, zeigt sich: Auf Facebook und Youtube liegt die AfD an der Spitze. [...] [Politikberater Martin] Fuchs erklärt das mit der Entstehung der Partei: „Die AfD hat sich komplett auf der Infrastruktur von Facebook aufgebaut. Jeder, der sich über die Partei informieren wollte, aber auch, wer etwas werden wollte in der AfD, der musste zu Facebook gehen und sich dort in den AfD-Gruppen organisieren.“ Zudem verstehe es die Partei, Emotionen einzusetzen, agiere populistisch und überschreite damit Grenzen [...].
Auf Twitter und Instagram haben die Grünen die meisten Follower. Während Twitter von Medienschaffenden dominiert ist, wird Instagram viel von jüngeren Menschen genutzt. Sie neigen tendenziell eher grünen Standpunkten zu, interessieren sich etwa für Klimaschutz, Antirassismus oder Feminismus. [...]
CDU und SPD liegen bei den Followerzahlen auf keiner Plattform vorn. Ihre Mitgliederstruktur ist älter [...]. Ihre vergleichsweise breite Wählerschicht ist im Netz außerdem nicht ganz leicht zu bedienen. [...]
Fast alle Parteien nutzen inzwischen Telegram. Besonders die AfD hat das Potenzial des Dienstes erkannt: Sie ist dort mit diversen Kanälen vertreten, die alle paar Stunden Statements und Videos verbreiten – stets so aufbereitet, dass sie leicht zu teilen sind. Die AfD werde auf Telegram zudem anschlussfähig für andere Szenen, etwa Coronaskeptiker, sagt Politikberater Fuchs. [...]

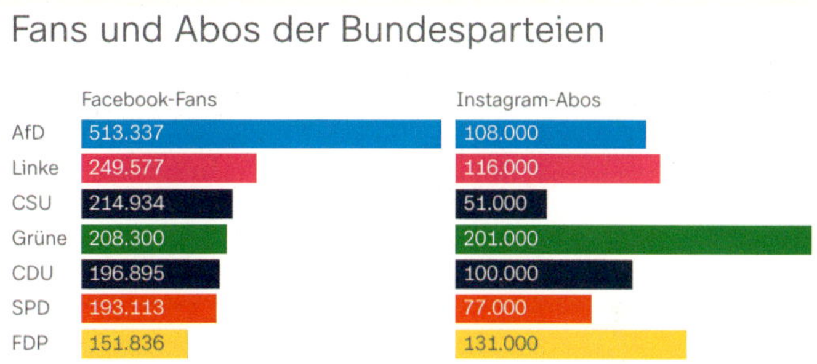

*Stand 17.09.2021, berücksichtigt wurden nur die Accounts der Bundesparteien*
Grafik: ZDFheute • Quelle: Facebook/Instagram, eigene Berechnungen

Bei moderner Wahlkampfkommunikation war die CDU 2017 noch Vorreiterin [...]. [Im Jahr 2021] hat der CDU] [...] aber wohl auch das unpassende Lachen ihres Spitzenkandidaten im Hochwassergebiet [geschadet], das bei Twitter unter dem Hashtag #Laschetlacht trendete. Zuletzt holte die CDU dann auch noch ein Social-Media-Debakel von vor zwei Jahren ein: Damals hatte der Youtuber Rezo ein Video veröffentlicht, in dem er unter dem Titel „Die Zerstörung der CDU“ mit der Partei abrechnete. Die reagierte unsouverän. Jetzt veröffentlichte Rezo eine Neuauflage in zwei Teilen: Das erste Video hatte innerhalb der ersten Woche rund drei Millionen Views. Im zweiten Teil der Neuauflage stellt Rezo die Klimakrise in den Mittelpunkt – und macht vor allem die CDU für viele der politischen Versäumnisse im Kampf gegen den Klimawandel verantwortlich. Dieses Video erreichte binnen 24 Stunden mehr als zwei Millionen Views. Die Strategie der CDU [...]: Ignorieren.

QUERVERWEIS
**Erfolgsfaktor Social Media?,**
S. 109, M3

*Lena Klimpel, Wenn Parteien ins Netz gehen, in: Tagesschau.de, Hamburg: NDR, 06.09.2021, https://www.tagesschau.de/inland/btw21/digitaler-wahlkampf-101.html (Zugriff: 16.02.2022)*

**1** Arbeiten Sie Berührungspunkte von digitalem und analogem Wahlkampf heraus (M1).
**2** Zeigen Sie die Besonderheiten des digitalen Wahlkampfes auf (M1 und M2).
**3** Diskutieren Sie, ob es einen Zusammenhang zwischen dem Stil einer Partei bzw. ihrer Zielgruppe und ihren Social-Media-Strategien gibt (M3).

# Die Praxis des digitalen Wahlkampfs

## M1 Funktionen des digitalen Wahlkampfs

**Informationsfunktion:** [Zum einen] dient der digitale Wahlkampf [...] der politischen Willensbildung durch kontinuierliche Informationen. Dadurch wird die eigene Sichtweise als Partei oder Kandidat deutlich. Hier kann man beispielsweise über verschiedene Plattformen Informationen zur eigenen Stellung oder wichtige Nachrichten teilen.

**Vernetzungsfunktion:** Soziale Medien sind grundsätzlich zur Vernetzung zwischen Personen gedacht. So kann man auch den digitalen Wahlkampf als Vernetzungsfunktion betrachten. Hierbei geht es vor allem darum, eine wachsende Zahl an Fans und Followern auf unterschiedlichen Plattformen aufzubauen.

**Teilhabefunktion:** Wie sehr haben die neu gewonnenen Fans und Follower an den geteilten Inhalten teil? Die Teilhabe misst, wie Nutzer die politische Kommunikation wahrnehmen. Vergeben Nutzer eine Reaktion, einen Kommentar oder ein Like?

**Mobilisierungsfunktion:** Das resultierende Engagement ist entscheidend. Wie viele Nutzer lassen sich am Ende des digitalen Wahlkampfes wirklich mobilisieren?

*Digitaler Wahlkampf, Stuttgart: Landeszentrale für politische Bildung Baden-Württemberg, Juni 2021, https://www.lpb-bw.de/wahlkampf-digital (Zugriff: 16.02.2022)*

## M2 Wie für mich gemacht

Zeichnung: Frank Höhne

**INFO**

**Microtargeting** bezeichnet Werbemaßnahmen, die sich ganz gezielt an bestimmte Personengruppen richten. Dazu wird das Verhalten im Netz, zum Beispiel Suchanfragen, ausgewertet, um passende Werbung anzuzeigen. Auch politische Akteure wie Parteien nutzen solche Datenanalysen, um bestimmte (Wähler-)Gruppen zielgerichtet mit bestimmten Inhalten anzusprechen.

## M3 Microtargeting: zielgenaue Onlinewahlwerbung

„Wir wollen keine Republik, in der linke Kräfte und der Multikulturalismus die Vorherrschaft haben." Mit diesen markigen Worten neben dem Konterfei ihres Spitzenpolitikers warb im Frühjahr 2017 eine deutsche Partei – in russischer Sprache. Na klar, der logische nächste Schritt der AfD beim Umwerben einer nicht unbedeutenden WählerInnengruppe, könnte man denken. Doch es war nicht die selbsternannte Alternative für Deutschland, die diese Anzeige auf Facebook schaltete, sondern die bayerische Regierungspartei CSU. Mitbekommen haben das allerdings die wenigsten Menschen in Deutschland. Kein Wunder: Zu sehen bekam die autoritär anmutende Botschaft offenbar nur, wer den Wunschvorstellungen der Unionspartei entsprach – in diesem Fall Deutschrussen. Möglich macht das Microtargeting. Schon seit Jahren werden kommerzielle und politische Botschaften im Netz auf immer kleinteiligere Gruppen bis hin zum Individuum zugeschnitten. [...]

Grundlage dafür sind die umfassenden Datenspuren, die wir in der digital vernetzten Gesellschaft täglich hinterlassen: Informationen über Einkommen und Einkaufsverhalten, Alter und Interessen, Geschlecht und sexuelle Orientierung, Herkunft und Lebenssituation, politische und religiöse Überzeugungen. [...]

[Die] Parteien in Deutschland setzen zunehmend Microtargeting ein. [...] Zugeschnittene Botschaften können sie dank der hauseigenen Werkzeuge von Facebook, Youtube oder Google auch hier sehr zielgenau an die WählerInnen bringen. Schließlich ist es seit Jahren die zentrale Einnahmequelle der Plattformen, die Aufmerksamkeit ihrer gläsernen NutzerInnen an alle zu verkaufen, die es sich leisten können. Der Targeting-Baukasten von Facebook beispielsweise, das intensiv um PolitikerInnen wirbt und im deutschen Onlinewahlkampf die größte Rolle spielt, ermöglicht ein bequemes Auswählen oder Ausschließen von Menschengruppen nach Dutzenden Kriterien. [...] [Die] Parteien machen davon [...] gerne Gebrauch. So spricht beispielsweise die FDP derzeit mit Facebook-Wahlwerbung über die „Mobilität der Zukunft" gezielt Fans der Elektroautomarke Tesla an. Eine Anzeige, die den Breitbandausbau thematisiert und mit einem stilisierten Bild des Breaking-Bad-Charakters Heisenberg bebildert ist, geht an Personen, „die sich für Netflix interessieren". Wer sich wiederum für „Computersicherheit" interessiert, bekommt eine bürgerrechtsfreundliche FDP präsentiert, die CDU und SPD für ihre Grundrechtseinschränkungen kritisiert und einen besseren Schutz der Privatsphäre verspricht. [...]

Eine zunehmende Personalisierung der politischen Kommunikation durch Microtargeting bedeutet zwangsläufig auch eine weitere Fragmentierung der politischen Öffentlichkeit. Besonders drastisch ist dieser Effekt, wenn Menschen außerhalb der definierten Zielgruppe die Botschaften gar nicht mehr zu sehen bekommen. Die Targeting-Tools von Facebook und anderen Plattformen bieten hierfür eine Option, sogenannte Dark Posts. Die zugeschnittenen Botschaften werden dann nur den ausgewählten Zielpersonen ausgespielt – für andere NutzerInnen oder auf dem Profil der werbenden Partei sind sie nicht sichtbar. [...] Für den politischen Diskurs bedeutet das eine gravierende Veränderung: Bislang gehörte es zumindest normativ zum fairen Wettbewerb in der liberalen Demokratie, ein gewisses Maß an Transparenz und Vergleichbarkeit zu gewährleisten. [...] Wahlplakate, Radio- und Fernsehspots konnten von allen BürgerInnen und auch von der politischen Konkurrenz rezipiert werden. Damit waren die eigenen Botschaften für alle vergleich- und vor allem anfechtbar. Widersprüchliche Versprechen an unterschiedliche Gruppen konnten entlarvt und öffentlich diskutiert werden. Andere politische Akteure konnten widersprechen und auf dieser Grundlage einen politischen Diskurs führen. BürgerInnen und JournalistInnen konnten Vergleiche ziehen oder tatsächliches politisches Handeln mit gegebenen Versprechen abgleichen.

*Ingo Dachwitz, Wahlkampf in der Grauzone: Die Parteien, das Microtargeting und die Transparenz, Berlin: Netzpolitik.org e. V., 01.09.2017, https://netzpolitik.org/2017/wahlkampf-in-der-grauzone-die-parteien-das-microtargeting-und-die-transparenz/ (Zugriff: 16.02.2022)*

**1** Erklären Sie typische Elemente der digitalen Wahlwerbung (M1).

**2** Analysieren Sie die Karikatur (M2).

**3** Bewerten Sie die Strategie des Microtargeting aus der Sicht der Parteien und hinsichtlich möglicher Folgen für die Demokratie (M3).

**4** Diskutieren Sie, ob es klarer Regeln für das Microtargeting bedarf und wie diese aussehen sollten.

# Digitaler Wahlkampf – eine Gefahr für die Demokratie?

**INFO**

**Ingrid Brodnig** (*1984) ist eine österreichische Journalistin und Buchautorin, die sich intensiv mit Verschwörungsmythen, Hass und Desinformation in der digitalen Welt befasst.

**INTERNET**

**WES-118380-231**
Podcast: Nachgefragt: Verschwörungstheorien

## M 1 Soziale Netzwerke sind nicht neutral

*Soziale Netzwerke sind nicht neutral. Eine SZ-Analyse Tausender Posts auf Instagram zeigt, dass der Algorithmus bestimmte Themen und Parteien weiter oben oder unten in der Timeline platziert. Trumpf scheint dabei zu sein, was polarisiert, was Emotionen schürt. Welchen Einfluss hat das auf eine Demokratie, besonders im Wahlkampf?* [...]

**SZ: Frau Brodnig, sind soziale Medien der richtige Ort für einen Wahlkampf?**
**Ingrid Brodnig:** Nein. Sie werden nicht umhinkommen, als Partei auf Social Media zu sein. Aber es ist eigentlich eine Tragödie, dass ein großer Teil der politischen Debatte in den sozialen Medien stattfindet. Nicht weil soziale Medien und das Internet schlecht sind, sondern weil sie nie dafür geplant waren, einen sachlichen demokratischen Diskurs herzustellen. Wir haben einen Dienst, der ursprünglich für das Posten von Hochzeitsbildern und Alltagsupdates gedacht war, zu einer relevanten politischen Plattform gemacht.

**Was bedeutet das für einen Wahlkampf im Jahr 2021?**
Soziale Medien sind nicht die Ursache, weshalb Leute sich streiten, aber sie wirken wie ein Katalysator für den Konflikt. Emotionalisierende Ereignisse führen zu Streit in der Gesellschaft, und immer wenn die Gesellschaft streitet, wird es auf Social Media besonders schlimm. Die Bundestagswahl findet nun in einer Phase statt, in der solche Aufregerthemen gleich in mehrfacher Ausführung vorhanden sind: die Coronakrise, die Klimakrise, auch Migration und Afghanistan. [...] Das heißt, der Wahlkampf ist ohnehin erhitzt, aber soziale Medien bringen noch mehr Härte und Beschleunigung rein.

**Welche Folgen hat das?**
[...] Eine neue Studie aus den USA zeigt, dass toxische, aggressive Kommentare im Schnitt mehr Likes erzielen. Wütend machende Sprache regt Leute dazu an, selbst wütend und aktiv zu werden. Die Sorge ist, dass ein Algorithmus Interaktionswerte wie Likes und Kommentare als positives Signal werten und damit all diese Effekte noch einmal forcieren könnte.

**Gibt es außer Wut noch andere Emotionen, die eine ähnliche Wirkung entfalten?**
[...] [Eine weitere Studie zeigte], dass Emotionalität die Viralität eines Textes grundsätzlich förderte, bestimmte Emotionen aber für einen stärkeren Boost als andere sorgten. Neben der Wut waren das erfreutes Erstaunen und Angst. In der politischen Kommunikation kann man versuchen, ebendiese Emotionen auszulösen. Wut zu schüren ist politisch besonders leicht [...]. Und das ist das Tragische: Es gibt [...] Verdachtsmomente, dass die Algorithmen der großen Plattformen die Emotionalität, die Likes und Klicks hervorruft, zusätzlich mit Reichweite belohnen. Aber um diese Theorien zu überprüfen, müssten die Plattformen unter ihre Oberfläche blicken lassen, und das erlauben sie derzeit nicht. [...]

**Was bedeutet das für eine Demokratie?**
Es ist absurd, dass wir bei einem Spiel mitspielen, dessen Regeln wir nicht kennen. Social Media ist ein Faktor, der die Wahlentscheidung mit beeinflusst und mobilisieren kann. Ich finde es unbehaglich, dass wir nicht so richtig wissen, auf was sich die Parteien und Wähler da einlassen. Es heißt immer, die Gatekeeper-Funktion der Journalisten sei durch das Internet weggefallen, weil jeder alles Mögliche ohne journalistischen Filter lesen kann. Aber in Wirklichkeit sind die Gatekeeper nur weniger geworden. Noch nie in der Geschichte der Menschheit hatten so wenige Unternehmen – Facebook, Youtube, Twitter – so einen großen Einfluss auf die politische Debatte. Diese Unternehmen müssen es gar nicht böse meinen, aber sie haben ungeheuer viel Macht und erklären diese Macht nicht.

*Interview von Lea Weinmann mit Ingrid Brodnig, „Es ist absurd, ein Spiel mitzuspielen, dessen Regeln wir nicht kennen", in: Süddeutsche Zeitung online, 16.09.2021, https://www.sueddeutsche.de/politik/instagram-facebook-wahlkampf-politik-parteien-social-media-ingrid-brodnig-datenanalyse-algorithmus-bundestagswahl-1.5410300 (Zugriff: 28.01.2022)*

## M2 Hass und Desinformation im digitalen Wahlkampf

Wer im Hashtag-Zeitalter Wahlkampf macht, braucht ein dickes Fell. Vor der Bundestagswahl [2021] konnte sich der angeschlagene CDU-Kandidat Armin Laschet vor Spott und Hass im Internet kaum retten: Hashtags wie #laschetluegt und #laschetschreibtab trendeten auf Twitter, als Plagiatsvorwürfe gegen ihn bekannt wurden. Als er im Sommer die von der Flutkatastrophe [...] betroffenen Gebiete besuchte, machte er den Fehler, im Hintergrund [...] zu scherzen, während Bundespräsident Frank-Walter Steinmeier eine Ansprache hielt. Sofort hatte er den nächsten Hashtag weg: #laschetlacht.

Werden Politiker*innen mit Hasskampagnen und digitaler Gewalt konfrontiert, stellt dies eine ernst zu nehmende Gefahr für den demokratischen Prozess dar. Was für Laschet [...] galt, trifft Politikerinnen erst recht. Zwar war Grünen-Kanzlerkandidatin Annalena Baerbock laut HateAid [...] nicht häufiger von Hasskommentaren betroffen, bei ihr kam aber Sexismus dazu. Direkt zu Beginn von Baerbocks Kampagne im April zirkulierte z.B. ein gefälschtes Nacktfoto von ihr und unterstellte, sie habe Sexarbeit verrichtet. [...]

Gezielte Hasskampagnen gegen Politiker*innen stellen ein ernst zu nehmendes Problem dar. Eine Untersuchung von HateAid zeigte, dass vor allem die Spitzenkandidat*innen der Parteien in diesem Wahlkampf von Hass und Hetze im Netz betroffen waren. Plagiatsvorwürfe gegen Armin Laschet, ähnlich wie zuvor gegen Annalena Baerbock, zirkulierten in Telegram-Gruppen. [...]

Desinformation hat in diesem Wahlkampf eine wichtige Rolle gespielt und wird zu einem immer größeren Onlinerisiko für die politische Meinungsbildung. Darunter fallen Informationen, die falsch sind und bewusst schaden wollen [...]. Desinformationskampagnen verbreiten sich im Netz mit rasender Geschwindigkeit. Sie schüren Hass und stärken extremistische Haltungen sowie ein wachsendes Misstrauen in Institutionen. [...] Desinformationsnarrative stammen häufig auch aus dem Inland. Als „Vorbild" dienen den Urheber*innen allerdings gerne Kampagnen aus anderen Ländern, etwa den USA. So begann die AfD schon früh, Zweifel an der Rechtmäßigkeit der Wahl zu säen. Von „Briefwahlbetrug" war die Rede, „Stimmzettel gehören in die Wahlurne, nicht in den Briefkasten", hieß es in einem Video der Partei. Das vor allem bei jungen Nutzer*innen beliebte Netzwerk TikTok ist auch zum Ort für Wahlwerbung und Desinformation zur Bundestagswahl geworden. Junge Influencer*innen sprachen sich dort offen für die politischen Inhalte der AfD aus [...].

*Vérane Meyer/Zora Siebert, Weniger Desinformation und Hass im Wahlkampf. Vorschläge zur Entgiftung der Debattenkultur, Berlin: Heinrich-Böll-Stiftung e. V., 30.09.2021, https://www.boell.de/de/2021/09/30/weniger-desinformation-und-hass-im-wahlkampf-vorschlaege-zur-entgiftung-der (Zugriff: 28.01.2022)*

**GLOSSAR**

**Extremismus**

**INFO**

**HateAid** ist eine gemeinnützige Organisation, die Betroffene von digitaler Gewalt berät und unterstützt.

**INFO**

CAMPAIGN WATCH

**Campaign Watch** ist ein Zusammenschluss von 19 Nichtregierungsorganisationen, darunter der Deutsche Gewerkschaftsbund, Transparency International und Reporter ohne Grenzen, der sich anlässlich der Bundestagswahl 2021 für Regeln im digitalen Wahlkampf einsetzt. An die Parteien richtet das Bündnis vier Forderungen für einen Verhaltenskodex im Netz (M3).

## M3 Forderungen von Campaign Watch an die Parteien

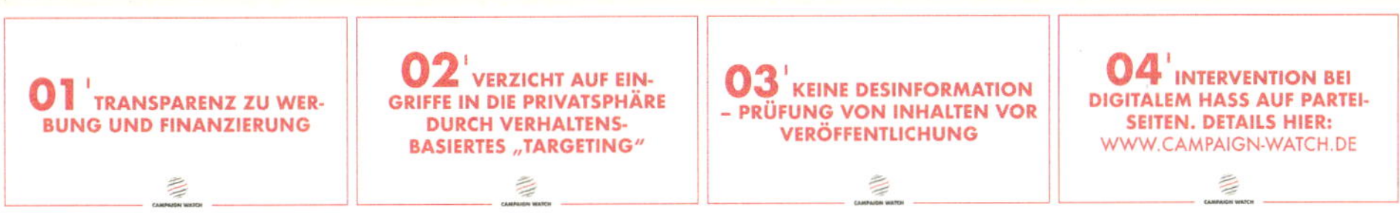


1 Bewerten Sie die Gefahren, die der Onlinewahlkampf mit sich bringt (M1 und M2), und stellen Sie diese dem Nutzen des digitalen Wahlkampfes gegenüber.

2 Diskutieren Sie, ob und ggf. unter welchen Voraussetzungen, vom digitalen Wahlkampf eine Gefahr für die Demokratie ausgeht.

3 Erörtern Sie, ob die vier Regeln, die Campaign Watch vorschlägt, als Selbstverpflichtung der Parteien ausreichen, um die Gefahren für die Demokratie zu bannen (M3).

# 2.4 Die Rolle der Medien in Politik und Gesellschaft

## „Staatsfunk“ oder „vierte Gewalt“ – welche Rolle spielen Medien in der Demokratie?

**GLOSSAR**

Gewaltenteilung
Massenmedien

**Den Medien kommt in modernen Gesellschaften bei der Bildung des politischen Willens eine wichtige Rolle zu: Sie informieren über politische Debatten, Prozesse und Handlungsmöglichkeiten. Zugleich begleiten sie die Regierungsarbeit kritisch. Durch ihre Berichterstattung (oder auch durch tendenziöse Darstellung) haben sie einen maßgeblichen Einfluss auf die gesellschaftliche und politische Debatte und somit auf die politische Willensbildung.**

### M1 Medienfunktionen

© Westermann
28897EX

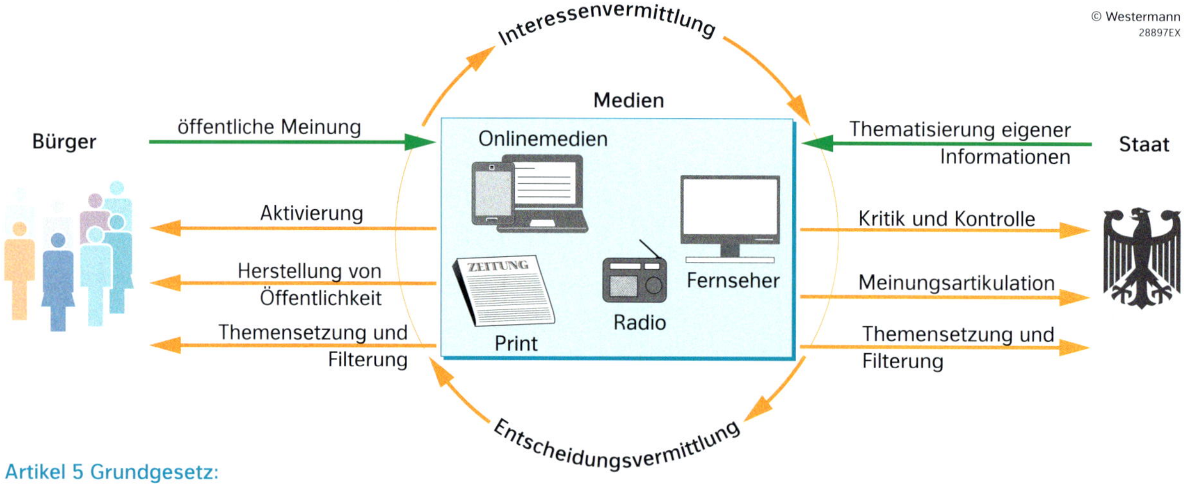


**Artikel 5 Grundgesetz:**

Jeder hat das Recht, seine Meinung in Wort, Schrift und Bild frei zu äußern und zu verbreiten und sich aus allgemein zugänglichen Quellen ungehindert zu unterrichten. Die Pressefreiheit und die Freiheit der Berichterstattung durch Rundfunk und Film werden gewährleistet. Eine Zensur findet nicht statt.

Quelle: Bundeszentrale für politische Bildung, 2013, www.bpb.de

### M2 Wechselbeziehungen zwischen Politik und Medien

| **Sichtweise** | **Verhältnis Politik – Medien** |
|---|---|
| Gewaltenteilung | Politik und Medien sind klar voneinander getrennte und autonom funktionierende Bereiche. Medien nehmen im politischen Prozess die Funktion der kontrollierenden bzw. kritisierenden Öffentlichkeit wahr. Medien sind in diesem Sinne die „vierte Gewalt“ im Modell der Gewaltenteilung. |
| Instrumentalisierung | Es gibt intensive Bezüge zwischen Politik und Medien, die mit einem Abhängigkeits- bzw. Beeinflussungsverhältnis einhergehen. Je nach Standpunkt wird dabei entweder die Politik als Steuerungsobjekt der Medien gesehen oder werden umgekehrt die Medien als Steuerungsobjekt betrachtet. |
| gegenseitige Abhängigkeit (Interdependenz) | Hier wird die Interaktionsbeziehung zwischen Politik und Medien betont. Das Verhältnis wird verstanden als eine Partnerschaft zwischen beiden Ebenen auf der Grundlage einer vorteilhaften Tauschbeziehung: Politik bietet Informationen und benötigt Öffentlichkeit, Medien bieten Öffentlichkeit und benötigen Informationen. |

*Nach: Ulrich Sarcinelli, Politische Kommunikation in Deutschland, Wiesbaden: Springer VS Verlag für Sozialwissenschaften, 2009, S. 117 ff. (verändert)*

## M3 Was Journalismus leisten muss

*Aus einem Streitgespräch in der Sendung Breitband des Deutschlandradios Kultur:*

Angefeindet, diffamiert und sogar bedroht: Öffentlich-rechtliche Medien und unabhängige Journalisten sind in immer mehr Ländern Europas Angriffen ausgesetzt. [...] Was heißt das für Demokratien, die eine freie Presse lange als vierte Säule der Gewaltenteilung verstanden haben? Und was bedeutet eigentlich „Vierte Gewalt"?

„Wir sind eine Gewalt, die die Öffentlichkeit so informiert, dass sie weiß, wohin es gerade mit ihrem Staat geht", erklärt die Journalistin und Schriftstellerin Jagoda Marinić mit Blick auf den Begriff vierte Gewalt. Medien müssten sich als Kontrollinstanz der Mächtigen begreifen und überprüfen, ob Grundrechte eingehalten werden. Der Berater Christoph Kappes findet hingegen den Begriff „Gewalt" in Bezug auf Medien unangemessen, da Massenmedien keinen Zwang ausübten, etwa wie das Parlament oder die Justiz. Er würde stattdessen den Begriff „Macht" wählen. Auch den Anspruch einer Kontrollfunktion zweifelt Kappes an: „Ist der Journalismus grundsätzlich in der Position, die Wahrheit besser zu erkennen als andere? Ist er in der Lage, eine Art Kontrolle, im Sinne einer steuernden Funktion auszuüben?", fragt er.

Jagoda Marinić zeigte sich hingegen enttäuscht über den geringen Effekt, den journalistische Recherchen etwa im Fall Cum Ex hatten. „Die Behörden konnten sich herausreden. Da wünschte ich mir, dass die Medien auch Druck ausüben, dass die Staatsordnung eingehalten wird", sagte Marinić. Mit Blick auf die Newsrooms der Parteien kritisierte die Schriftstellerin den Interviewstil, der zunehmend danach aussehe, als wären Journalisten die Stichwortgeber für die Politiker. Journalisten müssten sich stärker davon unterscheiden, forderte Marinić. Medien müssten sich das Terrain gegenüber den Mächtigen zurückerobern.

Dass Journalismus kein „Durchreicher" sein darf, meint auch Christoph Kappes. Die Aufgabe von Journalismus sei es, eine Reflektionsfläche zu schaffen, Dinge sichtbar zu machen und sie zu ordnen. „Und natürlich muss man auch gegen Rechtspopulisten und Nazis Position beziehen", so Kappes. Mit Blick auf die Social-Media-Aktivitäten der Politik sagte Kappes, es sei richtig, dass immer mehr Stimmen in der Öffentlichkeit sind. Journalismus solle hier nicht mit Abwehr reagieren, sondern neue Möglichkeiten finden, wie er die Debatte gestaltet.

Marinić warf Kappes vor, dass er mit dem Blick auf die Methoden zu leicht darüber hinweggehe, dass die Medien im Moment ziemlich angegriffen würden. „Ich denke schon, dass das jeder sieht in Deutschland, dass wir seit zwei, drei Jahren ein ganz anderes Auftreten gegenüber den Medien haben", sagte Marinić. „Es ist ein Angriff auf den medialen Kern, den jeder demokratische Staat braucht."

*Jagoda Marinić/Christoph Kappes, Was Journalismus leisten muss, in: Deutschlandfunk Kultur, Köln: Deutschlandradio, 04.05.2019, https://www.deutschlandfunkkultur.de/rolle-der-medien-in-der-demokratie-was-journalismus-leisten-100.html (Zugriff: 17.01.2022)*

**INTERNET**

**WES-118380-241**
Film: Einfach erklärt: Medien in der Demokratie

**INFO**

**Cum Ex**
umstrittene Finanzgeschäfte, die eine Gesetzeslücke nutzten und bei denen sich die Anleger vom Staat Steuerzahlungen rückerstatten ließen, die sie nie getätigt hatten; Schätzungen zufolge verlor der deutsche Staat dadurch mindestens 10 Milliarden Euro.

**1** Erläutern Sie die dargestellten Medienfunktionen (M1).

**2** Erörtern Sie, inwiefern die Medien in Deutschland ihren Aufgaben nachkommen (M1 bis M3).

**3** Erläutern Sie, wie eine Gesellschaft ohne freie Medien aussehen würde (M1 bis M3).

## M4 ARD und ZDF – die größte Filterblase in Deutschland

Zeichnung: Klaus Stuttmann

Gegen die Meinungsbildung in den sozialen Medien wird vonseiten der etablierten Medien, vor allem der öffentlich-rechtlichen Sendeanstalten immer wieder vorgebracht, in den sozialen Medien entstünden Filterblasen. Man werde nur mit Informationen und Meinungen konfrontiert, die die eigenen Ansichten bestätigen. Der öffentlich-rechtliche Rundfunk sei hingegen ein Hort der Neutralität, Unabhängigkeit und des Meinungspluralismus. [...]

Das Reuters Institut for the Study of Journalism hat im September 2019 das Ergebnis ihrer Untersuchung über die öffentlich-rechtlichen Sender in Europa in einer 36-seitigen Studie dargestellt. Demnach erreichen die öffentlich-rechtlichen Sender das junge Publikum und Bürger mit einfachen Bildungsabschlüssen kaum noch. Noch gravierender sind jedoch die Ergebnisse im Hinblick auf das politische Profil des Publikums speziell in Deutschland. ARD und ZDF bedienen tatsächlich nur eine Hälfte des politischen Spektrums – das linke.

Die Zuschauer von ARD und ZDF verorten sich selbst klar links von der Mitte. Die bürgerliche Mitte und die Konservativen finden sich im Programm der öffentlich-rechtlichen Sendeanstalten offensichtlich nicht wieder. Während die BBC als anderes Beispiel für einen öffentlich-rechtlichen Rundfunk fast gleichermaßen das linke und das rechte politische Spektrum erreicht, ist der Anteil von Nutzern, die sich selbst in der politischen Mitte oder gar rechts der politischen Mitte verorten, bei ARD und ZDF minimal.

[...] Tatsächlich macht das öffentlich-rechtliche Fernsehen für konservative, bürgerliche, rechtsliberale Zuschauer kein Programmangebot. Das korrespondiert mit den Ergebnissen früherer Befragungen von politischen Journalisten, wonach diese politisch vor allem den Grünen und der SPD zuneigen. Bei ARD und ZDF liefern diese dem Publikum keine objektive Berichterstattung, sondern verbreiten ihre eigene linke Weltanschauung auf Kosten des Beitragszahlers.

*Beatrix von Storch, ARD und ZDF sind die größte Filterblase in Deutschland, Berlin: Zivile Allianz e. V., 13.09.2019, https://www.freiewelt.net/blog/ard-und-zdf-sind-die-groesste-filterblase-in-deutschland-10078952/ (Zugriff: 17.01.2022)*

**INFO**

**Öffentlich-rechtlicher Rundfunk**
setzt sich aus Hörfunk- und Fernsehprogrammen zusammen. Im Rundfunkstaatsvertrag, der zwischen den 16 Bundesländern besteht, steht die Pflicht der öffentlich-rechtlichen Sendeanstalten, „im Interesse von Informationsfreiheit und Demokratie ein vielfältiges, umfassendes und ausgewogenes mediales Angebot zu sichern“ (§ 11, Abs. 2, 3). Die zuständigen Aufsichtsgremien des ÖRR, die u. a. über Programm, Budgets und Personalien mitbestimmen, setzen sich zu einem Drittel aus Vertretern der Politik und zu zwei Dritteln aus Vertretern aus Ehrenamt, Arbeitgebern, Kultur, Bildung, Medien, Gewerkschaften, Religionsgemeinschaften zusammen. Die Parteien sind dabei in unterschiedlicher Stärke vertreten.

## M5 Linke Programme für ein linkes Publikum? Was die Reuters-Studie wirklich zeigt

Das Reuters-Institut für Journalismusforschung an der Uni Oxford hat einen Bericht über das Publikum der öffentlich-rechtlichen Rundfunk- und Fernsehsender in Europa vorgelegt, und einige Ergebnisse sind beunruhigend.

Die Nachrichtenangebote von ARD, ZDF und Deutschlandfunk erreichen demnach nur wenige junge Leute und kaum Menschen mit formal niedriger Bildung. Doch es ist ein anderer Aspekt des Berichtes, der in den vergangenen Tagen die besondere Aufmerksamkeit vor allem von konservativen, rechten und extrem rechten Seiten erregt hat: Angeblich beweist die Studie, dass ARD und ZDF fast nur noch für ein linkes Publikum senden. [...] Das stimmt so nicht.

Für die Studie haben die Forscher jeweils rund 2.000 Menschen in acht europäischen Ländern interviewt. Sie baten sie unter anderem, ihre eigene politische Orientierung auf dieser Skala einzuschätzen: 1. Links außen, 2. Weit links, 3. Etwas links von der Mitte, 4. Mitte, 5. Etwas rechts von der Mitte, 6. Weit rechts, 7. Rechts außen. Sie wurden außerdem gefragt, welche Medienmarken sie online oder offline in der vergangenen Woche genutzt haben, um sich über Nachrichten zu informieren.

Kombiniert ergeben sich [...] folgende Reichweiten von ARD und ZDF in den verschiedenen politischen Lagern:

| politische Einordnung | durchschnittliche Reichweite | Anzahl |
|---|---|---|
| links (1, 2) | 77 % | 216 |
| Mitte (3, 4, 5) | 73 % | 1.430 |
| rechts (6, 7) | 52 % | 114 |

Tatsächlich schauen also in Deutschland deutlich mehr Menschen, die sich als links identifizieren, öffentlich-rechtliche Nachrichten als Menschen, die sich als rechts identifizieren. Aber es ist keineswegs so, dass ARD und ZDF ein „linkes Publikum" haben: Auch bei denjenigen, die sich als „Mitte" bezeichnen, erreichen sie fast drei von vier Menschen. Und sogar bei denen, die sich als „rechts" bezeichnen, liegt die Reichweite bei über 50 Prozent.

Wahr ist, dass die Reichweitenunterschiede je nach politischer Verortung in Deutschland stärker ausgeprägt sind als bei den meisten anderen untersuchten Ländern. [...]

Bei der Interpretation der Zahlen ist aber auch zu berücksichtigen, dass die Gruppen, die sich als politisch links, rechts und mittig einsortieren, unterschiedlich groß sind – und sich diese Größen auch von Land zu Land unterscheiden. In Deutschland machen diejenigen, die sich „rechts" nennen, nur einen Anteil von 6,4 Prozent aller Befragten aus. Die geben „heute" und „Tagesschau" tatsächlich nur 5 von 10 möglichen Vertrauenspunkten. In Großbritannien identifizieren sich dreimal so viele Befragte als „rechts" ein (und geben der BBC immerhin 6,2 Vertrauenspunkte).

Die Bereitschaft, sich auf den extremeren Positionen des Spektrums zu verorten, ist in den verschiedenen Ländern unterschiedlich ausgeprägt. In Deutschland wollen besonders viele Menschen der Mitte zugehören. Der im Vergleich etwa zu Großbritannien viel kleinere Anteil von Deutschen, die sich in der Studie als „rechts" bezeichnet, spricht dafür, dass diese Gruppe auch politisch extremer ist. In jedem Fall stellt sie nur eine kleine Minderheit dar.

Ändert man die Balkendiagramme so, dass die Breite der Säulen der Zahl der durch sie dargestellten Personen entspricht, wird deutlich, dass der besonders starke Vertrauensabfall mit einer besonders geringen Zahl Personen korrespondiert:

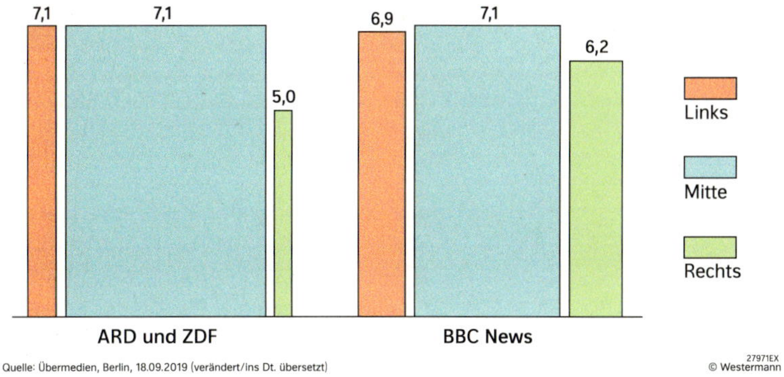


Quelle: Übermedien, Berlin, 18.09.2019 (verändert/ins Dt. übersetzt)

*Stefan Niggemeier, Linke Programme für ein linkes Publikum? Was die Reuters-Studie wirklich zeigt, Berlin: Übermedien GmbH, 18.09.2019, https://uebermedien.de/41774/linke-programme-fuer-ein-linkes-publikum-was-die-reuters-studie-wirklich-zeigt/ (Zugriff: 17.01.2022)*

**1** Erläutern Sie, welche Quellen Sie nutzen, um sich zu politischen Themen zu informieren.

**2** Analysieren Sie die Karikatur in M4.

**3** Erörtern Sie die Bedeutung des öffentlich-rechtlichen Rundfunks in Deutschland und für Sie persönlich ausgehend von M4 und M5.

**4** Überprüfen Sie die Anschuldigungen von Beatrix von Storch (M4) anhand von M5.

# Wie fordert die Digitalisierung die traditionellen Medien heraus?

## M1 Medien im Wandel

## M2 Mediennutzung: Ergebnisse einer Langzeitstudie

**INFO**

**Tagesreichweite**
Mit dieser Messgröße wird der prozentuale Anteil der Personen angegeben, die innerhalb eines Tages ein bestimmtes Medium nutzten.

**Aktuelle Entwicklung der Mediennutzung**

- Fast alle Menschen in Deutschland (99 %) nutzen täglich Medien – im Schnitt mehr als sieben Stunden pro Tag (424 Minuten netto).
- Die Tagesreichweiten von Bewegtbild (86 %) und Audio (82 %) sind deutlich höher als die von Textmedien (47 %). Am meisten Zeit verbringen die Menschen mit Fernsehen/Video und Radio/Audio. Die Nutzungszeit verschiebt sich zu Bewegtbild.
- 72 % der Videonutzungszeit pro Tag entfällt auf lineares Fernsehen. 28 % erfolgt zeitsouverän, vor allem online. Bei 14- bis 29-Jährigen ist das Verhältnis umgekehrt: 28 % entfällt auf lineares TV, die restlichen 72 % auf nichtlineare Wege wie Video-Streamingdienste oder Youtube.
- Bei der Audionutzungszeit liegt das lineare Radio mit 74 % an der Spitze und dominiert in allen Altersgruppen ab 30 Jahren deutlich. Musik-Streamingdienste haben die Radiosender aber bei den unter 30-Jährigen hinter sich gelassen.
- Die regelmäßige Nutzung gedruckter Zeitungen und Zeitschriften sinkt weiter und liegt nun fast gleichauf mit deren digitaler Nutzung. […]

**Mediennutzung im Langzeittrend und Leistungsprofile**

- Im Langzeitvergleich steigt die Zeit, die Menschen insgesamt mit Medien (inkl. Internet) verbringen, kontinuierlich. Im Vergleich zu 2015 bleibt die Dauer aber stabil. Allerdings nutzen 14- bis 29-Jährige Medien noch mal deutlich länger.
- Der Wettbewerb um die Zeitbudgets der Menschen führt zu einer steigenden Parallelnutzung, insbesondere bei den 14- bis 29-Jährigen: Sie nutzen Medien aktuell 2 Stunden pro Tag parallel.
- Der Anteil der medialen Internetnutzungszeit am Medienkonsum steigt deutlich an

und liegt aktuell bei 22 %. Dabei gewinnt Bewegtbild im Langzeitvergleich an Bedeutung. [...]

- Öffentlich-rechtliche TV- und Radioangebote sowie Zeitungen/Zeitschriften sind am glaubwürdigsten und stehen für gesellschaftlich wichtige Themen.

*ARD/ZDF-Massenkommunikation Langzeitstudie 2020, Frankfurt a. M.: Media Perspektiven, https://www.ard-media.de/media-perspektiven/studien/langzeitstudie-massenkommunikation/ (Zugriff: 08.03.2022)*

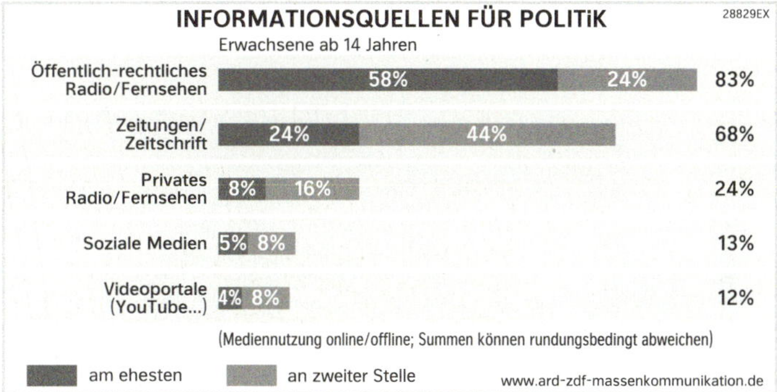


## M3 Zukunftsfähiger Qualitätsjournalismus

„Ich erlebe eigentlich keine Krise des Journalismus per se“, ist [Medienmanager] Clemens Pig überzeugt. Entscheidend sei eine Abgrenzung zu sozialen Netzwerken. Es gehe darum, den Abstand oder Unterschied zwischen professionellem Journalismus und anderem Content zu verdeutlichen. Die zentrale Frage lautet: Wie können Journalisten dem Publikum diesen Unterschied vermitteln? Und vor allem: Wie kann man Professionalität verkaufbar machen?

Pig: „Es ist ein Unterschied, ob ein professioneller Journalist auf ein Thema schaut oder ein User im Netz. Es ist eine Profession, ein erlernter Beruf, bei dem es Handwerksregeln gibt.“ Informationen einordnen, interpretieren und in wichtigen Fragen Haltung beziehen – darauf komme es an. Konsens herrscht [...] vor allem in einem Punkt: Journalisten haben weiterhin die Aufgabe, Agenda-Setting zu betreiben. Klar, Journalisten sind keine Meinungsmonopolisten mehr. Aber das bedeutet nicht, nur mehr das zu produzieren, was bei Konsumenten gut ankommt, sich besonders gut vermarkten lässt oder von Algorithmen in sozialen Netzwerken bevorzugt wird. [...]

Wenn in der Informationsflut des Internets nicht mehr klar ist, welche Informationen glaubwürdig sind, dann gefährdet das den gesellschaftlichen Zusammenhalt [...]. Durch die Vielzahl an [...] Informationen im Internet ändert sich das Berufsfeld. Die Rolle des „Gate-Keepers“ und der alleinigen Deutungshoheit ist ein Relikt der Vergangenheit geworden. Journalisten [...] müssen beobachten, welche Meinungen und Themen es im breiten Spektrum an Informationen gibt. Sie müssen gesellschaftlich Relevantes ausfindig machen, kritisch prüfen und bereitstellen. Sie müssen „Fact-Checking“ betreiben, Wahres von Unwahrem unterscheiden und das dann auch klar kommunizieren. [...]

Auf der Erlösseite sehen sich nahezu alle Medienunternehmen mit großen Herausforderungen konfrontiert. [...] Fest steht: „Journalistisch hochwertiger Inhalt kostet Geld. Da stehen angestellte JournalistInnen dahinter, die ordentliche Verträge, Arbeits- und Rahmenbedingungen und auch wieder mehr Zeit für echte Recherche haben sollen.“ Auch wenn die Zahlungsbereitschaft für journalistischen Online-Content derzeit sehr gering ist, müssen Medienunternehmen an Strategien arbeiten, um das zu ändern und auch zukünftig wettbewerbsfähig bleiben zu können.

*Julia Marie Bali/Alexander Polt, Zukunft des Journalismus – Fünf Strategien zur Überwindung der Medienkrise, Innsbruck: BIG Detail, Kaspar & Sigl OG, 01.12.2017, https://mediengipfel.at/medienakademie/2017/12/01/zukunft-des-journalismus-fuenf-strategien-zur-ueberwindung-der-medienkrise/ (Zugriff: 17.02.2022)*

**1** Stellen Sie anhand der Bilder in M1 Vermutungen über Entwicklungen im Bereich der Medien an.

**2** Überprüfen Sie Ihre Vermutungen anhand von M2.

**3** Arbeiten Sie die bleibende Relevanz journalistischer Tätigkeit heraus (M3).

# Polit-Talkshows – „Ersatzparlamente“ oder „Quasselrunden“?

## M1 Polit-Talkshows – die Einschätzung zweier Karikaturisten

li.: Gerhard Mester
re.: Jan Tomaschoff

## M2 Polit-Talkshows – Statistiken des Jahres 2020

| **Die Talkshow-Gäste mit den meisten Auftritten 2020** | | | |
|---|---|---|---|
| **Platz** | **Person** | **Auftritte 2020** | **Auftritte 2019** |
| 1 | Peter Altmaier | 14 | 7 |
| | Karl Lauterbach | 14 | 3 |
| 3 | Olaf Scholz | 11 | 5 |
| | Markus Söder | 11 | 3 |
| 5 | Annalena Baerbock | 10 | 10 |
| 6 | Armin Laschet | 9 | 4 |
| | Malu Dreyer | 9 | 4 |
| | Jonas Schmidt-Chanasit | 9 | 0 |

| **Die meistbesprochenen Themenkomplexe 2020** | | |
|---|---|---|
| **Platz** | **Thema** | **Anzahl** |
| 1 | Coronapandemie | 66 |
| 2 | US-Wahl/Wahlkampf/Folgen | 8 |
| 3 | Klimaschutz/Klimawandel | 4 |
| 4 | Thüringen-Wahl und Folgen | 3 |
| | Nawalny/Russland | 3 |
| | Migrationspolitik | 3 |
| | Iran | 3 |
| 8 | CDU | 2 |

Zu den Personen (Stand 2020): Peter Altmeier (CDU, Wirtschaftsminister); Karl Lauterbach (SPD, MdB, Gesundheitsexperte); Olaf Scholz (SPD, Finanzminister und Vizekanzler); Markus Söder (CSU, bayr. Ministerpräsident); Annalena Baerbock (Co-Vorsitzende der Grünen); Armin Laschet (CDU, Ministerpräsident von NRW, stellv. CDU-Vorsitzender); Malu Dreyer (SPD, Ministerpräsidentin von RLP); Jonas Schmidt-Chanasit (Virologe). Ausgewertet wurden 106 Sendungen von „Anne Will“, „Hart aber fair“ und „Maybrit Illner“ aus dem Jahr 2020.

*Jens Schröder, Peter Altmaier und Karl Lauterbach sind die Talkshow-Könige 2020, München: MEEDIA GmbH, 16.12.2020, https://meedia.de/2020/12/16/peter-altmaier-und-karl-lauterbach-sind-die-talkshow-koenige-2020/ (Zugriff: 17.02.2022)*

## M3 Talkshows in der Kritik

Talkshow Anne Will (ARD)

Talkshows haben für die Sender viele Vorzüge. Sie sind ein relativ kostengünstiges Format, erlauben eine publikumswirksame Personalisierung und Markenbildung um den Moderator [...] herum, bieten Möglichkeiten zur Zuschauereinbindung und können als Livesendungen aktuelle politische Ereignisse vielschichtig und hintergründig aufnehmen. Doch inzwischen scheint es eine Inflation des Formates zu geben. [...] Ebenso alt wie die politischen Talks ist auch die Kritik an ihnen. [...]

Die Hauptkritikpunkte lassen sich wie folgt zusammenfassen – durch die Flut an politischen Talks würden bestimmte Tendenzen bestärkt:
- Personalisierung (es wird nur noch über Personal gesprochen, nicht über Inhalte),
- unzulässige Mischung von Unterhaltung und Politik (Politainment und Boulevardisierung politischer Inhalte),
- immer dieselben Gäste (ein kleiner Kreis von TV-Diskutanten prägt das öffentliche Bild),

- einseitige thematische Ausrichtung (wichtige Themen, die auch hätten diskutiert werden können, kommen nicht mehr zur Sprache),
- Quotenfixierung (populäre Themen werden schwierigen, aber wichtigen Themen gegenüber bevorzugt, es herrsche das Motto: „interessant vor relevant"),
- Talkshows als Ersatzparlament (einige Politiker zeigten sich eher im Fernsehen als im Bundestag),
- übertriebener Selbstdarstellungstrieb der Gäste (telegene Menschen und Dauerredner würden die Überhand über Gäste gewinnen, die sich zur Sache äußern möchten) [...].

Talkshow Maybrit Illner (ZDF)

*Andreas Elter, Alles nur noch Unterhaltung?, München: Goethe-Institut e. V., Februar 2012, https://www.goethe.de/de/kul/med/20367538.html (Zugriff: 17.02.2022)*

## M4 Polit-Talkshows kontrovers

**a)** Wir haben bei Maybrit Illner seit 20 Jahren jetzt Donnerstag für Donnerstag zweieinhalb Millionen Zuschauer. Es sind in den vergangenen Jahren mehr geworden. Das widerspricht der These, es gebe einen Überdruss an TV-Talkshows. Wenn es die Talkshow nicht gäbe, dann müsste sie erfunden werden. Gerade jetzt in diesen Zeiten, da Menschen sich flüchten in die Echokammern, in die Blasen, bieten wir im Öffentlich-Rechtlichen ein Forum, wo Meinungen aufeinanderprallen. [...] Ich kann nur sagen: Ja zum kontroversen Talk, mit Amtsträgern, mit Bürgern, mit Wissenschaftlern, mit unterschiedlichen Perspektiven. Ein Aspekt kommt noch hinzu: Man kann sich als Zuschauer nicht nur inhaltlich mit den Argumenten auseinandersetzen und zum Beispiel einen inneren Widerspruch entwickeln. Man schaut den Protagonisten zu, man kann sie beobachten. Menschen beim Argumentieren zu beobachten, ist ganz besonders interessant, um dann daraus seine eigene Meinung zu bilden.

INFO

**Peter Frey** (*1957) ist Chefredakteur des ZDF.

*Peter Frey, Pro: „Wenn es die Talkshow nicht gäbe, dann müsste sie erfunden werden", in: Peter Frey vs. Oliver Weber/ Sind politische Talkshows überflüssig?, Moderation: Christiane Florin, in: Deutschlandfunk, Köln: Deutschlandradio, 14.09.2019, https://www.deutschlandfunk.de/peter-frey-vs-oliver-weber-sind-politische-talkshows-100.html (Zugriff: 17.02.2022)*

**b)** Ein wesentliches Merkmal politischer Diskussionen ist, dass die Beteiligten zumindest grundsätzlich den Willen zum Zuhören und die Bereitschaft zum Überdenken von Argumenten mitbringen sollten und außerdem die Möglichkeit auszureden, ohne unterbrochen zu werden. Talksendungen suggerieren, dass es um Austausch geht, aber üblicherweise gehen die Beteiligten mit exakt denselben Meinungen nach Hause, mit denen sie gekommen sind. Weil es nicht ums Zuhören und Lernen geht, sondern um einen inszenierten Showkonflikt, bei dem Schlagfertigkeit und Aussehen mehr zählen als gute Gründe. Man verbringt dort als Gast mehr Zeit in der Maske als beim Argumentieren und das Problem daran ist nicht, dass Schminken halt dauert. Es ist ein Problem, dass politische Talksendungen unterhalten müssen, aber zugleich eben Themen behandeln, bei deren Behandlung Unterhaltung als Priorität nicht unbedingt hilfreich ist. [...] Es gibt ein Problem, solange es nicht zur Talkshowkultur gehört, auf Fragen mit „darüber müsste ich erst mal nachdenken" zu antworten.

**Margarete Stokowski** (*1986) ist Schriftstellerin und Kolumnistin. Sie schreibt u. a. für die taz und den Spiegel.

*Margarete Stokowski, Schweigen kann so sexy sein, in: DER SPIEGEL, 02.02.2021, https://www.spiegel.de/kultur/tv/talkrunden-wie-die-letzte-instanz-die-karikatur-einer-diskussion-a-27d5a566-30f7-4858-b311-d2637145fc27 (Zugriff: 17.02.2022)*

**1** Analysieren Sie die beiden Karikaturen (M1).

**2** Werten Sie die Statistiken (M2) aus.

**3** Erläutern Sie die Probleme, die mit dem Politainment der Polit-Talkshows verbunden sind (M3).

**4** Nehmen Sie Stellung zum Nutzen von Talkshows für eine demokratische Kultur (M4).

# Fake News, Filterblasen und Echokammern – eine Gefahr für die Demokratie?

## M1 „Ich mach mir die Welt, wie sie mir gefällt"?

Zeichnung: Markus Grolik

Ohne Zweifel sind digitale Medien ein wichtiges Element in der Verbreitung und Nutzung politischer Informationen, der politischen Koordination und Partizipation und werden dementsprechend intensiv von politischen Wettbewerbern genutzt. […]

Die Debatte um Echokammern und Filterblasen geht davon aus, dass digitale Kommunikationsräume für einzelne Nutzer weitgehend homogene Informationsumgebungen darstellen. Das kann entweder an der Möglichkeit für Menschen liegen, sich gezielt Informationen ihres Interesses auszuwählen – Echokammern –, oder daran, dass algorithmisch geformte Informationsumgebungen wie Facebook, Google oder Twitter Nutzern überwiegend Informationen anzeigen, für die für die jeweiligen Nutzer eine hohe Verweildauer oder Interaktionschancen vorhergesagt werden – Filterblasen. Konsequenz dieser beiden unterschiedlichen Mechanismen sei eine über die Zeit auftretende gesellschaftliche Polarisierung, da Unterstützer unterschiedlicher politischer Richtungen andere politische Gruppen aus den Augen verlieren und keine ihrer Meinung widersprechenden Informationen erhalten. […]

Eng mit Echokammern und Filterblasen verbunden ist der vermutete Einfluss digitaler Medien auf politische Polarisierung. […]

Aktuelle Debatten über die politischen Effekte von digitalen Medien sind stark von Ängsten vor Desinformation geprägt. Unter Desinformation fallen zum einen die absichtliche Verbreitung von Falschinformationen, die öffentliche Anfechtung von Tatsachen, die der eigenen Agenda widersprechen, beispielsweise durch das Label „Fake News", und Praktiken der gezielten Verstärkung irreführender Informationen. Ebenso problematisch ist die oft unbeabsichtigte Verbreitung sachlich falscher Informationen.

*Andreas Jungherr, Gastbeitrag: Krise der Demokratie durch digitale Medien?, München: bidt – Bayerisches Forschungsinstitut für Digitale Transformation, https://www.bidt.digital/gastbeitrag-jungherr/ (Zugriff: 17.02.2022)*

**INFO**

**Jürgen Geuter** (*1979) hat Informatik und Philosophie studiert und beschäftigt sich als freier Autor und Wissenschaftler mit ethischen Fragen der Digitalisierung.

## M2 Filterblasen – eine neue und gefährliche Entwicklung?

Die Filterbubble bestimmt, was ich direkt an mich heranlassen möchte. Die Bubble gab es übrigens auch schon vor dem Internet. Denn ich habe ja früher auch entschieden, welche Tageszeitungen ich abonniere – das ist auch eine Filterbubble, man hat ja nicht alle Tageszeitungen abonniert, um alle Perspektiven zu sehen.

Genauso können wir Leute nicht zwingen, in ihrem Onlineleben möglichst viele Quellen auf sich einwirken zu lassen. Wir haben alle nur 24 Stunden am Tag. Wir müssen uns entscheiden, was für uns relevant ist, womit wir uns beschäftigen wollen und womit nicht. Ich interessiere mich zum Beispiel nicht für Dressurreiten […]. Das ist außerhalb meiner Filterbubble und das ist auch okay so. Es ist okay, wenn Leute das sehen wollen, ich will das aber nicht. Und ich halte es für völlig zentral für jede Person, sich die eigene Welt wirklich bewusst zu konstruieren. […]

Diese digitale Welt kann auch sehr kontrovers sein und sehr schnell – damit muss man umgehen lernen, und da ist eine Filterbubble, in der man sich sehr wohlfühlt, weil man mit den Themen vertraut ist und weil man nicht diese Kontroverse hat, sogar sehr angenehm. Um seinen eigenen Weg zu finden, um dann vielleicht zu entscheiden, jetzt möchte ich in so eine Debatte auch tiefer einsteigen.

*Jürgen Geuter, Pro, in: Anne Hemmes, Angenehm in der Komfortzone oder blind hinter Scheuklappen?, Puls, München: Bayerischer Rundfunk, 09.06.2015, https://www.br.de/puls/themen/netz/do-not-track-filterbubble-pro-contra-100.html (Zugriff: 17.02.2022)*

## M3 Filterblasen und Co.: eine Gefahr für die Demokratie?

**Herr Schmidt, Falschmeldungen in den sozialen Medien wird ein erheblicher Einfluss auf den US-Wahlkampf zugeschrieben. Sehen Sie auch eine Gefahr für [...] Deutschland ...[?]**

Das Fernsehen ist nach wie vor die wichtigste Informationsquelle der Deutschen. [...] Nur etwa jeder Dritte informiert sich regelmäßig über die sozialen Medien – und für die meisten dieser Personen sind diese auch nicht die einzige Informationsquelle. Aber natürlich können wir keine vollständige Entwarnung geben, weil es auch hierzulande Gruppen gibt, die anfällig für Desinformation sind. [...] Insbesondere Populisten und Anhänger von Verschwörungstheorien finden in den sozialen Medien sogenannte Resonanzräume oder Echokammern, in denen sie sich teils abschotten. Dort kommen sie mit ihresgleichen zusammen, um wechselseitig ihr Weltbild zu bestätigen. Wenn gezielt gestreute Fehlinformationen diese Ansichten stützen, dann werden sie geglaubt – so abstrus wir sie auch finden mögen.

**Ist das eine Gefahr für die Demokratie – und den Zusammenhalt der Bürgerinnen und Bürger?**

[...] Es gibt noch viele offene Fragen, wobei ich nach derzeitigem Wissensstand sagen würde: Es sind nur wenige Menschen, die sich in den Echokammern der sozialen Medien abschotten und polarisieren. Für die meisten Menschen gilt: Soziale Medien fördern den Zusammenhalt. Sie helfen dabei, sich auszutauschen und in Kontakt zu bleiben – mit Freunden und Bekannten in der ganzen Welt. [...]
Aus der Sozial- und Verhaltensforschung weiß man, dass Menschen dazu neigen, sich eher bestätigend zu informieren. Sie lassen ihr Weltbild ungern erschüttern – daher umgeben sie sich mit Gleichgesinnten. Die Mechanismen sind also nicht neu. Aber die sozialen Medien verstärken sie. [...]
Die Algorithmen von Facebook und Co. nutzen unsere Kontaktnetzwerke und die Datenspuren, die wir etwa durch das Liken und Teilen von Inhalten hinterlassen, um uns Neues vorzuschlagen. Wenn uns aber vorrangig Inhalte empfohlen werden, die dem ähnlich sind, was wir oder unsere Kontakte in der Vergangenheit bereits gemocht haben, befeuert das die Einseitigkeit. Das ist das Gegenteil von Vielfalt.

**Was kann man dagegen tun?**

Zuallererst: erkennen, dass man in einer Filterblase steckt. Wer dann ausbrechen möchte, sollte bewusst auch mal über den Tellerrand schauen – also etwa nach dem Lesen der FAZ auch die Seite der taz besuchen. Das schadet übrigens auch jenseits von sozialen Medien nicht. Sprechen Sie mit Andersdenkenden! Das erweitert den Horizont, schafft Verständnis und stärkt den Zusammenhalt.

**Anders liken, um den Algorithmus zu bezwingen? Klingt nach David gegen Goliath ...**

Ja, hier ist daher vor allem die Politik gefragt. Sie muss Druck auf die Internetgiganten machen. Wie funktionieren die Algorithmen, wie wird gefiltert? Das sollte jeder Betreiber von sozialen Medien darlegen müssen – insbesondere bei Wahlwerbung. Es ist nicht tragbar, wenn ein Teil der Meinungsbildung der gesellschaftlichen Kontrolle und Gestaltung entzogen bleibt.

*Interview mit Jan-Hinrik Schmidt, Soziale Medien: Eine Gefahr für die Demokratie?, Berlin: Bundesministerium für Bildung und Forschung, 11.05.2019, https://www.bmbf.de/bmbf/shareddocs/interviews/de/soziale-medien-eine-gefahr-fuer-die-demokratie.html (Zugriff: 17.02.2022)*

**INFO**

**Jan-Hinrik Schmidt** (*1972) ist Medienwissenschaftler und befasst sich v. a. mit digitalen interaktiven Medien und politischer Kommunikation.

1. Erklären Sie die Begriffe Filterblase, Echokammer und Desinformation/Fake News (M1).
2. Analysieren Sie die Karikatur in M1 vor dem Hintergrund des Textes.
3. Diskutieren Sie, ob die Überschrift zum Inhalt des Textes passt (M1).
4. Bewerten Sie differenziert die Gefahren, die von Filterblasen, Echokammern und Desinformation für die Demokratie ausgehen (M2 und M3).

# Politische Willensbildung im Zeitalter der Digitalisierung

## Politische Willensbildung in pluralen Gesellschaften

Moderne und freiheitliche Gesellschaften zeichnen sich dadurch aus, dass es eine Vielzahl an Interessen, Meinungen und Bedürfnissen gibt. Anders als in autoritären Regimen basieren demokratische Ordnungen gerade darauf, dass es jeder Bürgerin und jedem Bürger freisteht, ihre bzw. seine eigenen politischen Ansichten zu formen und für die eigenen Interessen einzutreten. Die große Integrationsleistung, die eine jede Demokratie erbringen muss, ist es, die zahlreichen Einzelinteressen zu bündeln, auszugleichen, in eine politische Programmatik zu überführen und diese Programmatik in praktische Politik umzusetzen. Der komplexe Prozess politischer Willensbildung ist also ein Wesensmerkmal demokratischer Systeme.

## Zentrale Akteure im Prozess politischer Willensbildung: Parteien, Medien und Verbände

Im Prozess der Bündelung und Vermittlung politischer Interessen spielen **politische Parteien** eine wichtige Rolle: Sie bieten ihren Mitgliedern und ihrer Wählerschaft die Möglichkeit, ihren politischen Willen zum Ausdruck zu bringen (Interessenartikulation), sie bündeln unterschiedliche Einzelinteressen (Interessenaggregation), formulieren politische Programme (Programmfunktion) und speisen diese in den politischen Meinungsbildungs- und Entscheidungsprozess ein (Interessentransmission). Darüber hinaus bieten sie den Bürgerinnen und Bürgern die Möglichkeit, sich selbst im politischen Prozess zu engagieren (Partizipationsfunktion). Sie tragen so zur Legitimation des politischen Systems bei und helfen, geeignete Personen für die Übernahme politischer Ämter zu finden (Rekrutierungsfunktion). Grundlegend hierbei ist, dass Parteien an Wahlen teilnehmen und grundsätzlich darauf ausgerichtet sind, Regierungsverantwortung zu übernehmen. Das unterscheidet sie von anderen Akteuren im intermediären Raum zwischen den politischen Institutionen und der Bevölkerung.

Parteien sind ihrem Selbstverständnis nach darauf ausgerichtet, die Interessen möglichst vieler Bürgerinnen und Bürger, die ja auch potenzielle Wählerinnen und Wähler sind, zu berücksichtigen. **Verbände** hingegen definieren sich darüber, dass sie für Partikularinteressen ihrer Mitglieder oder für die spezifischen Interessen der Gruppe(-n), für die sie sich in den politischen Prozess einbringen, eintreten. Sie tragen damit dazu bei, dass in einer pluralen Gesellschaft durch den Wettstreit und Ausgleich von Interessen die bestmögliche politische Lösung gefunden wird.
Verbände nehmen auf politische Entscheidungsträger Einfluss – meist durch das Bereitstellen von Informationen und Detaillösungen, die etwas für den Prozess der Gesetzgebung und Gesetzesimplementierung wichtig sind. Zugleich wirken Verbände auch in die Gesellschaft und versuchen, die öffentliche Meinung in ihrem Sinne zu beeinflussen, um auf diesem Weg die politische Willensbildung in ihrem Sinne zu steuern.

Die **Medien** spielen bei der politischen Willensbildung ebenfalls eine wichtige Rolle: Sie stellen den Menschen aufbereitete Informationen zur Verfügung, sodass diese ihren politischen Willen bilden können. Zugleich kontrollieren die Medien die politischen Entscheidungsträger und bieten den öffentlichen Diskursraum, der für die politische Willensbildung von großer Bedeutung ist. Die Medien sind jedoch nicht nur reaktiv; durch ihre Berichterstattung können sie auch Themen setzen, auf die die politischen Entscheidungsträger wiederum reagieren müssen.

Für alle Akteure im intermediären Bereich zwischen Gesellschaft und politischen Institutionen stellt die **Digitalisierung** eine Herausforderung dar, die sowohl Chancen als auch Risiken bietet: Die Willensbildung erhält eine neue Dynamik, neue Akteure treten auf und verwenden neue Strategien, um die Bildung des politischen Willens und die Ausformulierung politischer Programme in ihrem Sinne zu beeinflussen.

### Die Formalisierung des politischen Willens: die Gesetzgebung

In einem **Rechtsstaat** ist alles Handeln des Staates an Gesetze gebunden. Gesetze (und ihre Ausführungsbestimmungen) sind die Grundlage staatlichen Handelns. Darum nimmt die Gesetzgebung eine zentrale Rolle im politischen Prozess ein.
In formaler Hinsicht haben auf Bundesebene die drei Verfassungsorgane Bundesregierung, Bundestag und Bundesrat die Möglichkeit, **Gesetzesinitiativen** in den politischen Prozess einzubringen. Oftmals ist der Erarbeitung einer Gesetzesinitiative jedoch ein längerer Prozess vorausgegangen, in dem politische Akteure auf unterschiedliche Weise ihren Einfluss nutzten, um das Problem, das nun gesetzesförmig behandelt werden soll, auf die politische Tagesordnung zu bringen. Bei diesem politischen **Agenda-Setting** spielen etwa die Medien, Nichtregierungsorganisationen, Verbände etc. eine große Rolle.
Im Prozess der Gesetzgebung versuchen relevante **Interessensgruppen** frühzeitig, ihre Positionen in den ersten Gesetzesentwürfen zu platzieren. Im weiteren Verlauf des Gesetzgebungsverfahrens, also den parlamentarischen Anhörungen, der Arbeit in den Parlamentsausschüssen und gegebenenfalls der Behandlung der Gesetzesinitiative im Bundesrat, besteht weiterhin die Möglichkeit, dass Interessensverbände den Entscheidungsträgern mit Informationen und Beratung zur Verfügung stehen. Sie wollen in erster Linie erreichen, dass die Gesetze den Interessen ihrer Klientel entsprechen. Zugleich aber tragen sie so dazu bei, dass im Ausgleich der Interessen und im Abwägen der Argumente möglichst umfassende und passgenaue Lösungen gefunden werden. Eine ähnliche Rolle spielen die Verbände schließlich auch bei der Formulierung der Ausführungsbestimmungen der Gesetze, die für die praktische Umsetzung der Gesetze von großer Bedeutung sind.
In einem föderalen System wie der Bundesrepublik Deutschland finden gesetzgeberische Prozesse nicht nur auf der Bundesebene, sondern auch auf der Ebene der Bundesländer statt. Auch hier spielen Medien und Verbände eine wichtige Rolle bei der Ausbildung des politischen Willens.

### Der Wahlkampf: Meilensteine im politischen Willensbildungsprozess

Nach Paragraf 1 Absatz 1 des Parteiengesetzes (PartG) sind Parteien u. a. dadurch gekennzeichnet, dass sie „dauernd oder für längere Zeit für den Bereich des Bundes oder eines Landes auf die politische Willensbildung Einfluß nehmen und an der Vertretung des Volkes im Deutschen Bundestag oder einem Landtag mitwirken wollen“. Sie sind also darauf ausgerichtet, im parlamentarischen Bereich politische Verantwortung zu übernehmen. Um dies zu erreichen, müssen sie sich an **Wahlen** beteiligen. Dies ist sogar eine zwingende Voraussetzung, um überhaupt als Partei zu gelten, denn eine Partei „verliert ihre Rechtsstellung als Partei, wenn sie sechs Jahre lang weder an einer Bundestagswahl noch an einer Landtagswahl [...] teilgenommen hat“ (§ 1 Abs. 2 PartG).
Die Beteiligung an Wahlen und der ihnen stets vorausgehende **Wahlkampf** sind also die privilegierten Stellen, an denen Parteien „bei der politischen Willensbildung des Volkes“ mitwirken (Art. 21 Abs. 1 GG). Im Wahlkampf bemühen sich die Parteien darum, möglichst viele Wählerinnen und Wähler davon zu überzeugen, ihnen ihre Stimme zu geben. Dabei spielen politische Inhalte und Positionen eine wichtige Rolle. Im modernen und in den (sozialen) Medien inszenierten Wahlkampf kommen aber auch viele sekundäre Aspekte zum Tragen: die Personen der (Spitzen-)Kandidatinnen und Kandidaten, die erahnte Stimmung und Gemütslage der Wählerschaft etc.
Gerade im Kontext der Digitalisierung zeigen sich einige Entwicklungen, wie beispielsweise das Microtargeting, die unter demokratietheoretischer Perspektive als problematisch erscheinen: So kann etwa das Microtargeting die Interessenaggregation und Programmformulierung durch die Parteien untergraben, wenn ein und dieselbe Partei je nach potenzieller Wählerklientel unterschiedliche Positionen vertritt. Es besteht die Gefahr, dass den Wählerinnen und Wählern nicht mehr klar ist, wofür eine Partei tatsächlich steht. In einem solchen Fall wäre der für Demokratien so zentrale Prozess der politischen Willensbildung im Kern beschädigt.

# 3.

# Sozialer Wandel in der pluralistischen Gesellschaft der Bundesrepublik Deutschland

Zeichnung: Brian Fray

*„Die Welt hat genug für jedermanns Bedürfnisse, aber nicht für jedermanns Gier."*

Mahatma Gandhi (1869–1948), indischer Freiheitskämpfer, zitiert nach: Zitate – Sprüche –Historische Personen, hrsg. v. Günther Melzer, www.zitate-online.de, Wiehl (Zugriff: 08.02.2022)

*„Ein Linker muss nicht arm sein, ein Linker muss gegen Armut sein."*

Gregor Gysi (*1948), Politiker der Partei Die Linke, zitiert nach: Jan Engelmann, Die Politik – ein seltenes Gut, 06.05.2005, in: TAZ Archiv, https://taz.de/!550135/ (Zugriff: 08.02.2022)

*„Es hat den Anschein, als hätten wir eine Art sozialen Wendepunkt überschritten. Die Menschen beginnen, ihre Stimme zu finden, zu verstehen, dass sie tatsächlich etwas bewirken können."*

Greta Thunberg (*2003), Initiatorin der Bewegung Fridays for Future, zitiert nach: Greta Thunberg Zitate – 23 inspirierende Sprüche der schwedischen Klimaschutzaktivistin, hrsg. v. Christoph Schulz, Berlin, https://www.careelite.de/greta-thunberg-zitate-sprueche/ (Zugriff: 08.02.2022)

*„Es ist nicht die stärkste Spezies, die überlebt, auch nicht die intelligenteste, es ist diejenige, die sich am ehesten dem Wandel anpassen kann."*

Charles Darwin (1809–1882), britischer Naturforscher und Begründer der Evolutionstheorie, zitiert nach: Zitate berühmter Personen, hrsg. v. Martin Svoboda/Jablonec nad Nisou, https://beruhmte-zitate.de/zitate/2077867-charles-darwin-es-ist-nicht-die-starkste-spezies-die-uberlebt-auc/ (Zugriff: 08.02.2022)

**linke Seite:** Rabbiner Tovia Ben-Chorin, Pfarrer Gregor Hohberg und Imam Kadir Sanci beim Pressetermin zum House of One am Petriplatz in Berlin

Tortendiagramm – eine gängige Möglichkeit der grafischen Darstellung von Statistiken

# 3.1 Wie kann die Struktur einer Gesellschaft abgebildet werden? Modelle zur Beschreibung der Sozialstruktur

## Leipzig – eine Stadt gesellschaftlicher Vielfalt

GLOSSAR
Gesellschaft

**Der Wandel unserer Gesellschaft vollzieht sich manchmal schneller und manchmal langsamer. Oftmals bleibt sozialer Wandel auch den Gesellschaftsmitgliedern verborgen. Verschiedene Akteure bemühen sich um Gestaltung sozialen Wandels. Die Vorstellungen über die wünschenswerte Richtung gesellschaftlicher Veränderungen gehen dabei weit auseinander. Um Veränderung zu erkennen und zu verstehen, schaffen Soziologen Modelle als Abbildung der Gesellschaft. Mit der Veränderung von Gesellschaft wandeln sich auch die Modelle.**

### M1 Zwei Stadtteile von Leipzig im Vergleich

Grünau Nord

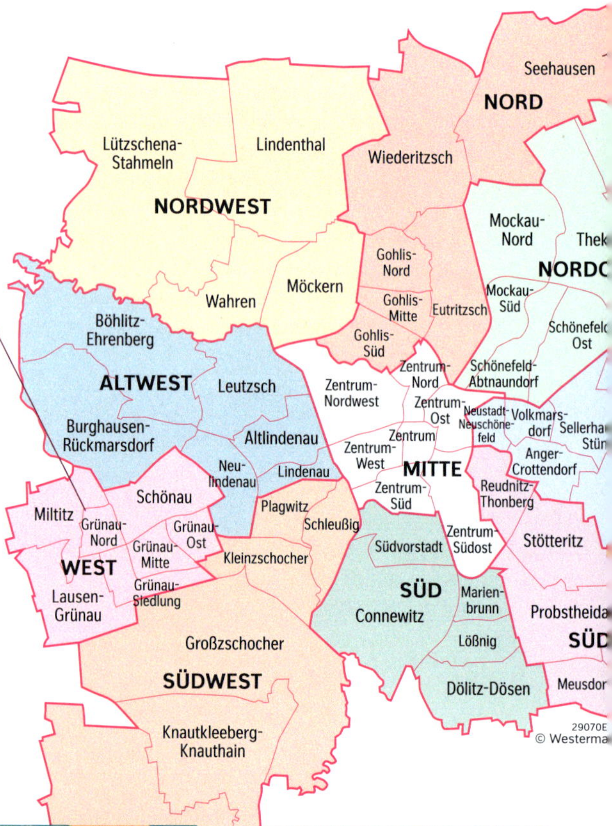


**Durchschnittsalter:** 38 bis unter 42 Jahre

**Arbeitslose und Anteil der Arbeitslosen an den 15- bis unter 65-Jährigen:** 8 % und mehr

**Anteil der Sozialgeldempfangenden an den unter 15-Jährigen:** 30 % und mehr

**Anteil gymnasialer Bildungsempfehlungen an Grundschulen in kommunaler Trägerschaft:** mehr als 35 % bis 45 %

*Quelle: Stadt Leipzig (Hrsg.), Sozialreport Leipzig 2021, 22.11.2021, S. 18, 51, 56, 105*

**Mietpreis (Kaltmiete) pro Quadratmeter:** 5,83 Euro

*Quelle: Mietspiegel Leipzig 2021, in: Mietpreisspiegel Tabelle, https://mietspiegeltabelle.de/mietspiegel-leipzig/ (Zugriff: 03.12.2021)*

## M2 Wie kann man die Sozialstruktur erfassen?

Dass unsere Gesellschaft komplex und vielschichtig aufgebaut ist, zeigt die Vielfältigkeit, nach der wir Deutschland betrachten können. Je nachdem, worauf wir unseren Fokus legen, können wir die Gesellschaft nach alten und jungen Menschen, Frauen und Männern, ärmeren und reicheren Menschen, Menschen, die entweder im Norden Süden, Osten oder Westen Deutschlands leben, einordnen. Auch Zuordnungen nach Ausbildung, Beruf oder Hobbys und auch andere Faktoren sind möglich. Die Schwierigkeit besteht darin, die unterschiedlichen sozialen Verhältnisse darzustellen. Die Beantwortung der aktuellen Fragen, wie beispielsweise „Befindet sich Deutschland auf dem Weg zu einer Klassengesellschaft?", „Wer steht ganz oben und wer unten?", „Steht das persönliche Schicksal von vornherein fest? sowie „Wenn nicht, können wir unsere Position selbst bestimmen?", benötigt Instrumente und Daten, um die Sozialstruktur der Bundesrepublik Deutschland analysieren zu können.

**GLOSSAR**
**Klassengesellschaft**

*Stefan Hradil, Soziale Ungleichheit in Deutschland, Opladen: Leske und Budrich Verlag 2001, zitiert nach: Politik betrifft uns, Bergmoser und Höller, Heft 3/2012, S. 6*

GolfPark LEIPZIG

**Durchschnittsalter:** 38 bis unter 42 Jahre

**Arbeitslose und Anteil der Arbeitslosen an den 15- bis unter 65-Jährigen:** 2 % bis unter 4 %

**Anteil der Sozialgeldempfangenden an den unter 15-Jährigen:** unter 10 %

**Anteil gymnasialer Bildungsempfehlungen an Grundschulen in kommunaler Trägerschaft:** mehr als 45 % bis 55 %

*Quelle: Sozialreport Leipzig 2021 (siehe S. 146)*

**Mietpreis (Kaltmiete) pro Quadratmeter:** 7,79 Euro

*Quelle: Mietspiegel Leipzig 2021 (siehe S. 146)*

**1** Städte bündeln gesellschaftliche Entwicklungen und machen gesellschaftliche Vielfalt sichtbar. Benennen Sie Kategorien, mithilfe derer man gesellschaftliche Unterschiede beschreiben kann (M1 und M2).

**2** Gestalten Sie eine Collage, um zwei Ihrer Meinung nach sehr unterschiedliche Stadtteile Ihrer Stadt bzw. einer Stadt Ihrer Wahl darzustellen. Nutzen Sie dazu sowohl die Kategorien, die Sie in Aufgabe 1 benannt haben, als auch selbst gefundene Kategorien.

**3** Erarbeiten Sie eine Liste mit Fragen, die mithilfe von Modellen der Sozialstruktur beantwortet werden können (M2).

# Arbeit mit wissenschaftlichen Modellen

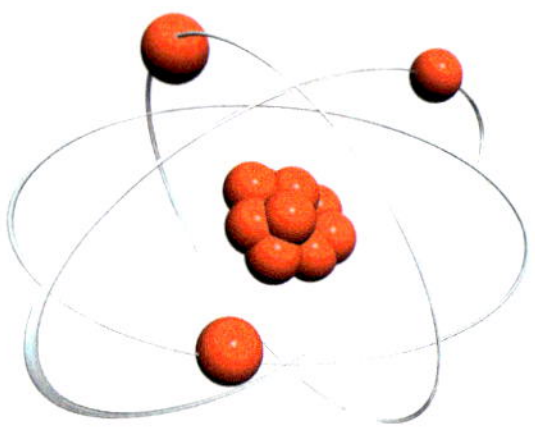

Im Alltag begegnen uns sehr häufig wissenschaftliche Modelle. Wir benutzen einen Stadtplan als Modell der Stadt oder einen Schaltplan, der ein Modell von einem elektrischen Gerät darstellt. Unsere Vorstellung vom Aufbau eines Atoms, der Zelle oder der DNS sind Modelle. Sie werden also in allen Wissenschaften verwendet, zum Beispiel in der Physik, in den Wirtschaftswissenschaften oder in der Soziologie. Was aber haben alle Modelle gemeinsam?

1. Modelle stellen ein **vereinfachtes Abbild** der Realität dar.
2. Modelle **verkürzen die Wirklichkeit**. Da die Realität sehr komplex und dadurch meist schwer verständlich ist, bildet das Modell nur einen Teil der Realität ab und verzichtet auf Merkmale, die entsprechend dem Zweck dieses Modells irrelevant sind.
3. Modelle verfolgen bestimmte Ziele. Sie wollen die komplexe Realität nicht nur **beschreiben** oder **erklären**, sie **ordnen** auch komplizierte Phänomene. Durch Klassifizierung dienen sie der Abstraktion. Mit der Auswahl der relevanten Aspekte orientiert sich der Modellschaffende an der Absicht, welche mit dem Modell verfolgt werden soll.

Ein Beispiel soll das verdeutlichen:
Das Modell des Homo oeconomicus stellt das vereinfachte **Abbild** des wirtschaftenden Menschen dar. Im Mittelpunkt steht dabei seine Fähigkeit, sich ohne Einschränkungen zweckrational verhalten zu können. Bei all seinen wirtschaftlichen Entscheidungen wägt er nüchtern Vor- und Nachteile ab und versucht, als Konsument seinen Nutzen und als Produzent seinen Gewinn zu maximieren. Durch das bewusste Ausblenden von zum Beispiel sozialen Präferenzen findet eine **Verkürzung der Wirklichkeit** statt. Das Modell des Homo oeconomicus dient dazu, elementare wirtschaftliche Zusammenhänge durchsichtig und ohne praktische Unzulänglichkeiten beschreiben und **erklären** zu können. Es stellt die Prämisse für die Ableitung des ökonomischen Prinzips dar.

## Arbeit mit wissenschaftlichen Modellen am Beispiel des Modells der Schichtungsgesellschaft

### 1. Schritt: Funktion klären

Um Modellen gerecht zu werden, muss man sich zunächst bewusst machen, dass es sich um ein Modell (mit den oben benannten Eigenschaften) handelt. Ein Modell der Sozialstruktur bildet die Gesellschaft zu einer bestimmten Zeit und in einer bestimmten Region ab. Es hat die Funktion, zu beschreiben und zu erklären bzw. Problemlagen oder Fehlentwicklungen zu identifizieren. Die Aussagen von Modellen dürfen nicht mit normativen, also vorschreibenden beziehungsweise wertenden Aussagen verwechselt werden. Es geht nicht darum zu zeigen, wie etwas sein sollte, sondern wie etwas ist.

### 2. Schritt: Annahmen und Reduktion wahrnehmen

Um Modelle verstehen zu können, muss man sich bewusst machen, welche Aspekte des realen Phänomens in den Fokus genommen wurden und welche keine Berücksichtigung finden. Außerdem muss herausgefunden werden, auf welche Weise die gewählten Aspekte umgesetzt wurden.

Im Modell der Schichtungsgesellschaft erfolgt eine Differenzierung und Hierarchisierung von Gesellschaftsmitgliedern nach mehreren sozialen Merkmalen, wie Beruf, Einkommen, Vermögen, Bildung, Prestige. So werden Menschen mit ähnlichen sozialen Merkmalen zu einer sozialen Schicht zusammengefasst. Die Hierarchisierung dieser Gruppen findet statt, indem sie auf einer vertikalen Achse verortet werden. Der Anteil der sozialen Schicht an der Gesamtbevölkerung wird dabei in etwa in der Größe des jeweiligen Raumes (Hausmodell) bzw. der Ausdehnung auf der x-Achse (Zwiebelmodell) abgebildet. Im Hausmodell bedient man sich zusätzlich verschiedener Linienarten, um vorhandene bzw. nicht existente soziale Mobilität zu kennzeichnen.

Das Modell verändert mit sich wandelnder gesellschaftlicher Realität sein Aussehen; es muss jeweils in den historischen Kontext eingeordnet werden.

Verdeutlichen sollte man sich die „blinden Flecken" des Modells. So werden zum Beispiel regionale Besonderheiten oder die Altersspezifik ausgeblendet. Ebenso wenig werden in diesem Modell Mentalitäten (Wertevorstellungen, Lebensgestaltung) berücksichtigt.

### 3. Schritt: Reichweite prüfen

Das kritische Hinterfragen des Modells leitet zu der Frage nach Ertrag und Erklärungswert über. Modelle können im Grunde nicht „richtig" oder „falsch" sein, vorausgesetzt die empirischen Daten, die dem Modell zugrunde liegen, wurden korrekt erhoben. Modelle sind geeignet oder ungeeignet, ein bestimmtes Phänomen, wie zum Beispiel soziale Ungleichheit, zu beschreiben oder zu erklären.

So sollte man bei der Analyse des Modells der Schichtungsgesellschaft seine Aussagefähigkeit bezüglich der aktuellen deutschen Gesellschaft prüfen bzw. seine Grenzen aufzeigen.

Es muss auch stets geprüft werden, ob andere Modelle für das zu beschreibende Phänomen angemessener sind bzw. ob sie das zu untersuchende Phänomen besser erklären können. Infrage käme in unserem Beispiel das Modell der sozialen Lagen, das durch die Berücksichtigung neuer Kriterien (Geschlecht, Wohnregion etc.) mehrdimensionale Ursachenforschung für soziale Ungleichheit ermöglicht.

### Matrix zur Überprüfung der im Folgenden behandelten Modelle

| **Modell** | **Entstehung/ historischer Kontext** | **Kriterium/Kriterien zur Abgrenzung** | **Besonderheiten des Aufbaus** | **Beurteilung der Aktualität (Sachurteil mit Argumenten)** |
|---|---|---|---|---|
| Klassengesellschaft | Industrialisierung | Besitz von gesellschaftlich relevanten Produktionsmitteln | Zwei Klassen stehen sich antagonistisch gegenüber. | Die Theorie lässt sich auch auf die Gegenwart anwenden, weil .../<br>Die Theorie lässt sich nicht auf die Gegenwart anwenden, weil ... |
| Schichtungsgesellschaft (1): Zwiebelmodell | | | | |
| Schichtungsgesellschaft (2): Hausmodell | | | | |
| Modell der sozialen Lagen | | | | |
| Modell der sozialen Milieus | | | | |
| Modell Inklusion und Exklusion | | | | |

**1** Erstellen Sie eine Lernzusammenfassung für die Modelle der Sozialstruktur anhand der oben stehenden Matrix.

# Das Modell der Klassengesellschaft

**INFO**

**Karl Marx** (1818–1883) war ein deutscher Philosoph und Ökonom, dessen Werk „Das Kapital" eine zentrale ideologische und wissenschaftliche Grundlage von Arbeiterbewegung und Sozialismus war.

**Das „Manifest der Kommunistischen Partei"** erschien 1848 in London und wurde von Marx und Engels verfasst. Es stellte das politische Programm des Bundes der Kommunisten dar, der sich die weltweite Befreiung des Proletariats von Unterdrückung und Ausbeutung zur Aufgabe gemacht hatte.

**GLOSSAR**

**Industrialisierung**
**Kapitalismus**
**Klasse, soziale**
**Kommunismus**

## M1 Die Klassentheorie von Karl Marx

Für den Philosophen und Ökonomen Karl Marx ist die historische Entwicklung einer Gesellschaft immer eine Geschichte von Klassenkämpfen. Unterdrücker und Unterdrückte stehen stets in einem Gegensatz zueinander, der (mal offen, mal versteckt) in einem Klassenkampf ausgetragen wird. Dieser endet entweder in einer Umgestaltung der Gesellschaft oder im Untergang der kämpfenden Klassen […].

Zeit, als soziale Ungleichheiten durch die Industrialisierung deutlich sichtbar wurden. In seiner Theorie ist eine Klasse im Verhältnis zu ihren Produktionsmitteln (z. B. Grundstücke, Maschinen, Werkzeuge, Energiequellen) bestimmt. Die beiden großen, sich direkt gegenüberstehenden Klassen sind: Bourgeoisie und Proletariat […].

**Bourgeoisie**
Die Bourgeoisie verstehen Marx und Engels im „Manifest der Kommunistischen Partei" als die Klasse der modernen Kapitalisten. Sie sind Besitzer der gesellschaftlichen Produktionsmittel und nutzen Lohnarbeit aus, wodurch sie Kapital anhäufen und Macht erlangen (ökonomisch und gesellschaftlich). Entwickelt hat sich die Bourgeoisie aus der Pfahlbürgerschaft des Mittelalters.

**Proletariat**
Als Proletariat bezeichnen die beiden Autoren (Marx und Engels) die Klasse der modernen Lohnarbeiter. Da sie keine eigenen Produktionsmittel besitzen, sind sie darauf angewiesen, ihre Arbeitskraft zu verkaufen. Der Arbeiter wird zum bloßen „Zubehör der Maschine".

[…] Lohnarbeiter sind von Verelendung bedroht und werden sozial wie politisch unterdrückt. Selbstbestimmung ist für das Proletariat nicht möglich, dadurch werden die Arbeiter zu entfremdeten Individuen […]. Bourgeoisie und Proletariat stehen sich im Verlauf zunehmend dichotom gegenüber und Zwischenklassen lösen sich auf, weil bspw. Kaufleute oder Kleinindustrielle im Konkurrenzkampf mit den Großindustriellen nicht genügend Kapital zur Verfügung haben […].

Die Bourgeoisie ist daran interessiert, die bestehenden Verhältnisse zu wahren, das Proletariat wiederum möchte die bestehenden Verhältnisse überwinden. Die Bourgeoisie schrumpft in ihrer Personenzahl, wird aber immer reicher, während das wachsende Proletariat immer weiter verarmt und verelendet. Die Folge ist ein verschärfter Klassenkonflikt, der nicht nur eine kurzfristige Übergangserscheinung im Entwicklungsprozess der Industriegesellschaft ist. Vielmehr laufen die Klassengegensätze auf eine Revolution des Proletariats hinaus. […]

Der Klassenkonflikt fungiert so als „Motor des gesellschaftlichen Wandels". Das Szenario der Revolution sieht eine Abschaffung des Privateigentums an Produktionsmitteln, eine gerechte soziale Ordnung sowie die klassenlose Gesellschaft vor.

*Das Klassensystem von Karl Marx, in: Bildung – Soziologie – Ungleichheit, hrsg. v. Bianca Bender, Bensheim, 25.09.2015, https://bildungsoziologieungleichheit.wordpress.com/2015/09/25/das-klassensystem-von-karl-marx/ (Zugriff: 17.02.2022)*

## M2 Thomas Piketty: Das Kapital im 21. Jahrhundert

Manche halten Thomas Piketty bereits für einen neuen Karl Marx. Dem Autor dürfte das durchaus willkommen sein. Nicht umsonst hat der 43-jährige Ökonom von der École d'Économie de Paris sein Furore machendes Buch „Das Kapital" genannt, genauer: „Das Kapital im 21. Jahrhundert". [...] Pikettys Kapital ist packend geschrieben, eine brillante Erzählung über Reichtum und Armut. Sie reicht von klassischen Romanen des 19. Jahrhunderts bis zur Auswertung moderner Steuerstatistiken. Die Datenbasis für das Buch hat Piketty zusammen mit seinem Kollegen Emmanuel Saez von der University of California in Berkeley entwickelt. Anders als Karl Marx sagt Piketty nicht den Untergang des Kapitalismus und die Verelendung des Proletariats voraus, aber seine Prognosen sind trotzdem düster: Die Ungleichheit in der Gesellschaft wird weiter zunehmen, was auf lange Sicht die Demokratie untergräbt.

Piketty zitiert die französische Erklärung der Menschen- und Bürgerrechte von 1789, in der es heißt: „Soziale Unterschiede dürfen nur auf dem Gemeinwohl gründen." Deshalb geht es an die Wurzeln eines demokratisch verfassten Gemeinwesens, wenn der Anteil des ererbten – im Gegensatz zum erarbeiteten – Reichtums immer mehr zunimmt. Genau das sagt Piketty voraus: Die kapitalistische Meritokratie wird durch die „Erbengesellschaft" ersetzt, erst in Europa und Japan, dann zunehmend auch in den Vereinigten Staaten. Aber Piketty beschreibt nicht nur, er stellt eine Theorie auf. Im Kapitalismus gibt es, so Piketty, ein Grundgesetz: Die Kapitalrendite ist unter normalen Umständen immer höher als die Wachstumsrate des Bruttoinlandsprodukts, es gilt also r>g. Deshalb wächst der Anteil der Vermögen im Verhältnis zur Wirtschaftsleistung immer weiter. Nur Katastrophen wie Kriege oder Wirtschaftskrisen können diesen Trend unterbrechen. Deshalb stieg die Ungleichheit in den Industrieländern bis 1913, sie ging vom Ausbruch des Ersten Weltkriegs bis in die Siebzigerjahre des 20. Jahrhunderts zurück und steigt seither wieder. Die Kurven, die Piketty dazu produziert, haben alle eine charakteristische U-Form. In Deutschland machten Privatvermögen 1870 über 600 Prozent des Nationaleinkommens aus, bis 1950 sank der Satz auf unter 200 Prozent. Inzwischen hat er wieder 400 Prozent erreicht. In Großbritannien und Frankreich ist es ähnlich. Diese Formel und die These, es könne so etwas wie ein ehernes Gesetz des Kapitalismus geben, verleiht Pikettys Buch tatsächlich eine marxistische Anmutung. Und genau hier setzt die Kritik der anderen Wirtschaftswissenschaftler ein. Die Formel r>g ist in der Ökonomie wohlbekannt; sie ist eine der Grundannahmen der neoklassischen Wachstumstheorie, nur hat sie eben mit der Verteilung des Volkseinkommens wenig zu tun. Die Formel würde nur dann einen Trend zu immer größeren Vermögen bedeuten, so schrieb Martin Feldstein, der einflussreiche Harvard-Ökonom, wenn die Menschen ewig lebten. Da dies nicht so ist, werden Vermögen in Wirklichkeit aufgezehrt, geteilt und verschwendet. Das Ergebnis ist unbestimmt, die Formel ist für Verteilungsfragen irrelevant. Die Kritik haben so oder so ähnlich Ökonomen wie Kenneth Rogoff (Harvard), Hans-Werner Sinn (München) und Peter Bofinger (Würzburg) aufgenommen. [...] Diese wissenschaftliche Skepsis wird aber die Wirkung des „Kapitals" nicht dämpfen.

*Nikolaus Piper, Der Meisterdenker, in: Süddeutsche Zeitung online, 17.05.2014, https://www.sueddeutsche.de/wirtschaft/thomas-piketty-ueber-ungleichheit-der-meisterdenker-1.1966426 (Zugriff: 17.02.2022)*

**INFO**

**Thomas Piketty** (*1971) ist ein französischer Ökonom.

**Meritokratie**
Herrschaftsordnung, bei der die Eliten aufgrund ihrer Leistung ihre jeweilige Stellung einnehmen und nicht zum Beispiel aufgrund ihrer Abstammung oder ihres Vermögens

**GLOSSAR**

**Bruttoinlandsprodukt (BIP)**

1. Erklären Sie Marx' Modell der Klassengesellschaft im historischen Kontext (M1).
2. Stellen Sie drei Grundannahmen von Piketty in Form von Thesen dar (M2).
3. Überprüfen Sie, ob die These Pikettys (M2) zur Einkommens- und Vermögensverteilung auf die aktuelle Situation der Bundesrepublik Deutschland zutrifft. Recherchieren Sie dazu im Internet.
4. Nehmen Sie Stellung zu der Behauptung: „Die Bundesrepublik entwickelt sich zu einer Klassengesellschaft."

# Das Modell der Schichtungsgesellschaft

**INFO**

**Soziale Schicht**
In einer sozialen Schicht werden Personen mit ähnlichen sozialen Merkmalen (Beruf, Einkommen, Bildung, Vermögen, Sozialprestige etc.) zusammengefasst. Es findet eine Hierarchisierung dieser Gruppen statt, indem sie auf einer vertikalen Achse verortet werden.

**Soziale Mobilität**
bezeichnet im engeren Sinne die Möglichkeit sozialen Aufstiegs bzw. Abstiegs durch Wechsel von einer sozialen Schicht in die andere.

**Theodor Geiger** (1891–1952) war ein dänischer Soziologe deutscher Herkunft und gilt als Begründer der Schichtungssoziologie.

**Ralf Dahrendorf** (1929–2009) war ein deutsch-britischer Soziologe und Politiker, er schuf im Jahre 1965 ein Modell, welches die deutsche Gesellschaft in Form eines Hauses abbildete.

## M1 Schichtungsmodell von Ralf Dahrendorf (1965)

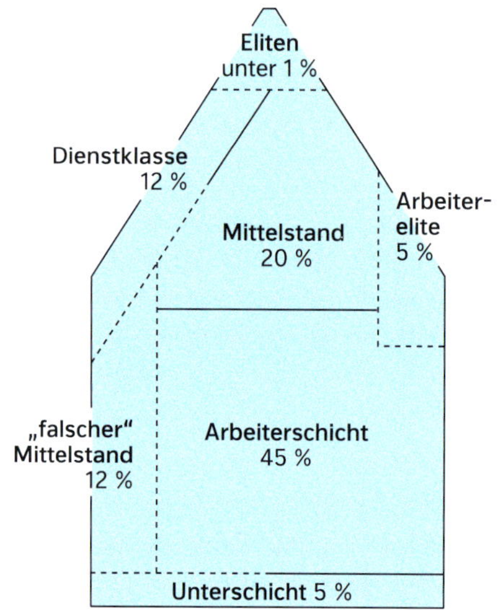


Quelle: Ralf Dahrendorf: Gesellschaft und Demokratie in Deutschland, München: dtv, 1971, S. 97 (verändert)
© dtv Verlagsgesellschaft, München 29072EX

Dahrendorf (1965) hat sein Haus in starker Anlehnung an das Mentalitätsmodell sozialer Schichtung von Geiger (1932) konstruiert. Die Gliederung der Bevölkerung in verschiedene Schichten beruht einerseits auf den verschiedenen Funktionen der Gruppen im Herrschafts- und Wirtschaftssystem, andererseits fußt die Unterteilung auch auf soziopolitischen und soziokulturellen Mentalitäten, die typischerweise mit den verschiedenen Soziallagen zusammenhängen.
Insgesamt unterscheidet Dahrendorf sieben Schichten. Die Spitze der Gesellschaft bilden die Eliten. Im Obergeschoss residieren nebeneinander die bürokratischen Helfer der Eliten, die Dienstklasse, „insbesondere nichttechnische Verwaltungsangestellte aller Ränge" [...], sowie der alte Mittelstand der Selbstständigen. Im Hauptgeschoss wohnen die große Arbeiterschicht und der falsche Mittelstand der einfachen Dienstleistungsberufe, dessen soziale Stellung sich nicht von derjenigen der Arbeiter unterscheidet, der sich jedoch seinem Selbstverständnis nach „fälschlicherweise" zur Mittelschicht zählt. Die Arbeiterelite der Meister und Steiger, der Buchdrucker und Schlosser hat sich dagegen nach oben hin vom Rest der Arbeiterschaft abgesetzt. Der Keller des Hauses ist bevölkert von der Unterschicht der „Dauererwerbslosen, Unsteten, Rückfallkriminellen, Analphabeten und anderen", die zuweilen als „Bodensatz der Gesellschaft", als „sozial Verachtete" oder auch als „Lumpenproletariat" bezeichnet werden [...].

*Rainer Geißler, Die Sozialstruktur Deutschlands, Wiesbaden: Springer VS, 7. Aufl., 2014, S. 96 f.*

## M2 Schichtungsmodell von Reiner Geißler (2009)

Ein modernisiertes Hausmodell für die soziale Schichtung der Bevölkerung Deutschlands im Jahr 2009 orientiert sich an dem von Dahrendorf erkannten Grundmuster, zieht jedoch einige weitere Differenzierungslinien ein und macht die massiven Umschichtungen im vergangenen halben Jahrhundert deutlich.
Die Dienstklassen und Dienstleister haben sich mit der Entwicklung zur industriellen Dienstleistungsgesellschaft enorm ausgedehnt – auf Kosten des Mittelstands im oberen Bereich und in der Mitte der Gesellschaft, aber auch auf Kosten der Arbeiterklassen in der unteren Mitte und insbesondere im Untergeschoss. Innerhalb der beiden oberen Etagen machen die beiden Dienstklassen inzwischen fünf Sechstel der Bewohner aus, während der früher dominierende Mittelstand der Selbstständigen auf gut ein Sechstel zusammengedrückt wurde. Auch in den beiden unteren Etagen, wo einst die Arbeiterschicht vorherrschte, gibt es inzwischen mehr Dienstleister als Arbeiter. Der Umfang der un- und angelernten Dienstleister ist inzwischen größer als derjenige der un- und angelernten Arbeiter. Ein Teil des Mittelstands ist ebenfalls in der unteren Hälfte

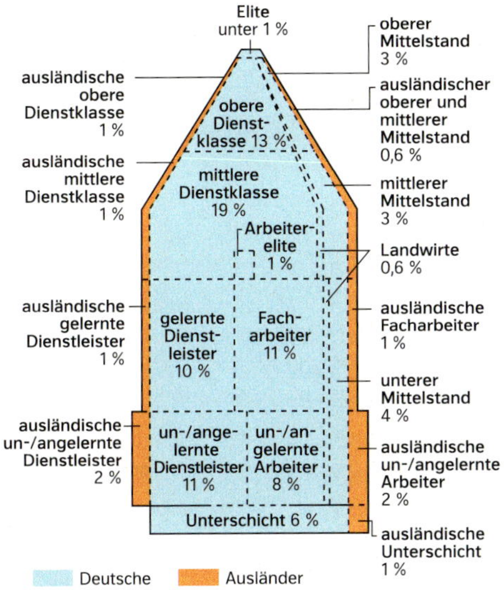


Quelle: Rainer Geißler, Die Sozialstruktur Deutschlands, 7. Aufl., Wiesbaden: Springer VS, 2014, S. 101 (verändert) (Datenbasis: Mikrozensus 2009; N=489.349 Haushalte) 29073EX

platziert. Im Kellergeschoss der Unterschicht leben Erwerbsunfähige und Langzeitarbeitslose, die ihren Lebensunterhalt überwiegend durch „Hartz IV“ (Arbeitslosengeld II, Sozialgeld) oder Sozialhilfe finanzieren. Deutlich erkennbar sind auch die Entwicklung Deutschlands zu einem Einwanderungsland und die tendenzielle Unterschichtung durch Ausländer – hinzugekommen ist ein „Anbau“ für die ausländischen Schichten. Die Unterbringung der Ausländer neben dem Haus der Deutschen signalisiert, dass diese neuen Schichten sozioökonomisch und soziokulturell nicht voll in die Kerngesellschaft integriert sind. Seit den 1980er-Jahren haben sich über den beiden ausländischen Arbeiter- und Dienstleisterschichten auch ein kleiner ausländischer Mittelstand sowie kleine ausländische Dienstklassen entwickelt. [...]

In der deutschen Sozialstrukturforschung wird seit den 1980er-Jahren kontrovers darüber diskutiert, ob sich die Klassen und Schichten im Zuge der Modernisierung der Gesellschaft auflösen oder bereits aufgelöst haben. [...] Die Auflösungstheoretiker dominierten den Mainstream der deutschen Sozialstrukturforschung seit den ausgehenden 1980er-Jahren fast zwei Jahrzehnte lang.

*Rainer Geißler, Facetten der modernen Sozialstruktur, in: Informationen zur politischen Bildung, Bonn: Bundeszentrale für politische Bildung, Heft 324/2014, S. 74–83, hier S. 75–80*

## M3 Schichtung im Wandel der Zeit

**Schichtung der gesamtdeutschen Gesellschaft**
in den Jahren 1991 bis 2017

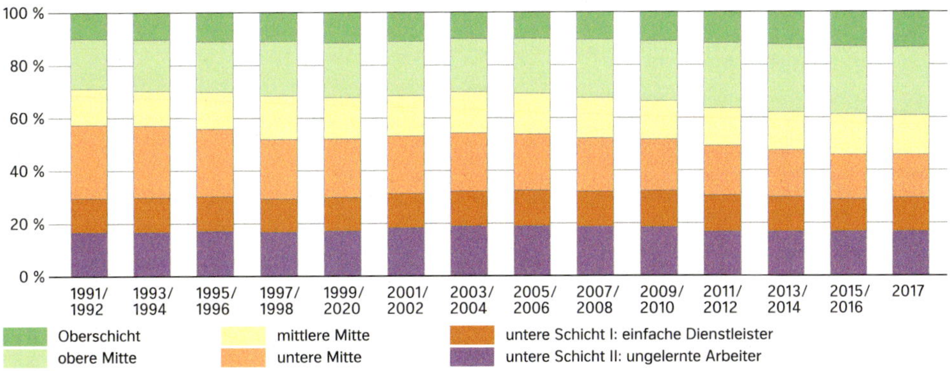


Anm.: N = 345.613 Beobachtungen. Die dargestellten relativen Häufigkeiten basieren auf den Beobachtungen für das jeweilige Jahr und werden bis auf das Jahr 2017 als gleitender Durchschnitt über jeweils zwei Jahre dargestellt.
Quelle: SOEP v34, eigene Berechnungen, nach: Bundeszentrale für politische Bildung, Bonn, 2020, www.bpb.de 28866EX © Westermann

**1** Beschreiben Sie Dahrendorfs Hausmodell als Beispiel für ein Schichtungsmodell (M1).

**2** Vergleichen Sie die Hausmodelle von Dahrendorf und Geißler miteinander (M1, M2).

**3** Erläutern Sie die Unterschiede zwischen den Hausmodellen von Dahrendorf und Geißler als Ergebnis gesellschaftlicher Wandlungsprozesse.

**4** Analysieren Sie die grafische Darstellung in M3.

**GLOSSAR**

Elite
Hartz IV

**INFO**

**Rainer Geißler** (*1939) ist ein deutscher Soziologe, er erarbeitete ein Schichtungsmodell, das die Sozialstruktur der deutschen Gesellschaft im Jahr 2009 abbildete.

**Karl Martin Bolte** (1925–2011) war ein deutscher Soziologe. Er schuf 1960 ein soziales Schichtenmodell der damaligen Bundesrepublik, das die Gesellschaft nach Bildung, Höhe des Einkommens und Ähnlichkeit der Berufe einteilte; nach der Form des Schichtungsgefüges wird das Modell als Bolte-Zwiebel bezeichnet.

# Das Modell der soziale Lagen

**INFO**

**Stefan Hradil** (*1946) ist ein deutscher Soziologe und Politikwissenschaftler, der sich unter anderem mit der Analyse der Sozialstruktur von Gesellschaften und mit sozialer Ungleichheit befasst.

## M1 Lagenmodelle generieren Mehrdimensionalität

Lagenmodelle markieren die Erweiterung der traditionellen Schicht- und Klassenanalyse zur mehrdimensionalen Ungleichheitsforschung. Sie vermeiden die Beschränkung auf die vertikale Dimension und beachten neben den traditionellen vertikalen auch „horizontale" Ungleichheiten, um die Mehrdimensionalität der Ungleichheitsstruktur besser zu erfassen. Im Zentrum steht das Zusammenwirken der verschiedenen Merkmale bei der „Zuweisung" von Privilegien und Nachteilen – wie zum Beispiel Berufsposition, Alter, Geschlecht und Region – oder typische Merkmalskonstellationen, durch die sich bevorzugte bzw. benachteiligte Soziallagen auszeichnen. Als Theoretiker des Konzepts der sozialen Lagen ist Stefan Hradil [...] hervorgetreten [...].

Das Lagenmodell, das in den 1980er-Jahren in der Wohlfahrtsforschung entwickelt wurde, untergliedert die erwachsene Bevölkerung nach sozial bedeutsamen Merkmalen in verschiedene soziale Lagen und untersucht, welche materiellen Ressourcen (Indikatoren für „objektive Wohlfahrt") und welche Lebenszufriedenheit (Indikatoren für „subjektive Wohlfahrt") an die verschiedenen Soziallagen geknüpft sind [...]. Zur Untergliederung der Bevölkerung werden neben dem traditionellen „vertikalen" Schichtkriterium des Berufsstatus noch die drei „horizontalen" Kriterien Geschlecht, Region (West-Ost) und Alter (unter/über 60 Jahre) herangezogen. Aus der Kombination der Merkmale Beruf, Region und Alter entstehen 34 Soziallagen, die einen relativ differenzierten Einblick in die Verteilung der materiellen Ressourcen und in die Unterschiede im subjektiven Wohlbefinden der Bevölkerung in West- und Ostdeutschland eröffnen [...] . So lassen sich etwa Arbeitslose sowie Un- und Angelernte als Problemgruppen mit geringen materiellen Ressourcen, niedriger Selbsteinstufung und einem hohen Grad an Unzufriedenheit identifizieren [...].

*Rainer Geißler, Die Sozialstruktur Deutschlands, Wiesbaden: Springer VS, 7. Aufl., 2014, S. 107 ff.*

## M2 Veränderung der Sozialstruktur Deutschlands (1990–2018)

| Soziale Lagen in Ost- und Westdeutschland in % | West | | Ost | | West | | Ost | |
|---|---|---|---|---|---|---|---|---|
| | Männer | Frauen | Männer | Frauen | Männer | Frauen | Männer | Frauen |
| | 1990 | | 1991 | | 2018 | | | |
| **bis 60 Jahre** | | | | | | | | |
| leitende Angestellte, höhere Beamtenschaft | 3 | 1 | 2 | 1 | 3 | 2 | 3 | 2 |
| hoch qualifizierte Angestellte, gehobene Beamtenschaft | 16 | 7 | 13 | 14 | 18 | 14 | 10 | 11 |
| qualifizierte Angestellte, mittlere Beamtenschaft | 11 | 14 | 5 | 22 | 11 | 19 | 9 | 18 |
| einfache Angestellte, Beamtenschaft | 3 | 8 | 4 | 9 | 2 | 5 | 2 | 6 |
| Meister/-innen, Vorarbeiter/-innen | 4 | 0 | 10 | 2 | 3 | 0 | 4 | 0 |
| Facharbeiter/-innen | 15 | 1 | 28 | 10 | 7 | 1 | 15 | 5 |
| un-, angelernte Arbeiter/-innen | 4 | 2 | 3 | 2 | 4 | 3 | 3 | 2 |
| Selbstständige, freie Berufe | 8 | 4 | 7 | 5 | 8 | 4 | 6 | 2 |
| Arbeitslose | 2 | 2 | 7 | 10 | 2 | 2 | 3 | 3 |
| Hausfrauen/-männer | 0 | 25 | 0 | 3 | 0 | 6 | 0 | 1 |
| Studium, Lehre | 11 | 5 | 3 | 1 | 7 | 7 | 5 | 4 |
| Vorruhestand | 2 | 2 | 4 | 7 | 1 | 1 | 2 | 2 |
| nicht erwerbstätig | 1 | 5 | 0 | 0 | 3 | 6 | 2 | 5 |
| **ab 61 Jahre** | | | | | | | | |
| noch erwerbstätig | 3 | 1 | 3 | 1 | 5 | 5 | 5 | 5 |
| noch nie erwerbstätig | 0 | 6 | 0 | 1 | 0 | 0 | 0 | 0 |
| Rentner/-innen (ehemalige Arbeiter/-innen | 3 | 5 | 2 | 4 | 6 | 5 | 14 | 9 |
| Rentner/-innen (ehemalige Selbstständige) | 10 | 11 | 8 | 10 | 15 | 18 | 15 | 24 |
| Rentner/-innen (ehemalige Angestellte, Beamte) | 4 | 2 | 2 | 2 | 4 | 3 | 2 | 2 |

Datenbasis: ALLBUS 1980-2012 kumuliert; ALLBUS 2018, nach: Bundeszentrale für politische Bildung, Bonn, 2021, www.bpb.de



**INFO**

**Transformation**
Für den politischen und wirtschaftlichen Systemwechsel, der ab 1989 in der DDR stattfand, wird auch der Begriff der Transformation verwendet. Mit dem Einigungsvertrag vom 31. August 1990 wurde die Verfassungs- und Rechtsordnung der DDR zum Tag des Beitritts am 3. Oktober 1990 aufgehoben und durch die der Bundesrepublik ersetzt. Damit wurde das politische und administrative System der Bundesrepublik in die ehemalige DDR übernommen.

**1** Arbeiten Sie Stärken und Schwächen der Lagenmodelle heraus (M1).

**2** Analysieren Sie M2 unter besonderer Beachtung der Veränderung der Sozialstruktur Ostdeutschlands im Zuge der gesellschaftlichen Transformation nach 1989/1990.

# Das Modell der sozialen Milieus

## M 1 Der Begriff der sozialen Milieus

Soziale Milieus sind Gruppen Gleichgesinnter mit ähnlichen Grundwerten und Prinzipien der Lebensführung, die sich durch erhöhte Binnenkommunikation und Abgrenzung gegenüber anderen Gruppen auszeichnen [...]. Als sozialwissenschaftlicher Begriff schon im 19. Jahrhundert verwendet, erlangte der Milieubegriff seit den 1980er-Jahren eine besondere Relevanz für die Sozialforschung und Marketingforschung. Dies war sicher auch mit angestoßen durch die Überzeugungskraft der Studien von Bourdieu und dessen Konzept von Habitus [...].
Die herkömmliche Einteilung der Gesellschaft in Sozialschichten (über Beruf, Einkommen, Bildung) oder die Zielgruppendefinition nach gängigen sozial-demografischen Variablen verlor nach dem Zweiten Weltkrieg zunehmend an Erklärungskraft und Trennschärfe. Die Prozesse der Modernisierung, die Befriedigung der Grundbedürfnisse sowie insgesamt steigendes Einkommen in den industrialisierten Gesellschafen erweiterten die „Möglichkeitsräume" [...] der Menschen. Parallel dazu führte die beschleunigte Individualisierung zu einer Schwächung traditioneller Bindungen sowie zur Notwendigkeit, „jenseits von Klasse und Stand" [...] neue Zugehörigkeiten zu finden. Soziale Milieus stellen diese neue Art der mehr oder weniger selbst gewählten und freiwilligen Vergemeinschaftung dar.
Soziale Milieus machen die Schichtbetrachtung nicht überflüssig, erweitern sie jedoch um eine ganz wesentliche kulturelle Dimension. Gerade in den aktuellen Diskussionen um die Anfälligkeit unserer Demokratien für populistische Verführer wirken rein schichtbezogene Erklärungen seltsam hilflos. Die Einbeziehung der grundlegenden Werthaltungen über den Milieubegriff bringt eine deutliche Verbesserung der Erklärungstiefe.
Milieuspezifische Wertorientierungen drücken sich in spezifischen Alltagspraktiken und Lebensstilen aus, welche gleichzeitig Milieuzugehörigkeit und Abgrenzung von anderen Milieus demonstrieren. Auch wenn die Begriffe Milieu und Lebensstil oft vermischt werden, ist es aus analytischen und praktischen Gründen notwendig, eine klare Differenzierung vorzunehmen [...]. Soziale Milieus bezeichnen relativ stabile Gruppenzugehörigkeiten auf der Basis relativ beständiger Werthaltungen (z. B. die Überzeugung, dass man soziale Verantwortung trägt, oder die Verweigerung von Konventionen und Erwartungen der Leistungsgesellschaft etc.), während Lebensstile oft recht kurzfristige Präferenzen ausdrücken (z. B. Kleidungsstile).

*Berthold Bodo Flaig/Bertram Barth, Hoher Nutzwert und vielfältige Anwendung: Entstehung und Entfaltung des Informationssystems Sinus-Milieus®, in: Bertram Barth/Berthold Bodo Flaig/Norbert Schäuble/Manfred Tautscher (Hrsg.), Praxis der Sinus-Milieus®, Wiesbaden: Springer VS, 2018, S. 3–21, hier S. 3 f.*

**INFO**

**Pierre Bourdieu** (1930–2002) war ein französischer Soziologe. 1979 erschien sein Hauptwerk „Die feinen Unterschiede".

**Modernisierung**
Der soziologische Begriff der Modernisierung beschreibt den Wandel einer traditionellen Gesellschaft in eine moderne Form, zum Beispiel den Wandel zur Industriegesellschaft oder den Prozess der Demokratisierung.

**QUERVERWEIS**

**Individualisierung – ist jeder seines Glückes Schmied?,** S. 184 f.

## M 2 Die Habitustheorie von Pierre Bourdieu

[Pierre Bourdieus Habitustheorie] besagt im Kern, dass soziale Milieus durch Anpassungsprozesse an die Lebensbedingungen sozialer Klassen und Klassenfraktionen zustande kommen. [...] Wenn Menschen innerhalb der jeweiligen Lebensbedingungen ihrer sozialen Klasse aufwachsen, entstehen nach Bourdieu weitgehend unbewusst klassenspezifische Habitusformen. Hierunter versteht er latente Denk-, Wahrnehmungs- und Bewertungsmuster, die einerseits die Möglichkeiten alltäglichen Handelns begrenzen, andererseits Handlungen hervorbringen. [...]
Die Konsequenzen dieser Habitusformen zeigen sich Bourdieu zufolge in unterschiedlichen alltäglichen Lebensstilen der Menschen. Zu diesen gehören die jeweils bevorzugten Wohnungseinrichtungen und Speisen, Sänger und Musikwerke, Maler, Museen und Komponisten.

*Stefan Hradil, Soziale Milieus – eine praxisorientierte Forschungsperspektive, in: Aus Politik und Zeitgeschichte 44–45/2006, Bonn: Bundeszentrale für politische Bildung, S. 4–6*

**INFO**

**Sinus-Milieus** werden von der SINUS Markt- und Sozialforschung GmbH entwickelt. Sie basieren auf dem Modell sozialer Milieus. Diese Gesellschaftstypologie wird für mehr als 40 Länder erstellt.

**INTERNET**

**WES-118380-311**
Link zum Video „Sinus-Milieus® einfach erklärt“

**GLOSSAR**

**Konservatismus**

## M3 Sinus-Milieus in Deutschland 2021

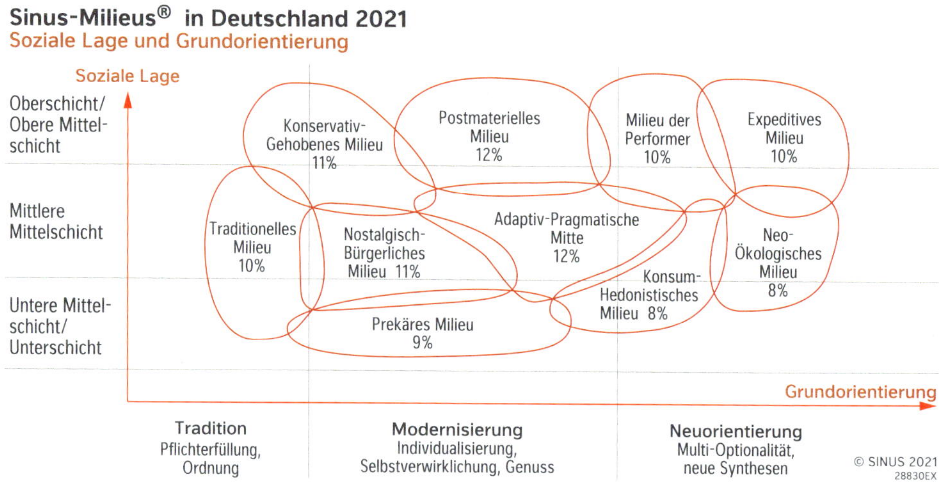


**Konservativ-Gehobenes Milieu:** Die alte strukturkonservative Elite: klassische Verantwortungs- und Erfolgsethik sowie Exklusivitäts- und Statusansprüche; Wunsch nach Ordnung und Balance; Selbstbild als Fels in der Brandung postmoderner Beliebigkeit; Erosion der gesellschaftlichen Führungsrolle

**Postmaterielles Milieu:** Engagiert-souveräne Bildungselite mit postmateriellen Wurzeln: Selbstbestimmung und -entfaltung sowie auch Gemeinwohlorientierung; Verfechter von Post-Wachstum, Nachhaltigkeit, diskriminierungsfreien Verhältnissen und Diversität; Selbstbild als gesellschaftliches Korrektiv

**Expeditives Milieu:** Die ambitionierte kreative Bohème: urban, hip, digital, kosmopolitisch und vernetzt; auf der Suche nach neuen Grenzen und unkonventionellen Erfahrungen, Lösungen und Erfolgen; ausgeprägte Selbstdarstellungskompetenz, Selbstbild als postmoderne Elite

**Milieu der Performer:** Die effizienzorientierte und fortschrittsoptimistische Leistungselite: globalökonomisches und liberales Denken; gesamtgesellschaftliche Perspektive auf der Basis von Eigenverantwortung; Selbstbild als Stil- und Konsum-Pioniere; hohe Technik- und Digitalaffinität

**Adaptiv-Pragmatische Mitte:** Der moderne Mainstream: Anpassungs- und Leistungsbereitschaft, Nützlichkeitsdenken, aber auch Wunsch nach Spaß und Unterhaltung; starkes Bedürfnis nach Verankerung und Zugehörigkeit; wachsende Unzufriedenheit und Verunsicherung aufgrund der gesellschaftlichen Entwicklung; Selbstbild als flexible Pragmatiker

**Neo-Ökologisches Milieu:** Die Treiber der globalen Transformation: Optimismus und Aufbruchsmentalität bei gleichzeitig ausgeprägtem Problembewusstsein für die planetaren Herausforderungen; offen für neue Wertesynthesen: Disruption und Pragmatismus, Erfolg und Nachhaltigkeit, Party und Protest; Selbstbild als progressive Realisten; umwelt- und klimasensibler Lebensstil

**Konsum-Hedonistisches Milieu:** Die auf Konsum und Entertainment fokussierte (untere) Mitte: Spaßhaben im Hier und Jetzt; Selbstbild als cooler Lifestyle-Mainstream; starkes Geltungsbedürfnis; berufliche Anpassung vs. Freizeit-Eskapismus; zunehmend genervt vom Diktat der Nachhaltigkeit und Political Correctness

**Prekäres Milieu:** Die um Orientierung und Teilhabe bemühte Unterschicht: Dazugehören und Anschlusshalten an den Lebensstandard der breiten Mitte – aber Häufung sozialer Benachteiligungen und Ausgrenzungen; Gefühl des Abgehängtseins, Verbitterung und Ressentiments; Selbstbild als robuste Durchbeißer

**Nostalgisch-Bürgerliches Milieu:** Die harmonieorientierte (untere) Mitte: Wunsch nach gesicherten Verhältnissen und einem angemessenen Status; Selbstbild als Mitte der Gesellschaft, aber wachsende Überforderung und Abstiegsängste; gefühlter Verlust gelernter Regeln und Gewissheiten; Sehnsucht nach alten Zeiten

**Traditionelles Milieu:** Die Sicherheit und Ordnung liebende ältere Generation: verhaftet in der kleinbürgerlichen Welt bzw. traditionellen Arbeiterkultur; anspruchslose Anpassung an die Notwendigkeiten; steigende Akzeptanz der neuen Nachhaltigkeitsnorm; Selbstbild als rechtschaffene kleine Leute

*Sinus-Milieus® in Deutschland 2021, Kurzbeschreibungen, in: Anhang der Pressemitteilung, Heidelberg/Berlin: SINUS Markt- und Sozialforschung GmbH, 01.10.2021, S. 3, https://www.sinus-institut.de/media/pages/media-center/presse/sinus-milieus-2021/108afa2ba3-1633013339/hintergrundinformation_sinus-milieus-2021.pdf (Zugriff: 17.02.2022)*

## M4 Sinus-Milieus und Wahlverhalten (Bundestagswahl 2017)

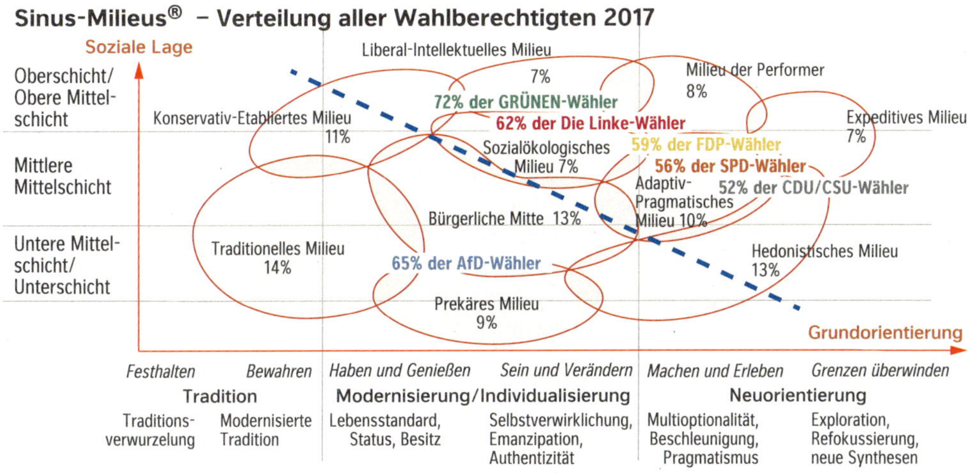


Quelle: BertelsmannStiftung 28830EX_1

„Wer die Mitte erreichen will, muss anerkennen, was diese will: bescheidenen Wohlstand, Anerkennung ihrer Leistung, Respekt und Sicherheit", so Manfred Tautscher, Geschäftsführer des SINUS-Instituts [...]. Die Mitte sehne sich nach Veränderung – damit alles so bleibt, wie es war. Das heißt, die Politik müsse die Zukunft so gestalten, dass sich für die Mitte der Gesellschaft nicht allzu viel verändert. [...]
Weiterhin verwies Tautscher auf die tiefe soziale Spaltung, die eine Wahlstudie mit der Bertelsmann-Stiftung offenlegte (siehe Grafik [oben]). So haben die progressiveren und durchschnittlich bessergestellten Milieus mehrheitlich Grüne, Linke, FDP, SPD oder CDU/CSU gewählt. Hingegen haben die traditionelleren und tendenziell sozial schwächeren Milieus häufiger der AfD ihre Stimme gegeben. Außerdem haben die sozial stärkeren Sinus-Milieus deutlich häufiger gewählt. Somit sind die sozial schwächeren Sinus-Milieus deutlich unterrepräsentiert. [...]
Tautscher sprach auch darüber, aus welchen Milieus die Wähler der jeweiligen Parteien stammen. So konnte die AfD vor allem bei den stark verunsicherten Sinus-Milieus der Prekären, der Bürgerlichen Mitte und den Traditionellen punkten. Zudem habe die SPD keine klare Zielgruppe mehr, da sie keins der Sinus-Milieus besonders stark anspricht.

*Wie gewinnt die Politik die Mitte der Bevölkerung?, Heidelberg: SINUS Markt- und Sozialforschung GmbH, 10.01.2018, https://www.sinus-institut.de/media-center/news/wie-gewinnt-die-politik-die-mitte-der-bevoelkerung (Zugriff: 17.02.2022)*

**INFO**

**Hinweis**
Die Sinus-Milieus werden kontinuierlich aktualisiert, daher ergeben sich Unterschiede in der Verortung und teils auch in Benennung der Milieus von 2017 und 2021 (S. 156). Informationen zu den älteren Milieus können ebenfalls auf der Internetseite von SINUS abgerufen werden (siehe Webcode/QR-Code links).

**1** Verfassen Sie eine Definition für den Begriff des sozialen Milieus (M1).
**2** Erläutern Sie das Konzept der sozialen Milieus (M1, M2, M3).
**3** Erklären Sie die Habitustheorie von Pierre Bourdieu (M2).
**4** Beschreiben Sie die Sozialstruktur der deutschen Gesellschaft im Jahr 2021 anhand des Modells der Sinus-Milieus (M3).
**5** Ordnen Sie nachfolgende Produkte den Milieus in M3 zu: Schlager-CD, FAZ-Print-Abo, Gaming-Chair, Energydrinks, Bildungsreise nach Norditalien, Elektroauto, gemoddetes Skateboard, Opernkarten. Begründen Sie Ihre Zuordnung.
**6** Das Milieu-Modell ist ein wichtiges Instrument im Wahlkampf. Erklären Sie diese Aussage (M4).
**7** Erläutern Sie das Wahlverhalten eines selbst gewählten sozialen Milieus (M3, M4).
**8** Entwickeln Sie eine Wahlkampfstrategie für eine der in M4 benannten Parteien, welche die Erkenntnisse der Studie nutzt und umsetzt.

# Das Modell Inklusion und Exklusion

## M1 Sozial Ausgegrenzte im Fokus

**INFO**

**Die vier benannten Modelle sind:**
- soziale Klassen und Schichten (S. 150–153),
- das Modell der sozialen Lagen (S. 154),
- das Modell der sozialen Milieus (S. 155–157) und
- das Modell Exklusion und Inklusion.

**Segregation** Trennung, Aufspaltung

Das Modell von Exklusion und Inklusion ist das jüngste der vier Modelle. Sein zentrales Konzept der Exklusion – auf Deutsch am besten mit „soziale Ausgrenzung" wiedergegeben – begann seine Karriere in den 1990er-Jahren in Frankreich bei der wissenschaftlichen Auseinandersetzung mit der sogenannten neuen Armut, der Arbeitslosigkeit und der räumlichen Segregation.
Wichtige Impulse für die weitere Ausbreitung in Europa kamen aus dem politischen Raum: Seit den 1990er-Jahren kämpft die Kommission der Europäischen Union gegen die „social exclusion". Diese fortdauernden Bemühungen wurden unter anderem daran sichtbar, dass das Jahr 2010 zum „Europäischen Jahr gegen Armut und Ausgrenzung" ausgerufen wurde. Die deutsche Sozialforschung reagierte mit einiger Verzögerung, aber seit Ende der 1990er-Jahre greift auch sie das Konzept der Exklusion häufiger auf (z.B. Martin Kronauer 2010) und verwendet es in zahlreichen, zum Teil umstrittenen Varianten.

Vom Klassen-Schichten-Modell unterscheidet sich das Exklusion-Inklusion-Modell in drei wesentlichen Punkten:

- Im Zentrum steht nicht die vertikale Aufteilung der Gesellschaft in oben, Mitte und unten, sondern die beiden Pole drinnen und draußen. Es geht nicht darum, wer wo in der Gesellschaft steht, sondern darum, wer „drinnen" oder „draußen" ist.
- Soziale Ungleichheit wird nicht – wie im vertikalen Modell und im Modell der sozialen Lagen – als graduell abgestufte Ungleichheit zwischen verschiedenen Schichten, Geschlechtern, Altersgruppen oder anderen Gruppen erfasst, sondern im Zentrum der Analyse steht ein gesellschaftlicher Bruch, eine Spaltung der Gesellschaft in Zugehörige und Ausgeschlossene, „Überzählige" (Marx), an den Rand Gedrängte. Im Fokus stehen die extrem Benachteiligten, denen ein Platz im anerkannten gesellschaftlichen Gefüge verweigert wird. Exklusion wird dabei mehrdimensional begriffen: Wichtige Dimensionen sind die Arbeitslosigkeit als Ausschluss vom Erwerbsleben, Armut sowie räumliche Ausgrenzung durch Wohnen und Leben in Armutsvierteln oder sozialen Brennpunkten. In den Blick genommen werden auch die Auflösung der sozialen Netzwerke, der Ausschluss von einer angemessenen politischen und kulturellen Teilhabe sowie psychische Folgen wie ein geschädigtes Selbstbild, lähmende Gefühle der Erniedrigung und Missachtung, der Chancen- und Perspektivlosigkeit. Es geht aber nicht nur um den Blick auf die verschiedenen Dimensionen von Exklusion, sondern auch um die Erforschung der Zusammenhänge zwischen diesen Dimensionen, ihre wechselseitige sich steigernde Verstärkung.
- Das bipolare Modell wird häufig zu einem Drei-Zonen-Konzept erweitert, wie es der französische Soziologe Robert Castel (2000) entwickelt hat. Dieser platziert zwischen den beiden Polen Exklusion und Inklusion eine Zwischenzone und nennt sie die „Zone der sozialen Verwundbarkeit", in Deutschland in der Regel „Zone der Prekarität" genannt. Diese Zone verbindet das Drinnen mit dem Draußen. Sie lenkt den Blick auf Zonen der prekären Unsicherheit im Drinnen, auf Gruppen, deren Inklusion instabil geworden ist und die daher Gefahr laufen, ins Draußen zu rutschen und ausgegrenzt zu werden. So wird zum Beispiel in der vertikalen Struktur eine „verunsicherte Mitte" (Martin Kronauer) ausgemacht mit versperrten Aufstiegschancen, schwindender Arbeitsplatzsicherheit, zunehmenden Schwierigkeiten bei der Aufrechterhaltung des Lebensstandards und unsicheren Zukunftsaussichten der Kinder.

**GLOSSAR**

Integration

**Zonen sozialer Kohäsion**

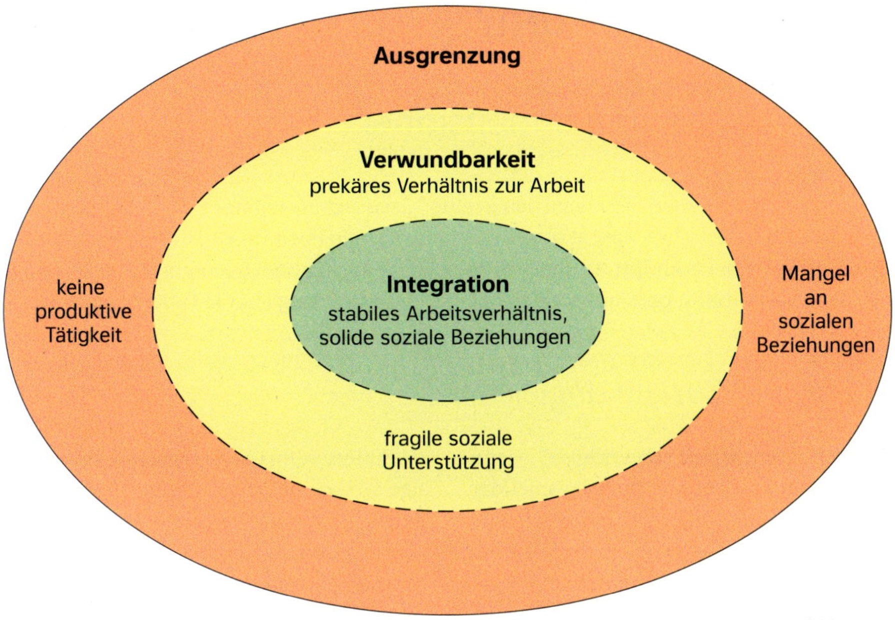


Nach: Robert Castel, Die Metamorphosen der sozialen Frage. Eine Chronik der Lohnarbeit, Konstanz: UVK, 2000 S. 13



Im Vergleich zu den anderen Modellen hat das Exklusion-Inklusion-Modell einen stark eingeschränkten Blickwinkel. Es ist fokussiert auf eine kleine Gruppe von extrem Benachteiligten sowie auf die gesellschaftlichen Gefahrenzonen, auf Gruppen, deren Position im Drinnen prekär geworden ist. Dabei muss hervorgehoben werden, dass dieser Fokus auf extreme Benachteiligung und Prekarität von besonderer gesellschaftspolitischer Bedeutung ist.

Ein analytischer Vorteil des Modells besteht darin, dass es ermöglicht, Exklusionsprozesse und -risiken in vielen Bereichen der Sozialstruktur, in verschiedenen Schichten, Soziallagen und Milieus ausfindig zu machen. Das Modell kann Ausgrenzungsprozesse und -risiken erfassen, die zum Teil „quer" zur vertikalen Ungleichheitsstruktur und zur Milieustruktur liegen. Der französische Soziologe Pierre Bourdieu (1998) hat diese Sichtweise auf die Formel gebracht: „Prekarität ist überall". Exklusion passiert – wie Heinz Bude (2008) zeigt – in den Milieus der Unterprivilegierten genauso wie unter Pfarrern, Rechtsanwälten und Professoren oder unter Managern und Bankern.

Allerdings suggerieren diese Einzelbeobachtungen ein falsches Bild vom Umfang der Zonen von Exklusion und Prekarität auf den verschiedenen Ebenen des Gefüges der sozialen Ungleichheit. Die verarmten, in einem sozialen Brennpunkt lebenden Professoren und Banker dürften Ausnahmefälle sein, aber es gibt Zigtausende von armen, arbeitslosen Ungelernten. Quantitative Analysen belegen, dass Ausgrenzung und Prekarität sehr deutlich schichttypisch ungleich verteilt sind. Das Exklusion-Inklusion-Modell erfasst soziale Realität daher am besten, wenn es in Kombination mit dem Klassen-Schichten-Modell eingesetzt wird.

*Rainer Geißler, Facetten der modernen Sozialstruktur, in: Informationen zur politischen Bildung, Bonn: Bundeszentrale für politische Bildung, Heft 324/2014, S. 74–83, hier S. 80*

**1** Stellen Sie Stärken und Schwächen des Modells Exklusion – Inklusion gegenüber (M1).

**2** Überprüfen Sie, inwiefern und wie die Gruppe der Ausgegrenzten auch in anderen Modellen (S. 150–157) abgebildet wird.

# 3.2 Soziale Ungleichheit – legitimes Merkmal moderner Gesellschaften?

## Soziale Ungleichheit – Begriff und Dimensionen

**Durch das Zusammenleben der Menschen in einer Gesellschaft entsteht ein Beziehungsnetz. Jedes Gesellschaftsmitglied nimmt eine bestimmte soziale Position ein, die mit spezifischen Lebensbedingungen verknüpft ist. Diese unterschiedlichen Lebensbedingungen beinhalten jedoch auch vorteilhafte bzw. nachteilige Bedingungen in Bezug auf die Lebenschancen.**

### M 1 Was ist soziale Ungleichheit?

QUERVERWEIS

Info zu Stefan Hradil, S. 154

INFO

**Determinante** Faktor

**illegitim** unrechtmäßig

Man spricht von „*sozialer Ungleichheit*", wenn die Ressourcenausstattung (zum Beispiel der Bildungsgrad oder die Einkommenshöhe) oder die Lebensbedingungen (beispielsweise die Wohnverhältnisse) von Menschen aus gesellschaftlichen Gründen so beschaffen sind, dass bestimmte Bevölkerungsteile regelmäßig bessere Lebens- und Verwirklichungschancen als andere Gruppierungen haben.

„Besser" sind Lebens- und Verwirklichungschancen dann, wenn Ressourcenausstattungen oder Lebensbedingungen bestimmten Menschen nach den jeweils geltenden gesellschaftlichen Maßstäben (zum Beispiel bezüglich Sicherheit, Wohlstand, Gesundheit) die Möglichkeit zu einem „guten Leben" und zur weiten Entfaltung der eigenen Persönlichkeit bieten, anderen Menschen jedoch nicht. […]

Nicht als soziale Ungleichheit gelten unter anderem individuelle, momentane und natürliche Vor- bzw. Nachteile. Sie entstehen zum Beispiel durch (un-)vorteilhafte Persönlichkeitseigenschaften, Lotteriegewinne oder angeborene Behinderungen. In der Realität greifen natürliche, momentane und individuelle Vor- bzw. Nachteile einerseits und soziale Ungleichheiten andererseits jedoch oft ineinander. […]

„*Verteilungsungleichheit*" meint die ungleiche Verteilung einer wertvollen Ressource (zum Beispiel des Einkommens) bzw. einer (un-)vorteilhaften Lebensbedingung innerhalb der Bevölkerung insgesamt.

Mit „*Chancenungleichheit*" bezeichnet man die ungleichen Möglichkeiten bestimmter Bevölkerungsgruppen (zum Beispiel von Frauen oder Migranten), an vorteilhafte oder nachteilige Stellen innerhalb solcher Verteilungen zu gelangen (zum Beispiel höhere Einkommen zu erzielen). Chancenungleichheiten und Verteilungsungleichheiten verändern sich häufig unabhängig voneinander. So ist zum Beispiel die Verteilung der Einkommen in Deutschland in letzter Zeit ungleicher geworden. Die Einkommenschancen von Frauen haben sich dagegen denen der Männer angeglichen. […]

Chancenungleichheiten bestehen insbesondere zwischen: Bildungs- und Berufsgruppen, Familien und kinderlosen Haushalten, Bewohnern unterschiedlicher Regionen, den Geschlechtern, Altersgruppen und ethnischen Gruppierungen. Damit sind zugleich die wichtigsten Determinanten sozialer Ungleichheit benannt. Einige von ihnen sind individuell erworben, andere gesellschaftlich zugeschrieben: Bildungsgrade, Berufe, Familien- und Lebensformen sind für die Einzelnen mehr oder minder frei wählbar. Das Geschlecht, das Alter, soziale Herkunft oder die ethnische Zugehörigkeit sind für die Einzelnen in der Regel nicht veränderbar. Darauf beruhende Chancenungleichheiten […] gelten in modernen Gesellschaften als illegitim und werden stark kritisiert.

Die Vielfalt vorhandener sozialer Ungleichheiten wird in der Regel in Dimensionen gebündelt. In modernen Gesellschaften gelten der formale Bildungsgrad, die mehr oder minder sichere Erwerbstätigkeit, die berufliche Stellung, das Einkommen bzw. Vermögen und das berufliche Prestige als wichtigste Dimensionen sozialer Ungleichheit.

*Stefan Hradil, Soziale Ungleichheit, in: Ders. (Hrsg.), Deutsche Verhältnisse, Bonn: Bundeszentrale für politische Bildung, 2012, S. 156 f.*

## M2 Dimensionen sozialer Ungleichheit

In Anlehnung an die Definition des deutschen Soziologen Stefan Hradil können folgende vier Dimensionen sozialer Ungleichheit unterschieden werden:

soziale Ungleichheit

durch

**ungleiche Verteilung von Ressourcen und Lebensbedingungen**

| | | | | |
|---|---|---|---|---|
| **Dimensionen:** | wirtschaftliche Lage Lebensstandard | Macht | Bildung | Sozialprestige |
| **Indikatoren:** | Einkommens- und Vermögensverteilung, Armut | Einfluss und soziale Herkunft von Machteliten | soziale Herkunft, Schulbesuch und Studium | berufliche Stellung und soziales Ansehen |

**GLOSSAR**

Armut

Sozialprestige

## M3 Fakt oder Frust?

1 Erläutern Sie den Begriff soziale Ungleichheit (M1).
2 Vergleichen Sie die Begriffe soziale Ungleichheit und Chancenungleichheit (M1).
3 Gestalten Sie eine Karikatur zu einer der Dimensionen sozialer Ungleichheit (M2).
4 Legen Sie eine Liste mit Argumenten an, die für bzw. gegen die These aus M3 sprechen: „Weil wenige reich sind, sind viele arm.“ Vervollständigen Sie die Liste bei der Bearbeitung der nachfolgenden Themen.

# Ungleichheit bei Vermögen und Einkommen

**INFO**

**Gesamtnettovermögen**
Das Gesamtnettovermögen ergibt sich aus der Addition aller materiellen und immateriellen Werte abzüglich der Schulden. Immaterielle Werte sind zum Beispiel Erfindungen oder Patente.

## M1 Vermögen in Deutschland 1: Die ärmere Hälfte besitzt fast nichts (2020)

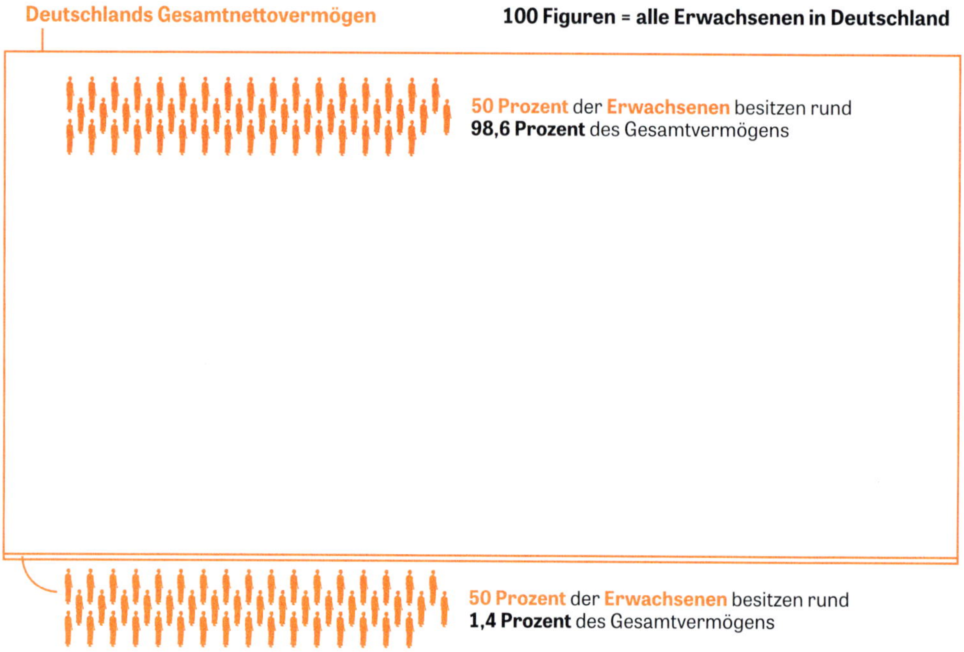


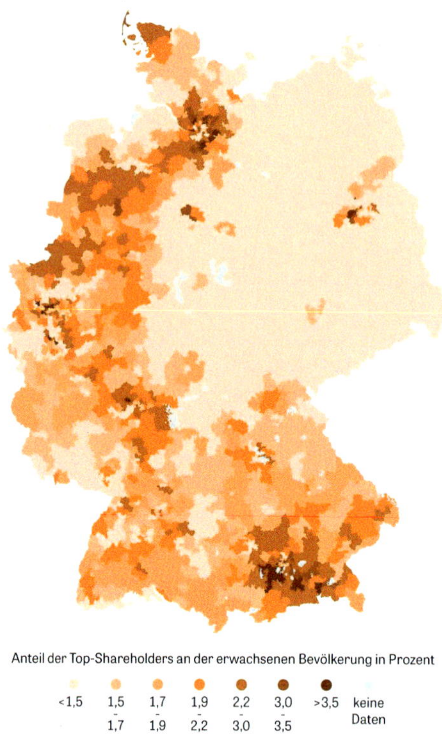


## M2 Vermögen in Deutschland 2: Wo Menschen mit hohen Firmenbeteiligungen wohnen

Vermögende haben oft eines gemeinsam: Sie halten Beteiligungen an Firmen. Unsere Karte zeigt, an welchen Orten prozentual die meisten Top-Anteilseigner wohnen, je dunkler die Felder, desto höher ihr Anteil.

*M1 und M2: Fabian Dinklage/Annick Ehmann/Philip Faigle/Vanessa Vu/Paul Blickle/Julian Stahnke, Das obere Prozent, in: ZEIT ONLINE, 14.07.2020, https://www.zeit.de/wirtschaft/2020-07/vermoegensverteilung-deutschland-diw-studie-ungleichheit (Zugriff: 17.02.2022)*

**INFO**

**Shareholder**
sind die Inhaber und Anteilseigner (Aktionäre) eines Unternehmens.

## M3 Entwicklung der Einkommensverteilung

**Entwicklung der verfügbaren Haushaltseinkommen nach Dezilen**
in %, normiert: 1991 = 100

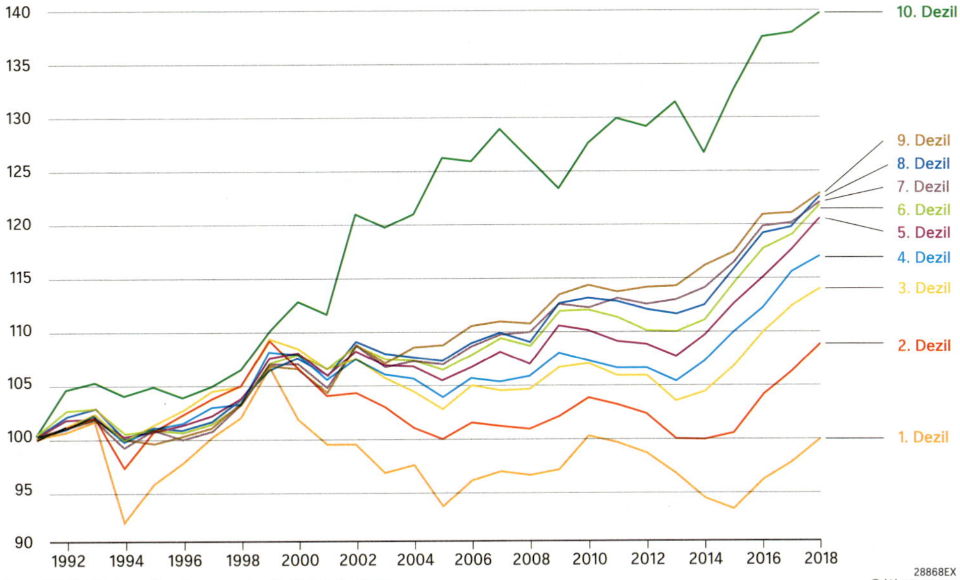


Daten: SOEPv35; eigene Berechnungen; Quelle: DIW Berlin, 2021

28868EX


## M4 Entwicklung der Einkommensungleichheit

**Einkommensungleichheit in Deutschland (1995–2020)**
Gini-Koeffizient des verfügbaren Äquivalenzeinkommens*

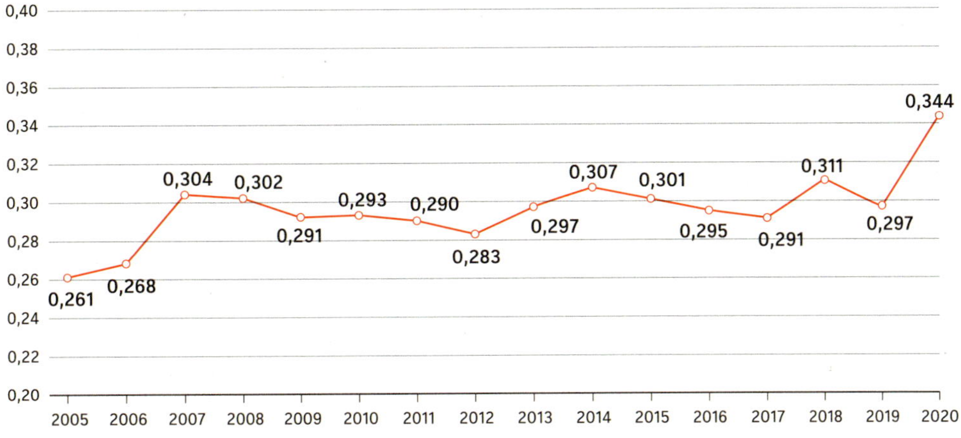


*Haushaltseinkommen, gewichtet nach Haushaltsgröße und -zusammensetzung
Quelle: Eurostat, EU-SILC Erhebung (ilc_di12), Stand: 03.02.2022; eigene Umrechnung

 28877EX

**INFO**

**Dezile**
Eine sortierte Datenmenge wird in zehn gleich große Teile (Zehntel = Dezile) aufgeteilt. Hier wurde zum Beispiel die Bevölkerung nach der Höhe der verfügbaren Haushaltseinkommen sortiert und dann in zehn gleich große Gruppen eingeteilt. Das 1. Dezil gibt die Einkommenssituation der ärmsten zehn Prozent, das 10. Dezil die Situation der reichsten zehn Prozent der der Bevölkerung an.

**INFO**

**Gini-Koeffizient**
ist eine Maßzahl zwischen 0 und 1 zur Beschreibung der Ungleichheit einer Verteilung. Je ungleicher die Verteilung ist, desto näher liegt der Wert bei 1. Bei Gleichverteilung hat der Gini-Koeffizient den Wert 0.
Siehe hierzu auch das Glossar.

**QUERVERWEIS**

**Homeoffice für alle?,**
S. 293, M3

1 Analysieren Sie M1 und M2.
2 Formulieren Sie thesenartig mögliche Ursachen für die Ungleichverteilung von Vermögen (M1, M2 und gegebenenfalls Internetrecherche).
3 Analysieren Sie M3 und M4.
4 Formulieren Sie thesenartig mögliche Ursachen für festgestellte Trends (M3 und M4).

# Bildungsungleichheit

**INFO**

**Raymond Boudon** (1934–2013) war ein französischer Soziologe und Philosoph, dessen soziologischer Erklärungsansatz dem Konzept des methodologischen Individualismus folgt.

**Phänomen** ungewöhnliche Begebenheit, Erscheinung

**Ambition** Bestrebung, Ehrgeiz

## M1 Ursachen von Bildungsungleichheit in Deutschland

[Raymond] Boudon sieht die Schichtung der Gesellschaft als Ursache und Folge von Unterschieden zwischen den Menschen. Je niedriger der soziale Status, desto weniger kultureller Hintergrund und weniger Erfolg im Bildungswesen und weniger ökonomisches Kapital. Entsprechend besser ausgestattet sind die Menschen, je höher ihr sozialer Status ist. Dieses Phänomen beschreibt Boudon mit dem Begriff der primären Effekte der sozialen Schichtung. Diese führen direkt, durch die besseren Möglichkeiten, das Kind in der Schule zu unterstützen, zu besseren Leistungen [...].
Die sekundären Effekte sind eher latente Einstellungen und Risikobewertungen und wirken sich auch noch aus, wenn die primären Effekte keinen Einfluss hatten. Hier spielt auch die [...] relative Entfernung zu Zielen eine Rolle. An einem Übergang, an dem man sich entscheiden kann, die Schule zu verlassen oder eine weiterführende Schule zu besuchen, kann die Entscheidung je nach sozialem Hintergrund verschieden ausfallen. Jemand aus der Unterschicht könnte sich für ein Verlassen der Schule entscheiden, ohne einen Statusverlust zu erleiden. Es könnte sogar schon ein sozialer Aufstieg erfolgt sein, beispielsweise, wenn die Eltern nur eine Volksschule besucht haben und Arbeiter sind, während das Kind nun auf der Realschule eine höher angesehene Stelle als Angestellter in einem Büro in Aussicht hat. Für jemanden aus den höheren Schichten dagegen bedeutet ein frühzeitiges Verlassen der Schule meist eine hohe Wahrscheinlichkeit des sozialen Abstiegs gegenüber der Elterngeneration. Der Effekt wird noch dadurch verstärkt, dass die Familie in diesen Fällen meist noch Einfluss ausübt. Ebenso das soziale Umfeld wie Freunde, die auch die Schule verlassen.
Boudon nimmt dabei an, dass die Kosten für eine Entscheidung je nach Schicht variieren und dabei monetär wie auch sozial sein können. Für einen Jugendlichen aus den unteren Schichten bedeutet eine längere Schullaufbahn hohe monetäre Kosten durch entgangenes Einkommen, aber auch soziale Kosten, da seine Freunde wahrscheinlich eher die Schule verlassen werden und sich so der soziale Abstand zu ihnen vergrößert. Für die oberen Schichten gilt das Gegenteil, das Verlassen der Schule ist durch den sozialen Abstieg und niedriger bezahlte Arbeitsstellen mit hohen monetären und sozialen Kosten verbunden. [...]
Die primären Effekte legen also den Startpunkt nach der sozialen Lage fest. Also den relativen Abstand zu bestimmten Zielen. Die sekundären Effekte spielen bei den Übergängen im Ausbildungsverlauf eine Rolle, was die Ambition, ein bestimmtes Ziel zu erreichen, widerspiegelt [...]. Dabei wird angenommen, dass die Menschen sich ökonomisch rational verhalten. Dieses Verhalten findet in den Grenzen eines Systems statt, das durch den sozialen Hintergrund bestimmt wird [...].
Demnach lässt sich eine Unterteilung der Gesellschaft nicht verhindern. Selbst wenn man für alle die gleichen Startvoraussetzungen anbieten würde, so würden sich an den Übergängen im Bildungssystem doch wieder Unterschiede herauskristallisieren, die nicht auf Leistung, sondern auf den sekundären Effekten der sozialen Schichtung beruhen.

*Jens Röcher, Boudon und die Herkunftseffekte, in: Soziologiebloge, Hannover, 26.09.2011, https://soziobloge.de/boudon-und-die-herkunftseffekte/ (Zugriff: 17.02.2022)*

Zeichnung: Michael Hüter

## M2 Das Elternhaus bestimmt die Bildungskarriere

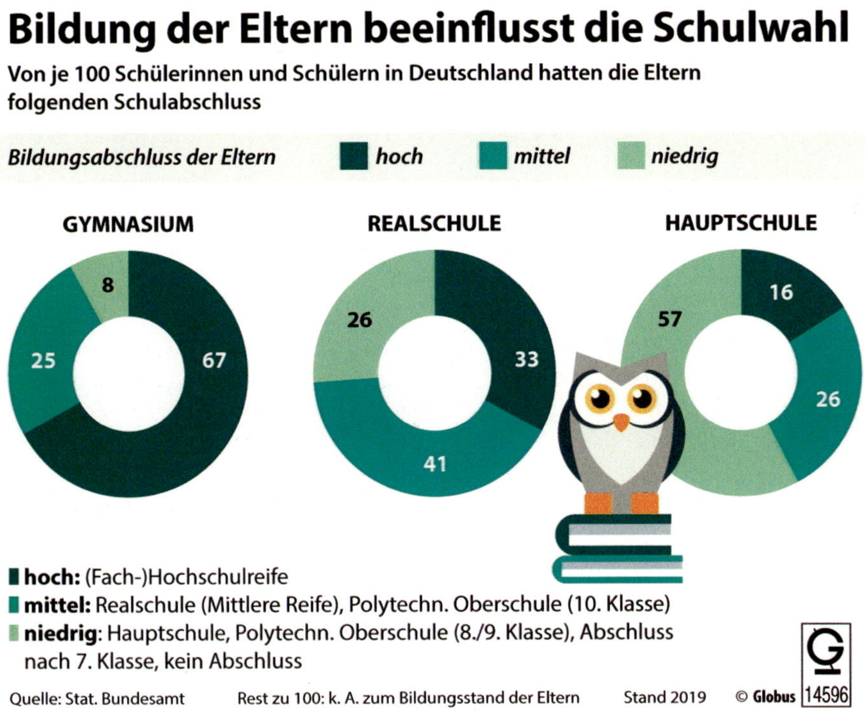


## M3 Einfluss des Bildungssystems

In Erweiterung des Boudon'schen Modells lässt sich ferner die institutionelle und rechtliche Rahmung des Bildungssystems mitberücksichtigen [...]. So wird das Übergangsverhalten nicht nur durch die Schulleistungen und das aktive Entscheidungsverhalten der Eltern bestimmt, sondern auch durch Merkmale des Bildungssystems selbst.
So zeigt sich z. B., dass das Ausmaß sozialer Ungleichheiten in der Sekundarschulbeteiligung auch davon abhängt, ob die Schullaufbahnempfehlung (wie z. B. in Bayern) einen bindenden oder (wie z. B. in Berlin) einen nicht bindenden Charakter hat. Dabei tritt der Einfluss der sozialen Herkunft in der Bildungsbeteiligung stärker zutage, wenn die Übergangsentscheidung den Eltern überantwortet wird.
Dies mag auf den ersten Blick überraschen, ist aber mit Blick auf die Wirkung sekundärer Herkunftseffekte ganz logisch. Denn unter diesen Bedingungen können sozial begünstigte Familien ihre höheren Bildungsaspirationen mehr oder weniger unabhängig vom Leistungsstand des Kindes realisieren, während eine feste Notenbindung diesbezüglich klare Grenzen setzt.

*Kai Maaz, Ursachen von Bildungsungleichheiten, Bonn: Bundeszentrale für politische Bildung, 8.12.2020, https://www.bpb.de/gesellschaft/bildung/zukunft-bildung/322528/ursachen-von-bildungsungleichheiten (Zugriff: 17.02.2022)*

**INFO**

**Bildungsaspiration**
Der Begriff Bildungsaspiration bezeichnet die Erwartungen der Eltern bezüglich des zukünftigen Bildungsabschlusses ihrer Kinder.

**1** Erschließen Sie aus M1 und M3 Ursachen für Bildungsungleichheit.

**2** Analysieren Sie M2 und vergleichen Sie die Grundaussage mit den Erkenntnissen aus Aufgabe 1.

**3** Entwickeln Sie Maßnahmen, die geeignet sein können, die primären und sekundären Effekte der sozialen Schichtung zu mildern, um somit Bildungsungleichheit abzubauen. Stellen Sie Ihr Ergebnis in der Lerngruppe zur Diskussion.

# Ungleichheit bei Macht und Einfluss

**INFO**

**Lobbyismus** bedeutet, dass Interessengruppen (Lobbys) versuchen, auf politische Entscheidungen Einfluss zu nehmen.

**GLOSSAR**

**Elite**
**Interessengruppen**
**Macht**

## M1 Elite und Lobbyismus

**INFO**

**Michael Hartmann** (*1952) ist ein deutscher Soziologe und bekannter Elitenforscher.

*Als Elite bezeichnet man Personen, die wichtige Machtpositionen bekleiden. Einerseits qua Amt – in der Politik, in der Justiz, in der Verwaltung, in der Wirtschaft. Andererseits auch qua Eigentum, wenn einer Person große Unternehmen oder zumindest ein beachtlicher Teil davon gehören, wie zum Beispiel die Quandt-Erben bei BMW oder Piech-Porsche bei VW. Aber: Elite bedeutet keinen Reichtum – das deckt sich in der Wirtschaft zwar häufig – und auch nicht öffentliches Ansehen. Elite bedeutet Macht.*

*Michael Hartmann im Interview mit Leonie Schlick, „Die deutsche Elite wird immer homogener", in: Capital online, 14.04.2019, https://www.capital.de/wirtschaft-politik/die-deutsche-elite-wird-immer-homogener (Zugriff: 17.02.2022)*

## M2 Aus einem Interview mit Christian Neuhäuser

**QUERVERWEIS**

**Thomas Piketty: Das Kapital im 21. Jahrhundert,** S. 151, M2

**Alt, aber wahr: Geld ist Macht**

**Deutschlandfunk Kultur:** Andererseits ist es so, dass laut Thomas Piketty die Ungleichheit in Deutschland heute niedriger ist als vor hundert Jahren. Die reichsten Menschen sind reicher, als Menschen jemals waren, aber ich glaube, das Durchschnittseinkommen in Deutschland liegt heute auf jeden Fall auch höher, als es jemals lag. [...]
Wir haben ja eine Gesellschaft, die laut Grundgesetz darauf beruht, dass nicht nur die Würde jedes Menschen unantastbar ist, sondern dass alle gleiche Rechte haben, das gleiche Ansehen, gleiche Pflichten. Das wird aber, wenn ich Sie richtig verstanden habe, durch Reichtum auf der einen Seite und sagen wir mal zumindest Nichtreichtum auf der anderen ausgehebelt, weil Reiche einfach wesentlich mehr Möglichkeiten in der Gesellschaft haben.

**Christian Neuhäuser:** Ja. Ich glaube, dass es tatsächlich so ist, dass Geld [...] Macht bedeutet, und zwar politische Macht, ökonomische Macht und soziale Macht. Es geht gar nicht so sehr, wie Sie auch richtig gesagt haben, um die individuelle reiche Person, die vielleicht in einem tollen Haus wohnt, viele Schuhe hat oder tolle Autos fährt, sondern Reiche, Superreiche haben als Gruppe enorme politische Macht. Deren Wahrnehmung der Welt, deren Interessen haben einfach sehr viel mehr Bedeutung als die Interessen der meisten Menschen in einem Land.

**Deutschlandfunk Kultur:** Ist das auch in Deutschland so, dass Reiche mehr politische Macht haben? Die haben doch auch nur eine Stimme bei der Wahl.

**Neuhäuser:** Ja, bei der Wahl schon, aber wenn Sie sich mal fragen, wer die Busenfreundin der Kanzlerin ist, dann ist das Liz Mohn von der Bertelsmann Stiftung. Das ist irgendwie auch kein Zufall, sondern da ist es eben so, dass wirtschaftliche Macht sich in politische Macht indirekt übersetzt.
Viel unmittelbarer ist der zunehmende Drehtüren-Lobbyismus, also dass Leute aus der Politik in die Wirtschaft und zurück wechseln, in der Wirtschaft natürlich sehr viel mehr Geld verdienen, dort sich in Zirkeln bewegen, wo sie viel mit Menschen zu tun haben, die sehr reich sind, die sehr starke wirtschaftliche Interessen haben. Das ist kein großer Plan, es ist überhaupt keine Verschwörungstheorie, sondern das ist einfach die Blase, die Lebenswelt, in der sich diese Menschen befinden, und die Interessen, die sie sehen, die sie wahrnehmen, die für sie wirklich sind. Das passiert.

### Reiche zählen mehr

**Deutschlandfunk Kultur:** Ich bin jetzt keine Busenfreundin der Kanzlerin, aber ich möchte doch kurz widersprechen. Ich weiß nicht, ob Liz Mohn eine Busenfreundin ist, aber ich bin mir ziemlich sicher, dass Angela Merkel auch noch mit anderen Menschen befreundet ist, die nicht so einflussreich sind.

**Neuhäuser:** Ja, das stimmt. Das schließt sich ja auch nicht aus. Es sollte ein Beispiel dafür sein, dass reiche Menschen zur Politik auf eine Art und Weise Zugang haben, wie sie die allermeisten Menschen nicht haben, und dass das auch etwas ist, was innerhalb der Systemlogik nachvollziehbar ist.
Die Bertelsmann Stiftung macht sehr viel politische Arbeit, hat sehr viel Geld dafür zur Verfügung. Ich bin beispielsweise auch sicher, dass Bill Gates, wenn er ein Interesse hat, im Weißen Haus zu erzählen, was ihn gerade so interessiert und was ihn beschäftigt, mehr Möglichkeiten hat, da seiner Stimme Gehör zu verschaffen, als ein anderer amerikanischer Staatsbürger.

**Deutschlandfunk Kultur:** Das liegt ja vielleicht auch daran, dass sowohl Bill Gates – obwohl, jetzt nicht mehr, weil er ja nicht mehr aktiv ist – und auch Bertelsmann viel mehr Arbeitsplätze zur Verfügung stellen als Sie oder ich.

**Neuhäuser:** Ich glaube, ich finde die Formulierung, Arbeitsplätze „zur Verfügung stellen" nicht so gut. Das klingt so gönnerisch, wie eine Wohltätigkeit. Diese Unternehmen haben halt eine bestimmte Rolle in der Wertschöpfung. Dass da viele Arbeitsplätze damit verbunden sind, stimmt, und das ist auch gut und das muss auch so bleiben.
Aber das Problem liegt darin, dass dadurch individuelle Menschen sehr viel ökonomische Macht auf sich vereinen, weil sie beispielsweise über so viele Arbeitsplätze bestimmen und dadurch ihre Stimmen auch sehr viel mehr politisches Gehör erhalten als die Stimmen anderer Menschen. Das ließe sich ja durchaus anders organisieren.

**INFO**

**Christian Neuhäuser** (*1977) hat Philosophie, Soziologie, Politikwissenschaft und Sinologie in Göttingen, Berlin und Hongkong studiert. Seit 2014 ist er als Geschäftsführender Direktor des Instituts für Philosophie und Politikwissenschaft an der TU Dortmund tätig.

*Interview von Susanne Führer mit Christian Neuhäuser, Superreichtum verbieten, in: Tacheles, Deutschlandfunk Kultur, Köln: Deutschlandradio, 06.03.2021, https://www.deutschlandfunkkultur.de/ungleiche-verteilung-von-vermoegen-superreichtum-verbieten.990.de.html?dram:article_id=484768 (Zugriff: 17.02.2022)*

**1** Analysieren Sie die Karikatur (M1).

**2** „Elite bedeutet Macht." Erläutern Sie diese Aussage (M1, M2).

**3** „Eliten sind für eine Gesellschaft notwendig." Erörtern Sie diese These.

**4** Ausübung politischer Macht findet beispielsweise durch Wahlbeteiligung statt. Überprüfen Sie, ob Nichtwähler gehäuft sozial schwachem Milieu angehören.

**5** Christian Neuhäuser kritisiert in seinem Interview die Kopplung zwischen ökonomischer und politischer Macht (M2). Entwickeln Sie dafür in einer Lerngruppe einen Lösungsansatz.

# Geschlechtsspezifische Ungleichheit

**INFO**

**Axinja Hachfeld** ist Psychologin und forscht seit 2016 an der Universität Konstanz zu Bildung, Diversität und Ungleichheit.

## M1 Bildungsgerechtigkeit in Deutschland

Vor allem in der ersten Hälfte des Bildungsweges haben die Mädchen mittlerweile die Nase vorn: Sie bekommen häufiger eine Gymnasialempfehlung und machen häufiger das Abitur. Dabei hilft ihnen, dass sie häufig eine höhere Selbstständigkeit und Motivation im Lernen zeigen als Jungen. Und dass Lehrkräfte bei den Übergangsempfehlungen auch das Arbeitsverhalten einbeziehen. Dieser Vorsprung setzt sich aber im tertiären Bildungsbereich und im Arbeitsleben nicht weiter fort.

*Interview von Leonard Laurig mit Axinja Hachfeld, „Intelligenz wird häufig mit dem männlichen Geschlecht verknüpft": Psychologin erklärt, wie wir mehr Gleichberechtigung in der Bildung erreichen, in: Watson, Berlin: Ströer Next Publishing GmbH, 09.03.2021, https://www.watson.de/leben/frauentag/809319678-psychologin-erklaert-wie-gleichberechtigung-in-der-bildung-erreicht-werden-kann (Zugriff: 17.02.2022)*

**INTERNET**

**WES-118380-321**
Podcast zum Thema „Equal Pay" (Dauer: 4 Minuten)

## M2 Lohnlücke zwischen Männern und Frauen

Der diesjährige Equal Pay Day findet am 7. März 2022 statt und markiert symbolisch die statistische Lohnlücke in Höhe von 18 Prozent. Denn der Equal Pay Day ist der Tag, bis zu welchem Frauen in Deutschland umsonst arbeiten, während Männer seit dem 1. Januar 2022 für ihre Arbeit bezahlt werden.

*Autorentext*

## M3 Gender Pay Gap im Regionalvergleich

**INFO**

**Gender Pay Gap** bezeichnet geschlechtsspezifische Verdienstunterschiede.

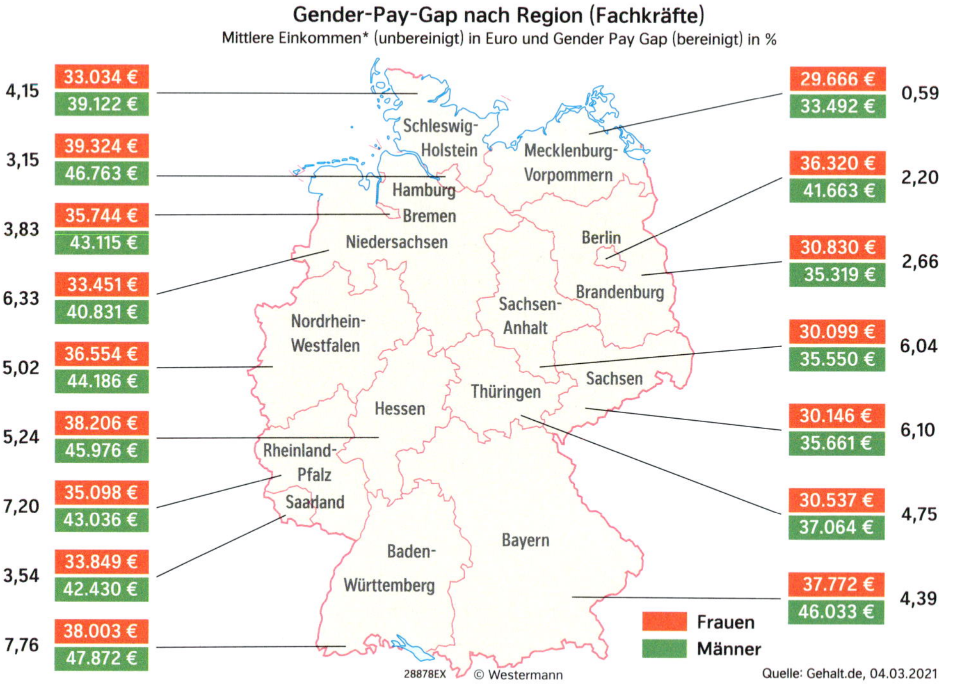

## M4 Einige Gründe und Ursachen für Gender Pay Gap

**Sogenannte Frauenberufe werden schlechter bezahlt**

Zwischen verschiedenen Branchen und Berufen bestehen gewaltige Lohn- und Einkommensunterschiede. Frauen arbeiten häufiger in niedriger entlohnten Branchen und Berufen, wie den Bereichen Pflege, Verkauf oder Bildung, während in den Bereichen Wissenschaft, Technik und Ingenieurwesen der Männeranteil 2018 bei über 80 Prozent lag.

**Schwieriger Wiedereinstieg in das Berufsleben**

Tendenziell entscheiden sich Frauen häufiger als Männer für eine familienbedingte Auszeit. Der Wiedereinstieg ins Berufsleben gestaltet sich oft schwierig und ist oft mit Minijobs oder Teilzeit verbunden. Während der beruflichen Auszeit stagniert zudem die Einkommens- und Karriereentwicklung.

**Ungleichgewicht in der Führungsebene**

Auch nach Einführung einer Frauenquote im Jahr 2015 besteht noch ein Ungleichgewicht in der Besetzung der Führungsebene. Ursachen sind dabei sowohl in der Vereinbarkeit von Familie und Führungsposition als auch in veralteten Rollenbildern zu suchen. In Managementpositionen verdienten Frauen 2018 pro Stunde im Durchschnitt 23 Prozent weniger als ihre männlichen Kollegen.

**Verhandlungen über das Einkommen**

*Autorentext unter Nutzung von: Geschlechtsspezifisches Lohngefälle: Definition und Ursachen, Europäisches Parlament, 08.04.2021, https://www.europarl.europa.eu/news/de/headlines/society/20200109STO69925/geschlechtsspezifisches-lohngefalle-definition-und-ursachen (Zugriff: 17.02.2022) (verändert)*

**1** Beschreiben Sie, wie sich geschlechtsspezifische Ungleichheit in Deutschland manifestiert (M1 bis M4).

**2** Formulieren Sie einen kurzen Text zum letztgenannten Grund des Gender Pay Gap. Werten Sie dazu die Bildquelle in M4 aus.

**3** Recherchieren Sie weitere Gründe für das Gender Pay Gap.

**4** Entwerfen Sie in Partnerarbeit eine Strategie zum weiteren Abbau geschlechtsspezifischer Ungleichheit in Deutschland (M1, M4).

# Statistische Daten kritisch hinterfragen

Die Lehre von Methoden zum Umgang mit quantitativen Daten nennt man Statistik.
Daten und Zahlen können auf unterschiedliche Weise, durch Anwendung verschiedener Methoden gewonnen werden, zum Beispiel durch repräsentative Untersuchungen (z. B. Shell-Jugendstudie), durch Gesamterhebungen (z. B. Volkszählung, Mikrozensus), durch Umfragen, Fallstudien, Tests und Messungen oder Beobachtungen.
Die ermittelten Zahlen werden ausgewertet und oftmals in Form von Tabellen oder Diagrammen veröffentlicht. Um diese sachlich richtig nutzen zu können, sind bestimmte Arbeitsschritte zur Auswertung unerlässlich.

**An nachfolgender Schrittfolge können Sie sich orientieren:**

**1. Schritt: Beschreibung**
- Titel, Thema
- Fundort, Quellenangabe, Zeitpunkt der Datenerhebung
- Herkunft des Datenmaterials
- Darstellungsform, z. B. Tabelle, Liniendiagramm, Balkendiagramm, Kreisdiagramm, Figurendiagramm; eventuell Anordnung
- Variablen, z. B. Zeiträume, Länder, Personengruppen …
- Maßzahlen, z. B. absolute oder relative Zahlen (%, Index mit Bezugsgröße)
- Definition der Bezugsgrößen
- Leerstellen in der Erhebung, nicht erfasste bzw. nicht repräsentierte Daten

**2. Schritt: Analyse**
- Inhalte/wesentliche Aussagen, z. B. Abstände, Steigen bzw. Fallen von Werten, Benennung von Hoch- und Tiefpunkten …
- Relationen, z. B. Vergleich verschiedener Angaben, z. B. mehrere Spalten, Kurven, Maßzahlen
- Ableitung von Aussagen; Unterscheidung von Kern- und Nebenaussagen
- Formulierung von Problemfragen, auf die sich die Statistik bezieht; Beantwortung dieser Fragen
- Benennung von Thesen, welche die Statistik stützt; Verifizierung der Thesen

**3. Schritt: Kritische Bewertung**
- Sind Ungenauigkeiten bzw. Unklarheiten erkennbar?
- Ist der Aufbau der Statistik logisch bzw. stimmig?
- Ist das verwendete Datenmaterial aktuell genug?
- Ist der abgebildete Zeitraum für die Beantwortung der Fragen oder die Erlangung wissenschaftlicher Erkenntnisse geeignet?
- Welche Aussageabsicht könnte der Verfasser angestrebt haben?
- Sind die verwendeten Maßstäbe und Proportionen zur Gewinnung wissenschaftlicher Erkenntnisse geeignet?

„Ich glaube keiner Statistik, die ich nicht selbst gefälscht habe." Dieses Zitat wird dem ehemaligen britischen Premierminister Winston Churchill (1874–1965) zugesprochen. Es weist darauf hin, dass die kritische Bewertung einer Statistik von besonderer Bedeutung ist. Auch wenn die umgesetzten Zahlen korrekt sind, die Art der Darstellung hat großen Einfluss darauf, wie wir die Statistik „lesen".

**Beispiel:**

**Frauenanteil in den Vorständen der größten 100 Unternehmen in Deutschland in %**

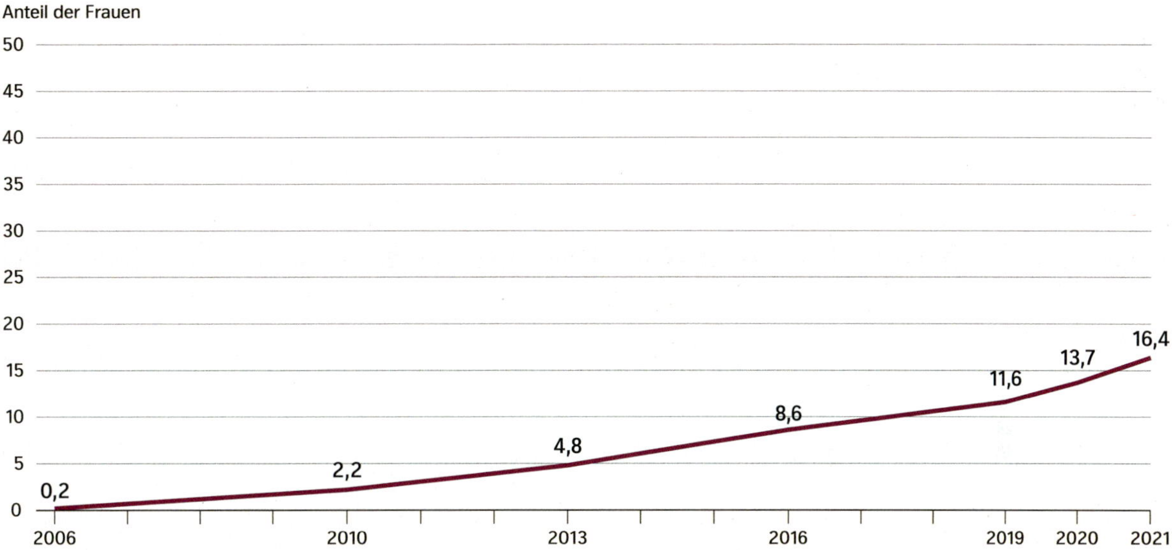


Daten: Deutsches Institut für Wirtschaftsforschung e.V., Berlin, 2022 © Westermann 28879EX

**Frauenanteil in den Vorständen der größten 100 Unternehmen in Deutschland in %**

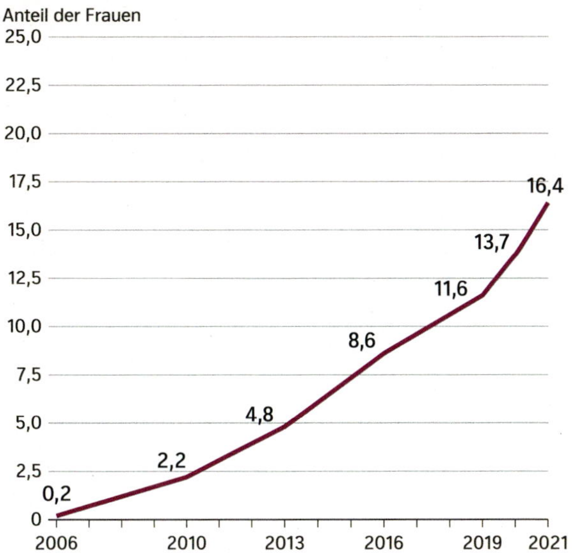


Daten: Deutsches Institut für Wirtschaftsforschung e.V., Berlin, 2022 28879EX_1 © Westermann

**Frauenanteil in den Vorständen der größten 100 Unternehmen in Deutschland in %**

Daten: Deutsches Institut für Wirtschaftsforschung e.V., Berlin, 2022 28879EX_2 © Westermann

**1** Werten Sie alle drei Beispiele nach der Schrittfolge aus.

**2** Begründen Sie, welche der Darstellungen Ihnen angemessen erscheint.

# Wie viel soziale Ungleichheit ist gerecht?

**INFO**

**John Rawls** (1921–2002) war ein US-amerikanischer Philosoph, der als Professor an der Harvard University lehrte. Sein Hauptwerk „A Theory of Justice" (1971) gilt als eines der einflussreichsten Werke der politischen Philosophie des 20. Jahrhunderts.

**GLOSSAR**

**Chancengleichheit**

## M1 Ungleichheit als Bestandteil der Theorie der Gerechtigkeit

John Rawls (1921–2002) entwickelt in seinem Werk eine Theorie der Gerechtigkeit als Fairness, derzufolge eine Gesellschaftsordnung genau dann gerecht ist, wenn sich freie und vernünftige Menschen in ihrem eigenen Interesse in einer anfänglichen Situation der Gleichheit für sie entscheiden würden.

Zur Präzisierung dieser Vorstellung entwickelt Rawls das Gedankenexperiment, dass Menschen, die sich zu gesellschaftlicher Zusammenarbeit vereinigen wollen, zunächst in einem näher beschriebenen Urzustand unter einem Schleier des Nichtwissens darüber zu entscheiden haben, nach welchen Grundsätzen Rechte und Pflichten sowie gemeinsam erarbeitete Güter in der zu bildenden Gesellschaft verteilt werden sollen. „Zu den wesentlichen Eigenschaften dieser Situation gehört", wie Rawls bemerkt, „dass niemand seine Stellung in der Gesellschaft kennt, seine Klasse oder seinen Status, ebensowenig sein Los bei der Verteilung natürlicher Gaben wie Intelligenz oder Körperkraft. [...] „[...] Da sich alle in der gleichen Lage befinden und sich niemand Grundsätze ausdenken kann, die ihn aufgrund seiner besonderen Verhältnisse bevorzugen, sind die Grundsätze der Gerechtigkeit das Ergebnis einer fairen Übereinkunft oder Verhandlung."

Wie aber sehen die Gerechtigkeitsgrundsätze aus, für die sich Menschen nach Auffassung von Rawls in einer so beschriebenen Situation entscheiden würden? [...] Rawls formuliert die Grundsätze, für die sich Menschen seiner Ansicht nach im Urzustand entscheiden würden, wie folgt:

„Erster Grundsatz: Jedermann hat gleiches Recht auf das umfangreichste Gesamtsystem gleicher Grundfreiheiten, das für alle möglich ist.

Zweiter Grundsatz: Soziale und wirtschaftliche Ungleichheiten müssen folgendermaßen beschaffen sein:

(a) sie müssen unter der Einschränkung des gerechten Spargrundsatzes den am wenigsten Begünstigten den größtmöglichen Vorteil bringen, und

(b) sie müssen mit Ämtern und Positionen verbunden sein, die allen gemäß fairer Chancengleichheit offenstehen."

Der erste Grundsatz regelt die Verteilung der Grundfreiheiten und besagt, dass jeder dasselbe Recht auf das umfassendste System von Grundfreiheiten hat, das mit demselben System für andere vereinbar ist. Zu diesen Grundfreiheiten zählen politische Freiheiten wie das Recht, zu wählen und öffentliche Ämter zu bekleiden, die Rede- und Versammlungsfreiheit, die Gewissens- und Gedankenfreiheit, die persönliche Freiheit, zu der der Schutz vor psychischer Unterdrückung und körperlicher Misshandlung sowie der Schutz vor willkürlicher Festnahme und Haft zählen, sowie das Recht auf Eigentum.

Der zweite Grundsatz, auch Differenzprinzip genannt, regelt die Verteilung von Gütern wie Macht, Vermögen und Einkommen. Die Verteilung dieser Güter muss und kann nach Rawls nicht gleichmäßig sein, soll aber zu jedermanns Vorteil sein und den am wenigsten Begünstigten – verglichen mit anderen Verteilungsmöglichkeiten – den größtmöglichen Vorteil bringen. Ämter und Positionen, die mit größerer Macht, höherem Einkommen oder anderen Privilegien verbunden sind, müssen außerdem allen gemäß fairer Chancengleichheit offenstehen. Entsprechend einem gerechten Spargrundsatz ist schließlich Vorsorge für zukünftige Generationen zu treffen. Der gerechte Spargrundsatz gibt an, wie viel eine Generation von der vorhergehenden erwarten darf und jeweils für die nächstfolgende Generation sparen soll.

Gemäß dem Differenzprinzip ist es also durchaus gerechtfertigt, dass einige Personen über größere Macht, größeres Vermögen und höheres Einkommen verfügen als andere, vorausgesetzt, sie leisten durch ihre Tätigkeit auch einen funktionalen Beitrag zur Verbesserung der Lage der weniger Begünstigten.

*Heinrich Ganthaler, Eigentum und soziale Gerechtigkeit: Bemerkungen zu den Theorien von Rawls und Nozick, in: KRITERION, Nr. 4 (1993), S. 2–7 , hier S. 2 f., http://www.kriterion-journal-of-philosophy.org/kriterion/issues/Kriterion-1992-04/Kriterion-1992-04-02-07-ganthaler.pdf (Zugriff: 17.02.2022)*

## M2 „Ungleichheit ist nicht immer schädlich. Ungerechtigkeit ist schädlich."

*„[W]ann wird die Ungleichheit ungerecht?" Forscher geben verschiedene Antworten auf diese Frage. [...]*

Christian Bayer: „Wir haben auf der Welt ganz unterschiedliche Niveaus an Ungleichheit, Ungleichheit in Einkommen, in Vermögen. Aber ich finde, es ist schwierig, aus einer wissenschaftlichen Perspektive heraus zu sagen: ‚Ab diesem oder jenem Grad der Ungleichheit entsteht ein Problem.' Vielleicht werden bestimmte Dinge kontinuierlich schlechter, wenn die Ungleichheit zunimmt, andere Dinge mögen besser werden, wenn Ungleichheit zunimmt. Aber zu sagen: ‚Das ist der Punkt, wo es problematisch wird!', das ist schwierig."
Der Philosoph John Rawls versuchte in den [19]70er-Jahren des vorigen Jahrhunderts zu bestimmen, wann wirtschaftliche Ungleichheit in Ungerechtigkeit umschlägt. Möglicherweise, meinte er, sei Ungleichheit unvermeidbar, allerdings müsse sie dann, so wörtlich „den am wenigsten Begünstigten die bestmöglichen Aussichten bringen".
Olaf Groh Samberg: „Also das ist das berühmte Rawls-Kriterium, dass auch diejenigen, denen es am schlechtesten geht, solange die noch profitieren, sind wachsende Ungleichheiten kein Problem. Das ist heute nicht mehr der Fall. Bei den unteren zehn Prozent ist das Realeinkommen sogar gesunken. Dann gibt es die Argumentation, Ungleichheiten können dann gerecht sein, wenn sie leistungsgerecht sind. Wenn wir eine Wettbewerblichkeit haben und dieser Wettbewerb fair ist, dann haben wir vielleicht eine höhere Ungleichheit, aber die ist legitim, weil jeder die Chance, nach oben zu kommen, hat. Das hieße, bei höherer Ungleichheit müssten wir auch höhere Mobilität sehen, das sehen wir nicht. Das heißt, die, die oben sind, steigen seltener ab, die die unten sind, steigen seltener auf, als das früher der Fall war."
Andreas Peichl und seine Mitarbeiter wiederum haben versucht, die Ungerechtigkeit von Ungleichheit zu messen. Dazu bestimmten sie zunächst einmal drei Kriterien für Gerechtigkeit: „Das eine ist das der Chancengerechtigkeit. Da geht es darum, dass jemand, der die gleiche Leistung erbringt, auch entsprechend entlohnt werden muss, und zwar unabhängig von der Herkunft. Und es muss eine Armutsgrenze geben. Wo wir sagen, wir wollen nicht, dass jemand unterhalb dieses Existenzminimums liegt. Und genau so kann man sagen, am oberen Ende der Verteilung. Irgendwo ist es nicht mehr gerechtfertigt, dass jemand sehr hohe Einkommen verdient. [...]
Während die Forscher von ifo Institut unfaire Ungleichheit in Deutschland eher moderat einschätzen, ist die deutsche Bevölkerung anderer Meinung. [...] Wenn Menschen eine Gesellschaft als ungerecht empfinden, so Olaf Groh Samberg, habe das durchaus fatale Konsequenzen für den gesellschaftlichen Zusammenhalt: „Wir haben die Armut, die sich verfestigt, es gibt wenig Mobilität aus der Armut heraus, die Lebenschancen derer, die unten stehen, haben sich verschlechtert. Und wir sehen, wie stark die Wahlbeteiligung in den unteren Schichten zurückgegangen ist, wie ungleich die politische Partizipation geworden ist, weil auch bestimmt soziale Gruppen von etablierten Parteien, die sich Volksparteien nennen, nicht mehr richtig repräsentiert werden. Und in solche Lücken können dann andere Parteien hineinstoßen."

*Ingeborg Breuer, Ungleichheit muss nicht gleichbedeutend mit Ungerechtigkeit sein, in: Deutschlandfunk, Köln: Deutschlandradio, 14.02.2019, https://www.deutschlandfunk.de/gesellschaft-ungleichheit-muss-nicht-gleichbedeutend-mit-100.html (Zugriff: 17.02.2022) (verändert)*

**INFO**

**Christian Bayer** ist Wirtschaftswissenschaftler an der Universität in Bonn.

**Olaf Groh Samberg** ist Professor für Soziologie am Forschungszentrum Ungleichheit und Sozialpolitik der Universität Bremen.

**Andreas Peichl** ist Volkswirtschaftler am ifo Institut (Leibniz-Institut für Wirtschaftsforschung an der Universität München e. V.).

**GLOSSAR**

**Chancengerechtigkeit**

1. „Ungleichheit ist nicht immer schädlich." (M2) Nehmen Sie Stellung zu dieser These.
2. Stellen Sie dar, unter welchen Bedingungen Ungleichheit für Rawls gerechtfertigt ist (M1).
3. Entwerfen Sie in Gruppenarbeit ein Schema, eine Collage oder eine andere Visualisierung zu der Frage: „Wann wird Ungleichheit ungerecht?" Stellen Sie das Ergebnis zur Diskussion (M1, M2).
4. Erläutern Sie Auswirkungen sozialer Ungerechtigkeit in Deutschland (M2).

# 3.3 Deutschland – eine sich wandelnde Gesellschaft

## Neue Rollenbilder erobern die Gesellschaft – Lebensformen im Wandel

**INFO**

**Werte**
sind Vorstellungen davon, was für ein gelungenes Zusammenleben wichtig ist, z. B. Ehrlichkeit oder Gerechtigkeit.

**Normen**
sind konkrete Regeln, die sich aus den Werten für das Verhalten ergeben, z. B.: Verhalte dich allen Menschen gegenüber fair.

**Die deutsche Gesellschaft hat sich in den letzten Jahrzehnten stark verändert. Die Einhaltung von Normen, die bindend schienen, ist nun oft fakultativ, also freiwillig. Neben den Werten, die bisher ein festes Fundament für das Leben bildeten, gibt es heute verschiedene Alternativen. Sicheres Handlungswissen wurde durch eine Vielzahl von Möglichkeiten ersetzt.**
**Jedes Individuum steht nun vor der Herausforderung, eine individuelle Zielhierarchie zu entwickeln, die nicht nur eine persönliche, sondern auch eine gesellschaftliche Entwicklungsperspektive berücksichtigt.**

### M1 Umfrage zur eigenen Familie

**Urgroßeltern**

Familienstand: ______ Zahl der Kinder: ______

Familienstand: ______ Zahl der Kinder: ______

Familienstand: ______ Zahl der Kinder: ______

Familienstand: ______ Zahl der Kinder: ______

**Großeltern**

Familienstand: ______ Zahl der Kinder: ______

Familienstand: ______ Zahl der Kinder: ______

**Eltern**

Familienstand: ______ Zahl der Kinder: ______

### M2 Familien- und Lebensformen

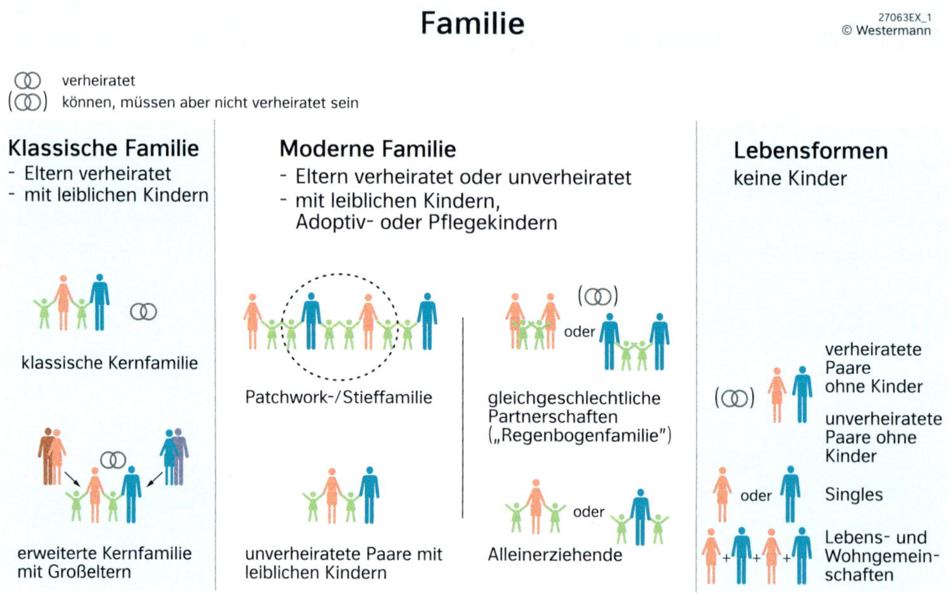

## M3 Bevölkerung nach Lebensformen (1996 bis 2020)

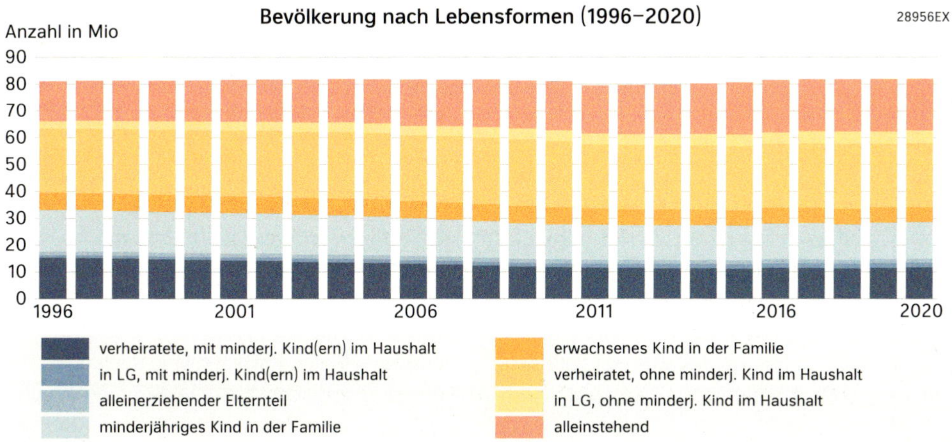


Lesebeispiel: Im Jahr 2020 lebten in Deutschland 11,8 Millionen verheiratete Männer und Frauen mit minderjährigen Kinder im Haushalt.

Bundesinstitut für Bevölkerungsforschung (BiB) Datenquelle: Statistisches Bundesamt (Mikrozensus), Berechnungen: BiB

**INFO**

**Alleinstehende** müssen nicht zwingend auch allein leben. Einige wohnen mit anderen Personen zusammen, allerdings eben nicht in einer Partnerschaft. Andere wohnen zwar allein, haben jedoch eine Partnerschaft, nur dass beide in getrennten Haushalten leben. Dies ist besonders bei Jüngeren der Fall.

## M4 Veränderung der Lebensformen (2020 gegenüber 1996)

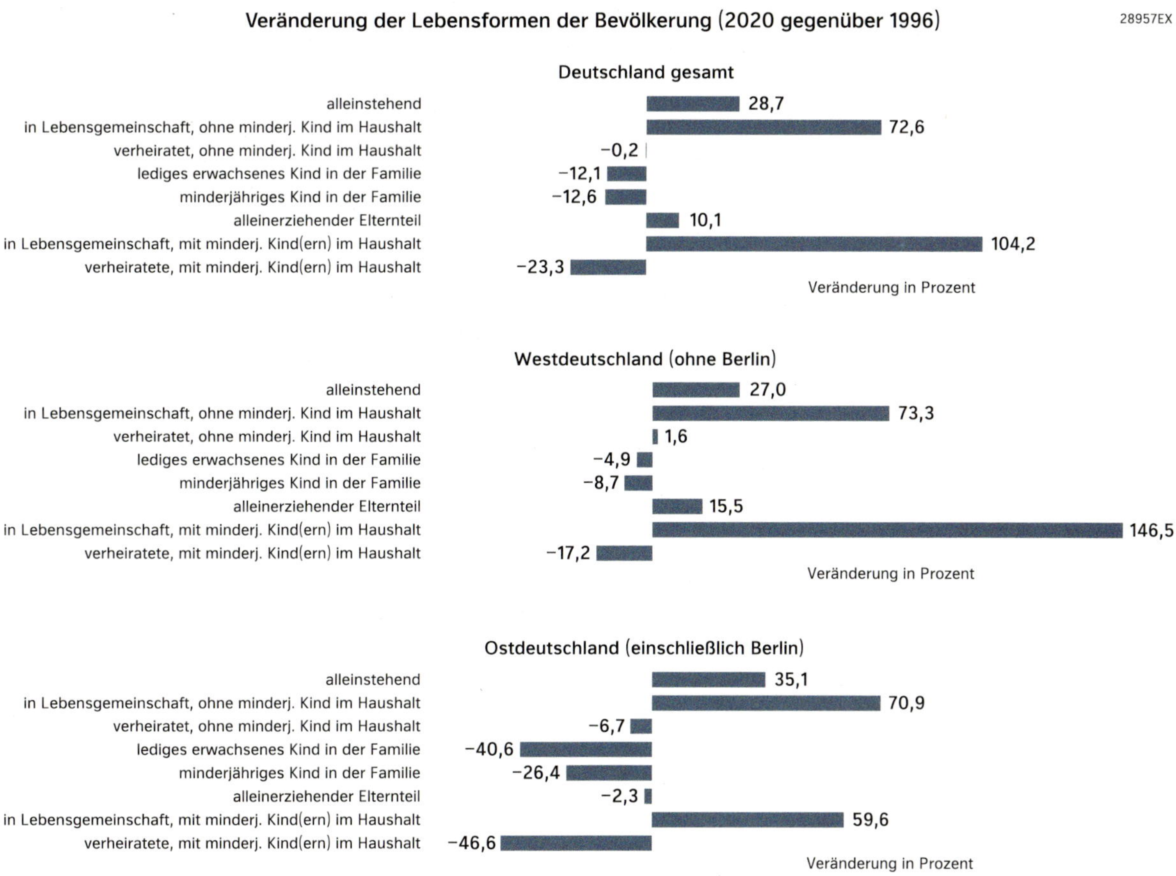


Bundesinstitut für Bevölkerungsforschung (BiB) Datenquelle: Statistisches Bundesamt (Mikrozensus), Berechnungen: BiB

**INTERNET**

**WES-118380-331**
Film: Einfach erklärt: Gleichberechtigung

## M5 Familienmodelle im Wandel – „Vater, Mutter, Kind" war gestern?

Ob traditionelle Kleinfamilie, unverheiratete Eltern mit Kind, ob Patchworkfamilie, alleinerziehend oder Regenbogenfamilie, viele „familiale Lebensformen" werden mittlerweile akzeptiert. Familie – was ist das heute? [...]
Die „Familie von morgen" war das Thema einer Tagung, die [...] in Berlin stattfand. [...] [D]ie Freiburger Soziologieprofessorin Nina Wehner hob vorweg hervor: die „Erosion" des traditionellen Familienmodells habe keinesfalls zur Folge, dass die Bedeutung familialer Lebensformen abnimmt.
„Gerade mit dieser neuen Wahlfreiheit von familialen Lebensformen sehen wir eher, dass Familie an Bedeutung enorm gewinnt, vor allem als emotionale Bezugsgröße. Familie als der Sehnsuchtsort für ganz viele Menschen. Und dafür sind Männer und Frauen bereit, enorm viel Aufwand in Kauf zu nehmen."
Ein Aufwand, der nicht zuletzt dadurch entsteht, dass alte Rollenverteilungsmuster nach wie vor bestehen, sich dazu aber noch weitere Ansprüche gesellen:
„Sie sollen nicht nur die gute Mutter sein, sondern auch noch erwerbstätig, nicht nur der erwerbstätige Vater sein, sondern auch noch der gute, präsente Vater. Und sie wollen auch beides sein."
Das Leitbild vieler junger Paare ist heute eine egalitäre Aufteilung von Berufs- und Familienarbeit. Doch die Realität sieht meistens anders aus, weiß die Bochumer Leiterin des Forschungszentrums „familienbewusste Personalpolitik", Prof. Irene Gerlach:
„Wir wissen, dass es da einen Gap gibt, viel weniger leben das. Das kann an den Rahmenbedingungen hängen, dass zum Beispiel Möglichkeiten der Vereinbarkeit über Homeoffice, über flexible Arbeitszeitgestaltung nicht möglich [sind], die Betreuungsmöglichkeiten nicht vorhanden sind oder so teuer, dass es sich nicht lohnt zu arbeiten."
66 Prozent der Mütter mit Kindern arbeiten, die meisten davon in Teilzeit oder sogar in geringfügigen Beschäftigungsverhältnissen, während Männer in der Regel Vollzeitjobs haben. Irene Gerlachs Ideal wäre aber eine dauerhafte Aufteilung der Arbeit zu gleichen Teilen, etwa dass beide Eltern je 30 Stunden arbeiteten. Dies sei schon aus Gründen der sozialen Absicherung im Scheidungsfall erforderlich. Solange allerdings Frauen eher zum Beispiel Kultur- als Ingenieurwissenschaften studierten oder weniger aufstiegsbewusst seien, sei dies ökonomisch oft nicht machbar.
„Dieses 30:30-Modell funktioniert nur, wenn die Geschlechter sich gleich verteilen über die Branchen und die Hierarchieebenen, und davon sind wir weit entfernt. Und deshalb ist das eine pragmatische Entscheidung bei vielen, dass wir wieder bei dem 1,5-Stellen-Arrangement landen."
Wie wirksam traditionelle Geschlechternormen auch in modernen Paarbeziehungen noch sind, diagnostizierte auch Dr. Sarah Speck vom Frankfurter Institut für Sozialforschung. In einem Projekt untersuchten sie und ihre Kollegin Cornelia Koppetsch Paare, in denen Frauen die Hauptverdienerinnen sind. Und nicht nur in traditionellen kleinbürgerlichen Milieus tut man sich schwer mit dem Rollentausch, sondern ebenso – bis auf einige Ausnahmen – auch in hochgebildeten Milieus.
„Da ist es so, dass die Frauen oft, um einen Statusverlust des Mannes zu verhindern, daran interessiert sind, dass ihr männlicher Partner außerhäusig seiner künstlerischen, kreativen Arbeit nachgeht, sei sie noch so schlecht entlohnt. Sie sind eher bereit, einen großen Teil der Haus- und Familienarbeit trotz ihres Ernährerinnenstatus zu übernehmen, um sozusagen das Bild einer gleichberechtigten Beziehung aufrechtzuerhalten."
Auch bei der Partnerwahl, hätten Forschungen zum Onlinedating ergeben, suchten Frauen nach wie vor Männer, die in einer besseren Position, etwas älter und zudem einen Kopf größer seien. Und jene Paare, die aus dem traditionellen Schema ausscheren?
„Das sind hochkonfliktive Partnerschaften. Es geht um Statuskonkurrenz, es geht um prekäre Männlichkeit, aber auch für die Partnerinnen ist die Frage: Ist mein Mann attraktiv? Man kann da nur hoffen, dass der gesellschaftliche Wandel etwas schneller vorangeht, denn tatsächlich haben wir es international in allen

westlichen Ländern mit einer zunehmend steigenden Zahl von Familienernährerinnenhaushalten tun."

„Was ich aus meinen Studien zur Familie gelernt habe, ist, dass es ziemlich viele Prognosen gegeben hat. Zum Beispiel hat man den Tod der Familie in den 1970er-Jahren proklamiert und in den 1980er-Jahren hat die Familie eine sehr hohe Wertschätzung erfahren in der Gesellschaft."

Historiker Christopher Neumaier ist skeptisch, ob man schon heute Aussagen über die „Familie von morgen" machen kann, wie es [die] Intention der Tagung war. Aber klar ist: Die traditionelle Familie ist mittlerweile ein, wenn auch weiterhin bedeutsames Modell unter verschiedenen. Und die Akzeptanz gegenüber der Vielfalt „familialer Lebensformen" nimmt zu. Auch Regenbogenfamilien, so Constanze Körner, die mit ihrer Partnerin selbst zwei Kinder hat, würden mittlerweile zunehmend als „normale" Familien toleriert.

„Wenn man sich anguckt, wie in den Medien, in Kampagnen Regenbogenfamilien dargestellt werden, zuletzt hat die Telekom [eine] große Kampagne gemacht zu Familienangeboten innerhalb der Telekom. Und da waren Frauenpaare mit [einem] Kind plakatiert, das trägt natürlich ungeheuer zu einer Akzeptanz dieser Familienformen bei."

*Ingeborg Breuer, Vater, Mutter, Kind war gestern, in: Deutschlandfunk: Köln: Deutschlandradio, 13.04.2017, https://www.deutschlandfunk.de/familienmodelle-im-wandel-vater-mutter-kind-war-gestern-100.html (Zugriff: 08.02.2022)*

## M6 Frauen nach Anzahl der Kinder und Ausbildungsabschluss

**Frauen der Geburtsjahrgänge 1943 bis 1948 und 1969 bis 1973 nach Anzahl der Kinder und Ausbildungsabschluss (Stand: 2018)**

Anteil an allen Frauen mit Angabe zur Kinderzahl und zum berufl. Ausbildungsabschluss in Prozent

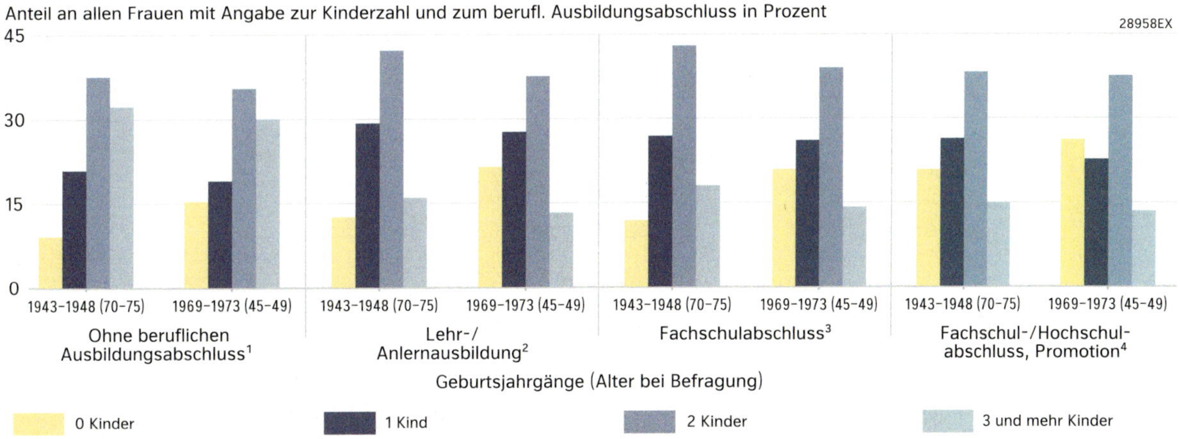


[1] Einschl. Berufsvorbereitungsjahr und berufliches Praktikum, da durch diese keine berufsqualifizierenden Abschlüsse erworben werden
[2] Einschl. eines gleichwertigen Berufsfachabschlusses, Vorbereitungsdienst für den mittleren Dienst in der öffentlichen Verwaltung, 1-jährige Schule für Gesundheits- und Sozialberufe sowie Personen mit Anlernausbildung
[3] Einschl. Meister-/Technikerausbildung, Abschluss einer 2- oder 3-jährigen Schule für Gesundheits- und Sozialberufe, Abschluss an einer Schule für Erzieher/-innen, Abschluss an einer Berufsakademie sowie Fachschulabschluss in der ehemaligen DDR
[4] Einschl. Lehramtsprüfung, Staatsprüfung, Magister, künstlerischer Abschluss und vergleichbare Abschlüsse

Bundesinstitut für Bevölkerungsforschung (BiB) — Datenquelle: Statistisches Bundesamt (Mikrozensus), Berechnungen: BiB

**1** Führen Sie im Kurs eine Umfrage zu Familienstand und Kinderzahl Ihrer Eltern, Großeltern und Urgroßeltern durch. Stellen Sie die Ergebnisse grafisch dar. Nutzen Sie dazu M1.

**2** **a)** Analysieren Sie die grafischen Darstellungen in M2, M3, M4 und M6.
**b)** Diskutieren Sie mögliche Ursachen für die dargestellten Entwicklungen.

**3** Überprüfen Sie, inwiefern sich der Wandel der Lebensformen auch in einem veränderten Rollenverständnis der Geschlechter niedergeschlagen hat (M2 bis M6).

**4** Bewerten Sie das „30:30-Modell" (M5, Z. 56) als Zielvorstellung.

**QUERVERWEIS**

**Eine Umfrage erstellen, durchführen und auswerten,**
S. 178 f.

# Eine Umfrage erstellen, durchführen und auswerten

Die Durchführung von Umfragen ist eine wichtige Forschungsmethode der Sozialwissenschaften. Sie dient dazu, viele Antworten auf Fragen, wie z. B. die Forschungsfrage Ihrer Facharbeit oder zur Überprüfung einer These der komplexen Leistung/Facharbeit, zu sammeln.

### 1. Schritt: Ziel der Umfrage festlegen

Zunächst muss geklärt werden, was man mit seiner Umfrage herausbekommen möchte. Dazu kann man eine Problemfrage stellen oder eine These formulieren.

**Beispiel:** *Das Familienmodell hat sich in den letzten 75 Jahren grundlegend gewandelt. (These)*

### 2. Schritt: Auswahl der Zielgruppe der Umfrage

Entsprechend der Thematik und der Zielstellung der Umfrage wird nun festgelegt, welcher Personenkreis oder welche Personengruppen einbezogen werden soll bzw. sollen.

**Beispiel:** *Es soll jeweils die gleiche Anzahl von Personen aus der Generation Ihrer Eltern, Großeltern und Urgroßeltern befragt werden.*

**INTERNET**

**WES-118380-332**
Weitere Informationen zur Durchführung von Umfragen

### 3. Schritt: Auswahl der Art der Umfrage/Zusammenstellung der Hilfsmittel

Sie müssen sich entscheiden, ob Sie die Umfrage online erstellen und durchführen oder ob Sie sie auf Papier drucken und an die Teilnehmerinnen und Teilnehmer verteilen möchten. Für die Papiervariante benötigen Sie eine ausreichende Anzahl an Fragebögen und Stiften. Das Handy mit Aufnahme- und Fotofunktion hilft dabei, die Ergebnisse festzuhalten, und kann bei der nachfolgenden Auswertung und Präsentation unterstützen. Zur Durchführung der Onlinevariante stehen Ihnen verschiedene Onlineplattformen (siehe Webcode) zur Verfügung.
Vergessen Sie nicht, im Vorfeld Genehmigungen für Fotos, Mitschnitte oder die Befragung selbst einzuholen.

**Beispiel:** *Die Umfrage wird als Papiervariante „Face to Face" durchgeführt.*

### 4. Schritt: Technik festlegen

Entscheiden Sie sich nun für eine Art der Datenerhebung und die damit verbundene Fragetechnik. Verschiedene Ansätze der Datenerhebung sind möglich:

#### a) Qualitative Forschung

Hierbei geht es um die Erforschung von Einzelfällen. Man arbeitet dazu mit **offenen Fragestellungen** (das heißt, es werden keine Antwortmöglichkeiten angegeben) und führt eine nicht standardisierte Befragung durch. Die nicht standardisierte Befragung erfolgt beispielsweise anhand eines Leitfadens und ist weniger vorstrukturiert. Die Vorgehensweise ist induktiv.
Die Anzahl der Probanden ist kleiner, der Zeitaufwand pro befragter Person größer. Schwierigkeiten können sich bei der Auswertung der Daten ergeben.

**INFO**

**induktiv**
vom Besonderen bzw. Einzelnen auf das Allgemeine schließen

**deduktiv**
vom Allgemeinen das Besondere bzw. Einzelne ableiten

#### b) Quantitative Forschung

Es werden möglichst viele Daten gesammelt und diese statistisch ausgewertet. Es geht hierbei um die Überprüfung einer These bzw. Theorie. Man setzt meist **geschlossene Fragestellungen** (das heißt, Antwortmöglichkeiten werden vorgegeben) bzw. Multiple-Choice-Fragen mit fester Fragenabfolge ein. Es wird eine standardisierte Befragung durchgeführt. Die Vorgehensweise ist deduktiv. Die Anzahl der vom Interviewer Befragten (persönlich, schriftlich, telefonisch, online) ist groß. Ein Nachteil der standardisierten Befragung besteht in der geringen Flexibilität während der Befragung.

***Beispiel:*** *Die Umfrage wird mithilfe eines standardisierten Fragebogens durchgeführt (quantitativer Ansatz).*

**5. Schritt: Leitfaden oder Fragekatalog erstellen**
Beachten Sie folgende Regeln bei der Formulierung Ihrer Fragen:

- Formulieren Sie die Fragen kurz und prägnant.
- Vermeiden Sie Abkürzungen und spezielle Fachtermini.
- Formulieren Sie Ihre Fragen neutral; meiden Sie wertbesetzte Begriffe.
- Stellen Sie keine Suggestivfragen.
- Jede Frage soll nur nach einem Sachverhalt fragen.

a) Notieren Sie sich zur Entwicklung des Leitfadens alle Fragen, welche Sie während der Umfrage stellen möchten. Formulieren Sie die Fragen so, dass Raum für subjektive Sichtweisen des Befragten ist. Beziehen Sie erzählgenerierende Fragen ein. Überlegen Sie auch, welche Nachfragen gegebenenfalls gestellt werden müssten bzw. könnten.
b) Bei der Erstellung eines Fragekatalog mit geschlossenen Fragen ordnen Sie jeder Frage mögliche Antwortkategorien bzw. eine Skalierung zu. Die Skalierung stellt eine vorgegebene Antwortreihe mit bestimmten Werten, wie beispielsweise das Schulnotensystem, dar. Antwortkategorien enthalten Antwortmöglichkeiten. Überprüfen Sie Ihre Antwortkategorien kritisch: Sind sie trennscharf? Decken die Antwortkategorien alle Antwortmöglichkeiten ab?
Achten Sie auf Übersichtlichkeit Ihres Fragebogens.

***Beispiel:*** *Sie starten die Befragung mit einer sogenannten Eröffnungsfrage, die dazu dient, das „Eis“ zwischen Interviewer und Befragten „zu brechen“ und zum Thema hinzuführen.*
*Im Anschluss werden den Probanden vier geschlossene Fragen gestellt.*

**6. Schritt: Durchführung der Umfrage**

**Tipps zur Befragung („Face to Face“):**
- Stellen Sie sich den Teilnehmerinnen und Teilnehmern Ihrer Umfrage zuerst höflich vor.
- Beschreiben Sie kurz Ziel und Zweck der Umfrage.
- Vermeiden Sie reines Ablesen der Fragen.
- Treten Sie kompetent und professionell auf.
- Menschen, die es eilig haben, sind keine geeigneten Probanden.

**7. Schritt: Zusammenfassung und Auswertung; Präsentation**
Die erhobenen Daten müssen nun nach verschiedenen Parametern sortiert und ausgezählt werden, jeweils in Abhängigkeit von der Zielstellung der Umfrage. Ergebnisse der quantitativen Umfrage werden statistisch ausgewertet, z. B. mit grafischen Übersichten. Tabellen und Grafiken können zum Beispiel mithilfe von Excel und ähnlichen Programmen erstellt werden.
Nutzen Sie nun die Ergebnisse, um die Problemfrage zu beantworten bzw. die These zu überprüfen. Formulieren Sie gegebenenfalls ungeklärte und weiterführende Fragen.
Überlegen Sie, welche Art der Präsentation interessant wäre. Es könnte ein Plakat angefertigt, eine selbsterklärende Präsentation gestaltet bzw. ein Vortrag mit Handout erarbeitet werden.

QUERVERWEIS
**Methode: Eine selbsterklärende Präsentation erstellen,** S. 220 f.

***Beispiel:*** *Die Ergebnispräsentation wird als selbsterklärende Präsentation gestaltet. Sie wird mit Diagrammen unterlegt und mündet in die Verifizierung der These. Außerdem wird der Entstehungsprozess der Umfrage und ihrer Auswertung reflektiert.*

**1** Führen Sie mithilfe der Methode eine Umfrage zum Thema „Familienmodell im Wandel?“ durch.

# Werte im Wandel – war früher alles besser?

**Unter dem Begriff Werte subsummiert man bedeutsame Überzeugungen, Haltungen und Ideale, die von den Mitgliedern einer Gesellschaft geteilt werden. Sie gelten als Elemente der jeweiligen Kultur und regulieren das Verhalten der Individuen.**

## M1 Es gibt keine bessere Welt

**INFO**

**Postmaterialismus**
Die Theorie des Postmaterialismus geht davon aus, dass in modernen Demokratien die materiellen Bedürfnisse weitestgehend erfüllt sind und nun die nicht materiellen Bedürfnisse (ökologische, politische, emanzipative …) in den Vordergrund treten.

**Ronald F. Inglehart** (1934–2021) war ein US-amerikanischer Politologe und 1978 bis 2010 Professor an der University of Michigan.

**Elisabeth Noelle-Neumann** (1916–2010) war Professorin für Kommunikationswissenschaft an der Universität Mainz.

Ist die Idee des Postmaterialismus ein Phantom? Der Mensch des 21. Jahrhunderts ist ein virtuoser Kombinierer, der eine Balance zwischen Lebensfreude und den Anforderungen des Berufs sucht.

In der Finanzkrise kollabierte nicht nur die Wall Street. Mit der Finanzblase platzten auch die Träume der „Postmaterialisten" von einer besseren Welt. Der amerikanische Wertewandelforscher Ronald Inglehart hatte Ende der 1960er-Jahre eine „silent revolution" vorhergesagt, eine leise Revolution, in der sich unsere Werte langsam, aber fundamental verändern würden – und zwar zum Besseren. Das 21. Jahrhundert werde den Postmaterialisten gehören, die, statt Luxusgüter und Statussymbole anzuhäufen, lieber ihre Persönlichkeit entfalten. Die Postmaterialisten würden eher jobben, als zu hart zu arbeiten, und die Natur sei ihnen wichtiger als Aktienkurse.

Inglehart wollte mit zahlreichen Werte-Surveys beweisen, dass die leistungs- und einkommensbezogene „materialistische" Haltung der Nachkriegsgeneration durch „postmaterielle" Selbstentfaltungswerte der nachwachsenden Generation abgelöst werde. Mit der Finanzkrise kam jetzt die Ernüchterung: Die vermeintlichen Postmaterialisten entpuppten sich als ziemlich materialistisch, wenn nicht gar als gierig.

In der Tat hatten Meinungsumfragen früh den Umbruch im Wertegefüge besonders der Jugend aufgezeigt. Alte bürgerliche Tugenden wie Pflicht, Ordnung und Sicherheit fanden immer weniger Zuspruch. Die Folgen wurden jedoch sehr unterschiedlich beurteilt. Einen Werteverfall sah die Meinungsforscherin Elisabeth Noelle-Neumann: Die Zunahme der Selbstentfaltungswerte werde den gesellschaftlichen Zusammenhalt allmählich auflösen. Besondere Sorgen machte sie sich um Institutionen wie Kirche, Familie und Politik. Inglehart sah den Wertewandel dagegen positiv. Seinen Optimismus bezog er aus der Überlegung, dass Menschen in Notzeiten Werte wie Pflicht, Disziplin und Leistung entwickeln. Bei steigendem Wohlstand ändere sich das: Je selbstverständlicher der Wohlstand ist, desto weniger bedeutet er jungen Menschen etwas. Und genau in immer mehr Wohlstand wuchsen die westlichen Gesellschaften hinein. Mit seiner Vorhersage avancierte Inglehart zum Kultautor, denn es schien plausibel, dass die Selbstverwirklichung einen unaufhaltsamen Siegeszug vor sich habe. Die Zeit werde über die Materialisten und ihre konservativen Leistungswerte hinweggehen. Mit jeder neuen Generation werde sich der Postmaterialismus weiter ausbreiten.

Doch ausgerechnet jene Generation, die in Wohlstand und Sicherheit groß geworden war und nach Inglehart eigentlich kontemplative Bedürfnisse hätte ausbilden sollen, gab sich in den Jahren vor der Finanzkrise 2008 einem einzigartigen Konsumrausch hin.

Es waren Millionen junger amerikanischer Mittelschichtfamilien, die seit Ende der 1990er-Jahre anfingen, ihre wachsenden Immobilienvermögen mit immer neuen Konsumkrediten zu beleihen, um davon noch luxuriösere Häuser, noch größere Autos und noch exotischere Reisen zu kaufen. Bis die Immobilienblase platzte. Diejenigen, die das große Finanzrad drehten, waren überwiegend junge, smarte Investmentbanker, die von der Sozialisation her ideale Postmaterialisten hätten sein müssen. Aber ihnen stand mehr der Sinn nach hohen Boni. Sie wuchsen in wohlbehüteten Familien auf. Auf dem College lernten sie Toleranz und Solidarität. Sie gingen in Yogakurse und tranken laktosefreien Latte macchiato, besaßen Buddha-Figuren und betrachteten sich als Weltbürger. Verantwortung für das große Ganze und fürs globale Finanzsystem übernahmen sie trotzdem nicht.

Inglehart hatte außerdem vorhergesagt, dass die Leistungsgesellschaft langsam, aber sicher erodiere: Postmaterialisten seien „Unterleister“, weil sie bewusst weniger leisteten, als sie könnten – schließlich hätten sie andere Präferenzen, als ständig das Bruttosozialprodukt zu erhöhen. Als Folge prophezeite Inglehart ein sinkendes Interesse an Wachstum und Reichtum. In dieser Prognose traf er sich mit Noelle-Neumann, die diese Entwicklung allerdings pessimistisch als den Anfang vom Ende der westlichen Leistungsgesellschaft deutete.

In der Realität kam es genau umgekehrt: Das Arbeitsvolumen der Amerikaner nimmt seit drei Jahrzehnten stetig zu. Das protestantische Arbeitsethos ist ungebrochen robust, die McKinsey-Kultur sorgt für Effizienz, die Blackberry- und Onlinekultur für ständige Erreichbarkeit. Unterleister bleiben die Ausnahme. Das Denken in Kategorien der Rendite, der Performance und der Leistungsanreize erreichte in der Finanzkrise einen traurigen Höhepunkt – ausgerechnet in jenen Alterskohorten, die laut Inglehart eigentlich zu den Unterleistern gehören müssten. In der aktuellen deutschen „Shell-Jugendstudie“ erzielen Werte wie Lebensstandard und Leistungswille hohe Zustimmung, allerdings darf auch die Lebensfreude nicht zu kurz kommen. Die amerikanische Wirtschaft ist nicht untergegangen, die deutsche behauptet sich erstaunlich gut. Die von Inglehart und Noelle-Neumann vorhergesagte Erosion der Leistungsbereitschaft ist nicht eingetreten.

Sind die Postmaterialisten gar kein reales Phänomen, sondern nur ein Phantom? Heute stimmt die Wertewandelforschung überein, dass sich die Gesellschaft in den 1960er-Jahren modernisierte und die Wertekonflikte dann seit den 1990er-Jahren deutlich zurückgingen. Aus Kants Pflichtmenschen sind virtuose Kombinierer geworden, die eine Balance zwischen Freude am Leben und den Anforderungen des Berufs suchen. Der moderne Mensch vermag im Büro diszipliniert zu sein, in der Freizeit konsumistisch und im sozialen Engagement altruistisch. Er ist situationsspezifisch konform und ändert das je nach Lage. Strenge Wertehierarchien kennt er nicht. Weder Noelle-Neumanns Prognose vom Werteverfall noch Ingleharts Werteparadies trafen ein. Beide lagen falsch.

Sind die Postmaterialisten in einer schwachen Stunde in alte Muster zurückgefallen? Nein, es scheint vielmehr, dass sie nur viel materialistischer sind, als uns Inglehart weismachen wollte, und die 1950er-Jahre vielleicht weniger materialistisch waren, als ihre Verächter meinen. Die Finanzkrise ist auch kein Verrat an den Selbstentfaltungswerten, sondern ihr Spiegelbild. Denn die Logik der gesteigerten Selbstverwirklichung besteht gerade darin, mehr und intensiver zu erleben. Dazu braucht der moderne Mensch sowohl mehr Geld als auch mehr Entfaltungsmöglichkeiten. Das ist eine schnellere und aufregendere Welt, aber keine bessere.

*Max A. Höfer, Es gibt keine bessere Welt, in: Die Welt online, 09.03.2011, https://www.welt.de/print/die_welt/debatte/article12744895/Es-gibt-keine-bessere-Welt.html (Zugriff: 08.02.2022)*

**INTERNET**

**WES-118380-333**
Film: Einfach erklärt: Bedürfnisse

## M2 Die Maslow'sche Bedürfnispyramide

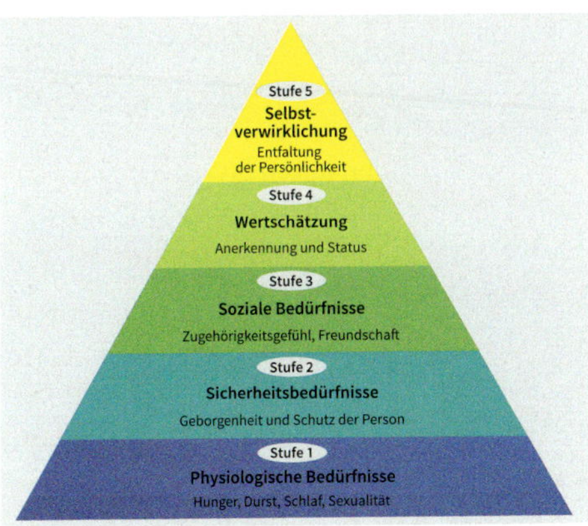


Die Bedürfnispyramide nach Abraham Maslow (1908–1970) teilt menschliche Bedürfnisse in fünf Stufen ein. Das Modell geht davon aus, dass die Bedürfnisse eines Menschen zuerst auf einer Stufe weitestgehend befriedigt sein müssen, bevor die der nächsten Stufe für ihn wichtig werden, die Bedürfnisse sind also hierarchisch geordnet.

*Bedürfnispyramide, in: BWL-Lexikon.de, hrsg. v. Kevin Schroer, Berlin, https://www.bwl-lexikon.de/wiki/beduerfnispyramide/ (Zugriff: 08.02.2022)*

**INFO**

**Grenzen und Kritik des Modells**
Im Alltag lassen sich Beispiele dafür finden, dass Menschen Hierarchiestufen überspringen. So missachten Personen ihre Sicherheitsbedürfnisse zugunsten von Zugehörigkeit (soziale Bedürfnisse), indem sie Mutproben bestehen. Andere riskieren ihre Gesundheit für kosmetische Eingriffe oder durch unzureichende Ernährung, um ihren Status (Selbstwert) zu erhöhen.

## M3 Postmaterielle Werte im Schattendasein?

Zeichnung: Nel Ioan Cozacu

## M4 Shell Jugendstudie 2019

Jeder Mensch hat bestimmte Vorstellungen, die sein Leben und Verhalten bestimmen. Wenn Sie einmal daran denken, was Sie in Ihrem Leben eigentlich anstreben: Wie wichtig sind dann die folgende Dinge für Sie persönlich? [...]

- Gesetz und Ordnung respektieren
- einen hohen Lebensstandard haben
- Macht und Einfluss haben
- seine eigene Phantasie und Kreativität entwickeln
- nach Sicherheit streben
- sozial Benachteiligten und gesellschaftlichen Randgruppen helfen
- sich und seine Bedürfnisse gegen andere durchsetzen
- fleißig und ehrgeizig sein
- auch solche Meinungen tolerieren, denen man eigentlich nicht zustimmen kann
- sich politisch engagieren
- das Leben in vollen Zügen genießen
- eigenverantwortlich leben und handeln
- das tun, was andere auch tun
- am Althergebrachten festhalten
- ein gutes Familienleben führen
- stolz sein auf die deutsche Geschichte
- einen Partner haben, dem man vertrauen kann
- gute Freunde haben, die einen anerkennen und akzeptieren
- viele Kontakte zu anderen Menschen haben
- gesundheitsbewusst leben
- sich bei seinen Entscheidungen auch von seinen Gefühlen leiten lassen
- von anderen Menschen unabhängig sein
- sich unter allen Umständen umweltbewusst verhalten
- an Gott glauben
- die Vielfalt der Menschen anerkennen und respektieren

*Shell Deutschland Holding (Hrsg.), Jugend 2019. Eine Generation meldet sich zu Wort, Konzeption und Koordination: Mathias Albert, Klaus Hurrelmann, Gundrun Quenzel und Kantar, Weinheim/Basel: Beltz, 2019, S. 351*

## Wertorientierungen: Was Jugendlichen wichtig ist

28832EX


Jugendliche im Alter von 12 bis 25 Jahren (Angaben in %)

**Jeder Mensch hat ja bestimmte Vorstellungen, die sein Leben und Verhalten bestimmen. Wenn du einmal daran denkst, was du in deinem Leben eigentlich anstrebst: Wie wichtig sind dann die folgenden Dinge für dich persönlich?**

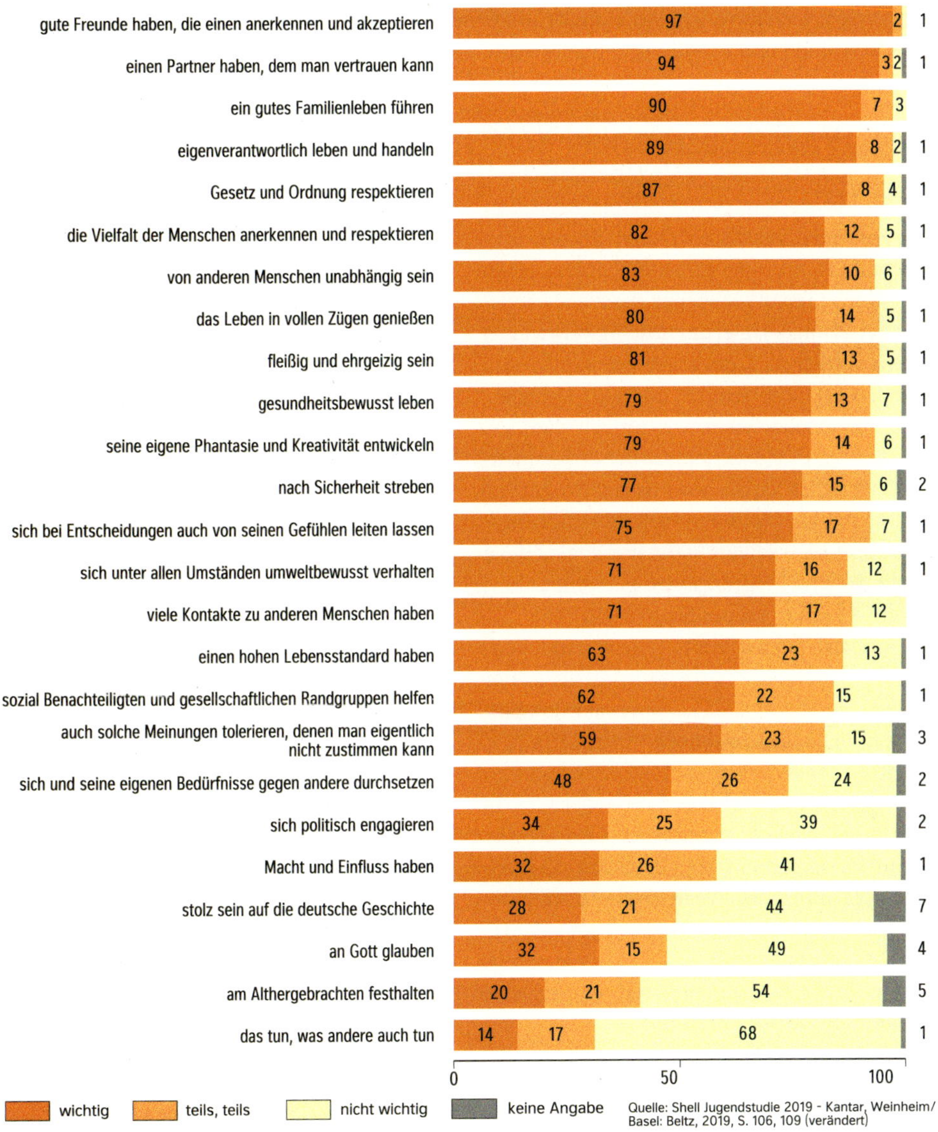


Quelle: Shell Jugendstudie 2019 - Kantar, Weinheim/Basel: Beltz, 2019, S. 106, 109 (verändert)

**1** Nennen Sie Beispiele für materielle und postmaterielle Werte (M1). Nutzen Sie auch die Karikatur M3.

**2** Formulieren Sie die Hauptaussage der Theorie von Inglehart in Form einer These (M1).

**3** Erklären Sie Ingleharts These (M1) mithilfe der Maslow'schen Bedürfnispyramide (M2).

**4** Erläutern Sie folgende Aussage: „Weder Noelle-Neumanns Prognose vom Werteverfall noch Ingleharts Werteparadies trafen ein. Beide lagen falsch" (M1, Z. 132–135).

**5** Analysieren Sie den Auszug aus der Shell Jugendstudie 2019 (M4).

**6** Führen Sie in Ihrem Kurs analog zum Auszug aus der Jugendstudie (M4) eine Umfrage zu Ihren Wertorientierungen durch. Vergleichen Sie das Ergebnis mit M4 und M1.

**QUERVERWEIS**

**Eine Umfrage erstellen, durchführen und auswerten,**
S. 178 f.

# Individualisierung – ist jeder seines Glückes Schmied?

**In der Soziologie bezeichnet Individualisierung eine Entwicklungstendenz von Gesellschaften, die durch den Übergang von der Fremd- zur Selbstbestimmung geprägt ist. Ulrich Beck widmete sich dem Verhältnis von Individuum und Gesellschaft in der postindustriellen Gesellschaft in Deutschland und entwarf in seiner Theorie das Bild einer „Risikogesellschaft".**

**INFO**

**Ulrich Beck** (1944–2015) war ein deutscher Soziologe. Bekannt wurde er durch das 1986 veröffentlichte und in 35 Sprachen übersetzte Buch „Risikogesellschaft. Auf dem Weg in eine andere Moderne".

## M1 Wahl-, Bastel- oder doch Risikobiografie?

„Individualisierung" – mit diesem Begriff ist ein Ensemble gesellschaftlicher Entwicklungen und Erfahrungen gemeint [...]: zum einen die Auflösung vorgegebener sozialer Lebensformen – zum Beispiel das Brüchigwerden von lebensweltlichen Kategorien wie Klasse und Stand, Geschlechtsrollen, Familie, Nachbarschaft usw.; oder auch, wie im Fall der DDR und anderer Ostblockstaaten, der Zusammenbruch staatlich verordneter Normalbiografien und Leitbilder. Wo immer solche Auflösungstendenzen sich zeigen, stellt sich zugleich die Frage: Welche Lebensformen entstehen dort, wo die alten zerbrechen?

Die Antwort, auf die zweite Seite von Individualisierung verweisend, heißt schlicht: In der modernen Gesellschaft kommen auf den Einzelnen neue institutionelle Anforderungen, Kontrollen und Zwänge zu. Über Arbeitsmarkt, Wohlfahrtsstaat und Bürokratie wird er in Netze von Regelungen, Maßgaben, Anspruchsvoraussetzungen eingebunden. Vom Rentenrecht bis zum Versicherungsschutz, vom Erziehungsgeld bis zu den Steuertarifen: All dies sind institutionelle Vorgaben mit dem besonderen Aufforderungscharakter, ein eigenes Leben zu führen. [...]

Das entscheidende Kennzeichen dieser modernen Vorgaben ist, dass das Individuum sie, weit mehr als früher, gewissermaßen selbst herstellen muss, im eigenen Handeln in die Biografie hereinholen muss. Das hat wesentlich damit zu tun, dass die traditionellen Vorgaben oft rigorose Handlungsbeschränkungen, ja Handlungsverbote beinhalten (wie etwa die Heiratsverbote der vorindustriellen Gesellschaft, die den besitzlosen Bevölkerungsgruppen eine Eheschließung unmöglich machten) [...]. Dagegen sind die institutionellen Vorgaben der modernen westlichen Gesellschaft eher Leistungsangebote bzw. Handlungsanreize – man denke etwa an den Wohlfahrtsstaat, von Arbeitslosengeld bis BAföG und Bausparprämie. Vereinfacht gesagt: In die traditionelle Gesellschaft und ihre Vorgaben wurde man hineingeboren (wie etwa in Stand und Religion). Für die neuen Vorgaben muss man etwas tun, sich aktiv bemühen. Hier muss man erobern, in der Konkurrenz um begrenzte Ressourcen sich durchzusetzen verstehen – und die nicht nur einmal, sondern tagtäglich.

Die Normalbiografie wird damit zur „Wahlbiografie", [...] zur „Bastelbiografie". Das muss nicht gewollt sein, und es muss nicht gelingen. Bastelbiografie ist immer zugleich „Risikobiografie", ein Zustand der (teils offenen, teils verdeckten) Dauergefährdung. Die Fassaden von Wohlstand, Konsum, Glimmer täuschen oft darüber hinweg, wie nahe der Absturz schon ist. Der falsche Beruf oder die falsche Branche, dazu die privaten Unglücksspiralen von Scheidung, Krankheit, Wohnungsverlust – Pech gehabt, heißt es dann. [...] Die Bastelbiografie kann schnell zu einer Bruchbiografie werden [...], wie Zygmunt Baumann sagt: „[...] Ich kann nicht langfristig auf meinen Arbeitsplatz, meinen Beruf, ja nicht einmal auf meine eigenen Fähigkeiten bauen; ich kann darauf wetten, dass mein Arbeitsplatz wegrationalisiert wird, dass mein Beruf sich bis zur Unkenntlichkeit verändert, dass meine Fähigkeiten nicht länger gefragt sind. Auch auf Partnerschaft oder Familie ist in Zukunft nicht mehr zu gründen; im Zeitalter dessen, was Anthony Giddens ‚confluent love' nennt, währt das Beisammensein nicht länger als die Befriedigung eines der Partner, die Bindung gilt von vornherein nur ‚bis auf Weiteres' [...]."

*Ulrich Beck/Elisabeth Beck-Gernsheim, Individualisierung in modernen Gesellschaften – Perspektiven und Kontroversen einer subjektorientierten Soziologie, in: Dies. (Hrsg.), Riskante Freiheiten. Individualisierung in modernen Gesellschaften, Frankfurt a. M.: Suhrkamp, 1994, S. 9–39, hier S. 11 ff.*

## M2 Dimensionen der Individualisierung nach Ulrich Beck

**1. Freisetzung:** Herauslösen des Individuums aus traditionellen und historisch vorgegebenen Sozialformen und sozialen Bindungen im Sinne traditionaler Herrschafts- und Versorgungszusammenhänge

**2. Entzauberung:** Verlust traditioneller Sicherheiten im Hinblick auf Handlungswissen, Glauben und leitende Normen

**3. Re-Integration:** Neue institutionelle Vorgaben erfordern permanent aktives Handeln.

*Autorentext*

GLOSSAR

**Integration**

## M3 Aspekte der Individualisierung im Spiegel von Karikaturen

① 

Zeichnung: Burkhard Mohr

② 

Zeichnung: Cloud Science

③ 

Zeichnung: Cloud Science

④ 

Zeichnung: Renate Alf

**1** Charakterisieren Sie den Begriff Individualisierung im Verständnis von Beck anhand der wesentlichen Bestimmungsmerkmale (M1).

**2** Stellen Sie den Wandel von der „Normalbiografie“ zur „Bastel-, Wahl-, Risikobiografie“ in einem Schema dar (M1, M2).

**3** Erläutern Sie, vor welchen Herausforderungen das Individuum bei der Erstellung der Bastelbiografie steht (M1, M2).

**4** Analysieren Sie die Karikaturen in arbeitsteiliger Gruppenarbeit. Stellen Sie jeweils einen Bezug zu einem Aspekt bzw. einer Dimension von Individualisierung her (M2, M3).

**5** Nehmen Sie Stellung zu der Leitfrage „Ist jeder seines Glückes Schmied?“ (M1, M2).

# Wandel der Arbeitswelt – Normalarbeitsverhältnis in der Krise?

**INFO**

**Ulrich Mückenberger** (*1944) ist Rechts- und Politikwissenschaftler und Professor für Arbeits- und Sozialrecht am Fachbereich Sozialökonomie der Universität Hamburg.

## M1 Normalarbeitsverhältnis (NAV) – Begriff und Merkmale

**a) Begriff:** Das Normalarbeitsverhältnis ist das vorherrschende Leitbild in der deutschen Arbeitsmarktpolitik. Der Begriff des Normalarbeitsverhältnisses wurde in der Bundesrepublik Deutschland in den 1980er- und 1990er-Jahren geprägt und geht auf Ulrich Mückenberger zurück. Der Begriff wurde genutzt, um die „Krise des Normalarbeitsverhältnisses" und die sichtbar werdenden Wandlungsprozesse auf dem Arbeitsmarkt konzeptionell erfassen zu können.

*Frank Oschmiansky, Das Normalarbeitsverhältnis, Bonn: Bundeszentrale für politische Bildung, 14.10.2020, https://www.bpb.de/politik/innenpolitik/arbeitsmarktpolitik/317174/normalarbeitsverhaeltnis (Zugriff: 27.01.2022)*

**b) Merkmale:**

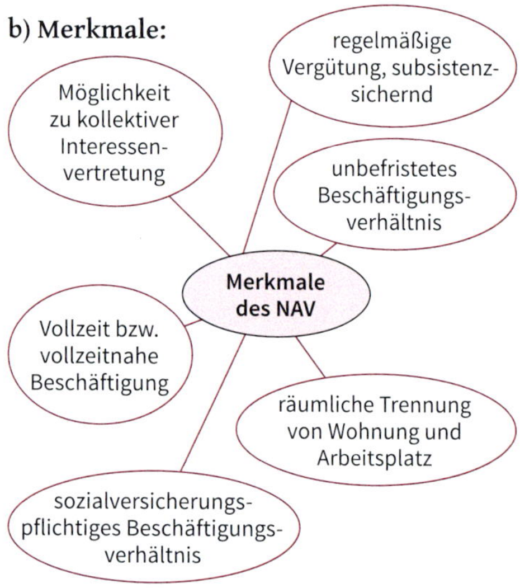


**INTERNET**

**WES-118380-334**
Film: Einfach erklärt: Arbeitsverhältnisse

**GLOSSAR**

**Hartz IV**

## M2 Atypische Beschäftigung

**Teilzeitbeschäftigung:** Teilzeitarbeit mit weniger als 35 Wochenstunden ist [...] die am weitesten verbreitete atypische Form. Ihr [...] Anstieg geht einher mit der zunehmenden Erwerbstätigkeit von Frauen, unzureichenden Betreuungseinrichtungen für Kinder sowie der Expansion des Dienstleistungssektors. [...]
**Geringfügige Beschäftigung:** Die geringfügigen Beschäftigungsverhältnisse haben nach ihrer Erweiterung zu Minijobs im Rahmen der Hartz-Gesetze [...] zugenommen und stellen die zweithäufigste Form dar [...]. Die Einkommen betragen monatlich max. 450 Euro; eine rechtliche Begrenzung der Arbeitszeit besteht nicht, wird aber durch den jeweils geltenden Mindestlohn definiert.
**Midijobs:** Diese, durch die Hartz-Gesetze eingeführten Beschäftigungsverhältnisse umfassen Einkommen in der „Gleitzone" zwischen 450,01 und 850 Euro (Midijob). Nach einer deutlichen Expansion machen sie ca. vier Prozent der abhängig Beschäftigten aus.
**Leiharbeitsverhältnisse:** Leiharbeit konstituiert im Gegensatz zu den anderen Formen ein Dreiecksverhältnis zwischen Verleihunternehmen, Entleihunternehmen und Arbeitnehmer (Arbeitnehmerüberlassung). Sie hat vor allem seit ihrer weitgehenden Deregulierung durch die Hartz-Gesetze hohe Zuwachsraten zu verzeichnen [...].
**Befristete Beschäftigungsverhältnisse:** Befristung bedeutet, dass der Arbeitsvertrag zu einem festgelegten Zeitpunkt endet, ohne dass die üblichen Kündigungsschutzregelungen gelten. [...] Inzwischen werden fast die Hälfte aller neuen Arbeitsverträge zunächst nur befristet abgeschlossen, sodass v. a. jüngere Arbeitnehmer betroffen sind.
**Selbstständigkeit ohne Mitarbeiter:** Der Anteil der Selbstständigen an allen Erwerbstätigen stieg auf ca. elf Prozent. Diese Entwicklung [...] basierte ausschließlich auf der Zunahme der Soloselbstständigen [...]. Formal gehören sie zwar nicht zu den atypisch Beschäftigten, sollten aber wegen ihrer häufig geringen Einkommen und unsicheren wirtschaftlichen Perspektiven bzw. Prekaritätsrisiken in die Betrachtung einbezogen werden.

*Atypische Beschäftigung, in: Gabler Wirtschaftslexikon, Wiesbaden: Springer, o. E., https://wirtschaftslexikon.gabler.de/definition/atypische-beschaeftigung-53543 (Zugriff: 27.01.2022)*

## M3 Prekäre Beschäftigungsverhältnisse

Als prekär bezeichnet man Arbeitsverhältnisse, die nicht auf Dauer und Kontinuität angelegt sind, die ein deutlich niedrigeres Einkommensniveau bieten, die keine Absicherung durch die Sozialversicherung und nur geringe arbeitsrechtliche Schutzrechte aufweisen. Keineswegs sind alle atypischen Beschäftigungsverhältnisse prekär, es gibt jedoch eine nicht zu unterschätzende Schnittmenge.

*Autorentext*

## M4 Moderne Arbeitsformen

**Work-Life-Blending**
Ziel dieser neuen Arbeitsform ist es, Arbeit und Privatleben miteinander zu verknüpfen. Arbeitszeit und Freizeit sollen nicht mehr klar voneinander abgegrenzt sein. So können während der Arbeitszeit auch persönliche Telefonate geführt werden, solange Arbeitnehmer bereit sind, während der „Freizeit" Arbeits-Mails zu beantworten.

**Crowdworking**
Unternehmen engagieren Crowdworker vor allem, um Aufgaben zu erledigen, die einen hohen Arbeitsaufwand erfordern, für die aber ein fundiertes Wissen über die Unternehmensstrukturen nicht relevant ist. Da Crowdworker und Unternehmen über Onlineplattformen zueinanderfinden, spricht man auch von einer sogenannten Plattformökonomie.

**Coworking Spaces**
Das sind Gemeinschaftsbüros, in denen zum Beispiel Selbstständige, Projektarbeiter oder Freelancer temporär Arbeitsplätze mieten können. Meist ist die Nutzung von Netzwerken, Drucker, Scanner und Telefon inbegriffen.

**Fluide Teams**
Hinter dem Begriff fluides Team verbirgt sich die Idee eines Teams ohne feste Mitarbeiter. So arbeitet man in verschiedenen Teams und kommt mit den unterschiedlichsten Menschen in Kontakt.

**Agiles Arbeiten**
Flexibel und schneller auf Veränderungen reagieren – das soll mit agilem Arbeiten möglich werden. Statt starrer Hierarchien zählt Kompetenz: Es gibt kurzfristige Ziele, viel Feedback, kleine Teams und kurze Entscheidungswege.

**Virtuelle Teams**
Im Gegensatz zu fluiden Teams kennen sich die Kollegen eines virtuellen Teams meist nicht persönlich. Die Teammitglieder sind über Cloud Services miteinander vernetzt, arbeiten aber von unterschiedlichen Standorten aus. Virtuelle Teams sind über die ganze Welt verteilt, sie arbeiten also ortsunabhängig.

*New Work: Das Wichtigste zur neuen Arbeitswelt in Kürze, München: AVANTGARDE Experts GmbH, o. E., https://www.avantgarde-experts.de/de/magazin/new-work/ (Zugriff: 27.01.2022) (verändert)*

**INTERNET**

**WES-118380-335**
Film: Einfach erklärt: Digitalisierung

**QUERVERWEIS**

**Ökonomische Auswirkungen der Digitalisierung,**
S. 258 f.

**1** Gestalten Sie ein Schaubild zur Darstellung von Normalarbeitsverhältnis, atypischem Beschäftigungsverhältnis und prekärem Beschäftigungsverhältnis (M1 bis M3).

**2** Arbeiten Sie Vor- und Nachteile der modernen Arbeitsformen heraus (M4).

**3** Entwickeln Sie zu einer modernen Arbeitsform Regeln, die sowohl faire Arbeitsbedingungen für die Mitarbeiter generieren als auch effiziente Arbeit gewährleisten.

**4** Nehmen Sie Stellung zu folgender These: Das Normalarbeitsverhältnis orientiert sich am Ideal des männlichen Ernährermodells, demzufolge der Mann als alleiniger Versorger bzw. als Hauptversorger der Familie agiert.

## M5 Entwicklung atypisch Beschäftigter in Deutschland

**Entwicklung der atypisch Beschäftigten***

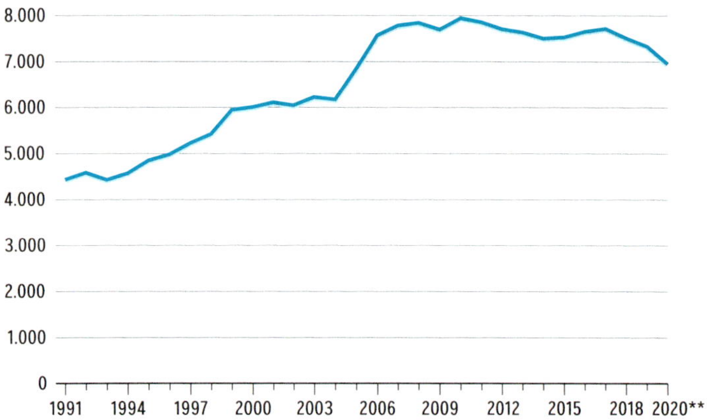


* umfasst befristet Beschäftigte, Teilzeitbeschäftigte (<20 Std./Woche), geringfügig Beschäftigte, Zeitarbeitnehmer/-innen; Angaben lassen sich nicht aufsummieren, da sich die Gruppen überschneiden.
** Endergebnis (Mikrozensus 2020); Bevölkerung in Hauptwohnsitzhaushalten; Ergebnisse mit Vorjahren nur eingeschränkt vergleichbar; Ergebnis für Zeitarbeitnehmer geschätzt

Quelle: Statistisches Bundesamt (Destatis), Wiesbaden, 31.01.2022 © Westermann 28880EX

**Veränderung der Normalarbeitnehmer/-innen* und der atypisch Beschäftigten gegenüber dem Vorjahr (in 1.000) von 1992 bis 2020**

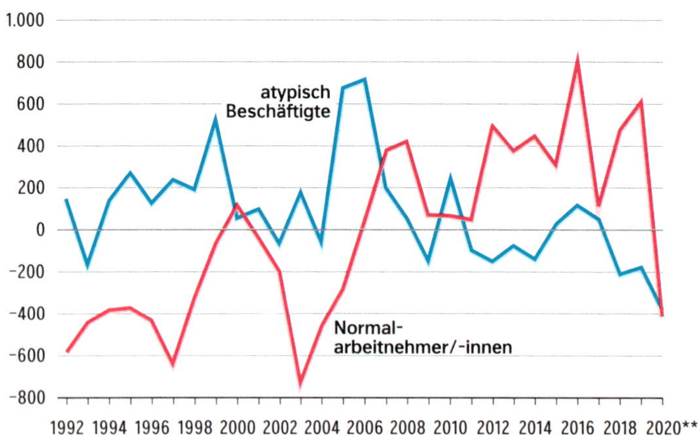


* umfasst unbefristet Beschäftigte, Teilzeitbeschäftigte (>20 Std./Woche)
** Endergebnis (Mikrozensus 2020); Bevölkerung in Hauptwohnsitzhaushalten; Ergebnisse mit Vorjahren nur eingeschränkt vergleichbar; Ergebnis für Zeitarbeitnehmer geschätzt

Quelle: Statistisches Bundesamt (Destatis), Wiesbaden, 31.01.2022 © Westermann 28882EX

„Die Zahl der atypischen Beschäftigungsverhältnisse in Deutschland verharrt auf hohem Niveau. Besonders stark betroffen sind nach wie vor Frauen in Westdeutschland, die aus familiären Gründen oft in Teilzeit oder Minijobs arbeiten, zudem jüngere Beschäftigte, geringer Qualifizierte und Beschäftigte ohne deutschen Pass.

Dementsprechend unterscheiden sich die Quoten in Ost- und Westdeutschland erheblich, und sie haben sich in den vergangenen Jahren noch auseinanderentwickelt: In den ostdeutschen Bundesländern liegt der Anteil atypisch Beschäftigter nach den aktuellen Zahlen überall unter 18 Prozent, in Brandenburg sogar unter 15 Prozent. Im Westen reicht sie von knapp 18 Prozent in Hamburg bis 23 Prozent und mehr in Baden-Württemberg, Rheinland-Pfalz, dem Saarland und Bremen ...

Teilzeit, Befristung und Leiharbeit waren von Anfang der 1990er-Jahre bis zur Finanzkrise auf dem Vormarsch. Seit 2010 ist der Anteil dieser atypischen Arbeitsverhältnisse an der sogenannten Kernerwerbstätigkeit [...] wieder ein wenig gesunken und verharrte zuletzt bei rund 21 Prozent. 1991 waren es erst knapp 13 Prozent, auf dem Höhepunkt 2007 22,6 Prozent. [...] Schaut man auf den Durchschnitt beider Geschlechter, stecken vor allem jüngere Beschäftigte in atypischen Jobs. Unter den 15- bis 24-Jährigen gilt dies für 30,9 Prozent. Wesentlicher Grund: Berufsanfänger erhalten häufig erst einmal nur einen befristeten Vertrag.“ [...]

Allerdings kann man auch zeigen, dass in den Jahren seit 2008 mit einer Ausnahme die Zahl der Normalarbeitnehmerjobs stärker zugenommen hat als die der atypisch Beschäftigten, die von 2011 bis 2014 sogar gesunken ist.

*Stefan Sell, Aus dem Jobwunderland Deutschland: Die Zahl der „atypisch Beschäftigten“ bleibt weiter auf einem hohen Niveau und trifft bestimmte Arbeitnehmer mehr als andere, in: Aktuelle Sozialpolitik, Remagen, 25.06.2019, https://aktuelle-sozialpolitik.de/2019/06/25/atypisch-beschaeftigte-im-jobwunder-land-deutschland/ (Zugriff: 27.01.2022) (verändert)*

## M6 +++ Kurierfahrer*innen gesucht +++

**Du bist fit und flexibel**, hast gern mit verschiedenen Menschen Kontakt und Wettbewerb ist für dich eine willkommene Herausforderung? Dann bist du bei uns genau richtig! Bewirb dich direkt und werde **Teil unseres Teams**!

## M7 Neue Formen der Ausbeutung?

Es gibt ein neues Prekariat. [...] Sie putzen, pflegen, liefern Lebensmittel oder fahren Taxi. Für alle möglichen Dienstleistungen gibt es mittlerweile eine entsprechende App. Programmiert werden sie von Tech-Firmen mit cool klingenden Namen. Uber, Helpling, Deliveroo. Ein Riesengeschäft. Ihr Umsatz lag zuletzt bei 20 Milliarden Euro, allein in Europa.

Doch die Menschen, die für sie arbeiten, können sich davon nichts kaufen. Häufig arbeiten sie als sogenannte Soloselbstständige, obwohl sie vom Dasein eines echten Selbstständigen so weit entfernt sind wie Manchester von den Alpen. Es ist deshalb höchste Zeit, dass die EU nun mit einem Gesetz die Konzerne dazu bringen will, ihre Arbeiter auch als solche anzustellen. [...]

[Die] Internetfirmen dringen in immer mehr Lebensbereiche vor. Sie verdrängen analoge Unternehmen und damit oft auch bessere Jobs. Was diese Firmen so erfolgreich macht, ist ihre Eigenschaft, als Plattform aufzutreten. Statt selbst ein Produkt oder eine Dienstleistung anzubieten, liefern sie die Infrastruktur, auf der sich Anbieter und Kunden treffen können und für deren Nutzung sie sich bezahlen lassen. Für Kunden ist das oft unwiderstehlich: Die Konzerne machen vieles einfacher und billiger. Aber für eine immer größere Zahl von Menschen ist es ein Problem, denn sie hängen von dem Einkommen aus diesen Jobs ab. Die EU schätzt, dass bis zu 28 Millionen Menschen für derlei Plattformen arbeiten, die meisten davon als Selbstständige.

Für sie bedeuten die Geschäftsmodelle enormen Leistungsdruck, weil die Arbeiter in direkter Konkurrenz zueinander um die Aufträge buhlen. Zudem haben sie kaum soziale Absicherung, dafür aber ein hohes Maß an Unsicherheit bei gleichzeitig allumfassender Kontrolle. Denn den Algorithmen [...] entgeht nichts. Ebenso wenig den Bewertungssystemen [...]. Ein schlechtes Urteil kann für einen Uber-Fahrer sehr gefährlich werden, also immer schön freundlich sein und lächeln, egal wie die Kunden sich aufführen. Bezahlt wird ohnehin nach Leistung, nicht nach Stunden. Gewerkschaften und Betriebsräte sind den Arbeitern oft ebenso fremd wie den Unternehmen, deren Zentralen nicht selten im weit entfernten, sonnigen Kalifornien sitzen. [...]

Wie groß ihre Macht ist, haben die Plattformen dort unlängst bewiesen. Eigentlich sollte – ganz ähnlich wie nun in der EU – ein Gesetz im US-Bundesstaat Kalifornien die Konzerne verpflichten, ihre Arbeiter [regulär] anzustellen. Doch daraus wurde erst einmal nichts. Nachdem die Plattformen damit gedroht hatten, sich von dort zurückzuziehen, kippten die Kalifornier die Regelung per Referendum. Dass indes mit einem Angestelltenverhältnis die Probleme für das Onlineprekariat nicht unbedingt verschwinden, das hat der Lieferdienst Gorillas in den vergangenen Monaten in Deutschland veranschaulicht. Fahrer, die wegen unzumutbarer Arbeitsbedingungen streikten, schmiss das Unternehmen kurzerhand raus. Immerhin hebt die Firma nun den Stundenlohn seiner Fahrer auf zwölf Euro an und nimmt damit den [von der Bundesregierung angekündigten] höheren Mindestlohn vorweg. Doch die Gründung eines Betriebsrats versuchte Gorillas lange erbittert zu verhindern.

*Simon Groß, So geht Ausbeutung heute, in: Süddeutsche Zeitung online, 09.12.2021, https://www.sueddeutsche.de/meinung/uber-soloselbstaendige-eu-arbeitsbedingungen-1.5483991 (Zugriff: 27.01.2022)*

**GLOSSAR**

**Gewerkschaften**

**INFO**

**EU-Richtlinie**
Die Europäische Kommission hatte am 9. Dezember 2021 einen Vorschlag für eine Richtlinie zur Verbesserung der Arbeitsbedingungen in der Plattformarbeit vorgelegt.

**1** Arbeiten Sie die zentralen Inhalte aus M5 heraus.

**2** **a)** Stellen Sie dar, ob und warum die Stellenanzeige (M6) Sie anspricht bzw. nicht anspricht.
**b)** Legen Sie dar, welche weiteren Informationen Sie recherchieren würden, bevor Sie sich eventuell auf diese Stellenanzeige bewerben würden.

**3** Arbeiten Sie Grundzüge des dargestellten Geschäftsmodells (M7) heraus.

**4** Überprüfen Sie die Berechtigung der Bezeichnung „Onlineprekariat", für die in M7 dargestellten Arbeitsverhältnisse.

**5** Diskutieren Sie die Leitfrage: Steckt das Normalarbeitsverhältnis in einer Krise (M1 bis M7)?

# Gesellschaft der Singularitäten – Mittelmaß war gestern

**INFO**

Die **Moderne** bezeichnet historisch einen Umbruch in zahlreichen Lebensbereichen gegenüber der Tradition. Sie wurde bedingt durch Aufklärung, Säkularisierung und industrielle Revolution. Durch wichtige wissenschaftliche und technische Fortschritte ändert sich das Weltbild. **Postmoderne** wird der Zustand unserer Gesellschaft nach der Moderne genannt. Die Vertreter der Postmoderne sind bestrebt, bestimmte Methoden, Begriffe und Grundannahmen der Moderne zu überwinden. Mit dem Begriff der **Spätmoderne** wird die aktuelle Epoche bezeichnet. Sie sieht sich als einen Teil der Moderne, welche sich allerdings durch erhöhte Geschwindigkeit und vergrößerte Reichweite gesellschaftlichen Wandels und verstärkte Reflexivität des Individuums auszeichnet.

**Die spätmoderne Gesellschaft produziert Singularitäten. Im Mittelpunkt steht nicht mehr das Allgemeine, Standardisierte oder Durchschnittliche, sondern die Einzigartigkeit, die Singularität. Dinge, Personen, Events und Communitys – alles möchte besonders sein. Bei der kulturellen Singularisierung geht es um öffentliche Selbstdarstellung der Subjekte. Das Ergebnis ist ein Aufmerksamkeits- und Bewertungswettbewerb um den Status dieser Einzigartigkeit. Digitale Technologien, wie Social-Media-Plattformen und Smartphones, ermöglichen es allen, entsprechende Informationen zu rezipieren sowie sich selbst vor Publikum darzustellen.**

## M1 Andreas Reckwitz: „Die Gesellschaft der Singularitäten"

Singularisierung meint […] mehr als Selbstständigkeit und Selbstoptimierung. Zentral ist ihr das kompliziertere Streben nach Einzigartigkeit und Außergewöhnlichkeit, die zu erreichen freilich nicht nur subjektiver Wunsch, sondern paradoxe gesellschaftliche Erwartung geworden ist. Markant ausgeprägt ist dies in der neuen, der hochqualifizierten Mittelklasse, also in jenem sozialen Produkt von Bildungsexpansion und Postindustrialisierung, das zum Leitmilieu der Spätmoderne geworden ist. An alles in der Lebensführung legt man hier den Maßstab der Besonderung an: Wie man wohnt, was man isst, wohin und wie man reist, wie man den eigenen Körper oder den Freundeskreis gestaltet. Im Modus der Singularisierung wird das Leben nicht einfach gelebt, es wird kuratiert. […] Parteien an den Rändern breiten sich aus, die jene ansprechen, die im knallharten Rennen um Aufmerksamkeit nicht mithalten können – und die sich in den etablierten Parteien nicht mehr zu Hause fühlen, weil diese sich ihrerseits mehr und mehr für Randgruppen interessieren. Sexuelle, konfessionelle, ethnische Minderheiten: Ihnen ist die Aufmerksamkeit auch der etablierten Parteien sicher. Die vielen, die sich ihnen bislang anvertrauten, finden sich und ihre Anliegen nicht mehr angemessen vertreten. Wohin diese Krise des Allgemeinen oder auch der Repräsentanz führt, schreibt Reckwitz, ist alles andere als ausgemacht.

*Kersten Knipp, (Rezension zu) Andreas Reckwitz: „Die Gesellschaft der Singularitäten/Gebrauchsanweisung für das nervöse Zeitalter, in: Deutschlandfunk, Köln: Deutschlandradio, 12.03.2018, https://www.deutschlandfunk.de/andreas-reckwitz-die-gesellschaft-der-singularitaeten-102.html (Zugriff: 27.01.2022)*

**INFO**

**Andreas Reckwitz** (*1970) ist ein deutscher Soziologe und Kulturwissenschaftler. Er veröffentlichte zur Theorie der Gesellschaft der Singularitäten auch einen Wissenschaftspodcast.

## M2 Krisen infolge der Singularisierung

**Krise der Anerkennung:**
Diejenigen Menschen, die nicht besonders kreativ und innovativ sind, sondern „nur" ihrer Arbeit nachgehen, verdienen in der Gesellschaft der Singularitäten keine Anerkennung.

**Krise der Selbstverwirklichung:**
Selbstverwirklichung als Daueraufgabe ist zum Scheitern verurteilt, da der Zwang zu permanenter Kreativität, zu beständiger Besonderheit die Menschen schnell an die Grenzen der Leistungsfähigkeit bringt.

**Krise des Politischen:**
Da die Mehrheitsgesellschaft nicht mehr im Fokus steht, können gemeinsame Projekte und Ziele nur schwer realisiert werden. Der Staat bietet lediglich einen Rahmen, in dem konsumiert werden kann.

*Autorentext nach: Sebastian Engelmann, Vom Besonderen und Allgemeinen, Marburg: LiteraturWissenschaft.de, Nr. 4/2018, https:// literaturkritik.de/public/rezension.php?rez_id=24376 (Zugriff: 27.01.2022) (verändert)*

1 Erklären Sie Folgen der Singularisierung für verschiedene Gruppen der Gesellschaft.

2 Gestalten Sie einen Podcast zur Theorie der Gesellschaft der Singularitäten für ihre Mitschülerinnen und Mitschüler. Nutzen Sie dazu weitere Quellen.

# Der demografische Wandel – ein Problem für Deutschland?

## M1 Welche Aussagen sind richtig?

| | richtig | falsch |
|---|---|---|
| Die Bevölkerung in Deutschland schrumpft. | | |
| In Deutschland werden immer weniger Kinder geboren. | | |
| Frauen mit Migrationshintergrund bekommen im Schnitt mehr Kinder als Frauen ohne Migrationshintergrund. | | |
| Etwa ein Viertel der Menschen in Deutschland hat einen Migrationshintergrund. | | |
| Dank Zuwanderung altert Deutschland nicht mehr. | | |

*Autorentext*

**GLOSSAR**

**Demografischer Wandel**

## M2 Die Bevölkerungspyramide ändert sich (I)

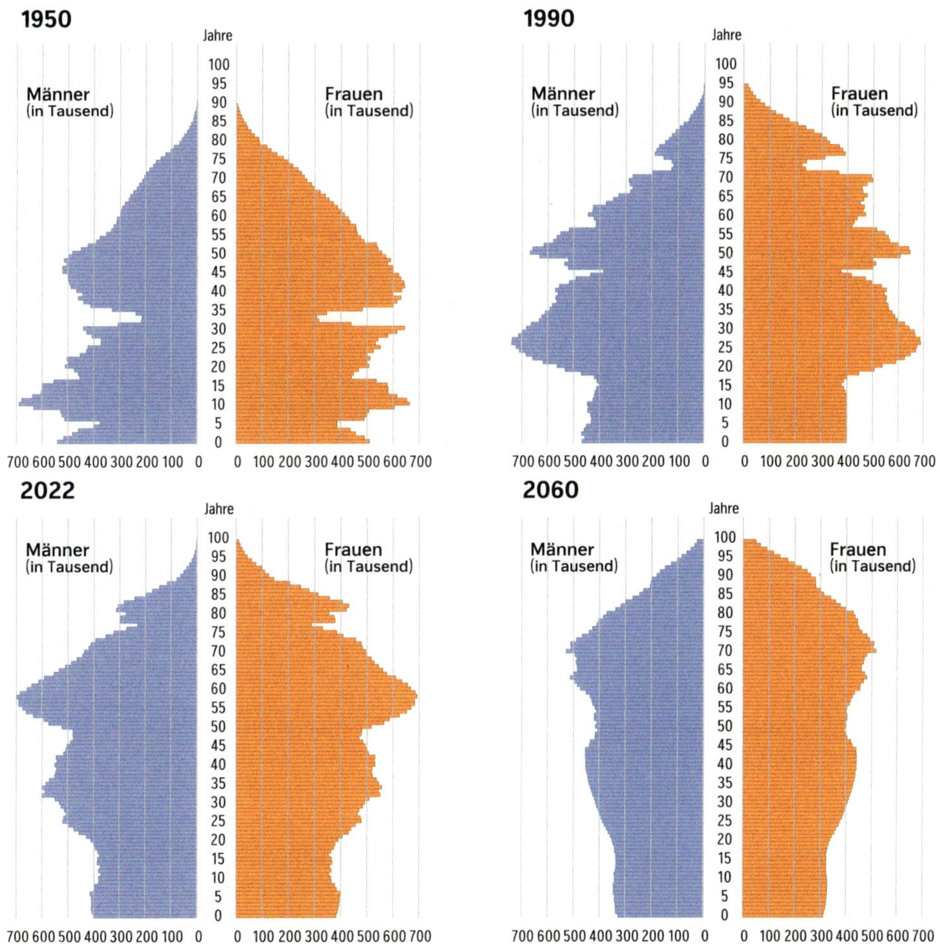


14. koordinierte Bevölkerungsvorausberechnung, Variante 1: Moderate Entwicklung bei niedrigem Wanderungssaldo
Geburtenrate 2060: 1,55 Kinder je Frau, Lebenserwartung bei Geburt 2060: 84,4 für Jungen, 88,1 für Mädchen, durchschnittlicher Wanderungssaldo: 147.000 Personen

Quelle: Statistisches Bundesamt (Destatis), Wiesbaden 2022

28835EX



**INTERNET**

**WES-118380-336**
Film: Einfach erklärt: Demografischer Wandel

Erklärfilm: Vorgehen bei der Analyse von Bevölkerungsdiagrammen

## M3 Natürliche Bevölkerungsbewegung und Wanderungssaldo

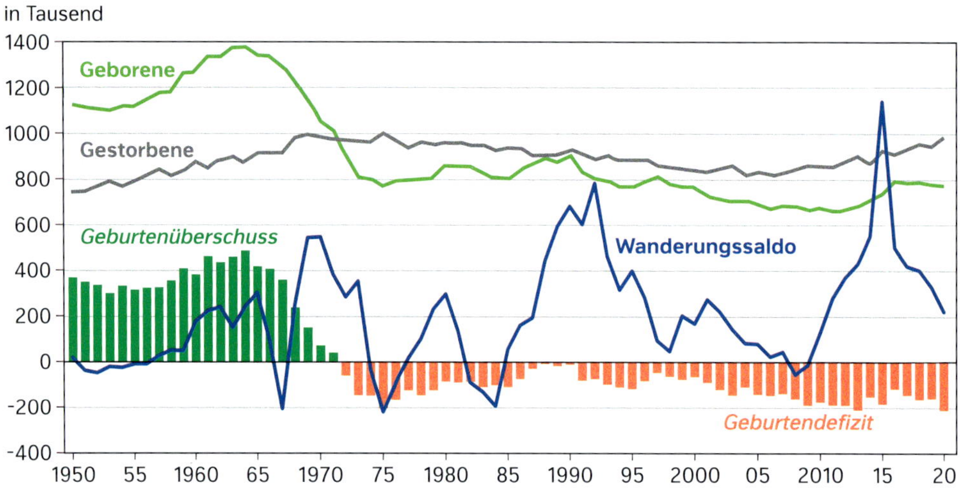


Quelle: Statistisches Bundesamt (Destatis), Wiesbaden, Stand: 11.02.2022 27915EX_1 © Westermann

## M4 Die Bevölkerungspyramide ändert sich (II)

„Die demografische Entwicklung wurde und wird oft zum Anlass genommen, düstere Szenarien zu zeichnen. Vor 20 Jahren dominierten Krisenszenarien wie: Die Deutschen sterben aus. Steigende Zuwanderung führt zu Überfremdung. Die wachsende Vergreisung bedroht den Wirtschaftsstandort Deutschland."
So der Direktor des Bundesinstituts für Bevölkerungsforschung Prof. Norbert Schneider auf einer Pressekonferenz im September dieses Jahres. Und wirklich: Im Jahr 2006 zum Beispiel mahnte der prominente Bevölkerungsforscher Herwig Birg: „Es ist 30 Jahre nach 12." Für ihn war es ausgemacht, dass Deutschland vergreist, kaum mehr Kinder geboren werden und die Städte schrumpfen.
„Heute sehen wir nach wenigen Jahren, dass einige dieser Szenarien so nicht eintreten werden." Zum Beispiel: Entgegen früheren Prognosen schrumpft Deutschland zurzeit nicht. Ganz im Gegenteil – es wächst. Die Bevölkerung ist mit 83 Millionen auf eine Rekordmarke gestiegen. Warum, erläutert Manuel Slupina, Ressortleiter Demografie Deutschland vom Berlin-Institut für Bevölkerung und Entwicklung. Das Institut veröffentlichte in diesem Jahr einen Bericht zur demografischen Lage der Nation:
„Das lag daran, dass sehr viele Menschen aus dem Ausland nach Deutschland gekommen sind, also wir eine hohe Nettozuwanderung haben, die man so nicht vorhergesehen hatte. Und das hat dazu geführt, dass wir wieder auf dem Wachstumspfad sind und dass heute in Deutschland mehr Menschen leben als jemals zuvor."
In den letzten fünf Jahren stieg die Bevölkerungszahl deshalb um über zwei Millionen. [...]
Doch Zuwanderung ist nicht der einzige Grund für die wachsende Bevölkerung. Seit einigen Jahren ist in Deutschland ein – wenn auch kleiner – „Babyboom" zu verzeichnen. Lag die Geburtenrate im Jahr 2009 noch bei durchschnittlich 1,36 Kindern pro Frau, ist sie mittlerweile auf 1,57 Kinder gestiegen. [...]
Auffällig ist, dass auch bei älteren Frauen über 35 ein Geburtenanstieg zu verzeichnen ist. Für Bettina Sommer ist das nicht zuletzt ein positiver Effekt der Familienpolitik der zurückliegenden Jahre. „Das Elterngeld wurde eingeleitet, die Kindertagesbetreuung ist erheblich ausgebaut worden. Und wir haben die letzten zehn Jahre auch eine positive wirtschaftliche Entwicklung mit relativ niedriger Arbeitslosigkeit und guten Aussichten. Und das alles zusammengenommen hat so günstige Rahmenbedingungen geschaffen, dass Paare sich ihren Kinderwunsch erfüllen konnten."
Doch auch hier spielt die gestiegene Zuwanderung eine große Rolle. Denn dadurch nahm ja

auch die weibliche Bevölkerung im gebärfähigen Alter zu. Und nach den Zahlen des Berlin-Instituts gebären Frauen mit deutschem Pass derzeit im Schnitt 1,45 Kinder, Frauen mit ausländischem Pass aber 2,15. [...] Gäbe es keine Zuwanderung, würde Deutschland also schrumpfen, denn die Zahl der Sterbefälle übersteigt hierzulande die Zahl der Geburten. „Zu ‚bunter' gibt es keine Alternative", heißt es denn auch beim Berlin-Institut. Wenngleich das Institut auch kritisch anmerkt, dass die Zuwanderung bislang „keineswegs nach Plan" erfolgte, sondern, so wörtlich, „überwiegend erratisch". Der vormalige Vorsitzende der Deutschen Gesellschaft für Demografie Tilman Mayer formulierte in der FAZ noch schärfer: „In der Einwanderung sieht man eine Lösung, verwechselt aber oft bereits Asyl- mit Migrationspolitik."
Fakt ist jedenfalls: Schon jetzt haben 20,8 Millionen Menschen in Deutschland einen Migrationshintergrund. Salopp gesagt, sind keine „Bio-Deutschen". Ein Drittel dieser Gruppe stammt aus EU-Ländern. Auch Spätaussiedler zählen übrigens zu den Deutschen mit Migrationshintergrund. „Das sind ein Viertel der Bevölkerung, 25,5 Prozent. Dann haben wir einen deutlichen Unterschied, was das Alter angeht. Die Bevölkerung mit Migrationshintergrund ist sehr viel jünger und der Anteil derjenigen, die einen Migrationshintergrund haben, der steigt. Je jünger die betrachtete Altersgruppe wird, wenn man sich die Kinder unter zehn Jahren heranzieht, dann haben 40 Prozent aus dieser Altersgruppe einen Migrationshintergrund. Die Zahl nimmt zu, weil es Geburten in dieser Gruppe gibt und weil es noch Zuwanderung gibt."
Der Migrationsforscher Jens Schneider von der Uni Osnabrück diagnostiziert deshalb einen – in vielen Ländern zu verzeichnenden – Trend, wonach die bisherige Mehrheitsgesellschaft ihre zahlenmäßige Dominanz verliert. Ein unausweichlicher Prozess, so Jens Schneider, bei dem die große Zahl der Geflüchteten der letzten Jahre aber kaum eine Rolle spielt. Es sind Spätaussiedler, Arbeitsmigranten aus den Mittelmeerländern, vietnamesische Boat-People, die Geflüchteten des Jugoslawienkriegs und deren Kinder und Kindeskinder, die alle zusammen die neue Vielfalt ausmachen. [...]
Aber auch wenn sich Deutschland zurzeit in einer Art „demografischem Zwischenhoch" befindet, ändert sich nichts am grundsätzlichen Trend, den die Statistik schon seit etlichen Jahren feststellt. Nach der „14. koordinierten Bevölkerungsvorausberechnung", die das Statistische Bundesamt im Juni veröffentlichte, wird die Einwohnerzahl von jetzt 83 Millionen zwar noch etwa fünf Jahre lang steigen. Aber spätestens 2040 wird ein Rückgang einsetzen, rechnet Bettina Sommer vor: „Wir haben also ständig ein Geburtendefizit zu erwarten und solange die Zuwanderung aus dem Ausland dieses Defizit überwiegt, wächst auch die Bevölkerung. Und jetzt haben wir in unserer letzten Vorausberechnung verschiedene Varianten durchgerechnet. Und wenn man eine moderate Entwicklung der Geburtenhäufigkeit also ungefähr auf dem jetzigen Stand annimmt, eine moderate Entwicklung der Lebenserwartung und auch der Zuwanderung, dann kommen wir bis zum Jahr 2060 auf einen Rückgang der Bevölkerung von heute 83 Millionen auf 78 Millionen. [...]"
Vor allem aber wird – trotz Geburtenzuwachs und Zuzug jüngerer Migranten – die Alterung der Bevölkerung nicht gestoppt. Die Zahl der Rentner wird auch in Zukunft wachsen, erst recht die Zahl der über 80-Jährigen.

**INFO**
**erratisch** umherirrend, schlingernd, nicht stringent

*Ingeborg Breuer, Die Bevölkerungspyramide ändert sich, in: Deutschlandfunk, Köln: Deutschlandradio, 10.10.2019, https://www.deutschlandfunk.de/demografie-die-bevoelkerungspyramide-aendert-sich-100.html (Zugriff: 27.01.2022)*

**1** Recherchieren Sie die Begriffe Demografie und demografischer Wandel.
**2** Testen Sie Ihr Vorwissen: Beantworten Sie die Fragen aus M1.
**3** Überprüfen Sie Ihre Antworten aus Aufgabe 2 mithilfe von M2, M3 und M4.
**4** Erörtern Sie folgende Thesen in Form von Positionslinien:
**a)** Die demografische Entwicklung Deutschlands ist problematisch.
**b)** Familienpolitik ist entscheidend für die demografische Entwicklung unseres Landes.
**c)** Migration ist die Lösung für Deutschlands demografische Herausforderungen.

## M5 Der demografische Wandel hat komplexe Auswirkungen

Zeichnung: Heinrich Schwarze-Blanke

Der demografische Wandel beeinflusst den Arbeitsmarkt über das Arbeitskräfteangebot und über die Arbeitskräftenachfrage. Geburten- und Sterbefälle sowie Zu- und Abwanderung verändern die Zahl und die Zusammensetzung der Bevölkerung und bestimmen, wie viele Menschen dem Arbeitsmarkt überhaupt zur Verfügung stehen können. Gleichzeitig nimmt die Bevölkerungsveränderung Einfluss auf Nachfrage nach Gütern und Dienstleistungen, indem etwa bei einer alternden Gesellschaft mehr Dienstleistungen im Gesundheits- und Pflegebereich nachgefragt werden. Das verändert wiederum Umfang und Struktur der Nachfrage nach Arbeitskräften.

*Auswirkungen des demografischen Wandels auf den Arbeitsmarkt, Nürnberg: Bundesagentur für Arbeit, März 2020, S. 5, https://statistik.arbeitsagentur.de/DE/Statischer-Content/Statistiken/Themen-im-Fokus/Demografie/Generische-Publikationen/Bericht-Demografie.pdf?__blob=publicationFile (Zugriff: 08.02.2022)*

## M6 Veränderung des Arbeitskräfteangebotes

**Entwicklung der Bevölkerung in den kommenden Jahren**
jeweils 31.12. indiziert zu 2013

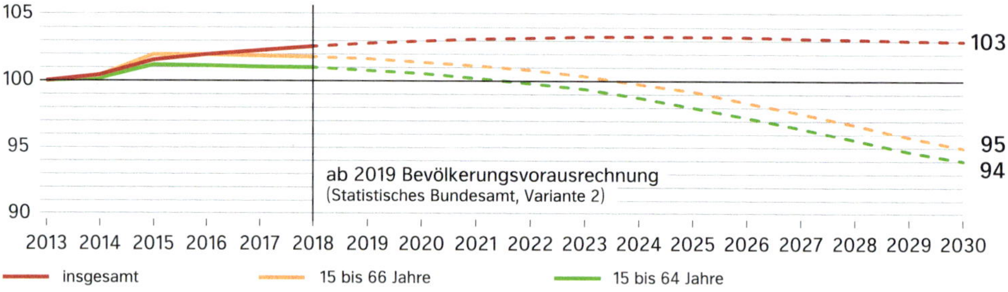


Quelle: Statistisches Bundesamt, nach: Berichte: Bundesagentur für Arbeit (Hrsg.), Blickpunkt Arbeitsmarkt, März 2020: Auswirkungen des demografischen Wandels auf den Arbeitsmarkt, März 2020, S. 5

© Westermann 28883EX

## M7 Veränderung in der Politik

**Wähler nach Altersgruppen, Projektion 2013–2060 (in Prozent)**

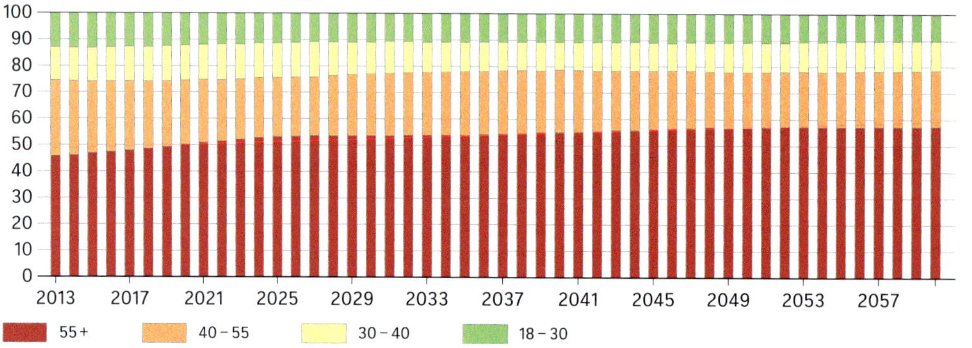


Quelle: Bundeswahlleiter (2014), Statistisches Bundesamt (2015, 2016), eigene Berechnungen, nach: Michael Eilfort, Demographie als Herausforderung für die Demokratie, hrsg. v. d. Stiftung Marktwirtschaft, Berlin 2017, S. 8

© Westermann 28884EX

## M8 Auswirkungen auf die Sozialsysteme und Lösungsansätze

**a) Auf den Generationenvertrag**

Während aufgrund der geringer werdenden Zahl von Erwerbsfähigen die Einnahmen sinken, steigen die Ausgaben aufgrund der stärkeren Besetzung der Rentnerjahrgänge. Prinzipiell bieten sich drei Möglichkeiten an, die Funktionsfähigkeit des sogenannten Generationenvertrages zu erhalten:

1. Die Beitragssätze könnten erhöht werden.
2. Das Rentenniveau könnte gesenkt werden.
3. Durch die Verschiebung des Renteneintrittsalters könnten sowohl die Einnahmen erhöht (da längere Beitragszahlung) als auch die Ausgaben gesenkt (da spätere und damit kürzere Auszahlung von Renten) werden.

**QUERVERWEIS**

**Sorgenkind Rente – Generationenvertrag in Gefahr,** S. 210 f.

**Rettung für die Rente – Reformansätze in der Diskussion** S. 212 f.

**b) Auf die gesetzliche Krankenversicherung**

Zeichnung: Nel

Die Ausgaben für Versicherte nehmen mit steigendem Alter zu, sodass die Veränderung des Verhältnisses zwischen Personen im erwerbsfähigen Alter und Personen im Rentenalter das Krankensystem stärker belastet. Zusätzlich sinken die Einnahmen der gesetzlichen Krankenkassen. Sowohl Erwerbstätige als auch Rentner zahlen einkommensabhängig in die gesetzliche Krankenkasse ein. Da aber das Einkommen der Rentner geringer ist als das der Erwerbstätigen, ergibt sich eine Finanzierungslücke.

Um das Problem zu lösen, wird beispielsweise die sogenannte Bürgerversicherung als eine Möglichkeit zu einnahmeseitiger Reform diskutiert. Ebenfalls in den Fokus gelangte die Überlegung, umlagefinanzierte Leistungsansprüche zu begrenzen und diese durch kapitalgedeckte Finanzierungselemente zu ergänzen.

*Autorentext*

**INFO**

**Bürgerversicherung** bezeichnet die Aufhebung des dualen Systems zwischen gesetzlicher und privater Krankenversicherung in der Grundversorgung.

**Umlageverfahren** Die eingezahlten Beiträge werden unmittelbar zur Finanzierung Leistungsberechtigter herangezogen.

**Kapitaldeckungsverfahren** Die Beiträge des Einzahlers kommen am Kapitalmarkt zur Anlage und werden ihm nach Ablauf der Versicherungsperiode ausbezahlt.

**1** Erarbeiten Sie eine Mindmap zum Thema „Auswirkungen des demografischen Wandels". Beziehen Sie in Ihre Strukturierung Auswirkungen im Bereich Wirtschaft, Gesellschaft und Politik ein (M5 bis M8).

**2** **a)** Ermitteln Sie Lösungsansätze aus M8.
**b)** Ordnen Sie diese Lösungsansätze den Herausforderungen in Ihrer Mindmap zu.

**3** Beurteilen Sie einen Lösungsansatz hinsichtlich seiner Problemlösefähigkeit (M8).

**4** Setzen Sie sich mit folgender These auseinander: Die Überalterung der Gesellschaft benachteiligt die jüngere Generation (M5 bis M8).

# Zukunft des ländlichen Raumes am Beispiel von Sachsen

QUERVERWEIS
Strukturschwache Regionen – Gewinner im Globalisierungsprozess?, S. 262 f.

**Der demografische Wandel vollzieht sich in den einzelnen Regionen Deutschlands unterschiedlich. Selbst innerhalb unseres Bundeslandes sind starke Disparitäten, also Ungleichheiten, erkennbar. Wie steht es nun konkret um unseren ländlichen Raum? Wie unterscheiden sich die Lebensverhältnisse in den einzelnen Gebieten? Welche Maßnahmen sind geeignet, gleichwertige Lebensbedingungen zu schaffen?**

## M1 Durchschnittsalter der sächsischen Bevölkerung

**Durchschnittsalter der Bevölkerung 1990, 2015 und 2030 (6. RBV*, Variante 1) nach kreisfreien Städten und Landkreisen**

© Westermann 28885EX

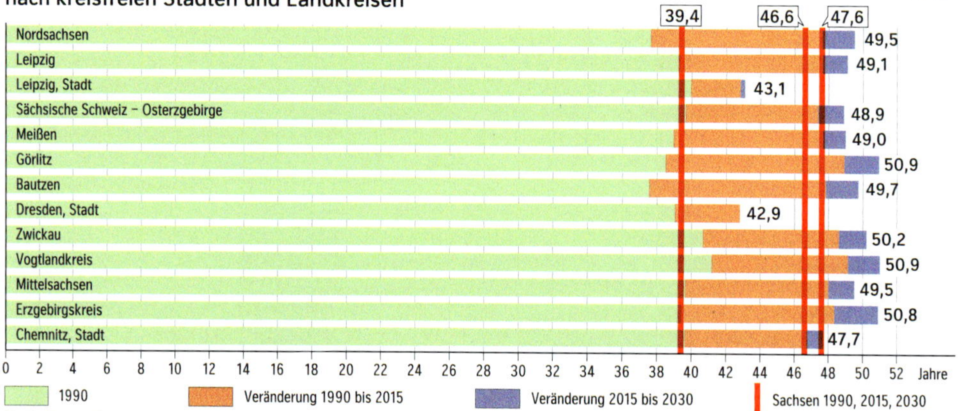


Quelle: Daten - Statistisches Landesamt des Freistaates Sachsen: 1990: Bevölkerungsfortschreibung auf Basis der Registerdaten vom 3. Oktober 1990; 2015: Bevölkerungsfortschreibung auf Basis des Zensus vom 9. Mai 2011; 2030: *6. Regionalisierte Bevölkerungsvorausberechnung für den Freistaat Sachsen, Variante 1; eigene Berechnungen; Grafik - Sächsische Staatskanzlei, Ref. 32

## M2 Voraussichtliche Bevölkerungsentwicklung in Sachsen

**Voraussichtliche Bevölkerungsentwicklung bis 2030 gegenüber 2014**
6. Regionalisierte Bevölkerungsvorausberechnung, Variante 2

© Westermann 32145EX_1

| Gemeinde | 2014 | 2021 | 2030 |
|---|---|---|---|
| | | 1.000 | |
| KFS Chemnitz | 243,5 | 243.4 | 230,1 |
| KFS Dresden | 536,3 | 555.4 | 583,1 |
| KFS Leipzig | 544,5 | 600.7 | 609,5 |
| LK Erzgebirgskreis | 349,6 | 329.8 | 294,9 |
| LK Mittelsachsen | 312,7 | 300.2 | 274,1 |
| LK Vogtlandkreis | 232,4 | 222.0 | 201,4 |
| LK Zwickau | 325,1 | 310.4 | 281,2 |
| LK Bautzen | 306,6 | 297.0 | 269,4 |
| LK Görlitz | 260,2 | 249.0 | 223,6 |
| LK Meißen | 243,7 | 239,9 | 226,2 |
| LK Sächsische Schweiz – Osterzgebirge | 246,0 | 244.5 | 230,9 |
| LK Leipzig | 257,6 | 258.5 | 244,7 |
| LK Nordsachsen | 197,0 | 197.8 | 182,4 |
| **Freistaat Sachsen** | **4.055,3** | **4.048.6** | **3.851,4** |

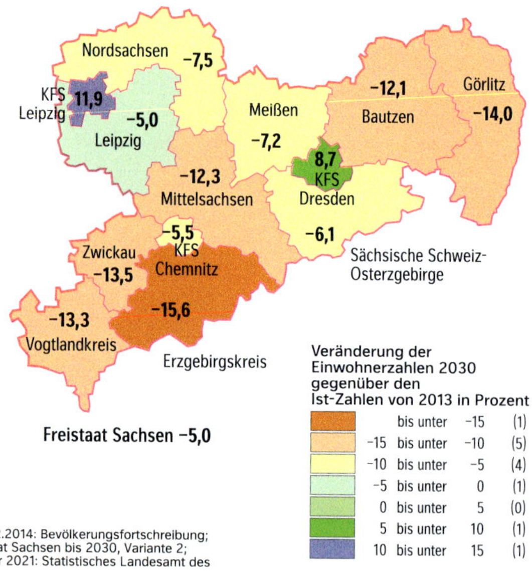


Quelle: Daten - Statistisches Landesamt des Freistaates Sachsen - 31.12.2014: Bevölkerungsfortschreibung; 2030: 6. Regionalisierte Bevölkerungsvorausberechnung für den Freistaat Sachsen bis 2030, Variante 2; nach: Sächsische Staatskanzlei, Ref. 32; eigene Ergänzung der Daten für 2021: Statistisches Landesamt des Freistaates Sachsen – 31.10.2021

## M3 Das Problem des Lehrermangels

Eltern befürchten im Vogtland bald noch größeren Lehrermangel: Im Kreiselternrat suchte man jetzt nach Lösungen für ein Problem, welches offenbar nur am Rande mit Corona zu tun hat.

*Sabine Schott, Eltern befürchten im Vogtland bald noch größeren Lehrermangel, in: Freie Presse online, 29.11.2021, www.freiepresse.de (Zugriff: 27.01.2022)*

## M4 Fehlende Arbeitskräfte, finanzielle Verluste

Ostdeutschland gehen die Arbeitskräfte aus. Ein Drittel aller Erwerbstätigen steht 15 Jahre vor der Rente – auch in Sachsen. Während in den Großstädten Nachwuchs in Sicht ist, sieht es auf dem Land mau aus. „Dieser Aspekt des Strukturwandels wird unterschätzt", erklärt Tim Leibert, Wissenschaftler am Leipziger Institut für Länderkunde (IfL) […]

Der demografische Wandel spiegelt sich immer deutlicher in der Altersstruktur der Erwerbstätigen wider: Knapp 40 Prozent der sozialversicherungspflichtigen Beschäftigten in Ostdeutschland und damit auch in Sachsen sind heute über 50 Jahre und gehen damit spätestens in 15 Jahren in Rente. Es ist abzusehen, dass ein bedeutender Anteil der durch Verrentung freiwerdenden Stellen nicht besetzt werden kann. Angesichts des drohenden Fachkräftemangels warnen manche Experten sogar von einer zweiten Deindustrialisierung in Ostdeutschland.

Der Studie zufolge ist die Situation in den Städten viel weniger gravierend als auf dem Land. „In Leipzig ist die Situation erheblich besser", erklärte Leibert. Hier würden sich im Vergleich zum Durchschnitt nur 34 Prozent der Erwerbstätigen bald in Rente verabschieden. Zudem gebe es viel mehr Nachwuchs. […]

Problematisch schätzt Leibert vor allem die Altersstruktur abseits der Großstädte ein. „Der Anteil der unter 30-jährigen Beschäftigten ist in Ostdeutschland besonders niedrig", erklärte der Wissenschaftler. Er rangiere mehr als zehn Prozent unter dem Bundesdurchschnitt. Besonders eklatant sei die Situation auf dem Land. Hier kämpften bereits jetzt viele Regionen mit Fachkräftemangel. Dieser werde sich noch weiter zuspitzen. […]

In Deutschland ist die Finanzierung einer Gemeinde an die Einwohnerzahl gekoppelt. Das führt dazu, dass eine schrumpfende Bevölkerung immer finanzielle Verluste für die jeweiligen Orte bedeutet und deren finanziellen Spielräume damit eingeschränkt werden. […]

Bereits jetzt wirkt sich die schrumpfende Bevölkerung in Sachsen aus und lässt an manchen Orten Infrastrukturen wegbrechen. […]

Bürgermeister in Sachsen plädieren, das Land zu stärken. „Ich persönlich glaube, dass wir gleichwertige Lebensverhältnisse in Stadt und Land nur erreichen, wenn wir auch vor Ort die Eigenverantwortung stärken und die Finanzen verbessern", erklärte Nico Dittmann, Bürgermeister in Thalheim im Erzgebirge. Dies könne mit weniger Bürokratie und mehr Pauschalen gelingen. „Die freie und ortsspezifische Ausgestaltung sollte gerade und auch den Menschen vor Ort ermöglicht werden."

**INFO**

**Tim Leibert** ist stellvertretender Koordinator der Forschungsgruppe Mobilität und Migration am Leibniz-Institut für Länderkunde in Leipzig.

**Nico Dittmann** wurde 2013 zum Bürgermeister von Thalheim gewählt.

*Katrin Tominski, Ein Drittel der Erwerbstätigen im Osten geht in 15 Jahren in Rente, Leipzig: MDR, 10.11.2021, https://www.mdr.de/nachrichten/sachsen/stadtlandwandel-ostdeutsche-rente-ein-drittel-fachkraeftemangel-100.html (Zugriff: 27.01.2022)*

**1** Beschreiben Sie die demografischen Prognosen für Sachsen (M1, M2).

**2** Erörtern Sie Ursachen für die demografische Entwicklung in Sachsen (M1, M2, M3).

**3** Arbeiten Sie Auswirkungen und Folgen der demografischen Trends heraus (M3, M4).

**4** Entwerfen Sie Maßnahmen zur Angleichung der Lebensverhältnisse. Beziehen Sie die Idee aus M4 (Z. 54 ff.) mit ein.

**5** Beurteilen Sie gezielte Zuwanderung als Option zur Lösung der demografischen Probleme. Berücksichtigen Sie dabei wirtschaftliche, kulturelle und finanzielle Aspekte.

# Herausforderungen einer multikulturellen Gesellschaft – Migration und Integration

**INFO**

**Migrationshintergrund**
Eine Person hat einen Migrationshintergrund, wenn sie selbst oder mindestens ein Elternteil nicht mit deutscher Staatsangehörigkeit geboren wurde. So lautet zum Beispiel die Definition des Statistischen Bundesamts.

**Als multikulturelle Gesellschaft wird per Definition ein Nationalstaat bezeichnet, dessen Staatsvolk aus verschiedenen Bevölkerungsgruppen besteht. Ende 2021 hatten ca. 10,9 Millionen Menschen in Deutschland keine deutsche Staatsbürgerschaft, was einem Anteil von 13,1 Prozent entspricht. Die Bevölkerung mit Migrationshintergrund umfasst sogar ca. 22,3 Millionen Menschen. Zuwanderung ist in Deutschland kein Phänomen der letzten Jahre; bereits in den Anfangsjahren der Bundesrepublik Deutschland fand Einwanderung statt. Damit eine heterogene Gesellschaft gut zusammenleben kann, bedarf es aktiver Gestaltungsarbeit. Diese Gestaltungsarbeit muss sowohl die Politik als auch die Zivilgesellschaft leisten.**

## M1 Migrationsbewegungen in Deutschland

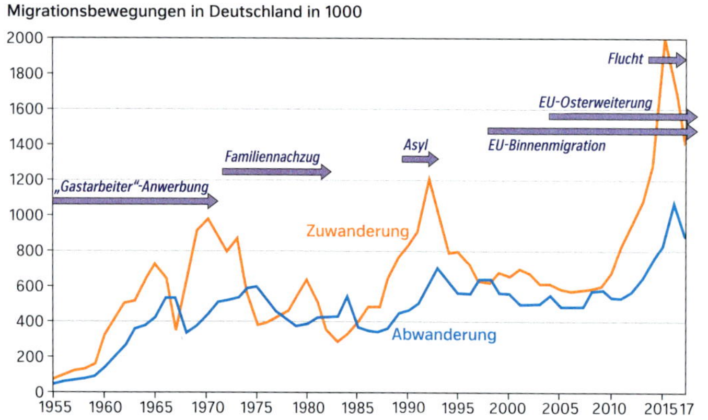


Anmerkungen: Die EU-Binnenwanderung ist in der Zu- und Abwanderung erfasst, (Spät-)Aussiedler aufgrund der deutschen Staatsangehörigkeit nicht.
Quelle: Statistische Ämter des Bundes und der Länder, Wanderungsstatistik 2017
27926EX © Westermann

## M2 Zuwanderer nach Bundesländern 2020

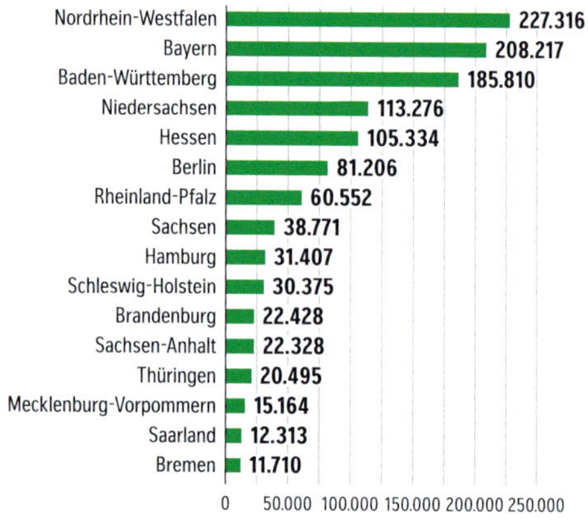


Quelle: Statistisches Bundesamt (Destatis), Wiesbaden, Stand: 11.02.2022 28846EX

**GLOSSAR**

**Integration**
**Migration**

Erklärfilm zu Migrationsursachen

## M3 Wanderungen über die Grenzen Deutschlands

So viele Menschen wanderten jährlich in die Bundesrepublik ein oder aus:

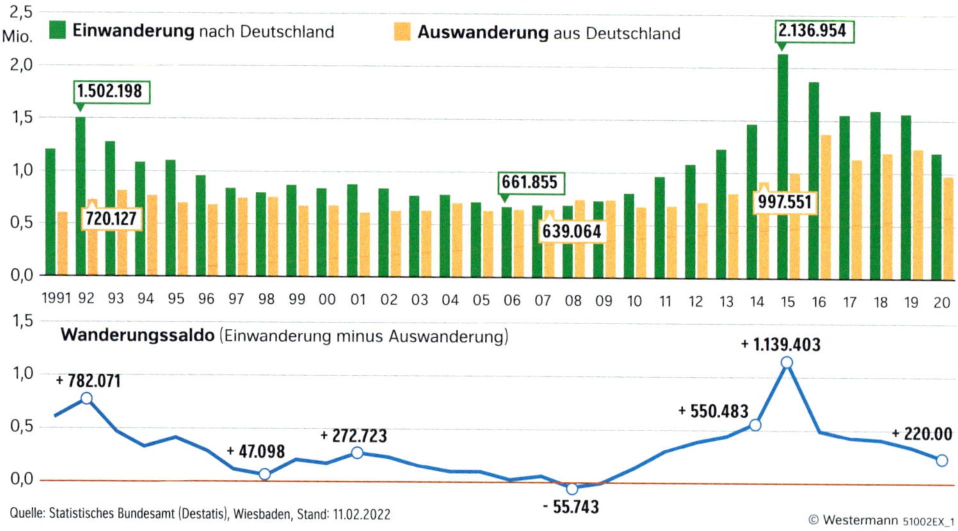


Quelle: Statistisches Bundesamt (Destatis), Wiesbaden, Stand: 11.02.2022
© Westermann 51002EX_1

## M4 Auf hoher See …

Zeichnung: Heiko Sakurai

**INTERNET**

**WES-118380-337**
Film: Einfach erklärt: Flucht nach Europa

## M5 Schaffen wir das? Wie 2015 das Land veränderte

Die Flüchtlingsbewegung trifft viele in Europa unvorbereitet. Dabei sind die Anzeichen für die drohende humanitäre Krise unübersehbar. Die Lage im Bürgerkriegsland Syrien spitzt sich im Sommer 2015 dramatisch zu. Über vier Millionen Menschen sind zu diesem Zeitpunkt bereits auf der Flucht – auch aus Eritrea und dem Irak. Und immer mehr Menschen aus Nordafrika wählen in ihrer Verzweiflung den Weg über das Mittelmeer. […]
Am 19. August 2015 muss der damalige Innenminister Thomas de Maizière die Prognose der Flüchtlingszahlen für das laufende Jahr auf 800.000 korrigieren. Zuvor war mit etwa der Hälfte gerechnet worden. Das Bundesamt für Migration und Flüchtlinge (BAMF) setzt wenige Tage später das Dublin-Verfahren für Syrer außer Kraft. Die Regelung legt fest, dass Flüchtlinge dort Asyl beantragen müssen, wo sie zum ersten Mal den Boden der EU betreten. Die Entscheidung des BAMF soll Mittelmeerstaaten wie Griechenland oder Italien entlasten. „Wir leben in geordneten, sehr geordneten Verhältnissen", sagt die Kanzlerin während ihrer jährlichen Pressekonferenz am 31. August 2015. „Die meisten von uns kennen das Gefühl völliger Erschöpfung, verbunden mit Angst nicht." Angela Merkel ist bereit, Menschen aufzunehmen, die sich über die Balkanroute auf den Weg nach Deutschland gemacht haben. Die Aufnahme der Menschen sei eine „nationale Aufgabe". Sie betont: „Wir schaffen das!" Österreich und Ungarn setzen mittlerweile Sonderzüge ein, um die Menschen in Richtung Deutschland zu bringen. Bis zu diesem Zeitpunkt ist die Zahl der Flüchtlinge zwar hoch, aber noch übersichtlich.
Das Innenministerium um Ressortchef Thomas de Maizière meldet dennoch Bedenken an, was mit den Menschen nach ihrer Ankunft passieren soll. Das Bundeskanzleramt entscheidet schließlich, trotz Bedenken die Züge nicht zurückzuweisen. Es ist ohnehin unklar, wie sie hätten gestoppt werden können. […]
Merkel ist unterwegs auf Wahlkampftour in Nordrhein-Westfalen. Währenddessen meldet sich der ungarische Ministerpräsident Viktor Orbán im österreichischen Außenministerium. Die Situation in Ungarn sei nicht mehr unter Kontrolle. 1.000 Flüchtlinge seien zu Fuß auf dem Weg nach Österreich. Merkel telefoniert mit dem damaligen österreichischen Kanzler Werner Faymann. Der möchte Bilder von Gewalt und Zurückweisung an der Grenze vermeiden. Faymann schlägt Merkel vor, die Menschen nicht aufzuhalten und im Verhält-

**INTERNET**

**WES-118380-338**
Video zum Verlauf der Flüchtlingskrise

**GLOSSAR**

**Asylbewerber**

**Schutzsuchende in Deutschland**

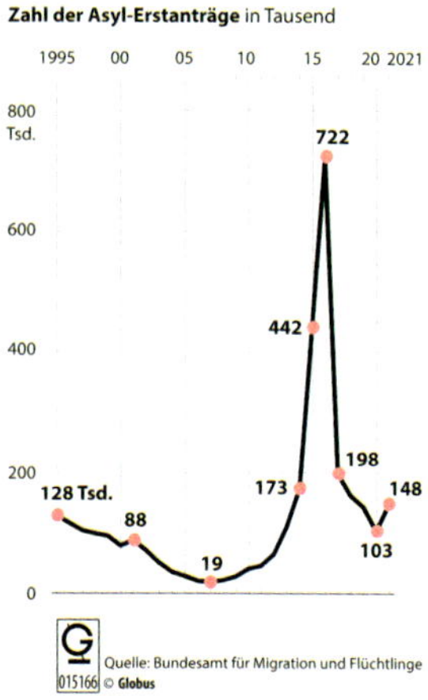


nis zehn zu eins auf die beiden Länder zu verteilen. Merkel stimmt sich mit dem Koalitionspartner SPD ab. Der damalige Vorsitzende Sigmar Gabriel gibt sein Einverständnis für die Aufnahme der Menschen. Den zweiten Koalitionspartner, den damaligen CSU-Vorsitzenden Horst Seehofer, erreicht Merkel in der Nacht nicht. Der meldet sich erst am nächsten Morgen und bezeichnet die Entscheidung der Kanzlerin als „Fehler". Es ist der Beginn eines Streits zwischen den Schwesterparteien CDU und CSU, der mehrere Jahre anhalten wird.
Noch in der Nacht wird klar: Die Zahlen des ungarischen Ministerpräsidenten Orbán sind stark untertrieben. An diesem Wochenende kommen rund 20.000 Flüchtlinge am Hauptbahnhof im bayerischen München an – und werden herzlich empfangen. Hunderte Menschen applaudieren den Ankommenden, nehmen sie in den Arm. Die Bilder der neuen deutschen „Willkommenskultur" gehen um die Welt. Doch mit der Gastfreundschaft der einen nimmt auch Hetze und Rassismus der anderen zu. Im Jahr 2015 werden laut Bundeskriminalamt mehr als 1.000 Angriffe auf Asylunterkünfte gezählt, darunter mehr als 90 Brandstiftungen – sechsmal mehr als im Vorjahr. [...]
Die bayerische CSU fühlt sich im Herbst 2015 weiterhin übergangen. Sie warnt davor, dass Deutschland mit einer solch hohen Zahl an Flüchtlingen überfordert sein wird. Für die kommenden Jahre schlägt die Partei daher eine „Obergrenze" vor. Auf einem Parteitag im November 2015 nehmen die CSU-Delegierten den Vorschlag offiziell an. Anfang 2016 wird er konkreter: Nur noch 200.000 Flüchtlinge pro Jahr sollen nach Deutschland dürfen, erklärt Seehofer. Auch Bundeskanzlerin Merkel spricht auf dem Parteitag der CSU. Sie lehnt eine „Obergrenze" ab, stattdessen fordert sie eine „europäische Lösung". „Abschottung und Nichtstun sind keine Lösung im 21. Jahrhundert", sagt Merkel in ihrer Rede. Der Parteitag wird zum Symbol des Streits zwischen CDU und CSU. Erst Ende 2017 werden die Parteien sich auf einen Korridor von 180.000 bis 220.000 Menschen pro Jahr einigen. [...]
Bereits im November setzt Deutschland das Dublin-Verfahren auch wieder für Syrien ein. Doch erst Anfang 2016 kommt Deutschland wieder etwas zur Ruhe. Im März schließen mehrere Balkanstaaten ihre Grenzen für Flüchtlinge. Damit ist die Balkanroute weitgehend dicht. Angela Merkel setzt sich weiterhin für eine Lösung in Europa ein. Hilfe bekommt sie vom Präsidenten der Türkei, Recep Tayyip Erdoğan. Er schließt ein Abkommen mit der EU, um die ungeregelte Einreise über die Türkei in die EU zu verhindern. Die Zahl der Zuwanderer nach Europa sinkt daraufhin drastisch.
Doch die Geschehnisse des Jahres 2015 haben Konsequenzen. Die Alternative für Deutschland (AfD) kritisiert die Flüchtlingspolitik Angela Merkels und wendet sich gegen die Willkommenskultur des Jahres 2015. Im März 2016 erzielt die rechtspopulistische Partei damit ein Rekordergebnis bei mehreren Landtagswahlen. Zwei Jahre später wird sie die stärkste Oppositionspartei im Bundestag sein.
Die Kritik an der Kanzlerin wird auch in den eigenen Reihen lauter. Auch Angela Merkel sagt inzwischen selbstkritisch: „Ein Jahr wie 2015 darf sich nicht wiederholen." Dennoch könne das Land stolz sein, „diese dramatische humanitäre Herausforderung so gut gemeistert" zu haben.

*Patrick Große (mit dpa), Deutschland und die Flüchtlinge: Wie 2015 das Land veränderte, Bonn: Deutsche Welle, 11.02.2019, https://www.dw.com/de/deutschland-und-die-flüchtlinge-wie-2015-das-land-veränderte/a-47459712 (Zugriff: 21.02.2022)*

**1** Beschreiben Sie die Migrationsbewegungen in Deutschland (M1 bis M3). Verwenden Sie dabei die Begriffe Arbeitsmigration und Fluchtmigration.

**2** **a)** Geben Sie einen Überblick über die Anzahl der Zuwanderung in den verschiedenen Bundesländern (M2).
**b)** Recherchieren Sie Ursachen für die regionalen Unterschiede.

**3** Analysieren Sie die Karikatur (M4).

**4** Stellen Sie die wesentlichen Etappen der Flüchtlingskrise seit 2015 dar (M5).

**5** Erklären Sie Veränderungen in Deutschland, welche die Flüchtlingskrise mit sich brachte.

## M6 50 Jahre Türken in Deutschland: Eine Erfolgsgeschichte

Zeichnung: Greser & Lenz

## M7 Akkulturation nach John W. Berry

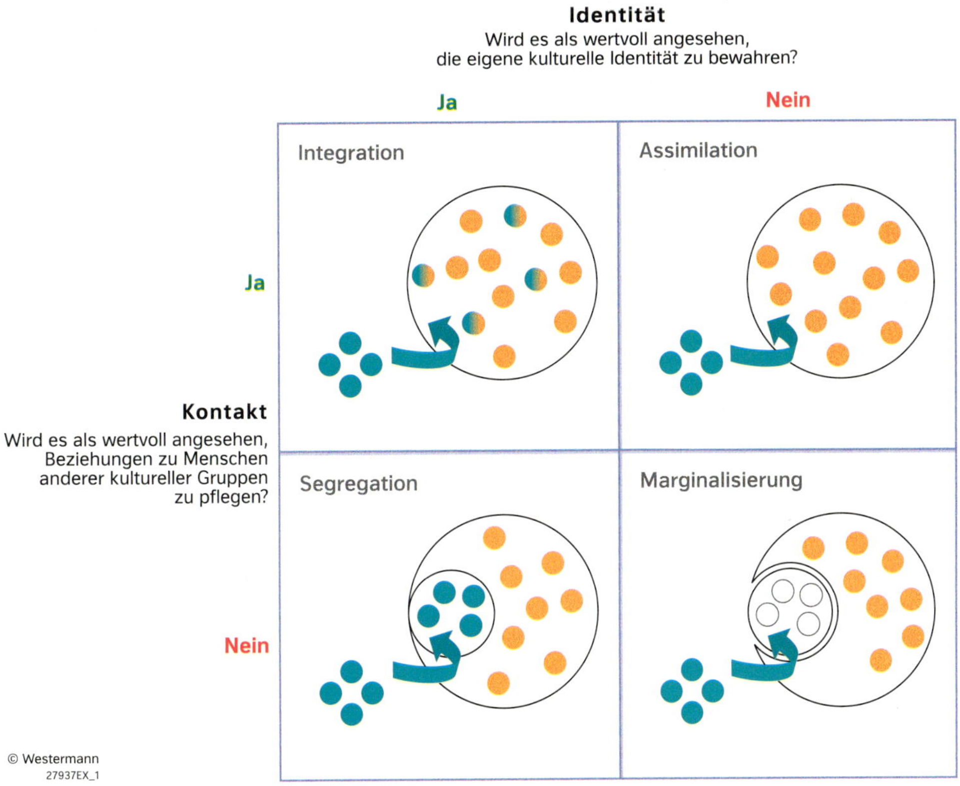




**INFO**

**Akkulturation**
bedeutet die Übernahme von Teilen einer fremden Kultur.

**Integration**
Es wird sowohl die Ursprungskultur beibehalten als auch ein reger Kontakt zur dominierenden Kultur gepflegt.

**Assimilation**
Die eigene Kultur wird aufgegeben und es findet ein reger Austausch mit der dominierenden Kultur statt.

**Segregation**
Die Ursprungskultur wird beibehalten und Einflüsse der dominierenden Kultur werden abgelehnt.

**Marginalisierung**
Die eigene Kultur wird ohne Kontaktaufnahme zur dominierenden Kultur aufgegeben. Diese Form folgt häufig auf eine kulturelle oder ethnische Entwurzelung sowie Ausgrenzungs- und Diskriminierungserfahrungen.

## M8 Beispiel für gelingende Integration in Sachsen

Im Hort an der Baumgartenschule Grüna werden derzeit 170 Kinder ohne und 28 Kinder mit Migrationshintergrund aus dem Bereich „Deutsch als Zweitsprache“ betreut. Seit 2018 wird ein Integrationsbegleiter beschäftigt, der mit viel Eigeninitiative und Engagement das multiprofessionelle Hortteam unterstützt. Der Hort legt seinen Fokus auf das Thema „Geflüchtetenhilfe“ und erhält dabei seit Februar 2018 fachpädagogische Unterstützung über das Programm „WillkommensKITAs".

**Ergebnisse 2019/2020**

Im Hort Grüna arbeitet unser Integrationsbegleiter Herr Allejji mit vielfältigen Angeboten und Aktionen. Diese fördern bei den Kindern im Ergebnis ihre individuelle Auffassungsgabe, das emotionale Erleben und ihr kreatives Potenzial. Dabei arbeitet er einzelfallbezogen oder auch in der Gruppe. Besondere Höhepunkte waren der arabische Kochabend und Musikdarbietungen, die er mit den Kindern umsetzte.

In unserer Einrichtung werden die Kinder auf vielfältige Weise in die Angebote des Hortes einbezogen. Unter dem Motto „Kinder lernen von Kindern“ wird das Verständnis für die Kommunikation untereinander gefördert. Zum Beispiel erklären sich die Kinder beim gemeinsamen Fußballspielen die Regeln. Die Kinder unterstützen einander auch bei kreativen Angeboten. Beim Basteln erklären und zeigen sie sich die einzelnen Arbeitsschritte.

*AWO Hort Grüna, in: Der Sächsische Ausländerbeauftragte (Hrsg.), Sächsischer Integrationspreis 2020. Dokumentation der eingereichten Initiativen und Projekte, Dresden 2020, S. 7, https://sab.landtag.sachsen.de/dokumente/landtagskurier/Dokumentation_Integrationspreis_04122020.pdf (Zugriff: 27.01.2022)*

**INTERNET**

**WES-118380-339**
Hier finden Sie das komplette Video mit den Zitaten in M9.

## M9 Mit deutschem Pass – und doch nicht richtig deutsch?

**Karim:** „Ich bin nicht selbstverständlich Teil dieser Gesellschaft, sondern ich muss mir das irgendwie erarbeiten. Ich muss beweisen, mit dem, was ich tue und wie ich mich verhalte, dass ich besonders deutsch bin.“

**Melissa:** „Als kleines Kind bist du felsenfest überzeugt, dass du ja deutsch bist und aus Deutschland kommst, bis dann halt auch in der Schule immer wieder diese Fragerei beginnt. Woher kommst du? Woher kommst du wirklich?“

**Zoey:** „Ich kann machen, was ich möchte. Ich kann meinen Namen ändern, ich kann meine Haare färben und trotzdem werden mich die Menschen hier niemals als hundertprozentig deutsch ansehen.“

**Armin:** „Allein aufgrund meiner jüdischen Herkunft wurde mir schon zigmal erklärt, dass ich eigentlich nicht deutsch bin oder nicht deutsch sein kann.“

*Zitate aus dem Video: Kein Ausländer – und doch ein Fremder: Alltagsrassismus in Deutschland. Berlin/Bonn: Deutsche Welle, 19.02.2020, https://www.youtube.com/watch?v=3K_AMkqFvyM (Zugriff: 27.01.2022)*

## M10 Missverständnisse in der Migrationsgesellschaft

Nachdem sich erst mit der Jahrtausendwende in der deutschen Öffentlichkeit die Erkenntnis durchgesetzt hat, dass Deutschland ein Einwanderungsland ist und eine aktive Integrationspolitik benötigt, wurden zunehmend Veränderungen in Bevölkerung und Gesellschaft wahrgenommen. In den meisten deutschen Großstädten bilden die Kinder mit Migrationshintergrund heute die Mehrheit in den Klassenzimmern; in einigen Städten wird in den nächsten 10 bis 15 Jahren die Gesamtbevölkerung etwa je zur Hälfte „biodeutsch" und „international" sein. Dazu zählen u.a. Städte wie Frankfurt am Main, Stuttgart, München, Augsburg und einige weitere süddeutsche Städte. Zugleich gibt es großflächig Regionen, die mit Migration bisher kaum Erfahrungen haben und in denen die Ängste (deshalb) besonders groß sind. Durch Migration beschleunigt sich sozialer Wandel, wodurch die Gesellschaft vielseitiger, unübersichtlicher und insgesamt komplexer wird. Diese Veränderungen überfordern einen großen Teil der Bevölkerung.
Der Wandel geht einher mit zunehmenden Kontroversen und Konflikten. Während allgemein an der Idee festgehalten wird, dass erfolgreiche Integrationspolitik zu einer harmonischeren Gesellschaft führe, lässt sich eher das Gegenteil rekonstruieren. Denn eine Verbesserung der Teilhabechancen in Bildungswesen und Arbeitsmarkt und der politischen Partizipation führt nicht zur Homogenisierung von Lebensweisen und zu gesellschaftlicher Harmonie. Vielmehr ist davon auszugehen, dass gerade durch gelungene Integration viel häufiger Differenz- und Fremdheitserfahrungen gemacht werden, u.a. dadurch, dass sich Minderheiten insgesamt selbstbewusst zu Wort melden, ihre Interessen vertreten und eigene Ansprüche erheben. Ein markantes Beispiel: Den Anlass für den sogenannten Kopftuchstreit bildete nicht ein Fall von Desintegration, sondern der Fall einer Frau mit Kopftuch, die als deutsche Beamtin ein Lehramt ausüben wollte. Es gab offensichtlich kein wahrgenommenes Problem, solange lediglich Reinigungskräfte mit Kopftuch, die kaum Deutschkenntnisse hatten, an deutschen Schulen arbeiteten. Der Auslöser für dieses Problem war gelungene Integration. [...].
Intergenerationale Integrationsprozesse können bildhaft folgendermaßen gefasst werden: Die erste Generation der Einwanderer ist noch bescheiden und fleißig, beansprucht nicht volle Zugehörigkeit und Teilhabe. Sie sitzen überwiegend auf dem Boden. Die ersten Nachkommen beginnen sich an den Tisch zu setzen und beanspruchen einen guten Platz und ein Stück des Kuchens. Die dritte Generation will nicht mehr nur ein Stück vom Kuchen, sondern mitentscheiden, welcher Kuchen auf den Tisch kommt. Was ist da über die Generationenfolge passiert: Integration im eigentlichen Wortsinn. Integration bedeutet, dass der Anteil der Menschen, die teilhaben können und wollen, wächst. Das bedeutet dann aber auch, dass der Anteil der Menschen, die ihre Bedürfnisse und Interessen selbstbewusst artikulieren, wächst – dies gilt u.a. auch für Frauen, Menschen mit Behinderung, Nicht-Heterosexuelle und zunehmend auch für Menschen mit Migrationshintergrund.

*Aladin El-Mafaalani, Migration und Integration. Über Missverhältnisse und Missverständnisse in der Migrationsgesellschaft (Vortrag), in: Migration als neue Normalität!? Chancen und Herausforderungen im Einwanderungsland Deutschland, Bonn: Otto Benecke Stiftung e. V., 2021, S. 26–36, hier S. 31 f., https://www.obs-ev.de/fileadmin/user_upload/7_FOREN_und_Veranstaltungen/2018/Dokumentation_23_Forum_Migration_2018.pdf (Zugriff: 27.01.2022)*

**INFO**

**Aladin El-Mafaalani** (*1978) ist ein deutscher Soziologe und Hochschullehrer an der Universität Osnabrück.

**GLOSSAR**

**Desintegration**

1. Analysieren Sie die Karikatur (M6).
2. Erläutern Sie das Modell nach John W. Berry (M7).
3. Arbeiten Sie Erfolge und Probleme von Integration heraus (M7 bis M10).
4. **a)** Beschreiben Sie die Erfahrungen der Personen aus M9 mit eigenen Worten.
   **b)** Diskutieren Sie, weshalb sich die vier Personen aus M9 trotz deutscher Staatsbürgerschaft nicht akzeptiert fühlen.
5. „Gelungene Integration führt zu mehr Konflikten in der Gesellschaft." Begründen Sie diese These (M10).

# 3.4 Sozialstaat und Sozialpolitik – Herausforderungen für unsere Zukunft

## Verfassungsrechtliche Grundlagen des Sozialstaates

### M1 Gedankenexperiment

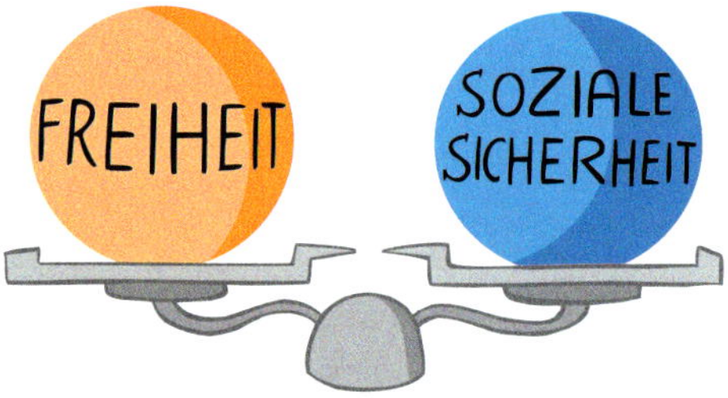


Einmal angenommen Sie sind etwa 30 Jahre alt und leben seit einiger Zeit in *Freeland*, einem fiktiven Staat irgendwo auf dieser Welt. Ähnlich wie Deutschland ist *Freeland* ein wohlhabender Industriestaat. Doch es gibt einen großen Unterschied: In *Freeland* sind Sie vollkommen frei und können Ihr Leben eigenverantwortlich ohne jede staatliche Einmischung gestalten.
Ihre Arbeitsstelle und auch Ihren Beruf können Sie ohne einengende gesetzliche Vorschriften und Kündigungsfristen wechseln – ganz wie es Ihnen beliebt. Sie verdienen erheblich mehr, als das in Deutschland der Fall wäre, denn von Ihrem Lohn werden – abgesehen von geringfügigen Steuern – keinerlei Sozialabgaben abgezogen. Es gibt weder eine gesetzliche Kranken- noch eine Renten- oder Pflegeversicherung. Wenn Sie krank werden, bezahlen Sie Ihre Rechnung direkt an den Arzt oder das Krankenhaus. Wenn Sie Ihren Job verlieren, greifen Sie auf Ihre Ersparnisse zurück und sind nach einiger Zeit möglicherweise auf die Armenversorgung angewiesen, die zahlreiche Wohltätigkeitsorganisationen in *Freeland* unterhalten.
Doch momentan geht es Ihnen ausgezeichnet, Sie können sich eine wunderschöne Wohnung in guter Lage sowie mehrere Urlaube im Jahr leisten: Innerhalb weniger Jahre sind Sie richtig wohlhabend geworden und haben sich natürlich einen Notgroschen für solche Fälle zurückgelegt. Für Ihr Alter sparen Sie monatlich ebenfalls einen selbst festgelegten Betrag.
Weil Sie sich gut integriert haben, bietet Ihnen der Staat die Staatsbürgerschaft an. Würden Sie das Angebot annehmen?

*Autorentext*

**INFO**

**Konzeption der positiven und der negativen Freiheit**
Freiheit von äußeren Einschränkungen der eigenen Handlungen wird als negative Freiheit (Freiheit von...) bezeichnet. In der Politik bezieht sie sich auf sogenannte Abwehr- und Schutzrechte gegenüber Zwang. Diese Freiheit wird durch staatliche Institutionen wie Parlamente, Gerichte, Sozialämter oder die Polizei sichergestellt. Der Rechtsstaat sichert also die negative Freiheit, indem er vor Willkür schützt. Zu den negativen Freiheiten zählen z. B. die Meinungs- und die Religionsfreiheit. Der Besitz der Fähigkeit, nach eigenem Willen zu handeln, wird als positive Freiheit (Freiheit zu ...) bezeichnet. Positive Freiheit bezieht sich auf die Verwirklichung von Freiheiten, auf sogenannte Teilhaber- oder Partizipationsrechte. Diese Freiheiten dienen zur Ermöglichung eines selbstbestimmten Lebens.

### M2 Verflechtung von Sozialstaatlichkeit und Rechtsstaatlichkeit

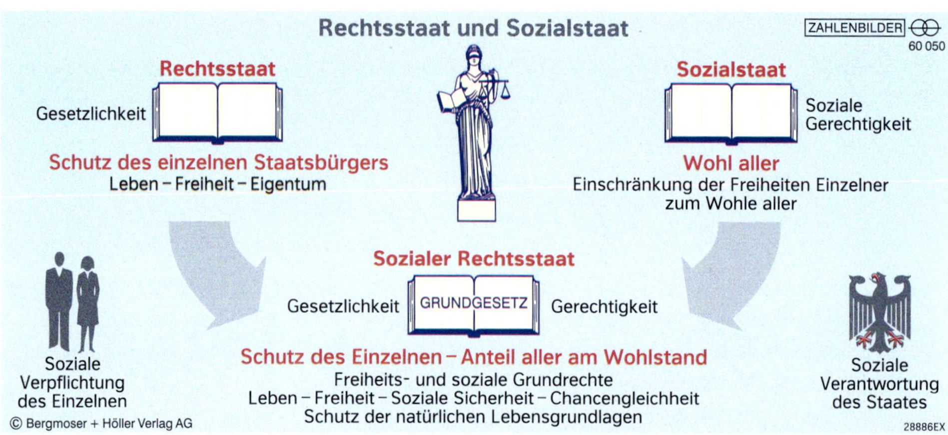

## M3 Grundlagen des Sozialstaates in unserer Verfassung

| Sozialstaatsprinzip | Soziale Grundwerte | Bestandsgarantie |
|---|---|---|
| **Art. 20 Abs. 1:**<br>„Die Bundesrepublik Deutschland ist ein demokratischer und sozialer Bundesstaat.“ | **Art. 1 Abs. 1:**<br>„Die Würde des Menschen ist unantastbar.“ | **Art. 79 Abs. 3:**<br>„Eine Änderung dieses Grundgesetzes, durch welche [...] die in den Art. 1 und 20 niedergelegten Grundsätze berührt werden, ist unzulässig.“ |
| **Art. 28 Abs. 1:**<br>„Die verfassungsmäßige Ordnung in den Ländern muss den Grundsätzen des republikanischen und sozialen Rechtsstaates im Sinne dieses Grundgesetzes entsprechen.“ | **Art. 1 Abs. 1 und Abs. 3**<br>Grundrechtsbindung der staatlichen Gewalt an Grundrechte, insbesondere an<br>**Art. 3:** Gleichheit vor dem Gesetz<br>**Art. 6:** Schutz von Ehe und Familie<br>**Art. 9 Abs. 3:** Koalitionsfreiheit<br>**Art. 14 Abs. 2:** Sozialbindung des Privateigentums | **Art. 19 Abs. 2:**<br>„In keinem Fall darf ein Grundrecht in seinem Wesensgehalt angetastet werden.“ |

**GLOSSAR**

**Grundgesetz (GG)**
**Grundrechte**

## M4 Wie weit geht der Sozialstaat?

All diese Leistungen [des Sozialstaats] basieren auf dem Prinzip der Menschenwürde. Ein menschenwürdiges Leben muss dabei allen Menschen unabhängig ihrer Tätigkeit und Leistungsfähigkeit garantiert werden. Die Rechtsprechung des Bundesverfassungsgerichts hat dabei in der Auslegung des Grundgesetzes immer wieder betont, dass auch die Teilhabe am öffentlichen und kulturellen Leben ein wesentlicher Bestandteil eines menschenwürdigen Lebens darstellt und sich sozialstaatliche Maßnahmen nicht allein auf die Sicherung der nackten Existenz belaufen dürfen. Im Grundgesetz ist das Prinzip der Sozialstaatlichkeit [...] verankert.
Es gehört damit zu den sogenannten Staatsstrukturprinzipien, welche grundsätzlich nicht angetastet werden können. Dabei handelt es sich jedoch um ein Leistungsrecht, was bedeutet, dass es im Gegensatz zu Schutzrechten nicht direkt durch einzelne Bürgerinnen und Bürger einklagbar ist. Vielmehr stellen Leistungsrechte einen Auftrag für die gesetzgebenden Organe dar, auf eine sozialstaatliche Realität hinzuarbeiten.
Aus diesen Gründen ist es eine Interpretationsfrage, welche Leistungen die Garantie auf Menschenwürde und Teilhabe umfassen müssen. Wann eine Bedürftigkeit gegeben ist und wo die Grenze zwischen Teilhabe und Luxus verläuft, wird durch das Grundgesetz also ganz bewusst als Gegenstand politischer und weltanschaulicher Diskussionen verstanden. Diese weltanschaulichen Konflikte gehen zurück bis auf die Wurzeln des Sozialstaats, welcher als Kompromiss im Systemkonflikt zwischen Kapitalismus und Kommunismus entstanden ist.

*Sozialstaat, Dresden: Sächsische Landeszentrale für politische Bildung, https://www.slpb.de/themen/staat-und-recht/politische-theorie/sozialstaat (Zugriff: 10.02.2022)*

**1** In welchem Land möchten Sie leben: In Freeland oder eher in einem anderen Land? Begründen Sie Ihre Entscheidung (M1).

**2** Erklären Sie den Begriff des sozialen Rechtsstaates; beziehen Sie die Konzeption der positiven und der negativen Freiheit ein (Randspalte, M2).

**3** Nehmen Sie Stellung zu einer der nachfolgenden Thesen (M1 bis M4):
**a)** Freiheit und soziale Sicherheit sind miteinander unvereinbar.
**b)** Soziale Sicherheit ermöglicht ein Leben in Freiheit.

**4** Der Parlamentarische Rat verzichtete darauf, ein verbindliches Modell des Sozialstaates vorzuschreiben. Stattdessen generierte man ein dynamisches Prinzip (M2 bis M4).
**a)** Erklären Sie diese Aussage.
**b)** Begründen Sie diese Entscheidung des Parlamentarischen Rates.

**INFO**

**Parlamentarischer Rat**
Der Parlamentarische Rat setzte sich aus 65 Personen zusammen, die von den elf deutschen Länderparlamenten der drei Westzonen gewählt worden waren. Er trat am 01.09.1948 zusammen und erarbeitete auf der Basis des Konzepts des Herrenchiemseer Verfassungskonvents das Grundgesetz für die Bundesrepublik Deutschland und beschloss es am 08.05.1949.

# Grundprinzipien der sozialen Sicherung

INTERNET
WES-118380-341
Film: Einfach erklärt: Sozialversicherungen

**Das System der sozialen Sicherung in Deutschland lässt sich auf drei grundlegende Kernprinzipien zurückführen: das Versicherungs-, das Versorgungs- und das Fürsorgeprinzip. Jedes dieser Prinzipien wird durch einen spezifischen organisatorischen Aufbau geprägt und unterliegt einer sozialpolitischen Zweckbestimmung.**
**Die Ausgestaltung der Sozialversicherung unterliegt festen Grundprinzipien: dem Solidarprinzip (oder Solidaritätsprinzip), dem Äquivalenz- und dem Subsidiaritätsprinzip.**

## M1 Die drei Kernprinzipien der sozialen Sicherungssysteme

## M2 Äquivalenzprinzip

Das Recht der gesetzlichen Rentenversicherung ist geprägt vom Äquivalenzprinzip. Die gesetzliche Rentenversicherung ist ein beitragsbezogenes System, das die Aufgabe hat, für Lohnersatz im Fall des Alters und bei Erwerbsminderung zu sorgen und im Fall der Hinterbliebenenleistungen für den Unterhaltsersatz. Es gewährt Leistungen aufgrund der eingezahlten Beiträge ohne Rücksicht darauf, ob der Versicherte eine solche Leistung zur Bestreitung seines Lebensunterhalts auch tatsächlich braucht.
Bei der Rentenversicherung führt das Versicherungsprinzip dazu, dass grundsätzlich eine Äquivalenz zwischen Beiträgen und Leistungen bestehen muss. Das der Sozialversicherung immanente Solidaritätsprinzip erlaubt insoweit Abweichungen. Es wird dabei unterschieden zwischen der Globaläquivalenz – also der Äquivalenz zwischen Einnahmen und Ausgaben der gesetzlichen Rentenversicherung – und der Individualäquivalenz, also der zwischen dem Beitrag des einzelnen Versicherten und der ihm gewährten Leistung, was bei der Grundrente von Bedeutung ist.
Das Äquivalenzprinzip in der Ausgestaltung in der gesetzlichen Rentenversicherung lässt Ausnahmen zum Zweck des sozialen Ausgleichs zu. Allerdings stehen diese Ausnahmen unter dem Prüfvorbehalt des Art. 3 Abs. 1 GG. Wenn also ein Versicherter für seine Beiträge einen anderen Rentenbetrag erhält als ein anderer oder ein anderer mit geringeren Beiträgen die gleiche Rentenleistung erhält, so bedarf dies einer Rechtfertigung, die vor Art. 3 Abs. 1 GG bestehen muss.

*Heinz-Dietrich Steinmeyer, Verfassungsrechtliche Fragen im Zusammenhang mit der Grundrente, Berlin: INSM Initiative Neue Soziale Marktwirtschaft GmbH, 03.05.2019, https://www.insm.de/insm/kampagne/kampagne-nachhaltige-rente/thesenpapier-steinmeyer-verfassungsrechtliche-fragen-zur-grundrente (Zugriff: 8.2.2022)*

## M3 Solidaritäts- und Subsidiaritätsprinzip

Unter **Solidarität** versteht man im Allgemeinen die gegenseitige Hilfe in einer Gruppe, das gegenseitige Einstehen der Mitglieder einer Gruppe füreinander. In unserem ausdifferenzierten sozialen Sicherungssystem mit seinen großen anonymen Versichertengruppen ist das Element der persönlichen gegenseitigen Hilfe kaum zu finden. Das Solidarprinzip im sozialen Sicherungssystem – wie wir es verstehen – reduziert und konkretisiert sich folgerichtig als ein anonymer Akt der Umverteilung der Belastungen (Finanzierungen) und/oder Leistungen. Dabei gibt es drei Ausprägungen des Solidarprinzips in einer Versichertengemeinschaft. Zunächst kann damit gemeint sein, dass **ungleiche Risiken bei gleichem Beitrag oder Beitragssatz zusammengelegt** werden. Da private Versicherungen ihre Prämien nach eingebrachtem individuellem Risiko kalkulieren, kommt es dadurch zu einer Umverteilung zugunsten der Menschen, die ein größeres Risiko einbringen.

Die zweite Ausprägung des Solidarprinzips basiert auf dem Modell der **intertemporalen Umverteilung**. [...] Stellen wir uns den Lebensablauf eines Menschen vor, so sehen wir, dass den Zeiten der Erwerbstätigkeit, in der Leistungseinkommen erzielt wird, Zeiten der Kindheit und Jugend, Schule und Ausbildung, Krankheit, Arbeitslosigkeit, Alter und möglicherweise noch weitere Zeiten einer Verhinderung oder Minderung der Erwerbstätigkeit gegenüberstehen. Wenn man nun annimmt, das gesamte Lebenserwerbseinkommen eines Arbeiters würde in der heutigen Zeit bei richtiger Umschichtung ausreichen, um auch den lebensnotwendigen Bedarf in den Zeiten ohne Leistungseinkommen abzudecken, reicht es aus, wenn das Sozial(versicherungs)system diese intertemporale Umverteilung des Lebenseinkommens, die individuell nur ungenügend geschehen kann, in einer Solidargemeinschaft [Generationenvertrag] optimal organisiert.

Die dritte Interpretation sieht das Solidarprinzip nur bei einer merklichen **interpersonellen Umverteilung** verwirklicht. Solidarisch ist eine Gruppe oder Versichertengemeinschaft erst dann, wenn die Last zugunsten der sozialökonomisch Schwächeren zum Teil auf die stärkeren Schultern der Bezieher höherer Einkommen geladen wird. [...]

Alle drei Ausformungen finden sich im deutschen Sozialversicherungssystem verwirklicht. Das Ausmaß der Umverteilung variiert nach dem relativen Anteil der Sachleistungen. Sie ist bei der Rentenversicherung, wo überwiegend Einkommenstransfers stattfinden, geringer ausgeprägt als bei der Krankenversicherung und der Pflegeversicherung. Insgesamt ist der Umfang der interpersonellen Umverteilung nicht übermäßig hoch. Das erhöht die Akzeptanz der Sozialversicherung in der Bevölkerung, die auf ein ausgewogenes Verhältnis von Leistung und Gegenleistung achtet. [...]

Das **Subsidiaritätsprinzip** wird einmal als eine Aufforderung an den Staat verstanden, die kleineren sozialen Einheiten, insbesondere die Familien, besonders zu fördern, aber auch als ein Votum für den Vorrang der freien Wohlfahrtsverbände als Anbieter sozialer Dienste [...]. Neue soziologische Ansätze in Theorie und Praxis greifen diesen Gedanken auf. Es geht vor allem um die aktive Teilhabe der Betroffenen an der Erbringung sozialer und gesundheitlicher Dienste. Es wird eine „Steigerung der kooperativen Kompetenz des Klienten" angestrebt. So soll die individuelle Fähigkeit, aktiv mit den professionellen Leistungserbringern wie Ärzten, Sozialarbeitern, Sozialpädagogen und Pflegekräften zusammenzuarbeiten, geschult und verbessert werden.

*Lothar F. Neumann/Klaus Schaper, Die Sozialordnung der Bundesrepublik Deutschland, 5. Aufl., Campus: Frankfurt a. M., 2008, S. 165 ff.*

**1** Erläutern Sie das System der sozialen Sicherungssysteme in Deutschland (M1).

**2** Charakterisieren Sie das Äquivalenzprinzip, das Solidaritätsprinzip und das Subsidiaritätsprinzip als Grundprinzipien zur Ausgestaltung der Sozialversicherung (M1 bis M3).

**3** Erklären Sie das Spannungsverhältnis zwischen Äquivalenzprinzip und Solidarprinzip vor dem Hintergrund unserer Verfassung (M2, M3).

# Die gesetzliche Sozialversicherung – Leistungen und Finanzierung

**Die Versicherten der gesetzlichen Sozialversicherungen erhalten Leistungen, sobald sie Anspruch oder Bedarf haben. Durch die Leistungen werden sie vor fünf, die Existenz gefährdenden Lebensrisiken geschützt. Bevor ein Untenehmen investieren kann, muss es über die Finanzierung nachdenken. Ähnlich verhält es sich mit dem deutschen Sozialstaat. Woher kommt das Geld für die Sozialversicherung? Wie veränderte sich das Verhältnis zwischen Einnahmen und Ausgaben in den letzten Jahren?**

## M 1 Absicherung von fünf Lebensrisiken

| | **Krankenversicherung** | **Unfallversicherung** | **Rentenversicherung** | **Arbeitslosenversicherung** | **Pflegeversicherung** |
|---|---|---|---|---|---|
| **Gründung** | 1883 | 1884 | 1889 | 1927 | 1993 |
| **Ziel** | Abdeckung von Lebensrisiken durch Krankheit und damit verbundene Kosten | Abdeckung von Gefahren, die mit Arbeit und Beruf entstehen können | Existenzsicherung im Alter und bei Erwerbsunfähigkeit | vorübergehende Existenzsicherung für Arbeitsuchende | Absicherung bei Pflegebedürftigkeit |
| **Beispiel für Leistungen** | • Zuschüsse für Behandlungskosten (Arzt, Krankenhaus, Medikamente)<br>• Krankengeld als Lohnersatzleistung<br>• Vorsorgeuntersuchungen | • greift bei Arbeitsunfall/Berufskrankheit<br>• Wiederherstellung der Arbeitsfähigkeit, z. B. Reha<br>• finanzielle Unterstützung des AN | • Rentenzahlungen bei Altersruhe, bei verminderter Erwerbsfähigkeit oder bei dauerhafter Krankheit<br>• Hinterbliebenenversorgung (Witwen- und Waisenrenten) | • Arbeitslosengeld I als Lohnersatzleistung<br>• Kurzarbeitergeld<br>• Hilfe bei Arbeitsplatzsuche (Beratung, Umschulung, Vermittlung) | • Unterstützung dauerhaft pflegebedürftiger Personen<br>• Übernahme von Pflegekosten<br>• Zahlung von Pflegegeld |
| **versicherungspflichtig** | alle AN bis Versicherungspflichtgrenze 64.350 € (2022) | alle Beschäftigten | alle AN | alle AN | Mitglieder der gesetzlichen und privaten Krankenkassen |
| **Beitragssatz 2022** | 14,6 % + Zusatzbeitrag (ca. 1 bis 2 % je nach Krankenkasse)<br>AN: 7,3 % + Zusatzbeitragsanteil<br>AG: wie AN | nur AG im Umlageverfahren, jew. Anteil berechnet nach Entgelten der Versicherten + Grad der Unfallgefahr | 18,6 %<br>AN: 9,3 %<br>AG: 9,3 % | 2,4 %<br>AN: 1,2 %<br>AG: 1,2 % | 3,05 %<br>AN: 1,525 %<br>AG: 1,525 %<br>Zuschlag für AN ohne Kind: + 0,35 %<br>Besonderheit in Sachsen:<br>AN: 2,025 % mit Kind<br>2,375 % ohne Kind<br>AG: 1,025 % |
| **zusätzliche Finanzierung** | Bundeszuschuss | | Bundeszuschuss | | |
| **Träger** | Krankenkassen | Berufsgenossenschaften | Deutsche Rentenversicherung | Bundesagentur für Arbeit | Pflegekassen bei den Krankenkassen |

AN = Arbeitnehmer AG = Arbeitgeber

## M2 Entwicklung der Beitragssätze zur gesetzlichen Sozialversicherung in Deutschland

| Versicherungsart/Jahr (Beitragssätze in Prozent) | 1980 | 1990 | 2000 | 2010 | 2018 | 2022 |
|---|---|---|---|---|---|---|
| Rentenversicherung | 18,0 | 18,7 | 19,3 | 19,9 | 18,6 | 18,6 |
| Krankenversicherung* | 11,4 | 12,6 | 13,6 | 14,0 | 14,6 | 14,6 |
| Pflegeversicherung** | - | - | 1,7 | 1,95 | 2,55 | 3,05 |
| Arbeitslosenversicherung | 3,0 | 4,3 | 6,5 | 2,8 | 3,0 | 2,4 |
| Beitragssätze insgesamt | 32,4 | 35,6 | 41,1 | 38,7 | 38,75 | 38,65 |

*Daten: IAQ Duisburg (* 1980, 1990, 2000: durchschnittlicher Beitragssatz; 2010, 2018, 2022: ohne Sonder- bzw. Zusatzbeitrag; ** 2010, 2018: ohne Zusatzbeitrag für Kinderlose in Höhe von 0,25 Prozent bzw. 2022: 0,35 %)*

## M3 Brutto- und Nettoeinkommen

Stand: 2022 (Zahlen gerundet)



## M4 Bundeszuschuss hoch wie nie

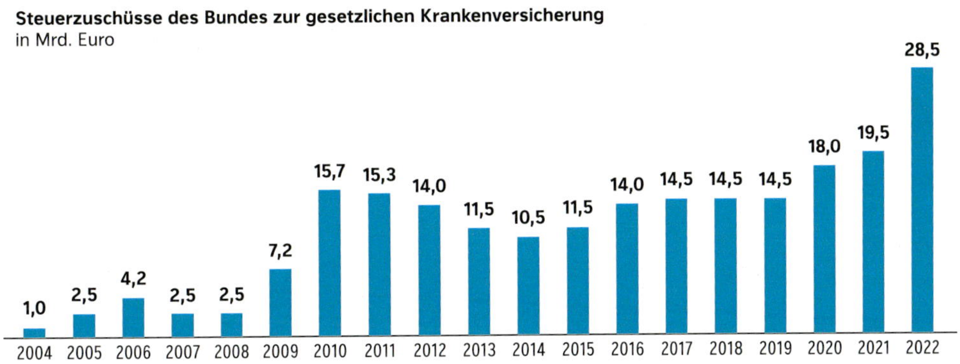


Quelle: Bundesministerium für Gesundheit, 2022



**QUERVERWEIS**

**Schrittfolge zur Auswertung statistischer Daten,** S. 170

1 Erklären Sie die fünf Säulen der Sozialversicherung als zentrales Element des Sozialstaates (M1).

2 Analysieren Sie M2, M3 und M4.

3 Ermitteln Sie aktuelle und zukünftige Herausforderungen für das System der Sozialversicherung (M1 bis M4).

# Sorgenkind Rente – Generationenvertrag in Gefahr

QUERVERWEIS
Der demografische Wandel – ein Problem für Deutschland?, S. 191–195

**Mit der Rentenreform im Jahr 1957 wurde ein neues Funktionsprinzip der sozialen Alterssicherung Im damaligen Bundesgebiet eingeführt, das bis heute Bestand hat. Es wurde die sogenannte dynamische Rente eingeführt. Sie sollte nicht nur die größte Not im Alter lindern, durch die Kopplung der Renten an die laufenden Arbeitnehmereinkommen sollte es den Rentnern möglich sein, den Lebensstandard, den sie sich in ihrem Erwerbsleben aufbauten, auch im Rentenalter beizubehalten. Die Finanzierung der Renten erfolgte von nun an im Umlageverfahren; die Beiträge der Erwerbstätigen wurden also nicht zu deren Gunsten angespart, sondern für laufende Renten ausgegeben. Die Beitragszahler erwarben mit ihrer Einzahlung den Anspruch, von der nachfolgenden Generation auf die gleiche Weise unterstützt zu werden. Ein fiktiver Solidarvertrag zwischen den Generationen wurde geschlossen, der die Bezeichnung Generationenvertrag erhielt.**

## M1 Funktionsweise des Generationenvertrags

Quelle: Bibliographisches Institut GmbH (Duden), Berlin, 2016 (verändert)

## M2 Verhältnis von Rentnern und Beitragszahlern

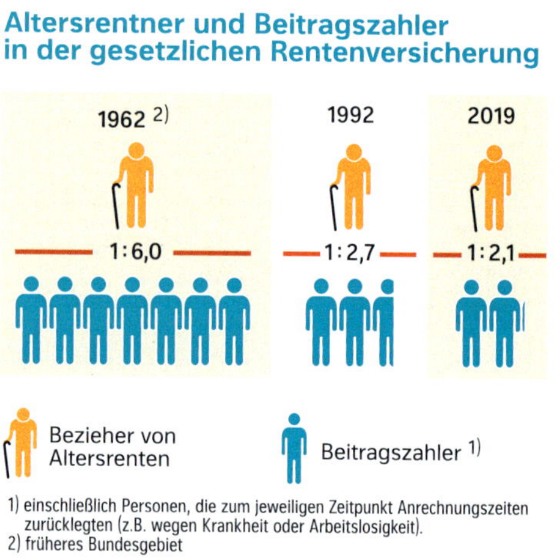


1) einschließlich Personen, die zum jeweiligen Zeitpunkt Anrechnungszeiten zurücklegten (z.B. wegen Krankheit oder Arbeitslosigkeit).
2) früheres Bundesgebiet

Quelle: Bundesinstitut für Bevölkerungsforschung, 2022 28890EX

## M3 Hält der Vertrag noch, was er einst versprach?

**Prognostizierte Entwicklung der gesetzlichen Rente ohne Reformen**
Angaben in %

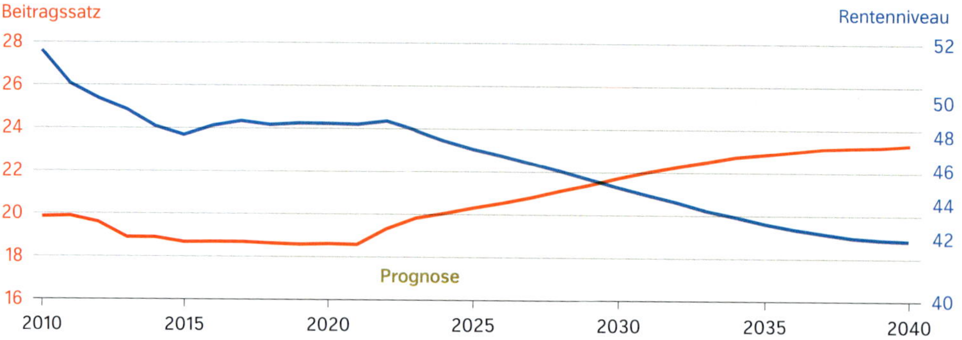


Quelle: Prognos, 2018

## M4 Atypische Beschäftigungsverhältnisse und Altersarmut

Die Organisation für wirtschaftliche Zusammenarbeit und Entwicklung (OECD) sieht erheblichen Reformbedarf im deutschen Rentensystem. [...] In Zukunft könnten mehr Menschen von Altersarmut bedroht sein, besonders Alleinerziehende, Selbstständige und Plattformarbeiter, also beispielsweise Dienstleister in der Paketbranche.
Besonders hoch sei das Risiko für Frauen in Deutschland. Ein überdurchschnittliches Lohngefälle und der hohe Anteil an Teilzeitbeschäftigung führten dazu, dass Rentenansprüche von Frauen voraussichtlich weiterhin hinter denen von Männern zurückblieben. [...]
Die überwiegende Zahl der Selbstständigen sei [...] nicht zu einer Rentenversicherung verpflichtet. Viele seien deswegen im Alter auf anderes Einkommen, Vermögen oder Sozialhilfe angewiesen. [...] „Da neue Formen der Arbeit im Zuge der Digitalisierung immer häufiger werden, dürften viele düsteren Rentenaussichten entgegensehen", warnt die OECD.

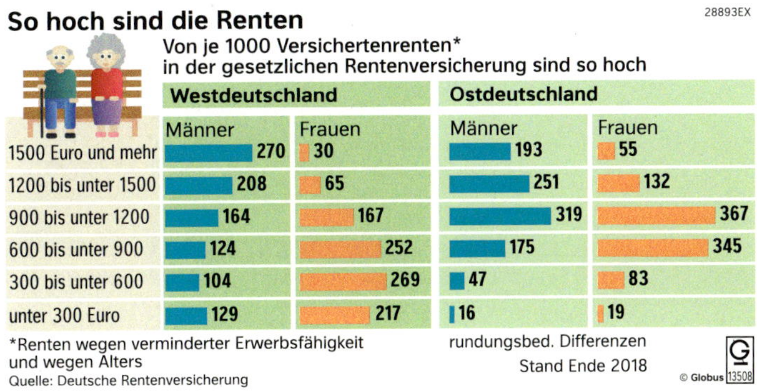


*Kerstin Schwenn, OECD verreißt deutsches Rentensystem, in: Frankfurter Allgemeine Zeitung online, 27.11.2019, https://www.faz.net/aktuell/wirtschaft/altersarmut-in-deutschland-oecd-verreisst-deutsches-rentensystem-16506296.html (Zugriff: 25.06.2020) © Alle Rechte vorbehalten. Frankfurter Allgemeine Zeitung GmbH, Frankfurt. Zur Verfügung gestellt vom Frankfurter Allgemeine Archiv*

**QUERVERWEIS**

**Wandel der Arbeitswelt – Normalarbeitsverhältnis in der Krise?,** S. 186–189

**Geschlechtsspezifische Ungleichheit,** S. 168 f.

## M5 Das System belastet vor allem die Jungen

Das Rentenniveau von knapp 48 Prozent des durchschnittlichen Lebenseinkommens ist für Geringverdienende mittlerweile nicht mehr ausreichend, sodass immer mehr in Altersarmut fallen und auf die Grundsicherung des Staates angewiesen sind. [...] Daher ist es einerseits verständlich, dass nicht wenige (der älteren Generation) mit Empörung reagieren, wenn „Reformen" der gesetzlichen Rentenversicherung gefordert werden.
Der andere Teil der Wahrheit ist jedoch, dass schon heute die Zahlungen der gesetzlichen Rentenversicherung eine riesige finanzielle Belastung für die junge Generation sind. Nicht nur müssen die Jüngeren selbst knapp 20 Prozent ihres Lohns für die Sozialversicherung abführen, der andere Teil kommt von den Arbeitgebern. Hinzu kommen riesige Steuersubventionen für die gesetzliche Rentenversicherung von knapp 100 Milliarden Euro oder drei Prozent der jährlichen Wirtschaftsleistung.
Die Subventionierung durch das Steuersystem ist clever, aber perfide, denn dies bedeutet, dass die jungen Menschen nicht nur durch ihre Beiträge, sondern auch durch ihre Steuern für die gesetzliche Rente zahlen – nur dass sie für ihre Steuern selbst keine Ansprüche auf eine eigene Rente erwerben. Kurzum, die Logik des Generationenvertrages der Rente ist schon längst ausgehebelt.

*Marcel Fratzscher, Ohne Rentenreform keine Generationengerechtigkeit, in: Die Zeit online, 09.07.2021, https://www.zeit.de/wirtschaft/2021-07/gesetzliche-rente-deutschland-rentenreform-demografischer-wandel-generationen gerechtigkeit-rentenversicherung/komplettansicht (Zugriff: 09.02.2022)*

**1** **a)** Beschreiben Sie die Funktionsweise des Generationenvertrages (Einstiegstext, M1).
**b)** Benennen Sie Bedingungen für seine Funktionsfähigkeit (M1, M2).

**2** Erklären Sie die Rentenlücke zwischen Männern und Frauen (M4).

**3** Stellen Sie Probleme der gesetzlichen Rente in einer Mindmap dar (M1 bis M5).

**4** Nehmen Sie Stellung zu der These in der Überschrift von M5.

**5** Beantworten Sie begründet die Problemfrage aus M3 (M1 bis M5).

# Rettung für die Rente – Reformansätze in der Diskussion

## M1 Später in Rente

**INFO**

**DRV**
Deutsche Rentenversicherung

Die deutsche Politik hat vor knapp einem Jahrzehnt auf die alternde Gesellschaft reagiert. Seit 2012 steigt das Renteneintrittsalter schrittweise auf 67 Jahre. Damit wird die wachsende Rentenbezugszeit indirekt an eine längere Lebensarbeitszeit gekoppelt. Dazu führt die DRV aus: „Angefangen mit dem Geburtsjahrgang 1947 wird die Altersgrenze bis 2023 um jährlich einen Monat angehoben. Sind Sie beispielsweise Jahrgang 1956, können Sie mit einem Alter von 65 Jahren und zehn Monaten in Rente gehen. Ab 2024 wird die Altersgrenze beginnend mit dem Geburtsjahrgang 1959 in 2-Monats-Schritten angehoben." Ab dem Jahrgang 1964 müssen Beschäftigte bis zum 67. Lebensjahr arbeiten, bevor sie in Rente gehen können. Wer früher in Ruhestand will, muss Renteneinbußen hinnehmen.

*Die Rente steht vor dem Kollaps: Vier Top-Ökonomen fordern massive Reformen, in: Focus online, 19.08.2021, https://www.focus.de/finanzen/altersvorsorge/rente/rente-diese-reformen-fordern-top-oekonomen_id_13575561.html (Zugriff: 09.02.2022)*

## M2 Weitere Reformansätze in der Diskussion

- geringere Rentenzahlungen
- steigende Rentenbeiträge der Versicherten
- Ausweitung der Anzahl der Rentenversicherungspflichtigen
- höhere Zuschüsse aus der Staatskasse
- Ausbau zusätzlicher privater Altersvorsorge

**GLOSSAR**

**Börse**

**INFO**

**Das 3-Säulen-System zur Alterssicherung**
umfasst neben der gesetzlichen Rentenversicherung (GRV) die betriebliche Altersvorsorge (z. B. Pensionsfonds) und die private Alterssicherung (z. B. Versicherungen, Riester, private Geldanlagen). Die Riester-Rente wurde 2002 in Deutschland eingeführt und ist eine durch staatliche Zulagen und Sonderausgabenabzug geförderte, privat finanzierte Rente.

**Assekuranz**
Versicherungsgesellschaft

## M3 Die Irrläufer der Vergangenheit beseitigen

[In dem Rentenbeschluss des Bundesfachausschusses „Soziale Sicherung und Arbeitswelt" der CDU werden] Gestaltungsmöglichkeiten sowohl bei der Finanzierung als auch bei den Rentenzahlungen diskutiert. [...] Dazu gehört der Vorschlag, der Rentenversicherung eine zusätzliche Einnahmequelle zu verschaffen. Ein Fonds soll Geld am Kapitalmarkt anlegen können. Damit würden die Versicherten von den langfristig üblicherweise steigenden Börsen profitieren. Gerade wenn infolge der Automatisierung und Digitalisierung künftig mehr Wohlstand auf der Seite der Unternehmenseigentümer anfallen sollte, würde das einen Ausgleich schaffen. Außerdem ist die Deutsche Rentenversicherung bekannt dafür, dass sie Geld mit sehr geringen Kosten verwalten kann, was sich von privaten Versicherungsunternehmen nicht behaupten lässt.
Der nächste Punkt: Wenn über die Rentenversicherung eine Beteiligung am Kapitalmarkt möglich wird, sollten die Irrläufer der Vergangenheit auch beseitigt werden: Die privaten Altersvorsorgeverträge sind zu oft so gestrickt, dass die Assekuranzen damit Geld verdienen, während die Rendite der Sparerinnen und Sparer leidet. Auch dieses Problem hat die CDU erkannt: Sie schlägt staatlich vorgegebene Standardprodukte mit niedrigen Verwaltungs- und Abschlusskosten vor. [...]
Auf der Ausgabenseite sorgt der Vorschlag für ein flexibles Renteneintrittsalter für emotionale Reaktionen. Positiv erwähnt werden sollte aber, dass die CDU dem vorausschickt, dass sie zunächst mehr dafür tun will, dass die Menschen überhaupt länger arbeiten können. [...] Das ist ein Zeichen dafür, dass in der Debatte angekommen ist, dass in vielen Berufen die Menschen noch nicht einmal bis zum 60. Lebensjahr arbeiten können, weil die kör-

perliche oder psychische Belastung zu groß ist. Für sie stellt jede Erhöhung des Rentenalters eine Rentenkürzung dar. [...]

Es muss deshalb in Zukunft gewährleistet sein, dass Menschen, die nicht mehr arbeiten können, grundsätzlich eine ordentliche Rente erhalten. Dann kann auch darüber diskutiert werden, wie flexibel das Renteneintrittsalter gestaltet wird. Der CDU schwebt hier in erster Linie vor, längeres Arbeiten durch zusätzliche finanzielle Anreize zu fördern. Aber sie schreibt auch, es sei angesichts der immer höheren Lebenserwartung „zu prüfen, in welchem Umfang die gewonnene Lebenszeit ausgewogen auf Erwerbsphase und Rentenphase verteilt werden kann“ [siehe Tabelle]. Das klingt nach einem höheren Renteneintrittsalter. Man könnte den Vorschlag aber auch so sehen: Statt fünf Tage pro Woche bis 67 zu arbeiten, wird die wöchentliche Arbeitszeit verkürzt, dafür wird im Alter länger gearbeitet. Das würde die Belastung während des Erwerbslebens verringern, Zeit für Familie und andere Verpflichtungen schaffen und die Chancen erhöhen, dass man im Alter noch fit ist.

Man muss beileibe nicht mit allem in dem CDU-Papier einverstanden sein. Zum Beispiel ist es ein Versäumnis, dass die Idee, auch die Beamtinnen und Beamten in die gesetzliche Rente einzubeziehen, nicht aufgegriffen wird.

| Voraussetzung | Regelaltersrente |
|---|---|
| Mindestalter (vorzeitige Rente mit Abschlag) | 65–67 (vorzeitige Rente nicht möglich) |
| normale Altersgrenze | 65–67 (ab Jahrgang 1947 steigend) |
| Mindestversicherungszeit | 5 Jahre |

*Daniel Baumann, Reform der Rente: Interessante Vorschläge der CDU, in: Frankfurter Rundschau online, 03.12.2020, https://www.fr.de/meinung/kommentare/rente-rentenreform-cdu-ein-anfang-vorschlag-90119236.html (Zugriff: 10.02.2022)*

## M4 Zwei Verfahren zur Finanzierung der Rente

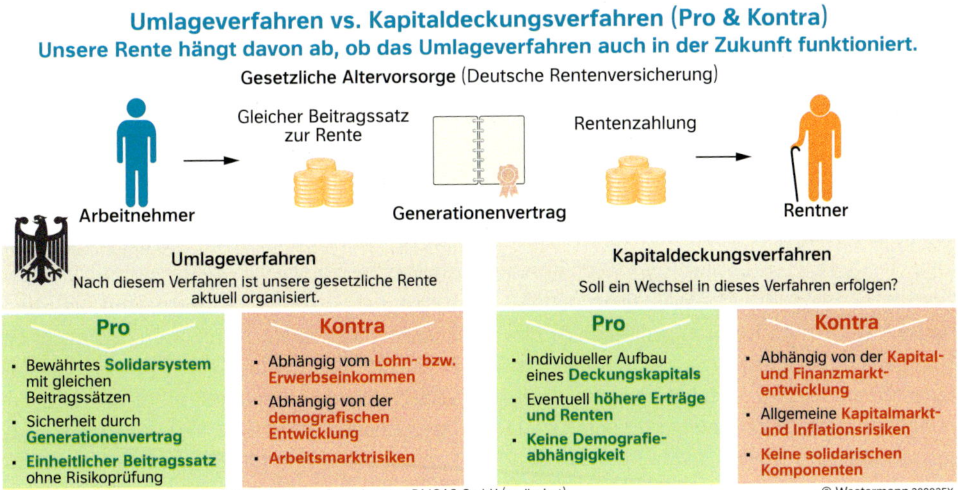


Quelle: Robert Aschauer, www.einfach-rente.de, 2019, Paunzhausen: PAJOAS GmbH (verändert) © Westermann 28892EX

**1** Arbeiten Sie aus M1 bis M4 die Kerngedanken der Reformvorschläge heraus. Recherchieren Sie gegebenenfalls zusätzliche Informationen.

**2** Bewerten Sie die Lösungsansätze unter besonderer Berücksichtigung der Perspektive junger Menschen.

**3** Ordnen Sie die vier Lösungsansätze zu: Bei diesem Lösungsansatz kommt es …

**a)** … zur Reformierung des Systems.

**b)** … zu einem Ausbruch aus dem vorhandenen System.

# Wohlfahrtsstaatliche Grundmodelle

## M1 Typen des Wohlfahrtsstaates nach Gøsta Esping-Andersen

| **Liberaler Wohlfahrtsstaat** | **Konservativ-korporatistischer Wohlfahrtsstaat** | **Sozialdemokratischer Wohlfahrtsstaat** |
|---|---|---|
| limitierte Sozialleistungen für Niedriglohngruppen | Erhaltung von Status- und Gruppenunterschieden | universale Leistungen |
| Ermunterung privater Wohlfahrt | Erhaltung traditioneller Familienstrukturen | „Gleichheit höchsten Standards statt Gleichheit der Minimalbedürfnisse“ |
| strenge Anspruchsvoraussetzungen | untergeordnete Rolle von Betriebs- und Privatleistungen | identische Rechte für Arbeitgebende, Arbeitnehmende und Beamte |

Quelle: Bolkovac, Martin (2007): Sozialpolitik im internationalen Vergleich, Stand März 2012

**INFO**

**Wohlfahrtsstaat**
Als Wohlfahrtsstaat (welfare state) wird ein Staat bezeichnet, welcher weitreichende Maßnahmen ergreift, um das soziale, materielle und kulturelle Wohlergehen seiner Bevölkerung zu verbessern. Im deutschen Sprachgebrauch wird der Begriff Sozialstaat verwendet, wenngleich die Begriffe nicht vollständig synonym sind.

**Dekommodifizierung**
Trennung sozialer Sicherheit vom Arbeitsmarkt

Die konservativen (oder kontinentaleuropäischen) Wohlfahrtsstaaten sind danach durch das Bimarck'sche Sozialversicherungsmodell geprägt. Versicherungsleistungen stehen hier im Vordergrund. Die starke Verbindung von Lohnarbeit mit sozialen Ansprüchen führt dazu, dass Frauen, die nicht im Erwerbsleben stehen, häufig ausgeschlossen werden. Die umverteilende Wirkung von Sozialleistungen ist bei diesem Typ gering.
Sozialdemokratische (oder skandinavische) Wohlfahrtsstaaten werden durch universale Leistungen charakterisiert. Es wird Gleichheit auf hohem Niveau angestrebt und die Anspruchsgrundlage bilden soziale Bürgerrechte. Die Leistungen werden überwiegend aus relativ hohen Steuern finanziert und treiben die Dekommodifizierung voran.
Das liberale (oder angelsächsische) Wohlfahrtsstaatsmodell betont vor allem die Rolle des freien Marktes und der Familie. Es ist überwiegend steuerfinanziert, Transferleistungen sind i. d. R. bedürftigkeitsgeprüft. Die Anspruchsvoraussetzungen sind streng und die Leistungen niedrig.

*Tabelle und Text aus: Frank Oschmiansky/Julia Berthold, Wohlfahrtsstaatliche Grundmodelle, Bonn: Bundeszentrale für politische Bildung, 28.02.2020, https://www.bpb.de/politik/innenpolitik/arbeitsmarktpolitik/305930/wohlfahrts staatliche-grundmodelle (Zugriff: 09.02.2022)*

## M2 Finnland: das duale Ernährermodell

Charakteristisch für die nordische Wohlfahrtsgesellschaft sind universelle Einkommensgarantien und ein breites und großzügiges Einkommenssicherungsnetz, einschließlich umfangreicher Einkommensumverteilung. Generell gilt das nordische Sozialsystem per Gesetz für alle Bürger/-innen. [...] Ziel der sozialen Sicherheit im nordischen Wohlfahrtsmodell ist es, allen Bewohner [und Bewohner]innen ein Mindesteinkommen und einen angemessenen Konsum zu gewährleisten, z.B. trotz Krankheit, Arbeitslosigkeit, Arbeitsunfähigkeit oder Alter. Dabei umfasst die Sozialversicherung in den nordischen Ländern sowohl soziale Dienstleistungen als auch Dienstleistungen des Gesundheitswesens. Einige der Sozialversicherungsleistungen basieren auf Erwerbsarbeit (z.B. das Rentensystem), während andere hauptsächlich auf dem Wohnsitz in Finnland beruhen und ebenso in das Sozialversicherungssystem einbezogen werden. [...] Das individuelle Sozialversicherungsmodell in Finnland belohnt gleichermaßen Beschäftigung für alle, wie die kulturelle Erwartungshaltung, dass sowohl Frauen als auch Männer arbeiten. Daher sind die Beschäftigungsquoten für beide Geschlechter hoch [...]. Sowohl Männer als auch Frauen sind in der Regel vollzeitbeschäftigt. [...]. Im Jahr 2018 waren 71,7 % der finnischen Gesamtbevölkerung beschäftigt, zu fast gleichen Teilen Männer und Frauen.

Einer der Hauptunterschiede zwischen den nordischen Ländern sowie zwischen dem nordischen Wohlfahrtsstaat und anderen westlichen Wohlfahrtsstaaten besteht darin, wie die frühkindliche Erziehung und Tagesbetreuung organisiert ist. Um die Vollzeitbeteiligung am Arbeitsmarkt zu erleichtern und um alle Kinder in die pädagogischen Aktivitäten der frühen Kindheit einzubeziehen, sind die Gemeinden in Finnland verpflichtet, Tagesbetreuung für alle Kinder anzubieten. Die Kinderbetreuung wird ebenfalls weitgehend aus öffentlichen Mitteln finanziert, auch wenn die Gemeinde Kindertagesstätten von einem privaten Dienstleister betreiben lässt.

Feministische Forscherinnen und andere Forscherinnen im Feld der Sozialpolitik haben die Bedeutung des Übergangs vom sogenannten männlichen Ernährermodell zu einem individuellen Modell – oder einem sogenannten dualen Ernährermodell – für die Entwicklung der nordischen Wohlfahrtssysteme hervorgehoben. Dem Fokus Vollbeschäftigung und Gleichstellung folgten daher sowohl die individuelle Sozialpolitik als auch eine individuelle Steuerpolitik, sodass sie nicht an eine Familieneinheit gebunden sind, die eine Aufgabentrennung und unterschiedliche Rollen für die in einem Haushalt zusammenlebenden Geschlechter voraussetzt.

*Susanne Jungerstam/Annika Wentjärvi, Länderporträt Finnland – Der finnische Wohlfahrtsstaat, Bonn: socialnet GmbH, 03.06.2019, https://www.socialnet.de/international/finnland.html (Zugriff: 10.02.2022)*

## M3 USA: immer noch das Land unbegrenzter Möglichkeiten

Wer mit Durchsetzungsvermögen und einem klaren Ziel vor Augen in die USA kommt, hat in den USA immer noch sehr gute Chancen, es weit zu schaffen. Aufstiege sind in den USA schneller möglich als in Deutschland, nicht umsonst gelten die USA auch als das Land der unbegrenzten Möglichkeiten. Allerdings steht den vielen Möglichkeiten und der größeren Eigenverantwortung auch eine schlechtere soziale Absicherung gegenüber, die man bereit sein muss in Kauf zu nehmen. [...]

Eine Regelung wie das deutsche Arbeitslosengeld II für Langzeitarbeitslose (auch als Hartz IV bekannt), also eine theoretisch lebenslange finanzielle Unterstützung, gibt es in den USA nicht. Die Vereinigten Staaten gehen davon aus, dass eine gesunde Person irgendeine Form von Arbeit finden kann, egal ob sie ihrer Qualifikation entspricht oder nicht. Sozialhilfe ist daher auf fünf Jahre im Leben beschränkt, mehr als zwei Jahre hintereinander wird sie in der Regel nicht ausbezahlt. Nur Personen, deren Einkommen unterhalb der Armutsgrenze liegt, erhalten Sozialhilfe. Weitere Maßnahmen für finanziell Benachteiligte sind Lebensmittelgutscheine, Sozialwohnungen und die gesundheitliche Versorgung von Kindern. Wer also in den USA arbeitslos wird und es innerhalb von zwei Jahren nicht schafft, einen neuen Job zu finden, der muss damit rechnen, auf der Straße zu landen. [...]

Es gibt in den USA wie auch in Deutschland eine gesetzliche Altersvorsorge und um diese Leistungen zu beziehen, muss man mindestens 10 Jahre arbeiten. [...] Die staatliche Rente reicht in den USA in der Regel kaum zum Leben, private Vorsorge ist ein wichtiger Punkt. [...]

Die USA sind die einzige Industrienation der Welt, in der es keinen Anspruch auf bezahlten Urlaub gibt und dementsprechend wenig frei nehmen auch viele Amerikaner.

*Leben in den USA – Das alltägliche Leben, hrsg. v. Hanna Lose, S Loomis St Chicago: USATipps.net, o. E., https://usatipps.net/leben-den-usa-das-alltagliche-leben/ (Zugriff: 21.02.2022)*

**1** Ordnen Sie Finnland begründet einem Grundmodell zu (M1, M2).

**2** Ordnen Sie die USA begründet einem Grundmodell zu (M1, M3).

**3** Ordnen Sie den deutschen Sozialstaat begründet einem Idealtyp des Wohlfahrtsstaates zu (M1).

# Digitalisierung und sozialer Wandel

## Wie beeinflusst die Digitalisierung den sozialen Wandel?

**Die Digitalisierung ist allgegenwärtig: Immer größere Teile der Kommunikation, der Produktion und der Information verlagern sich in den „digitalen Raum". Längst ist es üblich, sich in Videokonferenzen zu „treffen". Einkäufe werden online getätigt, Reisen im Internet gebucht. Auch der technologische Wandel wird durch die Digitalisierung befeuert. Eine Technologie mit besonderem Potenzial ist die „Künstliche Intelligenz" (KI), mit der wir täglich interagieren: Jedes Smartphone hat eine Spracherkennung. Mittels Bilderkennung können wir das Handy entsperren. „Wearables" wie Smartwatches analysieren unsere Körperdaten, Smart-Energy-Systeme helfen, den Energieverbrauch der Wohnung zu senken etc. Künstliche Intelligenz beeinflusst unser Leben und unser Verhalten – häufig ohne dass wir uns dieser Tatsache bewusst sind. Ein solches wirkmächtiges System bietet enorme Chancen, aber auch Risiken.**

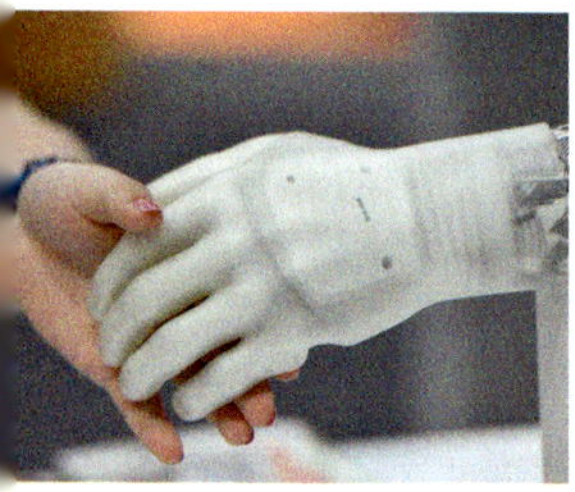

Eine Schülerin greift auf der Ideen-Expo nach der künstlichen Hand eines Roboters.

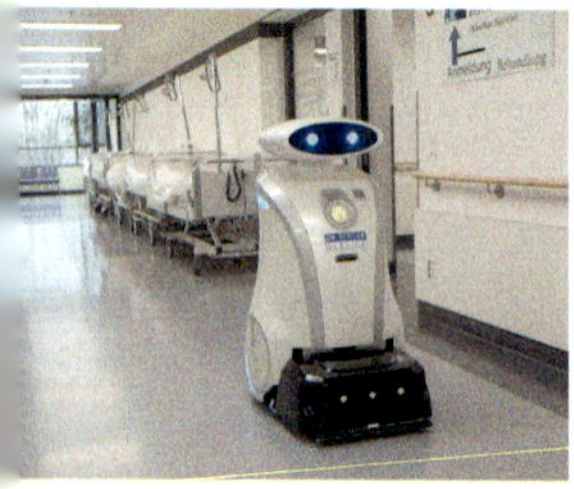

Testphase eines sprechenden Reinigungsroboters in einem Krankenhaus

### M1 Was ist eigentlich Künstliche Intelligenz?

Künstliche Intelligenz ist der Überbegriff für Anwendungen, bei denen Maschinen menschenähnliche Intelligenzleistungen wie Lernen, Urteilen und Problemlösen erbringen. Die Technologie des maschinellen Lernens (ML) – ein Teilgebiet der künstlichen Intelligenz – lehrt Computer, aus Daten und Erfahrung zu lernen und Aufgaben immer besser auszuführen. Ausgefeilte Algorithmen können in unstrukturierten Datensätzen wie Bildern, Texten oder gesprochener Sprache Muster erkennen und anhand dieser Entscheidungen selbstständig treffen. [...]

Als vielversprechendste Methode [...] wird aktuell Deep Learning (DL) gesehen, das sehr tiefe neuronale Netze mit mehreren Ebenen und einem großen Datenvolumen nutzt. [...] Die Maschine erkennt Strukturen, kann diese evaluieren und sich in mehreren vorwärts wie rückwärts gerichteten Durchläufen selbstständig verbessern. Dabei verwendet der Algorithmus mehrere Knotenebenen (Neuronen) parallel, um fundierte Entscheidungen zu treffen. Beispielsweise findet die Medizin mit Deep Learning Unterstützung bei der Früherkennung von Krebs oder Herzkrankheiten und kann DNA-Profile von Kindern nach Genmarkern untersuchen, die auf Typ-1-Diabetes hinweisen. [...].

Da diese Art des Lernens komplexe, nicht lineare Probleme löst, kommt sie etwa auch bei selbstfahrenden Fahrzeugen zum Einsatz, um unübersichtliche Verkehrsszenen richtig zu interpretieren: Fußgänger, Radfahrer, Wetter, Verkehrszeichen oder Bäume – das Verhalten der Verkehrsteilnehmer muss unter Berücksichtigung aller möglichen Einflussfaktoren richtig erkannt und vorhergesagt werden.

*Uwe Schick, Was ist künstliche Intelligenz?, Walldorf: SAP Deutschland SE & Co. KG, 20.03.2018, https://news.sap.com/germany/2018/03/was-ist-kuenstliche-intelligenz/ (Zugriff: 03.02.2022)*

### M2 Künstliche Intelligenz als Treiber des sozialen Wandels

Roboter und Künstliche Intelligenz (KI) revolutionieren heute unsere Gesellschaft wie einst die Dampfmaschine. [...] Diese neuen Technologien haben das Potenzial, zur Lösung der großen Herausforderungen unserer Zeit beizutragen: Künstliche Intelligenz vereinfacht Arbeitsabläufe, stärkt Unternehmen bei der Produktivität und Flexibilität, schafft neue Geschäftswerte, ermöglicht genauere Prognosen, schafft neue datenbasierte Geschäftsmodelle und erlaubt schnellere Entscheidungen auf einer besseren Datenbasis. Weiterhin erhöht sie die Anpassungsfähigkeit von Unternehmen auf Marktveränderungen durch Echtzeitinformationen sowie Vorhersagen jenseits menschlicher Fähigkeiten, führt oft zu deutlichen Effizienzgewinnen, weil wiederholbare Aufgaben in Prozessen automatisch ablaufen. Hinzu kommt, dass Mitarbeiter und Führungskräfte dadurch auch mehr wertvolle Zeit für das Wesentliche (strategisch wichtige Aufgaben, Kreativität und Innovation) erhalten. Maschinen und Künstliche Intelligenz werden also zu neuen „Mitarbeitern" der Belegschaft. [...] KI [...] ist ein Schlüssel zu erhöhter Wettbewerbsfähigkeit. Es werden repetitive Jobs verloren gehen, doch es entstehen auch neue Arbeitsprofile. Allerdings bringen die neuen Technologien nicht nur Veränderungen und neue Anforderungen in der Arbeitswelt mit sich – sie werfen auch ethische, rechtliche und soziale Fragestellungen auf.

**INFO**

**repetitiv**
sich wiederholend

*Jörg Doebler, Wie KI unsere Gesellschaft verändert: Worauf es jetzt ankommt, in: DIGITALE WELT, München, 11.06.2019, https://digitaleweltmagazin.de/en/2019/06/11/wie-ki-unsere-gesellschaft-veraendert-worauf-es-jetzt-ankommt/# (Zugriff: 27.01.2022)*

## M3 Smartes Shopping

„Es fühlt sich wie klauen an", berichtet eine Kundin [...] über ihre Erfahrung mit dem „Just-walk out"-Shopping. Eine Reporterin [...] testete kürzlich den ersten kassenlosen Amazon-Go-Supermarkt in Europa. [...] Im Gegensatz zu anderen Modellen ohne Kasse kommen die Lebensmittelläden des E-Commerce-Marktführers auch ohne Selbstbedienungsscanner, Scannen mit einer App oder Check-out aus. Über allerlei Hightech erreicht der Laden, dass Kunden nur durch das Herausnehmen und Zurücklegen der Waren ihren Onlinewarenkorb füllen und leeren. Am Ende des Einkaufs verlassen sie einfach den Store und das verknüpfte Amazon-Konto wird automatisch belastet. [...]
Wie Amazon diese „Magie" hinbekommt, ergibt sich für den Kunden, wenn er zur Decke schaut. Dort sind Hunderte Erfassungsgeräte angebracht, die die Bewegungen aufzeichnen und verarbeiten. Der Konzern selbst gibt an, die Kaufprozesse über rechnerverarbeitete Kamera- und Sensordaten sowie Deep-Learning-Algorithmen zu erzeugen. [...]
Datenschützern entgegnet der Betreiber, die Kundendaten verknüpfe man nur 30 Tage lang mit dem jeweiligen Amazon-Konto. Bürgerrechtler befürchten jedoch, der IT-Gigant verarbeitete diese Daten in der Zwischenzeit weiter. Trotz der fehlenden Kassierer*innen kommen die Amazon-Go-Läden nicht ohne Menschen aus. Abgesehen davon, dass die Regale aufgefüllt werden müssen, bieten die Männer und Frauen in den grünen Leibchen auch Hilfe und Unterstützung etwa bei der Produktsuche an.

„JETZT FÜHLT SICH EINKAUFEN OHNE KASSENZAHLUNG TATSÄCHLICH AN WIE DIEBSTAHL!"

Zeichnung: Cloud Science

*Amazon Go: So kauft es sich im kassenlosen „Supermarkt der Zukunft" ein, in: t3n, 23.04.2021, Hannover: yeebase media GmbH, https://t3n.de/news/amazon-kassenlos-supermarkt-zukunft-go-fresh-1374398/ (Zugriff: 27.01.2022)*

1 Nennen Sie Beispiele, wo und wie die Digitalisierung und besonders die KI in Ihrem Alltag eine konkrete Rolle spielen.
2 Erläutern Sie den Begriff Künstliche Intelligenz sowie den Unterschied zwischen Machine Learning und Deep Learning (M1).
3 Beurteilen Sie die Potenziale, die KI für die gesellschaftliche und wirtschaftliche Entwicklung bietet (M2).
4 Sammeln Sie mögliche „ethische, rechtliche und soziale Fragestellungen" (M2, Z. 31 f.), die die KI aufwirft.
5 Analysieren Sie die Karikatur vor dem Hintergrund von M3.
6 Bewerten Sie die in M3 beschriebene Entwicklung.

# Künstliche Intelligenz – neue ethische Herausforderungen

**Algorithmen steuern Prozesse und unterstützen Menschen dabei, Entscheidungen zu treffen. Oft geht der Einfluss aber noch weiter: Sie beeinflussen Entscheidungen, indem sie bereits eine Vorauswahl treffen und somit die Entscheidungsfreiheit des Menschen einschränken, oder sie nehmen ihm die Entscheidung ganz ab und entscheiden für ihn – oftmals ohne dass er sich dessen bewusst ist. Da jede Situation, in der sich ein Mensch entscheiden kann oder muss, von ethischer Bedeutung ist, muss die KI ebenfalls Gegenstand ethischer Abwägungen sein. Die relevanten Aspekte stecken oft bereits im „Bauplan" der Algorithmen, der durch seine Schwerpunktsetzung die Entscheidungen und Entscheidungsmöglichkeiten maßgeblich bestimmt.**

INFO

**Janina Kugel** (*1970) ist Wirtschaftswissenschaftlerin und eine der bekanntesten deutschen Managerinnen und Beraterinnen. Sie war u. a. Vorstandsmitglied und Arbeitsdirektorin bei Siemens.

## M1 Künstliche Intelligenz: der Code der Diskriminierung?

In der Industrie steht außer Frage, dass der Einsatz von Algorithmen zu erheblichen Vorteilen führt. Unternehmen nutzen breitflächig Künstliche Intelligenz (KI), die Digitalisierung erreicht jeden Winkel der Arbeitswelt. Denken wir an „predictive maintenance" – die Vorhersagbarkeit von Wartungsarbeiten – oder das Einfließen von Verkehrsdaten in die Routenplanung von Logistikunternehmen. Wir können präzisere Prognosen treffen, den ungeplanten Stillstand von Maschinen vermeiden, Warenströme optimieren. Algorithmen nutzen Daten zu unserem Kaufverhalten, Social-Media-Konsum oder Musikgeschmack, um unsere Feeds mit angepasster Werbung oder Informationen zu füttern.

Aber Algorithmen sind auch im Einsatz, wenn wir sie nicht vermuten. Beispiele gefällig? Nicht nur das Einkommen entscheidet über die Kreditvergabe, sondern auch der Wohnort. Spracherkennungssysteme funktionieren bei Männern besser als bei Frauen. Gesichtserkennungssysteme arbeiten bei weißen Menschen fast perfekt, bei schwarzen Menschen weisen sie hohe Fehlerquoten auf. Medikamente erzielen höhere Wirkungsgrade bei Männern als bei Frauen. Die Ursache dafür liegt jeweils in den Daten, mit denen die Algorithmen gefüttert werden. Fehlt den Daten die notwendige Tiefe, stammen sie etwa nur aus der Vergangenheit, bilden sie nur einen Ausschnitt der Bevölkerung oder nur bestimmte Lebensrealitäten ab, dann führen die Algorithmen zu verzerrten Entscheidungen. Dann werden die benachteiligt, deren Daten nicht inkludiert sind. Der Code führt unsichtbar zu Diskriminierung. Fakt ist: Rund 78 Prozent der KI-Fachkräfte weltweit sind männlich, die meisten weiß oder asiatischer Abstammung. Ihre Lebensrealität prägt somit die meisten Algorithmen. [...]

So erprobte ein amerikanisches Unternehmen ein System zur Vorauswahl potenzieller Mitarbeiter(*)innen auf Basis von Lebensläufen. Der Algorithmus war mit Daten aus der Vergangenheit trainiert worden, nach denen mehr Männer Karriere gemacht hatten als Frauen – also scheinbar die besseren Bewerber waren. Zusätzlich hatte das System implizite Daten verarbeitet wie die ausgeübte Sportart oder die Zugehörigkeit zu Klubs, die ebenfalls Hinweise auf das Geschlecht zuließen und zur Bevorzugung von Männern führten. [...] Solche Korrelationen sind Teil der Softwareentwicklung. Allerdings bilden Korrelationen nicht automatisch Kausalzusammenhänge ab. Und wenn ein Algorithmus nicht entscheiden kann, was kausal relevant ist und was nicht, kommt es zu absurden Ergebnissen. Im genannten Fall hätte man keine Frauen mehr eingestellt.

Um dies zu verhindern, sollten wir klare ethische Überlegungen anstellen. Softwareentwicklung muss das soziale Gefüge einer Gesellschaft berücksichtigen und diverse Erfahrungen und Lebensrealitäten einschließen. [...] Ohne Abwägung der existierenden Ungleichheiten in der heutigen Gesellschaft werden Vorurteile sonst reproduziert oder sogar verstärkt. Künstliche Intelligenz kann nur mathematische Entscheidungen treffen, keine ethischen.

*Janina Kugel, Der Code der Diskriminierung, in: manager magazin, 6/2021, Hamburg, 28.05.2021, https://www.manager-magazin.de/unternehmen/janina-kugel-ueber-diversitaet-in-der-kuenstlichen-intelligenz-der-code-der-diskriminierung-a-2bda38a9-0002-0001-0000-000177568793 (Zugriff: 27.01.2022)*

## M2 Ethische Leitlinien für Künstliche Intelligenz: ein Vorschlag

**1. Vorrang menschlichen Handelns und menschlicher Aufsicht:** Die Technik darf nie das Sagen haben. Eine Bevormundung des Menschen durch KI muss ausgeschlossen sein. […]

**2. Technische Robustheit und Sicherheit:** KI muss verlässlich sein und vor Schaden behüten. […]

**3. Schutz der Privatsphäre und Datenqualitätsmanagement:** Datenschutz und Persönlichkeitsrechte sind zu wahren. Die Daten sind auch auf ihre Integrität zu überprüfen, etwa ob sie dazu verwendet werden, unrechtmäßig oder unfair zu diskriminieren.

**4. Transparenz und Erklärbarkeit:** Daten und Prozesse von KI müssen rückverfolgbar und erklärbar sein. Die Transparenz bedeutet, dass bei Eingabe gleicher Daten und gleicher KI-Algorithmen in ein System am Schluss auch immer das gleiche Ergebnis produziert wird. […]

**5. Vielfalt, Nichtdiskriminierung und Fairness:** Alle betroffenen Interessenvertreter sind zu berücksichtigen und einzubeziehen. Kein Mensch darf aufgrund seines kulturellen, religiösen oder geschlechtlichen Hintergrundes benachteiligt werden. Der Zugang zur Nutzung der Dienste muss gleichberechtigt und diskriminierungsfrei sein.

**6. Gesellschaftliches und ökologisches Wohlergehen:** Es gilt zu überprüfen, welche Auswirkung KI-Systeme auf Gesellschaft und Umwelt haben.

**7. Rechenschaftspflicht:** Damit die Fairness von KI-Systemen gewährleistet wird, muss geklärt sein, wer für KI-Systeme und deren Ergebnisse verantwortlich ist und rechtlich zur Rechenschaft gezogen werden kann. […]

*Ethische Leitlinien für Künstliche Intelligenz, Berlin: Bundesministerium für Wirtschaft und Klimaschutz, 01.09.2021, https://www.bmwi.de/Redaktion/DE/Schlaglichter-der-Wirtschaftspolitik/2021/09/11-ethische-leitlinien-fur-kunstliche-intelligenz.html (Zugriff: 14.03.2022)*

**INFO**

**ForeSight** ist eine vom Bundesministerium für Wirtschaft und Klimaschutz geförderte Plattform zur Weiterentwicklung von KI für den Bereich der Smart-Living-Services. In diesem Zusammenhang erarbeitete ForeSight ethische Richtlinien für KI.

**INTERNET**

**WES-118380-351**
Homepage der ForeSight-Plattform

**WES-118380-352**
Podcast: Zukunft -- Wie leben wir im Jahr 2040?

## M3 Eine Technologie, die Gesellschaft verändert

**Künstliche Intelligenz**

**Anwendungsgebiete:**
- Pflege
- Kriminalitätsbekämpfung/predictive policing
- Bewerbungsverfahren
- Kreditvergabe
- autonome Waffensysteme
- autonomer Personenverkehr
- Gesundheitswesen
- Bildungswesen/Schule
- …

**Auswirkungen auf:**
- Arbeitswelt
- Geschlechterverhältnis
- Umgang mit Diversität
- Konsumverhalten
- Demokratie
- öffentlichen Diskurs und politische Willensbildung
- Konsumverhalten
- Rechtsprechung
- …

1 Analysieren Sie das in M1 beschriebene Problem.

2 Erläutern Sie den Satz: „Künstliche Intelligenz kann nur mathematische Entscheidungen treffen, keine ethischen“ (M1, Z. 68 ff.).

3 Diskutieren Sie, ob und wie weit KI eine ethische Relevanz hat.

4 Beurteilen Sie die in M2 dargelegten ethischen Richtlinien für KI.

5 Erstellen Sie eine selbsterklärende Präsentation zu Chancen und Risiken des Einsatzes Künstlicher Intelligenz. M3 kann Ihnen hierbei Anregungen bieten.

**QUERVERWEIS**

**Methode: Eine selbsterklärende Präsentation erstellen,** S. 220 f.

# Eine selbsterklärende Präsentation erstellen

Digitale Präsentationen (also Präsentationen, die mit PowerPoint oder anderen Programmen erstellt wurden) werden häufig zur Unterstützung eines mündlichen Vortrags verwendet. Das Hauptmedium ist hierbei die gesprochene Sprache. Die Präsentation dient der Veranschaulichung des Gesagten, der Visualisierung von Inhalten oder der Strukturierung des Vortrags.

Im Berufsleben wird das Format einer digitalen Präsentation aber auch häufig als eigenständiges Medium verwendet, mit dem in komprimierter Form Informationen vermittelt werden, ohne dass die Präsentation durch einen mündlichen Vortrag begleitet wird.

### Welche Kriterien muss eine selbsterklärende Präsentation erfüllen?

- Das Ziel eines solchen Formates ist es, die relevanten Informationen in knapper und prägnanter Weise zu präsentieren, sodass die Adressatinnen und Adressaten die Information schneller erfassen können, als dies etwa bei einem ausformulierten Text der Fall wäre. Das macht eine besondere Fokussierung und eine Verdichtung der relevanten Informationen erforderlich.
- Selbsterklärende Präsentationen dürfen nicht zu lang sein. Der Umfang von fünf Folien sollte nicht überschritten werden (zuzüglich eines Deckblatts und der Übersicht über die verwendeten Quellen).
- Wo immer möglich und sinnvoll sollten deshalb grafische Elemente und Visualisierungen zur Informationsvermittlung verwendet werden. Diese grafischen Elemente sollten in erster Linie jedoch nicht der optischen Auflockerung dienen, sondern stets eine informierende und illustrierende Funktion haben.
- Wo immer nötig sollten Textelemente eingebunden werden. Hierbei kann es sich um einzelne Begriffe, aber auch um kürzere Fließtexte handeln.
- Bild- und Textelemente sollten aufeinander bezogen sein und sich gegenseitig ergänzen.

### Welche Vorzüge bietet eine selbsterklärende Präsentation?

**Selbsterklärende Präsentationen: Vorzüge und Grenzen**

**Vorzüge**
- Konzentration auf das Wesentliche
- Informationen werden komprimiert dargestellt
- unabhängig von Vortrag einsetzbar
- motivierender als lange Texte
- Beziehungen, Abläufe etc. können anschaulich präsentiert werden
- …

**Grenzen**
- Detailinformationen schwer abbildbar
- differenzierende Darstellung schwierig
- Gefahr, dass die digitale Umsetzung mehr Aufmerksamkeit erhält als die inhaltliche Auseinandersetzung
- …

**Welche formalen Aspekte müssen berücksichtigt werden?**

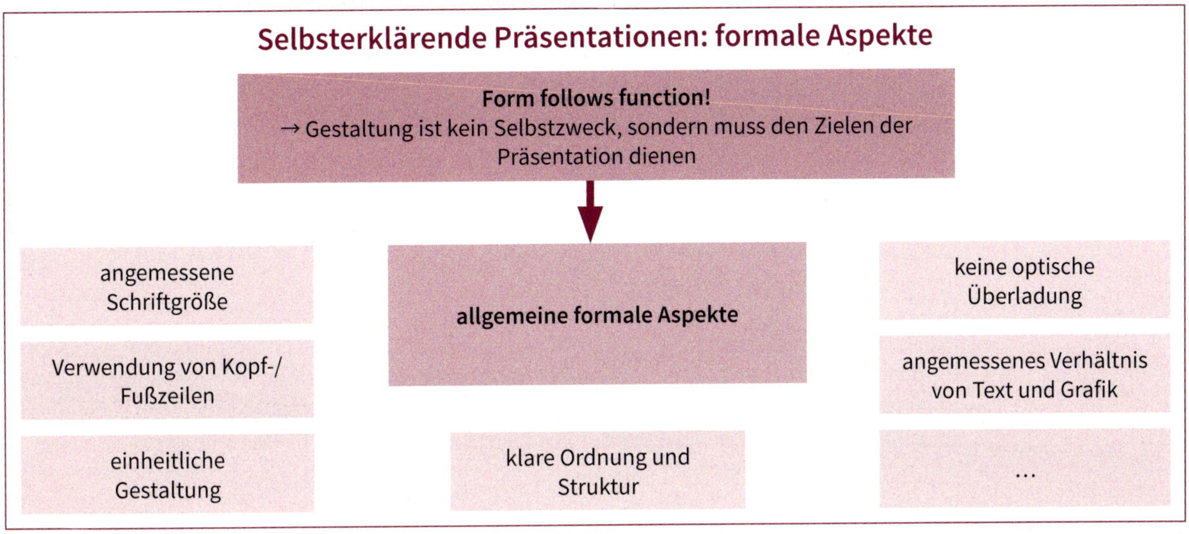


**Nach welcher Schrittfolge kann eine selbsterklärende Präsentation erstellt werden?**

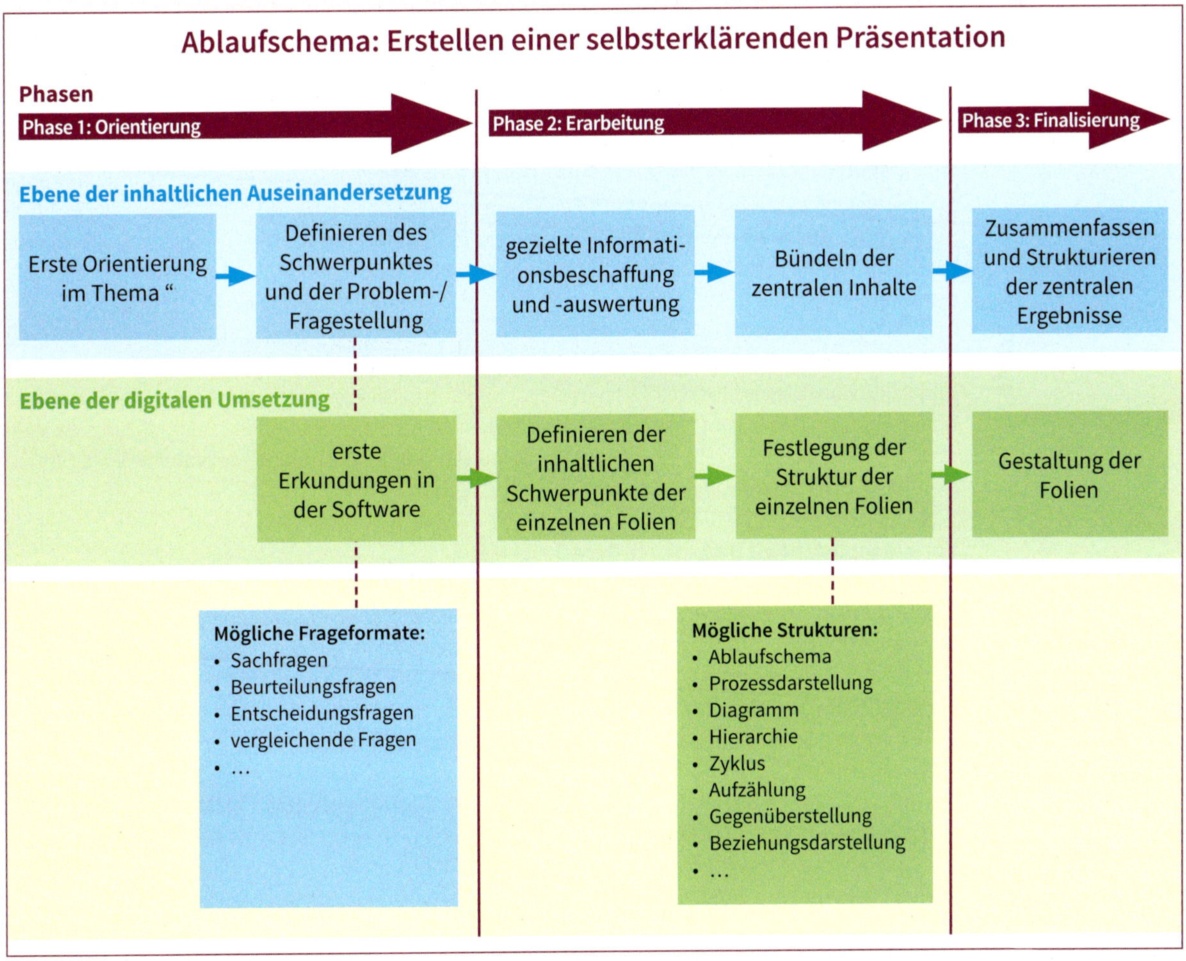

# Sozialer Wandel in der pluralistischen Gesellschaft der Bundesrepublik Deutschland

## Modelle der Sozialstruktur

Unsere Gesellschaft ist komplex und vielschichtig aufgebaut. So leben in Deutschland ca. 83 Millionen Menschen unter unterschiedlichen Lebensbedingungen, mit verschiedenen Wertvorstellungen und mit vielfältigen Interessen und Lebenszielen. Soziologen schufen eine Reihe von Modellen, um Gesellschaften abzubilden, zu analysieren und um gesellschaftliche Probleme sichtbar zu machen. Jeder Modelltyp nähert sich der Realität auf seine eigene Art an und weist somit auch ganz bestimmte „blinde Flecken" auf.

In **Schichtungsmodellen** werden Menschen mit vergleichbaren sozioökonomischen Merkmalen in Gruppen zusammengefasst und vertikal-hierarchisch gegliedert. Diese Gruppen bezeichnet man als Klassen oder Schichten. So entwickelte Ralf Dahrendorf in den 1960er-Jahren ein sogenanntes Hausmodell, das Reiner Geißler modernisierte und ausdifferenzierte. Das modernisierte Hausmodell aus dem Jahr 2009 macht die umfassenden gesellschaftlichen Veränderungen der vergangenen 60 Jahre deutlich.

Sogenannte **Lagenmodelle** erfassen auch die horizontalen Ungleichheiten zwischen Gesellschaftsmitgliedern, die bei Schichtungsmodellen nicht erfasst werden. Dazu gehören beispielsweise Ungleichheiten zwischen Männern und Frauen, zwischen verschiedenen Generationen oder den Bewohnern unterschiedlicher Regionen. Ein bekannter Theoretiker sozialer Lagen ist der Soziologe Stefan Hradil.

Seit den 1980er-Jahren trat zunehmend eine weitere Gruppe von Modellen in den Vordergrund: die **Milieu-Modelle**. Diese weisen, zusätzlich zu ihrer vertikalen Dimension, eine horizontale Dimension auf, welche die subjektiven Wertorientierungen und Lebensstile der Menschen in den Mittelpunkt rückt. Für die Entwicklung der heute u. a. in der Marktforschung genutzten Sinus-Milieus spielte die Milieu- und Habitustheorie des französischen Soziologen Pierre Bourdieu eine entscheidende Rolle.

In den 1990er-Jahren wurde in Frankreich ein weiteres Modell entwickelt: das Modell von **Inklusion und Exklusion**. Dieses Modell fokussiert Menschen, die extrem benachteiligt sind. Ursachen dieser Benachteiligung sind zum Beispiel Arbeitslosigkeit, Armut oder räumliche Ausgrenzung. Es wird also eine Unterscheidung in „drinnen" und „draußen" vorgenommen, ohne eine vertikale Dimension zu berücksichtigen.

## Soziale Ungleichheit und soziale Gerechtigkeit

Durch das Zusammenleben der Menschen in einer Gesellschaft bildet sich ein Beziehungsnetz heraus, in dem die Gesellschaftsmitglieder unterschiedliche soziale Positionen einnehmen. Diese Positionen wiederum sind mit spezifischen Lebensbedingungen verknüpft, die sich vorteilhaft bzw. nachteilig auf die Lebenschancen auswirken.
Der **Begriff der sozialen Ungleichheit** beinhaltet nach Stefan Hradil vier Dimensionen: wirtschaftliche Lage und Lebensstandard, Macht, Bildung und Sozialprestige.

Raymond Boudon beispielsweise sieht einen direkten Zusammenhang zwischen sozialem Status und **Bildungserfolg**. Er unterscheidet hierbei zwischen primärem Effekt (je höher der soziale Status, desto bessere Möglichkeiten für Bildung, welche zu besseren Leistungen führen) und sekundärem Effekt (latente Einstellung zu Bildung, Risikobewertung). Die latenten Effekte spielen insbesondere an den Ausbildungsübergängen (zum Beispiel beim Wechsel von der Grundschule zur weiterführenden Schule) eine große Rolle, sodass der Ausgestaltung des Bildungssystems neben dem Elternhaus eine wichtige Rolle zugesprochen wird.

Während **geschlechtsspezifische Ungleichheit** in Bezug auf Bildung in Deutschland mittlerweile überwunden wurde, ist sie in anderen Lebensbereichen nach wir vor Alltag. So besteht in Deutschland eine statistische Lohnlücke zwischen Männern und Frauen in Höhe von 18 % (2021). Der sogenannte Gender Pay Gap hat verschiedene Ursachen, zum Beispiel sind Frauen häufiger in schlechter bezahlten Branchen tätig und sie verhandeln weniger nachdrücklich über ihr Einkommen.

Dem **Begriff der sozialen Gerechtigkeit** kommt in der Sozialpolitik immense Bedeutung zu. Der Versuch, diese zu realisieren, wird auch durch die unterschiedliche Definition des Begriffs erschwert. John Rawls definiert Gerechtigkeit als Fairness, er entwickelte eine Theorie der Gerechtigkeit, nach der alle Gesellschaftsmitglieder das Recht auf dieselben Grundfreiheiten haben, die Verteilung von zum Beispiel materiellen Gütern so erfolgt, dass die am wenigsten Begünstigten den größtmöglichen Vorteil erlangen und dass die öffentlichen Ämter allen Gesellschaftsmitgliedern zugänglich sind. Rawls stellte sich der schwierigen Frage, ab wann wirtschaftliche Ungleichheit in Ungerechtigkeit umschlägt, und befürwortete staatliche Umverteilungspolitik.

### Deutschland – eine sich wandelnde Gesellschaft

Gesellschaften unterliegen permanentem **Wandel**. So vollzogen sich in den letzten Jahren in der Bundesrepublik Deutschland komplexe Wandlungsprozesse. Sie beziehen sich auf die Bevölkerungsstruktur (demografischer Wandel), auf Familien- und Lebensformen, auf die Arbeitswelt und nicht zuletzt auf Werte, deren Verbindlichkeit sich veränderte und nunmehr von einer festen Rangfolge zu einer eher individuellen Wertehierarchie tendiert.
Die Bundesrepublik ist eine multikulturelle Gesellschaft und bereits seit vielen Jahrzehnten ein Einwanderungsland. Ende 2021 hatten ca. 10,9 Millionen Menschen in Deutschland keinen deutschen Pass, die Bevölkerung mit einem sogenannten Migrationshintergrund umfasst ca. 22,3 Millionen Menschen. Diese Heterogenität der Bewohner hat Folgen sowohl für die Zivilgesellschaft als auch zum Beispiel für die Sozialsysteme und den Arbeitsmarkt. Die Frage nach der geeigneten Form der Akkulturation wird kontrovers diskutiert. Die Frage, wann Menschen aus anderen Kulturen integriert sind, treibt die Gesellschaft seit Jahrzehnten um.

### Sozialstaat und Sozialpolitik

Das **Sozialstaatsprinzip** ist im Art. 20 Abs. 1 GG verankert. Gleichermaßen werden die sozialen Grundwerte und die Grundrechtsbindung der staatlichen Gewalt durch die Ewigkeitsklausel des Art. 79 Abs. 3 GG mit einer Bestandsgarantie ausgestattet. Anders jedoch als das Rechtsstaatsprinzip wurde der soziale Auftrag des Staates nur an wenigen Stellen des Grundgesetzes konkretisiert.
Drei Kernprinzipien liegen der sozialen Sicherung zugrunde:

- das Versicherungsprinzip,
- das Versorgungsprinzip und
- das Fürsorgeprinzip.

Die gesetzliche Sozialversicherung (Versicherungsprinzip) hat das Ziel, fünf Lebensrisiken (Arbeitslosigkeit, Krankheit, Pflegebedürftigkeit, Unfall und Alter) abzusichern. Die gesetzliche Rentenversicherung ist durch den sogenannten **Generationenvertrag** geregelt. Dieser wurde 1957 im Zuge einer Rentenreform eingeführt und setzt für seine Funktionsfähigkeit ein bestimmtes Verhältnis zwischen der Gruppe der erwerbsfähigen Bevölkerung und der Gruppe der Rentnerinnen und Rentner voraus. Der demografische Wandel stellt eine zentrale Ursache für die aktuelle Gefährdung der Funktionsfähigkeit dar. Verschiedene Reformansätze des Generationenvertrags, wie zum Beispiel die Erhöhung des Renteneintrittsalters oder die Erhöhung der Beiträge, werden aktuell diskutiert. Ebenfalls zur Debatte steht der Lösungsansatz, das derzeitige Umlageverfahren (schrittweise) auszusetzen und in ein Kapitaldeckungsverfahren umzuwandeln.

Neben dem deutschen Sozialstaat gibt es noch weitere Modelle, wie die Wohlfahrt, also die Sorge für in Not geratene oder davon bedrohte Menschen, geregelt ist. Drei **Grundmodelle des Wohlfahrtsstaates** werden von Gøsta Esping-Andersen unterschieden und umgesetzt: der liberale (Bsp. USA), der konservative (Bsp. BRD) und der sozialdemokratische Wohlfahrtsstaat (Bsp. Finnland).

# 4.

ver.di
Soziale Arbeit
und Pflege – wir sind
systemrelevant!
ver.di
Jetzt zeigt sich, auf welche
es wirklich ankommt. Wird
sie auch so zu bezahlen.

Hofladen
geöffnet

# Die wirtschaftliche Entwicklung Deutschlands und Europas im Zeitalter von Globalisierung und Digitalisierung

Zeichnung: Thomas Plaßmann

„ *Denn ein Wirtschaftssystem, von dem ein Wohlstandseinbruch zu erwarten wäre, würde niemals eine ausreichende politische Unterstützung in der Bevölkerung erhalten.* "

Giacomo Corneo (*1963), Professor für Öffentliche Finanzen an der FU Berlin, in: Ders., Kapitalismus: Alternative in Sicht? in: APuZ, 35-37/2015, Bonn: Bundeszentrale für politische Bildung, 19.08.2015, S. 24–31, hier S. 24

„ *The social responsibility of business is to increase its profits.* "

Milton Friedman (1912–2006), US-amerikanischer Wirtschaftswissenschaftler, in: The New York Times Magazine, 13.09.1970

„ *Alles, was sich güterwirtschaftlich erstellen lässt [...], das lässt sich auch finanzieren unter der einzigen Bedingung, dass man es ehrlich und ernstlich will.* "

Oswald von Nell-Breuning (1890–1991), Theologe, in: Arbeitet der Mensch zuviel? (1985), zit. n.: Rüdiger Wala, Schlag nach in Soziallehre, in: Kirchenzeitung online, 16.05.2016, https://www.kiz-online.de/content/schlag-nach-soziallehre (Zugriff: 04.02.2022)

**linke Seite:** Kundgebung von DGB und Verdi für ein besseres Gesundheitswesen und mehr Solidarität

Fertigung von Solarmodulen in Chemnitz

Direktverkauf im Hofladen

# 4.1 Grundlagen des Wirtschaftens

## Wieso wirtschaften wir?

GLOSSAR
Wirtschaft

**Wirtschaftliche Prozesse bestimmen unseren Alltag, meist laufen sie als unbewusste Routinen ab. Seltener wird thematisiert, wieso das sogenannte „Wirtschaften“ notwendig ist und nach welchen Regeln wirtschaftliche Prozesse ablaufen.**

### M 1 Warum wir wirtschaften (müssen)

Zeichnung: Dirk Meissner

Mit dem wirklichen, realen Leben hat die Utopie des Schlaraffenlandes wenig zu tun. Hier haben die Menschen unbegrenzte Bedürfnisse, aber nur begrenzte Ressourcen.
Ein Bedürfnis liegt dann vor, wenn ein Mensch einen Mangel an etwas empfindet. Hunger ist beispielsweise der Ausdruck eines Mangels an Nahrung, Müdigkeit Ausdruck eines Mangels an Schlaf. Unter Ressourcen werden alle Güter verstanden, die ein Mensch einsetzen kann, um seine Bedürfnisse zu befriedigen. Bei Gütern kann es sich um Waren (z. B. Nahrung, Kleidung), um Dienstleistungen (z. B. Beratung durch einen Anwalt, Putzservice) oder um Rechte (z. B. Recht, in einem Fluss zu fischen, Recht an einer Erfindung) handeln.
Der Mensch ist bestrebt, mit den ihm zur Verfügung stehenden Ressourcen so viele Bedürfnisse wie möglich zu befriedigen. Dies nennt man wirtschaften.
Um dies zu erreichen, interagieren die Menschen miteinander: Sie tauschen Waren, sie arbeiten zusammen, um sich gemeinsam Ressourcen zu erschließen, die dem Einzelnen alleine nicht zur Verfügung stehen, sie versuchen aber vielleicht auch, den anderen zu betrügen und zu bestehlen, um den eigenen Vorteil zu erhöhen.
Konflikte zwischen den Menschen sind die unausweichliche Folge und ein System von Regeln ist die notwendige Konsequenz, wenn Anarchie vermieden werden soll. Gesetzt werden diese Regeln im Rahmen staatlicher Prozesse, z. B. in Parlamenten oder verfassungsgebenden Versammlungen. Die staatliche Ausgestaltung der Regeln unterscheidet sich teilweise gravierend und hängt von vielen Faktoren (Epoche, politisches System etc.) ab.

*Autorentext*

**1** **a)** Analysieren Sie die Karikatur in M1.
**b)** Nennen Sie mögliche Motive, die Menschen dazu veranlassen, wirtschaftlich zu handeln.

**2** Erläutern Sie anhand des Textes in M1 Gründe, die es erforderlich machen zu wirtschaften.

**3** Erklären Sie die Bedeutung von Ressourcen für einen Staat (M1).

# Wirtschaftsordnungen

## M1 Grundbegriffe und Zusammenhänge

Die Wirtschaftsordnung umfasst alle Regeln, Normen und Institutionen, die als meist längerfristig angelegte Rahmenbedingungen wirtschaftliche Entscheidung- und Handlungsspielräume von Individuen und wirtschaftlichen Einheiten (Haushalte, Unternehmen) abgrenzen. Unter ordnungstheoretischem [...] Gesichtspunkt sind Wirtschaftsordnungen die Kombination einer begrenzten Zahl von Ordnungsformen. Als Klassifikationskriterien von Wirtschaftsordnungen werden z. B. Formen der Planung und Lenkung, Eigentums-, Markt-, Preisbildungs- und Unternehmensformen sowie Formen der Geld- und Finanzwirtschaft angesehen. [...] Die Vielfalt konkreter Wirtschaftsordnungen ist Ausdruck der Fülle von Kombinationsmöglichkeiten dieser Ausprägung von Ordnungsformen.

Die Ordnungsformen werden in den meisten Gesellschaften der Gegenwart – mehr oder weniger umfangreich – in Verfassung, Gesetzen und Rechtsverordnungen normiert. [...] Rechtlich verankerte Normen und Institutionen, durch die Entscheidungs- und Handlungsspielräume von Wirtschaftseinheiten bestimmt sind, werden als Wirtschaftsverfassung bezeichnet. Sie wird wesentlich durch das politische und kulturelle System einer Gesellschaft geprägt. Ihre Interpretation ist ein erster Ansatzpunkt, um [...] Wirtschaftsordnungen zu erfassen.

Die sozioökonomische Umwelt [...] umschließt die bereits genannten Faktoren, zu denen auch ein politisches und kulturelles Teilsystem einer Gesellschaft zu zählen sind. Ändert sich die Umwelt (z. B. Ressourcenerschöpfung), erfolgen Reaktionen im Wirtschaftsprozess (z. B. Ressourcensubstitution), die wiederum Umweltveränderungen (z. B. Veränderungen des politischen Systems, Anhebung des Wissensstandes durch technischen Fortschritt) auslösen können.

Die Anpassungsfähigkeit an die Umwelt wird wesentlich durch die Art und Weise der Beziehungen beeinflusst, die zwischen den wirtschaftlichen Entscheidungs- und Handlungseinheiten bestehen. Sie stellen in ihrer Gesamtheit das Wirtschaftssystem dar.

*H. Jörg Thieme, Wirtschaftssysteme, in: Valens Kompendium der Wirtschaftstheorie und Politik, Bd. 1, 9. Aufl., München: Franz Valen Verlag, 2007, S. 1-52, hier S. 10 f.*

## M2 Merkmale von Wirtschaftsordnungen

Anhand bestimmter Merkmale lässt sich ermitteln, ob es sich um eine freie Marktwirtschaft oder eine staatlich gelenkte Zentralverwaltungswirtschaft (Planwirtschaft) handelt. Ein wichtiger Indikator ist die Frage nach den Eigentumsformen. Gibt es Privateigentum an den Produktionsmitteln oder sind diese Eigentum des Staates? In einer Planwirtschaft werden die staatseigenen Betriebe durch ein zentrales Planungs- und Lenkungssystem gesteuert, während in einer freien Marktwirtschaft die Unternehmer die Produktion in ihren privaten Betrieben eigenständig planen. Dies wirkt sich auch auf die Preisbildung aus: In einer freien Marktwirtschaft werden die Preise durch den Marktmechanismus gebildet, während in einer Planwirtschaft eine staatliche Planstelle die Preise festlegt. Dort liegt der Fokus auf der Erfüllung des vorab festgelegten Planes (Planerfüllungsprinzip), die freie Marktwirtschaft lebt hingegen vom Gewinnstreben der Unternehmen (Gewinnprinzip).

*Autorentext*

**1** Stellen Sie mithilfe von M1 die wichtigsten Grundbegriffe (Wirtschaftsordnung, Wirtschaftsverfassung, Wirtschaftssystem) in einer Mindmap dar.

**2** Nennen Sie mithilfe von M2 die wichtigsten Unterschiede zwischen einer Planwirtschaft und einer freien Marktwirtschaft. Erstellen Sie dazu eine Tabelle.

# Freie Marktwirtschaft

**INFO**

**Adam Smith**
(1723–1790) schottischer Moralphilosoph und Ökonom; er gilt als Begründer der klassischen Nationalökonomie. Sein Hauptwerk „An Inquiry into the Nature and Causes oft the Wealth of Nations" erschien 1776.

**Merkantilismus**
Wirtschaftspolitik, die sich durch starke Eingriffe des Staates auszeichnete und insbesondere bestrebt war, die eigenen Exporte hoch und die Importe niedrig zu halten, um die Staatseinnahmen zu mehren.

**GLOSSAR**

Liberalismus

**INTERNET**

WES-118380-411
Film: Einfach erklärt: Das Marktmodell

## M1 Grundzüge und Bezugspunkte der freien Marktwirtschaft

Die freie Marktwirtschaft geht ideengeschichtlich auf den wirtschaftlichen Liberalismus zurück, als dessen wichtigster Vertreter Adam Smith gilt. Grundlage für wirtschaftliche Prozesse ist bei Smith das individuelle Gewinnstreben, das für das Wohl der Gemeinschaft nutzbar gemacht wird. „Der Einzelne vermag ganz offensichtlich aus seiner Kenntnis der örtlichen Verhältnisse weit besser zu beurteilen, als es irgendein Staatsmann oder Gesetzgeber für ihn tun kann, welcher Erwerbszweig im Lande für den Einsatz seines Kapitals geeignet ist und welcher einen Ertrag abwirft, der den höchsten Wertzuwachs verspricht." *(Adam Smith, Der Wohlstand der Nationen. Eine Untersuchung seiner Natur und seiner Ursachen, hrsg. v. Horst Claus Recktenwald, 6. Aufl., München: dtv, 1993, S. 582)* Folglich liegt der Fokus bei der freien Marktwirtschaft auf der individuellen ökonomischen Entscheidungs- und Handlungsfreiheit. Der Staat verhält sich möglichst passiv und stellt lediglich elementare Rahmenbedingungen her, wie Zahlungsmittel oder den Schutz des Eigentums. Die Steuerung der Wirtschaft übernimmt der Markt mittels Angebot und Nachfrage, z. B. bestimmt der Preis (Angebot und Nachfrage), wie viel von welcher Ware wo produziert wird. Damit der Marktmechanismus funktioniert, benötigt diese Wirtschaftsordnung freien Wettbewerb sowie freie Preisbildung, außerdem muss es ein Privateigentum an den Produktionsmitteln geben. Die freie Marktwirtschaft hat sich als Gegenpol zu den merkantilistischen Wirtschaftsordnungen des Absolutismus (16. bis 18. Jh.) herausgebildet, dies erklärt den Vorrang der persönlichen Freiheitsrechte gegenüber staatlicher Bevormundung, etwa in Form der Gewerbefreiheit.

*Autorentext*

## M2 Die Rolle des Marktes

**a) Grundfunktionen:** Durch Angebot und Nachfrage (Marktmechanismus) wird nicht nur der Preis gebildet (Preisbildungsfunktion), Anbieter und Nachfrager müssen sich auch abstimmen, welche Arten von Gütern zu welchem Preis gehandelt werden (Koordinationsfunktion). So lenken die Nachfrager die Produktion in die Richtung der von ihnen präferierten Güter (Allokationsfunktion). Durch das Zusammenspiel dieser Funktionen wird die Versorgung sichergestellt.

**b) Der vollkommene Markt:** Die auf vollkommenen Märkten gehandelten Güter müssen sachlich gleichartig sein und dürfen sich weder durch Qualität, Aufmachung, Farbe, Geschmack oder Verpackung unterscheiden. Solche homogenen Güter [...] schließen sachliche Präferenzen (Vorlieben) der Käufer für bestimmte Erzeugnisse oder Waren z. B. wegen besonders ansprechender Werbung oder Gestaltung der Produkte aus. Auf vollkommenen Märkten haben die Nachfrager keine persönlichen, räumlichen und zeitlichen Präferenzen. Fehlende persönliche Präferenzen schließen die Bevorzugung eines bestimmten Anbieters durch den Nachfrager, z. B. wegen besonders freundlicher Bedienung, aus. Die Abwesenheit räumlicher Präferenzen verschafft keinem Anbieter oder Nachfrager Standortvorteile wie einen besonders günstigen Standort für sein Geschäft. [...] Der Ausschluss von zeitlichen Präferenzen bedingt, dass z. B. keine Lieferfristen oder Abnahmetermine bestehen. [...] Darüber hinaus wird unterstellt, dass vollständige Markttransparenz herrscht. Alle Marktteilnehmer haben also eine vollständige Marktübersicht: Die Anbieter wissen, bei welchen Preisen und Mengen die Nachfrager die angebotenen Güter kaufen möchten, und die Nachfrager sind darüber informiert, zu welchen Preisen und Mengen die Anbieter ihre Güter verkaufen möchten.

*a) Autorentext; b) vollkommener Markt, in: Das Lexikon der Wirtschaft, Bonn: Bundeszentrale für politische Bildung, 2016, https://www.bpb.de/nachschlagen/lexika/lexikon-der-wirtschaft/21070/vollkommener-markt (Zugriff: 17.02.2022)*

## M3 Effizient, aber nicht gerecht

„Die Marktwirtschaft ist effizient [...]. Sie ist allerdings nicht gerecht, weil sie nicht nach Bedürfnissen, nicht einmal nach Anstrengung, sondern vor allem nach Knappheit entlohnt. Wer gut Fußball spielen kann oder gut managen, wird reich, obwohl er sich nicht mehr anstrengt als andere, ja vielleicht sogar das bequemere Leben hat.

Die Vermögensungleichheit zwischen den Menschen tendiert dazu, im Laufe der Zeit zuzunehmen, weil aus hohen Einkommen ein höherer Prozentsatz gespart werden kann und für große Vermögen bessere Anlageobjekte zur Verfügung stehen als für kleine. Insbesondere steht großem Vermögen die Anlage in realen Firmen zur Verfügung, die dann am besten funktionieren, wenn sie von einem Unternehmer gelenkt werden, der mit seinem eigenen Vermögen haftet.

Vermögen wird in großem Umfang über Erbschaften weitergegeben. Dadurch kann es akkumuliert und konzentriert werden. [...] Vermögen ist zugleich Kapital, das Arbeitsplätze schafft. Durch die Akkumulation von Kapital, das in immer komplexere Maschinen investiert wird, steigen die Arbeitsproduktivität und der Lohn. Jedes Jahr orientieren sich die Lohnverhandlungen am Zuwachs der Arbeitsproduktivität, der größtenteils durch den vermehrten Kapitaleinsatz zustande kommt.“

*Hans-Werner Sinn, Effizient, aber nicht gerecht, in: Die Zeit online, 16.02.2016, https://www.zeit.de/wirtschaft/2016-02/kapitalismus-einkommen-gerechtigkeit (Zugriff: 22.02.2022)*

## M4 „Freier Markt?“

Zeichnung: Paolo Calleri

**1** Erläutern Sie die Grundzüge einer freien Marktwirtschaft (M1).

**2** **a)** Erstellen Sie eine Mindmap mit den Merkmalen eines idealen Marktes (M2).
**b)** Begründen Sie, warum es in der Realität keine vollkommenen Märkte gibt.

**3** Erstellen Sie ein Preis-Mengen-Diagramm für den Absatz von Spielekonsolen mit den nachfolgenden Einheiten: Preis in Euro (100-€-Schritte), Menge in 100 Stück. Der Gleichgewichtspreis liegt bei 500 €. Tragen Sie nun die Verschiebungen der Angebots- und Nachfragekurve für die folgenden Ereignisse ein.
**a)** Die Produktion von Mikrochips stockt wegen zu hoher Nachfrage, d. h., es können nicht mehr so viele Konsolen hergestellt werden, um die Nachfrage zu befriedigen.
**b)** Durch ein Streaming-Angebot für Videospiele werden kaum noch Konsolen gekauft.

**4** Stellen Sie die Vor- und Nachteile der freien Marktwirtschaft dar (M3 und M4).

F

Erklärfilme zum Gesetz von Angebot und Nachfrage und zum Preis-Mengen-Diagramm

# Zentralverwaltungswirtschaft

## M1 Die Entwicklung der ökonomischen Theorie bei Karl Marx

**QUERVERWEIS**

Das Modell der Klassengesellschaft, S. 150 f.

**GLOSSAR**

Kapitalismus
Klasse, soziale
Kommunismus

Keine andere Person des 19. Jahrhunderts hat mit seinen Schriften und Theorien den Verlauf des 20. Jahrhunderts so sehr beeinflusst wie Karl Marx. Dies schmälert auch nicht die Tatsache, dass die Geschichte anders verlaufen ist, als sich das Marx vorgestellt hatte, und dass große Teile des Marxismus spätestens zum Ende des 20. Jahrhunderts als gescheitert angesehen werden können. [...] Im September 1844 begann seine Zusammenarbeit mit Friedrich Engels, eine in der Geistesgeschichte einmalige Freundschaft. [...] Beide gründeten 1847 den „Bund der Kommunisten“ [...], [der] als Keimzelle der späteren sozialistischen und kommunistischen Parteien der Welt gilt.

1847 verfassten sie das „Manifest der kommunistischen Partei“, das ein Jahr später erschien. Hier entwickelten Marx und Engels bereits große Teile der später als Marxismus bezeichneten Weltanschauung. [...] Im Kapitalismus stehen sich moderne Bourgeoisie und die Lohnarbeiter gegenüber. Die Voraussetzung für die Existenz und Herrschaft der Bourgeoisieklasse ist die Anhäufung und Vermehrung des Reichtums in den Händen von Privaten, die Bedingung des Kapitals ist die Lohnarbeit. Die Lebenssituation der Proletarier ist gekennzeichnet von einer Unterjochung unter das Kapital. Statt mit dem Fortschritt der Industrie seine Lage zu verbessern, verarmt der moderne Arbeiter.

Den Widerspruch zwischen den Produktivkräften, die immer mehr Reichtum schaffen, und den Produktionsverhältnissen, unter denen sich der Reichtum in den Händen weniger sammelt, beschreibt Marx als Triebkraft der gesellschaftlichen Entwicklung. [...] Es tritt eine Epoche sozialer Revolutionen ein. [...] Dabei muss der gesamte Überbau, die Gesellschaft, mit in die Luft gesprengt werden. Im Ergebnis entsteht die sozialistische Gesellschaft. Das bürgerliche Eigentum wird in gesellschaftliches verwandelt und verliert seinen Klassencharakter. [...] Ziel ist der Kommunismus, das Ideal einer klassenlosen Gesellschaft, in der die sozialen Unterschiede aufgehoben sind und das erwirtschaftete Sozialprodukt allen gehört. [...]

In seiner wichtigsten Publikation „Das Kapital. Kritik der politischen Ökonomie“ analysiert er die kapitalistische Gesellschaft. [...] Im „Kapital“ beschreibt Marx, wie im Kapitalismus Privateigentum an Produktionsmitteln durch die Nutzung von Lohnarbeit vermehrt wird. Diese spezifische Form des Mehrprodukts bezeichnet er als Mehrwert.

Mit seiner Theorie [...] erklärt er, wie im Kapitalismus Ausbeutung möglich ist. [...] Die Arbeiter werden nur so weit am Reichtum beteiligt, wie die Benutzung ihrer Arbeitskraft ihre Entlohnung notwendig macht. Zweitens richtet sich die Kritik gegen die politische Herrschaft, die sich in den Dienst des Kapitals stellt und die Abhängigkeit der arbeitenden Klasse vom Privateigentum durch „Recht und Ordnung“ absichert.

*Vera Linß, Die wichtigsten Wirtschaftsdenker, Wiesbaden: Marix Verlag, 2017, S. 122 ff.*

**1** **a)** Beschreiben Sie die Rolle des Staates in der Zentralverwaltungswirtschaft.
**b)** Begründen Sie die Notwendigkeit der Abschaffung des Privateigentums an Produktionsmitteln aus der Sicht von Karl Marx (M1).

**2** Stellen Sie die Vor- und Nachteile der Zentralverwaltungswirtschaft dar (M2).

**3** **a)** Analysieren Sie die Preise in Ost- und Westdeutschland (M3).
**b)** Bewerten Sie die Ergebnisse.

**4** Vergleichen Sie Markt- und Zentralverwaltungswirtschaft unter den Gesichtspunkten:
- Eigentum an Produktionsmitteln,
- Rolle des Staates,
- Menschenbild,
- Konsumgüterausstattung und
- Preisbildung.

## M2 Probleme der DDR-Planwirtschaft

Höhere Löhne und Renten, staatlich subventionierte Mieten und Lebensmittelpreise sowie ein Wohnungsbauprogramm gehören zu den sozialen Leistungen, die das SED-Regime unter Erich Honecker ausbaut, um die Zufriedenheit der Ostdeutschen zu steigern.
Folgen der Sozial- und Wirtschaftspolitik sind drastisch steigende Auslandsschulden, unproduktive Betriebe, eine verfallende Infrastruktur und Umweltzerstörungen. Statt eines „Konsumsozialismus" bestimmt Mangelwirtschaft den Alltag der Menschen.
Das SED-Regime bemüht sich, Devisen zu beschaffen, um die Zahlungsunfähigkeit zu verhindern. Die Überwachung der Gesellschaft durch die Staatssicherheit bleibt hoch.

*Markus Würz, Niedergang der DDR, in: Lebendiges Museum Online, Berlin: Stiftung Haus der Geschichte der Bundesrepublik Deutschland, 04.04.2016, http://www.hdg.de/lemo/kapitel/geteiltes-deutschland-krisenmanagement/niedergang-der-ddr.html (Zugriff: 04.02.2022)*

**INFO**

**Devisen**
Zahlungsmittel in ausländischer Währung, z. B. Guthaben oder Wertpapiere

## M3 Woran die Planwirtschaft in der DDR scheiterte

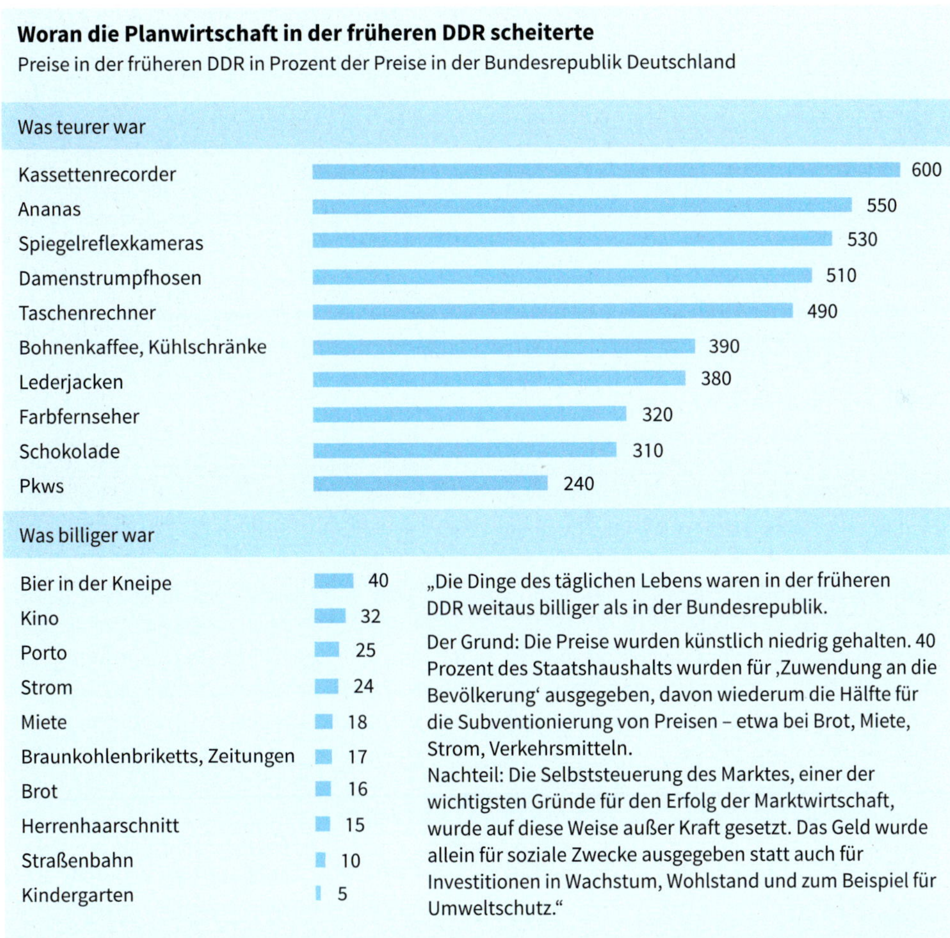


*Quelle: Wolfgang Larmann, Krisenfest?, in: Wirtschaft und Unterricht. Informationen aus dem Institut der deutschen Wirtschaft Köln, Nr. 2/2009, Auszug, zitiert nach: Ulrich Bongertmann, DDR: Mythos und Wirklichkeit, 3. Aufl., Sankt Augustin/Berlin: Konrad-Adenauer-Stiftung e. V., 2014, S. 24*

# 4.2 Der verfassungsrechtliche Rahmen der Sozialen Marktwirtschaft

## Grundlagen der Sozialen Marktwirtschaft

**Die Geschichte des Wirtschaftswunders der 1950er-Jahre ist auch die Erfolgsgeschichte der Wirtschaftsordnung der Sozialen Marktwirtschaft. Sie hat den Anspruch, ein leistungsfähiges Marktsystem mit einem sozialen Ausgleich zu verbinden.**
**Wie es auch im 21. Jahrhundert gelingen kann, diesen spannungsreichen Balanceakt zu bewältigen, wird kontrovers diskutiert.**

**INFO**

**Alfred Müller-Armack** (1901–1978) war Nationalökonom und Mitbegründer der Sozialen Marktwirtschaft in Deutschland. Von 1952 bis 1958 gehörte er dem Wirtschaftsministerium unter Ludwig Erhard an, von 1958 bis 1963 war er Staatssekretär für Europäische Angelegenheiten.

**INTERNET**

**WES-118380-421**
Film: Einfach erklärt: Der Staat in der sozialen Marktwirtschaft

### M 1 Ordnungspolitisches Leitbild

1. Die Soziale Marktwirtschaft basiert auf den Funktionen eines beweglichen und sich dynamisch entwickelnden Marktes.
2. Die Soziale Marktwirtschaft ist angetreten mit dem Anspruch, durch den marktwirtschaftlichen Prozess nicht nur die Gütererzeugung anzuheben, den Bereich persönlicher freier Gestaltungsmöglichkeiten für die Einzelnen zu erweitern, sondern auch soziale Fortschritte zu bringen.
3. Die Soziale Marktwirtschaft fordert keinen schwachen Staat, sondern sieht in einem starken demokratischen Staat die Voraussetzungen für das Funktionieren dieser Ordnung. Der Staat hat nicht nur der Sicherung der Privatrechtsordnung zu dienen, er [hat] [...] sich für die Erhaltung eines echten Wettbewerbs als einer politischen Funktion [...] einzusetzen. Die vom Staat zu sichernde Wettbewerbsordnung wehrt zugleich Machteinflüsse auf dem Markt ab.
4. Garant des sozialen Anspruchs der Marktwirtschaft ist nicht nur der Markt, dessen wirtschaftliche Leistungen sehr oft schon sozialen Fortschritt bedeuten. Der Staat hat vielmehr die unbestrittene Aufgabe, über den Staatshaushalt und die öffentlichen Versicherungen die aus dem Markt resultierenden Einkommensströme umzuleiten und soziale Leistungen, wie Kindergeld, Mietbeihilfen, Renten, Pensionen, Sozialsubventionen und so weiter, zu ermöglichen. Das alles gehört zum Wesen dieser Ordnung. [...] Das bedeutet keineswegs ein Hinüberwechseln aus dem Markt in den staatlichen Bereich, sofern man sich dabei bewusst ist, dass die Mittel, die der Staat transformiert, von der wirtschaftlichen Leistung des Marktes abhängig bleiben und marktkonform sein müssen. [...]
5. [...] Der Staat [steht] seit je und heute bewusster als früher vor Aufgaben der Gesellschaftspolitik, um die [...] Lebensumstände für alle zu verbessern. [...] Ich nenne Erweiterung der Vermögensbildung, Verbesserungen der Investitionen im Bereiche des Verkehrs, des Gesundheitswesens, Aufwendungen für Bildung und Forschung, Schutz gegen die wachsende Verschlechterung vieler Umweltbedingungen, Städtebauförderung.
6. Die Ordnung der Sozialen Marktwirtschaft [...] bleibt insofern Marktwirtschaft, als sie darauf besteht, dass das durch freie Betätigung aller Gruppen gesicherte Privateigentum, eine gesicherte Rechtsordnung und stetes Wirtschaftswachstum auch [...] in der Zukunft die besten Grundlagen bieten, um die Fülle der vor uns stehenden Aufgaben im staatlichen und privaten Bereich zu fördern.
7. [...] Alle Ordnungen der Zukunft, in welchen freien Ländern der Welt sie auch praktiziert werden mögen, werden irgendwie den Linien [...] der Sozialen Marktwirtschaft folgen müssen.

*Alfred Müller-Armack, Unser Jahrhundert der Ordnungsexperimente, in: Ders., Genealogie der sozialen Marktwirtschaft: Frühschriften und weiterführende Konzepte, 2. Aufl., Bern/Stuttgart: Haupt, 1981, S. 150 f.*

## M2 Grundprinzipien sozialer Marktwirtschaft

## M3 Freiheitsprinzip und Sozialstaatsprinzip

**Freiheitsprinzip**

Freiheitsrechte schützen den einzelnen Bürger vor staatlichem Zugriff und dienen als Abwehrrechte. Sie eröffnen jedem Einzelnen freie Handlungsspielräume, welche er nach eigenem Ermessen und individueller Interessenlage ausfüllen darf.
Werden diese Grundrechte von staatlicher Seite verletzt, kann der Bürger diese Rechte vor dem Bundesverfassungsgericht geltend machen.

**Sozialstaatsprinzip**

Dieses Recht enthält die Verpflichtung des Staates, für eine annähernd gleichmäßige Förderung des Wohls aller Bürger und die möglichst gleichmäßige Verteilung der Lasten zu sorgen. Das Sozialstaatsprinzip steht im Spannungsverhältnis zum Freiheitsprinzip, da es gewisse Handlungsspielräume zugunsten der schwachen Mitglieder der Gesellschaft einschränkt. Der Staat hat somit die Aufgabe, Freiheit und soziale Verantwortung in Einklang zu bringen.

*Autorentext*

**INFO**

**Relevante Grundgesetzartikel sind z. B.**

**Freiheitsprinzip:**
Art. 2 Abs. 1 (Recht auf freie Entfaltung der Persönlichkeit)
Art. 9 (Vereinigungs- und Koalitionsfreiheit)
Art. 11 (Freizügigkeit)
Art. 12 (Berufsfreiheit)
Art. 14 Abs. 1 (Recht auf Eigentum, Erbrecht)

**Sozialstaatsprinzip:**
Art. 3 Abs. 1 (Gleichheit vor dem Gesetz)
Art. 3 Abs. 3 (keine Benachteiligung oder Bevorzugung)
Art. 14 Abs. 2 (soziale Bindung des Eigentums)
Art. 20 Abs. 1 (Sozialstaatsgebot)
Art. 20 Abs. 3 (Rechtsstaatsprinzip)
Art. 72 Abs 2 (Herstellung gleichwertiger Lebensverhältnisse)

## M4 Das Bundesverfassungsgericht zur wirtschaftspolitischen Neutralität der Bundesregierung

Das GG garantiert nicht die wirtschaftspolitische Neutralität von Exekutive und Legislative; es garantiert ebenso wenig eine nur mit marktkonformen Mitteln zu steuernde „Soziale Marktwirtschaft". Der Gesetzgeber darf somit die ihm jeweils sachgemäß erscheinende Wirtschaftspolitik verfolgen, sofern er dabei das GG achtet; die gegenwärtige Wirtschafts- und Sozialordnung ist damit eine, nach dem GG mögliche Ordnung.

*Autorentext*

**1** Erläutern Sie die Grundzüge der Sozialen Marktwirtschaft (M1 bis M3). Gehen Sie dabei insbesondere auf das Freiheits- und Sozialstaatsprinzip ein.

**2** Diskutieren Sie, inwiefern bei der Beurteilung einer Wirtschaftsordnung die persönliche Freiheit des Individuums oder die ökonomischen Leistungen eine Rolle spielen.

**3** Erläutern Sie den Begriff der wirtschaftspolitischen Neutralität (M4).

# Spannungsverhältnisse in der Sozialen Marktwirtschaft – wirtschaftliche Freiheit und sozialer Ausgleich

## M1 Schuldenfrei auf Kosten der Mieter?

Auf dieses Erbe seiner politischen Ära ist Ingolf Roßberg stolz. Immer wieder bleibt er stehen, breitet beide Arme aus. Er sagt: „Hier war früher nichts." Roßberg läuft in kurzen Schritten über den Dresdner Neumarkt, dreht eine Schleife an der Frauenkirche vorbei, nennt die Namen diverser Investoren, die in den vergangenen Jahren die historische Kulisse wiederaufgebaut haben. Roßberg sagt, er habe stets daran geglaubt, dass Dresden eine Zukunft habe. Der Neumarkt sei für ihn ein Symbol des Aufschwungs dieser Stadt. Und der war auch möglich, weil Roßberg damals bereit war zu handeln.

[...] Roßberg ist von hier. Sieben Jahre lang stand er für die FDP an der Spitze der Stadtverwaltung, in einer Zeit, als der Wirtschaftsboom in Dresden noch nicht eingesetzt hatte. „Das Jahr 2004 war das schlimmste", sagt Roßberg. „Es ging fast nichts mehr." Die Stadt hatte damals horrend hohe Schulden, 798 Millionen Euro. Jeder Haushalt musste im Pingpong mit dem sächsischen Regierungspräsidium ausgehandelt werden. Roßberg legte Budgetentwürfe vor, die übergeordnete Behörde verlangte neue Kürzungen, in Kultur, in Bildung und Sozialem. Allein für den Schuldendienst mussten pro Jahr 70 Millionen Euro aufgebracht werden. „Mir ist schließlich der Kragen geplatzt", sagt Roßberg heute. „Ich wollte den Befreiungsschlag."

Und der sah so aus: Die Stadt Dresden verkaufte im Jahr 2006 alle Anteile an ihrer kommunalen Wohnungsgesellschaft Woba mit mehr als 47.000 Wohnungen, den gesamten städtischen Bestand. Gekauft hat die Wohnungen ein Investor aus den USA, der sie später weiterverkaufte. [...] 981 Millionen Euro nahm die Stadt durch den Verkauf ein. Dresden war auf einen Schlag schuldenfrei. Und hatte noch mehr als 200 Millionen Euro übrig. [...]

Damals gab es in der Stadt einen breiten politischen Konsens für den Verkauf, selbst einige Linke im Stadtrat stimmten dafür. Jetzt, 13 Jahre später, hat sich die Situation auf dem Wohnungsmarkt aber vollkommen gedreht. Dresden hat einen wirtschaftlichen Boom erlebt. Die Bevölkerung ist seit dem Jahr 2000 stetig gewachsen: 85.000 Menschen sind dazugekommen. Der Wohnraum wird knapper, die Mieten steigen – zwar nicht so schnell wie in den westdeutschen Städten, aber auch die Gehälter sind in Dresden insgesamt niedriger. Wohnen wird für die Menschen damit immer teurer. [...]

War die Entscheidung über den Verkauf der kommunalen Wohnung vor 13 Jahren also richtig? „Ja, definitiv", sagt Roßberg. „Es war das Beste, das Dresden erreichen konnte." Das sähen heute auch viele derzeitige Politiker in der Stadt ähnlich, sie hielten sich schließlich weiterhin an die Schuldenbremse, die sie in der Stadt früher vereinbart hätten. „Können Sie mir eine Schule in Dresden nennen, die heute unsaniert ist?" Die neue finanzielle Freiheit damals sei gut genutzt worden. Es gab Investitionen in die Kultur, die Infrastruktur, die Bildung. Auch das habe dazu beigetragen, dass die Stadt heute so attraktiv für private Investoren sei, ob nun für den Wiederaufbau der Altstadt um die Frauenkirche herum oder für die Ansiedlung neuer Unternehmen.

*Zacharias Zacharakis, Wer braucht schon 47.000 Wohnungen?, in: Die Zeit online, 14.07.2019, https://www.zeit.de/wirtschaft/2019-07/dresden-mietpreise-kommunale-wohnungen-privatisierung/komplettansicht (Zugriff: 17.02.2022)*

## M2 Entwicklung der Mietpreise in Dresden

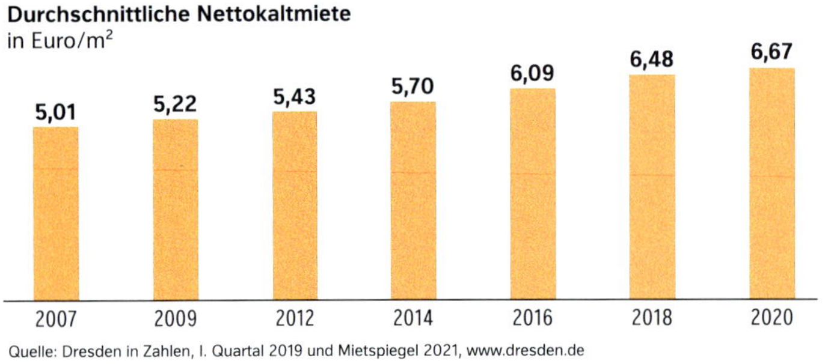


Quelle: Dresden in Zahlen, I. Quartal 2019 und Mietspiegel 2021, www.dresden.de

## M3 Gewinnbringende Immobilienanlagen in Dresden

Der Gutachterausschuss für Grundstückswerte in der Landeshauptstadt Dresden informiert über Preis- und Umsatzentwicklungen des Immobilienmarktes im ersten Halbjahr 2021. „Im ersten Halbjahr 2021 zeigt sich der Immobilienmarkt in der Landeshauptstadt robust. Sowohl die Anzahl erfasster Eigentumsübertragungen als auch der Geldumsatz liegen auf ähnlichem Niveau wie im Vorjahreszeitraum." [...] Im ersten Halbjahr 2021 wurden insgesamt 2.238 Immobilienübergänge registriert, dabei wurden rund 938 Millionen Euro umgesetzt. [...]
Die Anzahl der Kaufverträge für Baugrundstücke ist im Vergleich zum ersten Halbjahr 2020 von 51 auf 74 gestiegen. Die Nachfrage nach Baugrundstücken in der Landeshauptstadt Dresden ist weiterhin hoch, kann aber nicht gedeckt werden. Bei den Baugrundstücken für Einfamilienhäuser stieg der durchschnittliche Preis von 320 auf 340 Euro im Vergleich zum vorherigen Halbjahr. Bei den Baugrundstücken für Geschossbauten ist der Durchschnittspreis sogar um rund 27 Prozent gestiegen. Der Preis für freistehende Einfamilienhäuser stieg um 15 Prozent auf durchschnittlich 3.890 Euro pro Quadratmeter. [...] Auch die Preise für Eigentumswohnungen steigen weiter, auf 5.065 Euro pro Quadratmeter bei neu errichtetem bzw. auf 2.350 Euro pro Quadratmeter bei weiterverkauftem Wohnungseigentum.

*Immobilienmarkt bleibt stabil, in: DAWO. Dresdner Wochenzeitung, 31.08.2021, https://dawo-dresden.de/2021/08/31/immobilienmarkt-bleibt-stabil/ (Zugriff: 17.02.2022)*

## M4 Streit um Sozialwohnungsbau in Dresden

Es ist ein Streit um 15 oder 30 Prozent. Wie viele Sozialwohnungen müssen private Investoren anbieten, wenn sie in Dresden bauen wollen? Seit Sommer 2019 sind es 30 Prozent. Allerdings wird der Bau vom Land gefördert. Einigen ist dieser Anteil zu hoch. Eine Mehrheit im Stadtrat kippte das sogenannte kooperative Baulandmodell, in dem das geregelt ist, und halbierte die Quote. Dem widersprach Oberbürgermeister Dirk Hilbert (FDP) aus formalen Gründen, obwohl er selbst für 15 Prozent ist. [...] In einer offiziellen Mitteilung an die Dresdner Stadträte erklärt [der u.a. für Bau zuständige Beigeordnete Stephan] Kühn [Grüne] die ursprünglichen Pläne der Stadt mit 30 Prozent Sozialwohnungen. Danach hätten die städtische WID und private Investoren bis 2025 rund 3.800 Sozialwohnungen schaffen sollen. Dafür gebe es auch bei den Privaten konkrete Projekte, die sich zum Teil bereits im Verfahren befinden. Die Absenkung der Quote führt nach Kühns Berechnungen dazu, dass statt 1.611 Sozialwohnungen von Privaten nur 893 entstehen. Das macht 718 Wohnungen weniger. „Die Reduzierung der Sozialwohnungsquote führt dazu, dass der Bedarf an Sozialwohnungen in Dresden über längere Zeit nicht gedeckt werden kann", so Kühn. Der Bedarf in Dresden liegt sogar bei weiteren 10.000 Sozialwohnungen.

**INFO**

**Wohnen in Dresden (WID)**
ist die kommunale Wohnungsbaugesellschaft der Stadt Dresden.

*Andreas Weller, Sozialwohnungsquote wird teuer für Dresden, in: Sächsische Zeitung online, 29.11.2020, https://www.saechsische.de/dresden/sozialwohnungsquote-wird-teuer-fuer-dresden-5326947-plus.html (Zugriff: 17.02.2022)*

1. Stellen Sie die Entwicklungen in M1 dar, gehen Sie dabei sowohl auf die Problematik der Wohnraumverknappung als auch auf die Verschuldung der Stadt Dresden ein.
2. Recherchieren Sie die Nettokaltmiete in Ihrer Region und berechnen Sie die Höhe der Miete für eine Familie (100 $m^2$).
3. Fassen Sie die Entwicklung von Mietpreisen (M2) und dem Immobilienmarkt der Stadt Dresden (M3) in einer grafischen Darstellung zusammen.
4. Erläutern Sie den Konflikt um den Bau von Sozialwohnungen in Dresden (M4).
5. Bewerten Sie das Spannungsfeld zwischen einer gewinnorientierten Immobilienwirtschaft und den Anforderungen des sozialen Wohnungsbaus.

# 4.3 Ziele und Instrumente staatlicher Wirtschaftspolitik

## Ziele der Wirtschaftspolitik in der Bundesrepublik Deutschland

**Die Frage nach dem Zweck staatlicher Wirtschaftspolitik wird kontrovers diskutiert, denn die meisten Interessengruppen haben sehr unterschiedliche Vorstellungen darüber, was gutes ökonomisches Handeln auszeichnet. Nachhaltigkeit, Stabilität oder Wachstumsorientierung sind dabei nur einige der Schlagwörter aus Debatten rund um die Ziele staatlicher Wirtschaftspolitik.**

**INFO**

**Stabilitätsgesetz**
Gesetz zur Förderung der Stabilität und des Wachstums der Wirtschaft (StabG)

### M1 Stabilitätsgesetz von 1967

**§ 1** Bund und Länder haben bei ihren wirtschafts- und finanzpolitischen Maßnahmen die Erfordernisse des gesamtwirtschaftlichen Gleichgewichts zu beachten. Die Maßnahmen sind so zu treffen, daß sie im Rahmen der marktwirtschaftlichen Ordnung gleichzeitig zur Stabilität des Preisniveaus, zu einem hohen Beschäftigungsstand und außenwirtschaftlichem Gleichgewicht bei stetigem und angemessenem Wirtschaftswachstum beitragen.

### M2 Das „Magische Viereck“

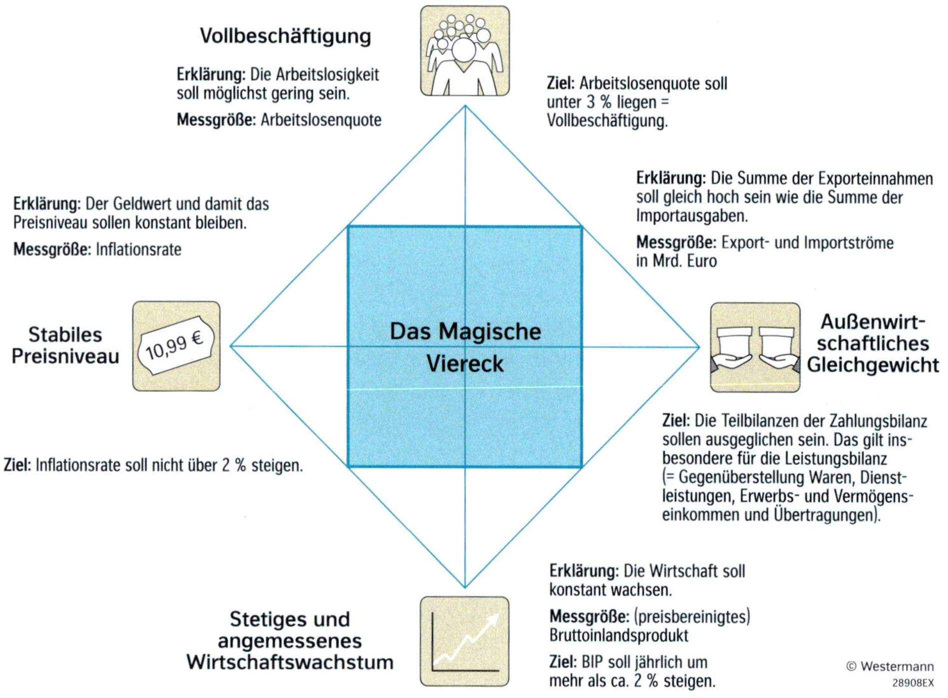


**GLOSSAR**

Bruttoinlandsprodukt (BIP)
Inflation
Leistungsbilanz

**INTERNET**

**WES-118380-431**
Einen Überblick zur prognostizierten Wirtschaftslage finden Sie auf den Seiten des ifo Instituts.

1 Erläutern Sie das Stabilitätsgesetz von 1967 und dessen Zielformulierungen (M1, M2).

2 Recherchieren Sie die aktuelle wirtschaftliche Situation und gleichen Sie diese mit den Zielen des „Magischen Vierecks“ (M2) ab.

# Vollbeschäftigung

## M1 Entwicklung der Arbeitslosenzahlen

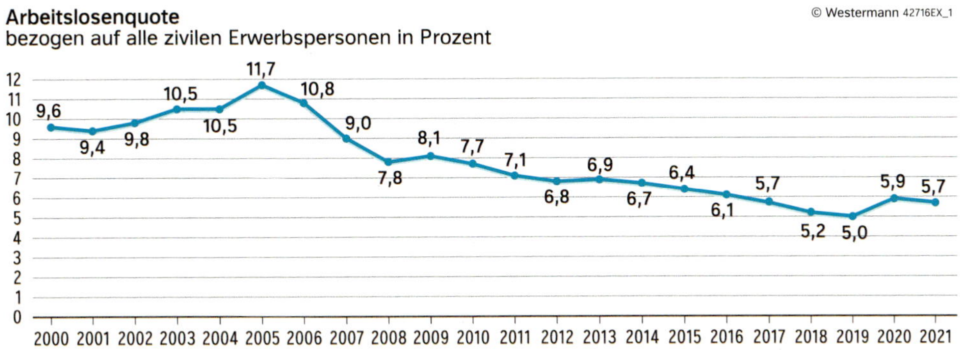

Quelle: Statistik der Bundesagentur für Arbeit, Arbeitslosigkeit im Zeitverlauf, Stand: 02/2022

## M2 Die Beschäftigungssituation im Zuge der Coronapandemie

Die Zahl der Arbeitslosen in Deutschland ist dank einer anhaltenden Herbstbelebung im Oktober [2021] kräftig auf 2,377 Millionen gesunken. Das sind 88.000 weniger als im September und 383.000 weniger als im Oktober vergangenen Jahres, wie die Bundesagentur für Arbeit [...] in Nürnberg mitteilte. Die Arbeitslosenquote sank im Oktober um 0,2 Punkte auf 5,2 Prozent. [...]

„Die Folgen der Coronakrise auf dem Arbeitsmarkt sind zwar noch sichtbar, werden aber kleiner", sagte der Vorstandschef der Bundesagentur, Detlef Scheele. „Arbeitslosigkeit und Unterbeschäftigung sinken kräftig, Beschäftigung und die Nachfrage der Unternehmen nach neuem Personal nehmen zu und Kurzarbeit ist weiter rückläufig", sagte er.

Zwischen dem 1. und dem 24. Oktober hatten Betriebe für 93.000 Personen Kurzarbeit angemeldet. Wie viel tatsächlich davon in Anspruch genommen wird, entscheidet sich aber erst später. Die neuesten Daten für die tatsächliche Inanspruchnahme stammen aus dem August. In diesem Monat zahlte die Bundesagentur für 760.000 Menschen Kurzarbeitergeld. Dies ist deutlich weniger als auf dem Höhepunkt der Coronapandemie, als knapp sechs Millionen Menschen in Deutschland in Kurzarbeit waren. Nicht zufrieden zeigte sich Scheele mit der Lage auf dem Ausbildungsmarkt. „Die Ergebnisse bleiben trotz einer Aufhellung noch sehr deutlich hinter denen vor der Pandemie zurück und wir stehen weiterhin vor großen Herausforderungen", sagte er. In den vergangenen zwölf Monaten waren den Jobcentern und den Arbeitsagenturen 511.300 Lehrstellen gemeldet worden, 19.000 weniger als im gleichen Zeitraum des Vorjahres. Demgegenüber hätten 433.500 Bewerber Beratungen der Jobcenter und Agenturen in Anspruch genommen – 39.400 weniger als im Vorjahreszeitraum.

*wgr/©dpa, Herbstbelebung hält an - Arbeitslosigkeit sinkt im Oktober kräftig, 28.10.2021*

**INFO**

**Kurzarbeit** bezeichnet eine Herabsetzung der Arbeitszeit im Unternehmen. Unter bestimmten Voraussetzungen kann der Verdienstausfall durch staatliche Ersatzleistungen (Kurzarbeitergeld) ausgeglichen werden.

**INTERNET**

**WES-118380-432**
Aktuelle Statistiken bietet die Bundesagentur für Arbeit.

**1** **a)** Analysieren Sie die Entwicklung der Arbeitslosenquote (M1).
**b)** Vergleichen Sie diese mit den Zielen des „Magischen Vierecks" (S. 236, M2).

**2** Beschreiben Sie die Entwicklungen der Beschäftigungssituation während der Coronapandemie (M2).

**3** Bewerten Sie die aktuelle Beschäftigungssituation. Recherchieren Sie hierzu im Internet.

# Stetiges und angemessenes Wirtschaftswachstum

## M 1 Zweck des Bruttoinlandsprodukts

Das Bruttoinlandsprodukt (BIP) ist ein Maß für die wirtschaftliche Leistung einer Volkswirtschaft in einem bestimmten Zeitraum. Es misst den Wert der im Inland hergestellten Waren und Dienstleistungen (Wertschöpfung), soweit diese nicht als Vorleistungen für die Produktion anderer Waren und Dienstleistungen verwendet werden.
Das Bruttoinlandsprodukt (BIP) wird in jeweiligen Preisen und preisbereinigt […] errechnet. Auf Vorjahrespreisbasis wird die „reale“ Wirtschaftsentwicklung im Zeitablauf frei von Preiseinflüssen dargestellt.
Die Veränderungsrate des preisbereinigten Bruttoinlandsprodukts (BIP) dient als Messgröße für das Wirtschaftswachstum der Volkswirtschaften. Das Bruttoinlandsprodukt (BIP) ist damit die wichtigste Größe der Volkswirtschaftlichen Gesamtrechnungen […].

*Bruttoinlandsprodukt (BIP), Wiesbaden: Statistisches Bundesamt (Destatis), 2022, https://www.destatis.de/DE/Themen/Wirtschaft/Volkswirtschaftliche-Gesamtrechnungen-Inlandsprodukt/Methoden/bip.html (Zugriff: 23.02.2022)*

**INFO**

**preisbereinigt**
Bei der Preisbereinigung werden die Preiseinflüsse herausgerechnet, sodass sich die Jahreswerte vergleichen lassen.

## M 2 Das Bruttoinlandsprodukt 2020/2021

| Merkmal | Einheit | 2021 | 2020 | | | | 2021 | | | |
|---|---|---|---|---|---|---|---|---|---|---|
| | | | 1. Vj* | 2. Vj | 3. Vj | 4. Vj | 1. Vj | 2. Vj | 3. Vj | 4. Vj |
| **Bruttoinlandsprodukt (BIP)** | | | | | | | | | | |
| preisbereinigt[1] | % | 2,8 | –1,5 | –11,3 | –3,6 | –1,9 | –3,0 | 10,8 | 2,8 | 1,4 |
| preis-, saison- und kalenderbereinigt[2] | % | 2,8 | –1,8 | –10,0 | 9,0 | 0,7 | –1,7 | 2,2 | 1,7 | –0,7 |
| in jeweiligen Preisen | Milliarden Euro | 3.567,1 | 859,8 | 774,1 | 853,4 | 880,3 | 848,7 | 866,1 | 915,4 | 937,0 |
| je Einwohner[3] | Euro | 42.876 | 10.338 | 9.312 | 10.263 | 10.581 | 10.205 | 10.415 | 11.002 | 11.252 |
| je Erwerbstätigen (Produktivität)[1,4] | % | 2,7 | –2,0 | –10,3 | –2,3 | –0,6 | –1,6 | 10,7 | 2,2 | 0,4 |

* Vierteljahr
[1] Veränderung gegenüber dem Vorjahr beziehungsweise Vorjahresquartal
[2] Veränderung gegenüber dem Vorjahr beziehungsweise Vorquartal
[3] ab 2011 Ergebnisse der laufenden Bevölkerungsstatistik, davor Rückrechnungen auf Basis des Zensus 2011
[4] preisbereinigtes BIP je Erwerbstätigen

*Bruttoinlandsprodukt (BIP), Wiesbaden: Statistisches Bundesamt (Destatis), Stand: 02.02.2022, https://www.destatis.de/DE/Themen/Wirtschaft/Volkswirtschaftliche-Gesamtrechnungen-Inlandsprodukt/Tabellen/bip-bubbles.html (Zugriff: 23.02.2022)*

## M3 OECD-Prognose für Deutschland 2022

Trotz Lieferengpässen und der vierten Coronawelle traut die Industriestaaten-Organisation OECD der deutschen Wirtschaft eine kräftige Erholung zu. 2022 werde das Bruttoinlandsprodukt (BIP) voraussichtlich um 3,9 Prozent wachsen, wie die Organisation für wirtschaftliche Entwicklung und Zusammenarbeit (OECD) zu ihrem am Mittwoch veröffentlichten Ausblick mitteilte. Zum Vergleich: Die Bundesregierung rechnet hier mit einem etwas kräftigeren Plus von 4,1 Prozent, die Wirtschaftsweisen sogar mit 4,6 Prozent. „Wir sind vorsichtig optimistisch", sagte OECD-Ökonomin Isabell Koske der Nachrichtenagentur Reuters. „Es gibt aber enorme Unsicherheit und Risiken – von der Coronakrise über Lieferengpässe bis hin zur Inflation." Für 2023 sagt die OECD ein Plus von 2,2 Prozent voraus. Für das zu Ende gehende Jahr wird mit einem Wachstum von 2,8 Prozent gerechnet. Alle Angaben sind – wie in Deutschland üblich – nicht um die Zahl der unterschiedlichen Arbeitstage bereinigt.

„Die Erholung wird durch Engpässe bei wichtigen Vorleistungen im verarbeitenden Gewerbe beeinträchtigt", erklärte die OECD. Angesichts des rekordhohen Auftragsbestands könnte es jedoch zu einer kräftigen Belebung kommen, wenn die Knappheit wieder abnimmt. Auch der private Konsum dürfte im nächsten Jahr merklich zulegen. Die niedrigen Zinssätze und der zunehmende Kapazitätsdruck fördern demnach eine kräftige Investitionstätigkeit der Unternehmen.

Der Preisauftrieb dürfte 2022 nachgeben, aber auf einem erhöhten Niveau bleiben. „Die Inflationsentwicklung bleibt ein Risiko", sagte Koske dazu. „Die Gasreserven in Europa sind auf einem sehr niedrigen Niveau. Je nach Winterverlauf kann es hier zu weiteren Preissteigerungen kommen." Auch könnten die Lieferengpässe länger andauern als erwartet. „Das könnte ebenfalls auf die Preise durchschlagen", sagte die Expertin. Aktuell liegt die Inflationsrate in Deutschland mit 5,2 Prozent auf dem höchsten Stand seit fast 30 Jahren. Die OECD rechnet auch weltweit mit einer Konjunkturerholung. In diesem Jahr soll die globale Wirtschaftsleistung um 5,6 Prozent zulegen, 2022 dann um 4,5 Prozent und 2023 um 3,2 Prozent.

*OECD traut Deutschland 2022 kräftige Erholung zu – „Es gibt aber enorme Risiken", in: Handelsblatt online, 01.12.2021, https://www.handelsblatt.com/politik/konjunktur/nachrichten/konjunktur-oecd-traut-deutschland-2022-kraeftige-erholung-zu-es-gibt-aber-enorme-risiken/27850598.html (Zugriff: 07.02.2022)*

**INFO**

**OECD**
(Organisation for Economic Cooperation and Development = Organisation für wirtschaftliche Entwicklung und Zusammenarbeit) ist eine internationale Organisation mit 38 Mitgliedstaaten, die auf globaler Ebene bei ökonomischen und politischen Problemlagen zusammenarbeiten.

## M4 Vorgaben des Stabilitätsgesetzes

**§ 6 (2)** Die Bundesregierung kann bestimmen, daß bei einer die Ziele des § 1 gefährdenden Abschwächung der allgemeinen Wirtschaftstätigkeit zusätzliche Ausgaben geleistet werden [...]. Die zusätzlichen Mittel dürfen nur für im Finanzplan [...] vorgesehene Zwecke oder als Finanzhilfe für besonders bedeutsame Investitionen der Länder und Gemeinden (Gemeindeverbände) zur Abwehr einer Störung des gesamtwirtschaftlichen Gleichgewichts [...] verwendet werden.

**QUERVERWEIS**

**§1 StabG,**
S. 236, M1

**1** Erklären Sie den Begriff Bruttoinlandsprodukt und dessen Bedeutung zur Ermittlung der wirtschaftlichen Lage (M1).

**2** Analysieren Sie Entwicklung des BIP in den Jahren 2020/21 (M2) und leiten Sie daraus Aussagen zum Wirtschaftswachstum ab.

**3** Vergleichen Sie die Prognose der OECD für 2022 (M3) ...

**a)** ... mit den Zielen des Stabilitätsgesetzes (M4 und S. 236, M2).

**b)** ... mit der tatsächlichen Entwicklung im Jahr 2022. Recherchieren Sie hierfür mithilfe des Webcodes die entsprechenden Konjunkturdaten.

**4** Diskutieren Sie im Kurs, inwiefern sich das BIP als wichtigster Indikator für die Entwicklung einer Volkswirtschaft eignet.

**INTERNET**

**WES-118380-433**
Aktuelle Konjunkturdaten finden Sie auf den Seiten des Statistischen Bundesamts.

# Preisniveaustabilität

**GLOSSAR**

Deflation
Inflation

**INFO**

**Verbraucherpreisindex** misst anhand eines Warenkorbs mit 650 Güterarten monatlich die durchschnittliche Preisentwicklung aller Waren und Dienstleistungen, die private Haushalte in Deutschland konsumieren. Daran lässt sich die Inflation ablesen.

## M1 Inflation und Deflation

**Inflation** ist ein anhaltender Prozess der Geldentwertung, der sich durch allgemeine Preiserhöhungen bemerkbar macht. Mit einer Geldeinheit kann dann ständig weniger gekauft werden [...]. Die Inflation wird gemessen am Anstieg eines das allgemeine Preisniveau am besten widerspiegelnden Preisindexes, wie z. B. des Verbraucherpreisindexes für Deutschland. Der prozentuale Anstieg des Preisindexes in einem bestimmten Zeitraum wird als Inflationsrate bezeichnet.
Beim Entstehen einer Inflation spielt besonders die Geldmenge in der Volkswirtschaft eine große Rolle. Steht der gesamtwirtschaftlichen Gütermenge eine zu große Geldmenge gegenüber (Aufblähung der Geldmenge), ist eine Bedingung für die Inflation gegeben. Übersteigt die gesamtwirtschaftliche Güternachfrage das gesamtwirtschaftliche Güterangebot, das kurzfristig nicht erhöht werden kann, sind steigende Preise die Folge, die Inflation setzt ein. Die Preissteigerungen lösen steigende Löhne aus, wegen des höheren Einkommens steigt die Nachfrage nach Gütern an. Die höheren Löhne bewirken jedoch auch steigende Kosten der Unternehmen, was wiederum zu Preissteigerungen für Güter führt. Außerdem wird der Preisauftrieb durch die gestiegene Nachfrage zusätzlich verstärkt. Als Folge steigen die Löhne und anschließend wiederum die Preise.
**Deflation** liegt vor, wenn der gesamtwirtschaftlichen Gütermenge eine zu geringe Geldmenge gegenübersteht, die Gesamtnachfrage also geringer ist als das volkswirtschaftliche Gesamtangebot. Die Deflation entsteht z. B. als Folge einer übermäßigen Verringerung der Geldmenge durch einschränkende, geldpolitische Maßnahmen der Zentralbank, durch hohe Einfuhrüberschüsse, die mit dem Abfluss von Geldmitteln in das Ausland verbunden sind, oder durch die Überproduktion von Gütern. Die Folge ständiger Preissenkungen sind geringere Gewinnerwartungen der Unternehmen, deren Investitionsbereitschaft nachlässt und die Senkung der Güterproduktion z. B. durch Betriebseinschränkungen wie Kurzarbeit oder durch die Schließung ganzer Standorte bewirkt. Die Arbeitslosigkeit steigt und führt zu Einkommensverlusten, die Nachfrage nach Konsumgütern schrumpft und die Steuereinnahmen des Staates sinken. Die gesamte Wirtschaftsleistung verringert sich zunehmend.

*Stichworte Inflation und Deflation, in: Das Lexikon der Wirtschaft, Bonn: Bundeszentrale für politische Bildung, 2016, https://www.bpb.de/nachschlagen/lexika/lexikon-der-wirtschaft/ (Zugriff: 07.02.2022)*

## M2 Die höchste Inflationsrate seit 29 Jahren

Die Inflation in Deutschland hat im November [2021] erstmals seit rund 29 Jahren die Fünfprozentmarke erreicht. Die Verbraucherpreise erhöhten sich gegenüber dem Vorjahresmonat um 5,2 Prozent, wie das Statistische Bundesamt am 29.11.2021 in einer ersten Schätzung mitteilte. Eine Fünf vor dem Komma hatte die Wiesbadener Behörde zuletzt im September 1992 mit damals 5,0 Prozent gemessen. Im Oktober des laufenden Jahres hatte die Rate noch bei 4,5 Prozent gelegen. [...] Stärkster Preistreiber im November war Energie mit einem Anstieg von 27,5 Prozent innerhalb eines Jahres.

*Klemens Kindermann, Inflation/Warum steigen die Preise?, in: Deutschlandfunk, Köln: Deutschlandradio, 31.01.2022, https://www.deutschlandfunk.de/inflation-warum-steigen-die-preise-100.html (Zugriff: 07.02.2022)*

**1** Erläutern Sie die Begriffe Preisniveaustabilität, Inflation und Deflation (M1).

**2** **a)** Beschreiben Sie die Entwicklung der Inflationsrate im Jahr 2021 (M2).
**b)** Nennen Sie Ursachen dieser Entwicklung.
**c)** Diskutieren Sie die Folgen für Sparer, Geringverdiener und Aktienbesitzer.

# Außenwirtschaftliches Gleichgewicht

## M1 Definition

[E]ines von vier wirtschaftspolitischen Zielen nach dem Stabilitätsgesetz; wird oft mit Zahlungsbilanzgleichgewicht [...] gleichgestellt. Außenwirtschaftliches Gleichgewicht liegt vor, wenn die vom Ausland empfangenen Zahlungseingänge den im gleichen Zeitraum ins Ausland geflossenen Zahlungsausgängen entsprechen. Die Teilbilanzen der Zahlungsbilanz sind dann ausgeglichen. Der Sachverständigenrat zur Begutachtung der gesamtwirtschaftlichen Entwicklung spricht von außenwirtschaftlichem Gleichgewicht, wenn bei Zahlungsbilanzgleichgewicht von außenwirtschaftlicher Seite keine negativen Auswirkungen auf den Geldwert und die Beschäftigung im Inland zu erwarten sind.

*Außenwirtschaftliches Gleichgewicht, in: Das Lexikon der Wirtschaft, Bonn: Bundeszentrale für politische Bildung, 2016, https://www.bpb.de/nachschlagen/lexika/lexikon-der-wirtschaft/18752/aussenwirtschaftliches-gleichgewicht (Zugriff: 07.02.2022)*

## M2 Kritik am deutschen Exportmodell

Deutschland ist nicht nur das Land der Dichter und Denker, sondern auch des Exports. Jeder dritte Arbeitsplatz hängt direkt oder indirekt mit dem Außenhandel zusammen, in der Industrie ist es sogar jeder zweite. So gesehen ist es zu begrüßen, wenn die deutsche Exportindustrie immer neue Rekorde vermeldet. Doch die Stärke der Exportwirtschaft verursacht auch Probleme, weshalb die Kritik am deutschen Exportmodell inner- und außerhalb Deutschlands wächst. [...] Die deutsche Exportindustrie ist darauf angewiesen, dass die weltweite Wirtschaft gut läuft. Ist das nicht der Fall, ist der auf dem Export basierende Wohlstand schnell gefährdet. [...]

Die hohe Anzahl an Arbeitsplätzen, die am Export hängen, sorgt dafür, dass die Politik der Exportindustrie oft stark entgegenkommt. Sie ist sozusagen „too big to fail“ – zu groß zum Scheitern. Bei der Weltwirtschaftskrise stützte die Bundesregierung die Autoindustrie beispielsweise mit der Abwrackprämie, die die deutschen Steuerzahler fünf Milliarden Euro kostete. [...]

Um den Preis so niedrig wie möglich zu halten, setzen viele deutsche Exportunternehmen auf Leiharbeit, befristete Beschäftigung und niedrige Löhne. Ganz besonders trifft das die Beschäftigten der Zuliefererindustrie. Sie erhalten oft nicht viel mehr als den Mindestlohn und bezahlen damit den Preis für den deutschen Exporterfolg. [...]

Deutschland exportiert deutlich mehr Waren, als es aus anderen Ländern einführt. Für die anderen Länder bedeutet das zum einen, dass sie Schulden anhäufen, weil sie mehr Geld ausgeben als einnehmen. Zum anderen gerät ihre Exportindustrie immer mehr ins Hintertreffen. Weil die Unternehmen weniger Gewinne machen, können sie weniger in moderne Anlagen, Gebäude und Beschäftigte investieren. So verlieren sie weitere Marktanteile, während die deutsche Exportindustrie ihre Handelsbeziehungen ausbaut und festigt.

*Beate Krol, Kritik am deutschen Exportmodell, in: Planet Wissen, Köln: WDR, 13.08.2019, https://www.planet-wissen.de/gesellschaft/wirtschaft/exportnation_deutschland/kritik-am-deutschen-exportmodell-100.html (Zugriff: 07.02.2022)*

**1** Erklären Sie den Begriff außenwirtschaftliches Gleichgewicht (M1).

**2** **a)** Fassen Sie die Kritik am deutschen Export zusammen (M2).
**b)** Erläutern Sie, warum staatliche Wirtschaftspolitik ein außenwirtschaftliches Gleichgewicht anstrebt.

**3** Diskutieren Sie im Kurs die nachfolgende These. „Gerade Entwicklungsländer leiden unter den subventionierten EU-Waren, die auch aus Deutschland kommen.“

# Zielkonflikte und „Magisches Vieleck“

Erklärfilm zum Magischen Viereck

**Preisniveaustabilität, stetiges Wirtschaftswachstum, außenwirtschaftliches Gleichgewicht und Vollbeschäftigung – noch keiner Bundesregierung ist es gelungen, all diese Ziele in Einklang zu bringen, und die globalen Herausforderungen nehmen zu. Längst wurden die vier Eckpfeiler staatlicher Wirtschaftspolitik um weitere Ecken ergänzt.**

## M 1 Vom Viereck zum Vieleck

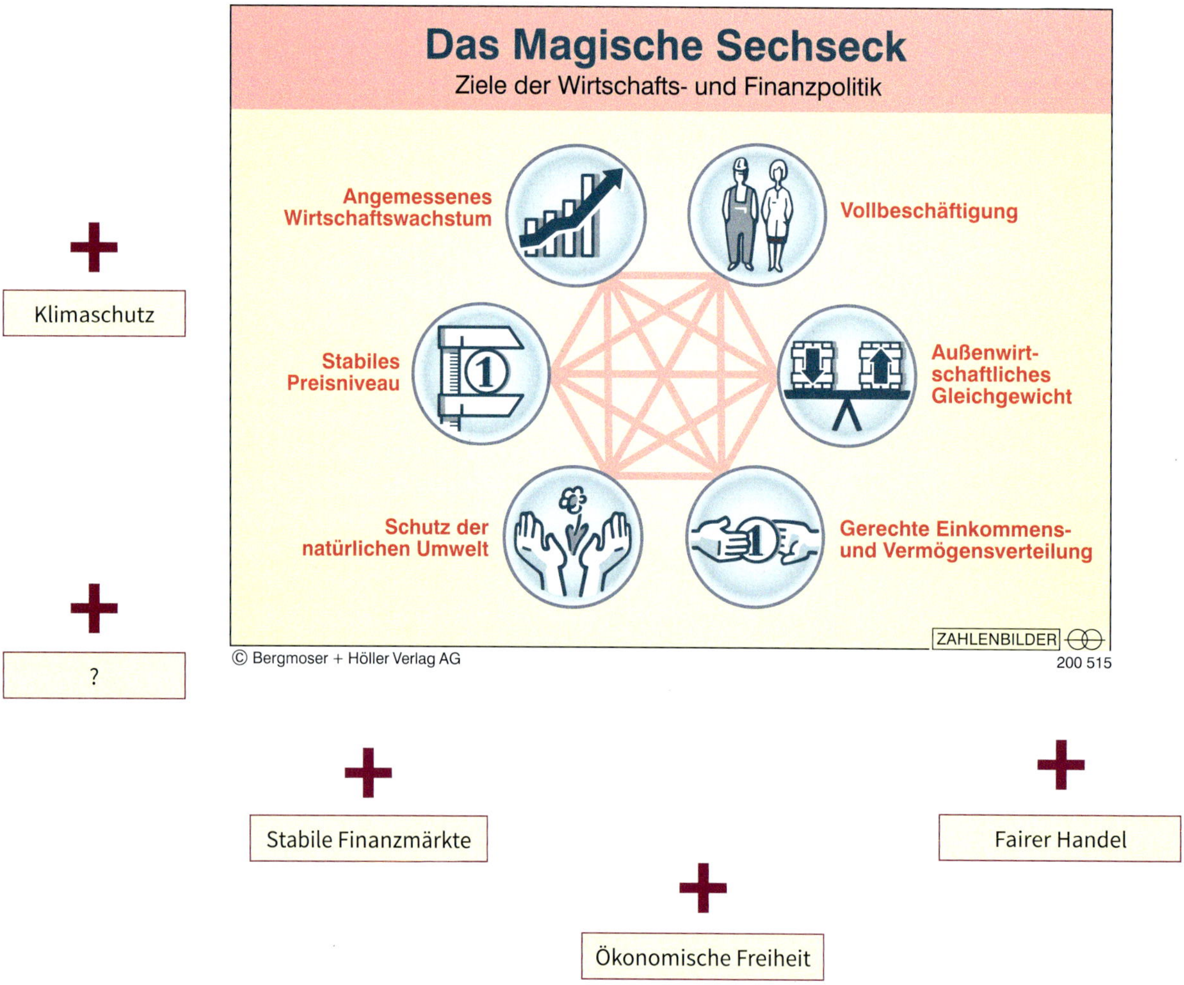


**1** **a)** Beschreiben Sie die Ergänzungen des „Magischen Vielecks“ (M1).
**b)** Ordnen Sie die Ziele nach quantitativen (messbar mit wirtschaftlichen Kenngrößen) und qualitativen (wertegeleitet) Zielen.

**2** Erläutern Sie die Entstehung von Zielkonflikten bei staatlicher Wirtschaftspolitik (M2). Gehen Sie in diesem Kontext auch auf den Begriff „magisch“ ein.

**3** Stellen Sie anhand von M3 den Zielkonflikt zwischen Preisniveaustabilität, Vollbeschäftigung und Wirtschaftswachstum in Form eines Schaubildes dar.

**4** Diskutieren Sie im Kurs über weitere mögliche „Ecken“ des „Magischen Vielecks“ (M1).

## M2 Zielkonflikte staatlicher Wirtschaftspolitik

Das Stabilitätsgesetz nennt keine Priorität für einzelne der vorgegebenen Zielsetzungen. In der Praxis sind in der Hochkonjunktur meist die steigenden Preise das Hauptsorgenkind, in der Flaute das Wirtschaftswachstum und vor allem die Arbeitslosigkeit.

Als schwer vereinbar haben sich nach bisheriger Erfahrung insbesondere die Zielpaare Vollbeschäftigung und Preisstabilität bzw. angemessenes Wachstum und Preisstabilität erwiesen: Wächst die Wirtschaft, so steigen auch die Preise, und werden bei hoher Beschäftigung hohe Lohnerhöhungen ausgehandelt, so wirkt dies – als zusätzliche kaufkräftige Nachfrage und als höhere Produktionskosten – gleichfalls preistreibend.

Auch kennen wir in jüngerer Zeit die (nach der klassischen volkswirtschaftlichen Gleichgewichtstheorie eigentlich nicht denkbare) Konstellation von Wachstums- und Beschäftigungsschwäche bei gleichzeitig steigenden Preisen (= Stagflation) und unzureichender Beschäftigung (= Jobless growth) [...].

Lange Zeit glaubte man, durch „ein bisschen Inflation" das Wachstum fördern zu können, musste dann aber feststellen, dass sich die Teuerung regelmäßig „verselbstständigte" und jedes vielleicht erreichte Mehr an Wachstum und Beschäftigung wieder „auffraß". [...]

Ähnlich heftig prallten in den [19]60er-Jahren [...] die Zielsetzungen „außenwirtschaftliches Gleichgewicht" und „Preisstabilität" [...] aufeinander. [...] Besonders in einer weltwirtschaftlich so stark verflochtenen Volkswirtschaft wie der deutschen können von der Außenwirtschaft [...] massive Störungen auf die binnenwirtschaftlichen Abläufe ausgehen. So blähen etwa hohe Überschüsse der Leistungsbilanz (= Saldo aus Import- und Exporten von Waren und Dienstleistungen) das inländische Geldvolumen auf und treiben dadurch die Preise nach oben (= importierte Inflation).

*Schul/Bank, Berlin: Bundesverband deutscher Banken, 2.6/6, 1994*

## M3 Zielkonflikte am Beispiel Preisniveaustabilität

Preisstabilität ist wichtig, damit die Kaufkraft des Geldes erhalten bleibt. Bei Inflation sinkt der Geldwert, die Kaufkraft des Geldes nimmt ab. Ein Beispiel: Ein Paar Schuhe kosten heute 100 Euro. Bei einer Inflationsrate von 5 Prozent muss man dafür in einem Jahr 105 Euro bezahlen, in 5 Jahren schon rund 128 Euro.

[...] Empfänger von Gehältern, Renten und Sozialleistungen sind besonders betroffen. Denn diese Einkommen bleiben auch bei Inflation zunächst einmal gleich. Das führt dazu, dass sich die Menschen von ihrem Geld wegen steigender Preise immer weniger leisten können. Hohe Inflation ist auch nachteilig für Sparer. Ihre Geldanlagen verlieren zusehends an Kaufkraft. Das betrifft zum Beispiel die Altersvorsorge: Ein über viele Jahre angespartes Geldvermögen reicht dann unter Umständen nicht mehr aus, um den Lebensunterhalt zu sichern.

Aber [...] auch Deflation schadet der Wirtschaft: Zwar können sich die Menschen bei durchschnittlich sinkenden Preisen mehr kaufen, aber [...] [d]ie Unternehmen machen weniger Gewinn, mitunter sogar Verlust – manche müssen deshalb sogar Mitarbeiter entlassen. Diese können sich dann weniger leisten und der Druck auf die Preise nimmt weiter zu. Zudem verschieben die Menschen Kaufentscheidungen, weil sie hoffen, dass die Preise noch weiter sinken. Eine gefährliche Abwärtsspirale entsteht: Gewinne und Steuereinnahmen schrumpfen, die Belastungen durch Schulden und hohe Ausgaben für Sozialleistungen nehmen zu, und es wird weniger investiert. Auch für die Planungen der Unternehmen ist Preisstabilität wichtig: Nur so können sie Preisschwankungen einzelner Güter klar erkennen, um Angebot und Nachfrage genau abzuschätzen und Produktion und Investitionen entsprechend auszugestalten.

*Preisstabilität, Frankfurt a. M.: Deutsche Bundesbank, https://www.bundesbank.de/de/service/schule-und-bildung/erklaerfilme/preisstabilitaet-613648 (Zugriff: 23.02.2022)*

**INFO**

Die **Coronapandemie** wirkte als externer Schock auf die globale Wirtschaft ein. In Phasen der Erholung kam es durch Unterbrechungen in den Lieferketten zu massiven Engpässen bei Konsumgütern und Baustoffen.

# Konjunkturzyklus

**GLOSSAR**

**Konjunktur**

**Das Bruttoinlandsprodukt bildet den wichtigsten Indikator für die Bestimmung der wirtschaftlichen Situation der Bundesrepublik. Für die Auswertung dieser Daten ist es notwendig, den Verlauf der konjunkturellen Entwicklung zu kennen.**

## M 1 Der Konjunkturzyklus

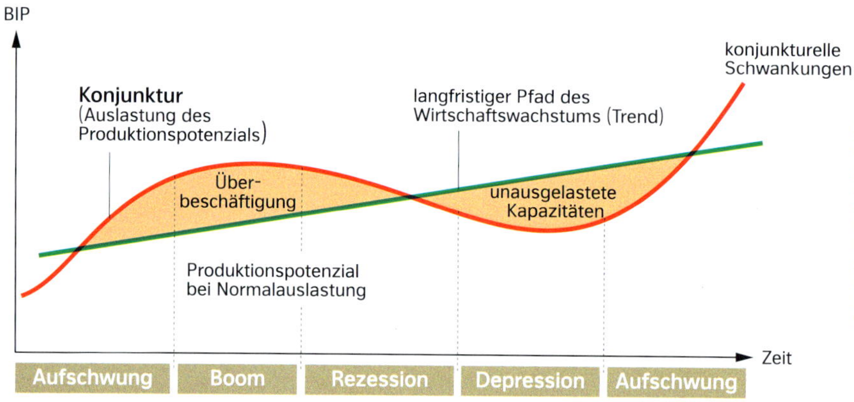


Der Begriff Konjunktur bezeichnet die wirtschaftliche Gesamtsituation eines Landes zu einem bestimmten Zeitpunkt. Gemessen wird der Zustand der Konjunktur mit einer Vielzahl von Indikatoren. Die wichtigsten wirtschaftlichen Bereiche, die erfasst werden, sind die Produktion und Nachfrage nach Waren und Dienstleistungen, die Löhne und Gehälter, das Konsum- und Sparverhalten sowie die Entwicklung der Preise.

28901EX

**INTERNET**

**WES-118380-434**
Film: Einfach erklärt: Der idealtypische Konjunkturverlauf

Die wirtschaftliche Entwicklung eines Landes verläuft nicht zu jeder Zeit gleich, sondern schwankt wellenförmig auf und ab. Dabei werden vier verschiedene Konjunkturphasen unterschieden: Aufschwung (Expansion), Hochkonjunktur (Boom), Abschwung (Rezession) und Konjunkturtief (Depression). Betrachtet man die wirtschaftliche Entwicklung über Jahrzehnte hinweg, so kann man diesen Konjunkturzyklus immer und immer wieder erkennen. In jeder Phase des Konjunkturzyklus weisen die oben genannten Indikatoren idealtypisch andere Ausprägungen auf.

### Die Aufschwungphase (Expansion)

Die Unternehmen bekommen mehr Aufträge und ihr Produktionspotenzial ist zunehmend ausgeschöpft. Insgesamt wächst die Wirtschaft und das Bruttoinlandsprodukt (BIP) nimmt zu. Deshalb kommt es vermehrt zu Investitionen und zur Einstellung von Personal, um die Nachfrage zu befriedigen. Die Folgen sind eine sinkende Arbeitslosigkeit und steigende Löhne. Die Menschen konsumieren mehr und sparen wegen guter Zukunftsaussichten weniger. Auch Kredite werden häufiger aufgenommen, da die Zinsen niedrig sind. Die verstärkte Nachfrage nach Waren und Dienstleistungen wiederum hat zusätzlich positive Auswirkungen auf die Auftragslage der Unternehmen.

### Hochkonjunktur (Boom)

Das BIP erlebt seinen (zunächst) höchsten Stand, das Produktionspotenzial der Unternehmen ist nahezu ausgeschöpft. Die Wirtschaft läuft unter Volldampf. Sowohl die Löhne als auch die Preise für Waren und Dienstleistungen sind aufgrund der großen Nachfrage hoch, es herrscht Vollbeschäftigung. Konsum- und Investitionsbereitschaft sind weiterhin groß, gespart wird wenig. Die große Nachfrage nach Krediten lässt die Zinsen steigen.

### Abschwungphase (Rezession):

Die wirtschaftliche Entwicklung gerät ins Stocken, das BIP sinkt. Die Nachfrage nach Waren und Dienstleistungen geht zurück, die Auftragslage der Unternehmen wird deshalb schlechter. Die Produktion wird gedrosselt, die Löhne werden gekürzt und es werden Mitarbeiter entlassen, um Kosten einzusparen. Die Folge ist eine steigende Arbeitslosenquote. Die Investitionen der Unternehmen gehen zurück, ebenso der private Konsum. Die sinkende Nachfrage nach Krediten führt zu niedrigeren Zinsen. Die Menschen beginnen wieder, mehr zu sparen, um auf die kommenden „schlechten Zeiten“ vorbereitet zu sein.

**Konjunkturtief (Depression)**
Diese Phase ist gekennzeichnet durch große wirtschaftliche Schwierigkeiten. Das BIP erreicht seinen tiefsten Stand, die Nachfrage nach Waren und Dienstleistungen erreicht ihren Tiefpunkt. Die Unternehmen kürzen die Löhne weiter und entlassen zusätzliche Mitarbeiter, weshalb die Arbeitslosigkeit ihren Höchststand erreicht. Aus Angst vor der Zukunft sparen die Menschen noch mehr Geld und konsumieren noch weniger als zuvor. Kredite werden kaum nachgefragt, die Zinsen sind besonders niedrig.

*Autorentext*

## M2 Konjunkturentwicklung in Deutschland

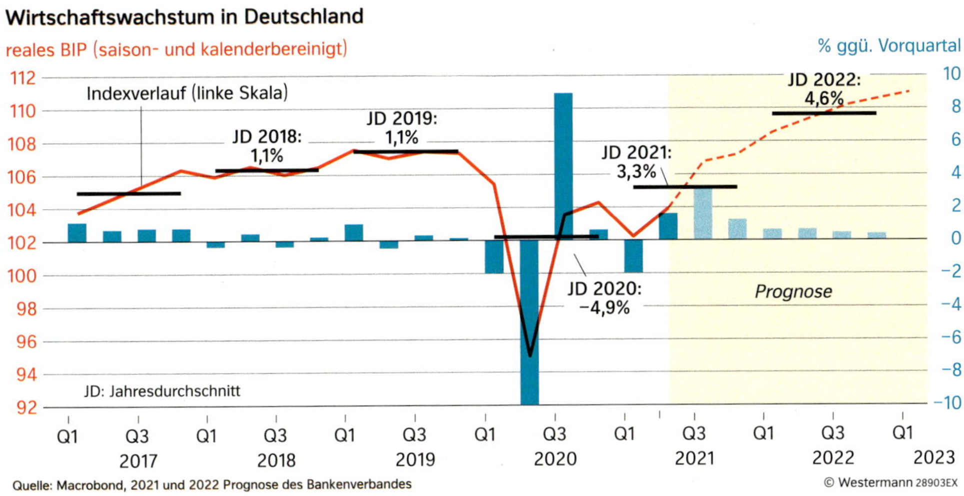


## M3 Die Nachfragesituation im Juli 2021

Im Verlauf der Coronakrise zeigt sich, dass die deutsche Industrie die Nachfrage nach ihren Produkten immer schwieriger bedienen kann. Der Auftragseingang im verarbeitenden Gewerbe erreicht im Juli 2021 seinen höchsten Stand seit dem Beginn der Zeitreihe im Jahr 1991. Spätestens ab diesem Monat herrscht ein regelrechter Produktionsstau, die Industrie kommt mit der Bearbeitung offener Aufträge nicht nach. Eine Ursache dafür sind Lieferengpässe bei Rohstoffen und Vorprodukten, eine Folge der Situation sind steigende Preise.

*Jahresrückblick: 2021 im Spiegel der Statistik, Pressemitteilung Nr. 603 vom 28.12.2021, Wiesbaden: Statistisches Bundesamt, https://www.destatis.de/DE/Presse/Pressemitteilungen/2021/12/PD21_603_p001.html (Zugriff: 23.02.2022)*

**1** Erklären Sie im Kontext des Konjunkturzyklus (M1) die folgenden Begriffe: Nachfrage nach Waren und Dienstleistungen, Beschäftigung, Löhne/Gehälter, Preisentwicklung. Erarbeiten Sie die Begriffe in Form einer Tabelle.

**2** Analysieren Sie die wirtschaftliche Entwicklung in M2.

**3** Recherchieren Sie die aktuellen Werte konjunktureller Indikatoren und entscheiden Sie, wo sich Deutschland aktuell im Konjunkturzyklus befindet.

**4** Beurteilen Sie mithilfe von M3 die Nachfragesituation im Rahmen der Konjunkturentwicklung (M2).

# Wirtschaftspolitische Konzeptionen

**Bewegt sich die Wirtschaft in Richtung Rezession, gibt es unterschiedliche Überlegungen, wie der Staat sich verhalten soll. Die beiden großen wirtschaftspolitischen Konzepte stellen entweder die Anbieter- oder Nachfragerseite in das Zentrum wirtschaftspolitischer Maßnahmen.**

**INFO**

**Milton Friedman** (1912–2006) amerikanischer Wirtschaftswissenschaftler auf dem Gebiet der Makroökonomie; für seine Leistungen auf dem Gebiet der Analyse des Konsums, der Geschichte und der Theorie des Geldes erhielt er 1976 den Nobelpreis für Wirtschaftswissenschaften.

**New Deal** wirtschafts- und sozialpolitisches Reformprogramm in den USA der 1930er-Jahre

**QUERVERWEIS**

**Freie Marktwirtschaft,** S. 228 f.

**GLOSSAR**

**Angebotsorientierte Wirtschaftspolitik**
**Finanzpolitik**
**Geldmenge**
**Geldpolitik**
**Monetarismus**
**Neoliberalismus**

## M 1 Friedman: Kontrolle über das Geld (Monetarismus)

In den vergangenen Jahrzehnten sind die Begriffe „Vollbeschäftigung“ und „Wirtschaftswachstum“ für die Regierung zu erstklassigen Entschuldigungen geworden, sich immer mehr in wirtschaftliche Angelegenheiten einzumischen. Eine Wirtschaft des freien Unternehmertums, so sagt man, sei von Natur aus instabil. Sich selbst überlassen, schaffe sie abwechselnde Zyklen von Boom und Bankrott. Die Regierung müsse also einschreiten, um einen sicheren Kurs zu steuern. Diese Argumente galten besonders während und nach der großen Depression der Dreißigerjahre. Sie spielten eine große Rolle bei der Entstehung des New Deal in diesem Lande wie auch bei vergleichbaren Regierungsinterventionen in anderen Ländern. In den jüngst vergangenen Jahren ist „Wirtschaftswachstum“ zum beliebteren Schlachtruf geworden. Die Regierung muss, so argumentiert man, aufpassen, dass die Wirtschaft wächst, damit alles für den Kalten Krieg da sei und damit den Völkern der Welt gezeigt werden kann, dass eine Demokratie schneller zu Wohlstand kommt als ein kommunistischer Staat.

Diese Argumente sind absolut irreführend. Tatsache ist: Die große Depression – wie die meisten Perioden starker Arbeitslosigkeit – wurde mehr durch ein falsches Vorgehen der Regierung als durch eine der freien Marktwirtschaft innewohnende Labilität hervorgerufen. Eine von der Regierung eingerichtete Institution – das Federal Reserve System – war mit der Verantwortung für die Geldpolitik betraut worden. In den Jahren 1930 und 1931 führte das Reserve System diesen Auftrag so ungeschickt aus, dass aus einer geringen Rezession eine größere Katastrophe wurde. [...]

In ähnlicher Weise sind heute Regierungsmaßnahmen dem wirtschaftlichen Wachstum der Vereinigten Staaten stark im Wege. Zölle und andere Restriktionen im internationalen Handel, hohe Steuerlasten und eine komplexe und ungerechte Steuerstruktur, Überwachungskommissionen, von der Regierung festgesetzte Löhne und Preise und eine Unmenge anderer Maßnahmen bringen den Einzelnen dazu, seine Gelder falsch anzulegen und neu Erspartes falsch zu investieren. Was wir dringend für eine stabile und wachsende Wirtschaft brauchen, ist eine reduzierte, nicht eine vermehrte Einmischung der Regierung.

Eine solche Reduzierung würde der Regierung immer noch eine bedeutende Rolle auf diesem Gebiet überlassen. Es ist vor allem wünschenswert, dass die Regierung einen festen Geld- und Finanzrahmen für die freie Wirtschaft liefert – als einen Teil ihrer Funktion, einen festen gesetzlichen Rahmen zu schaffen. Wir sollten von der Regierung einen legalen und ökonomischen Rahmen verlangen, der die einzelnen Menschen befähigt, wirtschaftliches Wachstum zu produzieren.

Die Hauptgebiete der Regierungspolitik in Bezug auf wirtschaftliche Stabilität sind Geldpolitik und Finanzpolitik. [...]

Ein Liberaler fürchtet grundsätzlich jede Machtkonzentration. Er möchte jedem einzelnen Menschen ein Höchstmaß an Freiheit sichern, solange es nicht die Freiheit anderer Menschen beeinträchtigt. Seiner Ansicht nach muss zu diesem Zweck die Macht aufgeteilt werden. Er wird argwöhnisch, wenn der Regierung Funktionen zugeteilt werden, die der Markt ausführen könnte. Denn das setzt Zwang an die Stelle von Kooperation und bedroht dadurch, dass die Regierung eine größere Rolle erhält, die Freiheit auch auf anderen Gebieten.

Eine Machtverteilung wird auf dem Gebiet des Geldwesens zu einem besonders schwierigen Problem. Man ist sich weitgehend einig, dass die Regierung in monetären Angelegenheiten gewisse Verantwortung haben muss. Ebenso erkennt man weitgehend an, dass die Kontrolle über das Geldwesen ein mächtiges Werkzeug zur Kontrolle und Gestaltung der Wirtschaft sein kann. Lenins berühmter Ausspruch, der wirksamste Weg, eine Gesellschaft zu zerstören, sei, ihr Geldwesen zu ruinieren, dramatisiert diese Macht. Schlichter gesagt: Seit undenklichen Zeiten haben die Herrschenden, im Besitz der Kontrolle über das Geldwesen, der Bevölkerung schwere Steuerlasten auferlegt, meist ohne die Zustimmung der Legislative, falls es überhaupt eine gab. Das gilt für die frühen Zeiten, als die Herrscher den Feingehalt der Münzen beschnitten und dabei schon zu ähnlichen Hilfsmitteln wie unsere Zeit griffen, mit ihren verfeinerten, modernen Techniken, die Notenpresse anzukurbeln oder Eintragungen in den Büchern der Notenbank zu ändern. Das Problem liegt darin, institutionelle Vorkehrungen zu treffen, die die Regierung befähigen, für das Geldwesen die Verantwortung zu tragen, die jedoch gleichzeitig die der Regierung damit zugewachsene Macht in Grenzen halten und verhindern, dass sie genutzt wird, um die freie Gesellschaft zu schwächen, anstatt sie zu stärken. [...]

Der einzige Weg, der verheißungsvoll erscheint, ist eine Regelung durch Gesetze anstatt durch Menschen. Man muss Regeln für die Führung der Geldpolitik gesetzlich festlegen, die Öffentlichkeit in die Lage setzen, durch ihren politischen Sachverstand die Geldpolitik zu kontrollieren, und Regeln [aufstellen], die gleichzeitig verhindern, dass die Geldpolitik den täglichen Launen politischer Autoritäten unterworfen ist. [...]

Beim Stand der heutigen Erkenntnisse wäre ich im Augenblick für eine gesetzliche Regelung, die die Finanzbehörden anweist, eine festgesetzte Wachstumsrate für die vorhandene Geldmenge zu erzielen.

*Milton Friedman, Kapitalismus und Freiheit, übersetzt v. Paul C. Martin, 10. Aufl., München u. a.: Piper, 2015, S. 61 ff., 75, 77*

## M2 Prinzipien des Neoliberalismus

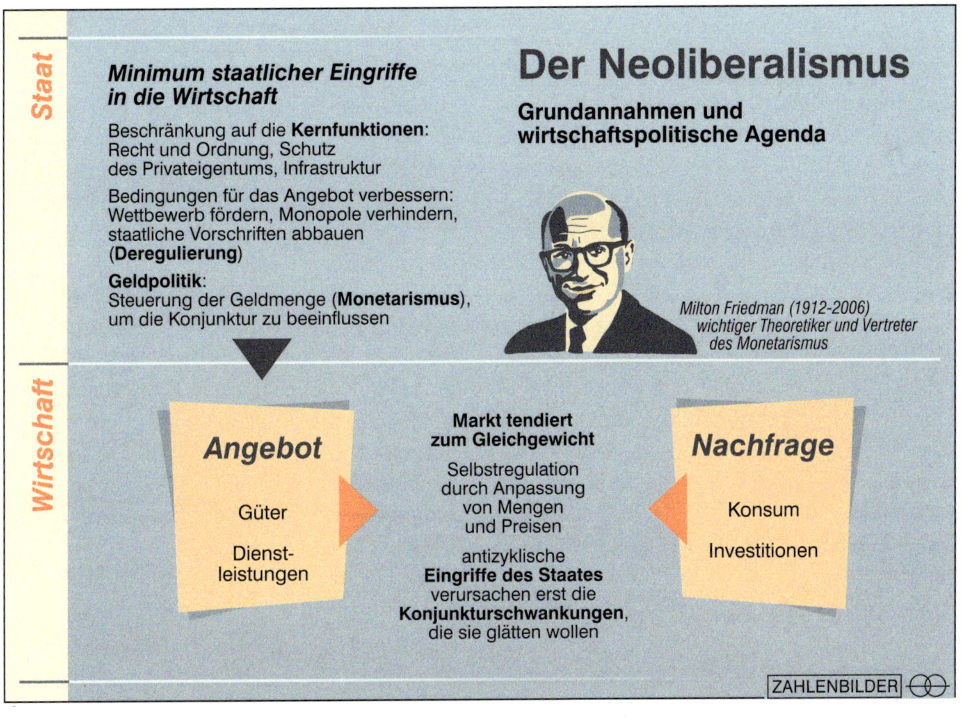


**INFO**

**Neoliberalismus**
Der Begriff beschreibt eine Denkrichtung, die eine freiheitliche, marktwirtschaftliche Wirtschaftsordnung befürwortet. Staatliche Eingriffe in die Wirtschaft werden zwar nicht gänzlich abgelehnt, sollen aber auf ein Minimum beschränkt werden. Der Monetarismus kann als ein Gestaltungsmodell innerhalb des Neoliberalismus verortet werden.

1 Arbeiten Sie die Position und Argumentation von Friedman heraus (M1).

2 Erstellen Sie ein Schaubild zur angebotsorientierten Konjunkturpolitik (M1, M2).

**GLOSSAR**

**Konjunkturpolitik**

**INFO**

**John Maynard Keynes** (1883–1946) britischer Nationalökonom; sein Hauptwerk „Allgemeine Theorie der Beschäftigung, des Zinses und des Geldes“ (1936) revolutionierte die Wirtschaftswissenschaften.

**QUERVERWEIS**

**Info zu Adam Smith,** S. 228

**GLOSSAR**

**Nachfrageorientierte Wirtschaftspolitik**

## M3 Keynes: Nachfrage und Arbeitsmarkt

John Maynard Keynes veröffentlichte 1936 das bahnbrechende Werk „Allgemeine Theorie der Beschäftigung, des Zinses und des Geldes“, häufig einfach „Allgemeine Theorie“ genannt. Sein Buch war wichtig, weil es die Menschen zwang, die Abläufe in der Volkswirtschaft aus einer völlig neuen Perspektive zu betrachten. Seit der schottische Ökonom Adam Smith 1776 „Der Wohlstand der Nationen“ veröffentlicht hatte, wurde die Ökonomie als perfekt ausgeglichene Ansammlung einzelner Märkte und Entscheider betrachtet. Die Ökonomen waren sich einig, dass die Wirtschaft spontan und auf natürliche Weise einen Zustand des Gleichgewichts erreicht, in dem alle, die arbeiten wollen, arbeiten können.

Keynes sollte dieses klassische Modell weitgehend auf den Kopf stellen. Außerdem wies er darauf hin, dass die Makroökonomie (die Gesamtwirtschaft) sich ganz anders verhält als die Mikroökonomie (ein Teil der Wirtschaft). Keynes [...] entwickelte [...] einen radikalen ökonomischen Ansatz, der völlig andere Gründe für die Arbeitslosigkeit ausmachte – und zu anderen Lösungen gelangte. [...]

Keynes nahm die Situation zur Zeit der Weltwirtschaftskrise als Ausgangspunkt. Das normale Funktionieren der Märkte schien nicht in der Lage, den notwendigen Druck zu erzeugen, um das Problem der hohen, andauernden und unfreiwilligen Arbeitslosigkeit in den Griff zu bekommen. Im Allgemeinen wird die Zahl der Menschen, die Arbeit haben, durch das Niveau der Reallöhne bestimmt – das ist das Lohnniveau relativ zu den Preisen der angebotenen Güter und Dienstleistungen. In Zeiten der Rezession sinken die Preise meist schneller als das Lohnniveau, weil die Nachfrage nach Gütern sinkt und die Preise mit ihr, während die Arbeiter möglichen Lohnkürzungen Widerstand entgegensetzen. Dadurch steigen die Reallöhne. Wenn das Niveau der Reallöhne aber hoch ist, wollen immer mehr Menschen arbeiten, während gleichzeitig immer weniger Arbeitskräfte benötigt werden. Das Ergebnis ist Arbeitslosigkeit. [...]

Eine Möglichkeit, die Arbeitslosigkeit zu eliminieren, könnte darin bestehen, dass die überzähligen Arbeitskräfte (die keine Arbeit finden) Druck auf die Nominallöhne ausüben, da sie bereit sind, weit unter dem üblichen Lohnniveau zu arbeiten. Die klassischen Ökonomen glaubten, die Märkte seien dann flexibel genug, um sich anzupassen und die Reallöhne zu senken. Aber Keynes meinte, starre Nominallöhne verhinderten oft eine solche Anpassung, sodass die unfreiwillige Arbeitslosigkeit andauern würde. Seiner Ansicht nach wären die Firmen nach einem Zusammenbruch der Nachfrage wie in der Weltwirtschaftskrise vielleicht theoretisch bereit, mehr Arbeiter zu niedrigeren Reallöhnen einzustellen, aber tatsächlich könnten sie das nicht tun – und zwar einfach deshalb, weil in der gesamten Wirtschaft keine Nachfrage nach den von ihnen hergestellten Gütern bestehe. [...] Die mangelnde Nachfrage hält Arbeiter und Firmen in einem Teufelskreis von Arbeitslosigkeit und Unterproduktion gefangen. [...]

Für Keynes lag die Lösung für das Problem der unfreiwilligen Arbeitslosigkeit außerhalb der Kontrolle sowohl der Arbeiter als auch der Firmen. Er wollte, dass die Regierung mehr Geld in die Wirtschaft pumpt, denn das hätte einen allgemeinen Anstieg der Nachfrage zur Folge. So würden die Firmen ermutigt, mehr Arbeitskräfte einzustellen, und mit steigenden Preisen würden die Reallöhne sinken, was in der Wirtschaft wieder zur Vollbeschäftigung führen würde. Auf welche Weise der Staat mehr Geld ausgab, spielte für Keynes keine Rolle. Berühmt ist sein Ausspruch, der Finanzminister könne auch alte Flaschen mit Banknoten füllen, sie in einer ausgedienten Kohlegrube versenken und es den Privatfirmen überlassen, Leute einzustellen, die die Flaschen wieder heben. Die Hauptsache sei, dass die Regierung die Nachfrage stärke, denn dann erhole sich das gesamte System. [...]

Die Allgemeine Theorie ist nicht einfach zu verstehen – selbst Keynes bezeichnete sie als komplex und oft undurchsichtig. Es wird immer wieder darüber diskutiert, worin genau für Keynes der Unterschied zwischen freiwilliger und unfreiwilliger Arbeitslosigkeit lag. Eine mögliche Erklärung für unfreiwillige Arbeitslosigkeit beruht darauf, dass die Nachfrage einer Firma nach Arbeitskräften von den Reallöhnen bestimmt ist, die die Firma zahlen muss. Arbeiter und Firmen können aber nur über den Nominallohn in ihrer Branche verhandeln – sie haben keine Kontrolle über das Preisniveau in der Wirtschaft insgesamt. Tatsächlich haben niedrigere Löhne im Allgemeinen auch eine Reduzierung der Produktionskosten und der Güterpreise zur Folge, was bedeutet, dass der Reallohn nicht in dem Maße sinkt, wie es zur Beseitigung der Arbeitslosigkeit erforderlich wäre. Die Arbeitslosigkeit ist daher unfreiwillig, weil die Arbeiter nicht die Macht haben, etwas daran zu ändern.

Auf der anderen Seite ist die Ansicht verbreitet, dass die Gewerkschaften durch ihr kollektives Handeln die Anpassung der Löhne auf ein Niveau verhindern, das für die Vollbeschäftigung nötig wäre. So werden die Arbeitslosen daran gehindert, Arbeit zu finden. Keynes betrachtete diese Art der Arbeitslosigkeit als freiwillig. Er argumentierte, dass sich die Arbeiter in ihrer Gesamtheit offen und stillschweigend einig sind, nicht für weniger als den geltenden Lohn zu arbeiten. In der Makroökonomie drehte sich nach dem Krieg alles größtenteils darum, den Sinn von Keynes' Worten zu deuten.

*Das Wirtschaftsbuch. Wichtige Theorien einfach erklärt, Dorling Kindersley: München 2013, S. 156–160*

## M4 Prinzipien des Keynesianismus

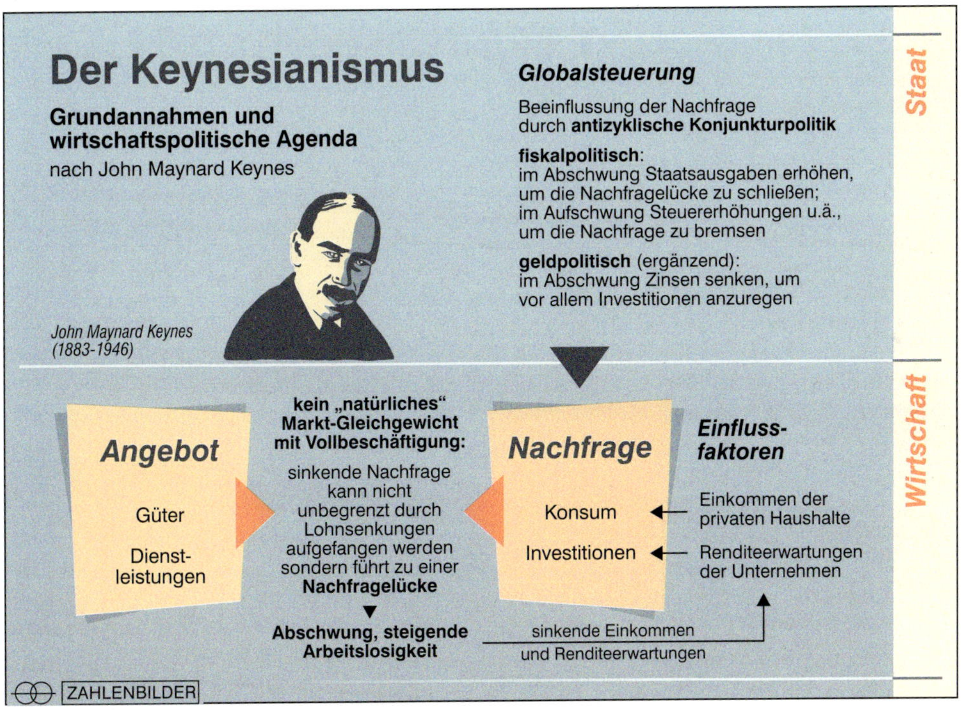


**1** Erläutern Sie, wie nach der Position von Keynes (M3) Arbeitslosigkeit entsteht.

**2** Erstellen Sie ein Schaubild zur Funktionsweise der nachfrageorientierten Konjunkturpolitik (M3, M4). Gehen Sie dabei insbesondere auf die Rolle des Staates ein.

**3** **a)** Vergleichen Sie den Keynesianismus und den Monetarismus nach selbst gewählten Kriterien (M1 bis M4).
**b)** Bewerten Sie die Unterschiede.

F

Erklärfilme zur Angebots- und Nachfragepolitik

# Prognosen als Basis von Konjunkturpolitik

**INFO**

**Sachverständigenrat (SVR)**
Der SVR wurde 1963 per Gesetz als unabhängiges Beratungsgremium geschaffen. Er legt regelmäßig Berichte und Prognosen zur wirtschaftlichen Entwicklung vor. Seine Mitglieder werden auch die „fünf Wirtschaftsweisen“ genannt.

**Um wirtschaftspolitische Entscheidungen treffen zu können, ist die Politik auf eine präzise Analyse von Konjunkturdaten angewiesen. Hierfür werden Daten benötigt, welche die aktuelle wirtschaftliche Situation abbilden oder Prognosen über zukünftige konjunkturelle Entwicklungen ermöglichen. Regelmäßige Konjunkturprognosen werden vom Sachverständigenrat zur Begutachtung der gesamtwirtschaftlichen Entwicklung (SVR) sowie den großen Wirtschaftsforschungsinstituten, wie zum Beispiel dem ifo Institut für Wirtschaftsforschung, vorgenommen.**

## M 1 Zur Bedeutung von Konjunkturbewegungen

Wissenschaftler haben in der bisherigen Wirtschaftsentwicklung unterschiedliche Frequenzen von Zyklen in der Wirtschaft ausgemacht, doch der Konjunkturzyklus bezeichnet zwei je einige Jahre andauernde, sich abwechselnde Phasen, und zwar Aufschwung (= Beschleunigung des Wachstums der jährlichen Wirtschaftsleistung) und Rezession (= Absinken des Wachstums der jährlichen Wirtschaftsleistung, aber immer noch positive Wachstumsraten). In extremen Fällen kommt es sogar zu einem Boom (sehr hohe Zuwachsraten in der Wirtschaft) oder einer Depression (die Wirtschaft schrumpft, also negative Wachstumsraten).

Wichtig ist auch die Unterscheidung zweier Komponenten in der Konjunktur- und Wachstumsentwicklung. Einerseits gibt es Veränderungen der realen Wirtschaftsdaten und Produkte (es werden z. B. mehr Autos produziert), andererseits die Veränderungen ihrer Preise (dieselbe Anzahl an Autos kostet mehr). Steigen die Preise generell im Durchschnitt, so gibt es eine Inflation, im selteneren Fall sinkender Preise eine Deflation. Meistens spielen beide Größen – reale Produktion und Preise – in der Konjunktur eine Rolle und bedingen einander. In den Siebzigerjahren gab es sogar ein Phänomen der „Stagflation“; d. h., es wurde weniger produziert, aber zu höheren Preisen, was natürlich eine sehr schlechte Konjunkturlage darstellt. [...]

Von zentralem Interesse der Konjunkturforschung sind zwei Bereiche. Zum einen die Wirtschaftspolitik, die sich zum Teil bemüht, Konjunkturschwankungen möglichst gering zu halten – vor allem, um die negativen Trends und Rezessionen zu mildern. Dies ist jedoch auch riskant, denn gerade durch dieses Bemühen kann sie ihrerseits zu den Schwankungen beitragen: Anders als bei Millionen individuellen Entscheidungen können Politiker auch durch einzelne Entscheidungen sehr viele wirtschaftliche Größen auf einmal bewegen, z. B. durch Subventionen oder Steuern. Auch eine Zentralbank, die über die Geldpolitik entscheidet, steuert über den Zins einen wesentlichen Bestandteil der Konjunktur.

Der zweite zentrale Bereich ist das Prognostizieren des künftigen Konjunkturverlaufs, was sowohl für die Wirtschaftspolitik als auch für private Zwecke (z. B. Vermögensanlage) nützlich sein kann. [...] Sehr hilfreich im Umgang mit der Konjunktur wäre es zu wissen, wohin sie sich in nächster Zeit bewegt. Würden wir z. B. wissen, ob die Wirtschaftsleistung weiter steigt, könnten wir auf steigende Aktienmärkte setzen und Aktien kaufen, Politiker würden in der Haushaltsplanung höhere Steuereinnahmen berücksichtigen, und so weiter. Das Problem ist: Eine Konjunkturprognose ist, wie jede Aussage über die Zukunft, ungewiss. [...] Letzten Endes sind Konjunkturprognosen zwar begrenzte, aber häufig durchaus hilfreiche Mittel zur Orientierung in der Wirtschaftspolitik und Konjunkturforschung. Oft reicht es eben schon zu wissen, ob die Konjunktur weiter expandiert oder aber eine Rezession droht, sodass entsprechende Maßnahmen ergriffen werden können, vonseiten der Wirtschaftspolitik bis hin zur privaten Anlageentscheidung und [zu] Unternehmensstrategien.

*Philipp Paulus, Konjunktur und Konjunkturprognosen, in: Bundeszentrale für politische Bildung (Hrsg.), Dossier Wirtschaft, Bonn, 2.4.2007, https://www.bpb.de/politik/wirtschaft/wirtschaftspolitik/64312/konjunkturprognosen (Zugriff: 07.02.2022)*

**INFO**

**Externer Schock**
bedeutet, dass äußere Einflussfaktoren die entscheidenden wirtschaftlichen Kenngrößen verändern. So wirkten der Ukraine-Krieg und die daraus resultierenden Folgen als externer Schock auf die Weltwirtschaft. Nach Ausbruch des Krieges wurden die Konjunkturprognosen nach unten korrigiert. Der SVR etwa korrigierte seine Prognose für Deutschland im Jahr 2022 von 4,6 % BIP-Wachstum (Nov. 2021) auf 1,8 % (März 2022).

## M2 Das ifo Institut berichtet über seine Arbeit

„Shaping the Economic Debate“: Das ifo Institut will die wirtschaftspolitische Debatte in Deutschland und in Europa mitgestalten. Das können wir, weil wir exzellente Forschung mit wirtschaftspolitischer Relevanz verbinden. Die Forschungsergebnisse bieten Verantwortlichen in Politik und Wirtschaft eine Grundlage für sachorientierte Entscheidungen. Wir bereiten wissenschaftliche Erkenntnisse so auf, dass Medien und die Öffentlichkeit das aktuelle ökonomische und politische Geschehen verstehen und einordnen können.

*Über das ifo Institut, München: ifo Institut – Leibniz-Institut für Wirtschaftsforschung an der Universität München e. V., https://www.ifo.de/ueber-ifo (Zugriff: 07.02.2022)*

**INFO**

**ifo Geschäftsklima**
Das Geschäftsklima resultiert aus repräsentativen Befragungen von mehr als 9.000 Unternehmen aus unterschiedlichen Wirtschaftssektoren. Es bildet den Mittelwert aus zukünftigen Erwartungen der Unternehmen sowie der Einschätzung der gegenwärtigen Lage.

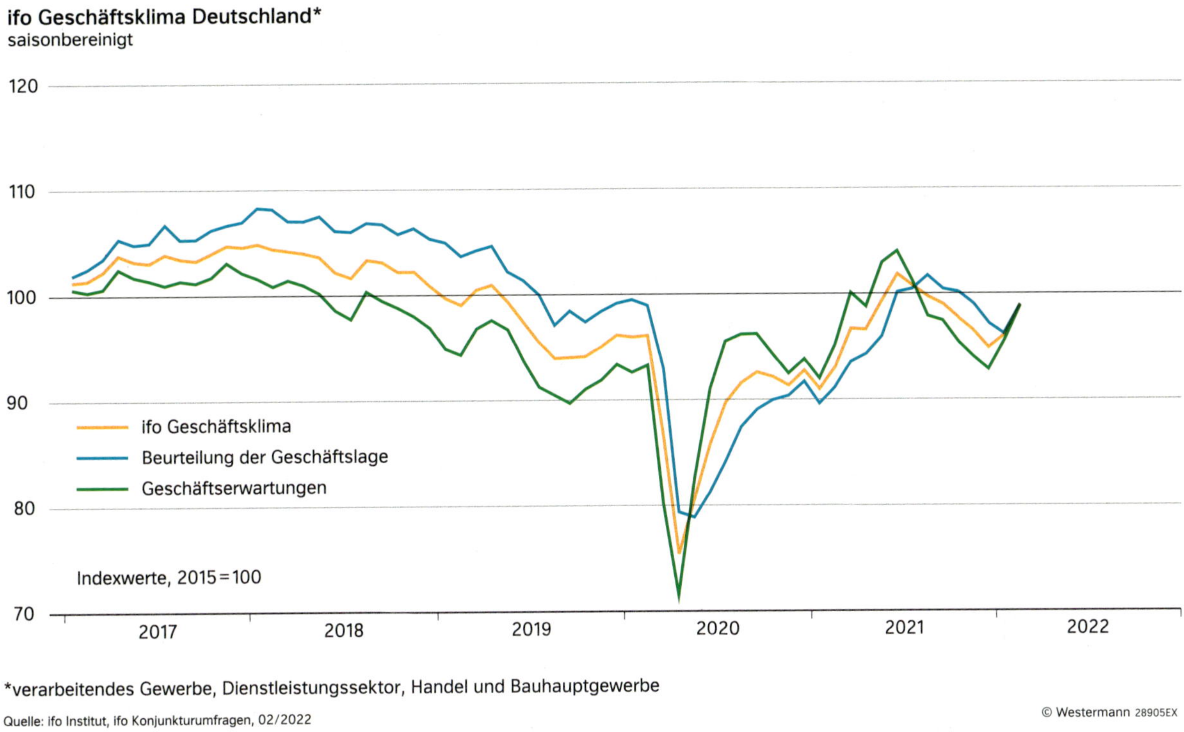


**1** Beschreiben Sie anhand von M1 und dem Text in M2 Möglichkeiten und Grenzen, die sich aus der Verwendung von Konjunkturprognosen ergeben.

**2** Analysieren Sie die Entwicklung des Geschäftsklimas in Deutschland in den Jahren 2020/21 (M2) und finden Sie Erklärungen für signifikante Entwicklungen.

**3** Beurteilen Sie, ob die Daten, die wirtschaftlichen Prognosen zugrunde liegen, die Auswirkungen konjunktureller Entwicklungen auf die Gesellschaft berücksichtigen.

**4** „Auch eine Zentralbank, die über die Geldpolitik entscheidet, steuert über den Zins einen wesentlichen Bestandteil der Konjunktur.“ (M1, Z. 45–48) Diskutieren Sie im Kurs den Einfluss der Zentralbanken auf die Wirtschaftspolitik.

# Wirtschaftskrisen und politische Reaktionen im Vergleich

**GLOSSAR**

**Aktie**
**Banken**
**Börse**

**INFO**

**Lehmann Brothers** war eine der größten US-Investmentbanken der USA, die im Zuge der US Immobilienkrise 2008 Insolvenz anmelden musste. Die Verluste von fast vier Milliarden US-Dollar wirkten sich auch auf das europäische Bankensystem aus.

**QUERVERWEIS**

**Ursachen der Wirtschafts-, Finanz- und Währungskrise,** S. 278 f.

**INTERNET**

**WES-118380-435**
Film: Einfach erklärt: Die Euro-Krise

## M1 Fall 1: Die Finanzkrise 2008 – Verlauf

Schwarzer Montag für die Aktienmärkte weltweit: Der US-Leitindex Dow Jones verzeichnete den stärksten Tagesverlust seit den Terrorattacken am 11. September 2001, weltweit gingen Aktienkurse in die Knie, alleine an den Börsen wurden in wenigen Stunden Börsenwerte in Billionenhöhe vernichtet. [...]
Die unglaublichen Dimensionen der Kosten wurden wenige Tage nach der Lehman-Pleite ansatzweise klar: Die US-Regierung kündigte ein Rettungspaket für die Finanzbranche an, Volumen: fast 800 Milliarden Dollar. Einige Wochen später zieht die Bundesregierung nach und verkündet ein Bankenrettungspaket in Höhe von 500 Milliarden Euro. Nach Berechnungen des Internationalen Währungsfonds mussten Banken alleine in Amerika und Europa 3.000 Milliarden, also drei Billionen Dollar an Krediten abschreiben – existenzbedrohend. Das Vertrauen war zerstört – Banken liehen sich untereinander kein Geld mehr und gaben auch kaum mehr Kredite an Unternehmen aus. Die Welt stürzte in eine Rezession, wie sie sie seit Jahrzehnten nicht erlebt hatte. In Folge haben Staaten weltweit billionenschwere Konjunkturprogramme aufgelegt. Beides, Bankenrettung und Konjunkturprogramme, haben die Staatsverschuldung ansteigen lassen; es war dies einer der wesentlichen Gründe für die Staatsschuldenkrise, die später über Europa ausbrach und dazu beitrug, dass Griechenland am Rande des Bankrotts stand. „Auch zehn Jahre nach der Lehman-Pleite haben wir immer noch Belastungen, Dinge, die uns übrig geblieben sind. Und das ist in sehr, sehr vielen Ländern eine höhere Staatsverschuldung. Und damit natürlich auch perspektivisch, wenn die Zinsen mittelfristig mal steigen, auch wieder eine höhere Belastung für die öffentlichen Haushalte. Also: Die Finanzkrise, auch zehn Jahre nach dem Ausbruch, ist nicht vollends abgearbeitet. Insbesondere, wenn man auch an Teile des Finanzsektors denkt, und wir haben eben noch mit der Nullzinswelt ein definitives Ungleichgewicht, was auch noch nicht normal ist." [...]
Denn um ihre jeweiligen Wirtschaftsräume konjunkturell wieder anzuschieben, hatten Notenbanken in vielen Regionen der Welt reagiert und die Zinsen auf null gesenkt. Auch hier kann man aus Sicht der Sparer von Kosten sprechen – in Form nämlich entgangener Rendite für Anlegergelder. Möglicherweise ein Problem für die Zukunft, meint der Chefvolkswirt der Allianz-Gruppe, Michael Heise: „Dass der Anleger kaum noch eine Verzinsung seiner Vermögen bekommt. Und vor allem mit Blick auf die Zukunft davon ausgehen muss, dass Altersvorsorgevermögen kaum Rendite abwerfen und damit noch mehr getan werden muss, um eben den Ruhestand, in den ja viele Babyboomer demnächst gehen werden, dann auch finanziell abzusichern. Also das sind Rückwirkungen der Finanzkrise, die in den sozialpolitischen Bereich massiv hineingehen und die ich für mit die gravierendsten halte."

*Mischa Ehrhardt, Zehn Jahre Finanzkrise, in: Deutschlandfunk Kultur, Köln: Deutschlandradio, 13.08.2018, https://www.deutschlandfunkkultur.de/zehn-jahre-finanzkrise-die-fatalen-folgen-der-lehman-pleite-100.html (Zugriff: 07.02.2022)*

## M2 Fall 2: Coronakrise 2020/21 – Verlauf

**a) Unternehmen und Privathaushalte**

Der Kreditversicherer Euler Hermes hat in einer neuen Studie das welt- und deutschlandweite Insolvenzrisiko für die nächsten Monate prognostiziert. Für 2021 geht die Tochter des Münchner Versicherungsriesen Allianz demnach für Deutschland erneut von einem Rückgang der Insolvenzen um rund fünf Prozent auf 15.000 aus. Das wäre der niedrigste Stand seit 1993, als es rund 15.600 Unternehmenspleiten gab. Weltweit würden die Firmeninsolvenzen im laufenden Jahr um rund sechs Prozent sinken.
„Die staatlichen Unterstützungsmaßnahmen haben ihr Ziel erreicht, möglichst viele Insolvenzen zu verhindern", sagt Maxime Lemerle,

Leiter der Branchen- und Insolvenzanalyse bei der Euler Hermes Gruppe. „In Westeuropa haben die Maßnahmen jede zweite Pleite verhindert, in den USA jede dritte.“
Erst ab 2022 dürfte sich das weltweite Insolvenzgeschehen wieder „sukzessive normalisieren“. Dann dürften „auch in Deutschland die Pleiten wieder um rund neun Prozent auf etwa 16.300 Fälle zunehmen“, sagt Experte Lemerle. Das werde sich vor allem im zweiten Halbjahr 2022 zeigen. Damit würden die Insolvenzzahlen aber auch 2022 noch unter dem Niveau aus dem Vor-Corona-Jahr 2019 liegen.
Mit einer ähnlichen Entwicklung rechnen auch Deutschlands Banken. Wie aus einer am Montag veröffentlichten Untersuchung der Wirtschaftsprüfungsgesellschaft EY hervorgeht, erwarten auch die Kreditinstitute, dass sich das wahre Ausmaß der Pandemiefolgen erst 2022 zeigen wird: 49 Prozent rechnen im ersten Halbjahr und 29 Prozent im zweiten Halbjahr mit zunehmenden Insolvenzen von Unternehmen und Privathaushalten. 74 Prozent der Institute gehen davon aus, dass sich die Kreditqualität verschlechtern wird. EY befragte 100 Kreditmanager von Banken und Sparkassen. [...] International drohen noch größere Probleme. Euler-Hermes-Experte Lemerle rechnet 2022 mit einem Anziehen der weltweiten Firmenpleiten um 15 Prozent.

*Henryk Hielscher, Droht nach der Coronakrise die Wirtschaftskrise?, in: WirtschaftsWoche online, 06.10.2021, https://www.wiwo.de/unternehmen/dienstleister/insolvenzen-droht-nach-der-coronakrise-die-wirtschaftskrise/27681988.html (Zugriff: 07.02.2022)*

**b) Staatsverschuldung**

Der Bundestag hat an diesem Donnerstag einen Nachtragshaushalt für 2021 auf den Weg gebracht, um neue Schulden im Bundeshaushalt für dieses Jahr auf den Rekordwert von 240 Milliarden Euro anzuheben. Mit diesem „mutigen Schritt“, so Bundesfinanzminister Olaf Scholz, sollen die wirtschaftlichen Folgen der Pandemie abgefedert werden. Die Gesamtverschuldung Deutschlands steigt auf 2.200 Milliarden Euro, ebenfalls ein Allzeithoch. Die Schuldenquote, also die Höhe der Schulden im Verhältnis zur Wirtschaftsleistung, liegt 2021 bei rund 80 Prozent. Mit dieser Schuldenorgie ist Deutschland keineswegs allein. Alle EU-Staaten gehen wegen der Pandemie in die Vollen. Die Schulden türmen sich von Finnland bis Griechenland auf. Die europäische Statistikbehörde Eurostat teilt mit, dass die Schuldenquote der Staaten im Euro-Raum im Durchschnitt in diesem Jahr bei fast 100 Prozent liegen wird. Tendenz steigend. [...]
Die Schulden, die die EU in diesem Jahr zum ersten Mal gemeinschaftlich machen will, müssten am Ende von den Bürgerinnen und Bürgern der EU wieder zurückgezahlt werden – und zwar von kommenden Generationen, so „Bruegel“-Finanzexperte Guntram Wolff. Darum, frotzeln manche EU-Diplomaten in Brüssel, heiße der Aufbaufonds auch „Next Generation EU“.

**Schuldenquoten von EU-Staaten**
öffentliche Schulden im Verhältnis zur Wirtschaftsleistung in %

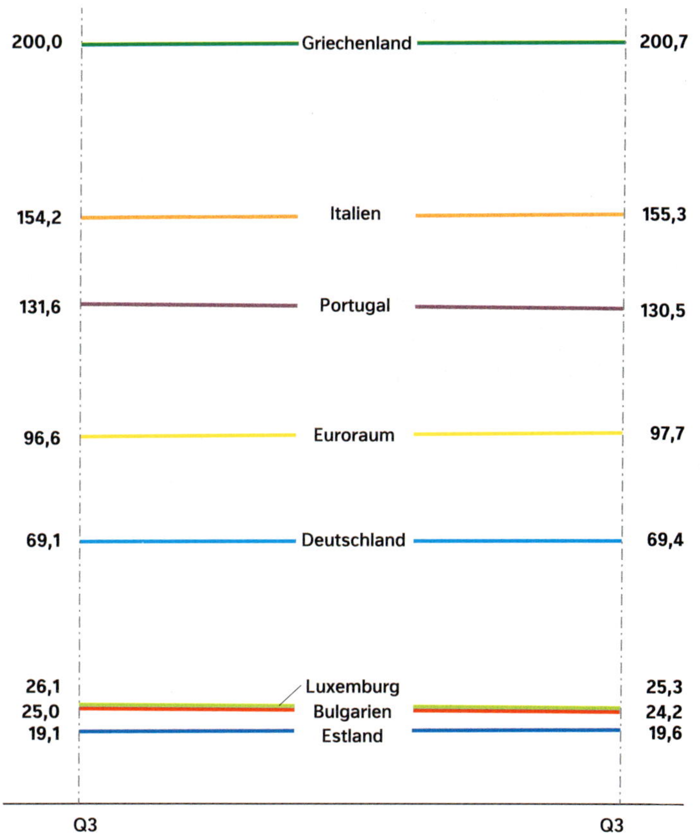


*Bruttoschuldenstand des Staatssektors in % des BIP **vorläufig
Quelle: Eurostat, 21.01.2022



*Bernd Riegert, Wer zahlt für die Corona-Schulden in Europa?, Bonn: Deutsche Welle, 15.04.2021, https://www.dw.com/de/wer-bezahlt-die-corona-schulden-in-europa/a-57214522 (Zugriff: 07.02.2022)*

## M3 Fall 1: Die Finanzkrise 2008 – Wirkung der Maßnahmen

So gewaltig die Summen, so überschaubar fiel allerdings der Wachstumsschub aus. Für das Jahr 2009 ergibt sich ein „um 17 Milliarden Euro höheres reales Bruttoinlandsprodukt, was einer gegenüber dem der Situation ohne Konjunkturpaket um 0,7 Prozentpunkte größere Zuwachsrate entspricht“, fasste das RWI – Leibniz-Institut für Wirtschaftsforschung in Essen im Jahr 2011 zusammen. Angesichts eines Wirtschaftseinbruchs um 5,7 Prozent im Krisenjahr 2009 erscheint dieser Stabilisierungseffekt gering. Im Jahr darauf wuchs das Bruttoinlandsprodukt dann wieder um 4,2 Prozent. Vom zusätzlichen Wachstumsschub war laut RWI-Analyse da nur noch ein Teil übrig, weil kurzfristige Impulse wie die Abwrackprämie und die Bonuszahlung für Kinder wieder weggefallen waren. „Zumindest die in harten Zahlen messbaren Auswirkungen waren eher überschaubar“, fasst RWI-Wissenschaftler Roland Döhrn, der die Konjunkturpakete damals ausgewertet hat, heute zusammen.
Wer verstehen will, woran das liegt, muss sich detaillierter mit den Programmen von damals auseinandersetzen. Grob gesagt bestanden sie aus folgenden Pfeilern: Entlastungen für die Bürger in Form niedrigerer Steuern und Krankenversicherungsbeiträgen, Konsumhilfen für Familien durch eine zusätzliche Kindergeldzahlung, Investitionsprogramme zum Beispiel für Kommunen sowie die Abwrackprämie, deren Volumen wegen der großen Nachfrage von 1,5 auf 5 Milliarden Euro aufgestockt wurde. [...]
Der aus ökologischen und ordnungspolitischen Gründen vielfach kritisierten Abwrackprämie stellt Ökonom Döhrn konjunkturell ein gutes Zeugnis aus, denn sie wirkte sofort. Im Krisenjahr 2009 sprangen die Zulassungszahlen in die Höhe, 2010 gingen sie dann wieder zurück, was für die Wachstumsdynamik nicht weiter schlimm gewesen sei, da die Wirtschaft da ohnehin wieder lief. Auch die Befürchtung, dass die Autokonzerne und Autoverkäufer die Preise für Neuwagen flächendeckend erhöhten, um die 2500-Euro-Kaufprämie einzustreichen, bewahrheitete sich nicht. Eine Untersuchung aus dem Jahr 2016 zeigt vielmehr, dass die Käufer größerer Autos zusätzlich zur Prämie erhebliche Preisnachlässe einstrichen. Dieser Effekt habe Preisanstiege im unteren Segment überkompensiert, heißt es in der Studie.
Zu einem kritischeren Fazit kommt eine am Montag veröffentlichte Auswertung des ifo Instituts. Die Abwrackprämien habe ein Strohfeuer entzündet, schreibt Studienleiter Felix Rösel. Autokäufer hätten ihre Käufe einfach vorgezogen. Die Prämie habe zudem unbeabsichtigte Nebenwirkungen für andere Branchen gehabt. „Wer den Autokauf vorzieht, hat in dem Moment weniger Geld für Möbel“, so Rösel. „Das Plus der Autobranche kann deshalb schnell zum Minus anderer Sektoren werden.“

*Johannes Pennekamp, Überschätzte Konjunkturpakete, in: Frankfurter Allgemeine Zeitung online, 02.06.2020, https://www.faz.net/aktuell/wirtschaft/konjunktur/lehren-der-finanzkrise-ueberschaetzte-konjunkturpakete-16795231.html (Zugriff: 07.02.2022) © Alle Rechte vorbehalten. Frankfurter Allgemeine Zeitung GmbH, Frankfurt. Zur Verfügung gestellt vom Frankfurter Allgemeine Archiv*

**INFO**

**Abwrackprämie** bzw. Umweltprämie wurde 2009 von der damaligen Bundesregierung im Rahmen des Konjunkturpakets II zur Bewältigung der Krise eingeführt. Unter bestimmten Voraussetzungen erhielten Käufer eines Neuwagens bei gleichzeitiger Verschrottung ihres alten Wagens eine staatliche Prämie von 2.500 €.

## M4 Fall 2: Coronakrise 2020/21 – Wirkung der Maßnahmen

Vor einem Jahr prägte [der damalige] Finanzminister Olaf Scholz den Begriff: „Wir wollen mit Wumms aus der Krise kommen.“ Scholz meinte damit das 130-Milliarden-Euro-Konjunkturprogramm, auf das sich die Regierungskoalition damals verständigt hatte. Das Programm folgte auf die sogenannte Bazooka. Mit ihr sollte ab März 2020 die Wirtschaft durch den ersten Lockdown gebracht werden. Etwa durch Soforthilfen oder das erweiterte Kurzarbeitergeld. Und mit dem „Wumms“ aus dem Juni 2020 sollte die Wirtschaft wieder durchstarten. Durch öffentliche Investitionen etwa in E-Mobilität, durch die Überbrückungshilfe für kleine Firmen oder 300 Euro Kinderbonus. Insgesamt ging es um mehr als 50 Maßnahmen.
Kernstück des „Wumms“ war die zeitweise Absenkung der Mehrwertsteuer von 19 auf 16 Prozent. [...] Zur Absenkung der Mehrwertsteuer gibt es inzwischen einige Untersuchun-

gen. Eine Studie im Auftrag des Bundesministeriums für Justiz und Verbraucherschutz stellt fest, dass die Preissenkungen vielfach tatsächlich weitergereicht wurden an die Verbraucher in der zweiten Hälfte des letzten Jahres. Allerdings: Wirklich angekurbelt wurde der Konsum dadurch kaum. Zu diesem Ergebnis kommen Studien der Münchener ifo Instituts und der gewerkschaftsnahen Hans Böckler Stiftung. Die Rechnung: 20 Milliarden Euro an Steuerausfällen kostete die Absenkung, sechs bis sieben Milliarden Euro an zusätzlichem Konsum stünden dem gegenüber, so die Wirtschaftsforscher. [...]

Der Kieler Institutschef Felbermayr verweist auf die Infektionsentwicklung nach dem letzten Sommer: „Das Problem ist gewesen, dass man von der zweiten Welle überrascht wurde." Die habe ab November eingesetzt und den Konsum ordentlich zurückgedrängt, bilanziert der Wirtschaftsforscher gegenüber dem ARD-Hauptstadtstudio. Denn: Mit geschlossenen Läden und Gastronomie ließ sich schwer Geld ausgeben. Das arbeitgebernahe Institut der deutschen Wirtschaft verweist aber darauf, dass jeder vierte Haushalt die Senkung der Mehrwertsteuer genutzt habe, um Anschaffungen vorzuziehen. [...]

Für den Staat haben die diversen Coronaprogramme zu deutlich höheren Schulden geführt. So dürfte die Gesamtverschuldung von rund 60 Prozent des Bruttoinlandsprodukts vor Corona auf rund 75 Prozent ansteigen, so das Bundesfinanzministerium. Wegen der Stabilisierungsmaßnahmen, aber auch wegen des Konjunkturprogramms. Die Zinsen sind aktuell zwar niedrig. Aber die Schuldenbremse sieht vor, dass der Staat die zusätzlichen Kredite weitgehend in den kommenden 20 Jahren zurückzahlen muss.

*Martin Polansky, Warten auf den richtigen Wumms, in: Tagesschau.de, Hamburg: NDR, 03.06.2021, https://www.tagesschau.de/wirtschaft/konjunktur/ein-jahr-wumms-konjunkturprogramm-corona-101.html (Zugriff: 07.02.2022)*

**INFO**

Mit Kieler Institut ist das **Kieler Institut für Weltwirtschaft (IfW)** gemeint. Gabriel Felbermayr war von 2019 bis 2021 dessen Präsident.

## M5 Hohe Inflationsraten im Jahr 2021

Zeichnung: Jürgen Janson

**INFO**

Die **Inflationsrate** stieg im Dezember 2021 auf 5,2 % und gerade bei Benzin und Energiepreisen waren die Teuerungsraten am höchsten. Dieser Prozess setzte sich infolge des Ukraine-Krieges weiter fort. Im März 2022 lag die Inflationsrate bei 7,3 %.

**1** Vergleichen Sie anhand von M1 bis M4 die Wirtschaftskrisen 2008 und 2020 anhand der folgenden Kriterien: Krisenursachen, staatliche Reaktionen, langfristige Folgen.

**2** a) Erstellen Sie eine tabellarische Übersicht zu den wirtschaftspolitischen Maßnahmen in M3 und M4.
b) Ordnen Sie diese Maßnahmen nun der Angebots- oder Nachfrageorientierung zu.

**3** Analysieren Sie die Karikatur M5.

**4** Diskutieren Sie im Plenum die langfristigen Folgen der Finanzkrisen für die Bürger.

**QUERVERWEIS**

**Wirtschaftspolitische Konzeptionen,** S. 246–249

# 4.4 Herausforderungen der Wirtschaftspolitik

## Beispiele für aktuelle Herausforderungen

**Das 21. Jahrhundert birgt neue Herausforderungen, denen die Wirtschaftspolitik begegnen muss. Ob es sich dabei um den Strukturwandel der Arbeitswelt im Zuge der Digitalisierung, einen „New Green Deal" oder die Neue Seidenstraße handelt, die Politik ist gefordert und das auf regionaler und globaler Ebene.**

### M 1 Lieferengpässe im Zuge der Pandemie

An allen Ecken und Enden wird es in Deutschland knapp – vom Turnschuh bis zum Geschirrspüler. Hauptursache sind die Nebenwirkungen der Pandemie, die vielfach von Managern unterschätzt wurden.

Im ersten großen Lockdown wurden weltweit Produktion und Logistikkapazitäten schnell heruntergefahren. Doch die Nachfrage zog ebenso schnell wieder an – vor allem wegen riesiger, weltweiter staatlicher Hilfs- und Konjunkturprogramme.

Nun hapert es vor allem beim Transport. Es fehlt an Schiffen und an Containern. Die Frachtraten haben sich so stark verteuert, dass es sich vielfach kaum noch lohnt, die Güter auf den Weg zu schicken.

*Frank-Thomas Wenzel, Lieferengpässe: Bei welchen Produkten derzeit Mangel herrscht, Hannover: RND RedaktionsNetzwerk Deutschland GmbH, 22.10.2021, https://www.rnd.de/wirtschaft/corona-und-lieferengpaesse-bei-welchen-produkten-derzeit-mangel-herrscht-ENUKPSK7KJGQZHVVDEPEWM5TDI.html (Zugriff: 11.02.2022)*

### M 2 Das Bundesministerium für Wirtschaft über ökonomische Herausforderungen im 21. Jahrhundert

**Digitaler Wandel**

Der digitale Wandel verändert tiefgreifend unseren Alltag, unsere Arbeits- und Wirtschaftswelt. Und er betrifft jeden: Arbeitgeber wie Arbeitnehmer, Studierende und Familien, junge und alte Menschen. Auf dem Land und in der Stadt. In der Werkstatt nebenan wie im Großbetrieb. Die Digitalisierung birgt große Chancen, aber auch Herausforderungen.

[Die ehemalige Bundeswirtschaftsministerin Brigitte] Zypries setzt sich für eine moderne digitale Ordnungspolitik ein, damit Deutschland Europas digitales Wachstumsland Nr. 1 wird und deutsche Unternehmen die Chancen der Digitalisierung nutzen können. Ein besonderes Augenmerk liegt auf der Förderung von Start-ups, die Innovationsmotor für die gesamte Wirtschaft sein können. Die Digitale Strategie 2025 zeigt auf, wie wir die digitale Welt gemeinsam und unter aktiver Beteiligung von Bürgerinnen und Bürger gestalten können.

**Industrie 4.0**

Industrie 4.0 – also die Digitalisierung und Vernetzung unserer Wirtschaft – revolutioniert Arbeitswelt und Produktionsweisen: Maßgeschneiderte Produkte können nach individuellen Kundenwünschen hergestellt werden – kostengünstig und in hoher Qualität. Industrie 4.0 erleichtert vieles in der Arbeitswelt, erfordert aber auch Anpassung der Qualifikationen. Mit der Plattform Industrie 4.0 gestaltet das Bundeswirtschaftsministerium im Dialog mit Wirtschaft, Wissenschaft, Politik und Gewerkschaften die vierte industrielle Revolution aktiv mit, damit sie möglichst vielen Menschen Nutzen bringt.

**Energiewende**

Mit der Energiewende will die Bundesregierung Deutschland zu einer der energieeffizientesten und umweltfreundlichsten Volkswirtschaften der Welt machen. Im Jahr 2022 soll das letzte Kernkraftwerk vom Netz gehen;

bis zum Jahr 2050 sollen 80 Prozent unseres Stroms aus erneuerbaren Energien kommen; die Treibhausgasemissionen werden deutlich reduziert. Damit werden wir unsere ehrgeizigen Klimaziele erreichen und uns unabhängiger von Öl- und Gasimporten machen. Die Energiewende ist zudem ein Innovationsmotor für den Industriestandort Deutschland – sie schafft Wachstum und zukunftsfähige Arbeitsplätze.

Ein gutes Stück Arbeit ist bereits geschafft: Erneuerbare Energien sind heute unsere wichtigste Stromquelle. Unsere Energie wird nicht nur immer grüner – wir setzen sie auch effizienter ein. In einer 10-Punkte-Energie-Agenda sind die zentralen Vorhaben zur Umsetzung der Energiewende miteinander verzahnt und mit einem genauen Zeitplan versehen – das schafft die Voraussetzungen für den weiteren erfolgreichen Ausbau der erneuerbaren Energien, die Steigerung der Energieeffizienz, die Neugestaltung des Strommarkts und den Ausbau der Stromnetze. Mittlerweile sind fast alle Vorhaben umgesetzt – die Energiewende steht somit auf rechtlich und ökonomisch sicherem Grund und ist erstmals auch europäisch durchdacht.

**Stärkung der Investitionen**

Investitionen sind nötig für die Zukunftsfähigkeit unseres Landes. Dies erfordert weitere Anstrengungen für mehr Investitionen, insbesondere in die digitale Infrastruktur oder die Forschungsförderung. Die privaten und öffentlichen Investitionen zu beleben bedeutet auch mehr Wachstum und Beschäftigung.

Mit mehr Mitteln insbesondere für Kommunen, Forschung und Entwicklung sowie den Verkehrsbereich hat die Bundesregierung hier deutliche Impulse gesetzt. Zudem wurden zahlreiche Maßnahmen ergriffen, um auch die privaten Investitionen künftig spürbar zu steigern. Auch auf europäischer Ebene macht sich die Bundesregierung für mehr Investitionen stark – insbesondere in die digitale Infrastruktur, den gemeinsamen Energiemarkt und im Bereich Energieeffizienz.

*Die wirtschaftliche Entwicklung von 1949 bis heute, Berlin: Bundesministerium für Wirtschaft und Klimaschutz, https://www.bmwi.de/Redaktion/DE/Textsammlungen/Ministerium/wirtschaftspolitik-seit-1949.html (Zugriff: 11.02.2022)*

**GLOSSAR**

**Klimawandel**

## M3 Globale Herausforderung Klimawandel

Zeichnung: Gerhard Mester

**1** a) Beschreiben Sie die Problemstellung in M1.
b) Nennen Sie Ursachen dieser Entwicklung.

**2** Erstellen Sie eine Mindmap zu den wirtschaftlichen Schwerpunkten (M2), die das Bundesministerium für Energie und Wirtschaft für die kommenden Jahre setzt.

**3** Beurteilen Sie die Vollständigkeit oder die Schwerpunktsetzung des Bundesministeriums für Energie und Wirtschaft (M2).

**4** a) Analysieren Sie die Karikatur (M3).
b) Diskutieren Sie die Kernaussage der Karikatur im Kurs.

**5** a) Ergänzen Sie weitere Herausforderungen der Wirtschaftspolitik.
b) Ordnen Sie alle Herausforderungen nach Dringlichkeit und Relevanz.

# Ökonomische Auswirkungen der Digitalisierung

## M1 Digitalisierung und Arbeitsmarkt

**QUERVERWEIS**

**Wandel der Arbeitswelt – Normalarbeitsverhältnis in der Krise?,** S. 186–189

Als direkte Folge der Digitalisierung haben im Wesentlichen vier Entwicklungen Einfluss auf den Arbeitsmarkt: (1) die Technisierung von Arbeit, die Veränderung von (2) Geschäftsmodellen und (3) Arbeitsorganisation sowie (4) der Wandel der benötigten und gefragten Kompetenzen und Qualifikationen.
Wie sich die Digitalisierung konkret auf den Arbeitsmarkt auswirkt, hängt vor allem von ihrer Ausgestaltung ab, wie weit sie Wirtschaft und Arbeit durchdringt, außerdem von den Besonderheiten der deutschen Wirtschaft und des deutschen Arbeitsmarkts.
Verschiedene Studien zeigen, dass Deutschland als Wirtschaftsstandort für den digitalen Wandel gut gerüstet ist. Nach einer Erhebung des Digitalverbands Bitkom begreifen neun von zehn Unternehmen die Digitalisierung als Chance. Der Digital-Index der Initiative D21 e.V. gibt an, dass 39 Prozent der Beschäftigten in der Digitalisierung Potenzial für neue Jobentwicklungen in ihrem Arbeitsumfeld sehen. Auch einer Beschäftigtenbefragung im Auftrag der Bertelsmann-Stiftung zufolge stehen Erwerbstätige in Deutschland der Digitalisierung und der durch sie verursachten Veränderungen in ihrem Arbeitsalltag sehr offen gegenüber. Die Qualifikation sowie die Lern- und Entwicklungsbereitschaft der Beschäftigten und die Aufgabenkomplexität sind im Allgemeinen über alle Branchen hinweg im internationalen Vergleich hoch.
Wenngleich Deutschland nicht als Vorreiter in Sachen Digitalisierung gilt, spricht doch vieles dafür, dass sich gerade eine beschleunigte Digitalisierung positiv auf Wachstum und Beschäftigung auswirken wird, sofern entsprechende Investitionen in Technologie und Innovationen sowie eine entsprechende Bildungs- und Infrastrukturpolitik umgesetzt werden. Vor dem Hintergrund aktueller Arbeitsmarktprognosen ist derzeit nicht der häufig befürchtete Abbau von Beschäftigung zu erwarten. Auch wenn Maschinen und Computer immer mehr Aufgaben und Tätigkeiten übernehmen und dadurch vermeintlich weniger menschliche Arbeitskräfte benötigt werden, bedingt der digitale Wandel aller Voraussicht nach keinen Anstieg der Arbeitslosigkeit. Nach einer Prognose des Bundesministeriums für Arbeit und Soziales (BMAS) zur Entwicklung der digitalisierten Arbeitswelt wird sich der zukünftige Arbeitsmarkt zwar um mehr als 16 Prozent aller Arbeitsplätze vom heutigen unterschieden, demgegenüber steht jedoch ein Rückgang der erwerbsfähigen Bevölkerung von 58,9 Millionen Personen im Jahr 2019 auf 55,4 Millionen Personen im Jahr 2035 sowie ein Älterwerden der Belegschaften.

**Substituierbarkeitspotenziale nach Berufssegmenten**

Anteil der Tätigkeiten, die schon heute potenziell von Computern erledigt werden könnten (in Prozent), sortiert nach dem Ausmaß der Veränderung zwischen 2016 und 2019

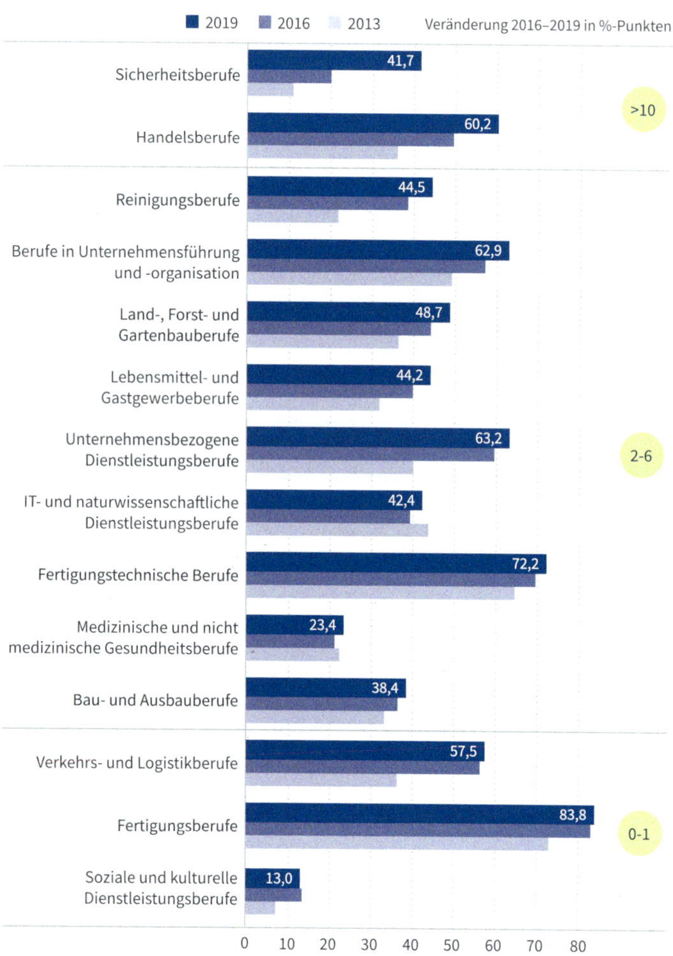


Quelle: Dengler/Matthes (2015, 2018), eigene Berechnungen für 2019. © IAB

Diese Entwicklung gleicht den Rückgang des Arbeitskräfteangebots zahlenmäßig nicht nur aus, sondern sie lässt eine Arbeitskräftelücke entstehen. Insbesondere im MINT- und im Gesundheitsbereich wird sogar eine Verschärfung des Fachkräftemangels erwartet.
Insgesamt wird sich weniger die Quantität als die Qualität und der Charakter von Erwerbsarbeit verändern, und zwar in allen Branchen, Berufen und auf allen Anforderungsniveaus. Statt einer technischen und unvermeidbaren Arbeitslosigkeit sind eher eine Verschiebung von Tätigkeitsfeldern und ein beruflicher und dann auch arbeitsmarktlicher Strukturwandel zu erwarten, der ganz besonders auch die berufliche Bildung betrifft.
Wo moderne Informations- und Kommunikationstechnologien (IKT), Vernetzung und das Zusammenbringen menschlicher und technischer Fähigkeiten neue Geschäftsmodelle und Produkte ermöglichen, entstehen neue Berufs- und Tätigkeitsfelder.

*Wenke Klingbeil-Döring, Digitalisierung und der Arbeitsmarkt, Bonn: Bundeszentrale für politische Bildung, 01.09.2020, https://www.bpb.de/politik/innenpolitik/arbeitsmarktpolitik/316908/digitalisierung-und-arbeitsmarkt (Zugriff: 11.02.2022)*

**INTERNET**

**WES-118380-441**
Film: Einfach erklärt: Digitalisierung

**WES-118380-442**
Film: Einfach erklärt: Strukturwandel

## M2 Welche Berufe können ersetzt werden?

Das Substituierbarkeitspotenzial der einzelnen Berufssegmente – wie stark diese also voraussichtlich infolge des technologischen Wandels ersetzbar werden – lässt sich im Ansatz prognostizieren: So haben nach einer Modellrechnung des Instituts für Arbeitsmarkt- und Berufsforschung (IAB) aus dem Jahr 2019 Fertigungs- und fertigungstechnische Berufe vor unternehmensbezogenen Dienstleistungen, Tätigkeiten in der Unternehmensführung und -organisation sowie Verkehrs-, Logistik- und Handelsberufen das größte Substituierbarkeitspotenzial. Berufe in den Bereichen Bau, Gesundheit und Sicherheit, aber auch soziale und kulturelle Dienstleistungsberufe sind dagegen kaum betroffen.
Generell stärkt die Digitalisierung den Dienstleistungssektor und beschleunigt den bereits laufenden Strukturwandel von Wirtschaft und Arbeitsmarkt in diese Richtung; insbesondere auf der Basis neuer Geschäftsmodelle wie Sharing-Plattformen oder produktergänzende oder -erweiternde Serviceleistungen (den sogenannten Smart Services).

*Wenke Klingbeil-Döring, Digitalisierung und der Arbeitsmarkt (siehe M1)*

**INFO**

**Substituierbarkeit** bezeichnet den Austausch von Produktionsfaktoren, welche die gleiche Tätigkeit erfüllen.

Zeichnung: Trumix

**1** Beschreiben Sie den Wandel auf dem Arbeitsmarkt durch die Digitalisierung (M1).
**2** Analysieren Sie die Karikatur in M2.
**3** Arbeiten Sie das Substituierbarkeitspotenzial der einzelnen Berufssegmente heraus (M1 und M2).
**4** Bewerten Sie die Auswirkungen der Entwicklungen in M1 und M2 auf Ihre persönliche Berufsplanung.
**5** Diskutieren Sie im Plenum die Bedeutung von Fortbildung und lebenslangem Lernen vor dem Hintergrund der Ergebnisse aus Aufgabe 1 bis 3.

# Ökonomie und Geopolitik – China und die Neue Seidenstraße

**INFO**

**Geopolitik** bezieht sich auf das außenpolitische Handeln von Staaten, die in der Regel eine Strategie in einem spezifischen Gebiet verfolgen (Geostrategie).

**INTERNET**

**WES-118380-443**
Podcast: Die Neue Seidenstraße: Chancen und Grenzen

## M1 Die „Neue Seidenstraße“

Das Wort „Seidenstraße“ weckt Assoziationen, die sich an den historischen Vorläufer anlehnen: Es sind dies Bilder von endlosen Karawanen, von Kamelen und Maultieren, die Gewürze, Edelmetalle, Porzellan oder Seidenstoffe aus dem Orient nach Europa transportieren. Über die historische Seidenstraße sind einst Soldaten marschiert, haben Missionare das Christentum, den Islam und den Buddhismus verbreitet. Anders die Seidenstraße von heute: Sie mutet nüchtern und pragmatisch an. Ein Megaprojekt, das, so heißt es, erst einmal Handel und Wirtschaft zugutekommen soll.
2013 stellte Chinas Staatschef Xi Jingping seine Vision einer „Neuen Seidenstraße“ auf einer Konferenz in Kasachstan vor: Die „Neue Seidenstraße“ soll, so Xi Jingping, eine gigantische Wirtschaftsstraße vom Osten Chinas bis in den Westen Europas schlagen. China wolle dafür Autobahnen, Schienentrassen, Brücken und Tunnel bauen und über Standorte in Afrika eine Verbindung nicht nur auf dem Land-, sondern auch auf dem Seeweg schaffen.
Für die „Neue Seidenstraße“ gilt: China macht Angebote, hat auch Komplettpakete im Angebot. Planung und Umsetzung, Arbeiter, Handwerker und Fachleute, die Finanzierung und in manchen Fällen auch den Betrieb von Großprojekten. Die „Neue Seidenstraße“ soll am Ende rund 70 Länder und mehr als vier Milliarden Menschen miteinander vernetzen. Acht Jahre ist es her, dass der chinesische Staatschef sein neues Projekt vorstellte. Jan Weidenfeld, Experte vom Berliner Thinktank „Mercator Institute for China Studies“, mit einer ersten Bilanz:
„Da ist die Seidenstraße erfolgreich. Denn es ist ein Projekt, was stark wahrgenommen wird, nicht nur hier, sondern überall auf der Welt. Und es ist tatsächlich auch ein Projekt, mit dem China dazu beigetragen hat, dass es nicht nur einen größeren politischen Einfluss in vielen Entwicklungsländern gewonnen hat, sondern auch Absatzmärkte ganz stark erweitert hat für chinesische Unternehmen. Insofern politisch wie auch wirtschaftlich ein wichtiges Projekt für die Volksrepublik. Was sicher auch zur Wahrnehmung Chinas auf globaler Bühne beigetragen hat. Das steht außer Frage.“ [...]
Doch was bezweckt China tatsächlich mit der „Neuen Seidenstraße“? Will es Imperialmacht sein, die Staaten des Südens majorisieren? Will China Europa und den USA die traditionelle Vormachtstellung im internationalen Handel nehmen? Jan Weidenfeld über die Wahrnehmung des Westens: „Die Europäer und die Amerikaner gucken mit großer Skepsis auf diese Initiative, sie sind besorgt über den politischen Einfluss, den China damit gewinnt, die Untergrabung freier marktwirtschaftlicher Prinzipien und demokratischer Werte und Menschenrechten. Und tatsächlich auch den Verlust von Marktanteilen.“ [...]
Das Projekt der „Neuen Seidenstraße“ ist demnach ein wesentlicher Baustein bei Chinas Streben, wirtschaftlich und damit infolge auch geopolitisch zur Großmacht aufzusteigen. Und damit ist es „Stein des Anstoßes“ zwischen China auf der einen Seite und den USA und Teilen der Europäischen Union auf der anderen Seite.

*Rainer Link, Chinas Engagement in Europa und die Antwort des Westens, in: Deutschlandfunk, Köln: Deutschlandradio, 09.08.2021, https://www.deutschlandfunk.de/die-neue-seidenstrasse-chinas-engagement-in-europa-und-die-100.html (Zugriff: 11.02.2022)*

## M2 Entwicklung der „Neuen Seidenstraße“

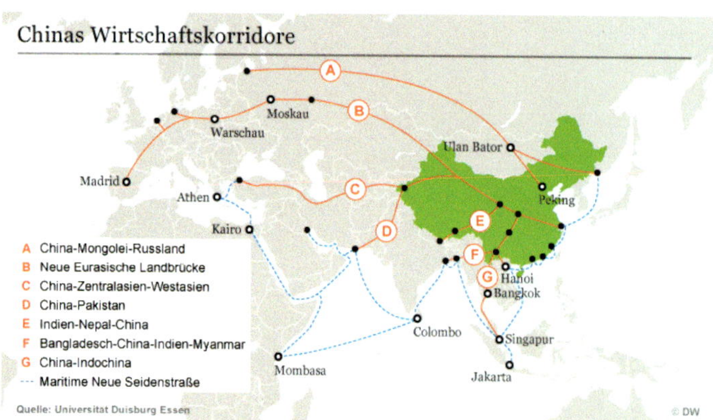

## M3 Die Verträge der „Neuen Seidenstraße"

Ein zentrales Element der Entwicklungsstrategie Chinas ist die sogenannte Belt and Road Initiative (BRI), oft auch Neue Seidenstraße genannt. Über diese vergeben Chinas Staatsbanken weltweit Kredite für den Bau von Brücken, Bahnstrecken, Kraftwerken, Häfen, Energie- und Digitalnetzen. Vor Ort ausgeführt werden diese Projekte meist von chinesischen Staatsunternehmen und chinesischen Arbeitern. Die meisten Projekte gibt es in Schwellen- und Entwicklungsländern. Vor ein paar Jahren ließ Chinas Führung alle bisherigen Infrastrukturinvestitionen im Ausland unter dem Dach Belt and Road zusammenfassen. Die bekannteste in Europa ist der 2008 von einer chinesischen Staatsrederei gekaufte Hafen von Piräus in Griechenland, der seitdem als Vorzeige-BRI-Projekt gilt.

Ein Rätsel blieben aber bis vor Kurzem die Verträge, die Chinas Banken und Staatsunternehmen mit den Vertragsnehmern vor Ort abschlossen. Seit 2014 bleiben diese zunehmend geheim. Einem internationalen Forscherteam unter Beteiligung des Instituts für Weltwirtschaft (IfW) in Kiel ist es nun gelungen, viele dieser Verträge einzusehen. In ihrer Studie „How China Lends" hat das Team die Recherchen zusammengetragen. Ein wichtiges Ergebnis daraus ist: Chinas Staatsbanken positionieren sich bewusst als vorrangige Gläubiger der Bauprojekte. Mit den Investitionen steigt der Einfluss des autoritären KP-Staates im Ausland. Das gilt besonders für die ärmeren Staaten Asiens, Afrikas und Osteuropas, wohin das Gros der Investitionen geht. China kann auf diesem Weg seine Unternehmen und Produkte auf dem Weltmarkt etablieren und als Kredit- und Geldgeber seine Geschäftsbedingungen diktieren. Mit Folgen: Allein unter den großen Staaten, die im Rahmen der BRI Infrastruktur bauen, befinden sich mit Pakistan, Äthiopien, Kenia, Sri Lanka oder Belarus Länder, in denen chinesische Schulden zehn Prozent oder mehr ihres Bruttoinlandsproduktes ausmachen. [...]

Der Preis für die Zunahme an geopolitischem Einfluss sind aber die Kreditrisiken, die Chinas große staatliche Auslandsbanken wie die China Exim-Bank eingehen, wenn sie in armen Staaten Eisenbahnstrecken oder Kraftwerke im Millionen- oder gar Milliardenbereich finanzieren. Für Entwicklungsländer können diese Investments eine zukunftsweisende Hilfe sein – andere geraten durch die Kredite in krasse Abhängigkeit von China. Ein Musterbeispiel ist Nachbar Laos, dessen Stromnetz und neue Wasserkraftwerke heute mehr oder weniger von China kontrolliert werden. Wie es so weit kommen kann, erklärt sich zum Teil aus der Vertragsgestaltung. Durch Belt and Road sei China zum größten öffentlichen Gläubiger für Entwicklungsländer aufgestiegen, sagt Christoph Trebesch, Forschungsdirektor am IfW Kiel und Mitautor von „How China Lends", und „die finanzierenden Staatsbanken treten als sehr versierte Kreditgeber auf, die ihre Verhandlungsmacht gekonnt zu ihrem Vorteil ausnutzen". Für die Studie wurden 100 chinesische Kreditverträge mit 24 Ländern untersucht, von denen viele Teil der Belt and Road Initiative sind.

*Steffen Richter, Chinas Geheimverträge, in: Die Zeit online, 31.03.2021, https://www.zeit.de/wirtschaft/2021-03/neue-seidenstrasse-belt-and-road-initiative-china-infrastruktur-finanzierung-entwicklungslaender (Zugriff: 11.02.2022)*

**QUERVERWEIS**

**Chinas Rolle in der Welt**
S. 12, M1

**Fallbeispiel 1: Die chinesisch-afrikanischen Beziehungen,**
S. 24 f.

**1** Erklären Sie anhand von M1 den Begriff „Neue Seidenstraße".

**2** Beschreiben Sie Ziele, die China mit dem Ausbau der „Neuen Seidenstraße" verbindet (M1).

**3** Analysieren Sie anhand von M2 die bisherige Entwicklung der „Neuen Seidenstraße".

**4** **a)** Erläutern Sie die Grundzüge der Belt Road Initiative (M3).
**b)** Beurteilen Sie die Bedingungen der Kreditvergabe (M3).

**5** Diskutieren Sie im Plenum die Auswirkungen der Belt Road Initiative auf Entwicklungsländer.

# Strukturschwache Regionen – Gewinner im Globalisierungsprozess?

GLOSSAR
Globalisierung

## M1 Die Firma Tesla baut in Grünheide in Brandenburg

1,135 Milliarden Euro aus dem zweiten Europäischen Batteriezellenprogramm (IPCEI) hätte der US-Konzern für die geplante Batteriezellenfabrik in der fast fertigen E-Auto-Gigafactory im brandenburgischen Grünheide bekommen können. Doch nachdem es am Freitag hieß, der Bund wolle dem Unternehmen grünes Licht geben, kam die Wende: Tesla will diese Förderung nicht haben.

Nach Tagesspiegel-Informationen war der Förderbescheid im Bundeswirtschaftsministerium unter dem geschäftsführenden Minister Peter Altmaier (CDU) praktisch unter Dach und Fach. Eine Ministeriumssprecherin bestätigte am Freitag: „Die Beihilfe für das Projekt in Grünheide war durch die Europäische Kommission genehmigt worden."

Auch Brandenburg sollte sich, das hatte die Landesregierung vor einigen Wochen entschieden, mit 120 Millionen Euro an der Milliardensumme beteiligen.

Tesla habe Bundes- und Landeswirtschaftsministerium darüber informiert, dass es eine Teilnahme an dem Batteriezellenprogramm nicht weiterverfolgen möchte, teilte der Autobauer am Freitag mit. Deshalb habe das Unternehmen den Antrag auf staatliche Förderung für ein IPCEI (transnationales Vorhaben von gemeinsamem europäischem Interesse) für die Batteriefabrik in Grünheide zurückgezogen. Gründe für diesen überraschenden Schwenk nannte Tesla nicht.

Möglicherweise spielt eine Rolle, dass sich der US-Konzern nicht zu sehr binden will, denn mit jedem Förderbescheid sind strikte Auflagen verbunden. Der US-Autobauer, der in der Fabrik eine völlig neue Generation leistungsfähigerer Batteriezellen mit der Folge einer höheren Reichweite der E-Autos produzieren will, bleibt nun flexibel. „Tesla hält jedoch weiterhin an seinen Planungen für die Batterie- und Recyclingfabrik in der Gigafactory Berlin-Brandenburg fest", erklärte der Konzern weiter. In der Batteriezellenfabrik sollen mindestens 2000 Jobs entstehen, zusätzlich zu den 12.000 Jobs des E-Auto-Werkes in der ersten Ausbaustufe. [...]

Vom Brandenburger Wirtschaftsministerium hieß es, die Entscheidung von Tesla, am Standort Brandenburg eine hochmoderne Batteriezellfabrik aufzubauen, führe zu zusätzlicher Wertschöpfung mit Arbeitsplätzen und Strukturentwicklungen und sei für das Land ein Gewinn.

*Torsten Metzner, EU genehmigte eine Milliarde für Batteriefabrik – doch Tesla verzichtet, in: Der Tagesspiegel online, 26.11.2021, https://www.tagesspiegel.de/berlin/gigafactory-in-gruenheide-eu-genehmigte-eine-milliarde-fuer-batteriefabrik-doch-tesla-verzichtet/27837328.html (Zugriff: 11.02.2022)*

INFO
**ELER**
Europäischer Landwirtschaftsfonds für die Entwicklung des ländlichen Raums

## M2 Vorgaben für die Förderung durch den ELER

**Ausgaben für Klima und Umwelt**

Mindestens 30 % der Mittel für jedes Programm zur Entwicklung des ländlichen Raums müssen für umwelt- und klimarelevante Maßnahmen aufgewendet werden. Ein Großteil davon wird über Finanzhilfen und jährliche Zahlungen an Landwirtinnen und Landwirte geleistet, die auf umweltfreundlichere Bewirtschaftungsmethoden umstellen.

**Unterstützung lokaler Aktionen**
Mindestens 5 % der Mittel für jedes Programm zur Entwicklung des ländlichen Raums müssen für Aktionen auf der Grundlage der Methode LEADER/von der örtlichen Bevölkerung betriebene lokale Entwicklung bereitgestellt werden.

**Förderung intelligenter Dörfer**
Programme zur Entwicklung des ländlichen Raums können auch die Initiative „intelligente Dörfer" unterstützen, mit der Innovationen in ländlichen Gebieten in ganz Europa gefördert und ausgebaut werden sollen, damit die allen Bürgerinnen und Bürgern ländlicher Regionen gemeinsamen Herausforderungen bewältigt werden können.

**Finanzinstrumente**
Mithilfe seiner Finanzinstrumente kann der ELER für Empfänger in der Land- und Forstwirtschaft und im ländlichen Raum Darlehen, Mikrokredite, Garantien und Beteiligungen bereitstellen, wenn sie finanziell tragfähige Projekte durchführen, die den Prioritäten des ELER entsprechen. Genauere Informationen [...] sind im Fi-Compass aufgeführt.

*Entwicklung des ländlichen Raumes, Europäische Kommission, https://ec.europa.eu/info/food-farming-fisheries/key-policies/common-agricultural-policy/rural-development_de#ruraldevelopmentprogrammes (Zugriff: 11.02.2022)*

**INFO**

**LEADER**
Methode zur Entwicklung ländlicher Regionen, bei der die Ideen direkt von den lokalen Akteuren (Landwirten, Unternehmen, Behörden usw.) entwickelt und umgesetzt werden.

## M3 Stadt oder Land?

1 Beschreiben Sie die Bedeutung des Tesla-Baus für den ländlichen Raum (M1).
2 Erstellen Sie eine Mindmap zu den Kriterien, nach denen ländliche Regionen gefördert werden sollen (M2).
3 Recherchieren Sie im Internet Förderprojekte in den ländlichen Regionen Sachsens.
4 Finden Sie vier Kriterien, die für das Wohnen auf dem Land bzw. in der Stadt sprechen (M3).
5 Führen Sie im Plenum eine Pro-und-Kontra-Debatte zu den Vor- und Nachteilen des Lebens auf dem Land bzw. in der Stadt durch.

**QUERVERWEIS**

**Methode: Pro-und-Kontra-Debatte „reloaded": Jugend debattiert,**
S. 264 f.

# Pro-und-Kontra-Debatte „reloaded“: Jugend debattiert

## Im Mittelpunkt: die Debatte

Gute Debatten sind eine Voraussetzung lebendiger Demokratie und eines gelingenden Zusammenlebens in unserer vielfältigen Gesellschaft. Debattieren heißt: Stellung beziehen, Gründe nennen, Kritik vortragen – gegen- und miteinander. Gute Debattantinnen und Debattanten hören einander zu und streiten fair und sachbezogen. Debatten beantworten Fragen, wie sie sich überall stellen, wo Menschen gemeinsam handeln: in der Familie, im Beruf, in der Politik. Deshalb trainieren jedes Jahr ca. 200.000 teilnehmende Schülerinnen und Schüler mit „Jugend debattiert“ die gute Debatte.

In einer guten Debatte wird eine Entscheidungsfrage von verschiedenen Seiten beleuchtet. Dazu kann jede und jeder Teilnehmende beitragen, indem sie oder er den eigenen Standpunkt stark macht und ihn gegen Einwände von anderen verteidigt. Dafür ist es z. B. wichtig, dass alle auf das Thema der Debatte gut vorbereitet sind und wissen, wovon sie reden.
Ebenso wichtig ist, dass man genau zuhört, die Meinungen der anderen Debattantinnen und Debattanten ernst nimmt und sich mit ihnen gründlich auseinandersetzt.

Eine Debatte ist ein Gespräch nach festen Regeln, das eine Entscheidungsfrage beantworten soll. Entscheidungsfragen sind Fragen, auf die man nur mit „Ja“ oder „Nein“ antworten kann. Wer mit „Ja“ antwortet, spricht sich für das Gefragte aus (= Position „pro“). Wer „Nein“ sagt, wendet sich dagegen (= Position „kontra“).

## Debatten brauchen Regeln

Debatten brauchen Regeln, damit der Austausch der Argumente funktioniert. Nur so entsteht ein Dialog. Wer spricht wann? Was sind gute Argumente? Die Regeln der Debatte bei „Jugend debattiert“ sind ganz einfach, damit Schülerinnen und Schüler sich auch im Alltag daran orientieren können.
In unserem Zusammenleben stellen wir uns viele Fragen. Und immer wieder müssen wir uns entscheiden. Entscheidungen, die wir mit anderen treffen, betreffen oft viele Menschen. Eine gute Lösung liegt oft nicht auf der Hand, z. B. „Soll man Alkohol erst ab 18 Jahren trinken dürfen?“.
Sucht man die Antwort auf eine solche Frage, so lohnt es sich immer zu debattieren. Ebenso wichtig wie die Antwort auf eine Frage ist in einer Debatte die Begründung dieser Antwort. Mit Debatten kann man herausfinden, was für und gegen eine Entscheidung spricht und welche Argumente am meisten überzeugen.

## Die drei Teile einer Debatte

- In der **Eröffnungsrunde** beantwortet jede Teilnehmerin und jeder Teilnehmer in zwei Minuten die Streitfrage aus der eigenen Sicht.
- Die **Freie Aussprache** dauert zwölf Minuten. Hier werden weitere Argumente gebracht und miteinander abgeglichen.
- In der **Schlussrunde** hat jede Teilnehmerin und jeder Teilnehmer noch einmal eine Minute Zeit, die Streitfrage ein zweites Mal zu beantworten: diesmal im Lichte all der Argumente, die sie bzw. er gehört hat.

Debattiert wird jeweils zu viert: Zwei Personen antworten mit „Ja“ und sprechen sich für das Gefragte aus („pro“), zwei antworten mit „Nein“ und sprechen sich gegen die Maßnahme aus („kontra“).

*Im Mittelpunkt: die Debatte, Frankfurt a. M.: Jugend debattiert, https://www.jugend-debattiert.de/programm/debatte-themen (Zugriff: 11.02.2022) (verändert)*

## Eine exemplarische Debatte

Am nachfolgenden Fallbeispiel werden die drei Teile einer Debatte erläutert. Das Thema einer Debatte bei „Jugend debattiert“ wird als klar positionierbare Streitfrage formuliert, die verneint oder bejaht werden kann.

**Beispiel: Soll eine allgemeine Erbschaftsteuer eingeführt werden?**

**1. Schritt**

Die vier Teilnehmer einer Debatte sind auf zwei Pro-und-Kontra-Positionen aufgeteilt. Die Debatte beginnt mit der Eröffnung, bei der jedem Debattanten zwei Minuten Redezeit zur Verfügung stehen, um seine Position zu erläutern und auf die Gegenpositionen einzugehen. Die Pro-Seite begründet dabei einen Vorschlag, den die Kontra-Seite kritisiert.
Pro fordert im vorliegenden Beispiel eine allgemeine Erbschaftssteuer für Sach- und Geldvermögen bereits ab 50.000 € als Vorschlag. Das Ziel der zweiminütigen Redezeit liegt darin, eine Antwort auf die Streitfrage zu formulieren, also ob man aus der jeweiligen Position heraus dafür oder dagegen ist. Kontra ist hier natürlich dagegen, weil eine allgemeine Erbschaftssteuer sich nachteilig auf mittelständige Unternehmen auswirkt.

**2. Schritt**

Es folgt eine zwölfminütige freie Aussprache, bei der die Pro-und-Kontra-Debattanten ihre Argumente austauschen. Hier gibt es keine feste Reihenfolge und beide Seiten wechseln sich ab.
Es geht nun darum zu klären, wo ein Konsens gefunden werden kann und wo die strittigen Punkte liegen. Präzisiert werden muss in der Aussprache auch, was der genaue Gegenstand der Entscheidung sein soll. Hier werden weitere Argumente eingebracht und neue Aspekte des Themas eröffnet.

**3. Schritt**

In der Schlussrunde hat jeder Debattant eine Minute, um die Debatte zusammenzufassen, jetzt dürfen keine neuen Argumente eingebracht werden, vielmehr geht es darum, die Ergebnisse zu präsentieren.

## Wozu debattieren?

Eine Debatte wird in den Kategorien Ausdruck, Überzeugungskraft, Sachkenntnis und Gesprächsfähigkeit von einer Jury bewertet.
Fast noch wichtiger als die Debatte selbst ist aber die Auseinandersetzung mit dem Thema sowohl aus der Pro- als auch aus der Kontra-Perspektive. Die Debattanten müssen beide Positionen vorbereiten und werden erst kurz vor der Debatte der Pro- oder Kontra-Position zugewiesen. Eine gute Debatte eröffnet viele Themenfelder und beleuchtet alle Facetten eines Themas.

**1** Formulieren Sie eine Problemfrage, die mit „Soll/-en“ beginnt und eine Entscheidung beinhaltet.

**2** Führen Sie anschließend eine Debatte im Jugend-debattiert-Format durch.

**3** Bewerten Sie die Debatte anschließend im Kurs. Bewertungskategorien sind:
- Ausdruck,
- Sachkenntnis,
- Gesprächsfähigkeit und
- Überzeugungskraft.

# 4.5 Entwicklung und Zukunft der Europäischen Wirtschafts- und Währungsunion

## Grundlagen der Europäischen Wirtschafts- und Währungsunion (EWWU)

**GLOSSAR**

Euro

Europäischer Binnenmarkt

Europäische Union (EU)

**Die wirtschaftliche Zusammenarbeit ist ein wesentlicher Eckpfeiler der Europäischen Union (EU). Dies verdeutlichen die Freiheiten des europäischen Binnenmarktes ebenso wie die Gemeinschaftswährung in der Eurozone. Doch Krisen und Differenzen über eine gemeinsame Wirtschaftspolitik stellen die europäische Staatengemeinschaft vor neue Herausforderungen.**

**INTERNET**

WES-118380-451
Film: Einfach erklärt: Europäischer Binnenmarkt

### M1 Die vier Freiheiten im europäischen Binnenmarkt

**freier Personenverkehr**

Wegfall der Kontrollen an den Binnengrenzen

Harmonisierung der Asyl- und Zuwanderungspolitik

Freizügigkeit für Arbeitnehmer, Niederlassungs- und Aufenthaltsrecht für EU-Bürger

**freier Dienstleistungsverkehr**

Niederlassungsrecht; Offenheit für grenzüberschreitende Dienstleistungen

Liberalisierung der Bank- und Versicherungsdienstleistungen

Öffnung der Transport-, Post-, Telekommunikations-, Energiemärkte

**freier Warenverkehr**

Wegfall der Grenzkontrollen

keine Zölle oder mengenmäßigen Beschränkungen

Harmonisierung oder gegenseitige Anerkennung von Normen und Vorschriften

Steuerharmonisierung

**freier Kapitalverkehr**

Freizügigkeit für den Zahlungsverkehr und den Kapitalverkehr (Investitionen und Anlagen) in der EU und nach außen

Integration der Finanzmärkte

Liberalisierung des Wertpapierverkehrs



### M2 Die Freiheiten des Binnenmarktes konkret

Luca ist 20 Jahre alt und hat gerade seine Ausbildung zum Grafikdesigner abgeschlossen. Er hat schon während der Ausbildung für verschiedene Kunden gearbeitet und will sich jetzt selbstständig machen.

Da er in Mailand Verwandtschaft hat, will er dort hinziehen, um Kontakte zur Modewelt zu knüpfen. Er kann vorübergehend bei seiner Tante wohnen und muss sich dann vor Ort um eine eigene Wohnung, ein Bankkonto und alle wichtigen Versicherungen kümmern. Außerdem möchte er gerne ein eigenes Auto haben, damit er mobil ist und zu seinen Kunden fahren kann. Im Internet hat er ein unschlagbar günstiges Angebot bei einem Händler in Innsbruck (Österreich) gefunden. Dorthin will er mit dem Zug fahren und dann das Auto gleich mit nach Mailand nehmen. Der Umzugswagen mit seinen Sachen kommt später nach.

*Autorentext*

**INTERNET**

WES-118380-452
Film: Einfach erklärt: Die Geschichte der EU

1 Erläutern Sie die vier Freiheiten des Europäischen Binnenmarktes (M1) anhand des Falls von Luca (M2).

2 Beurteilen Sie die vier Grundfreiheiten des europäischen Binnenmarktes (M1) unter Berücksichtigung Ihrer eigenen Lebens- oder Karriereplanung.

3 Recherchieren Sie eine Etappe auf dem Weg zum Binnenmarkt (M3, Zeitleiste) genauer und erläutern Sie deren Bedeutung. Präsentieren Sie die Ergebnisse im Plenum.

4 Erklären Sie, unter welchen Bedingungen ein EU-Staat dem Euroraum beitreten kann (M4).

## M3 Entwicklung des EU-Binnenmarktes

Erklärfilme zur EU und WWU

**Beitritt zur EU**

- **1958** Deutschland, Frankreich, Italien, Belgien, Luxemburg, Niederlande
- **1973** Vereinigtes Königreich, Irland, Dänemark
- **1981** Griechenland
- **1986** Spanien, Portugal
- **1995** Finnland, Österreich, Schweden
- **2004** Malta, Lettland, Litauen, Estland, Polen, Slowakei, Slowenien, Tschechische Republik, Ungarn, Zypern
- **2007** Bulgarien, Rumänien
- **2013** Kroatien
- **2020** Austritt Vereinigtes Königreich

**Der europäische Binnenmarkt umfasst:**

- 450 Mio. Bürger in 27 Staaten
- 24 verschiedene Amtssprachen
- 19 Staaten mit gemeinsamer Währung Euro

## M4 Die Europäische Währungsunion

Die Europäische Währungsunion stellt den Zusammenschluss von EU-Mitgliedstaaten auf dem Gebiet der Geld- und Währungspolitik dar. Seit ihrer Errichtung 1999 mit elf Staaten (Belgien, Deutschland, Finnland, Frankreich, Irland, Italien, Luxemburg, Niederlande, Österreich, Portugal, Spanien) traten mit Griechenland (2001), Slowenien (2007), Malta und Zypern (2008), der Slowakei (2009), Estland (2011), Lettland (2014) und Litauen (2015) acht weitere Staaten bei.

Die EU-Staaten, die den Euro noch nicht eingeführt haben, sind grundsätzlich verpflichtet, der Währungsunion beizutreten, sobald sie die im EG-Vertrag festgelegten Konvergenzkriterien erfüllen. Eine Ausnahme bildet das Königreich Dänemark, das eine Sonderstellung ausgehandelt hat („Opt-out-Klausel"). Es kann selbst entscheiden, ob es der Währungsunion beitritt, sofern es die Konvergenzkriterien erfüllt.

### Konvergenzkriterien

Damit ein EU-Staat der Währungsunion beitreten kann, muss er bestimmte Voraussetzungen erfüllen. Zur Beurteilung der „Stabilitätsreife" potenzieller Teilnehmerländer sind im EG-Vertrag die „Konvergenzkriterien" festgelegt worden, nach denen entschieden wird, ob ein Land den Euro einführen kann.

- **Preisstabilität:** Die Inflationsrate darf nicht mehr als 1,5 Prozentpunkte über derjenigen der drei preisstabilsten Mitgliedsländer der Europäischen Union liegen.
- **Höhe der langfristigen Zinsen:** Die langfristigen Nominalzinssätze dürfen nicht mehr als zwei Prozentpunkte über den entsprechenden Zinssätzen der drei preisstabilsten Mitgliedsländer der Europäischen Union liegen.
- **Haushaltsdisziplin:** Das jährliche öffentliche Defizit sollte grundsätzlich nicht mehr als 3 %, der öffentliche Schuldenstand nicht mehr als 60 % des Bruttoinlandsprodukts betragen.
- **Wechselkursstabilität:** Der Beitrittskandidat muss mindestens zwei Jahre am „Wechselkursmechanismus II" teilgenommen haben. Dabei darf der Wechselkurs der eigenen Währung nicht starken Schwankungen gegenüber dem Euro ausgesetzt gewesen sein.

*Die Europäische Währungsunion, Frankfurt a. M.: Deutsche Bundesbank, 01.02.2020, https://www.bundesbank.de/de/bundesbank/eurosystem/europaeische-waehrungsunion/die-europaeische-waehrungsunion-604386 (Zugriff: 21.02.2022)*

**Zeitleiste wichtiger Schritte zur EWWU**

**1951:** Gründung der Montanunion (Europäische Gemeinschaft für Kohle und Stahl, EGKS) nach Vorschlag des Schumanplans (1950); Mitglieder: BE, NL, LU, FR, IT, DE

**1958:** Gründung der Europäischen Wirtschaftsgemeinschaft (EWG) und von Euratom gemäß den Römischen Verträgen (1957); Mitglieder: EGKS-Staaten

**1967:** Zusammenlegung von EGKS, EWG und Euratom zur Europäischen Gemeinschaft (EG)

**1968:** Zollunion zwischen den EG-Staaten

**1969:** Beschluss zur stufenweisen Errichtung einer Wirtschafts- und Währungsunion (WWU) („Wernerplan" im Oktober 1969)

**1985:** Schengener Abkommen: keine Grenzkontrollen für Personen mehr in der EU

**1987:** Unterzeichnung der Einheitlichen Europäischen Akte (EEA) zum Ausbau der EU, u. a. Realisierung des Binnenmarktes bis 1992

**1989:** Beschluss zur Einführung der EWWU in drei Stufen von 1990 bis 1999 gemäß Delors-Plan

**1993:** Umbenennung der Gemeinschaft in Europäische Union und Entstehung des Binnenmarktes gemäß dem Vertrag von Maastricht (1992)

**1999:** Errichtung der EWWU: Einführung des Euro als Buchgeld

**2002:** Euro als Zahlungsmittel in zunächst 12 Staaten der EU

# Wettbewerbspolitik der Europäischen Union

**INTERNET**

**WES-118380-453**
Film: Einfach erklärt: Wettbewerb und Kartelle

**GLOSSAR**

**Kartell**

## M1 Die Europäische Union informiert Verkäufer innerhalb der EU

In der EU gibt es strenge Vorschriften zum Schutz des freien Wettbewerbs. Nach diesen Vorschriften sind bestimmte Praktiken verboten. Wenn Sie gegen die Wettbewerbsvorschriften der EU verstoßen, riskieren Sie Geldbußen in Höhe von bis zu 10 % Ihres weltweiten Jahresumsatzes. In einigen EU-Ländern drohen den Geschäftsführern von Unternehmen, die Wettbewerbsverstöße begehen, schwere Strafen – sogar Haft. Die Wettbewerbsregeln der EU gelten unmittelbar in allen EU-Mitgliedstaaten, und die Gerichte in Ihrem Land werden deren Anwendung sicherstellen. Diese Vorschriften gelten nicht nur für Unternehmen, sondern für alle Organisationen, die einer wirtschaftlichen Tätigkeit nachgehen (Handels-, Branchenverbände usw.). [...]

**Illegale Kontakte und Vereinbarungen**

Solche Vereinbarungen werden als Kartelle bezeichnet. Sie sind verboten, weil sie den Wettbewerb beschränken. Sie können unterschiedliche Formen annehmen und müssen nicht unbedingt von den beteiligten Unternehmen offiziell gebilligt sein. Die verbreitetsten Praktiken sind:

- Preisabsprachen
- Aufteilung von Märkten
- Absprachen über Kundenzuteilung
- Absprachen über Produktionsbegrenzungen
- Vertriebsvereinbarungen zwischen Herstellern und Wiederverkäufern, bei denen beispielsweise der Verbraucherpreis vom Hersteller vorgegeben wird.

Alle Arten von Vereinbarung und Informationsaustausch zwischen Ihnen und Ihren Wettbewerbern, die strategische Ungewissheiten auf dem Markt (etwa in Bezug auf Produktionskosten, Umsatz, Kapazität, Vermarktungspläne usw.) für Sie verringern, können als wettbewerbswidrig angesehen werden.

*Wettbewerbsregeln in der EU, in: Your Europe, Europäische Kommission, 12.10.2020, https://europa.eu/youreurope/business/selling-in-eu/competition-between-businesses/competition-rules-eu/index_de.htm (Zugriff: 21.02.2022)*

**INTERNET**

**WES-118380-454**
Auf den Seiten der Bundeszentrale für politische Bildung finden Sie ausführliche Dossiers zur wirtschaftlichen Entwicklung der EU.

## M2 Ziele europäischer Wettbewerbspolitik

Das grundlegende Ziel der EU-Wettbewerbsvorschriften ist ein reibungsloses Funktionieren des Binnenmarktes. Ein wirksamer Wettbewerb ermöglicht es Unternehmen, in den Mitgliedstaaten unter gleichen Voraussetzungen zu konkurrieren, und setzt sie gleichzeitig unter Druck, sich kontinuierlich darum zu bemühen, Verbrauchern bestmögliche Produkte zu bestmöglichen Preisen anzubieten. Das wiederum fördert Innovationen und langfristiges Wirtschaftswachstum. Die Wettbewerbspolitik ist daher ein entscheidendes Instrument für einen freien und dynamischen Binnenmarkt und die Förderung des allgemeinen wirtschaftlichen Wohlstands. Die EU-Wettbewerbspolitik gilt auch für Unternehmen außerhalb der EU, die auf dem Binnenmarkt tätig sind.

*Radostina Parenti, Wettbewerbspolitik, Europäisches Parlament, Oktober 2021, https://www.europarl.europa.eu/factsheets/de/sheet/82/wettbewerbspolitik (Zugriff: 21.02.2022)*

**1** Stellen Sie die Regeln und Ziele der europäischen Wettbewerbsordnung in Form einer Mindmap dar (M1, M2).

**2** Erklären Sie die Instrumente der Europäischen Wettbewerbspolitik (M3).

**3** **a)** Analysieren Sie den Artikel M4 im Hinblick auf die Anwendung des EU-Kartellrechts gegen die Firma Apple.
**b)** Recherchieren Sie den Fortgang des Verfahrens.

## M3 Instrumente der EU-Wettbewerbspolitik

Ganz allgemein umfasst das Instrumentarium der EU-Wettbewerbspolitik Vorschriften über Kartelle, Fusionskontrolle, staatliche Beihilfen und öffentliche Unternehmen und Dienstleistungen.
Die kartellrechtlichen Vorschriften zielen darauf ab, wieder für wettbewerbsorientierte Bedingungen zu sorgen, falls unangemessenes Verhalten von Unternehmen (d. h. die Bildung von Kartellen oder der Missbrauch einer marktbeherrschenden Stellung) Wettbewerbsverzerrungen verursacht.
Zu den auf Prävention ausgerichteten Instrumenten der Wettbewerbspolitik zählen die Fusionskontrolle und die Vorschriften über staatliche Beihilfen.
Der Zweck der Fusionskontrolle besteht darin, mögliche Wettbewerbsverzerrungen vorherzusehen, indem im Voraus beurteilt wird, ob ein möglicher Zusammenschluss oder eine Übernahme wettbewerbswidrige Auswirkungen haben könnte.
Durch die Vorschriften über staatliche Beihilfen sollen unrechtmäßige staatliche Beihilfen verhindert werden, wenn eine Vorzugsbehandlung bestimmter Unternehmen oder Sektoren den Wettbewerb verzerrt oder wahrscheinlich verzerrt und den Handel zwischen den Mitgliedstaaten beeinträchtigt.

*Radostina Parenti, Wettbewerbspolitik (siehe M2)*

## M4 Die EU-Wettbewerbspolitik im Konflikt mit Apple

Die EU-Kommission prüft nach Beschwerden von Konkurrenten, ob Apple unfairen Wettbewerb in seinem App Store und beim Bezahlsystem Apple Pay betreibt. Wettbewerbskommissarin Margrethe Vestager leitete zwei offizielle Verfahren ein. Beispielsweise der Musikdienst Spotify beschwerte sich in Brüssel über die Abgabe von 30 bzw. 15 Prozent auf Abo-Einnahmen im App Store, die ihn demnach gegen Apples eigenes Angebot benachteiligen. Bei Apple Pay kritisierten Banken unter anderem, dass sie nicht an Apple vorbei auf den NFC-Chip zum kontaktlosen Bezahlen zugreifen können.
Die Debatte über beide Punkte gibt es schon lange. Apple Pay ist der einzige Weg, um auf iPhones Zugriff auf den NFC-Chip zu bekommen, über den man das Telefon an der Ladenkasse statt einer Bankkarte einsetzen kann. Apple sieht das als technische Lösung, um die Sicherheit der Zahlungen zu gewährleisten, und versichert, dass jeder, der Zugang zu Apple Pay wolle, ihn auch bekomme.
Die Kommission hat nach einer vorläufigen Prüfung jedoch Bedenken, dass die Geschäftsbedingungen von Apple hier den Wettbewerb verfälschen und die Auswahl für Verbraucher verringern. „Apple legt offenbar Bedingungen für die Nutzung von Apple Pay in kommerziellen Apps und auf Websites fest“, sagte Vestager. „Apple darf den Verbrauchern mit seinen Maßnahmen aber nicht die Vorteile der neuen Zahlungstechnologien vorenthalten.“
Im App Store verlangt Apple seit dem Start der Download-Plattform 2008 grundsätzlich eine Abgabe von 30 Prozent auf Einnahmen mit digitalen Dienstleistungen oder Artikeln. Bei länger laufenden Abos sinkt die Kommission auf 15 Prozent. Der Videodienst Netflix zum Beispiel bietet unter diesen Umständen seine Abos nicht direkt in den Apps auf Apple-Geräten an. Spotify schickte wegen der Praxis im Frühjahr vergangenen Jahres eine Beschwerde an die EU-Kommission. Die Firma sieht sich im Nachteil, weil Apple als Plattform-Betreiber beim eigenen Streamingdienst Apple Music den gesamten Betrag behalten könne.

*wgr/©dpa, EU-Wettbewerbshüter nehmen sich Apple vor, 16.06.2020*

# Agrarpolitik der Europäischen Union

**Die Agrarpolitik der Europäischen Union wird für viele Verbraucher nur sichtbar, wenn Landwirte in EU-Staaten mit schweren landwirtschaftlichen Maschinen vor Parlamenten oder den Regierungssitzen demonstrieren. Dabei verfolgt die Agrarpolitik der EU klare Zielvorgaben, die in den europäischen Verträgen ausgeführt werden.**

## M 1 Ziele der Gemeinsamen Agrarpolitik

Die 1962 eingeführte Gemeinsame Agrarpolitik (GAP) der EU ist eine Partnerschaft zwischen der Landwirtschaft und der Gesellschaft, zwischen Europa und seinen Landwirten. Sie hat folgende Ziele:

- Landwirtinnen und Landwirte unterstützen und die Produktivität in der Landwirtschaft verbessern, um eine sichere Versorgung mit bezahlbaren Nahrungsmitteln zu gewährleisten;
- den Landwirten der Europäischen Union ein angemessenes Einkommen ermöglichen;
- zur Bekämpfung des Klimawandels und zu einer nachhaltigen Bewirtschaftung der natürlichen Ressourcen beitragen;
- ländliche Gebiete und Landschaften in der EU erhalten;
- die Wirtschaft im ländlichen Raum durch Förderung von Arbeitsplätzen in der Landwirtschaft, der Agrar- und Ernährungswirtschaft und in den damit verbundenen Branchen beleben.

Die GAP ist eine gemeinsame Politik für alle Mitgliedstaaten der Europäischen Union. Sie wird aus den Mitteln des EU-Haushalts auf europäischer Ebene finanziert und verwaltet.

*Die Gemeinsame Agrarpolitik auf einen Blick, Europäische Kommission, https://ec.europa.eu/info/food-farming-fisheries/key-policies/common-agricultural-policy/cap-glance_de (Zugriff: 11.02.2022)*

## M 2 Förderung der Landwirtschaft durch die EU

**2019 unterstützte die EU die Landwirtschaft mit 58,82 Milliarden Euro.**

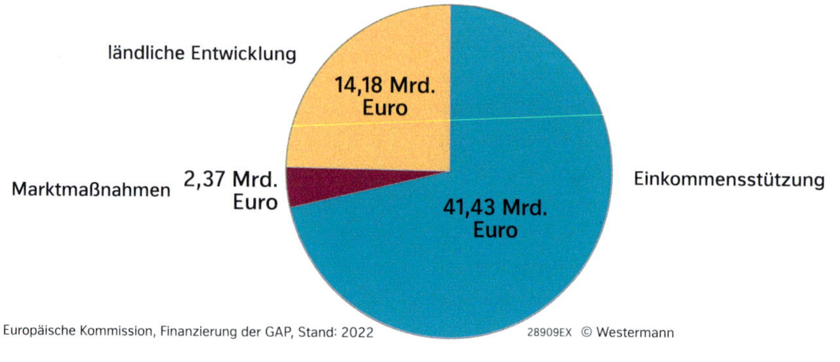


Quelle: Europäische Kommission, Finanzierung der GAP, Stand: 2022 28909EX © Westermann

**1** **a)** Vergleichen Sie die Ziele der EU-Agrarpolitik (M1) mit den geförderten Bereichen (M2).
**b)** Beurteilen Sie, welche Ziele finanziell stärker bzw. schwächer gefördert werden.

**2** Fassen Sie die Kritik an der EU-Agrarpolitik von Thomas Waitz zusammen (M3).

**3** Nehmen Sie Stellung zu folgendem Statement der EU-Kommission:
„Die umsichtige Nutzung natürlicher Ressourcen ist unerlässlich für die Nahrungsmittelerzeugung und für unsere Lebensqualität – heute, morgen und für künftige Generationen.“ (Quelle: siehe M1)

## M3 Kritik an der Agrarpolitik der EU

*Der Kompromiss der EU-Minister sieht unter anderem vor, dass EU-Staaten 20 Prozent der Direktzahlungen an die Landwirte für Öko-Regelungen reservieren müssen. Im Europäischen Parlament gibt es hingegen eine Mehrheit dafür, diesen Anteil auf 30 Prozent anzuheben. Thomas Waitz reicht auch das nicht aus. Er ist Mitglied der Grünen Österreichs sowie des Europaparlaments und dort stellvertretendes Mitglied des Ausschusses für Landwirtschaft und ländliche Entwicklung.*

**Dirk-Oliver Heckmann:** Herr Waitz, die deutsche Landwirtschaftsministerin Julia Klöckner spricht auch hier im Deutschlandfunk heute früh von einem Systemwechsel. Müssen Sie nicht zugeben, das ist in der Tat eine Wende in der europäischen Agrarpolitik?

**Thomas Waitz:** Nein, diese Wende sehe ich nicht, es ist keinesfalls eine Systemveränderung, ganz im Gegenteil. Es gibt zwar ein paar Elemente, die hübsch hellgrün aufwehen, aber wenn man die Substanz sieht, dann sieht man, dass immer noch zwei Drittel der Zahlungen ausschließlich aufgrund der Fläche vergeben werden. Bei uns hier in Brüssel nennt sich das Grundeinkommensstützung, basic income support, für die Landwirte, egal wie sie wirtschaften.
Die Auflagen sind minimal, und hier werden weiter Milliarden an Steuergeld in eine Art der Landwirtschaft investiert und zur Verfügung gestellt, die einen Umweltschaden verursacht, die einen Klimaschaden verursacht, einen Biodiversitätsschaden verursacht und im Übrigen auch dazu führt, dass immer mehr landwirtschaftliche Betriebe ihre Betriebe aufgeben müssen, weil sie mit der Größe einfach nicht mehr mitkommen.

**Heckmann:** Aber immerhin ist es ja so, dass 20 Prozent der direkten Subventionen – nach dem Willen der Agrarminister jedenfalls – von Klima- und Artenschutz abhängig gemacht werden. Das ist doch ein Einstieg.

**Waitz:** Ja, diese 20 Prozent sind allerdings für die Landwirte freiwillig und nicht verpflichtend. Das ist an sich ein Rückschritt, denn in der vorherigen [GAP] waren die Zahlungen, die für Umweltleistungen gebunden waren, eben gebunden und verpflichtend. 20 Prozent für Umweltmaßnahmen in einer Situation, wo wir einen derartig dramatischen Rückgang an Biodiversität haben, und vor allem, wo wir die Problematik der Klimakrise jedes Jahr und jeden Monat neu vor Augen geführt bekommen, das ist ein inadäquater Zugang.
Die Landwirtschaft könnte Teil der Lösung sein, ich kenne keine andere Methode, wie man sonst $CO_2$ wieder in den Boden bringen sollte als über Land-, aber auch Forstwirtschaft. Die Landwirtschaft könnte massiv Emissionen einsparen auf der einen Seite und auf der anderen Seite $CO_2$ in die Böden abbinden. Dazu bräuchte es aber eine generelle Orientierung der Agrarförderpolitik hin zu Umweltmaßnahmen.
Es geht hier um das Gemeinwohl, um unsere gesamte Gesellschaft und wie sich die Rahmenbedingungen für uns alle weiterentwickeln, und es ist unser aller Steuergeld, das hier in die Landwirtschaft investiert wird – also öffentliches Geld für öffentliche Leistungen.
Und hier geht es um die Bekämpfung des Klimawandels, um Biodiversität, aber vor allem auch um das Erzeugen von gesunden Lebensmitteln und um das Vermeiden von Erkrankungen, die zum Beispiel aus der Massentierhaltung kommen – multiresistente Keime, das sind immerhin 33.000 Tote jedes Jahr aufgrund des Antibiotikagebrauchs und -missbrauchs. All diese Zahlen – Reduktion des Kunstdüngers, Reduktion der Antibiotika, Reduktion der Pestizide –, das findet sich hier in dieser GAP alles so nicht.

*Thomas Waitz im Gespräch mit Dirk-Oliver Heckmann, Waitz (Grüne): Nur Landwirtschaft subventionieren, die keinen Schaden anrichtet, in: Deutschlandfunk, Köln: Deutschlandradio, 21.10.2020, https://www.deutschlandfunk.de/kritik-an-eu-agrarreform-waitz-gruene-nur-landwirtschaft-100.html (Zugriff: 11.02.2022)*

**INFO**

**Thomas Waitz**
(*1973) österreichischer Biobauer und Forstwirt; seit 2020 Mitglied des Europäischen Parlaments für die Fraktion der Grünen/Freien Europäischen Allianz

**Landwirtschaftliche Bodennutzung in Sachsen**
Die Landwirtschaft hat in Sachsen einen Anteil von 54 % an der Gesamtfläche. Damit ist sie der größte Flächennutzer im Bundesland.
78 % davon sind Ackerland, 21 % Grünland. Auf über der Hälfte des Ackerlands werden Druschfrüchte (deren Körner durch Dreschen gewonnen werden) angebaut, vor allem Getreide. Die wichtigste Getreideart ist Weizen, dann folgen Gerste sowie Roggen, Triticale, Körnermais, Hafer usw.

*Daten: Landwirtschaftliche Bodennutzung 2019. Landesamt für Umwelt, Landwirtschaft und Geologie Sachsen*

# Handelspolitik der Europäischen Union

## M1 Grundlagen der europäischen Handelspolitik

Die Europäische Union ist eine der am stärksten nach außen orientierten Volkswirtschaften der Welt. Außerdem ist sie der weltweit größte Binnenmarkt. Der freie Handel zwischen ihren Mitgliedstaaten war eines der Grundprinzipien beim Aufbau der EU, und die Öffnung des Welthandels ist ebenfalls ein wichtiges Ziel der Union.

Zwischen 1999 und 2010 hat sich der Außenhandel der EU verdoppelt und macht nun mehr als 30 % ihres Bruttoinlandsprodukts (BIP) aus. Die Handelspolitik der EU-Länder fällt in die Zuständigkeit der Union, die für ihre Mitglieder Abkommen mit Drittstaaten aushandelt. Die EU spricht dabei mit einer Stimme und hat so bei internationalen Handelsgesprächen mehr Gewicht als die einzelnen Mitgliedstaaten. […]

Die EU unterhält intensive Beziehungen mit Ländern und regionalen Zusammenschlüssen, um Handelsabkommen mit ihnen auszuhandeln. Im Rahmen dieser Abkommen wird der für beide Seiten vorteilhafte Zugang zu den Märkten der jeweiligen Partner vereinbart. Unternehmen aus der EU können so ihre Geschäftstätigkeit ausweiten und die für die Herstellung ihrer Produkte verwendeten Rohstoffe leichter importieren.

Jedes Abkommen ist ein eigenes Vertragswerk, das Zollsenkungen, Vorschriften für Bereiche wie geistiges Eigentum und nachhaltige Entwicklung oder Menschenrechtsklauseln beinhalten kann. Bei der Aushandlung von Handelsabkommen oder -regeln fließen auch Beiträge von Bürgerinnen und Bürgern, Unternehmen und nichtstaatlichen Organisationen ein.

*Handel, Europäische Union, https://european-union.europa.eu/priorities-and-actions/actions-topic/trade_de (Zugriff: 11.02.2022)*

## M2 Im- und Exporte der Europäischen Union

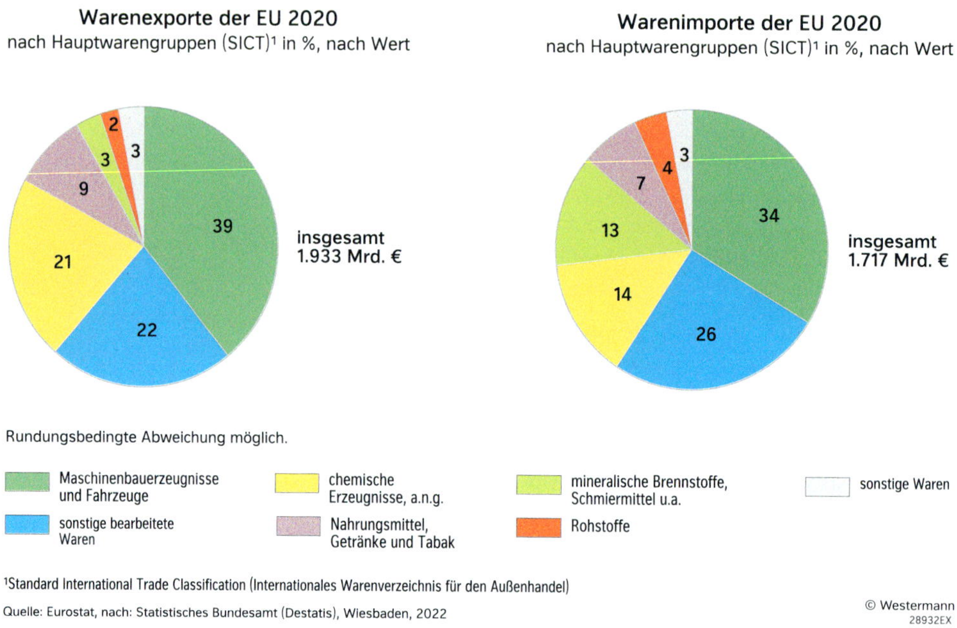

## M3 Die Handelspolitik im 21. Jahrhundert

Im Welthandel will die Europäische Union auch künftig die Rolle des Guten spielen, aber nicht mehr länger die des Harmlosen. So lässt sich auf den Punkt bringen, was Vizekommissionspräsident Valdis Dombrowskis heute in Brüssel vorstellte. Das Konzept für die europäische Handelspolitik der kommenden Dekade: Europa überdenke die Rolle des Handels und der Handelspolitik in einer Welt zunehmender geopolitischer Konflikte und wirtschaftlicher Umbrüche, so Dombrowskis, der die Ziele einer neu ausgerichteten Handelspolitik mit drei Worten kennzeichnete: Offen, nachhaltig und durchsetzungsfähig soll sie sein [...].
Offen, weil die EU mit ihrer vom Export abhängigen Wirtschaft auch künftig Handelsabkommen mit Drittstaaten abschließen will. Schließlich sind nach Berechnungen der EU-Kommission 35 Millionen Jobs in der EU vom Export abhängig. [...]
Nachhaltig soll die neue Handelspolitik sein, weil die EU in Handelsabkommen stärker als bislang ihre langfristigen politischen Ziele verankern will, etwa den Klimaschutz oder das Ziel eines fairen Welthandels. Produkte aus Zwangsarbeit zum Beispiel sollen vom europäischen Markt ausgeschlossen werden. Und wer mit der EU einen Handelsvertrag abschließen will, muss sich künftig verpflichten, die Ziele des Pariser Klimaabkommens einzuhalten, und zwar jederzeit nachprüfbar. Zustimmung dazu von Anna Cavazzini, der Handelsexpertin der Grünen im Europaparlament, aber mit Einschränkungen: „Diese neue und grüne Rhetorik dieser Strategie weist klar in die richtige Richtung. Das große Manko der neuen Handelsstrategie der Europäischen Kommission: Die bestehenden und bereits ausgehandelten Abkommen sollen nicht angetastet werden."
Was die Durchsetzungsfähigkeit angeht, so will die EU die Lehren aus den letzten Jahren ziehen. Von der Trump-Administration ist sie mit Strafzöllen und Handelsbarrieren drangsaliert worden, ohne echte Gegenwehr. China verschafft trotz jahrelanger Verhandlungen seiner Wirtschaft nach wie vor unfaire Vorteile auf den Weltmärkten durch subventionierte Staatsbetriebe und fehlenden Schutz geistigen Eigentums. Und die Coronapandemie hat gezeigt, wie anfällig die EU-Wirtschaft ist, wenn einmal globale Lieferketten unterbrochen werden. Deshalb zielt die EU mit ihrer neuen Handelspolitik auf eine sogenannte Offene Strategische Autonomie. Der CDU-Europaabgeordnete Sven Simon: „Offene Strategische Autonomie bedeutet, dass wir weiterhin freien Handel betreiben möchten. Aber schon darauf schauen, dass wir uns nicht mehr in Abhängigkeiten begeben." Das bedeute aber keine politische Äquidistanz zu China und den USA, wie Valdis Dombrowskis betonte. Den USA sei man durch gemeinsame Werte enger verbunden als jedem anderen Handelspartner.

**Haupthandelspartner der EU**
in % des Extra-EU-Außenhandelsumsatzes

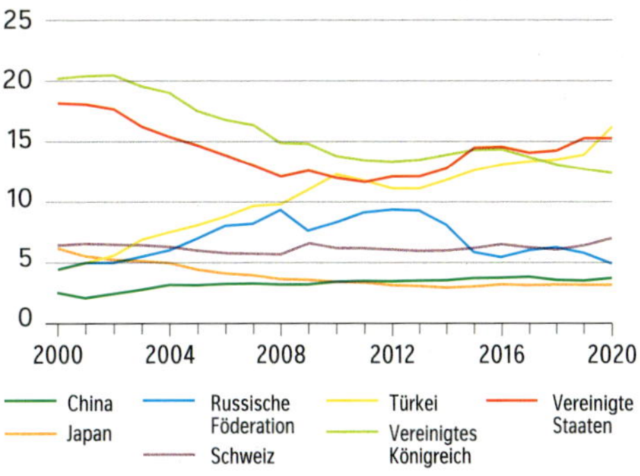


Außenhandelsumsatz: Summe der Im- und Exporte im Warenhandel
Quelle: Eurostat, nach: Statistisches Bundesamt (Destatis), Wiesbaden, 2022

*Peter Kapern, Mehr Offenheit, Nachhaltigkeit und Durchsetzungsfähigkeit, in: Deutschlandfunk, Köln: Deutschlandradio, 18.02.2021, https://www.deutschlandfunk.de/eu-handelspolitik-bis-2030-mehr-offenheit-nachhaltigkeit-100.html (Zugriff: 11.02.2022)*

**INFO**
**Äquidistanz** meint in diesem Kontext, dass man zu zwei großen Handelspartnern den gleichen Abstand einhält bzw. im gleichen Verhältnis zu selbigen steht.

**1** Fassen Sie die Grundlagen der Handelspolitik der EU (M1) zusammen.
**2** Analysieren Sie die Grafiken in M2.
**3** Erläutern Sie die neue EU-Handelspolitik im Kontext globaler Herausforderungen (M3).
**4** „Und die Coronapandemie hat gezeigt, wie anfällig die EU-Wirtschaft ist, wenn einmal globale Lieferketten unterbrochen werden" (M3, Z. 49–52). Bewerten Sie die Handelspolitik der Europäischen Union unter diesem Gesichtspunkt.

# Europäische Zentralbank

**GLOSSAR**

Euro
Europäische Zentralbank (EZB)
Inflation

**19 Staaten und 341 Millionen EU-Bürger nutzen die Währung Euro, die Währungsunion ist ein Großprojekt der EU. Weltweit ist der Euro die am zweithäufigsten verwendete Währung nach dem US-Dollar und doch gibt es Probleme innerhalb der Währungsunion. Eurokrise, Eurorettung oder Inflation werden innerhalb der Währungsunion kontrovers diskutiert.**

**INTERNET**

**WES-118380-455**
Film: Einfach erklärt: Euro und die EZB

**QUERVERWEIS**

**Preisniveau-stabilität,** S. 240

## M1 Das Europäische System der Zentralbanken

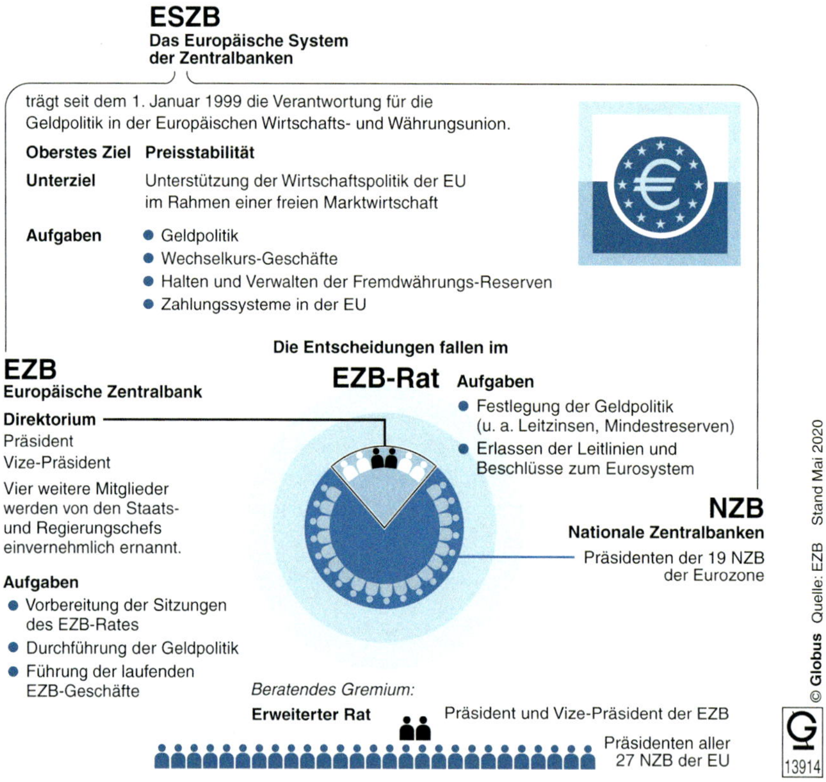


## M2 Die EU-Verträge zum Zentralbankensystem

**Art. 127 Vertrag über die Arbeitsweise der Europäischen Union (AEUV)**

**(1)** Das vorrangige Ziel des Europäischen Systems der Zentralbanken („ESZB") ist es, die Preisstabilität zu gewährleisten. Soweit dies ohne Beeinträchtigung des Zieles der Preisstabilität möglich ist, unterstützt das ESZB die allgemeine Wirtschaftspolitik in der Union […].

**Art. 282 AEUV**

**(4)** Die EZB erlässt die für die Erfüllung ihrer Aufgaben erforderlichen Maßnahmen […].

**(5)** Die Europäische Zentralbank wird in den Bereichen, auf die sich ihre Befugnisse erstrecken, zu allen Entwürfen für Rechtsakte der Union sowie zu allen Entwürfen für Rechtsvorschriften auf einzelstaatlicher Ebene gehört und kann Stellungnahmen abgeben.

**Artikel 130 AEUV**

Bei der Wahrnehmung der ihnen durch die Verträge und die Satzung des ESZB und der EZB übertragenen Befugnisse, Aufgaben und Pflichten darf weder die EZB noch eine nationale Zentralbank noch ein Mitglied ihrer Beschlussorgane Weisungen von Organen, Einrichtungen oder sonstigen Stellen der Union, Regierungen der Mitgliedstaaten oder anderen Stellen einholen oder entgegennehmen. Die Organe […] sowie die Regierungen der Mitgliedstaaten verpflichten sich, diesen Grundsatz zu beachten und nicht zu versuchen, die Mitglieder der Beschlussorgane der EZB oder der nationalen Zentralbanken bei der Wahrnehmung ihrer Aufgaben zu beeinflussen.

## M3 Die Geldpolitik der EZB

Die EZB als Hüterin der Währung im Eurosystem kann die Preisniveaustabilität nicht anordnen. Sie kann das Preisniveau lediglich mittelbar über den Umweg des Bankensystems beeinflussen.

Das entscheidende Mittel ist dabei das Zentralbankgeld. Es ist das Geld, das nur die EZB herausgeben darf. Dieses Geld benötigen die Banken jeden Tag für ihr Tagesgeschäft: Sie befüllen damit Geldautomaten oder geben es als Kredite an ihre Kunden aus. Die EZB hat also das Monopol auf das Zentralbankgeld und die Universalbanken müssen sich das Geld von der EZB leihen.

Von den Konditionen der EZB hängt es ab, ob das Zentralbankgeld billig oder teuer ist. So steuert die EZB über diese sogenannten Refinanzierungskosten die Geschäfte der Universalbanken und beeinflusst damit mittelbar die Preisniveaustabilität, da die Banken die Refinanzierungskosten an ihre Kunden weitergeben.

**Arbeitsweise**

Die Unabhängigkeit der EZB ist in Art. 130 und 282 des Vertrages über die Arbeitsweise der Europäischen Union (AEUV) verankert. Demnach dürfen weder die EZB noch eine nationale Zentralbank Weisungen von politischen Instanzen einholen oder entgegennehmen.

**Instrumente der EZB (Auswahl)**

**(I) Die Leitzinsen**

Wenn die Geschäftsbanken Zentralbankgeld benötigen, müssen sie dafür Zinsen zahlen. Diese werden einseitig von der Zentralbank festgelegt. Der Zinssatz wird an die Banken und in Folge an deren Kunden weitergegeben und beeinflusst damit die Entwicklung der gesamten Volkswirtschaft. Sinkende/Niedrige Leitzinsen z.B. machen Kredite billiger. Die damit angestrebte Wirkung ist eine Ausdehnung der Geldmenge und die Expansion der Volkswirtschaft.

**(II) Mindestreserve**

Jedes Kreditinstitut ist verpflichtet, einen bestimmten Teil seiner Einlagen (Giro-, Termin- und Spareinlagen) nicht wieder auszuleihen, sondern als unverzinsliches Guthaben bei der Europäischen Zentralbank (EZB) zu hinterlegen.

Die EZB kann die Höhe der Mindestreserven (Prozentsatz) innerhalb bestimmter Grenzen verändern. Damit sind die Mindestreserven ein Mittel der Kreditpolitik. Durch eine Erhöhung der Mindestreservesätze werden z. B. die für die Kreditvergabe verfügbaren Mittel der Banken knapper.

**Informationsgrundlage für die Entscheidungen der EZB: Der Zwei-Säulen-Ansatz**

Der EZB-Rat stützt sich bei seinen geldpolitischen Entscheidungen auf eine umfassende Analyse von Indikatoren, die auf Risiken für die Preisstabilität hinweisen.

Dieser Analyse liegen zwei einander ergänzende Ansätze zugrunde. In der wirtschaftlichen Analyse werden finanzielle und gesamtwirtschaftliche Indikatoren erfasst, welche im Hinblick auf die Inflationsaussichten von Bedeutung sind. Dazu gehören z. B. die Rohstoffpreise, Arbeitslosenquote oder Informationen über politische Krisen in einem Land. Die wirtschaftliche Analyse betrachtet insbesondere kurz- bis mittelfristige Risiken für die Preisstabilität.

Auf mittel- bis langfristige Sicht gibt es zwischen Geldmengenwachstum und Inflation eine enge Beziehung. So betrachtet man in der monetären Analyse die Entwicklung der Geldmenge bzw. Kredite.

*Autorentext*

**INFO**

**Geldpolitik**
Mit dem Begriff Geldpolitik bezeichnet man alle Maßnahmen der Zentralbank zur Erreichung der ihr gestellten Aufgaben.

**GLOSSAR**

**Geldmenge**
**Geldpolitik**

1 Beschreiben Sie Aufbau und Aufgaben des ESZB (M1).
2 Erläutern Sie das Verhältnis der EZB zur Regierung der Europäischen Union (M2).
3 Erklären Sie anhand von M3, welche Instrumente der EZB zur Verfügung stehen und welche Auswirkungen diese auf die Notenbanken der Mitgliedstaaten haben.

Erklärfilme zum ESZB und zu den Aufgaben der EZB

# Folgen der Geldpolitik

**Die EZB setzt ihre geldpolitischen Instrumente ein, ebenso wie die Zentralbanken anderer Länder. Dies hat Folgen für die Notenbanken der Mitgliedstaaten und die Bürger der Europäischen Union, denn von diesen Entscheidungen hängen Sparvermögen und Rentensysteme ab.**

**INFO**

**Restriktive Geldpolitik**
Die Zentralbank erhöht die Leitzinsen, wodurch sich die im Umlauf befindliche Geldmenge verringert.

**Expansive Geldpolitik**
Die Zentralbank senkt die Leitzinsen, wodurch sich die im Umlauf befindliche Geldmenge vergrößert.

**GLOSSAR**

**Geldpolitik**

## M1 Fed zu restriktiv, EZB zu expansiv?

Donald Trump hat eine neue Zielscheibe der Kritik: die Geldpolitik. Die Fed agiert in seinen Augen zu restriktiv, die EZB zu expansiv. In der Tat hat die EZB lange mit dem Ausstieg aus der ultraexpansiven Geldpolitik gezögert. Unterdessen treibt die Fed den Leitzins immer stärker in die Höhe. Mit seiner kontroversen Wirtschaftspolitik (Handelskrieg und Steuersenkungen) hat Trump dazu aber nicht unwesentlich beigetragen. [...]
In seinen Augen agiert die Federal Reserve bei den Leitzinsen zu forsch und gefährdet damit die Erfolge seiner Wirtschaftspolitik. Gleichzeitig würden die EZB und die Bank of Japan zu lange abwarten und damit indirekt ihre Währungen schwächen. Wieder einmal werden die USA über den Tisch gezogen. Bei aller Schlichtheit in der Argumentation steckt wie so häufig auch ein Fünkchen Wahrheit hinter den Aussagen.
Betrachtet man zunächst die Eurozone, stellt sich in der Tat die Frage, worauf die EZB eigentlich noch wartet. [...] [D]ie Arbeitslosenrate der Eurozone [ist} auf ein neues 10-Jahres-Tief von 8,4 % gefallen. Laut OECD wurde damit bereits die „gleichgewichtige" Arbeitslosenrate erreicht. Auch andere Indikatoren (Lieferzeiten, Auftragsbestände) deuten darauf hin, dass die Kapazitäten in der Eurozone voll ausgelastet sind. Insgesamt liefert das makroökonomische Umfeld der Währungsunion bestenfalls noch die Rechtfertigung für eine leicht expansive Ausrichtung der Geldpolitik. Die Leitzinsen müssten eigentlich schon längst wieder im Plus liegen. [...] Im positiven Terrain werden die Leitzinsen somit frühestens Anfang 2020 liegen – wenn überhaupt! Aufgrund des langen Zögerns ist das Risiko mittlerweile groß, dass der Leitzinserhöhungszyklus gar nicht in Gang kommt. [...]
Während die EZB zögert, treibt die Fed den Prozess der Leitzinserhöhungen unverdrossen voran. [...] Das BIP [hat] im 2. Quartal 2019 um mehr als 4,0 % zugelegt [...]. Gleichzeitig hat die Inflationsrate die 2,0 %-Marke überschritten. In der Folge nehmen die Spannungen in der globalen Geldpolitik zu. Mitte 2019 [lag] der Spread zwischen den Leitzinsen der USA und der Eurozone bei knapp 400 Bp [Basispunkten] [...] (3,50 % versus −0,40 %) – ein Rekordwert. Damit steigt die Wahrscheinlichkeit heftiger Wechselkursschwankungen und negativer Feedbackeffekte auf die Schwellenländer.
Trump ist an dieser Entwicklung alles andere als unschuldig. Mit der Steuerreform erhielt die US-Wirtschaft zur Unzeit einen außerplanmäßigen Stimulus. Der von ihm angezettelte Handelskrieg heizt die US-Inflation zusätzlich an und belastet das Sentiment in der globalen Wirtschaft. Die geldpolitischen Akteure in Europa und Asien erhalten dadurch erst recht ein weiteres Argument, um die monetäre Trendwende hinauszuzögern. Für die Finanzmärkte kündigen sich damit ebenfalls unruhige Zeiten an. Noch profitieren die US-Aktienmärkte von der aktuell robusten Konjunktur und dem damit verbundenen hohen Gewinnwachstum.

*Daniel Hartmann, Fed zu restriktiv, EZB zu expansiv?, Hannover: Bantleon AG, 23.07.2018, https://www.bantleon.com/newsroom/2018/fed-zu-restriktiv-ezb-zu-expansiv (Zugriff: 22.02.2022)*

**1** Vergleichen Sie die restriktive Geldpolitik der Fed mit der expansiven Geldpolitik der EZB (M1).

**2** Bewerten Sie die Folgen der expansiven Geldpolitik für Alters- und Sozialversicherungssysteme, die zu großen Teilen auf verzinsten Anlagen basieren (M2).

**3** **a)** Analysieren Sie die Grafik M3.
**b)** Bewerten Sie die Folgen der Realzinsentwicklung für deutsche Sparer.

## M2 Die Folgen der expansiven Geldpolitik der EZB

Die Menschen müssen im Alter mit erheblichen Einschnitten rechnen, warnt Peter Schneider. Der Präsident des Sparkassenverbands führt aus, warum es fatal wäre, „wenn wir noch Jahre die expansive Geldpolitik aushalten müssten". [...]

Der Druck für das Finanzgewerbe insgesamt in Deutschland wird immer größer: Der Wettbewerb ist enorm, die Margen sind miserabel und die Regulierungskosten hoch. Das hängt auch mit der EZB-Politik zusammen. Und wir müssen feststellen, dass Banken und Hedgefonds in Amerika Geld verdienen und hier auf Einkaufstour gehen, während wir darben. [...]

Die Niedrigzinspolitik hat für die Altersvorsorge fatale Nebenwirkungen. Sie führt dazu, dass wir unseren Lebensstandard im Alter trotz betrieblicher oder privater Altersvorsorge nicht werden halten können. Wir sehen zum einen die enorme Belastung von Unternehmen, die ihre Rückstellungen aufstocken müssen, um die Zusagen in der betrieblichen Altersvorsorge einhalten zu können. Sollte sich die Konjunktur verschlechtern, werden das einige Firmen nicht mehr packen. Auch bei der privaten Altersvorsorge, die überwiegend auf Zinspapieren basiert, müssen die Menschen erhebliche Einschnitte verkraften. Es ist falsch, wenn die EZB-Spitze sagt, die Deutschen sind halt Sparbuch-verliebt und sie sollen stattdessen lieber mehr in Aktien anlegen. Das allein ist doch keine Antwort für die Mehrzahl der Menschen in diesem Land. [...]

Aus unserer Perspektive des Privat- und Firmenkundengeschäfts in Baden-Württemberg kann ich sagen, dass die vergangenen zehn Jahre zu mehr Stabilität in der Finanzwirtschaft geführt haben. Aus internationaler Sicht ist aber klar, dass etwa die Staatsschuldenkrise nicht gelöst ist. Im Gegenteil: Die Schulden weltweit sind heute höher als vor der Finanzkrise. [...]

Die europäische Notenbank hat ihr Pulver zum größten Teil verschossen, sie könnte in einer Krise nicht nachlegen. Ein Grundproblem des Euros ist, dass die Verstöße gegen die Maastricht-Kriterien weder in der Vergangenheit noch in der Gegenwart geahndet werden. Dadurch läuft die Verschuldung vieler Euroländer immer weiter nach oben. Von daher ist der Euro nicht stabiler geworden.

*„Die niedrigen Zinsen haben fatale Nebenwirkungen", Interview von Sabine Marquard mit Peter Schneider, in: Stuttgarter Nachrichten online, 24.09.2018, https://www.stuttgarter-nachrichten.de/inhalt.folgen-der-geldpolitik-die-niedrigen-zinsen-haben-fatale-nebenwirkungen.55a2109d-75a4-4e50-badf-40b874ab396d.html (Zugriff: 22.02.2022)*

**QUERVERWEIS**

**Schuldenquoten von EU-Staaten,** S. 253

**Konvergenzkriterien,** S. 267, M4

## M3 Realzinsentwicklung

**Durchschnittliche Realzinsentwicklung in % (Girokonto, Taschengeld, Spareinlagen, Festgeld). Der Realzins gibt die Verzinsung nach Abzug der Inflationsrate wieder.**

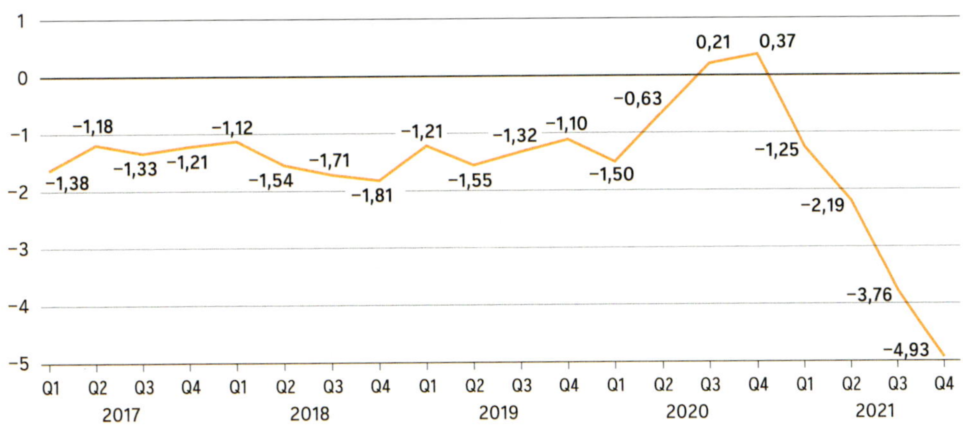


Quelle: comdirect Realzins-Radar, 19.01.2022

# Ursachen der Wirtschafts-, Finanz- und Währungskrise

**Die Finanzkrise ab 2007 hat die Schwächen des Euroraumes offengelegt und das Großprojekt Währungsunion an den Abgrund geführt. So stellt sich die Frage, wie eine Finanzkrise entstehen konnte, die auch den europäischen Wirtschaftsraum in seinen Grundfesten erschüttert hat.**

**INTERNET**

**WES-118380-456**
Film: Einfach erklärt: Die Eurokrise

**GLOSSAR**

**Wertpapiere**

**QUERVERWEIS**

**Wirtschaftskrisen und politische Reaktionen im Vergleich,** S. 252–255

## M1 Krisenherd US-Immobilienmarkt

Den Nährboden für die Wirtschafts- und Finanzkrise schufen zwei Faktoren: die expansive Geldpolitik der Federal Reserve und die hohen Kapitalzuflüsse in die USA.
Nach dem Platzen der New Economy Blase 2000 und den Terroranschlägen des 11. Septembers 2001 betrieb die US-amerikanische Notenbank Federal Reserve (Fed) auch dann noch eine expansive Geldpolitik, als die US-Wirtschaft bereits wieder wuchs. Der Grund hierfür lag nicht zuletzt im Jobless Recovery: Trotz Erholung der Wirtschaft blieb die Arbeitslosigkeit vergleichsweise hoch. Da die Fed, anders als die Europäische Zentralbank, ein doppeltes Mandat hat – Preisstabilität und Vollbeschäftigung – begann sie erst Ende 2004, zunächst sehr zögerlich, die Zinsen wieder anzuheben. Gleichwohl war die hohe Arbeitslosigkeit nicht der einzige Grund für die laxe Geldpolitik.
Die Fed unterschätzte lange Zeit die Preisblase am US-Immobilienmarkt [...]. Weder der damalige Vorsitzende der Fed, Alan Greenspan, noch sein Nachfolger Ben Bernanke deuteten die Zeichen richtig. Bernanke rechnete noch im Mai 2006 im schlimmsten Fall mit einem „planmäßigen Rückgang am Häusermarkt". Für viel Liquidität im US-Markt sorgten zudem die exportstarken Länder wie China oder auch die Ölproduzenten des Nahen und Mittleren Ostens, die ihre Exporteinnahmen in den USA anlegten. [...]
Niedrige Zinsen zusammen mit der Möglichkeit, Hypothekenrisiken durch Verbriefung (Securitization) und den Handel von strukturierten Wertpapieren (Asset-backed Securities, ABS, forderungsbesicherte Anleihen) weiterzureichen, beförderten nicht nur die Entstehung einer Immobilienblase in den USA, sondern auch eine Lockerung von Kreditvergabestandards und die Vergabe von Hypotheken an Kreditnehmer geringer Bonität (Subprime Loans). Bei manchen dieser zweitklassigen Darlehen bestand die Sicherheit allein darin, dass die Kreditnehmer ihre Schulden mit dem Hauswert würden refinanzieren können [...]. Zudem konnten Finanzinstitute dank der niedrigen Zinsen immer größere Geschäfte mit immer geringerem Eigenkapitaleinsatz tätigen – es kam zu einem Leverage-Effekt (Hebelwirkung). Gleichzeitig wurde für breite Schichten der Bevölkerung sowohl der kurzfristige Konsum „auf Pump" als auch der Kauf beziehungsweise die Beleihung von Eigenheimen überaus attraktiv. Mit dem Immobilienboom ging eine gefühlte Vermögenssteigerung der privaten Haushalte einher – dies förderte den privaten Konsum und das Wirtschaftswachstum. [...]
Angeheizt durch die steigende internationale Konkurrenz und die Deregulierungspolitik der 1990er-Jahre entwickelte der Finanzsektor immer neue Finanzprodukte, neben den Asset-backed Securities vor allem die Kreditausfallversicherungen (Credit Default Swaps, CDS), mit denen Kreditrisiken abgesichert werden können. Der Sekundärmarkt für Hypothekenkredite sorgte im Finanzsektor für hohe Erträge, beförderte zugleich aber auch eine Entkopplung von Kreditgebern und Kreditnehmern. In der Konsequenz wurden Risiken entweder ignoriert oder verschleiert.

Zeichnung: Roger Schmidt

*Stormy-Annika Mildner, Ursachen der Finanzkrise, ein Blick in die USA, in: Bundeszentrale für politische Bildung (Hrsg.), Dossier: Finanzmärkte, Bonn, 08.05.2012*

## M2 Krisenherd globaler Finanzmarktkapitalismus

Untätige Politiker, laxe Finanzaufseher und zockende Banker: Nur durch diese ungesunde Mischung ist es nach Ansicht einer von US-Präsident Barack Obama eingesetzten Kommission zur Finanzkrise gekommen, die schließlich in der schlimmsten Rezession der Nachkriegsgeschichte gipfelte. „Die Krise war ein Ergebnis menschlicher Taten oder Tatenlosigkeit", heißt es in einem Untersuchungsbericht, aus dem die „New York Times" am Mittwoch vorab zitierte. „Es waren nicht Mutter Natur oder durchgeknallte Computermodelle." [...]

Der 576 Seiten lange Report gehe vor allem mit dem ehemaligen Präsidenten George W. Bush und dem [...] [damaligen] Notenbankchef Ben Bernanke hart ins Gericht, schrieb die Zeitung. Sie hätten die Krise nicht vorhergesehen und bei ihrem Eintreten falsch reagiert. „Die Finanzkapitäne und die öffentlichen Aufseher unseres Finanzsystems haben Warnungen ignoriert und es versäumt, Risiken zu hinterfragen, zu verstehen und zu beherrschen", heißt es demnach in dem Abschlussbericht, der an diesem Donnerstag offiziell in Washington vorgestellt wird.

Mehr als acht Millionen Jobs gingen während der Rezession alleine in den USA verloren. Der Steuerzahler musste Hunderte Milliarden Dollar in die Rettung von Banken, Versicherungen und den beiden Autobauern General Motors und Chrysler stecken. Schon Ex-Präsident Bill Clinton habe mit seinen Lockerungen im Finanzwesen den Grundstein für die Krise gelegt, führt der Bericht aus. Auch Bernankes Vorgänger Alan Greenspan habe mit seinem Drängen nach Deregulierung erheblichen Anteil daran gehabt, die Blase auf dem US-Immobilienmarkt immer größer werden zu lassen. Über Jahre waren die Preise für Häuser scheinbar unaufhaltsam gestiegen. Zudem hätten zahlreiche Banken mit ihrer „Gier" und schlechtem „Management" zu der Krise beigetragen.

Der Report prangert [...] unter anderem an, dass die fünf größten US-Investmentbanken für 40 Dollar an fiktiven Vermögenswerten gerade mal 1 Dollar an tatsächlichem Kapital als Sicherheit vorgehalten hätten. Schon ein Wertverlust der Vermögenswerte von nur drei Prozent hätte die Firmen deshalb ausradiert. Mit der Investmentbank Lehman Brothers passierte genau das: Sie hatte sich wie so viele andere am US-Hypothekenmarkt verspekuliert; im September 2008 ging ihr schließlich das Geld aus. Die Bush-Regierung verweigerte ihre Hilfe, Panik kam an den Märkten auf. „Die größte Tragödie wäre es, den Refrain zu akzeptieren, dass dies niemand voraussehen konnte und deshalb nichts dagegen getan werden konnte", lautet das Resümee der zehnköpfigen Kommission. „Falls wir diese Sichtweise akzeptierten, würde es wieder passieren."

*Das Versagen der US-Notenbank, in: Handelsblatt online, 27.01.2011, https://www.handelsblatt.com/politik/konjunktur/ursachen-der-finanzkrise-das-versagen-der-us-notenbank/3817042-all.html (Zugriff: 22.02.2022)*

**GLOSSAR**

**Banken**

**FILMTIPP**

**The Big Short**
Spielfilm, USA, 2015, 2 Std. 11 Min., Regie: Adam McKay
Der Film behandelt die Zusammenhänge der Finanzmarktkrise aus dem Jahr 2007 aus der Perspektive verschiedener Investoren, welche die Krise frühzeitig erkannt hatten.

**1** Stellen Sie die Zusammenhänge, die zum Zusammenbruch des US-Immobilienmarktes geführt haben, unter Verwendung der nachfolgenden Begriffe dar: Subprime Loans, Darlehen, Credit Default Swaps (M1).

**2** **a)** Analysieren Sie die Karikatur in M1.
**b)** Vergleichen Sie die Aussage der Karikatur mit den Analysen der Ursachen der Finanzkrise (M1, M2).

**3** Entwickeln Sie einen Zeitstrahl zur zeitlichen Entwicklung der Wirtschafts- und Finanzkrise ab 2007. Nutzen Sie hierfür M2 und recherchieren Sie nach weiteren Informationen.

**4** Diskutieren Sie die These, dass allein die „Gier" der Banken verantwortlich für die Krise sei (M2).

# Maßnahmen zur Krisenbewältigung durch die Europäische Union

## M1 Zwei Euro-Rettungsschirme – EFSF und ESM

**a) EFSF:** In der Währungsunion sind finanzielle Hilfen für überschuldete Mitgliedstaaten weder durch die Europäische Zentralbank (Art. 123 AEUV) noch durch die Union oder andere Mitgliedstaaten (Art. 124 AEUV) erlaubt oder gefordert. Der Stabilitäts- und Wachstumspakt sollte zudem durch Androhung von Strafen erreichen, dass Eurostaaten übermäßige öffentliche Defizite vermeiden. Die gesetzten Grenzen für Haushaltsdefizite (3 Prozent BIP) und für die Gesamtschulden eines Staates (60 Prozent BIP) wurden jedoch von nahezu allen Eurostaaten vielfach überschritten, ohne dass Sanktionen verhängt worden wären. Eingeleitete Defizitverfahren blieben stets ohne Folgen. 2010 erreichte die Verschuldung einiger Eurostaaten, insbesondere Griechenlands, einen so hohen Stand, dass ihre Zahlungsunfähigkeit drohte und sie nicht mehr in der Lage waren, sich auf den Kapitalmärkten mit dem nötigen Kapital zu versorgen. [...] Um die drohende Zahlungsunfähigkeit von Staaten rasch abwenden zu können, haben die EU-Staaten im Mai 2010 einen bis Mitte 2013 befristeten Rettungsschirm [Europäische Finanzstabilisierungsfazilität, EFSF] gespannt und sich dabei auf die Beistandsklausel in Art. 122 AEUV berufen.

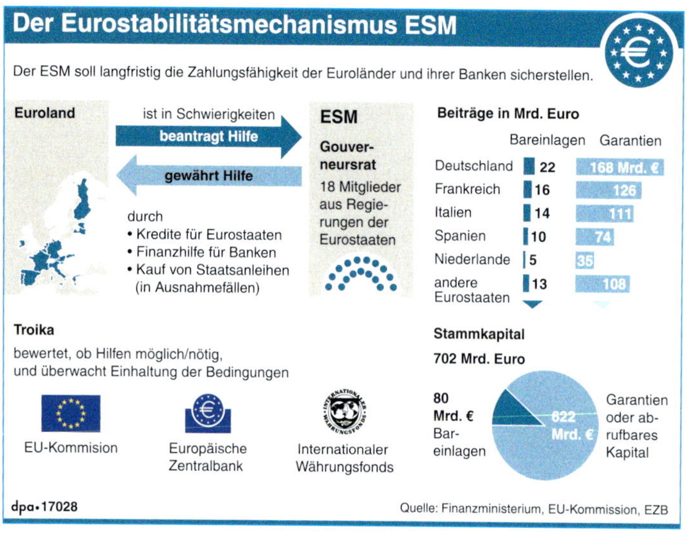


**b) ESM:** Der EFSF ist mit Wirkung vom Oktober 2012 vom dauerhaften Eurostabilitätsmechanismus (ESM) abgelöst worden. Der ESM ist ein Finanzinstitut mit selbstständigem Zugang zu den Finanzmärkten und Sitz in Luxemburg. Rechtliche Grundlage ist der im Februar 2012 von den Eurostaaten unterzeichnete völkerrechtliche Vertrag zur Einrichtung des ESM. Voraussetzung dafür waren:

1. eine EU-weite einvernehmliche Änderung des Artikels 136 AEUV,
2. in Deutschland als gesetzliche Grundlage das „Gesetz zur Übernahme von Gewährleistungen im Rahmen eines europäischen Stabilisierungsmechanismus",
3. die Verabredung zum Aufbau einer EU-weiten Bankenunion,
4. die Kontrolle länderspezifischer Vorgaben im sogenannten „Europäischen Semester".

*a) Die europäischen Rettungsschirme, Europäisches Parlament, http://www.europarl.europa.eu/brussels/website/content/modul_06/zusatzthemen_09.html (Zugriff: 31.07.2016);*
*b) Autorentext*

## M2 Die Rettungspakete für Griechenland

**GLOSSAR**

Internationaler Währungsfonds (IWF)

Das erste Rettungspaket für Griechenland aus dem Frühjahr 2010 umfasste Zusagen über 110 Milliarden Euro. Es handelte sich um bilaterale Kredite der Eurostaaten und des IWF. Ein Euro-Rettungsschirm fehlte damals noch. Von den gewährten Hilfen flossen allerdings nur 73 Milliarden Euro tatsächlich nach Athen. Die noch nicht ausbezahlten Kredite der Eurostaaten wurden 2012 auf das zweite Hilfsprogramm übertragen. Für die bilateralen Kredite – später auch als „Greek Loan Facility" (GLF) bezeichnet – muss Griechenland den anderen Eurostaaten bereits kontinuierlich Zinsen bezahlen – 2014 waren das etwa 400 Millionen Euro. Die eigentliche Tilgung der Kredite mit einer Laufzeit von 30 Jahren beginnt erst

2020. Bei den Bedingungen – das betrifft sowohl die Laufzeit als auch die Verzinsung – kamen die Eurostaaten der Regierung in Athen bei Nachverhandlungen bereits weit entgegen. Die IWF-Hilfen des ersten Rettungspakets – insgesamt 20,1 Milliarden Euro – zahlte Griechenland zwischen 2013 und 2016 zurück – zuzüglich Zinsen.

Deutschland steuerte über die KfW-Bankengruppe direkte Kredite in Höhe von 15,2 Milliarden Euro zum ersten Griechenland-Paket bei. Sollte die Regierung in Athen das Geld nicht zurückzahlen, bleibt die Bundesrepublik auf diesem Verlust sitzen. [...]

Das zweite Rettungspaket für Griechenland aus dem Jahr 2012 umfasste Hilfen des EFSF und des IWF in Höhe von insgesamt 163,7 Milliarden Euro – einschließlich 24,4 Milliarden Euro noch nicht ausgezahlter Kreditzusagen aus dem ersten Programm. Nach monatelangen Verhandlungen mit den Griechen gaben die Euro-Finanzminister im Dezember 2012 eine erste Tranche von 34,3 Milliarden Euro frei. Danach folgten weitere Überweisungen. Allerdings war die weitere Auszahlung ausstehender Tranchen stets daran gebunden, dass die griechische Regierung die vereinbarten Maßnahmen umsetzte. [...]

Im Zuge wiederholter Nachverhandlungen während der Laufzeit des Programms kamen die Eurostaaten den Griechen mehrmals entgegen. Die Laufzeit der EFSF-Kredite wurde gegenüber der ursprünglichen Vereinbarung um 15 Jahre verlängert. Zudem muss die Regierung in Athen bis 2022 keine Zinsen auf das geliehene Geld zahlen. [...]

Dabei verzichteten private Gläubiger im Frühjahr 2012 durch den Umtausch ihrer Papiere auf hohe Forderungen. Sie erhielten im Gegenzug auch EFSF-Papiere. Dieser finanzielle Anreiz sollte dazu beitragen, eine hohe Beteiligung an dem Umtauschprogramm zu erreichen. 34,5 Milliarden Euro des EFSF wurden dafür in Anspruch genommen – und damit 0,9 Milliarden Euro weniger als maximal möglich. [...]

Im Juli 2015 einigten sich die Eurostaaten mit Griechenland auf Bedingungen für die Aufnahme von Verhandlungen über ein drittes Hilfsprogramm, das über den dauerhaften Euro-Rettungsschirm ESM laufen soll. Damit die Regierung in Athen während der Verhandlungen und bis zum geplanten Inkrafttreten des Programms seine Zahlungsverpflichtungen gegenüber dem IWF und der EZB erfüllen konnte, wurde dem Land ein Überbrückungskredit gewährt. Die Regierung in Athen erhielt im Juli 2015 insgesamt 7,16 Milliarden Euro aus einem alten, seit Jahren nicht mehr genutzten EU-Rettungsschirm, dem EFSM. [...]

Im Juni 2018 beschloss die Eurogruppe, vor Abschluss des Hilfsprogramms im August eine letzte Kredittranche in Höhe von 15,0 Milliarden Euro freizugeben. Zugleich wurde vereinbart, dass die Laufzeit der EFSF-Kredite aus dem zweiten Rettungspaket von durchschnittlich 32,5 auf 42,5 Jahre verlängert werden soll und die Tilgung nun erst 2033 – statt bereits 2023 – beginnen soll.

*David Rose, So viel Geld floss nach Griechenland, in: Tagesschau.de, Hamburg: NDR, 19.05.2021, https://www.tagesschau.de/wirtschaft/weltwirtschaft/rettungspakete-101.html (Zugriff: 22.02.2022)*

**INFO**

**Staatsanleihen und private Gläubiger**
Da ein Großteil der Staatsanleihen Griechenlands in der Hand von privaten Gläubigern waren (vor allem Banken), profitierten diese trotz eines kleinen Schuldenschnitts von der Rettungspolitik der EU und versuchten sogar, weitere Vorteile für sich in der Krisenphase zu erzielen.

**EFSM**
Europäischer Finanzstabilisierungsmechanismus

**1** Erläutern Sie die Inhalte und Ziele der europäischen Rettungsschirme am Beispiel Griechenlands (M1, M2).

**2** Formulieren Sie eine politische Rede, in welcher Sie die Reaktionen der EU auf die Krise beschreiben und den oft erhobenen Vorwurf der Vergemeinschaftung der Schulden bewerten (M1, M2).

**3** Erörtern Sie die Reaktion der EU vor dem Hintergrund der No-Bailout-Klausel (M1).

**4** Laut Angaben des Bundesfinanzministeriums haben Zinsgewinne aus Krediten und Anleihekäufen zugunsten Griechenlands Deutschland bis 2017 einen Gewinn von etwa 1,35 Milliarden Euro eingebracht. Einige Politiker verlangen, dass diese Zinsgewinne an Griechenland ausgezahlt werden sollen. Setzen Sie sich mit dieser Forderung auseinander.

**INFO**

**No-Bailout-Klausel**
Im Vertragswerk der Europäischen Union festgelegte Nichtbeistandsklausel, die die wechselseitige Haftung für Staatsschulden eines EU-Mitgliedstaates durch einen anderen EU-Mitgliedstaat oder durch die EU insgesamt ausschließt.

# Aktuelle Herausforderungen der Europäischen Wirtschafts- und Währungsunion

**Die Konvergenzkriterien bilden die gemeinsame Basis für den Euroraum, doch die Finanzkrise hat gezeigt, wie unterschiedlich die Leistungsfähigkeit der Volkswirtschaften der Europäischen Union ausfällt. Ein genauerer Blick auf die wirtschaftlichen Unterschiede bietet einen Ausblick auf die wirtschaftspolitischen Herausforderungen der Zukunft.**

**QUERVERWEIS**

**Schrittfolge zur Auswertung statistischer Daten,** S. 170

## M1 Der Anteil der Europäischen Union am Welthandel

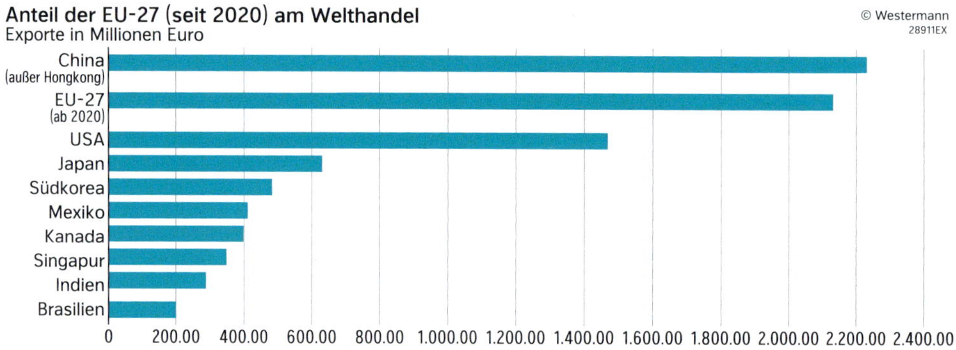


## M2 Die Wirtschaftsleistung der einzelnen EU-Staaten 2021

| Staat | nominales Bruttoinlandsprodukt (BIP) | | reale Veränderung des BIP zum Vorjahr | Inflationsrate[2] | Finanzierungssaldo des Staates[3] | Bruttoschuldenstand des Staates |
|---|---|---|---|---|---|---|
| | in Mrd. Euro | je Einwohner/-in (KKS)[1] | in % | | in % des BIP | |
| Deutschland | 3.368 | 36.648 | −4,6 | 3,2 | −4,3 | 68,7 |
| Belgien | 457 | 35.476 | −5,7 | 3,2 | −9,1 | 112,8 |
| Bulgarien | 61 | 16.414 | −4,4 | 2,8 | −4,0 | 24,7 |
| Dänemark | 313 | 40.256 | −2,1 | 1,9 | −0,2 | 42,1 |
| Estland | 27 | 25.165 | −3,0 | 4,5 | −5,6 | 19,0 |
| Finnland | 236 | 33.749 | −2,8 | 2,1 | −5,5 | 69,5 |
| Frankreich | 2.303 | 31.200 | −7,9 | 2,1 | −9,1 | 115,0 |
| Griechenland | 165 | 18.644 | −9,0 | 0,6 | −10,1 | 206,3 |
| Irland | 373 | 62.445 | 5,9 | 2,4 | −4,9 | 58,4 |
| Italien | 1.654 | 28.005 | −28,9 | 1,9 | −9,6 | 155,6 |
| Kroatien | 50 | 19.224 | −8,1 | 2,7 | −7,4 | 87,3 |
| Lettland | 30 | 21.033 | −3,6 | 3,2 | −4,5 | 43,2 |
| Litauen | 50 | 25.981 | −0,1 | 4,6 | −7,2 | 46,6 |
| Luxemburg | 64 | 78.664 | −1,8 | 3,5 | −3,5 | 24,8 |
| Malta | 13 | 28.917 | −8,2 | 0,7 | −9,7 | 53,4 |
| Niederlande | 800 | 39.605 | −3,8 | 2,8 | −4,2 | 54,3 |
| Österreich | 379 | 37.210 | −6,7 | 2,8 | −8,3 | 83,2 |
| Polen | 524 | 2.640 | −22,5 | 5,2 | −7,1 | 57,4 |
| Portugal | 200 | 22.838 | −8,4 | 0,9 | −5,8 | 135,2 |
| Rumänien | 219 | 21.514 | −3,7 | 4,1 | −9,4 | 47,4 |
| Schweden | 475 | 36.777 | −2,9 | 2,7 | −2,8 | 39,7 |
| Slowakei | 92 | 20.946 | −4,4 | 2,8 | −5,5 | 59,7 |
| Slowenien | 47 | 26.540 | −4,2 | 2,0 | −7,7 | 79,8 |
| Spanien | 1.122 | 25.235 | -10,8 | 3,0 | -11,0 | 120,0 |
| Tschechien | 215 | 27.797 | −5,8 | 3,3 | −5,6 | 37,7 |
| Ungarn | 137 | 22.102 | −4,7 | 5,2 | −8,0 | 80,1 |
| Zypern | 22 | 26.372 | −5,2 | 2,3 | −5,7 | 15,3 |
| **EU-27** | **13.394** | **29.894** | **−5,9** | **2,9** | **−6,9** | **90,1** |

[1] Kaufkraftstandards: künstliche Währung zum Ausgleich von Preisniveauunterschieden zwischen den EU-Mitgliedstaaten; ein KKS entspricht der durchschnittlichen Kaufkraft eines Euro in der EU-27.

[2] jährliche Veränderungsrate des harmonisierten Verbraucherpreisindex

[3] jährliches Staatsdefizit (-) bzw. -überschuss (+)

Quelle: Statistisches Bundesamt (Destatis), Wiesbaden, 26.01.2022

## M3 Italien will 2020 kein Geld aus dem ESM

Einem geschenkten Gaul schaut man normalerweise nicht ins Maul – aber wenn wegen des Geschenks eine Regierungskrise droht, dann schon. Bei der europäischen Hilfe, mit der sich Rom derzeit schwertut, handelt es sich um die Kreditlinie von 240 Milliarden Euro aus dem Europäischen Stabilitätsmechanismus (ESM), die von den Finanzministern der Eurozone in der Nacht auf Karfreitag beschlossen worden ist.
Knapp 40 Milliarden davon wären für Italien reserviert. Aber sowohl Regierungschef Giuseppe Conte als auch Vize-Wirtschaftsminister Antonio Misiani haben in diesen Tagen klargestellt, dass sie auf diese Hilfe verzichten wollen. Der Grund ist der schlechte Ruf, den der ESM in Italien und in ganz Südeuropa genießt: Das Instrument war ursprünglich zur Rettung von überschuldeten Staaten ins Leben gerufen worden und konnte – wie im Fall Griechenlands – nur unter sehr strengen und als demütigend empfundenen Auflagen in Anspruch genommen werden. [...]
Der rechtsradikale und europafeindliche Lega-Chef und Ex-Innenminister Matteo Salvini stellt den europäischen Rettungsschirm pauschal als Instrument der Unterwerfung durch Brüssel dar: Nach der mühsamen Einigung der europäischen Finanzminister vor Ostern warf er Conte vor, Italien an die EU „verkauft“ zu haben.
Das zentrale Problem des parteilosen Premiers Conte ist aber nicht Salvini, sondern die stärkste politische Kraft in seiner Regierung, die Fünf-Sterne-Bewegung. Zumindest deren radikaler und europaskeptischer Flügel lehnt die in Aussicht gestellten ESM-Kredite ebenfalls ab. „Wenn Conte sein Wort bricht und den ESM-Krediten zustimmen wird, werden wir der Regierung den Stecker ziehen“, betonte der Fünf-Sterne-Senator Michele Giarrusso – und er ist bei Weitem nicht der Einzige in seiner Fraktion, der so denkt. Mit anderen Worten: Stimmt Conte den Kreditlinien des Stabilitätsmechanismus zu, droht der Sturz seiner Regierung. [...]
Unterstützt wird das Coronahilfspaket der EU von den Sozialdemokraten des PD, dem kleineren Koalitionspartner. Kulturminister Dario Franceschini warf den Grillini wegen deren Ablehnung der ESM-Kredite eine „kindische“ Haltung vor: Die Auflagen und Bedingungen für die Hilfen seien von den EU-Finanzministern aus Rücksicht auf die Bedenken Italiens gestrichen worden; es gebe keinen Grund mehr, Angst vor der Troika aus EU, EZB und IWF zu haben. [...]
Doch das letzte Wort in der Angelegenheit ist noch nicht gesprochen: Bei der vorösterlichen Einigung auf das insgesamt 540 Milliarden Euro umfassende Coronahilfspaket wurde zusätzlich auch die Schaffung eines Wiederaufbaufonds („Recovery Funds“) in der Höhe von 1.000 Milliarden Euro zur Bewältigung der wirtschaftlichen Folgen der Coronaepidemie ins Auge gefasst. Wie dieser finanziert werden soll, wurde von den Finanzministern offengelassen. Am kommenden EU-Gipfel vom 23. April wird sich Conte für eine Finanzierung durch gemeinsame Anleihen – also „Coronabonds“ oder Eurobonds – einsetzen: „Wir werden dafür kämpfen, die ‚Coronabonds‘ zu bekommen. Und ich werde klarstellen, dass der ESM völlig unangemessen ist.“
Mit dieser Haltung wird der italienische Premier von zahlreichen anderen von der Epidemie stark betroffenen Staaten unterstützt werden, unter anderem von Frankreich und Spanien.

*Dominik Straub, Italien will kein Geld aus dem EU Rettungstopf, in: Der Standard online, 15.04.2020, https://www.derstandard.de/story/2000116848299/italien-will-kein-geld-aus-dem-euro-rettungstopf (Zugriff: 21.02.2022)*

**INFO**

**Eurobonds**
bezeichnen Staatsanleihen auf der Ebene der Europäischen Union, d. h., die Staaten der EU nehmen hier gemeinschaftlich Zahlungsverpflichtungen auf sich, für die sie auch gemeinschaftlich haften.

**1** **a)** Vergleichen Sie die Anteile der Staaten am Welthandel (M1).
**b)** Beurteilen Sie die wirtschaftliche Bedeutung der Europäischen Union (M1).

**2** **a)** Analysieren Sie die Verteilung der Wirtschaftsleistung innerhalb der EU (M2).
**b)** Bewerten Sie die Ergebnisse.

**3** Erläutern Sie mithilfe von M3 mögliche Motive der italienischen Regierung für die Ablehnung der Mittel aus dem Europäischen Stabilitätsmechanismus (ESM).

**4** Diskutieren Sie im Kurs den Umgang mit wirtschaftlichen Leistungsunterschieden innerhalb des europäischen Wirtschaftsraums.

# Richtig zitieren

## Was ist ein Plagiat?

**INTERNET**

**WES-118380-457**
Weitere aktuelle Informationen zum Urheberrecht, auch zu Streaming, Filesharing u. Ä., finden Sie bei iRights e. V.

Wenn Sie eine Hausarbeit anfertigen, müssen Sie sich zuerst nach geeigneten Informationsquellen umsehen. Oftmals werden dafür Bücher, Zeitungsartikel und verschiedene Internetquellen verwendet. Somit bedienen Sie sich des Wissens von Dritten. Das ist legitim und wird sogar erwartet. Die Eigenleistung besteht also nicht darin, dass Sie Sachverhalte neu erfinden oder erforschen, sondern in der Recherchearbeit, der sinnvollen Auswahl von Quellen und einer zielführenden Strukturierung von Argumenten und Fakten. Die Benutzung sogenannten fremden geistigen Eigentums ist also erlaubt – solange Sie akribisch auf die Kennzeichnung achten, also Quellenangaben machen.

Wenn Sie Zitate oder Bilder anderer Autoren nicht kennzeichnen – egal ob absichtlich oder nicht –, so gilt ihre Arbeit, oder auch Teile davon, als Plagiat. In der Schule wird ein Plagiat meist mit null Punkten bewertet, an der Universität drohen schlimmere Konsequenzen. Manch ein Politiker hat dies in der Vergangenheit schmerzlich erfahren müssen – durch Aberkennung von Doktortiteln und Rücktritte.

Es gibt grundsätzlich zwei Möglichkeiten, Zitate zu verwenden und somit ein Plagiat zu vermeiden:

| 1. Paraphrase (indirektes Zitat) | 2. Direktes Zitat |
|---|---|
| sinngemäße Wiedergabe von fremdem Gedankengut in eigenen Worten | wortwörtliche Wiedergabe der Originalquelle |
| **Beachten Sie:**<br>▪ Paraphrasieren Sie, wann immer möglich, anstatt direkt zu zitieren, so zeigen Sie, dass Sie sich um Eigenleistung bemüht haben.<br>▪ Paraphrasiert werden vor allem lange Gedankengänge und Abschnitte, bei denen der exakte Wortlaut des Originals weniger wichtig ist. | **Beachten Sie:**<br>▪ Es darf nicht mehr zitiert werden, als für den Zweck notwendig ist, d. h., das Zitat muss eine sinnvolle Funktion erfüllen. Sie können es als Beleg ihrer These oder als Erläuterung verwenden, wenn es besonders auf die ursprüngliche Formulierung ankommt.<br>▪ Streng genommen ist das wörtliche Zitieren nötig, sobald fünf oder mehr Worte übernommen werden. Eine Ausnahme ist das Ausdrücken von Allgemeinwissen, zum Beispiel: Der Bundeskanzler besitzt die Richtlinienkompetenz im Kabinett. |
| **So gehen Sie vor:**<br>▪ Es gibt keine besondere Hervorhebung im Text, sondern der zu paraphrasierende Inhalt wird in eigenen Worten in den Fließtext eingebunden. Am Ende der Paraphrase, spätestens am Ende des Absatzes, muss dies durch eine Quellenangabe (Kurzbeleg) gekennzeichnet werden<br>▪ Es gibt verschiedene Formen von Kurzbelegen. In wissenschaftlichen Arbeiten wird meist mit der Harvard-Zitierweise oder mit Fußnoten gearbeitet (siehe Beispiel S. 285).<br>▪ Die ausführlich zitierte Quelle wird am Schluss der Arbeit aufgeführt.<br>▪ Eine Paraphrase nennt oftmals die Quelle: Autor XY geht deshalb davon aus, dass … | **So gehen Sie vor:**<br>▪ Das Zitat wird mit doppelten Anführungszeichen hervorgehoben (siehe Beispiel S. 285).<br>▪ Am Ende des direkten Zitates muss sofort der Kurzbeleg folgen.<br>▪ Sie können ein wörtliches Zitat kürzen, wenn der Satz z. B. auch Aspekte enthält, die für ihren Beleg nicht wichtig sind. Dies kennzeichnet man mit eckigen Klammern und drei Punkten: „Es bleibt festzustellen, dass […] wörtliche Zitate sparsam zu verwenden sind."<br>▪ Eigene Ergänzungen werden ebenfalls mit eckigen Klammern gekennzeichnet. „Die Autorin stellt fest, dass hier der Fall [eines Plagiats] gegeben ist." |

In beiden Fällen darf der Sinn nicht entstellt werden. Nur ihr Fazit und die Einleitung benötigen keine Quellenangaben, weil hier ihre eigene Meinung gefragt ist.

**Beispiel**

Max Mustermann

## Tödliche Flucht über das Mittelmeer

Viele Flüchtlinge verlassen ihre Heimat aufgrund von Krieg, politischer Verfolgung, Hunger und Perspektivlosigkeit. Dabei setzen sie oftmals ihr Leben aufs Spiel, um für sich und ihre Familie Sicherheit und Hilfe zu finden. Nicht wenige Flüchtlinge erreichen jedoch nie europäischen Boden, sondern fallen den widrigen Fluchtbedingungen zum Opfer. So wird das Mittelmeer gelegentlich als größtes Massengrab Europas bezeichnet.

### So könnte eine Paraphrase aussehen

Max Mustermann beschreibt in seinem Artikel, dass Asylsuchende ihre Heimat nicht grundlos verlassen. Ursachen können einerseits wirtschaftliche Gründe wie Armut sein. Andererseits spielt auch die Politik eine Rolle: Manche Menschen sind in ihrem Heimatland aufgrund ihrer politischen Einstellung gefährdet (Mustermann 2022).

**INFO**

Kurzbeleg im Text mit der Harvard-Methode

### So könnte ein wörtliches Zitat aussehen

Flüchtlinge verlassen ihre Heimat oftmals mithilfe von Schleppern, die sie nicht selten mit untauglichen Booten über das Mittelmeer, das „als größtes Massengrab Europas"[1] gilt, schleusen.

Der Vollbeleg, also der vollständige Literaturnachweis, erfolgt erst im Quellenverzeichnis am Ende der Arbeit in alphabetischer Reihenfolge.

Mustermann, Max: Tödliche Flucht über das Mittelmeer. Online unter: www.asyl.de vom 01.04.2022 (Zugriff: 04.05.2022).

**INFO**

Kurzbeleg im Text durch Fußnote, Vollbeleg im Quellenverzeichnis

### Wichtig

Informieren Sie sich im Methodencurriculum Ihrer Schule oder bei Ihrer Lehrkraft genau über die Zitierweise, die von Ihnen erwartet wird.

Halten Sie die einmal gewählte Zitierweise unbedingt im gesamten Dokument durch.

Zeichnung: Greser & Lenz

[1] *Mustermann 2022, www.asyl.de (Kurzbeleg bei Buchquellen: Mustermann 2022, S. 19)*

# 4.6 Wirtschaft ohne Wachstum?

## Das Ende des Wohlstands? Forderungen des Club of Rome

Erklärfilm zu den Grenzen des Wachstums

**Der italienische Industrielle Aurelio Peccei rief 1968 den Club of Rome ins Leben und brachte damit Unternehmer, Wissenschaftler und Unternehmer zusammen, um sich mit den Problemen der Menschheit auf globaler Ebene auseinanderzusetzen. Der weltweit beachtete erste Bericht „Grenzen des Wachstums“ des Club of Rome von 1972 zeigte die negativen Folgen des Wirtschaftswachstums für den Planeten auf und forderte ein grundlegendes Umdenken.**

### M1 Diebstahl ganzer Strände

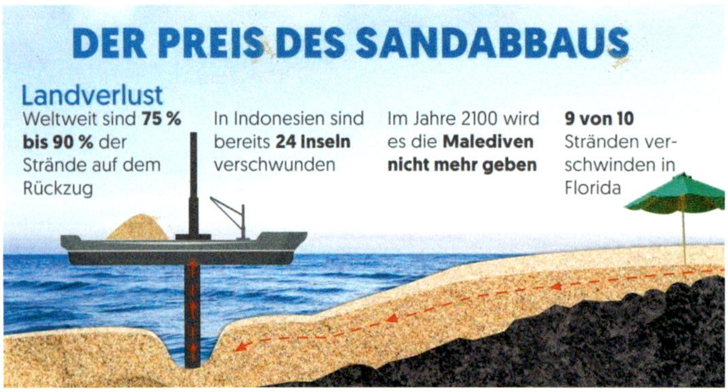


581 Quadratkilometer – rund ein Drittel der Fläche Londons. So groß war Singapur am 9. August 1965, dem Tag seiner Unabhängigkeit. Heute ist der Stadtstaat um ein Fünftel größer – und wächst weiter. Der Boom der internationalen Finanzmetropole basiert auf Sand: sehr viel Sand. Mehr als 500 Millionen Tonnen wurden zur Landgewinnung im Meer aufgeschüttet. [...] Das kleine Land verbraucht dabei aber keine heimischen Ressourcen. „Sie importierten Sand aus Indonesien, Malaysia, Thailand und sogar aus Kambodscha“, sagt [Pascal] Peduzzi [vom Umweltprogramm der Vereinten Nationen (UNEP)].
[...] Peduzzi erklärt: „Von den absoluten Zahlen her ist China als bevölkerungsreichstes Land auch der größte Sandverbraucher. Das Tempo, mit dem im Rahmen eines Entwicklungsprogramms neue Häuser, Dämme und Straßen entstehen, ist wirklich erstaunlich. [...] Unseren Schätzungen zufolge verbraucht das Land etwa 55 bis 58 Prozent der weltweiten Sand- und Kiesproduktion.“ [...] Auch weil immer mehr Menschen in Städte ziehen, steigt der Sand- und Kiesbedarf. Insgesamt rechnen Experten damit, dass er jedes Jahr um 5,5 Prozent größer wird – und zwar allein für Beton. „Sand ist so etwas wie die zweitmeist verbrauchte Ressource unserer Welt geworden, nach Wasser“, sagt Dirk Hebel vom Karlsruher Institut für Technologie (KIT). Sande und Kiese in ganz verschiedenen Qualitäten stecken in Beton und Ziegelsteinen, in Gläsern, Straßen, Dämmen. Sand verfüllt die Kabelschächte für das schnelle Internet, er ist in Lacken, Klebstoffen, Kosmetika, in Solaranlagen und Computerchips. [...]
Für den Beton, aus dem Hochhäuser oder Brücken gebaut werden, muss die Qualität der Bausande hoch sein. Was in diesem Sektor verbaut wird, muss aus Flüssen oder Flussablagerungen kommen – und die beiden waren bis vor Kurzem auch die wichtigsten Quellen. Doch weil diese Ressourcen durch den immensen Bedarf moderner Gesellschaften knapp werden, verlagert sich die Gewinnung generell zunehmend ins Meer und an die Küsten.

*Dagmar Röhlich, Sand/Ein nur scheinbar unendlicher Rohstoff, in: Deutschlandfunk, Köln: Deutschlandradio, 05.01.2020, https://www.deutschlandfunk.de/sand-ein-nur-scheinbar-unendlicher-rohstoff-100.html (Zugriff: 22.02.2022)*

**FILMTIPP**

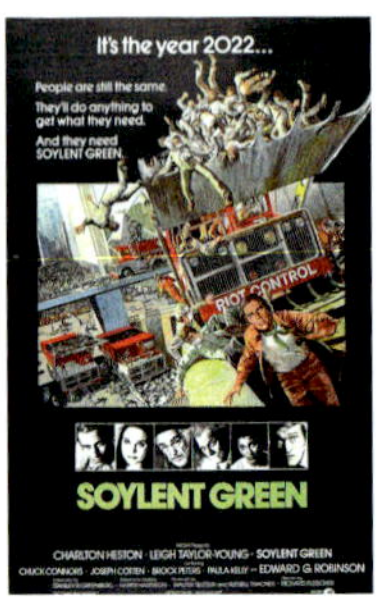


**Soylent Green** (dt. Titel: ... Jahr 2022 ... die überleben wollen) Spielfilm, USA, 1973, 1 Std. 37 Min., Regie: Richard Fleischer
Der Film erschien ein Jahr nach der Veröffentlichung der „Grenzen des Wachstums“ und beschreibt eine dystopische Zukunft im Jahr 2022.

### M2 Die Prognosen des Club of Rome

Die Kurzversion [der „Grenzen des Wachstums] lautet: Wenn Unternehmen und Regierungen ohne Rücksicht auf die Kosten weiterhin ein kontinuierliches Wirtschaftswachstum

anstreben, ist der Niedergang oder Zusammenbruch der industriellen Zivilisation früher oder später unausweichlich. Im Detail stellten die Forscher mithilfe eines Computermodells namens World3 und auf Grundlage von Daten zu den fünf global wirksamen Tendenzen Industrialisierung, Bevölkerungswachstum, Unterernährung, Ausbeutung von Rohstoffreserven und Zerstörung von Lebensraum zwölf mögliche Zukunftsszenarien vor.
Die meisten davon führten an einem bestimmten Punkt in der Zukunft zu einer Situation, in der die natürlichen Ressourcen so knapp werden würden, dass weiteres Wirtschaftswachstum nicht mehr möglich sei. Die Folgen wären globaler Wohlstandsverlust und sinkende Bevölkerungszahlen. In einem dieser Szenarien – Business As Usual (BAU) – prognostizierte man beispielsweise, dass das weltweite Wirtschaftswachstum rund um die 2040er-Jahre seinen Höhepunkt erreichen und dann ziemlich rasch einen regelrechten Absturz erleben würde, zusammen mit der Verfügbarkeit von Nahrungsmitteln und natürlichen Ressourcen. Auch wenn der Report hinsichtlich einiger Grundannahmen und Methoden teilweise heftig kritisiert worden war, kamen in den vergangenen Jahrzehnten Updates mit neuen, genaueren Daten und verbesserten Computermodellen doch zu keinen wesentlich anderen Schlüssen. Die letzte Aktualisierung stammt aus dem Jahr 2012.

GLOSSAR

**Industrialisierung**

Szenario BAU (Business as usual)

© Westermann 28913EX

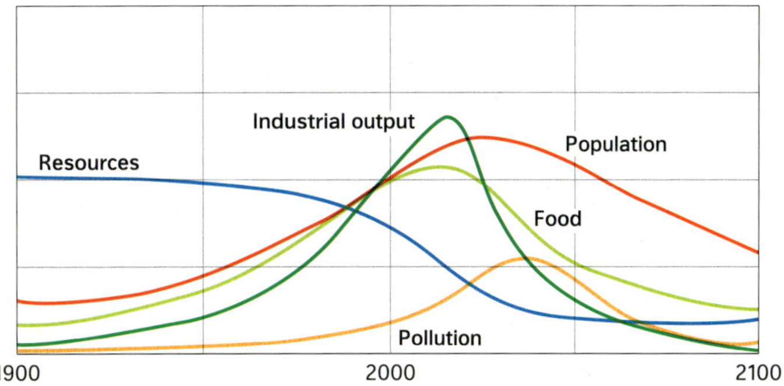


Quelle: Donnella H. Meadows/Jorgen Randers/Dennis Meadows, Limits to Growth: The 30-Year-Update, Chelsea Green Publishing, 2004, S. 151 (verändert)

*Thomas Bergmayr, „Grenzen des Wachstums": Welt noch immer auf dem Weg in den Zusammenbruch, in: Der Standard online, 27.07.2021, https://www.derstandard.de/story/2000128473709/zusammenbruchauf-dem-weg-in-den-abgrund (Zugriff: 22.02.2022)*

## M3 Aktuelle Forderungen des Club of Rome

Zum 50-jährigen Jubiläum bekräftigen die Wissenschaftler [des Club of Rome] nun ihre Forderung nach einem radikalen Wandel der Weltwirtschaft in den kommenden Jahrzehnten. Denn nur so könne Wohlstand und das Überleben des Planeten in Einklang gebracht werden. Ihre Forderung beruht auf einem aktuellen Bericht, den das Potsdam-Institut für Klimafolgenforschung veröffentlichte und an dem zahlreiche Wissenschaftseinrichtungen beteiligt waren. Dabei erstellten die Forscher per Computersimulation vier Szenarien, die wirtschaftliche und soziale Daten der vergangenen vier Jahrzehnte berücksichtigten. Ziel war es, in jedem Szenario die UN-Nachhaltigkeitsziele bis zum Jahr 2030 zu Armut, Gesundheit, Energie und Umwelt im Rahmen der Ressourcen des Planeten zu erreichen [...]
Auch wenn der vor 50 Jahren vorhergesagte, ultimative Kollaps des Weltsystems noch nicht eingetreten ist: Der Club of Rome mahnt eine Veränderung dringend an. [...] Aktuell konzentrieren sie sich auf drei Themenbereiche:

- Veränderung unserer Wirtschaftssysteme
- Entkopplung von Wohlstand und Ressourcenverbrauch
- Sicherung der Lebensgrundlagen, Arbeitsplätze und Einkommen.

*Erneuter Weckruf an die Weltgemeinschaft, in: BR Wissen, München: Bayerischer Rundfunk, 17.10.2018, https://www.br.de/wissen/club-of-rome-zukunft-nachhaltigkeit-experten-100.html (Zugriff: 22.02.2022)*

**1** **a)** Erläutern Sie die wachsende Bedeutung von Sand als Ressource (M1).
**b)** Beschreiben Sie die Folgen dieser Entwicklung (Bild in M1).

**2** **a)** Fassen Sie die zentralen Aussagen des Club of Rome zusammen (M2).
**b)** Setzen Sie sich kritisch damit auseinander.

**3** Überprüfen Sie, ob die Ziele des Club of Rome weiterhin relevant sind (M2, M3).

**4** Diskutieren Sie Möglichkeiten, um das in M2 dargestellte BAU-Szenario zu vermeiden.

# Das Konzept der Postwachstumsökonomie

**Ist es immer erstrebenswert, auf Wachstum zu setzen? Kann es ein „unendliches" Wachstum des BIP geben oder wäre auch eine Wirtschaft ohne Wachstum denkbar? Mit diesen Fragen beschäftigt sich die Theorie der Postwachstumsökonomie.**

## M1 Unendliches Wachstum?

Zeichnung: Gerhard Mester

**INFO**

**Niko Paech**
(*1960) Volkswirtschaftler und bekannter Vertreter des Ansatzes der Postwachstumsökonomie

**Decarbonisierung**
Reduzierung von Kohlendioxidemissionen

**Suffizienz**
hier: Begrenzung des Konsums und Ressourcenverbrauchs

## M2 Der Begriff der Postwachtumsökonomie nach Niko Paech

Als „Postwachstumsökonomie" wird eine Wirtschaft bezeichnet, die ohne Wachstum des Bruttoinlandsprodukts über stabile, wenngleich mit einem vergleichsweise reduzierten Konsumniveau einhergehende Versorgungsstrukturen verfügt. Die Postwachstumsökonomie grenzt sich von landläufigen, auf Konformität zielende Nachhaltigkeitsvisionen wie „qualitatives", „nachhaltiges", „grünes", „dematerialisiertes" oder „decarbonisiertes" Wachstum ab. [...]
Das Konzept der Postwachstumsökonomie orientiert sich an einer Suffizienzstrategie und dem partiellen Rückbau industrieller, insbesondere global arbeitsteiliger Wertschöpfungsprozesse zugunsten einer Stärkung lokaler und regionaler Selbstversorgungsmuster. Enthalten sind zudem Ansätze der Geld- und Bodenreform. Die Grundidee wurde an der Carl von Ossietzky Universität Oldenburg entwickelt und 2007 im Rahmen der Auftaktveranstaltung des Archivs für Geld- und Bodenreform erstmals der Öffentlichkeit vorgestellt. Daran anknüpfend wurde von Niko Paech und Werner Onken eine regelmäßig stattfindende „Ringvorlesung zur Postwachstumsökonomie" ins Leben gerufen, die sich zu einem europaweiten Forum und Netzwerk interessierter Personen aus Wissenschaft und Gesellschaft entwickelte.

*Niko Paech, Niko Paech: Grundzüge einer Postwachstumsökonomie (2009), Oldenburg: Postwachstumsökonomie, http://www.postwachstumsoekonomie.de/material/grundzuege/ (Zugriff: 23.02.2022)*

Da die Entkopplung des Wohlstandes kraft technischer Innovationen gescheitert ist, verbleibt als letzte Möglichkeit nur die Reduktion des industriellen Outputs. Um in einer kleineren Wirtschaft würdig leben zu können, bedarf es hinreichender Suffizienz, also genügsamerer Ansprüche. Dies entspräche keinem Verzicht, sondern einer Befreiung von jenem Überfluss, der das Leben vieler Menschen in modernen Konsumgesellschaften verstopft, weil er Zeit und Aufmerksamkeit raubt, uns also ohnehin längst überfordert.

*Postwachstumsökonomie: Ohne Abstriche am Wohlstand kein Klimaschutz, Interview von Katja Hellmuth mit Niko Paech, in: Waschbär Magazin, 07.09.2019, https://www.waschbaer.de/magazin/postwachstumsoekonomie/ (Zugriff: 23.02.2022)*

## M3 Kritik aus der Sicht des Ansatzes des ökologisches Umbaus

Inzwischen wird die Notwendigkeit einer ökologischen Neuausrichtung auch im ökonomischen Mainstream anerkannt, wenigstens punktuell. Die Auseinandersetzung zwischen den drei Grundrichtungen – (1) Weiter so mit einzelnen ökologischen Korrekturen (Mainstream), (2) Postwachstum oder (3) ökologischer Umbau durch ein anderes Modell wirtschaftlicher Entwicklung – betrifft vor allem die Methoden. Der Mainstream setzt auf einzelne Marktinstrumente wie einen $CO_2$-Preis. Degrowth und Postwachstum meinen, geringere Wachstumsraten, Nullwachstum oder negative Wachstumsraten des BIP seien die entscheidende Lösung. Ein verändertes Regime wirtschaftlicher Entwicklung, eine gelenkte Marktwirtschaft mit ökologischer Regulation generiert hingegen andere Richtungen wirtschaftlicher Entwicklung. [...]

Die Postwachstums-Bewegung hat sich seit den 1960er-Jahren stark ausdifferenziert. [...] Das Spektrum von Kritik und Alternativen ist breit und umfasst radikal-ökologische Positionen, Kapitalismuskritik, feministische Ansätze, traditionelle linke Positionen, aber auch konservative oder libertäre Wachstumskritik. Für die Postwachstumstheorie ist der kapitalistischen Produktions- und Wirtschaftsweise ein Wachstumszwang immanent, da er in den Produktionsverhältnissen und der Sozialstruktur begründet sei. Die heutigen ökologischen Probleme seien Folge dieses Wachstumszwangs. Weiter sei das Wachstum des BIP zwingend mit steigendem Ressourcenverbrauch verbunden, eine Entkopplung sei aufgrund des Rebound-Effekts, bei dem durch Effizienzsteigerungen freigesetzte Ressourcen durch zusätzliche Produktion direkt wieder gebunden werden, nicht oder nur in engen Grenzen möglich. Folglich könne ein sinkender Ressourcenverbrauch nur durch weniger Wachstum, streng genommen nur durch negatives Wachstum erreicht werden. Die Einstellung unnötigen Luxuskonsums, ein reduzierter allgemeiner Konsum und eine allgemeine Arbeitszeitverkürzung mit mehr freier Zeit für Eigenarbeit seien mögliche Wege. [...]

Der Abbau von Luxuskonsum und unnötigem Ressourcenverbrauch ist ein zu unterstützender Vorschlag. Immerhin verursacht der Konsum der Superreichen global fast 16 Prozent der Klimagasemissionen. Damit schädigen sie „das Klima mehr als die ärmsten 50 Prozent der Weltbevölkerung". Steuern auf sehr hohe Einkommen, Vermögen und auf Luxuskonsum könnten helfen. Aber das wäre nicht genug. Den größten Anteil am Verbrauch haben die mittleren und unteren Einkommensschichten. Die meisten Menschen in ärmeren Ländern und den Niedriglohnsektoren der entwickelten Länder können und werden nicht auf Teile ihres Einkommens verzichten. Zudem wird die Weltbevölkerung weiter auf voraussichtlich über zehn Milliarden Menschen wachsen. Ein ökologischer Umbau ist nur möglich, wenn er mit der Verbesserung der Lebenssituation für die Bevölkerungsmehrheit verbunden wird, vor allem für die Unter- und Mittelschichten und die ärmeren Länder. [...]

Nötig ist ein ökologischer Umbau der Produktions- und Lebensweise, der einerseits zu einem absolut sinkenden Ressourcenverbrauch und andererseits zu wachsenden Einkommen der einkommensschwachen Bevölkerungsmehrheit führt. [...] Ökologischer Umbau bedeutet, Innovationen primär unter ökologischen Kriterien zu selektieren und alle Verfahren, Produkte und Infrastrukturen unter ökologischen und sozialen Gesichtspunkten zu erneuern.

*Rainer Land, Entwicklung statt Wachstum, in: Aus Politik und Zeitgeschichte H. 3–4/2022, Bonn: Bundeszentrale für politische Bildung, 14.01.2022, S. 31–36, hier S. 31 f.*

**INFO**

**Rainer Land**
(*1952) Philosoph und Wirtschaftswissenschaftler; Vertreter des Ansatzes des ökologischen Umbaus

**1** Analysieren Sie die Karikatur in M1.

**2** Fassen Sie den Ansatz der Postwachstumsökonomie zusammen (M2).

**3** Stellen Sie Kerngedanken und Kritik von Rainer Land (M3) zu Postwachstum und ökologischem Umbau in tabellarischer Form gegenüber.

**4** Diskutieren Sie die beiden Ansätze im Kurs.

# Regionales Wirtschaften und Prosumenten-Netzwerke

**Regional anstelle von global ist eine oft zitierte Forderung. Doch was sind die Bedingungen für gelingende regionale Wirtschaftsstrukturen? Wer produziert die Waren in der Region? Macht der Konsument als „Prosument" den Unternehmen Konkurrenz?**

## M 1 Wie viel Region steck in regionalen Produkten?

„Regionale Lebensmittel sind ein Megatrend", sagt Ulrich Hamm, Professor für Agrar- und Lebensmittelmarketing an der Universität Kassel. „Erstens assoziieren die meisten Menschen damit positive Eigenschaften wie Frische und Geschmack. Zweitens wollen sie ein Zeichen gegen die Globalisierung des Essens setzen. Sie wünschen authentische Produkte statt austauschbarem Fast Food. Und drittens suchen Verbraucher einen Bezug zu ihren Lebensmitteln. Beim lokalen Erzeuger können sie sich vor Ort selbst ein Bild über die Produktionsbedingungen machen – etwa wie die Tiere gehalten werden."

In Umfragen lägen regionale Produkte mittlerweile vor den Biowaren; die Kunden seien auch bereit, mehr für Produkte aus der Umgebung zu zahlen. [...]

„Regional bedeutet, dass ich klarmache: Wo sind die Zutaten her? Wo ist das Produkt verarbeitet? Und das alles transparent zu machen", sagt der Landwirt Mathias von Mirbach. Gemeinsam mit zwei weiteren Bauern betreibt er den „Kattendorfer Hof", einen Demeter-Hof in der Nähe von Hamburg. „Wir können mit gutem Gewissen sagen: Es kommt aus der Region, 40 Kilometer von Hamburg entfernt. Dort wird das Futter angebaut, dort werden die Tiere gefüttert. Sie können auf unseren Hof kommen und schauen: Wie sind die Produktionsbedingungen? Wie sind die sozialen Bedingungen?"

*Ulrich Hamm/Mathias von Mirbach, Wie „regio" sind regionale Produkte?, in: Deutschlandfunk Kultur, Köln: Deutschlandradio, 27.01.2018, https://www.deutschlandfunkkultur.de/sehnsucht-nach-heimat-wie-regio-sind-regionale-produkte-100.html (Zugriff: 22.02.2022)*

## M 2 Absatzrekord für ein Regionalprodukt

Die ostdeutsche Traditionsmarke Vita Cola hat im 60. Jahr ihres Bestehens einen Absatzrekord verbucht. Insgesamt seien im vergangenen Jahr 89 Millionen Liter verkauft worden [...]. Das Absatzplus habe damit acht Prozent im Vergleich zum Jahr 2017 betragen. [...]

Der Absatz wurde 2018 auch durch den heißen Sommer angekurbelt. Vita Cola profitierte bereits in den vergangenen Jahren vom bundesweiten Trend zu regionalen Produkten. Nach Unternehmensangaben ist die Marke bei Colas und Limonaden in Thüringen Marktführer und rangiert in Ostdeutschland auf Rang zwei. Nach Auffassung von Markenmanagerin Claudia Meincke hat Vita Cola das frühere Ostimage inzwischen abgelegt. Wichtiger für die Verbraucher sei die Regionalität.

*wgr/©dpa, Ostdeutsche Traditionsmarke Vita Cola mit Absatzrekord, 26.03.2019*

1. Erläutern Sie, was regionale Produkte für Verbraucher attraktiv macht (M1 und M2).
2. Recherchieren Sie eine erfolgreiche Ware aus ihrer Region und bestimmen Sie mögliche Faktoren für den Erfolg des Produkts.
3. Erklären Sie den Begriff „Prosument" (M3).
4. Arbeiten Sie Chancen und Risiken der Entwicklung zum Prosumenten heraus (M4).
5. „Prosumenten bilden sich ein mitzuentscheiden, aber sie verrichten nur kostenlos Arbeit." Setzen Sie sich mit dieser These auseinander.

## M3 Was versteht man unter einem „Prosumenten"?

Prosumer (engl. „prosumers") sind Konsumenten, die zugleich Produzenten sind, oder auch Produzenten, die zugleich als Konsumenten auftreten. Der Begriff ist eine Zusammensetzung aus „producer" und „consumer". Im Deutschen hat sich der Begriff „Prosument" (aus „Produzent" und „Konsument") herausgebildet. [...]
Es gibt sozusagen schwache und starke Prosumenten. Ein schwacher ist nur indirekt in die Produktion involviert, etwa indem er bewusst oder unbewusst seine Interessen und Vorlieben offenlegt, die entsprechend berücksichtigt werden.
Ein starker Prosument ist direkt an der Produktion beteiligt, indem er an bestimmten oder allen Schritten mitwirkt, entweder als Teil eines Kollektivs oder als Individuum in Eigenregie bzw. im Auftrag.

*Prosument, in: Gabler Wirtschaftslexikon, Wiesbaden: Springer, https://wirtschaftslexikon.gabler.de/definition/prosument-54019 (Zugriff: 22.02.2022)*

**INFO**

**Prosumenten**
spielen in sehr vielen unterschiedlichen Wirtschaftsbereichen eine Rolle, etwa beim Ausbau erneuerbarer Energien, wenn Verbraucher Strom durch Fotovoltaik erzeugen, verbrauchen und überschüssigen Strom ins Netz einspeisen. Eine andere Form der Prosumenten-Produktion stellt die Herstellung von Produkten, Ersatzteilen oder Modifikationen mittels 3D-Druck dar.

## M4 Was spricht für und was gegen den Prosumenten?

**a)** [Es] ist kritisch zu bewerten, dass Prosumismus für die Unternehmen eine sehr kostengünstige Form des Outsourcing bedeutet [...]. Vom Standpunkt der Prosumenten mag dies unproblematisch erscheinen, etwa wenn sie die Beta-Version, d.h. die Testversion einer neuen Software, testen. Nichtsdestotrotz wird hier unbezahlte Arbeit verrichtet, Arbeit, aus der die Unternehmen ihren Profit ziehen, aber auch Arbeit, auf die die Unternehmen zunehmend weniger verzichten können, wenn diese Entwicklung anhält.

*Kai-Uwe Hellmann, Prosumismus im Zeitalter der Internetökonomie, in: SWS-Rundschau, 49. Jg., Heft 1/2009, S. 67–73, hier S. 71, https://www.ssoar.info/ssoar/bitstream/handle/document/25035/ssoar-2009-1-hellmann-prosumismus_im_zeitalter_der_internetokonomie.pdf;jsessionid=B5FE41835DB376548B17D7C0C679DF5E?sequence=1 (Zugriff: 22.02.2022)*

**b)** Im Kontext partizipativer, sozialer Medien wird der Prosument zum Normalfall. Phänomene wie Crowdfunding und -sourcing fördern die Verschmelzung weiter. Dabei entstehen neben offensichtlichen Chancen verschiedene Probleme und Risiken. Der Mitarbeiter wird während seiner Arbeitszeit oder in seiner Freizeit zum Handlanger der Konkurrenz. Der Kunde verhilft durch seinen Vorschlag einem Produkt zum Durchbruch, ohne dafür angemessen entschädigt zu werden. Der Profi wird durch den Laien an den Rand gedrängt und verliert seine Bedeutung und seine Aufträge.

*Prosument, in: Gabler Wirtschaftslexikon (siehe M3)*

**c)** Die Prosumenten werden folglich zu „Mit-Gestalter[n] der Kultur einer Marke" [...] und entwickeln eine selbstbewusste Erwartungshaltung gegenüber dieser. Einhergehend mit den kommunikationstechnologischen Entwicklungen ist die mediale Selbstdarstellung ein weiteres zentrales Charakteristikum der Prosumenten.

*Susanna Rasch, Die Macht der Marke: Zwischen Konsument und Prosument, in: Journal für korporative Kommunikation, hrsg. v. Jan Rommerskirchen, Köln, 30.12.2006, https://journal-kk.de/susanna-rasch-die-macht-der-marke-zwischen-konsument-und-prosument-2/ (Zugriff: 22.02.2022)*

**d)** Befähigt durch die Demokratisierung und Individualisierung von Information und Inhalten erhebt sich der Konsument schließlich zu einem selbstbestimmten und gleichberechtigten Prosumenten, der Unternehmen und Institutionen auf Augenhöhe begegnet und seine Erwartungen und Präferenzen selbstsicher vertritt [...].

*Susanna Rasch, Die Macht der Marke (siehe M4 c)*

# Digitalisierung und Ökonomie

## Homeoffice – die Zukunft der Arbeit?

**QUERVERWEIS**

**Moderne Arbeitsformen,** S. 187, M4

**Bequem von zu Hause arbeiten, kein lästiger Arbeitsweg. Die Arbeit im Homeoffice bildet einen zentralen Trend während der Coronapandemie. Doch welche Arbeitszeiten gelten in den eigenen vier Wänden und wie ist es um den Arbeitsschutz oder die familiäre Situation bestellt?**

### M1 Homeoffice und mobile Arbeit

Homeoffice ist nicht gleich Mobilarbeit. Oft werden die Begriffe fälschlicherweise als Synonym verwendet, obwohl doch rechtliche und tatsächliche Unterschiede mit dem jeweiligen Begriff verknüpft sind. Beide Modelle haben ihre Vor- und Nachteile. [...]

Beim Homeoffice ist die (teilweise) Erbringung der Arbeitsleistung an einem fest eingerichteten Arbeitsplatz außerhalb des Betriebs, typischerweise „in den eigenen vier Wänden", gegeben. Dabei gilt: Der Arbeitgeber hat dafür Sorge zu tragen, dass der Homeoffice-Arbeitsplatz den gleichen gesetzlichen Anforderungen genügt wie der betriebliche Arbeitsplatz. [...]

Unter Mobilarbeit ist die durch Zurverfügungstellung von mobilen Endgeräten eingeräumte Möglichkeit zu verstehen, die Arbeitsleistung an typischerweise wechselnden Orten außerhalb des Betriebs zu erbringen (etwa auf Reisen im Zug, im Hotel oder auf dem heimischen Sofa). Der Arbeitnehmende muss [...] lediglich seine Erreichbarkeit sicherstellen.

Das Homeoffice muss sich grundsätzlich mit den gleichen Arbeitsschutzstandards wie beim klassischen Büroarbeitsplatz messen lassen. Wird der Arbeitsplatz vom Arbeitgeber eingerichtet, sind auch die umfassenden Regelungen der Arbeitsstättenverordnung (ArbStättV) zu beachten. Auch wenn teilweise die Eigenarten des Homeoffice berücksichtigt werden können (etwa bezüglich der Aufklärung über Fluchtwege), bleibt der Arbeitgeber verantwortlich – sowohl für die Umsetzung als auch für die Kostenübernahme. [...]

[D]ie Anforderungen für die Mobilarbeit [sind] flexibler. Hier findet zumindest die Arbeitsstättenverordnung (ArbStättV) keine Anwendung – verständlicherweise, da es dem Arbeitgeber unmöglich wäre, die Sicherheit eines Tisches in einem Hotelzimmer oder eines Stuhls in einem Café zu gewährleisten.

*Claudia Knuth, Arbeitszeit, Arbeitsschutz, Datenschutz: Was Mobilarbeit von Homeoffice unterscheidet, Freiburg: Haufe-Lexware GmbH & Co. KG, 13.10.2020, https://www.haufe.de/personal/arbeitsrecht/arbeitsrecht-was-mobilarbeit-von-homeoffice-unterscheidet_76_498118.html (Zugriff: 22.02.2022)*

### M2 Verteilung der Homeoffice-Quote in Deutschland 2021

**INFO**

**Homeoffice-Potenzial** beschreibt die Möglichkeiten (Internetanbindung, Firmen, Ausstattung etc.) für Homeoffice in den jeweiligen Regionen.

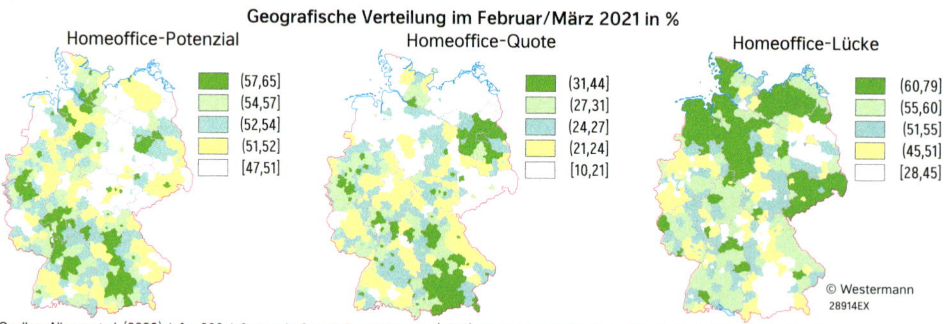


Quellen: Alipour et al. (2020), infas 360, infas; nach: Corona Datenplattform (2021): Themenreport 02, Homeoffice im Verlauf der Corona-Pandemie, Ausgabe Juli 2021, Bonn: Bundesministerium für Wirtschaft und Energie, S. 9 (verändert)

## M3 Homeoffice für alle?

„Ungleichheit“ fällt einem beim Gedanken an die Heimarbeit nicht als Erstes ein. Wenn die Leute in Jogginghose daheim vor dem Computer sitzen statt im Anzug oder Kostüm im Büro, wirkt das erst einmal als optischer Gleichmacher. Der Büromensch gleicht sich dem Nicht-Büromenschen an, der im Pflegeheim, auf der Baustelle oder am Lehrerpult schon immer bequeme und praktische Kleidung dem Armani-Anzug vorzog.

Und doch sind Forscher wie die Ökonomin Stefanie Stantcheva überzeugt: Es trägt zur Ungleichheit bei, wenn mehr Menschen im Homeoffice arbeiten. Das liegt daran, dass es eher gut situierte Menschen sind, die überhaupt im Homeoffice arbeiten können. [...] Für Deutschland gibt es Zahlen aus der Erwerbstätigenbefragung des Bundesinstituts für Berufsforschung [...]. Demzufolge konnten 78 Prozent der Gutverdiener im Jahr 2018 auch mal daheim arbeiten, aber nur 13 Prozent der Leute, deren Verdienst im unteren Zehntel der Einkommensverteilung lag.

Während der Coronakrise hatten Menschen mit Homeoffice-fähigen Jobs klare Vorteile. Sie konnten trotz Virus ähnlich produktiv weiterarbeiten wie bisher. Sie waren besser vor Kündigung und Kurzarbeit geschützt. Zugleich waren sie besser vor dem Virus geschützt. Innerhalb der großen Gruppe der Angestellten waren es also vor allem gut verdienende Büroangestellte, die mit geringem Ansteckungsrisiko durch die Krise kamen. Die oft schlecht bezahlten Berufe des Herzens und der Hand aber, vom Pfleger bis zur Fliesenlegerin, mussten weiter im Kontakt mit anderen erledigt werden. Manche verloren sogar ihren Job, wenn sie etwa Kellner oder Köchin waren.

Tatsächlich hat die Coronakrise deshalb die Bruttoeinkommen, also die Einkommen vor Steuern und Transfers, in vielen Ländern ungleicher gemacht. Das geht aus mehreren Studien hervor. Es sind die Hilfsprogramme, die diesen Effekt für den Nettolohn gedreht haben. Wenn die Coronahilfen eines Tages aber auslaufen, zeigt sich das wahre Bild. Dann dürfte viel von der gestiegenen Brutto-Ungerechtigkeit auch aufs Netto durchschlagen. Und manche Entwicklungen, die Arm und Reich voneinander trennen, könnten auch nach der Pandemie bleiben.

Das Homeoffice wird wohl auch dann, wenn alle geimpft sind, weit stärker verbreitet sein als zuvor. Mit mehr Homeoffice entwickeln sich die Lebenswelten von Gut- und Schlechtverdienern auseinander – man begegnet sich nicht mal mehr morgens in der S-Bahn. Das Ganze hat aber auch spürbare finanzielle Effekte. Denn Homeoffice, so haben es Forscher ermittelt, kommt heute mit einem Gehaltsplus daher. Der Heimarbeiter bekommt einer Studie in Deutschland zufolge im Vergleich zu ähnlichen Jobs ohne Homeofficemöglichkeit ein Gehaltsplus von zehn Prozent.

*Lisa Nienhaus, Die postvirale Klassengesellschaft, in: Die Zeit online, 11.05.2021, https://www.zeit.de/2021/20/soziale-ungleichheit-corona-krise-einkommen-armut-reichtum-wirtschaft/komplettansicht (Zugriff: 22.02.2022)*

## M4 Geringverdiener besonders von Coronakrise betroffen

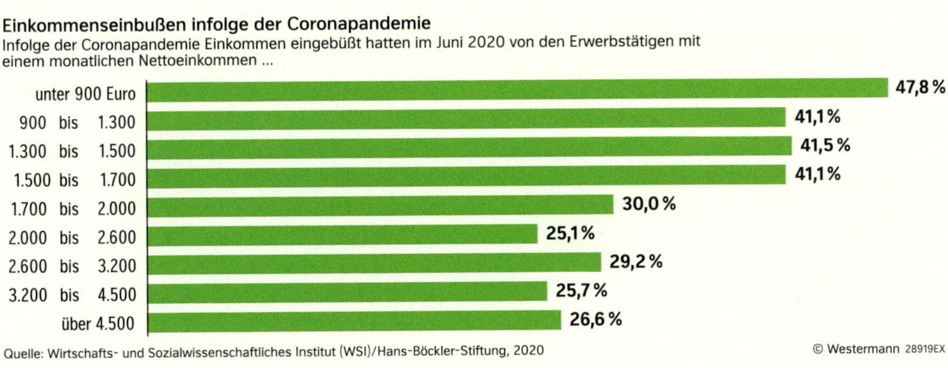

## M5 Vor- und Nachteile des Homeoffice

Rückblickend hat sich in Deutschland viel verändert. So zieht das Institut der deutschen Wirtschaft (IW) in Köln nach zwei Jahren Pandemie Bilanz: In Deutschland arbeiteten vor Ausbruch der Pandemie im internationalen Vergleich deutlich weniger Menschen mobil oder im Homeoffice als anderswo. Mit dem ersten Lockdown im März 2020 und durch die zwischenzeitlich verfügte Homeofficepflicht stiegen die Zahlen rapide an. In der Spitze arbeitete im Februar 2021 fast die Hälfte der abhängig Beschäftigten von zu Hause aus. [...]

„Homeoffice gilt als zeitgemäß und schick, Präsenz als altbacken – doch davor würde ich warnen", sagt Oliver Stettes, Leiter des Kompetenzfelds Arbeitsmarkt und Arbeitswelt beim IW. Das Arbeiten zu Hause sei weder gut noch schlecht, sondern schlicht eine von zwei Arbeitsformen. Beide hätten ihre Berechtigung. Mit der Hoffnung auf ein Ende der globalen Gesundheitskrise treten nun die grundsätzlichen Fragen über Vor- und Nachteile mobiler Arbeit wieder verstärkt in den Fokus.

Betriebliche Notwendigkeiten und individuelle Belange müssen austariert werden. „Dort, wo man im Verlauf der Pandemie festgestellt hat, dass es nicht die richtige Arbeitsform ist, wird man ziemlich geräuschlos zur Präsenz zurückkehren, wenn die Umstände das erlauben", prognostiziert Stettes. Wenn allerdings die Wünsche der Beschäftigten nach Homeoffice und die Pläne von insbesondere kleinen Unternehmen auseinandergehen, berge das Potenzial für Konflikte. [...]

Ob Homeoffice funktioniert oder nicht, sei keine Frage der jeweiligen Branche, sondern hat laut Stettes viel mit Menschen zu tun [...]. So sei es durchaus denkbar, dass innerhalb eines Betriebes zwei scheinbar ähnlich funktionierende Bereiche sich langfristig in unterschiedlichen Arbeitsformen organisieren. Für Führungskräfte bringt das viel Verantwortung. Kritisch werde es, so Stettes, wenn etwa die Vertrauensbasis nicht ausreiche oder die Führungskraft meint, dass ein Mitarbeiter oder eine Mitarbeiterin nicht willens oder in der Lage ist, die fürs Homeoffice nötige Eigenverantwortung zu übernehmen.

Denn Autonomie im Homeoffice bedeutet auch: Verantwortung für die eigene Leistung übernehmen. [...] „Ein ‚Ich habe mich wahnsinnig angestrengt' genügt nicht, wenn am Ende kein Ergebnis erreicht wird oder externes Feedback nicht gut ausfällt", sagt Stettes. In solchen Fällen müsse man signalisieren, dass der Mitarbeiter die Verantwortung für das Arbeitsergebnis zu übernehmen hat. „Das kann im Extremfall damit verbunden sein – wenn man flexible Entgeltsysteme oder Leistungsmanagementsysteme hat –, dass sich das auf dem Konto ausdrückt. Und dann hört für viele der Spaß am Homeoffice auf", so Stettes.

*Vera Schmiedeberger, Von der Präsenzkultur ins Homeoffice, in: Tagesschau.de, Hamburg: NDR, 19.01.2022, https://www.tagesschau.de/wirtschaft/unternehmen/homeoffice-bilanz-zwei-jahre-101.html (Zugriff: 22.02.2022)*

## M6 Verbesserte Vereinbarkeit, schwierige Abgrenzung

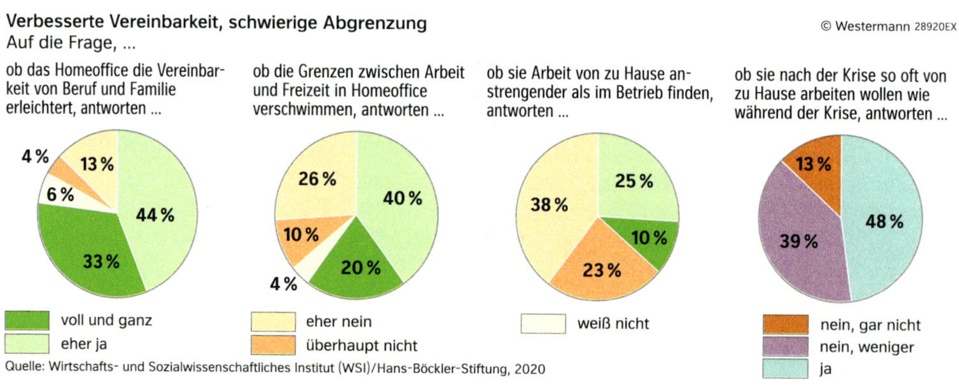

## M7 Grenzenlose Arbeitswelt?

Die Gewerkschafter treibt eine Passage im Papier über die Sondierungsergebnisse von SPD, Grünen und FDP um. Dort heißt es, man wolle Gewerkschaften und Arbeitgeber dabei unterstützen, „flexible Arbeitszeitmodelle zu ermöglichen". Arbeitnehmer sollen ihre Arbeitszeit flexibler gestalten können, wenn auch nur im Rahmen von Tarifverträgen, unter bestimmten Voraussetzungen und zeitlich befristet. „Experimentierräume" nennen das die Sondierer. Insbesondere die FDP hatte vor der Wahl darauf gedrängt, dass Betriebe ihre Beschäftigten in Zeiten abendlicher Mails und geballter Arbeit vor Stichtagen einsetzen können, ohne mit dem Arbeitszeitgesetz in Konflikt zu geraten. [...]

Das Arbeitszeitgesetz besagt im Kern, dass beinahe alle Arbeitnehmer, ausgenommen etwa leitende Angestellte, maximal 48 Stunden in der Woche arbeiten dürfen, in Ausnahmefällen auch 60 Stunden. Nach spätestens sechs Stunden Arbeit müssen Sie eine Pause machen, nach der Arbeit stehen ihnen elf Stunden Ruhezeit zu. Laut dem Arbeitgeberverband BDA ist dies in Zeiten digitalen Arbeitens nicht mehr zeitgemäß.

DGB-Chef Hoffmann dagegen fürchtet eine Entgrenzung der Arbeitszeit, hinein in den Feierabend – mit zusätzlicher Belastung der Beschäftigten. „Mit der Gesundheit von Arbeitnehmerinnen und Arbeitnehmern experimentiert man nicht", sagt Hoffmann. Arbeitgeber und Gewerkschaften hätten bereits genug Flexibilität ermöglicht. Schon jetzt leisteten die Beschäftigten jedes Jahr zwei Milliarden Überstunden, die Hälfte davon werde nicht bezahlt.

*DGB-Chef warnt vor Entgrenzung der Arbeitszeit, in: Süddeutsche Zeitung online, 15.11.2021, https://www.sueddeutsche.de/wirtschaft/dgb-arbeitszeitgesetz-reiner-hoffmann-1.5464522 (Zugriff: 22.02.2022)*

**GLOSSAR**

**Gewerkschaften**

## M8 Erreichbarkeit im Homeoffice

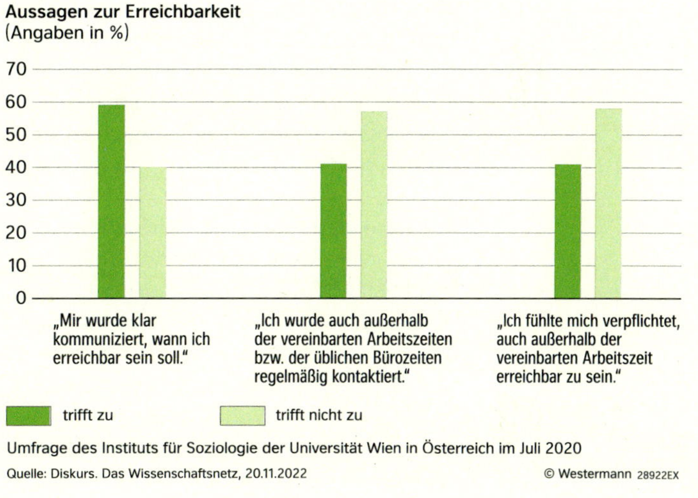


**1** Erklären Sie den Unterschied zwischen Homeoffice und mobiler Arbeit (M1).

**2** Analysieren Sie M2 im Hinblick auf das Potenzial und die Quote für Homeoffice.

**3** **a)** Fassen Sie die Entwicklungen der sozialen Unterschiede nach M3 zusammen.
**b)** Beurteilen Sie folgende Aussage: „Gibt es mehr Homeoffice, dann profitieren davon finanziell die Menschen, die sowieso schon gut verdienen."

**4** Analysieren Sie die Grafik M4.

**5** **a)** Beschreiben Sie die Bedeutung der Coronapandemie für die Arbeit im Homeoffice (M5).
**b)** Stellen Sie die Vor- und Nachteile der Arbeit im Homeoffice dar (M5).

**6** Analysieren Sie M6 unter dem Aspekt der Vermischung von Arbeitszeit und Freizeit.

**7** Nehmen Sie Stellung zu den Befürchtungen des DGB-Chefs in M7.

**8** Analysieren Sie die Grafik M8.

**9** Entwickeln Sie in Partnerarbeit Richtlinien für die Arbeit im Homeoffice, gehen Sie dabei auf die folgenden Punkte ein: soziale Unterschiede, Verdienst, Arbeitszeiten, Ausstattung, Stromkosten, Kinderbetreuung.

# Die wirtschaftliche Entwicklung Deutschlands und Europas im Zeitalter von Globalisierung und Digitalisierung

## Grundlagen des Wirtschaftens

**Wirtschaften** ist keine optionale Tätigkeit, vielmehr bestimmt die Notwendigkeit zu wirtschaften unseren Alltag, denn die Bedürfnisse der Menschen sind unbegrenzt, die Ressourcen zur Befriedigung dieser Bedürfnisse allerdings nicht.

## Wirtschaftsordnungen

**Wirtschaftsordnungen** umfassen die grundlegenden „Spielregeln", nach denen Individuen und wirtschaftliche Einheiten zusammenarbeiten. Zentral für die Ausgestaltung einer Wirtschaftsordnung sind die Fragen nach Preisbildung, Lenkung, Planung und Eigentum an Produktionsmitteln.
Wird die Preisbildung durch Angebot und Nachfrage geregelt und gibt es Privateigentum, so handelt es sich um eine **freie Marktwirtschaft**, bei der die Produktion der Güter sowie der Preis durch den Markt bestimmt werden.
In der **Zentralverwaltungswirtschaft** steht die Planerfüllung im Vordergrund, diese erfolgt mittels Festlegung von Preisen und Gütern durch eine staatliche Planungskommission.
Die **soziale Marktwirtschaft** der Bundesrepublik greift die Grundprinzipien der freien Marktwirtschaft auf, ergänzt diese jedoch um den Gedanken des sozialen Ausgleichs. Daher kennzeichnet sich diese Wirtschaftsordnung durch eine Kombination von Freiheits- und Sozialstaatsprinzip. Das Grundgesetz schreibt keine bestimmte Wirtschaftsordnung vor, das heißt, es ist wirtschaftspolitisch neutral. Allerdings legt es durchaus Anforderungen an eine Wirtschaftsordnung fest, wie beispielsweise die Gewährleistung des Privateigentums oder den sozialstaatlichen Anspruch.

## Ziele und Instrumente staatlicher Wirtschaftspolitik

Die grundlegenden Ziele der staatlichen Wirtschaftspolitik in der Bundesrepublik Deutschland formuliert das Gesetz zur Förderung der Stabilität und des Wachstums der Wirtschaft, kurz **Stabilitätsgesetz**, von 1967. Diese Ziele bestehen in einem stabilen Preisniveau, Vollbeschäftigung, außenwirtschaftlichem Gleichgewicht sowie einem stetigen und angemessenen Wirtschaftswachstum. Dies wird auch als „Magisches Viereck" bezeichnet, da zwischen einigen Zielen Zielkonflikte auftreten.
Die Ziele werden im Einzelnen wie folgt gemessen: Von Vollbeschäftigung ist die Rede, wenn die **Arbeitslosenquote** unter drei Prozent liegt. Die wichtigste Kenngröße zur Bestimmung des Wirtschaftswachstums ist das **Bruttoinlandsprodukt (BIP)** als Maßeinheit für die wirtschaftliche Leistung einer Volkswirtschaft in einem bestimmten Zeitraum. Als angemessenes Wachstum gilt eine jährliche Steigerung des BIP um mehr als zwei Prozent. Das Preisniveau einer Volkwirtschaft hängt im Wesentlichen vom Grad der Inflation oder Deflation ab, das heißt der Geldentwertung oder einer extrem verringerten Geldmenge. Die **Inflationsrate** soll möglichst nicht über zwei Prozent liegen. Von einem außenwirtschaftlichen Gleichgewicht spricht man, wenn die vom Ausland empfangenen **Zahlungseingänge** mit den **Zahlungsausgängen** übereinstimmen.
Beobachtet man die wirtschaftliche Entwicklung einer Volkswirtschaft über einen längeren Zeitraum, zeigt sich eine zyklische Entwicklung, die mehr oder weniger starken Schwankungen unterworfen ist. In einem **Konjunkturzyklus** folgt auf eine Phase des Aufschwungs (Expansion) eine Phase der Hochkonjunktur (Boom), an die sich wiederum eine Phase des Abschwungs anschließt (Rezession), welche ihren Tiefpunkt mit der Depression erreicht. Das BIP als Kenngröße dient dazu, den Stand der wirtschaftlichen Entwicklung zu bestimmen.

## Wirtschaftspolitische Konzeptionen

Befindet sich die Wirtschaft in einer Rezession oder Depression, gibt es wirtschaftspolitische Möglichkeiten, um der Krise entgegenzuwirken. Grundsätzlich werden dabei **angebotsorientierte und nachfrageorientierte Wirtschaftspolitik** unterschieden.

Der **Monetarismus** nach Milton Friedman legt dabei den Schwerpunkt auf die Angebotsseite und verlangt eine eher passive Rolle des Staates mit minimalen Eingriffen, sodass der Markt sich selbst reguliert. Dem Staat fällt die Aufgabe zu, die Wettbewerbsbedingungen zu verbessern und für eine stabile Geldpolitik zu sorgen.
Der **Keynesianismus** nach John Maynard Keynes verfolgt eine gänzlich andere Strategie. Hier fällt dem Staat eine aktive Rolle zu, um die Nachfrageseite zu stärken. Der Staat stärkt die Nachfrage durch antizyklische Maßnahmen und investiert in rezessiven Phasen.
Eine Untersuchung der Finanzkrise 2008 und der Coronakrise 2020/21 zeigt, dass in der Realität sowohl der Monetarismus als auch der Keynesianismus zur Anwendung kommen.

### Herausforderungen der Wirtschaftspolitik

Das 21. Jahrhundert stellt die Wirtschaft vor vollkommen neue Herausforderungen. Es gilt, den Klimawandel zu begrenzen und die Energiewende umzusetzen, was enorme Investitionen erfordert.
Gleichzeitig steht der Arbeitsmarkt durch die Digitalisierung vor einem grundlegenden Umbau, der sich auf die verschiedenen Berufsgruppen auswirkt. Berufe, die früher noch häufig nachgefragt wurden, kommen durch Digitalisierung und Automatisierung ohne menschliche Arbeitskraft aus.
Geopolitisch werden die westlichen Demokratien auch wirtschaftlich durch das chinesische Wachstum herausgefordert, denn spätestens seit der Belt Road Initiative wird deutlich, dass China danach strebt, die USA als stärkste Wirtschaftsmacht abzulösen.

### Entwicklung und Zukunft der Europäischen Wirtschafts- und Währungsunion

Die Mitglieder der Europäischen Union (EU) profitieren von den vier Freiheiten des europäischen **Binnenmarktes**, die im freien Personen-, Dienstleistungs-, Waren- und Kapitalverkehr bestehen. Innerhalb der Eurozone mit derzeit 19 Mitgliedstaaten wird außerdem eine gemeinsame Geld- und Währungspolitik betrieben. Allerdings haben die jüngsten Wirtschaftskrisen auch die ökonomischen Schwächen der EU offengelegt. So ist es innerhalb der Währungsunion nicht gelungen, die Konvergenzkriterien für alle Mitglieder umzusetzen.
Die EU versucht, mittels ihrer **Wettbewerbspolitik** das Funktionieren des Binnenmarktes sicherzustellen, indem sie etwa Preisabsprachen, der Aufteilung von Märkten oder künstlichen Produktionsbegrenzungen entgegenwirkt.
Die **Agrarpolitik** der EU zielt auf eine Unterstützung der europäischen Landwirte ab, um ihre Lebensgrundlage zu sichern und den ländlichen Raum zu fördern. Zugleich steht zunehmend die Frage nach einer umweltschonenden Agrarpolitik im Fokus.
Die **Handelspolitik** der EU wird einerseits durch neue geopolitische Herausforderungen und andererseits durch die Ziele des Klimaschutzes und eines fairen Welthandels bestimmt. Die Zukunft wird zeigen, ob die EU diese Ziele auch nachhaltig umsetzen kann.
Das **System der Europäischen Zentralbanken** räumt der Preisniveaustabilität die höchste Priorität ein. Durch den Einsatz geldpolitischer Mittel, wie beispielsweise die Höhe der Leitzinsen oder Mindestreserve, versucht die EZB, dieses Ziel zu erreichen. Die Realzinsentwicklung zeigt jedoch die Folgen einer zu expansiven Geldpolitik der EZB auf, mit der sie den bisherigen Krisen auf den globalen Finanzmärkten entgegengetreten ist.

### Wirtschaft ohne Wachstum?

Der vom Club of Rome in Auftrag gegebene Bericht **„Grenzen des Wachstums“** machte bereits 1972 deutlich, dass ein stetiges Wirtschaftswachstum mit Blick auf Ressourcen und Umwelt nicht ohne Folgen bleiben wird. Hieraus ergibt sich die zentrale Fragestellung, ob es eine Wirtschaft ohne Wachstum überhaupt geben kann.
Der **Ansatz der Postwachstumsökonomie** verfolgt einen Rückbau industrieller und globaler Wertschöpfungsketten zugunsten regionaler und lokaler Wirtschaftseinheiten, die weitgehend autonom agieren. Dem gegenüber steht das **Konzept eines ökologischen Umbaus**, der eine ressourcen- und umweltschonendere Produktionsweise anstrebt.

# 5.

LIKE THE OCEANS WE RISE
SYSTEM CHANGE NOT CLIMATE CHANGE
Keine Kohle mehr für
Fehlstunden verkaufen

# Legitimität einer politischen Ordnung

Zeichnung: Christiane Pfohlmann

*„Wahlen allein machen noch keine Demokratie."*

Barack Obama (*1961), ehemaliger US-Präsident (2009–2017), zitiert nach: Pierre Heumann, Obamas großes Versprechen, in: Handesblatt online, 04.06.2009, https://www.handelsblatt.com/politik/international/barack-obama-obamas-grosses-versprechen/3191220-all.html (Zugriff: 17.01.2022)

*„Demokratie heißt, sich in seine eigenen Angelegenheiten einzumischen."*

Max Frisch (1911–1991), Schriftsteller, zitiert nach: Zitate zur Demokratie und politischer Teilhabe, Berlin: Berlin Institut für Partizipation, https://www.bipar.de/zitate/ (Zugriff: 17.01.2022)

*„Ich halte den Grundsatz, daß im Bereich der Regierung die Mehrheit eines Volkes das Recht habe, schlechthin alles zu tun, für gottlos und abscheulich, und dennoch leite ich alle Gewalt im Staat aus dem Willen der Mehrheit ab."*

Alexis de Tocqueville (1805–1859), französischer Historiker und Politiker, in: Ders., Über die Demokratie in Amerika, hrsg. v. J. P. Mayer, Stuttgart: Reclam, 2006, S. 145

# 5.1 Legitimität und Legalität politischer Herrschaft

## Politische Grundbegriffe

**Viele Wissenschaften stehen vor dem Problem, dass sie ihren eigenen Grundbegriff und zentralen Betrachtungsgegenstand nicht endgültig und allumfassend zu definieren vermögen. So hat die Soziologie einige Schwierigkeit, klar zu sagen, was denn nun eigentlich diese Gesellschaft ist, genauso diffizil wird es in der Medizin, wenn gesund und krank trennscharf geschieden werden sollen. Der Politikwissenschaft und dem Politikbegriff ergeht es da ganz ähnlich.**

### M1 Was ist Politik?

„Politik ist die autoritative (von Regierenden, von Herrschenden) verfügte Verteilung von materiellen und immateriellen Werten in der Gesellschaft."

*David Easton (1954/1964), zit. n.: Carl Böhret et al., Innenpolitik und politische Theorie: Ein Studienbuch, 3. Aufl., Opladen: Westdt. Verlag, 1988, S. 3*

„Die spezifische politische Unterscheidung, auf welche sich die politischen Handlungen und Motive zurückführen lassen, ist die Unterscheidung von Freund und Feind."

*Carl Schmitt, Der Begriff des Politischen, 3. Aufl., Berlin: Duncker & Humblot, 1991 (1963; Erstausg. 1932), S. 26*

„Der Gegenstand und das Ziel der Politik ist der Friede. [...] Der Friede ist die politische Kategorie schlechthin."

*Dolf Sternberger, Begriff des Politischen. Der Friede als der Grund und das Merkmal und die Norm des Politischen, Frankfurt a. M.: Insel, 1961, S. 18*

„Politik ist jenes menschliche Handeln, das auf die Herstellung und Durchsetzung allgemeinverbindlicher Regelungen und Entscheidungen (d. h. von ‚allgemeiner Verbindlichkeit') in und zwischen Gruppen von Menschen abzielt."

*Werner J. Patzelt, Einführung in die Politikwissenschaft, 7. Aufl., Passau: Rothe, 2013 (2001), S. 22*

„Politik ist Kampf um die rechte Ordnung."

*Heinrich von der Gablentz, Einführung in die Politische Wissenschaft, Köln/Opladen: Westdeutscher Verl. 1965, S. 14*

„Wer Politik treibt, erstrebt Macht."

*Max Weber, Politik als Beruf, München/Leipzig: Duncker & Humblot, 1919, S. 5*

„Unter Politik verstehen wir den Begriff der Kunst, die Führung menschlicher Gruppen zu ordnen und zu vollziehen."

*Arnold Bergstraesser, Führung in der modernen Welt, Freiburg: Rombach 1961, S. 35*

„Politik (ist) der Kampf um Veränderung oder Bewahrung bestehender Verhältnisse."

*Christian Graf von Krockow (1976), zit. n.: Carl Böhret et al., Innenpolitik und politische Theorie (s. o.), S. 3*

„[D]er Sinn von Politik [ist] Freiheit [...]."

*Hannah Arendt, Was ist Politik? Fragmente aus dem Nachlaß (aus der Zeit 1950–1959), hrsg. v. Ursula Ludz, München: Piper 1993, S. 28*

### M2 Die Lösung ...?

## M3 Der Machtbegriff und dessen Typologie

| Gesichter der Macht | Ausübungsformen der Macht |
|---|---|
| **Durchsetzungsmacht:** die Fähigkeit, eine Entscheidung durchzusetzen, zum Beispiel eine Fernstraße so und nicht anders bauen zu lassen | **offen angewendete Macht:** konkrete Machtanwendung im Einzelfall, zum Beispiel mit Polizei eine Demonstration auflösen |
| **Verhinderungsmacht:** die Fähigkeit, die Durchführung einer Entscheidung zu verhindern, zum Beispiel durch das Einlegen des Vetos im Weltsicherheitsrat | **vorauswirkende Macht:** durch die Androhung des Einsatzes von Machtmitteln und die damit verbundene Vorauswirkung das gewünschte Verhalten herbeiführen, zum Beispiel durch bloßes Vorzeigen der Folterinstrumente |
| **kommunikative Macht:** jene Begriffe prägen, anhand welcher erörtert wird, was durchgesetzt oder verhindert werden soll, zum Beispiel indem man „Stabilisierungseinsatz einer taktischen Reserve“ statt „Kampfeinsatz“ sagt | **strukturelle Macht:** Konstruktion der staatlichen und sozialen Strukturen in einer solchen Weise, dass einige stets bessere Chancen haben als andere, ihren Willen durchzusetzen, zum Beispiel Dreiklassenwahlrecht in Preußen |

**INFO**

**Macht**
Ausübung von Herrschaft über andere; der deutsche Soziologe Max Weber definiert den Begriff so: „Macht bedeutet jede Chance, innerhalb einer sozialen Beziehung den eigenen Willen auch gegen Widerstreben durchzusetzen, gleichviel, worauf diese Chance beruht.“ *(in: Ders., Wirtschaft und Gesellschaft, 5. Aufl., Tübingen: Mohr, 1972 (1922), S. 28)*

## M4 Der Staat und seine Funktionen und Organisationsformen

Das moderne Staatsverständnis beinhaltet drei Definitionskriterien: das Staatsgebiet, das Staatsvolk und die Staatsmacht. So kann definiert werden: Ein Staat ist ein politisches System, welches über Machtmonopolisierung die Gewalt über eine begrenzte Bevölkerung auf einem begrenzten Gebiet ausübt.

### Funktionen des Staates

- Die historisch bedeutsamste Hauptfunktion des Staates ist dabei, eine innere Ordnung herzustellen und Sicherheit nach außen zu gewährleisten.
- Bei modernen Staaten kommt die Legitimations- und Rechtsstaatsfunktion hinzu, also das genaue Abstecken der Rechte der Bürger untereinander und gegenüber dem Staat.
- In unterschiedlichen Ausprägungen kommen Staaten oft auch einer Wohlfahrtsfunktion nach, indem sie für die Grundlagen wirtschaftlicher Entwicklung sorgen und ggf. auch sozialen Ausgleich herbeiführen.

*Autorentext*

### Typologie der Staatsformen

Schon in der Antike hat man sich mit Staatsformen auseinandergesetzt und so kam das berühmte aristotelische Sechserschema zustande. Der griechische Philosoph unterteilte die Staatsformen zum einen nach der Anzahl der Herrschenden (einer, wenige, viele) und zum anderen in „gute“ und „entartete“ staatliche Formen, also danach, ob die staatliche Ordnung den Regierten oder den Regierenden nützte.

| | | | |
|---|---|---|---|
| „gute“ staatliche Form (zum Wohle der Allgemeinheit) | Monarchie | Aristokratie | Demokratie |
| „entartete“ staatliche Form (zum Eigennutz weniger) | Tyrannis | Oligarchie | Anarchie |

© Westermann 28923EX

Staatsformen nach Aristoteles

**GLOSSAR**

**Demokratie**
**Legitimität**
**Macht**
**Politik**
**Staat**

**INFO**

**Oligarchie**
griech.: Herrschaft der Wenigen

**Anarchie**
griech.: Herrschaftslosigkeit, oft auch Chaos

**1** Wählen Sie die Politikdefinitionen aus, die Ihnen am meisten und am wenigsten zusagen, und begründen Sie Ihre Auswahl (M1).

**2** Nehmen Sie Stellung zur These des Graffitis „Keine Macht für niemand“ (M2).

**3** Benennen Sie eigene Beispiele für Gesichter und Ausübungsformen der Macht (M3).

**4** Erläutern Sie am Beispiel der Bundesrepublik Deutschland, wie sie die drei Funktionen des Staates erfüllt (M4).

# Legitime Herrschaft

**INFO**

**Max Weber** (1864–1920) deutscher Soziologe und Ökonom; sein Werk gilt als Klassiker der Geistes- und Sozialwissenschaften.

**INFO**

Zum Teil wird zudem der Typ der **ideokratischen Herrschaft** unterschieden, der häufig theokratische Gestalt annimmt; aber auch faschistische und sozialistische/kommunistische Regime bedienten sich dieser Begründungsstrukturen. Hierbei ist Herrschaft durch weltanschauliche oder religiöse Setzungen begründet. Ihr Zweck ist die Umsetzung bzw. Verwirklichung einer von der Masse der Beherrschten anerkannten Ideologie oder Religion.

**Der deutsche Soziologe Max Weber definierte Herrschaft wie folgt: „Herrschaft soll heißen die Chance, für einen Befehl bestimmten Inhalts bei angebbaren Personen Gehorsam zu finden.“ (Wirtschaft und Gesellschaft, 5. Aufl., Tübingen: Mohr, 1972 (1922), S. 28)**
**Von Macht (siehe Info S. 301) unterscheidet sich Herrschaft für Weber dadurch, dass sie auf relativ dauerhaften sozialen Beziehungen beruht und zu einer gewissen Institutionalisierung eines Über- und Unterordnungsverhältnisses führt. Damit ein Befehl Gehorsam findet, bedarf es zusätzlich seiner Legitimität, sonst wäre die Durchsetzung reiner Zwang.**
**Der Schlüsselbegriff der Legitimität wird oft verwechselt mit dem Begriff der Legalität. Legalität bedeutet so viel wie „gemäß den Gesetzen“, demnach gilt: Ein Handeln ist legal, wenn es der aktuell gültigen Gesetzeslage entspricht. Nun ist einsichtig, dass es durchaus Gesetze geben kann, die zwar gültig sind und auch durchgesetzt werden, aber ungerecht oder gar absurd erscheinen. Hier stellt sich die Frage nach der Legitimität, was so viel bedeutet wie „Anerkennungswürdigkeit“. Ein Staat oder Herrscher bzw. ein Gesetz ist dann legitim, wenn er oder es auch unabhängig von geltenden Rechtsnormen als rechtmäßig anerkannt wird. Wer die Begriffe Legalität und Legitimität vermischt, unterscheidet nicht zwischen Sein und Sollen, also dem Ist-Zustand und dem Gerechtigkeitsideal. Außerdem gibt es durchaus den Fall, dass ein Handeln zwar im Allgemeinen für illegitim erachtet wird, es aber trotzdem nicht illegal ist. Ein Staat ist nicht nur darauf gegründet, dass er das Gewaltmonopol innehat. Er bedarf der Rechtfertigung (Legitimation), wenn die in ihm lebenden Menschen die vom Staat beanspruchte Autorität akzeptieren sollen. Rechtfertigungsgründe stiften erst jene Folgebereitschaft, welche Herrschaft ermöglicht.**

## M 1 Herrschaftstypologie nach Max Weber

Max Weber unterscheidet klassischerweise drei Typen legitimer Herrschaft:

- Die **legal-rationale Herrschaft** basiert auf Rechtsregeln und sachlicher Kompetenz der politischen Verantwortungsträger. Die maßgebliche, allen anderen Normen übergeordnete Rechtsregel ist die Verfassung. Diese Herrschaftsform ist in der Moderne am weitesten verbreitet.
- Die **traditionale Herrschaft** fußt auf der Autorität der Tradition bzw. der Unantastbarkeit der von jeher geltenden Ordnung, welcher der Status der Gottgewolltheit zugeschrieben wird. Auf dynastischer Erbfolge beruhende Monarchien, die sich auf jahrhundertelange Anerkennung stützen können, sind diesem Herrschaftstyp zuzuordnen.
- Die **charismatische Herrschaft** gründet auf der persönlichen Ausstrahlung und Anziehungskraft eines Einzelnen. Typisches Kennzeichen ist die Hingabe einer Gefolgschaft an einen Führer, dem sie übermenschliche Fähigkeiten zutraut.

In der Realität kommen freilich nur Mischformen dieser idealtypischen Unterscheidungen vor. Oft wandelt sich das Legitimationsverhältnis über die Zeit. So ist es oft unausweichlich, dass ein zu Beginn charismatisch auftretender Führer auf Dauer seine Macht durch legal-rationale Institutionalisierung festigen muss.

*Autorentext*

Typen der Herrschaftslegitimation (nach Max Weber)

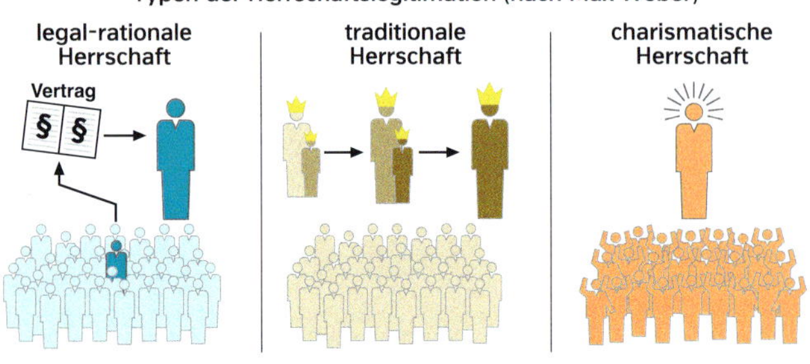


| Herrschaftstyp | Legitimitätskraft | Träger | Prinzip | Organisationsstruktur | Zugangskriterium |
|---|---|---|---|---|---|
| Legalität | Satzung | Reglement | Rationalität | Bürokratie | Kompetenz |
| Tradition | Heiligkeit | „Sitte“ | Billigkeit | Patronage | Privileg |
| Charisma | Affekt | Person | Verkündung | Gefolgschaft | Treue |

Nach: dtv-Atlas Politik, Politische Theorie - Politische Systeme - Internationale Beziehungen, Bonn 2011, S. 668 (verändert)  28927EX

## M2 Recht, Charisma, Tradition oder Ideologie?

Olaf Scholz
wurde 1958 in Osnabrück geboren. Er studierte Rechtswissenschaften und war ab 1985 als Rechtsanwalt tätig. Bereits 1975 trat er in die SPD ein, wo er sich bei den Jusos engagierte. 2001 wurde er Mitglied im Parteivorstand der SPD und bekleidete verschiedene Spitzenämter der Partei. Nach mehrjähriger Mitgliedschaft im Bundestag war er von 2011 bis 2018 Erster Bürgermeister der Stadt Hamburg. Unter Kanzlerin Merkel war er Finanzminister und Vizekanzler. 2021 wurde Scholz zum Kanzlerkandidaten der SPD für die anstehende Bundestagwahl nominiert. Die SPD ging als stärkste Partei hervor und koalierte mit den Grünen und der FDP. Am 8. Dezember 2021 wurde Olaf Scholz verfassungsgemäß von einer Mehrheit des Deutschen Bundestages zum 9. Bundeskanzler der Bundesrepublik Deutschland gewählt.

Napoleon Bonaparte
wurde 1769 in Ajaccio auf Korsika geboren. Während der französischen Revolution machte er in der französischen Armee Karriere. Vor allem durch seine Feldzüge in Italien und Ägypten wurde er bekannt. Im Zuge des Staatsstreiches des 18. Brumaire ergriff Napoleon 1799, zuerst als Teil eines dreiköpfigen Konsulats, die Macht in Frankreich. Unter neuer Verfassung, die durch eine geschönte Volksabstimmung bestätigt wurde, ließ er sich zunächst für zehn Jahre zum Ersten Konsul mit weitreichenden Vollmachten wählen. 1804 krönte er sich dann unter Anwesenheit des Papstes selbst zum Kaiser der Franzosen. Nach dem Zusammenbruch seiner Herrschaft 1814 gelang es ihm 1815 noch einmal, aus dem Exil zurückzukehren und in kurzer Zeit ein Heer von 125.000 Mann aufzustellen, das bei Waterloo endgültig geschlagen wurde.

Lenin
wurde als Wladimir Iljitsch Uljanow 1870 in Simbirsk geboren. Seit 1887 setzte sich er für eine kommunistische Revolution in Russland ein. Nachdem er deswegen verhaftet und nach Sibirien verbannt worden war, verbrachte Lenin ab 1900 viele Jahre im Exil. 1917 wurde das Zarenregime in der „Februarrevolution“ gestürzt, daraufhin kehrte er zurück und übernahm im November mit den Bolschewiken (radikaler Teil der Sozialdemokratischen Arbeiterpartei Russlands) die Macht. Beim Umbau Russlands in die Sowjetunion folgte er der Überzeugung, den von Karl Marx bestimmten historischen Gesetzen zu folgen und mit der Errichtung eines weltweiten Kommunismus die Unterdrückung der Arbeiterklasse zu überwinden. Wahlen erschienen ihm nicht als notwendig.

Karl der Große
wurde vermutlich 747 oder 748 geboren. Er entstammte der heute als Karolinger bezeichneten Adelsfamilie, die – angefangen mit Karls Vater Pippin dem Jüngeren – ab 751 die Merowinger als Könige des Frankenreichs ablöste. Nach dem Tod des Vaters wurde das Reich zunächst zwischen Karl und seinem Bruder aufgeteilt – beide herrschten als unabhängige Könige über ihren Teil. Nach dem überraschenden Tod des Bruders übernahm Karl auch dessen Reichsteile. Im Jahre 800 wurde Karl von Papst Leo III. in Rom, anknüpfend an die erloschene römische Tradition, zum Kaiser gekrönt. Dies sollte auch als Titel mit heilsgeschichtlichen Aspekten interpretiert werden und war mit politischen Ansprüchen gegenüber der gesamten westlichen Christenheit verbunden.

GLOSSAR
**Ideologie**

Olaf Scholz

Napoleon

Lenin

Karl der Große

**1** Erklären Sie die drei Formen legitimer Herrschaft nach Max Weber (M1).
**2** Ordnen Sie die Beispiele aus M2 begründet M1 zu.
**3** Recherchieren Sie weitere historische und aktuelle Beispiele für die jeweiligen Formen legitimer Herrschaft und charakterisieren Sie diese anhand der in M1 genannten Kriterien.
**4** Nehmen Sie Stellung zu der These, dass Wahlen die einzig wahre Möglichkeit der Legitimation von Herrschaft heute darstellen.

# Zehn Arten, einen theoretischen Text zu lesen

Oft lautet die Aufgabe zum Lesen eines Klassikers der politischen Theorie: „Geben Sie den Inhalt des Textes wieder." Dies nennt man **objektive Hermeneutik**. Leider überfordert dieser ganzheitliche Ansatz den am Anfang stehenden Lernenden oft.
Um sich dem Text schrittweise zu nähern, sollte man sich das Thema des Textes vor Augen halten. Es kann für das Beispiel von Thomes Hobbes auf S. 305 mit „Warum braucht es überhaupt einen Staat?" zusammengefasst werden.
Nachdem wir das Thema wissen, steht die Frage im Raum, mit welchem Ziel der Autor einen solchen Text schrieb, was er bezweckte (**intensionalistische Hermeneutik**)?
Eng verwandt damit ist die Frage nach dem **kulturellen Kontext** des Autors in seiner Zeit, ohne den ein adäquates Textverständnis kaum möglich ist.

| Perspektive | typische Form der Fragestellung / Aufgabenstellung |
|---|---|
| objektive Hermeneutik | Geben Sie den Inhalt des Textes wieder. |
| analytische Philosophie | Bestimmen Sie die Kernbegriffe und zeigen Sie deren argumentative Verknüpfung auf. |
| Dialektik | Ordnen Sie die Kernbegriffe des Textes in Oppositionspaare zueinander an und beschreiben Sie das Spannungsverhältnis. |
| intensionalistische Hermeneutik | Erschließen Sie die Schreibabsicht von Thomas Hobbes. |
| kultureller Kontext | Erläutern Sie die Aussagen im kulturellen und zeitgeschichtlichen Kontext von Thomas Hobbes. |
| philosophische Hermeneutik | Der Text befasst sich mit der Frage: „Warum soll es überhaupt einen Staat geben und worin liegt der Nutzen für die Menschen?" Formulieren Sie vor dem Lesen Ihre Erwartungen an den Text, indem Sie sich diese Frage selbst beantworten, und konfrontieren Sie dieses Vorverständnis mit dem folgenden Textverständnis. |
| Dekonstruktivismus | Formulieren Sie, was nicht im Text steht. Welche Themen und Probleme werden von Thomas Hobbes ausgespart? |
| Phänomenologie | Beschreiben Sie Ihre eigenen Gedanken und Empfindungen bei der Lektüre des Textes. |
| Konstruktivismus | Beschreiben Sie Ihre eigenen Erfahrungen zum Thema „Notwendigkeit von Staatlichkeit". |
| Strukturalismus | Ordnen Sie den Text einer Textart zu und schreiben Sie die Inhalte in einer anderen Textart nieder. |

Auch ist es umgekehrt möglich, sich anhand des Themas des Textes vor dem Lesen eigene Gedanken zur Problemstellung zu machen, um diese dann später mit dem Textinhalt zu vergleichen (**philosophische Hermeneutik**).
Nach dem Vergleich der eigenen (heutigen) Erwartungen an die vorliegende theoretische Auseinandersetzung wird man nun vereinzelt feststellen, dass einige davon nicht erfüllt wurden und der Autor sich mit diesen Problemen gar nicht befasst hat. Die Methode, sich zu fragen, was nicht im Text steht, obwohl es dahin gehören könnte, nennt man **Dekonstruktivismus**.
Nachdem man den Text zum ersten Mal gelesen hat, kann man sich auch nach der Wirkung des Textes auf einen selbst befragen (**Phänomenologie**). Zugegebenermaßen eignet sich der vorliegende Text von Thomas Hobbes dazu nicht besonders gut, da er sehr theoretisch ist. Bei einer Rede eines Politikers kann das schon ganz anders sein.
Um unter die Oberfläche des Textes in seine Tiefenstruktur zu gelangen, bietet sich die **analytische Perspektive** an. Hierbei werden Kernbegriffe ermittelt und es wird versucht, diese zu definieren.
Die **Dialektik** wiederum ist eine konkrete Form der Analyse, die versucht, einen Sachverhalt aus dem Gegensatz zweier Begriffe heraus zu erklären. Hierbei werden Oppositionspaare gebildet, um deren Spannungsverhältnis fruchtbar zu machen.
Nach der intensiven Zerlegung des Textes kann auf kreative Weise der Kerngedanke des Textes durch Niederschreiben eigener Erfahrungen zum Thema Bürger und Staat weiterentwickelt werden (**Konstruktivismus**).
Schließlich kann über die Auseinandersetzung mit der Textart eine produktive Vertiefung des Textverständnisses vollzogen werden (**Strukturalismus**). Oft gut geeignet für diese Zwecke sind die Formen der politischen Rede, aber auch die Fabel oder Parabel bieten sich hier für pointierte Aussagen an.

# Thomas Hobbes: Vom Naturzustand des Menschen

Die Natur hat die Menschen sowohl in Hinsicht der Körperkräfte als der Geistesfähigkeiten einen wie den andern gleichmäßig begabt; und wenngleich einige mehr Kraft oder Verstand als andere besitzen, so ist der hieraus entstehende Unterschied im Ganzen betrachtet dennoch nicht so groß, dass der eine sich diesen oder jenen Vorteil versprechen könne, welchen der andere nicht auch zu hoffen berechtigt sei. In Ansehung der körperlichen Kraft wird man gewiss selten einen so schwachen Menschen finden, der nicht durch List, oder in Verbindung mit andern, die mit ihm in gleicher Gefahr sind, auch den stärksten zu töten fähig sein sollte. [...]
Hierauf gründet sich nun auch die Hoffnung, die ein jeder zur Befriedigung seiner Wünsche hegt. So oft daher zwei ein und dasselbe wünschen, dessen sie aber beide nicht zugleich teilhaftig werden können, so wird einer des andern Feind und, um die vorgesetzte Absicht, welche mit der Selbsterhaltung immer verbunden ist, zu erreichen, werden beide dahin trachten, sich den andern entweder unterwürfig zu machen oder ihn zu töten. Sooft daher jemand ein etwas einträglicheres Stück Land besitzt, es besät, bepflanzt und bebaut hat, und sein Nachbar Lust bekommt, ihn anzugreifen, weil er nur den Widerstand dieses Einzigen und sonst nichts zu fürchten hat, so darf er nur die freiwillige Beihilfe anderer abwarten, um jenem nicht bloß die ganze Frucht seiner Arbeit, sondern auch Leben und Freiheit zu rauben: Indes werden sie, sobald Stärkere über sie kommen, ein Gleiches erleiden müssen.
Bei dieser großen Furcht, welche die Menschen allgemein gegeneinander hegen, können sie sich nicht besser sichern als dadurch, dass einer dem andern zuvorkommt oder so lange fortfährt, durch List und Gewalt sich alle anderen zu unterwerfen, als noch andere da sind, vor denen er sich zu fürchten hat. Dies ist aber nicht mehr, als was durch die Selbsterhaltung nötig gemacht und von jedermann zugegeben wird. Wenn diejenigen, welche mit mäßigen Besitzungen zufrieden sind, nur sich und das ihrige zu verteidigen, nicht aber ihre Macht dadurch zu vermehren suchen, dass sie andere selbst angreifen, so würden sie nicht lange bestehen können, weil es Menschen gibt, die entweder aus Gefühl ihrer Macht oder aus Ruhmsucht sich die ganze Erde sogar gern unterwürfig machen möchten. Deshalb muss jedem auch die gewaltsame Vermehrung seiner Besitzungen um der nötigen Selbsterhaltung willen zugestanden werden. [...]
Mitbewerbung, Verteidigung und Ruhm sind die drei hauptsächlichsten Veranlassungen, dass sich die Menschen miteinander veruneinigen. Mitbewerbung zielt auf Herrschaft und veranlasst Streit über Gewinn; Verteidigung hat Sicherheit zur Absicht und streitet für Wohlfahrt; Ruhm strebt nach einem guten Namen und bewirkt oft über geringfügige Dinge Uneinigkeiten wie zum Beispiel über ein Wort, ein Lächeln, eine Äußerung und über jeden Beweis der Geringschätzung entweder unserer selbst, oder unserer Freunde und Anverwandten, oder unseres Vaterlandes, Gewerbes und Namens.
Hieraus ergibt sich, dass ohne eine einschränkende Macht der Zustand der Menschen ein solcher sei, wie er zuvor beschrieben wurde, nämlich ein Krieg aller gegen alle. Denn der Krieg dauert ja nicht etwa nur so lange, als tätige Feindseligkeiten geübt werden, sondern solange der Vorsatz herrscht, Gewalt mit Gewalt zu vertreiben. [...]
Was auch nur mit dem Krieg aller gegen alle verbunden ist, das findet sich auch bei den Menschen, die ihre Sicherheit einzig auf ihren Verstand und auf ihre körperlichen Kräfte gründen müssen. Da findet sich aber auch kein Fleiß, weil kein Vorteil davon zu erwarten ist; es gibt keinen Ackerbau, keine Schifffahrt, keine bequemen Wohnungen, keine Werkzeuge höherer Art, keine Länderkenntnis, keine Zeitrechnung, keine Künste, keine gesellschaftlichen Verbindungen; statt alles dessen ein tausendfaches Elend; Furcht, gemordet zu werden, stündliche Gefahr, ein einsames, kümmerliches, rohes und kurz dauerndes Leben.

*Thomas Hobbes, Leviathan (13. Kapitel), übersetzt von Jacob Peter Mayer, Stuttgart: Reclam 1998, S. 112 ff.*

**INFO**

**Thomas Hobbes** (1588–1679) Der englische Staatstheoretiker und Philosoph gilt als bedeutender Vertreter eines aufgeklärten Absolutismus.

**Ermittelte Kernbegriffe:**

Naturzustand

Freiheit

Gleichheit

Macht

Selbsterhaltung / Konkurrenz

Sicherheit / Schutz

Gefahr / Gewalt / Krieg

Feindschaft

### Analytische Philosophie

Der Mensch stellt im Naturzustand in seiner allgemeinen Gleichheit und Freiheit prinzipiell sowohl einen von allen Gefährdeten als auch einen Gefährder für alle anderen in einer Person dar. Verschärft wird dieser Zusammenhang durch die Konkurrenzsituation eines jeden Menschen mit seinen Nächsten. Durch die Unsicherheit über die Motive des jeweils anderen sind produktive Zusammenschlüsse zum gemeinschaftlichen Wirtschaften irrational und werden aus Angst vermieden, es kommt zur Flucht oder zum Kampf aller gegen alle.

### Dialektik

Im zweiten Schritt lässt sich zu den meisten ermittelten Kernbegriffen ein sinnvolles Gegenstück finden. Idealerweise kann man die Spalten der Tabelle in diesem Fall gleich nach Naturzustand und Gesellschaftszustand zugehörig sortieren, was gleichsam zu einer Charakterisierung dieser Zustände durch die weiteren Begriffe führt.
So kann nun aus dem Text von Thomas Hobbes auf S. 305 auf Basis des Begriffspools aus Kernbegriffen, ihren Gegenstücken und identifizierten Definitionen in einem dritten Schritt beispielsweise ein Schaubild erstellt werden.

| Begriff | Gegenbegriff |
|---|---|
| Naturzustand | Gesellschafts-/ Rechtszustand |
| Individuum | Gesellschaft |
| Freiheit | Beschränkungen/ Unterwerfung |
| Gleichheit | Hierarchie |
| Anarchie/Chaos | Recht/Gesetz |
| ständige Gefahr | Sicherheit |
| Feind | Freund |
| Krieg/Gewalt | Frieden |

### Intentionalistische Hermeneutik

Das Ziel von Thomas Hobbes war es, der politischen Führung eines Staates ein vernunftbasiertes Fundament an die Hand zu geben. Dies zeigt sich zum Beispiel darin, dass Gott in seinem Werk begrifflich vorkommt, für die Argumentation aber keine Bedeutung hat bzw. nur sinnbildlich vom Staat als dem „sterblichen Gott“ gesprochen wird.
Hobbes argumentiert für eine starke absolutistische Monarchie und hofft, mit diesen Begründungsmustern die Legitimität einer solchen zu steigern, um mögliche weitere Bürgerkriege zum Schaden aller zu vermeiden.

### Kultureller Kontext

Das 17. Jahrhundert in England war geprägt von Auseinandersetzungen zwischen den Königen (Jakob I. und Karl I.) und dem Parlament. Diese Konflikte um religiöse Deutungshoheit (Streit zwischen Katholiken und Protestanten) und Macht (wer hat das Recht, neue Steuern zu erheben) führten zu langwierigen militärischen Auseinandersetzungen zwischen König und Parlament und endeten letztlich in einem Bürgerkrieg. Dieser wurde erst durch den Heerführer Oliver Cromwell beendet, der sich zum Lord Protector ernennen ließ, eine Art Diktator auf Lebenszeit.

### Dekonstruktivismus

Thomas Hobbes konstruiert ein sehr rationalistisches und vor allem negatives Menschenbild. Die Menschen seien frei und gleich, aber auch erbarmungslose, egoistische, ruhmsüchtige Konkurrenten. Dieses Menschenbild entspricht nicht gerade unseren täglichen Erfahrungen und auch Hobbes hat vermutlich, obwohl er in einem Zeitalter des Bürgerkriegs lebte, auch andere Seiten des menschlichen Daseins kennengelernt, unterschlägt diese aber in seinen Ausführungen völlig.
Wahrscheinlich tut Hobbes dies deshalb, weil er stets um Macht kämpfende Männer vor seinem geistigen Auge hatte, als er den Text verfasste. Menschen, die seit Generationen friedlich in kleinen Gemeinden leben und sich oftmals blind gegenseitig vertrauen (ein Begriff, der bei Hobbes nicht vorkommt), spielen in seiner Theorie keine Rolle. Hobbes benötigt dieses rationalistische, negative Menschenbild nicht zuletzt, damit seine Theorie funktioniert und um die Leserinnen und Leser zu überzeugen.

**1** Analysieren Sie einen theoretischen Text Ihrer Wahl (z. B. von S. 307–317) und nutzen Sie dabei die Methode: Zehn Arten, einen theoretischen Text zu lesen.

# 5.2 Politische Theorien

## Hobbes: Wozu braucht es einen Staat?

### M1 Der Unterwerfungsvertrag als Ausweg

Die Absicht und Ursache, warum die Menschen bei allem ihrem natürlichen Hang zur Freiheit und Herrschaft sich dennoch entschließen konnten, sich gewissen Anordnungen, welche die bürgerliche Gesellschaft erfordert, zu unterwerfen, lag in dem Verlangen: sich selbst zu erhalten und ein bequemeres Leben zu führen; oder mit andern Worten, aus dem elenden Zustand eines Kriegs aller gegen alle gerettet zu werden. [...] Alles, was die natürlichen Gesetze fordern, wie zum Beispiel Gerechtigkeit, Billigkeit und kurz, *andern das zu tun, was wir wünschen, dass es uns von andern geschehe*, ist, wenn die Furcht vor einer Zwangsmacht wegfällt, den natürlichen Leidenschaften, dem Zorn, Stolz und den Begierden aller Art gänzlich zuwider.
Gesetze und Verträge können an und für sich den Zustand des Kriegs aller gegen alle nicht aufheben; denn sie bestehen in Worten, und bloße Worte können keine Furcht erregen [...].
Ebenso wenig kann die beabsichtigte Sicherheit dadurch erreicht werden, dass sich nur einige wenige Menschen miteinander verbinden, weil bei einer geringen Anzahl die durch die wenigen Verbündeten erhaltene Verstärkung den Sieg ungewiss macht und den Feinden umso mehr Mut einflößt. [...]
Es mögen ihrer aber noch so viele sein, so werden sie weder gegen auswärtige Feinde noch untereinander sicher sein können, wenn sie nämlich nach dem Urteil und der Willkür vieler Personen handeln müssen. [...]
Um aber eine allgemeine Macht zu gründen, unter deren Schutz gegen auswärtige und innere Feinde die Menschen bei dem ruhigen Genuss der Früchte ihres Fleißes und der Erde ihren Unterhalt finden können, ist der einzig mögliche Weg hierzu der: dass jedweder alle seine Macht oder Kraft einem oder mehreren Menschen übertrage, wodurch der Wille aller gleichsam in einen Punkt vereinigt wird; sodass dieser eine Mensch, oder diese eine Gesellschaft eines jeden einzelnen Stellvertreter werde, und ein jeder die Handlungen jener so betrachte, als habe er sie selbst getan, weil sie sich dem Willen und Urteil jener freiwillig unterworfen haben. Dies fasst aber noch etwas mehr in sich als Übereinstimmung und Eintracht; denn es ist eine wahre Vereinigung in eine Person und beruht auf dem Vertrag eines jeden mit einem jeden, wie wenn ein jeder zu einem jeden sagte: „Ich übergebe mein Recht, mich selbst zu regieren, diesem Menschen oder dieser Gesellschaft unter der Bedingung, dass du ebenfalls dein Recht über dich ihm oder ihr abtretest." Auf diese Weise werden alle Einzelnen eine Person und heißen Staat oder Gemeinwesen. So entsteht der große Leviathan oder, wenn man lieber will, der sterbliche Gott, dem wir unter dem ewigen Gott allein Frieden und Schutz zu verdanken haben. Dieses von allen und jedem übertragene Recht bringt eine so große Macht und Gewalt hervor, dass durch sie die Gemüter aller zum Frieden unter sich gern geneigt gemacht und zur Verbindung gegen auswärtige Feinde leicht bewogen werden. Dies macht das Wesen eines Staats aus, dessen Definition folgende ist:
*Staat ist eine Person, deren Handlungen eine große Menge Menschen, kraft der gegenseitigen Verträge eines jeden mit einem jeden, als ihre eigenen angehen, damit dieselbe nach ihrem Gutdünken die Macht aller zum Frieden und zur gemeinschaftlichen Verteidigung anwende.*

*Thomas Hobbes, Leviathan (17. Kapitel), übersetzt von Jacob Peter Mayer, Stuttgart: Reclam, 1998, S. 151 ff.*

Titelbild des „Leviathan" von Thomas Hobbes

**GLOSSAR**

**Staat**

**FILMTIPP**

**Hero**
Spielfilm, VR China, 2002, Regie: Zhang Yimou
Ein Attentäter arbeitet sich zum chinesischen Kaiser vor, um einen Tyrannenmord zu begehen.

**INFO**

**Zusätzliche Kernbegriffe:**
Frieden
Recht / Gesetz
Staat / Gesellschaft

**QUERVERWEIS**

**Methode: Zehn Arten, einen theoretischen Text zu lesen,**
S. 304 ff.

1. Ermitteln Sie die Kernbegriffe in M1 und fassen Sie den Text mit diesen zusammen.
2. Entwickeln Sie aus den beiden Texten von Thomas Hobbes eine Fabel (S. 305 und M1).
3. Überprüfen Sie mithilfe des Dekonstruktivismus, welche Problemstellungen Thomas Hobbes in M1 übersieht oder bewusst ignoriert.

# Locke: Repräsentation, Gewaltenteilung (I), Widerstandsrecht

INFO

**John Locke** (1632–1704) englischer Philosoph und bedeutender Vertreter der Aufklärung

GLOSSAR

**Aufklärung**
**Gewaltenteilung**

## M 1 Zwei Abhandlungen über die Regierung

**2. Kapitel: Der Naturzustand**

**§ 4.** [...] Es ist ein Zustand *vollkommener* Freiheit, innerhalb der Grenzen des Gesetzes der Natur ihre Handlungen zu regeln und über ihren Besitz und ihre Persönlichkeit so zu verfügen, wie es ihnen am besten scheint, ohne dabei jemanden um Erlaubnis zu bitten oder vom Willen eines anderen abhängig zu sein. Es ist darüber hinaus ein *Zustand der Gleichheit*, in dem alle Macht und Rechtsprechung wechselseitig sind, da niemand mehr besitzt als ein anderer: Nichts ist einleuchtender, als dass Geschöpfe von gleicher Gattung und von gleichem Rang, die ohne Unterschied zum Genuss derselben Vorteile der Natur und zum Gebrauch derselben Fähigkeiten geboren sind, ohne Unterordnung und Unterwerfung einander gleichgestellt leben sollen. [...]

**§ 6.** Aber obgleich dies ein Zustand *der Freiheit* ist, so ist es doch kein *Zustand der Zügellosigkeit*. Der Mensch hat in diesem Zustand eine unkontrollierbare Freiheit, über seine Person und seinen Besitz zu verfügen; er hat dagegen nicht die Freiheit, sich selbst oder irgendein in seinem Besitz befindliches Lebewesen zu vernichten [...]. Im *Naturzustand* herrscht ein natürliches Gesetz, das jeden verpflichtet. Und die Vernunft, der dieses Gesetz entspricht, lehrt die Menschheit, wenn sie sie nur befragen will, dass niemand einem anderen, da alle gleich und unabhängig sind, an seinem Leben und Besitz, seiner Gesundheit und Freiheit Schaden zufügen soll. Denn alle Menschen sind das Werk eines einzigen allmächtigen und unendlich weisen Schöpfers. [...] Und da sie alle mit den gleichen Fähigkeiten versehen wurden und alle zur Gemeinschaft der Natur gehören, so kann unter uns auch keine *Rangordnung* angenommen werden, die uns dazu ermächtigt, einander zu vernichten, als wären wir einzig zum Nutzen des anderen geschaffen, so wie die untergeordneten Lebewesen zu unserem Nutzen geschaffen sind. [...]

**5. Kapitel: Das Eigentum**

**§ 27.** Obwohl die Erde und alle niederen Lebewesen allen Menschen gemeinsam gehören, so hat doch jeder Mensch ein Eigentum an seiner eigenen Person. Auf diese hat niemand ein Recht als nur er allein. Die *Arbeit* seines Körpers und das *Werk* seiner Hände sind, so können wir sagen, im eigentlichen Sinne sein Eigentum. [...]

**9. Kapitel: Die Ziele der politischen Gesellschaft und der Regierung**

**§ 123.** Wenn der Mensch im Naturzustand so frei ist, wie gesagt worden ist, wenn er der absolute Herr seiner eigenen Person und seiner Besitztümer ist, dem Größten gleich und niemandem untertan, warum soll er auf seine Freiheit verzichten? Warum soll er seine Selbstständigkeit aufgeben und sich der Herrschaft und dem Zwang einer anderen Gewalt unterwerfen? Die Antwort darauf liegt auf der Hand: Obwohl er nämlich im Naturzustand ein solches Recht hat, so ist doch die Freude an diesem Recht sehr ungewiss, da er fortwährend den Übergriffen anderer ausgesetzt ist. Denn da jeder im gleichen Masse König ist wie er, da alle Menschen gleich sind und der größere Teil von ihnen nicht genau die Billigkeit und Gerechtigkeit beachtet, so ist die Freude an seinem Eigentum, das er in diesem Zustand besitzt, sehr ungewiss und sehr unsicher. Das lässt ihn bereitwillig einen Zustand aufgeben, der bei aller Freiheit voll von Furcht und ständiger Gefahr ist. Und nicht grundlos trachtet er danach und ist dazu bereit, sich mit anderen zu einer Gesellschaft zu verbinden, die bereits vereinigt sind oder doch die Absicht hegen, sich zu vereinigen, zum gegenseitigen Schutz ihres Lebens, ihrer Freiheiten und ihres Vermögens, was ich unter der allgemeinen Bezeichnung *Eigentum* zusammenfasse.

**§ 124.** Das große und *hauptsächliche Ziel*, weshalb Menschen sich zu einem Staatswesen zusammenschließen und sich unter eine Regierung stellen, *ist* also *die Erhaltung ihres Eigentums*. Dazu fehlt es im Naturzustand an vielen Dingen:

*Erstens* fehlt es an einem *feststehenden*, geordneten und bekannten *Gesetz*, das durch allgemeine Zustimmung als die Norm für Recht und Unrecht und als der allgemeine Maßstab zur Entscheidung ihrer Streitigkeiten von ihnen allen angenommen und anerkannt ist. [...]

**§ 125.** *Zweitens* fehlt es im Naturzustand an einem *anerkannten und unparteiischen Richter*, mit der Autorität, alle Zwistigkeiten nach dem feststehenden Gesetz zu entscheiden. [...]

**§ 126.** *Drittens* fehlt es im Naturzustand oft an einer *Gewalt*, dem gerechten Urteil einen Rückhalt zu geben, es zu unterstützen und ihm die gebührende *Vollstreckung zu sichern.* [...]

**11. Kapitel: Vom Umfang der Legislative**

**§ 142.** Dies sind die *Grenzen*, die der *legislativen* Gewalt eines jeden Staates, gleichgültig welche Regierungsform er auch hat, gesetzt sind, und zwar durch das Vertrauen, das die Gesellschaft und das Gesetz Gottes und der Natur in sie gelegt haben.

Erstens muss sie nach *öffentlich bekanntgemachten, festen Gesetzen* regieren, die nicht für besondere Fälle geändert werden dürfen, sondern für reich und arm nur einen Rechtsgrundsatz kennen, für den Günstling am Hofe ebenso wie für den Bauern am Pflug.

Zweitens sollen diese Gesetze *auf* keinen anderen Zweck als *das Wohl des Volkes* ausgerichtet sein.

Drittens dürfen sie *keine Steuern* auf das Eigentum des Volkes *erheben ohne die Zustimmung des Volkes* selbst oder seiner Abgeordneten. [...]

Viertens darf und *kann die Legislative die gesetzgebende Gewalt* nicht auf irgendeinen anderen übertragen oder irgendwie anders anlegen, als es das Volk getan hat.

**12. Kapitel: Die legislative, exekutive und föderative Gewalt des Staates**

**§ 143.** [...] Bei der Schwäche der menschlichen Natur, die stets bereit ist, nach der Macht zu greifen, würde es jedoch eine zu große Versuchung sein, wenn dieselben Personen, die die Macht haben, Gesetze zu geben, auch noch die Macht in die Hände bekämen, diese Gesetze zu vollstrecken. Dadurch könnten sie sich selbst von dem Gehorsam gegen die Gesetze, die sie geben, ausschließen und das Gesetz in seiner Gestaltung wie auch in seiner Vollstreckung ihrem eigenen persönlichen Vorteil anpassen. Schließlich würde es dazu kommen, dass sie von den übrigen Gliedern der Gemeinschaft gesonderte Interessen verfolgen würden, die dem Zweck der Gesellschaft und Regierung zuwiderlaufen. Deshalb wird in wohlgeordneten Staaten, in denen das Wohl des Ganzen gebührend berücksichtigt wird, die *legislative* Gewalt in die Hände mehrerer Personen gelegt, die nach einer ordnungsgemäßen Versammlung selbst oder mit anderen gemeinsam die Macht haben, Gesetze zu geben, die sich aber, sobald dies geschehen ist, wieder trennen und selbst jenen Gesetzen unterworfen sind, die sie geschaffen haben. Dies ist eine neue und starke Verpflichtung für sie, darauf bedacht zu sein, dass sie ihre Gesetze zum öffentlichen Wohl erlassen.

**§ 144.** Da aber die Gesetze, die auf einmal und in kurzer Zeit geschaffen werden, eine immerwährende und dauernde Kraft haben und *beständig vollstreckt* oder befolgt werden sollen, ist es notwendig, dass eine *ständige Gewalt* vorhanden sei, die auf die *Vollziehung* der erlassenen und in Kraft bleibenden Gesetze achten soll. Und so geschieht es, dass die *legislative* und die *exekutive Gewalt* oftmals getrennt sind. [...]

**18. Kapitel: Tyrannei**

**§ 202.** *Überall, wo das Gesetz endet, beginnt Tyrannei*, wenn das Gesetz zum Schaden eines anderen überschritten wird. Und jeder, der in seiner Autorität über die ihm gesetzlich eingeräumte Macht hinausgeht und von der Gewalt, über die er verfügt, Gebrauch macht, den Untertanen etwas aufzuzwingen, was das Gesetz nicht erlaubt, hört damit auf, Obrigkeit zu sein. Er handelt ohne Autorität, und man darf ihm Widerstand leisten wie jedem anderen Menschen, der gewaltsam in das Recht eines anderen eingreift.

*John Locke, Zwei Abhandlungen über die Regierung (Two Treatises of Government, 1689, Datum 1690), übersetzt von Hans Jörn Hoffmann, hrsg. und eingeleitet von W. Euchner, Frankfurt a. M.: Suhrkamp, 1989, S. 122 ff., 131 ff., 174 ff., 177 ff., 183 ff., 206 ff.*

**1** Beschreiben Sie, wie John Locke den Naturzustand denkt (M1).

**2** Vergleichen Sie die Naturzustandskonzeption von Locke (M1) und Hobbes (S. 305).

**3** Arbeiten Sie Lockes Kernaussagen zur Notwendigkeit und Möglichkeit von Machtbändigung in einem Staatswesen heraus (M1).

# Montesquieu: Gewaltenteilung (II)

**INFO**

**Charles-Louis de Secondat, Baron de La Brède et de Montesquieu** (1689–1755) Französischer Schriftsteller und Staatstheoretiker; sein Hauptwerk „De l'esprit des lois" (1748) verhalf der Lehre von der Gewaltenteilung zum Durchbruch.

**GLOSSAR**

**Gewaltenteilung**

## M 1 Vom Geist der Gesetze

**Aufteilung der staatlichen Befugnisse**

Es gibt in jedem Staat drei Arten von Vollmacht: die legislative Befugnis, die exekutive Befugnis in Sachen, die vom Volk gerecht abhängen, und die exekutive Befugnis in Sachen, die vom Zivilrecht abhängen. Aufgrund der ersteren schafft der Herrscher oder Magistrat Gesetze auf Zeit oder für die Dauer, ändert geltende Gesetze oder schafft sie ab. Aufgrund der zweiten stiftet er Frieden oder Krieg, sendet oder empfängt Botschaften, stellt die Sicherheit her, sorgt gegen Einfälle vor. Aufgrund der dritten bestraft er Verbrechen oder sitzt zu Gericht über die Streitfälle der Einzelpersonen. Diese letztere soll richterliche Befugnis heißen und die andere schlichtweg exekutive Befugnis des Staates.

Politische Freiheit für jeden Bürger ist jene geistige Beruhigung, die aus der Überzeugung hervorgeht, die jedermann von seiner Sicherheit hat. Damit man diese Freiheit genieße, muss die Regierung so beschaffen sein, dass kein Bürger einen anderen zu fürchten braucht.

Sobald in ein und derselben Beamtenschaft die legislative Befugnis mit der exekutiven verbunden ist, gibt es keine Freiheit. Es wäre nämlich zu befürchten, dass derselbe Monarch oder derselbe Senat tyrannisch Gesetze erließ und dann tyrannisch durchführte.

Freiheit gibt es auch nicht, wenn die richterliche Befugnis nicht von der legislativen und von der exekutiven Befugnis geschieden wird. Die Macht über Leben und Freiheit der Bürger würde unumschränkt sein, wenn jene mit der legislativen Befugnis gekoppelt wäre, denn der Richter wäre Gesetzgeber. Der Richter hätte die Zwangsgewalt eines Unterdrückers, wenn jene mit der exekutiven Gewalt gekoppelt wäre. Alles wäre verloren, wenn ein und derselbe Mann bzw. die gleiche Körperschaft entweder der Mächtigsten oder der Adeligen oder des Volkes folgende drei Machtvollkommenheiten ausübte: Gesetze erlassen, öffentliche Beschlüsse in die Tat umsetzen, Verbrechen und private Streitfälle aburteilen. [...]

**Legislative Befugnis**

[Das Volk ist] genötigt, all das, was es nicht selbst machen kann, durch seine Repräsentanten machen zu lassen. [...] In den verschiedenen Distrikten müssen alle Bürger bei der Wahl der Repräsentanten das Recht zur Stimmabgabe besitzen, diejenigen ausgenommen, die in solch einem Elend leben, dass man ihnen keinen eigenen Willen zutraut. [...] [Das Volk] darf nur durch die Wahl der Repräsentanten an der Regierung mitwirken. [...] Die repräsentierende Körperschaft darf auch nicht für irgendeine eigenmächtige Beschlussfassung gewählt werden – was sie nicht gut zu leisten vermöchte –, sondern zur Schaffung von Gesetzen bzw. zur Kontrolle, ob die geschaffenen Gesetze richtig angewendet wurden. [...]

Stets gibt es im Staat Leute, die durch Geburt, Reichtum oder Auszeichnungen hervorragen. Wenn sie aber mit dem Volk vermengt würden und wie die anderen bloß eine Stimme besäßen, so würde die gemeinsame Freiheit für sie Sklaverei bedeuten. Sie hätten keinerlei Interesse an der Verteidigung der Freiheit, denn die meisten Beschlüsse würden zu ihren Ungunsten gefasst. Ihre Teilnahme an der Gesetzgebung muss daher ihrer anderweitigen Vorrangstellung innerhalb des Staates angemessen sein. Das trifft zu, wenn sie eine Körperschaft bilden, die das Recht hat, Unternehmungen des Volkes auszusetzen, genauso wie das Volk das Recht hat, die ihrigen auszusetzen. Auf diese Weise wird die legislative Befugnis sowohl der Adelskörperschaft als auch der gewählten Körperschaft der Volksvertreter anvertraut. Jede hat ihre Versammlungen und Abstimmungen für sich sowie getrennte Gesichtspunkte und Interessen.

**Exekutive Befugnis**

Die exekutive Befugnis muss in den Händen eines Monarchen liegen, weil in diesem Zweig der Regierung fast durchweg unverzügliches Handeln vonnöten ist, das besser von einem als von mehreren besorgt wird. [...] Es gäbe keine Freiheit mehr, wenn es keinen Monarchen gäbe und die exekutive Befugnis einer bestimmten, aus der legislativen Körperschaft ausgesuchten Personenzahl anvertraut wäre, denn die beiden Befugnisse wären somit vereint. [...]

**Richterliche Befugnis**

Richterliche Befugnis darf nicht von einem unabsetzbaren Senat verliehen werden, vielmehr muss sie von Personen ausgeübt werden, die nach einer vom Gesetz vorgeschriebenen Weise zu gewissen Zeiten im Jahre aus dem Volkskörper ausgesucht werden. Sie sollen ein Tribunal bilden, das nur so lange besteht, wie die Notwendigkeit es verlangt. In dieser Form wird die Gerichtsbefugnis, so gefürchtet sie unter den Menschen ist, sozusagen unsichtbar und nichtig, da sie weder mit einem bestimmten Stand noch einem bestimmten Beruf verbunden ist. Man hat nicht dauernd Richter vor der Nase. Gefürchtet ist das Amt, nicht die Beamten. [...] Die Richter müssen sogar aus dem Stand des Angeklagten stammen oder ihm ebenbürtig sein. Sonst könnte er sich in den Kopf setzen, er sei in die Hände voreingenommener Leute gefallen, die ihm Gewalt antun wollen. [...]

**Beziehungen zwischen den Trägern der Befugnisse**

Entscheidungsrecht nenne ich das Recht, von sich aus anzuordnen oder das von anderen Angeordnete zu ändern. Verhinderungsrecht nenne ich das Recht, einen von anderen gefassten Beschluss zu annullieren. [...]

Die Mitgliedschaft in der Adelskörperschaft soll erblich sein. [...] Indes könnte eine erbliche Gewalt versucht sein, ihren Sonderinteressen zu folgen und darüber die Interessen des Volkes zu vergessen. Daher muss dafür gesorgt werden, dass sie in Dingen, bei denen sie an der Korruption höchstlich interessiert ist, wie etwa bei Gesetzen zur Steuererhebung, lediglich durch ihr Verhinderungsrecht, nicht aber durch ihr Entscheidungsrecht an der Gesetzgebung teilhat.

[...] Wenn die exekutive Befugnis nicht das Recht besäße, die Unternehmungen der legislativen Körperschaft aufzuhalten, wäre diese letztere despotisch. [...] Indessen darf die legislative Befugnis nicht umgekehrt die Möglichkeit bekommen, die exekutive Befugnis aufzuhalten. Die Durchführung [d.h. die Exekutive] hat nämlich schon ihrer Natur nach ihre Grenzen, und ihre Begrenzung ist daher unnötig. [...] Wenn indes in einem freien Staat die legislative Befugnis nicht das Recht zum Eingriff in die exekutive Befugnis haben darf, hat sie doch das Recht zur Prüfung der Art und Weise, in der die von ihr verabschiedeten Gesetze durchgeführt worden sind, oder sollte die Möglichkeit dazu haben. [...]

Die exekutive Befugnis muss, wie gesagt, durch ihr Verhinderungsrecht an der Gesetzgebung beteiligt sein. Sonst sähe sie sich bald ihrer Sonderrechte beraubt. [...] Es gäbe keine Freiheit mehr, wenn der Monarch vermöge eines Entscheidungsrechts an der Gesetzgebung teilnehme. Dennoch ist seine Teilnahme an der Gesetzgebung für den Fall, dass er sich rechtfertigen muss, erforderlich. Darum muss er durch sein Verhinderungsrecht daran teilnehmen. [...] Es gibt keine Freiheit mehr, wenn die exekutive Befugnis an der Festsetzung der Erhebung der Staatsgelder anders als durch ihre Zustimmung mitwirkt. Sonst würde sie in dem wichtigsten Punkt der Gesetzgebung zur Legislative. [...]

**Resümee**

Das also ist die Grundverfassung der Regierung, von der wir reden. Die legislative Körperschaft setzt sich aus zwei Teilen zusammen. Durch ihr wechselseitiges Verhinderungsrecht wird der eine den anderen an die Kette legen. Beide zusammen werden durch die exekutive Befugnis gefesselt, die ihrerseits von der Legislative gefesselt wird.

*Charles-Louis de Secondat de Montesquieu, Vom Geist der Gesetze (1748), ausgewählt und übersetzt von Kurt Weigand, Stuttgart: Reclam, 1980, XI. Buch, 6. Kapitel, S. 212 ff. (verändert = Zwischenüberschriften z. T. ergänzt)*

**INFO**

**despotisch**
unumschränkt herrschend, herrisch, keinen Widerspruch duldend

**1** Stellen Sie Montesquieus Konzept der Gewaltenteilung (M1) in einem Schaubild dar.

**2** Diskutieren Sie, welche Elemente aus Montesquieus Überlegungen heute noch relevant sind.

**3** Überprüfen Sie, inwiefern sich die Gedanken Lockes (S. 308 f.) und Montesquieus im Grundgesetz niedergeschlagen haben.

# Rousseau: Der Gesellschaftsvertrag

**GLOSSAR**

Gesellschaft
Gesellschaftsvertrag

**Als das Werk „Der Gesellschaftsvertrag“ 1762 erschien, wurde es in den Niederlanden, Frankreich und Teilen der Schweiz sofort verboten. Es ist ein zentrales Werk der Aufklärung und stellt die Grundlage für zahllose politische Theoretiker, z. B. Karl Marx, in der Folge dar. Das Werk reißt demokratietheoretische Fragen auf, um welche bis heute gerungen wird.**

**INFO**

**Jean-Jacques Rousseau** (1712–1778) französischer Schriftsteller und Philosoph und bedeutender Vertreter der Aufklärung

## M1 Der Naturzustand

Das älteste und einzige naturgegebene gesellschaftliche Gebilde ist die Familie; dabei bleiben die Kinder nur so lange mit dem Vater verbunden, wie sie ihn brauchen, um sich zu erhalten. Hört dieses Bedürfnis auf, so löst sich das natürliche Band von selbst; für die Kinder entfällt dann die Verpflichtung zum Gehorsam gegen den Vater, für den Vater die Sorge für die Kinder; beide Teile erhalten ihre Unabhängigkeit wieder. Setzen sie die Gemeinschaft weiter fort, dann ist es keine naturgegebene, sondern eine freiwillige; die Familie besteht weiter aufgrund einer Übereinkunft.

Diese gegenseitige Freiheit ist eine Folge der menschlichen Natur. Das erste Gesetz des Menschen ist das der Selbsterhaltung; seine erste Pflicht die gegen sich selbst; sobald er imstande ist, seinen Verstand selbst zu gebrauchen, kann nur er allein die geeigneten Mittel zu seiner Erhaltung beurteilen und wird so sein eigener Herr.

Die Familie ist also, könnte man sagen, das Vorbild aller staatlichen Gebilde; das Oberhaupt gleicht dem Familienvater, das Volk den Kindern; beide gleich und frei geboren, entäußern sich ihrer Freiheit nur mit Rücksicht auf ihren Vorteil. Der einzige Unterschied besteht darin, dass in der Familie der Vater durch die Liebe zu seinen Kindern für seine Mühe entschädigt wird, während im Staat der Herrscher die Liebe zum Volk durch die Lust am Herrschen ersetzt. Hugo Grotius meint, nicht jede von Menschen ausgeübte Macht sei zugunsten der Beherrschten eingeführt; er führt die Sklaverei als Beispiel an. Diese Schlussfolgerung findet er, wie immer, dadurch, dass er das Recht aus den tatsächlichen Zuständen ableitet; eine zwar nicht sehr logische Methode, die aber für die Ansprüche der Gewaltherrscher nicht günstiger gedacht werden kann. (I,2)

**Von Herrschern und Beherrschten**

Der Mensch ist von Natur aus frei, und doch überall in Ketten. Manch einer hält sich für den Herrn der andern und ist noch stärker gekettet als sie. [...] (I,1)

Wenn kein Mensch von Natur aus eine berechtigte Macht über seinesgleichen besitzt und Gewalt kein Recht begründet, kann die Grundlage jeder rechtlich begründeten Macht nur im Übereinkommen zu suchen sein. [...]

Man wird mir einwenden, dass die Untertanen dem Gewaltherrscher doch Schutz und Sicherheit verdanken. Das ist richtig, aber was gewinnen sie dabei, wenn die Kriege, die der Ehrgeiz der Könige verursacht, ihre unersättliche Habgier, die Scherereien ihrer Beamten sie mehr zur Verzweiflung bringen als innere Zwistigkeiten? Was gewinnen sie, wenn diese Ruhe gerade eins ihrer Leiden ausmacht? Auch in Kerkern lebt man ruhig; genügt das, um sich darin glücklich zu fühlen? [...]

Bevor die Kinder in das Alter kommen, wo sie ihre eigene Vernunft gebrauchen können, darf der Vater in ihrem Namen die Bedingungen ihrer Existenz und ihrer Lebenshaltung festlegen, aber sie nicht unwiderruflich und bedingungslos verschenken; denn ein solches Geschenk widerspräche den Absichten der Natur und würde die natürlichen Grenzen der väterlichen Gewalt überschreiten.

Wenn eine angemaßte Regierungsgewalt gesetzlich werden sollte, müsste es dem Volke in jeder Generation freistehen, sie anzunehmen oder abzulehnen; dann würde aber die Regierung den Charakter der Willkür verlieren. Der Verzicht auf die eigene Freiheit schließt den Verzicht auf Menschentum, Menschenrechte und -pflichten in sich. Für einen solchen Verzicht gibt es überhaupt keinen Ersatz; er verträgt sich nicht mit der Natur des Menschen. (I,4)

**INFO**

„Alles ist gut, wie es aus den Händen des Schöpfers kommt, alles entartet unter den Händen des Menschen. Der Mensch zwingt ein Land, die Erzeugnisse eines anderen hervorzubringen, einen Baum, die Früchte eines anderen zu tragen. [...] Er verstümmelt seinen Hund, sein Pferd. [...] Alles dreht er um, alles entstellt er. Nichts will er haben, wie es die Natur gemacht hat, selbst den Menschen nicht.“

*Jean-Jacques Rousseau, Émile oder Über die Erziehung, vollständige Ausgabe, übersetzt v. Hermann Denhardt, 9. Aufl., Paderborn: Schöningh, 1989, S. 9*

**Der Gesellschaftsvertrag**

Diese Summe von Kräften kann aber nur durch das Zusammenwirken vieler erreicht werden. Wie kann der Einzelne seine Kraft und seine Freiheit, die doch die Hauptmittel zu seiner Erhaltung sind, zur Verfügung stellen, ohne sich selbst zu schaden und die Pflicht der Selbsterhaltung zu verletzen? Diese Schwierigkeit lässt sich, auf unseren Gegenstand angewandt, in folgende Formel fassen: „Eine Form der Gemeinschaft ist zu finden, in der die gemeinsame Kraft Person und Eigentum jedes Teilhabers schützt und verteidigt und in der jeder, der sich mit der Gesamtheit verbindet, nur sich selbst gehorcht und seine frühere Freiheit bewahrt." Dieses Grundproblem findet seine Lösung durch den Gesellschaftsvertrag. [...]

Wenn schließlich sich jeder der Gesamtheit zur Verfügung stellt, gibt er sich keinem Einzelnen; und da man jedem Teilhaber gegenüber dasselbe Recht erhält, das man ihm gegen sich einräumt, gewinnt jeder so viel, wie er verliert, und mehr Kraft zu seiner Erhaltung, als er bisher besaß.

Löst man demnach alles aus dem Gesellschaftsvertrage, was nicht wesentlich ist, dann ergibt sich folgender Wortlaut: „Alle unterstellen gemeinschaftlich ihre Person und ihre ganze Macht dem allgemeinen Willen als oberster Leitung; alle als Gesamtheit anerkennen jedes Mitglied als Bestandteil des unteilbaren Ganzen."

Dieser Akt der Gemeinschaftsbildung setzt sofort an die Stelle der einzelnen Vertragschließenden eine geistige Gesamtperson, die aus so viel Gliedern besteht, als diese Versammlung Stimmen hat, und die durch diesen Akt ihre Einheit, ihr gemeinsames Ich, ihr Leben und ihren Willen erhält. Diese öffentlich-rechtliche Person, die durch die Vereinigung aller physischen Personen entsteht, hieß früher Stadtrepublik [...]. (I,6)

**Einzelwille, Wille aller, Gemeinwille**

[T]atsächlich kann jedes Individuum, als Mensch betrachtet, einen eigenen Willen haben, der im Widerspruch steht mit dem Gemeinwillen, den er als Bürger hat, oder wenigstens von ihm abweicht. Sein Privatinteresse kann andere Forderungen an ihn stellen als das Gemeininteresse. Infolge seiner unabhängigen und freiwilligen Existenz kann er seine Verpflichtungen gegenüber der Allgemeinheit als eine freiwillige Leistung betrachten, deren Verlust den andern weniger schadet, als ihm die Erfüllung lästig fällt. Er kann die juristische Person, d.h. den Staat, als ein nur gedachtes Wesen ansehen, weil er keine physische Person ist, und hätte alle Rechte eines Bürgers ohne dessen Pflichten.

Eine solche ungerechte Handlung würde, wenn sie weiter um sich griffe, den Staat vernichten. Der Gesellschaftsvertrag enthält daher, um nicht bloß eine leere Form zu sein, folgende selbstverständliche, wenn auch nicht ausdrücklich angeführte Verpflichtung, auf der alle andern beruhen: Wer dem Gemeinwillen den schuldigen Gehorsam verweigert, wird durch den Staat zum Gehorsam gezwungen; mit andern Worten, man wird ihn zwingen, frei zu sein, denn nur unter dieser Bedingung wird jedem Bürger, der sich dem Vaterlande zur Verfügung stellt, seine persönliche Unabhängigkeit gewährleistet. (I,7)

Aus dem Vorhergesagten folgt, dass der Gemeinwille stets richtig ist und das allgemeine Wohl bezweckt, aber es folgt nicht, dass die Volksbeschlüsse immer geradlinig verlaufen. Man will immer sein Bestes, aber man erkennt es nicht immer. Das Volk lässt sich nie bestechen, aber es lässt sich oft täuschen, und nur dann scheint es das Schlechte zu wollen.

Oft besteht ein großer Unterschied zwischen dem Willen aller und dem Gemeinwillen. Dieser berücksichtigt nur das Gemeininteresse, der andere das Privatinteresse und besteht nur aus einer Summe von Einzelwillen. Aber zieht man von diesen Willensäußerungen die stärksten Gegensätze ab, die sich gegenseitig aufheben, so bleibt als Restsumme der Gemeinwille übrig.

Wenn bei den Beratungen eines hinreichend aufgeklärten Volkes die Staatsbürger keine Verbindung untereinander hätten, so würde sich der Gemeinwille immer aus der großen Zahl kleiner Differenzen ergeben, und der Beschluss wäre immer gut. Aber wenn sich Parteien und Sondergemeinschaften auf Kosten der großen Gemeinschaft bilden, so wird der Wille jeder dieser Gemeinschaften seinen Mitgliedern gegenüber allgemein und dem Staat gegenüber ein Sonderwille. Man kann dann sagen, dass die Zahl der Stimmen nicht mehr

**INFO**

**Kritik Rousseaus am Privateigentum**

„Der Erste, der ein Stück Land eingezäunt hatte und es sich einfallen ließ zu sagen: Dies ist mein, und der Leute fand, die einfältig genug waren, ihm zu glauben, war der wahre Gründer der bürgerlichen Gesellschaft."

*Jean-Jacques Rousseau, Diskurs über die Ungleichheit (Ed. Meier), übersetzt v. Heinrich Meier, 6. Aufl., Paderborn: Schöningh 2008, S. 173*

**INFO**

Die zahlreichen Übersetzungen von „Der Gesellschaftsvertrag" haben keine einheitliche Entsprechung für zentrale Kernbegriffe. So wird

**volonté particulière** mit „Einzelwille" oder „Sonderwille",

**volonté de tous** mit „Wille aller" oder „Gesamtwille" und

**volonté général** mit „allgemeiner Wille" oder „Gemeinwille" übersetzt.

gleich der Kopfzahl, sondern nur gleich der Anzahl der Gemeinschaften ist. Die Differenzen verringern sich zahlenmäßig und ergeben ein weniger allgemeines Resultat. Wenn schließlich eine dieser Gemeinschaften so groß ist, dass sie sich gegen alle anderen durchsetzen kann, so ist das Ergebnis nicht mehr eine Summe kleiner Differenzen, sondern eine einzige Differenz; dann gibt es keinen Gemeinwillen mehr, und die Meinung, die sich durchsetzt, ist eine Sondermeinung.

Um also den Gemeinwillen genau auszudrücken, darf es keine Sondergemeinschaften im Staate geben, und jeder Staatsbürger darf nur seine eigene Meinung äußern. [...] Gibt es Sondergebilde, so muss man ihre Zahl vermehren und ihre Ungleichheit verhüten, [...] diese Vorsichtsmaßregeln sind die einzig wirksamen, um den Gemeinwillen aufzuklären und die Täuschung des Volkes zu verhindern. (II,3)

**Rousseaus Antwort auf Repräsentation, Gewaltenteilung und Widerstandsrecht**

Die erste und wichtigste Folge der entwickelten Grundsätze ist, dass nur der Gemeinwille die Kräfte des Staates den Zwecken seiner Errichtung, d. h. dem Gemeinwohl entsprechend, leiten kann. Denn wenn der Gegensatz der Einzelinteressen zur Errichtung organisierter Gesellschaften genötigt hat, so war die Errichtung nur möglich bei Übereinstimmung dieser Interessen. Das Gemeinsame in den verschiedenen Interessen bildet das gesellschaftliche Band; und wenn nicht alle Interessen wenigstens in einem Punkt übereinstimmen, kann keine Gesellschaft existieren. Also muss die Gesellschaft einzig und allein mit Rücksicht auf die gemeinsamen Interessen geleitet werden.

Ich behaupte also: dass die Staatsgewalt, da sie nur in der Ausübung des Gemeinwillens besteht, niemals übertragen und dass ihr Träger, der nur ein Kollektivwesen ist, nur durch sich selbst dargestellt werden kann; die Regierung kann wohl übertragen werden, aber nicht der Wille. Denn wenn es nicht unmöglich ist, dass ein Einzelwille in irgendeinem Punkt mit dem Gemeinwillen übereinstimmt, so ist es wenigstens unmöglich, dass eine solche Übereinstimmung von Dauer und Bestand ist, denn der Sonderwille strebt von Natur nach Bevorzugung, der Gemeinwille nach Gleichheit. (II,1)

Wie die Staatsgewalt unübertragbar ist, so ist sie auch aus demselben Grunde unteilbar. Denn der Wille ist allen gemein oder er ist es nicht, er ist der des Volksganzen oder eines Teils. Im ersten Falle ist die Willenserklärung ein Akt der Staatsgewalt und hat Gesetzeskraft; im zweiten Falle ist es nur ein Sonderwille oder ein obrigkeitlicher Akt; es ist höchstens eine Verordnung. Da aber unsere Staatstheoretiker nicht das Prinzip der Staatsgewalt teilen können, teilen sie ihren Gegenstand, und zwar in Kraft und Willen; in gesetzgebende und ausführende Gewalt; in die Berechtigung, Steuern zu erheben, Recht zu sprechen und Krieg zu führen; in den Dienstbereich der inneren und der äußeren Angelegenheiten. Manchmal bringen sie alle diese Teile durcheinander, die sie ein andermal voneinander sondern. Sie machen aus dem Träger der Staatsgewalt ein phantastisches, zusammengeflicktes Wesen, als wenn sie den Menschen aus verschiedenen Körpern zusammensetzen wollten, von denen der eine nichts als Augen hätte, der Zweite nichts als Arme und der Dritte Füße und sonst nichts weiter. [...]

Bei einer Untersuchung der übrigen Einteilungen würde man finden, dass die Annahme einer Teilung der Staatsgewalt jedes Mal auf einem Irrtum beruht. Die Rechte, die man für Teile der Staatsgewalt hält, sind ihr sämtlich untergeordnet und setzen stets einen höchsten Willen voraus, den sie nur zur Ausführung bringen. (II,2)

Die Staatsgewalt kann aus demselben Grunde, der ihre Übertragung unmöglich macht, auch nicht in Vertretung ausgeübt werden. Sie besteht ihrem Wesen nach im Gemeinwillen, und der Wille kann nicht vertreten werden; er ist er selbst oder ein anderer, ein Mittelding gibt es nicht. Die Abgeordneten eines Volkes sind also nicht seine Vertreter und können es nicht sein; sie sind nur seine Beauftragten und können nichts zu einem endgültigen Abschluss bringen. Jedes Gesetz, das nicht vom Volk in Person bestätigt wird, ist nichtig; es ist gar kein Gesetz. Das englische Volk hält sich für frei; es irrt sich gewaltig.

Frei ist es nur während der Wahlen zum Parlament; sobald die Mitglieder gewählt sind, ist das Volk Sklave, einfach nichts. Der Gebrauch, den es während der kurzen Dauer seiner Freiheit von ihr macht, verdient durchaus den Verlust. (III,15) [...]

Solange sich mehrere vereinigte Menschen als einen einzigen Körper betrachten, haben sie nur einen einzigen Willen, der die gemeinsame Erhaltung und das allgemeine Wohl bezweckt. Dann sind alle Mittel des Staates wirksam und einfach, seine Grundsätze klar und einleuchtend; es gibt keine verwickelten, sich widersprechenden Interessen; das Gemeinwohl tritt überall klar hervor und verlangt nur gesunden Menschenverstand, um wahrgenommen zu werden. [...]

Aber wenn das staatliche Band sich zu lockern und der Staat sich aufzulösen beginnt, wenn die Sonderinteressen sich fühlbarer machen und die kleinen Gemeinschaften die große beeinflussen, dann leidet das Gemeininteresse und findet Gegner. Bei der Abstimmung herrscht keine Einstimmigkeit mehr, der Gemeinwille ist nicht mehr der Wille aller, es erheben sich Widersprüche und Debatten, und selbst die beste Ansicht geht erst nach langer Diskussion durch.

Wenn schließlich der Staat, seinem Untergange nahe, nur noch in einer leeren und trügerischen Form besteht und das Band der Gemeinschaft in allen Herzen zerrissen ist, wenn das allgemeinste Interesse schamlos den geheiligten Namen des Gemeinwohls im Munde führt, dann verstummt der Gemeinwille.

Alle lassen sich von heimlichen Beweggründen leiten und geben ihre Stimme so wenig als Staatsbürger ab, als wenn der Staat niemals bestanden hätte. Dann werden ungerechte Verordnungen, die nur Sonderinteressen bezwecken, missbräuchlich als Gesetze bezeichnet. Folgt daraus, dass der Gemeinwille vernichtet oder verdorben ist? Nein; er ist immer derselbe, unveränderlich und rein, aber er ist andern untergeordnet, die ihn verdrängen. [...] (IV,1)

**Mehrheit, Minderheit, Opposition?**

Außerhalb dieses Grundvertrages verpflichtet jeder Mehrheitsbeschluss die Minderheit; das ist eine Folge des Vertrages. Aber man fragt sich, wie ein Mensch frei und gleichzeitig gezwungen sein kann, sich einem anderen Willen zu fügen, der nicht der seine ist. Inwiefern ist die Gegenpartei frei und Gesetzen unterworfen, denen sie nicht zugestimmt hat?

Ich erwidere, die Frage ist schlecht gestellt. Der Staatsbürger willigt in alle Gesetze, selbst in die, die gegen seinen Willen durchgehen, und selbst in die, welche ihn bestrafen, wenn er eins zu übertreten wagt. Der stetige Wille aller Glieder des Staates ist der Gemeinwille; durch ihn sind sie Staatsbürger und frei.

Wenn man in einer Volksversammlung ein Gesetz beantragt, so fragt man genau genommen die Versammelten nicht, ob sie den Antrag billigen oder zurückweisen, sondern ob er dem Gemeinwillen entspricht, der der Wille der Versammlung ist. Jeder, der seine Stimme abgibt, sagt darüber seine Ansicht, und aus der Zählung der Stimmen ergibt sich die Erklärung des Gemeinwillens.

Wenn also die Gegenansicht durchdringt, so beweist das nur, dass ich mich geirrt habe und dass ich als allgemeinen Willen etwas Falsches angesehen habe. Wenn meine besondere Ansicht durchgedrungen wäre, hätte ich etwas anderes gemacht, als ich wollte; dann wäre ich nicht frei gewesen.

Das setzt allerdings voraus, dass das Wesen des Gemeinwillens in der Mehrheit besteht; wenn das nicht mehr der Fall ist, so gibt es keine Freiheit, welchen Beschluss man auch fasst. (IV,2)

*Jean Jacques Rousseau, Der Gesellschaftsvertrag (1762), übersetzt von Fritz Roepke, Rudolstadt: Greifenverlag, 1953, S. 7 f., 13 f., 18 f., 21, 59, 64, 66 (verändert)*

**1** Vergleichen Sie die Naturzustandskonzeption von Rousseau (M1) und Hobbes (S. 307).
**2** Erläutern Sie die Funktion und Legitimation des Gesellschaftsvertrags (M1).
**3** Stellen Sie die Beziehung von Einzelwille, Wille aller, Gemeinwille und Gemeinwohl grafisch dar (M1).
**4** Arbeiten Sie die Position Rousseaus zur Methode der Repräsentation und der Gewaltenteilung sowie zu einem Widerstandsrecht heraus (M1).
**5** Nehmen Sie Stellung zur Umsetzbarkeit von Rousseaus Gesellschaftsentwurf.
**6** Erörtern Sie Gefahren dieses Entwurfs im Umgang mit Minderheiten (M1).

# Mill: Liberalismus

**INFO**

**John Stuart Mill** (1806–1873) Der britische Politiker und Philosoph gilt als einer der einflussreichsten Vertreter des Liberalismus im 19. Jahrhundert. Sein Werk „Über die Freiheit" erschien 1859.

**GLOSSAR**

**Liberalismus**

## M1 Freiheit als Prinzip

Der Zweck dieser Abhandlung ist es, einen sehr einfachen Grundsatz aufzustellen, welcher den Anspruch erhebt, das Verhältnis der Gesellschaft zum Individuum in Bezug auf Zwang oder Bevormundung zu regeln, gleichgültig, ob die dabei gebrauchten Mittel physische Gewalt in der Form von gerichtlichen Strafen oder moralischer Zwang durch öffentliche Meinung sind. Dies Prinzip lautet: dass der einzige Grund, aus dem die Menschheit, einzeln oder vereint, sich in die Handlungsfreiheit eines ihrer Mitglieder einzumengen befugt ist, der ist: sich selbst zu schützen. Dass der einzige Zweck, um dessentwillen man Zwang gegen den Willen eines Mitglieds einer zivilisierten Gemeinschaft rechtmäßig ausüben darf, der ist: die Schädigung anderer zu verhüten.
Das eigene Wohl, sei es das physische oder das moralische, ist keine genügende Rechtfertigung. Man kann einen Menschen nicht rechtmäßig zwingen, etwas zu tun oder zu lassen, weil dies besser für ihn wäre, weil es ihn glücklicher machen, weil er nach Meinung anderer klug oder gar richtig handeln würde. [...] Nur insoweit sein Verhalten andere in Mitleidenschaft zieht, ist jemand der Gesellschaft verantwortlich. Soweit er dagegen selbst betroffen ist, bleibt seine Unabhängigkeit von Rechts wegen unbeschränkt. Über sich selbst, über seinen eigenen Körper und Geist ist der Einzelne souveräner Herrscher. [...]
Freiheit, als Prinzip, kann man nicht auf einer Entwicklungsstufe anwenden, auf der die Menschheit noch nicht einer freien und gleichberechtigten Erörterung derselben fähig ist. [...] Sobald aber die Menschen die Fähigkeit erreicht haben, zu ihrer eigenen Vervollkommnung durch Überzeugung oder Überredung geleitet zu werden (ein Zeitabschnitt, den alle Nationen, mit denen wir uns hier beschäftigen, längst erreicht haben), ist keinerlei Zwang, weder unmittelbar noch in Form von Strafen und Bußen für Ungehorsam, zu ihrer Besserung mehr zulässig, und er ist nur noch zum Schutze der andern gerechtfertigt. [...]
Dies ist also das eigentliche Gebiet der menschlichen Freiheit. Es umfasst als Erstes das innere Feld des Bewusstseins und fordert hier Gewissensfreiheit im weitesten Sinne, ferner Freiheit des Denkens und Fühlens, unbedingte Unabhängigkeit der Meinung und der Gesinnung bei allen Fragen, seien sie praktischer oder philosophischer, wissenschaftlicher, moralischer oder theologischer Natur. Die Freiheit, Meinungen in Wort und Schrift zu vertreten, scheint unter einen andersartigen Grundsatz zu fallen, da sie zu dem Teil persönlicher Lebensführung gehört, die andere Leute mit betrifft. Aber da sie fast von gleicher Bedeutung ist wie Gedankenfreiheit selbst, und zum großen Teil auf denselben Gründen beruht, ist sie praktisch untrennbar von ihr.
Zweitens verlangt dies Prinzip Freiheit des Geschmacks und der Studien, Freiheit, einen Lebensplan, der unseren eigenen Charakteranlagen entspricht, zu entwerfen und zu tun, was uns beliebt, ohne Rücksicht auf die Folgen und ohne uns von unseren Zeitgenossen stören zu lassen – solange wir ihnen nichts zuleide tun –, selbst wenn sie unser Benehmen für verrückt, verderbt oder falsch halten.
Drittens: Aus dieser Freiheit jedes Einzelnen folgt – in denselben Grenzen – diejenige, sich zusammenzuschließen, die Erlaubnis, sich zu jedem Zweck zu vereinigen, der andere nicht schädigt, unter der Voraussetzung, dass die sich vereinenden Personen voll erwachsen sind und nicht unter Zwang oder veranlagst durch Vorspiegelungen in eine Verbindung treten. [...]
Die Menschen gewinnen mehr dadurch, dass sie einander gestatten, so zu leben, wie es ihnen richtig erscheint, als wenn sie jeden zwingen, nach dem Belieben der Übrigen zu leben.

*John Stuart Mill, Über die Freiheit, übersetzt v. Bruno Lemke, Stuttgart: Reclam, 1988, S. 16–21*

**1** Stellen Sie die Argumentation Mills in einem Flussdiagramm dar (M1).
**2** Gestalten Sie eine Rede zu der These: „Freiheit ist die Voraussetzung für die Demokratie."

# Fraenkel: Pluralismus

## M 1 Gemeinwohl a posteriori

Neben dem staatlichen Verband, dessen Souveränität von niemandem bestritten wird, besteht eine Vielzahl autonomer Verbände mit eigenständigen Funktionen [...]. Sie sind autonome Verbände, weil ihre Gründung und ihre innere Organisation zwar rechtlich geregelt, aber nicht staatlich reglementiert, sondern frei sind. Keiner von ihnen ist von den politischen Machthabern gleichgeschaltet, keiner von ihnen ist aus dem Prozess der politischen Meinungs- und Willensbildung ausgeschaltet, und jeder von ihnen steht es frei, sich in ihn nach Belieben einzuschalten. [...]
Um dem Schicksal der Vermassung zu entgehen, gewähren die westlichen Demokratien ihren Bürgern die uneingeschränkte Möglichkeit, sich in einer Vielzahl von Verbänden *pluralistisch* zu organisieren, zu betätigen und kollektiv in das Staatsganze einzugliedern. [...]
Eine jede totalitäre Diktatur geht von der Hypothese eines eindeutig bestimmbaren vorgegebenen Gemeinwohls aus. Von ihm wird unterstellt, es sei ausreichend detailliert, um von der Einheitspartei als politisches Aktionsprogramm verwertet werden zu können.
Eine jede pluralistische Demokratie geht davon aus, dass, um funktionieren zu können, sie nicht nur Verfahrensvorschriften und Spielregeln eines *fair play*, sondern auch eines allgemein anerkannten Wertkodexes bedarf, der ein Minimum abstrakter regulativer Ideen generellen Charakters enthalten muss; sie glaubt jedoch nicht, dass in politisch relevanten Fällen diese regulativen Ideen ausreichend konkret und genügend substanziiert zu sein vermögen, um für die Lösung aktueller politischer Probleme unmittelbar verwendungsfähig zu sein.
Der Pluralismus beruht vielmehr auf der Hypothese, in einer differenzierten Gesellschaft könne im Bereich der Politik das Gemeinwohl lediglich *a posteriori* als das Ergebnis eines delikaten Prozesses der divergierenden Ideen und Interessen der Gruppen und Parteien erreicht werden [...].
Die pluralistische Theorie des Gemeinwohls bestreitet keineswegs, dass es weite Gebiete des staatlichen und gesellschaftlichen Lebens gibt, über deren Ordnung ein *consensus omnium* vorliegt; ja sie betont mit Nachdruck, dass auf die Dauer ein Staat nicht lebensfähig ist, in dem weder über ein Minimum fundamentaler, noch über zahlreiche detaillierte Fragen der Wirtschaft, Gesellschaft und Politik eine weitgehende Übereinstimmung besteht. Sie nimmt jedoch den Umstand, dass es weite Gebiete des staatlichen und gesellschaftlichen Lebens gibt, über deren Regelung Meinungsverschiedenheiten zwischen verschiedenen Gruppen existieren, nicht nur mit Gleichmut hin, sondern erachtet dies als unvermeidlich, ja geradezu als ein Indiz eines in Freiheit pulsierenden öffentlichen Lebens. Sie hält es weder für wünschenswert noch für möglich, dass in einem freiheitlichen Staatswesen ein einheitlicher Gemeinwille besteht, der die divergierenden Gruppenwillen restlos in sich aufsaugt. [...] Die offene Austragung der in jedem freien Staat unausbleiblichen Meinungsverschiedenheiten und die Kompromisse, durch die diese Konflikte beigelegt werden, betrachtet sie als den einzig geeigneten Weg, eine tragbare Lösung für Probleme zu finden, über die ein *consensus omnium* nicht besteht.
Die Pluralisten betonen, dass eine Staatstheorie höchst unvollkommen ist, die auf die Frage keine Antwort zu geben weiß, wie es den Bürgern ermöglicht werden soll, mit gutem Gewissen zu tun, was sie heute mit schlechtem Gewissen tun, nämlich durch die Errichtung und den Ausbau von Interessengruppen einen aktiven Anteil an der Ausgestaltung derjenigen öffentlichen Angelegenheiten zu nehmen, die sie am unmittelbarsten berühren und deshalb am intensivsten beschäftigen.

*Ernst Fraenkel, Der Pluralismus als Strukturmerkmal der freiheitlich-rechtsstaatlichen Demokratie, in: Ders., Gesammelte Schriften. Bd. 5, Baden-Baden: Nomos, 2007, S. 257 ff.*

**INFO**

**Ernst Fraenkel** (1898–1975)
Der deutsch-amerikanische Jurist und Politikwissenschaftler emigrierte 1938 in die USA. Seine wichtigsten demokratietheoretischen Schriften sind in „Deutschland und die westlichen Demokratien“ (1964) enthalten.

**a posteriori**
vom Späteren, hier: nachträglich festgestellt

**regulative Ideen**
Leitideen

**consensus omnium**
lat.: allgemeine Übereinstimmung

**GLOSSAR**

**Pluralismus**
**Totalitarismus**
**Verbände**

1 Erklären Sie Fraenkels Unterscheidung pluralistischer und totalitärer Systeme (M1).
2 Erläutern Sie die Rolle von Interessenverbänden in einer pluralistischen Gesellschaft (M1).

# 5.3 Das politische System der Bundesrepublik Deutschland

## Struktur- und Verfassungsprinzipien

GLOSSAR
Grundgesetz (GG)

### M1 Artikel 20 und 79 des Grundgesetzes

**Artikel 20 GG**

**(1)** Die Bundesrepublik Deutschland ist ein demokratischer und sozialer Bundesstaat.

**(2)** Alle Staatsgewalt geht vom Volke aus. Sie wird vom Volke in Wahlen und Abstimmungen und durch besondere Organe der Gesetzgebung, der vollziehenden Gewalt und der Rechtsprechung ausgeübt.

**(3)** Die Gesetzgebung ist an die verfassungsmäßige Ordnung, die vollziehende Gewalt und die Rechtsprechung sind an Gesetz und Recht gebunden.

**(4)** Gegen jeden, der es unternimmt, diese Ordnung zu beseitigen, haben alle Deutschen das Recht zum Widerstand, wenn andere Abhilfe nicht möglich ist.

**Artikel 79 GG**

**(1)** Das Grundgesetz kann nur durch ein Gesetz geändert werden, das den Wortlaut des Grundgesetzes ausdrücklich ändert oder ergänzt. [...]

**(2)** Ein solches Gesetz bedarf der Zustimmung von zwei Dritteln der Mitglieder des Bundestages und zwei Dritteln der Stimmen des Bundesrates.

**(3)** Eine Änderung dieses Grundgesetzes, durch welche die Gliederung des Bundes in Länder, die grundsätzliche Mitwirkung der Länder bei der Gesetzgebung oder die in den Artikeln 1 und 20 niedergelegten Grundsätze berührt werden, ist unzulässig.

GLOSSAR
Republik

### M2 Das republikanische Prinzip

Das sich aus Art. 20 Abs. 1 GG ableitende republikanische Prinzip ist das wohl unproblematischste der Struktur- und Verfassungsprinzipien, da es in keinem Spannungsverhältnis zu anderen Prinzipien steht. Das Staatsoberhaupt wird auf begrenzte Zeit gewählt (Art. 54 GG) und ist absetzbar (Art. 61 GG). Daher ist die Besetzung des Staatsoberhauptes beispielsweise durch eine Erbdynastie ausgeschlossen. Art. 28 Abs. 1 GG legt dieses Prinzip auch für die Bundesländer fest.

*Autorentext*

GLOSSAR
Demokratie

### M3 Das Demokratieprinzip

Das wohl bedeutendste und konstitutivste Prinzip für freiheitlich-demokratische Verfassungsstaaten ist das Demokratieprinzip (Art. 20 Abs. 2 GG).

Durch Wahlen wird die personelle Ausgestaltung des Parlaments bestimmt, durch Abstimmungen können Sachentscheide herbeigeführt werden. Auch wenn Letzteres auf Bundesebene bislang kaum möglich ist, gibt es doch in Deutschland plebiszitäre Instrumente auf Kommunal- und Landesebene.

Die bundesdeutsche Demokratie ist also als mittelbare bzw. repräsentative Demokratie konzipiert worden. Das Volk wählt dazu Repräsentanten (Volksvertreter) in den Deutschen Bundestag.

*Autorentext*

## M4 Das Rechtsstaatsprinzip

Das Rechtsstaatsprinzip findet zwar wörtlich in Art. 20 GG keine Erwähnung, zeigt sich aber in der Bindung der „Gesetzgebung" an die „verfassungsmäßige Ordnung" und der vollziehenden Gewalt und der Rechtsprechung „an Gesetz und Recht".
Dies schützt den Einzelnen und Minderheiten vor Eingriffen des Staates in die Grundrechte. Gerade hier zeigt sich zunächst der Konflikt mit dem Demokratieprinzip. Denn ginge das Prinzip des Mehrheitsentscheids über alles, so wären mehrheitliche Grundrechtsbeschneidungen legitim. Das Prinzip der Rechtsstaatlichkeit entzieht also bewusst das Feld der Grundrechte dem demokratischen Prozess.
Die Grundsätze der Gewaltenteilung sowie der Gesetzmäßigkeit der Verwaltung tragen Sorge dafür, dass staatliche Organe stets darauf achten müssen, die Grundrechte zu wahren und keine Grundrechtsverletzungen zu begehen.

*Autorentext*

**GLOSSAR**

**Grundrechte**
**Rechtsstaat**

## M5 Das Sozialstaatsprinzip

In der äußerst knappen Erwähnung in Art. 20 Abs. 1 GG stellt das Sozialstaatsprinzip eine Staatszielbestimmung dar. Es verpflichtet den Staat zur gesetzmäßigen Ausgestaltung einer sozial- und wirtschaftspolitischen Gesetzgebung, um dann danach zu agieren.
In Verbindung mit Art. 1 Abs. 1 GG (Menschenwürde) folgt, dass der Staat menschenwürdige Mindestvoraussetzungen für ein Leben in gesellschaftlicher Teilhabe seiner Bürgerinnen und Bürger garantieren muss. Um diese Ansprüche einlösen zu können, muss der Staat zu Umverteilungsmaßnahmen greifen.
Hierin liegt ein weiteres Spannungsverhältnis, nämlich zur Rechtsstaatlichkeit. Wer mittellosen Bürgern ein Minimum an Lebensqualität sichern will, der muss Wohlhabenderen Geld abnehmen. Deren Eigentum und Einkommen ist aber zunächst einmal grundgesetzlich geschützt.

*Autorentext*

**GLOSSAR**

**Sozialstaat**

## M6 Das Bundesstaatsprinzip

Das Prinzip der Bundesstaatlichkeit gliedert den Bund in Gliedstaaten mit eigenen Gesetzgebungskompetenzen und eigens dafür vorgesehenen Organen (der Gliedstaaten).
Durch die Existenz einer Länderkammer in Form des Bundesrates sind die Landesregierungen auch direkt an der Bundesgesetzgebung beteiligt. Nicht selten sind die parteipolitischen Mehrheitsverhältnisse im Bundestag andere als im Bundesrat. Demokratisch legitimierte Landesregierungen können also im Zweifelsfall das Gesetzesvorhaben von demokratisch legitimierten Bundestagsabgeordneten blockieren. An dieser Stelle wird sichtbar, dass das Demokratieprinzip sozusagen mit sich selbst in Konflikt geraten kann, wenn gleichrangig demokratisch legitimierte Akteure aufeinandertreffen.

*Autorentext*

**GLOSSAR**

**Bundesrat**
**Föderalismus**

**1** Erläutern Sie die einzelnen Staatsorganisationsprinzipien (M1 bis M6).
**2** Beschreiben Sie etwaige Spannungsverhältnisse zwischen den Prinzipien (M1 bis M6).
**3** Erklären Sie, inwiefern zentrale Forderungen der politischen Theoretiker Locke (Repräsentation, Widerstandsrecht), Montesquieu (Gewaltenteilung) und Mill (Liberalismusprinzip) im politischen System der Bundesrepublik Anwendung fanden und an welchen Stellen über ihre Forderungen hinausgegangen wurde (M1 bis M6).

**QUERVERWEIS**

**Locke: Repräsentation, Gewaltenteilung (I), Widerstandsrecht,** S. 308 f.
**Montesquieu: Gewaltenteilung (II),** S. 310 f.
**Mill: Liberalismus,** S. 316

# Das Institutionengefüge der Bundesrepublik Deutschland

## M1 Bestellung und Kompetenzen der Verfassungsorgane

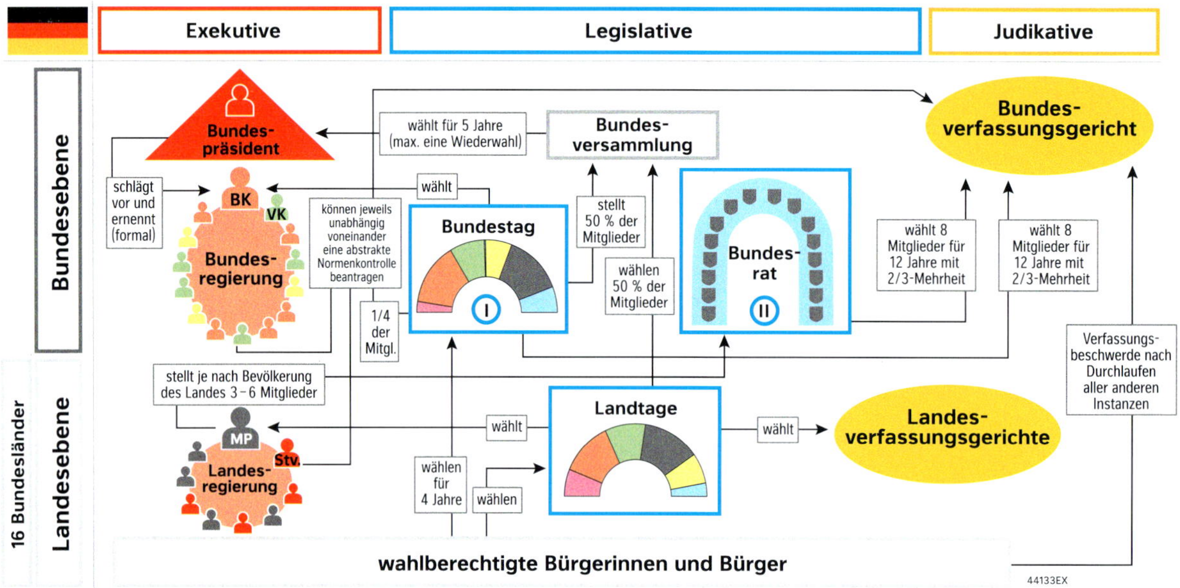


**INTERNET**

WES-118380-531
Film: Einfach erklärt:
Regierungsbildung

WES-118380-532
Film: Einfach erklärt:
Föderalismus

**GLOSSAR**

Bundesrat
Bundesregierung
Bundestag

### Der Bundestag

Alle vier Jahre findet die Wahl zum Deutschen Bundestag statt. Damit entscheidet sich die parteipolitische Zusammensetzung des Parlaments. Wenn keine Partei eine absolute Mehrheit erreicht, bilden in der Regel zwei Parteien (wenn nötig auch mehr) eine Koalition. Mit den Stimmen der Koalition wählt dann der Bundestag den vom Bundespräsidenten formal vorgeschlagenen Kanzlerkandidaten (in der Regel der Parteichef des größeren Koalitionspartners) zum Kanzler, also zum Regierungschef. Prinzipiell kann der Bundestag dem Kanzler das Vertrauen auch wieder entziehen und mit absoluter Mehrheit einen anderen zum Kanzler wählen (konstruktives Misstrauensvotum). Mit wenigen Ausnahmen agiert eine Regierungskoalition nach außen geschlossen und hält strenge Fraktionsdisziplin.
Zu den Kernaufgaben des Bundestages gehört es, zusammen mit dem Bundesrat Gesetzesentwürfe zu prüfen, zu ändern und zu verabschieden. Die meisten Gesetzesentwürfe werden von der Regierung eingebracht, da sie sich ihrer Mehrheit sicher sein kann, aber auch der Bundestag und der Bundesrat haben das Recht, dies zu tun (Initiativrecht).

### Die Bundesregierung

Der von der Bundestagsmehrheit gewählte Kanzler wählt die Minister als Mitglieder der Bundesregierung mit einem jeweils eigenen Politikfeld (Ressort) aus, ernannt werden sie vom Bundespräsidenten. Diese Runde wird auch Kabinett genannt. Der Kanzler besitzt die Richtlinienkompetenz, gibt also die politische Grundausrichtung der Regierung vor, dabei leitet jeder Minister eigenständig sein Ressort (Ressortprinzip). Konflikte und Koordinationsbedarf zwischen den Ministern werden gemeinsam im Kabinett geklärt (Kollegialprinzip).
Sollte ein Kanzler Zweifel haben, dass noch eine Mehrheit des Bundestages hinter ihm steht, kann er die Vertrauensfrage stellen. Bekommt er dafür keine Mehrheit, kann er beim Bundespräsidenten die Auflösung und Neuwahlen des Bundestages beantragen.

### Der Bundesrat

Die zweite Kammer der Legislative besteht aus insgesamt 69 Mitgliedern der 16 Landesregierungen. Diese entsenden entsprechend ihres Stimmgewichts drei bis sechs Mitglieder. Der Bundesrat gilt als „ewiges Organ", da seine Mitglieder von den sukzessiv stattfindenden

Landtagswahlen und der anschließenden Regierungsbildung abhängen und ggf. umbesetzt werden. Der Vorsitz über den Bundesrat rotiert unter den Landesregierungen; der jeweils aktuelle Bundesratspräsident ist gleichzeitig Stellvertreter des Bundespräsidenten. Zusammen mit dem Bundestag ist der Bundesrat für die Gesetzgebung verantwortlich, wobei der Bundesrat dem Bundestag nicht gleichgestellt ist. Letzterer benötigt das Einverständnis des Bundesrats nur bei Zustimmungsgesetzen (bei Verfassungsänderungen und Eingriffen in die Finanz- und Verwaltungshoheit der Länder). Der Einspruch des Bundesrats bei nicht zustimmungspflichtigen Einspruchsgesetzen kann von der Bundestagsmehrheit übergangen werden. Dennoch wird sich häufig um einen Ausgleich bemüht.

**Der Bundespräsident**

Das Staatsoberhaupt der Bundesrepublik repräsentiert diese nach innen und außen; er wird von der Bundesversammlung für fünf Jahre wählt, eine einmalige Wiederwahl ist möglich. Die Bundesversammlung setzt sich zu einer Hälfte aus allen Mitgliedern des Bundestages zusammen und zur anderen Hälfte aus Vertretern, die von den Landesparlamenten bestimmt werden. Der Bundespräsident fungiert im Standardfall als erster Staatsnotar – formal ernennt und entlässt er u.a. den Kanzler, die Minister sowie Bundes- und Verfassungsrichter. Auch für die Gültigkeit von Gesetzen bedarf es seiner Unterschrift. Im Sonderfall agiert er als Reservegewalt und entscheidet etwa, ob er nach einer gescheiterten Vertrauensfrage Neuwahlen des Bundestages ansetzt oder nicht.

**Das Bundesverfassungsgericht**

Das oberste Gericht in Verfassungsfragen besteht aus zwei Senaten zu je acht Richtern. Diese werden für zwölf Jahre mit Zweidrittelmehrheit abwechselnd von Bundestag und Bundesrat gewählt. Damit soll eine parteipolitische Besetzung des Gerichts vermieden werden. Die Altersgrenze liegt bei 68 Jahren, eine Wiederwahl ist ausgeschlossen.
Als oberster Hüter der Verfassung prüft das Gericht Gesetze auf ihre Verfassungskonformität, jedoch nur, wenn ein (abstraktes) Normenkontrollverfahren ausgelöst wurde. Dies kann die Bundesregierung, eine Landesregierung oder ein Viertel der Abgeordneten des Bundestages beschließen. Wenn alle vorherigen Instanzen durchlaufen wurden, kann zudem jeder Bürger, der sich in seinen Grundrechten verletzt fühlt, eine Verfassungsbeschwerde einreichen. Auch tritt das Bundesverfassungsgericht auf den Plan, wenn es zu Kompetenzstreitigkeiten zwischen den Organen oder Bund und Ländern kommt. Nicht zuletzt entscheidet das Gericht über die Verwirkung von Grundrechten und Parteienverbote.

*Autorentext*

**GLOSSAR**

**Bundespräsident**

**Bundesverfassungsgericht**

## M2 Die freiheitliche demokratische Grundordnung

- Achtung vor den im Grundgesetz konkretisierten Menschenrechten, vor allem vor dem Recht der Persönlichkeit auf Leben und freie Entfaltung,
- die Volkssouveränität,
- die Gewaltenteilung,
- die Verantwortlichkeit der Regierung,
- die Gesetzmäßigkeit der Verwaltung,
- die Unabhängigkeit der Gerichte,
- das Mehrparteienprinzip und
- die Chancengleichheit für alle politischen Parteien mit dem Recht auf verfassungsmäßige Ausübung einer Opposition.

*BVerfG, 23.10.1952 – 1 BvB 1/51 (SRP-Verbot)*

**INFO**

Diese Definition stammt aus dem Urteil des Bundesverfassungsgerichts zum **Verbot der Sozialistischen Reichspartei** von 1952, in dem das Gericht den inhaltlichen Umfang des Begriffs der freiheitlichen demokratischen Grundordnung präzisierte.

**1** Beschreiben Sie das Institutionengefüge der Bundesrepublik in eigenen Worten (M1).

**2** Prüfen Sie die Aussage: „Alle Staatsgewalt geht vom Volke aus“ (Art. 20 Abs. 2 GG).

**3** Beurteilen Sie, inwiefern die Anforderungen an eine freiheitliche demokratische Ordnung (M2) bereits im Institutionengefüge der Bundesrepublik angelegt sind (M1).

# Gewaltenteilung und Gewaltenverschränkung

GLOSSAR

Gewaltenteilung

## M1 Gewaltenteilung nach Winfried Steffani

Das Grundproblem jeder politischen Ordnung ist die Möglichkeit des Machtmissbrauchs, insbesondere dann, wenn zu viele Kompetenzen und Befugnisse bei zu wenigen vereint liegen. Das moderne Konzept der Gewaltenteilung soll hier Abhilfe schaffen. Eine Gesellschaft muss dabei aber noch regierbar bleiben, es kann also nicht nur um bloßes Verhindern gehen. Der englische Begriff der „checks and balances“ (Kontrolle und Gleichgewicht) ist für die politische Praxis daher eigentlich passender.

QUERVERWEIS

Montesquieu: Gewaltenteilung (II), S. 310 f.

**Horizontale Gewaltenteilung**

Die wohl bekannteste Form der Gewaltenteilung ist die horizontale Gewaltenteilung nach Montesquieu. Das Grundkonzept besteht darin, dass die Macht auf verschiedene Organe verteilt wird. So schlägt er eine Exekutive (ausführende Gewalt), eine Legislative (gesetzgebende Gewalt) und eine Judikative (richterliche Gewalt) vor. Diese Teilung wird jedoch in der Praxis bei Weitem nicht so streng gehandhabt, wie es in der Theorie klingt. Es haben sich daher eine Vielzahl von Gewaltenverschränkungen herausgebildet, um den politischen Ablauf flüssiger zu gestalten. Wichtig dabei ist, dass es institutionelle Kontrollmechanismen gibt; ob sie dabei der klassischen Teilungslinie folgen, ist wenig bedeutend.

**Vertikale Gewaltenteilung**

Hierbei wird die Macht auf verschiedene Ebenen verteilt. Die Bundesrepublik ist als föderaler Bundesstaat mit seiner Einteilung in Bund, Länder und Kommunen ein klassisches Beispiel. So stehen den zentralen Bundesorganen noch jeweils teilstaatliche Institutionen mit eigenen Kompetenzen gegenüber. Diese Kompetenzen werden nach dem Subsidiaritätsprinzip vergeben. Dies bedeutet, dass die jeweils obere Ebene nur Dinge regelt, die auf der jeweils unteren Ebene nicht zufriedenstellend geregelt werden können. Das Gegenstück zum Bundesstaat ist der Zentralstaat, der auf diese Form der Gewaltenteilung verzichtet.

**Temporale Gewaltenteilung**

Eine weitere, häufig anzutreffende Form der Gewaltenteilung ist die Vergabe politischer Ämter und der damit verbundenen Macht auf Zeit. Auch die Begrenzung der Wiederwahl politischer Akteure fällt in diese Kategorie.

**Konstitutionelle Gewaltenteilung**

Durch die Verwendung einer Verfassung, in welcher das institutionelle Zusammenspiel sowie Grundrechte der Bürger gegenüber dem Staat und anderes geregelt sind, wird der Bereich, über den überhaupt noch inhaltliche Entscheidungen getroffen werden dürfen, von vornherein begrenzt. So können beispielsweise keine verfassungswidrigen Gesetze erlassen werden und selbst eine Verfassungsänderung bedarf oft hoher qualifizierter Mehrheiten (zum Beispiel einer Zweidrittelmehrheit) in den entsprechenden Parlamenten. Manchmal gibt es sogar einen Verfassungskern, der überhaupt nicht berührt werden darf.

**Dezisive Gewaltenteilung**

Für moderne demokratische Staaten, die sich dem Prinzip des Pluralismus (Vielfalt der Meinungen, Parteien, Weltbilder und Lebensstile) verpflichtet sehen, darf man sich den Gesetzgebungsprozess nicht zu idealisiert vorstellen. Es ist bei Weitem nicht so, dass nur die verfassungsmäßig vorgesehenen Organe, allen voran Regierung und Parlament(e), daran beteiligt wären. So reden in der Praxis Parteien, Interessenverbände, Medien, Vertreter politischer Strömungen und Religionsführer mit.

**Soziale Gewaltenteilung**

Idealerweise nehmen am politischen Prozess Vertreter aus allen Schichten und Bereichen teil. Dazu werden die Ämter durch freie und faire Konkurrenz der Kandidaten besetzt.

*Autorentext*

## M2 Der Bundeskanzler im System der Macht(-begrenzung)

## M3 Gewaltenverschränkung in der Bundesrepublik

Unterschieden wird zwischen institutioneller und funktionaler Gewaltenverschränkung. Grundsätzlich lässt sich beobachten, dass die klassischen drei Gewalten in präsidentiellen Regierungssystemen, wie etwa in den USA, stärker getrennt sind als in parlamentarischen Regierungssystemen, wie eben der Bundesrepublik Deutschland.

Der Bundespräsident wird beispielsweise nicht etwa direkt von der Wahlbevölkerung gewählt, sondern unter Beteiligung von Bundestag und indirekt durch Vertreter der Länderparlamente (Bundesversammlung).

Den Kern der Gewaltenverschränkung in der Bundesrepublik bildet die vielschichtige Beziehung zwischen Bundesregierung und Bundestag. So geht der Regierungschef (Bundeskanzler) durch Wahl aus dem Parlament hervor. Auch die vom Bundeskanzler ausgewählten Minister haben nicht zwingend, aber in der Regel ein eigenes Bundestagsmandat. Neben der institutionellen Verschränkung zeigt sich hier auch eine personelle.

Untermauert wird diese Verschränkung durch die Mittel der Vertrauensfrage seitens des Bundeskanzlers bzw. des konstruktiven Misstrauensvotums seitens des Bundestages, die bereits durch ihre Möglichkeit Wirkung entfalten.

So verwundert es nicht, dass die große Mehrzahl der Gesetzentwürfe vonseiten der Bundesregierung eingebracht wird, nachdem diese von der Ministerialbürokratie ausgearbeitet wurden. Die ursprünglich intendierte Kontrollfunktion der Legislative gegenüber der Exekutive wird daher im Kern nur vom oppositionellen Teil des Parlaments übernommen und ist dafür auch mit einer Reihe von Sonderrechten ausgestattet (zum Beispiel Untersuchungsausschuss).

Während die obigen Verschränkungen systemimmanent sind, ist die verfassungsrichterliche Kontrolle des Gesetzgebers öfter in die Kritik geraten, vor allem dann, wenn Entscheidungen des Bundesverfassungsgerichtes detaillierte Verbesserungsvorschläge für die zu erlassende Gesetzgebung gleich mitgeliefert haben (zum Beispiel bei der Wahlgesetzgebung). Anderseits sind es der Bundestag und der Bundesrat, die je zur Hälfte über die personelle Besetzung des Bundesverfassungsgerichtes befinden. Freilich wird stets eine Zweidrittelmehrheit benötigt, auch um parteiliche Ausrichtungen der Richter zu minimieren. Einmal berufen, sind die Richter völlig unabhängig.

*Autorentext*

**QUERVERWEIS**

**Die aktive Rolle der Opposition,**
S. 330 f.

**1** Beschreiben Sie die sechs Arten der Gewaltenteilung (M1).

**2** Diskutieren Sie die These: „Die Bundesrepublik ist eine Kanzlerdemokratie." (M1 bis M3)

**3** Beurteilen Sie, inwiefern die Gewaltenteilung in der Bundesrepublik Deutschland umgesetzt ist (M1 bis M3).

# Neuer Dualismus

**QUERVERWEIS**

**Gewaltenteilung nach Winfried Steffani,** S. 322, M1

**„Richtige" Gewaltenteilung, so ist oft zu hören, bestehe dann, wenn Exekutive, Legislative und Judikative strikt getrennt sind. Dass dies zunächst nur eine der vielen Möglichkeiten der Machtbändigung ist, die sogenannte horizontale Gewaltenteilung, ist das eine. Dass viele heutige Demokratien genau eine solche Gewaltenteilung in dieser Form eben gerade nicht besitzen und sich dennoch funktionierende Kontrollmechanismen herausgebildet haben, ist das andere.**

## M1 Von Montesquieu zum „neuen Dualismus"

**INFO**

**Kriterien der parlamentarischen Regierungssysteme**
1. Doppelte Exekutive
2. Die Regierung geht aus dem Parlament hervor.
3. Kompatibilität von Amt und Mandat
4. Die Regierung ist von der Regierungsmehrheit im Parlament abhängig.

Aufbauend auf Montesquieus Grundkonzept der Verhinderung von Machtmissbrauch hat die moderne Politikwissenschaft ein differenziertes Verständnis von Gewaltenteilung entwickelt. [...] Im Kontext parlamentarischer Demokratie ist es entscheidend, dass die historisch gewachsene Frontstellung zwischen der (monarchisch dominierten) Exekutive und der zunächst vom Adel, später vom Bürgertum erkämpften legislativen Gewalt – der sogenannte alte Dualismus – abgelöst wurde, zumindest weitgehend überlagert ist von einem „neuen Dualismus". Dieser entstand im englischen Parlamentarismus, der im Laufe des 19. Jahrhunderts die Abhängigkeit der Regierung von der Parlamentsmehrheit und das Prinzip institutionalisierter Opposition begründete. Seither bilden im parlamentarischen Regierungssystem die Parlamentsmehrheit und die von ihr getragene Regierung eine Handlungseinheit, der die Opposition gegenübersteht.

Die machthemmende Wirkung dieses neuen Dualismus ergibt sich erstens aus der ausdrücklich anerkannten Stellung der Opposition und den ihr speziell garantierten (Kontroll-)Rechten. In den parlamentarischen Demokratien des europäischen Kontinents ist dies oft sogar in den geschriebenen Verfassungen verankert, in Großbritannien ist die Oppositionsführerschaft ein bezahltes Amt wie das des Premierministers.

Zweitens ginge die Annahme an der politischen Realität vorbei, dass die Parlamentsmehrheit die Regierung unkontrolliert gewähren ließe. Die oben erläuterte Übereinstimmung der Interessen von Mehrheit und Kabinett [...] führt nur dann zum nächsten Wahlsieg, wenn man sich gegenseitig immer wieder daraufhin überprüft, ob die richtigen Entscheidungen getroffen, die geeigneten und vom Wähler akzeptierten Maßnahmen ergriffen werden.

[...] Oppositionelle Kritik ist auf öffentliche Wirksamkeit gerichtet – und zwar um den Wählern Alternativen zu den Amtsinhabern anzubieten und die eigene Fähigkeit zur Regierungsübernahme unter Beweis zu stellen, nicht um die Regierung konkret und aktuell zu unterstützen. Dagegen wird die Kontrolle innerhalb der Regierungsmehrheit durch interne Initiativen geübt. Detail- und wenn nötig auch Richtungskorrekturen erfolgen möglichst geräuschlos und möglichst unter Ausschluss der Öffentlichkeit, um den Eindruck mangelnder Geschlossenheit oder ungenügender Handlungsfähigkeit zu vermeiden.

Die Behauptung, in der parlamentarischen Demokratie gäbe es keine Gewaltenteilung, weil es keine Trennung von Amt und Mandat gibt, weil die Mehrheit sklavisch ihrer Regierung folge und die Opposition letztlich auf verlorenem Posten stünde, greift also viel zu kurz. Ein institutionalisiertes Gegenüber von Gesamtparlament und Regierung ist keine unabdingbare Voraussetzung für wirksame politische Kontrolle. Diese wird in vielfältigen Formen im neuen Dualismus ebenso realisiert wie im alten, allerdings in weniger offensichtlicher und stärker erklärungsbedürftiger Weise.

*Suzanne S. Schüttemeyer, Die Logik der parlamentarischen Demokratie, Bonn: Bundeszentrale für politische Bildung, 13.12.2019, https://www.bpb.de/shop/zeitschriften/izpb/301678/die-logik-der-parlamentarischen-demokratie/ (Zugriff: 28.02.2022)*

1 Erläutern Sie das Missverständnis im Zusammenhang mit horizontaler Gewaltenteilung (Einstiegstext).

2 Erklären Sie das Grundprinzip des „Neuen" gegenüber dem „Alten Dualismus" (M1).

# Die doppelte Exekutive

**In der Bundesrepublik Deutschland besteht die exekutive Doppelspitze aus dem Bundespräsidenten, der protokollarisch an erster Stelle steht, und dem Bundeskanzler, der protokollarisch an dritter Stelle steht (Nummer zwei ist der Bundestagspräsident). Während der Bundespräsident als erster Staatsnotar agiert, dessen Befugnisse eng umrissen sind (Art 58–60 GG), ist der Bundeskanzler mit der effektiven Regierungsmacht ausgestattet (Art. 64–65 GG).**

GLOSSAR

Bundeskanzler
Bundespräsident
Bundesversammlung

## M 1 Der Bundespräsident

**Wahl:** Der Bundespräsident wird von der Bundesversammlung für fünf Jahre gewählt. Eine einmalige Wiederwahl ist möglich. Die Bundesversammlung tritt ausschließlich zur Wahl des Bundespräsidenten am Ende von dessen Amtsperiode zusammen und setzt sich zur Hälfte aus den Mitgliedern des Bundestages und zur anderen Hälfte aus Personen, die von Landesvertretungen (z. B. den Landtagen) gewählt werden. Die Anzahl der von den einzelnen Landesvertretungen in die Bundesversammlung zu entsendenden Mitglieder hängt von ihrer Einwohnerzahl ab. Eine vorzeitige Abwahl des Bundespräsidenten ist nicht möglich, er kann jedoch vorzeitig durch Rücktritt sein Amt niederlegen.

**Funktionen im Institutionengefüge:** Als Repräsentant der Gesamtheit der Bundesrepublik ist der Bundespräsident gehalten, sich parteipolitisch neutral zu verhalten. Nach einer Bundestagswahl schlägt er laut Grundgesetz einen Kandidaten zur Wahl des Bundeskanzlers vor und ernennt ihn nach erfolgreicher Wahl. Ebenfalls ernennt er die vom Kanzler vorgeschlagenen Minister. Er prüft und unterzeichnet die Gesetze. All diese Funktionen sind formaler, notarieller Art und beinhalten nur in Ausnahmefällen einen Gestaltungsspielraum.

**Aufgaben:** Außenpolitisch vertritt der Bundespräsident die Bundesrepublik völkerrechtlich. Auch dies geschieht nur in enger Absprache mit der Bundesregierung, eine eigene außenpolitische Linie ist nicht vorgesehen. Er empfängt Staats- und Regierungschefs sowie Botschafter. Internationale Verträge, z. B. die völkerrechtliche Anerkennung von Staaten, bedürfen gleichfalls seiner formalen Unterzeichnung.

*Autorentext*

INFO

**Frank-Walter Steinmeier**
(*1956) SPD-Politiker und ehemaliger Bundesaußenminister, ist seit 2017 Bundespräsident der Bundesrepublik.

**Beispiel für Reservegewalt**
Als die Koalitionsverhandlungen aus CDU, FDP und Grünen nach der Bundestagswahl 2017 zunächst gescheitert waren, weigerte sich Steinmeier, den Weg für unmittelbare Neuwahlen freizumachen, und erinnerte die Parteiführungen an den Parteiinteressen übergeordneten Wählerauftrag, eine Regierung zu bilden.

## M 2 Der Bundeskanzler

**Wahl:** Im ersten Wahlgang benötigt der Kandidat (vorgeschlagen durch den Bundespräsidenten) die absolute Mehrheit des Bundestages, um gewählt zu sein. Verfehlt er diese, kommt es zu einem zweiten Wahlgang, wobei das Vorschlagsrecht nun beim Bundestag liegt. Verfehlt er die absolute Mehrheit erneut, reicht im dritten Wahlgang die relative Mehrheit, wobei der Bundespräsident in letztem Falle die Ernennung verweigern und Neuwahlen ansetzen kann.

**Funktionen im Institutionengefüge:** Der Kanzler schlägt die Minister vor, wobei der Bundespräsident diese formal ernennt.

**Aufgaben:** Der Bundeskanzler leitet die Regierungsgeschäfte und ist dem Bundestag gegenüber verantwortlich. Er verfügt über die sogenannte Richtlinienkompetenz, legt also die politische Grundausrichtung fest, welche von den Ministern in ihren Ressorts selbstständig ausgefüllt wird (Ressortprinzip).

*Autorentext*

**1** Stellen Sie die Berufung, die Funktion und die Aufgaben des Bundespräsidenten (M1) und des Bundeskanzlers (M2) gegenüber.

## M3 Abschaffung des Bundespräsidenten?

**INFO**

**McKinsey** Unternehmensberatung

Den Bundespräsidenten könne man ruhig abschaffen, Gesetze könne auch der Bundestagspräsident ausfertigen, Staatsbesuche unternehme die Kanzlerin ohnedies, und zweifelhafte Gesetze landeten sowie in Karlsruhe – dieses Plädoyer erinnert in seinem Funktionen-Positivismus zunächst an die Parodie einer als McKinsey-Gutachten aufgezogenen Evaluierung der Berliner Philharmoniker. Wozu brauche man einen gesonderten teuren Musiker für den Triangel? [...]
Das Amt des Bundespräsidenten fügt in der Staatsleitung dem Amt des Kanzlers Dimensionen hinzu, die von den Letzteren gerade nicht elementar aufzubringen sind: gegen den überaus legitimen Pluralismus der kämpfenden Parteien die ebenso notwendige Einheit des Gemeinwesens; gegenüber der dynamischen Auseinandersetzung die Statik des konstitutionellen Rahmens; gegenüber der antagonistischen Natur der Politik das integrative Wesen des wohlgeordneten Staates. [...] Pflicht und Recht zur Konsultation des Präsidenten kommen übrigens in der öffentlichen Bewertung zu Unrecht regelmäßig zu kurz [...]. Der Bundespräsident ist, zumal in allen Krisennormen des Grundgesetzes, in der Tat „nur“ eine Reserveautorität – Neuwahlen, Gesetzgebungsnotstand, Einberufung des Bundestages. Aber auch den Feuerlöscher wirft man nicht aus dem Haus, nur weil es [...] [jahrzehntelang] nicht gebrannt hat.

*Robert Leicht, Die Unverzichtbaren, in: Die Zeit online, 24.04.2008, https://www.zeit.de/2008/18/Pro-Bundespraesident (Zugriff: 02.03.2022)*

## M4 Soll der Bundespräsident direkt vom Volk gewählt werden?

Der Engländer Walter Bagehot hat vor 150 Jahren in seiner klassischen Interpretation der englischen Verfassung zwei Arten von Institutionen unterschieden, die „efficient parts“, also jene Teile, die für das Funktionieren einer Verfassung wesentlich sind, und die „dignified parts“, also jene ehrwürdigen Teile, die das nicht sind, auch wenn sie ihre Funktion und ihren Wert haben. [...] Übertragen auf unsere Verhältnisse kann man Bundestag, Bundesrat, Bundesregierung und Bundesverfassungsgericht als die effizienten Teile bezeichnen. Der Bundespräsident ist dagegen „dignified“ [...].
Das alles wäre mit einer Direktwahl anders. Sie würde die Machtverteilung im Institutionengefüge ändern, weil der Präsident dann plötzlich „efficient“ wäre. Er wäre damit eigenständiger – und könnte eigenwilliger agieren. Denn was sonst sollte für die präsidiale Amtsauffassung aus der Direktwahl folgen? Direktdemokratisch legitimiert, aber nur „dignified“? Das kann klappen, wenn er oder sie aus einer Regierungspartei kommt. Aber was wäre, wenn eine rot-grüne Regierung und ein schwarzer Präsident im Amt wären? Oder ein SPD-Präsident einer schwarz-gelben Koalition gegenüberstünde? [...] Man kann darauf wetten. Es käme zur Konkurrenz mit Regierung und Bundestag. Es gäbe Machtproben. [...]
Auf eine veränderte Machtlage mit einem direktdemokratisch aufgewerteten Präsidenten ist aber das Grundgesetz, ja das ganze politische System, nicht angelegt. [...] Ein ehrwürdiger Präsident, ein effizienter Kanzler – das geht. Zwei „Effiziente“ – das geht nicht. [...] Insofern ist die leichthin erhobene Forderung einer Direktwahl ein bisschen leichtsinnig. Sie brächte eben nicht mehr Demokratie. Sie brächte im besseren Fall nur einen weiteren Wahlkampf. Im schlechteren Fall aber mehr Durcheinander.

*Albert Funk, Warum der Bundespräsident nicht vom Volk gewählt wird, in: Der Tagesspiegel online, 3.3.2012, https://www.tagesspiegel.de/meinung/zu-legitim-fuer-das-amt-warum-der-bundespraesident-nicht-vom-volk-gewaehlt-wird/6281940.html (Zugriff: 02.03.2022)*

1 Diskutieren Sie die Abschaffung des Amtes des Bundespräsidenten (M3).
2 Erörtern sie die Folgen einer Direktwahl des Bundespräsidenten (M4).

# Die Abberufbarkeit der Regierung

**Es gehört zu den weniger beachteten Tatsachen, dass ein Bundeskanzler im Prinzip von heute auf morgen ausgetauscht werden kann, ohne dass es dazu Neuwahlen des Bundestages bedarf. Dies kommt jedoch selten vor – zugespitzt könnte man behaupten, dass die Hauptaufgabe der Bundestagsmehrheit darin besteht, die Regierung im Amt zu halten. Im Unterschied zur Weimarer Republik kann der Bundeskanzler aber nur durch eine neue Mehrheit für einen anderen Kandidaten gestürzt werden, sodass das Parlament stets eine Regierung hervorbringt.**

## M 1 Konstruktives Misstrauensvotum und Vertrauensfrage

**Artikel 67 GG (Misstrauensvotum)**

(1) Der Bundestag kann dem Bundeskanzler das Misstrauen nur dadurch aussprechen, dass er mit der Mehrheit seiner Mitglieder einen Nachfolger wählt und den Bundespräsidenten ersucht, den Bundeskanzler zu entlassen. Der Bundespräsident muss dem Ersuchen entsprechen und den Gewählten ernennen.

(2) Zwischen dem Antrage und der Wahl müssen achtundvierzig Stunden liegen.

**Artikel 68 GG (Vertrauensfrage)**

(1) Findet ein Antrag des Bundeskanzlers, ihm das Vertrauen auszusprechen, nicht die Zustimmung der Mehrheit der Mitglieder des Bundestages, so kann der Bundespräsident auf Vorschlag des Bundeskanzlers binnen einundzwanzig Tagen den Bundestag auflösen. Das Recht zur Auflösung erlischt, sobald der Bundestag mit der Mehrheit seiner Mitglieder einen anderen Bundeskanzler wählt.

(2) Zwischen dem Antrage und der Abstimmung müssen achtundvierzig Stunden liegen.

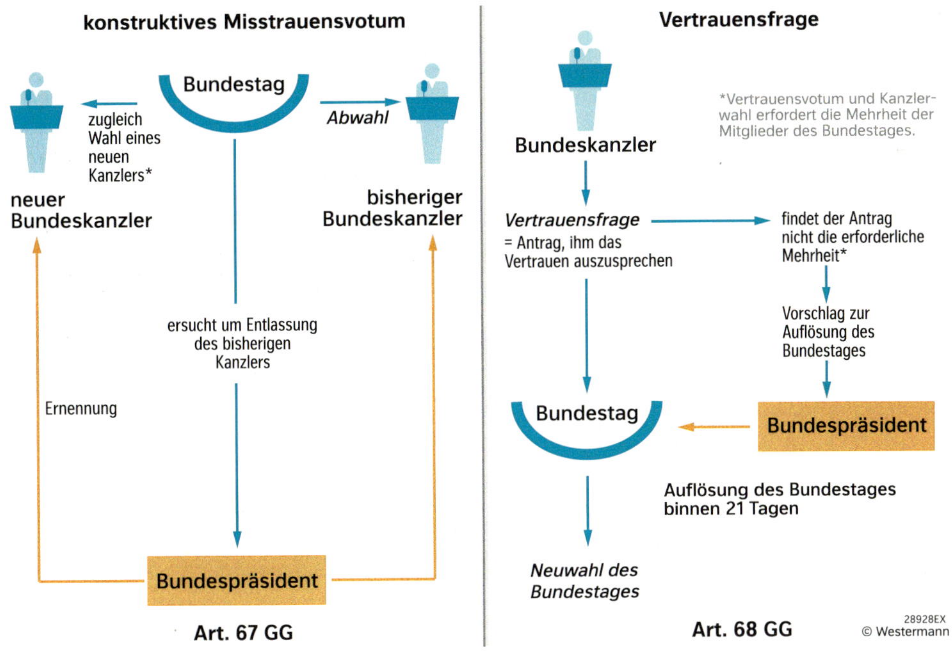


**1** Erklären Sie die Funktion der Instrumente der Vertrauensfrage und des konstruktiven Misstrauensvotums (M1).

**2** Recherchieren Sie Fälle der Vertrauensfrage und des konstruktiven Misstrauensvotums in der Geschichte der Bundesrepublik und analysieren Sie die konkreten politischen Hintergründe.

**INFO**

**„Echte" und „unechte" Vertrauensfrage**

Die Vertrauensfrage ist ein Instrument in den Händen des Bundeskanzlers. Mit ihr kann er prüfen, ob er noch genügend Rückhalt im Bundestag, konkret in den Regierungsfraktionen, besitzt. Der Kanzler wird diese Frage stellen, wenn er sich seiner Mehrheit nicht mehr sicher ist. Seine Absicht ist es, die Regierungsmehrheit zu disziplinieren und damit seine Position zu stabilisieren („echte Vertrauensfrage").
Der Bundeskanzler kann die Vertrauensfrage aber auch nutzen, um eine Neuwahl des Bundestages herbeizuführen. In diesem Falle enthalten sich die Mehrheitsfraktionen (oder Teile davon) ihrer Stimme, obwohl sie den Kanzler eigentlich unterstützen. Da die Oppositionsfraktionen dem Kanzler in aller Regel nicht das Vertrauen aussprechen, geht auf diese Weise die Vertrauensabstimmung verloren, und der Kanzler kann den Bundespräsidenten bitten, den Bundestag aufzulösen. Kritiker sprechen von einer „unechten Vertrauensfrage".

# Die Arbeitsweise der Regierungskoalition und der Regierung

## M 1 Schnittstelle Exekutive/Legislative

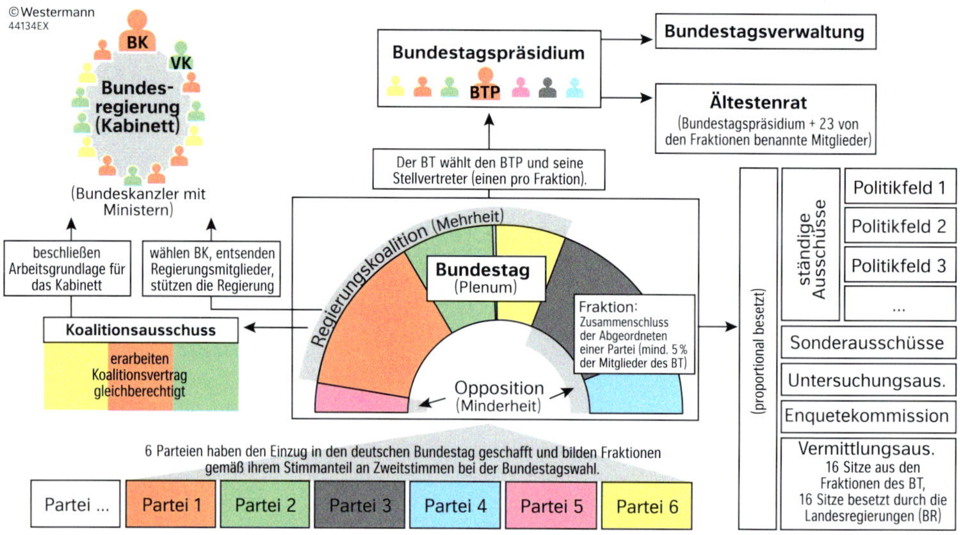


## M 2 Fraktionsdisziplin – Voraussetzung für Politik?

**GLOSSAR**

Abgeordnete
Bundestag
Fraktion

Wie aber ist die häufig praktizierte und meist heftig kritisierte Fraktionsdisziplin zu bewerten? Zunächst sei festgestellt, dass in der überwiegenden Mehrzahl der Fälle, in denen Fraktionen geschlossen abstimmen, die Ursache nicht in einer von der Fraktionsspitze verlangten Disziplin, sondern im hohen Grad interner Arbeitsteilung liegt. Jede Fraktion kennt heute für jedes einzelne Sachgebiet ihre Spezialisten. Nichts ist darum natürlicher, als wenn die Mehrheit der Fraktion bei den Abstimmungen den Vorschlägen ihrer jeweiligen Spezialisten folgt. Daraus ergibt sich meist fast selbstverständlich die Geschlossenheit der Fraktion, in deren Gesamtinteresse es ja ohnedies liegt, möglichst einheitlich aufzutreten.
Nur eine geschlossen operierende Fraktion ist in der Lage, ihre Konzeption der Führung der Politik und ihre Überzeugung von der richtigen Ordnung des Gemeinwesens durchzusetzen. Fraktionsdisziplin wird in der Regel nur dort energisch gefordert, wo man sich nachdrücklich in Programm oder Tradition von anderen Parteien unterscheiden will. [...]

Überall dort, wo das Parlament wirklich die politischen Grundentscheidungen mitbestimmen soll, muss es zur Bildung einheitlich handelnder Gruppen von Abgeordneten kommen. Das schließt intensive interne Diskussionen nicht aus. Aber die von einer Partei oder einer Parteienkoalition abhängige Regierung kann nur handeln und ihre Ziele durchsetzen, wenn sie sich auch in der Praxis auf die Unterstützung der Mehrheit im Parlament verlassen kann. Die Einordnung in die Disziplin der Fraktion ist deswegen eine der Voraussetzungen dafür, dass eine demokratische Ordnung der Politik überhaupt funktioniert. Mit Rückgratlosigkeit hat sie in der Regel nichts zu tun. Fehlte die Fraktionsdisziplin, so würde sich der einzelne Abgeordnete bald stärkeren Pressionen durch lokale oder partikulare Interessengruppen ausgesetzt sehen. [...]
Natürlich darf man das Prinzip der Fraktionsdisziplin auch nicht überspannen. In echten Gewissensfragen [...] sollte jede vernünftige Fraktion die Abstimmung freigeben.

*Waldemar Besson/Gotthard Jasper, Das Leitbild der modernen Demokratie. Bauelemente einer freiheitlichen Staatsordnung, Bonn: Bundeszentrale für politische Bildung, 1990, S. 37 f.*

## M3 Der Koalitionsausschuss – das Zentrum der Macht

Angesichts der Schwächen des Kabinetts als politischem Führungsorgan trat in der Geschichte der Bundesrepublik immer wieder die Tendenz zutage, den Ort politisch brisanter Entscheidungen aus dem Kabinett hinaus in informale Gremien zu verlagern. [...] Mit der Großen Koalition unter Bundeskanzlerin Merkel [...] kehrte man zu einem informalen Koalitionsausschuss-Regime zurück. Beteiligte im Koalitionsausschuss waren [...] die Partei- und die Fraktionsvorsitzenden, dazu einzelne Minister, die sich im Ausschuss auf wichtige Kompromisse einigten; diese wurden dann von Bundesregierung, Bundestag und Bundesrat umgesetzt. [...]
[So sah zum Beispiel ein Koalitionsvertrag] vor, in Parlament und Regierung „Konsens" zwischen den Koalitionspartnern herzustellen. Dementsprechend sind Anträge etc. im Bundestag nur gemeinsam oder im Einvernehmen einzubringen [...] [und man stimmt] „einheitlich" ab (keine „wechselnden Mehrheiten"). Im Kabinett darf in Fragen, die für einen Partner von grundsätzlicher Bedeutung sind „,keine Seite überstimmt" werden, bei der Besetzung von Kabinettsausschüssen, Kommissionen usw. ist im Einvernehmen bzw. nach einem festen Schlüssel vorzugehen. Ebenso ist ein Koalitionsausschuss vorgesehen, der regelmäßig bei Beginn jeder Sitzungswoche des Bundestages sowie auf Wunsch eines Koalitionspartners zusammentritt: „Er berät Angelegenheiten von grundsätzlicher Bedeutung, die zwischen den Koalitionspartnern abgestimmt werden müssen, und führt in Konfliktfällen Konsens herbei". [...] Eindeutig deutet [...] die Funktionsbeschreibung des Koalitionsausschusses darauf, dass ihm eine führende Rolle als Entscheidungszentrum der Koalition zugedacht ist.

*Wolfgang Rudzio, Das politische System der Bundesrepublik Deutschland, 8. Aufl., Wiesbaden: Springer VS, 2011, S. 267 f.*

**GLOSSAR**

**Bundesregierung**
**Koalition**

## M4 Widersprechen Koalitionsverträge der Verfassung?

Im Herbst 1961 fand in der Bonner Republik eine aus heutiger Sicht bizarre Debatte statt: Darf es einen Koalitionsvertrag geben? Das war die Bedingung der FDP für eine Koalition mit CDU und CSU nach der Bundestagswahl im September. Die Union hatte ihre absolute Mehrheit verloren, war also auf einen Koalitionspartner angewiesen. Für die westdeutsche Demokratie und die Regierung Konrad Adenauers war dieser Wunsch etwas Neues. [...]
Die Aufregung über die Neuheit war groß. [...] Dolf Sternberger schrieb [...]: „Ohne Zweifel widerspricht ein Koalitionsvertrag der Verfassung." Die Richtlinienkompetenz des Bundeskanzlers werde eingeschränkt, „ehe er noch zu handeln begonnen hat". Auch die Bundesminister, die laut Grundgesetz in „eigener Verantwortung" regieren, verlören ihre Handlungsfreiheit. Das Kabinett gerate unweigerlich in Abhängigkeit vom Koalitionsausschuss der Parteiführungen – auch dieses Gremium war ein Novum.
Schon im Koalitionsvertrag von 1961 stand die Verpflichtung, „dass nicht einzelne Gruppen der Koalitionsfraktionen zusammen mit der Opposition in Einzelfällen Mehrheiten bilden". Entsprechende Formulierungen finden sich heute in so gut wie allen Koalitionsverträgen. Wird damit auf die Abgeordneten nicht Zwang ausgeübt, die doch nur ihrem Gewissen und nicht Koalitionsverträgen unterworfen sein sollen? Was ist mit der Freiheit des Mandats?

*Jasper von Altenbockum, Widersprechen Koalitionsverträge der Verfassung?, in: Frankfurter Allgemeine Zeitung online, 11.11.2021, https://www.faz.net/aktuell/politik/bundestagswahl/koalitionsvertraege-sind-sie-mit-dem-grundgesetz-vereinbar-17628752.html (Zugriff: 28.02.2022)* 

**INFO**

**Art. 38 Abs. 1 GG**
Die Abgeordneten des Deutschen Bundestages werden in allgemeiner, unmittelbarer, freier, gleicher und geheimer Wahl gewählt. Sie sind Vertreter des ganzen Volkes, an Aufträge und Weisungen nicht gebunden und nur ihrem Gewissen unterworfen.

**1** Beschreiben Sie die Funktion von Fraktionsdisziplin, Koalitionsausschüssen und Koalitionsverträgen für ein parlamentarisches Regierungssystem (M1 bis M4).

**2** Erörtern Sie das Spannungsverhältnis aus Fraktionsdisziplin bzw. Koalitionsverträgen und der Freiheit des Mandats (M2, M4).

# Die aktive Rolle der Opposition

## M1 Dualistische Aufgabenteilung im Bundestag

[Im] heutigen Deutschland [steht] das Parlament, der Bundestag [...], im Zentrum der politischen Institutionen. Er ist als einziges Bundesorgan direkt vom Volke gewählt, verfügt damit über die entscheidende demokratische Legitimation und erfüllt anstelle des Volkes die Funktionen:

- Er ist es, der die personelle Besetzung aller anderen zentralstaatlichen Organe direkt oder indirekt vornimmt, teilweise gemeinsam mit Vertretern anderer Organe (Wahlfunktion).
- Seiner Kontrolle unterliegt das Regierungshandeln (Kontrollfunktion).
- Ihm obliegt, bei Mitwirkung des Bundesrats, die Gesetzgebung (legislative Funktion).
- Er soll den im Volke vorhandenen Meinungen Ausdruck geben (Artikulationsfunktion).

Entscheidend dafür, in welcher Weise diese Aufgaben tatsächlich erfüllt werden, ist jedoch die veränderte Rolle des Parlaments im parlamentarischen Regierungssystem. Einst – in konstitutionellen Monarchien – primär Volksrepräsentation gegenüber der obrigkeitlichen Regierung, stellt nun das Parlament selbst, genauer: die Parlamentsmehrheit, durch Personen ihres Vertrauens die Regierung. [...] Anstelle klassischer Gewaltenteilung existiert damit [...] eine „nearly complete fusion, of the executive and legislative powers". Dies hat zur Folge, dass für die Parlamentsmehrheit nun die Wahl- und Gesetzgebungsfunktion im Vordergrund stehen, für die Opposition hingegen Kontrolle und Artikulation. Anstelle eines Dualismus von Gesamtparlament und Regierung ist damit ein Dualismus von Parlamentsmehrheit (einschließlich Regierung) und parlamentarischer Opposition getreten.

*Wolfgang Rudzio, Das politische System der Bundesrepublik Deutschland, 8. Aufl., Wiesbaden: Springer VS, 2011, S. 210 f.*

## M2 Parlamentarische Kontrolle

Parlamentarische Kontrolle der Regierung impliziert [...] das Recht des Bundestages, der handelnden Regierung prüfend über die Schultern zu schauen und eingreifen zu können. Parlamentarische Kontrolle erfolgt in drei Richtungen:

- als politische Richtungskontrolle, bei der Mehrheit und Opposition politisch urteilen;
- als Effizienzkontrolle unter der Frage, ob die Regierung zielentsprechende und wirksame Mittel ökonomisch einsetzt;
- als Rechtskontrolle, bei der geprüft wird, ob sich das Regierungshandeln im Rahmen des Rechts bewegt. [...]

Angesichts der ausschlaggebenden Dualität Regierungsmehrheit – Opposition überrascht es nicht, dass die parlamentarischen Kontrollrechte überwiegend von der Opposition genutzt werden. Bei näherer Betrachtung ist jedoch zu berücksichtigen: „Während die Mehrheit durch möglichst verborgene Kontrolle möglicher öffentlicher Kritik an der Regierung zuvorzukommen und damit möglichen Einbußen ihrer eigenen Machtposition vorzubeugen und diesbezügliche Kritik möglichst unwirksam zu halten versucht, ist die Opposition bemüht, möglichst öffentlich und laut durchschlagend und unmittelbar zu kritisieren, mit dem Ziel, die Regierung abzulösen."

*Wolfgang Rudzio, Das politische System der Bundesrepublik Deutschland, 8. Aufl., Wiesbaden: Springer VS, 2011, S. 210 f.*

1 Beschreiben Sie die Aufgabenteilung des Parlaments im „Neuen Dualismus" (M1).
2 Erklären Sie die parlamentarischen Kontrollmittel gegenüber der Regierung (M2, M3).
3 Werten Sie die Tabelle M4 aus.

## M3 Parlamentarische Kontrollmittel

### Parlamentarische Kontrolle

**Große Anfrage**
schriftliche Anfrage zu einem größeren politischen Themenkomplex durch eine Fraktion bzw. mindestens 5 % der Abgeordneten
An die Beantwortung durch die Bundesregierung schließt sich in der Regel eine Debatte vor dem Bundestag an.

**Fragestunde**
Einzelfragen zur mündlichen oder schriftlichen Beantwortung, von einzelnen Abgeordneten eingebracht
mündliche Beantwortung in den beiden wöchentlichen Fragestunden des Bundestags
Möglichkeit für die Abgeordneten, mit Zusatzfragen nachzuhaken

**Fragerechte des Bundestags**
**Hauptfunktionen:**
- ***Beschaffung von Informationen***
- ***öffentliche Herausforderung der Regierung durch die Opposition***
- ***Gelegenheit, die Haltung der Opposition darzulegen***

**Kleine Anfrage**
schriftliche Anfrage zu konkreten Einzelthemen durch eine Fraktion bzw. mindestens 5 % der Abgeordneten
Die Antwort erfolgt schriftlich durch das jeweils zuständige Bundesministerium.

**Aktuelle Stunde**
politische Debatte mit Kurzbeiträgen zu einem aktuellen Thema
auf Verlangen einer Fraktion bzw. von mindestens 5 % der Abgeordneten oder nach Vereinbarung im Ältestenrat
Redezeit für die Abgeordneten: 5 min; Gesamtdauer: 1 Stunde + Redezeit der Regierung

Quelle: Bergmoser + Höller Verlag AG, Zahlenbilder 66250 28929EX

**a) Artikel 44 GG (Untersuchungsausschüsse)**

**(1)** Der Bundestag hat das Recht und auf Antrag eines Viertels seiner Mitglieder die Pflicht, einen Untersuchungsausschuss einzusetzen, der in öffentlicher Verhandlung die erforderlichen Beweise erhebt. Die Öffentlichkeit kann ausgeschlossen werden. […]

**b) Kommentar**

Zu beachten ist […], dass sich das Untersuchungsausschussrecht unter den Bedingungen des parlamentarischen Regierungssystems maßgeblich zu einem Recht der Opposition auf eine Sachverhaltsaufklärung unabhängig von der Regierung und der sie tragenden Parlamentsmehrheit entwickelt hat. Artikel 44 Absatz 1 Satz 1 ist daher als minderheitsschützende Regelung angelegt. […]
Zu bedenken ist ferner, dass ein parlamentarisches Untersuchungsverfahren auf die demokratische Öffentlichkeit zielt. In der Einwirkung auf die Öffentlichkeit liegt ihr wesentliches Sanktionspotenzial.

*Horst Risse/Karsten Witt, Kommentar zu Artikel 44, in: Dieter Hömig/Heinrich Amadeus Wolff (Hrsg.), Grundgesetz für die Bundesrepublik Deutschland. Handkommentar, 11. Aufl., Baden-Baden: Nomos, 2016, S. 436*

## M4 Nutzung der Kontrollmittel durch die Fraktionen

| **Große Anfragen** | **16. BT** | **17. BT** | **18. BT** | **19. BT** |
|---|---|---|---|---|
| Regierungs-koalition aus: | CDU/CSU und SPD | CDU/CSU und FDP | CDU/CSU und SPD | CDU/CSU und SPD |
| CDU/CSU | – | – | – | – |
| CDU/CSU, FDP | – | 2 | – | – |
| SPD | – | 24 | – | – |
| FDP | 17 | – | X | 4 |
| Grüne | 34 | 13 | 6 | 6 |
| Linke | 11 | 14 | 9 | 6 |
| SPD, Linke, Grüne | – | 1 | – | – |
| CDU/CSU, SPD | 1 | – | –– | – |
| AfD | X | X | X | 19 |
| insgesamt | 63 | 54 | 15 | 35 |

| Untersuchungsausschüsse | 16. BT | 17. BT | 18. BT | 19. BT |
|---|---|---|---|---|
| Anzahl | 2 | 4 | 5 | 4 |

| **Kleine Anfragen** | **16. BT** | **17. BT** | **18. BT** | **19. BT** |
|---|---|---|---|---|
| Regierungs-koalition aus: | CDU/CSU und SPD | CDU/CSU und FDP | CDU/CSU und SPD | CDU/CSU und SPD |
| CDU/CSU | – | – | – | – |
| CDU/CSU, FDP | – | 39 | – | – |
| SPD | – | 462 | – | – |
| FDP | 1.005 | – | X | 3.747 |
| Grüne | 788 | 1.442 | 1.723 | 1.645 |
| Linke | 1.505 | 1.682 | 2.184 | 2.803 |
| SPD, Grüne | – | 3 | – | – |
| SPD, Linke, Grüne | – | 1 | – | – |
| Linke, Grüne | – | – | 2 | 2 |
| CDU/CSU, SPD | 1 | – | 43 | – |
| AfD | X | X | X | 3.479 |
| insgesamt | 3.299 | 3.629 | 3.953 | 11.677 |

X = Partei nicht im Bundestag vertreten

*Daten: Statistik der Parlamentarischen Kontrolltätigkeit, 16.–19. Wahlperiode, Berlin: Deutscher Bundestag, 2010, 2013, 2017, 2021*

# 5.4 Vergleich zu anderen politischen Systemen

## Demokratische Regierungssysteme im Vergleich

**GLOSSAR**

**Demokratie**

### M 1 Zwei Idealtypen und eine Sonderform

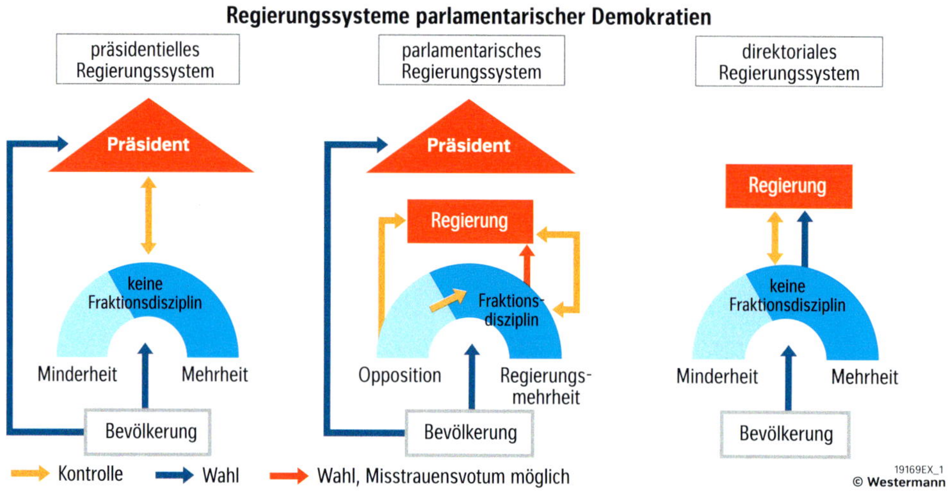


**QUERVERWEIS**

**Das Institutionengefüge der Bundesrepublik Deutschland,** S. 320 f.

**Die USA – ein präsidentielles Regierungssystem,** S. 334 f.

**Die Schweiz – ein halb-direktdemokratisches, direktoriales System,** S. 338–341

Innerhalb der Herrschaftsform der repräsentativen Demokratie, in denen vom Volk gewählte Parlamente eine zentrale Rolle spielen (z. B. Gesetzgebung, Kontrolle des Staatshaushalts, Kontrolle der Regierung), unterscheidet man grundsätzlich die zwei Idealtypen des präsidentiellen Regierungssystems und des parlamentarischen Regierungssystems. Daneben besteht die Mischform des semipräsidentiellen Regierungssystems und der Sonderfall des direktorialen Regierungssystems.

**Präsidentielles Regierungssystem**

In dieser Form finden wir eine sogenannte geschlossene Exekutive vor, das heißt, der Regierungschef ist auch gleichzeitig das Staatsoberhaupt. Der Präsident wird zumeist direkt von der Bevölkerung gewählt, so auch das Parlament. Dadurch haben sowohl die Exekutive als auch die Legislative eine gänzlich eigene Legitimationsbasis. Dies führt in der Praxis zu einer strengen traditionellen Gewaltenteilung zwischen Regierung und Parlament, beide fungieren als Kontrollinstanz des jeweilig anderen. Somit ist es nur konsequent, dass es verfassungsrechtlich verboten ist, dass Mitglieder der Regierung ein Parlamentsmandat innehaben oder umgekehrt Abgeordnete des Parlaments Regierungsposten besetzen. Diese strikte Trennung und die jeweils eigene Legitimationsbasis machen es unmöglich, dass eine Regierung durch das Parlament gestürzt werden oder umgekehrt die Regierung das Parlament zum Zwecke von Neuwahlen vorzeitig auflösen kann. Da die Regierung nicht vom Parlament abhängt und auch nicht personell mit ihr verflochten ist, gibt es für die Parlamentarier auch keinen Grund zu übermäßiger Parteien- und Fraktionsdisziplin. So muss ein regierender Präsident nicht selten auch in den eigenen Reihen um Mehrheiten für von ihm angestrengte Gesetzesvorhaben werben.

**Parlamentarisches Regierungssystem**

Da die Regierung in dieser Form aus dem Parlament hervorgeht (daher der Name), verfügen beide über eine gemeinsame Legitimationsbasis, nämlich die Wahl zum Parlament. Dieses wählt dann in aller Regel den Mehrheitsführer bzw. Vorsitzenden der stärksten Partei im Parlament zum Regierungschef. Ein mit eher repräsentativen Aufgaben ausgestatteter Präsident, oft eine Art Staatsnotar, existiert nebenher, daher die Rede von der doppelten Exekutive. In dieser Form ist es nur konsequent, wenn ein zum Regierungschef gewählter Mehrheitsführer (oft als Premierminister oder Kanzler bezeichnet) sein Parlamentsmandat weiterbehält, dies trifft auch in den meisten Fällen auf die ernannten Minister in der Regierung zu. Die Gewaltenverschränkung zwischen Regierung und Parlament erzeugt eine gegenseitige Abhängigkeit. Die Parlamentsmehrheit kann „ihren" Regierungschef durch ein Misstrauensvotum entlassen und ersetzen; zugleich kann ein Regierungschef „seine" Mehrheit zur Geschlossenheit hinter sich zwingen, indem er damit droht, vorzeitig Neuwahlen auszulösen (in der BRD nur durch Bundespräsidenten möglich). Die Praxis strenger Fraktionsdisziplin ist die Voraussetzung dafür, dass ein Regierungschef überhaupt ins Amt kommen und dort bleiben kann. Schließlich haben die Parteien ein grundlegendes Interesse daran, dass ihr Führungspersonal in die Regierung kommt und dort verbleibt, um im Sinne des Parteiprogramms mithilfe der eigenen Mehrheit im Parlament Politik zu machen. Diese Form der Gewaltenverschränkung bleibt aber nicht ohne Kontrolle. Sie wird im Kern von der Opposition im Parlament geleistet, die sich mit alternativem Programm und Personal für einen Machtwechsel bereithält.

**Direktoriales Regierungssystem**

Dieses Regierungssystem funktioniert grundsätzlich analog zum parlamentarischen Regierungssystem, jedoch verzichtet es auf ein separates, herausgehobenes Staatsoberhaupt. Die Regierung, die oft aus gleichberechtigt vom Parlament einzeln gewählten Mitgliedern besteht, wird daher als kollektives Staatsoberhaupt betrachtet. Zwar gibt es einen rotierenden Vorsitzenden der Regierung, dieser ist aber zumeist nur Primus inter Pares ohne erweiterte Befugnisse. Klassischerweise sind einmal gewählte Regierungsmitglieder auch nicht vor Ablauf der Wahlperiode durch ein (konstruktives) Misstrauensvotum abwählbar. Dies führt zu einer fast präsidialen Stellung der Regierung gegenüber dem Parlament. Da die Regierung nicht von einer Mehrheit im Amt gehalten werden muss, löst sich die strenge Fraktionsdisziplin auf.

**INFO**

**Primus inter Pares**
Erster unter Gleichen

*Autorentext*

## M2 Welches Regierungssystem ist besser?

Befürworter des Präsidentialismus argumentieren oft mit der größeren Handlungsfähigkeit präsidentieller Regime und mit der Legitimierung des Staatspräsidenten durch meist unmittelbare Volkswahl. [...]
Weil sowohl das Parlament gewählt wird wie auch der Präsident, gibt es im Präsidentialismus [...] mehr Beteiligungschancen für die Wähler und mehr Rechenschaftspflichtigkeit der gewählten Volksvertreter, größere Chancen der Gesetzgebungskontrolle durch das Parlament und Stabilisierungsvorteile im Falle schwacher Parteien. [...]
Der Gegenthese [...] zufolge sind die parlamentarischen Regierungssysteme insgesamt überlegen – leistungsfähiger, elastischer, weniger störanfällig. [...] Politik aus einem Guss ist gerade in der Präsidialform nicht selbstverständlich. [...] Zu den Problemen gehört die hohe Wahrscheinlichkeit konfliktbeladener Beziehungen in der Exekutive sowie zwischen Exekutive und Legislative.
Ferner fehlen in der präsidentiellen Demokratie Mechanismen, die derartige Konflikte zuverlässig regeln können. [...]
Überdies macht sich im Präsidentialismus [...] die scharfe Trennung von Exekutive und Legislative als Hemmschuh spürbar. Das erschwert die Gesetzgebung, unter Umständen blockiert es sie.

*Manfred G. Schmidt, Demokratietheorien. Eine Einführung, 6. Aufl., Wiesbaden: Springer VS, 2019, S. 314 ff.*

1 Beschreiben Sie die drei Regierungssysteme (M1).
2 Vergleichen Sie die drei Regierungssysteme (M1).
3 Arbeiten Sie die Vor- und Nachteile des präsidentiellen und des parlamentarischen Regierungssystems heraus (M1, M2).
4 Diskutieren Sie, welches Regierungssystem besser ist (M2).

# Die USA – ein präsidentielles Regierungssystem

## M 1 Das Institutionengefüge der USA

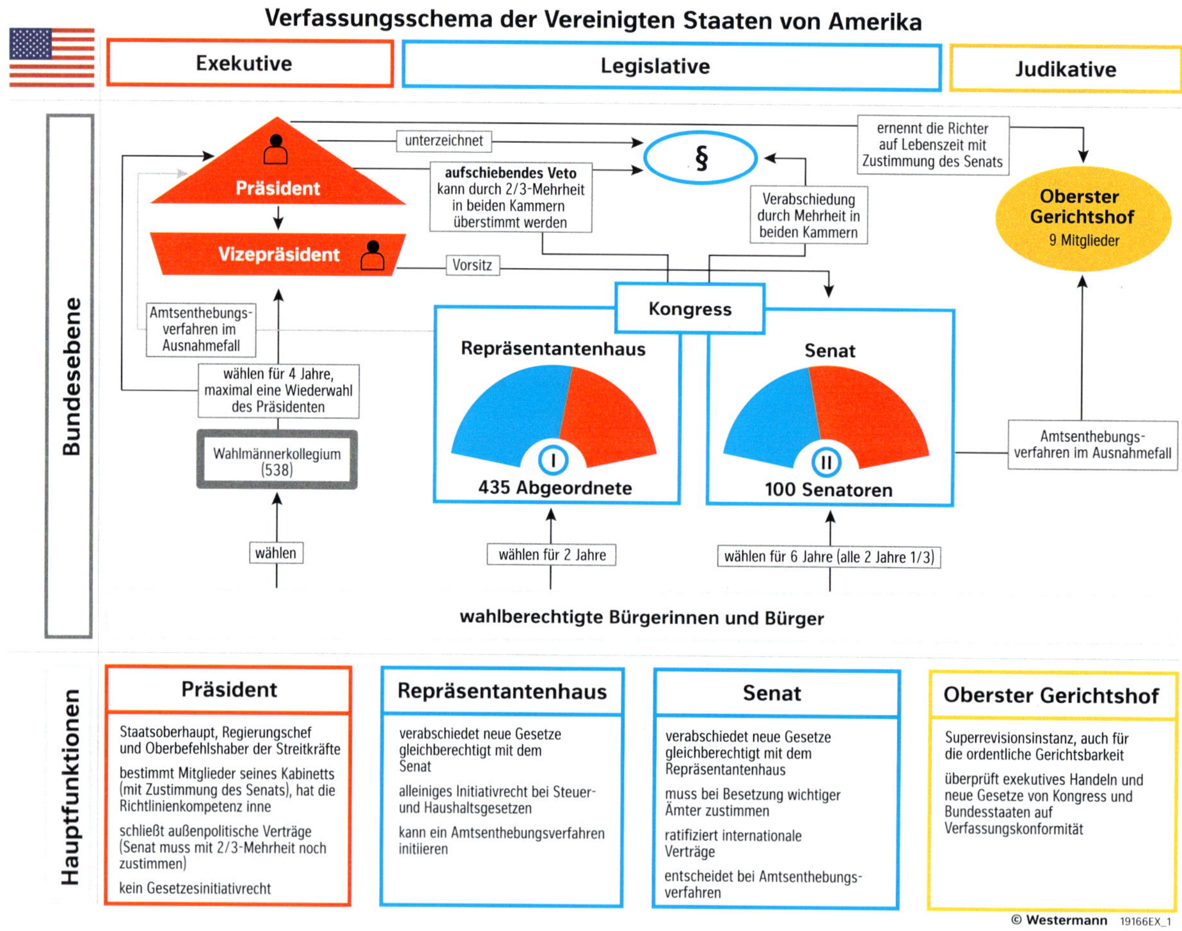


## M 2 Die Funktionsmechanismen des amerikanischen präsidentiellen Regierungssystems

**INFO**

**impeachment**
Verfahren zur Anklage und Amtsenthebung des Präsidenten (oder anderer hoher Staatsbeamter) wegen Missbrauchs des Amtes in den USA; das Verfahren wird vom Repräsentantenhaus veranlasst, die Entscheidung über die Amtsenthebung trifft der Senat mit Zweidrittelmehrheit.

Unbestritten ist […], dass zwischen dem in Europa dominierenden parlamentarischen Regierungssystem und dem präsidentiellen System der USA einige zentrale Strukturunterschiede bestehen:

- Präsident und Kongress werden in den Vereinigten Staaten in getrennten Wahlen bestellt, während im parlamentarischen Regierungssystem eine einzige Wahl über die Zusammensetzung von Parlament und Regierung entscheidet, auch wenn die Möglichkeit unterschiedlicher Koalitionen gegeben ist.
- Die Regierung wird im parlamentarischen Regierungssystem also vom Parlament bestellt und sie kann von ihm […] auch wieder abberufen werden. Dem Kongress steht dieses Abberufungsrecht im Normalfall nicht zu. Er kann den Präsidenten nicht wegen schlichter politischer Meinungsverschiedenheiten oder wegen veränderter Mehrheiten stürzen. Ihm bleibt nur die Waffe des sogenannten „impeachment“, d. h., er muss in einem justizähnlichen Verfahren dem Präsidenten strafrechtlich relevante Vergehen nachweisen. […]

- Umgekehrt fehlt dem Präsidenten ein wichtiges Disziplinierungsmittel gegenüber dem Kongress: Er kann ihn nicht [...] auflösen und Neuwahlen ausschreiben.
- Während der Premierminister in Großbritannien, dem Land des klassischen parlamentarischen Regierungssystems, dem Unterhaus angehören muss, verlangt die Verfassung der Vereinigten Staaten Inkompatibilität: Der Präsident und seine Regierungsmitglieder [...] dürfen keinen Sitz im Kongress innehaben.
- Im parlamentarischen Regierungssystem besteht eine geteilte Exekutive: Die mehr repräsentativen Staatsaufgaben liegen in den Händen eines Präsidenten oder eines Monarchen, die eigentliche Regierungsmacht bleibt einem Premierminister, Kanzler oder Ministerpräsidenten vorbehalten. In den Vereinigten Staaten hingegen vereinigt der Präsident die Funktionen des Staatsoberhauptes und des Regierungschefs in einer Person.
- Dem Präsidenten der Vereinigten Staaten ist formal die Möglichkeit der Gesetzesinitiative verschlossen. Er besitzt nur die Möglichkeit, Gesetzesbeschlüsse des Kongresses mit seinem Veto zu belegen. Dieses präsidentielle Veto kann allerdings mit einer Zweidrittelmehrheit in beiden Häusern des Kongresses überstimmt werden. Die Regierung in einem parlamentarischen Regierungssystem hat hingegen die Möglichkeit der Gesetzesinitiative, und sie hat [...] teilweise auch, wie zum Beispiel in Großbritannien oder in der Bundesrepublik, ein absolutes Vetorecht gegen Ausgabengesetze. [...]

Auch heute sprechen die Amerikaner in Bezug auf ihr Regierungssystem selten isoliert von einer „separation of powers“, sie betonen jeweils auch das Prinzip der „checks and balances“ und stellen so die gewaltenteilenden neben die gewaltenvermischenden Elemente.

Die am häufigsten zitierte und griffigste Formel stammt aus der Feder von Richard Neustadt: Der Verfassungskonvent von 1787 habe kein Regierungssystem mit voneinander total getrennten Gewalten angestrebt, er habe ein Regierungssystem mit getrennten Institutionen geschaffen, die sich in die Ausübung der Gewalten teilen („a government of separated institutions sharing powers“).

Einige wenige Beispiele funktionaler Gewaltenvermischung müssen hier genügen, um die Richtigkeit dieser These zu belegen: Beim impeachment hat der Senat das letzte Wort, er übt hier judikative Funktionen aus, darüber hinaus nimmt der Vorsitzende des Supreme Court bei Amtsanklagen gegen den Präsidenten den Vorsitz im Senat wahr. Durch die Ernennung der Bundesrichter – vor allem derjenigen des Supreme Court – wirkt der jeweilige Präsident massiv in die Judikative hinein, er ist aber bei diesen Ernennungen an die Zustimmung des Senates gebunden.

Diese Mitwirkungsbefugnis des Senates greift auch bei einer Vielzahl von Personalentscheidungen des Präsidenten im administrativen Bereich. Die Verfassung enthält dem Präsidenten zwar – wie erwähnt – die Gesetzesinitiative vor, in der Praxis stammt jedoch ein Großteil der Gesetzesvorschläge aus der Exekutive. Dass der Präsident durch sein Vetorecht auch legislativ tätig ist, spricht ebenso für die These Neustadts wie die Eingriffsmöglichkeiten des Kongresses in die Organisationsgewalt der Exekutive. [...]

Die formale Konstruktion der Beziehungen zwischen Legislative und Exekutive hat wesentlich dazu beigetragen, dass der Kongress auch heute noch als effektiver Widerpart des Präsidenten und als das vergleichsweise mächtigste Parlament der westlichen Demokratien betrachtet werden kann. Das präsidentielle Regierungssystem macht im Gegensatz zum parlamentarischen System eine dauernde Absicherung des Präsidenten durch die Parlamentsmehrheit unnötig und ermöglicht so [...] die sich derzeit allerdings verringernde Individualisierung und Atomisierung der Entscheidungsstrukturen im amerikanischen Kongress.

*Emil Hübner/Ursula Münch, Das politische System der USA. Eine Einführung, 7. Aufl., München: Beck 2013, S. 113 ff.*

**1** **a)** Charakterisieren Sie das Regierungssystem der USA unter den Aspekten: Aufbau der Exekutive, Legitimationsquelle der Regierung, Kompatibilität von Amt und Mandat sowie Beziehung von Exekutive und Legislative (M1, M2).
**b)** Vergleichen Sie es unter diesen Kriterien mit der Bundesrepublik Deutschland.

**2** Erörtern Sie die These: „Die USA – ein Staat, wie Montesquieu ihn sich vorstellte“.

**QUERVERWEIS**

**Das Institutionengefüge der Bundesrepublik Deutschland,** S. 320 f.

**Montesquieu: Gewaltenteilung (II),** S. 310 f.

# Der Zusammenhang von Institutionengefüge, Wahl und Parteiensystem

## M 1 Die amerikanische Parteienlandschaft

**GLOSSAR**
Partei

**QUERVERWEIS**
Welche Aufgaben haben Parteien und Verbände im politischen Prozess?, S. 102 f.

Wahlkampf im Wandel S. 122 f.

**GLOSSAR**
Elite

Amerikanische Parteien unterscheiden sich hinsichtlich ihrer Struktur, Programmatik und Funktion wesentlich von jenen politischen Organisationen in Westeuropa, die ebenfalls als Parteien bezeichnet werden […]. Die primäre Funktion der amerikanischen Parteien spiegelt sich in der klassischen Definition von party, wie sie sich in einschlägigen Handbüchern zur amerikanischen Politik findet: A party is to elect – eine Partei ist dazu da, dass Kandidaten für öffentliche Ämter nominiert und gewählt werden können. Im amerikanischen Selbstverständnis ist eine Partei zunächst nicht viel mehr als eine Gruppe von Bürgern, wie locker ihr organisatorischer und programmatischer Zusammenhalt auch sein mag, die die Wahl von Bewerbern für ein öffentliches Amt unter einem bestimmten Parteietikett durchzusetzen versucht.
Hinter dieser Nominierungs-, Wahl- und damit Elitenauswahlfunktion der amerikanischen Parteien treten solche Funktionen deutlich zurück, die im Parteienstaat der Bundesrepublik Deutschland […] gleichgewichtig mit im Vordergrund stehen: Aufnahme und Aggregation divergierender gesellschaftlicher und politischer Interessen sowie deren Vermittlung in das politisch-administrative System; Artikulation von programmatischen Konzeptionen in verschiedenen Politikbereichen sowie Formulierung politischer Alternativen und die politische Bildung der Bürger. […]
[Amerikanische Parteien] rekrutieren aber zuweilen ihre Kandidaten nicht einmal selbst, sondern unterstützen hin und wieder auch solche Wahlbewerber, die von politischen Cliquen und Netzwerken oder von Interessengruppen zur Kandidatur vorgeschlagen werden. Auch finanzieren und organisieren amerikanische Parteien nicht oder nur zu einem Teil den Wahlkampf derjenigen, die unter ihrem Etikett antreten. Dies ist vielmehr in der Regel die Aufgabe der Kandidaten selbst. […]
Die typisch deutsche Frage, welche gesellschaftliche Konzeption und politische Theorie der Programmatik einer Partei zugrunde liegt, läuft bei den Parteien der USA ins Leere. Die beiden großen Parteien befürworteten einen grundsätzlich durch den Markt sich regelnden, den staatlichen Eingriff aber zulassenden Kapitalismus. Dennoch unterscheiden Republikaner und Demokraten sich deutlich in ihrem programmatisch-ideologischen Profil und in ihren politischen Positionen, was mit ihrer jeweils besonderen Geschichte, mit den sie tragenden Wählergruppen sowie mit den auf sie einwirkenden Interessengruppen zusammenhängt.
So treten die Demokraten […] stärker für den Eingriff des Bundes in Wirtschaft und Gesellschaft und für die Unterstützung der Unterschichten ein. Sie gelten – in der amerikanischen Begrifflichkeit – als liberal, nämlich als eher staatsinterventionistisch. Entsprechend ihren Interessen kooperieren die Gewerkschaften und bestimmte Organisationen ethnischer Minoritäten mit den Demokraten.
Die Republikaner hingegen, den Unternehmerverbänden nicht fernstehend […], betonen die Kräfte des Marktes, opponieren gegen höhere Besteuerung sowie neue nationale Sozialprogramme und setzen sich für Steuersenkungen […] ein. Sie treten für die Deregulierung der Ökonomie ein und gelten als konservativ, nämlich als eher staatsabstinent.

*Peter Lösche, Die politischen Parteien, in: Wolfgang Jäger/Christoph M. Haas (Hrsg.), Regierungssystem der USA. Lehr- und Handbuch, 3. Aufl., München: Oldenbourg, 2007, S. 289 f., 301 f.*

## M 2 Abgeordnete als „politische Einzelunternehmer"

In den USA [ist] die politische Zukunft einzelner Abgeordneter und Senatoren weitgehend unabhängig von der des Präsidenten; ihre Wahlchancen sind im eigenen Wahlkreis bzw. Einzelstaat zu suchen. Aufgrund des Wahlsystems und der Politikfinanzierung sind „politische Einzelunternehmer" in den USA primär selbst für ihre Wiederwahl verantwortlich

und haften gegebenenfalls auch persönlich für ihr bisheriges Abstimmungsverhalten im Kongress, weil sie sich gegenüber Interessengruppen und Wählern nicht hinter einer Parteidisziplin verstecken können. In der legislativen Auseinandersetzung fehlen US-Parteien Ressourcen und Sanktionsmechanismen, um den Gesetzgebungsprozess zu gestalten.
Parteien spielen in den USA – mit Ausnahme ihrer Funktion bei den Wahlen – eine untergeordnete Rolle. Das Unvermögen der Parteien, Politik zu gestalten und auch für personellen Nachschub zu sorgen, eröffnet sowohl Thinktanks als auch Interessengruppen größere Aufgabengebiete und Einwirkungsmöglichkeiten. Sogenannte advokatische Thinktanks, die oftmals auch den entsprechenden rechtlichen Status erwerben, um Graswurzel-Lobbying betreiben zu können, arbeiten strategisch mit politisch gleichgesinnten Gruppen von Abgeordneten und Senatoren zusammen, um ihre Politikvorstellungen in die Tat umzusetzen. Ein besonders wirksames Mittel für Interessengruppen, um Einfluss auf den Gesetzgebungsprozess und die Wiederwahl zu nehmen, sind „Wählerprüfsteine" („scorecards" oder „voter guides"). Interessengruppen der christlichen Rechten machen zum Beispiel kritische Abstimmungen publik, damit Abgeordnete und Senatoren wissen, dass ihre Bevölkerung im Wahlkreis genau erfahren wird, wie sie abgestimmt haben.
[...] Da US-Abgeordnete und Senatoren keiner Parteidisziplin unterworfen sind, können sie sich auch nicht hinter ihr verstecken. Einzelne Politiker laufen ständig Gefahr, im Rahmen einflussreicher Kampagnen an den Pranger gestellt und gegebenenfalls bei der Kandidatur um eine Wiederwahl persönlich zur Rechenschaft gezogen zu werden. Sie wägen deshalb bei jeder einzelnen Abstimmung gründlich ab, wie sie sich bei den nächsten Wahlen für sie persönlich auswirken könnte. Der US-Präsident ist demnach laufend gefordert, im Kongress für die Zustimmung seiner Politik zu werben, das heißt je nach Politikinitiative unterschiedliche und zumeist parteiübergreifende Ad-hoc-Koalitionen zu schmieden.

*Josef Braml, Die Grundlagen des politischen Systems der USA, Bonn: Bundeszentrale für politische Bildung, 10.10.2008, https://www.bpb.de/themen/nordamerika/usa/10662/die-grundlagen-des-politischen-systems-der-usa/ (Zugriff: 03.03.2022)*

**INFO**

**Thinktank**
engl.: Denkfabriken; Einrichtungen, die Einfluss auf die öffentliche Meinung nehmen oder Politikberatung betreiben

**Advokat**
lat.: Rechtsanwalt

**ad hoc**
lat.: improvisierte, aus dem Moment heraus gefundene Entscheidung oder Handlung

## M3 Wahlen in den USA

Kanzlerkandidaturen [in der Bundesrepublik] sind hohe Ehrenämter. Im Grundgesetz existiert dieses Amt nicht. [...] Die unterstellte Attraktivität dieses Ehren-Spitzenamtes hatte zwar Mobilisierungspotenzial in Wahlkämpfen, allerdings von sehr begrenzter Wirkung. Da die Kanzlerkandidatur kein formelles Amt ist, kennen die Parteien auch kein formalisiertes Verfahren der Kür. Zumeist fällt die Entscheidung situationsabhängig in der Machtkonstellation zwischen Parteivorsitz und Bundestagsfraktion in einem ganz kleinen Kreis. Sicher ist dabei nur, dass diese Entscheidung hinter verschlossenen Türen fällt, bevor sie dann öffentlich inszeniert wird. In den USA muss man sich hingegen in öffentlichen Vorwahlen bereits dem Wählervotum stellen. Die Öffentlichkeit und die Parteien gestalten den Auswahlprozess.
Die Bürger der USA wählen – mit Ausnahme der Vorwahlen – nach dem relativen Mehrheitswahlrecht. Bei diesem Verfahren wird derjenige gewählt, der die meisten Stimmen erhalten hat. Die anderen Stimmen verfallen. Dies ist von Bedeutung, da dieses System auch dazu geführt hat, das bislang nur zwei relevante Parteien existieren: die Demokraten und die Republikaner.

*Karl-Rudolf Korte, The Winner takes it all?, Bonn: Bundeszentrale für politische Bildung, 11.10.2008, https://www.bpb.de/themen/nordamerika/usa/10667/the-winner-takes-it-all/ (Zugriff: 28.02.2022)*

**INTERNET**

**WES-118380-541**
Podcast: Nachgefragt: Die US-Präsidentschaftswahl 2020 – Interview mit dem Politologen Prof. Christian Lammert

**1** Vergleichen Sie die deutsche Parteienlandschaft mit der US-amerikanischen (M1).
**2** Ermitteln Sie Gründe und Folgen für die von Parteien vergleichsweise unabhängigen Politiker in den USA (M2).
**3** Stellen Sie den funktionalen Zusammenhang zwischen dem Institutionengefüge (S. 334 f., M1, M2), der Parteienlandschaft und dem Wahlsystem der USA her (M1 bis M3).

# Die Schweiz – ein halb-direktdemokratisches, direktoriales System

## M 1 Das Institutionengefüge der Schweiz

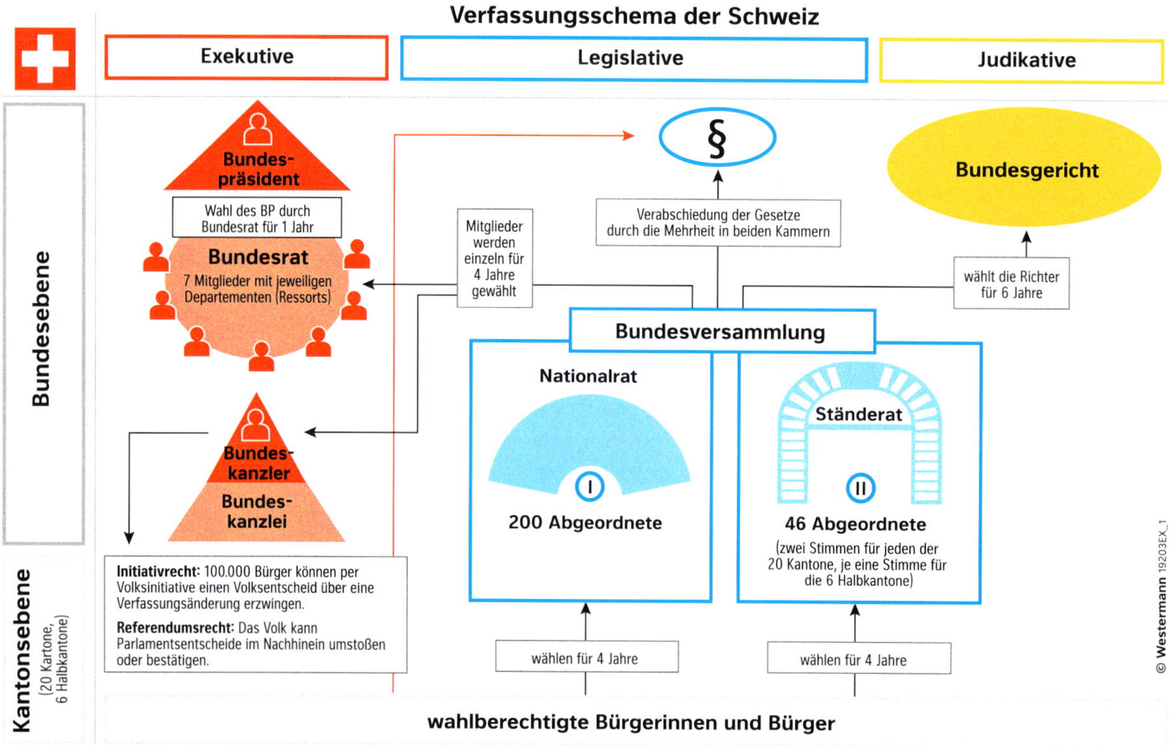


**QUERVERWEIS**

Direktoriales Regierungssystem, S. 333

Bei allen Besonderheiten im System der Schweiz ist sie im Kern zunächst eine repräsentative parlamentarische Demokratie. Allerdings ist das Ausmaß an direkten Mitwirkungsmöglichkeiten in politischen Sachfragen in Kombination mit einem direktorialen Regierungssystem einzigartig in der Welt. Speziell ist auch die Ausgangslage: Es muss ein Land mit drei Sprach- und Kulturräumen mit unterschiedlicher lokaler Bevölkerungsdichte zusammengehalten werden.

### Bundesversammlung

Die Legislative der Schweiz ist die Bundesversammlung. Sie besteht aus zwei, an der Gesetzgebung völlig gleichberechtigt beteiligten Kammern. Die erste Kammer, der Nationalrat, wird für vier Jahre von der gesamten Bevölkerung in einer Verhältniswahl ohne Sperrklausel (z. B. 5 %-Hürde) gewählt, wobei jeder Kanton eine gewisse Anzahl von Sitzen zugeteilt bekommt, die er je nach Wahlergebnis besetzt (Kanton = Wahlkreis). Die zum gleichen Zeitpunkt stattfindenden Ständeratswahlen finden dagegen zumeist als Mehrheitswahlen statt. Dies führt dazu, dass der Nationalrat in etwa proportional zum Stimmungsbild der gesamten Bevölkerung auch mit kleineren Parteien befüllt ist, während im Ständerat die großen Parteien dominieren.

Die Parlamentarier in der Schweiz üben ihr Mandat im „Milizsystem“, also eigentlich nebenberuflich, aus, auch wenn die Arbeitslast zu etwa 50 % bis 70 % einer Vollzeitstelle entspricht.

Beide Kammern haben das Recht zur Gesetzesinitiative und sind damit unabhängig vom Wohlwollen der Regierung. Sollte es zu unterschiedlichen Mehrheiten in den Kammern zu einem Gesetzesvorhaben kommen, wird ein Differenzbereinigungsverfahren durchgeführt. Da kein (konstruktives) Misstrauensvotum vorgesehen ist, ist die Fraktionsdisziplin eher schwach ausgeprägt.

### Bundesrat

Der Bundesrat ist das kollektive Staatsoberhaupt und zugleich die Regierung der Schweiz. Ihre sieben Mitglieder werden einzeln (!) für das jeweilige Ressort von der Bundesversammlung gewählt. Gewählt ist der Kandidat, der die absolute Mehrheit erhält. Sind mehrere Wahlgänge nötig, entfällt der je schwächste Kandidat im nächsten Wahlgang. Die sieben Bundesräte werden nicht von einer Regierungskoalition aus den Reihen von z.B. zwei Parteien gewählt, sondern mit Varianten und Unterbrechungen nach der sogenannten „Zauberformel" bestimmt. Die drei stärksten Fraktionen bekommen zwei Bundesratssitze, die viertstärkste einen. Zusätzlich wird darauf geachtet, dass die Mitglieder proportional den drei Sprach- und Kulturräumen der Schweiz (deutsch, französisch, italienisch) entsprechen. Diesen Ausgleich jenseits eines reinen Konkurrenzverfahrens zwischen den Parteien nennt man Konkordanz. Der Bundespräsident wird aus der Mitte des Bundesrats auf ein Jahr gewählt und sitzt dem Gremium als Primus inter Pares (Erster unter Gleichen) ohne Sonderrechte vor. Jeder Bundesrat führt sein Ressort selbstständig und unabhängig, über Differenzen im Bundesrat wird mit einfacher Mehrheit abgestimmt. Die Bundeskanzlei steht dem Bundesrat dabei als organisatorischer Stab bei.

Aufgrund der Nichtabberufbarkeit der Bundesräte durch die Bundesversammlung, nachdem sie einmal gewählt wurden, sind sie in ihren Entscheidungen sehr unabhängig und führen ihr Amt trotz parlamentarischer Berufung eher präsidential.

### Bundesgericht

Die Bundesversammlung wählt die 38 vollamtlichen und 11 nebenamtlichen Mitglieder des Bundesgerichts für eine Amtsdauer von sechs Jahren. Auch hier wird bei der Besetzung der doppelte Proporz beachtet: Parteien und Sprachregionen. Das Gericht beurteilt Streitigkeiten zwischen den Kantonen sowie zwischen Bund und Kantonen, prüft die Kantonsgesetze auf Verfassungskonformität und garantiert die Grundrechte. Es hat jedoch keine Befugnis, Bundesgesetze auf ihre Verfassungskonformität hin zu prüfen.

### Plebiszitäre Instrumente

Im Spannungsfeld zwischen unbefriedigenden Ergebnissen der Repräsentation und der Unmöglichkeit vollständig direkter Demokratie findet die Schweiz einen pragmatischen Mittelweg. Das Volk trifft die wichtigsten, das Parlament die wichtigen und die Exekutive nur nachrangige Entscheidungen. Unterschieden werden drei Formen von Volksrechten:

Beim obligatorischen Referendum bedarf es der Zustimmung durch eine doppelte Mehrheit von Volk und Ständen (Kantonen). Es kommt zwingend zur Anwendung bei Verfassungsänderungen und dem Beitritt zu internationalen Organisationen.

Das fakultative Referendum kommt ggf. zur Anwendung bei unbefristeten Gesetzen oder unkündbaren internationalen Verträgen. Das Parlament muss das Gesetz dazu mit einer Referendumsklausel versehen. Wenn 50.000 Stimmbürger innerhalb von drei Monaten per Unterschrift dieses Recht einfordern, wird eine landesweite Abstimmung über das Gesetz durchgeführt. Diese Regelung ist einer der Gründe für die ausgleichende Konkordanz im System, da auch parlamentarische Minderheiten durchaus in der Lage sind, die Bürger gegen ein Gesetz zu mobilisieren, und es so per Abstimmung zu Fall bringen können.

Als dritte Möglichkeit besteht die Volksinitiative. Mit 100.000 Unterschriften kann eine Abstimmung über die Aufhebung, Änderung oder Neuschaffung eines Verfassungsartikels erzwungen werden. Zur Annahme der Initiative benötigt es analog zum obligatorischen Referendum eine doppelte Mehrheit.

*Autorentext*

**INFO**

**Achtung, Verwechslungsgefahr mit den Institutionen der Bundesrepublik Deutschland:**

Der **Bundesrat** in der Schweiz ist als Teil der Exekutive das kollektive Staatsoberhaupt und die Regierung der Schweiz.
Der Bundesrat in der Bundesrepublik Deutschland ist die Länderkammer und Teil der Legislativen.

Die **Bundesversammlung** in der Schweiz meint beide Kammern der Legislativen, mit tatsächlicher gesetzgeberischer Funktion.
Die Bundesversammlung der Bundesrepublik Deutschland wird im Regelfall nur alle fünf Jahre zur Wahl des Bundespräsidenten einberufen.

In der Schweiz ist der **Bundespräsident** der Vorsitzende des Bundesrats und damit Teil der Regierung ohne Sonderbefugnisse gegenüber seinen Regierungskollegen.
Der Bundespräsident der Bundesrepublik Deutschland ist das Staatsoberhaupt und im Kern mit formalen Aufgaben betraut.

**1** Beschreiben Sie die Berufung und die Kompetenzen der Bundesinstitutionen der Schweiz (M1).

**2** Vergleichen Sie das Institutionengefüge der Schweiz (M1) mit dem der Bundesrepublik.

**3** Erörtern Sie, inwiefern das System der Schweiz die Demokratievorstellungen Rousseaus umgesetzt hat.

**QUERVERWEIS**

**Das Institutionengefüge der Bundesrepublik Deutschland,**
S. 320 f.

**Rousseau: Der Gesellschaftsvertrag,**
S. 312–315

## M2 Volksabstimmungen in der Schweiz

**INFO**

**Direkte Gegenentwürfe**
Zielt eine Eidgenössische Volksinitiative auf eine Änderung der Schweizer Bundesverfassung ab, hat die Bundesversammlung die Möglichkeit, in dem Referendum über die Vorlage dieser eine Alternative, einen direkten Gegenentwurf, gegenüberzustellen, über die dann ebenfalls abgestimmt wird.

Was ist denn dann durch die direkte Demokratie eigentlich anders in der Schweizer Politik? Zunächst einmal: Der Schweizer Bürger kann viel öfter politisch Einfluss nehmen als nur bei den alle vier Jahre stattfindenden Parlamentswahlen. Dort wählt er in der Regel nach Parteizugehörigkeit und muss deshalb auch so manchen Parteistandpunkt stillschweigend mittragen, den er gar nicht teilt.

Dank der direktdemokratischen Instrumente können dagegen bestimmte Sachfragen aus dem Spiel der Koalitions- und Parteienkompromisse herausgelöst und dem Wähler gesondert zur Abstimmung vorgelegt werden. Auch deshalb ist die Macht der Parteien in der Schweiz viel geringer als in Deutschland.

Dabei haben Initiative und Referendum im politischen Kräftespiel ganz unterschiedliche Auswirkungen, erklärt [...] [der Schweizer Politikwissenschaftler Silvano] Moeckli. „Das Referendum ist so etwas wie die Notbremse – wenn den Bürgern ein Gesetz nicht gefällt, können sie per Unterschriftensammlung eine Volksabstimmung darüber erzwingen.“ Etwa die Hälfte dieser Vorlagen wird dann auch tatsächlich zurückgewiesen.

Die Initiative sei dagegen, so Moeckli, das Gaspedal des politischen Prozesses: „Mit ihr werden oft Themen auf die Agenda gesetzt, die die Politik zu lange übersehen hat.“ So initiierte beispielsweise der Verkehrs-Club der Schweiz VCS, ein Umweltverband, 2001 eine Volksabstimmung über Tempo 30 in Innenstädten.

Eine andere Volksinitiative forderte mehr Rechte für Behinderte. Keine der beiden Initiativen bekam eine Mehrheit – allerdings läuteten sie eine breite innenpolitische Debatte ein und haben in der Folge viele Veränderungen im Kleinen bewirkt.

Dass die Schweiz eine ausgeprägte politische Diskussionskultur hat und die Wahlberechtigten im europäischen Vergleich überdurchschnittlich gut informiert sind, hält [...] Moeckli denn auch für die wichtigsten Vorteile der Schweizer Direktbeteiligung.

Volksabstimmungen und Referenden seien eine wichtige „Schule der Demokratie“, so Moeckli: „Man lernt, dass man im politischen Prozess auch mal unterliegen kann – und geht deshalb respektvoller mit dem politischen Gegner um.“ [...]

Gibt es überhaupt irgendetwas, das klar gegen die Schweizer Direktdemokratie spricht? Eine Frage, bei der Politikwissenschaftler Moeckli lange nachdenken muss: „Höchstens vielleicht, dass mit ihr so manche politische Entscheidung ziemlich viel Zeit in Anspruch nehmen kann.“

*Kerstin Hilt, Direkte Demokratie in der Schweiz, in: Planet Wissen, Köln: WDR, 10.07.2018, https://www.planet-wissen.de/kultur/mitteleuropa/urlaubsland_schweiz/pwiedirektedemokratieinderschweiz100.html (Zugriff: 03.03.2022)*

## M3 Gefährden Volksabstimmungen Minderheitenrechte?

Die Ergebnisse von Volksentscheiden in der Schweiz sind für Minderheiten meist nachteilig. Die Verfasser einer Studie, die alle minderheitenrelevanten Volksentscheide in Bund und Kantonen seit den 1960er-Jahren auswertet, kommen zu dem Schluss, dass „die direkten Effekte der direkten Demokratie tendenziell minderheitenfeindlich sind“. Im Zentrum dieser Studie standen 193 parlamentarische Entscheidungen zu Minderheitenrechten, die nachträglich im Referendum bestätigt werden mussten. In drei Vierteln aller Fälle stimmten die Bürger/-innen mit dem Votum der Abgeordneten überein. Dort jedoch, wo sie einen Parlamentsbeschluss im Referendum ablehnten, geschah das fast immer zum Nachteil einer Minderheit. Homosexuelle waren davon nicht betroffen: Alle Parlamentsbeschlüsse zum Ausbau von Homosexuellenrechten wurden vom Volk gutgeheißen.

Anders war die Lage dagegen bei Ausländer/-innen. Hier wurden 42 Prozent aller Beschlüsse des Parlaments, die ihnen mehr Rechte zubilligen sollten, im Volksentscheid zurückgewiesen. Parlamentsbeschlüsse zur Einschränkung von Ausländerrechten fanden

die Stimmbürger/-innen dagegen in 95 Prozent aller Fälle richtig. [...]
Allerdings ist auch in der Schweiz die Zahl Minderheiten diskriminierender Volksentscheide nicht sehr groß. Es gab beginnend mit dem Jahr 1866 bis Ende 2013 insgesamt 577 Abstimmungen auf Bundesebene. Nur sieben davon befassten sich mit den Rechten religiöser Minderheiten, weitere 37 mit Ausländer/-innen und Flüchtlingen. Ferner gab es eine Volksabstimmung, bei der es um die Anerkennung homosexueller Lebensgemeinschaften ging. Insgesamt gab es also 45 bundesweite Abstimmungen zu Minderheiten in der Schweiz, was einem Anteil von knapp acht Prozent entspricht.
Von diesen gingen jedoch keineswegs alle zum Nachteil der Minderheiten aus. Das Bundesgesetz, das eingetragene Partnerschaften homosexueller Paare ermöglichte, wurde zum Beispiel vom Volk gebilligt. Oben ist eine Untersuchung erwähnt, nach der 42 Prozent aller von Kantonsparlamenten und Bundesversammlung beschlossenen Verbesserungen für Ausländer/-innen im Referendum zurückgewiesen wurden. Immerhin bedeutet das im Umkehrschluss, dass die Bevölkerung in der Mehrheit der Fälle ausländerfreundlichen Reformen aktiv zugestimmt hat.
Die meisten der oben erwähnten 45 Abstimmungen zu Minderheitenrechten waren Referenden. Die Bevölkerung stimmte also über einen Beschluss des Parlaments ab. Dass die Bevölkerung von sich aus aber die Initiative ergreift, um den Status quo für Minderheiten zu verschlechtern, passiert nur sehr selten. In fast 150 Jahren, nämlich von 1866 bis Frühjahr 2014, gab es nicht mehr als 20 bundesweite Volksinitiativen in der Schweiz, die sich gegen Minderheiten richteten.
Von diesen wurden gerade mal vier angenommen:

- 1893 eine Initiative, die das im Judentum und im Islam geforderte „Schächten" verbot
- 2009 die Volksinitiative gegen den Bau von Minaretten
- 2010 die „Volksinitiative zur Ausschaffung krimineller Ausländer"
- 2014 die Initiative gegen „Masseneinwanderung".

Die anderen Initiativen wurden abgelehnt.

*Paul Tiefenbach, Gefährden Volksentscheide Minderheiten?, Berlin: Mehr Demokratie e. V., 25.06.2014, https://www.mehr-demokratie.de/fileadmin/pdf/Positionen02_Minderheiten.pdf (Zugriff: 03.03.2022)*

## M4 Zum Wohle aller?

Zeichnung: Gerhard Mester

**INFO**

**Ausschaffung**
Abschiebung

**Artikel 190 der Bundesverfassung**
„Bundesgesetze und Völkerrecht sind für das Bundesgericht und die anderen rechtsanwendenden Behörden maßgebend."
Das bedeutet, dass Bundesgericht kann als Verfassungsgericht der Schweiz Gesetze und Volksentscheide keiner Normenkontrolle unterziehen und zum Beispiel bei Verfassungswidrigkeit die Anwendung versagen.

**1** Stellen Sie den Ablauf der verschiedenen direktdemokratischen Verfahren in der Schweiz in einem Flussdiagramm dar (M1, M2).

**2** Vergleichen Sie das „Schweizer Modell" (M1, M2) mit dem politischen System der Bundesrepublik Deutschland (S. 320 f.).

**3** Analysieren Sie die Karikatur M4.

**4** Beurteilen Sie, inwiefern Minderheiten in der Schweiz vor einer „Tyrannei der Mehrheit" sicher sind (M1 bis M4).

**5** Problematisieren Sie die Stellung des Bundesgerichts im Verfassungsgefüge der Schweiz im Hinblick auf Artikel 190 der schweizerischen Bundesverfassung (M1 bis M3, Info auf S. 341).

# Plebiszitäre Instrumente in repräsentativen Demokratien

**INFO**

**Helge Batt**
Politikwissenschaftler an der Universität Landau

## M 1 Direkte Demokratie – Instrumente im Überblick

Zwei unterschiedliche Verständnisse des Begriffes „direkte Demokratie“ können unterschieden werden:

Zum einen meint Direktdemokratie einen spezifischen Typus politischer Herrschaft, in dem politische Macht allein und direkt durch die Gesamtheit der abstimmungsberechtigten Bürgerinnen und Bürger – und nicht durch einzelne oder wenige Repräsentanten oder Amtsträger – verbindlich ausgeübt wird. Der Gegenbegriff zu der so verstandenen Direktdemokratie ist die repräsentative Demokratie.

Zum anderen versteht man unter „direkter Demokratie“ ein politisches Entscheidungsverfahren, bei dem [...] Bürger politisch-inhaltliche Sachfragen auf dem Wege der Volksabstimmung selbstständig und unabhängig von Wahlen entscheiden. In diesem Verständnis ist Direktdemokratie nicht als Gegenteil einer repräsentativen Demokratie zu verstehen. Vielmehr können nach dem Prinzip der Volksabstimmung konstruierte Entscheidungsverfahren als ergänzende Instrumente politischer Beteiligung in unterschiedlicher Ausgestaltung repräsentativ-demokratischen politischen Systemen „beigemischt“ werden.

Welche Instrumente der direkten Demokratie – nun verstanden als politisches Beteiligungsverfahren – können unterschieden werden? [...] Direktdemokratie [...] meint direkte Entscheidungen der Bürgerinnen und Bürger über inhaltliche Sachfragen durch Volksabstimmung.

So verstandene direktdemokratische Formen politischer Beteiligung können sich unterschiedlicher Instrumente bedienen. Zentral dabei ist die Unterscheidung in Anregungen, Referenden, Initiativen (Volksbegehren) und Plebiszite.

- Unter Anregungen versteht man Volksabstimmungen über Gesetzesvorschläge, deren Abstimmungsergebnisse für die Staatsorgane nicht bindend sind.
- Durch ein Referendum kann ein Parlamentsbeschluss über ein Gesetz oder eine Verfassungsbestimmung einer Volksabstimmung unterworfen werden. Im Ergebnis wird durch die Volksabstimmung also ein Beschluss des Parlaments nachträglich durch das Volk bestätigt oder abgelehnt. [...]
- Unter einer Initiative versteht man ein direktdemokratisches Entscheidungsverfahren, das von einzelnen Personen, Gruppen oder Organisationen – also nicht „von oben“, sondern aus der Mitte des Volkes heraus – ausgelöst werden kann und mit dem diese aktiv und direkt inhaltliche Vorschläge in den Gesetzgebungsprozess einbringen können. Hierfür wird üblicherweise eine bestimmte Anzahl von Unterschriften verlangt; je nach politischem System entscheidet dann das Parlament oder auch wieder das Volk im Rahmen eines Volksentscheids über den Vorschlag. [...]
- Von Plebisziten spricht man, wenn die Kompetenz zur Auslösung einer Volksabstimmung über eine Verfassungsänderung oder ein einfaches Gesetz nicht den Stimmbürgerinnen und Stimmbürgern zukommt, sondern im Ermessen eines Staatsorgans (z. B. Regierung, Staatspräsident, Parlamentsmehrheit) liegt. Diese Konstruktion erlaubt es den jeweils zuständigen Staatsorganen, das Plebiszit aus strategischen Überlegungen im politischen Wettbewerb mit den jeweils anderen Staatsorganen und als Vertrauensfrage – und damit Legitimationsressource des eigenen Amtes und der eigenen Person – einzusetzen.

*Helge Batt, Direkte Demokratie im internationalen Vergleich, in: Aus Politik und Zeitgeschichte 10/2006, Bonn: Bundeszentrale für politische Bildung, 02.03.2006, S. 10–17, hier S. 11–13*

**QUERVERWEIS**

**Methode: Pro-und-Kontra-Debatte „reloaded“: Jugend debattiert,** S. 264 f.

1 Grenzen Sie die verschiedenen plebiszitären Instrumente zueinander ab (M1).

2 Führen Sie eine Pro-Kontra-Debatte zum Thema: „Die Bundesrepublik Deutschland soll mit mehr plebiszitären Instrumenten auf Bundesebene ausgestattet werden“ (M2).

## M2 Direkte Demokratie in der Diskussion

| Pro | Kontra |
|---|---|
| Wenn BürgerInnen selbst entscheiden und direkt in die Verantwortung genommen werden, sind sie eher bereit, die Folgen ihrer Entscheidung zu tragen. | Es besteht die Gefahr der Entwicklung autoritärer Tendenzen durch Medienmacht wohlhabender Personen. |
| Direkte Demokratie steigert die Nachfrage nach sachlicher Information, der die Medien entsprechen müssen. | Aktuelle Stimmungslagen beeinflussen das Ergebnis. |
| Die Menschen interessieren sich mehr für Politik und informieren sich besser. […] | Direkte Demokratie verursacht erhebliche Kosten und verzögert den politischen Prozess. |
| Durch die direkte Abstimmung des Volkes erhöht sich die Legitimation politischer Entscheidungen. | Das Wesen der Demokratie ist der Kompromiss, nicht die Ja/Nein-Entscheidung. |
| Direkte Demokratie ermöglicht es kleinen Parteien, Interessengruppen oder neuen sozialen Bewegungen, von der politischen Mehrheit vernachlässigte Themen auf die politische Tagesordnung zu bringen. | Die Legitimation direktdemokratischer Entscheidungen kann durch geringe Beteiligung infrage gestellt werden. |
| Durch direkte Demokratie wird politischer Protest in rechtliche Bahnen kanalisiert, entlädt sich also nicht „auf der Straße“. | Unter Umständen werden komplexe Sachverhalte auf simple Ja/Nein-Alternativen reduziert. |
| Direktdemokratische Instrumente entfalten eine antizipative Wirkung. Das heißt, allein ihre Existenz bewirkt, dass Parlament und Regierung bei ihren Entscheidungen versuchen, die Wünsche der BürgerInnen einfließen zu lassen (um die Gefahr einer nachträglichen Aufhebung zu verringern). | Direkte Demokratie begünstigt die VerteidigerInnen des Status quo. Initiativen, die z. B. umverteilende Maßnahmen verlangen, haben in der Regel geringe Chancen.<br>Reichere und gebildetere Bevölkerungsschichten weisen höhere Beteiligungsraten auf. |

*Tamara Ehs/Nino Willroider, Forderungen und aktuelle Ideen zur Reform des österreichischen Parlamentarismus, in: Informationen zur Politischen Bildung Österreich, Heft 36/2012, S. 37–46, hier S. 39*

## M3 Dinge, die es zu durchdenken gilt

Hat man sich einmal entschieden, seine repräsentative Demokratie mit plebiszitären Instrumenten anzureichern, muss man Antworten auf folgende Fragen finden:

1. Soll die Anwendung dieser Instrumente der Regelfall oder eher die Ausnahme, also eine Reserve, sein? Entsprechend hoch oder niedrig müssen die Hürden eingestellt werden.
2. Wer prüft die von Initiativen eingebrachten Gesetzentwürfe auf Verfassungskonformität: der Parlamentspräsident oder das Verfassungsgericht? Tun sie dies vor oder nach der Abstimmung?
3. Führt man für Volksbefragungen ein Quorum ein, und wenn ja, wie hoch soll es sein?
4. Sollen Haushaltsgesetze durch plebiszitäre Instrumente beeinflussbar sein und sollen auch Parlamentsneuwahlen durch Initiative oder Plebiszit erzwungen werden können?

*Autorentext*

**QUERVERWEIS**

**Im Ingenieursbüro politischer Systeme – eine politische Ordnung gestalten,** S. 348–351

**3** **a)** Entwickeln Sie mithilfe von M3 arbeitsteilig eine Grundgesetzänderung für die Bundesrepublik zur Einflechtung plebiszitärer Instrumente, die zum einen Bürgerinitiativen aus der Mitte der Bevölkerung die Möglichkeit auf sachunmittelbare Einflussnahme gibt, zum anderen starken Parlamentsminderheiten die Chance eröffnet, eine Gesetzesüberprüfung durch Referendum zu erzwingen, und schließlich Plebiszite zu vermeintlichem Konsens in der Bevölkerung auszulösen vermag.
**b)** Diskutieren Sie die Auswirkungen Ihrer Vorschläge auf das politische System, insbesondere auf die Parlamentsarbeit.

# Defekte Demokratien

**INTERNET**

Verschiedene Organisationen und Institutionen messen jährlich die Verbreitung unterschiedlicher Systeme in der Welt. Dabei werden unterschiedliche Begrifflichkeiten genutzt. Den Begriff defekte Demokratie verwendet der Transformationsindex der Bertelsmann-Stiftung. Der Demokratieindex der Zeitschrift „The Economist" spricht von unvollständigen Demokratien und die NGO Freedom House unterscheidet freie, teilweise freie und unfreie Staaten. Für aktuelle Indices siehe:

**WES-118380-542**

**In der europäischen Ideengeschichte haben sich Gewaltenteilung, Liberalismus- und Demokratieprinzip sowie Rechtsstaatlichkeit als Bändiger politischer Macht herausgebildet und mannigfaltige Realformen angenommen. Doch Demokratien sind zerbrechlich. So gibt es eine wachsende Anzahl demokratischer Staaten, in denen eines oder mehrere dieser Prinzipien verletzt werden. Der Demokratieindex 2021 ordnet 53 Staaten als unvollständige Demokratien ein, der Bertelsmann Transformationsindex 2022 49 Staaten als defekte oder stark defekte Demokratien.**

## M1 Typen defekter Demokratien

| Typ der defekten Demokratie | Merkmale |
|---|---|
| exklusive [ausschließende] Demokratie | Ein oder mehrere Teile der Bevölkerung sind aufgrund von Rasse, ethnischer Zugehörigkeit, Geschlecht, Religionszugehörigkeit, Besitz, Bildung oder politischem Bewusstsein vom Wahlregime oder den politischen Teilhaberechten ausgeschlossen. |
| illiberale [Grundrechte einschränkende] Demokratie | In der illiberalen Demokratie ist die Rechtsstaatlichkeit eingeschränkt. Die bürgerlichen Freiheits- und Schutzrechte des Individuums sind nicht (vollständig) gewahrt, da die demokratischen Repräsentanten entweder selbst Grund-, Menschen- und liberale Freiheits- und Bürgerrechte verletzen oder die Effektivität und Geltung dieser Rechte und des Rechtsstaats nicht durchsetzen können. |
| delegative Demokratie | Die verfassungsmäßigen Regelungen, die die Gewaltenteilung und die Kontrolle politischer Macht sicherstellen sollen, sind (teilweise) außer Kraft gesetzt. Die wechselseitige Gewaltenkontrolle ist durch Umgehung des Parlaments bzw. der Justiz teilweise aufgehoben oder der Rechtsstaat wird gezielt und dauerhaft beschädigt. Verfassungsorgane „delegieren" ihre Kompetenzen an andere Organe bzw. diese anderen Organe ziehen die Macht an sich. |
| Enklavendemokratie | „Vetomächte" wie Militär, Unternehmer oder Großgrundbesitzer und multinationale Konzerne entziehen bestimmte politische Themenfelder oder Teile des Staatsterritoriums dem Zugriff der demokratisch gewählten Repräsentanten [...] etwa durch Gewaltandrohung gegenüber der zivilen Regierung vonseiten des Militärs oder durch Okkupation von Teilen des Staatsterritoriums durch eine bewaffnete Aufstandstruppe. |

*Aurel Croissant, Die politischen Systeme Südostasiens. Eine Einführung, Wiesbaden: Springer VS, 2016, S. 13 (verändert)*

**INFO**

**PiS** (Prawo i Sprawiedliwość = Recht und Gerechtigkeit) 2001 gegründete Partei in Polen, die als EU-skeptisch und nationalkonservativ gilt

**Beata Szydło** (*1963) polnische Politikerin der PiS; 2015–2017 Ministerpräsidentin Polens und seit 2019 Abgeordnete im Europäischen Parlament

## M3 Zur Entwicklung der polnischen Demokratie

Kaum hatte die PiS die Parlamentswahl 2015 gewonnen und ein Kabinett um Beata Szydło gebildet, ging die Partei daran, die bestehende Verfassungsordnung aus den Angeln zu heben. Sie war angetreten, eine Vierte Republik zu schaffen. Bereits 2010 hatte sie einen entsprechenden Verfassungsentwurf vorgestellt, der, wäre er umgesetzt worden, das Land in eine autoritäre Präsidialdemokratie verwandelt hätte. Weil auch nach der Wahl 2015 eine Verfassungsänderung nicht ohne Weiteres möglich war – dazu braucht es im Parlament eine Zweidrittelmehrheit – richtete sich das Augenmerk der Regierung und der Parlamentsmehrheit zunächst auf den Verfassungsgerichtshof. Dort gaben noch Richterinnen und Richter den Ton an, die von den Vorgängerregierungen eingesetzt worden waren. PiS-Parteichef Jarosław Kaczyński pflegt das Gericht gerne als dritte, demokratisch nicht gewählte Parlamentskammer zu bezeichnen. Entsprechend war der PiS nun daran gelegen, die Autorität des Verfassungsgerichtshofes anzufechten und ihn gleichzeitig mit möglichst vielen „eigenen" Juristinnen und Juristen zu besetzen. Einen Vorwand lieferte das Vorgehen der gerade abgewählten Koalition aus PO und Polnischer Volkspartei (Polskie Stronnictwo Ludowe, PSL), mit deren Stimmen der Sejm Anfang Oktober 2015 fünf Verfassungsrichter gewählt hatte, obwohl zwei der fünf Richterstellen erst im Dezember, also nach der Parlamentswahl, frei wurden. [...] Die PiS hatte beim Verfassungsgerichtshof dagegen geklagt. Nach der Parlamentswahl zog die PiS die Klage zurück, worauf die PO, ahnend, was kommen würde, sie in eigenem Namen wieder einreichte. Erwartungsgemäß erklärte der Gerichtshof die Wahl von zwei Richtern für verfassungswidrig. Doch Präsident Duda weigerte sich, auch die drei übrigen Richter zu vereidigen. Fast gleichzeitig erklärte die Parlamentsmehrheit die gesamte Wahl der fünf Richter durch das Vorgängerparlament für ungültig und entsandte am 2. Dezember ihre eigenen fünf Richterinnen und Richter, die noch in der Nacht zum 3. Dezember im Präsidentenpalast vereidigt wurden. Doch Gerichtspräsident Andrzej Rzepliński teilte den betreffenden Richtern keine Fälle zu. Damit gab es im Gericht nun kein Quorum mehr für Urteile über Kompetenzstreitigkeiten zwischen Staatsorganen. Die Verfassungsmäßigkeit von geplanten Gesetzen, mit denen die Parlamentsmehrheit der PiS den Gerichtshof entmachten wollte, konnte so nur noch von einer Kammer oder einem unterbesetzten Plenum entschieden werden. Die Regierung um Szydło wiederum erkannte daraufhin mehrere Urteile nicht an und weigerte sich, sie zu veröffentlichen oder umzusetzen. [...]

Bis 2015 hatte der Sejm bei der Wahl von Verfassungsrichtern darauf geachtet, unabhängige und möglichst überparteiliche Verfassungsjuristen zu entsenden, die meist auch von einer breiten Mehrheit unterstützt wurden. Die Richterwahl im Dezember 2015 zeugte vom Drang der PiS, von diesem Pfad abzuweichen und von der Regierung möglichst abhängige, in Juristenkreisen eher isolierte Kandidaten auszusuchen. Einer von ihnen, Lech Morawski, erklärte denn auch im Mai 2017 auf einer Podiumsdiskussion der Universität Oxford einem erstaunten Publikum, er vertrete nicht nur das Verfassungsgericht, sondern auch die Regierung. [...]

Mit der Einhegung des Verfassungsgerichtshofes war der Weg frei für weitere, noch tiefer greifende Reformen. Mit drei Gesetzentwürfen ging die PiS-Mehrheit im Parlament nun daran, auch das verbleibende ordentliche Gerichtswesen, das Oberste Gericht (Sąd Najwyższy) und das System der Richterernennungen zu reformieren. Begründet wurde dies unter anderem mit der Notwendigkeit, die Richterschaft zu „entkommunisieren". [...]

Das Paket aus drei Gesetzentwürfen, das im Juli 2017 im Sejm beraten und verabschiedet wurde, sah vor, den Justizminister nicht nur zum obersten Dienstherrn der Staatsanwälte, sondern auch zum obersten Dienstherrn der Richterschaft zu machen. Zugleich sollte der Minister Einfluss auf den Landesjustizrat gewinnen, der in Polen für die Ernennung von Richtern zuständig ist, sowie auf die Besetzung des Obersten Gerichts, dessen Mitglieder er dann fast beliebig durch eigene Kandidaten ersetzen könnte. [...]

Nach Massenprotesten in allen größeren polnischen Städten, Protesten des Europarates, der Europäischen Kommission [und] des Europäischen Parlaments [...] entschied sich Präsident Duda, zwei der drei Gesetze – zum Obersten Gericht und zum Landesjustizrat – per Veto zu blockieren. Auch er hatte offensichtlich das Vertrauen in den Verfassungsgerichtshof verloren, denn er verzichtete darauf, dem Gericht die offensichtlich verfassungswidrigen Gesetzentwürfe zur Prüfung vorzulegen. Das Gesetz über die ordentlichen Gerichte jedoch trat in Kraft, und Justizminister Zbigniew Ziobro begann sogleich damit, Gerichtspräsidenten im ganzen Land auszutauschen.

*Klaus Bachmann, Zur Entwicklung der polnischen Demokratie, in: Aus Politik und Zeitgeschichte 10-11/2018, Bonn: Bundeszentrale für politische Bildung, 02.03.2018, S. 9–14, hier S. 10–13*

**INFO**

**PO**
Platforma Obywatelska = Bürgerplattform

**Sejm**
polnisches Parlament

**Andrzej Rzepliński**
(*1949) polnischer Jurist und 2010–2016 Verfassungsgerichtspräsident in Polen

**Zbigniew Ziobro**
(*1970) polnischer Politiker, 2005–2007 und seit 2015 erneut Justizminister; außerdem 2012 Gründer und seither Vorsitzender der Partei Solidarna Polska, einer Abspaltung der PiS, die mit dieser jedoch seit 2014 wieder in einem Bündnis verbunden ist

**1** Recherchieren Sie arbeitsteilig für jeden Typen defekter Demokratien einen Fall und stellen Sie ihn im Plenum vor.

**2** **a)** Nehmen Sie Stellung zu den Vorgängen um die Justizreform in Polen von 2015.
**b)** Prüfen Sie, inwiefern vergleichbare Vorgänge in der Bundesrepublik möglich wären.

**3** Recherchieren Sie die Situation der Medien in Polen.

# Karikaturen zum Sprechen bringen

## Karikaturen und ihre Stilmittel

Karikaturen fordern zu einer Stellungnahme des Betrachters heraus und sind dabei häufig gespickt mit Stilmitteln wie Allegorien und Metaphern. Häufig finden Ironie und Satire in bissigen Unterschriften ihre Anwendung. Ein sehr großer Teil von Karikaturen stellt Personen aus Politik, Gesellschaft und Wirtschaft direkt dar, aber auch die Personifikation, also die Vermenschlichung abstrakter Begriffe oder auch die Subsummierung einer Gruppe in einer Person, haben ihren festen Platz im Repertoire der Karikaturisten.

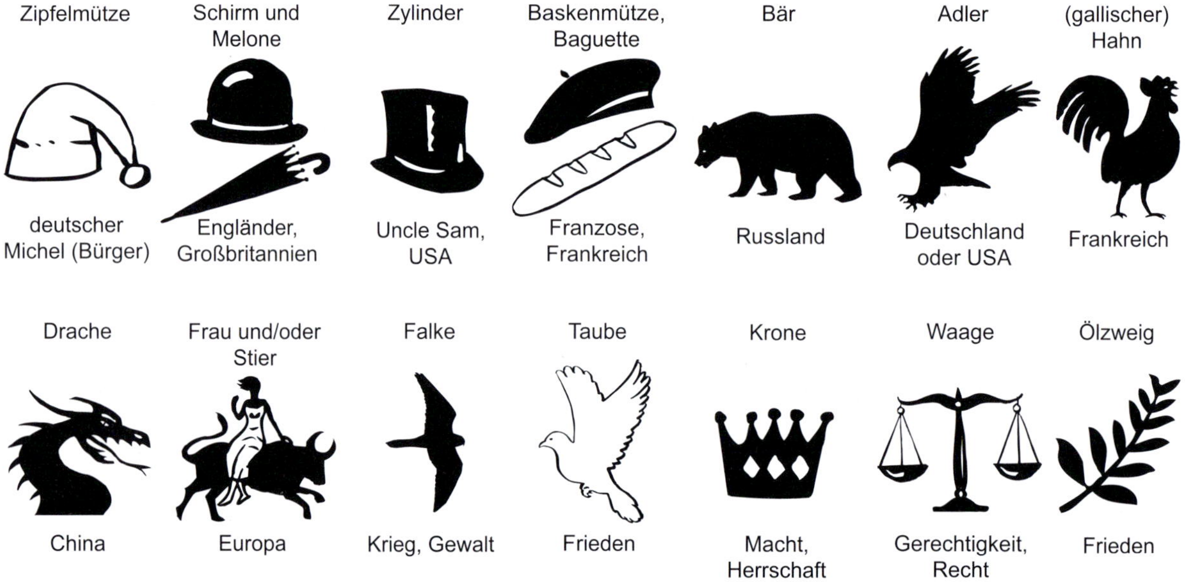

Häufig in Karikaturen verwendete Allegorien

**INFO**

**Karikatur**
Die Karikatur (italienisch: caricare = überladen) ist eine visuelle Satire, die in überspitzter Art und Weise auf ein aktuelles Problem aus Politik, Wirtschaft oder Gesellschaft hinweist, Stellung bezieht oder bewusst provoziert. Kennzeichnend für eine Karikatur ist dabei, dass sie übertreibt, verzerrt, verkürzt und direkt oder indirekt Kritik an Personen, Organisationen, Zuständen oder Ereignissen übt.

## Karikaturen interpretieren

Die Interpretation von Karikaturen setzt Vorwissen über den dargestellten Sachverhalt voraus. Für den Erwerb von Informationen eignet sich eine Karikatur nur begrenzt, da das Dargestellte meist eine subjektive Meinung wiedergibt. Sie vereinfacht komplexe Probleme, und der Betrachter läuft dabei unter Umständen Gefahr, in seinen Vorurteilen bestätigt zu werden, statt sie zu hinterfragen.

### 1. Einordnung

Von wem stammt die Karikatur? Wo, wann und unter welchen Umständen ist sie veröffentlicht worden? Wie kann sie thematisch eingeordnet werden?

### 2. Beschreibung

Was wird in der Karikatur dargestellt? Detaillierte Beschreibung der Personen mit Mimik, Gestik, Körperhaltung, Gebäude, Symbole, Sprechblasen, Unterschriften usw.

### 3. Deutung

Stellen Sie einen Bezug zum politischen Sachverhalt her. Entschlüsseln Sie die Stilmittel. Fassen Sie die Deutung in einer Kernaussage zusammen. Ermitteln Sie die Intention des Karikaturisten.

### 4. Wertung

Beurteilen Sie, inwiefern der Kritik des Karikaturisten zuzustimmen ist. Wo bestehen Einseitigkeiten, Verkürzungen, aber auch Treffendes? Bewerten Sie die Karikatur abschließend unter Nutzung von Sachwissen.

Am Sonntag, dem Wahltag, ist Michel noch größer. Mit erhobenem Haupt und selbstbewusster Haltung gibt er seine Stimme ab.

Am Sonnabend, dem Tag vor der Wahl, ist Michel größer und geht aufrecht. Die Hände befinden sich nicht mehr in den Hosentaschen.

Michel wirft seinen Stimmzettel in die Urne: Bundestagswahl.

Am Freitag ist Michel ganz klein, in sich versunken und geht schlaftrunken einher. Die Hände hat er in den Hosentaschen.

Am Montag nach der Wahl ist wieder alles wie am Freitag.

Zeichnung: Peter Leger (Künstler), Haus der Geschichte, Bonn

Zeichnung: Klaus Stuttmann

Zeichnung: Thomas Plaßmann

**1** Analysieren Sie die obigen Karikaturen.

**2** Erstellen Sie arbeitsteilig eine Karikaturensammlung zu den jeweiligen allegorischen Standardsymbolen und analysieren Sie eine davon exemplarisch.

# 5.5 Im Ingenieursbüro politischer Systeme – eine politische Ordnung gestalten

**INFO**

**Historisches Beispiel**
1948 wurde eine Versammlung aus den 11 Ländern der drei Westzonen gewählt – der Parlamentarische Rat. Dieser wurde von den westlichen Siegermächten beauftragt, eine (provisorische) Verfassung für die Bundesrepublik Deutschland zu erarbeiten – das Grundgesetz.

## M1 Eine historische Chance

Sie sind in der Ausnahmesituation, eine neue Verfassung für ein Gemeinwesen aus dem Nichts heraus erschaffen zu dürfen. Diese muss maßgeschneidert auf die jeweiligen gesellschaftlichen und kulturellen Bedingungen angepasst werden. Es soll ein freiheitlich-demokratischer Verfassungsstaat entstehen, der die politischen Probleme möglichst effizient lösen kann, ohne jedoch zu viel Macht an einer Stelle zu konzentrieren, sodass die Gefahr eines Abrutschens in eine Diktatur zu befürchten wäre. Auch soll eine Benachteiligung von Minderheiten und Regionen vermieden werden, da es sonst auf Dauer zu Abspaltungen (Sezession) einiger Teilregionen kommen könnte. Des Weiteren muss eine Verfassung für unabsehbare Erfordernisse der Zukunft modifizierbar sein, ohne dass sie bei klaren Mehrheitsverhältnissen allzu leicht von den Machthabern manipuliert werden kann.
Für die neue Verfassung ist daher eine Reihe von grundsätzlichen Entscheidungen zu treffen:

- Ausgestaltung eines Grundrechtskatalogs (Grundrechte, Minderheitenschutz, Religionsfreiheit, Rechtsstaatlichkeit, Partizipationsmöglichkeiten)
- Medienlandschaft – zwischen Freiheit und Regulierung
- Ausgestaltung der Institutionen auf nationaler Ebene: ein oder zwei Parlamentskammern?
- Regierungssystem: präsidentiell oder parlamentarisch?
- Gewaltenteilung und Gewaltenverschränkung
- Zentralstaat oder Bundesstaat?
- Aussagen über die Rahmung des Wirtschafts- und Sozialsystems
- Integration plebiszitärer Instrumente (direkte Demokratie)?
- Ausgestaltung des Wahlsystems: Mehrheitswahlrecht oder Verhältniswahlrecht?
- Zukünftige Reformier- und Wandelbarkeit der Verfassung.

*Autorentext*

## M2 Zwei Szenarien

**Szenario A: Rotaria**
Rotaria ist ein Vielvölkerstaat mit etwa 60 Millionen Einwohnern, die sich aus fünf größeren und zehn kleineren Ethnien zusammensetzen. Eine Ethnie ist mit etwa 35 Prozent Bevölkerungsanteil dominierend. In ihrem Siedlungsgebiet im Norden liegt auch die Hauptstadt. Es gibt einige gut entwickelte Großstädte im Norden und einen eher ländlichen Süden, der aber den einzigen Zugang zum Meer bietet und daher wichtige Häfen besitzt. Außerdem verfügt der Süden über brachliegende Bodenschätze. Die Ethnien sprechen verschiedene Sprachen und legen großen Wert auf ihre kulturelle und vor allem religiöse Selbstbestimmung. Es gibt drei größere Religionsgemeinschaften mit teils sehr unterschiedlichen Traditionen.

**Szenario B: Blautesien**
Blautesien ist ethnisch und kulturell sehr homogen und hat ein föderales, bikammerales, semipräsidentielles System, das zu gegenseitiger Blockade bzw. Reformstau neigt. Das Land ist reif für eine moderne, möglichst effiziente Verfassung. Es hat etwa 60 Millionen Einwohner. Religiosität spielt in diesem postindustriellen Staat kaum noch eine Rolle. Es gibt fünf wirtschaftlich starke Metropolregionen und im Abstieg begriffene ländliche Räume, deren Entvölkerung weit fortgeschritten ist. In der Bevölkerung und in der politischen Kultur herrscht ein starker Konsens in Bezug auf die Notwendigkeit eines ausgebauten Sozialstaates.

*Autorentext*

## M3 Der Zusammenhang von Wahlsystem und Parteiensystem

**Vorzüge der Mehrheitswahl:**

1. Verhütung der Parteienzersplitterung: Kleine Parteien haben geringe Chancen, Parlamentsmandate zu erreichen.
2. Förderung der Parteienkonzentration in Richtung auf die Herausbildung eines Zweiparteiensystems,
3. Förderung stabiler Regierungen in Form parteilicher Mehrheitsregierung,
4. Förderung politischer Mäßigung, da die politischen Parteien, die miteinander konkurrieren, um die gemäßigte Wählerschaft der Mitte kämpfen, die sie sich gegenseitig streitig machen müssen, und mit einem Wahlsieg auch die politische Verantwortung übernehmen müssen. Die Parteien müssen also ihr Programm an der gemäßigten Wählerschaft und an dem Machbaren ausrichten.
5. Förderung des Wechsels in der Regierungsausübung, da geringe Veränderungen in den Stärkeverhältnissen der Parteien nach Wählerstimmen große Veränderungen nach Mandaten auslösen können,
6. Herbeiführung der Entscheidung über die Regierungsführung direkt durch den Wähler in der Wahl und nicht durch die Parteien in Koalitionsverhandlungen nach der Wahl.

**Vorzüge der Verhältniswahl:**

1. Repräsentation möglichst aller Meinungen und Interessen im Parlament im Verhältnis ihrer Stärke unter der Wählerschaft,
2. Verhinderung allzu künstlicher politischer Mehrheiten, denen keine wirkliche Mehrheit in der Wählerschaft entspricht und die nur das Ergebnis institutioneller Eingriffe in den politischen Willensbildungsprozess darstellt,
3. Förderung vereinbarter Mehrheiten durch Aushandeln und Kompromisse, an denen verschiedene gesellschaftliche Kräfte, ethnische/religiöse Gruppen beteiligt sind,
4. Verhindern extremer politischer Umschwünge, die weniger das Ergebnis der Wählerschaft sind als vielmehr Folge des Verzerrungseffekts“ eines Wahlsystems,
5. Berücksichtigung gesellschaftlicher Wandlungen und neuer politischer Strömungen, parlamentarische Vertretung zu erlangen,
6. Verhinderung eines Kartells etablierter Parteien oder sogenannter dominanter Parteiensysteme, in denen eine Partei ihre dominierende Position im Wesentlichen dem Wahlsystem verdankt und ein demokratischer Wechsel erschwert, wenn nicht gar verhindert wird.

| tendenzielle Auswirkung | Mehrheitswahl | Verhältniswahl |
|---|---|---|
| Zweiparteiensystem | ja | nein |
| parteiliche Mehrheitsbildung | ja | nein |
| stabile Regierungen | ja | nein |
| Koalitionsregierungen | nein | ja |
| eindeutige Zurechnungsfähigkeit der politischen Verantwortung | ja | nein |
| gerechte Repräsentation | nein | ja |
| Chancen für neue politische Strömungen | nein | ja |

*Text und Tabelle: Dieter Nohlen, Wahlrecht und Parteiensystem, 5. Aufl., Opladen: Verlag Barbara Budrich, 2007, S. 155 f.*

**QUERVERWEIS**

**Die Schweiz – ein halb-direktdemokratisches, direktoriales System,** S. 338–341

**INFO**

**Erstellen einer Länderflagge**

Ein zentrales Symbol zur Identifikation von und mit einem Land ist die Flagge. Es kann daher angemessen sein, bei einem politischen Neustart der Nation auch ihre Symbolik neu auszurichten.

Folgende Richtlinien bei der Erstellung einer Flagge sollte man beachten:

1. Halten Sie sie einfach.
2. Nutzen Sie Bedeutung tragende Symbole.
3. Nehmen Sie wenige Grundfarben.
4. Verwenden Sie keine Buchstaben oder Siegel.
5. Unterscheiden Sie sich oder nehmen Sie Bezug.

**Die häufigsten Flaggenfarben**

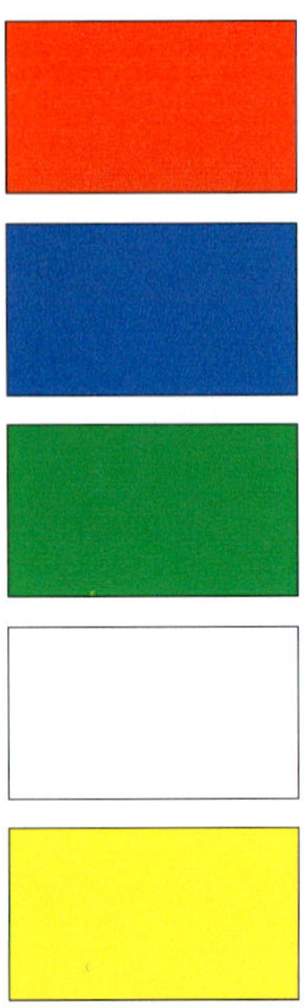

## M4 Kulturtypen der Demokratie: Konkurrenz vs. Konkordanz

Klassischerweise gilt im demokratischen Entscheidungsprozess das Mehrheitsprinzip, bei dem die Minderheit akzeptiert, dass sie im konkreten Fall unterliegt. Diese Akzeptanz speist sich einerseits daraus, dass die heutige Minderheit morgen Teil der Mehrheit in anderen Sachfragen sein kann und dann selbst auf die Akzeptanz des Mehrheitsentscheides durch die Minderheit angewiesen ist, und anderseits daraus, dass durch die Grundrechtsbindung aller Gesetze keine Entscheidung einer noch so knappen Mehrheit die Existenz der Minderheit im Kern bedrohen kann.

In der Theorie ist eine 51-zu-49-Entscheidung also kein Problem – in der Praxis allerdings schon, vor allem dann, wenn die gesellschaftlichen Vorstellungen über das, was erhaltenswert und was erstrebenswert ist, weit auseinandergehen. Gerade vor dem Hintergrund heterogener Gesellschaften werden Fragen ethnischer, kultureller und religiöser Identität und Selbstbestimmung nicht durch knappe Mehrheiten geklärt, sondern durch breite Kompromisse oder gar durch (fast) allumfassenden Konsens – sonst droht gesellschaftliche Spaltung bis hin zu einer Sezession und/oder einem Bürgerkrieg.

Die Schweiz gilt als prominentestes Beispiel, wie es gelingen kann, durch die Jahrhunderte ein funktionierendes Staatswesen über konfessionelle Unterschiede und drei Muttersprachen (Deutsch, Französisch, Italienisch) hinweg erfolgreich zu betreiben. Dies ist freilich weder Zufall, noch liegt es am „Schweizer Gemüt". Die Grundlage ist vielmehr im institutionellen Staatsaufbau der Schweiz zu suchen: dem Föderalismus (lokale Selbstverwaltung), dem kollektiven Staatsoberhaupt (Bundesrat) und dem breiten Instrumentarium an plebiszitären Instrumenten (direkte Demokratie).

*Autorentext*

## M5 Bundesstaatlichkeit vs. Zentralstaatlichkeit

**Pro Bundesstaatlichkeit:** Prinzipiell werden in einem Bundesstaat mehr Bürger, Verbände und Institutionen in den demokratischen Prozess eingebunden. Zudem ist gerade bei ethnischer, religiöser und kultureller Heterogenität eine regional differenzierte, den konkreten Bedürfnissen angepasste Politik möglich. Dazu macht man sich das Subsidiaritätsprinzip zunutze: Jedes Problem, das auf einer unteren Ebene geregelt werden kann, soll auch auf dieser geregelt werden. Dies entlastet das politische Gesamtsystem und führt zu sachgerechten, ortsnahen Entscheidungen. Auch sind lokale (konkurrierende) Experimente gut möglich, deren Ergebnisse die Grundlage für zentrale Entscheidungen sein können. Echte Bundesstaatlichkeit wird stets durch vertikale Gewaltenteilung realisiert, d.h., die Gliedstaaten haben je eigene Parlamente, Regierungen und Verfassungen, oft mit eigenen Verfassungsgerichten. Dies führt zu vielfältiger Kommunikation und Koordination zwischen den Institutionen der Gliedstaaten und mit denen der Zentralregierung, was letztlich auch die Umsetzung gesamtstaatlicher Reformen erleichtern kann. Schließlich führt die Existenz von Landtagen zu mehr Parlamentssitzen im Gesamtsystem, wodurch auch kleinere, lokal verankerte Parteien die Chance haben, Parlamentsarbeit mitzugestalten.

**Kontra Bundesstaatlichkeit:** Wenn es in einem politischen System mehr Akteure gibt, gibt es auch mehr Veto-, also Blockademöglichkeiten. Dies führt zu mehr Verhandlungsbedarf und zeitaufwendigen Kompromissen. Die Tatsache, dass in einer größeren Zahl an politischen Institutionen auch eine größere Menge an Personal agiert, erhöht die Kosten für die politische Entscheidungsfindung beträchtlich. Zudem besteht die Gefahr einer gewissen Unübersichtlichkeit des politischen Systems, in dem es zusätzlich zu unklaren Kompetenzen kommen kann. Schlimmstenfalls führt dies zu Systemverdrossenheit und Partizipationsverweigerung.

*Autorentext*

## M6 Zweite Kammern

Ein Großteil der aktuellen politischen Systeme verfügt über zwei Kammern, also zwei in weiten Teilen voneinander unabhängige Parlamente, die (nicht immer gleichberechtigt) auf den Gesetzgebungsprozess Einfluss nehmen. Während sich die ersten Kammern verschiedener Systeme in Bezug auf Zustandekommen und Funktion stark gleichen, gibt es bei den zweiten Kammern recht verschiedene Formen.

**Gliedstaatenrepräsentation:** Zwei Beispiele für diese Art zweiter Kammern sind der Deutsche Bundesrat und der Senat der USA. Beide Kammern geben Repräsentanten der Gliedstaaten eine Stimme, um zu vermeiden, dass kleinere, also bevölkerungsärmere Gliedstaaten politisch bedeutungslos würden und so keinen Anreiz hätten, Teil des Bundesstaats zu werden bzw. zu bleiben. In beiden Fällen geschieht dies jedoch auf unterschiedliche Weise. In den USA werden je zwei Senatoren von der Wahlbevölkerung der Gliedstaaten gewählt und in den Senat entsandt. Damit sind z. B. Kalifornien mit fast 40 Mio. Einwohnern und Montana mit gut 1 Mio. gleichberechtigt mit je zwei Senatoren im Senat vertreten.
Die Mitglieder des Deutschen Bundesrats hingegen gehen aus den Landesregierungen hervor. Die einzelnen Bundesländer entsenden so viele (Regierungs-)Mitglieder, wie sie Stimmen haben. Die bevölkerungsreichsten Länder haben sechs Stimmen, die bevölkerungsärmsten mindestens drei. Dies nennt man degressive Proportionalität: Kleine Länder haben weniger Stimmen, große mehr. Der Effekt ist aber abgeschwächt – so hat das Saarland mit 1 Mio. Einwohnern nicht nur einen Sitz und Nordrhein-Westphalen mit fast 18 Mio. Einwohnern nicht 18 Sitze.

**Elitenkammer:** Ein inzwischen seltener gewordener Typ zweiter Kammern ist die Besetzung mit gesellschaftlichen, ökonomischen und religiösen Eliten. Wenn auch durch eine Parlamentsreform von 1911 weitgehend in Sachen Gesetzgebung entmachtet, ist das britische Oberhaus (House of Lords) ein prominentes Beispiel. Ursprünglich ausschließlich von hohen Geistlichen und Adeligen besetzt, die ihren Sitz im Oberhaus (zumeist) ererbt hatten, wird es heute vor allem von ernannten Life Peers (Adelige auf Lebenszeit, die ihren Titel nicht vererben) besetzt. Dies sind neben ehemaligen Spitzenpolitikern auch Richter, erfolgreiche Unternehmer und andere verdiente Menschen des öffentlichen Lebens.

**Weitere Möglichkeiten:** In der Entstehungsphase der Weimarer Republik wurde von linken Kräften vorgeschlagen, die zweite Kammer mit Arbeitervertretern bzw. Gewerkschaftern zu besetzen, um ein Gegengewicht zur tendenziell bürgerlichen ersten Kammer zu erhalten. Aktuell diskutiert wird die Idee, eine Kammer mit ausgelosten Bürgern zu schaffen, die sich dann von Experten beraten lassen. Allen diesen zweiten Kammern ist gemein, dass sie eine zweite Legitimationsperspektive einnehmen, jenseits einfacher Mehrheiten der kumulierten Wahlbevölkerung. Auch bietet eine zweite Kammer eine zusätzliche Möglichkeit, Personal für etwaige (Kontroll-)Ämter zu bestellen, ohne dass der zu Kontrollierende seinen eigenen Kontrolleur bestellt.

*Autorentext*

**1** Entwerfen Sie auf Basis von M1 passende Verfassungen für Rotaria und Blautesien (M2).
**a)** Bilden Sie je einen verfassungsgebenden Rat für Rotaria und Blautesien, teilen Sie die zu beachtenden Punkte auf verschiedene Ausschüsse (Arbeitsgruppen) auf.
**b)** Lassen Sie sich von Experten beraten (M3 bis M6).
**c)** Tragen Sie die Ergebnisse in einem ersten groben Verfassungsentwurf zusammen.
**d)** Begründen Sie Ihre grundlegende Entscheidung für das jeweilige politische System.

**2** Überprüfen Sie Ihr System in einem Stresstest (z. B. radikale Bewegungen streben in das Parlament und in die Regierung, andauernde Wirtschaftskrise, unregulierte Social-Media-Kampagnen und Hate Speech, unklare Mehrheitsverhältnisse erschweren die Regierungsbildung und die Gesetzgebung).

**INFO**

**Häufige Bedeutungen von Flaggenfarben**
**Rot:** Blut, Mut, Stärke, Kampf, Bruderschaft, Fortschritt
**Blau:** Meer, Himmel, Wahrheit, Loyalität, Gerechtigkeit
**Grün:** Landschaft, Islam, Fruchtbarkeit, Landwirtschaft, Hoffnung, Bodenschätze
**Weiß:** Reinheit, Religion, Ehrlichkeit, Harmonie, Schnee
**Gelb:** Reichtum, Sonne, Großzügigkeit, Freiheit, Sand, Landwirtschaft

**Häufige Flaggenlayouts**

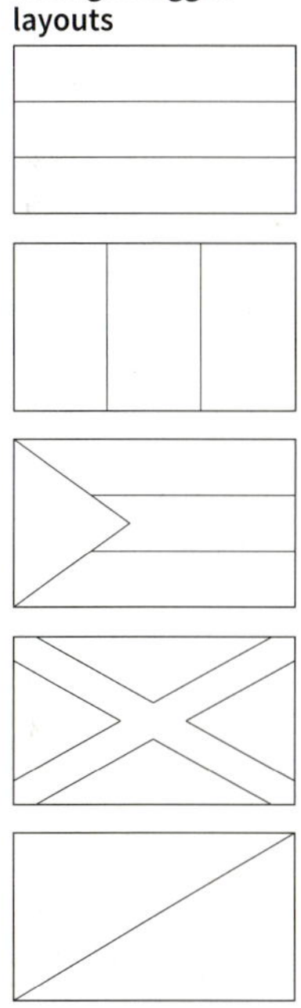

**Die häufigsten Symbole auf Flaggen**

**QUERVERWEIS**

**Die „Konsultative": Brauchen wir eine vierte Gewalt?,** S. 112 f.

# Digitalisierung und Demokratie

**In der Auseinandersetzung mit dem Verhältnis von Digitalisierung und Demokratie sind zwei Dinge zu beachten: Erstens sind Digitalisierung und Internetnutzung nicht das Gleiche und zweitens sollte der Begriff Demokratie nicht auf Wahlen verengt werden. Demokratie im erweiterten Sinne meint zumeist politische Systeme in Form von freiheitlichen demokratischen Verfassungsstaaten. Es geht daher neben Fragen der Bürgerbeteiligung auch immer um die Transparenz von Datenerhebung, -verarbeitung und -verwaltung bis hin zur Nutzung von KI im öffentlichen Raum. Ebenso verdeckt die Chancen-Risiken-Logik, dass es sich bei der Beziehung von Digitalisierung und politischen Systemen um einen mehrdimensionalen Prozess handelt, den wir gerade erst zu verstehen beginnen und der bewusst zu gestalten ist.**

## M1 Beteiligung leicht gemacht

Zeichnungen:
li.: Roger Schmidt
re.: Freimut Wössner

## M2 Demokratie in Zeiten der Digitalisierung

Wäre dieser Artikel vor zehn, fünfzehn oder gar zwanzig Jahren erschienen, so hätte er sich im Titel wohl kaum auf „Digitalisierung" bezogen. Er hätte vielmehr über das Internet und die Demokratie nachgedacht. Trotz vieler Überschneidungen ist der Wandel der Semantik interessant: zum einen, weil Diskurse über das Internet und Demokratie oftmals kommunikative Vernetzung und Globalität positiv in den Vordergrund stellen, Digitalisierung hingegen einen eher wirtschaftlichen Impetus hat und stärker verwoben ist mit Aspekten wie Souveränität und Kontrolle. Zum anderen, weil Digitalisierung ein wesentlich umfassenderes (und auch älteres) Konzept darstellt. Die Vorstellung, dass am Digitalen vor allem die Dimension kommunikativer Vernetzung revolutionär ist, muss sich heute den Rang mit der Erkenntnis teilen, dass die kontinuierliche Abbildung der Welt in digitalen Daten sowie deren algorithmische Verarbeitung ebenso einschneidend auf Gesellschaft und Politik wirkt. Auch die Unterscheidung zwischen online und offline [...] verliert im Zuge dieser Umstellung an Bedeutung; Digitalisierung ist immer und überall.

**INFO**

**Semantik**
Bedeutung sprachlicher Zeichen, z. B. eines Wortes

Will man Digitalisierung und ihre Folgen debattieren, so ist wichtig, dass man sich der Macht dieses Begriffs, seiner Totalität, nicht ergibt. Digitalisierung als einheitliche und von außen auf Gesellschaft wirkende Kraft unterschlägt, dass abseits der technischen Form das eigentlich wichtige die Ebene realisierter Konzepte – etwa sozialer Netzwerke, Smartphones oder das Internet der Dinge – oder gar die konkrete Umsetzung ist. Digitalisierungsprozesse lassen sich nur in ihrer Verwobenheit mit sozialen Normen und gesellschaftlichem Handeln sinnvoll diskutieren. [...]

**Zum Formwandel repräsentativer Politik**

Wahlen werden oft als das Herzstück der Demokratie bezeichnet. In ihnen vollzieht sich die Mehrheitsbildung wie die Kontrolle der Repräsentierenden. Wenig überraschend waren Wahlen bzw. das Wählen daher auch einer der ersten Aspekte, der in der Debatte über den digitalen Wandel der Demokratie seit den 1990er-Jahren aufgerufen wurde. Die ursprüngliche Erwartung lautete, dass Digitalisierung durch die Unmittelbarkeit von Datenübertragung und -auswertung neue Möglichkeiten demokratischer Beteiligung hervorbringen würde: häufigere oder komplexere Abstimmungen, mehr direktdemokratische Elemente, dazu das Versprechen sich ausweitender Beteiligung durch bequemer integrierbare Abläufe und eine allgemein höhere Informiertheit der Bürger und Bürgerinnen.

Diese Erwartungen wurden in weiten Teilen enttäuscht. Daran zeigt sich exemplarisch, was schieflaufen kann, wenn man Digitalisierung zu einseitig versteht: Der Akt des Wählens ist kein so akutes Problem der Demokratie, als dass es hier dringend einer Lösung bedurft hätte. Gleichzeitig gibt es eine Vielzahl von Problemen mit digitalem Wählen (angefangen bei technischen Aspekten wie der Geheimhaltung und Nachvollziehbarkeit) und ein Mehr oder Häufiger an Wählen bedeutet nicht automatisch ein Mehr an Demokratie. Die Intensivierung von Beteiligungsoptionen verstärkt vielmehr oftmals Ungleichheiten – zum Beispiel weil Partizipationsmöglichkeiten seitens ressourcenstarker Akteure überproportional genutzt werden. [...]

### Professionalisierung der Zivilgesellschaft

Zweitens verdeckte der Fokus auf Wahlen und Beteiligungsmöglichkeiten lange, dass ein viel weitreichenderer Formwandel der repräsentativen Demokratie im Gange ist. [...]: die Rekonfiguration des Verhältnisses von Repräsentierenden und Repräsentierten.

Auf Seite der Repräsentierten kommt dies etwa in der Professionalisierung der Zivilgesellschaften zum Ausdruck, in der Ausweitung von Transparenz- und Responsivitätsforderungen (also dem Wunsch von Bürgern und Bürgerinnen nach unmittelbaren politischen Reaktionen) oder einem umfangreichen Petitionswesen – alles Elemente, die durch digitale Möglichkeiten dezentraler Koordination oder der Analyse großer Datenmengen besonders gestärkt werden; versinnbildlicht etwa im Erfolg von Kampagnenplattformen (etwa Campact, Avaaz). Auf die demokratischen Institutionen wächst so der Druck, ansprechbar und rechenschaftspflichtig zu sein [...].

Auch die Seite der Repräsentierenden verändert sich. [...] So haben sich Parteien in der Blütezeit des linearen Fernsehens stark an einer Gruppe von Spitzenpolitikern und -politikerinnen ausgerichtet, die Bedeutung der Parteibasis für die Organisation von Stimmen ging zurück. In der Gegenwart hingegen sehen wir einen Trend zu einer stärkeren inhaltlichen Bestimmung von Themen durch aktivistische Teile der Parteibasis, was seinen vielleicht deutlichsten Ausdruck im Entstehen von Plattformparteien findet – in Deutschland etwa die (kurzlebige) Piratenpartei, international das Movimento 5 Stelle (Italien) oder Podemos (Spanien). [...]

### Alternative Formen politischer Steuerung

[...] Unsere Vorstellung von Demokratie ist eng verbunden mit der Steuerung durch das Recht, die Formulierung allgemeiner Gesetze, deren Sicht- und Anfechtbarkeit sowie die gleichmäßige Anwendung über alle Bürger und Bürgerinnen hinweg. In der digitalen Gesellschaft nimmt die Vielfalt wie die Effektivität alternativer Steuerungsmechanismen rapide zu. Zunehmend werden unser Handeln und Verhalten automatisiert erfasst und klassifiziert, Sanktionen können unmittelbarer, unsichtbarer und auch für das Individuum weniger nachvollziehbar durchgesetzt werden. Die Erwartung, dass dies Politik effizienter und schneller macht, wird insbesondere mit Blick auf den Bereich der öffentlichen Sicherheit artikuliert – Stichwort: Videoüberwachung und Gesichtserkennung. Sie lässt sich aber auch in weiteren Bereichen beobachten, etwa bei der Kontrolle von wohlfahrtsstaatlichen Leistungen. Noch drastischer ist das Beispiel des chinesischen Social-Credit-Systems [...]. Bezüglich all dieser Entwicklungen wird die Frage nach der Legitimationsfähigkeit alternativer Steuerungsformen zu stellen sein.

*Thorsten Thiel, Demokratie in Zeiten der Digitalisierung, Bonn: Bundeszentrale für politische Bildung, 22.02.2021, https://www.bpb.de/lernen/digitale-bildung/politische-bildung-in-einer-digitalen-welt/325148/demokratie-in-zeiten-der-digitalisierung/ (Zugriff: 25.02.2022)*

**INTERNET**

**WES-118380-561**
Film: Einfach erklärt: Internetdemokratie

**INFO**

**Liquid democracy** ist ein Konzept, das die Bürgerbeteiligung an politischen Prozessen erhöhen und transparenter machen will. Dazu nutzt es Digitalplattformen, wobei nicht nur direkt in Sachfragen abgestimmt werden kann, sondern auch als kompetent empfundene Personen Stimmen delegiert bekommen und für andere mitabstimmen können. Dieses Vertrauen kann auch wieder entzogen werden.

SMART CITY BERLIN

**Smart City Berlin** Das Projekt versucht sich in einer modernen Stadtentwicklung mit Fokus auf Mobilität, Nachhaltigkeit und Wohn- bzw. Lebenqualität unter Einbeziehung der Möglichkeiten vernetzter Datenerhebung und -verarbeitung.

**Rekonfiguration** Neugestaltung, Anpassung

## M3 China: Guter Bürger, schlechter Bürger

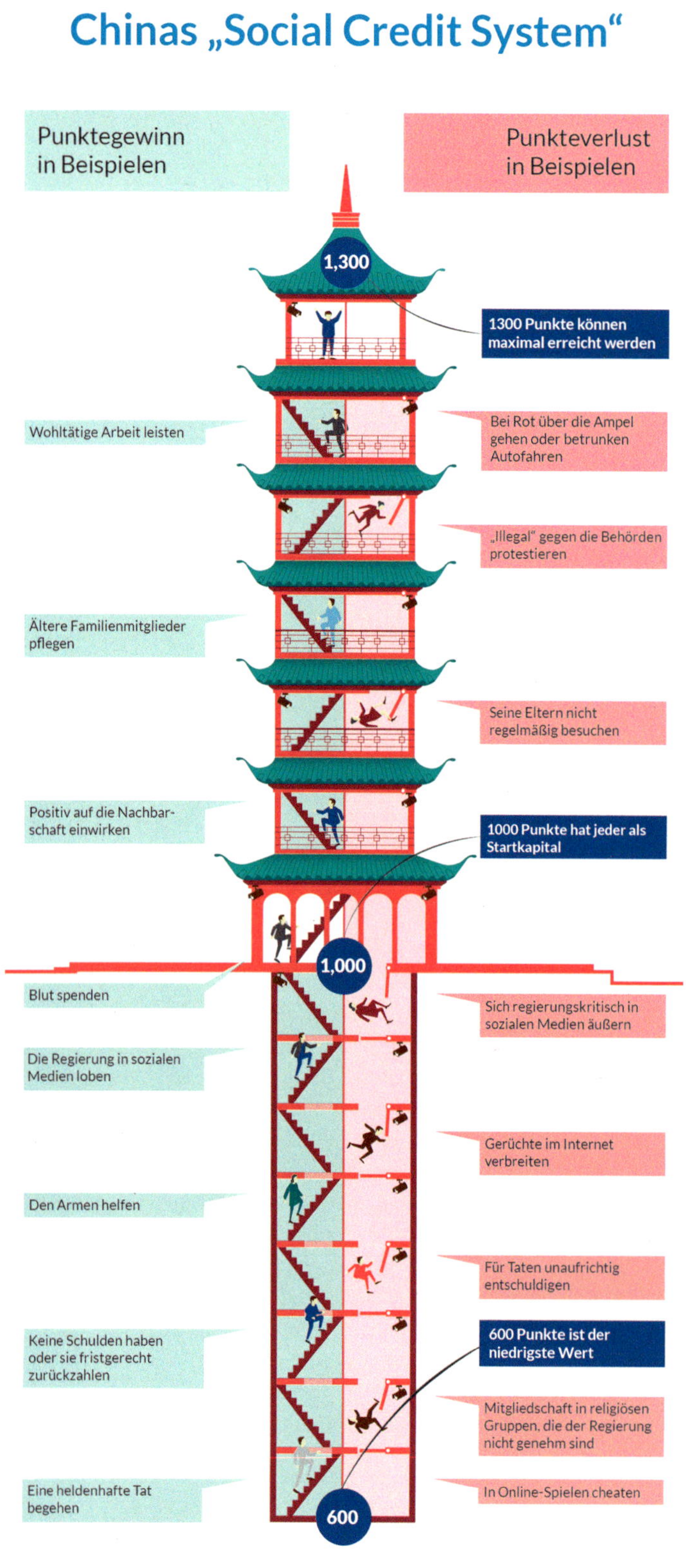


Guter Bürger oder schlechter Bürger: Zhang Jian wartet auf seine Bewertung. Im Bürgeramt der ostchinesischen Stadt Rongcheng, einem gigantischen gläsernen Rundbau. Der 42-Jährige überreicht der Mitarbeiterin vom Amt für Sozialkredit-Management die Formulare.

„Ich arbeite für eine öffentliche Behörde, für das Forstamt. Ich brauche eine Beurteilung für eine Beförderung – und dafür wiederum muss ich meinen Sozialkredit-Kontostand einholen. Wenn der nicht gut genug ist, werde ich auch nicht befördert. Aber ich mache mir da keine Sorgen. Ich achte auf mein Benehmen und mein Handeln. Ich sollte keine großen Abzüge haben.“ [...]

Die chinesische Küstenstadt Rongcheng hat bereits 2014 begonnen, für alle Bürger ein Sozialkredit-System einzuführen. Die Idee dahinter ist einfach: Der Staat sammelt so viele Daten wie möglich, trägt sie zusammen und wertet sie aus. Jeder Bürger bekommt ein Punktekonto. Und auf dieser Grundlage kann der Staat dann bestrafen oder auch belohnen. [...] Die rund 670.000 Einwohner in Rongcheng müssen ihren Sozialkredit-Punktestand regelmäßig vorweisen. Bei Bewerbungen, der der Bank, bei Versicherungen. Kaum etwas geht noch ohne gute Bewertung. [...]

Wer eine gute Bewertung hat, wird bevorzugt behandelt: bei sozialen Leistungen oder bei der Zulassung für Schulen. Wer in der schlechtesten Klasse D auftaucht, qualifiziert sich nicht mehr für Führungspositionen, bekommt Leistungen gestrichen und verliert seine Kreditwürdigkeit. Für Zhang Jiang bleibt dieser Morgen ein guter Morgen. Sein Sozialkredit-Konto: 1015 Punkte, eine Bewertung von A+. Er nimmt seine Brille ab und wirkt erleichtert. „Hier, sehen Sie mal, dort habe ich ein paar Abzüge. Fünf insgesamt. Einmal, weil ich bei Rot über die Ampel gegangen bin. Aber hier: meine Leistung bei der Arbeit, dafür habe ich gleich 20 Pluspunkte gesammelt! Hätte ich ein B bekommen, würde es nichts werden mit der Beförderung. Beamte im öffentlichen Dienst, wie ich, brauchen mindestens ein A.“ [...]

Ein System, das seine Bürger für moralisch konformes Verhalten im Sinne der Kommunistischen Partei Chinas belohnt – und alles andere bestraft, so ein System kennt auch

Verlierer. Zu diesen Verlierern zählt sich Murong Xuecun. [...] Als Blogger, Romanautor und Dissident kritisiert er immer wieder das chinesische System der Zensur und die Unterdrückung der abweichenden Meinungen in der Volksrepublik. Im offiziellen China gilt er als Störfaktor. [...] „[...] Die Führung in Peking hat verstanden, dass die alten Werkzeuge der Kontrolle nicht mehr greifen: Aufenthaltsregistrierung, Polizei, Personenspitzel. Das reicht nicht im digitalen Zeitalter der sozialen Medien. Um das System der sozialen Kontrolle entsprechend weiter zu entwickeln, schafft der Staat ein Sozialkreditsystem. Es ist Teil einer totalitären Internet-Gesellschaft des 21. Jahrhunderts."

*Axel Dorloff, China/Guter Bürger, schlechter Bürger, in: Deutschlandfunk, Köln: Deutschlandradio, 19.04.2018, https://www.deutschlandfunk.de/china-guter-buerger-schlechter-buerger-102.html (Zugriff: 25.02.2022)*

## M4 Digitalisierung – nur ein Werkzeug

**Harald Welzer:** [...] Digitale Technologie ist ja einfach nur ein Werkzeug. Und der Effekt eines Werkzeuges entscheidet sich nach dem Gebrauch. Und den Gebrauch müssen wir als freie Gesellschaft definieren. Und dann kann ich zum Beispiel gucken: Technologisch, von der grundsätzlichen Konstruktion, unterscheidet sich ja ein Algorithmus zur Tumorerkennung nicht von einem Algorithmus zur Gesichtserkennung. Und dann haben wir als Gesellschaft doch die Option zu sagen: „Im Gesundheitsbereich können wir uns Anwendungen vorstellen, die helfen uns ungemein. Die helfen Patienten ungemein. Die helfen aber auch bei der Organisation und Kosteneinsparung in einem Krankenhaus ungemein." Das, würden wir sagen, das ist gut. Das können wir gebrauchen. Gesichtserkennung hilft uns als Demokratie überhaupt mal gar nichts. Das ist vollkommener Unfug und trägt eher zu dem ganzen Thema der Übergriffigkeit von Machtinteressen bei, trägt übrigens zur Sicherheit auch überhaupt nichts bei. Gerd Gigerenzer [...] arbeitet das wunderbar raus, was die Fiktionen der Erhöhung von Sicherheit durch solche Technologien sind. Also müssen wir gesellschaftspolitisch fragen: „Wofür brauchen wir denn das?" Oder nehmen wir die Organisierung von Verkehr. Da werden gewissermaßen von den Elon Musks dieser Welt die autonom fahrenden Autos als Verheißung, als Glücksversprechen, an die Wand gemalt. Und da würde man sagen: „Das löst kein einziges unserer Probleme, die wir haben in ökologischer und mobilitätspolitischer Hinsicht." Wenn wir aber Digitalisierung anschauen, wie es das jetzt in Projekten von vielen Stadtwerken und kommunalen Anbietern gibt, und man guckt: Wie können wir das denn verwenden für Rufbusse beispielsweise? Und wie können wir Verkehrssysteme organisieren, die öffentlich sind, aber ressourcensparend und gleichzeitig Erhöhung von Komfort für Bürgerinnen und Bürger sind? Und so kann man diese Felder ja durchmustern. Und dann kommt man zu sehr positivem Werkzeuggebrauch. Um mehr geht es ja letztlich nicht.

*Keine Demokratie ohne Privatheit, Interview von Stefan Brink mit Harald Welzer, Berlin: Netzpolitik.org e. V., 30.11.2021, https://netzpolitik.org/2021/freiheit-und-digitalisierung-keine-demokratie-ohne-privatheit/ (Zugriff: 25.02.2022)*

1. Analysieren Sie die Karikaturen im Vergleich und arbeiten Sie die Kernkritik heraus (M1).
2. Erklären Sie die Unterschiede von „Demokratie und Digitalisierung" und „Demokratie und Internet" (M2).
3. Listen Sie heutige und frühere Erwartungen an die Demokratie im Internetzeitalter auf und diskutieren Sie, inwieweit diese enttäuscht wurden (M2).
4. Arbeiten Sie Chancen und Gefahren für moderne Staaten durch die Anwendung digitaler Erfassungs- und Auswertungstechnologien (M3 und M4) heraus.
5. Nehmen Sie Stellung zu einem Socia-Credit-System im Allgemeinen und diskutieren Sie ggf. im Speziellen die Kriterien für Punktverlust und -gewinne (M3).
6. Entwerfen Sie eine Eutopie der Demokratie im Zeitalter der Digitalisierung und stellen Sie sie einer Dystopie gegenüber (M1 bis M4).

**FILMTIPP**

**Black Mirror**
Folge Nosedive (Abgestürzt); E01S03
Die Folge zeigt ein Leben unter der Bedingung, ständig zu bewerten und bewertet zu werden, wobei das Ranking den sozialen Status bestimmt.

**INFO**

**Harald Welzer**
(*1958) Soziologe und Sozialpsychologe, seit 2012 Professor für Transformationsdesign an der Universität Flensburg und Direktor von FUTURZWEI. Stiftung Zukunftsfähigkeit in Berlin

**INFO**

**Utopie**
wörtlich: „Nicht-Ort", eine Vorstellung, wie die Welt sein könnte.

**Eutopie**
positive Zukunftsvorstellung

**Dystopie**
negative Zukunftsvorstellung

# Legitimität einer politischen Ordnung

**Klassiker der Demokratietheorien: Thomas Hobbes, John Locke, Jean-Jacques Rousseu und Ernst Fraenkel**

| | Thomas Hobbes | John Locke | Jean-Jacques Rousseau | Ernst Fraenkel |
|---|---|---|---|---|
| **Theorie** | Aufgeklärter Absolutismus | Repräsentationstheorie | Identitätstheorie | Pluralismustheorie |
| **zentrale Schriften** | Leviathan (1651) | Zwei Abhandlungen über die Regierung (1689) | Vom Gesellschaftsvertrag (1762) | Deutschland und die westlichen Demokratien (1964) |
| **historischer Hintergrund** | Englischer Bürgerkrieg zwischen Parlament und König; Diktatur unter Cromwell; Absolutismus | Englischer Bürgerkrieg; Absolutismus; Glorreiche Revolution | republikanisches Genf; absolutistisches Frankreich | Deutsches Kaiserreich; Weimarer Republik; Totalitarismus des Nationalsozialismus und des Stalinismus; Bonner Republik |
| **Menschenbild** | Der Mensch ist von Natur aus frei und gleich, rational und egoistisch. | Alle Menschen haben gleiche und naturgegebene Grundrechte: Freiheit, Leben, Eigentum. | Der Mensch ist von Natur aus gut, geprägt von Eigenliebe und Mitleid. | Der Mensch hat von Natur aus legitime, unterschiedliche Interessen. |
| **Grundproblem aus Sicht des Autors** | Bürgerkrieg; fehlende dritte Instanz; fehlende monopolisierte Staatsgewalt | unbegrenzte und missbrauchte Macht des Herrschers | Arbeitsteilung und Privateigentum, welche zu Konflikten zwischen Arm und Reich führen (bürgerliche Gesellschaft) | Denkfigur eines Gemeinwohls „a priori“, welches die Illusion eines objektiv bestimmbaren Guten erzeugt |
| **Verhältnis zwischen Regierenden und Regierten** | uneingeschränkte Souveränität des Herrschers gegenüber den Untertanen | Verantwortlichkeit der Repräsentanten gegenüber den Bürgern | Arbeitsteilung und Privateigentum, welche zu Konflikten zwischen Arm und Reich führen (bürgerliche Gesellschaft) | Verantwortlichkeit der Repräsentanten gegenüber den Bürgern |
| **Vertragsart** | Unterwerfungsvertrag | Herrschaftsvertrag | Gesellschaftsvertrag | – |
| **Staatsziel** | Befreiung des Menschen vom „Kampf aller gegen alle“; Schaffung von Sicherheit | Sicherheit; Vermeidung von Selbstjustiz; Schutz des persönlichen Eigentums | Sicherstellung größtmöglicher Freiheit (volonté générale) | Sicherstellung größtmöglicher individueller Freiheit durch die Akzeptanz von partikularen Interessen |
| **Entscheidungsverfahren** | zentral und monarchisch (absolutistische Monarchie) | parlamentarische Repräsentation | plebiszitär (direktdemokratisch) | parlamentarische Repräsentation getragen von Parteien |
| **Gewaltenteilung** | nicht vorhanden | vorhanden | nur formal | vorhanden |
| **Menschenrechte bzw. Bürgerrechte** | nein bzw. der Staatsräson vollkommen untergeordnet | vorhanden | nein bzw. dem Gemeinwohl untergeordnet | ja, als Teil des nichtstreitigen Sektors (Minimalkonsens) |
| **Partikularinteressen legitim?** | nein | nicht theoretisiert | nein | ja, besonders in organisierter Form, zum Beispiel als Parteien |
| **Kritik** | Problem des Machtmissbrauchs ungelöst | Überbetonung des Privateigentums | schwer auf Flächenstaaten anwendbar; Gefahr der totalitären Herrschaft | Bevorzugung der Interessen, die am ressourcenreichsten vertreten werden können |

### Politische Grundbegriffe
Bei aller Pluralität der Definitionen von **Politik** hat sich die von Werner J. Patzelt als universell und deskriptiv herausgestellt: „Politik ist jenes menschliche Handeln, das auf die Herstellung und Durchsetzung allgemeinverbindlicher Regelungen und Entscheidungen (d. h. von ‚allgemeiner Verbindlichkeit') in und zwischen Gruppen von Menschen abzielt."

Die kanonische Definition des **Machtbegriffs** geht auf Max Weber zurück: „Macht bedeutet jede Chance, innerhalb einer sozialen Beziehung den eigenen Willen auch gegen Widerstreben durchzusetzen, gleichviel, worauf diese Chance beruht." Dies impliziert, dass es sehr verschiedene Machtressourcen geben kann.

Der moderne **Staatsbegriff** wird durch die Drei-Elemente-Lehre nach Georg Jellinek grundgelegt. Eine mehr oder weniger klar umrissene Anzahl von Menschen lebt in einem mehr oder minder klar definierten Gebiet, über welches es zu mehr oder weniger zentraler Machtausübung kommt.

### Formen der Legitimation von Herrschaft
Nach Max Weber gibt es drei Formen der Legitimation von Herrschaft, also der Rechtfertigung von Machtausübung:
- **charismatische Legitimation der Herrschaft:** Führung durch Ausstrahlung und Einforderung von Gefolgschaft,
- **traditionale Legitimation der Herrschaft:** Führung mit der Argumentation traditionenbasierter Machtweitergabe,
- **legal-rationale Legitimation der Herrschaft:** Führung auf Basis der Rechtslage und funktionalen Kriterien.

### Prinzipien der Bändigung staatlicher Gewalt
Um dem Missbrauch der monopolisierten Staatsgewalt entgegenzuwirken, brachte die europäische Ideengeschichte vier Formen der Bändigung staatlicher Gewalt hervor:
- **Gewaltenteilung:** Aufteilung der Staatsgewalt auf verschiedene Institutionen mit gegenseitigen Kontroll- und gegebenenfalls Vetomöglichkeiten,
- **Rechtsstaatlichkeit:** Bindung aller staatlicher Entscheidungen an Recht und Gesetz,
- **Liberalismusprinzip:** Beschränkung des staatlichen Eingriffs in die freie Lebensführung der Bürgerinnen und Bürger auf ein Minimum,
- **Demokratieprinzip:** Rückbindung der politischen Entscheidungen auf die punktuelle Mehrheit der Wählerschaft.

### Alter und neuer Dualismus

| **Alter Dualismus (präsidentielles Regierungssystem)** | **Neuer Dualismus (parlamentarisches Regierungssystem)** |
|---|---|
| • Geschlossene Exekutive: Der Präsident ist zugleich Staatsoberhaupt und Regierungschef.<br>• Die Regierung wird direkt vom Volk gewählt.<br>• Keine Kompatibilität von Amt und Mandat: Die Regierungsmitglieder gehören nicht dem Parlament an.<br>• Die Regierung und das Parlament sind unabhängig voneinander, daher besteht keine Möglichkeit der Abberufung der Regierung durch das Parlament oder der Auflösung des Parlaments durch die Regierung → schwache Fraktionsdisziplin. | • Doppelte Exekutive: Die Regierungsmacht liegt beim Premierminister bzw. Kanzler. Das Staatsoberhaupt wird separat bestimmt und ist mit formalen Aufgaben betraut (z. B. Bundespräsident).<br>• Die Regierung geht aus dem vom Volk gewählten Parlament hervor.<br>• Kompatibilität von Amt und Mandat: Die Regierungsmitglieder gehören in der Regel dem Parlament an.<br>• Regierung und Parlament(-smehrheit) sind voneinander abhängig: Die Regierung kann mit einem Misstrauensvotum ausgetauscht werden; in vielen Fällen kann die Regierung Neuwahlen herbeiführen → strenge Fraktionsdisziplin. |

## 1. Internationale Politik in der globalisierten Welt

**Seite 11, Aufgabe 5**
Eine Karikatur analysieren Sie, indem Sie
1. die Karikatur zunächst genau beschreiben,
2. die dargestellten Elemente entschlüsseln,
3. die Karikatur in ihren Kontext einordnen,
4. die Kernaussage herausarbeiten und
5. zur Karikatur/zu ihrer Aussage Stellung nehmen.

Siehe hierzu auch die Methode: Karikaturen zum Sprechen bringen auf S. 346 f.

**Seite 17, Aufgabe 1**
Bislang gingen die Texte davon aus, dass es vor allem Staaten sind, die auf der internationalen Bühne agieren. Die Auflistung in M1 zeigt jedoch, dass die Nationalstaaten nicht allein auf der Bühne stehen. Diskutieren Sie vor diesem Hintergrund, welche Rolle den Staaten im internationalen Geschehen zukommt und wo andere Akteure eine gewichtige Rolle spielen.

**Seite 18, Aufgabe 1**
Betrachten Sie die abgebildeten Symbole:
- Wofür stehen sie?
- Welche Bedeutung haben die unterschiedlichen Größen bzw. Strichstärken?
- In welcher Beziehung stehen die abgebildeten Symbole zueinander?

**Seite 18, Aufgabe 3 a**
Beachten Sie hierzu das Teilkapitel „Das internationale System – eine Staatenwelt?“ auf S. 17.

**Seite 23, Aufgabe 1**
Relevante Vergleichsaspekte sind etwa:
- Grundannahmen,
- zentrale Akteure im internationalen System,
- Handlungsweise der Akteure,
- Ansätze zum Umgang mit der Anarchie im internationalen System.

**Seite 23, Aufgabe 2**
Überlegen Sie, welche Funktion Theorien bei der Analyse von politischen Prozessen oder Konflikten haben. Bedenken Sie weiter, welche Bedeutung die Ergebnisse einer solchen Analyse für strategische Entscheidungen haben. Bei den Entscheidungen wiederum spielen Theorien eine besondere Rolle, da sie vermutete Kausalzusammenhänge und Wirkmechanismen nahelegen.

**Seite 25, Aufgabe 6**
**Seite 27, Aufgabe 4**
Achten Sie in der Diskussion darauf, welche Aspekte die Gesprächspartner/-innen aus der anderen Gruppe besonders hervorheben (und welche wenig Beachtung finden). Überlegen Sie, welche Bedeutung die „Theorie-Brillen“, die Sie (unbewusst) aufgesetzt haben, für Ihre Einschätzung haben.

**Seite 29, Aufgabe 3**
Sie haben sich mit der Frage auseinandergesetzt, was alles zum Phänomen „Globalisierung“ dazugehört. Wenn Sie diese vielschichtige Entwicklung nun mit der vorliegenden Definition abgleichen, fallen Ihnen womöglich relevante Aspekte auf, die in der Definition keine Erwähnung finden.

**Seite 31, Aufgabe 4**
Sie können bei der Charakterisierung wertende Adjektive verwenden, zum Beispiel (un-)sachlich, alarmistisch, parteinehmend, beschönigend, einseitig, fundiert, ideologisch, moralisierend, überzeugend ... Begründen Sie Ihre Einschätzung.

**Seite 33, Aufgabe 5**
Die zentrale Frage hier ist die nach der (bleibenden/schwindenden/sich verändernden) Rolle des Nationalstaates. Nehmen Sie diese Frage als Grundlage Ihrer Überlegungen.

**Seite 39, Aufgabe 1**
Die zentrale Frage ist hier, weshalb NGOs eine Rolle einnehmen können, die der Staat so nicht erfüllen kann. Bedenken Sie, wer bei der Verletzung von Menschenrechten oftmals (Mit-)Verantwortung trägt bzw. wer die Bevölkerung vor solchen Verbrechen eigentlich schützen müsste.

**Seite 43, Aufgabe 1**
Überlegen Sie hierbei, welche Perspektive die beiden Texte einnehmen und welche Funktion sie jeweils erfüllen.

**Seite 47, Aufgabe 3 b**

Mögliche Vergleichsaspekte könnten sein:
- Worin sehen die Autoren die Ursachen der Armut?
- Welche konkreten Forderungen erheben die Autoren bzw. welche praktischen Konsequenzen fordern sie?
- Interessant ist ebenfalls die Frage, wer konkret zum Handeln verpflichtet ist.

**Seite 48, Aufgabe 4**

Als Utopie bezeichnet man etwas bzw. einen Zustand, den es (noch) nicht gibt, der aber denkbar und wünschenswert ist. Utopien können die Funktion haben, ein Fernziel zu benennen, ohne jedoch konkrete Vorschläge zur Umsetzung zu machen. So können etwa die Romane von Jules Verne als utopisch bezeichnet werden, in denen er in der zweiten Hälfte des 19. Jahrhunderts die irrwitzige Idee entwickelte, die Menschen könnten zum Mond reisen.

**Seite 57, Aufgabe 2**

Es ist die Aufgabe der Regierenden, Schaden von ihren Ländern abzuwenden und aktiv gegen Sicherheitsrisiken vorzugehen. Die konkrete Sicherheitspolitik orientiert sich dabei an den Sicherheitsbedürfnissen der Bevölkerung bzw. ihren Sicherheitskonzepten und an den Gefahren, die diese Sicherheit gefährden. Um nachzuvollziehen, wie und warum sich Sicherheitspolitik wandelt, muss man einen Blick auf die Sicherheitskonzepte und die konkreten Gefährdungen der Sicherheit werfen.

**Seite 59, Aufgabe 3**

Der sicherheitspolitischen Strategie der Bundesregierung liegt ein bestimmtes Konzept von Sicherheit und eine bestimmte Idee von Faktoren zugrunde, die diese Sicherheit bedrohen könnten. Gleichen Sie diese Vorstellungen mit den tatsächlichen Sicherheitsbedrohungen ab.

**Seite 65, Aufgabe 1**

Die Grafik thematisiert den Personalbestand der Bundeswehr im Zeitverlauf. Ebenso wird die sich wandelnde Dauer der Wehrpflicht angegeben. Die Entwicklung zeigt eine klare Tendenz, die Auswirkungen auf die Leistungsfähigkeit der Bundeswehr hat.

**Seite 71, Aufgabe 2**

Überlegen Sie, was es für die Wahrnehmung Russlands im Westen bedeutete, als der russische Präsident Putin die Besetzung eines Teiles eines souveränen Staates anordnete.

**Seite 86, Aufgabe 4**

Arbeiten Sie zunächst heraus, wie Stormer seine Arbeit versteht (M2).
Gehen Sie danach auf die Einschränkungen und Probleme der Kriegsberichterstattung ein (M3).

**Seite 89, Aufgabe 4**

Der Begriff „Rüstungsspirale" wurde vor allem im Kontext des Kalten Krieges verwendet und zielte darauf ab, dass sich die Konfliktparteien durch das Waffenpotenzial des „Gegners" bedroht fühlten und deshalb ihrerseits aufrüsteten. Dies wiederum hatte zur Folge, dass die andere Partei sich durch die militärische Übermacht des „Gegners" bedroht sah und wiederum aufrüstete. Somit entstand ein sehr kostspieliger Rüstungswettlauf, in dem sich die einzelnen Nationen permanent gegenseitig überboten.
Überlegen Sie, wie dieses Konzept auf den Einsatz von Bildern und visuellem Material in Konflikten übertragen werden kann.

**Seite 93, Aufgabe 2**

Den Text des Liedes werden Sie wahrscheinlich nicht verstehen. Das ist auch nicht erforderlich. Konzentrieren Sie sich stattdessen auf die Ästhetik des Clips:
- Was wird dargestellt?
- Wie wird es dargestellt und in Szene gesetzt?
- Welche Perspektive nimmt die Kamera ein?
- Wie bewegt sich die Kamera?
- Welche Effekte werden dadurch erzielt?
- …

**Seite 95, Aufgabe 4**

Überlegen Sie, welche Bereiche von Desinformation besonders gefährdet sind, welche Themen sich in besonderer Weise eignen, welche Gruppen geschützt werden sollten etc.
Bedenken Sie auch, welche (technischen) Möglichkeiten einem Staat zur Verfügung stehen. Beachten Sie jedoch auch das kritische Feld der Presse- und Meinungsfreiheit.

# 2. Politische Willensbildung im Zeitalter der Digitalisierung

**Seite 101, Aufgabe 1 b** Legitimität bezeichnet hier den Grad bzw. die Art und Weise, wie etwas gerechtfertigt und begründet werden kann.
Effizienz beschreibt das Verhältnis von Einsatz und Ertrag.

**Seite 105, Aufgabe 2** Der Cleavage-Ansatz geht davon aus, dass Parteien dann entstehen, wenn es bedeutsame Interessenskonflikte in einer Gesellschaft gibt, auf die die bestehenden Parteien nicht in angemessener Weise reagieren. Überlegen Sie, welche Konfliktlinien bzw. Interessen ursächlich für die Entstehung der hier genannten Parteien gewesen sein könnten.

**Seite 107, Aufgabe 2** Anders formuliert könnte man auch fragen: Gibt es das typische Mitglied der A-Partei oder ist es ein bestimmter Typus Mensch, der sich in Parteien organisiert – unabhängig davon, ob es die A-Partei, die B-Partei oder die C-Partei ist?

**Seite 109, Aufgabe 4** Beachten Sie hierbei vor allem die Frage, ob es einen erkennbaren Zusammenhang zwischen Social-Media-Aktivitäten und Wahlerfolg gibt. Überlegen Sie, wie dieser Befund zu deuten ist.

**Seite 111, Aufgabe 3** Entscheiden Sie sich für eine der Positionen und setzen Sie sich kritisch mit ihr auseinander. Es ist Ihnen dabei selbst überlassen, ob Sie sich kritisch-zustimmend oder kritisch-ablehnend positionieren.

**Seite 121, Aufgabe 4** In den Prozess der politischen Willensbildung bis hin zur Verabschiedung eines Gesetzes sind viele Akteure eingebunden. Am vorliegenden Beispiel zeigt sich das Gesetzgebungsverfahren als Abfolge von Aushandlungen, Kompromissfindungen und Korrekturen. Überlegen Sie, was passiert wäre, wenn weniger Akteure in den Prozess der politischen Willensbildung und Entscheidungsfindung eingebunden gewesen wären.

**Seite 129, Aufgabe 4** Überlegen Sie hierbei, welche Vorzüge Microtargeting für die Parteien und auch für die Wählerschaft hat, bedenken Sie aber auch die Gefahren, die davon ausgehen können. Vor diesem Hintergrund können Sie ein fein abgestimmtes Regelwerk für das Microtargeting entwickeln.

**Seite 135, Aufgabe 4** Folgende Anschuldigungen sollen anhand von M5 überprüft werden:
Der öffentlich-rechtliche Rundfunk erreicht junge Bürgerinnen und Bürger sowie Menschen mit einfachem Bildungsabschluss kaum noch (M4, Z. 15–18).
Es wird vor allem ein linkes Publikum bedient (M4, Z. 18–24).

**Seite 139, Aufgabe 4** Beachten Sie hierbei Aspekte wie etwa:
- Welche Zielgruppen können mit diesen Medienformaten erreicht werden?
- Wie gehaltvoll ist die inhaltliche Auseinandersetzung mit komplexen politischen Themen in diesen Formaten?
- Welches Bild von Politik wird vermittelt?
- …

# 3. Sozialer Wandel in der pluralistischen Gesellschaft der Bundesrepublik Deutschland

**Seite 151, Aufgabe 3**

Unter folgendem Webcode bzw. QR-Code finden Sie nützliche Links für Ihre Internetrecherche:
**WES-118380-601**

Nutzen Sie zum Beispiel auch S. 162 f. in diesem Band.

**Seite 153, Aufgabe 3**

Beziehen Sie folgende Begriffe in Ihre Überlegungen zu gesellschaftlichen Wandlungsprozessen ein:

- deutsches Wirtschaftswunder, Fachkräftemangel, Gastarbeiter,
- Bildungsexpansion,
- Wandel von der Industrie- zur Dienstleistungsgesellschaft.

**Seite 157, Aufgabe 8**

Unter folgendem Webcode bzw. QR-Code finden Sie nützliche Links für Ihre Wahlkampfstrategie:
**WES-118380-602**

**Seite 159, Aufgabe 2**

Mögliche Kriterien könnten sein:

- Bezeichnung der Gruppe,
- Verortung im Modell,
- Merkmal für die Bestimmung der Gruppe,
- …

**Seite 161, Aufgabe 3**

Beispiel für eine Karikatur zur Dimension „wirtschaftliche Lage/Lebensstandard“:

Zeichnung: Burkhard Mohr

**Seite 163, Aufgabe 2**

Unter folgendem Webcode bzw. QR-Code finden Sie nützliche Links für Ihre Internetrecherche:
**WES-118380-603**

**Seite 165, Aufgabe 3**

Einfachere Variante der Aufgabenstellung (bzw. Vorstufe):

- Erklären Sie zunächst die Begriffe primäre und sekundäre Effekte der sozialen Schichtung.
- Ordnen Sie nun nachfolgende Lösungsvorschläge dem jeweiligen Ansatz zu: Kostenübernahme für Nachhilfe, Büchergeld, Zahlung einer Ausbildungsbeihilfe, Vergabe von Stipendien, Schaffung einer bindenden Schullaufbahnempfehlung.
- Erörtern Sie die Wirksamkeit.

**Seite 167, Aufgabe 4**

Unter folgendem Webcode bzw. QR-Code finden Sie nützliche Links für Ihre Internetrecherche:
**WES-118380-604**

**Seite 167, Aufgabe 5**

Sammeln Sie zunächst Ihre Ideen in einem Brainstorming. Lesen Sie dazu eventuell das Interview in voller Länge unter:
**WES-118380-605**

**Seite 173, Aufgabe 3**

Sie haben hierbei die Möglichkeit, grundlegende Gedanken zu äußern oder an einem konkreten Fall (real oder fiktiv) zu arbeiten.

**Seite 185, Aufgabe 5**

Information zur Herkunft des Sprichwortes:
Schon seit dem dritten Jahrhundert vor Christus soll diese Redewendung in Gebrauch gewesen sein. Der damalige Politiker Appius Claudius Caecus soll sie verwendet haben.

Tipps zur Herangehensweise:

- Klären Sie zunächst die Bedeutung des Sprichwortes.
- Formulieren Sie nun nach kritischer Prüfung und sorgfältiger Abwägung eine Wertung auf der Grundlage Ihrer Kenntnisse und Einsichten bezüglich der Individualisierungstheorie.

**Seite 187, Aufgabe 1**

Ideen und Tipps zur Gestaltung von Schaubildern finden Sie zum Beispiel unter:
**WES-118380-606**

**Seite 189, Aufgabe 5**

Tipps zur Vorgehensweise:

- Sammeln Sie zunächst (in einer Tabelle) Argumente, die für die Leitfrage sprechen, und Argumente, die gegen die Leitfrage sprechen.
- Gewichten Sie die Argumente unter Einbezug Ihrer Wertehierarchie.
- Entwickeln Sie nun auf der Basis Ihrer Stichpunkte eine Argumentation, die in eine begründete Bewertung mündet.

**Seite 190, Aufgabe 2**

Weitere Informationen finden Sie zum Beispiel unter:
**WES-118380-607**

**Seite 195, Aufgabe 4**

Folgende Schlagworte könnten in der Aufgabe verwendet werden:
- unausgeglichenes Verhältnis der Generationen,
- Verteilung von politischem Einfluss,
- Interessenlage nachfolgender Generationen,
- Konzept der Nachhaltigkeit.

**Seite 200, Aufgabe 4**

Die Antwort könnte als Timeline visualisiert werden. Siehe hierzu zum Beispiel:
**WES-118380-608**

**Seite 209, Aufgabe 3**

Weitere Informationen finden Sie zum Beispiel unter:
**WES-118380-609**

**Seite 211, Aufgabe 3**

Unter folgendem Webcode bzw. QR-Code finden Sie nützliche Links für die Methode Mindmap:
**WES-118380-610**

**Seite 215, Aufgabe 1**

Video bei Youtube: Internationale Sozialstaatsmodelle im Vergleich – Amerikanisches und Skandinavisches Modell erklärt!
**WES-118380-611**

**Seite 215, Aufgabe 3**

Weitere Informationen finden Sie zum Beispiel bei der Bundeszentrale für politische Bildung:
**WES-118380-612**

**Seite 217, Aufgabe 4**

Bedenken Sie hierbei, dass die KI den gesellschaftlichen Wandel in einer Form vorantreiben kann, bei der Konstellationen entstehen können, für die es bislang keine rechtliche Regelung gibt, etwa: Wer ist haftbar, wenn sich beim autonomen Fahren ein Unfall ereignet?
Ebenso ergeben sich ethische Fragestellungen, die man bislang noch nicht kannte, etwa: Wollen wir wirklich, dass intelligente Pflegeroboter die Pflege von alten Menschen übernehmen?
Das Gleiche gilt für soziale Fragen. Wie soll man beispielsweise damit umgehen, dass viele weniger qualifizierte Arbeitsplätze verloren gehen?
Finden Sie weitere Beispiele zu diesen drei Themenfeldern.

**Seite 219, Aufgabe 2**

Bedenken Sie, dass die Mathematik auf strengen Gesetzmäßigkeiten basiert. Die Ethik hingegen kommt immer dann zum Tragen, wenn der Mensch Entscheidungsspielräume hat und zwischen mehreren Handlungsoptionen (wertegebunden) entscheiden muss.

# 4. Die wirtschaftliche Entwicklung Deutschlands und Europas im Zeitalter von Globalisierung und Digitalisierung

**Seite 226, Aufgabe 3** Die Erklärung soll sich auf die Prozesse innerhalb eines Staates beziehen.

**Seite 227, Aufgabe 1** Eine Mindmap dient im Gegensatz zu einem Schema dazu, bei einem Themengebiet die Ober- und Unterbegriffe zielgerichtet zu ordnen.

**Seite 229, Aufgabe 3** Vorlage für ein Preis-Mengen-Diagramm

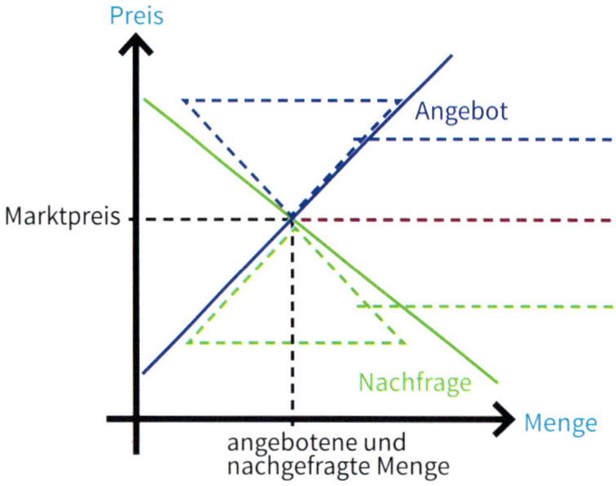


**Seite 230, Aufgabe 4** Ein Vergleich gliedert sich in die zu untersuchenden Vergleichsfälle, die mittels festgelegter Vergleichskategorien untersucht werden.

**Seite 235, Aufgabe 2** Die Nettokaltmieten werden in den Mietspiegeln der Städte oder Gemeinden veröffentlicht.

**Seite 235, Aufgabe 3** Bei dieser Aufgabe bietet sich ein Balken- oder Säulendiagramm an.

**Seite 239, Aufgabe 3 a** Aus M3 sind Aussagen zu erarbeiten, die sich auf Punkte des Stabilitätsgesetzes beziehen.

**Seite 239, Aufgabe 4** Mögliche Eckpunkte für eine Diskussion:
- Erfassung sozialer Ungleichheit
- Erfassung ökologischer Kosten

**Seite 241, Aufgabe 3** Überprüfen Sie die Folgen subventionierter EU-Waren für regionale Produkte auf dem Weltmarkt.

**Seite 245, Aufgabe 3** Nutzen Sie hierfür den Webcode/QR-Code auf S. 239.

**Seite 251, Aufgabe 4** Beachten Sie hierfür S. 274 f., insbesondere M3, Z. 30–42.

**Seite 255, Aufgabe 1** Ein Vergleich gliedert sich in die zu untersuchenden Vergleichsfälle, die mittels festgelegter Vergleichskategorien untersucht werden.

**Seite 255, Aufgabe 4** Mögliche Aspekte der Debatte können sich auf die Folgen für Sparer, Rentenanlagen oder nachfolgende Generationen beziehen.

**Seite 259, Aufgabe 4** Sie können für die Planung exemplarisch auf die nachfolgenden Schwerpunkte zurückgreifen:
- angestrebter Schulabschluss
- angestrebter Studien- oder Berufsabschluss
- angestrebte berufliche Tätigkeit.

**Seite 263, Aufgabe 4** Berücksichtigen Sie hierfür auch persönliche Präferenzen, wie etwa Internetanbindung oder kulturelle Angebote etc.

**Seite 268, Aufgabe 3 b** Informationen über den Fortgang finden Sie auf den Seiten der Europäischen Kommission oder bei deutschsprachigen Presseportalen (Deutschlandfunk, Frankfurter Allgemeine Zeitung, Süddeutsche Zeitung etc.)

**Seite 273, Aufgabe 4** Neben der Coronapandemie kann hier auch der Krieg in der Ukraine berücksichtigt werden.

**Seite 276, Aufgabe 3 b** Mögliche Eckpunkte für eine Bewertung könnten etwa die Formen privater Altersvorsorge betreffen oder die Renditen bestehender Anlageformen.

**Seite 287, Aufgabe 2 b** BAU (Business as usual) bezeichnet ein Szenario vollkommen ohne Bemühungen zu Ressourcenschonung oder Umweltschutz.

**Seite 289, Aufgabe 3** Vorlage für eine Tabelle

| | **Postwachstum** | **Ökologischer Umbau** |
|---|---|---|
| Kerngedanken | •<br>• | •<br>• |
| Kritik | •<br>• | •<br>• |

## 5. Legitimität einer politischen Ordnung

**Seite 327, Aufgabe 1** Versetzen Sie sich im Falle der Vertrauensfrage in die Lage eines Bundeskanzlers hinein, wenn er ein Gesetz durch den Bundestag bringen will und die Regierungsmehrheit, der er sein Amt verdankt, in dieser Sache uneinig ist und das Gesetz zu scheitern droht. Dann kann er die Abstimmung mit der Vertrauensfrage kombinieren.
Versetzen Sie sich im Falle des konstruktiven Misstrauensvotums in die Lage eines kleineren Koalitionspartners einer Regierungskoalition. Wenn dieser ständig übergangen wird und sein politisches Profil nicht in der Politik der Bundesregierung sichtbar wird, dann besteht vielleicht der Anreiz, sich mit einer anderen Partei zusammenzutun und einen neuen Kanzler zu wählen.

**Seite 330, Aufgabe 3** Beachten Sie dazu den Zusammenhang zwischen Parteien in Regierungsverantwortung bzw. Parteien in der Opposition und der Nutzung bestimmter parlamentarischer Kontrollmechanismen.

**Seite 335, Aufgabe 2** Vergleichen Sie dazu die Vorstellung von Gewaltenteilung zusammen mit dem institutionellen Aufbau bei Montesquieu mit der aktuellen Verfassungsrealität der USA – Montesquieu stand für eine strenge horizontale Gewaltenteilung mit einem König an der Spitze der Exekutive sowie einer Volks- und einer Adelskammer als Legislative.

**Seite 337, Aufgabe 1** Zentrale Kriterien sind dabei: die Anzahl der relevanten Parteien, die Abdeckung des politischen Meinungsspektrums und die Chance neuer politischer Strömungen, durch Parteigründungen am politischen Prozess mitzuwirken.

**Seite 339, Aufgabe 3** Das Rousseau'sche Credo in Fragen der Demokratietheorie lässt sich auf dieses Zitat bringen: „Jedes Gesetz, das nicht vom Volk in Person bestätigt wird, ist nichtig; es ist gar kein Gesetz" (S. 314, M1, Z. 280 ff.). Es stellt sich nun also der Aufgabe gemäß die Frage, ob und inwiefern die Schweiz diesem Grundsatz folgt.

**Seite 341, Aufgabe 5** In Deutschland gilt, dass Rechtsstaatlichkeit, konkret z. B. Menschenrechte und Minderheitenschutz, Vorrang vor dem Demokratieprinzip bzw. vor dem Willen der Mehrheit hat. Dieses Verhältnis scheint in der Schweiz bei Volksinitiativen anders bestimmt worden zu sein.

**Seite 351, Aufgabe 1** Wiederholende Grundlagen zu den zwei Wahlsystemtypen (S. 349, M3):
Bei Parlamentswahlen nach Mehrheitswahlrecht wird das Land in Wahlkreise aufgeteilt. In jedem Wahlkreis kandidieren verschiedene Bewerber aus unterschiedlichen Parteien. Die Wähler können jeweils einen Kandidaten wählen. Gewählt ist in jedem Wahlkreis der Kandidat, der die meisten Stimmen erhalten hat (relative Mehrheitswahl), dieser bekommt einen Sitz im Parlament. Die Stimmen der übrigen Kandidaten werden nicht berücksichtigt.
Beim Verhältniswahlrecht ist eine Einteilung des Landes in Wahlkreise nicht zwingend nötig, findet aber aus organisatorischen Gründen dennoch statt. Vor der Wahl muss nur feststehen, wie viele Sitze im Parlament insgesamt zu vergeben sind. Jede teilnehmende Partei stellt eine Liste mit Kandidaten auf. Die Wähler geben ihre Stimme für eine der Parteien und damit eine der Listen ab. Nach der Wahl wird errechnet, wie viel Prozent der abgegebenen Stimmen auf die jeweiligen Listen entfallen. Die Parteien erhalten entsprechende Anteile der Sitze im Parlament. Welche Kandidaten einen Sitz erhalten, wird über ihren Listenplatz auf den jeweiligen Wahllisten entschieden.

## Operatoren verstehen

Operatoren sind Formulierungen, die für die Aufgabenstellungen in Klausuren und Abiturprüfungen verwendet werden. Hinter allen Operatoren steckt ein **konkreter Arbeitsauftrag**, den es zu bearbeiten gilt.

Die Operatoren gliedern sich in insgesamt **drei Anforderungsbereiche**, die sich vom Schwierigkeitsgrad unterscheiden:

- Reproduktion (AFB I)
- Reorganisation und Transfer (AFB II)
- Reflexion und Problemlösung (AFB III).

Grundsätzlich gilt, dass die Aufgabenstellungen in Klausuren oder Abiturprüfungen Anforderungen aus allen drei Bereichen enthalten und dass sich der unterschiedliche Schwierigkeitsgrad der Bereiche bei der Punktevergabe zu den Einzelaufgaben widerspiegelt.
In der Regel bauen die Anforderungsbereiche dabei aufeinander auf. In Klausuren zeigt sich das darin, dass zunächst Aufgaben aus den Anforderungsbereichen I und II gestellt werden und die Prüfung mit Aufgaben aus dem Anforderungsbereich III abschließt. Dabei ist zu beachten, dass der Anforderungsbereich III die Anforderungsbereiche I und II und der Anforderungsbereich II den Anforderungsbereich I immer mit einschließt. Ein Analysieren (II) benötigt etwa ein vorheriges Beschreiben (I), ein Bewerten (III) ein Erläutern (II) der zu bewertenden Sachverhalte.

Für eine erfolgreiche Bearbeitung der Aufgaben in diesem Buch und in Prüfungen ist es deshalb wichtig, dass man weiß, was jeweils verlangt wird. Im Folgenden sind alle Operatoren aufgeführt, anschließend werden die wichtigsten Operatoren noch einmal ausführlicher erklärt.

**Operatoren und ihre Zuordnung zu den Anforderungsbereichen**
Viele Operatoren können nicht nur einem Anforderungsbereich zugeteilt werden, da sie auch Leistungen eines zweiten oder dritten Anforderungsbereiches enthalten. In der folgenden Übersicht erhalten Sie einen Überblick über die im Buch verwendeten Operatoren, deren Beschreibung und deren Zuordnung zu den Anforderungsbereichen.

**Anforderungsbereich I** umfasst vor allem Reproduktionsleistungen. Hier sollen Sie z. B. die Inhalte eines Textes wiedergeben, gelernte Methoden und Arbeitstechniken anwenden oder Fachwissen unter Verwendung von Fachbegriffen wiedergeben.

| | |
|---|---|
| aufzählen<br>nennen<br>wiedergeben<br>zusammenfassen | Kenntnisse (Fachbegriffe, Daten, Fakten, Modelle) und Aussagen in kurzer Form unkommentiert darstellen |
| benennen<br>bezeichnen | Sachverhalte, Strukturen und Prozesse begrifflich genau aufführen |
| beschreiben<br>darlegen<br>darstellen | einen Zusammenhang unter Verwendung der Fachsprache wiedergeben |

**Anforderungsbereich II** umfasst vor allem Reorganisations- und Transferleistungen. Hier sollen Sie z. B. Sachverhalte erklären können, Karikaturen analysieren können oder Gelerntes auf eine neue Situation anwenden.

| | |
|---|---|
| analysieren | Materialien oder Sachverhalte kriterienorientiert erschließen, in systematische Zusammenhänge einordnen sowie Hintergründe und Beziehungen herausarbeiten |
| auswerten | Daten oder Einzelergebnisse zu einer abschließenden Gesamtaussage zusammenführen |
| charakterisieren | Sachverhalte in ihren Eigenarten beschreiben und diese dann unter einem bestimmten Gesichtspunkt zusammenführen |

| | |
|---|---|
| einordnen | eine Position zuordnen oder einen Sachverhalt in einen Zusammenhang stellen |
| erklären | Sachverhalte durch Wissen und Einsichten in einen Zusammenhang (Theorie, Modell, Regel, Gesetz, Funktionszusammenhang) einordnen und deuten |
| erläutern | Sachverhalte durch Wissen und Einsichten in einen Zusammenhang (Theorie, Modell, Regel, Gesetz, Funktionszusammenhang) einordnen und deuten sowie zusätzlich Informationen und Beispiele zur Verdeutlichung anführen |
| herausarbeiten<br>ermitteln<br>erschließen | aus Materialien bestimmte Sachverhalte herausfinden, auch wenn sie nicht explizit genannt werden, und Zusammenhänge zwischen ihnen herstellen |
| interpretieren | Sinnzusammenhänge aus Materialien erschließen |
| vergleichen | Sachverhalte gegenüberstellen, um Gemeinsamkeiten, Ähnlichkeiten und Unterschiede herauszufinden |
| widerlegen | Argumente anführen, dass Daten, eine Behauptung, ein Konzept oder eine Position nicht haltbar sind |
| **Anforderungsbereich III** umfasst vor allem Reflexion und Problemlösung. Hier sollen Sie z. B. Probleme/Sichtweisen bewerten, selbstständig und begründet urteilen oder Handlungsoptionen aufzeigen. | |
| begründen | zu einem Sachverhalt komplexe Grundgedanken unter dem Aspekt der Kausalität argumentativ und schlüssig entwickeln |
| beurteilen | den Stellenwert von Sachverhalten oder Prozessen in einem Zusammenhang bestimmen, um kriterienorientiert zu einem begründeten Sachurteil zu gelangen |
| bewerten<br>Stellung nehmen | den Stellenwert von Sachverhalten oder Prozessen in einem Zusammenhang bestimmen, um nach Reflexion individueller und politischer Wertmaßstäbe kriterienorientiert zu einem begründeten Werturteil zu gelangen |
| entwerfen | ein Konzept in seinen wesentlichen Zügen erstellen |
| entwickeln | zu einem Sachverhalt oder zu einer Problemstellung ein konkretes Lösungsmodell, eine Gegenposition, ein Lösungskonzept oder einen Regelungsentwurf begründend skizzieren |
| erörtern | zu einer vorgegebenen Problemstellung eine reflektierte, kontroverse Auseinandersetzung führen und zu einer abschießenden, begründeten Bewertung gelangen |
| gestalten | produktorientierte Bearbeitung einer Aufgabenstellung wie das Entwerfen von eigenen Reden, Karikaturen, Schaubildern usw. |
| problematisieren | Widersprüche herausarbeiten, Positionen oder Theorien begründend hinterfragen |
| prüfen<br>überprüfen | Inhalte, Sachverhalte, Vermutungen oder Hypothesen auf der Grundlage eigener Kenntnisse oder mithilfe zusätzlicher Materialien auf ihre sachliche Richtigkeit bzw. auf ihre innere Logik hin untersuchen |
| sich auseinandersetzen<br>diskutieren | zu einem Sachverhalt, zu einem Konzept, zu einer Problemstellung oder zu einer These usw. eine Argumentation entwickeln, die zu einer begründeten Bewertung führt |

# Operatoren trainieren

Die hier vorgestellten Erklärungen dienen einer beispielhaften Auseinandersetzung mit den Anforderungen der Operatoren. Die Erklärungen und die Beispielaufgaben sollen einen Anhaltspunkt bieten, um in Klausuren, aber auch in diesem Schulbuch jede Aufgabe erfolgreich beantworten zu können.

## Aufzählen (I) und Nennen (I)

Da zur Realisierung dieser Operatoren lediglich Kenntnisse und Aussagen, wie zum Beispiel historische Daten, Fachtermini oder Fakten, unkommentiert geäußert werden sollen, tritt hierbei der seltene Fall ein, dass auf Fließtext verzichtet werden könnte. Falls die Aufgabe die Basis für eine weitere Aufgabenstellung, eventuell mit Operator aus AFB II oder III, darstellt, sollte die Antwort einheitlich in einem Fließtext erfolgen.

**1** Nennen Sie Beispiele für materielle und postmaterielle Werte (M1). Nutzen Sie auch die Karikatur M3. *(S. 183 in diesem Band)*

**2** Nennen Sie mögliche Motive, die Menschen dazu veranlassen, wirtschaftlich zu handeln. *(S. 226)*

## Erklären (II) und Erläutern (II)

Beide Operatoren verlangen, dass Sachverhalte durch Wissen und Einsichten in einen übergeordneten Zusammenhang, wie zum Beispiel in ein Modell oder eine Theorie, eingeordnet und gedeutet werden. Dabei müssen kausale Zusammenhänge verdeutlicht werden.
Der Operator „Erläutern" verlangt außerdem zwingend das Anführen von Beispielen und Zusatzinformationen, die zur Verdeutlichung herangezogen werden.

**1** Erklären Sie Ingleharts These (M1) mithilfe der Maslow'schen Bedürfnispyramide (M2). *(S. 183)*

**2** Erläutern Sie das Konzept der sozialen Milieus (M1, M2, M3). *(S. 157)*

## Herausarbeiten (II) und Vergleichen (II)

**Herausarbeiten**
Der Operator „Herausarbeiten" verlangt, dass aus vorgegebenem Material, z. B. aus Statistiken oder Texten, unter bestimmten Gesichtspunkten Informationen und Sachverhalte entnommen werden. Dabei geht es nicht um eine bloße Zusammenfassung. Mit dem „Gesichtspunkt" ist gemeint, dass zu einem Thema oder einer Fragestellung aus den Materialien einzelne Punkte ausgewählt werden. Einleiten sollte man diese Aufgabenbearbeitung mit einem Satz, in dem Autor/-in, Titel, Quelle und die Hauptaussage des Textes vorgestellt werden.

**Vergleichen**
Der Operator „Vergleichen" kann vorkommen, wenn z. B. zwei Konzepte oder Theorien vorgestellt und kontrastiert werden sollen. Häufiger werden gegenteilige Standpunkte in unterschiedlichen Materialien vorgegeben, die verglichen werden müssen. Meist sind das Texte, es kann aber auch z. B. eine Karikatur vorkommen.

Wie beim „Herausarbeiten“ ist ein Einleitungssatz notwendig, in dem die Materialien vorgestellt werden. Der Vergleich sollte dann anhand von Kriterien erfolgen, die Texte sollen also nicht einfach zusammengefasst werden. Was sind die Übereinstimmungen/Gemeinsamkeiten in den Materialien (z. B. das wahrgenommene Problem)? Worin liegen die Unterschiede in den Standpunkten (z. B. mit welchen Maßnahmen auf das Problem reagiert werden soll)? Am Ende erfolgt ein Fazit, in dem z. B. der Hauptunterschied nochmals dargestellt wird, bzw. eine Schlussfolgerung.

**Richtig zitieren**

Bei beiden Operatoren gilt es, die formalen Regeln des Zitierens zu beachten, die z. B. auch im Fach Deutsch gelten (siehe hierzu auch die Methode: Richtig zitieren auf S. 284 f.). Wichtig ist dabei immer die Angabe der Quelle, egal ob direkt oder indirekt zitiert wird.

Sie können wörtlich zitieren, dann ist das Zitat in Anführungszeichen zu setzen: „Die EU ist als globaler Akteur keine klassische Supermacht wie die USA und sie hat auch nicht den Anspruch und die militärischen Ressourcen, als solche aufzutreten.“ (S. 15, M4, Z. 51–54) Lücken im Zitat werden durch Auslassungszeichen dargestelt: „Die EU ist als globaler Akteur keine klassische Supermacht wie die USA [...].“ (S. 15, M4, Z. 51 f.)

In indirekter Rede ist der Konjunktiv nötig, um deutlich zu machen, dass die dargestellte Meinung die einer anderen Person ist: Der Autor von M4 geht davon aus, dass die EU keine klassische Supermacht wie die USA sei. Auch eine Paraphrase, also die Wiedergabe in eigenen Worten, ist möglich: Der Autor weist auf die global wenig bedeutsame militärische Rolle der EU hin (vgl. S. 15, M4, Z. 51–54).

**1** Arbeiten Sie die zentralen Aussagen des Textes heraus (M2). *(S. 11)*

**2** Arbeiten Sie heraus, wie sich das Selbstverständnis der Bundeswehr von der Verteidigungsarmee zur Einsatzarmee verändert hat (M1). *(S. 63)*

**3** Vergleichen Sie die Hausmodelle von Dahrendorf und Geißler miteinander (M1, M2). *(S. 153)*

**4** Vergleichen Sie die Naturzustandskonzeption von Rousseau (M1) und Hobbes (S. 307). *(S. 315)*

# Analysieren (II) und Charakterisieren (II)

**Analysieren**

Der Operator „Analysieren“ kann sich auf Sachverhalte oder Materialien beziehen. Zumeist bezieht er sich auf Materialien, vor allem auf Karikaturen, Texte oder Statistiken. Verlangt ist ein Einleitungssatz zum Thema, eine formale und inhaltliche Beschreibung (siehe unten) und, je nach Fragestellung, eine Bewertung oder Interpretation.

## a) Analyse von Karikaturen

Zum Vorgehen bei der Karikaturanalyse siehe ausführlich die Methode: Karikaturen zum Sprechen bringen auf S. 346 f.

**1** Analysieren Sie die Karikaturen (M1). *(S. 11)*

## b) Analyse von Texten (Basismethode)

Soziologie, Wirtschaftswissenschaften, politische Theorie ... kommen nicht ohne Texte aus. Viele Sachtexte allerdings sind nach dem ersten Lesen zunächst schwer verständlich. Es ist deshalb sinnvoll, sich den Text zunächst vollständig durchzulesen und ihn dann systematisch zu analysieren. Verschiedenfarbige Markierungen können dabei helfen (natürlich nur auf Kopien).

Die Textanalyse folgt einem Dreischritt: Einleitung, Hauptteil, Zusammenfassung.

**1. Einleitung**
- Titel
- Name der Autorin bzw. des Autors
- Textsorte (zum Beispiel Zeitungsartikel, Rede, Gesetzestext)
- Thema des Sachtextes
- zeitliche Einordnung
- Zusammenfassung der Kernaussage

**2. Hauptteil**

**Gegenstand des Textes (Was?)**
- Hauptaussagen der Autorin bzw. des Autors in eigenen Worten wiedergeben; eventuell dazu den Sachtext in Sinnabschnitte gliedern
- die im Sachtext angesprochene Thematik, Problemstellung etc. umreißen

**Struktur des Sachtextes (Wie?)**
- Aufbau des Textes dahingehend untersuchen, ob es eine Problemfrage oder These gibt, die dann argumentativ erörtert wird, oder ob der Text eher darstellt, beschreibt, erklärt etc.
- Falls der Text eher deskriptiv ist, sollte untersucht werden, ob sich der Text an einer Gliederung orientiert, und diese offengelegt wird.
- Falls der Text eher erörternd angelegt wurde, sollte die Argumentationsweise der Autorin bzw. des Autors untersucht und dargelegt werden (sachlich, emotional, strategisch …).
- Eventuell könnte untersucht werden, welcher Argumenttyp verwendet wurde (zum Beispiel Faktenargument, Autoritätsargument oder normatives Argument).

**Sprache des Sachtextes (Womit?)**
Der Text sollte daraufhin untersucht werden, ob er sich
- einer Fachsprache oder
- auffallender stilistischer Mittel bzw.
- politischer Schlüsselbegriffe etc. bedient,

sowie auf die
- Intention des Autors/der Autorin (Wozu?)
- Aussageabsicht (mittels Zielgruppe, Medium, Sprache/Stilmittel …).

**3. Zusammenfassung**
- Wertung der Position, welche die Autorin bzw. der Autor einnimmt; eventuell Auseinandersetzung mit den angeführten Argumenten oder
- Einschätzung, ob der Autor die Intention, welche mit dem Text verbunden war, realisieren konnte.
- Schlusswort

Zur vertieften Auseinandersetzung mit Texten siehe die Methode: Zehn Arten, einen theoretischen Text zu lesen auf S. 304 ff.

**1** Analysieren Sie den Artikel M4 im Hinblick auf die Anwendung des EU-Kartellrechts gegen die Firma Apple. *(S. 268)*

## c) Analyse von Statistiken

Zum Vorgehen bei der Analyse von und zum kritischen Umgang mit Statistiken siehe ausführlich die Methode: Statistische Daten kritisch hinterfragen auf S. 170 f.

Die wichtigsten Diagrammtypen sind:

| | |
|---|---|
| 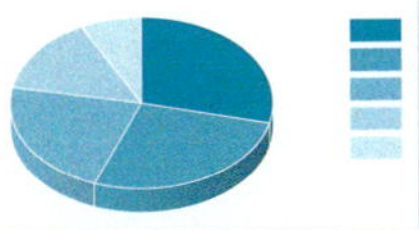 | Wenn Anteile einer 100-prozentigen Menge im Verhältnis zueinander dargestellt werden sollen (z. B. Wahlergebnisse, Marktanteile), dann eignet sich v. a. das Kreis- oder Tortendiagramm. Die wichtigste Teilmenge beginnt dabei i. d. R. mit der 12-Uhr-Position. Visualisiert werden meist Strukturvergleiche und Mengenverhältnisse (z. B. prozentuale Anteile, Zusammensetzungen). |
| 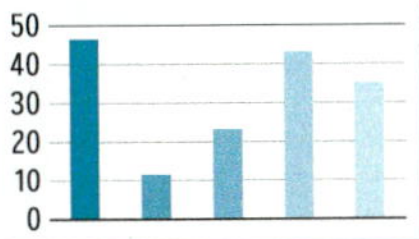  | Mit dem Säulendiagramm lassen sich Vergleiche, Unterschiede und auch Trends über einen bestimmten Zeitraum darstellen (z. B. die Entwicklung des Ölpreises im Verhältnis zum Gaspreis). Teilmengen können anschaulich miteinander verglichen werden. Von Vorteil ist diese Darstellungsform zudem, weil sich auch negative Daten darstellen lassen. Im Gegensatz zum Balkendiagramm können mit dem Säulendiagramm Mengen in einer zeitlichen Abfolge dargestellt werden (Zeitreihe), die x-Achse dient dabei als Zeitachse. |
| 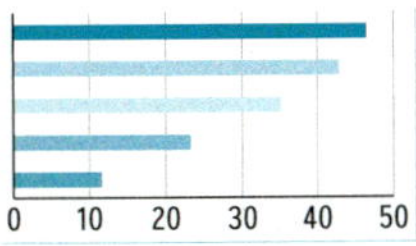  | Sollen verschiedene Mengen miteinander verglichen werden (z. B. die Anzahl der Schulformen in den verschiedenen Bundesländern), dann eignet sich dazu das Balkendiagramm. Dieser Diagrammtyp betont das Verhältnis der Teilmengen untereinander. Oft werden Balkendiagramme dazu verwendet, um eine Rangfolge oder einen Vergleich zu visualisieren; es werden dabei entweder prozentuale Werte oder absolute Zahlen angegeben. |
| 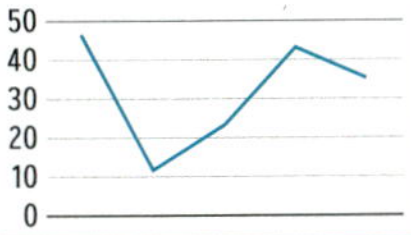  | Das Linien- oder Kurvendiagramm findet v. a. Verwendung zur Darstellung einer Entwicklung, eines Verlaufs oder einer Zeitreihe (z. B. bei Wahlergebnissen oder Preisentwicklungen). In einem Liniendiagramm können aber auch Abhängigkeiten und Brüche (z. B. der Pillenknick bei der demografischen Entwicklung) dargestellt werden. Dieser Diagrammtyp eignet sich ideal, um Extremata (Höchstwerte/Tiefstwerte) miteinander zu vergleichen. |
|   | Das Flächendiagramm zeigt an, wie sich Daten im Lauf der Zeit verändern (z. B. die Entwicklung der Wirtschaftssektoren zueinander). Auch lässt sich die Beziehung von Teilen zum Ganzen darstellen. |

**1** Analysieren Sie die Abbildungen und überprüfen Sie vor diesem Hintergrund die Einschätzung der Autorin von M2. *(S. 51)*

## Charakterisieren

Der Operator „Charakterisieren" nimmt in der Regel Bezug auf ein Material, aus dem typische Merkmale und Grundzüge bestimmt werden müssen. Es können auch mehrere Materialien zu bearbeiten sein. Seltener kommt dieser Operator ohne Materialien vor.

**1** Charakterisieren Sie die Social-Media-Strategien der unterschiedlichen Parteien (M2). *(S. 109)*

**2** Charakterisieren Sie den Begriff Individualisierung im Verständnis von Beck anhand der wesentlichen Bestimmungsmerkmale (M1). *(S. 185)*

# Überprüfen (III)

**„Richtig" und „Falsch"**

Im Gemeinschaftskundeunterricht gibt es häufig kein „Richtig" oder „Falsch", sondern unterschiedliche Standpunkte zu einer Sachfrage und nachvollziehbare und weniger nachvollziehbare Argumente. Zum Beispiel kann ein Rollenverständnis/Rollenbild (in der Familie) oder eine politische Theorie nicht an sich richtig oder falsch sein. Man muss Kriterien aufstellen, z. B. „Effektivität" oder „Gerechtigkeit" und kann dann das Rollenverständnis oder die politische Theorie daraufhin „überprüfen". Allerdings gibt es auch Aussagen, die als sachlich „richtig" oder „falsch" bezeichnet werden und dahingehend überprüft werden können. Als Grundlage der Überprüfung dienen dann etwa Statistiken oder Gesetzestexte, wie zum Beispiel das Grundgesetz.
Zunächst wird bei der Bearbeitung die zu überprüfende Aussage, der zu überprüfende Vorschlag oder die zu überprüfende Maßnahme nochmals vorgestellt und dann erläutert, nach welchen Kriterien (Richtigkeit, Effektivität …) anhand welcher Art von Material überprüft werden soll. Es folgt die formale Beschreibung des zugrunde liegenden Materials und die Überprüfung (Stimmigkeit von Aussage, Vorschlag oder Maßnahme in Bezug auf das Material). Zuletzt soll ein begründetes Urteil formuliert werden.

**1** Überprüfen Sie, ob die These Pikettys (M2) zur Einkommens- und Vermögensverteilung auf die aktuelle Situation der Bundesrepublik Deutschland zutrifft. *(S. 151)*

**2** Überprüfen Sie, inwiefern sich der Wandel der Lebensformen auch in einem veränderten Rollenverständnis der Geschlechter niedergeschlagen hat (M2 bis M6). *(S. 177)*

# Erörtern (III), Beurteilen (III) und Bewerten/Stellung nehmen (III)

### Erörtern

Das „Erörtern" erfordert die Gegenüberstellung von Argumenten, die sich z. B. für eine Aussage, eine politische Maßnahme oder eine gesellschaftliche Entwicklung aussprechen oder dagegen. Dabei kommt es nicht darauf an, eine Vielzahl von Argumenten lediglich zu nennen, sondern die vorgebrachten Argumente mit Belegen und Beispielen zu stützen und auch aufeinander zu beziehen. Dabei kann häufig auf Materialien zurückgegriffen werden, um die eigene Argumentation zu erweitern. Wie im Fach Deutsch formuliert man zunächst einen Einleitungssatz, in dem das Thema knapp erläutert wird und wichtige Begriffe definiert werden. Dann werden Argumente der Pro- und Kontra-Seite gegenübergestellt und am Ende die eigene Position begründet dargelegt.

### Beurteilen und Bewerten – gibt es da einen Unterschied?

Beim „Beurteilen" gibt es wie beim „Überprüfen" Kriterien, an denen man sich orientiert, zum Beispiel:

- Effektivität: Erfüllen die eingesetzten Mittel ihren Zweck? Wird z. B. durch eine Maßnahme ein Ziel erreicht/ein Problem gelöst? Ist eine Maßnahme überhaupt realisierbar?
- Effizienz: Wie ist das Verhältnis von Nutzen und Ertrag einer Maßnahme? Hätte es andere, z. B. weniger aufwendige, Mittel gegeben, um das gleiche Ziel zu erreichen?

Auch sollten unterschiedliche Perspektiven (Folgen für unterschiedliche Akteure) und Ebenen (Individuen, Gesellschaft, globale Ebene) beachtet werden.

Das „Bewerten" verlangt ein Werturteil und die Offenlegung der zugrunde gelegten Wertmaßstäbe. Der Begriff der Legitimität spielt dabei eine große Rolle, also auf welcher Grundlage eine Entscheidung oder Maßnahme anerkannt wird. Wird sie als gerecht oder ungerecht empfunden? Dann sollte der zugrunde liegende Gerechtigkeitsbegriff erläutert werden. Unterschiedliche Wertmaßstäbe können dabei auch miteinander in einen Konflikt treten (z. B. Leistungs- vs. Verteilungsgerechtigkeit, Freiheit vs. Gleichheit, Gemeinwohl vs. Gruppen- oder Individualinteressen).

Ähnlich wie beim „Erörtern“ muss bei der Bearbeitung der Aufgabe zunächst geklärt werden, was zu beurteilen oder zu bewerten ist. Fachbegriffe sollten definiert werden, die Auswahl der Kriterien und die zugrunde gelegten Wertmaßstäbe (beim „Bewerten“) genannt und nach Möglichkeit auch begründet werden. Der Text endet dann mit einem abschließenden „Urteil“.

1 „Eliten sind für eine Gesellschaft notwendig.“ Erörtern Sie diese These. *(S. 167)*
2 Erörtern Sie, inwiefern Bürgerräte und andere Instrumente der Bürgerbeteiligung eine sinnvolle Ergänzung zur Interessenvertretung durch Parteien und Abgeordnete sind. *(S. 113)*
3 Beurteilen Sie, ob der internationale Menschenrechtsschutz als Beispiel erfolgreicher Global Governance gelten kann (M7). *(S. 39)*
4 Beurteilen Sie einen Lösungsansatz hinsichtlich seiner Problemlösefähigkeit (M4). *(S. 195)*
5 Bewerten Sie den Beitrag der UN-Missionen zur weltweiten Friedenssicherung (M3). *(S. 77)*
6 Nehmen Sie Stellung zu der Leitfrage: „Ist jeder seines Glückes Schmied?“ (M1, M2) *(S. 185)*

## Entwickeln (III) und Gestalten (III)

**Adressatenorientierung und Problemlösung**

Die beiden Operatoren verlangen das Erstellen eines „Produktes“. Oft sind Meinungstexte, etwa ein Zeitungskommentar oder eine Rede, verlangt, die dann „adressatenorientiert“ gestaltet werden sollen. Zu beachten ist also sowohl die Perspektive oder einzunehmende „Rolle“(z. B. eine Wirtschaftsministerin oder ein Soziologe oder ein Kurierfahrer …) als auch, wer angesprochen werden soll (z. B. Wählerschaft der eigenen Partei, die Gesellschaft als Ganzes, Jugendliche …). Bei einem Streitgespräch treffen unterschiedliche Positionen aufeinander, die aufeinander bezogen werden sollten. Beim Entwickeln ist keine Adressatenorientierung verlangt. Hier geht es darum, zu einem Problem eine Lösungsidee oder -strategie aufzuzeigen.

**Die politische Rede**

Wer eine Rede hält, will in der Regel mehr als nur informieren. Es geht um die Darlegung der eigenen Position und meist auch um den Versuch, die Zuhörer/-innen von dieser Position zu überzeugen. Unterschiedliche Strategien der Überzeugung sind Bestandteil des Deutschunterrichts und sollen deshalb an dieser Stelle nicht vertieft werden. Beginnen sollte eine Rede mit einem gelungenen Einstieg, in dem das Thema benannt, seine Relevanz begründet und abschließend zum Hauptteil hingeführt wird. Hier sollten die Argumente präsentiert und zum Schluss ein Fazit gezogen werden, in dem mögliche Folgen oder aus der Argumentation abgeleitete Forderungen benannt werden. Eine Gefahr bei der Rede ist das „rhetorische Überdrehen“, also der Versuch, sprachlich zu brillieren und dabei die Stichhaltigkeit der inhaltlichen Argumentation zu vergessen. Neben der Frage des angemessenen Ausdrucks und der Beachtung der Adressaten ist aber auch bei diesem „gestalterischen“ Operator die Sachkenntnis und Logik des argumentativen Aufbaus wichtig.

1 Gestalten Sie eine Ausstellung zu einem von Ihnen gewählten globalen Problem. *(S. 53)*
2 Gestalten Sie eine Collage, um zwei Ihrer Meinung nach sehr unterschiedliche Stadtteile Ihrer Stadt bzw. einer Stadt Ihrer Wahl darzustellen. *(S. 147)*
3 Gestalten Sie eine Rede zu der These: „Freiheit ist die Voraussetzung für die Demokratie.“ *(S. 316)*
4 Entwickeln Sie Vorschläge für mögliche Ansatzpunkte und Strategien zur Durchbrechung des Teufelskreises der Armut (M2). *(S. 45)*
5 Entwickeln Sie zu einer modernen Arbeitsform Regeln, die sowohl faire Arbeitsbedingungen für die Mitarbeiter generieren als auch effiziente Arbeit gewährleisten. *(S. 187)*

**Abgeordnete**
sind von den Bürgerinnen und Bürgern (Volk) durch allgemeine, unmittelbare, freie, gleiche und geheime → Wahlen gewählte Repräsentanten, die in den deutschen Parlamenten mit keinerlei Aufträgen oder Weisungen (z. B. aus der → Partei oder dem Wahlkreis) gebunden werden können (Art. 38 Abs. 1 GG); dieser Freiheit der Abgeordneten steht allerdings faktisch die Fraktionsdisziplin gegenüber. Zur ungehinderten Ausübung ihres Amtes sind die Abgeordneten u. a. durch ihre Immunität und den Bezug von Diäten, die ihren Lebensunterhalt sichern, in der Lage. Abgeordnete einer Partei oder gleicher politischer Überzeugung schließen sich in den Parlamenten zu → Fraktionen oder Gruppen zusammen. Im Deutschen → Bundestag kann eine Fraktion gebildet werden, wenn dieser mindestens fünf Prozent der Abgeordneten angehören. Der wichtigste Teil der Abgeordnetenarbeit findet nicht in den Plenarsitzungen, sondern in den Parlamentsausschüssen und Fraktionen statt.

**Aktie**
ist ein Anteilschein, der dem Aktionär einen Anteil am Grundkapital einer Aktiengesellschaft und die daran gekoppelten Eigentümerrechte verbrieft; mit der Ausgabe von Aktien finanzieren sich große Unternehmen unmittelbar beim Sparer, d. h. nicht über Bankkredite.

**Angebotsorientierte Wirtschaftspolitik**
(Ggs.: → Nachfrageorientierte Wirtschaftspolitik) ist ein wirtschaftspolitisches Konzept, das das Wachstum der → Volkswirtschaft durch verbesserte Bedingungen für die Kapitalverwertung steigern will; durch veränderte politische Rahmenbedingungen, z. B. durch Steuerentlastungen, Senkung der Staatsquote, Abbau von die wirtschaftliche Aktivität hemmenden Vorschriften, Flexibilisierung der Löhne, Senkung der Lohnzusatzkosten usw., sollen die Gewinnerwartungen der Unternehmer erhöht und damit eine gesteigerte Investitionstätigkeit zur Steigerung des Angebots angeregt werden.

**Arbeitgeberverbände**
Es gibt in Deutschland gut 1.000 → Verbände von Unternehmenseigentümern bzw. -leitungen, die in der Bundesvereinigung der Deutschen Arbeitgeberverbände (BDA) zusammengeschlossen sind. Die BDA vertritt ihre Mitglieder in der Sozial- und Gesellschaftspolitik, dient als Plattform für die Koordinierung der Interessenvertretung gegenüber den Ländern, dem Bund und der → Europäischen Union. Die Arbeitgeberverbände der jeweiligen Branchen sind Verhandlungspartner der → Gewerkschaften bei den Tarifverhandlungen. Im weiteren Sinne werden auch die im Bundesverband der Deutschen Industrie (BDI) zusammengeschlossenen Wirtschaftsfachverbände, in denen nach Angaben des BDI ca. 100.000 Unternehmen organisiert sind, zu den Arbeitgeberverbänden gezählt. Aufgabe des BDI ist die Wahrnehmung der wirtschaftspolitischen Interessen seiner Mitglieder; er ist Mitglied der Union der Industrie- und Arbeitgebervereinigungen Europas, die die Interessen ihrer Mitglieder gegenüber den EU-Organen vertritt.

**Asylbewerber**
sind Migranten, die einen Antrag auf Asyl nach Art. 16a GG gestellt haben, der noch bearbeitet wird; Voraussetzung der Anerkennung ist der Nachweis, persönlich von Verfolgung bedroht zu sein. Sie sind meist in Sammelunterkünften untergebracht und erhalten erst nach einem Jahr eine eingeschränkte Arbeitserlaubnis. Nach Anerkennung des Asylantrages wird der Antragsteller zu einem Asylberechtigten.

**Armut**
bezeichnet generell die mangelnde Befriedigung von Grundbedürfnissen wie Kleidung, Nahrung, Wohnung, Gesundheit; unterschieden wird zwischen absoluter Armut und relativer Armut. Als absolut arm gelten nach Definition der Weltbank Menschen, die weniger als 1,90 USD pro Tag für die Befriedigung der existenziellen Lebensbedürfnisse zur Verfügung haben. Demgegenüber basiert der Begriff der relativen Armut auf der Vorstellung sozialer Ungleichheit. So gilt in Deutschland als relativ arm, wer über maximal 50 % des Medianeinkommens (mittleren Einkommens) einer Bevölkerungsgruppe verfügt. Zusätzlich unterschieden wird zwischen einem Armutsrisiko, das bei weniger als 60 % des Medianeinkommens vorliegt, und einer strengen Armut (weniger als 40 %). Nach den Kriterien der → Europäischen Union ist arm, wer 60 % oder weniger des Medianeinkommens zur Verfügung hat.

**Aufklärung**
heißt die Epoche, die Ende des 17. Jahrhunderts in England ihren Anfang nahm und im 18. Jahrhundert das geistige Leben im gesamten europäisch geprägten Raum bestimmte; wesentliches Ziel der Aufklärung war es, den Menschen „aus seiner selbst verschuldeten Unmündigkeit" (Immanuel Kant) zu befreien, also vorgegebene und feste (religiöse) Denkmuster zu hinterfragen.

**Banken**
sind Unternehmen, die mit staatlicher Genehmigung vielerlei Geldanlagemöglichkeiten anbieten, Finanzierungsmöglichkeiten bereitstellen und den bargeldlosen Geldverkehr abwickeln.

**Börse**
ist eine staatlich genehmigte Marktveranstaltung, auf der sich Kaufleute treffen, um → Aktien, Waren oder Devisen (Devisenmarkt), die nicht physisch vorhanden sind, zu standardisierten Börsen- und Vertragsbedingungen zu handeln.

**Brexit**
(Kurzform von „British exit") Der ehemalige britische Premierminister David Cameron hatte im Jahr 2013 angekündigt, nach seinen Verhandlungen mit der → Europäischen Union über Reformen spätestens 2017 ein Referendum zum Verbleib Großbritanniens in der EU abzuhalten. Am 23.6.2016 fand das „Referendum über den Verbleib des Vereinigten Königreichs in der Europäischen Union" statt, in dem 51,9 % der Briten für einen Austritt und 48,1 % für einen Verbleib in der EU votierten. Cameron trat daraufhin als Premierminister zurück. Das Referendum war zwar nicht bindend, die (neue) britische Regierung unter Theresa May sagte jedoch zu, den Wunsch nach einem EU-Austritt umzusetzen. Unter Premier Boris Johnson wurde ein Austrittsabkommen mit der EU ausgehandelt. Seit dem 31.01.2020 ist Großbritannien nicht mehr Teil der EU und hat zum 01.01.2021 auch den → Europäischen Binnenmarkt und die Zollunion verlassen.

**Bruttoinlandsprodukt (BIP)**
misst den Wert aller Waren und Dienstleistungen, die in einem Jahr innerhalb der Landesgrenzen einer → Volkswirtschaft produziert werden. Das BIP enthält also, anders als das → Bruttonationaleinkommen, auch die Leistungen von Ausländern, die innerhalb eines Landes arbeiten, während die Leistungen von Inländern, die im Ausland arbeiten, nicht berücksichtigt werden. Unterschieden wird üblicherweise zwischen nominalem und realem BIP. Bei der Berechnung des nominalen BIP werden alle produzierten Waren und Dienstleistungen zu laufenden Preisen, d. h. den Preisen des Erstellungsjahres, einbezogen. Eine Erhöhung des nominalen BIP kann daher nicht nur auf größere produzierte Mengen, sondern auch auf Preissteigerungen zurückgehen. Deshalb werden im realen BIP konstante Preise, d. h. die Preise eines bestimmten Basisjahres, zugrunde gelegt; die Inflationsrate (→ Inflation) wird also herausgerechnet.

**Bruttonationaleinkommen (BNE)**
wurde früher als Bruttosozialprodukt (BSP) bezeichnet. Es misst die Summe aller Waren und Dienstleistungen, die von den Inländern einer → Volkswirtschaft innerhalb eines Jahres produziert werden. Ausgehend vom → Bruttoinlandsprodukt werden dabei also die Erwerbs- und Ver-

mögenseinkommen der Ausländer im Inland abgezogen und die Einkommen von Inländern im Ausland hinzugezählt.

**Bundeskanzler**
ist der deutsche Regierungschef. Er ist der von einer Mehrheit des Deutschen → Bundestages auf Vorschlag des → Bundespräsidenten gewählte, die Richtlinien der Politik bestimmende Chef der Exekutive (→ Gewaltenteilung).

**Bundespräsident**
ist das deutsche Staatsoberhaupt. Er wird von der Mehrheit der → Bundesversammlung für fünf Jahre gewählt; eine einmalige Wiederwahl ist zulässig (Art. 54 GG). Seine Aufgaben sind die völkerrechtliche Vertretung Deutschlands und der Abschluss von Verträgen des Bundes mit dem Ausland sowie die Verkündung und Ausfertigung der Gesetze. Der Bundespräsident hat das Recht, Begnadigungen auszusprechen. Außerdem besitzt er das Vorschlagsrecht für die Wahl des → Bundeskanzlers (Art. 63 GG). Er ernennt diesen und entlässt ihn auf Ersuchen des → Bundestages.

**Bundesrat**
(offiziell: Deutscher Bundesrat) ist die zweite Kammer des Parlaments in Deutschland. Durch ihn wirken die Bundesländer bei der Gesetzgebung und Verwaltung des Bundes und in Angelegenheiten der → Europäischen Union mit (Art. 50 GG). Ihm gehören 69 Mitglieder an, die nicht direkt von den Wahlberechtigten gewählt, sondern als Vertreter der Landesregierungen an deren Weisung gebunden sind. Die Anzahl der entsandten Mitglieder variiert entsprechend dem Bevölkerungsanteil der Bundesländer zwischen drei und sechs Vertretern pro Land. Die Stimmen jedes Landes können nur geschlossen abgegeben werden (→ Gewaltenteilung).

**Bundesregierung**
ist das oberste deutsche Exekutivorgan (→ Gewaltenteilung), an dessen Spitze der → Bundeskanzler steht, der von den Bundesministern unterstützt wird (Art. 62 GG).

**Bundestag**
ist das oberste Parlament in Deutschland; seine Mitglieder (→ Abgeordnete) werden in allgemeinen, unmittelbaren, freien, gleichen und geheimen → Wahlen (Art. 38 GG) für vier Jahre von den deutschen Bürgerinnen und Bürgern gewählt. Der Bundestag besteht aus mind. 598 Abgeordneten. Zu seinen wichtigsten Aufgaben zählen a) die Wahl (und ggf. Abwahl) des → Bundeskanzlers, b) die Kontrolle der → Bundesregierung und der ihr unterstellten Verwaltung (Ministerien), c) die Gesetzgebung des Bundes und die Feststellung des Bundeshaushalts, d) die Mitwirkung bei der Wahl des → Bundespräsidenten sowie e) der Richter am → Bundesverfassungsgericht und f) die Feststellung des Spannungs- oder Verteidigungsfalles. Eine wichtige Funktion bei der parlamentarischen Arbeit der Bundestagsabgeordneten kommt den Bundestagsausschüssen zu.

**Bundesverfassungsgericht**
ist der oberste Hüter der Verfassung in Deutschland (Art. 93 GG). Es ist allen anderen Verfassungsorganen (→ Bundestag, → Bundesregierung, → Bundesrat, → Bundespräsident) gegenüber selbstständig, unabhängig und diesen gleichgeordnet. Die Kompetenzen des Bundesverfassungsgerichts erstrecken sich u. a. auf a) Verfassungsstreitigkeiten zwischen obersten Bundesorganen, b) Streitigkeiten zwischen Bund und Ländern und zwischen den Ländern, c) Verfassungsbeschwerden von Bürgern und den Gemeinden, d) die Überprüfung von Rechtsvorschriften, e) die Feststellung der Verfassungswidrigkeit politischer → Parteien, f) Wahlprüfverfahren.

**Bundesversammlung**
besteht aus den Mitgliedern des → Bundestages und einer gleichen Anzahl von Mitgliedern, die von den Volksvertretungen der Länder gewählt werden. Einzige Aufgabe der Bundesversammlung ist die Wahl des → Bundespräsidenten.

**Chancengerechtigkeit**
meint die Aufstiegs- und Entwicklungschancen von Individuen gemäß ihrer Begabung.

**Chancengleichheit**
bezeichnet das Recht auf eine egalitäre Verteilung von Zugangs- und Lebenschancen; ein wesentlicher Schritt zur Verwirklichung der Chancengleichheit ist es, allen Menschen unabhängig von ihren persönlichen Voraussetzungen v. a. einen Zugang zu Bildungsangeboten zu ermöglichen. Als einzelne Aspekte können die Gleichstellung der Geschlechter oder von Menschen mit und ohne Migrationshintergrund (→ Migration) genannt werden.

**Demografischer Wandel**
umfasst alle Veränderungen in der Zahl und Struktur der Bevölkerung eines Landes (Alter, Geschlecht, Lebensform, Kinderzahl, Religion), die grundlegender Natur sind, d. h. über eine längere Zeit hinweg die Zusammensetzung nachhaltig und nicht nur vorübergehend ändern; dazu zählen z. B. die sinkenden Geburtenraten oder die Steigerung der Lebenserwartung in den meisten Industrieländern. In Deutschland gehört der demografische Wandel durch die steigende Zahl der Älteren gegenüber dem Anteil jüngerer Erwerbsfähiger zu den wichtigsten gesellschaftlichen Entwicklungen. Er wirkt sich vor allem auf die Arbeitswelt und die Sozialversicherungssysteme aus, die an die veränderten Entwicklungen angepasst werden müssen. Geburtenrückgang und Alterung der → Gesellschaft lassen sich nach Berechnungen des Statistischen Bundesamtes durch Zuwanderung verlangsamen, nicht jedoch gänzlich aufhalten.

**Demokratie**
ist eine Herschaftsform, in der die → Macht vom Volk (dem Souverän) ausgeht und die Ausübung von Herrschaft durch → Wahlen legitimiert wird.
Vorherrschende Form ist die repräsentative Demokratie, in der vom Volk gewählte Vertreter die politischen Entscheidungen treffen, die im Namen des Volkes handeln, dabei aber nicht an dessen Auftrag oder Weisung gebunden sind.
In einer direkten Demokratie (auch: plebiszitären Demokratie) werden hingegen die politischen Entscheidungen unmittelbar vom Volk z. B. durch Volksabstimmung getroffen. Lediglich die Art der Umsetzung wird der Entscheidung einer Behörde überlassen. Rein auf direkter Demokratie basierende Gesellschaftsmodelle gibt es bisher nur in der Theorie (v. a. sozialistischer Rätesysteme). Das Modell der Schweiz ist dadurch gekennzeichnet, dass neben den direktdemokratischen (Volksinitiative, Referendum) auch repräsentative Elemente (z. B. Parlamente) existieren. Grundgedanke dieser Mischform ist es, das Mehrheitsprinzip (der repräsentativen Demokratie) zugunsten einer wesentlich höheren Beteiligung von Minderheiten am Entscheidungsprozess einzuschränken.
Auch in Ländern mit repräsentativer Demokratie sind in verschiedenen Verfassungen und Gesetzen (z. B. deutscher Bundesländer und Gemeindeordnungen; US-amerikanischer Bundesstaaten) direktdemokratische Elemente wie Volksbegehren und Volksentscheid vorgesehen.

**Deflation**
(Ggs.: → Inflation) bezeichnet ein sinkendes Preisniveau in einer Volkswirtschaft.

**Desintegration**
(Ggs.: → Integration) ist die Auflösung eines Ganzen in seine Teile, in der → Soziologie Auflösung sozialer Gefüge (Gruppen, → Staaten, → Gesellschaften), oft bewirkt durch gesellschaftliche Umbrüche oder Modernisierungsprozesse; Desintegration kann auf verschiedenen Ebenen (auch gleichzeitig) erfolgen: ökonomisch, sozial, kulturell und politisch. Für das Individuum kann die Auflösung des Gemeinschaftszusammenhangs zur Orientierungslosigkeit führen. Mögliche Folgen sind Gewalt oder → Extremismus.

**Diktatur**
ist eine Staatsform, in der sich eine Person, Gruppe, → Partei oder Regierung anmaßt, „von oben“ bestimmen zu können, was dem allgemeinen Wohl der Bürger diene. Es werden zumeist autoritäre und → totalitäre Diktatur unterschieden. Letztere, zu denen vor allem der Nationalsozialismus und der Stalinismus gerechnet werden, stehen im schärfsten möglichen Gegensatz zum demokratischen Verfassungsstaat. Kennzeichen totalitärer Diktaturen sind eine geschlossene → Ideologie, staatlicher Terror gegen Andersdenkende, die Kontrolle der → Massenmedien und des wirtschaftlichen Lebens sowie die Konzentration der → Macht bei einer hierarchisch strukturierten Massenpartei.

**Elite**
nennt man einen Personenkreis, der regelmäßig prägenden bzw. steuernden Einfluss auf gesamtgesellschaftlich wichtige Entscheidungen nehmen kann.

**Entwicklungsländer**
sind → Staaten, die im Vergleich zu Industrieländern u. a. ein deutlich geringeres Pro-Kopf-EInkommen, geringe Arbeitsproduktivität, eine hohe Analphabetenquoteund einen hohen Anteil landwirtschaftlicher Erwerbstätigkeit aufweisen.

**Euro**
heißt die europäische Währungseinheit, die im Rahmen der Europäischen Wirtschafts- und Währungsunion nach dem Vertrag von Maastricht seit dem 1.1.1999 in Europa in Ländern, die die festgelegten Kriterien erfüllen, eingeführt wurde. 2022 gilt die Gemeinschaftswährung in 19 Ländern.

**Europäische Union (EU)**
ist eine 1993 von den 12 EG-Mitgliedern (Belgien, Dänemark, Deutschland, Frankreich, Griechenland, Großbritannien, Irland, Italien, Luxemburg, Niederlande, Portugal, Spanien) gegründete supranationale Organisation; der Staatenverbund baut auf der Europäischen Gemeinschaft (EG) auf, deren Anfänge bis 1951 zurückreichen. Von 2014 bis 2020 zählte die EU 28 Mitgliedstaaten, seit dem Austritt Großbritanniens mit dem → Brexit hat die EU nur noch 27 Mitglieder. In 19 Ländern gilt seit 2015 der → Euro. Die EU bildet mit dem Vertrag von Lissabon (2009) den rechtsverbindlichen Rahmen für eine Gemeinsame Außen- und Sicherheitspolitik (GASP), die Zusammenarbeit in der Justiz und Innenpolitik (ZIJP) sowie für die Europäischen Gemeinschaften (Europäische Wirtschaftsgemeinschaft, Europäische Gemeinschaft für Kohle und Stahl, Europäische Atomgemeinschaft).
Die zentralen Organe der EU sind:
1. das Europäische Parlament,
2. der Europäische Rat (Gremium aus den Staats- bzw. Regierungschefs aller EU-Mitgliedstaaten, dem Kommissionspräsidenten, der Hohen Vertreterin für Außen- und Sicherheitspolitik sowie dem Präsidenten des Europäischen Rates),
2. der Rat der Europäischen Union, auch Ministerrat genannt (Gremium der Fachminister der Staaten),
4. die Kommission (Exekutivorgan),
5. der Gerichtshof der Europäischen Union,
6. die → Europäische Zentralbank,
7. der Rechnungshof.

**Europäische Zentralbank (EZB)**
ist die unabhängige Zentralnotenbank in „Euroland“ mit Sitz in Frankfurt am Main, die das exklusive Recht zur Ausgabe von Banknoten und Geldmünzen (→ Euro/Cent) hat und die → Geldpolitik und die → Währungspolitik der → Europäischen Union durchführt; geleitet wird die EZB von sechs Direktoren aus verschiedenen Euroländern, denen die Präsidenten der nationalen Zentralbanken aller → Staaten der Eurozone im EZB-Rat beratend zur Seite stehen.

**Europäischer Binnenmarkt**
ist ein mit dem Vertrag von Maastricht (1993) geschaffener einheitlicher Wirtschaftsraum mit freiem Verkehr von Waren, Dienstleistungen, Kapital und Personen.

**Extremismus**
bezeichnet politische Einstellungen, die die freiheitliche demokratische Grundordnung (FDGO) beseitigen wollen; Extremisten vertreten fanatische oder fundamentalistische Haltungen, → Ideologien oder Ziele, oftmals auch mit Gewalt. Die Formen des Extremismus lassen sich in die Kategorien „rechts“, „links“ und „religiös“ untergliedern.

**Finanzpolitik**
verfolgt das Ziel, Struktur und Höhe des → Bruttoinlandsprodukts einer → Volkswirtschaft mithilfe öffentlicher Einnahmen und Ausgaben zu beeinflussen. Sie wird als Ordnungs- und Prozesspolitik betrieben. Unter ordnungspolitischem Aspekt gehört zu einer Wettbewerbswirtschaft z. B. ein Steuersystem, das den Wettbewerbsmechanismus möglichst wenig verfälscht; unter prozesspolitischem Aspekt verändern variierende staatliche Einnahmen bzw. Ausgaben die volkswirtschaftlichen Gesamtgrößen.

**Föderalismus**
(lat.: foedus = Bündnis, Vertrag) bezeichnet die Gliederung eines → Staates in mehrere gleichberechtigte, in bestimmten politischen Bereichen selbstständige Teile (Bundesländer), die – in der Bundesrepublik insbesondere durch den → Bundesrat – an der Willensbildung des Staates (des Bundes) mitwirken.

**Fraktion**
heißt der organisatorische Zusammenschluss einer Gruppe von → Abgeordneten einer → Partei bzw. von Parteien, die nicht miteinander konkurrieren (Fraktionsgemeinschaft), zur gemeinsamen Wahrnehmung parlamentarischer Aufgaben.

**Geldpolitik**
beinhaltet alle Maßnahmen, die eine Zentralbank ergreift, um das oberste Ziel, die Sicherung des Binnenwerts der → Währung (Preisniveaustabilität), zu garantieren. Durch die Geldpolitik wird die → Geldmenge, die im Umlauf ist, gesteuert.

**Geldmenge**
auch Geldvolumen genannt, meint die Menge des Geldes in Händen inländischer Nichtbanken (= alle Akteure außerhalb des Bankensystems, z. B. der Staat, private Haushalte, private Organisationen ohne Erwerbscharakter wie Kirchen und Vereine sowie alle Wirtschaftsunternehmen, die keine → Banken sind); Geldmenge M 1: Bargeld und Sichteinlagen inländischer Nichtbanken; M 2 : M 1 zuzüglich Termineinlagen, M 3: M 2 zuzüglich Spareinlagen.

**Gesellschaft**
Unter Gesellschaft wird eine dauerhafte und strukturierte Vereinigung von Menschen in einem sozialen Raum zum Zweck der Befriedigung und Gewährleistung der Bedürfnisse ihrer Mitglieder verstanden. Die Gesellschaft umfasst nicht nur die Bürger eines → Staates, sondern alle dort Lebenden. Dabei sind die wechselseitigen Beziehungen dieser Menschen von entscheidender Bedeutung. Im Unterschied zu zufälligen Zusammentreffen oder Gemeinschaften sind Menschen einer Gesellschaft dauerhaft aufeinander angewiesen, etwa bezogen auf die Arbeitsteilung in der → Wirtschaft. Es ist umstritten, ob wir uns aufgrund der → Globalisierung auf dem Weg zu einer Weltgesellschaft befinden.

**Gesellschaftsvertrag**
Nach den Vorstellungen verschiedener Staatstheoretiker (u. a. John Locke und Jean-Jacques Rousseau) basiert sowohl das Entstehen als auch das Bestehen eines → Staates auf einer freien Vereinbarung der Einzelnen. Die Vertragslehre geht von einem Naturzustand aus, in dem die Einzelnen ohne eine Rechts- und Staatsordnung nebeneinander und mutmaßlich im „Kampf aller gegen alle“ (Thomas Hobbes) lebten. Dieser Zustand wurde erst durch einen Gesellschaftsvertrag beendet, eine

vereinbarte Herrschaftsordnung zur Gewährleistung von Sicherheit, Frieden und Recht. Historisch wurde ein Gesellschaftsvertrag nie abgeschlossen.

**Gewaltenteilung**
ist ein Grundprinzip in der Organisation (→ demokratischer) staatlicher Gewalt; Ziel ist es, die Konzentration und den Missbrauch politischer → Macht zu verhindern, die Ausübung politischer Herrschaft zu begrenzen und zu mäßigen, um damit die bürgerlichen Freiheiten zu sichern. Gemeinhin wird zwischen gesetzgebender Gewalt (Legislative), ausführender Gewalt (Exekutive) und rechtsprechender Gewalt (Judikative) unterschieden. Diese Funktionen werden unabhängigen Staatsorganen (z. B. in der Bundesrepublik Deutschland → Bundespräsident, → Bundesrat, → Bundesregierung, → Bundestag, → Bundesverfassungsgericht) zugewiesen. In der Praxis ergeben sich Abweichungen vom strikten Prinzip der Gewaltenteilung oder sind Abweichungen sogar vorgesehen (z. B. Verordnungen der Exekutive, Gesetzesinitiativen der Regierung). Auch die Prinzipien des → Föderalismus werden als Teil der Gewaltenteilung angesehen.

**Gewerkschaften**
sind Vereinigungen, in denen sich Arbeitnehmer zusammenschließen, um gemeinsam ihre Interessen gegenüber den Arbeitgebern zu vertreten; die relative Schwäche der einzelnen Arbeitnehmer gegenüber ihren Arbeitgebern soll so ausgeglichen werden. Die Hauptziele der Gewerkschaften in Deutschland sind die Durchsetzung von Lohnforderungen, die soziale Absicherung der Arbeitenden sowie die Verbesserung der Arbeitsbedingungen. Auch der Ausbau der Mitbestimmung der Arbeitnehmer in den Betrieben gehört zu den Zielen. Um diese Ziele zu erreichen, führen die Gewerkschaften mit den → Arbeitgeberverbänden Tarifverhandlungen. Die Arbeitsniederlegung, der Streik, ist das letzte Druckmittel der Gewerkschaften. Die meisten und größten deutschen Gewerkschaften sind im Deutschen Gewerkschaftsbund (DGB) zusammengeschlossen.

**Gini-Koeffizient**
ist ein statistisches Maß der Wohlfahrtsökonomie und dient zur Quantifizierung der relativen Konzentration einer Vermögens- bzw. einer Einkommensverteilung. Im Falle der maximalen Gleichverteilung der Vermögen bzw. der Einkommen nimmt er den Wert null an, während er im anderen Extremfall einer maximal ungleichen Vermögens- bzw. Einkommensverteilung den Wert eins hat. Er gibt also Aufschluss über das Ausmaß → sozialer Ungleichheit in einer → Gesellschaft.

**Global Governance**
bezeichnet die grenzüberschreitende Bearbeitung und Regelung globaler Probleme; zu den Akteuren gehören → Staaten, internationale Organisationen, → Nichtregierungsorganisationen sowie grenzüberschreitende Wirtschaftsunternehmen.

**Globalisierung**
meint die Zunahme der Staatsgrenzen überschreitenden wirtschaftlichen, politischen, kulturellen und sozialen Beziehungen v. a. ab den 1990er-Jahren. Insbesondere werden zu den Merkmalen der Globalisierung eine starke Zunahme internationaler Wirtschafts- und Finanztransaktionen, die Ausdehnung der Kommunikationstechnologien (Internet usw.) sowie eine weltweite Ausdehnung (westlicher) Kultur gezählt. Ursachen sind neben der technischen Entwicklung vor allem der Abbau von wirtschaftlichen Schranken durch die wichtigsten Industriestaaten.

**Grundgesetz (GG)**
Das Grundgesetz der Bundesrepublik Deutschland vom 23.5.1949 ist die deutsche Verfassung. Das GG hat Vorrang vor allen anderen deutschen Gesetzen, die mit ihm in Übereinstimmung stehen müssen. Es gliedert sich in 14 Abschnitte, denen eine Präambel (Vorwort) vorausgeht. Aufgrund ihrer Bedeutung stehen die → Grundrechte in Abschnitt I des GG (Art. 1–19). Das seit 1949 vielfach veränderte GG kann nur mit einer Zweidrittelmehrheit in → Bundestag und → Bundesrat geändert werden (Art. 79 Abs. 2); die Grundrechte und der Grundsatz, dass die Länder bei der Gesetzgebung mitwirken, dürfen nicht geändert werden (Art. 79 Abs. 1 und 3). Die Bezeichnung Grundgesetz wählte der → Parlamentarische Rat, um den provisorischen Charakter der (west-)deutschen Republik im geteilten Deutschland zu betonen. Im Zuge der Wiedervereinigung 1990 nach Art. 23 GG („Beitrittsartikel") und der Integration in die → Europäische Union wurden verschiedene Änderungen vorgenommen. Es kam aber nicht zur Ausarbeitung einer neuen gesamtdeutschen Verfassung nach Art. 146 GG.

**Grundrechte**
sind verfassungsmäßige, vom jeweiligen → Staat garantierte Rechte, die den Bürger vor staatlichen Übergriffen schützen (Abwehr- bzw. Freiheitsrechte) und ihm die Teilnahme an der politischen Willensbildung garantieren (Teilhaberechte).

**Hartz IV**
Durch das im Rahmen der Agenda 2010 verabschiedete Hartz-IV-Gesetz wurde 2005 das Arbeitslosengeld II eingeführt. Es führte die bisherige Arbeitslosenhilfe und die Sozialhilfe für arbeitslose Erwerbstätige zusammen. Damit ist dies heute die Grundsicherung für erwerbsfähige Hilfsbedürftige. Die Leistungen entsprechen dem Existenzminimum in Deutschland. Das ALG II kann aber auch ergänzend zum Erwerbseinkommen oder anderen staatlichen Leistungen bezogen werden.

**Hegemonie**
ist die Vormachtstellung eines → Staates gegenüber anderen; diese ergibt sich durch ein tatsächliches militärisches, kulturelles oder wirtschaftliches Übergewicht und ist häufig durch Verträge abgesichert.

**Ideologie**
meint im neutralen Sinne die Lehre von den Ideen, d. h. den wissenschaftlichen Versuch, die unterschiedlichen Vorstellungen über Sinn und Zweck des Lebens, die Bedingungen und Ziele des Zusammenlebens etc. zu ordnen; im politischen Sinne dienen Ideologien der Rechtfertigung politischen Handelns, wobei eine bestimmte Weltanschauung und bestimmte Interessen kombiniert werden.

**Industrialisierung**
bezeichnet die Ausbreitung der Industrie, d. h. der Produktion und Weiterverarbeitung von materiellen Gütern und Waren in Fabriken im Verhältnis zu Handwerk und Landwirtschaft. In Europa fand dieser Prozess grundlegend während des 19. Jahrhunderts statt. Inzwischen wurde er von der Tertiarisierung, der Ausweitung des Dienstleistungssektors, abgelöst. Heute ist im Hinblick auf die Digitalisierung der Produktion sogar von einer Vierten Industriellen Revolution die Rede.

**Inflation**
(Ggs.: → Deflation) ist ein Prozess anhaltender und signifikanter Preisniveausteigerungen und damit einhergehenden Geldwertverlusts: Mit einer Geldeinheit kann man weniger einkaufen; sie verliert also an Kaufkraft. Zur Ermittlung der Inflation dient der sogenannte repräsentative Warenkorb. Hierzu werden Haushalte befragt, die ihr Kaufverhalten ein halbes Jahr lang dokumentieren. Aus den Ergebnissen erstellt das Statistische Bundesamt eine Liste mit ca. 700 Produkten des täglichen Lebens. Die Preisveränderungen werden monatlich erfasst und mit dem Vorjahr verglichen. Der sich daraus ergebende Wert gibt den Grad der Inflation im Vergleich zum Vorjahr an (Inflationsrate). In → Volkswirtschaften gilt eine allzu starke Inflation gemeinhin als unerwünscht, so formuliert das Stabilitäts- und Wachstumsgesetz (1967) das wirtschaftspolitische Ziel der Preisniveaustabilität. Schwerwiegende Folgen für die Bevölkerung der Weimarer Republik hatte die Hyperinflation zu Beginn der 1920er-Jahre mit einer Vervierfa-

chung der Preise pro Woche. Den gegenteiligen Prozess des Preisniveaurückgangs bezeichnen Ökonomen als → Deflation.

**Integration**
(Ggs.: → Desintegration) meint im sozialwissenschaftlichen Sinne die Herstellung einer gesellschaftlichen Einheit.

**Interessengruppen**
sind Zusammenschlüsse von Personen mit gleicher Interessenlage, um auf → Parteien, → Abgeordnete und Regierung Einfluss zu nehmen, ohne sich – wie Parteien – an → Wahlen zu beteiligen oder selbst Regierungsgewalt anzustreben; Interessengruppen sind ein wesentliches Merkmal einer → pluralistischen Gesellschaftsordnung (→ Verbände).

**Internationaler Strafgerichtshof (IStGH)**
(engl.: International Criminal Court, ICC) ist der 1998 beschlossene internationale Gerichtshof (mit Sitz in Den Haag) zur strafrechtlichen Verfolgung von Völkermord, Verbrechen gegen die Menschlichkeit und Kriegsverbrechen; dies betrifft auch interne Konflikte. Das Gericht kann sich eines Falles annehmen, wenn er vom Sicherheitsrat der → Vereinten Nationen überwiesen worden ist oder wenn das Land, in dem das Verbrechen stattgefunden hat, oder das Land, dessen Staatsangehöriger verdächtigt wird, die Jurisdiktion des IStGH anerkannt hat. Der Ankläger arbeitet unabhängig. Infolge einer Erweiterung seiner Zuständigkeit kann der IStGH seit 2018 auch den Vorwurf des Angriffskriegs („Aggression") verhandeln.

**Internationaler Währungsfonds (IWF)**
wurde 1944 als Sonderorganisation der → Vereinten Nationen gegründet, um das Weltwirtschaftssystem nach dem Zweiten Weltkrieg neu aufzubauen; im Jahr 2022 waren 190 Staaten Mitglied des IWF; ihr Stimmrecht orientiert sich an ihrem Kapitalanteil. Da die Beschlüsse im IWF mit einer Mehrheit von 85 Prozent getroffen werden, verfügen die USA und die 27 EU-Staaten de facto jeweils über eine Sperrminorität. 2011 trat eine Reform des IWF in Kraft, nach der → Schwellenländer wie China, Indien oder Brasilien mehr Einfluss erhielten. Der IWF verfolgt die Ziele, den Welthandel auszuweiten, die internationale Zusammenarbeit in der → Währungspolitik zu fördern, die internationalen Finanzmärkte zu stabilisieren und kurzfristige Kredite zum Ausgleich von Zahlungsbilanzdefiziten zu vergeben. Für die Regulierung der Weltwirtschaft hat er damit eine zentrale Bedeutung. Eine globale Finanzmarktkrise, wie sie im Herbst 2008 ihren Ausgang nahm, konnte aber auch er nicht vermeiden.

**Kalter Krieg**
bezeichnet die feindselige Auseinandersetzung zwischen → Staaten unterhalb der Schwelle offener kriegerischer Handlungen; als Kalter Krieg wurde v. a. die besondere Form der Beziehungen zwischen den USA und der UdSSR und ihren Verbündeten während des Ost-West-Konflikts von 1946 bis 1989 bezeichnet. Kennzeichen dieses bipolaren Systems waren neben der Rüstungsspirale die „psychologische Kriegsführung" sowie wirtschaftlicher und militärischer Druck und eine entsprechende Bündnispolitik.

**Kapitalismus**
ist ein besonders durch Karl Marx (1818–1883) und Friedrich Engels (1820–1895) geprägter Begriff für das System der → Wirtschaft, in dem wir leben; es zeichnet sich durch Privateigentum an den Produktionsmitteln und Gewinnstreben aus, wobei Letzteres durch das Wirtschaftssystem selbst erzeugt wird (Marktsteuerung, Konkurrenz). Kapitalismus geht von der Freiheit der einzelnen Wirtschaftssubjekte aus sowie von der Annahme, dass deren Austausch auf dem Markt nicht nur ihrem eigenen Gewinn, sondern letztlich dem Wohle aller diene. Marx kritisierte am Kapitalismus insbesondere die „Ausbeutung der Arbeiterklasse", seine Krisenhaftigkeit sowie seine Neigung zur Verschwendung (durch Konkurse, Krisen usw.) und zur Hervorbringung von → Armut. Versuche, eine Wirtschaft statt über den Markt zentral durch den → Staat planwirtschaftlich zu steuern, sind in der jüngeren Geschichte allerdings mehrfach gescheitert.

**Kartell**
heißt der Zusammenschluss von Unternehmen, die zwar selbstständig bleiben, aber Absprachen treffen, um den Wettbewerb einzuschränken oder auszuschalten.

**Klasse, soziale**
sind Personen einer → Gesellschaft mit vergleichbaren ökonomischen Merkmalen, hauptsächlich den Besitz oder die Verfügung über Produktionsmittel betreffend.

**Klassengesellschaft**
existiert, wenn die → Gesellschaft in verschiedene soziale → Klassen aufgeteilt ist; nach der Marx'schen Analyse ist die → kapitalistische Gesellschaft eine Klassengesellschaft mit dem Gegensatz von eigentumsloser Arbeiterklasse (Proletariat) und der Klasse der Produktionsmitteleigner bzw. Kapitalisten (Bourgeoisie). Das Modell der Klassengesellschaft ist in der → Soziologie inzwischen weitgehend durch flexiblere und verfeinerte Schichten- und Lagenmodelle bzw. die Darstellung verschiedener Lebensstile und → Milieus ersetzt bzw. ergänzt worden.

**Klimawandel**
In den vergangenen Jahrzehnten hat sich die Durchschnittstemperatur der Erdatmosphäre und der Meere erhöht, eine weitere Erwärmung wird erwartet. Die meisten Naturwissenschaftler führen dies auf den vom Menschen verstärkten Treibhauseffekt zurück, besonders seit dem Beginn der → Industrialisierung. Das Verbrennen fossiler Energieträger und die großflächige Rodung von Sauerstoff produzierenden Wäldern reichern den Anteil von Kohlendioxid ($CO_2$) in der Luft an. Hinzu kommt der erhöhte Ausstoß von Methangas durch eine intensive Viehwirtschaft. Der Treibhauseffekt wird auf Wasserdampf, Kohlenstoffdioxid, Methan, Stickstoffoxid und fluorierte Verbindungen, z. B. FCKW, zurückgeführt. Verdoppelt sich der $CO_2$-Anteil in der Erdatmosphäre, rechnet die Klimaforschung mit einer Erhöhung der Erdmitteltemperatur um einen Wert von 1,5 bis 4,5 Grad Celsius. Folgen der globalen Erderwärmung sind schon heute erkennbar: verringerte Schneebedeckung, Inlandeis- und Gletscherschmelze, steigender Meeresspiegel, Überschwemmungen und Wetterveränderungen. Der Klimawandel war 1992 erstmals Gegenstand einer UN-Konferenz. Im Jahr 1997 wurde mit dem Kyoto-Protokoll das erste völkerrechtlich verbindliche Abkommen mit konkreten Gegenmaßnahmen beschlossen.

**Koalition**
(lat.: coalescere = zusammenwachsen, sich vereinigen) heißt das Bündnis zweier oder mehrerer → Parteien in einem Parlament, um gemeinsam die Regierung zu bilden und zu stützen und ein politisches Programm durchzusetzen; Koalitionen sind erforderlich, wenn keine einzelne Partei über die absolute Mehrheit der Parlamentssitze verfügt und sich deshalb mehrere Parteien verbünden müssen.

**Kommunismus**
bezeichnet das politische Ziel einer klassenlosen Gesellschaft, herbeigeführt durch einen gewaltsamen Umsturz, die proletarische Revolution; in der kommunistischen → Gesellschaft ist das Privateigentum an Produktionsmitteln aufgehoben, und der erwirtschaftete Reichtum wird gesellschaftlich angeeignet, d. h. allen Menschen gleichermaßen zugänglich gemacht. Der bedeutendste Denker des Kommunismus war Karl Marx.

**Konjunktur**
bezeichnet die zyklischen Schwankungen der wirtschaftlichen Aktivität; ein Konjunkturzyklus kann unterteilt werden in Tief (Depression, Stagnation), Aufschwung (Wiederbelebung, Expansion), Hoch (Boom) und Abschwung (Krise, Rezession).

**Konjunkturpolitik**
meint Maßnahmen der Wirtschaftspolitik, die konjunkturelle Schwankungen der gesamtwirtschaftlichen Nachfrage vermindern sollen. Konjunkturpolitik hat zum Ziel, eine möglichst stetige Produktionsentwicklung mit geringen Schwankungen im Auslastungsgrad des Produktionspotenzials herbeizuführen.

**Konservatismus**
(lat.: conservare = bewahren) heißt eine politische Anschauung, die sich vornehmlich für die Erhaltung und Entwicklung des Bestehenden ausspricht. Kennzeichen sind in der Regel Forderungen nach einem ordnenden → Staat und die Achtung der nationalen Existenz.

**Legitimität**
ist die Anerkennung einer politischen Ordnung und ihrer Repräsentanten durch das Volk; Voraussetzung dafür ist die Übereinstimmung der politischen Ordnung mit den in der → Gesellschaft allgemein anerkannten Vorstellungen über die Begründung von politischer Herrschaft. In einer repräsentativen → Demokratie wird die Legitimität der Herrschaftsausübung auf Zeit vor allem durch demokratische → Wahlen geschaffen.

**Leistungsbilanz**
erfasst alle Waren und Dienstleistungen, die in das Ausland geliefert bzw. von dort bezogen werden, sowie Erwerbs- und Vermögenseinkommen (z. B. Arbeitsentgelte) und laufende Übertragungen (z. B. Entwicklungshilfezahlungen). Die Leistungsbilanz ist Teil der Zahlungsbilanz.

**Liberalismus**
heißt eine philosophische Weltanschauung, die aus der → Aufklärung hervorgegangen ist. Im Vordergrund steht die Freiheit des Einzelnen. Jegliche Form des geistigen, sozialen, politischen oder staatlichen Zwangs wird abgelehnt. Unterschieden wird dabei zwischen dem politischen Liberalismus, der die Freiheitsrechte des Individuums und die Beschränkung der politischen Herrschaft in der Form eines → Rechts- und Verfassungsstaats anstrebt, und dem Wirtschaftsliberalismus, der eine Wirtschaftsordnung des Privateigentums und der Vertragsfreiheit durchsetzen will. In der liberalen Wirtschaftsordnung kann jedes Individuum seinen eigenen Lebensentwurf konzipieren und realisieren, die individuellen Handlungen werden vom → Staat lediglich koordiniert.

**Macht**
ist ein Verhältnis der Über- und Unterordnung zwischen Personen, Gruppen, Organisationen oder → Staaten, das – im Unterschied zu Herrschaft und Autorität – nicht der Anerkennung der von ihr Betroffenen bedarf; der Soziologe und Ökonom Max Weber (1864–1920) definierte Macht als „die Chance, innerhalb einer sozialen Beziehung den eigenen Willen auch gegen Widerstreben durchzusetzen, gleichviel, worauf diese Chance beruht".

**Marktwirtschaft**
ist ein Wirtschaftssystem des Wettbewerbs, in dem die Wirtschaftsprozesse dezentral geplant und über die Preisbildung auf den Märkten gelenkt werden; Gewerbe- und Vertragsfreiheit sowie die freie Wahl des Berufs bzw. des Arbeitsplatzes sind Grundvoraussetzungen der Marktwirtschaft (→ Kapitalismus). In Deutschland ist dies durch das Ziel sozialen Ausgleichs ergänzt (→ soziale Marktwirtschaft).

**Massenmedien**
sind alle technischen Mittel, durch die Aussagen schnell und über große Entfernungen zu einer großen Zahl von Menschen gebracht werden können; Empfänger und Sender von Nachrichten sind sich dabei nicht persönlich bekannt. Massenmedien sind sehr einflussreich und werden als eine Kontrollinstanz z. B. gegenüber dem → Staat angesehen („vierte Gewalt"). Zugleich aber sind die durch sie verbreiteten Nachrichten für die Empfänger kaum noch zu überprüfen. Zu den Massenmedien zählen Zeitungen, Hörfunk, Fernsehen und das Internet.

**Menschenrechte**
sind Rechte, die jedem Menschen unabhängig von Herkunft, Geschlecht, Religion und Vermögen zustehen; ihr Inhalt liegt darin, jedem Menschen eine gesicherte Existenz und Entfaltung zu ermöglichen. Im Gegensatz zu anderen Rechten sollen die Menschenrechte jedem Menschen von Natur aus zukommen, also nicht erst durch die Garantie eines → Staates. Deshalb „gelten" sie nicht wie andere Rechte, sondern bezeichnen den Anspruch auf ein menschenwürdiges Leben.

**Migration**
(lat.: migratio = Wanderung) fasst verschiedene Formen der Ein- und Auswanderung zusammen (Asylsuche, Arbeitswanderung, Flucht vor Krieg usw.). Das trägt der Tatsache Rechnung, dass alle diese Formen Gemeinsamkeiten aufweisen: einen Migrationsgrund, der in fast allen Fällen irgendeine Art von Zwang beinhaltet, und soziale Probleme, die aus der Situation im Aufnahmeland folgen.

**Milieu**
bezeichnet das soziale Umfeld, in dem ein Mensch lebt und von dem er geprägt wird.

**Monetarismus**
ist eine wirtschaftspolitische Lehre, die von der Grundannahme ausgeht, dass eine stabilitätsorientierte → Geldpolitik unter bestimmten Rahmenbedingungen die → Wirtschaft stabilisieren kann.

**Nachfrageorientierte Wirtschaftspolitik**
(Ggs.: → Angebotsorientierte Wirtschaftspolitik) bezeichnet einen auf John Maynard Keynes zurückgehenden wirtschaftspolitischen Ansatz, nach dem mangelnde private Nachfrage die Ursache von Massenarbeitslosigkeit ist und nur durch zusätzliche staatliche Nachfrage beseitigt werden kann (Deficit-Spending).

**Nachhaltigkeit**
ist ein Prinzip (wirtschaftlichen) Handelns, nach dem nur so viele der knappen Ressourcen unseres Planeten verbraucht werden sollen, dass sich das ökologische System wieder erholen kann und auch zukünftige Generationen gut darin leben können.

**NATO (North Atlantic Treaty Organization)**
Während des → Kalten Krieges war die Allianz unter Führung der USA in Europa das Gegengewicht zur militärischen Präsenz der Sowjetunion und des Warschauer Paktes. Das Militärbündnis wurde 1949 in Washington geschlossen; 1955 trat die Bundesrepublik bei. Sitz der NATO ist Brüssel. Im Jahr 2022 zählte sie 30 Mitgliedstaaten, darunter viele ehemalige Mitglieder des Warschauer Paktes. Nach dem Ende des Kalten Krieges wandelte sich die Allianz von einem defensiven Verteidigungsbündnis zu einer auch global agierenden Sicherheitsorganisation.

**Neoliberalismus**
wird eine Denkrichtung des → Liberalismus genannt, die eine freiheitliche, → marktwirtschaftliche Wirtschaftsordnung mit den entsprechenden Gestaltungsmerkmalen (z. B. Privateigentum an Produktionsmitteln, freie Preisbildung, Wettbewerbsfreiheit) anstrebt, staatliche Eingriffe in die → Wirtschaft jedoch auf ein Minimum beschränken will.

**Nichtregierungsorganisation**
(engl.: non-governmental organization, NGO) ist eine nicht staatliche und nicht gewinnorientierte Organisation von Bürgern auf lokaler, nationaler oder internationaler Ebene, die sich für bestimmte Belange des Gemeinwohls einsetzt. NGOs verfolgen unterschiedliche Ziele, z. B. Schutz der → Menschenrechte, Umweltschutz oder Armutsbekämpfung. Dabei erfüllen NGOs viele Aufgaben, u. a. indem sie die Umsetzung internationaler Abkommen beobachten oder eigene Analysen durchführen.

**Opposition**
heißt die Minderheit im Parlament. Die zur Opposition zählenden → Parteien streben in der Regel an, bei den nächsten → Wahlen selbst zur Mehrheit zu werden, um die Regierung stellen zu können.

**Parlamentarischer Rat**
erarbeitete zwischen September 1948 und Mai 1949 das → Grundgesetz der Bundesrepublik Deutschland, das er am 8.5.1949 verabschiedete. Grundlage dafür waren die „Frankfurter Dokumente“ der Westalliierten (USA, Großbritannien und Frankreich) vom 1.7.1948 und ein vom Verfassungskonvent auf Herrenchiemsee (10. bis 23.8.1948) konzipierter Verfassungsentwurf. Der Parlamentarische Rat bestand aus 65 Mitgliedern der westdeutschen Länderparlamente. Vorsitzender war der spätere deutsche → Bundeskanzler Konrad Adenauer. Nach der Vorbereitung der → Wahlen zum ersten Deutschen → Bundestag am 14.8.1949 löste sich der Parlamentarische Rat auf.

**Partei**
ist eine auf Dauer angelegte Organisation politisch gleichgesinnter Menschen. Parteien verfolgen bestimmte wirtschaftliche, gesellschaftliche etc. Vorstellungen, die meist in Parteiprogrammen festgeschrieben sind, sowie das Ziel, Regierungsverantwortung zu übernehmen. Politische Parteien existierten bereits in der Antike, die Parteien im heutigen Sinne jedoch erst seit der Entwicklung des Parlamentarismus im 18. Jahrhundert und der Französischen Revolution. In Deutschland ist ihre Stellung im → Grundgesetz besonders hervorgehoben (Art. 21 GG).

**Partizipation**
heißt die Beteiligung der Bürger an der politischen Willens- und Entscheidungsbildung, u. a. durch → Wahlen, Mitgliedschaft in → Parteien, → Verbänden, Bürgerinitiativen und Vereinen bzw. Wahrnehmung der in der Verfassung verankerten Artikulations- und Mitwirkungsrechte.

**Pluralismus**
bezeichnet die Auffassung, dass es viele verschiedene politische und gesellschaftliche Vorstellungen gibt, die gleichzeitig → legitim nebeneinander vorhanden sind, wobei allen das gleiche Recht auf Entfaltung ihrer Interessen zukommt.

**Politik**
meint im weiten Sinne jegliche Art der Einflussnahme und Gestaltung sowie die Durchsetzung von Forderungen und Zielen, sei es in privaten oder öffentlichen Bereichen. Im engeren bzw. klassischen Sinne ist Politik „Staatskunst“, das Öffentliche bzw. das, was alle Bürger betrifft und verpflichtet, also das Handeln des → Staates und das Handeln in staatlichen Angelegenheiten (von griech.: polis = Stadtstaat). Im modernen Sinne ist Politik das auf die Durchsetzung bestimmter Ziele besonders im staatlichen Bereich und auf die Gestaltung des öffentlichen Lebens gerichtete Handeln von Regierungen, Parlamenten, → Parteien, Organisationen etc.

**Rechtsstaat**
bezeichnet einen → Staat, in dem das Handeln der staatlichen Organe gesetztem Recht (i. d. R. Verfassungen, in Deutschland dem → Grundgesetz) untergeordnet ist. Den einzelnen Bürgerinnen und Bürgern stehen damit bestimmte unverbrüchliche → Grundrechte zu, während dem staatlichen Handeln bestimmte Grenzen gesetzt sind. Im Rechtsstaat soll alles staatliche Handeln dem (Verfassungs-)Recht und der Verwirklichung von Gerechtigkeit dienen.

**Regime**
ist eine abwertende Bezeichnung für eine Herrschaftsform, die nicht demokratisch legitimiert ist und in der ein Einzelner oder eine Gruppe von Menschen → Macht über alle anderen ausüben; dieses Verständnis von Regimen ist von → Regimen auf internationaler Ebene zu unterscheiden.

**Regime, internationales**
wird in der internationalen Politik ein von internationalen Akteuren (z. B. → Staaten) akzeptiertes Regel- und Normensystem (einschließlich notwendiger Entscheidungsverfahren) bezeichnet, um bestimmte Problemfelder und Spannungssituationen dauerhaft zu steuern.

**Republik**
ist eine Staatsform, deren oberster Repräsentant auf Zeit vom Volk gewählt wird.

**Schwellenländer**
werden Länder genannt, die aufgrund ihrer fortgeschrittenen Wirtschaftskraft, ihrem (mittleren) Volkseinkommen und ihrer infrastrukturellen Entwicklung aus dem Status von → Entwicklungsländern herausgewachsen sind und an der Schwelle zu den Industrieländern stehen, hierzu zählen z. B. Brasilien, Russland, Indien, China und Südafrika (BRICS-Staaten).

**Souveränität**
ist ein Produkt des modernen → Staates und bezeichnet die höchste, nicht abgeleitete, umfassende und nach innen wie nach außen unbeschränkte Hoheitsgewalt – im Staatsinneren als staatliches Gewalt- und Rechtsetzungsmonopol, nach außen als „Völkerrechtsunmittelbarkeit“, d. h. Hoheit über ein bestimmtes Staatsgebiet (Prinzip der Selbstregierung) und rechtliche Unabhängigkeit nach außen.

**Soziale Marktwirtschaft**
heißt das von Alfred Müller Armack, Walter Eucken und Ludwig Erhard u. a. konzipierte wirtschaftspolitische Leitbild, das ab 1948/49 in der Bundesrepublik verwirklicht wurde; es greift die Forderung des Ordoliberalismus nach staatlicher Gewährleistung einer funktionsfähigen Wettbewerbsordnung auf, ergänzt diese jedoch unter Betonung sozialpolitischer Ziele mit dem Ziel der → Integration aller Bürger.

**Soziale Ungleichheit**
meint Unterschiede in den Lebenschancen, die nicht nur durch Kriterien wie Berufs- und Bildungsstatus bzw. Einkommen und Vermögen beeinflusst werden, sondern auch durch Geschlecht, Nationalität, Alter, Generation oder Region etc.

**Sozialer Wandel**
beschreibt die grundlegende Veränderung von → Gesellschaften; sozialer Wandel findet immer statt, hat aber Phasen der Verlangsamung und Beschleunigung und ist oft verbunden mit der Entwicklung neuer Begriffe für die veränderte Gesellschaft, z. B. Dienstleistungsgesellschaft, Informationsgesellschaft, Erlebnisgesellschaft, postmoderne Gesellschaft usw.

**Sozialprestige**
ist das Ansehen (Wertschätzung, Geltung), das bestimmte Personen(-gruppen) aufgrund ihrer Leistung/Kompetenz oder ihrer sozialen Position bei anderen Personen und Gruppen bzw. in der Öffentlichkeit genießen und das i. d. R. meinungsbildenden und verhaltensbestimmenden Einfluss zur Folge hat (→ Elite).

**Sozialstaat**
ist eines der vier Grundprinzipien der Bundesrepublik Deutschland – neben → Demokratie, → Rechtsstaat und Bundesstaat (→ Föderalismus). Das Prinzip bedeutet, dass der → Staat seine Bürger gegen soziale Risiken absichert und → soziale Ungleichheit abzumildern hilft.

**Soziologie**
ist die Wissenschaft von der menschlichen → Gesellschaft; sie untersucht verschiedene Formen von Gesellschaften und ihren Untergruppen (z. B. Familien oder Vereine) sowie deren Wandlungen im Zeitablauf und erklärt das Zusammenspiel von Verhaltensweisen, Strukturen und Funktionen in diesen Gruppen.

**Staat**
ist die politische Organisation, unter der die Menschen einer → Gesellschaft leben. Nach der gängigen Definition sind drei Aspekte für einen Staat notwendig: ein eindeutiges eigenes Territorium (Staatsgebiet), in dem Menschen wohnen, die zu diesem Staat gehören (Staatsvolk; Bürger),

und eine Regierung, die vom Staatsvolk anerkannt ist (Staatsgewalt). Ein Staat hat Außenbeziehungen zu anderen Staaten, die im Allgemeinen durch das Völkerrecht geregelt werden. Nach innen ist der Staat → souverän, d. h., es steht keine Gewalt über ihm. Im → Rechtsstaat verpflichtet sich der Staat, seine Gewalt nur gemäß den geltenden Gesetzen auszuüben.

**Subsidiaritätsprinzip**
ist ein aus der katholischen Soziallehre stammendes, gesellschaftliches Gestaltungsprinzip, das die Selbstbestimmung und Selbstverantwortung des Individuums bzw. der jeweils kleineren sozialen Gruppen im Verhältnis zum → Staat sowie den Vorrang von Regelungen auf jeweils unterer Ebene gegenüber Regelungen „von oben“ betont.

**Totalitarismus**
ist eine Form der → Diktatur, die die gesamten gesellschaftlichen Verhältnisse im Sinne ihrer → Ideologie zu verändern versucht. Dabei hat sie den Anspruch, einen „neuen Menschen“ zu erschaffen. Der Einzelne muss sich einem Kollektiv unterordnen. Personen, die sich in Gegnerschaft zur Ideologie der totalitären Diktatur befinden, werden von den Machthabern unterdrückt bis hin zu Folter und Mord. Als totalitär werden vor allem der Nationalsozialismus und der Stalinismus angesehen.

**Verbände**
sind organisierte → Interessengruppen mit bestimmten sachlichen und/oder ideellen Zielen und Interessen; sie unterscheiden sich von → Parteien dadurch, dass sie kein allgemeines politisches Programm anbieten und sich nicht an → Wahlen beteiligen. Stattdessen versuchen sie, politische Entscheidungen der Legislative und der Exekutive in ihrem Sinne zu beeinflussen.

**Vereinte Nationen**
(United Nations, UN bzw.United Nations Organization, UNO) wurden1945 gegründet, ihr Hauptsitz ist New York (daneben: Genf und Wien), zurzeit gehören den UN 193 Staaten an. Laut der UN-Charta bestehen ihre Hauptaufgaben in der Sicherung des Friedens und in der Beseitigung von Friedensbedrohungen, der Verständigung der Völker untereinander, der internationalen Zusammenarbeit zur Lösung wirtschaftlicher, kultureller, sozialer und humanitärer Probleme u. a. m. auf Grundlage der Gleichberechtigung der → Staaten und der Selbstbestimmung der Völker (Art. 1).
Die wichtigsten Organe der UN sind:
1. die jährlich stattfindende Vollversammlung (jeder Mitgliedstaat hat eine Stimme) und deren Ausschüsse;
2. der Sicherheitsrat der UN mit fünf ständigen Mitgliedern (China, Frankreich, Großbritannien, Russland, USA), die über ein Vetorecht verfügen, und zehn jeweils für zwei Jahre gewählten Mitgliedern;
3. das Generalsekretariat mit einem Generalsekretär an der Spitze (für fünf Jahre von der Vollversammlung gewählt);
4. der Wirtschafts- und Sozialrat mit 54 Mitgliedern (jährlich werden 18 Mitglieder für drei Jahre gewählt) und den fünf regionalen Kommissionen;
5. der Internationale Gerichtshof (15 Richter, die von der Vollversammlung und dem Sicherheitsrat für neun Jahre gewählt werden).
Zahlreiche Sonderorganisationen (UNICEF, UNESCO) erfüllen weitere Aufgaben der Vereinten Nationen. Wenn die beteiligten Konfliktparteien zustimmen, kann der Sicherheitsrat entscheiden, ob im Auftrag der UN Friedenstruppen (Blauhelme) in ein Krisengebiet geschickt werden, um für Sicherheit und Frieden zu sorgen.

**Volkspartei**
ist eine → Partei, die mit einem breit gefächerten Programm möglichst viele Wähler und Mitglieder aus unterschiedlichen sozialen Schichten ansprechen will.

**Volkswirtschaft**
wird von allen privaten Haushalten, Unternehmen und Einrichtungen eines → Staates gebildet. Alle, die Güter erzeugen, verteilen und verbrauchen, gehören dazu. Zwei wichtige Merkmale sind eine gemeinsame → Währung und ein gemeinsames Wirtschaftssystem.

**Vorurteile**
beinhalten eine unberechtigte Wertung von Menschen(-gruppen). Zum Teil entstehen Vorurteile, wenn eine einzelne Beobachtung falsch verallgemeinert wird. Mitunter wird ein Vorurteil jedoch auch ohne jede Beobachtung entwickelt. Die Auffassung, dass z. B. die Einwohner eines bestimmten Landes zu Kriminalität neigen, resultiert vielmehr aus dem Bedürfnis, auf eine Gruppe von Menschen herabblicken zu können (Rassismus).

**Wahlen**
In einem repräsentativen System werden Volksvertreter gewählt (→ Demokratie). Die Bundestagswahl ist eine personalisierte Verhältniswahl. Die 598 Sitze im Bundestag werden zur Hälfte über die Erststimme, mit der man einen Kandidaten aus seinem Wahlkreis wählt, vergeben (299 Wahlkreise = 299 Direktmandate) und zur Hälfte über die Zweitstimme, mit der man eine Partei bzw. die Landesliste einer Partei wählt (299 Listenmandate). Die Zweitstimme entscheidet darüber, wie viele Sitze eine Partei im Bundestag erhält. Hinzu kommen die Überhang- und Ausgleichsmandate: Erhält eine Partei mehr Direktmandate, als ihr gemäß dem Anteil an Zweitstimmen zustehen, so darf sie diese zusätzlichen „Überhangmandate“ in den Bundestag einbringen. Der Bundestag wird dann so lange vergrößert, bis der Partei die entsprechende Anzahl der Sitze gemäß ihrem Zweitstimmenanteil auch zusteht.

**Währung**
bezeichnet das gesetzliche Zahlungsmittel eines → Staates, der ihre Gültigkeit garantiert und sie in der Regel auf seinem Territorium vorschreibt; bis weit in das 20. Jahrhundert hinein sollte die Verknüpfung einer Währungseinheit mit einer bestimmten Menge Edelmetall den Wert der Währung garantieren. Heute wird die Bewertung der Währung als frei handelbare Devise durch freie Geldmärkte (Devisenmarkt, Devisenbörse) vorgenommen.

**Währungspolitik**
umfasst alle politischen Maßnahmen insbesondere der Zentralbank, um für eine → volkswirtschaftliche Versorgung mit Geldmitteln, für Preisstabilität und Wechselkursstabilität (Wert der eigenen → Währung gegenüber anderen Währungen) zu sorgen; seit Einführung des → Euro liegt die Währungspolitik in Deutschland nicht mehr in nationaler Verantwortung, sondern bei der → Europäischen Zentralbank.

**Wertpapiere**
sind an den → Börsen handelsfähige Urkunden (→ Aktien, Schuldverschreibungen, Derivate), die einen Vermögenswert verbriefen. Derivate berechtigen zum Kauf oder Verkauf der zugrunde gelegten Werte (Waren, Aktien, Devisen usw.) an einem in der Zukunft liegenden Termin zu einem im Voraus vereinbarten Preis. Sie lassen sich daher sowohl zur Absicherung gegen den Wertverlust als auch zur Spekulation auf Kursgewinne des Basiswertes verwenden.

**Wirtschaft (Ökonomie)**
umfasst die Gesamtheit aller menschlichen Tätigkeiten, die sich auf die Produktion und den Verbrauch von Waren und Dienstleistungen beziehen. Da unsere → Gesellschaft arbeitsteilig organisiert ist, können darunter auch Tätigkeiten fallen, die scheinbar mit der Güterproduktion gar nichts zu tun haben, z. B. Planungs- oder Kontrolltätigkeiten. Häufig werden unter „Wirtschaft“ dabei nur die Teilbereiche von → Arbeit verstanden, in denen Menschen gegen Bezahlung tätig sind. Tatsächlich aber sind z. B. Arbeiten im Haushalt für eine Gesellschaft von großer Wichtigkeit. Die Art und Weise, in der die Wirtschaft auf gesellschaftlicher Ebene organisiert ist, nennt man Wirtschaftsordnung.

# STICHWORTVERZEICHNIS

# BILDQUELLENVERZEICHNIS

ADAC e.V., München: 103.4. | ADFC Allgemeiner Deutscher Fahrrad-Club e. V., Berlin: 103.5. | akg-images GmbH, Berlin: 23.1, 44.3, 308.1; Lessing, Erich 310.1. | Alamy Stock Photo, Abingdon/Oxfordshire: Blakeley 256.1; Sperling, Raphael 224.3. | Alamy Stock Photo (RMB), Abingdon/Oxfordshire: imageBROKER 100.9; Keith Morris 100.14; Kuttig – Travel 15.2; Mc Photo/Ohde 100.3; Perc, Franz 100.4; Phanie 100.15; The Granger Collection 150.1; Zoonar GmbH 100.12. | Amnesty International Deutschland e. V., Berlin: 17.8, 37.3. | ARD MEDIA GmbH / Media Perspektiven, Frankfurt: ARD/ZDF-Massenkommunikation Langzeitstudie 2020, Frankfurt a. M.: Media Perspektiven, https://https://www.ard-media.de/media-perspektiven/studien/langzeitstudie-massenkommunikation/ (Zugriff: 08.03.2022) 137.1. | AWO Bundesverband e. V., Berlin: 103.3. | AWO Chemnitz und Umgebung gGmbH, Chemnitz / Grüna: 202.1. | Baaske Cartoons, Müllheim: Alf, Renate 185.3; Mester, Gerhard 118.2, 138.2, 257.2, 288.1, 341.1; Mohr, Burkhard 185.1, 361.1; Plaßmann, Thomas 225.1; Thomas Plaßmann 347.3; Tomaschoff, Jan 138.1. | Bayer, Prof. Dr. Christian, Bonn: 173.1. | Bergmoser + Höller Verlag AG, Aachen: 242.1, 247.1, 249.1, 331.1; Zahlenbild 141 050 206.1; Zahlenbilder 204.2. | Bertelsmann Stiftung, Gütersloh: 354.1. | bpk-Bildagentur, Berlin: 44.1, 150.2, 307.1; Germanisches Nationalmuseum / Meßberger, Dirk 303.4. | Brettschneider, Prof. Dr. Frank, Stuttgart: 122.5. | Bridgeman Images, Berlin: Photo Josse 303.2; Photo © Leonard de Selva 303.3. | Bundesinstitut für Bevölkerungsforschung (BiB), Wiesbaden: Statistisches Bundesamt (Mikrozensus) 175.1, 175.2, 177.1. | Bundesverband der Deutschen Industrie e. V., Berlin: 103.1. | Bundeswehr, Berlin: 64.2, 64.3, 64.4. | BÜNDNIS 90/DIE GRÜNEN/gruene.de, Berlin: 125.1. | Bürgerrat, Mehr Demokratie e. V., Köln: 113.1, 113.2. | Cartoon Movement, Amsterdam: Royaards, Tjeerd 72.1. | CartoonStock.com, Bath: Eales, Stan 31.2; Fray, Brian 145.1. | CDU Deutschlands, Berlin: 114.2. | CDU Nordrhein-Westfalen, Düsseldorf: 125.2. | CLOUD SCIENCE, Bonn: 185.2, 185.4, 217.1. | Columbia University Archives, New York: University Archives, Rare Book & Manuscript Library, Columbia University Libraries 20.2. | CSU – Christlich-Soziale Union in Bayern e. V., München: 114.3. | Daniel Reiche – Visuelle Medien, Leipzig: 146.1; Soziokulturelles Zentrum KOMM-Haus, Projekt Grünauer Kultursommer / Layout: Daniel Reiche 146.2. | Deutsche Welle, Bonn: 260.1. | Deutscher Museumsbund e. V., Berlin: 103.6. | DiG / PLUS GmbH, Berlin: 124.2. | Dittmann, Nico, Thalheim/Erzgeb.: 197.2. | dk Real Estate GmbH, Leipzig: 147.1. | Domke, Franz-Josef, Wunstorf: 181.1, 244.1. | Emeritus Professor Ramesh Thakur, Canberra ACT: 79.1. | fotolia.com, New York: B., Andre 148.1; XJ6652 100.16. | Friedrich-Ebert-Stiftung (FES), Berlin: Marius Müller-Hennig 61.2. | Geißler, Prof. Dr. Rainer, Siegen: 153.1. | Getty Images, München: Fairfax Media 46.1; Gamma-Rapho/Reglain, Frederic 172.1; Hindustan Times/Pradeep Gaur/Mint 47.1; Keystone-France 44.2; Miller, Ethan 88.3; Wong, Alex 246.1. | Getty Images (RF), München: Westend61 100.10. | Geuter, Jürgen, Berlin: Kohls, Michael 140.2. | GolfPark Leipzig GmbH & Co. KG, Leipzig: 147.2, 147.3. | Greenpeace e. V., Hamburg: 103.7. | Greser & Lenz, Aschaffenburg: 201.1; Greser & Lenz 285.1. | Groh-Samberg, Prof. Dr. Olaf, Bremen: Klose, Lukas 173.2. | Hachfeld, Prof. Dr. Axinja, Konstanz: 168.1. | HateAid gGmbH, Berlin: 131.1. | Haus der Geschichte der Bundesrepublik Deutschland, Bonn: Peter Leger (Künstler) 347.1. | Höhne, Frank, Berlin: 128.1. | Human Rights Watch, Berlin: 37.4. | Hüter, Michael, Bochum: Quelle: Stiftung Jugend und Bildung 164.2. | IG Metall, Frankfurt/M.: Industriegewerkschaft Metall (IG Metall), Ressort Frauen und Gleichstellung, 2021 169.1. | ILO, Berlin: Copyright © ILO 2021 17.3. | Imago, Berlin: Becker und Bredel 110.1; Galuschka, Horst 190.1; Leemage 164.1; Popow, Metodi 218.1; Steinert, Uwe 144.1; VCG 256.3; Zöllner, Rolf 100.2. | Instagram: 122.2, 125.3. | Institut für Arbeitsmarkt- und Berufsforschung der Bundesagentur für Arbeit, Nürnberg: IAB-Kurzbericht 13/2021 258.1. | Internationaler Strafgerichtshof, AK The Hague: ©ICC-CPI 17.6. | iStockphoto.com, Calgary: Coast-to-Coast 100.13; FatCamera 256.2; IP Galanternik D.U. Titel; Popartic 17.5; republica 256.4. | Janson, Jürgen, Landau: 255.1. | Jenni Energietechnik AG, Oberburg: Orlando Eisenmann 25.1. | Kartographie Michael Hermes, Hardegsen Hevensen: 210.1, 210.2, 320.1, 328.1. | Kassing, Reinhild, Kassel: 204.1. | KOMMUNAL, Zimper Media, Berlin: 263.1. | Land, Rainer, Potsdam: 289.1. | Latuff, Porto Alegre: 13.3. | Leibert, Dr. Tim, Leibniz-Institut für Länderkunde (IfL), Leipzig: IfL / Frenzel, Franziska 197.1. | Luminate Ltd., Holborn, London: 131.2, 131.3, 131.4, 131.5, 131.6. | Malmvig, Dr. Helle, Kopenhagen: 93.1. | mauritius images GmbH, Mittenwald: Alamy / Getmilitaryphotos 88.2; Cinema-Legacy-Collection / Sparham, Laurie 355.1; imageBROKER/Mang, Christian 114.1. | Meissner Cartoons, Köln: Meissner, Dirk 226.1. | MERCOSUR Headquarters, Montevideo: www.mercosur.int 17.4. | Mückenberger, Prof. Dr. Ulrich, Bremen: 186.1. | Nachlass Felix Mussil, Frankfurt am Main: 112.3. | NDR Presse und Information, Hamburg: NDR/Borrs, Wolfgang 138.3. | nelcartoons.de, Erfurt: 10.2, 182.1; nel@nelcartoons.de 195.1. | O'Connell, JD PhD Mary Ellen, Notre Dame: 79.2. | Parlamentwatch e. V. / abgeordnetenwatch.de, Hamburg: 100.6. | Pfohlmann, Christiane: 299.1. | Picture-Alliance GmbH, Frankfurt a.M.: 180.2, 184.1; AA/Adnan, Hamza 88.4; Aimin, Rao 26.2; akg-images 232.1; AP 88.1; AP/Euler, Michel 151.1; ASSOCIATED PRESS 26.3; Balk, Matthias 291.1; Baumgarten, Ulrich 100.1, 139.3, 167.1; Bimmer, Fabian 118.1; Bj, Lu Gang 26.1; Büttner, Jens 122.1; Calleri, Paolo 99.1; Calleri, Paolo/ dieKLEINERT 229.1; Carstensen, Jörg 126.2; Charisius, Christian 141.1; Chukrut, Budrul 12.2; Chunfeng, Zhang 28.7; Costa/Leemage 305.1; Cover-Images.com/Marines 14.2; dieKLEINERT.de/Koufogiorgos, Kostas 60.1; dieKLEINERT.de/Wössner, Freimut 352.2; dpa 153.2; dpa / Galuschka, Horst 166.2; dpa-infografik 40.1, 43.1, 50.1, 50.2, 50.3, 62.1, 64.1, 73.2, 76.1, 106.1, 165.1, 200.1, 200.2, 200.3, 211.1, 274.1, 280.1; dpa-infografik 2218 74.2; dpa-infografik GmbH 83.1; dpa/ Berg, Oliver 161.1; dpa/DB Wintershall 13.1; dpa/epa Greenpeace 100.8; dpa/Gollnow, Sebastian 119.1; dpa/Haid, Rolf 152.2; dpa/Hoppe, Sven 60.2; dpa/Jutrczenka, Bernd von 115.1; dpa/Prosieben/Seven.One | Weber, Willi 122.3; dpa/von Erichsen, Fredrik 154.1; dpa/von Jutrczenka, Bernd 325.1; EPA/EFE/Presidency, Salvadorean 75.1; Eventpress Stauffenberg 39.1; Foto Huebner 122.4; Fukuhara, Kenzaburo 24.4; GARRIDO, RODRIGO 28.5; Gateau, Christophe/dpa 262.1; Geisler-Fotopress 87.1; Grolik, Markus 140.1; Haas, Robert 31.1; Hackenberg, Rainer 28.3; Hochmuth, Georg/APA/ picturedesk.com 203.1; Hoermann, Frank / Simon, Sven 136.4; Image of Sport 28.1; Kaiser, Henning 112.2; Kappeler, Michael 28.4; KCNA 84.1; KEFALAS, GEORGIOS 100.11; Kochetkov, Yuri 13.2; Koufogiorgos, Kostas/ dieKLEINERT 10.4; Koufogiorgos, Kostas/dieKLEINERT 66.1; Kubirski, Daniel 28.2; Kumm, Wolfgang 62.2; Kumm, Wolfgang/dpa 298.2; Leitner, Hans 130.1; Malla, Hussein 86.1; MAXPPP/Costa 316.1; May, Frank 73.1, 98.3, 112.1, 216.1; MP/ Leemage 228.1; Naupold, Daniel/dpa 290.1; Neubauer, Manfred 14.1; Newald, Robert /picturedesk.com 271.1; Nietfeld, Kay 61.1, 117.1, 173.3; nordphoto GmbH / Hafner 124.1; NurPhoto/Pohl, Alexander 298.1; Palitza, Kristin 24.3; Pedersen, Britta 63.1; Peljak, Florian/SZ Photo 216.2; Photoshot 12.1, 24.2; prismaarchivo 312.1; Proessdorf, Steffen 139.2; Reinhardt, Daniel 136.2; REUTERS 303.1; RIA NOVOSTI POOL/Mikhail Klimentyev 180.1; ROMERO, HENRY 28.6; Rothermel, Winfried 241.1; Rumpf, Stephan 100.5; Sadat, Sayed Khodaiberdi 8.2; Schindler, Karlheinz/dpa-Zentralbild 288.2; Schmidt, Christoph/dpa 224.1; Simon, Leonhard 98.1; Simon, Sven 136.3; SOLO Syndication/Illingworth, Leslie 10.1; Ugarte, Marco 8.3; van der Wolf, Marthe 24.1; von Erichsen, Fredrik/dpa 108.1; Von Jutrczenka, Bernd 98.2; von Maydell 136.1; Wijngaert, Geert Vanden 15.1; Woitas, Jan/dpa/ZB 224.2; www.picturedesk.com/Techt, Hans Klaus 155.1; Yonhap 82.1, 82.2; ZB / Burgi, Arno 355.2; ZB/ Wüstneck, Bernd 100.7; ZEITOON, NASEEM 28.8; Zinken, Paul 121.2. | Presse- und Informationsamt der Bundesregierung, Berlin: Bergmann, Guido 71.2; Bundesregierung 116.1. | Princeton University Press, Princeton: ames N. Rosenau, Turbulence in World Politics: A Theory of Change and Continuity 22.1; Robert O. Keohane: After Hegemony: Cooperation and Discord in the World Political Economy 21.1. | Reporter ohne Grenzen, Berlin: 37.5. | Roger Schmidt/cartoons.pub, Brunsbüttel: 278.1, 352.1. | Rojkov, Alexandra, Hamburg: Rettberg, Felix 91.1. | Rosenau, Margaret, Lakewood, Colorado: 22.2. | Sakurai, Heiko, Köln: 68.1, 120.1, 199.1. | Sauer, Stefanie, Berlin: 300.1. | Schopf, Oliver, Wien: 9.1, 10.3, 10.5, 11.1, 94.1. | Shutterstock.com, New York: easy camera 126.1. | Shutterstock.com (RM), New York: Mgm/ Kobal/Charlton Heston, Leigh Taylor-Young, Edward G. Robinson, Joseph Cotten, Paula Kelly, Chuck Connors, Soylent Green – 1973, Director: Richard Fleischer, MGM, USA 286.2; Moviestore/Christian Bale, Ryan Gosling, Steve Carell, Brad Pitt, ‚The Big Short' film – 2015 279.1. | SINUS-Institut, Heidelberg: 156.1. | Spahn, Dr. Susanne, Berlin: 95.1. | SPD-Parteivorstand, Berlin: 114.4. | Stadt Leipzig, Amt für Stadtgrün und Gewässer, Leipzig: 146.3. | stock.adobe.com, Dublin: A_Bruno 32.1, 54.2; bloomicon 109.1; FotoIdee 32.2, 32.3, 32.4, 32.5, 32.6, 32.7, 32.8, 32.9, 32.10, 32.11, 32.12, 32.13, 54.3, 54.4, 54.5, 54.6, 54.7, 54.8, 54.9, 54.10, 54.11, 54.12, 54.13, 54.14, 54.15, 54.16; Goodpics 17.7; hobbitfoot Titel, 144.2; JenkoAtaman 292.1; Johannsen, M. Titel; Marco2811 54.1; Zerbor 257.1. | Stuttmann, Klaus, Berlin: 10.6, 134.1, 166.1, 347.2. | Süddeutsche Zeitung – Photo, München: Scherl 248.1. | Tamedia AG, TES Tamedia Editorial Services, Zürich: Redaktion Tamedia 84.2. | Taylor & Francis Group Ltd, Oxford: 20.1. | Tonn, Dieter, Bovenden-Lenglern: 346.1. | toonpool.com, Berlin, Castrop-Rauxel: Broelman, Peter 90.1; HSB-Cartoon 194.1; Trumix 259.1. | Trade Machines FI GmbH, Berlin: https://trademachines.de/info/sand/ 286.1. | Transparency International Deutschland e. V., Berlin: 17.9. | TU Braunschweig, Braunschweig: Theodor-Geiger-Archiv, Braunschweig /Friedrichs, Nelly 152.1. | twitter.com: 121.1. | ullstein bild, Berlin: 74.1, 302.1; Boness/IPON 133.1; JOKER/ Walter G. Allgöwer/Reutersward, Carl Fredrik, © VG Bild-Kunst, Bonn 2022 8.1; Wieczorek 317.1. | United Nations: https://www.un.org/sustainabledevelopment/ "The content of this publication has not been approved by the United Nations and does not reflect the views of the United Nations or its officials or Member States" 48.1. | United Nations Photo Library/Department of Public Information, New York: 17.1, 37.1, 37.2. | Unternehmensservice Berliner Bezirke | Smart Cities, Berlin: 2021 – SMART CITY BERLIN 353.1. | van der Straeten, Frederike, Eslohe: 111.1. | ver.di – Vereinte Dienstleistungsgewerkschaft, Berlin: 103.2. | Verlag C.H. Beck, München: 102.2. | WEISSBACH PR Das Kommunikationsbüro, Markranstädt: Vita Cola/ Schutt, Martin 290.2. | Wendt, Prof. Alexander, Columbus, OH: 23.2. | World Trade Organization, Genf: 17.2. | ZDF, Mainz: Grafik: ZDFheute Quelle:Facebook/Instagram, eigene Berechnungen 127.1. | ZDF-HA Kommunikation Presse und Information, Mainz: ZDF/ Pflug, Claudius 139.1. | ZEIT ONLINE, Hamburg: Das obere Prozent, in: ZEIT ONLINE, 14.07.2020 162.1, 162.2. | © Bundeszentrale für politische Bildung/ www.bpb.de, Bonn: Rechl, Michael/ Kassel 102.1. | © dtv Verlagsgesellschaft mbH & Co. KG, München: Vierecke, Andreas/ Kohout, Franz/ Mayerhofer, Bernd/ dtv Atlas Politik, Politische Theorie – Politische Systeme – Internationale Beziehungen, Bonn 2011, S. 68/ Langner & Partner 302.2. | © NATO, Brüssel: 70.1, 70.2, 71.1.